—————— 阅读之前 没有真相

午夜文库 ————————

阿加莎·克里斯蒂
侦探小说

阿加莎·克里斯蒂
Agatha Christie (1890—1976)

无可争议的侦探小说女王，侦探文学史上最伟大的作家之一。

阿加莎·克里斯蒂原名为阿加莎·玛丽·克拉丽莎·米勒，一八九〇年九月十五日生于英国德文郡托基的阿什菲尔德宅邸。她几乎没有接受过正规的教育，但酷爱阅读，尤其痴迷于歇洛克·福尔摩斯的故事。

第一次世界大战期间，阿加莎·克里斯蒂成了一名志愿者。战争结束后，她创作了自己的第一部侦探小说《斯泰尔斯庄园奇案》。几经周折，作品于一九二〇年正式出版，由此开启了克里斯蒂辉煌的创作生涯。一九二六年，《罗杰疑案》由哈珀柯林斯出版公司出版。这部作品一举奠定了阿加莎·克里斯蒂在侦探文学领域不可撼动的地位。之后，她又陆续出版了《东方快车谋杀案》《ABC谋杀案》《尼罗河上的惨案》《无人生还》《阳光下的罪恶》等脍炙人口的作品。时至今日，这些作品依然是世界侦探文学宝库里最宝贵的财富。根据她的小说改编而成的舞台剧《捕鼠器》，已经成为世界上公演场次最多的剧目；而在影视改编方面，《东方快车谋杀案》为英格丽·褒曼斩获奥斯卡大奖,《尼罗河上的惨案》更是成为几代人心目中的经典。

　　阿加莎·克里斯蒂的创作生涯持续了五十余年,总共创作了八十余部侦探小说。她的作品畅销全世界一百多个国家和地区,累计销量已经突破二十亿册。她创造的小胡子侦探波洛和老处女侦探马普尔小姐为读者津津乐道。阿加莎·克里斯蒂是柯南·道尔之后最伟大的侦探小说作家,是侦探文学黄金时代的开创者和集大成者。一九七一年,英国女王授予克里斯蒂爵士称号,以表彰其不朽的贡献。

　　一九七六年一月十二日,阿加莎·克里斯蒂逝世于英国牛津郡沃灵福德家中,被安葬于牛津郡的圣玛丽教堂墓园,享年八十五岁。

阿加莎·克里斯蒂 侦探作品年表

出版前言

纵观世界侦探文学一百七十余年的历史，如果说有谁已经超脱了这一类型文学的类型化束缚，恐怕我们只能想起两个名字——一个是虚构的人物歇洛克·福尔摩斯，而另一个便是真实的作家阿加莎·克里斯蒂。

阿加莎·克里斯蒂以她个人独特的魅力创造着侦探文学史上无数的传奇：她的创作生涯长达五十余年，一生撰写了八十余部侦探小说；她开创了侦探小说史上最著名的"黄金时代"；她让阅读从贵族走入家庭，渗透到每个人的生活中；她的作品被翻译成一百多种文字，畅销全球一百五十余个国家，作品销量与《圣经》《莎士比亚戏剧集》同列世界畅销书前三名；她的《罗杰疑案》《无人生还》《东方快车谋杀案》《尼罗河上的惨案》都是侦探小说史上的经典；她是侦探小说女王，因在侦探小说领域的独特贡献而被册封为爵士；她是侦探小说的符号和象征。她本身就是传奇。沏一杯红茶，配一张躺椅，在暖暖的阳光下读阿加莎的小说是一种生活方式，是惬意的享受，也是一种态度。

午夜文库成立之初就试图引进阿加莎的作品，但几次都

与版权擦肩而过。随着午夜文库的专业化和影响力日益增强，阿加莎·克里斯蒂的版权继承人和哈珀柯林斯出版公司主动要求将版权独家授予新星出版社，并将阿加莎系列侦探小说并入午夜文库。这是对我们长期以来执着于侦探小说出版的褒奖，是对我们的信任与鼓励，更是一种压力和责任。

新版阿加莎·克里斯蒂作品由专业的侦探小说翻译家以最权威的英文版本为底本，全新翻译，并加入双语作品年表和阿加莎·克里斯蒂家族独家授权的照片、手稿等资料，力求全景展现"侦探女王"的风采与魅力。使读者不仅欣赏到作家的巧妙构思、离奇桥段和睿智语言，而且能体味到浓郁的英伦风情。

阿加莎作品的出版是一项系统工程，规模庞大，我们将努力使之臻于完美。或存在疏漏之处，欢迎方家指正。

新星出版社
午夜文库编辑部

Agatha Christie

Over the next few years, we plan to celebrate two very important Agatha Christie anniversaries. In 2015, it is the 125th anniversary of her birth in Torquay, South Devon, England, and in 2020 it will be 100 years after her first book, THE MYSTERIOUS AFFAIR AT STYLES, featuring her famous detective, Hercule Poirot, was published. This is therefore a very appropriate moment to publish a new edition of her works, and I am delighted that HarperCollins has chosen to work with New Star on these new editions. New Star is China's top crime publisher, and has a strong and dedicated editorial staff and a continued passion for Agatha Christie, making them the ideal partner. It is the right time to make these classic books available in modern translations and so to bring Agatha Christie's books anew to her many fans in China, giving them a new reason to re-read these much-loved stories, as well as introducing them to a whole new audience. How delighted Agatha Christie would have been that her stories (as she called them) are still giving so much pleasure to so many people all over the world!

I think there are two very remarkable things about Agatha Christie's stories. The first is that they are so adaptable. It doesn't really matter which language they appear in, the stories and the plots still give the same thrill, still provide the same puzzles, and the characters still have the same attraction. Readers in China will I am sure enjoy Hercule Poirot and Miss Marple just as much as we do in England, and readers in China will still be transfixed by the surprises and horrors of AND THEN THERE WERE NONE, one of the great classics of 20th century detective fiction, as we are here.

Agatha Christie

The second is that the stories give a wonderful picture of England, particularly rural England, at the time Agatha Christie lived. She wrote books from 1920 until 1970 but it is sometimes hard to tell which part of her life each book was written in. Her characters and the life they lived were very much the same. The life we all live is changing very quickly these days but "the Agatha Christie" world stays the same. Perhaps the Miss Marple stories provide the best example of this, and in some ways, THE BODY IN THE LIBRARY and NEMESIS are quite similar, despite the fact that thirty years elapsed between the time they were written.

Perhaps I might end by mentioning three Agatha Christies (other than the ones mentioned above) which I think demonstrate why she is so popular, even in the twenty-first century. The first is MURDER ON THE ORIENT EXPRESS, one of the most famous with one of the most ingenious and human plots. Read this on one of your long train journeys in China! Next is A MURDER IS ANNOUNCED, a Miss Marple which was her 50th book. It has my favourite murderer in it! And last is ENDLESS NIGHT a story about evil and how it affects three young people, written at the time when I knew her best, and understood how deeply she cared and sympathised with young people and the world they lived in.

Whichever are your favourites I hope you enjoy these stories that New Star are introducing to you again. I think it is a great publishing event.

Mathew ~~~~

Grandson of Agatha Christie
Chairman of Agatha Christie Ltd

致中国读者

（午夜文库版阿加莎·克里斯蒂作品集序）

在未来的几年中，我们将要筹备两个非常重要的关于阿加莎·克里斯蒂的纪念日。二〇一五年是她的一百二十五岁生日——她于一八九〇年出生于英国的托基市，二〇二〇年则是她的处女作《斯泰尔斯庄园奇案》问世一百周年的日子，她笔下最著名的侦探赫尔克里·波洛就是在这本书中首次登场。因此新星出版社为中国读者们推出全新版本的克里斯蒂作品正是恰逢其时，而且我很高兴哈珀柯林斯选择了新星来出版这一全新版本。新星出版社是中国最好的侦探小说出版机构，拥有强大而且专业的编辑团队，并且对阿加莎·克里斯蒂的作品极有热情，这使他们成为我们最理想的合作伙伴。如今正是一个良机，可以将这些经典作品重新翻译为更现代、更权威的版本，带给她的中国书迷，让大家有理由重温这些备受喜爱的故事，同时也可以将它们介绍给新的读者。如果阿加莎·克里斯蒂知道她的小故事们（她这样称呼自己的这些作品）仍然能给世界上这么多人带来如此巨大的阅读享受，该有多么高兴啊！

我认为阿加莎·克里斯蒂的作品有两个非常重要的特

征。首先它们是非常易于理解的。无论以哪种语言呈现，故事和情节都同样惊险刺激，呈现给读者的谜团都同样精彩，而书中人物的魅力也丝毫不受影响。我完全可以肯定，中国的读者能够像我们英国人一样充分享受赫尔克里·波洛和马普尔小姐带来的乐趣；中国读者也会和我们一样，读到二十世纪最伟大的侦探经典作品——比如《无人生还》时，被震惊和恐惧牢牢钉在原地。

第二个特征是这些故事给我们展开了一幅英格兰的精彩画卷，特别是阿加莎·克里斯蒂那个年代的英国乡村。她的作品写于二十世纪二十年代至七十年代间，不过有时候很难说清楚每一本书是在她人生中的哪一段日子里写下的。她笔下的人物，以及他们的生活，多多少少都有些相似。如今，我们的生活瞬息万变，但"阿加莎·克里斯蒂的世界"依旧永恒。也许马普尔小姐的故事提供了最好的范例：《藏书室女尸之谜》与《复仇女神》看起来颇为相似，但实际上它们的创作年代竟然相差了三十年。

最后，我想提三本书，在我心目中（除了上面提过的几本之外）这几本最能说明克里斯蒂为什么能够一直受到大家的喜爱。首先是《东方快车谋杀案》，最著名，也是最机智巧妙、最有人性的一本。当你在中国乘火车长途旅行时，不妨拿出来读读吧！第二本是《谋杀启事》，一个马普尔小姐系列的故事，也是克里斯蒂的第五十本著作。这本书里的诡计是我个人最喜欢的。最后是《长夜》，一个关于邪恶如何影响三个年轻人生活的故事。这本书的写作时间正是我最了解她的时候。我能体会到她对年轻人以及他们生活的世界关心至深。

现在新星出版社重新将这些故事奉献给了读者。无论你最爱的是哪一本，我都希望你能感受到这份快乐。我相信这是出版界的一件盛事。

阿加莎·克里斯蒂外孙

阿加莎·克里斯蒂有限责任公司董事长

马修·普理查德

二〇一三年二月二十日

长夜
Endless Night

Agatha Christie®

[英]阿加莎·克里斯蒂 著

陆烨华 译

新 星 出 版 社　NEW STAR PRESS

目录

献给诺拉·普利查德，从她那儿，我第一次知道吉卜赛庄的传说。

每一个夜晚，每一个清晨，

有人生来就为不幸伤神。

每一个清晨，每一个夜晚，

有人生来就被幸福拥抱。

有人生来就被幸福拥抱，

有人生来就被长夜围绕。

——威廉·布莱克① 《天真的预言》

---

① 威廉·布莱克（William Blake，1757—1827），英国诗人、画家，浪漫主义文学代表人物之一。

第一部 ————

第一章

开头往往就是结局——经常听到有人说这句话。虽然听上去不错，但究竟是什么意思呢？

是否真有这样的地方，你可以指着它说："这就是一切的开头，正是从这里起，才有了后来所有的事。"

如果有的话，那么属于我故事的开头，或许就在一家名为"乔治与龙"的公司墙上。那里贴着一张海报，出售高贵宅邸"古堡"。除了占地面积等基本资料，还有一些好看的照片。这些照片也许是在"古堡"最鼎盛时期拍摄的，距今少说也有八十到一百年了。

当时我正在金士顿大街上散步。这条街并不出名，我只是为了消磨时间而来到这里，然后一眼就看到了销售海报。至于为什么偏偏被那张海报吸引住了目光——是命运的恶作剧，还是美好的未来在向你招手？这种事情从来就没人知道。

或者也可以这么说：所有的故事，都是从遇见桑托尼克斯开始的。现在我闭上眼睛，还能看见他红扑扑的脸和明亮的双眼。他用一双结实而又灵巧的手，寥寥几笔就画出了房子的平面图。一幢别致又漂亮的房子，宛若人间仙境。

长久以来我都想要一幢属于自己的房子，一个美丽舒适的家园。而眼前的房子正是我梦寐以求的，我渴望在里面度过一生。这是一个只能在两人世界里分享的甜蜜幻想，桑托尼克斯一定会替我们盖好——如果他能活到那么久的话。

我会和心爱的女孩在这梦想中的房子里生活，就像童话里说的"从此以后就过上了幸福快乐的日子"。虽然完全是异想天开，但这说明我内心深处潜藏着一股汹涌的渴望——渴望得到一些我从来不可能拥有的东西。

或者，假如这是个爱情故事的话——其实就是个爱情故事，我可以发誓——为什么不从那个瞬间开始说起呢？在吉卜赛庄，我看到艾丽站在一排枞树下的那个瞬间。

吉卜赛庄？对了，从吉卜赛庄开始说起是最合适的吧。我转身离开销售海报的时候，冷不防打了个寒战，当时一片黑云正好遮住了和煦暖阳。我漫不经心地开口向旁边一个当地人问了个问题，那个人正在东一剪西一剪地修着树篱。

"这幢房子叫'古堡'啊？看着不像城堡的样子。"

那位老先生瞥了我一眼，我到现在还能清楚记得他当时的样子。

"古堡？这是什么叫法！哼，我们这里的人可不这么叫。"他的口气听起来极为不满，好像对我嗤之以鼻，"自从有人住进去之后，就叫它'古堡'，到现在已经好多年了。"说完他又从鼻子里哼了一声。

于是我问他，那你叫它什么呢？他的眼神游移了起来，满是皱纹的老脸上表情古怪，好像在窥探我的背后，又或是某个角落。乡下人就喜欢这样，不和你爽快地说，总要装作警惕一下，好像他们看到了一些你看不到的危机似的。然后，他才告诉我："这里的人都叫它'吉卜赛庄'。"

"为什么取这个名字呢？"我问。

"不知道是哪儿流传出来的，众说纷纭。"他接着说，"反正，就是出灾祸的地方。"

"出过车祸？"

"所有的灾祸。现在这年头，出个车祸太容易了。你看到了吗？那个转角处可是个危险地段呢。"

"嗯。"我应声道，"如果在那里急转弯的话，确实容易出车祸。"

"乡议会竖了块警示牌，但是没用，照样有车祸。"

"为什么是'吉卜赛'呢？"见话题扯开，我又问他。

他的眼睛又往我身后看来看去了，回答依然含糊其辞。

"就是有个传说嘛。他们说，这里以前是吉卜赛人的土地，后来他们被赶走了，就在这个地方下了毒咒。"

我大笑起来。

"哼。"他说道，"你还笑得出来？这里确实被下了毒咒！你们这些精明的城里人什么都不了解！这个地方真的被毒咒缠上了，有人在采石场运石头盖这座房子时突然死掉了。而老乔迪，不知道怎么回事，有一天晚上从阳台边上摔下来，脖子都摔断了。"

"是喝醉了吧。"我提醒他。

"也许是喝醉了。但也有别人喝多了不小心摔下来——摔得巧——都没什么大伤，乔迪却把脖子给摔断了，就在那个地方。"他手指着满是枞树的山丘，"偏偏就在吉卜赛庄里。"

对了，整件事情就是这样开始的。只不过当时的我完全没有注意，现在也只是恰好想起。

仔细想了想之后，我才能慢慢把这些记忆片段重新规整好。我又问他，这里还有吉卜赛人住着吗？他回答说几乎没有了，因为警察一直赶他们走。

"为什么大家都不喜欢吉卜赛人呢？"

"他们尽干一些偷鸡摸狗的事儿。"虽然他的口气不以为然，但双眼更加认真地盯着我，"我看你是不是也有吉卜赛人的血统？"他说话拐弯抹角，眼神流露出凶狠。

我说我没有。不过我长得确实有点像吉卜赛人，也许正因如此，我才会对"吉卜赛庄"这个名字产生兴趣。我转身离开老人，心想刚刚的对话还蛮有意思的，说不定我真有吉卜赛人的血统呢。

我经过一条弯曲的路，再从一片黑压压的枞树林旁蜿蜒而上，来到了吉卜赛庄。从山丘顶部放眼望去，大海和船舶尽收眼底，景色简直美极了。在这一刻，我想无论是谁都会产生同样的念头："如果这吉卜赛庄是我的，感觉不知会是怎样？"——而这一类念头，终究只是白日做梦罢了。

当我再次经过树篱旁，老人对我说："如果你要找吉卜赛人的话，有一个黎婆婆在，少校给了她一户农舍住。"

"谁是少校？"我问道。

"费尔伯特少校啊！"他大吃一惊，"当然是费尔伯特少校啦。"

我问的这个问题居然使他有些狼狈，想来这位费尔伯特少校在当地是极有权势的，而黎婆婆可能是他的一个什么亲戚，所以才会受到这样的照顾。

费尔伯特家在当地应该已经住了好几辈了，多多少少在管理这片地方吧。

我向老人道别，转身正要走，他又说："这条街的尽头，有一片农舍，就是黎婆婆住的地方，或许你会看到她正在外面。这些吉卜赛人，都不喜欢待在屋里。"

我嘴里吹着小调，向那个地方闲逛而去。一路上我一直在想吉卜赛庄的事，以至于当我看到一位高大的黑发老人时，几乎都快忘了老人刚刚跟我说过的话。她隔着一道花园树篱望着我，我想这一定就是黎婆婆了，于是停下来和她攀谈。

"听说你能告诉我一些关于吉卜赛庄的事儿？"我说道。

她的眼睛透过一团纠缠在一起的乌黑头发，盯着我。

"别干傻事，年轻人。你最好听我的话，忘掉它。你是一个帅小伙，千万别和吉卜赛庄扯上关系，不会有好事，从来不会。"

"可我看到它正在出售。"

"哼，你要是买它的话，就更傻了。"

"那谁有可能会买下它呢？"

"有个建筑商盯着要买，不光是他一个人呢。你等着吧，肯定会卖得更便宜。"

"你说会卖得更便宜？"我好奇地问，"那不是一个争相购买的好地方吗？"

她没有理我这个问题。

"如果被一个建筑商买下了，那他接下来会怎么做？"

突然间她自己笑了起来，是一种带着恶意、让人不愉快的笑。

"当然，他会把那些破旧腐朽的宅邸推倒重建，盖二十户——或者三十户——全部都是受过毒咒的住宅。"

她的后半句话我权当没有听到，急忙打断她："那真是太可惜了，太可惜了。"

"哈，你不用担心，他们不会有好下场的。到时候楼梯会打滑，涂料会被打翻，楼顶上的石板会往下掉，把人砸个正着。还有那些树，也会被突如其来的狂风吹倒。哈，你等着瞧吧，没有一个人会在吉卜赛庄过得安稳，他们最好别打扰那个地方，你等着瞧吧。"说到起劲处，她频频点头，然后又轻声地自言自语，"在吉卜赛庄里捣乱的人，都不会有好下场的，从来没有例外。"

我听着笑了起来，她厉声说："不要笑，年轻人，我看你这几天笑脸就要倒转过来，变成哭丧的脸。在那幢宅子里也好，附近的土地上也好，从来都没有过好事。"

"宅子里出过什么事呢？"我问，"为什么让它空了这么久？为什么又把它推倒呢？"

"最后一批住在里面的人都死了，一个也没留下。"

"他们是怎么死的？"我觉得好奇，便接着问。

"最好不要问起这件事情。反正从那之后就没有人再搬进去住了，就让那宅子发霉腐烂吧。现在既然大家已经快忘记这件事情了，最好以后也不要再记起来。"

"但你可以给我讲讲啊。"我用好话哄她，"你对吉卜赛庄的事不是一清二楚吗？"

"我不会和你闲聊那个地方的。"然后她压低声音，语气突然变得谄媚，"漂亮的小伙子，要是你愿意，我给你算算命吧。给我一个银币，我就会把你的命运告诉你。最近这段时间，你好像会很走运呢。"

"我才不会相信算命这种骗人把戏呢。"我说，"我没有钱。就算有，也不会花在这上面。"

她凑近我，用讨好的口吻说："六便士！我算你的命只要六便士，怎么样？这根本不算什么。因为你是个年轻英俊的小伙子，嘴巴又伶俐，我才只收你六便士，所以我说你最近会走运吧。"

我从口袋里摸出半角银币。倒不是因为我听信了她那套愚蠢迷信，而是觉得就应该这么做。具体是什么原因我还看不透，但我不反感这个老神婆。她把银币一把抓过去，说道："好了，把你的手伸出来，两只手都要。"

她那瘦骨嶙峋的双手握住我的手，眼睛盯着我摊开的掌心，沉默了一两分钟，又看了一会儿。突然，她甩开我的手，几乎像是挣脱一般。她后退了一步，大声对我说："如果你想知道接下来该怎么做的话，那就马上滚出这里，远离吉卜赛庄！再也不要回来，这就是我对你的忠告，再也不要回来！"

"为什么？为什么再也不要回来？"

"如果你回来的话，就会有伤心，就会有损失，或许还会有危险！有各种各样的麻烦事在等着你。我警告你，连你今天经过这个地方的事情，最好也统统忘掉！"

"这……"

没等我说完，她就转身走回了自己的农舍，砰的一声把门关上。我并不迷信，但我相信有命运，当然了，谁不信？关于那幢被下过毒咒的废宅，关于那些充满迷信的故事，我虽然不相信，心里却多少有点难以释怀。这个老丑八怪在我的掌心到底看到了什么呢？我摊开自己的双手，仔细看了看。一个人的命运怎么可能在自己的手掌上，并且被别人看到呢？谁都知道算命就是胡吹乱扯——一种赚钱的伎俩——从你傻乎乎的轻信当中牟利。我抬头仰望天空，太阳不知何时钻进了云里，这一天从此刻开始变得不同了，阴沉沉的气氛里，似乎潜藏着某种压抑的威胁。只不过是暴雨的前兆吧，我想。风刮了起来，树叶翻飞，沙沙作响。

我再次吹起口哨，让自己振作起来，然后沿着穿越村庄的小路离去。

走过张贴销售海报的地方，我又看了一眼，甚至把具体的拍卖日期都记了下来。我这辈子还没有参加过房地产竞拍，但这一次我告诉自己，我要参加。要是看到有谁买下了"古堡"，那会多有趣——换句话说，我很想看看吉卜赛庄的下一个拥有者长什么样子。

对了，我想这才是整个故事真正开始的地方——一个异想天开的想法浮现在我脑中：我要参加"古堡"的竞拍，我要和当地的建筑商互相叫板！他们也许会打退堂鼓，死了这条捡便宜的心。然后我顺利买下它，到鲁道夫·桑托尼克斯那里，跟他说："给我盖一幢房子，我已经把一个好地方买下来了！"接下来我还要去找一个女孩，一个美若天仙的女孩，从此和她快快乐乐地生活在一起。

我常常有这样的白日梦，当然从来都没实现过，不过幻想非常有意思，当时我就处在这样的幻想当中。真有趣！不过天哪，要是早知道接下来会发生什么，我还会觉得有趣吗？

第二章

那天能来到吉卜赛庄附近纯粹是因为一个很偶然的机会。我开着公司的车，从伦敦载几个人过来参加一个拍卖会。这次要拍卖的不是房子，而是房子里的一些家什——这幢坐落在郊外的大房子，本身奇丑无比。车上坐着我这次的雇主，是一对老夫妇，从谈话来看，他们对所有混凝纸①做的模型都非常感兴趣。在我的印象中，仅有的一次听到混凝纸模型是从我妈妈那儿，她说混凝纸做的洗碗盆比塑料做的要好。有钱人居然会自己跑到乡下来买一堆这种东西，真是叫人想不明白。

然而我并没有开口问，只是把这件事情记在了心里。我想我以后得找个机会翻翻字典，或者阅读一些有关的书籍，看看混凝纸模型究竟是什么；它到底有什么魅力，会让一些人专门租一辆车跑到乡下来出高价买下。

那年我二十二岁，对各种新奇的知识都抱有强烈的兴

---

① 纸浆加入胶质后经浇铸、干燥、固化后可加工为器物或饰品。

趣，尤其精通汽车，可以说是一个优秀而且谨慎的司机。我曾经在爱尔兰管理过一些马匹，差点被一批毒贩子缠上，还好我机灵，及时脱了身。当一个租车公司的司机，这份工作还算不错，小费多，还不用花大力气，但是工作内容极其单调乏味。

我也曾在夏天帮别人摘水果，这份工作给的钱虽然不多，我却乐在其中。除此之外我还干过很多工作：三流饭店的侍者、海滩救生员、百科全书和吸尘器推销员……我还在植物园待过一阵子，多多少少了解了一些花的知识。

我从未被任何工作捆绑住。凭什么我要被捆绑住？我发现自己对任何事物都感兴趣。即使有些工作比较艰苦，我也从未介意。我不懒，只是觉得自己安定不下来。

我想到处走走，到处看看，多做点不同的工作。我想找到某种东西——对，我就是在找某个东西。

自从离开学校，我就在找这样一个东西，但我并不清楚具体是什么，在哪儿能够找到。在我的概念里，它还处于一种模糊的状态，不过我知道它就在某个地方，迟早我会将它看清。或许那是一个女孩。我喜欢女孩子，但我还没有遇到在我生命中占重要地位的那个人。你可以喜欢其他一些女孩，但总会产生厌倦，想要去找下一个，直到那个她出现为止。她们就像我曾经做过的工作，我都挺喜欢的，但时间久了，就又要离开去找下一个了。所以离开学校之后，我换了一份又一份工作。

很多人不赞成我的生活方式。虽然他们的出发点是为我好，但他们并不了解我的性格。他们希望我牢牢盯住一个好姑娘，存钱、结婚、在一份好工作上稳定下来，然后日复一日，年复一年，跟着这个世界一成不变。天啊，这才不是我想要的生活！肯定有比这更精彩的生活，不会平平淡淡终其一生，等着年迈的时候靠这个国家半吊子的福利维持生活。是的，我就是这么想的。现在这个世界，人类都能把卫星发射到天外，大谈特谈造访其他星球。一定会有某些事情能将你唤醒，让你的心怦怦狂跳，这才是值得踏遍全世界去寻找的啊！我记得做酒店侍者的时候，有一天在邦德街①上闲逛，看到路边橱窗里展示的一双双鞋子，那样的帅气逼人。就像广告中说的那样："聪明人今天穿的鞋。"通常旁边还会配一张可疑的成功人士肖像。要我说的话，这位"成功人士"长得就像一个废物，我经常被这种广告逗笑。

过了鞋店，是一家画廊。橱窗里只展示了三幅画，为了烘托艺术气息，他们用一些天鹅绒覆盖在金色相框的边角上。太娘娘腔了！我对艺术了解得不多，有一次，纯粹是出于好奇走进了国家美术馆，结果大为恼火。一幅色彩明艳的巨幅画，上面画的居然是两支军队在峡谷中浴血奋战，或者憔悴的圣徒浑身被箭矢插满，又或者是一些穿着

①以英王查理二世的密友托马斯·邦德爵士命名。街上汇集最昂贵、最独特的奢侈品牌，十八世纪以来一直是时尚购物者的天堂。

15

丝绸和天鹅绒蕾丝花边服装的贵妇们，坐在那里傻笑。当时我就明白了，我与艺术无缘。但我现在看的这幅油画有些与众不同。那三幅画里，有一幅画的是风景，画了一些我每天都能看到的景色；还有一幅画的是一个古怪的女人，完全不成比例，很难看出这是一个女人。我想这就是他们所谓的"新艺术"①吧，我完全不懂这是什么玩意儿。第三幅画就是我认为与众不同的画，它好像不只是一幅画这么简单，不知道你懂不懂我的意思。它看起来——我该怎么形容呢——似乎很简单。大部分都是空白，只有几个圆圈毫无规则地彼此相扣。它们的颜色也不尽相同，并且都很古怪，你根本不会想到用这种颜色涂上去，这里来一下，那里来一下，随心所欲地点缀在画布上。它们看起来似乎什么都不是，但不知出于什么原因，莫名地好像有一种意思在其中。我不善于形容或者描述，我只想说，它把我的视线牢牢吸引住了，久久不能移开。

　　我愣愣地站着，好像有某些不寻常的事情降临到了我头上，让我感觉浑身发毛。那些迷人的皮鞋，我现在竟也想穿。着装确实是门大学问。我喜欢衣着讲究，给人带来好印象，但我一生中从来没有认真考虑过要到邦德街来买一双漂亮皮鞋。我知道这里的货品开价是多么昂贵，也许要十五镑一双。手工制作的或者其他什么——他们总能为

---

① 约一八九〇至一九一〇年间流行于欧美的一种装饰艺术风格。

昂贵找到各种理由，其实那就是在浪费钱！上等的皮鞋，没错，不过同时你也会拥有一张"上等的"账单——我觉得我想问题再有条理不过了。

但是这张画值多少钱呢？我当时想。

如果我想买这幅画呢？你疯了——我对自己说——你别傻乎乎地想搞一幅什么油画了。

但我就是想要买下它，想要拥有它；想把它挂在家里，坐在它面前想看多久就看多久，因为我知道它现在是属于我的了！我要买下它！产生了这个疯狂的想法后，我再次望向这幅画，我没有任何理由拥有它，而且很有可能也付不起这笔钱。二十镑？二十五镑？总之肯定是一大笔钱吧。但不管怎么说，问一下价钱也不要紧，他们又不会吃了我，对吧？于是我走进了这家店，内心波澜起伏。

店内非常安静，但是装饰豪华，带着一种严肃庄重的气氛。素色的墙下摆着一张丝绒沙发椅，可以坐下来欣赏画作。有一个穿得像广告模特那么讲究的男人走过来招待我，他低沉的嗓音和这里的环境异常般配。有意思的是，他不像邦德街其他高级店面的店员那样趾高气扬。听完我的话后，他从橱窗里把画拿了出来，捧在手里，然后站在墙的前面任我观赏。当时我想，很多众人皆知的规则并不能应用到这些卖油画的人身上。比如百万富翁故意穿着破旧衣服前来，只想添置一些收藏，或者就是来淘便宜又好看的东西。也许还有其他人像我这样，为了一幅喜欢的画，会想尽一切办法去凑齐这笔钱。

"这幅画是这位画家的代表作。"拿着画的男人介绍道。

"多少钱？"我问得很干脆。

他的回答让我险些停止了呼吸。

"两万五千英镑。"他的嗓音依然那么斯文。

我成功地保持了脸色没有改变，至少我认为自己并没有把心理活动泄露出来。接着他又说了一个名字，应该是这个画家的名字吧。这幅画刚刚从一幢乡间小屋运到这个市场上，住在乡间小屋里的人对这幅画能换到什么完全没有概念。我将沉着冷静保持到了最后一刻，然后轻轻叹了口气。

"真是一笔不小的数字呢，不过我觉得这幅画值得。"我说道。

两万五千英镑，这玩笑太过头了吧！

"是的。"他一边说，一边也叹了口气，"它确实值得。"他非常绅士地把画放了下来，摆回橱窗。

然后他微笑着看着我。"您的眼光不错，先生。"

我觉得在某些方面，他和我可以彼此理解。我向他致谢，走回邦德街。

第三章

我对写作这件事情不是很在行——不是很在行的意思是，我不会用一个普通作家常用的方式写作。举个例子，关于我看到那幅油画，这件事本身没有任何作用，也就是说这件事情不会有下文，但我就是想告诉你这件事。因为这件事情对我来说存在着一些意义，就像吉卜赛庄对我有一些意义，或者像桑托尼克斯对我也具有一定意义。

我还真没怎么说起过桑托尼克斯。他是一个建筑师，你们或许已经猜到了。建筑师是另外一件与我无缘的事物，虽然我对造房子多少知道一点。因为开车这份工作，我才得以认识他。当司机那一阵子，我跟着有钱雇主去了几次国外。有两次是德国，我稍微懂一点德语；还去过一两次法国——法语也是半吊子；还有一次是葡萄牙。雇我的都是一些上了年纪的人，他们的财富和健康状况总是成反比。

经常载着这些人出去跑，你会慢慢知道财富真的不是最重要的。有心脏病的话，你就得随身携带很多瓶瓶罐罐的小药片，也更容易对酒店的食物和服务产生抱怨。我认识的大部分有钱人都很悲惨，他们有自己的烦恼。

比如纳税和投资。听听他们围在一起谈论的东西，或者他们对朋友抱怨的话语，太苦恼啦！这些苦恼把他们的半条命都给磨没了。

他们的性生活也并不称心如意。娶回来的长腿金发尤物，不知道在哪儿养着男朋友呢，用的却是他们的钱。或者和一个只会抱怨的女人结了婚，那生活简直就像地狱，妻子一天到晚就会对着他们指指点点。不，我宁愿一个人。迈克·罗杰斯，看看这个世界，只要你喜欢，你可以在任何地点跟着一个漂亮姑娘下车。

当然，世上的事情并不像说起来这么容易，但我能接受。生活是非常有趣的，我也能在各种各样的情况下发现乐趣，这种态度将伴随我的青春。当有一天青春逝去，很多乐趣也会随之流逝。

我还认为，人的一生中也需要其他的——比如某个人，比如某件事……扯远了，我还是接着讲刚才的话题吧。有一位老先生，我常常载他去里维埃拉①，他正在那里造一幢房子，要经常过去监工。桑托尼克斯就是那幢房子的建筑师。我不知道桑托尼克斯究竟是哪国人，一开始我猜他是英国人，虽然我从来没听过像他这么滑稽的名字。

①地中海沿岸区域，包括意大利的波嫩泰、勒万特和法国的兰岸地区。

后来我又觉得他应该是从类似于斯堪的纳维亚这种地方来的。他身体不好，我一眼就能看出来。他很年轻，身材瘦削，皮肤苍白，有一张古怪的脸——不知道为什么他的脸是歪的，并且两边不对称。他对客人态度很差。你一定以为他们付钱之后就会对他颐指气使吧？不，事实上反而是桑托尼克斯气势汹汹，而且他始终认为自己是对的，其他人都是错的。

这让我们这位老先生气疯了。他一到工地就开始看他们是怎么干活的。我以司机兼杂工的身份在工地上帮忙的时候，好几次都担心这位康斯坦丁先生会被气得心脏病发作或者中风。

"你没照我的话去做！"他嘶吼着，"你花钱太多了！太多太多了！这些都没经过我的同意，这样下去会严重超出预算！"

"你说得没错，"桑托尼克斯说，"但是这些钱非花不可。"

"绝不能再花了！绝不能！完工的时候你必须将费用牢牢控制在预算之内，听懂了吗！"

"那你就拥有不了你想要的那种房子了。"桑托尼克斯说，"我很清楚你想要什么。我现在盖的这幢房子就是你最想要的，没人比我更清楚了！别把你那套中产阶级的精打细算用在我身上！你想要一幢有档次的房子，你马上就要拥有了。这会让你在朋友面前特别有面子，他们也会羡

21

慕你。我告诉过你，我不会随随便便替人盖房子。这不是钱的问题，我会用我的双手给你造一幢世界上独一无二的房子。"

"惨了！这下惨了！"

"不，你的毛病就是不知道自己要什么。而其实你是知道的，只是说不上来，不能看清楚它。但是我知道！人们所追求的是什么，人们所渴望的是什么，这些事情我一直都知道！你想要的就是一幢有档次的房子，没问题，我会让它特别有档次！"

他经常会说这些话，我就站在旁边听着。不知何故，我仿佛已经可以看到这幢房子了，它在松树丛中拔地而起，俯瞰海面，绝不普通。它不是以传统的方式朝向海面，而是望着内陆，直到山峰的一处转弯，可以一眼瞥见山林间的天空。这是一幢古怪的房子，一幢非比寻常的房子，简直可以说它巧夺天工。

我下班之后，桑托尼克斯常常和我聊天。他说："我只给我愿意替他造房子的人造房子。"

"你的意思是，有钱人？"

"他们当然一定要有钱，否则也没实力造房子啊。但我计较的并不是钱。我的客人必须富有，因为我造的房屋都耗资巨大。但光有房屋可不行，你也知道，还得选一个好地方，这一点同样重要。漂亮的石头只是一颗漂亮的石头，就像一颗红宝石或翡翠，不会给你带来更多奇妙的感受。但如果有一个陪衬，那看上去就脱胎换骨了，而且所有的陪衬也都离不开宝石的点缀。你看，我找到了一个好地方作它的陪衬。这块土地原本没有任何特殊意义，直到我的房子在这上面建起，它才会发出珠宝般美丽的光芒。"他一边哈哈大笑，一边看着我，"你听得懂吗？"

"我想我听不懂。"我说得很慢，"但是，从某种角度来说——似乎又懂了。"

"也许吧。"他很有兴趣地看着我。

过了一段时间我们又来到里维埃拉，房子快竣工了。我不打算将它描绘一番，因为我想不出合适的词汇。但它确实很特别，也很美，明眼人一看就知道。这是一幢可以让你引以为豪的住宅，在任何人面前夸耀都不为过。然后有一天，桑托尼克斯突然对我说："我可以为你造一幢房子，我已经知道你想要的是什么样的房子了。"

我摇头。

"我自己都不知道。"我老老实实地告诉他。

"也许你不知道，但是我知道！"然后他又补上一句，"可惜现在你没钱。"

"以后也不会有那么多钱的。"我说。

"不要这么说。"桑托尼克斯说，"出身贫寒未必说明你永远不会富有。发财之道可能就在不远处等着你。"

"我的野心不够。"我说。

"你没有足够的雄心壮志，你身上这份野心还没被唤醒,但它不会一直沉睡下去,你知道的。"

"好吧。"我说,"等有一天我唤醒了壮志雄心,赚够了钱,我会来找你,对你说:'给我造一幢房子吧。'"

他叹了口气,接着说:"不,我等不了。恐怕我等不了那么久,我来日无多了。再盖个一幢两幢,可能就差不多了吧。谁都不想在年轻的时候就死去……有时候却不得不……我想这也没什么大不了的。"

"那我可得尽快唤醒我的野心了。"

"算了。"桑托尼克斯说,"你现在身体很健康,生活也有很多乐趣,没必要改变生活方式。"

我说:"嗯,那就不改了。"

我想那是对的。我喜欢现在的生活方式,每天都有很多乐趣,健康也从没出过什么问题。我开车载过很多赚大钱的人,他们辛苦工作,结果却得了溃疡、肿瘤,还有很多其他的病痛,都是积劳成疾。我不想为了工作而辛苦自己,尽管觉得自己可以胜任一切工作。这都没什么难的,但是我并没有野心,或者说我不认为自己是个有野心的人。桑托尼克斯倒是一个有野心的人,我看到他设计图纸,然后又把它们付诸实际。设计、画图这些我完全应付不来的事情,全部都是他一手做出来的。他本来就不是一个身强力壮的男人,我认为他为了满足自己的雄心壮志而做的这一切工作,总有一天会要了他的命。我不想工作,就这么简单;我觉得工作是一件让人反感的事儿,人类发明了这个不幸的东西，终究是自讨苦吃罢了。

我经常会想到桑托尼克斯。我对他产生的兴趣，几乎超过了所有我认识的人。我认为人的一生中最古怪的事情就是记忆。有些事情你可以选择记得，或者忘却；但有些事情，你却一定会记得，怎么也忘不掉。

桑托尼克斯和他的房子，还有邦德街的油画、废墟上的拜访、古堡，以及吉卜赛庄的传说，所有这些都是忘不掉的记忆！当然有时我也会回想起曾经遇见过的姑娘，或者载去国外旅游的客人。这些客人都一模一样，沉闷至极。他们总是住在一成不变的旅馆，吃着千篇一律的食物。

在我内心深处，依然有那种奇怪的感觉：要找一个什么东西——找一个专门为我准备的东西，或者专门在我身上发生的事件。我不知道该怎么形容它。我想我可能真的是在找一个女孩子，一个恰好适合我的女孩子。我不是指一位漂亮的、门当户对的女孩，那是我母亲的想法，或者其他一些亲朋好友的想法。我那时对爱情可是完全不懂，对我来说它只意味着男女之事，可能我们这一代人都是这么过来的。我们对爱情谈论得很多，也听到了很多，把它看成是一件非常严肃神圣的事情。但我们不知道，当爱情真正降临在我们头上时，紧接着会发生什么。我们年轻气盛、血气方刚，每当有女孩经过，都会仔细打量人家，欣赏她们的曲线、她们的大腿，还有她们瞟过来的眼神，然后我们会问自己："她们愿不愿意呢？我该不该在她身上耗时间呢？"当你经历的女孩子越多，你就越老练，越容易飘飘然，觉得自己深具吸引力。

我想每个人迟早都会碰到爱情的，而且是突如其来的。我还真的不知道那时到底会怎么样。并不是如别人想象中那般："也许这就是我的女孩吧？她一定就是我的那个女孩吧？"至少当时的我不会这么想，我并不知道爱情来得如此突然。要是我能知道的话，也许我会说："我是属于这个女孩的，我是她的。我完完全全地属于她，因为我一直都是她的。"不，后来我才知道完全不是这么回事。不是有个老喜剧演员曾经说过吗？这是他的拿手笑话之一："我曾经体验过爱情降临的感觉，要是知道它什么时候会再次降临的话，我肯定会躲到国外去。"对我来说也是这样，如果我早知道它会带来什么样的后果，我也应该溜之大吉——当然，如果我有那么聪明的话。

第四章

我没有忘记要去参加拍卖会的计划。

但只剩下三个星期了，这期间我还得去欧洲大陆跑两次，一次法国，一次德国。当我在汉堡时，事情有了变化。

仅仅因为一件小事，我开始讨厌这次坐我车的男人和他的妻子，他们简直是我最憎恶的那类人当中的佼佼者。他们粗鲁、不体谅人、凶神恶煞。给我的感觉是，每天对这种人阿谀奉承，这样的生活我可再也坚持不下去了！不过我跟你说，我依然小心翼翼，尽管觉得多一天也无法忍受了，我还是没有直接说出口。跟付你钱的人搞得不愉快，可不是什么明智的做法。于是我打电话给他们住的饭店，告诉他们我生病了，然后打给伦敦的公司，撒了同样的慌。我说我的病需要隔离治疗，最好还是派别的司机过来接替我。没有人会为此而责怪我，他们甚至连问都没问，可能觉得我烧得太厉害了，不便多说。然后我应该再回到伦敦，跟他们描述一下这次的病情。不过我想我可能不会这么做了，因为我对开车这份工作已经厌烦了。

这次反抗是我人生中一个重要的转折点。因为这件事——当然还有其他一些事情——我才得以准时参加拍卖会。

广告板上之前贴着"本宅出售，除非另有私人议价"这样一句话，现在它还在，说明没有人私下议价把它买了。这让我兴奋得有点不知道自己在做什么了。

如我之前所说，我这辈子从来没有参加过这种拍卖会。本来我还以为场面一定非常刺激呢，可是我错了。何止不刺激，这简直是我参加过的最沉闷的场合！在半明半暗的气氛中，只有六七个人在场，拍卖会的主持人也和我见过的那些拍卖家具的主持人风格完全不同。那些人满肚子都是笑话，说句话马上就能把你逗乐。而这位先生，用半死不活的声调说了几句这个地产的好话还有其他一些事情，就有气无力地开始叫价。马上有人开价五千英镑。

主持人病快快地笑了一下，就像听到了一个不好笑的笑话。他做了几句评价，接着陆陆续续又有人开价。周围站着的看起来以乡下人居多，有一个人我看着像种田的，有一个我猜是建筑商竞争者之一，还有两个律师。那边还站着一个看上去像是伦敦来的城里人，他神情严肃，衣着考究。我不知道他是否会开价，也许已经开过了吧，想必是用那种安静优雅的手势。

不管怎样，开价竞标的声音渐渐变少，然后没有了，主持人用一种悲凉的声音表示，这次的竞拍价格没有达标，本次拍卖流产了。

"这种买卖很无聊啊。"走出会场的时候，我对身后一个看上去像乡下来的人说道。

"就和往常一样吧。"他说，"你参加过这种拍卖会吗？"

"没有。"我说，"今天是第一次。"

"出于好奇？我好像没看到你开价啊。"

"嗯。"我说，"我只是想看看拍卖会是什么样子的。"

"哦，这就跟其他买卖一样，他们只想知道谁对他们的商品感兴趣。"

我用询问的眼光看着他。

"我跟你说，这次拍卖只有三个人在竞争。"这位朋友说，"从海明斯特来的威斯拜，他是一个建筑商，你知道的；还有戴克汉和柯布，他们替利物浦的一家公司开价。我知道还有一匹黑马，可能是个律师。当然了，也会有其他人参与竞拍，但这几个是主角。而且这个地方会贱卖，大家都这么说。"

"因为它的名声不太好吗？"我问。

"哦，你已经听说过一些吉卜赛庄的传闻了啊。只有乡下人才会说这些风言风语。几年前乡议会就把那条路改造了——那里出事太多了。"

"但确实有很多人说那地方的坏话。"

"我跟你说，这只不过是迷信罢了。无论如何，就像我刚才说的，真正的交易都是在幕后进行的。他们会再去出价，也许利物浦来的那帮人会得到它。我可不认为威斯拜会出多高的价钱，他就喜欢捡便宜，最近有的是地盘等着开发呢。不过话又说回来，能买下这片地的人并不多，得把房子推倒然后再盖一幢，他们会这么做吗？"

"如今这种人好像是不多了。"我说。

"太难了，要交税啊，还有这样那样的一大堆麻烦事，而且在乡下也找不到可以干活的人。现在的人啊，宁愿花几千英镑去城里买一幢摩登公寓十六层中的一个房间。乡下这种又大又空旷的房子，在市场上是一种累赘。"

"但你可以自己建一幢现代化的房子啊。"我表示反对，"这样还能省下点儿钱。"

"可以啊，不过这里的地皮也不便宜，而且人们不太愿意孤零零地住在一个地方。"

"也许有些人喜欢。"我说。

他哈哈大笑，然后我们便分开了。我独自向前走着，紧皱眉头，感觉自己刚刚的争执有点莫名其妙。我并没有特别注意方向，只是信步走上了一条路，道路两旁树木丛生，沿着这条逶迤的路，最终会到达一处荒野。

就在这条路上，我第一次见到了艾丽。之前我说过，她当时站在一棵大树底下，看上去就像——如果非要我解释的话——就好像一个人前一秒还不在那里，下一秒突然出现了，如同从大树中钻出来的一样。她穿着一身暗绿色粗呢大衣，一头如秋天落叶那样柔柔淡淡的棕色头发，身上散发出梦幻般的气质。一看到她我就停下了脚步。她也看着我，朱唇微启，略带惊讶的神色。我想自己看上去应该也是一脸慌乱。我想上前和她聊两句，但又不知道说些什么。最终，我还是开口了。

"抱歉，我……我并不想吓着你，我以为这里没人呢。"

她也说话了，轻柔而温和，好像一个小女孩的声音，又并不完全是。

她说："不要紧，我也没想到这里还有其他人。"她向周围看了看，"这里——这里是一个安静的地方。"然后微微颤抖了一下。

那天下午确实寒风料峭，但也许并非风的缘故，我说不清。我又上前了一两步。

"这里有点吓人，是吗？"我说，"你看，这些房子都被夷为平地了。"

"古堡。"她若有所思，"它以前叫这个名字。不过，也没看出来它哪里有城堡的样子。"

"我想那只不过是一个名字罢了。"我说，"有些人就喜欢给自己的房子取个类似'古堡'这样的名字，会显得比较高贵。"

"我想是这样的吧。"她浅笑着说，"也许你听说了，这块地方要被卖掉了，今天举行了拍卖会。"

"嗯。"我说，"我刚从拍卖会上回来。"

"啊。"她似乎吃了一惊，"你……你有兴趣吗？"

"不，我不可能买那么一大片废墟，"我说，"没那个打算。"

"它被卖掉了吗？"她问。

"没有，他们出的标还没到它的底价。"

"哦，我明白了。"她听上去如释重负。

"你也想买它？"我问她。

"啊，不是。"她说，"当然不是了。"说到这个话题，她显得有点紧张。

我犹豫了一下，但是话到嘴边，不由得脱口而出："我是混进去的。"我说，"我买不了——当然，因为我没钱，但我确实很感兴趣。我很想买下它，等有钱了我会买下它的。如果你想笑我的话，尽管张开嘴巴笑吧，可我真的是这么想的。"

"它明明已经那么破旧了……"

"对，没错。"我说，"我的意思不是说想要它现在的样子。我要把它推平，再把残屑全部运走。这幢房子太难看了，我认为它是一幢悲伤的房子。但是这块地方不难看，也不悲伤！相反，它太美了。你看看这里，过来一点，透过这些树，看看这片景致。你可以看到那边的山和沼泽，看到了吗？把这排树木清除掉——接着你到这边

32

来——"

我拖着她的胳膊带她到下一个位置，然后把眼前的景色指给她看。她并没有注意我们之间的举止不太合适。不管怎么说，我没有强迫她，我只是想把看到的风景和她分享。

"这边，"我说，"在这边你可以一眼望到海边，还能看到岩石。那边有一个小镇，但是我们看不到，因为山丘上有一个坡鼓起来了。接着你再看第三个地方，往那边隐隐约约的山谷望去。现在你明白了吧，如果砍掉一些树，开辟一条路，再把房子周围弄干净，你知道你会在这里看到一幢多么美丽的住宅吗？不要在原来的旧址上重建，你得把它向右挪五十到一百米，就在这里，你会拥有一幢美轮美奂的房子，由一位天才建筑师亲自打造。"

"你认识天才建筑师吗？"她的声音听起来略带怀疑。

"我认识一位。"我说。

然后我告诉她关于桑托尼克斯的一些事情。我们坐在一棵倒下的树上，就这么聊了起来。没错，对着这个我之前从没见过的亭亭玉立的女孩，我毫无保留地对她倾诉起我的经历，还有我的梦想。

"我知道这不会实现，"我说，"不可能。但是我能想象出来。我们砍掉这些树，开辟一些空间，再种上一些杜鹃花。我的朋友桑托尼克斯就会过来。虽然他咳得太厉害，可能得了肺痨一类的毛病，但他还是能替我做好这件

33

事情。他能在死之前把这幢房子盖好，一幢美得无与伦比的房子，你想象不出它会是什么样子。他专为那些富翁造房子，还一定得是追求好房子的富翁。不是人们常说的好房子，而是他们梦寐以求的最完美的房子。"

"我也想要这种房子。"艾丽说，"你让我看到了它，感觉到了它……没错，这里是一个安家的好地方。一个人梦想中的东西都成真了——住在这里，自由自在，无忧无虑，没有人会强迫你，做一些你并不想做的事情，而你真正想做的事情却一直没法完成。唉，我讨厌自己的生活，还有那些整天围绕着我的人和事。"

整个故事的开头就是这样。艾丽和我在一起，我有我要追求的梦想，她有她要反抗的生活。然后我们不说话了，我凝视着她，她也回望我。

"你叫什么名字？"她说。

"迈克。"我又补充了一句，"迈克·罗杰斯，你呢？"

"芬妮娜。"她犹豫了一下，"芬妮娜·古德曼。"[①] 她看着我的表情有点苦恼。

似乎我们并未因此而加深了解，但我们还是看着对方。我们都想再次见面——只不过当时都手足无措。

---

①艾丽是芬妮娜的昵称。

第五章

好了，这就是我和艾丽故事的开始。这段关系的进展不算很快，因为我们都有各自的小秘密不想让对方知道，所以我们一直不能倾诉情感，吐尽心声。这让我们始终很机警，时时刻刻都提防着彼此之间的界限，不能打开天窗说亮话——"我们什么时候再见面？我在哪里可以找到你？你住在哪里？"因为，你也知道，如果我问了她这些问题，她也会问我同样的问题。

告诉我名字的时候，她显得有些惊慌，所以我想这可能不是她的真名。也许是现编的吧，不过我告诉她的是我的真实姓名。

那天我们都不知道该怎么分别，太尴尬了。天气开始转冷，我们得从古堡走回山下去——但下去之后呢？

我笨拙地试探："你住在这附近吗？"

她说她住在查德威市场，那个市场所在的小镇离这里不远。我知道那儿有一家三星级的大酒店，可能她就住在那里。她以同样支支吾吾的方式问我："你住在这边吗？"

"不。"我说，"我不住这边，只是今天过来而已。"

然后又是一阵局促的沉默。她微微颤抖了一下，开始起风了。

"我们最好走走。"我说，"让自己暖和一点。你——自己有车，还是要搭公交车？"

她说她的汽车在村子里，又说："但是没关系。"

她看上去有点紧张。我觉得她可能想摆脱我，但是不知道怎么开口。我说："那我们走一下，走到村里去，好吗？"

她感激地看了我一眼，于是我们顺着这条车祸频传的公路蜿蜒而下。当我们来到一处转角时，有个人突然从一株枞树的阴影处冒了出来，把艾丽吓得"啊"地叫了一声。出来的是一个老女人，就是那天我在她家村舍中见过的那个黎婆婆。她今天看起来更粗野了，纠结的黑发随风摆动，一件猩红色的斗篷披在肩上，居高临下的姿态使她看起来高大了许多。

"你们在干什么呢，亲爱的孩子们？"她说，"是什么风把你们刮到吉卜赛庄来了？"

"啊。"艾丽说，"我们并没有擅入私宅，是吗？"

"我看未必！这里过去一直是吉卜赛人的领地，而吉卜赛人却被别人驱赶。你们在这里不会有什么好事，在吉卜赛庄徘徊对你来说绝对不会是好事。"

艾丽不是那种好勇斗狠的人。她温和有礼地回答：

"如果我们确实不该来这里的话，那我道歉。我还以为这地方今天被卖掉了。"

"谁买下它谁就倒霉！"老太婆说，"我告诉你，漂亮的姑娘——你真的相当漂亮——不管谁买下了这块地，都会倒霉！这是一个被下过毒咒的地方，这个毒咒已经下了很长时间，很多很多年了。你们最好离它远远的，别再打吉卜赛庄的主意，那只会给你们带来死亡和危险。回你们海外的家吧，不要再到这里来了，别说我没警告过你们。"

艾丽微怒了："我们又没有恶意。"

"行了，黎婆婆。"我说，"别再吓这位年轻的小姐了。"

我转身向艾丽解释："黎婆婆住在这个村子里，她有一间农舍。她还会算命，能未卜先知，简直什么都会，是吗，黎婆婆？"

我对她打趣道。

"我有天赋！"她轻巧地说，同时将自己那副吉卜赛人的身板挺得更直了，"我有这个天赋，天生的，每个人都有。我可以替你算命，小姑娘。把一枚银币放在我的手上，我就会告知你的未来。"

"我想我并不需要。"

"知道未来是很明智的，如果你知道接下来会发生什么，你就知道怎么避开灾祸，知道该在哪里当心一点。来吧，你口袋里有的是钱，我来告诉你一些事情，让你变得明智吧。"

我相信每个女孩对于知晓自己命运的机会都是不会抗拒的。我以前就见识过了，每次我带女孩子去集市，几乎总会掏点钱让她们去占卜者的摊位。果然，艾丽打开她的包，放了两枚五角银币在老太婆的手上。

"哈，漂亮的小宝贝，这就对了嘛。来听听我会告诉你什么吧。"

艾丽脱下手套，把她那双小巧精致的手放到了老太婆的手中。老太婆一边低头看，一边喃喃自语："我看到了什么？我看到了什么？"

她突然一下子把艾丽的手甩开。

"如果我是你的话，就马上离开，走得远远的，再也不回来！我要告诉你的就这么多，而且句句属实，我在你的手心里都看到了。忘掉吉卜赛庄吧，忘掉你所见到的一切。那里不是一座废宅那么简单，那里被下过毒咒啊！"

"你在这件事情上太狂热了吧！"我说得很难听，"再怎么说，这位小姐也和吉卜赛庄没有半点关系。她只是恰好今天走到这里，和这一带根本就没关系。"

这个老太婆没有理我，依然严肃地说："听我说，漂亮的姑娘，我这是在警告你。你的一生都会很幸福，但你一定要懂得躲避危险。千万别到一个藏着危险或者受过毒咒的地方，去那些安全无忧的地方吧，你一定要懂得保护自己，千万记住，否则——否则——"她打了个冷战，"我真不忍心看到，真不忍心看到你的手掌告诉我的一切。"

忽然，她用一种奇怪的手势把两枚五角银币塞回艾丽的手里，嘴里喃喃地说着一些我们听不清楚的话，好像是"太惨了，太惨了，这些要发生的事情啊"，然后转身急匆匆地走了。

"好……好可怕的女人。"艾丽说。

"别理她。"我粗声粗气地说，"我觉得她的脑袋已经坏了一半了，只想把你从这儿吓跑。也许她对这片土地有一种很特殊的感情。"

"这里有过什么灾祸吗？出过什么不幸的事情？"

"肯定有灾祸，你看这条公路的转角，多窄。乡议会从来没有针对这个有过什么措施，那当然会发生一些车祸啊！他们都不重视。"

"只有车祸吗——会不会有什么别的？"

"听我说，"我跟她说，"每个人都喜欢说三道四。而这里也确实常有一些事故发生，所以呢，关于这个地方的风言风语就这么传开了。"

"所以他们才说这地方会贱卖？"

"也许吧，当地人都这么说。不过我想不会卖给当地人，它应该会被盖成商业建筑。你在发抖了。"我说，"来吧，别发抖了，我们走快一点。"然后我又加了一句，"你希望在回到镇上之前和我分开吗？"

"不，当然不啊。我为什么要这么想？"

我鼓起了最大的勇气。

"你看，"我说，"我明天会在查德威市场。我……我想……我不知道你明天还在不在那儿，我想说，我还有没有机会……见你？"

我慢吞吞地走着，脸转向一边。我觉得脸变红了。不过我现在要是不说点儿什么的话，事情就不会有下文了。

"哦，好啊。"她说，"我要明天晚上才回伦敦呢。"

"那么或许……你愿不愿意……我的意思是，我不知道这样是不是有点唐突。"

"不，不唐突。"

"呃，也许你可以来喝杯咖啡。蓝狗，我想那家店是叫这个名字，那地方不错。"我说，"我想说的是，那里——"我明明不想说这个词的，但我还是说了出来，这个词我只在妈妈那里听过一两次，"那里蛮高雅的。"我说得很冒失。

艾丽笑了。这个词在如今这年头听起来确实有点怪。

"我想那肯定是个不错的地方。"艾丽说，"我会来的，大概在四点半左右，你看好吗？"

"我会在那里等你。"我说，"我……我很开心。"

但我说不出来我为什么这么开心。

我们走过了那条路的最后一个转角，周围的房屋渐渐多了起来。

"那么，再见吧。"我说，"明天见。还有，别再想那个老巫婆说的话了，她只是想吓唬人。她不是一直在那儿的。"我又补充了一句。

"你觉得那地方吓人吗？"艾丽问我。

"吉卜赛庄？不，我不觉得。"我说。也许我的语气太果断了，但我真的不认为那个地方有什么吓人的。我仍然像以前那样觉得，那是一个好地方，是一个可以造出漂亮房子的好地方。

好了，这就是我和艾丽初识的经过。第二天我就在查德威市场的"蓝狗"咖啡厅等她，她也来了。我们一起喝茶、聊天。我们依旧很少谈起自己——我是指自己的生活。大部分时间里，聊的都是我们的一些想法，一些感受。然后艾丽看了一眼手表，说她得走了，因为要搭五点半的火车去伦敦。

"我还以为你有辆车在这儿。"我说。

她看上去有点尴尬，说昨天那辆不是她的车。但她没告诉我那车是谁的。尴尬的气氛再次笼罩了我们，我伸手把服务生叫过来埋了单，然后老老实实地跟艾丽说："我……我还能再见你吗？"

她没有看我，而是低下头盯着桌子。她说："我要在伦敦住两个星期。"

我说："那我们在哪里见面呢？"

然后我们定了三天后在摄政公园见面。那天天气不错，我们在一家露天餐馆吃了点东西，接着走到了玛丽女王花园，坐在两张椅子上聊了起来。从那次起，我们开始聊关乎自己的事情了。我告诉她我受过良好的教育，但是学到的东西并不多。我还告诉她我做过的一些工作，以及我如何不安于现状，不愿被束缚，一直在徘徊游移，做做这个，又干干那个。说来真怪，她对于这些都听得相当入迷。

"太特别了。"她说，"太不一样了。"

"怎么不一样？"

"和我不一样。"

"你是个有钱人吗？"我带着点揶揄的口气，"你是个可怜的富家千金。"

"没错。"她说，"我确实是个可怜的富家千金。"

然后她开始断断续续地诉说起她的富家背景，还有那无聊到令人窒息的悠闲生活。她无法自己去交几个真心的朋友，从来没有随心所欲地做过想做的事情，眼睁睁地看着别人都能享受自己的生活，自己却不能。当她还在襁褓中时，母亲过世了，父亲也随即再婚。又过了许多年，父亲也离开了这个世界，她这样诉说着。我推测她不太喜欢继母。艾丽大部分时间都住在美国，偶尔也到国外旅行一阵儿。

这年头，像她这个年纪的女孩居然能生活在一个封闭束缚的环境之下，对我来说有点难以想象。没错，她也去一些聚会和娱乐场所，但从她说话的方式来看，这似乎和距离我五十多年前的生活一般，没有半点亲切和乐趣可言。她与我的生活截然不同，简直判若云泥。我听得很起劲，但同时也觉得，这样的生活真乏味。

"你从来没有交过真正的朋友吗？"我难以置信地说，"男朋友呢？"

"他们是为了我而挑选出来的。"她说得有些悲痛，"他们都太乏味了。"

"这就像坐牢一样。"我说。

"差不多。"

"你真的没有自己的朋友吗？"

"现在有了，我有格丽塔了。"

"格丽塔是谁？"我说。

"一开始她是一个互惠生①——不，也许不是那样的。总之，以前有个法国姑娘跟我住了一年，教我法语。格丽塔是德国人，教我德语。但是格丽塔与众不同，她来了之后，每件事情都不一样了。"

"你很喜欢她吗？"我问道。

"她会帮我。"艾丽说，"她是站在我这边的。有她的安排，我就可以做一些事情，去一些地方，她会替我隐瞒。如果格丽塔没去过吉卜赛庄，我也不会去。我继母在

---

①指未婚女孩（极少情况下也有男孩）到另外一个国家，以完全平等的客人身份在某个家庭生活一段时间，帮助这个家庭照顾儿童或做一些家务。这个家庭为互惠生提供膳宿，每月支付固定金额的零用钱。

巴黎时，她一直在伦敦陪着我，照顾我。我事先写了两三封信，如果我要去什么地方，格丽塔就会每隔三四天替我寄掉一封，每一封上面都是伦敦的邮戳。"

"但你为什么要去吉卜赛庄呢？"我问道，"为了什么？"

她没有立刻回答我。

"格丽塔和我安排的，她真是太好了。"她接着说，"我想事情，她出主意帮我做。"

"这位格丽塔长什么样呢？"我问。

"噢，格丽塔很漂亮。"她说，"一个高挑的金发女郎，而且她什么都办得到。"

"我想我不会喜欢她。"我说。

艾丽笑了。

"不，你会的。我敢保证你会的。她还很聪明。"

"我不喜欢聪明的姑娘。"我说，"而且我也不喜欢高挑的金发女郎，我喜欢有着秋天树叶般头发的小女孩。"

"我认为你是在嫉妒她。"艾丽说。

"也许吧。因为你太喜欢她了，不是吗？"

"是的，我非常喜欢她，她让我的生活变得截然不同。"

"而且是她建议你到那个地方去的，我在想这是为什么。世界这么大，那块小地方没什么好看、也没什么可做，我觉得有点不可思议。"

"这是我们之间的秘密。"艾丽看上去有点局促不安。

"你的还是格丽塔的？告诉我。"

她摇摇头。"我必须保留一些自己的秘密。"她说。

"你的格丽塔知道你在和我约会吗？"

"她知道我正和某人在一起，就这么多了。她不会问我什么的，她知道我很快乐。"

那天之后，我们有一个星期没见面。她的继母从巴黎回来了，还有一个被她称作弗兰克叔叔的人。几乎是在偶然的闲谈中她才说起自己过了一次生日，他们在伦敦为她准备了一个大聚会。

"我没法脱身。"她说，"那个星期不行。但是再往后——再往后，就又不一样了。"

"为什么再往后就不一样了？"

"那时我就可以做我喜欢做的事了。"

"又是格丽塔帮的忙吗？"

我说到格丽塔时的语气，常常会让艾丽觉得好笑。她说："你嫉妒她，真是太傻啦。总有一天我要让你见见她，你会喜欢她的。"

"我不喜欢爱指挥的姑娘。"我固执地说。

"你为什么会觉得她爱指挥别人呢？"

"从你的话里感觉出来的。她总是在张罗着什么事情。"

"她非常有效率。"艾丽说，"她把事情都安排得很好，所以我的继母才那么信任她。"

我又问她弗兰克叔叔是谁。

她说："我对他了解得真的不多。他是我姑姑的丈夫，并不是什么真正的亲戚。我感觉他总是游手好闲的，还惹过几次麻烦。你知道社会上管这种人叫什么吧？"

"社会败类？"我问，"一个坏蛋吗？"

"不，我认为他其实不坏，只是经常在有关财务的事情上陷入窘境。于是他的受托人、律师，或者其他一些人总是要花点钱让他脱困。"

"那就是了。"我说，"他是这个家里的害群之马。比起那位模范的格丽塔来，但愿我能与他相处得更好一些。"

"如果他愿意的话，能让自己非常受欢迎。"艾丽说，"他是一个好伙伴。"

"但你并不是真的喜欢这个人吧？"我尖锐地问。

"我想我是喜欢他的……有时候吧，我也不知道该怎么说。我只是觉得猜不透他到底在想什么，在计划些什么。"

"可能在想什么大生意呢。"

"我看不出他的真实面目。"艾丽再次说道。

她从来没有提过要我见见她的家里人。有好几次我都在犹豫，是不是我应该主动开口，我不知道她到底是怎么想的。最后我还是对她开诚布公了。

"听我说，艾丽。"我说，"你觉得我是不是应该——

见见你的家里人？或者你觉得没这个必要？"

"我不想让你和他们见面。"她马上回答道。

"我知道我不怎么样。"我说。

"我不是这个意思，完全不是！我的意思是他们肯定会大惊小怪，我受不了他们这样。"

"有时候我感觉——"我说，"我们太偷偷摸摸见不得人了，一点儿都不光明正大，你不这么觉得吗？"

"我不是小孩子了，可以有自己的朋友。"艾丽说，"我快二十一岁了，到了那个年纪，我自己交个朋友没有人可以干涉。但是现在，你懂吗——你看，就像我刚才说的，他们会小题大做，然后为了阻止我们相见，把我送到一个什么地方去，那样就——不，还是让我们保持现在这种关系吧。"

"如果你觉得这样合适，那我也觉得这样合适。"我说，"我其实并不是想……嗯，把什么事情都了解得一清二楚。"

"这不是了解不了解的问题。我只是想有个朋友可以聊聊天，能对他倾诉一些事情，能和他一起……"她突然微笑了起来，"一起幻想一些事情。你不知道这种感觉多美妙。"

没错，接下来就发生了好多这种事情——幻想！我们在一起的时光，越来越多地以那种方式度过，有时候是我，更多的时候是艾丽。她会说："幻想一下，我们已经买下了吉卜赛庄，正在那里盖一幢房子。"

我告诉过她很多关于桑托尼克斯和他所建造的房子的事情，也试着向她描述那些房子的样子，以及桑托尼克斯的思考方式。我不认为我把它们都描述得很好，因为我不善形容。毫无疑问艾丽对房子有她自己的想法——我们的房子。我们从没有说过"我们的房子"这个词，但我们心领神会。

于是我有一个多星期见不到艾丽了。我取出我的积蓄（虽然并不多），买了个小小的三叶草指环作为给她的生日礼物，是绿色的爱尔兰沼石材质。她爱不释手，看上去非常开心。

"真漂亮。"她说。

她并没有佩戴很多珠宝首饰，如果要戴的话，毋庸置疑她也会戴上真正的钻石翡翠这类高档品。但她喜欢我送的爱尔兰绿戒指。

"这是我最喜欢的生日礼物。"她说。

然后我收到一张她匆匆写就的纸条，说过完了生日，她就要跟家人动身到法国南部去。

"但是你别担心，"她这么写，"两到三周后我们会回来的，还会顺便去美国。但不管怎么说，我和你肯定会见面的，我有一些特别的事情要和你谈。"

知道艾丽要到法国去，我感到坐立难安，心神不定。我也打听了一些吉卜赛庄的新消息，似乎有人私人议价买下了它，但具体买主是谁就无从得知了。很明显买主是通过伦敦的一家律师事务所出面购买的。我尝试打探更多消息，但是无功而返，这家公司在这个问题上非常谨慎，我也没办法接近负责人。我跟他们那儿的一位员工混熟了，但也只打听到一些模模糊糊的信息。据说是被一个很有钱的客户买了下来，他看中了吉卜赛庄良好的增值空间。当这个小镇发展起来之后，这片土地的价格自然也会水涨船高。

要想在一家垄断消息的公司那里打探些什么出来简直太难了，每件事情都是独家机密，好像他们是军情五处^①还是什么似的。

每个人都代表着其他一些人，而那些人的名字是秘密，投标购买的价格也是秘密！我陷入了一种焦灼难安的可怕状态。随后我决定，还是先别管这些事情了，去看望一下妈妈吧。

我好长时间没去看望她了。

---

①英国负责国内反间谍、反恐怖主义活动的情报部门。

第六章

我的妈妈在同一条街上住了至少有二十年，那条街上的房子虽然质量很好，但缺乏美感，了无生气。

我来到四十六号的门前，台阶一如既往地干净整洁。门铃响过之后，妈妈开了门，站在门口看着我。她看上去也和从前一般无二：高高瘦瘦，灰白色的头发从中间分开，嘴巴像一个捕鼠夹般紧闭着，眼神里永远装满了猜疑。她如同一颗钉子那么强硬，不过只要是和我有关的事，都会触及她心里柔软的部分，即便她从未表现出来过，我也知道这一点。她无时无刻不在盼望我干出一番大事业，但我从来没有办到过。所以我们一直都处在僵局中。

"哦，"她说，"是你啊。"

"没错，"我说，"是我。"

她后退了几步让我过去。我走进屋子，穿过客厅的门来到厨房，她跟在我后面，随后站住了看我。

"真是有好长一段时间了。"她说，"你都在干什么呢？"

我耸了耸肩。

"到处做做呗。"我说。

"哦。"我妈说，"跟以前一样，是吗？"

"跟以前一样。"我同意这句话。

"从我上次见你到现在，你换过多少工作了？"

我想了一下，说："五个。"

"但愿你已经长大了。"

"我确实长大了，"我说，"我的生活方式是自己选择的。你过得怎么样？"我又加了一句。

"也跟以前一样。"我妈说。

"身体挺好的吧？"

"我可没时间浪费在生病上。"她说，然后又突然问我，"回来有什么事？"

"一定要有事我才能来吗？"

"以前都是有事才来的。"

"我搞不明白，为什么你这么强烈地反对我出去看看这个世界？"我说。

"开着豪车到处跑，这就是你说的看看这个世界？"

"当然了。"

"这么做你可没办法成功。把客人丢在陌生的城市，突然通知说自己生病了，然后把工作甩一边，这样子怎么可能成功？"

"你怎么知道这事儿的？"

"你的公司打电话过来了，问我知不知道你的地址。"

"他们找我干吗？"

"可能还想聘用你吧。"我妈说，"我不清楚。"

"因为我是个好司机，客人们也都喜欢我。不管怎么说，生病的事我没法控制，对吧？"

"我不知道。"妈妈说。

她的态度看起来很明显，那就是生病的事我可以控制。

"你回英国的时候为什么不向他们报到？"

"因为我有其他重要的工作。"我说。

她扬起了眉毛。"你心思又活络了？又有什么疯狂的主意了？那之后你做的是什么工作？"

"加油站，修车厂，小夜总会餐厅里的临时洗碗工。"

"真是越来越走下坡路了啊。"妈妈的话里带着一股悲凉。

"根本不是。"我说，"这只是计划的一部分，我计划的一部分！"

她叹了口气。"想喝点什么，茶还是咖啡？这儿都有。"

我要了咖啡，我已经过了喝茶的年纪了。我们坐了下来，杯子放在前面，她拿了一块自己做的蛋糕出来，我们一人切了一片。

"你不一样了。"她突然说。

"我？怎么不一样？"

"我不知道，但是你确实不一样了。发生了什么吗？"

"没发生什么啊，能发生什么事呢？"

"你看上去很兴奋。"她说。

"我准备去抢一家银行。"我说。

她并没有被我逗乐，只是说："不，我倒不担心你干那个。"

"为什么？这年头，抢银行是最简单快捷的致富方法。"

"那需要做太多的工作，"她说，"还要想很多方案。你可不会去做这么费脑筋的事情，而且也不安全。"

"你认为你很了解我。"我说。

"不，不了解。我真的一点都不了解你，因为你和我完全不同。但是我知道你准备做一些事情，你想做什么，迈克？和一个姑娘有关？"

"为什么你觉得会是一个姑娘？"

"我就知道有一天这事儿会发生的。"

"你说的'有一天'是什么意思？我也有过很多女朋友啊。"

"不是那个意思，那只是一个年轻小伙子无事可做时的一些消遣。你的女朋友们从来就没断过，但只有这次你是认真的。"

"你觉得我这次认真了？"

"是个姑娘吧，迈克？"

我没有看她的眼睛。我看着别处说："可以这么说吧。"

"她是哪种类型的女孩？"

"适合我的那种类型。"我说。

"你准备带她来见见我吗？"

"不。"我说。

"觉得没必要？"

"不，不是这样的。我不想伤害你的感情，但是……"

"你没有伤害我的感情。你不想带她来见我，是担心我跟你说'不行'，是吗？"

"就算你真这么说，我也不会放在心上的。"

"也许不会，但是它能动摇你。这会让你在内心深处产生一些疑虑，因为我说的话和我的想法你都很在意。我猜中过你的很多事情——猜得很对，你也知道。我是这世界上唯一可以动摇你内心信念的人。是一个坏姑娘把你套牢了吗？"

"坏姑娘？"我大笑着说，"你是没见过她！你这话太好笑了。"

"你想从我这儿要什么？你肯定想要些什么吧，你一直是这样。"

"我想要点钱。"我说。

"打消这个念头吧，你想要钱干吗？花在那个姑娘身上吗？"

"不，"我说，"我要买一套合身的上等衣服去结婚。"

"你想和她结婚？"

"如果她要我的话。"

她吓了一跳。

"只要你想跟我说什么事，"她说，"我就知道要糟糕了。我一直在担心这件事情，那就是你选错对象了！"

"选错对象！见鬼！"我气得咆哮起来。

然后我摔门而出。

第七章

我到家时，发现有封电报在等我——一封来自昂蒂布[①]的电报。

明天四点半老地方见。

艾丽不一样了，我立刻就这么觉得。我们又一次在摄政公园见了面，刚开始彼此之间还有点羞涩和尴尬。我有话要对她讲，但找不到一种比较好的表达方式。我认为任何男人在求婚的关头都会这样。

她好像也因为什么事而显得有些奇怪，也许是正在考虑如何用最委婉的方式拒绝我。但不知为何，我不相信真是如此。我生命中全部的信念，都建立在这样一个基础上——艾丽爱我。而仅仅因为长大了一岁，她身上就多了某种我几乎难以察觉的新的信心和自主性。过个生日不会

---

① 法国东南部海港城市。

给一个女孩带来什么不同吧？她和家里人去法国南部的事情，我也没听她讲多少。

她有点胆怯地开口道："我……我去看过那幢房子了，你跟我说过的那幢，你的建筑师朋友建的。"

"什么——桑托尼克斯吗？"

"是的，我们有一天去那边吃午饭。"

"怎么办到的？你继母认识住在那儿的人？"

"德米特里·康斯坦丁？这个……并不认识，但我们见到了他——好吧——其实是格丽塔安排我们去那里的。"

"又是格丽塔。"我的声音中渐渐出现了平时常有的恼怒。

"我跟你说过，"她说，"格丽塔很善于安排事情。"

"好的，所以她安排了你和你继母……"

"还有弗兰克叔叔。"艾丽说。

"好一个家庭聚会。"我说，"格丽塔也去了吧，我猜。"

"格丽塔没有来，因为，呃……"艾丽有点迟疑，"寇拉——我的继母，她不会这样对待格丽塔。"

"她不是家庭的一分子，而是一个微不足道的人，是吗？"我说，"事实上，她只是个互惠生，被这样对待，格丽塔肯定偶尔会怨恨。"

"她不是一个互惠生，她是我的同伴。"

"一个女伴。"我说，"一个导游，一个保姆，一个家庭教师——这种词多得是。"

"好了，不要说了。"艾丽说，"我想告诉你，我现在知道你对你那位朋友桑托尼克斯的看法了。那幢房子美轮美奂，的确太……太与众不同了，我想如果他替我们造一幢房子的话，肯定也是无与伦比的。"

她相当无意识地用了这么一个词，"我们"，她是这么说的。她去里维埃拉，让格丽塔安排所有事情，就是为了看看我曾经向她描述过的房子。因为她要更清楚地瞧瞧我们想要的房子是什么样的，那幢梦想世界中的我们的房子，由鲁道夫·桑托尼克斯亲手打造的房子。

"你能这么想我非常高兴。"我说。

她说："你最近做了些什么呢？"

"还是乏味地工作。"我说，"我还去了一次赛马大会，在一匹不被看好的马身上压了些钱，一赔三十呢。我把所有的钱全压在了上面，最后它以领先一个身位的优势取得了胜利。谁说我还没开运呢？"

"我很高兴你赢了。"艾丽说，但是她的口气听上去一点都不兴奋。因为——把你的全部身家都压在一匹不被看好的赛马身上，而它居然赢了——这件事情在艾丽的世界里根本不代表什么，不像对我来说意义那么大。

"我还去看望了我妈妈。"我加了一句。

"你没怎么说起过你妈妈的事。"

"有什么好说的呢？"

"你不喜欢她吗?"

我想了一会儿。"我不知道。"我说,"有时候我会这么觉得,毕竟一个人长大了,难免会对父母有点抵触。"

"我觉得你很在乎她。"艾丽说,"否则你不会一说起她就这么支支吾吾。"

"在某些方面我真的很怕她。"我说,"她太了解我了,我的意思是,连我最差劲的地方她都相当了解。"

"总是要有这种人的。"艾丽说。

"这话是什么意思?"

"好像是个大作家还是谁说的,在贴身仆人的眼里,没有一个人是英雄。也许每个人都需要这样一个贴身仆人,不然总是活在他人的赞美里,太累了。"

"好吧,你确实挺有想法的,艾丽。"我牵起她的手,"那你对我的一切都了解吗?"

"我想是的。"艾丽说道,她的语气非常冷静。

"我可没和你说太多啊。"

"没错,很多事情你确实闭口不言,但我对你的性格和你这个人本身很了解。"

"我不知道你是否真的了解。"我接着说,"这听起来相当愚蠢,因为我要说,我爱你。似乎我说得太晚了,是吗?我想你早就知道这回事儿了,实际上从一开始就知道了吧,是不是?"

"是的。"艾丽说,"你不是也早就知道了吗——关于我的想法。”

"问题是，"我说，"我们该怎么做？这件事可没那么简单，艾丽。你完全清楚我是什么样的人，做过什么样的事，过着什么样的生活。我回去看望母亲，她住在一条看起来不错的老街上，那是和你完全不一样的生活，艾丽。我不知道这两种生活要怎么共处。”

"你可以带我去见你的妈妈。”

"可以是可以，"我说，"但我宁愿不要。我能预料到她会对你说一些很刺耳的话，可能还很残酷。你要明白，我们会一起过一种奇怪的生活。这不是你以前过的生活，也不是我以前的生活方式，而是一种全新的生活。在这种新生活里，我们的一切都将汇集在一起，包括我的贫穷和没文化，也包括你的财富和有教养。我的朋友会认为你是一个傲慢自大的上流人士，而你的朋友则会认为我是一个难登大雅之堂的社会底层混混。所以这一切我们该怎么办呢？”

"我会告诉你，"艾丽说，"我们到底该怎么做。我们要住在吉卜赛庄的一幢房子里，而这幢我们梦想中的房子由你的朋友桑托尼克斯为我们建造，这就是我们要做的事。"然后她又加了一句，"当然我们要先结婚，这也是你的意思，对吗？”

"是的，"我说，"这就是我的意思，如果你觉得这么做对你来说合适的话。”

"那太容易了。"艾丽说,"我们下周就可以结婚。你看,我已经到了法定年龄,现在我可以做我想做的事,这一切都不同了。我认为你对亲朋好友的顾虑也许是对的,所以我不告诉我的家人,你也别告诉你的妈妈,直到所有的事情都办完了,他们就算再反对也没什么关系了。"

"太棒了。"我说,"这太棒了,艾丽。但是有一件事,我真不忍心告诉你。我们不能在吉卜赛庄生活了,艾丽,我们也不能在那里盖我们的家了。因为那儿已经被卖掉了。"

"我知道那儿被卖了。"艾丽笑着说道,"你不知道,迈克,买下那块地的人就是我。"

第八章

我坐在一片草地上，旁边是莲花丛生的溪流，一条小径和几块脚踏石环绕着我们。还有很多人也在我们周围坐着，但我们并没有注意，或者说我们的眼里根本看不到他们。因为和他们一样，我们也是年轻的情侣，正在畅谈着未来。我目不转睛地凝视着身边的女孩，说不出话来。

"迈克。"她说，"有一些……有一些事情我想告诉你，是关于我的。"

"你不用……"我说，"不用把所有事都告诉我的。"

"但我必须说出来。我之前就应该告诉你的，而我没有，因为——因为我怕这会把你吓跑。但是它能解释一些关于吉卜赛庄的事。"

"你买下了它？"我说，"但你是怎么买的呢？"

"通过律师。"她说，"最普通的方法。它真的是一块投资的好地方，你知道的。那片土地肯定会涨价，我的律师对这件事情很得意。"

突然听到艾丽说这番话，感觉有点怪怪的。温柔腼腆的艾丽，对买卖生意居然有这种认知和信心。

"你是为我们而买的吗？"

"是的，我找了个私人的律师，而不是家庭律师。我告诉他我想要做什么，让他去调查一下那个地方，我就着手将一些事情筹备妥当。还有两个人也看中了它，但他们并非真的很渴望得到，出价也不高。最重要的事情就是，所有事务都准备就绪、安排妥当了，只等我年龄一满就签字。现在我签过字了，整件事情也就办成了。"

"但你肯定得有一些存款，或者事先准备过什么啊。你有足够的钱去做这些事吗？"

"没有。"艾丽说，"我事先并没有足够多的钱去做这件事，但肯定会有人给你垫付一下的。如果你找一家新开的法律顾问公司，他们会很乐意和你合作，只要你是一笔巨款的继承人。他们愿意冒这个险，只要你别在生日之前就突然去世。"

"听上去很有条理。"我说，"你让我大吃一惊啊。"

"别再想生意的事情了。"艾丽说，"言归正传吧，我说要告诉你一件事情。从某个角度来说，我已经告诉过你这件事情了，但我不清楚你是否意识到了。"

"我不想知道。"我说话的声音拔高了，几乎是喊了出来，"什么都别告诉我。我不想知道你做过些什么、你喜欢过谁，还是你身上发生过什么事情。"

"根本不是那种事情。"她说，"我真不知道，你还怕那种事情呢。不，不是那些，不是什么感情方面的事情，除了你我没爱过别的人。我想说的是，我——嗯，我很有钱。"

"我知道啊。"我说，"你早就说过了。"

"是的。"艾丽带着微弱的笑容说道，"而且你说我是'可怜的富家千金'，但其实比这个还要多一点。我的祖父，你要知道，富可敌国。石油，大部分是石油，还有其他一些产业。他的太太们都已经过世了，只剩下我爸爸和我，因为他的另外两个儿子都死了，一个死在朝鲜，还有一个在车祸中丧生。所以在我爸爸突然撒手人寰之后，庞大的财产都落到了我头上。我父亲身前已经给我继母做过安排，她拿不到更多了，全归我所有。事实上我是全美国最富有的女性之一。"

"老天！"我说，"我不知道。你说得没错，我真的不知道。"

"我不想让你知道。所以我说我叫芬妮娜·古德曼的时候有点担心。其实我姓顾特曼，我想你可能听说过这个姓氏，所以把它稍微含糊了一下，变成了古德曼。"

"是的。"我说，"我依稀听过顾特曼这个姓，但尽管如此我当时也不会马上联想到。很多人的姓名听上去都差不多。"

"这就是为什么，"她说，"我总是被人围困住，好像在坐牢一样。还有一些侦探在暗中监视我，年轻人和我说话前甚至要被审查。不管什么时候我交了个朋友，他们都会去调查清楚这个人适不适合做我的朋友。你不知道这有多恐怖，简直是可怕的牢狱生活啊！但是现在这一切都过去了，如果你不介意的话——"

"我当然不介意。"我说，"我们将会有很多乐趣。事实上，你的钱再多一点我都不怕。"

我们都笑了。她说："我喜欢的正是你的自然坦诚。"

"只不过，"我说，"我猜你要为这笔遗产付很多税吧？像我这样的人，总是会对这些事情耿耿于怀，随便多少钱到了我的口袋，我都不会轻易让人家拿走。"

"我们就要有自己的房子啦。"艾丽说，"我们在吉卜赛庄的房子。"就在这时她突然微微哆嗦了一下。

"你不冷吧，亲爱的？"我看着头顶的阳光，说道。

"不。"她说。

那天非常暖和，我们一直沐浴在阳光底下，几乎就像是法国南部的天气。

"不冷。"艾丽说，"只是因为那个——那个女人，那天那个吉卜赛女人。"

"噢，别再想她了。"我说，"她反正是个精神病。"

"你觉得她真的认为那块土地上有毒咒吗？"

"我觉得吉卜赛人都这样，你知道，总是围绕着一些诅咒唱唱跳跳的。"

"你对吉卜赛人了解得多吗？"

"事实上一无所知。"我如实回答，"如果你不想要吉卜赛庄，艾丽，我们可以在别的地方买个房子。在威尔士的高山之巅，西班牙的畔海之滨，或者在意大利的山麓之下，桑托尼克斯也可以在那些地方给我们造房子。"

"不。"艾丽说，"我就要那个地方。在那里我第一次看见你走上公路，突然来到转角处，然后你看到了我，一动不动地看着我。这一幕我永远不会忘记。"

"我也不会。"我说。

"所以，房子就要盖在那个地方，然后由你的朋友桑托尼克斯设计。"

"但愿他还活着。"我带着一丝不安的痛苦说道，"他有病在身。"

"噢，是的。"艾丽说，"他还活着，我去见过他了。"

"你去见过他了？"

"是的，我在法国南部那阵子，他在那边的一个疗养院里。"

"每一分钟，艾丽，你似乎都能让我感到越来越惊奇——关于你所做和所安排的这些事情。"

"我觉得他真是一个相当奇特的人。"艾丽说，"同时也相当可怕。"

"他吓到你了吗？"

"是的，因为一些原因，他把我吓了一跳。"

"你跟他说了我们之间的事？"

"是的。噢，当然了，我对他和盘托出了我们之间的事，还有吉卜赛庄和房子的事。他告诉我，我们要和他一起冒冒险了，因为他的病情相当严重。但是他说他还能在剩下的日子里去看看地形，画画图纸，然后让房子慢慢成形。他说就算在房子竣工之前他就撑不住了，那也没关系。但是我告诉他，"艾丽接着说，"房子完工之前不许死，因为我想让他看着我们住在里面。"

"他说什么了？"

"他问我是不是知道和你结婚意味着什么，我说我当然知道。"

"然后呢？"

"他说他怀疑你到底知不知道自己在干什么。"

"我当然也知道啊。"

"'顾特曼小姐，你总是知道你想要什么。'他说，'你总会去到你想去的地方，因为这是你自己选择的道路。但是迈克，'他说，'可能走上了一条歧路，他还没有成熟到真正了解自己想要什么。'"

"我对他说，"艾丽接着说，"他和我在一起会非常安全。"

她有良好的自信。我对桑托尼克斯说的话感到非常愤怒，他就像我母亲，似乎总是比我本人还更了解我自己。

"我知道我想要什么。"我说，"我要走的就是我自己想走的路，而且是你和我一起走。"

"他们已经开始把古堡的废墟推平了。"艾丽说。

她开始把话题转为现实。

"只要规划完成，接下来就要急急忙忙地干活了。我们一定要抓紧时间，桑托尼克斯是这么说的。我们下周二结婚好吗？"艾丽说，"下周二是个好日子。"

"我们谁都不邀请。"我说。

"除了格丽塔。"艾丽说。

"让格丽塔见鬼去。"我说，"我们结婚不用她来。只有你和我，没有旁人。必要的证婚人我们可以在大街上随便拖几个进来。"

现在回想起来，我真觉得，那是我一生中最快乐的时光。

第二部 ——————

第九章

就这样，我和艾丽结婚了。这听起来可能有点太突然，但你看，事情真的就是这样，我们决定结婚，于是便结婚了。

但事情并不像爱情小说或童话故事所描绘的结局一样——他们结婚了，从此幸福地生活在了一起。毕竟"幸福地生活在一起"之后，就再也不会有什么戏剧性的变化了。

结婚之后，我们两个人都很快乐。在别人还没来得及给我们制造困难和骚乱之前，这都将是一段愉快的时光，我们也已经为此做好了心理准备。

整件事情出奇地简单。为了渴望中的自由，艾丽现在会很巧妙地掩饰行踪，那位得力的格丽塔也采取了所有必要的措施，在她身后时刻警戒着。不久我也开始意识到，其实没有人真正在乎艾丽，关心她在做什么。她的那位继母沉浸在自己的社交生活和风流韵事中，如果艾丽不愿意跟她去什么地方，不管那是世界的哪一处角落，她都可以不去。艾丽自己就有家庭教师、女仆，还有很好的见识。如果她想去欧洲，为什么不能自己去呢？如果她想要二十一岁生日在伦敦过，那也有何不可呢？

现在她有了一大笔财产，可以自由支配在任意开销上。如果她要一幢里维埃拉的别墅，或者一座科斯塔布拉瓦①的城堡，又或者一艘游艇之类的东西，只要她开口，自然会有很多专门绕着富翁打转的跟班替她办好。至于格丽塔，我猜她已被艾丽的家人视为一个得力助手。她很有能力，可以把一切都安排得妥妥帖帖，并善于讨艾丽的继母、叔叔和一些古怪的表兄弟的欢心。艾丽自己雇的律师至少有三位，经常替她打理事务。她的身旁还有一张巨大的财务关系网，包括银行家、律师、基金管理员等。

只有从艾丽无意间的谈话中，我才会时不时窥探到这个世界。当然她也从来没有意识到我对这些事情一窍不通。她从小就生活在其中，耳濡目染，自然而然认定所有人都知道这些事情，以及如何去管理、运作等。

事实上，从对方的生活中窥探到一些自己以前从来没接触过的风景，居然成了我们新婚期间最大的乐趣。说得直白一点吧——我自己说话一向很直白，这也是我习惯新生活的唯一方法——穷人不知道富人是怎么生活的，反之亦然。找出这些不同的地方，对我们来说都很有趣。

有一次我很不安地问她："我说，艾丽，我们的婚姻

---

①西班牙沿海地区。

会不会因为一些可怕的压力而宣告终结？"

艾丽想了想，我注意到她并不是很关心这个问题。

"噢，没错。"她说，"可能会有一些可怕的压力，"她又加了一句，"但我希望你别太介意。"

"我不介意——我有什么好介意的——倒是你，他们会因此为难你吗？"

"我觉得他们会的。"艾丽说，"但用不着理会，因为他们无能为力。"

"但他们还是会试一下？"

"是的。"艾丽说，"他们会试一下。"深思熟虑后她又加了一句，"也许他们会收买你。"

"收买我？"

"别这么惊讶。"艾丽微笑着说，这是一种无忧无虑的小女孩般的笑容，"事实和传言总会有很大出入。"她接着说，"米妮·汤普森的那位就是被收买的，你不知道吧。"

"米妮·汤普森？人们常说的那个石油继承人？"

"是她，没错。她离家出走和一个海滩救生员结婚了。"

"我说，艾丽，"我有点不安地说道，"我在利特尔汉普顿也做过海滩救生员。"

"啊，是吗？好有趣！是长期工作吗？"

"不，当然不是了。只做了一个夏天，仅此而已。"

"我希望你不要担心。"艾丽说。

"米妮·汤普森后来怎么样了？"

"他们把价钱提高到二十万美元才把那男人打发走，"艾丽说，"他不接受更少的条件了。米妮喜欢男人，可脑子也太笨了。"她加了一句。

"你真让我大吃一惊，艾丽。"我说，"原来我不只是娶了位太太，而且还获得了一个机会，可以随时将其转换为金钱。"

"你说得没错。"艾丽说，"找一个厉害点的律师，告诉他你愿意和他开诚布公地谈一谈，他就会安排你离婚，还有你的赡养费事宜。"艾丽继续对我进行"教育"，"我的继母就结过四次婚，捞了一大笔。"然后她又说，"噢，迈克，别这么吃惊。"

有意思的是，我真的很吃惊。这个愈富裕愈堕落的现代社会，真让我感到厌恶。像艾丽这种小姑娘，对世俗事务居然如此熟悉，而且表现得理所当然，让我觉得很惊讶。尽管我知道艾丽本质是善良的——她天真纯洁，有一种毫不矫揉造作的可爱——但并不意味着她就能对周遭环境毫无知觉。她所了解和接受的，不过是人性中小小的一部分罢了。对于我的世界，她了解得就不多。这个世界有专门骗钱的人，有赛马赌博和贩毒团伙，还有生活中乱七八糟的危险。很多道貌岸然的人生活在我们周围，他们衣着得体、受人尊敬，但一心只想着钱，这个世界我太了解了。还有一位妈妈靠自己的双手辛劳工作，就为了让自己的儿子过得体面。她省吃俭用，攒下每一分钱，儿子却不负责任地浪费一次次机会，还把所有家当都压在一匹赛马身上——这些艾丽都不会了解。

她非常感兴趣地听着我的生活，就像我也很感兴趣地听着她的生活。我们两个仿佛在探索一片陌生的天地。

回过头看，我和艾丽的新婚生活是多么快乐啊。那时我觉得这是理所当然的，艾丽也这么觉得。我们在普利茅斯登记结婚。顾特曼这个姓并不是很罕见，所以不论是记者还是其他人，没有一个知道顾特曼家的继承人在英国。偶尔报纸会模模糊糊地提到几句，说她在意大利或是某某人的游艇上。给我们主持婚礼的是登记处的一位先生，他的秘书和一个中年打字员则充当证婚人。他一本正经地提出了一些忠告，告知我们在婚姻生活中所要担起的重大责任，并祝我们幸福。然后我们出了那个门，就变成了已婚但自由的罗杰斯夫妇！在一家海滨旅馆住了一星期后，我们出国了。接下来的三个星期过得无比畅快，我们想到哪儿玩，就到哪儿玩，完全不用在乎费用。

我们去希腊，去佛罗伦萨，去威尼斯，徜徉在海滨圣地，再去蓝色海岸①，去白云岩山脉②，那些地方如今我有一半都忘了名字。我们坐飞机，包游艇，或者是租又大又漂亮的汽车。我从艾丽那儿得知，当我们沉浸在享受当中

---

①法属地中海岸的一部分，众多富人和名流的汇聚地。
②位于意大利东北部。

时，格丽塔依然在家里为我们做着一些后勤支持。

她也在用她自己的方式旅行——把艾丽留给她的信和各式各样的明信片都转寄出去。

"将来肯定都会结算的。"艾丽说，"他们会像一群秃鹰，向我们猛扑下来。但是在那之前，让我们尽情享受吧。"

"格丽塔怎么办？"我说，"他们发现了之后肯定会对她相当愤怒。"

"那是肯定的。"艾丽说，"但格丽塔不在乎，她很坚强。"

"这会让她很难找到别的工作的。"

"干吗要找别的工作？"艾丽说，"她会来和我们一起生活。"

"不！"我说。

"你说'不'是什么意思，迈克？"

"我们不要任何人和我们一起住。"我说。

"格丽塔不会妨碍我们。"艾丽说，"相反，她还能帮我们不少忙。说真的，要是没了她，我真不知道怎么办，她几乎帮我处理了所有事情。"

我紧皱眉头。"我不想这么做。再说，我们想要属于我们自己的房子——我们的梦中家园，艾丽——这房子是我们的。"

"是的，我知道你的意思。但尽管如此——"她踌躇了一下，"我的意思是，格丽塔没地方住，太可怜了。好歹她和我在一起，替我安排种种事情已经四年了。正是有了她帮忙，我才可以和你结婚，才可以发生这一切。"

"我不想我们之间总是有个人碍手碍脚。"

"但她不是你想的那种人啊，迈克，你都还没见过她呢。"

"是，没错，我知道我没见过她，但见没见过和……和喜不喜欢她根本没关系。我只想要我们两个在一起，艾丽。"

"亲爱的迈克。"艾丽轻柔地说。

我们停止争执，把这件事暂且搁下。

在旅行途中，我们见到了桑托尼克斯。那是在希腊，他住在海边的一个小渔屋里。他看起来病得很严重，比一年前我见到他时更糟了，这让我吓了一跳。他热情地向我和艾丽问好。

"所以你们两个已经结婚了？"他说。

"是啊，"艾丽说，"接下来要盖房子了。"

"我已经给你们画好了图纸，整个平面图。"他对我说，"她跟你说了吗？她是如何过来，如何把我找出来，然后告诉我她的——命令。"他考虑了一会儿，才决定用这个词。

"噢，不是命令！"艾丽说，"只是恳求。"

"你知道我们买了那地方？"我说。

"艾丽发电报告诉了我，还给我寄了很多照片。"

"当然你还是得亲自去看一下。"艾丽说，"也许你不喜欢那地方呢？"

"不，我喜欢。"

"还没见到之前，可不能说喜欢不喜欢。"

"但我已经见过了，孩子。五天前我坐飞机去过那里，还见到了你的一位脸瘦瘦的律师——英国的那位。"

"克劳福德先生？"

"就是他。事实上，整个工程的运作已经开始了：推平地面，从老房子那儿把残砖破瓦运走，打基石，修下水道。你们回到英国时，我会在那里等你们。"然后他把平面图拿出来，跟我们一块儿坐下，边看边谈论房子的模样。除了那份建筑平面图，甚至还有一张简单的水彩素描。

"你喜欢吗，迈克？"

我深深吸了口气。

"当然。"我说，"正如我想的一样，就是要这样的房子。"

"你说起它的次数够多了，迈克。有时候我甚至会胡思乱想，莫非那片土地在你身上施了什么法术，让你爱上了那幢房子，就算它不属于你，就算你看不到它，或者就算它根本不会被建起来。"

"但现在这幢房子就要开始建造了。"艾丽说，"美梦要成真了，是吗？"

"但上帝是不是允许，"桑托尼克斯说，"这由不得我了。"

"你没有——没有好一点吗？"我怀疑地说。

"你的笨脑袋还记得吗？我不会好起来了，命中注定不会了。"

"胡说八道。"我说，"人们一直在发明新的疗法。那些医生都是阴险的坏蛋，他们放弃了治疗，让病人去等死，结果被别人嘲笑，因为病人又多活了五十岁。"

"我欣赏你的乐观，迈克，但我的病不是那种。他们把你送进医院，给你换血，然后你又能活短短一阵子，如此循环，但每做一次你都会更虚弱。"

"你很勇敢。"艾丽说。

"噢，不，我不勇敢。一件事情已经无能为力了，那就谈不上什么勇敢了。你能做的，就只是给自己找点安慰。"

"盖房子吗？"

"不，不是那个。生命力越来越弱，盖房子也就越来越艰难了，不再轻而易举，力气不断地流失。我说的安慰是指别的，有时候是一些非常奇怪的事情。"

"我无法理解。"我说。

"对，你不会理解的，迈克。我不知道艾丽是否能理解，也许吧。"他接着说下去，好像不是在对着我们，而是自言自语，"虚弱和强壮，这两样东西一直是在一起的，它们轮流支配你。现在正是虚弱让我的生命丧失活力，力气也逐渐衰竭。现在在做什么事情完全不重要，你明白吧？不管怎样你总是要死的，所以你可以随自己高兴，做任何事情，没什么能阻挡你，没什么能妨碍你。我可以在雅典的大街上走着，来来往往的男人女人，哪个看着不顺眼，就一枪把他打死。你们好好想想这种景象。"

"警察照样可以把你逮捕。"我指出这一点。

"他们当然可以，但他们还能做什么？最多要了我的命，但我这条命，在很短的时间内就要被一股比法律更强大的力量拿去了。那他们还能做什么？把我送到监狱里，待个二三十年？不是更讽刺了吗？已经没有二三十年的时间给我去服刑了。半年、一年，最多一年半吧，没有人可以对我做什么了。所以在这段剩下来的时间里，我就是国王，我可以做任何想做的，有时候这真是一个叫人兴奋的想法。只不过——只不过，你明白吧，对我来说没有太多诱惑了，因为没有什么特别轰动或者无法无天的事情是我想做的。"

在我们离开他，驶回雅典的途中，艾丽对我说："他真是一个怪人，有时候我有点怕他。"

"怕鲁道夫·桑托尼克斯？为什么？"

"因为他和别人不一样，有一种——我不知道怎么说，有一种冷酷和傲慢在他身上。而且我认为，他试着告诉我们，在知道自己的时间所剩无几的情况下，他会更傲慢无情。假如……"艾丽看向我的表情有点激动，她带着强烈的情绪接着说，"假如他替我们造好了那幢可爱的宅邸，房子就在悬崖边缘，围着一圈松林。假如我们搬过去了，他在家门口欢迎我们，让我们进去，然后——"

"然后怎样，艾丽？"

"然后，假如他跟着我们进去，从后面把门缓缓关上，在门口把我们杀了，割断我们的喉咙或者什么的。"

"你吓到我了，艾丽。你想得太多了！"

"你和我之间的麻烦，迈克，就是我们没有生活在现实世界里。我们梦想和幻想中的事情也有可能永远不会发生。"

"别再想一些关于吉卜赛庄的坏事了。"

"都是因为这个名字，我想，还有它上面的毒咒。"

"根本没有什么毒咒。"我大声喊道，"都是胡扯，快忘了吧！"

这些事情都发生在希腊。

第十章

我想，事情是那之后的某一天发生的吧，当时我们正在雅典。

参观雅典卫城时，艾丽忽然看到某个认识的人，于是向她跑去。那是一群从希腊游轮上下来的游客，其中一个三十五岁左右的女人离开旅行团，也向着我们奔过来，高兴地呼喊着："真没想到啊，是你吗，艾丽·顾特曼？你在这儿干什么呢，旅游吗？"

"不。"艾丽说，"只是逗留一下。"

"但是能在这儿见到你真是太好啦！寇拉呢，她也在这儿吗？"

"不，我想寇拉现在应该在萨尔茨堡①吧。"

"这样啊。"

然后这个女人看向我，艾丽平静地说："让我来介绍一下——罗杰斯先生，本宁顿太太。"

①奥地利城市。

82

"幸会。那你们打算在这里逗留多久呢？"

"我们明天就走。"艾丽说。

"啊，亲爱的，如果再不走的话，我可就要脱团了。关于这些景点的介绍我一个字都不想错过，他们有点急急忙忙的，你知道，每一天下来都搞得我筋疲力尽。那我们什么时候再见，一起喝一杯？"

"今天可不行了。"艾丽说，"我们就要走了。"

本宁顿太太急匆匆跑回了旅行团。艾丽跟着我一步步走上雅典卫城的城楼，然后又转身往下走。

"现在事情都摊开了，不是吗？"她对我说。

"什么事情摊开了？"

沉默了一两分钟之后，艾丽叹了口气："我今晚必须写封信。"

"写给谁？"

"噢，写给寇拉，还有弗兰克叔叔。我想，还有安德鲁叔叔。"

"安德鲁叔叔是谁？以前也没听你说起过他。"

"安德鲁·利平科特，他并非真是我叔叔，而是我的监护人，或者说是财产受托人，随便你怎么叫吧。他是个律师，一个非常有名的律师。"

"你要和他们说什么？"

"告诉他们我结婚了。我可不能贸然对诺拉·本宁顿说'让我介绍一下，这位是我丈夫'，她会大呼小叫的，还有'我从来没听说你已经结婚了啊，快把这一切都告诉我，亲爱的'诸如此类的话。只有让我的继母、弗兰克叔叔和安德鲁叔叔他们先知道这件事情，才是正确的做法。"她叹了口气，"好了，目前为止我们度过了一段非常美妙的时光。"

"他们会怎么说？或者采取什么措施？"我说。

"小题大做，我猜是这样。"艾丽用她那平静的口吻说着，"如果他们有所行动，那也不要紧，过一阵子他们会想通的。但还是免不了要和他们面对面谈一下。我们去纽约吧，好吗？"她探询地望着我。

"不，"我说，"我不愿意。"

"那也许可以让他们来伦敦，或者他们中的几个人来，你看这样会不会好一些？"

"一点都不好！我只想和你在一起，到桑托尼克斯那儿去，看着我们的房子一砖一瓦地盖起来。"

"我们当然可以。"艾丽说，"毕竟，和我的家人见个面不会太久的，一会儿就好了。不是我们飞到他们那儿，就是他们飞到我们这儿。"

"你说你的继母在萨尔茨堡。"

"噢，我只是随口说说而已，如果我说我不知道她在哪里，会显得有点古怪。没错——"艾丽叹了口气，说，"我们要回家挨个儿见见他们，迈克，我希望你别太介意。"

"介意什么？你的家人？"

"是的，他们如果为难你的话，你别太介意。"

"我想，这是和你结婚所必须付出的代价。"我说，"我可以忍受。"

"那你妈妈呢？"艾丽考虑良久后说道。

"看在上帝的分儿上，艾丽，别安排你那位衣着华丽、爱摆架子的继母和我那位住在偏僻小街的妈妈见面。你觉得她们之间能说些什么？"

"如果寇拉是我的亲生母亲，那她们之间就有很多话题可以说了。"艾丽说，"我希望你别太纠结于社会地位，迈克。"

"我？"我难以置信地说道，"你们美国人常说的那句话是什么来着——出身贫寒，是吗？"

"但你也不用老是把这个说出来，搞得尽人皆知啊。"

"我不知道穿什么样的衣服是合适的。"我苦涩地说，"我也不知道用什么样的方式去谈事情是正确的；我对画画、艺术、音乐这些东西一窍不通，我才刚学会应该给谁小费，以及给多少合适。"

"你不觉得这样的生活更有趣吗？我是这么认为的。"

"无论如何，"我说，"别把我妈妈牵扯进你们那一家子人里面。"

"我并不打算把任何人牵扯到任何事里面去。但我还是认为，迈克，回到英国后我应该去见一下你妈妈。"

"不！"我爆炸般怒吼道。

她看着我，明显吓了一跳。

"为什么不，迈克？我觉得，抛开别的不说，我不去看一下她显得很没礼貌。你告诉她你结婚了吗？"

"还没有。"

"为什么不说？"

我没有回答。

"告诉她你结婚了，等我们回英国后，再带我去见她，不是最简单不过了吗？"

"不。"我又说了一遍。这次我的态度没有那么火爆了，但语气依然相当郑重。

"你不想让我见她。"艾丽缓缓说道。

我当然不想，这已经很明显了。我唯一能做的就是跟艾丽解释清楚，但我不知道怎么开口。

"我想这么做不太合适。"我缓缓地说道，"你一定要见她的话，肯定会惹出麻烦的。"

"你觉得她不会喜欢我？"

"没人会不喜欢你，但是这样做——噢，我不知道该怎么说。这会让她心烦，给她带来困扰，毕竟……我和你的身份地位太悬殊了，就因为这种老式的观念，她不会喜欢的。"

艾丽缓缓摇了摇头。

"现如今还会有人抱这种观念吗？"

"当然有了，在你的国家也有这种人。"

"是，"她说，"可能是这样，但——也有一些成功人士……"

"你意思是一个赚了很多钱的人。"

"嗯……不光是钱。"

"不，"我说，"就是钱。如果一个人赚了很多钱，那别人就会欣赏他，尊重他，这个时候就不会有人在乎他的出身了。"

"看来在哪儿都一样啊。"艾丽说。

"求你了，艾丽，"我说，"别去看我妈妈了，好吗？"

"我还是觉得不礼貌。"

"不，这么做反而是为我妈妈好。我跟你说过了，她要是知道了肯定会烦躁不安。"

"但你一定要告诉她你结婚了。"

"好吧，"我说，"我会告诉她的。"

我想，从国外写封信告诉我妈妈，这样更容易开口一些。那天晚上，当艾丽给安德鲁叔叔、弗兰克叔叔，还有她的继母寇拉·范·史蒂文森特写信的时候，我也在给我母亲写信，信很短。

"亲爱的妈妈，"我写道，"有件事情我本该早就对你说，但当时我难以启齿——我已经结婚三个星期了。事情来得有点突然。她是一个漂亮、迷人的姑娘，而且非常有钱，所以有时候我会有点尴尬。我们打算在乡下盖一幢房子。目前我们正在欧洲旅游。祝一切都好，你的迈克。"

那天晚上两封信寄出之后，等来的答复却很不一样。隔了一个星期，我收到了母亲的回信，内容很显然是她的风格。

"亲爱的迈克，很高兴收到你的信。希望你会幸福。亲爱的妈妈。"

正如艾丽所料，她那边可就天下大乱了。我们捅了个马蜂窝，大群记者围追堵截要报道我们的婚事，报纸上充斥着顾特曼家族继承人浪漫私奔的故事。银行家和律师们的信也纷至沓来，最后终于定下了正式的会面。我们先在吉卜赛庄和桑托尼克斯碰了个面，看了他的计划，讨论了一些细节，将工程安排就绪之后便来到伦敦，在克拉里奇酒店订好套房——就像书里老话说的——准备接受检阅。

第一个到的是安德鲁·利平科特先生。他是一个老人，高高瘦瘦，举止彬彬有礼，看起来很严肃，一丝不苟。他来自波士顿，但口音听上去不像美国人。我们在电话里就商量好了，他会在两点来我们房间拜访。我知道艾丽很紧张，尽管她装成若无其事的样子。

利平科特先生亲吻了艾丽，然后对我伸出手，脸上挂着令人舒心的笑容。

"噢，我亲爱的艾丽，你看起来精神很好，可以说是容光焕发。"

"您好吗，安德鲁叔叔？您是怎么来的，坐飞机？"

"不，我是坐玛丽王后号①来的，真是一次美妙的旅程。这位就是你的丈夫吧？"

"是，他就是迈克。"

我表现出很得体的样子，或者说我认为自己很得体。

"幸会，先生。"我说。

然后我问他要不要喝一杯，他客气地谢绝了。他在一张带着镀金扶手的直背椅上坐了下来，依旧面带微笑，在艾丽和我之间来回看着。

"好了，"他说，"你们年轻人真让我们吃了一惊。这一切都很浪漫，是吧？"

"我很抱歉，"艾丽说，"真的非常抱歉。"

"是吗？"利平科特先生冷冷地说。

"我想那是最好的方式了。"艾丽说。

"在这一点上我可不认同你，亲爱的。"

"安德鲁叔叔，"艾丽说，"您很清楚，如果不是用那种方式的话，所有人都会大惊小怪的。"

"为什么大家要大惊小怪？"

"您知道他们一向如此。"艾丽说，并略带谴责地加了一句，"您也会的。"她接着说道，"我已经收到两封寇拉的信了，昨天一封，今天早上又来了一封。"

---

①皇家邮轮玛丽王后号（RMS Queen Mary），隶属英国卡纳德轮船公司，是第二次世界大战前欧洲上流社会歌舞升平的奢华生活达到顶峰时的产物，是一座浮动的海上皇宫。

"你就别太较真了，亲爱的。现在这种情况下，他们焦急也是正常的，不是吗？"

"我要和谁结婚，怎么结婚，在哪儿结婚——这些都是我自己的事。"

"你可以这么想，但你要知道，无论哪家的姑娘都不会被允许这么做的。"

"说真的，我还替大家省了很多麻烦。"

"你可以这么说。"

"这是事实啊，难道不是吗？"

"但你也确实一直在欺瞒我们，在某人的帮助下——那个人应该知道怎么做更恰当的。"

艾丽脸红了。

"您说格丽塔吗？她做的事都是我要求的，他们对她很不满吗？"

"当然了，无论你还是她，应该早就知道最后肯定会这样，不是吗？本来——记住——本来她深受我们信任。"

"我已经成年了，可以做我想做的事。"

"我说的是你成年之前。欺瞒从那时候就开始了，不是吗？"

"你不能责怪艾丽，先生。"我说，"刚开始的时候我们都不知道接下来会怎么样，加上她的亲戚都在另外的国家，沟通起来也不方便。"

"据我所知，"利平科特先生说，"格丽塔给范·史蒂文森特夫人以及我本人寄过一些信，而这些信是艾丽要求她转寄的。这件事情，要我说的话，做得真的很漂亮。你见过格丽塔·安德森了吗，迈克——因为你是艾丽的丈夫，所以我就直呼你迈克了。"

"当然，"我说，"就叫我迈克吧。我还没有见过安德森小姐。"

"真的？太让我意外了。"他注视着我的脸，考虑了很久，"我还以为你们婚礼的时候，她也在场呢。"

"不，格丽塔不在。"艾丽说。她略带责备地看了我一眼，让我感到有点不安。

利平科特先生依然若有所思地盯着我看，我感觉很不自在。他想再说点儿什么，但是又改变主意了。

"恐怕，"过了一会儿，他说，"迈克和艾丽，你们两个不得不承受一些来自艾丽家庭的批评与责难了。"

"我想，这些都会一下子朝我们扑来的。"艾丽说。

"非常可能。"利平科特先生说，"我试着在中间调解一下。"他又加了一句。

"您站在我们这边，安德鲁叔叔？"艾丽笑着对他说。

"对一个审慎的律师来说，我能做的也就仅此而已了。生活经验告诉我，接受既定事实才是最明智的做法。你们两个彼此相爱并结婚，而且据我所知，还在英国南部买了一块地，准备造一幢房子。看来，你们打算在这个国家生活？"

"是的，我们打算在这里安家。你反对我们这么做吗？"我的声音带着微怒，"艾丽已经嫁给我了，她现在是英国公民，有什么理由不能在英国生活？"

"的确没有理由。事实上，艾丽住在任何喜欢的国家都没有理由遭到反对，或者还不止一个国家。你在拿骚①还有一幢房子呢，记得吗，艾丽？"

"我一直以为那是寇拉的呢，她表现得就像是那房子的主人一样。"

"可实际上产权归你所有。在长岛②也有一幢你的房子，你随时可以去。你还是西部很多油田的主人。"他的声音和蔼可亲，但我有一种感觉，这番话好像是冲着我说的，他是想要在我和艾丽之间制造一些芥蒂？我不确定。对一个一文不名但妻子家缠万贯的男人说这番话，似乎不太合适。要我猜的话，他应该希望限制艾丽的产权、钱财，还有其他重要的东西。如果我如他所想，真的是贪图艾丽的财产，那么这才是我在乎的。但是我也意识到利平科特先生是个让人捉摸不透的人，无论什么时候，想要了解他的意图都很困难，一切都被他隐藏在了彬彬有礼的外表之下。他是在试图用自己的方法让我感觉不自在，让我意识到我那块"贪图钱财"的招牌有多明显吗？

他对艾丽说："我带了很多法律文件来，需要你和我

---

① 巴哈马首都。
② 美国纽约州东南部岛屿。

一同商议，艾丽。其实还有些需要你的确认和签字。"

"好的，安德鲁叔叔，随时都行。"

"正如你所说，随时都行，我们不着急。我在伦敦还有其他一些事情要办，我会在这儿待十天左右。"

十天，我想，真是一段不短的时间。我不希望利平科特先生在这里待满十天。他表现出对我很友好的样子，尽管如此，在某些事情上他还是保留了自己的意见。想到这里，我却又开始怀疑，他究竟是不是我的敌人。如果是的话，那他就是不和你正面交锋的类型。

"好了，"他接着说，"开场白已经说完了，就像你会说的——是时候为未来去达成一些协定了。我想和你这位丈夫做一个短暂的单独交流。"

艾丽说："你可以对着我们两个说。"她有点激动地抗议，我把手放在她的肩上。

"别激动，宝贝儿，你现在可不是要保护小鸡的母鸡。"我温柔地把她推到卧室门那里。

"安德鲁叔叔想了解了解我。"我说，"他有权这么做。"

我温柔地把她推过双重隔门，然后把它们都关上了，回到房间。这是一间又大又漂亮的客厅，我拿了把椅子，坐在利平科特先生的对面。

"好了，"我说，"开火吧。"

"谢谢你，迈克。"他说，"首先请你放心，我并非如你所想的是一个敌人，在任何方面都不是。"

"哦，"我说，"很高兴你这么说。"我对此表示怀疑。

"我坦率地跟你说吧，"利平科特先生说，"比面对艾丽时更加坦率地说几句。你可能还没有真正了解，迈克，艾丽是一个过于温柔和可爱的女孩。"

"你不必担心，我真的很爱她。"

"那不是一回事。"利平科特先生用他那干巴巴的语气说，"我希望就像你用心爱她一样，你也可以了解她的可爱之处，以及有时候她是一个多么脆弱的人。"

"我会尽力的，"我说，"而且我也认为这并不是什么难事，艾丽太出色了。"

"所以我就接着说下去了。我想把话都摊开在台面上，开诚布公地聊聊。你不是我希望艾丽嫁的那类年轻人。就像她家里人那样，我也希望她能找一个门当户对的人……"

"换句话说，一个富家少爷。"我说。

"不，不单是钱的问题。相似的家庭背景，在我看来，是美满婚姻的基础。我所说的并不是什么势利的想法。毕竟，赫尔曼·顾特曼，她的祖父，是从做码头工人开始的，最后他变成了美国最有钱的人之一。"

"你知道，我也可能会这样。"我说，"我也许会变成英国最有钱的人之一。"

"凡事皆有可能。"利平科特先生说，"你有这份野心吗？"

"不仅是钱。"我说，"我想有所成就，干一番大事，还有——"我犹豫着，没有继续往下说。

"你确实有野心，可以这么说吗？不错，这是一件好事，我可以确定。"

"我还差得远呢。"我说，"一切从零开始。我一无所有，是个无名小卒，可也不会去冒充什么别的身份。"

他点头表示同意。

"说得不错，也足够坦白，我很欣赏。迈克，我和艾丽没有血缘关系，但我是她的监护人，她祖父将她托付给了我，要我管理她的财产和投资事宜，这些都关乎我的责任。所以我要尽可能多地了解她选择的丈夫。"

"嗯。"我说，"你可以去调查一下，我想，很容易就能知道关于我的一切。"

"确实如此。"利平科特先生说，"这是一种非常聪明的方法。但是说实话，迈克，我更想让你亲口告诉我这些事。我很乐意听你自己讲述之前的生活经历。"

我当然不想说。料想他也知道，处在我的位置上，没有一个人愿意说。人的第二天性就是把自己最好的一面展示出来。我从上学那会儿就开始这样了，把一些小事夸夸其谈，再添油加醋一番。没什么好羞愧的，我觉得这很自然。如果你想活下去的话，这些事情是非做不可的——为自己营造一个好形象。别人对你的看法取决于你的自我评价，我不想成为狄更斯笔下的那个小伙子——很多人是在电视上认识他的，我必须承认那真是一个好故事。他好像叫尤利亚①吧，总是卑躬屈膝地搓着双手，其实在谦卑的伪装下，不知道正打着什么坏主意呢。我可不要像他一样。

我随时可以跟遇到的小伙子吹嘘一番，或者在一个即将成为我雇主的人面前留下绝好印象。毕竟，你有最好的一面，也有最差的一面，后者就没必要反复提及了。没错，在我自己的描述里，目前为止所有的经历都是最棒的，但在利平科特先生面前，我不想吹嘘。他虽然表现得不屑于进行私人调查，可我还是不敢保证他是否真的没有去挖我过去的经历。所以我把一切都不加粉饰地和盘托出。

一开始很悲惨，我父亲是个酒鬼，但是我母亲很好，她拼命工作，供我上学接受教育。我并没有隐瞒曾经游手好闲的事实——我的工作像走马灯似的一个一个地换。他是一个很好的聆听者，鼓励你一直说下去。尽管如此，我仍然时不时察觉到他的精明。他只是偶尔插几个小问题，或者几句评论，但有些评论会让我不设防地扎进去，急于承认或否认。

没错，他给我一种感觉，我必须小心谨慎，步步为营。十分钟之后，他靠在椅背上，这次审讯——如果可以

---

① 狄更斯小说《大卫·科波菲尔》中的人物，尤利亚·希普（Uriah Heep）。

这么说的话，尽管不太像——结束了。我如释重负。

"你对生活有一种冒险进取的态度，罗杰斯先生——迈克，这没什么不好。再给我讲讲你和艾丽正在盖的房子吧。"

"好的，"我说，"它离一个叫查德威市场的小镇不远。"

"是的，"他说，"我知道在哪儿。其实我已经去看过了，确切地说，就在昨天。"

我感到很惊讶，这表明他是一个老奸巨猾的人，知道的事情远比你想象中更多。

"那是个漂亮的地方。"我小心地说道，"我们也准备造一幢漂亮的房子。建筑师是个叫桑托尼克斯的人，鲁道夫·桑托尼克斯，我不知道你有没有听说过这个名字，但——"

"噢，听说过。"利平科特先生说，"他在建筑界很有名。"

"我相信他在美国也造过房子。"

"是的，他是个很有天赋的建筑师，前途无限。不幸的是，我知道他健康状况不太好。"

"他认为自己快要死了，"我说，"但我不这么认为。我相信他会痊愈康复的，医生说的话不可尽信。"

"我希望你的乐观不是随口说说的，你是个乐观的人。"

"我只是对桑托尼克斯乐观。"

"希望你的愿望都能成真。我要说，你和艾丽进行了一次绝佳的投资——你们买的那块地。"

他用了"你们"这个代词，我觉得很中听。他没有挑明，其实那地方是艾丽一手买下来的。

"我已经咨询过克劳福德先生了。"

"克劳福德?"我微微皱起眉头。

"'里斯和克劳福德'的合伙人，那是一家英国的律师事务所。他亲自经手了交易。这家律师事务所不错，用很便宜的价格就完成了交易。我甚至在想，这未免也太便宜了。我对英国的地价很熟悉，这么便宜的价格让我想不通，我猜克劳福德先生自己也很惊讶，居然这么便宜就买下了。不知道你是否了解个中原因，为什么售价低得如此离谱。克劳福德先生没有对此发表任何想法，事实上当我问他的时候，他还显得有些尴尬。"

"噢，是这样的。"我说，"那地方被下了毒咒。"

"麻烦你再说一遍，迈克，你刚刚说什么?"

"一个毒咒，先生。"我向他解释，"吉卜赛人的警告之类的，当地人都爱叫它'吉卜赛庄'。"

"有什么故事吗?"

"是的，太混乱了，我不知道有多少是人们杜撰的，有多少是真实情况。很久之前那里有一桩凶杀惨案，一对夫妇，还有另一个男的。有些版本说丈夫开枪打死了另外两个，然后饮弹自尽，至少法院是这么判的。但是还有其他版本的故事满天飞，我认为没人知道到底是怎么回事，太久远了。那地方也被转手了四五次，不过没人待得长久。"

"啊，"利平科特先生恍然大悟，"是的，相当典型的英国民间传说。"他好奇地打量着我，问："你和艾丽不怕毒咒吗？"他语气轻松，脸上带着一丝浅笑。

"当然不怕。"我说，"艾丽和我都不相信这种谣言。事实上，正因为它，地皮才被贱卖了，我觉得挺幸运。"说到这里，我突然想，对普通人来说确实是幸运，但艾丽有这么多财产，价格是便宜还是昂贵，她都不会在乎。我又转念一想，不，我刚才的想法不对，毕竟她祖父是从码头工人发展成百万富翁的，他们这类人总是想着低买高卖。

"好，我并不迷信。"利平科特先生说，"那地方也着实不错。"然后他犹豫了一下，"我只希望，当你们住进去的时候，尽量别让艾丽听到这些传闻。"

"我会尽我所能。"我说，"我想不会有人对她说这些的。"

"乡下人非常喜欢散播这一类故事。"利平科特先生说，"而艾丽，记住，并不像你这样坚强，她很容易就会受到影响。在某些方面，我……"他没有接着往下说，只是用手指敲着桌面。然后他又说："现在我想和你谈一件不太好办的事。你之前说你从没见过格丽塔·安德森？"

"是的，如我所说，我还从没见过她呢。"

"好奇怪，真的太奇怪了。"

"奇怪吗？"我带着询问的眼光看他。

"我本以为你肯定见过她了。"他缓缓说道，"你对她了解多少？"

"我知道她跟着艾丽有一段时间了。"

"从艾丽十七岁起，她就一直跟在旁边。她身上是有责任的，我们也很信任她。刚开始她在美国担任艾丽的秘书及同伴，当范·史蒂文森特夫人不在家的时候，她也充当监护人的角色，而且我可以说，这种情况频繁发生。"说到这里，他的语气变得十分生硬，"我想，她出身良好，有一半瑞典血统和一半德国血统。自然而然地，艾丽开始信赖她。"

"我想也是。"我说。

"有时候，我觉得艾丽过于依赖她了。这么说你不介意吧？"

"不，当然不介意。其实我——好吧，我也这么想过。格丽塔这个，格丽塔那个。虽然我知道与我无关，但有时候会感到很厌烦。"

"那她还没有表示过希望你见一下格丽塔吗？"

"怎么说呢，"我说，"解释起来有点复杂。没错，她是对我提过一两次，但是……但是我们都把精力集中在对方身上。而且，我也不想见格丽塔，我不希望我和艾丽之间有别人。"

"我明白，我完全明白。但是艾丽没有提议让格丽塔来参加婚礼吗？"

"她确实这么提议过。"我说。

"但是——但是你不想让她来，为什么？"

"不知道，我真的不知道。我只是觉得这位格丽塔——不管她是小女孩还是大姑娘，我永远都不想见她。她什么事都想插一手，你知道的，她替艾丽安排各种事情，寄明信片、寄信、填文件、安排行程、给家里人通报一些事情，等等。艾丽对格丽塔太依赖了，简直到了让她操纵自己的地步，她想做的事情都是格丽塔想做的，我——啊，不好意思，利平科特先生，我或许不该说这些，我可能只是出于嫉妒。无论如何，我当时有点愤怒，说我不想让格丽塔来参加婚礼，这场婚礼是属于我们的，和别人都无关。所以我们找了家婚姻登记处，就让那里的职员和打字员当证婚人。我敢说拒绝让格丽塔参加婚礼完全是我的主意，我只想自己拥有艾丽。"

"是的，我能理解。并且我也认为，如果我可以这么说的话——你做得很聪明，迈克。"

"你也不喜欢格丽塔吗？"我试探地问。

"你不能用'也'这个字，迈克，你还没见过她呢。"

"是的，我知道。但是……要是你听说了某个人很多事，就可以对他产生一些想法，做一些判断了。当然你也可以说我纯粹是嫉妒。那你为什么不喜欢格丽塔呢？"

"我是没有偏见的，"利平科特先生说，"不过你是艾丽的丈夫，迈克，我衷心希望艾丽能过得幸福快乐。我不认为格丽塔对艾丽带来的影响是什么好事，她管得太多了。"

"你觉得她会试着给我们制造点麻烦吗？"我问。

"我认为，"利平科特先生说，"我没有权利对此发表看法。"

他坐在那里仔细打量我，像一只皱巴巴的老乌龟一样眨着眼。

我不知道接下去要说什么，还是他先开口了，他小心谨慎地选择措辞："那么，关于格丽塔·安德森要和你们住在一起，你有什么想法吗？"

"我不同意。"

"这就是你的想法吗？你们讨论过？"

"艾丽说过几句，但我们才刚刚新婚，利平科特先生，我们想要自己的房子——我们的新房。当然她有时候可以过来住几天，我觉得这挺正常的。"

"就像你说的，这很正常。但你应该意识到，如果要找新工作的话，格丽塔的处境相当困难。我是想说，这不是艾丽怎么看待她的问题，而是那些雇用她、给予她信任的人怎么想的问题。"

"你的意思是，你和那位叫范什么什么的太太，都不会让她待在类似的岗位上了？"

"不，我们不能这么做，又没有法律约束。"

"你认为她会到英国来，靠艾丽生活？"

"我不想让你对她产生更多的偏见，毕竟这些都是我的想法。我不喜欢她做过的一些事，还有她处理事情的方式。我认为艾丽是个很慷慨的人，如果她觉得自己在某些方面毁了格丽塔的前程，可能会冲动地坚持要她过来同住。"

"我不认为艾丽会坚持。"我缓缓地说道。我的声音却流露出一丝担心，利平科特先生应该注意到了。"难道我们就不能——我是说艾丽——艾丽就不能给她一笔退休金吗？"

"我们不能明确地给她这笔钱。"利平科特先生说，"退休金让人联想到年龄，而格丽塔正值青春——要我说还是一个很俊俏的小姑娘，长得真的很漂亮。"他又用不以为然的口气补充了一句，"对男人来说也很有吸引力。"

"嗯，也许她会结婚的。"我说，"如果她真有你说得这么好，为什么到现在还是单身？"

"肯定有很多人为她着迷，我相信，但格丽塔从来没有考虑过。不过你的想法对我很有启发，可以不伤害任何人的感情，就把这件事情了结。艾丽到了法定年龄，然后在格丽塔的全力帮助下结了婚——于是给了她一笔钱，表示感谢，顺理成章吧。"利平科特先生最后一句话，听起来就像柠檬汁一样酸。

"嗯，这样很好。"我高兴地说。

"我又看到你的乐观了，让我们期待格丽塔会接受这个安排吧。"

"为什么不接受？如果她拒绝，那才是疯了吧。"

"我不知道。"利平科特先生说，"我也觉得如果她不接受的话，就太特别了。当然，她们两个还是会保持很好的友谊。"

"你希望得到什么结果？"

"我希望她对艾丽的影响就此结束。"利平科特先生站了起来，"我也希望你能帮助我，竭尽所能，让格丽塔的事快点过去。"

"你放心，"我说，"我最不愿看到的，就是格丽塔总在我们中间掺一脚。"

"等见到她之后，你的想法会改变的。"利平科特先生说。

"我不这么认为。"我说，"我不喜欢管家婆，不管她多有本事，或者多么漂亮。"

"谢谢你，迈克，耐心地听我讲了这么多。我希望你能赏光和我一起吃个晚饭，你们两个都来，下周二晚上如何？寇拉·范·史蒂文森特和弗兰克·巴顿到时候可能也会在伦敦。"

"我想，我必须和他们见一下了，是吗？"

"是的，这是躲不开的。"他对我微笑着，这次的微笑似乎比以往都要真诚，"你不要介意，"他说，"我想寇拉会对你非常粗鲁，弗兰克也只是个粗人，鲁本应该赶不过来。"

我不知道谁是鲁本，可能是另一个亲戚吧。

我把卧室的两扇门打开。

"来吧，艾丽。"我说，"审问结束了。"

她回到客厅，目光在利平科特先生和我身上快速移来移去，然后她走到利平科特先生跟前，吻了吻他。

"亲爱的安德鲁叔叔，"她说，"看得出来，您并没有为难迈克。"

"嗯，亲爱的，如果我不对你丈夫好一点，你将来也不会对我多好，不是吗？我还有这个责任，要时不时对你们提出点忠告呢。要知道，你还很年轻，你们两个都是。"

"好，"艾丽说，"我们会洗耳恭听的。"

"现在，亲爱的，如果可以的话，我想和你单独说两句。"

"这次我变成多余的人啦。"说着，我走进了卧室。

我特意把两扇门重重关上，但进去之后，我又把里面那扇门打开了。我可不像艾丽那么有教养，所以我急着想知道，两面派的利平科特先生是否会露出他的另外一面。而实际上，我听到的话都无关紧要，他对艾丽说了一两句建言，告诉她必须意识到，一个穷小子娶了个富家女，有时候也挺困难的。接着他又跟艾丽说了处理格丽塔的方法，她马上就同意了，说本来正打算问问他的意见呢。他还建议对寇拉·范·史蒂文森特也要另作安排。

"你原本就没必要照顾她。"他说，"光靠前几任丈夫的赡养费，她就能活得很好了。而且你也知道，她还能从你祖父留下的信托基金中拿到收入，虽然并不是很多。"

"那你认为我还要多给她一点吗？"

"我认为无论从法律上，还是道德上来说，都不必。我想说，就算你这么做了，她的狡诈和——原谅我这么说——阴险都不会减少。我可以把她每年拿的钱调高一点，你也可以随时取消。如果你发现她散播一些恶意的谣言——关于迈克或者你自己，又或者你们的生活——你就可以提醒她这一点，她会收敛一下自己的毒舌。"

"寇拉一向忌恨我，"艾丽说，"我都知道的。"然后她有点羞涩地追问了一句，"您喜欢迈克，是吗，安德鲁叔叔？"

"我觉得他是一个极具魅力的年轻人。"利平科特先生说，"我现在也明白了，为什么你会嫁给他。"

我想，这是我期望中最好的回答了。而我也知道，我并非真的是他喜欢的类型。我轻轻把门关上，一两分钟之后，艾丽过来叫我出去。

当我们两人站起身来，准备向利平科特先生道别时，听到有人敲门，一个小听差拿着份电报走了进来。艾丽接过，打开一看，欢喜地惊呼了一声。

"是格丽塔，"她说，"她今晚到伦敦，明天会来看我们，太好啦！"

她看着我们两个。"难道不好吗？"她说。

然后她看到两张苦巴巴的面孔，听到两句礼貌的回答。一个说："的确很好，亲爱的。"另一个说："当然，很好。"

第十一章

第二天我出门买东西，回到酒店的时候已经比预想中晚了。我看到艾丽坐在大厅休息室，她对面有一位高挑的金发女郎，一定就是格丽塔了。她们两个正起劲地说个不停。

我从来不善于描述一个人的长相，但对于格丽塔的外貌我倒有几句话要说。首先，任何人都无法否认——就像艾丽说的，她很美，也正如利平科特先生不太情愿承认的，她很漂亮。

美和漂亮其实是不一样的。如果你说一个人很漂亮，那并不代表你真的欣赏她。我想利平科特先生就不欣赏她。而当格丽塔走过酒店的大厅，或者经过餐厅的时候，男人们都会转头看她。她具有典型的北欧特征，一头纯正亮丽的金发被时髦地高高盘起，而不像普通人那样垂在脸颊两边。一眼就可以看出，她身上有瑞典或德国的血统。说真的，她要是插上一对翅膀，就可以直接跑到化装舞会上扮演瓦尔基里①了。她的眼睛是明亮的湛蓝色，面部轮廓简直无可挑剔。不得不承认，她天生丽质。

我走向她们坐着的地方，希望能以一种自然、友好的方式和她们打招呼，但还是忍不住有点小尴尬，我可不是什么都会演。

艾丽看到我，马上说："终于见到了吧，迈克，这位是格丽塔。"

我想我的语气有点开玩笑的性质，而非真正高兴的态度。

我说："很高兴终于见到你了，格丽塔。"

艾丽说："你知道的，要不是格丽塔，我们不可能结婚。"

"总会有办法的。"我说。

"如果我家人像一吨煤一样压在我们身上，那就不会有别的办法，他们会想方设法把我们拆散。告诉我，格丽塔，他们是不是很生你的气？"艾丽问道，"你从来没有给我写信或者讲过这些。"

"一对正在开心度蜜月的新婚夫妇，"格丽塔说，"我想还是不要写信打扰为好。"

"但是他们很生你的气吧？"

"当然了！你觉得还能怎么样？不过我对此早有准备，

---

①瓦尔基里（Valkyrie），北欧神话中的女神。

没骗你。"

"他们说什么了？做什么了？"

"所有他们能做的。"格丽塔很高兴地说，"当然第一件事就是解雇我。"

"是的，我想这无法避免。那——那你怎么办？他们总不能拒绝给你写推荐信吧？"

"他们当然可以拒绝。毕竟在他们眼中，我是被给予信任的，可是我无耻地滥用了这份信任。"她又加了一句，"而且乐在其中。"

"那你现在怎么办？"

"我已经找了份工作，马上就要开始做了。"

"在纽约吗？"

"不，在伦敦，做一个秘书。"

"不过……你还好吧？"

"亲爱的艾丽，"格丽塔说，"你早就预料到会有这么一天，并且已经给过我一张可爱的支票了，我怎么会不好呢？"

她的英语很好，听不出任何口音。只不过她爱用一些俗语，有时候会用错。

"我去了一些地方，然后在伦敦安顿下来，还给自己买了很多好东西。"

"迈克和我也买了很多东西。"艾丽说。她回想起一些事情，笑了起来。

的确如此，在欧洲时，我们对购物总是不遗余力，毫无节制花钱的感觉真是太好了。我们在意大利买了很多锦缎和面料，都是用来装饰新家的；还买了一些画，意大利和法国的都有，价格昂贵得匪夷所思。一个从未梦想过的世界，在我面前开启了。

"你们两个看上去很高兴啊。"格丽塔说。

"你还没见过我们的房子呢，"艾丽说，"它会非常漂亮，就像我们梦想的一般，是吗，迈克？"

"我见过。"格丽塔说，"回英国的第一天，我就雇了辆车去看过了。"

"怎么样？"艾丽问。

我也问道："怎么样？"

"嗯……"格丽塔踌躇了很久，摇着头。

艾丽大失所望，非常伤心，但我立刻就发现了，格丽塔是在跟我们开个小玩笑。当时我闪过一个念头，她这个玩笑并非出于善意，不过我没有往下细想。格丽塔突然大笑起来，周围的人纷纷转头看向我们这边。

"你们真该看看自己的表情，"她说，"尤其是你，艾丽。我只是逗你们一下嘛，那房子太漂亮了，可爱至极，建筑师简直是个天才！"

"是的，"我说，"他确实出类拔萃，等你见到他就明白了。"

"我也见过他了，"格丽塔说，"那天他正好在。你说

111

得没错，他是个与众不同的人，而且还有点吓人，你们觉得吗？"

"吓人？"我惊讶地问，"在哪方面？"

"噢，我说不出来。似乎……他能看透你——从里到外全看透，这就让人有点不自在。"然后她又加了一句，"他看起来病得也不轻。"

"确实，病入膏肓。"我说。

"真可惜。他怎么了，肺结核，还是别的什么？"

"不，"我说，"我觉得不是肺结核。好像是——啊，是血液方面的。"

"我懂了。现在的医生差不多无所不能，什么都能治好——除非先把你治死了。不过我们不谈这个了，说说房子的事情吧。它什么时候能竣工？"

"照目前的进度来看，应该很快了，超乎我的预期。"我说。

"噢，"格丽塔漫不经心地说，"因为钱嘛。两组工人轮换，再加上奖金和其他的一些激励。你自己都不知道，艾丽，像你这么有钱多美好啊！"

但是我知道。我一直在学，这两个星期学得尤其多。因为这场婚姻，我踏入了一个完全不同的世界，这个世界与我站在外面想象时有太多不同。就在前不久，在赌博中赢得双倍赌注，是我概念里最好的意外之财，如果赢到了，我就尽快把它花掉。当然，它符合我这种社会阶层的粗俗作风。但艾丽的世界就截然不同了，和我最初想象的上流生活也不一样，并非无穷无尽的奢侈。不是更大的浴室、更大的房子、更多的电器，以及更好更快的汽车，也不是为了花钱而花钱，只想在别人面前炫耀。相反，这个世界出奇地简单，这种简单是超越挥霍之上的。你用不着三艘游艇或四辆轿车；你不会在一日三餐之后想再多加几餐；如果已经买了一幅最昂贵的画，你也不会想在房间添置其他的装饰——就是这种简单。你所拥有的，都是同一类别里最好的，并不一定是最贵的，但肯定是你最喜欢的。完全脱离了费用的考量，因为你从来不会说"我恐怕买不起"这种话。所以在这样出奇简单的生活中，会有一些事情让我无法理解。我们以前考虑过一幅法国的印象派画作，是塞尚①的——我不得不认真牢记这个名字，我老把他和某个吉卜赛管弦乐队搞混。后来有一次我们在威尼斯街头漫步的时候，艾丽停下来看路边画家，他们正在给来往的游客画像，一个个都画得差不多，牙齿整洁，金发披肩。

　　然后她买了一幅很小的画，画的是流淌着的运河一角。那个街头画家仔细打量着我们，要了六英镑。有趣的是，我非常了解艾丽的心情，她想要这幅六英镑的街头画

---

①保罗·塞尚（Paul Cézanne, 1839—1906），法国著名画家，是后期印象派的主将，从十九世纪末便被推崇为"新艺术之父"，现代艺术的先驱。西方现代画家称他为"现代艺术之父"或"现代绘画之父"。

作，就跟想要塞尚的画作一样。

还有一天在巴黎也发生了类似的事情。她突然对我说："我们去买一条真正香脆的法式长面包吧，然后抹点黄油，加点奶酪——肯定很有趣！"

我们真的买了，而且我觉得，比起前一晚二十英镑的大餐来，艾丽更享受这顿饭。刚开始我无法理解，后来才渐渐明白，而且还明白了一件有点棘手的事情：和艾丽结婚不是只有开心和玩乐。你还有家庭作业要做，你要学习如何去餐馆、如何点菜、如何给小费，以及在什么情况下，你要多给一点。你还要记得点什么菜应该配什么酒。基本上，我都是靠自己的观察来学习，我不能问艾丽，因为她不会了解我的苦衷。她会说："但是，亲爱的迈克，你想怎么做就怎么做好了。侍者认为你该点哪种菜，配哪种酒，又有什么关系呢？"对她来说没关系，因为她就生长在这种环境中。但对我来说就不一样了，我不能想做什么就做什么，我还没到这么"简单"的境界。穿衣打扮也是，不过在这方面艾丽能帮我很多，因为她能理解我，只要把我带到合适的地方，然后告诉我，让做衣服的伤脑筋去吧。

当然，目前的我，听上去和看上去都尚未完全达标。不过没关系，我已经找到窍门了，足以应付老利平科特这种人。也许不久之后，当艾丽的继母和叔叔们回来——不过这个将来也不是问题了，房子建成之后，我们就会搬进去，远离所有的人，把它当作我们的王国。我看着坐在对面的格丽塔，揣测她对我们房子的真实想法。无论如何，这房子是我想要的，我十分满意。我想开车驶过安静的小径，穿过成片树林，到达一个小海湾。那是只属于我们的海滩，没有别人会过来。我一头扎进水里，这感觉比起和几百人共浴的海滨来，要好上一千倍！我不想要花钱就能买到的那些无聊东西。

我想要——又是这几句话，我可以感受到内心涌动的感情——我想要，我想要一个漂亮的姑娘和一幢漂亮的房子，这幢房子独一无二，里面也堆满了与众不同的东西，我想要这些都属于我。每一样东西都属于我！

"他在想我们的房子。"艾丽说。

好像她已经提醒过我两次，我们该去餐厅了。我深情地看着她。

后来——已经是傍晚了——当我们换好衣服准备吃晚餐时，艾丽试探性地问我："迈克，你的确——的确喜欢格丽塔，是吗？"

"我当然喜欢了。"我说。

"如果你不喜欢她，我会受不了的。"

"但是我确实喜欢。"我抗议道，"你为什么认为我不喜欢她？"

"我不太确定。可能因为你从来不看她，甚至是在和她说话的时候。"

"好吧，我想，也许——也许我感到有点紧张。"

"因为格丽塔感到紧张？"

"是的，她有点令人生畏，你明白吗？"

然后我又告诉她格丽塔看上去像个北欧女神。

"她可不像歌剧中演的女神那样粗壮勇猛。"艾丽说着笑了起来，接着我们一起哈哈大笑。我说："对你来说都很好，因为你认识她这么多年了。但她确实有点——怎么说呢，确实很干练，也很现实，久经世故。"我憋出了很多词，但好像都没说到点子上。忽然我又冒出一句："我感觉——我感觉在她面前，我很弱势。"

"噢，迈克。"艾丽有点愧疚，"我知道我和她聊得太多了，老笑话啦，陈年往事啦，聊了好多。我想——我想这些话题都把你晾在一边了，不过你们很快就会变成好朋友了，她喜欢你，非常喜欢，她是这么跟我说的。"

"听我说，艾丽，不管心里怎么想，她嘴上肯定是这么说的。"

"她不会的。格丽塔心直口快，你今天也听到了，她说了很多事情。"

这倒是真的，格丽塔在吃午饭的时候一直滔滔不绝，而且很多话不是讲给艾丽，而是讲给我听的。"你有时候肯定会觉得很奇怪，我都还没见过你，就如此支持艾丽。其实我是愤怒，对他们给艾丽安排好他们想要的生活，把她束缚在金钱还有传统观念里而感到愤怒。她从来就没有

116

机会享受自己，去她想去的地方，做她想做的事情。她想要反抗，但是不知如何反抗。所以，没错，我来帮她。我建议她看看英国的地产，然后我告诉她，当她二十一岁时，就可以自己买一个地方，和纽约的一切说再见。"

"格丽塔总是有好主意。"艾丽说，"她想的东西，我自己永远都想不出来。"

利平科特先生是怎么对我说的？"她对艾丽影响太大了"。我不知道是不是真的，但奇怪的是，我并不赞同这个说法。我认为艾丽内心深处有某种东西，她自己从未感受到过，而格丽塔却非常了解。我敢肯定，格丽塔出的主意，总是和艾丽的内心想法不谋而合。格丽塔鼓励艾丽反抗，可艾丽原本就想反抗，只是不知道该怎么做而已。而且随着了解的加深，我感觉在艾丽单纯的外表背后，还有很多让人意想不到的、有所保留的内心世界。如果真的想做的话，这些事情她自己也能办到，问题在于很多时候她不想这么做。我觉得，要彻底了解一个人真的很难。即使是艾丽，即使是格丽塔，或者就算是我自己的妈妈我也无法了解——她看向我的眼神里，带着我无法参透的忧虑。

我想到了利平科特先生。在我们吃完饭，正要剥一些大桃子时，我说："利平科特先生好像已经接受了我们的婚姻，这有点奇怪。"

"利平科特先生，"格丽塔说，"是只老狐狸。"

"你总这么说，格丽塔。"艾丽说，"我倒觉得他蛮好的，非常严格，但也很正派。"

"好吧，你要这么想，我也没办法。"格丽塔说，"我自己，对他的话是一句都不相信的。"

"不相信他？"艾丽说。

格丽塔摇了摇头。"我知道，他是尊敬和诚信的模范，他具备了受托人和律师的一切条件。"

艾丽笑着说道："你是不是想说，他私吞了我的财产？别傻啦，格丽塔，还有一堆审查员、银行家一类的人呢。"

"噢，我觉得我没猜错。"格丽塔说，"恰恰是这种人，才会做一些贪污私吞的事呢，这种值得信任的人。然后每个人都会说'真不敢相信A先生或者B先生会做这种事情，他是世界上最不可能的人了'，是的，他们肯定会这么说，'最不可能的人'。"

考虑良久后，艾丽说她的弗兰克叔叔倒更像是会干这种骗人丑事的人。对此，她显得丝毫不担忧，也不惊讶。

"他确实看上去就像个骗子。"格丽塔说，"但这恰恰阻碍了他，要骗人的话，他永远比不过那些看上去温和敦厚的人。他是不可能完成一场大骗局的。"

"他是你母亲的兄弟？"我问道。我总是搞不太清楚艾丽的亲戚关系。

"他是我爸爸的妹夫，"艾丽说，"妻子离开了他，和别人结婚了，不过六七年前也去世了。弗兰克叔叔就多多少少和这个家捆在一起了。"

"亲戚一共有三个，"格丽塔善解人意地给我说明，"三只缠着不放的水蛭，你也可以这么说。艾丽的亲叔叔都去世了，一个在朝鲜，还有一个死于车祸。现在还在的，就是一个赡养费很高的继母、一个赖在家里的弗兰克叔叔，还有鲁本叔叔——虽然艾丽叫他叔叔，但其实是一个堂兄。再有，就是安德鲁·利平科特和斯坦福·罗伊德了。"

"斯坦福·罗伊德是谁？"我困惑地问。

"另一个受托人，是吧，艾丽？反正他替你打理投资等业务。这种事情其实不难，因为像艾丽有这么多钱，你都不用做什么，钱自己也会生钱的。围着艾丽的主要就是这几个人。"艾丽又加了一句："毫无疑问，你很快就会见到他们了，他们会来这儿看看你。"

我呻吟了一声，看着艾丽。

艾丽非常温柔甜美地说："不要紧，迈克，他们还会走的。"

第十二章

　　他们的确来了，不过待的时间都不长。第一次嘛，过来就是为了看看我，时间肯定不会很长。我觉得他们让我难以理解。当然了，我之前也没怎么接触过美国人。

　　举例来说吧，弗兰克叔叔，我同意格丽塔的说法，他嘴里说出的每一句话都不值得相信。我在英国也见过这类人。他高高大大，有点啤酒肚，浮肿的眼袋给人以沉迷酒色的印象——我相信事实也的确如此。我觉得他在找女人方面很有眼光，对于一切可以渔利的机会也不会放过。他问我借过一两次钱，数目很小，只够花一两天。我猜他并不是真的缺钱，只是试探一下，看看从我这儿拿钱是否容易。这让我很为难，因为我不知道该怎么回应他——是干脆地拒绝，让他知道我是个吝啬鬼，还是假装自己很缺心眼？但我又不想这么慷慨。让弗兰克叔叔见鬼去吧，我想。

　　寇拉——艾丽的继母——是最让我感兴趣的人了。她大概四十岁左右，头发染得很漂亮，整个人十分热情，对艾丽总是甜腻腻的。

"你可千万别介意我给你写的信啊，艾丽。"她说，"你结婚的消息真是太让人震惊了，而且这么密不透风。当然我知道肯定是格丽塔怂恿的，她教你怎么做。"

"你不要责怪格丽塔，"艾丽说，"我也不想让大家如此不安，我只想……不要太小题大做。"

"当然了，亲爱的艾丽，你这么做也是有道理的。不过那几个管事的全都脸色发青，斯坦福·罗伊德，还有安德鲁·利平科特，他们认为所有人都会指责他们没有把你照看好。他们当然也不知道迈克是什么样的人，不知道他究竟有多讨人喜欢，就连我自己也没想到。"

然后她对着我笑了，笑得很甜，但我从来没见过这么假的笑容！我自忖，如果一个女人恨一个男人，那一定就像寇拉恨我这般。她对艾丽的谄媚态度情有可原，安德鲁·利平科特已经回到了美国，毫无疑问，肯定也警告过寇拉了。艾丽已经开始变卖她在美国的一些财产，因为她明确地表示，以后会在英国生活。不过她会给寇拉一笔很大的津贴，让她随意选择自己的住处。没有人提起寇拉的现任丈夫，我猜想他可能已经和别人远走高飞了。又一次离婚大概正在办理中，不过这次的赡养费就不多了。她嫁的是一个比她年轻很多的人，魅力大于财富。

寇拉想要这份津贴，她是一个追求奢华的女人。无疑，老利平科特已经明确地暗示她，艾丽可以随时取消这笔钱。她如果忘了自己的身份，随意散播关于艾丽新婚丈夫的谣言，艾丽就会这么做。

鲁本堂兄，或者说鲁本叔叔，这次没有过来。他给艾丽写了封态度友好又模棱两可的信，祝她幸福，但他怀疑艾丽是否真的想好了要定居英国。"如果不喜欢，艾丽，你就回美国来。别以为你会不受欢迎，恰恰相反，你的鲁本叔叔就肯定会欢迎你。"

"他说得蛮好听的。"我对艾丽说。

"是的。"艾丽苦思了一会儿才这样说，听上去她好像不是很同意。

"你喜欢他们中的谁吗？"我问道，"或者……我不该问你这个问题？"

"当然可以，你可以问我任何事情。"不过她还是隔了好一阵子，才下定决心似的说，"不，我谁都不喜欢。也许有点奇怪，但是我想，可能因为他们都不真正属于我，只是因为环境凑到了一起，而非血缘关系。他们没有一个是我的骨肉至亲。我爱我的父亲——我是说记忆中的他。他身体很虚弱，爷爷对他也很失望，因为他没什么经商头脑。他自己也不愿意从商，而是喜欢去佛罗里达捕鱼，或者做一些类似的事。后来他娶了寇拉，我从来都没喜欢过寇拉，她也从没喜欢过我。至于我的亲生母亲，当然，我已经没有印象了。我喜欢亨利叔叔和乔叔叔，他们都是很有趣的人，有时比我父亲还有趣。我父亲是个安静的人，偶尔还会悲伤，但那两个叔叔是享乐派。乔叔叔，我想，他有点野，是那种因为有钱而产生的野，反正他就是出车祸去世的那位，亨利叔叔则是在战场上战死的。爷爷当时有病在身，三个儿子相继去世的消息对他来说是莫大的打击。他不喜欢寇拉，也不喜欢任何一个远亲。鲁本叔叔就是个例子，我爷爷说过，谁也不知道鲁本的心思在哪里。所以他把财产交给信托基金打理，其中一部分捐给了博物馆和医院，给寇拉也留了足够用的钱，还有他的女婿弗兰克叔叔。"

"但绝大部分还是归你了？"

"没错，这也让他很伤脑筋。他竭尽所能，让别人看好这笔钱。"

"就靠安德鲁叔叔和斯坦福·罗伊德？一个律师，一个银行家？"

"是的，我想他认为我自己不能妥善照料这一大笔钱。奇怪的是，他让我在二十一岁时就接管这笔财产，而不是像其他人那样，设定在二十五岁。我猜，可能因为我是女孩子。"

"太奇怪了，"我说，"我觉得应该反过来才对啊。"

艾丽摇了摇头。"不，"她说，"我猜想，我爷爷觉得年轻男孩子性子都很野，到处惹是生非，也容易被不怀好意的漂亮姑娘套住。不如给他们足够的时间寻欢作乐——这是你们英国人的说法，是吗？但是他有一次跟我说：

'如果一个女孩子要懂事，那二十一岁就够了，再多等四年，也不会有什么变化。如果她很笨的话，那到二十五岁也还是很笨。'"艾丽看着我，笑了，"他还说他不觉得我笨。他说：'你对生活还不了解，但是你有很好的眼光，尤其是看人。我认为你会一直这样下去的。'"

"我觉得他不会喜欢我的。"我想了想，说道。

艾丽很坦率，她并没有试图安慰我，说一些安抚我的话，毫无疑问我说的就是事实。

"是的，"她说，"我想他会吓坏的，刚开始肯定会这样，但他总会习惯的。"

"可怜的艾丽。"我突然说。

"为什么这么说？"

"我以前也这么对你说过，还记得吗？"

"记得。你说我是'可怜的富家千金'，说得很对。"

"这次我不是那个意思。"我说，"不是因为你有钱所以可怜，而是——"我迟疑了一会儿，"有太多人围着你了。"我说，"他们全都缠着你，每个人都想从你身上捞点好处，但没有人真的关心你，这是事实，不是吗？"

"我觉得安德鲁叔叔是真的关心我，"艾丽有点犹豫地说，"他总是对我很好，同情我。其他人——噢，你说得太对了，他们只想捞好处。"

"他们来向你讨要，对吗？找你借钱，从你身上收获利益，或者希望你把他们拉出困境。他们总是缠着你，缠

124

着你，缠着你！"

"我觉得这很正常，"艾丽冷静地说，"不过现在我和他们都没瓜葛了，我要在英国生活，不会再经常看到他们了。"

当然，她想得太天真了，还没有认清现实。后来，斯坦福·罗伊德来了，带了很多文件和资料，都是要艾丽签字确认的，还有投资合同也需要艾丽批准。他和艾丽谈了很多关于投资、股票和地产的事情，还有信托基金的处理。他们的对话我完全无法理解，我帮不了她，给不了建议，也无法让斯坦福·罗伊德停止欺骗她。我希望他没有骗人，但像我这样一无所知的人，又如何能确信他所言属实呢？

斯坦福·罗伊德人很好，好得令人生疑。他是一个银行家，看上去也确实像个银行家，尽管不年轻了，但他依然帅气迷人。他对我很客气，虽然心里看不起我，不过没有表现出来。

"好了，"在他终于离开之后，我说，"这是最后一个。"

"你一个都不喜欢，是吗？"

"我认为你的继母，寇拉，是一个我从没见识过的两面三刀的贱货。对不起，艾丽，也许我不该这么说。"

"如果你心里就是这么想的，那为什么不该这么说？而且你说的也不是太离谱。"

"你肯定很孤独，艾丽。"我说。

"是的，我很孤独。我也认识同龄的女孩子。我念的是一所上流学校，但我从没真正自由过。如果我自己交了个朋友，他们就会想办法把我们拆开，然后塞给我另一个女孩代替，你明白吗？一切都受到社会地位的限制，我也一直小心翼翼，从来没有给谁惹过麻烦，也从未真正在乎过谁。直到格丽塔的出现，所有事情都不一样了。第一次有人真的喜欢我，那感觉真好。"

她的表情变得柔和起来。

"我希望……"我一边说着，一边走到了窗口。

"你希望什么？"

"噢，我不知道……我希望你不要这么依赖格丽塔。像这样依赖一个人，不是好事。"

"你不喜欢她，迈克。"艾丽说。

"我喜欢。"我赶紧否认，"我确实喜欢。但是你要明白，艾丽，她对我来说，还是……还是一个陌生人。我想，说实话，我有些嫉妒她，因为她和你——我之前从没意识到你们的关系这么紧密。"

"不要嫉妒，她只是唯一对我好的人，关心我的人——在我遇到你之前。"

"但你已经遇到我了，"我说，"你也已经和我结婚了。"然后我又说了一遍以前说过的话——

"我们会幸福地生活在一起，直到永远。"

第十三章

尽管说得不多，但我已经尽力把进入我们生活的人全都写出来了。准确来说，应该是进入我生活的人，因为他们本来就存在于艾丽的生活中。可笑的是，我们认为这些人会从艾丽的世界走出去，但他们没有。他们甚至从未考虑过要离开，然而，当时的我们并不知道这一点。

接下来，就是我们在英国的生活了。桑托尼克斯发了封电报来，告知我们房子已经落成，但他要我们再等一周左右。一周后，他的电报又来了，上面写着：明天过来。

在日落时分，我们驱车到达了那里。桑托尼克斯听到汽车声，出来迎接我们，他就站在房子前。我看到我们的房子，一幢已经完全建成的房子，有股难以名状的东西在内心窜起，几乎要冲破我的皮肤！这是我的房子——我终于拥有它了。我紧紧搂着艾丽的肩膀。

"喜欢吗？"桑托尼克斯说。

"太棒了！"我说。这句话听起来很傻，但他懂我的意思。

"是的，"他说，"这是我建过的最好的房子……花了你们很多钱，但每一分都值得，它比我想象中更好。过来，迈克，把她抱起来，迈过这道门槛，就这样和你的新娘走进新家。"

我满脸通红，抱起艾丽——她很轻——抱着她跨过了门槛，正如桑托尼克斯建议的那样。在这个过程中，我略微蹒跚了一下，桑托尼克斯皱了皱眉头。

"你听着，"桑托尼克斯说，"你要好好对她，迈克。照顾好她，别让她受伤害。她不能照顾自己，虽然她觉得可以。"

"为什么我会受到伤害？"艾丽说。

"因为这是个糟糕的世界，有很多坏人。"桑托尼克斯说，"你身边就围绕着很多坏人，我的姑娘，我知道的。我见过其中一两个，他们来过这里，就像老鼠一样鬼鬼祟祟，东探西探。原谅我说话粗鲁，但总得有人说。"

"他们不会打扰我们的，"艾丽说，"他们都回美国了。"

"也许吧，"桑托尼克斯说，"但你知道，坐飞机也就是几小时的事情。"

他把手放在艾丽的肩上，这双手现在异常枯瘦、苍白，看来他的病相当严重。

"我想亲自照顾你，孩子，如果可以的话。"他说，"但是我不能了，我时日无多，你得自己保护自己。"

"忘掉吉卜赛人的警告吧，桑托尼克斯，"我说，"带我们看看房子，每一英寸都看过去。"

然后我们看遍了整个房子。有的房间还是很空，但大部分东西已经置办了，画、家具、窗帘，我们都买好了。

"还没给它起名呢，"艾丽突然说道，"我们不能叫它'古堡'，这太滑稽了。你还跟我说过它另一个名字是什么？"她对我说，"吉卜赛庄，是吗？"

"别这么叫它，"我说得斩钉截铁，"我不喜欢这个名字。"

"这一带的人都这么叫。"桑托尼克斯说。

"他们都是一些愚蠢迷信的人。"我说。然后我们坐在阳台上，边欣赏夕阳西下的景色，边给房子想名字。就像在玩某种游戏，刚开始的时候很认真，后来就开始想一些傻名字出来了。比如"旅途尽头""心之喜悦"这些公寓一样的名字，还有"海景""美丽轩""松林居"等。不知不觉，天色转暗，温度也变低，我们便进屋了。我们把落地窗关上，但没有拉上窗帘。日用品已经购置好了，到了明天，还会有一批高薪聘请的用人过来。

"他们可能会讨厌这个地方，嫌这房子太孤零零了，全部都想请辞回家。"艾丽说。

"然后你就会给他们双倍的价钱，让他们乖乖留下来。"桑托尼克斯说。

"你认为，"艾丽说，"任何人都能被钱收买？"不过这句话她是以打趣的态度说的。

我们带来了火腿肉、法式面包，还有红红的大虾。我们三个围坐在餐桌边，一边大快朵颐，一边谈笑风生，就连桑托尼克斯看上去也不再虚弱，变得有生气起来，眼神里还流露出一丝略带狂野的兴奋。

这时，突然发生了一件事。一块石头砸破落地窗，飞了进来，正好掉在餐桌上，磕碎了一只酒杯，飞溅的碎玻璃划伤了艾丽的脸颊。我们坐在椅子上，一时惊呆了。缓过神来的我一跃而起，冲到落地窗前，拔开窗栓，跑到阳台上。但我一个人影都没有看到，于是又回到房间。

我拿起一张纸巾，俯下身子，看到有一丝血迹顺着艾丽的脸颊流淌下来，便替她拭去。

"伤到你了……亲爱的，不过不要紧的，只是一片玻璃划了道小伤口而已。"

我和桑托尼克斯对视了一下。

"为什么有人要这么做？"艾丽说，她的表情充满困惑。

"小男孩，"我说，"你知道的，一些不良少年，也许他们听说有人住进来了。我敢说，只是扔一块石头还算是幸运的，他们可能还有气枪，或者诸如此类的玩意儿。"

"但为什么要这么对我们？为什么？"

"不知道，"我说，"玩心太重吧。"

艾丽突然站了起来，她说："我怕，我好怕。"

"明天我就把他们揪出来。"我说，"我们对周围的人

130

还不了解。"

"会不会因为他们很穷，而我们很有钱？"她没有对我，而是对着桑托尼克斯发问，好像他比我更清楚这个问题的答案。

"不，"桑托尼克斯缓缓说道，"我不这么认为……"

艾丽说："因为他们恨我们，恨迈克，也恨我。为什么？因为我们很幸福？"

桑托尼克斯又摇了摇头。

"不，"艾丽又说道，好像她同意桑托尼克斯的看法，"不，肯定有别的原因，某种我们不知道的原因。吉卜赛庄，任何住在这里的人都会遭到忌恨，都会受到迫害，也许到最后，他们会成功将我们赶走。"

我倒了杯酒，递给她。

"别这样，艾丽。"我恳求道，"别说这种事情，把它喝了吧。确实发生了不太愉快的事情，但这只不过是一个愚蠢的、不计后果的恶作剧罢了。"

"我怀疑……"艾丽紧紧盯着我说，"我怀疑有人想把我们赶走，迈克，把我们从自己建造的、深爱的房子里赶走。"

"我绝不会让他们把我们赶走的。"我说，接着我又加了一句，"我会照顾你，再没有什么会伤害你了。"

她再次望向桑托尼克斯。

"你应该知道的，"她说，"从这房子刚开始造的时候，你就在这儿了。从来没有人跟你说过什么吗？没人来丢石头，干扰房子的建造？"

"你想得太多了。"桑托尼克斯说。

"那么有事故发生吗？"

"造房子的过程中，总归会有些事故发生的，但是都不严重，没有酿成悲剧。有人从梯子上摔下来了，有人搬东西砸了自己的脚，有人拇指扎了根刺，还发炎了。"

"没有别的了吗？没有因为蓄谋而发生的事故吗？"

"没有，"桑托尼克斯说，"我向你保证，没有！"

艾丽转向我。

"还记得那个吉卜赛婆婆吗，迈克？那天她多古怪啊，拼命劝我不要来这里。"

"她疯疯癫癫的，脑子有点问题。"

"我们已经在吉卜赛庄造好了房子，"艾丽说，"已经做了她劝我们别做的事。"她跺了跺脚，"我不会让他们把我赶跑，任何人都别想把我赶跑！"

"没人能赶走我们，"我说，"我们要在这里幸福地生活。"

这番话，说得好像在对命运宣战。

第十四章

我们在吉卜赛庄的生活就这么开始了。我们没给房子找到另一个合适的名字，也许从住进来的第一晚开始，"吉卜赛庄"这个名字就深深地刻在了我们脑子里。

"我们就叫它吉卜赛庄吧，"艾丽说，"就是要挑战命运，对吗？它是属于我们的房子，让吉卜赛的警告见鬼去吧！"

第二天，她又恢复了快乐的本性，我们也忙着整理新家，并且去结识一些附近的邻居。我们步行到了吉卜赛老人居住的农舍。我觉得要是正好发现她在菜园里忙活就好了，之前艾丽只见过她一次，那次她预测了艾丽的命运。如果现在艾丽发现她只不过是个普通的老妇人，在挖土豆——不过我们没有见到她，农舍门扉紧闭。我问一位邻居，她是不是死了，邻居摇了摇头。

"她肯定是出门了。"她说，"她经常出门的，你知道。她是个货真价实的吉卜赛人，所以在家里待不住，总是四处流浪，然后再回来。"她拍了拍额头，"不会安定在一个地方。"

随即她又开口了，试图掩饰自己的好奇："你们是从新房子过来的吧，是吗，山顶的那幢新房子？"

"没错，"我说，"我们昨晚刚搬来。"

"那地方看起来美极了。"她说，"它建造的时候，我们都上去参观过，以前是一片黑漆漆的树林，现在变成了大房子，完全不同了，是吗？"

她有点怯生生地转向艾丽，说："你是美国人吧，女士，我们都听说了。"

"是的，"艾丽说，"我是美国人——或者说以前是美国人。但是现在我嫁给了英国人，所以我是英国人了。"

"你们来这儿，是要定居下去的，是吗？"

我们点头承认。

"好吧，希望你们会喜欢这个地方。"她的声音听上去充满了怀疑。

"为什么我们会不喜欢？"

"嗯，你们知道，那里太冷清了。人们总是不喜欢住在一个冷清的地方，周围只有树。"

"吉卜赛庄。"艾丽说。

"噢，你们知道这个名字。但是以前叫'古堡'，我也不知道为什么叫'古堡'，那地方一点都不像城堡，至少我看着不像。"

"我认为'古堡'是一个很傻的名字，"艾丽说，"我想我们还是会继续叫它'吉卜赛庄'。"

"我们还得跟邮局说一下，"我说，"不然就收不到信了。"

"不，我觉得不会收不到的。"

"虽然要考虑这一点，"我说，"但这又有什么关系呢，艾丽？如果我们收不到任何信件，不是更好吗？"

"会引起很多麻烦的，"艾丽说，"我们甚至连账单都收不到。"

"那就更是个好主意了！"我说。

"怎么可能？"艾丽说，"地产局的人会在这里安营扎寨的。不管怎么说，我不希望一封信都收不到，我还想知道格丽塔的消息呢。"

"别管格丽塔了，"我说，"我们继续往前走走吧。"

然后我们走到了金士顿大街。这是个很美好的乡镇，商店里的人也很和善，没有半点邪恶的谣言在流传。尽管仆人们并不太喜欢那里，但我们马上做了安排，在他们休息的时候，我们会雇一辆车载他们到最近的海滨城市或者查德威市场。他们对我们房子的地理位置不是很满意，不过并不是由于迷信的关系。我对艾丽说，没有人会说我们的房子闹鬼，因为它是新建的。

"对，"艾丽同意，"和房子无关，房子本身没有任何问题。问题出在外面，那条弯弯曲曲穿过树林的路有点阴森，那天那个吉卜赛女人就站在那里，吓了我一跳。"

"好，明年我们就把这些树全部弄干净，种上一大片杜鹃花之类的东西。"

我们继续计划着未来。

格丽塔过来和我们共度了一个周末。她对我们的房子兴致很高，对家具、装饰画以及色彩搭配都恭维了一番，真的很精明老练。周末过后，她说她不能再叨扰蜜月期的我们了，而且还得回去工作。

艾丽开心地带她参观房子，我可以看出来艾丽有多么喜欢她。我尽量让自己表现得很理智、很愉悦。终于，格丽塔要回伦敦了，我感到发自内心的高兴，因为有她在这儿，总是让我绷紧了弦。

我们住下来两周后，已经被当地人接受了，而且还认识了"上帝"。某一天下午，他过来拜访我们。当时，艾丽和我正在争论应该把花坛建在哪里，我们那端庄——在我看来，有点虚伪——的男仆进来通知，费尔伯特少校正在客厅恭候。

我悄悄地对艾丽说："上帝。"

她问我什么意思。

"嗯，当地人对待他，就跟对上帝一样。"我说。

于是我们走进房间，见到了费尔伯特少校。他是个让人感到舒适的人，很难具体形容。他六十岁左右，穿着乡下人的衣服，破旧不堪，灰色的头发有点谢顶，还有一撮又短又硬的胡须。他为他的妻子没能来拜访我们而表示抱歉，据他所言，妻子病得很严重。他坐在那里和我们闲聊起来。他说的并非什么卓越不凡或者特别有趣的事情，但他就是有窍门，让人觉得轻松自在。他没有直接问我们问题，而是轻描淡写地随意闲聊，却很快就了解了我们的兴趣所在。他和我聊赛马，和艾丽聊园艺，以及在这块特殊的土壤上种什么好。他去过一两次美国。他发现尽管艾丽对赛马不是很感兴趣，但喜欢骑马，于是便告诉她，如果想养马，可以沿着一条小路直走，穿过松林，会去到一处旷野，在那个地方可以任意驰骋。随后，话题转到了我们的房子，还有吉卜赛庄的传说。

"我想，你们知道当地人的叫法，"他说，"还有当地所有的流言蜚语。"

"丰富多彩的吉卜赛警告，"我说，"叫人眼花缭乱。大多数来源都是黎婆婆。"

"噢，天哪。"费尔伯特说，"可怜的老艾斯特，真是个讨厌的人，是吗？"

"她精神状态不太好？"我问。

"并没有她表现出来的那么夸张。我或多或少要为她承担点责任的。是我安排她住在那间农舍里，"他说，"但她并不因此感激我。我喜欢古老的事物，尽管她有时真的很讨人厌。"

"是算命吗？"

"不，不单是算命。为什么这样说？她给你们算过命？"

"不知道是不是可以称之为'命'，"艾丽说，"更像是一个警告，她叫我远离这个地方。"

"在我看来，这就相当奇怪了。"费尔伯特少校皱起眉头，"通常她算命的时候，嘴巴像抹了蜜似的，英俊的陌生人、婚礼的钟声、六个孩子、一大堆好事、会有大笔的钱、漂亮的姑娘……"他竟然开始模仿吉卜赛人嘀嘀咕咕的口气。

"当我还是个小男孩的时候，吉卜赛人常在这儿安营扎寨。"他说，"我想从那时起，我就喜欢他们。当然，他们手脚不太干净，但我总是被他们吸引。只要你别期望他们能奉公守法，那他们就没什么不好。我还上学那会儿，经常能喝到一些吉卜赛人特有的浓汤，盛在小锡杯里。我觉得我家亏欠黎婆婆。我弟弟还小的时候，黎婆婆救过他一命。他在结冰的池塘上走，结果掉进了冰窟窿，是黎婆婆捞他上来的。"

我笨手笨脚地把烟灰缸碰到了桌子下面，摔了个粉碎。

我赶忙捡起碎片，费尔伯特少校也弯腰帮我。

"我希望黎婆婆真的没有恶意。"艾丽说，"我当时惊慌失措，真是太傻了。"

"你惊慌失措？"他又扬了扬眉毛，"真的这么糟吗？"

"我毫不怀疑，她确实被吓到了。"我飞快地说，"与其说是警告，更像是威胁。"

"威胁！"听起来他不太相信。

"好吧，至少我听上去的感觉是这样的。后来我们搬进来，当天晚上就发生了一些事情。"

我告诉他那块破窗而入的石头的事情。

"恐怕最近有一些小无赖。"他说，"虽然我们发现得不多——不像有些地方那么糟糕，但还是发生了这种事情，我对此表示抱歉。"他看向艾丽，"很抱歉让你受惊了，真是一件野蛮的事故，尤其是发生在你们搬来的第一个晚上。"

"噢，现在已经过去了。"艾丽说，"不仅仅是那件事，还有——还有不久之后发生的其他事。"

我又告诉少校，某天清晨我们下山，发现一只死去的小鸟，它被一把小刀刺穿，还有一张小纸条，上面用潦草的笔迹写道："知道好歹的话，就滚出这里。"

这下费尔伯特少校看起来真的生气了。他说："你们应该报警。"

"我们不想这么做，"我说，"报警的话，反对我们的人会变本加厉的。"

"早就该阻止了。"费尔伯特少校说。突然之间，他变成了地方法官。"否则，你们知道，他们还会继续的。你可以把它当作开玩笑，但是——它似乎又不是恶作剧这么简单。卑鄙、充满恶意，这不是……"他好像在自言自语，"这附近不是有谁对你们怀恨在心吧？或者，对你们之中的谁怀恨在心。"

"不，"我说，"不可能，因为我们两个在这里都是陌生人。"

"我会调查一下这件事。"费尔伯特说。

他起身，在告辞前又环顾了一下四周。

"知道吗？"他说，"我喜欢你们这幢房子。我有点古板守旧，是别人口中的'老顽固'。我喜欢老式房子，老式建筑，不喜欢全国各地纷纷冒出的火柴盒工厂，一个个大箱子，跟蜂窝似的。我喜欢富有格调、装饰优雅的建筑。但我喜欢这幢房子，很朴素，却又很时尚，我想，它本身就具有非常好的外观。当你往外看，你会看到——看到与你之前所见完全不同的风景，这很有趣，非常有趣。谁设计的？英国建筑家还是国外的？"

我告诉他关于桑托尼克斯的事情。

"嗯……"他说，"我想，我以前在哪儿读到过关于他的文章，是《住宅与花园》？"

我告诉他，桑托尼克斯真的很有名。

"我想什么时候见见他，尽管我不知道要和他说什么。我不是个艺术家。"

然后他让我们定个日子去他家，和他们夫妇吃顿午餐。

"你也肯定会喜欢我家的。"他说。

"我猜，是幢古宅？"我说。

"一七二〇年建的，一个好时代。它原来是伊丽莎白式建筑，一七〇〇年被烧毁，于是又在原址上造了幢新的。"

"从此，你们便一直住在那里了？"我说。我指的不是他个人，当然，他懂我的意思。

"是的，我们从伊丽莎白时代就一直住在那儿，时而繁荣，时而衰败。情况糟糕时，我们变卖土地，境遇好转后，再买回来。我很乐意带你们两位参观一下。"他对艾丽笑着说，"我知道美国人喜欢老式房屋。你就未必喜欢了。"他又对我说。

"我不会假装我很懂老式的事物。"我说。

然后他便告辞了。在他的车里，有一只猎犬在等他。这是一辆油漆斑驳、伤痕累累的旧车。我现在明白，在这个地方，我们已经有了"身份"。我知道，他依然是这一带上帝般的存在，而他已经在我们身上盖了"获准"的章。看得出来，他喜欢艾丽，顺理成章地推断，他也喜欢我。尽管我注意到，他时不时向我投射过来鉴定的目光，仿佛要对他以前没见过的事物下一个判断。

我走回客厅的时候，艾丽正在把玻璃碎片放进废纸篓里。

"打破了，真难过，"艾丽遗憾地说，"我很喜欢它。"

"我们可以再买个新的，差不多的。"我说，"它很时尚。"

"我知道！什么事情吓到你了，迈克？"

我考虑良久。

"费尔伯特说的一些话，让我想起了小时候的事情。我和学校里的一个小伙伴逃学，去附近一个池塘上滑冰玩，结果冰不堪重负。我们真是两个小傻瓜，他淹死了，没人来得及救他。"

"真可怕。"

"是的，要不是费尔伯特说起他兄弟的事，我都已经要忘了。"

"我喜欢他，迈克，你呢？"

"是的，非常喜欢。我在想，他妻子会是什么样子呢？"

接下来的那个星期，我们很早就去和费尔伯特夫妇共进午餐。他们家是一幢白色的乔治式建筑，线条十分优美，尽管并没有好到令人啧啧称奇的地步。房子里面很简陋，但是很舒适，长长的餐厅里挂着很多肖像画，我猜是他们的先辈。我认为大部分肖像画的情况都很糟糕，如果清洁一下，看上去会好一些。其中有一幅穿着粉红缎面服装的金发女郎肖像，我很喜欢。

费尔伯特少校微笑着对我说："你看中了一幅最好的。它是庚斯博罗①画的，画得很好，尽管画中的主人公当时引起了一些麻烦。她被怀疑毒杀了自己的丈夫——也可能

---

①托马斯·庚斯博罗（Thomas Gainsborough，1727—1788），英国肖像画家和风景画家。

是由于偏见，因为她是外国人。杰维斯·费尔伯特从国外某个地方把它带了回来。"

其他一些邻居也受邀前来，与我们见面。肖医生是一个上了年纪的家伙，态度和蔼，不过疲惫不堪，我们还没有吃完饭，他就不得不先行离开了。还有一位年轻、热心的牧师，一位声音听起来飞扬跋扈、带着小狗的中年妇女，以及一位身材高挑、容貌姣好的黑发女孩，她叫克劳迪娅·哈德卡斯特尔，好像是为马而活着的，尽管强烈的花粉过敏给她带来了不便。

她和艾丽很谈得来。艾丽喜欢骑马，也同样受过敏症困扰。

"在美国，通常是狗舌草①让我发作。"她说，"但马有时候也会引起不适。现在对我来说已经不是什么大问题了，因为医生会给我很多很有用的药，来对付各式各样的过敏症。我给你一些我经常吃的胶囊，它们是鲜橙色的。如果出门前吃一颗，那你就一个喷嚏都不会打了。"

克劳迪娅·哈德卡斯特尔说这真是太好了。

"对我来说，骆驼比马更厉害。"她说，"去年我在埃及，绕着金字塔走一圈，我就泪流满面。"

艾丽说，有些人还对猫过敏。

"还有枕头。"她们继续谈论过敏症。我坐在费尔伯特

---

①属于菊科，在北半球温带地区最常见，开黄色小花，和雏菊的外形非常相像。

太太旁边，她个子很高，身材苗条，在享受丰盛菜肴的同时谈论着她的健康问题。她给我详细描述了她身上的各种疾病，以及那些杰出的医药学专家是如何对她的病例感到困惑不解、束手无策的。偶尔，她也会说几个社交话题，问我是做什么工作的。我回避了这个问题，她也就兴味索然地打听我都认识些什么人。我本可以如实相告："谁也不认识。"但我想还是别这么做——尤其，她并非真是个势利小人，而且她本来也就不想知道答案。

还有一位柯基太太，我不记得她确切的名字叫什么了。她问了我很多问题，但我将她的注意力转移到社会上的罪恶以及无知的兽医上去了。所有的一切都充满和平，令人愉悦，除了——有点无聊。

后来，当我们在花园里四下闲逛的时候，克劳迪娅·哈德卡斯特尔和我走在了一起。

她出其不意地说："我听说过你——从我哥哥那儿。"

我很惊讶。我无法想象自己有可能认识一个克劳迪娅·哈德卡斯特尔的兄弟。

"你确定吗？"我说。

她似乎被逗笑了。

"事实上，他还替你们盖了房子。"

"你是说，桑托尼克斯是你哥哥？"

"同父异母。我对他知道得不多，我们很少见面。"

"他相当出色。"我说。

"有些人确实这么认为，我知道的。"

"你不这么认为？"

"我不敢确定，他有两面性。有一段时间，他的事业每况愈下……大家都不想和他有什么关系。然后，他好像变了。他开始用一种非同凡响的方式，在他的领域内取得成功，就好像他在——"她停顿了一下，"献身。"

"我认为他是这样，就是这样。"

然后我问她有没有看过我们的房子。

"不——建成之后就没看过了。"

我告诉她，请务必过来看一下。

"我不会喜欢它的，我先提醒你。我不喜欢现代化的房子，安妮女王①时代是我最爱的时代。"

她说她准备让艾丽参加高尔夫俱乐部，他们还打算一起骑马。艾丽会买一匹马，也可能不止一匹。她和艾丽好像已经成了朋友。

当费尔伯特带我参观马厩的时候，他说起了克劳迪娅。

"是骑马打猎的好手。"他说，"遗憾的是，她把自己的生活弄得一团糟。"

"是吗？"

"嫁给了一个比她年长的富人，是一个美国人，叫罗伊德。他们根本不合适，很快又各奔东西了，她改回了原

_____
①安妮女王（Anne of Great Britain, 1665—1714），大不列颠王国女王，斯图亚特王朝末代国王。

来的姓。别以为她会再婚，她现在抗拒男人，真可惜。"

当我们开车回家时，艾丽说："无聊——但挺好的。那些人都不错，我们会在这里生活得非常幸福，对吗，迈克？"

我说："是，我们会的。"然后把原本握着方向盘的手放到她的手上。

回家时，我先在房子前把艾丽放下，然后将车子驶进车库。

走回屋里时，我听到微弱的吉他拨弦声传来。艾丽有一把相当漂亮的西班牙老吉他，应该值很多钱。她过去常常一边弹着吉他，一边低声吟唱，非常悦耳。大部分的歌曲我都叫不出来名字，我想，有一些是美国黑人的圣歌，有一些则是古老的爱尔兰和苏格兰歌谣——甜美，但是非常感伤。它们不是流行音乐，或许只是民间流传的歌谣。我走过阳台，在窗边停了下来。

艾丽正在唱一首我最爱的歌，尽管我不知道这首歌的名字。她低着头，轻轻拨弄琴弦，柔声吟唱，甜美又哀伤的旋律萦绕在我的心头。

人生有喜悦，也有悲怜。

看透了这一点，

才能安然走过世间。

每一个夜晚，每一个清晨，

有人生来就为不幸伤神。

每一个清晨，每一个夜晚，

有人生来就被幸福拥抱。

有人生来就被幸福拥抱，

有人生来就被长夜围绕。

她抬头看到了我。

"为什么这样看着我，迈克？"

"怎么样？"

"你这样看我，就像你爱过我一样……"

"我当然爱你了，我还能怎样看你？"

"但你刚刚在想什么？"

我缓慢而又诚挚地说："我在想，我第一次看到的你——站在一排枞树下。"是的，我始终记得初识艾丽时，那份惊喜和激动……

艾丽微笑着看着我，又轻轻唱起。

每一个清晨，每一个夜晚，

有人生来就被幸福拥抱。

有人生来就被幸福拥抱，

有人生来就被长夜围绕。

人往往不知道一生当中真正重要的时刻——直到为时已晚。

我们去费尔伯特家吃午餐，然后高高兴兴回到家里的那一天，就是一个重要的时刻，但我当时并没有意识到——直到事后才明白。

我说："唱唱那首关于飞虫的歌吧。"然后她换成了好像欢乐舞蹈般的旋律，唱了起来：

> 小小的飞虫，
> 夏日的游戏。
> 我不经意的手，
> 将你拂走。

> 也许我也是，
> 像你一样的飞虫。
> 不知你是否，
> 如我一般，也在人世逗留。

> 我终日舞蹈，没有烦忧，
> 我夜夜笙歌，一醉方休。
> 直到，某只鲁莽的手，
> 也拂过我翅膀的时候。

若思想如生命一样，
是呼吸，也是力量，
那缺乏思想，
便如同死亡。

所以我，
一只快乐的飞虫。
无所谓活着，
或是已到了，生命尽头。

噢，艾丽——艾丽……

第十五章

这个世界的惊奇之处，就是事情总会朝你未曾预料到的方向发展。

我们搬进了新房子，在那里生活，并且如计划中一样，远离每一个人。当然，我们不能把所有人都隔绝在外，还是有很多事情向我们蜂拥而来。

首先，当然是艾丽那该死的继母。她又是写信又是发电报，要艾丽去见见房产经纪人，因为她非常中意我们的房子，也想在英国买一幢。她说她很乐意每年在英国待上两个月。伴随着最后一封电报，她人也赶到了，我们不得不带她四处逛逛，考察一下附近的情况。最后，她总算是选定了一处，那地方离我们十五英里远。我们当然不乐意她住在那儿，简直恨透了她这个念头——但我们又不能直言不讳地跟她说。或者说，就算我们直言不讳告诉她，如果她心意已决，那也无法改变。我不能命令她不要搬来，虽然我知道，这是艾丽最不希望看到的事。然而，就在她等调查人员的消息时，又有一些电报过来了。

有一封来自弗兰克叔叔，他好像又惹了什么麻烦，我揣测是诈骗之类的事情，这意味着他需要一大笔钱来摆脱麻烦。还有更多的电报来自利平科特先生，他和艾丽已经来来往往了好几封了。

后来我发现，原来是斯坦福·罗伊德和利平科特先生之间有了些麻烦，他们似乎在艾丽的投资问题上产生了分歧。我曾经无知地以为，美国的那些人离我们很远很远，我从来没有意识到，艾丽的亲戚，或是和她生意上有来往的人，根本没把坐二十四小时飞机来英国再飞回去当回事儿！

先是斯坦福·罗伊德飞了过来，然后他又回去了。现在，利平科特先生又飞过来了。

艾丽不得不到伦敦去见他们。我对财务方面的事情还不了解，总以为每个人都是小心翼翼地各司其职。但有些不太好的迹象表明，这些与艾丽的信托基金有关的事情，不是利平科特先生在拖延进度，就是斯坦福·罗伊德在耽搁结算。

在这堆烦心事中喘口气的时候，艾丽和我发现了我们的"愚者之地"。我们还没有真正调查过我们的财产，我指的是房子周围。我们经常沿着树林间的小径一直走，看能通往什么地方。有一天，我们顺着一条小路走，这条小路杂草丛生，以至于一开始根本看不出有条路。不过最终我们还是走到了底，来到了一处艾丽称之为"愚者之地"

的地方——一个小小的、有点可笑的白色亭子。

其实这个地方环境相当不错，于是我们把它清理了一下，重新刷了一遍漆，放了一张桌子和几把椅子在里面，还有一张躺椅和一个墙角柜，墙角柜里则放了一些瓷器、杯子和瓶子。这真的很有趣。艾丽说还要开辟一条道路，这样我们上来就方便多了。我说不，如果除了我们，别人谁也不知道这个地方，那会更好玩。艾丽承认这真是一个浪漫的想法。

"我们绝不能让寇拉知道。"我说。艾丽非常同意。

当我们从那里下来时——不是第一次，而是后来——寇拉已经走了。我们期望像以前一样平静安逸，但在我前面蹦蹦跳跳的艾丽，突然被一根树枝绊了一下，摔倒了，扭伤了脚踝。

肖医生来了，说这下扭得不轻，不过一周后就会完全康复。于是艾丽写信叫格丽塔过来，我无法反对。确实没有人能很好地照顾她，我是指女人。我们的仆人特别没用，而且无论如何，艾丽需要格丽塔，所以格丽塔来了。

她的到来，对艾丽来说是一个极大的安慰。就当时的情况而言，对我来说也是如此。她安排了许多事情，整个家又井井有条地运转起来。我们的仆人曾提出这里太孤独偏僻了——其实我认为是寇拉让他们感到讨厌——于是格丽塔又贴出广告，立刻就招来了两名新仆人。她悉心照料艾丽的脚踝，逗艾丽开心，知道她喜欢什么东西就都拿来给她——诸如书啊、水果啊之类的——而对艾丽的这些喜好我一无所知。她们在一起似乎特别开心，艾丽当然很乐意见到格丽塔，不管怎样，格丽塔不再离开了……她留了下来。

艾丽对我说："如果格丽塔再多待一段时间的话，你不会介意的，对吗？"

我说："噢，当然，当然不介意了。"

"有她在感觉太好了。"艾丽说，"你看，我和她可以做很多女人之间的事情，女人就是要有女人陪伴啊。"

每一天，我都发现格丽塔变得越来越自作主张、颐指气使、开始不断地发号施令。我假装很乐意有格丽塔在我们家，但有一天，当艾丽抬高了脚躺在客厅的时候，格丽塔和我在外面的阳台上突然吵了起来。我已经记不得争吵到底因何而起了，格丽塔说了些什么惹恼了我，我尖刻地回了嘴，然后就你来我往互不相让，逐渐演变成激烈的吵架。我们的声音越来越大，她对我说出了她能想到的所有刻薄无情的话语，而我也还以颜色，丝毫不落下风。我说她是个飞扬跋扈、多管闲事的女人，她影响了艾丽太多，我不能再容忍艾丽总是被别人管束了。我们俩吵个不停，突然艾丽一瘸一拐地走出来到了阳台上，看看我，又看看格丽塔。

我忙说："对不起，亲爱的。实在对不起。"

我走回屋子，重新把艾丽安顿在沙发上。她说："我一直没意识到，一直没意识到你……你真的很反感格丽塔待在这里。"

我极力安慰她，使她平静下来，跟她说不要介意，我只是冲动发脾气，有时候我就是喜欢争吵。我说，争吵的原因就是我认为格丽塔太专横跋扈了。也许这很自然，她一贯如此。最后我还说我真的很喜欢格丽塔，都是因为我心情不好、有点急躁才吵起来的。所以，这件事的了结方式，是我几乎恳求着格丽塔继续留下来。

我们引起了挺大的骚动，我想屋子里很多人都听到了。我们的新男仆和他的妻子肯定也听到了。当我生气时，我会大喊大叫，这确实有点过分，但我喜欢这样。

格丽塔似乎非常担心艾丽的健康状况，说她不应该干这个，不应该干那个。

"你知道，她身体真的很弱。"她对我说。

"艾丽什么事也没有，"我说，"她好得很。"

"不，迈克，她很娇弱！"

肖医生又一次来看艾丽脚踝的时候，告诉她已经没事了，如果想在崎岖的地面上走动，只要包扎一下就行了。这时我以男人独有的愚蠢方式，问了他一句："她并不娇弱，是吗，肖医生？"

"谁说她娇弱了？"肖医生是现如今很少有的那种医生，事实上，他在当地以"顺其自然的肖"而闻名。

"据我所知，她没有任何问题。"他说，"任何人都会把脚扭伤。"

"我不是指她的脚踝，我是说，她是否有一颗娇弱的心脏，或者其他什么之类的。"

他从眼镜上方望着我。"别胡思乱想，年轻人。你的脑袋里怎么会想这种事？你可不是会在意女人小毛病的那类人啊。"

"是安德森小姐说的。"

"哦，安德森小姐。她知道什么！她没有医师执照吧？"

"没有。"我说。

"你太太是个很有钱的女人，"他说，"这已经在当地口耳相传了。当然，有些人觉得美国人都是富翁。"

"她是挺有钱的。"我说。

"好，你必须记得，有钱的女人在很多方面都是吃亏的。一些医生总会给她们开很多粉末、药片、刺激性的药物或者镇静剂之类的，而这些东西她们最好碰都别碰。现在乡下妇女往往更健康，就是因为没人如此担忧她们的健康状况。"

"她确实会服用一些胶囊，或者类似的药物。"我说。

"如果你愿意，我可以给她做个检查，也许会发现他们给她的是些什么乱七八糟的东西。我可以告诉你，在此之前我常对人说'把这些东西统统扔进废纸篓'。"

于是在离开前，他对格丽塔说："罗杰斯先生要我给罗杰斯太太做个全身检查，结果没有发现任何问题。我认为多在室外运动运动，对她有好处。她平常都吃些什么药？"

"她在感到疲劳的时候会服一些药片，还有一些是她失眠的时候吃的。"

她和肖医生去看了看艾丽的处方单。艾丽微笑着。

"这些东西我都不吃的，肖医生。"她说，"我就吃治过敏的药。"

肖医生看了看这些药，读了读处方单，说这些药没什么副作用。接着他又拿起安眠药的处方。

"睡眠不好吗？"

"住乡下后就没问题了。自从搬到这儿之后，我就再也没吃过安眠药。"

"嗯，这是件好事。"他拍拍她的肩膀，"你一点毛病都没有，亲爱的。要我说，就是有时候有点忧虑，仅此而已了。这些药的药性都挺温和，现在很多人都服用，没什么坏处。继续吃吧，但是别再碰安眠药。"

"我不知道为什么会担心，"我抱歉地对艾丽说，"我想是格丽塔的缘故。"

"噢。"艾丽大笑起来，"格丽塔总是对我小题大做，她自己却从来不吃药。我们得清理一下了，迈克，把这些没用的东西扔掉。"

艾丽如今和我们的大部分邻居都相处得很好。克劳迪娅·哈德卡斯特尔经常过来，有时候她还和艾丽一起出去骑马。我不会骑马。我这辈子都在鼓捣汽车和机械方面的东西，对马一无所知，尽管我曾在爱尔兰清洗过一两周马厩。但我暗自想，什么时候我们生活在伦敦时，我会去一家高级的马术训练所学习如何骑马。可我不想从这儿开始，别人会笑话我的。

我认为骑马对艾丽非常有好处，看上去她乐在其中。格丽塔也鼓励她骑马，尽管格丽塔自己也是门外汉。

艾丽和克劳迪娅一起去过一个拍卖场，并且在克劳迪娅的建议下给自己买了一匹马，还给这匹棕色的马取名为"征服者"。我提醒艾丽，出去骑马时务必小心一点，她却嘲笑我。

"我三岁就开始骑马了。"她说。

于是，她基本上每周要出去骑三四次马，而格丽塔通常会开车去查德威市场购物。

有一天吃午饭的时候，格丽塔说："该死的吉卜赛人！今天早上有一个长得很难看的老太婆，突然站到路中间，我几乎都要撞上她了。这还是在上坡呢，但我没办法，只好停下来。"

"她要干吗？"

艾丽听着我们说话，不发一言。尽管如此，我还是察觉到她非常忧虑。

"该死的，她威胁我。"格丽塔说。

"威胁你？"我惊声说。

"嗯，她要我离开这儿。她说：'这里是吉卜赛人的地方，滚回去，滚回你们自己的地方去。如果你想平安无事，那就从哪儿来，回哪儿去！'她还举起拳头在我眼前晃来晃去，说，'如果我诅咒你，那么从此以后你就不会再有好运气了。买了我们的土地，还在上面盖了房子。在那儿的应该是帐篷，而不是房子。'"

后来格丽塔还说了些其他的。午餐闲聊结束之后，艾丽蹙着眉头跟我说："听起来有点难以置信，你认为呢，迈克？"

"我认为格丽塔添油加醋了一番。"我说。

"听起来确实不太对劲，"艾丽说，"也许是格丽塔说得夸张了吧。"

我想了想。"她为什么要夸夸其谈呢？"然后我敏锐地问道，"最近是不是都没有见过我们那位黎婆婆了？你出去骑马的时候有没有见过？"

"那个吉卜赛女人？没见过了吧。"

"你好像不太确定，艾丽。"我说。

"我觉得我瞥见过她几眼，"艾丽说，"你知道，她老是站在树丛中，距离从没有近得能让我清楚地看到，所以我也不能确定。"

但有一天，艾丽浑身发抖、脸色苍白地骑着马回来。

那个老女人从树丛中走出来了。艾丽勒住马，停下来和她说话。

她说那个老女人冲她挥拳头，嘴里还嘀咕一些听不清楚的话。艾丽说："这次我很生气，我对她说：'你在这里想干吗？这块土地现在不属于你，这里是我们的地方，我们的房子。'

"那个老女人说：'这里不是你们的土地，并且永远都不会是。我警告过你第一次，也警告过你第二次，我再也不会警告你了。时日无多了——我可以告诉你。我看到了死神，就站在你左肩后面。死神跟随着你，很快就要把你带走。你骑的这匹马，有一只脚是白色的，难道你不知道骑这种马会有厄运吗？我已经看到死神了，而你们建造的那幢豪宅也将变成一片废墟。'"

"不能再纵容她了！"我愤怒地说。

这次艾丽没有一笑而过，她和格丽塔都很不安。我起身直奔村里，先来到黎婆婆的农舍，但我犹豫了，因为里头没有灯光，于是我转身去了警察局。我知道那儿的长官——凯恩警长——是一个公正、理智的人。

他听完我的话，然后说："很抱歉让你碰到了这样的麻烦。她是一个非常老的女人了，这会让她变得招人讨厌。迄今为止，她还没有给我们惹过什么真正的麻烦。我会跟她谈谈，让她别再打扰你们。"

"但愿行得通。"我说。

他踌躇了一下，然后说："我并不是想暗示什么……

但是我想，罗杰斯先生，这附近会不会有人——可能是因为某个微不足道的理由——对你们怀恨在心？"

"我觉得这完全不可能，没有理由啊。"

"黎婆婆最近很阔绰，我不知道她哪里来的钱。"

"你的意思是……"

"可能有人付了她钱——某个想赶你们出去的人。曾经就有一次，当然是很早之前了，她从村里某人那儿拿了笔钱，把一个邻居赶跑了，做的是同样的事情——威胁、警告、不怀好意地看相。村里人往往是迷信的。可以这么说，在英国，有自己信奉的女巫的村庄数量绝对会让你大吃一惊。她受到了一次警告，此后，据我所知就再也没发生类似的事情了。不过她见钱眼开，为了钱什么都愿意做。"

但我无法接受这个解释。我向凯恩指出，我们在这儿完全是陌生人。"我们还没有时间树敌。"我说。

我带着困惑和忧虑走回了家。当转过露台转角时，我听见艾丽的吉他声微弱地传来。还有一个高高的身影，本来站在窗口朝里看，这时转身向我走来。一时间，我以为是个吉卜赛人，当我认出是桑托尼克斯时，才松了口气。

"噢，"我轻喘一下，说道，"是你。你从哪儿冒出来的？我们好久没听到你的消息了。"

他没有直接回答我，只是抓着我的胳膊，把我从窗边拽走。

"原来她在这儿！"他说，"我并不吃惊，我以前就想过，她迟早会来。你为什么让她来？她很危险，这你应该知道。"

"你说艾丽？"

"不，不，不是艾丽，另一个！叫什么来着，格丽塔？"

我盯着他。

"你知道格丽塔是什么人吗，还是说你不知道？她来了，是吧？入侵了！你赶不走她了，她就留在这里了！"

"艾丽扭伤了脚踝，"我说，"格丽塔过来照顾她。她——我想她很快就会走的。"

"你对这种事情一点也不了解。她一直打算过来，我知道的。盖房子的时候她来过，我一看就知道她是什么人了。"

"艾丽好像需要她。"我咕哝着。

"是的，她和艾丽在一起有一段时间了，是吗？她知道如何摆布艾丽。"

这是利平科特说过的话，后来我也明白，这话是多么真实。

"你希望她留在这里吗，迈克？"

"我总不能把她从屋子里扔出去。"我生气地说，"她是艾丽的老朋友，最最要好的朋友，我他妈能做什么！"

他看着我。那是种非常奇怪的眼神。桑托尼克斯是个奇怪的人，你从来不知道他话语中的真正含义。

"你知道你在往哪儿去吗，迈克？"他说，"你在想什么？有时候，我认为你什么都不知道。"

"当然知道了。"我说，"我正在做我想做的事，正去往我想去的地方。"

"是吗？我表示怀疑。我怀疑你是否真知道自己想要的是什么。你和格丽塔的关系让我很担心。她比你强大，你知道的。"

"我不知道你是怎么得出结论的，这不是强大不强大的问题。"

"不是吗？我认为就是如此。她是强硬派，这种人总是能得到想要的。你不想让她留在这里，这是你说过的话。但她现在还在这里。我一直观察着她们，她和艾丽坐在一起，在家里喋喋不休，好像是她们两个搬来了这里。那么你呢，迈克，一个外人？你不会就是一个外人吧？"

"你疯了吧，你在说什么啊？什么叫——我是个外人？我是艾丽的丈夫，难道不是吗？"

"你是艾丽的丈夫吗？或者说，艾丽是你的妻子吗？"

"别傻了，"我说，"这两者有什么区别吗？"

他叹了口气。突然，他的肩膀耷拉下来，就好像活力从他身上离开了。

"我对你无能为力。"桑托尼克斯说，"我没法让你听我的，也没法让你理解。有时候我觉得你什么都了解，有时候又觉得你对自己和其他人都一无所知。"

"听我说，"我说，"我从你那里收获了很多，桑托尼克斯，你是个杰出的建筑家，但……"

他的脸色以一种古怪的方式改变了。

"是的，"他说，"我是个好建筑家，这幢房子是我最好的作品，我几乎对它完全心满意足。你想要这样的房子，艾丽也想要这样的房子，和你一起住。她得到了，你也得到了。把另外一个女人打发走吧，迈克，趁现在还不算太晚。"

"我怎么能让艾丽难过呢？"

"那个女人已经让你服服帖帖了。"桑托尼克斯说。

"听着，"我说，"我不喜欢格丽塔。她让我心烦意乱，前两天我甚至和她大吵了一架，事情没你想得这么简单。"

"和她有关的事情当然都不会简单。"

"还有，不知道是谁，管这个地方叫吉卜赛庄，还说这里有毒咒。这种人还真有两下子。"我愤怒地说，"有吉卜赛人从树后面跳出来，晃着拳头威胁我们，说不离开这里，就有厄运降临。这里本该是个美好的地方啊。"

这番话有点奇怪，尤其是最后一句。我说的时候，就感觉好像是另外一个人在说。

"是的，它本该是这样。"桑托尼克斯说，"但如果有某种邪恶的东西笼罩这里，它又怎么能美好呢？"

"你怎么会相信这种……"

"很多稀奇古怪的事情我都相信……我对邪恶的事情还算了解。难道你没有意识到，也从来没有感觉到过，在我身上就存在一部分邪恶吗？我一向如此啊。这就是为什么我知道有某种邪恶的东西在这附近，但我不知道它的确切所在。所以我希望我盖的这幢房子能远离邪恶，你明白吗？"他咄咄逼人，"你明白吗？这与我有关。"

然后他整个人态度都变了。

"来吧，"他说，"别在这里说废话了，我们去见见艾丽吧。"

于是我们经过窗口，进到了屋内，艾丽非常高兴地欢迎桑托尼克斯。

那天晚上，桑托尼克斯表现得非常正常，一举一动都合乎举止礼仪。没有比这个更到位的表演了，他完全扮演好了自己，风度翩翩，并且心情愉快。他和格丽塔聊了很多，给人的感觉是，他在格丽塔面前更加不吝惜自己的魅力。不管是谁都会发誓，他被她吸引了，他喜欢她，急于取悦她。这让我感觉到，桑托尼克斯真是个非常危险的人物，他还有很多不为我所知的部分。

格丽塔对他的赞美也总有回应，她同样展示了自己最好的一面。她懂得如何散发自己的魅力，也懂得如何控制，今晚，她是我见过最美丽的一次。她对桑托尼克斯微笑，好像非常着迷地听他说话。

而我也不知道桑托尼克斯这种行为举止后面藏着什

么，你永远不会了解桑托尼克斯。

艾丽说希望桑托尼克斯多待两天，但他摇了摇头，说他第二天就得走。

"你现在正在建造什么吗，是不是很忙？"

他说不，只不过他刚刚出院。

"他们又把我修补了一次，"他说，"但这也许是最后一次了。"

"修补你？他们对你做了什么？"

"把我身体里的坏血抽出去，再换上新鲜的、健康的。"他说。

"噢。"艾丽微微打了个寒战。

"别怕。"桑托尼克斯说，"这事儿永远不会发生在你身上。"

"但为什么发生在你身上？"艾丽说，"太残酷了。"

"不残酷，不。"桑托尼克斯说，"我听了你刚刚唱的歌：

人生有喜悦，也有悲怜。
看透了这一点，
才能安然走过世间。

"我已经看透了，至于你……

每一个清晨，每一个夜晚，

165

有人生来就被幸福拥抱。

"这是你。"

"我希望我能感到安全。"艾丽说。

"你现在感觉不安全吗？"

"我不喜欢被威胁，"艾丽说，"我不喜欢任何人诅咒我。"

"你在说吉卜赛人？"

"是的。"

"忘了吧。"桑托尼克斯说，"今晚就忘了它，快乐一点。艾丽，你很健康，你还有很长的路要走，而我，只愿能有一个快速而仁慈的结局。也希望迈克在这儿能有好运——"他打住了话头，朝艾丽举起杯子。

"嗯？"艾丽问，"敬我吗？"

"敬你，为了即将发生在你身上的事情！也许是成功吧？"他又加了一句，带着一丝讥讽和嘲弄。

第二天一早，他就离开了。

"多奇怪的一个人啊，"艾丽说，"我从来就不了解他。"

"他说的话，一半我都听不懂。"我说。

"他知道很多事情。"艾丽若有所思。

"你意思是，他能预测未来？"

"不，"艾丽说，"我不是这个意思。他了解人。我跟你说过一次，他对人的了解，远甚于那些人对自己的了解。正因为如此，他有时候憎恨别人，有时候却又替别人感到可怜。尽管他从来没有替我感到可怜过。"她沉思着加了一句。

"为什么他要替你感到可怜？"我追问道。

"噢，因为——"艾丽没有说下去。

第十六章

第二天下午，我匆匆行经树林间最阴暗的地方时——那地方的阴影比其他任何地方都要更阴森恐怖——看到一个高个儿女人的身影站在路中间。

我下意识地退了一步，我以为肯定是那个吉卜赛女人，但当我看清楚她是谁的时候，我惊呆了。那是我妈妈。

她站在那儿，头发花白，面色严峻。

"天哪，"我说，"你吓了我一跳，妈妈。你在这儿干什么？来看我们？我们邀请过你好几次了，不是吗？"

其实不然。我们曾经发出过一次非常冷淡的邀请，仅此一次。我非常确信，以那种方式邀请的话，我母亲绝对不会接受。我不想让她来这里，从来都不想。

"你说对了。"她说，"我终于还是来看你们了，看看是否一切都好。这就是你们造的豪宅吗？还真的是座豪宅。"她的眼神越过我的肩膀，看着我的后方说。

从她的语气中，我嗅出了一股酸溜溜的味道，这是我意料之中的。

"对我这样的人来说，简直过于豪华了，是吧？"我说。

"我可没这么说，小伙子。"

"但你就是这样想的。"

"那不是你与生俱来的环境。脱离自己的身份地位，对你没什么好处。"

"如果人人都听你的，那他们什么事都做不成。"

"我明白你的话，也知道你心里在想什么，但我实在不知道野心对一个人有什么好处。那不过是一种让人变得轻浮狂妄的东西。"

"噢，看在上帝的分儿上，别再说这种话了。"我说，"来，过来亲眼看看我们高贵的住宅，再对它嗤之以鼻吧。也见见我高贵的妻子，如果你敢的话，也对她嗤之以鼻吧。"

"你妻子？我已经见过了。"

"什么意思，你已经见过了？"我质问道。

"这么说，她没告诉你？"

"什么？"我问。

"她来看过我。"

"她去看过你？"我惊讶得目瞪口呆。

"是的，有一天她站在我家门外，按响了门铃，看上去有点害怕。她是一个漂亮的姑娘，很甜美，穿着一身精致的衣服。她说：'你是迈克的妈妈，对吗？'我说：'是的，你是谁？''我是他妻子，'她说，'我一定要来看看你。不认识迈克的妈妈，似乎有点不应该……'于是我说：'我打赌，他一定不想让你来。'然后她犹豫了。我又说：'你不用介意该对我说什么，我了解我的儿子，我知道他想要什么，不想要什么。'她说：'你认为——可能他对你的身份背景有点害羞，因为你们比较贫穷，而我这么富有，但根本不是这么一回事。这完全不像他了，真的，他不是这种人。'我又说：'你不必告诉我这些，姑娘。我知道我儿子有什么缺点，你说的这些不是他的缺点，他不会因他母亲感到害羞，也不会因自己的出身而感到害羞。'

"'他不会因我感到害羞的，'我对她说，'如果硬要说的话，那就是他怕我。你知道的，我对他太了解了。'这番话好像把她逗乐了。她说：'我知道母亲们总是感觉她们了解儿子的一切，我也知道做儿子的正因为这一点，常常觉得难为情。'

"我说，在某种程度上她说得没错。你从小就爱装模作样。我想起了自己，记得小时候在姑姑家，我床头的墙上挂着一个烫金相框，里面是一只大眼睛。姑姑就说：'上帝在看着你。'这让我每次睡觉前都感觉毛骨悚然。"

"艾丽应该告诉我她去看过你的。"我说，"我不知道她为什么要如此保密，应该告诉我的。"

我生气了，非常生气。我根本没想到，艾丽连这种事情都要对我保密。

"可能她对自己所做的事情有点害怕。但她应该没理

170

由害怕你啊，孩子。"

"来吧，"我说，"来看看我们的房子吧。"

我不知道她是否喜欢我们的房子。我猜是不喜欢。她四处看了看房间，挑了挑眉毛，然后到了带露台的房间。艾丽和格丽塔坐在里面，她们刚从外面回来，格丽塔肩上披着一件猩红色的羊毛斗篷。我妈妈看着她们两个，就好像脚底下生根了似的，一直站着。艾丽跳起来，穿过房间朝我们奔来。

"噢，是罗杰斯夫人。"然后她转向格丽塔说，"迈克的妈妈来看我们和房子了，太好了！这是我的朋友格丽塔·安德森。"

她紧紧握住妈妈的双手，妈妈看着她，然后越过她的肩膀，严厉地看向格丽塔。

"我明白了，"她自言自语，"我明白了。"

"你明白什么了？"艾丽问。

"我一直在想，"妈妈说，"我一直在想，这里的一切会是怎么样的情形。"她四下打量，然后说，"是的，真是漂亮的屋子，漂亮的窗帘，漂亮的椅子，漂亮的画。"

"你一定得喝点茶。"艾丽说。

"你们好像已经喝过茶了。"

"喝茶是一件永远不会结束的事情。"艾丽说。然后她对着格丽塔说："我就不摇铃叫仆人了，格丽塔，你去厨房泡壶新鲜的茶好吗？"

"没问题，亲爱的。"格丽塔说着走出了房间，走的时候，还扭头看了我母亲一眼，眼神里有点惊恐。

我妈妈坐了下来。

"你的行李在哪儿？"艾丽说，"你会住两天吗？我希望你住下。"

"不，姑娘，我不住了。半小时后我就坐火车回去了，我就是想来看看你们。"然后她很快速地加了一句，可能她希望在格丽塔回来之前说出来，"别担心了，亲爱的，我已经跟他说了你来看过我的事儿。"

"对不起，迈克，我把这件事瞒着你。"艾丽坚定地说，"只是我觉得，最好还是别告诉你。"

"她确实是出于善意的考量。"我妈妈说，"你娶了个好姑娘，迈克，而且又漂亮。是的，非常漂亮。"然后又很轻地加了句，"对不起。"

"对不起？"艾丽感到很迷惑。

"为我过去的一些想法道歉。"妈妈说，然后又略带紧张地补充了一句，"嗯，正如你所说，母亲都是这个样子，善于怀疑儿媳妇。但我看过你后，就知道他是幸运的。对我来说，这一切太好了，我都不敢相信是真的了。"

"太没道理了，"我笑着说，"我品位一向很好的。"

"你的品位都很昂贵，你是这个意思吧。"妈妈看着织锦帘子说道。

"有昂贵的品位也不是什么坏事。"艾丽笑着对她说。

"你要叫他时不时省点钱，"我妈说，"这对他的性格有好处。"

"我拒绝改变我的性格。"我说，"娶一个妻子的好处，就是妻子认为你所做的一切都是完美的，是不是，艾丽？"

艾丽又高兴了起来，她笑着说："你又自命不凡了，迈克，你很自负嘛。"

格丽塔端着茶壶进来了。本来我们都有点不自在，不过刚刚已经完全消除了。不知怎么，格丽塔出现后，这个有点尴尬的气氛又回来了。我妈妈拒绝了所有艾丽邀请她留下来的努力，过了一会儿，艾丽也就不再坚持了。她和我一起陪妈妈走过树林间的小道，来到大门。

"你们管它叫什么？"妈妈突然问。

艾丽说："吉卜赛庄……"

"噢。"妈妈说，"这附近有吉卜赛人，是吗？"

"你怎么知道的？"

"来的时候我看到了一个，她怪模怪样地盯着我。"

"她没什么的，"我说，"有点疯疯癫癫，就是这样。"

"为什么说她疯疯癫癫？她看着我的样子有点滑稽。她对你们做过什么怪事吗？"

"我认为都不是真的。"艾丽说，"我觉得都是她的想象，说我们让她失去了土地之类的事情。"

"我猜她是要钱。"我妈妈说，"吉卜赛人都是财迷。有时候他们大叫大嚷如何被欺骗，不过只要一拿到钱就消

173

停了。"

"你不喜欢吉卜赛人。"艾丽说。

"他们之中有很多小偷，从来不好好工作，就喜欢拿不属于他们的东西。"

"噢，是啊。"艾丽说，"我们——我们现在不担心了。"

临别的时候，我妈妈又说了一句："和你们住在一起的那个年轻姑娘是谁？"

艾丽解释道，在我们结婚之前，格丽塔就和她在一起三年了，以及如果没有格丽塔，她的生活将多么悲惨。

"格丽塔尽其所能来帮助我们，她是一个很好的人。"艾丽说，"没了她，我不知道……不知道怎么生活下去。"

"她是和你们一起住，还是来做客？"

"噢，是这样的。"艾丽回避了这个问题，"她……她目前和我们一起住。我前一阵子扭伤了脚踝，必须有人照顾。但现在我已经好了。"

"新婚夫妇刚开始最好保持二人世界。"妈妈说。

我们站在门口，目送着她下山离去。

"她性格很强硬。"艾丽若有所思地说。

我很生艾丽的气，非常生气，因为她没有跟我说就去我家拜访了我妈妈。不过当她转过身来，站在那里看我，一边的眉毛微微扬起，脸上带着一半羞怯，一半心满意足的表情，我又不禁心软了。

"真是个会骗人的小东西。"我说。

"是啊，"艾丽说，"有时候我不得不这样，你明白的。"

"就像我曾经演过的一出莎士比亚戏剧，那还是在学校的时候。"我不自然地引用道，"'她欺骗了自己的父亲，可能还有你。'"

"你演的是谁？奥赛罗？"

"不，"我说，"我演的是那个女孩的父亲，我想这也是我记得这句台词的原因。尤其这是我不得不说的一句经典台词。"

"'她欺骗了自己的父亲，可能还有你。'"艾丽若有所思地说，"就我所知，我从来没欺骗过父亲。如果他还在的话，或许我会吧。"

"我不认为他会仁慈地接受你嫁给我这一事实。"我说，"他可能比你继母还接受不了。"

"是的，"艾丽说，"我也不认为他会接受，他是一个相当传统的人。"然后她又露出了小女孩般的微笑，"所以我想，我肯定会像苔丝狄蒙娜①那样，欺骗自己的父亲，和你逃跑。"

"为什么你这么想见我妈妈，艾丽？"我好奇地问。

"不是我多么想见她，"艾丽说，"而是什么都不做，

---

① 《奥赛罗》中的女主人公。

175

让我觉得很不好。你不经常提及母亲，但我想，她肯定一直在做能为你做的所有事，帮你解决困难，努力工作使你能接受额外的教育，诸如此类。所以我想，如果我不走近她，就显得我太恃财傲物了。"

"嗯，这不是你的错。"我说，"是我的错。"

"是的，"艾丽说，"我能理解，你可能不希望我去看她。"

"你认为我在母亲面前有自卑感？那不是真的，艾丽，我可以向你保证，不是这样的。"

"嗯，"艾丽想了想说，"我现在明白了。你不想让你母亲做一些其他母亲会做的事。"

"其他母亲会做的事？"我反问道。

"嗯，"艾丽说，"我看得出来，她是那种很清楚别人该干什么的人。我意思是说，她想让你做一些稳定的工作。"

"太对了。"我说，"稳定的工作，安稳的生活。"

"现在已经没什么关系了。"艾丽说，"我敢说这是一个好建议，但绝不是一个适合你的建议，迈克。你不是一个能安定下来的人，你不愿意安安稳稳。你想走遍天下，尝试各种事情——谁也不能束缚你。"

"我想和你一起，待在这屋子里。"我说。

"一段时间里，可能……我认为你会一直想回到这儿来，我也是。我想我们每年都会来这儿，我们在这里会比在其他任何地方都要快乐。但你还是想出去走走，你想要看各种风景，买各种东西，也许想要一些新点子来布置这里的花园，那我们可能就要去看看意大利的花园、日本的花园，各种各样的景观。"

"你让生活看起来如此多姿多彩，艾丽。"我说，"很抱歉我的脾气有时有点冲动。"

"噢，我不介意你的冲动。"艾丽说，"我不怕你。"然后，她蹙着眉头加了一句，"你妈妈不喜欢格丽塔。"

"很多人都不喜欢格丽塔。"我说。

"包括你。"

"好了，艾丽，你老是这么说，这不是真的。我一开始有点嫉妒她，仅此而已。我们现在相处得非常好。"我又补充道，"我觉得是她让别人变得警戒心十足。"

"利平科特先生也不喜欢她，是吗？他认为她影响我太多了。"艾丽说。

"难道不是吗？"

"我不知道你为什么要这样说。是的，也许她是影响我了。这是自然而然的，她是一个个性相当突出的人，而我则需要有人可以信任、依靠，需要某个能支持拥护我的人。"

"以及能让你随心所欲的人？"我笑着问她。

我们手挽手走进房间。出于某些原因，那天下午天色很暗。我猜是因为阳光刚离开露台，所以留下了一种相对阴暗的感觉。

艾丽说："怎么了，迈克？"

"不知道。"我说，"只是突然感觉，好像有人在我坟上走。"

"一只鹅在你坟上走[①]，原话是这样的，是吗？"艾丽说。

格丽塔不在附近，仆人们说她出去散步了。

现在，我母亲知道了我婚姻的一切，也见过了艾丽。我做了一段时间以来我真正想做的事情：我寄给了她一张巨额支票，告诉她搬到一处好一点的房子里，给自己买些喜欢的家具。我当然不敢肯定她是否会接受，因为这笔钱不是我自己挣来的，我也不能假装说是挣来的。如我所料，她把支票撕成两半寄了回来，还有一张小字条。"这对我一点用都没有。"她写道，"你永远都不会改变，我现在算是明白了。愿上帝保佑你。"我把它扔在艾丽面前。

"你明白我妈妈是什么样子了吧。"我说，"我和一个千金小姐结了婚，靠有钱老婆的财产过日子，而这个老顽固不赞成！"

"别急，"艾丽说，"很多人都会这么想。她会原谅你的，她非常爱你，迈克。"她补充道。

"那她为什么总想改变我，让我变成她希望的那个样子？我就是我，不是其他人。我不是妈妈用模具浇铸出来

---

①英国古老谚语，用以形容一段长时间或异乎寻常的寂静。

的小孩子，我要做我自己。我是个成年人，我就是我！"

"你就是你，"艾丽说，"我爱你。"

接着，可能是为了让我分心，她说了一些令人不安的话。

"你怎么看我们新来的那个男仆？"

我从未想过他。考虑他干什么？如果有什么区别的话，那就是我喜欢他胜过原来那位。原来那位从来没有隐藏过对我社会地位的轻视。

"他很好啊。"我说，"怎么了？"

"我只是怀疑，他是不是一个保安。"

"保安？什么意思？"

"一个侦探，可能是安德鲁叔叔安排的。"

"他为什么要这样做？"

"嗯……可能怕有绑架，我猜。在美国，你知道，我们一般都有保镖——尤其在乡下的时候。"

又一个我以前不知道的有钱的坏处！

"多残忍的想法啊！"

"噢，我不知道……也许我习惯了。有什么关系呢？人们从来就不在意。"

"那他妻子也参与其中吗？"

"她肯定也是的，我猜，尽管她烧菜烧得真好吃。我猜安德鲁叔叔——或者斯坦福·罗伊德，不管是他们之中的谁想出来的——肯定付了一笔钱给我们原来的仆人，让他们离开，然后让这两个安排好的人代替，这事儿非常简单。"

"而没有告诉你？"我仍然半信半疑。

"他们从没想过要告诉我，我可能会大声抗议的。再说，也可能是我误会他们了。"

"可怜的富家千金。"我恶狠狠地说道。

艾丽根本不介意。

"我觉得这个描述很贴切。"她说。

"从你身上，我一直能看到这种感觉，艾丽。"我说。

第十七章

　　睡眠真是一件不可思议的事情。你上床前，还在担心吉卜赛人、秘密的敌人、安插在你家的侦探、被绑架的可能性，还有其他一百件事情，睡眠却把这一切一扫而空。好像去了很远的地方旅行，你并不知道身处何地，但当你醒来后，所看到的是一个崭新的世界，没有烦恼，没有恐惧。九月十七日那天，我一醒来就陷入一种兴奋的情绪当中。

　　"美妙的一天！"我非常确定地对自己说道，"这一定会是美妙的一天。"我相当肯定，就像广告中的那些人一样，我可以去任何地方，做任何事情。我在脑子里又重新检查了一下计划。我已经安排好，和费尔伯特少校在一个十五英里远的拍卖会上见面。那里有些东西挺不错的，我已经在目录上画出了两三件，整件事情让我激动异常。

　　费尔伯特对仿古家具、银器等东西有很好的见识，倒不是因为他是个艺术家——他完全是运动型的人——只是因为他懂。他整个家族都知识渊博。

吃早餐的时候，我浏览了一下目录。艾丽穿着骑马的装束下楼来了。现在她绝大多数早上都会出去骑马——有时候一个人，有时候和克劳迪娅一起。她还保留着美国人吃早餐的习惯，只喝一杯咖啡和一杯橘子汁，其他什么都不吃了。而我的胃口呢，我现在尚未采取任何措施来抑制它。我简直就像维多利亚时代的大地主！我喜欢餐具柜里有许多热菜，这天早餐我吃的是腰花、腊肠和熏肉，味道好极了！

"那你准备干什么呢，格丽塔？"我问。

格丽塔说她要去查德威市场的一个车站，和克劳迪娅·哈德卡斯特尔碰面。她们要去伦敦参加一个"白色展销会"。我很好奇什么是"白色展销会"。

"那里只允许卖白色的东西吗？"我问道。

格丽塔露出一副瞧不起我的神色，然后说"白色展销会"就是出售一些家庭用的布料、毛毯、毛巾和床单之类的东西。邦德街上有一家很特别的店铺，里面有很好的特价商品出售，她已经寄过去了一份采购清单。

我对艾丽说："好啊，格丽塔今天要去伦敦，我正好也要去参加一个拍卖会。你不如也开车进市区，在巴庭顿的乔治饭店和我们见面吧。听老费尔伯特说，那里的食物棒极了，他总建议我们去一下。一点钟，你穿过查德威市场，大约三英里后转弯，我想会有路标的。"

"好啊，"艾丽说，"我会去的。"

然后我扶她上了马，她骑马穿过树林走了。艾丽热爱骑马，经常沿着一条蜿蜒的小路骑上山，再骑回来，回家之前会让马在空地上疾驰一段。我把比较小的那辆车留给了艾丽，因为它易于停泊，自己则开那辆大的克莱斯勒。拍卖会开始前，我赶到了巴庭顿庄园，费尔伯特已经到了，他给我留了个位子。

"这里有很多好东西，"他说，"有两幅好画，一幅罗姆尼①的，一幅雷诺兹②的，我不知道你是不是有兴趣？"

我摇了摇头。我当时的口味完全偏向于现代派艺术家。

"今天来了很多商人，"费尔伯特继续说道，"有几个来自伦敦。看到那边那个瘪着嘴唇的瘦男人了吗？那是克莱辛顿，很有名的。你没带妻子一起来？"

"没有，"我说，"她对拍卖不太感兴趣。尤其是今天上午，我特别不想让她来。"

"哦？为什么？"

"我想给艾丽一个惊喜。"我说，"你注意到四十二号拍卖品了吗？"

他看了一下目录，然后环视房间。

"嗯，那张混凝纸做的桌子吗？真的是非常漂亮的小玩意儿，这是我见过最好的混凝纸制品之一。这种材料的桌子尤其稀少，更多都是桌子上的小玩意儿。不过这一件

---

①乔治·罗姆尼（George Romney，1734—1802），英国肖像画大师。
②雷诺兹（Sir Joshua Reynolds，1723—1792），英国学院派肖像画家、油画画家。

是早期的样式，我以前从没见过类似的。"

这件小玩意儿镶嵌着温莎城堡^①的图案，四周围绕着玫瑰、蓟花和三叶草^②。

"很独特，"费尔伯特好奇地打量着我，"我以前没想到你的眼光是这样，不过……"

"不，不是的。"我说，"对我来说，这还是太华丽了，不过艾丽喜欢这样的东西。下星期她生日，我想把它作为生日礼物，一个惊喜。所以我不想让她知道我今天要拍下它。我想没有别的礼物会让她更满意了，这一定会让她大吃一惊。"

我们进场坐下，拍卖开始了。事实上，我想要的这件东西价钱窜得非常高。伦敦来的那两位商人对它也很感兴趣，尽管其中一位相当老练和谨慎，你几乎察觉不到他翻动拍卖清单的细微动作，但拍卖商都看在眼里。我还买了一张齐本德尔式^③的椅子。我觉得把它放在客厅里会不错。我另外还买了一些质地很好的锦织窗帘。

"好啊，看起来你乐在其中。"上午的拍卖会结束后，费尔伯特站起来说道，"下午还来吗？"

我摇了摇头。

"不了，下午拍卖的东西没有我想要的，大部分都是

---

①温莎城堡位于英国伦敦以西三十二公里的温莎镇，是英国王室的行宫之一。
②分别为英格兰、苏格兰和爱尔兰的国花。
③汤玛斯·齐本德尔（Thomas Chippendale, 1718—1779），著名的英国家具工匠，他设计的家具样式在当时的英国贵族中有很大影响。

卧室家具和地毯之类的吧。"

"是的，我想你也不感兴趣。好了——"他看了看表，"我们得走了，艾丽是在乔治饭店和我们碰头吗？"

"对，她会在那儿的。"

"那……呃……安德森小姐呢？"

"哦，格丽塔去伦敦了，"我说，"去一个叫什么'白色展销会'的地方，和哈德卡斯特尔小姐一起。"

"噢，是的，克劳迪娅前两天说起过。现在床单这一类东西的价格太吓人了。你知道一个亚麻枕套多少钱吗？三十五先令！过去只要六先令就够了。"

"你在居家购物方面也很有见识嘛。"我说。

"嗯，这都是听我妻子抱怨的。"费尔伯特笑着说，"迈克，你看起来气色很好，很开心啊。"

"因为我买到了那张混凝纸桌子。"我说，"或者说，这只是一部分原因。今天一早醒来我就感到非常开心。你知道的，有时候你会觉得世界上所有事情都很棒。"

"嗯。"费尔伯特说，"小心点，这是人们常说的'乐极生悲'。"

"乐极生悲？"我说，"苏格兰人常说的，是吗？"

"在灾难到来之前，我的孩子，"费尔伯特说，"要控制好你的兴奋。"

"噢，我不信那些愚蠢的迷信。"我说。

"也不信吉卜赛人的预言，嗯？"

"最近没见过我们那位吉卜赛人，"我说，"至少一个星期了吧。"

"也许她离开这里了。"费尔伯特说。

他问是否可以搭我的车，我说可以。

"咱们用不着都开车过去，回来的时候，你可以在这儿把我放下来。艾丽会自己开车来吗？"

"会的，她开小的那辆来。"

"希望乔治饭店里能有一桌好菜，"费尔伯特少校说，"我已经饿了。"

"你买到什么东西了吗？"我说，"我太兴奋了，都没注意你。"

"是的，竞拍时你得时刻保持警惕，必须注意那几个商人在干什么。我叫了一两次价，但那些东西都远超我的承受能力。"

我猜想，尽管费尔伯特在周围拥有大量土地，但他的实际收入并不多。虽然他是个大地主，你却可以称他为穷人。只有卖掉相当一部分土地，他才有钱可以花，而他不会卖的，他热爱自己的土地。

我们到达乔治饭店时，发现已经有很多车停在那儿了，可能有些是从拍卖会上来的。我没看到艾丽的车。走进去后，我四下环顾寻找艾丽的身影，但是没找到。不管怎样，这时才刚过一点钟。

我们来到吧台，边喝边等艾丽来。那个地方相当拥挤，我向餐桌那边望去，发现他们仍帮我们保留着位子。那里还坐着一些我认识的当地人。坐在窗边的那个男人，他的脸很熟悉，我确信自己认识他，但想不起来是何时何地认识的了。我认为他不是当地人，因为他的衣着不是当地风格。当然，我以前认识很多人，不太可能一下子全部想起来。我唯一能确定的是，他今天没在拍卖会上出现过。这很奇怪，我认出了一张熟悉的脸，却想不起是在哪儿见过这张脸。人的面容真是难以捉摸。

乔治饭店的女领班穿着那件她一直穿的爱德华风格的黑色丝绸衣，窸窸窣窣地走了过来，对我说："您要去预定的餐桌用餐吗，罗杰斯先生？有一两位客人在排队等着。"

"我妻子还有一两分钟就来了。"我说。

我又回到费尔伯特身边。我猜想可能是艾丽的车胎被扎破了。

"我们最好先进去吧，"我说，"他们好像很为难，今天的客人尤其多。恐怕……"我加了一句，"艾丽不是最守时的人。"

"啊，"费尔伯特用一种老派的腔调说，"女士们总喜欢让我们等，是吗？好的，如果你觉得没问题的话，迈克，我们就先进去开始午餐吧。"

我们走进餐厅，点了牛排和肉饼，开始吃了起来。

"艾丽真是太不应该了，"我说，"迟到这么久。"

我又补充说，可能是因为格丽塔在伦敦。

"艾丽习惯了，"我说，"习惯了让格丽塔替她保留预约、提醒她赴约、让她及时出发，诸如此类的事。"

"她很依赖安德森小姐？"

"在某种程度上，是的。"我说。

我们继续午餐，吃完了牛排和肉饼，又点了一个苹果塔，那东西的顶上毫不掩饰地黏着一块装样子的馅饼皮。

"我怀疑她是不是忘记了。"我突然说道。

"你最好打个电话。"

"是的，我想我最好这么做。"

我出去打了电话，接电话的是我们的厨师卡森太太。

"噢，是你啊，罗杰斯先生。罗杰斯太太还没回来呢。"

"什么意思，什么叫还没回来？从哪儿回来？"

"她骑马还没回来。"

"但那已经是早晨的事情了啊，她不可能整个上午都在骑马。"

"她没有交代什么，我正等着她回来呢。"

"你为什么不早点给我打电话，告诉我这件事？"我问道。

"您看，我不知道怎么找您，我也不知道您在哪儿。"

我告诉她我在巴庭顿的乔治饭店，并且把电话号码告诉了她，艾丽一回来，或一有消息，马上通知我。然后我又回到费尔伯特身边，他一看我的脸色就知道事情不太对劲。

"艾丽没回过家，"我说，"她早上出去骑马了。她大多数早上都会出去骑马，不过只骑半小时到一小时。"

"现在还不到担心的时候，孩子。"他和蔼地说，"你那儿是个偏僻的地方，你知道的。也许她的马崴了脚，她不得不走路回家。那里不是荒野就是树丛，根本找不到一个送信的人。"

"如果她改变计划，想骑马去看看谁什么的，"我说，"那她一定会打电话给我的，她肯定会给我留个信的。"

"好啦，不要慌。"费尔伯特说，"我认为我们现在该走了，马上就走，看看能发现什么。"

当我们出来走到停车场时，有另一辆车开走了。里面坐的是我在餐厅里注意过的那个男人。突然我想起了他是谁——斯坦福·罗伊德，要不就是某个像极了他的人。我很好奇他来这儿干什么。过来看我们？如果是的话，却没事先通知，有点奇怪。和他一起坐在车里的是一个女人，看起来像克劳迪娅·哈德卡斯特尔，但她不是和格丽塔在伦敦购物吗？这一切让我困惑不解……

驱车离开的时候，费尔伯特看了我一两眼。有一次我也看着他的眼睛，痛苦地说："没错。你今天早上说过，乐极生悲。"

"好了，别想这些了。她可能只是摔了一跤，扭伤了脚踝，或者类似的小事。她是个很好的骑手，"他说，"我见过她，她不可能出什么意外。"

我说："意外任何时候都可能发生。"

我们把车开得飞快，最后来到了那片土地，边前行边搜索，不时停下来问人。我们截住了一个正在挖掘煤炭的人，从他那里，我们获知了第一个线索。

"我看到过一匹没人骑的马，"他说，"两个小时前，或者更早些吧。我本想抓住它，但它一靠近我就飞快地奔走了。至于人，我是没看到。"

"最好回家看看，"费尔伯特建议道，"家里可能已经有消息了。"

于是我们回到家，但家里没有任何消息。我们找到马夫，叫他骑马去那片荒地搜寻艾丽。费尔伯特打电话回家，也叫了一个男人出去搜寻。他和我一起走过小径，穿过树林——这是艾丽经常走的路——再次来到荒地。

起先我们什么也没看到，然后我们沿着树林的边缘走，那一带有一些新冒出的小路。接着——我们找到她了。我们看到的是一团蜷缩在一起的衣服。马已经跑回来了，现在正站在那团衣服旁边，啃着地面上的植物。我开始奔跑。费尔伯特也跟着我跑了起来，速度之快远超我的想象，完全看不出他已经是这种年龄了。

她就在那儿——躺在那团衣服里，苍白的小脸面向天空。

"我不能……我不能……"说着，我把脸扭向了一边。

费尔伯特走过去，跪在她旁边，但几乎马上又站了起来。

"我们得去找医生，"他说，"肖医生，他离得最近。但是——我觉得没用了，迈克。"

"你意思是，她死了？"

"是的，"他说，"没必要再假装了。"

"噢，天哪。"我说着转过身，"我不能相信，这不是艾丽。"

"来，来点这个。"费尔伯特说。

他从口袋里掏出一个酒瓶，拧开瓶盖递给我。我猛灌了自己一口。

"谢谢。"我说。

马夫走了过来，费尔伯特吩咐他把肖医生叫来。

第十八章

　　肖医生开着辆破旧的路虎汽车来了。我猜这辆车是他用来在坏天气拜访偏僻农场时开的。他几乎没看我们两人，径直走过去，俯身看了看艾丽，然后朝我们走来。

　　"她死了至少有三四个小时了。"他说，"怎么回事？"

　　我告诉他，早上艾丽像往常一样吃过早餐就出去骑马。

　　"目前为止，她骑马出过什么事故吗？"

　　"不，"我说，"她骑术很好。"

　　"是，我知道她骑术很好，我看她骑过一两次。她从很小就开始骑马了，我知道的。我只是怀疑，她最近是不是出过什么事，对她的精神产生了一点影响。如果那匹马受惊了……"

　　"这匹马怎么会受惊？它一直很温顺。"

　　"这匹马的性格相当温顺，"费尔伯特少校说，"它表现得很好，不是那么容易受惊的。她摔断骨头了吗？"

　　"我还没有做全面检查，但无论如何，她的身体看起来没受什么伤，也许有内伤吧。她可能被吓到了，我猜。"

"但不可能被吓死吧。"我说。

"也有一些人是被吓死的，如果心脏不太好的话。"

"在美国时，他们说过她心脏不太好——至少是有点虚弱。"

"嗯，检查的时候，我找不到更多这方面的迹象。不过我们还没做心电图。不管怎样，现在做这些也没什么用，反正不久后就会知道的——等验尸之后。"

他体谅地看看我，然后拍了拍我的肩膀。

"你回家去睡一觉。"他说，"这个打击太大了。"

奇怪的是，这时候很多人突然冒了出来，有三四个人站在了我旁边。有一个是路人，他在大路上走的时候看到了我们这一小群人。还有一个是脸颊红红的妇女，我猜她是要抄小路去农场。还有一个是上了年纪的修路工人。他们纷纷感叹，相互议论着。

"可怜的年轻女士。"

"这么年轻。从马上摔下来的，是吗？"

"唉，你永远不会了解马。"

"是罗杰斯太太吗，住在古堡里的美国太太？"

直到其他人都各自发表了表示惊讶的言论，那位上了年纪的修路工人才开口。他的话给我们提供了一些信息。他一边摇头一边说："我肯定看到它发生了，我肯定看到它发生了。"

医生马上转向他。

"你看到什么发生了？"

"我看到一匹马，脱了缰，在狂奔。"

"你看到这位女士摔下来了吗？"

"不，不，我没看到。我看见她时，她正沿树林上面那块高地骑着呢。我转身清理路边的石头，然后听见马蹄声，抬头一看，那匹马正在狂奔。我没想过这是一起事故，我想也许是这位太太下马了，让马自己跑开。它没有跑向我，而是朝另一个方向去了。"

"你没有看到这位女士躺在地上？"

"没有，离得太远了，我看不清楚。我能看到马，是因为它背后衬的是明亮的天空啊。"

"她单独骑着马吗？当时有谁和她在一起，或者在她附近？"

"没人在她附近，没有，她就是一个人在骑马。她在离我不太远的地方骑马，从我身边经过，然后又去了另一边，我想是往树林那个方向去的。除了她和她的马，我没看到任何人。"

"也许是吉卜赛人把她吓着了吧。"脸颊红红的妇女说。

我突然转身。

"什么吉卜赛人？什么时候？"

"噢，是……是三四个小时之前，当时我走过那条路。我想是九点三刻左右，我看到了那个吉卜赛人，就是那个住在农舍里的吉卜赛女人，至少我认为是她。离得有点远，所以我无法确定，但她是这一带唯一穿猩红色斗篷的人。她穿过树林，走上那条小路。有人告诉我，她曾经对这位可怜的美国太太说过一些难听的话，威胁过她，告诉她如果不离开这里，就会有不好的事情发生。我听说她威胁起来可是很可怕的呢。"

"吉卜赛人，"我痛苦地对自己说，声音非常大，"吉卜赛庄。真希望我从没见过这地方！"

第三部 ————————

第十九章

这之后又发生了什么事，我很难回忆起来了，我指的是这些事的先后顺序。如你们所见，在此之前我脑子还非常清楚，只对"事情从哪儿开始说起"有点疑虑而已。不过这件事发生后，就像一把刀子从天而降，把我的生活切成了两半。艾丽死后，我做的所有事情都是毫无准备的，各种人物、环境、情节交替混乱地发生，超出我的控制。这些事情不是发生在我身上，但都与我有关。至少看起来与我有关。

大家对我都很和善，这似乎是我能想起来的最好的事了。我到处晃荡，茫然四顾，不知所措。格丽塔——我记得她很能适应环境，她有一种惊奇的能量，无论发生什么事情都能应付自如。人们不得不面对的繁杂琐事，她都能很好地处理，而我在这方面完全不行。

他们运走了艾丽的尸体。我回到了家——我和艾丽的家。然后，我记得的第一件事就是肖医生独自过来找我。我不知道他具体待了多久，他沉稳、和善、理智，清晰又温柔地跟我讲接下来的安排。"安排",他是这么说的。多么讨厌的一个词,好像代表了世间一切。但人的一生中极具分量的几个词——爱情、性、生命、死亡、憎恶——都是不能被安排的,能被安排的只有那些肮脏恶心的事情。这些事情发生前你从来没有想过,发生后,你却只能忍受。他们会安排验尸和送葬,工作人员会走进房间,用布把艾丽蒙住。为什么要蒙住,就因为艾丽死了?简直愚蠢透顶!

我很感激肖医生,他处理这类事情非常体贴,也很有条理。他温和地跟我解释验尸的必要性,他的叙述非常耐心,确保我能完全理解。

我不知道验尸到底是什么样的,但愿我永远别被验尸。对我这个外行来说感觉有点古怪,也不太真实。

验尸官是个戴着夹鼻眼镜、很会挑剔的小人物,我不得不向他澄清我是清白的。我向他描述早餐桌上最后一次见到艾丽的情景、艾丽像平日清晨里一样骑着马离开,还有我们约好一起吃午饭的事。她就和平常一样,我说,身体也很健康。

肖医生的证词很普通,没有什么值得注意的地方。他说,艾丽身上没有严重伤痕,锁骨扭坏和其他擦伤都是坠马所致,也没有内伤,但死亡发生了。坠马之后,艾丽没有再移动过,所以他认为死亡是在瞬间发生的。因为没有特别的器官损坏导致死亡,所以,除了受惊引起心脏病发之外，没有其他解释了。我也尽可能地用我所知的医学术语提出，是不是因为有东西阻塞了呼吸道，引起窒息。但都没有，她的器官很健康，胃里也没有一点毛病。

格丽塔之前已经跟肖医生说过了，而现在她的证词变得更有说服力。她说艾丽可能在三四年前患过某种程度的心脏疾病。她从未听到任何明确的说法，不过艾丽的亲戚偶然说起过，艾丽的心脏很脆弱，一定要小心护理，不能过度操劳。除此之外就没有更多实质性的依据了。

接着我们走访询问了一些事发时在现场的人。上了年纪的修路工人是第一个接受询问的，他看到一位女士骑马经过，然后前进了五十米左右。尽管从没说过话，但他知道这位女士就是那幢新房子的女主人。

"你很清楚她的长相吗？"

"不，不是很清楚，但我认得那匹马，先生。它有一个蹄子是白色的，过去属于夏特格罗姆家的凯利先生。不过除了它性格温顺、表现良好、适合女士驾驭之外，其他我就不知道了。"

"当时那匹马正在制造什么麻烦吗——任何麻烦？"

"不，它非常安分，那天早晨天气也很好。"

他说那天周围人不多，他也没多注意什么。那条穿过荒野的小路，除了偶尔用作通往农场的捷径外，就没有别的作用了。还有另外一条小路，在大约一英里远的地方与之交汇。那天早晨他看到两个人经过，不过都没有特别留心，只记得其中一个骑自行车，另一个步行。他们都离他太远了，根本看不清是谁。更早一些时候，在见到骑马女士之前，他好像还见到了黎婆婆，或者说，他认为那是黎婆婆。她穿过小路向他走来，然后拐进了树林。她经常在树林里走来走去。

验尸官问为什么黎婆婆没有出现在法庭上，老人才知道原来黎婆婆也被传唤过。然而，据他所知，黎婆婆几天前已经离开村子了，没人知道确切时间，她也没留下什么地址，她没有这个习惯。她经常谁也不通知就出走，然后在某一天突然回来，所以这件事其实挺正常的。事实上，也有一两个人说，他们认为黎婆婆在事发前一天就已经离开村子了。

验尸官又问老人："但你认为，你看到的就是黎婆婆？"

"也不能这么说，不是很确定吧。那个女人很高，走路步伐很大，披着一件猩红色斗篷，很像黎婆婆的打扮，但我没有特别注意。我也在忙着做自己的活儿呢，可能是她，也可能不是她，谁知道呢？"

后面的对话都是一些他之前说过的事情了。他看见一位女士骑马经过，那匹马他之前经常看到，他没有多留意。只不过后来他看到这匹马独自奔驰，看起来受了惊，他说"至少有可能是这样"。他也提供不了准确时间，也许十一点，也许更早些。后来他又看到那匹马，跑得更远了，似乎要折回树林。

接着，验尸官又转向我，问了我更多关于黎婆婆的问题，就是那位住在农舍的艾斯特·黎。

"你和你妻子见过黎婆婆吗？"

"见过。"我说

"你们跟她说过话吗？"

"说过好几次了。其实，"我补充道，"是她跟我们说话。"

"她威胁过你或你的妻子吗？"

我停顿了一会儿。

"从某种意义上来说，确实有过。"我说得很慢，"但我从不认为……"

"什么？"

"我从不认为她真的会做。"

"她看起来像对你妻子有什么特别的怨恨吗？"

"我妻子说过一次。她说她觉得黎婆婆对她有某种特殊的怨恨，但不知道是什么。"

"你或你妻子有没有命令她离开这里，或者威胁她，对她动粗——不管以什么方式？"

"都是她在侵犯我们。"我说。

"你有没有觉得她精神不正常？"

我考虑了一下。

"是的，"我说，"我觉得她不正常。我感觉，她越来越相信我们造房子的这块土地是属于她的，或属于她的族人之类的。在这一点上她特别偏执。"

我又慢慢补充道："我觉得她的情况越来越糟了，在自己的执念里越陷越深。"

"我明白了。她从来没有对你妻子进行过有身体接触的暴力行为吗？"

"没有，"我缓缓说道，"但她说话的语气很不好，就是那种吉卜赛老人的威胁警告，'待在这儿你们会倒霉的'，'不离开的话就会有灾难降临'。"

"她提到过'死'吗？"

"是的，我认为提到过。我们不是特别在意她说的话，至少……"我补充道，"至少，我不在意。"

"那你觉得你妻子在意吗？"

"恐怕她有时候确实是在意的。那个老女人，你知道的，很会大惊小怪地吓唬人，我不认为她会为自己说过的话和做过的事负责。"

这次询问以验尸官决定把调查工作延期两周而告一段落。所有迹象都表明，艾丽的死是一起偶发事件，但没有足够的证据来证明到底是什么导致了她的死亡。

在听到艾斯特·黎的证词之前，他宁可将调查延期。

第二十章

调查庭结束后一天，我去拜访费尔伯特少校。我开门见山地表明来意。既然修路老人已经说了，看到某个像是黎婆婆的人那天早晨走进树林，我想听听他对这件事的看法。

"你知道那个老女人，"我说，"你认为她真会如此精心策划，然后漂亮地制造一起事故吗？"

"我真的不相信她会这样，迈克。"他说，"做这种事情通常需要非常强烈的动机，比如对自己所遭受的伤害进行报复。而艾丽对她做过什么呢？什么都没有啊。"

"我知道这有点疯狂，但她为什么时常出现在那条小路上，威胁艾丽要她离开？她似乎对艾丽有所怨恨，但这股怨恨从何而来呢？她以前从来没见过艾丽，对她来说，艾丽除了是个奇怪的美国人，还能是什么呢？她们的过去完全没有联系，没有历史渊源。"

"我懂，我懂。"费尔伯特说，"但我忍不住会想，迈克，这里头肯定有我们不了解的内幕。你妻子结婚前来过

205

英国几次？她有没有在这里住过？"

"这我不敢确定，太难了，我对艾丽不是很了解。我指的是她认识谁、去过哪儿这些事，我们只是——偶然相遇认识的。"我低头看自己，又接着看看他。

"你不知道我们是如何相识的，对吗？"我继续说道，"你猜上一百年也猜不出来。"突然，我不自觉地大笑起来，然后我强行恢复镇定。我感觉到自己有点歇斯底里了。

镇定下来之后，我看到他充满耐心又和蔼可亲的脸。他真是一个乐于助人的人，这一刻我毫不怀疑。

"我们就是在这里相识的，"我说，"在这个吉卜赛庄。我正在看出售'古堡'的海报，然后我沿路散步，还爬上了山，因为我对这个地方很好奇。于是我们第一次见面了，她站在那边的树下，我吓了她一跳，或者说她吓了我一跳。不管怎样，一切开始了。这也就是为什么我们会选择居住在这个该死的、被诅咒的、不幸的地方。"

"你始终觉得这是个不幸的地方吗？"

"不……是的……不，啊，我不知道。我从来没有承认过，也不想承认。但我认为艾丽知道，她总是很恐惧。"我缓缓地说，"的确有人故意要吓唬她。"

他敏锐地问："什么意思？谁要吓唬她？"

"大概是那个吉卜赛女人吧，但不知怎么回事，我不太确定……你知道，她常常等着艾丽过来，然后告诉她这地方会有不幸，要她离开。"

"天哪！"他愤怒地说，"要是我早知道这事，我会告诉老艾斯特，让她别这么做。"

"她为什么要这么做？"我说，"什么原因驱使她这么做？"

"和很多人一样，"费尔伯特说，"她乐于表现自己。她喜欢给别人警告，告知他们的未来，或者预知幸福的消息。她假装自己懂得预见未来。"

"假如，"我说得很慢，"有人给她钱的话……我知道她很贪财。"

"是的，她非常贪财。如果有人给她钱，就像你说的……你怎么会有这种想法？"

"是凯恩警长。"我说，"我自己无论如何也想不到这一层。"

"我明白了。"他满怀疑惑地摇了摇头。

"我还是不相信，"他说，"她会为了导致一次意外死亡而蓄意吓唬你的妻子。"

"她也许没想到会变成一场致命的意外，她可能只是想让马受受惊。"我说，"放个炮仗，或者晃一下白布之类的。有时候，我觉得她对艾丽真的有一种纯属个人的仇恨，出于某个我完全不知道的理由。"

"这话听起来太牵强了。"

"这个地方从来没有属于过她吗？"我问，"我是说，这片土地。"

"没有，吉卜赛人曾经被警告离开这片土地，也许还被警告了不止一次。他们经常搬来搬去，但我不确定他们是否对此有积怨。"

"不，"我说，"这有点牵强。可能因为某个我们不知道的原因，有人付钱要她……"

"某个我们不知道的原因……什么原因？"

我思索了一会儿。

"我知道这些话听起来很荒谬。这么说吧，就像凯恩提出的，有人付钱给她，要她做一些事情，那个人想要的是什么呢？假定那个人想要的是我们从这里离开，于是他们集中力量对付艾丽，而不是我，因为我不像艾丽那么容易被吓唬。他们恐吓她，让她——同时也让我——离开这里。好了，如果是这样，那么就一定存在某种原因，他们想让这片土地再次在市场上出售。我可以说，有人想要我们这块地，为了某种不为人知的目的。"我一口气说完。

"这在逻辑上是成立的，"费尔伯特说，"但我猜不透这么做的原因。"

"也许是某种没人知道的重要矿物？"我提出假设。

"呃……我深表怀疑。"

"有宝藏埋藏在这里？噢，我知道这听起来太荒诞了。或者，是某次银行大劫案的赃款？"

费尔伯特仍然频频摇头，但已经不那么猛烈了。

"或者还有一种解释，"我说，"就是从你刚刚的想法

208

延伸下去。在黎婆婆身后，确实有个人付钱给她，而那个人是艾丽自己都没察觉的仇人。"

"可你想不出会是谁。"

"没错，她在这里一个旧相识都没有。我可以肯定，她跟这个地方没有一丝一缕的联系。"

说完我站起身来。

"谢谢你听我讲这些。"我说。

"我衷心希望能帮上更多的忙。"

我走出房门，摸了摸口袋里的东西。然后，我临时做了个决定，大步迈回房间。

"我想给你看个东西。"我说，"其实，我原本想把它交给凯恩警长，看看他能做些什么。"

我从口袋里掏出一块石头，它被皱巴巴的纸片包裹着，纸上还有书写过的痕迹。

"今天早上，这个东西打穿了我们早餐室的窗玻璃。"我说，"当时我在楼下，突然听到了玻璃爆裂的声音。我们第一次住进来的时候，也有一块小石头砸穿过我们家的窗玻璃。不知道是不是同一个人干的。"

我取下石头上的纸片，拿给他看。这是一张既肮脏又粗糙的小纸片，上面还有淡淡的墨水字迹。费尔伯特戴上眼镜，把纸片沿折痕展开，上面的留言很简短：是一个女人杀了你妻子。

费尔伯特的眉毛扬了扬。

"真不可思议，"他说，"你第一次收到的纸片上有留言吗？"

"我已经记不清了，应该就是警告我们离开这里，具体怎么写的我忘了。那次确实很像小流氓的恶作剧，而这次就不同了。"

"你认为是某个知情人扔进来的吗？"

"也许就是一个愚蠢却又残忍的犯罪预告。你也知道，在乡下会遇到很多这种事情。"

他把石头还给我。

"我认为把它交给凯恩警长是正确的，"他说，"他比我更了解匿名信。"

我在警局找到了凯恩警长，显然，他对此很感兴趣。

"怪事不断啊。"他说。

"你怎么看这块石头？"我问。

"难说。也许可以作为某人蓄意犯罪的证据。"

"我想，它可以指控黎婆婆？"

"不，我认为不行。事情是这样的——至少在我看来是这样的——事发时，有些人看到或听到了一些事情，比如听到了吵闹声、尖叫声，又比如看到了一匹马狂奔过去。接着，他们看到了一位妇人。因为大家都是从服装打扮上判断是不是吉卜赛人的，所以他们看到的很有可能是另一个人，而不是黎婆婆。"

"黎婆婆怎么样了？"我说，"有什么线索吗？找到她了吗？"

他缓缓摇了摇头。

"我们知道一些她以前离开这里后常去的地方，在东安格利亚那边。她有一些朋友住在那里的吉卜赛营地中，他们说黎婆婆没去过那里。当然，不管怎么样他们都会这么说，你也知道他们的嘴非常紧。她在那个地方混得相当熟，但没有一个人说见过她。而我认为，她肯定不会离开东安格利亚很远。"

我总觉得他说的这番话里有些特别的东西。

"我不太理解。"我说。

"你应该换个角度看。黎婆婆自己也受惊不小，她有足够的理由惊慌失措。她过去常常威胁、恐吓你妻子，现在，我们假设，正是她引起了这起事故，你妻子也因此死亡，警察一定会追捕她。她清楚这一点，所以要逃得远远的，尽可能地躲避我们。她不会再抛头露面，她现在抗拒一切与别人的联系。"

"但你们终究会找出她的，对吧？她的外表特征很明显。"

"是的，我们迟早会找到她，这种事情需要费点时间——如果我们思路正确的话。"

"但你认为，这件事情还有别的可能性？"

"是的，你知道我一直在考虑这个问题：她是否受人指使。"

"那样的话，她就更急着要逃离了。"我指出这一点。

"同样的，还有一个人也会急着逃离，你应该能想到这一步，罗杰斯先生。"

"你的意思是，"我缓缓说道，"付钱给她的那个人。"

"没错。"

"假设主谋是个女人。"

"再假设另外还有知情人，于是他们开始投递匿名信。女主谋感到恐慌，她原本并不希望发生这种事情，无论她怎么指使吉卜赛人进行威胁恐吓，她都不想造成罗杰斯夫人的死。"

"对，她没想过有命案发生。她只是想吓吓我们，让我们感到害怕，然后乖乖离开这里。"

"那么现在，谁会感到害怕呢？有一个妇人制造了这起事故，如果这个妇人就是黎婆婆，那么她肯定会来澄清自己，对吗？她会说她不是存心的，是有人付钱给她，要她这么做。然后她会提到一个名字，告诉我们谁是幕后主使。那么，有个人当然不会希望这种事情发生，对吗，罗杰斯先生？"

"你指的是我们一直在或多或少假设的、甚至不知道是否存在的女主谋？"

"女的，也可能是男的。如果有人付钱给黎婆婆，那这个人肯定希望她尽快消失。"

"所以你认为她已经死了？"

"很有可能，不是吗？"凯恩反问道。接着，他非常突然地转换了话题。"你还记得愚者之地①吗，罗杰斯先生？就在你家旁边树林的深处。"

"记得，怎么了？"我说，"我和妻子对那地方做了些整理和修补。我们偶尔去那里玩玩，并不常去，当然最近更少了。那地方怎么了？"

"嗯……我们一直在搜寻线索。我们到那个地方调查过，发现门没锁。"

"是的，"我说，"我们从不费事锁它。那里没什么值钱东西，只有几件零散的小家具。"

"我们曾经以为黎婆婆躲在里面，但没找到任何有人住过的痕迹。不过我们找到了这个，我给你看一下。"他打开抽屉，拿出一个小巧精致的镶金打火机。那是一个女式打火机，上面还有一个用钻石镶嵌出来的大写字母：C。"这是你妻子的吗？"

"艾丽的首字母不是 C，不，这不是艾丽的。"我说，"她也没有这类东西。也不是安德森小姐的，她的名字是格丽塔②。"

"它就掉在那里，肯定是某人遗失的，而且这玩意儿价值不菲。"

---

① 按照前文，愚者之地应该是迈克和艾丽的私人领地。这里警长也知道这个地点，并知道艾丽为它取的名字，可能是作者笔误。
② 艾丽（Ellie）的首字母为 E，格丽塔（Greta）的首字母为 G。

"C，"我反复思考这个字母，然后说，"除了寇拉，我想不出还有别的跟我们有接触的人名字首字母是 C①。她是我妻子的继母，范·史蒂文森特夫人。但我真想不明白她为什么会穿过那条杂树丛生的小径，来到愚者之地。不管怎么说，她和我们在一起的时间并不长，只有一个月左右，而且我没见过她使用这个打火机，也可能是我没注意到。安德森小姐也许知道。"

"好，你带着它，让她认一下。"

"我会的。但如果真是寇拉的东西，而我们前几次去愚者之地却没看到这个打火机，那就太奇怪了。那地方东西并不多，你在地上发现了它——是在地上发现的吗？"

"是的，离那张躺椅很近。当然，任何人都可能在愚者之地逗留过。对一对恋人来说，那是一个幽会的好地方，不过本地人又不太可能有这么昂贵的东西。"

"还有克劳迪娅·哈德卡斯特尔②，"我说，"但我不知道她是不是有这么高级的东西。而且，她去愚者之地干什么？"

"她是你妻子的好朋友，对吗？"

"是的，"我说，"我想她是艾丽在这里最好的朋友了。而且，她也知道我们不会介意她使用愚者之地的。"

"啊哈！"凯恩警长回应道。

①寇拉（Cora）首字母为 C。
②克劳迪娅（Claudia）的首字母为 C。

我注视着他说："你不认为克劳迪娅·哈德卡斯特尔是艾丽的仇人，对吗？这太荒唐了。"

"看起来她似乎没有任何理由憎恨艾丽，这点我同意，但是……我们从来都看不懂女人的心思。"

"我想……"我刚开口，又停住了，因为我觉得自己要说的话实在太奇怪了。

"怎么了，罗杰斯先生？"

"我确信克劳迪娅·哈德卡斯特尔最初嫁给了一个姓罗伊德的美国人。而事实上，我妻子在美国的财产主要受托人就叫斯坦福·罗伊德。当然，世界上有几百号姓罗伊德的人，这也许只是一个巧合，但是不是可能和整件事情有关呢？"

"听起来不太可能，不过……"他打住不说了。

"有趣的是，就在事故发生当天，我觉得我见到了斯坦福·罗伊德，当时我正在巴庭顿的乔治饭店吃午饭。"

"他没看到你？"

我摇了摇头。

"他和一个看起来像哈德卡斯特尔小姐的人在一起，不过这也可能只是我的误认。你一定知道，我们的房子就是她哥哥造的。"

"她对那幢房子感兴趣吗？"

"不，"我说，"我认为她不喜欢她哥哥的建筑风格。"然后我站起身来，"好了，我不耽误你更多的时间了，希望能尽快找到黎婆婆。"

"我可以向你保证，我们不会停止搜寻的。验尸官也很想见她。"

我道了声再见，走出警局。常常会发生这种怪事，你刚刚谈论的某个人，一转身就真的遇见了。当我经过邮局的时候，克劳迪娅·哈德卡斯特尔正好从里面出来。我们都停下脚步，她用那种遇见丧亲之人时特有的尴尬口吻说道："艾丽的事情真是太遗憾了，迈克，我不想多说什么。现在这时候，无论别人跟你说什么都很残忍，但我只是……只是想表达一下……"

"我明白，"我说，"你对艾丽一直很好，你让她在这儿的日子过得很愉快，我很感激你。"

"我有一件事情要问你，最好现在就问，不然你就要去美国了。我听说你很快就要走了。"

"可能要尽快吧，我在那边还有很多事情要处理。"

"嗯，我想说的是……如果你想在市面上出售这套房子，我认为你走之前就应该会考虑这件事……那如果这样的话……如果这样的话，我真的很想拥有优先购买权。"

我愣愣地看着她。她的话让我吃惊，这不是我从不相信会发生的事情吗？

"你的意思是你想买下它？我还以为你对这类建筑不感兴趣。"

"我的哥哥鲁道夫曾经对我说，这是他这辈子最好的作品。我敢打赌他也知道你家的事情了。我希望你能提出一个我承受得起的价钱。是的，我很想拥有它。"

我禁不住想，这也太奇怪了。她之前来拜访的时候，从来没有对我们的房子表现出一丝一毫兴趣。就像我之前怀疑的那样，她和她同父异母的哥哥到底是什么关系，她真的狂热地崇拜他吗？有时候，我甚至觉得她不喜欢她哥哥，也许还有点恨他，说起他时总是带着一副古怪的表情。但不管真实感情如何，在她心里，桑托尼克斯肯定有一个特殊的地位，一个举足轻重的地位。我缓缓摇了摇头。

"我很明白，因为艾丽不在了，所以你以为我会卖掉这里的房产，然后离开。"我说，"但事实上根本不是这样。我们曾经在这里生活，幸福美满，这里是让我怀念她的最好地方。我不会卖掉吉卜赛庄——不管出于什么原因！希望你可以明白这一点。"

我们对视着，好像在用眼神打一场无声的架，后来，她垂下了目光。

我鼓足勇气，问她："虽然这事儿跟我没什么关系，不过……听说你以前结过一次婚，你前夫的名字叫斯坦福·罗伊德，是吗？"

她盯着我看了好一会儿，没有动静，然后突然开口说："是的。"

说完她转身走了。

第二十一章

混乱——这就是我回顾那段日子时的感觉。记者的提问、发布会的召开、无数的信件和电报……格丽塔应付着这一切。

第一件令人吃惊的事是，艾丽的家并不像我之前想象的在美国。当发现她家里的大部分人都在英国时，我非常震惊。这样一来，寇拉·范·史蒂文森特的行为举止就可以理解了。她是个闲不下来的女人，总是劲头十足地穿梭于欧洲——意大利、巴黎、伦敦，然后又回到美国，出没于棕榈沙滩、西部农场，或任何地方。艾丽去世那天，她离这儿不过五十英里，仍然抱有在英国拥有一幢房子的梦想。她在伦敦匆匆地待了两天，和一些房产经纪人见面，视察了很多新地产。就在那个特殊的日子，她绕着村庄看了六七处房产。

斯坦福·罗伊德，他被证实当时正坐着一架飞机去伦敦开会。他们得知艾丽的死讯，并不是通过我们发往美国的电报，而是通过新闻。

关于艾丽应该被葬在何处的问题，这些人爆发了令人厌恶的争吵。我原本以为把她葬在去世的地方会比较自然，毕竟这里是我和她共同住过的地方。

但艾丽的家人对此表示强烈反对。他们要求把遗体运回美国，和祖先葬在一起，她的祖父、父亲、母亲，以及其他亲人都在那里。既然他们这么说了，我也觉得这个要求很合理。

安德鲁·利平科特走过来和我聊这件事情，他的理由很充分。

"她从未留下任何关于她想葬在哪里的指示。"他跟我说。

"她为什么要留下这些？"我的语气有点冲，"她才几岁，二十一？你在二十一岁的时候也不会想到死啊，在那个时候你肯定不会考虑如何安葬自己。如果我和她想过这件事情的话，我们肯定希望能葬在一起。当然，不一定是同时死。谁会在美好年华刚开始的时候就想死啊？"

"你说得很对。"利平科特先生说，"但恐怕你以后也得去美国。你要知道，还有许多生意上的事情需要你照料。"

"什么生意？我能做什么生意？"

"会有很多事要做的，"他说，"难道你没意识到，依照遗嘱，你是首要继承人吗？"

"你的意思是说，因为我是艾丽最近的亲属？"

"没错，按照她的遗嘱是这样。"

"我怎么不知道她写过遗嘱？"

"噢，是的。"利平科特先生说，"艾丽是一个做事很有条理的年轻女子，她也不得不这样，你明白的，她一直生活在井井有条的规范当中。她几乎是一结婚就立下了遗嘱，并且交给她在伦敦的律师保管，也给我寄了复印件。"他犹豫了一下，接着又说，"如果你像我建议的那样也到美国来的话，你应该把手上的业务交给几个比较有名望的律师处理，因为这里面涉及大笔的资产，包括不动产、股票、许多企业的控制权等，你肯定需要技术上的顾问。"

"我对处理这类事情完全不称职，"我说，"真的，我做不来。"

"我非常理解。"利平科特先生说。

"我能把所有的事情都交给你管吗？"

"你当然可以。"

"既然这样，那我就这么做好了。"

"但我还是建议你自己处理。我已经在为家庭中的某些人代理这类事情了，这样可能会造成利益冲突。如果你放心交到我手里的话，我可以给你找个很棒的律师，使你的利益得到维护。"

"谢谢，"我说，"你真是个好人。"

"恕我直言……"他看上去有点窘迫。一想到利平科特也会窘迫，我很开心。

"嗯?"我说。

"我建议你对所签署的任何文件都要仔细一些——任何商业文件。在你签字之前,一定要认真仔细地看过每一个字。"

"这有意义吗?"

"如果你看不懂的话,就交给你的法律顾问好了。"

"你是不是在提醒我,要小心某人?"我饶有兴趣地问。

"这个问题我实在没办法回答。"利平科特先生说,"我只能说这么多,凡是涉及大笔钱财的事儿,你千万别相信任何人。"

看得出来,他确实是在提醒我小心某人,不过他不能把名字说出来。是寇拉吗?或者是在怀疑——可能已经怀疑了很久——斯坦福·罗伊德,那位气色很好、腰缠万贯、无忧无虑、最近还来这边"公干"的银行家?又或者是弗兰克叔叔,他也许会带着一些看上去很合理的文件要我来签字。我突然觉得自己就像个无辜又可怜的笨蛋,困在一个湖中,周围潜伏着许多充满恶意的鳄鱼,而它们又都带着伪善的笑容。

"这个世界,"利平科特先生说,"是一个邪恶的地方。"

也许说出来很愚蠢,但我还是忍不住问他:"艾丽的死会使某些人受益吗?"

他严厉地盯着我。

"这是一个奇怪的问题，你为什么这么问？"

"不知道，"我说，"刚好想到而已。"

"你会受益。"

"当然，"我说，"我理所当然是受益的。我的意思是……还有别人吗？"

利平科特先生沉默了很久。

"如果你是指，"利平科特说，"芬妮娜的遗产会让谁受益的话，多多少少是有的。几个老用人、一个老家庭教师、一两家慈善机构……但没什么特别重要的。还有一笔钱给安德森小姐，但数目不大，因为……你也知道，她已经给过安德森小姐一笔钱了。"

我点点头，艾丽确实跟我说过。

"你是她丈夫，她也没有其他直系亲属了。但我觉得你刚刚的问题指的并不是这个。"

"我自己也不清楚我问这个问题的真正想法，"我说，"但是利平科特先生，你成功地让我学会了怀疑，怀疑我不知道的人或事。毕竟我对金融真的不懂。"

"嗯，我明白。要我说的话我也只是怀疑，并没有特定的对象。一个人死后，通常都会有个账本，这上面的账会被清算，只不过有些账算得比较快，有些账要几年后才能算清。"

"你其实是想说，"我说，"有些在我们身边的人，故意要把事情搞乱，然后让我稀里糊涂地签一些文件，让事情都过去。"

"姑且这么说：如果芬妮娜的事务出现异常，那么她的过早死亡会对某些人有益。我们不用知道这些人是谁，反正他们要把事情掩盖过去。恕我直言，对付你这种非常单纯的人，他们得心应手。好了，我就说到这里，也不打算就此事再多说什么，说得太多有失公正。"

小教堂里举行了一次简单的葬礼。如果能避开，我早就这么做了。我讨厌那些在教堂外一字排开盯着我看的人。古怪的眼神！格丽塔帮我渡过了难关，直到现在我才真正意识到，格丽塔的性格是多么坚毅、可靠。她做了准备工作，订了花，安排了一切。我越来越明白为什么艾丽会变得依赖格丽塔，像她这样的女人，整个世界上都没几个。

来教堂的大部分人都是我们的邻居，有些我甚至不太认识，但我注意到了一张脸，以前好像在哪儿见过，一时间没能想起来。当我回家后，卡森告诉我有位先生正在客厅等我。

"我今天不想见任何人，让他走吧。你就不应该让他进来！"

"对不起，先生。他说他是你亲戚。"

"亲戚？"

我突然想起了在教堂见过的那个人。

卡森递给我一张名片。我一时还没反应过来——威廉·R·帕多先生。我翻过名片看了看，摇了摇头，然后递给了格丽塔。

"你认识这个人吗？"我说，"他的脸看着很熟悉，但我对不上号。也许是艾丽的一个朋友？"

格丽塔接过名片看了一眼，然后说："当然认识了。"

"谁？"

"鲁本叔叔，还记得吗，艾丽的表亲。她肯定跟你说过吧？"

我这才明白为什么这张脸看着熟悉，艾丽放了很多照片在她卧室里，都是一些亲戚的照片。不过迄今为止，我只在照片中见过这张脸。

"我马上过去。"我说。

我离开房间，来到客厅。帕多先生站起来说："迈克·罗杰斯？你可能不知道我的名字，但你妻子是我的远方表亲，她一直喊我鲁本叔叔。我们没见过面，你们结婚后我是第一次来。"

"当然，我知道你。"我说。

我真的不知道如何形容鲁本·帕多。他是一个身材魁梧的人，脸也很大，看上去总是心不在焉的样子，但你和他交谈过一段时间后，会发现他的思维始终比你活跃。

"我想我不必跟你说，听到艾丽的死讯后我有多么震惊和悲伤。"他说。

"最好别说，"我说，"我不想聊这个。"

"是，是，我能理解。"

他挺有同情心的，但身上有某些气息让我隐约感到不安。

这时，格丽塔进来了。我说："你认识安德森小姐吗？"

"当然了，"他说，"你好吗，格丽塔？"

"还行吧，"格丽塔说，"你来这儿多久了？"

"一两个星期，来逛逛。"

接着，我又陷入了一股冲动的情绪。"我好像在哪儿见过你？"我说。

"真的吗？在哪儿？"

"在巴庭顿的一个拍卖行里。"

"我想起来了，"他说，"对，我的确见过你，你当时和一个六十多岁、留棕色胡子的男人在一起。"

"没错，"我说，"那是费尔伯特少校。"

"你当时精神很好啊，"他说，"你们两个都是。"

"相当好！"我带着经常有的那种微妙的奇怪感觉说道，"相当好。"

"当然了……当时你们还不知道发生了什么。正好是出事那天，对吧？"

"是的，我们正等着艾丽跟我们一块儿吃午饭呢。"

"悲剧，"鲁本叔叔说，"真是个悲剧。"

"我不知道你在英国,"我说,"我想,艾丽也不知道吧……"我故意停顿了一下,等他回答。

"对,"他说,"我没写信通知你们。其实我也不清楚自己要在这里待多久。我比预计的更早地结束了业务上的事情,当时还想要不要在拍卖结束后过来看看你们呢。"

"你从美国来这儿办业务?"我问。

"嗯,可以说是,也可以说不是。寇拉有一两件事情要我给点儿意见,其中一件就是她要买一幢房子。"

然后他告诉我们寇拉已经在英国了。

我说:"我们确实不知道这件事。"

"那天她其实就住在离这儿不远的地方。"他说。

"离这里不远?是旅馆吗?"

"不,她住在一个朋友那里。"

"我不知道她在这里有什么朋友啊。"

"一个女人,叫哈德……什么来着,哈德卡斯特尔?"

"克劳迪娅·哈德卡斯特尔?"我吃了一惊。

"对,她是寇拉的好朋友,她们在美国就认识了。你不知道吗?"

"知道得不多,"我说,"我对这个家庭几乎一无所知。"

我看了看格丽塔。

"你知道寇拉认识克劳迪娅·哈德卡斯特尔吗?"

"我没听她提起过。"格丽塔说,"难怪那天克劳迪娅没出现。"

"什么？"我说，"她那天不是和你在伦敦逛街购物吗？你们约在查德威市场碰面的。"

"本来是这样，但她没来。我刚出门，她就给我房间打电话，说有美国的客人突然拜访，她走不开了。"

"我怀疑，"我说，"这位美国客人大概就是寇拉吧。"

"很明显，"鲁本·帕多摇着头说，"整件事情都是一团糟，我明白为什么调查会终止了。"

"我同意。"我说。

他把杯子里的饮料一饮而尽，然后站起身来。

"我不想再打扰您了，"他说，"如果有什么需要我帮忙的，我就住在查德威市场的莫扎迪斯饭店。"

我说恐怕没有什么需要麻烦他的，然后道了谢。

他走后，格丽塔说："我不知道他想要什么。他来这里干吗？"然后又尖刻地说，"真希望他们从哪儿来回哪儿去，越快越好！"

"我不知道在乔治饭店看到的是不是斯坦福·罗伊德，我只是匆匆瞥了一眼。"

"你说他和一个看起来像克劳迪娅的人在一起，那就很可能是他。他去看过克劳迪娅，而鲁本去看过寇拉——真够混乱的！"

"我不喜欢这种情况——好像所有人都在那天骚动不安、走来走去。"

格丽塔说，事情往往就是这样的。这么说着，她又恢复了往常的开朗和理性。

第二十二章

我在吉卜赛庄已经没什么事情可做了。我把房子留给格丽塔管，然后越洋去了纽约，把自己置身于艾丽隆重的葬礼上，虽然那地方让我拘束，让我恐惧。

"你正要去的地方是片野蛮的丛林，"格丽塔警告我，"当心点儿，别让他们活剥了你的皮。"

她说得对，确实是片丛林，我一到那里就感觉到了。我从来都不了解丛林——不管是何种意义上的丛林——这已经超出我的能力范围了，我自己也深知这一点。我不是猎人，而是猎物，人们在灌木丛中包围我，向我射击。有时候这些事情都是我在胡思乱想，有时候这些担忧被证明是对的。我记得我拜访了利平科特向我推荐的那位律师，一位彬彬有礼的绅士，他接待我的方式就像一个诊所的医生接待患者。我提到有人曾建议我把那些所有权不明晰的矿产都抛掉。

他问我这是谁的建议，我回答他是斯坦福·罗伊德。

"嗯，我们必须调查一下。"他说，"像罗伊德先生这种人应该是懂行的。"

不久后他又告诉我："你的产权没有任何问题，完全没必要像他建议的那样急着抛掉，坚持自己的想法吧。"

我一直感觉我是对的，所有人都在向我开火，他们都知道在金融方面我就是个傻瓜。

葬礼很隆重，同时，我觉得也很恐怖。一如我的猜测，它非常气派，墓地上盖满了鲜花，而墓地本身又像个公园，所有的哀悼之情都体现在庄重肃穆的大理石上。艾丽肯定很讨厌这里，我敢保证。但她的家庭说不这么做不行。

四天后我回到纽约，金士顿那边传来了消息。

在山另一边的一个废弃采石场里，有人发现了黎婆婆的尸体，已经死了好几天了。那个地方曾经出过一些事故，有人建议要封锁起来，但并未采取实际措施。黎婆婆也被判定为意外死亡，于是又有人建议地方议会把它封锁起来。在黎婆婆的农舍地板下，被发现藏有三百镑钞票，都是面值一百的。

费尔伯特少校又附加了一个消息："昨天，克劳迪娅·哈德卡斯特尔也骑马摔死了，我想你听到这个消息肯定很难受。"

克劳迪娅死了？我不敢相信，这个震惊的消息让我有点难以接受。两周之内有两个人骑马摔死，这样的巧合也太不可思议了。

* * *

我不想详述我在纽约的时光。我是一个身处异乡的陌生人，觉得自己必须时刻谨言慎行。我认识的那个艾丽，一直属于我的那个艾丽已经不复存在。在我看来，她现在只是一个美国姑娘、一大笔遗产的继承人、被朋友，生意伙伴和各种远亲包围着的人、一个在这边生活了五代的家庭中的成员。她从远处而来，就像一颗彗星，滑过我身边。

现在，她已经回去，跟亲人葬在一起，回到了自己的家。我很高兴这样看问题。在村外松树脚下的墓地旁，我本不应该有这样轻松的心情。是的，我不应该轻松。

"回到属于你的地方吧，艾丽。"我自言自语道。

她时常边弹边唱的那首曲子浮现在我脑中，我还能记得，她的手指轻柔地在吉他弦上拨动时的样子。

每一个清晨，每一个夜晚，

有人生来就被幸福拥抱。

我想这很适合你，你生来就被幸福拥抱。你在吉卜赛庄的生活也非常幸福，虽然时间不长。现在一切都结束了，你回到了一个也许并不幸福的地方，在那里你过得不开心，但毕竟你的家在那儿，你被亲人包围着。

我突然想，我死的时候会在哪儿呢？吉卜赛庄？也许吧。妈妈会来看望躺在坟墓中的我——如果她仍健在的话。我居然不能想象妈妈的死，倒是能轻易地想象自己的死。没错，她会来看着我被埋葬，也许她严厉的脸色会有所缓解。我把思绪从她身上转开，我不愿意想起她，不愿意接近她、看到她。

我表达得可能不太准确。这不是我看她的问题，而是她看我的问题。她审视我的时候，我就像被一股瘴气卷入其中，焦虑不安。我想：母亲都是恶魔！为什么她们把血脉传给孩子，为什么她们都认为对孩子了如指掌？她们不了解！她们根本不了解！她应该为我骄傲，为我高兴，为我现在所得到的美妙生活而感到欣慰。她应该——每到这时，我就会把思绪从她身上转开。

我在美国待了多久？我想不起来了。长时间里我始终小心翼翼，被一群面带微笑，眼神却充满敌意的人包围。我每天都对自己说："这一切就要过去了，这一切就要过去了，之后……"我经常用这两个字，经常对自己这样说。"之后"，这两个字表示着未来，我经常用这两个字来替代另外两个字——"我想"。

每个人都很刻意地对我表示亲昵，因为我富有了！因为艾丽的遗嘱，我变成了一个大富翁。我觉得很好笑，我有一堆自己都搞不清楚的投资、股份、财产，一点儿也不知道该怎么处理这些东西。

回英国的前一天，我和利平科特先生做了一番长谈。

在我心里，他一直就是"利平科特先生"，和安德鲁叔叔那类人不同。我告诉他我想撤回斯坦福·罗伊德手中的股票投资权。

"真的吗？"他灰色的眉毛扬了起来，眼里闪着精光，严肃地看着我。我不知道他说的"真的吗"是什么意思。

"你认为这么做合适吗？"我小心翼翼地问。

"你有自己的原因，我猜。"

"不，"我说，"没有任何原因。只是一种感觉，仅此而已。我可以跟你开诚布公地聊聊吗？"

"当然可以。"

"好，"我说，"我只是觉得……他是个骗子。"

"噢，"利平科特看起来很感兴趣，"没错，你的直觉很准。"

于是我知道我这么做是正确的。斯坦福·罗伊德在艾丽的债券、投资以及其他财产上动了些手脚。我签了份律师协议，将它交给安德鲁·利平科特。

"你愿意接受吗？"我说。

"只要是金融上的事务，"利平科特先生说，"你可以完全信任我。在这方面，我会尽我所能，让你满意。"

他好像话中有话，但我听不出来。我猜他可能想说他不喜欢我。他从来就不喜欢我，但在财政事务上会尽全力帮我，因为我是艾丽的丈夫。我签好了必要的文件，他问我是不是坐飞机回伦敦，我说不，我不想坐飞机，我从海上走。

"我想独处一段时间，"我说，"海上航行应该不错。"

"接下去你准备住在哪儿呢？"

"吉卜赛庄。"我说。

"啊……你想住那儿。"

"是的。"我说。

"我还以为你会把那房子卖掉呢。"

"不！"我说，这个"不"字比我想象中更强烈。我不会放弃吉卜赛庄，它已经变成我梦想的一部分——那个我从小就怀揣的梦想。

"你在美国这段时间，房子有人照顾吗？"

我回答说格丽塔照顾着。

"哦，"利平科特先生说，"对，格丽塔。"

说起"格丽塔"，利平科特先生又话中有话了，但我没有接着往下说，他不喜欢她就不喜欢吧，反正以前就不喜欢了。这让我们的交谈产生了尴尬的停顿，于是我转换了话题。我总得说点什么。

"她对艾丽很好的。"我说，"艾丽生病的时候都靠她，她住过来照料艾丽。我……我非常感激她，希望你能理解这一点。你不太了解她，不知道在艾丽死后她是怎么把一切照顾得井井有条，没有她我都不知道该怎么办。"

"的确如此，的确如此。"利平科特先生说。他的声音比你能想象的更干瘪。

"所以，我亏欠于她。"

"一个能干的姑娘。"利平科特先生说。

我起身跟他告别，并且表示感谢。

"你没什么好感谢我的。"利平科特先生的声音依然干瘪。

他又说道："我给你写了封短信，已经通过航空邮件发往吉卜赛庄了。如果你是从海上走的话，到家的时候会发现信已经等着你了。祝你旅途愉快。"

我又犹犹豫豫地问他是否认识斯坦福·罗伊德的妻子——一个叫克劳迪娅·哈德卡斯特尔的女人。

"哦，你说的是他的第一任妻子，我从没见过她。这段婚姻据说维持了很短时间就破裂了，之后他又找了个妻子，不过后来还是离婚了。"

情况就是如此。

回到旅馆后，我收到一封电报，让我去加利福尼亚的一所医院。上面说，我的一位朋友，鲁道夫·桑托尼克斯，已经活不了多长时间了，他希望在死前能和我见一面。

我把船票改签到下一班，然后坐飞机到了旧金山。他还没死，不过极度虚弱，他们怀疑他已经不能恢复意识了，但他想见我的愿望非常迫切。我坐在病房里看着他，看着眼前这个熟悉的男人的躯体。他以前看上去总是病快快的，并且有一种很特殊的气质，非常脆弱。而他现在没有一丝生气地躺着，看上去就像一个蜡像。我坐在那儿想："希望他能开口说话，在死之前跟我随便说点什么。"

我感到孤独，令人害怕的孤独。我已经从敌人身边逃脱，来到了一位朋友的身边。事实上，他是我唯一的朋友。除了我妈妈，他是唯一对我了如指掌的人，但我一点都不想念妈妈。

偶尔我会问护士，我还能为他做点什么吗。护士总是摇摇头，含糊不清地说："他也许还能恢复意识，也许不能了。"

我坐在那儿，终于，看到他动了一下。护士轻轻地将他扶起，他面对着我，但我怀疑他是不是能认出我来。他的眼睛好像穿过我的身体，看着我的方向。

突然，他的眼神起了一丝变化。他认出我了，他认出我了——我这样想着。他轻声说了些什么，我只有俯下身才能听见，但他说的是一些意义不明的词。这时，他的身体突然抽搐起来，把头向后一仰，喊叫道："你这个该死的笨蛋，为什么不走另一条路？"

说完，他身体骤然软倒，去世了。

我不知道他说的是什么意思……或者他自己知道自己在说什么吗？

这就是我最后一次见到桑托尼克斯。如果我对他说点什么，他是否能听见？我想再一次跟他说，他给我造的房子是我在这个世界上拥有的最棒的东西，也是最困扰我的东西。这真是太有趣了,一幢房子就代表了一切。你想要某样事物,你万分渴望,但你不知道它究竟是什么。但是桑托尼克斯知道,并且把它给了我。我得到了它,现在我要回它那儿了。

回家。我在船上无时无刻不在这么想。刚开始是一片死寂,接着从心底深处涌出一股幸福的潮水……我在回家,我在回家……

水手的家是汹涌海水,
猎人的家是险山峻岭……

第二十三章

是的，我要回家了。现在一切都已结束。战斗到了最后时刻，挣扎到了最后时刻，这段旅程也迎来了终点。

我焦躁不安的年轻时代，嘴里一直喊着"我要，我要"的青涩岁月好像已经过去很久。但其实并不久，才一年不到……

躺在床上，我把这段经历又想了一遍。

遇见艾丽——在摄政公园交谈——登记结婚。房子——桑托尼克斯正在建造——房子建成。我的，都是我的。现在的我，就是我一直想成为的我。正如我期望的那样，我得到了想要的一切，现在我要回家了。

离开纽约前，我写了一封信，并通过航空邮件寄出去了，在我回家之前，那封信会先到。信是写给费尔伯特的，一些事情别人不能理解，但费尔伯特可以。

给他写信比给别人容易得多。毕竟，有些众人皆知的事情，其他人接受不了，但我想他可以。他亲眼看到艾丽和格丽塔是多么亲密，艾丽是多么依赖格丽塔。他应该意识到，我也会依赖格丽塔，毕竟这本来是我和艾丽两个人的家，现在我要独自生活，没有别人的帮助可不行。我不知道这样安排是不是妥善，但我只能尽力而为。

"我希望，"我这样写道，"第一个知道这件事的人是你。一直以来你都对我们很好，我想你也许是唯一能理解我的人。我无法面对今后一个人在吉卜赛庄的生活。在美国这段时间，我一直在思考，然后我决定，等我一回到家，就会向格丽塔求婚。你知道，她是我唯一可以与之谈论艾丽的人，她会理解的。可能她不想嫁给我，但我认为她会的……这样一来，就好像还是我们三个人住在一起。"

我写了三遍，才写明白我想表达的意思。费尔伯特应该会在我回家前两天收到信。

快靠近英国的时候，我登上了甲板，放眼望去，陆地越来越近。我想，真希望桑托尼克斯在我身边。我真是这么希望的，我希望他看到这一切是怎么实现的，我做的所有计划、我想的所有事情和我的所有努力。

我摆脱了美国，摆脱了骗子、马屁精，摆脱了我讨厌的人，也摆脱了因为出身卑微而蔑视憎恨我的人，凯旋！我来到枞树林，穿越那条危险曲折的小路，沿着小径向上走。我的房子！我正要奔向我最想要的两样事物。我的房子——梦寐以求的房子，计划了很久的房子，胜过一切的房子；还有一个美丽的女人……我早就知道，有一天我会遇到一个美丽的女人，现在我已经遇到了，我看到了她，她也看到了我，一个无比美丽的女人。看到她的第一刻，我就明白我属于她，并且永远属于她。我是她的，现在，终于，我要向她走去。

没人看到我抵达金士顿。天几乎全黑了，我坐火车来，然后从站台步行出去，踏上一条乡间小道。我不想碰到村里的任何人，至少今晚不想。

太阳落山后，我走上了通往吉卜赛庄的小路。我已经告诉了格丽塔我回来的时间，此刻她正在屋里等着我。终于！我们可以脱下一切伪装，不用再说一句假话——她也不喜欢伪装。我一边想着自己扮演的角色，一边笑了起来。一个从一开始就精心扮演的角色：不喜欢格丽塔，不想让她过来跟艾丽住一起。是的，我一直都小心翼翼，每个人都被我骗过去了。我们甚至故意争吵，就为了让艾丽听到。

我们第一次见面时，格丽塔就看透了我的本质。我们之间从来没有愚蠢的幻想，她和我一样，都有野心。我们什么都要，根本不嫌多；我们想要站在世界之巅，对自己的野心有求必应，每一个愿望都能满足，所有的一切都能得到。还记得我们在汉堡第一次见面时，我是如何对她敞开心扉，倾吐我所有疯狂的欲望。我那些过分的贪婪从来没有对格丽塔控制和隐瞒过，因为她自己也一样。

她说："你这辈子所追求的无非就是金钱。"

"是的，"我说，"但我不知道怎样才能得到它。"

"对，"格丽塔说，"你根本不会通过努力工作去获得财富，你不是这种人。"

"工作！"我说，"要我工作多少年啊！我不想等待，不想人到中年的时候才拥有一切。你知道谢里曼①的故事吧，他是怎么做的？辛苦工作赚钱，直到有能力实现梦想，去特洛伊挖掘古墓。他不得不等到年过半百的时候才能实现自己的梦想，但我不想等着等着就成了中年人，老到一只脚踩进了坟墓。我想在年轻力壮的时候就拥有一切，你也这样想，不是吗？"

"没错，而且我知道你可以采取什么办法。其实很简单，不知道你有没有考虑过。你可以轻而易举地迷住小姑娘，是不是？我看得到，也感觉得到。"

"你觉得我在乎女人——或曾经在乎过吗？只有一位姑娘我想得到，"我说，"就是你。而且你知道，我属于你，我一见到你就明白这一点了。一直以来我都认为会碰到一个像你一样的姑娘。我现在遇到了，我只属于你。"

"是的，"格丽塔说，"我想也是这样。"

"我们都想在生活中得到同样的东西。"我说。

"我告诉过你这很容易，"格丽塔说，"非常容易，你要做的就是娶一个有钱姑娘，世界上最有钱的姑娘之一。

①亨利·谢里曼，德国人。幼年时深深迷恋《荷马史诗》，并暗下决心，一旦有了足够的收入就投身于考古研究。于是，从十二岁起，谢里曼就自己挣钱谋生，多年以后终于积攒了一大笔钱。一八七〇年，他开始在特洛伊挖掘。不出几年，他就发掘了九座城市，并最终挖到了两座爱琴海古城。

我可以帮你做到。"

"别妄想了。"我说。

"不是妄想，真的很简单。"

"不，"我说，"这对我一点好处都没有。我不想做一个富婆的丈夫，让她把我买下来，共同生活，然后我被关在金鸟笼里。这不是我想要的，我不想当一个被养着的奴隶。"

"你不用当奴隶，这用不了多久。时间到了，你妻子就死了，明白吗？"

我愣愣地盯着她。

"你是不是被吓傻了？"她说。

"没有，"我说，"没被吓傻。"

"我也觉得没有，但我看你的样子……"她疑惑地打量着我，但我没有给她回应。我有自我保护的意识，有一些秘密我是不会让任何人知道的。不是一些惊天动地的大秘密，但我就是不愿意想起。有些事情我处理得非常幼稚、愚蠢，不值一提。我一度对一个男孩——他是我同学——拥有的一块手表非常羡慕，想得到它。它价值不菲，是一个有钱的教父送给他的。是的，我很想要，但从来没有机会得到。然后有一天，我们去滑冰，冰还没有结实到足以承载我们两人的重量，我们事先并没有料到这一点。事情在一瞬间发生了，他掉下了冰窟窿。我向他滑过去，他的手紧紧抓住冰窟窿边缘，任冰面割着手腕。

我当然是为了救他而过去的，但当我看到那枚闪着光的手表，我想的是——假如他掉下去了，这手表我就能轻易地得到。

现在想起来，我当时是无意识地解下了表带，把表扒下来，然后把他的头按到了水里，而不是把他拉上来。很简单，只是把头往下按。他挣扎了一会儿，就沉入了冰水。这时有别人看见了动静，朝我们跑来，他们还以为我是在努力救他呢！虽然费了一番周折，他们还是很快把他捞了上来，给他做人工呼吸，但已经迟了。

我把宝贝藏在一个特殊的地方，我经常用那里放一些小玩意儿，那些东西我不想让妈妈知道，因为她肯定会问东问西。有一天，她在找袜子的时候发现了这块表。她问我是不是皮特的手表，我说当然不是了，这是我从一个同学那里换来的。

跟妈妈在一起的时候，我总感觉不太自在——因为她太了解我了。她发现那块表时，我紧张得要命，担心她是不是在怀疑我。当然她不可能知道，没有人会知道。但她经常会用一种有趣的眼神打量我。每个人都认为我在努力营救皮特，但我认为她不会这么想。她肯定看得出一点端倪，虽然她没有主动去了解。问题就在于我的心思无法瞒过她。

有时我会有点内疚，但那种感觉很快就消失了。

再后来，是我在部队里的时候。训练期间，我和一个叫艾德的家伙去了赌场。我很不走运，输得精光，但艾德赢得盆满钵满。他把筹码换成了钱，口袋塞得鼓鼓的，与我一起往回走。突然一群歹徒从街角向我们冲来，每个人手里都握着漂亮的弹簧刀。我的胳膊被划了一道口子，艾德却被狠狠地捅了一刀，瘫软在地。这时有行人嘈杂的声音传来，这群歹徒拔腿就跑。当时我想，要是我快一点的话……事实上我反应确实够快！我用手帕包住了自己的手，从艾德的伤口将刀拔出，选了几处更致命的地方捅了下去。他哼了一声，马上就死了。我吓着了，大概发了一两秒钟呆，才意识到万事大吉了。然后我为自己敏捷的反应和有效率的行动而感到自豪，一边想着"可怜的老艾德，你永远是个笨蛋"，一边赶快把那些钞票转移到自己的口袋中。抓住机会，反应敏捷，就这么简单。但问题是这样的机会并不多，还有些人，在意识到自己杀了人后就吓傻了，可是我没被吓傻，至少那次没有。

注意，这种事情不能经常做，除非你觉得值得。我不知道格丽塔有什么感觉，但她已经知道了。我的意思不是说她知道我杀过多少人，而是知道杀人这种事情吓不住我。

我说："说说你的奇思妙想吧，格丽塔。"

她说："我确实有能力帮你。我可以让你和美国最富有的姑娘之一接触，我多多少少照顾着她。我们住在一起，她很听我的话。"

244

"你觉得她会看上我这样的人吗？"我说。

当时我并不相信，一个富家千金会被我这样的人吸引。

"你很有魅力。"格丽塔说，"姑娘们都喜欢你，不是吗？"

我咧嘴一笑，说我确实干得不赖。

"她从没经历过这种事情，她被照顾得太好了。她被允许接触的年轻男人都是一些非常无趣的人，银行家的儿子啦，企业家的儿子啦，她被限定在富人阶层中找一份好姻缘。他们担心她遇到英俊的外国男人，只是为了她的钱。但事实上她确实更喜欢这类人，对她来说很新鲜，以前从没见过。你要给她演一出好戏，假装对她一见钟情，然后迷得她神魂颠倒，这太容易了！她从来没有和异性有过真正意义上的接触，你肯定能得手的。"

"我试试看吧。"我不是很有自信。

"我们能做到的！"格丽塔说。

"她的家人会阻止的。"

"不，他们不会。"格丽塔说，"他们什么都不会知道，直到你们秘密结婚，到时候就晚了。"

"所以，你已经想好了？"

然后我们深入地聊了下去，制订了一份并不是很详细的计划。

格丽塔回到了美国，仍与我保持联系，我则继续从事各种工作。我告诉她我看中了吉卜赛庄，她说那正好可以以此来编一个浪漫故事。我们做了一个计划，以保证我和艾丽能在那里"偶遇"。格丽塔做艾丽的思想工作，让她在英国买一幢房子，这样在她成年后就可以尽快摆脱家庭。

没错，这都是我们策划的，格丽塔是一个伟大的策划者。我想我做不来这种周密的计划，但我可以演好自己的角色，我也很享受这种表演。然后，事情顺理成章地发生，我和艾丽邂逅了。

这一切实在太有趣，这种疯狂的乐趣无疑是一种冒险，但始终存在着危险。真正使我紧张的是我不得不与格丽塔接触的时候，我得保证我在看格丽塔的时候不露出马脚，所以我尽量不去看她。我们达成了共识，我最好装作不喜欢她、嫉妒她。我做得很成功。还记得她住进来的那天，我们故意争吵，让艾丽听到。我不知道我们是不是表演得有点过头了，我想应该没有。有时候我也担心艾丽是不是看出来了，或者有什么疑惑。我是觉得没有，但我不确定，真的不确定，有时候我也猜不透艾丽的心。

和艾丽恋爱非常简单，她很可爱，真的很可爱。只不过有时我会有点害怕，因为她不提前告诉我就做了一些大的举动，而且她还懂一些我做梦都猜不到她会懂的事情。但是她爱我，是的，她爱我。有时……我也觉得自己爱她。

我不是说像爱格丽塔一样爱她，我是真正属于格丽塔的，她是我最理想的异性，我为她疯狂，但不得不时刻控制这份感情。艾丽不一样，我喜欢和她一起生活。现在回头说这些显得有点奇怪，但我确实喜欢和艾丽生活在一起的感觉。

此刻，我把这些记录下来，是因为这些都是我从美国回来的船上所想的。我到达世界之巅，拥有了梦寐以求的一切。我跟自己说，这是我通过冒险，不惧危难而得来的，甚至不惜完成一起漂亮的谋杀——真的很漂亮，不是我自夸。

是的，这很巧妙。我曾经想过一两次，没人可以戳穿，因为他们看不出来。现在，冒险结束了，危险渡过了，我正向着吉卜赛庄走去，就像我那天看到吉卜赛庄的出售海报后，向那堆老房子的废墟走去一样。当我走到拐角处的时候——

我看到了她。我看到了艾丽。

当我走过那条事故频发的危险小路，来到转角时，我看到了艾丽。她依旧站在那排枞树的阴影下，一如我初次见她。她直直地盯着我，我也直直地盯着她。

我们第一次也是这样对视，然后我走上前和她搭话，扮演一个对她一见钟情的男人。

想不到现在又见到她了，我……我不可能见到她啊！但我现在正看着她，她也凝视着我。我感到非常恐惧，她却好像看不到我一样。我知道她不可能出现在这儿，她已经死了，遗体已经埋在美国的墓地里。但现在，她却站在枞树底下看着我，不，不是看着我，她只是看着我的方向，好像在等待我的出现，脸上洋溢着幸福。曾经有一天，我在她脸上看到过同样的幸福，是她在弹拨吉他的时候。那天她对我说："为什么这样看着我，迈克？"我问她："怎么样？"她说："你这样看我，就像你爱过我一样……"我就说了一些"我当然爱你"之类的傻话。

我在路上死一般地站着，瑟瑟发抖。我大喊："艾丽！"

她动也不动，只是站在那里，看着……直接把我看透。这让我感到非常害怕，我知道只要我想上一分钟，就会明白为什么她看不见我，但我不想知道。没错，我不想知道，为什么她看着我站的地方，却不是在看我。我跑了起来，像个懦夫一样跑了起来，朝着我家房子亮灯的地方狂奔，让自己逃离这个可笑的惊恐时刻。我胜利了，我跑回家了，就像从山上归来的猎人，回家了。回到比世间任何地方都重要的家里，回到我将灵魂和肉体全部交托的女人身边。

现在，我们马上要结婚，然后安居在这幢房子里。我们得到了梦寐以求的一切，我们赢了！轻而易举地取得了胜利！

门没有拴上，我踮着脚尖走了进去，穿过书房敞开的门，格丽塔就站在窗边等我。她明艳动人，是我见过最美丽最可爱的女人，一头金发，如同北欧女神。她微笑着看我，发出性的暗示。除了偶尔在愚者之地幽会外，我们已经压抑了太久。

我迫不及待地扑向了她的怀抱，水手终于从海上回到了安稳的家。这是我一生中最美好的时刻之一。

不久之后，我们从愉悦的云端回到了地面。我坐了下来，她把几封信拿给我看。我几乎是下意识地挑了一张美国邮戳的信拿起来，是利平科特寄来的航空件。我不知道里面有什么，为什么他要写信给我呢？

"哇，"格丽塔长舒了一口气，"我们做到了。"

"今天是胜利日。"我说。

我们笑了起来，肆无忌惮地笑。桌上有一瓶香槟，我把它打开，与格丽塔一同分享。

"这个地方太美了！"我环顾四周，说道，"比我印象中更美。对了，桑托尼克斯——我还没跟你说呢，他死了。"

"噢，天哪，"格丽塔说，"太可惜了，这么说他真的病了？"

"他当然病了，不过我也不愿意这么想。他临死前我去看了他。"

格丽塔稍微颤抖了一下。

"我不喜欢这种事。他说什么了吗？"

"其实没什么，他就说我是个该死的笨蛋，说我应该选另一条路。"

"另一条路……什么意思？"

"我也不知道，"我说，"我猜他是在胡言乱语，也许自己都不知道自己在说什么。"

"嗯，这幢房子倒是一个很好的纪念他的地方。"格丽塔说，"我们会在这里一直住下去吗？"

我瞪着她。"当然啦，你觉得我会想去别的地方住吗？"

"我们不应该老是住在这儿，"格丽塔说，"不能长年住这儿，像这个村庄一样被埋在洞穴里。"

"但这是我想住的地方——是我一直以来都想住的地方。"

"你说得没错，迈克，但毕竟我们有了这么多财富，去任何地方都不是问题！我们可以环游世界，去非洲狩猎，去探险，去寻找一些激动人心的画作，我们还可以去吴哥窟。你不是一直想过充满冒险的生活吗？"

"对，我希望这样，但我们总是会回到这里，对吗？"

我有一种奇怪的感觉，什么地方有问题。这些都是我日思夜想的——我的房子，还有格丽塔——别的我不想要了。但是她还不满足，我可以看出来，她才刚刚开始，刚刚开始想要一切，刚刚开始明白自己可以获得一切。我突然有一种残酷的预感，不禁颤抖起来。

"你怎么了，迈克——你在发抖，是不是生病了？"

"不是。"我说。

"那出什么事儿了，迈克？"

"我看到艾丽了。"我说。

"什么意思……看到艾丽了？"

"刚刚走上来的时候，经过拐角，我看见她了，站在一排枞树底下，朝……朝我站的地方看着。"

格丽塔瞪大了双眼。

"太荒谬了，你在胡思乱想吧。"

"有时人确实会胡思乱想，毕竟这里是吉卜赛庄。但艾丽确实站在那里，看上去很幸福，好像……好像她一直都站在那里，并且会一直这么站下去。"

"迈克！"格丽塔抓住我的肩膀，猛烈摇晃，"迈克，别说了，你回来的时候喝多了吗？"

"没有，我迫不及待地回来了，我知道你准备了香槟。"

"好，那我们忘了艾丽，再喝一杯。"

"是艾丽。"我固执地说。

"当然不是艾丽了！那只是光线造成的效果，或者类似的错觉。"

"是艾丽，她站在那里，寻找我，看着我。但她看不见我，格丽塔，她看不见我。"我的声音拔高了，"我知道为什么，我知道为什么她看不见我。"

"你在说什么啊！"

这时，我放低了声音，轻声地对着格丽塔耳语。

"因为那不是我，我不在那儿了，除了漫漫长夜，她什么都看不到。"然后我用一种惊恐不已的声音喊道，"有人生来就被幸福拥抱，有人生来就被长夜围绕。我！格丽塔，说的就是我啊！

"格丽塔，你还记得吗？她是怎样坐在沙发上，抱着吉他唱歌，用她温柔的声音唱歌，你一定记得的。

"'每一个夜晚，每一个清晨，有人生来就为不幸伤神。每一个清晨，每一个夜晚，有人生来就被幸福拥抱。'这就是艾丽，格丽塔，她生来就被幸福拥抱。'有人生来就被幸福拥抱，有人生来就被长夜围绕。'我妈妈了解我，她知道我生来就被长夜围绕，我还没做什么的时候她就知道了。桑托尼克斯也知道，他知道我正往那条路上走，但这本来是可以避免的。有很短的时间，只有很短的时间，当艾丽唱这首歌的那一刻，我本可以非常幸福，不是吗？和艾丽结婚后，如果我和她好好生活下去……"

"不，你不能。"格丽塔说，"我从没想过你也会坚持不下去，迈克。"她再次粗暴地摇晃着我的肩膀，"醒一醒！"

我注视着她。

"对不起，格丽塔，我都说了些什么啊。"

"我想他们在美国把你弄得很沮丧。但你都做到了，是吗？你把所有的投资都处理好了。"

"所有的事情都处理好了，"我说，"我们未来的每一件事情都处理好了，我们光芒万丈的未来。"

"你说话怪怪的。我想看看利平科特在信里写了什么。"

我抽出信，打开。除了一张从报纸上剪下的剪报外，什么都没有。这张剪报相当陈旧，不是新的。我凝视着它。这是一张街道的照片，两旁高楼耸立，我马上认出来是汉堡的一条街，有一群人正向照片走来，其中有两个人手牵手走在前面，是格丽塔和我。利平科特早就知道了，他知道我和格丽塔之前就认识了。肯定是有人给他寄了这张剪报，并非出于什么恶意，只不过正好发现安德森小姐走在汉堡的大街上。他知道我认识格丽塔。我想起他还特别问过我是否见过格丽塔，而我否认了，所以他知道我在撒谎，这一定引起了他对我的怀疑。

我突然害怕起利平科特来。他也许没有想到我会走出谋杀艾丽这一步，但肯定会有所怀疑，也许早就怀疑了。

"你看，"我对格丽塔说，"他知道我们早就认识，知道很长时间了。我一直很讨厌这只老狐狸，他也讨厌你。知道我们要结婚后，他肯定会起疑心的。"但紧接着我想到，也许利平科特早就预料到我们会结婚，他可能早就揣测我们是一对恋人了。

"迈克，能不能别像只疑心重重的兔子一样？是的，没错，疑心重重的兔子！我钦佩你，我一直都钦佩你，但你现在崩溃了，你害怕每一个人。"

"别这么说我。"

"好吧，但这是真的！"

"长夜啊……"

我想不到该说什么别的，我至今都不懂这是什么意思。长夜，意味着黑暗，意味着身处其中就不会被看到。我可以看见死者，但死者看不见我，尽管我还活着。他们看不见我，是因为我不在那里，深爱着艾丽的男人并不在那里，他已经把自己置身于长夜之中。

我向着地面深深地低下头。

"长夜啊。"我又说了一遍。

"别再说了，"格丽塔尖叫道，"站起来！像个男人一样，迈克，别被荒唐的迷信吓到了。"

"怎么可能呢？"我说，"我已经把灵魂卖给了吉卜赛庄。吉卜赛庄从来就不安全，对谁来说都不安全，不论是对艾丽还是对我，甚至是对你。"

"你什么意思？"

我站起身，向她走去。我爱她，我仍带着最后一丝性欲爱着她。但爱、恨、欲望——不都是一回事吗？三者合而为一，又一分为三。我从未恨过艾丽，但我恨格丽塔，我享受这种恨意。我全心全意地、带着跃动的愉悦去恨她——我想不到更安全的方法了，也不打算去想。我向着她越走越近。

"你这个肮脏的婊子！"我说，"你这个讨厌又迷人的金发婊子。你不安全，格丽塔，只有除掉你我才会安全，明白吗？我已经学会享受——享受杀人的乐趣。那天，当知道艾丽骑着马奔向死亡的时候，我兴奋极了，谋杀让我整个上午都被愉悦包围，但我迄今为止还没有亲手杀过人。这次不同了，我比预先知道一个人会因为在早餐时吃了一颗胶囊而死更进一步了，比把一个老妇人推下采石场也更进一步了，这次，凶器就是我的双手。"

格丽塔现在害怕了。她，我在汉堡一见到就全身心交付的她，遇到之后就为之装病的她，放弃了工作就是为了朝夕相处的她——是的，曾经我的灵魂和肉体都属于她，从这一刻开始不再是了。我就是我自己，我正在迈向另一个我梦寐以求的境地。

她非常害怕。我充满爱怜地看着她的恐惧，环绕在她脖子上的双手加大了力度。是的，当我坐在这里，写下关于我的一切（请注意，这也是一件令人愉悦的事情），写下我所有的感受、所有的念头，以及如何欺骗了所有人时——是的，这一切太美妙了。杀死格丽塔的瞬间，我感觉非常快乐。

第二十四章

之后就没什么好说的了，事情发展至此已经到了高潮，所有的事情都交代了，再也没有什么可以挖掘。我在那里坐了很久，都不知道他们是什么时候来的，也不知道他们是不是一起来的……肯定不是马上就来了，因为他们不会任由我杀死格丽塔。我记得上帝先来了，不是真的上帝，而是费尔伯特少校。我一直很喜欢他，他对我也不错，我想在某种程度上，他确实像个上帝——我是说，如果上帝是个凡人，而不是什么高高在上的神祇的话。他是个非常公平的人，公平而且慈祥。他照顾这里的人和事，尽己所能为人们服务。

我不知道他对我的了解有多少。记得那天在拍卖行里，他一边说着"乐极生悲"一边用奇怪的眼神打量我，我不知道为什么他会认为我那天是"乐极生悲"。

然后我想起我们来到穿着骑马的装束蜷缩成一团的艾丽尸体前……他是不是当时就知道，或者察觉到了我与此有关？

格丽塔死后，正如我说的，我深陷在椅子里，低头凝视手里的酒杯。杯子已经空了。

不管是什么，现在都空了。只有一盏灯还亮着，是我和格丽塔点亮的，它在角落里闪着光。它的光其实并不强，而太阳——对，太阳早就下山了。我只是坐在那里，呆呆地想着接下来会发生什么。

然后，人们都来了。他们来得很快，同时又很安静，不然我不会什么都没听见、谁都没注意到。

如果桑托尼克斯在这里的话，也许他会告诉我该怎么做。但他已经死了。事实上他走了一条与我相差很多的路，所以他也帮不到我。根本没有人可以帮到我。

过了一会儿，我看到了肖医生。他太安静了，以至于我一开始都不知道他也在这里。他坐得离我很近，好像在等着什么。片刻后，我意识到他在等我开口。于是我对他说："我回来了。"

他身后有两个人走来走去，好像也在等待，等待他做点什么。

"格丽塔死了，"我说，"我杀了她，你们最好把尸体运走，好吗？"

有人在什么地方按了一下闪光灯，一定是警方摄影师在给尸体拍照。肖医生转过头，严厉地说："还不行。"

接着他又把头转回来看我，我朝他靠了过去，说："我今晚看到艾丽了。"

"真的吗？在哪里？"

"外面那排枞树底下，那是我第一次见到她的地方，你知道的。"我停顿了一下，又接着说，"她没看见我……她看不见我，因为我不在那儿。"过了一会儿，我又说道，"那使我感到不安，非常不安。"

肖医生说："你把它放进了胶囊，是吗？包着氰化物的胶囊，就是你那天早上给艾丽的东西？"

"是她用来治疗过敏的，"我说，"出去骑马的时候她总是带颗胶囊预防过敏。格丽塔和我在其中几颗里面混进了花房用的杀黄蜂的药。这是我们在愚者之地做的，是不是很聪明？"

然后我大笑起来，笑声很奇怪，我自己都能听出来，听上去更像一种古怪的"咯咯"声。

我说："你们检查她脚踝的时候，也检查了她携带的所有东西，对吗？安眠药、抗过敏药，还有别的一切东西，是不是？没有任何问题。"

"确实没有任何问题。"肖医生说。

"干得很漂亮吧？"我说。

"你们很聪明，确实很聪明，但百密一疏啊。"

"我不明白你们是怎么发现的。"

"第二起命案发生后，我们就发现了，那起命案不在你的计划中。"

"克劳迪娅·哈德卡斯特尔？"

"对，和艾丽一样，她也从马背上摔下来了。克劳迪娅也是个健康的姑娘，但是从马上摔下来就死掉了。她掉下来的时间并不长，立刻就被人发现了。他们扶起了她，空气中还能闻到一丝氰化物的味道。如果她像艾丽一样，在外面躺上两个小时，那就什么都没了——什么都闻不到，什么都发现不了。然而，我不知道克劳迪娅是从哪里得到胶囊的，除非你们在愚者之地掉了一粒。克劳迪娅有时候也会去那里，那里有她的指纹，还有她的打火机。"

"我们大概是疏忽了。那些胶囊很难填装。"

接着我又说："你们都怀疑艾丽的死与我有关，是吗？所有人都这么认为？"我环顾四周模糊的人影。

"大概很多人都猜到了，但我们不知道能对此做些什么。"

"你应该提醒我一下。"我的口气非常不满。

"我不是警察。"肖医生说。

"那你是什么？"

"我是医生。"

"我不需要医生！"我说。

"这还有待观察。"

然后我看着费尔伯特，说："你来这里干吗？审判我吗？来主持我的审判会？"

"我只是太平绅士①。"他说，"这次是作为一个朋友而

---

① 一种源于英国，由政府委任民间人士担任的维护社区安宁、处理简单法律程序的职衔。

来。"

"我的朋友？"我吃了一惊。

"艾丽的朋友。"他说。

我不能理解。这些对我都毫无意义，但我觉得很重要。他们都在这里！警察，肖医生，繁忙的费尔伯特。这些事情非常烦琐，我渐渐失去了意识。你也知道，我很累。以前我也常常这样，觉得累，然后就睡了过去……

人们进进出出，所有的人都来探视我。各种各样的律师，还有一起过来的形形色色的医生。他们太烦了，我一点都不想跟他们说话。

其中一个人不断地问我有什么要求。我说有，我只要求一件事，给我一支笔，还有一大堆纸。我想把一切都写下来，关于这些事情是怎么发生的，我要告诉他们我的感受和想法。我越想越觉得这些事情对所有人来说都太有趣了，因为我这个人很有趣。我是个有趣的人，做了些有趣的事。

医生——至少有一位医生——似乎认为这是个好主意。

我说："你们常常让人招供，那我为什么不自己写出来呢？也许有一天，每个人都能读到。"

他们让我写了。我不能长时间不停地写，会感到疲劳。有些人说我可以"考虑精神问题而得到减刑"，但另一些人不同意。这些话都当着我的面说，他们怎么不想想，我还在听着呢！然后我不得出席庭审。我要求他们给我拿最好的衣服，因为我想有个好形象。他们还派了一些警察来监视我。

有很长一段时间，我都认为那些新来的看护人员是利平科特派来的，他们想要发现我和格丽塔更多的事情。真是有趣，格丽塔死后我就不太想起她了。我杀了她，她对我已经没有意义了。

我试图回想起掐死她的时候那种取得辉煌胜利的感觉，但那种感觉也日渐消逝了。

有一天，他们突然带我妈妈来看我。她在门口看着我，目光不再忧虑，更多的是悲伤。她没有多说什么，我也没有。她只说了一句。

"我努力过了，迈克，我非常努力，不想让你出事，但还是失败了——我老是担心自己会失败。"

我说："没事的，妈妈，这不是你的错。我选择了自己要走的路。"

我突然想到，这是桑托尼克斯跟我说过的话。他也曾替我担心，但同样无能为力。任何人都无能为力，除了我自己。我不知道，也不确定，但我时常会想起……想起那天艾丽对我说："为什么这样看着我，迈克？"我说："怎么样？"她说："……就像你爱过我一样。"我想，从某种角度来说，我确实爱她，艾丽太可爱了，甜蜜又温柔。

我想我的问题是太贪婪了，并且总想走捷径。

那天，我在吉卜赛庄第一次遇见艾丽，沿着小路走的时候，碰到了黎婆婆。她给了艾丽一个警告，想要骗点钱。我知道为了钱，她什么事都干得出来，所以我买通了她。她开始不断地警告艾丽，恐吓她，让她感觉自己身处危险之中。我想这会使得人们更容易接受艾丽是受惊而死。我知道，黎婆婆第一次见到艾丽的时候，是真的被吓到了。当时她是真的在警告艾丽，要她离开，别和吉卜赛庄扯上任何关系。当然，她也是在警告艾丽，别和我扯上任何关系。当时我没有理解，艾丽也没有。

艾丽怕我吗？也许是吧，虽然可能她自己都不知道。她意识到这里有什么会威胁她，也感觉到危险了。正如桑托尼克斯了解我的邪恶，还有我妈妈。也许他们三个人都知道！但艾丽不介意，她知道，但不介意。奇怪，这太奇怪了。现在我才知道。我们在一起非常快乐，是啊，多么快乐。真希望当时的我也能知道这份快乐。我有选择的机会，每个人都有机会——我却与它擦身而过。

很奇怪，是吗？格丽塔其实一点都不重要。

甚至我那幢房子也不重要。

只有艾丽……但艾丽再也找不到我了——长夜，这就是我故事的结局。

开头往往就是结局——经常听到有人说这句话。

但究竟是什么意思呢？

我的故事是从哪里开始的呢？我得好好想想……

图书在版编目（CIP）数据

长夜 / (英) 阿加莎·克里斯蒂著；陆烨华译. ——
北京：新星出版社, 2024.9 (2025.10 重印)
（阿加莎·克里斯蒂作品精选集：典藏纪念版. 第
二辑）
ISBN 978-7-5133-5682-4

Ⅰ. ①长… Ⅱ. ①阿… ②陆… Ⅲ. ①侦探小说 – 英
国 – 现代 Ⅳ. ① I561.45

中国国家版本馆 CIP 数据核字 (2024) 第 107496 号

m 午夜文库
谢刚 主持

阅读之前 没有真相

阿加莎·克里斯蒂

赫尔克里·波洛系列

阿加莎·克里斯蒂
Agatha Christie (1890—1976)

无可争议的侦探小说女王，侦探文学史上最伟大的作家之一。

阿加莎·克里斯蒂原名为阿加莎·玛丽·克拉丽莎·米勒，一八九〇年九月十五日生于英国德文郡托基的阿什菲尔德宅邸。她几乎没有接受过正规的教育，但酷爱阅读，尤其痴迷于歇洛克·福尔摩斯的故事。

第一次世界大战期间，阿加莎·克里斯蒂成了一名志愿者。战争结束后，她创作了自己的第一部侦探小说《斯泰尔斯庄园奇案》。几经周折，作品于一九二〇年正式出版，由此开启了克里斯蒂辉煌的创作生涯。一九二六年，《罗杰疑案》由哈珀柯林斯出版公司出版。这部作品一举奠定了阿加莎·克里斯蒂在侦探文学领域不可撼动的地位。之后，她又陆续出版了《东方快车谋杀案》、《ABC谋杀案》、《尼罗河上的惨案》、《无人生还》、《阳光下的罪恶》等脍炙人口的作品。时至今日，这些作品依然是世界侦探文学宝库里最宝贵的财富。根据她的小说改编而成的舞台剧《捕鼠器》，已经成为世界上公演场次最多的剧目；而在影视改编方面，《东方快车谋杀案》为英格丽·褒曼斩获奥斯卡大奖，《尼罗河上的惨案》更是成为几代人心目中的经典。

阿加莎·克里斯蒂的创作生涯持续了五十余年，总共创作了八十余部侦探小说。她的作品畅销全世界一百多个国家和地区，累计销量已经突破二十亿册。她创造的小胡子侦探波洛和老处女侦探马普尔小姐为读者津津乐道。阿加莎·克里斯蒂是柯南·道尔之后最伟大的侦探小说作家，是侦探文学黄金时代的开创者和集大成者。一九七一年，英国女王授予克里斯蒂爵士称号，以表彰其不朽的贡献。

一九七六年一月十二日，阿加莎·克里斯蒂逝世于英国牛津郡沃灵福德家中，被安葬于牛津郡的圣玛丽教堂墓园，享年八十五岁。

阿加莎·克里斯蒂 侦探作品年表

波洛系列

1920　The Mysterious Affair at Styles《斯泰尔斯庄园奇案》

1923　Murder on the Links《高尔夫球场命案》

1924　Poirot Investigates《首相绑架案》

1926　The Murder of Roger Ackroyd《罗杰疑案》

1927　The Big Four《四巨头》

1928　The Mystery of the Blue Train《蓝色列车之谜》

1932　Peril at End House《悬崖山庄奇案》

1933　Lord Edgware Dies《人性记录》

1934　Murder on the Orient Express《东方快车谋杀案》

1935　Three—Act Tragedy《三幕悲剧》

1935　Death in the Clouds《云中命案》

1936　The ABC Murders《ABC 谋杀案》

1936　Murder in Mesopotamia《古墓之谜》

1936　Cards on the Table《底牌》

1937　Dumb Witness《沉默的证人》

1937　Death on the Nile《尼罗河上的惨案》

1937　Murder in the Mews《幽巷谋杀案》

1938　Appointment with Death《死亡约会》

1938　Hercule Poirot′s Christmas《波洛圣诞探案记》

1940　Sad Cypress《H 庄园的午餐》

1940　One, Two, Buckle My Shoe《牙医谋杀案》

1941　Evil Under the Sun《阳光下的罪恶》

1943　Five Little Pigs《五只小猪》

1946　The Hollow《空幻之屋》

1947　The Labours of Hercules《赫尔克里·波洛的丰功伟绩》

1948　Taken at the Flood《致命遗产》

1952　Mrs. McGinty′s Dead《清洁女工之死》

1953　After the Funeral《葬礼之后》

1955　Hickory Dickory Dock《山核桃大街谋杀案》

1956　Dead Man′s Folly《弄假成真》

1959　Cat Among the Pigeons《鸽群中的猫》

1960　The Adventure of the Christmas Pudding《雪地上的女尸》

出版前言

纵观世界侦探文学一百七十余年的历史，如果说有谁已经超脱了这一类型文学的类型化束缚，恐怕我们只能想起两个名字——一个是虚构的人物歇洛克·福尔摩斯，而另一个便是真实的作家阿加莎·克里斯蒂。

阿加莎·克里斯蒂以她个人独特的魅力创造着侦探文学史上无数的传奇：她的创作生涯长达五十余年，一生撰写了八十余部侦探小说；她开创了侦探小说史上最著名的"黄金时代"；她让阅读从贵族走入家庭，渗透到每个人的生活中；她的作品被翻译成一百多种文字，畅销全球一百五十余个国家，作品销量与《圣经》《莎士比亚戏剧集》同列世界畅销书前三名；她的《罗杰疑案》《无人生还》《东方快车谋杀案》《尼罗河上的惨案》都是侦探小说史上的经典；她是侦探小说女王，因在侦探小说领域的独特贡献而被册封为爵士；她是侦探小说的符号和象征。她本身就是传奇。沏一杯红茶，配一张躺椅，在暖暖的阳光下读阿加莎的小说是一种生活方式，是惬意的享受，也是一种态度。

午夜文库成立之初就试图引进阿加莎的作品，但几次都

与版权擦肩而过。随着午夜文库的专业化和影响力日益增强，阿加莎·克里斯蒂的版权继承人和哈珀柯林斯出版公司主动要求将版权独家授予新星出版社，并将阿加莎系列侦探小说并入午夜文库。这是对我们长期以来执着于侦探小说出版的褒奖，是对我们的信任与鼓励，更是一种压力和责任。

新版阿加莎·克里斯蒂作品由专业的侦探小说翻译家以最权威的英文版本为底本，全新翻译，并加入双语作品年表和阿加莎·克里斯蒂家族独家授权的照片、手稿等资料，力求全景展现"侦探女王"的风采与魅力。使读者不仅欣赏到作家的巧妙构思、离奇桥段和睿智语言，而且能体味到浓郁的英伦风情。

阿加莎作品的出版是一项系统工程，规模庞大，我们将努力使之臻于完美。或存在疏漏之处，欢迎方家指正。

新星出版社

午夜文库编辑部

Agatha Christie

Over the next few years, we plan to celebrate two very important Agatha Christie anniversaries. In 2015, it is the 125th anniversary of her birth in Torquay, South Devon, England, and in 2020 it will be 100 years after her first book, THE MYSTERIOUS AFFAIR AT STYLES, featuring her famous detective, Hercule Poirot, was published. This is therefore a very appropriate moment to publish a new edition of her works, and I am delighted that HarperCollins has chosen to work with New Star on these new editions. New Star is China's top crime publisher, and has a strong and dedicated editorial staff and a continued passion for Agatha Christie, making them the ideal partner. It is the right time to make these classic books available in modern translations and so to bring Agatha Christie's books anew to her many fans in China, giving them a new reason to re-read these much-loved stories, as well as introducing them to a whole new audience. How delighted Agatha Christie would have been that her stories (as she called them) are still giving so much pleasure to so many people all over the world!

I think there are two very remarkable things about Agatha Christie's stories. The first is that they are so adaptable. It doesn't really matter which language they appear in, the stories and the plots still give the same thrill, still provide the same puzzles, and the characters still have the same attraction. Readers in China will I am sure enjoy Hercule Poirot and Miss Marple just as much as we do in England, and readers in China will still be transfixed by the surprises and horrors of AND THEN THERE WERE NONE, one of the great classics of 20th century detective fiction, as we are here.

Agatha Christie

The second is that the stories give a wonderful picture of England, particularly rural England, at the time Agatha Christie lived. She wrote books from 1920 until 1970 but it is sometimes hard to tell which part of her life each book was written in. Her characters and the life they lived were very much the same. The life we all live is changing very quickly these days but "the Agatha Christie world" stays the same. Perhaps the Miss Marple stories provide the best example of this, and in some ways THE BODY IN THE LIBRARY and NEMESIS are quite similar, despite the fact that thirty years elapsed between the time they were written.

Perhaps I might end by mentioning three Agatha Christies (other than the ones mentioned above) which I think demonstrate why she is so popular, even in the twenty-first century. The first is MURDER ON THE ORIENT EXPRESS, one of the most famous with one of the most ingenious and human plots. Read this on one of your long train journeys in China! Next is A MURDER IS ANNOUNCED, a Miss Marple which was her 50th book. It has my favourite murderer in it! And last is ENDLESS NIGHT, a story about evil and how it affects three young people, written at the time when I knew her best, and understood how deeply she cared and sympathised with young people and the world they lived in.

Whichever are your favourites I hope you enjoy these stories that New Star are introducing to you again. I think it is a great publishing event.

Mathew Pritchard

Grandson of Agatha Christie
Chairman of Agatha Christie Ltd

致中国读者

（午夜文库版阿加莎·克里斯蒂作品集序）

在未来的几年中，我们将筹备两个非常重要的关于阿加莎·克里斯蒂的纪念日。二〇一五年是她的一百二十五岁生日——她于一八九〇年出生于英国的托基市，二〇二〇年则是她的处女作《斯泰尔斯庄园奇案》问世一百周年的日子，她笔下最著名的侦探赫尔克里·波洛就是在这本书中首次登场。因此新星出版社为中国读者们推出全新版本的克里斯蒂作品恰逢其时，而且我很高兴哈珀柯林斯选择了新星来出版这一全新版本。新星出版社是中国最好的侦探小说出版机构，拥有强大而且专业的编辑团队，并且对阿加莎·克里斯蒂的作品极有热情，这使得他们成为我们最理想的合作伙伴。如今正是一个良机，可以将这些经典作品重新翻译为更现代、更权威的版本，带给她的中国书迷，让大家有理由重温这些备受喜爱的故事，同时也可以将它们介绍给新的读者。如果阿加莎·克里斯蒂知道她的小故事们（她这样称呼自己的这些作品）仍然能给世界上这么多人带来如此巨大的阅读享受，该有多么高兴啊！

我认为阿加莎·克里斯蒂的作品有两个非常重要的特征。

首先它们是非常易于理解的。无论以哪种语言呈现，故事和情节都同样惊险刺激，呈现给读者的谜团都同样精彩，而书中人物的魅力也丝毫不受影响。我完全可以肯定，中国的读者能够像我们英国人一样充分享受赫尔克里·波洛和马普尔小姐带来的乐趣；中国读者也会和我们一样，读到二十世纪最伟大的侦探经典作品——比如《无人生还》——的时候，被震惊和恐惧牢牢钉在原地。

第二个特征是这些故事给我们展开了一幅英格兰的精彩画卷，特别是阿加莎·克里斯蒂那个年代的英国乡村。她的作品写于上世纪二十年代至七十年代间，不过有时候很难说清楚每一本书是在她人生中的哪一段日子里写下的。她笔下的人物，以及他们的生活，多多少少都有些相似。如今，我们的生活瞬息万变，但"阿加莎·克里斯蒂的世界"依旧永恒。也许马普尔小姐的故事提供了最好的范例：《藏书室女尸之谜》与《复仇女神》看起来颇为相似，但实际上它们的创作年代竟然相差了三十年。

最后，我想提三本书，在我心目中（除了上面提过的几本之外）这几本最能说明克里斯蒂为什么能够一直受到大家的喜爱。首先是《东方快车谋杀案》，最著名，也是最机智巧妙、最有人性的一本。当你在中国乘火车长途旅行时，不妨拿出来读读吧！第二本是《谋杀启事》，一个马普尔小姐系列的故事，也是克里斯蒂的第五十本著作。这本书里的诡计是我个人最喜欢的。最后是《长夜》，一个关于邪恶如何影响三个年轻人生活的故事。这本书的写作时间正是我最了解她的时候。我能体会到她对年轻人以及他们生活的世界关心至深。

现在新星出版社重新将这些故事奉献给了读者。无论你最爱的是哪一本，我都希望你能感受到这份快乐。我相信这是出版界的一件盛事。

阿加莎·克里斯蒂外孙

阿加莎·克里斯蒂有限责任公司董事长

马修·普理查德

二〇一三年二月二十日

阳光下的罪恶

Evil Under the Sun

Agatha Christie®

[英] 阿加莎·克里斯蒂 著

于婉青 译

新 星 出 版 社　NEW STAR PRESS

献给约翰

纪念我们在叙利亚度过的上一个考古季

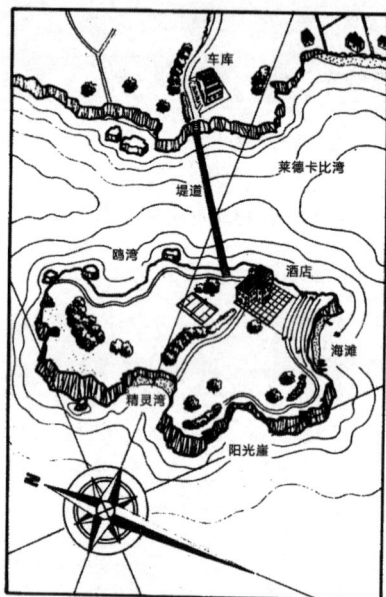

海盗旗酒店周边示意图

第一章

　　一七八二年，罗杰·昂姆林船长在莱德卡比湾外的小岛上给自己建房的时候，大家都觉得这人真怪。像他这样身家富有的人，应该住一幢高雅坚固的豪华大宅，周边绿草茵茵——似乎还应该配上流水潺潺的小溪和广袤无边的牧场。

　　可是昂姆林船长心中最爱的是大海，所以他把自己的房子建在一个海角上——当然，它必须建得非常坚固，因为这里有海风吹袭，海鸥翱翔，每次潮水上涨，这里就会和陆地隔开。

　　他没有娶妻，大海就是他的妻子，自始至终如此。他死后，这座房子和小岛由他一个远亲继承。这位先生和他的后代很少想到这份遗产，他们自己的地越来越少，他们的后裔也越来越穷。

　　转眼到了一九二二年，去海边度假开始风行一时，人们也开始觉得从狄文到康威尔一带的海边在夏天其实并不那么炎热。亚瑟·昂姆林发现自己那栋乔治王朝风格的房

1

子太过空旷，而且很不好卖，可是当年以航海为生的罗杰船长遗赠的那块小产业却一直盈利。

于是，他改建了那栋坚固的房子，增添了一些设施，又在小岛与陆地间修了条水泥堤道；岛上铺建了四通八达的小路和栈道，开辟了两个网球场，还有大露台，露台下去就是一个小海湾，小湾里漂着小筏子，并设了跳水台。一切就绪之后，海盗旗旅馆在莱德卡比湾的海盗岛上隆重登场。从六月到九月（再加上复活节前后的短短假期），海盗旗旅馆一直住客常满，连阁楼都住了人。一九三四年，海盗旗旅馆又进行了一次扩建和装修，增加了鸡尾酒吧，加盖了更大的餐厅和几间浴室，房费也随之上涨。

人们口口相传："去过莱德卡比湾吗？那里有个海盗旗旅馆特别好。就在一个小岛上，环境很舒服，没有一日游的观光客和吵吵闹闹的游览车。那里的饭菜也不错，真该去玩玩。"这种口碑还真招来了不少客人。

现在海盗旗旅馆里住进了一个很重要的人物（至少他自己认为如此），赫尔克里·波洛。他穿着一身醒目的白西装，巴拿马草帽一直压低到眼睛上，留着两撇精心修理过的髭须。他倚靠在款式新颖的海滩椅上，观望着周围海滨浴场的情景。旅馆的阶梯可以直通海滩，海面上漂着浮筒、帆布橡皮艇、各种球和橡皮玩具，还可以看到一条长长的跳板，距岸边或远或近地搭建着三座水上浮台。

那些在海边休闲的客人，有些在水里畅游，有些伸展四肢躺在沙滩上晒太阳，还有些在仔细地涂着防晒油。

不打算下水的客人闲坐在大露台上，俯瞰着海滩，随意地聊着天。他们随意谈论着天气、眼前的海景、早报上的新闻，以及其他想得起来的话题。

在波洛左边，有人一直在滔滔不绝地说话，声音既呆板又无趣，那是加德纳太太。她嘴里忙着说话，手里也不闲着，不停地编织毛线。旁边是她的丈夫奥德尔·加德纳，他躺在帆布椅上，帽子扣在脸上，偶尔蹦出几个字，应付一下妻子。

波洛的右边坐着布鲁斯特小姐，她看起来像个运动健将。她头发花白，有一张饱经风霜却很可爱的脸，发表意见的时候则不太客气。她对加德纳太太说话的方式，听起来就像牧羊犬用短促的吼声打断了一只德国小狗不停的吠叫。加德纳太太正在说："所以我就对加德纳先生解释，说我为什么要这样。我对他说，四处观光当然很好，我也愿意细细观赏某个地方。可是，不管怎么说，我们已经游览了英国各地，我现在只想去一个安静的海边，轻轻松松地待着。我是这样说的吧，是不是？奥德尔？轻轻松松地待着。我就是这么说的，对不对，奥德尔？我觉得我要的就是轻轻松松地待着。我是不是这么说的，奥德尔？"

加德纳先生在他帽子底下嘟囔了一声："是的，亲爱的。"

加德纳太太再接再厉。"所以,我在库克旅行社跟凯尔索先生提起此事——我们的旅程都是这位先生替我们安排的,他在各个方面都帮了我们大忙,要是没有他,真不知道我们该怎么安排这些旅行事务!——呃,我刚才说到,我跟凯尔索先生说了我的想法,他就向我们推荐这个地方,说没有哪儿比这个地方更符合我们的需求了。他告诉我说,这地方风景如画,远离人群,无论从哪个角度来说,都非常舒服,而且非常独特。呃,加德纳先生当然也要发表意见的,他的关注点是这里的卫生设施怎么样,那是因为——说出来你可能都不信,波洛先生,加德纳先生有个妹妹曾经住过一家酒店,人家告诉她说那是个很高级的地方,在一个禁猎区沼泽地的中心地带。你信不信,那里居然只在露天搭了间小棚子当厕所!就是那种挖个坑、撒点土就可以的厕所。所以加德纳先生当然会对这些与世隔绝的地方产生怀疑了,我说得是不是,奥德尔?"

"啊?是的,亲爱的。"加德纳先生说。

"可是凯尔索先生马上向我们保证,让我们只管放心。他说,这里的卫生设施绝对是最新款,饭菜水平也是一流。他说得一点儿不错。我最喜欢的就是,这里给人一种'亲近感',你知道我什么意思吧。在这种小地方,我们很容易就能聚在一起聊聊天,大家彼此都很熟。

"要说英国人也有什么小毛病的话,那就是他们在与你熟悉起来之前，总喜欢和你拉开一些距离，一定要先与你冷冷淡淡地交往一两年，之后才开始友好起来，而且比谁都要友好。凯尔索先生说这里有很多不同凡响的人士，我觉得他说得对。比方说波洛先生你，还有达恩利小姐。哦，我知道你是什么人之后，高兴极了，你说是不是，奥德尔？"

"是的，亲爱的。"

"哈！"布鲁斯特小姐实在憋不住了，插嘴说，"可真是大惊喜啊，波洛先生？"

赫尔克里·波洛抬抬手表示异议，这只不过是出于礼貌，完全不影响加德纳太太继续旁若无人地叨叨下去。

"你知道吧，波洛先生，我从科妮丽亚·罗布森那里听说过很多关于你的事，她是……加德纳先生和我五月份在巴顿霍夫遇到她，当然科妮丽亚把埃及那个案子的事全都跟我们讲了①，就是琳内特·里奇卫被谋杀的案子。她说你太伟大了。我一直就巴望着见到你，是不是，奥德尔？"

"是的，亲爱的。"

"我也巴望着能见到达恩利小姐。我喜欢在罗斯蒙德店里买东西，毫无疑问，她就是罗斯蒙德的老板，是不是？我觉得她真会穿衣服，搭配得多好，显得身材特别好。我昨天晚上穿的那套衣服就是在她家店里买的。我觉

---

① 指《尼罗河上的惨案》。

得，不管从哪个方面来看，她都是个可爱的女人。"

坐在布鲁斯特小姐另一边的巴里少校一直肆无忌惮地盯着那些泳装美女，这时他咕哝了一声说："看起来倒是个高雅的女人。"

加德纳太太一边忙着手中的毛线活计，一边继续喋喋不休。"说句实话，波洛先生，见到你在这里还真让我产生了某种想法——不是说见到你不激动，因为我的确很激动，加德纳先生是知道的——可是我还是不由自主地想到，你之所以会出现在这里，呃，怕是有职业方面的原因，你明白我的意思吧？哎呀，我这个人就是过于敏感，加德纳先生会告诉你我有多么敏感，如果被牵扯到什么罪案里去，我可受不了。你知道——"

加德纳先生清了一下嗓子，说道："你知道，波洛先生，加德纳太太是很敏感的。"

赫尔克里·波洛在空中一挥手。"那你就放宽心吧，夫人，我到此地的目的和你们的目的完全一样——来放松放松，度个假。我根本就没想过破案的事。"

布鲁斯特小姐又生硬地插进一句："在海盗岛上可没有尸体。"

赫尔克里·波洛说："啊，这倒不见得。"他指指下面的海滩说，"看看他们，成排地躺在那里，看上去像什么呢？像男人和女人吗？他们看起来完全没有个性，只不过是一些——人体而已[①]！"

巴里少校语带欣赏地说："看起来还不错，有些妞儿还挺漂亮呢，不过有些偏瘦。"

波洛大声说："是不错，可那有什么意思？还有什么神秘性可言？对我来说，我年纪大了，受的是老式教育。我年轻的时候，能看到女人的足踝，瞥到一眼有花边的衬裙，就很不错了，可那是多么诱人啊！小腿柔和的曲线——膝盖——吊袜带——"

"真淘气，真淘气！"巴里少校哑着嗓子说。

"现在我们穿的衣服——要朴素实用得多。"布鲁斯特小姐说。

"哎，不错，波洛先生，"加德纳太太说，"在我看来，你知道的，现在的男孩子和女孩子的生活方式要自然而健康得多。他们在一起也是很随心所欲的，他们——呃，他们——"加德纳太太脸微微一红，因为她是个很正派的女士，"他们觉得这很正常，没什么大不了的，你们明白我的意思吧？"

"我当然明白，"波洛说，"不过这实在不怎么样。"

"不怎么样？"加德纳太太诧异地问道。

"哪里还有什么浪漫情调——也失去了那种神秘意味！所有事情都那么按部就班，没有新意！"他朝底下那一排

---

① 在英文中，尸体和人体均可以用 body 表示。

排躺着的人体挥了挥手，"这让我想起了巴黎的停尸间，太像了。"

"波洛先生！"加德纳太太很气愤。

"人的身体——这么摆成一排排的——就像屠夫砧板上的肉！"

"可是波洛先生，你这么说太耸人听闻了吧？"

赫尔克里·波洛承认："可能吧，是有些过分。"

"不管怎么说，"加德纳太太编织得越发起劲，"有一点我跟你看法一致。像这么躺在阳光下的女孩子，手上和腿上都会长出毛来的。我就跟艾琳这么说过——她是我女儿，波洛先生——我说，艾琳，要是像那样躺在太阳底下晒着的话，你全身都会长毛的。你的手上会长毛，你的腿上会长毛，你的胸脯上也会长毛，那你成什么样子了？我就是这样跟她说的，是不是，奥德尔？"

"是的，亲爱的。"加德纳先生说。

所有人都不再说话，大概心里都在揣摩着如果艾琳浑身上下都长毛会是什么样子。加德纳太太把她的编织物卷起来，说道："现在我想——"

"怎么，亲爱的？"加德纳先生说。他费劲地由躺椅上站起身，接过加德纳太太的编织物和书本，接着问了一句，"要不要和我们一起去喝一杯？布鲁斯特小姐？"

"现在不了，谢谢。"

加德纳夫妇向旅馆走去。布鲁斯特小姐说："美国丈夫还真是不错。"

　　斯蒂芬·兰恩牧师在加德纳太太空出来的椅子上坐下来。兰恩先生五十多岁，身材高大，精力充沛，脸晒得黑黑的，身穿深灰色的法兰绒长裤，一派度假风度，颇为引人侧目。他热情洋溢地说："真是个绝妙的好地方，我从莱德卡比湾一直溜达到哈福德，从悬崖上走回来的。"

　　"今天散步可够热的。"巴里少校说。他从来不散步。

　　"很好的运动方式。"布鲁斯特小姐说，"我今天还没划船呢。再没有比划船更能锻炼腹部肌肉的运动了。"赫尔克里·波洛不禁懊恼地瞧了瞧自己肚子上的赘肉。布鲁斯特小姐注意到他的眼神，善意地说："波洛先生，要是你每天划一次船，肚子很快就会瘦下去的。"

　　"谢谢你，小姐，我不喜欢船。"

　　"你是说小船？"

　　"大船小船都一样！"他闭上眼睛，哆嗦了一下，"在海上摇摇晃晃的，实在难受。"

　　"老天保佑，今天海上风平浪静，像个池塘似的。"

　　波洛不容置疑地回答道："天底下哪里有真正风平浪静的海洋？总会有浪，总是会有浪的。"

　　"要是你问我的意见，"巴里少校说，"晕船的人十有八九是由于心理作用。"

"这话，"那个牧师略带笑意地说，"是惯常跑海的人说的——是吧，少校？"

"我只晕过一次船——还是在横渡英法海峡的时候。置之不理，那就是我的对策。"

"晕船这事确实奇怪。"布鲁斯特小姐若有所思地说，"为什么有的人会晕，有的人不会呢？这多不公平啊，而且这和一个人平时的健康状况又一点关系都没有，有些病人反倒不晕船。有人告诉我说，这事跟一个人的脊椎有关。同样的情形还有恐高症。我在这方面就不怎么样，不过雷德芬太太恐高比我还严重。前几天，在到哈福德去的那条崖顶小路上，她头晕目眩得一塌糊涂，紧紧抓着我不放。她告诉我说，有一回，她从米兰天主教堂外面的阶梯上往下走时，走到一半就不行了，弄得进退两难。当初往上爬时根本没想到这回事，下来的时候可把她搞惨了。"

"那她最好别去走精灵湾那边的阶梯，那可陡得很。"兰恩说。

布鲁斯特小姐做了个鬼脸。"我自己都不敢去，那比较适合年轻人。考恩家那几个男孩子，还有马斯特曼家的孩子，他们乐此不疲地跑上跑下，开心得不得了。"

兰恩说："雷德芬太太过来了，她刚游过泳。"

布鲁斯特小姐说："波洛先生应该会欣赏她的，她也不喜欢晒太阳。"

年轻的雷德芬太太摘下橡皮泳帽，抖散头发。她一头浅金色的头发，肤色苍白，与发色倒是很般配，腿和胳膊也都很白皙。巴里少校干笑了一声道："跟那些人比起来，她像是有些没烤熟，对不对？"

克莉丝汀·雷德芬披着长长的浴袍，从海滩拾阶而上，朝他们这边走来。她面容端庄，却有点凄美的感觉，手脚都很纤细。她朝他们笑笑，在他们旁边坐下，把身上的浴袍裹得更紧了些。布鲁斯特小姐说："你很得波洛先生的赞赏呢。他不喜欢那些晒日光浴的人，说他们就像是屠夫砧板上的肉，或是那类的什么东西。"

克莉丝汀·雷德芬却露出懊恼的笑容。"我倒真希望能晒日光浴，可是我的皮肤不会晒成棕色，只会晒得发红，然后整个手臂上都会晒出可怕的疹子。"

"总比加德纳太太的艾琳手臂上晒出汗毛好些。"布鲁斯特小姐说。她看到克莉丝汀询问的眼光，就继续说："加德纳太太今天上午一直精神抖擞，那张嘴简直就没消停过。'是不是呀？奥德尔？''是的，亲爱的。'"她停了一下，接着说道，"不过，波洛先生，我倒希望你小小地戏弄她一下，干吗不呢？你干吗不告诉她说，你是特意来此调查一件可怕的谋杀案，那个凶手是个变态杀人狂，已经确认正住在这个旅馆里？"

赫尔克里·波洛叹了口气，他说："恐怕她真会相信我的话。"

巴里少校咯咯一笑："她肯定相信。"

艾米丽·布鲁斯特说:"不会吧,即使像加德纳太太那样的人,我也不认为她会相信在这样一个地方会出现谋杀案。这里就不是那种会出现尸体的地方。"

赫尔克里·波洛在椅子上动了动身体,反对道:"为什么不会,小姐?为什么在海盗岛这种地方就不会出现你所谓的'尸体'呢?"

布鲁斯特小姐说:"我也不知道为什么,只是觉得有些地方就是比其他地方更不可能发生谋杀案,这种地方就不是那种会……"她说不下去了,好像找不到合适的词来表达自己的意思。

"这里很有浪漫情调。"赫尔克里·波洛表示同意,"这里很宁静,阳光灿烂,海水湛蓝。但你忘了,布鲁斯特小姐,日光之下,尽是邪恶。"

那位牧师在椅子上动了一下,向前欠了欠身,蓝色的眼睛饶有兴趣地闪闪发亮。布鲁斯特小姐耸了下肩膀。"哦!我当然明白这一点,可是无论怎样——"

"可是无论怎样,你还是觉得这里不像是个会发生罪案的地方?你忘了一件事,小姐。"

"你说的是人性吧,我想?"

"是有人性的因素,总是离不开人性的因素。不过我要说的并非人性。我要向你指出的是,到这里来的每一个人都是来度假的。"

艾米丽·布鲁斯特惊愕地看着他。"那我就不懂了。"

赫尔克里·波洛慈祥地对她笑了笑，做了个强调的手势。"这样说吧，假设你有个敌人，要是你到他的住处，他的办公室，或是在街上找他——你总得有个理由吧？总得说清楚自己打算干什么吧？可是在海边，就不必费这种事。你来到莱德卡比湾，为什么呢？那还用说吗，现在是八月份——八月份大家都要去海边，去度假。所以你看，你在这里，兰恩先生在这里，巴里少校在这里，雷德芬太太和她先生在这里，全都是很自然的事，因为英国人在八月份到海滨来，已经蔚然成风，司空见惯了。"

"嗯，"布鲁斯特小姐承认，"这个想法的确很精辟。可是加德纳夫妇呢？他们可是美国人。"

波洛微微一笑。"即使加德纳太太也觉得需要找个地方放松放松，就像她告诉我们的那样。而且，既然是在英国'游玩'，她总得在海滨过一两夜吧——哪怕没有其他的意图，只是为了表明自己是个很有层次的观光客。她很喜欢观察别人。"

雷德芬太太小声说："我想，你也喜欢观察别人吧。"

"夫人，坦白地说，我的确如此。"

她若有所思地说："你看到了——不少东西。"

大家沉默了一阵，斯蒂芬·兰恩清了下嗓子，有点不自在地说："波洛先生，我觉得你刚才说的那些话很有意思。你说太阳底下到处都有邪恶的事发生，听起来像是引用了《传道书》上的话。"他停顿一下，然后引了那几句话说，"'是的，人之子的心里，也充满了邪恶，只要活着，他们的心里就充满了疯狂。'"他的脸上焕发着近乎狂热的光彩，"我很高兴听你这么说。现在没人相信有邪恶之事，充其量也只把它当作善的一个反义词而已。大家都说，罪恶是一些没脑子的人犯下的——那是些未开化的人，这些人更值得同情，而不应该一味责备。可是，波洛先生，邪恶是真实的！确有其事！我相信有恶，正如同我相信有善一般！那的确存在！强而有力！横行世界！"他停了下来，急促地喘息着，用手帕擦了擦前额，突然满脸歉意，"对不起，我扯远了。"

波洛冷静地说："我明白你的意思，在某种程度上，我也同意你的意见，邪恶的确横行于世，人们能够认识到这一点。"

巴里少校清了清嗓子。"说到这种事，当年在印度的时候——"

巴里少校在海盗旗旅馆已经住了很长时间，以至于身边每个人对他都有提防之心，对他动辄就开始滔滔不绝述说当年在印度的故事这一习惯，大家都随时准备打断他。此刻，布鲁斯特小姐和雷德芬太太就忽然同时开口说起话来。

"那边是你先生游过来了吧，雷德芬太太？他游起来真有力，实在是个游泳好手。"

雷德芬太太则叫道："快看！那条小船好可爱啊，扬着红帆，是布拉特先生的船吧？对不对？"一条扬着红帆的船正横过海湾的尽头。

巴里少校咕噜道："想入非非，用红色船帆。"不过他重温当年故事的企图就此作罢。

赫尔克里·波洛带着欣赏的表情看着刚刚从水里上岸的年轻男人。帕特里克·雷德芬的确是很好的人类范本，结实的古铜色肌肤，宽肩窄腰，浑身充满并散发着一派寻欢作乐的气息——一种与生俱来的单纯，使他能得到所有女性和大部分男性的喜爱。他站在那里抖着身上的水，一面开心地挥手和他太太打招呼。她也回应着挥了挥手，叫道："到这边来，派特①。"

"就来。"

他先朝海滩那头走去，准备去拿放在那里的毛巾。就在这时，一个女人从旅馆那边经过他们面前向海滩走去。她的到来如同名角登场，而且，她走路的姿态仿佛对此心知肚明。她旁若无人地款款走着，好像早已习惯她的出场引起的热烈关注。她身材高而窈窕，穿着式样简单的白色露背泳装，袒露出来的每一寸肌肤都是浅古铜色，晒得十分均匀漂亮。她如雕像般完美，红色的头发浓密卷曲，垂

①帕特里克的昵称。

15

落颈际。她脸上有着三十岁上下的女人常有的那种冷淡，给人的感觉却很年轻——活力四射，春风得意。她像中国人那样不动声色地走着，深蓝色的眼睛微微向上斜视，头上戴了一顶中国式的翠绿色硬纸帽。这种特殊的风韵，使得海滩上所有其他女人都黯然失色，相形见绌。毋庸讳言，所有在场的男人都将视线投注在她身上，无一例外。

赫尔克里·波洛睁开眼睛，他的小胡子赞赏地微微颤动着。巴里少校坐起身，两只凸出的眼睛因为兴奋瞪得更大。在波洛左边的斯蒂芬·兰恩牧师咝咝作响地倒吸了一口气，整个身子都僵直了。

巴里少校的哑嗓喃喃道："艾莲娜·斯图尔特（那是在她嫁给马歇尔之前的名字）——我在她退出舞台之前看过她主演的《送往迎来》，真是值得一看，是吧？"

克莉丝汀·雷德芬冷冰冰地慢慢说道："她倒是很健美——不错，但我觉得她看起来更像是一只野兽！"

艾米丽·布鲁斯特突然说："波洛先生，你刚才谈到邪恶，现在，在我看来，那个女人就是邪恶的化身！她实在是一个坏透了的女人，我刚好很了解她。"

巴里少校回想着说道："我记得在印度西姆拉有个女孩子，也是红头发，是个尉官的妻子。她在那里是不是能一鸣惊人？我得说，正是如此！男人都被她弄疯了。当然啦，所有女人都恨不得把她的眼珠抠出来！不止一个家庭被她搞得鸡犬不宁。"他轻轻笑了起来，"她丈夫是个很好、很安静的家伙，对她崇拜得五体投地，恨不得亲吻她脚下的尘土，对发生的事从来就置若罔闻，或者装得置若罔闻。"

斯蒂芬·兰恩情绪激动地小声说道："这种女人就是个祸害——会威胁到——"他不再说下去。

艾莲娜·斯图尔特已经走到水边，两个比小男孩大不了多少的年轻人跳起来，急忙向她跑去。她停下脚步，对他们微微一笑，目光却越过他们，望向正沿海滩走来的帕特里克·雷德芬。

赫尔克里·波洛觉得自己就像是在望着罗盘上的指针。帕特里克·雷德芬受到了她的磁力影响，脚步随之改变了方向。罗盘的指针是不管怎样都会服从磁力定律转向北方的。帕特里克的脚将他带到了艾莲娜·斯图尔特身边。

她站在那里对他微笑，然后沿着水边慢慢地朝海滩那头走去。帕特里克·雷德芬与她并肩而行。她在一块大石头边伸展开身体，雷德芬也在她身边的鹅卵石上坐下来。

克莉丝汀·雷德芬突然站起身，走进旅馆。

她离开之后，大家沉默了一会儿，气氛有些尴尬。然后艾米丽·布鲁斯特开口说："真是够糟的！她是个很不错的小家伙，他们结婚才一两年呢。"

"我刚才说起的那个女孩子，"巴里少校说，"就是在印度西姆拉的那个，她拆散了好几对美满的夫妻，真是可惜。你说什么？"

"有一种女人，"布鲁斯特小姐说，"就喜欢破坏别人的家庭。"她停了一两分钟，又说了句，"帕特里克·雷德芬就是个傻瓜。"

赫尔克里·波洛一句话也没说。他望着下面的海滩，可并没有去看帕特里克·雷德芬和艾莲娜·斯图尔特。

布鲁斯特小姐说："呃，我还是先走一步去划船吧。"说完，她便起身离开了这堆人。

巴里少校把他那双煮熟的醋栗一般的眼睛转过来，好奇地望着波洛。

"哎，波洛，"他说，"你在想什么？你都没开过口。你觉得这个女妖精怎么样？够热辣的吧？"

波洛说："算是吧。"

"得啦，你这老家伙，我很清楚你们法国人在想什么。"

波洛冷冷地说："我不是法国人。"

"好吧，可是别骗我说你从来不看漂亮女人！你觉得她怎么样，呃？"

赫尔克里·波洛说："她不年轻了。"

"这有什么关系？女人的年龄是靠外表决定的！她看起来不错！"

赫尔克里·波洛点了点头，说："不错，她是很漂亮，可是归根结底，重要的并不是美貌。让所有的人（除了一个之外）把头转过来看她的，并不是她的美貌。"

"是那种风韵，"那位少校说："重要的是——那种风韵。"然后他突然好奇地问，"你一直锲而不舍地在看什么呀？"

赫尔克里·波洛回答道："我在看那个唯一例外的人。她走过的时候，只有那个男人没有抬头。"

巴里少校顺着他的目光看去，看到一个年约四十岁的男人。他的头发很漂亮，皮肤微黑，有一张安静而愉悦的脸，正坐在海滩上吸着烟斗，看一本《时代》杂志。

"啊，那个人！"巴里少校说："小伙子，他就是那个丈夫，就是马歇尔。"

赫尔克里·波洛说："我知道。"

巴里少校笑了。他本人是个单身汉，一向对"丈夫"只有三种看法——"障碍""不便"和"保镖"。他说："看起来是个好人，很安静。不知道我订的《时代》杂志来了没有。"他站起身来，向旅馆走去。

波洛的视线缓缓转到斯蒂芬·兰恩的脸上。斯蒂芬·兰恩正望着艾莲娜·马歇尔和帕特里克·雷德芬。他突然转过头来对着波洛，眼中闪动着狂热。他说："那个女人简直就是邪恶的化身，你还有什么怀疑吗？"

波洛慢慢地说："这事很难说。"

斯蒂芬·兰恩说："但是，只要活着，难道会感觉不到吗？在你四周，都有邪恶存在。"

赫尔克里·波洛慢慢地点了点头。

第二章

　　罗莎蒙德·达恩利走过来坐在他身边的时候，赫尔克里·波洛毫不掩饰自己喜悦的心情。他早就承认，他对罗莎蒙德·达恩利爱慕有加，就像他见到其他出色女性一样。他欣赏她的出类拔萃，她优雅的身姿和自信的神情。他喜欢她波浪般的光洁黑发以及玩世不恭的笑容。她穿着海军蓝布料做的套装，上面点缀着一些白色修饰，看似简单，其实剪裁十分精致。罗莎蒙德·达恩利的罗斯蒙德服饰有限公司是伦敦最著名的女装公司之一。

　　她说："我觉得我并不喜欢这个地方，我也不明白自己为什么到这里来。"

　　"你以前来过这里，是吧？"

　　"是的，两年前的复活节，当时还没现在这么多人。"

　　赫尔克里·波洛看看她，温柔地说："有什么事困扰着你，我说对了，是吗？"

　　她点点头，两脚前后摇摆。她盯着自己的脚，说道："我见到了某种幻象，就是这样。"

"幻象？"

"嗯。"

"什么东西的幻象？还是什么人的幻象？"

"哦，我自己的幻象。"

波洛柔和地问道："这个幻象令你很痛苦吗？"

"没想到会那么痛苦，令我想起了过去，你明白……"

她停了下来，沉思一下，然后说道："想象一下我的童年——不，你根本想不出来，你不是英国人！"

波洛问道："是非常英式的童年吗？"

"哦，太英式了，你会觉得难以置信！乡村生活，破破烂烂的大宅，有马，有狗，雨中散步，木柴生火，园子里长着苹果树，经济上捉襟见肘，老式粗花呢套装，年复一年穿着同样的晚礼服，乏人照料的花园，秋天遍野的雏菊……"

波洛温柔地问道："你希望能回到那时候？"

罗莎蒙德·达恩利摇了摇头。她说："人是不能回到过去的，不是吗？永远也回不去了。不过我情愿自己当年——做了另外的选择。"

波洛说："不见得吧。"

罗莎蒙德·达恩利大笑起来。"我也这么想，真的。"

波洛说："我年轻的时候（唉，小姐，说来话长，那可是好久以前的事了），流行过一个游戏叫'若不做你自己，你想做谁？'你可以把答案写在那种年轻女孩用的小本本里，就是那种带金边，外面是蓝色皮面的小本。不过小姐，要回答这个问题可真的很不容易呢。"

罗莎蒙德说："是不容易——我也觉得不容易，那是件很冒险的事。没人会想象自己是墨索里尼或是伊丽莎白公主。至于自己的朋友，我们又了解得太多了。我还记得有次碰到一对非常迷人的夫妇，他们一派举案齐眉，心满意足的样子，在结婚那么多年之后还能保持这样的关系，让我很嫉妒那个女人，我真想和她交换位置。可是后来有人告诉我说，其实这两人私下里根本就互不理睬，已经有十一年之久了！"

她笑了一阵，然后说："这不正说明，你根本就不了解别人的真实情况吗？"

沉默了一会儿，波洛说："想必有很多人愿意做你这样的人呢。"

罗莎蒙德·达恩利漠然地说："哦，是呀，那是当然。"她又想了想，嘴角向上一弯，露出那玩世不恭的笑容，"不错，我正是成功女性的楷模，我很享受艺术创作给一个成功的艺术家带来的精神满足（我是真的喜欢设计服装），也很享受一个成功的女企业家获得的物质满足。我生活富足，身材不错，容貌也过得去，说话也不算太刻薄。"

她停顿了一下，笑意更加盎然。"当然——我还缺个丈夫！在这方面不尽如人意，对不对，波洛先生？"

波洛殷勤地说："小姐，你还未结婚，是因为我的同性中还没有一个能配得上你的。你保持独身是出于你的选择，没人能勉强你。"

罗莎蒙德·达恩利说："目前是这样，可是我相信你也和所有男人一样，内心深处还是认为，对女人来说，如果没有结婚生子，生命就会有很大的缺憾。"

波洛耸了耸肩膀，"嫁人生孩子，那是普通女人都能做到的，但一百个女人里只有一个——说少了，一千个女人里只有一个——能像你一样得到今天的名气和地位。"

罗莎蒙德对他咧咧嘴："目前是这样。可不管怎么说，我毕竟还是一个已经开始憔悴的老处女！至少，我今天就有这样的感觉。我倒情愿一年没几个钱，却有个高大老实的丈夫，还有一堆小鬼跟在我后面。这也是实话吧，是不是？"

波洛无奈地耸了耸肩膀。"你既然这样说，就算是吧。"

罗莎蒙德笑了起来。她突然恢复了自制，拿出一支香烟点上。她说："你肯定很会和女人打交道，波洛先生，我现在倒想站在相反的立场上，来和你争论一番女性应以事业为重的观点了。我现在这样的生活当然不坏——我也知道。"

"那么，我们或许可以说，花园里的一切，或许应该说海边的一切，还是很可爱、很美好的，对不对？"

"一点儿不错。"

波洛也掏出烟盒，点上一支他最喜欢的细香烟。他望着袅袅上升的青烟，轻声细语地说："那么，马歇尔先生，不，马歇尔上尉是你的老朋友了，小姐？"

罗莎蒙德坐直了身子。她说："哎，你是怎么知道的？哦，我想是肯① 告诉你的吧？"

波洛摇了下头。"没人告诉我什么。可是，小姐，我是个侦探呀，这不是一目了然，显而易见的事吗？"

罗莎蒙德·达恩利说："我不明白。"

"想想看！"这小个子男人两手比画着，"你在这里已经待了一个星期，一直很活跃，很开心，无忧无虑的，今天却突然说起幻象，说起旧日时光，这是怎么回事呢？过去几天里都没有新客人来，一直到昨天晚上马歇尔先生和他的太太跟女儿来了，今天你就起了这样的变化！情况难道不是显而易见吗？"

罗莎蒙德·达恩利说："嗯，这倒是真的，肯尼斯·马歇尔和我算是青梅竹马的朋友，马歇尔家就住在我家隔壁。肯一向对我很好——当然，是那种让着我的好法，因为他比我大四岁。我后来好久没有见过他。总有——至少十五年了。"

波洛沉吟道："时间是够长的。"

---

① 肯尼斯的昵称。

罗莎蒙德点点头，他们沉默了一阵，然后赫尔克里·波洛说："他是个富有同情心的人，对吗？"

罗莎蒙德热切地说："肯尼斯是个好人，最好的人，沉默寡言，性格内敛。我敢说他唯一的缺点就是专门娶那种要不得的女人。"

波洛充满理解地说了声："是啊……"

罗莎蒙德·达恩利继续说道："肯尼斯是个傻瓜——只要涉及女人他就成了一个大傻瓜！你还记得马汀戴尔的案子吗？"

波洛皱起了眉头。"马汀戴尔？马汀戴尔？是下毒吧，是不是？"

"不错，十七八年前的事了，那个女人被控谋杀丈夫。"

"后来证明那个丈夫有服食砒霜的习惯，结果她被判无罪释放了。"

"不错。呃，在她获释之后，肯娶了她，真是傻到家了。"

赫尔克里·波洛轻声细语地说："可是，说不定她的确是清白的呢？"

罗莎蒙德不耐烦地说："啊，我敢说她一定是清白的，没人知道到底是怎么回事！可是世界上有大把的女人可以娶，又为何偏去娶个因为谋杀案受过审的女人呢？"

波洛没说话，也许他知道如果他保持沉默的话，罗莎蒙德·达恩利就会接着说下去。

她果然继续说道："当然，那时候他还很年轻，才二十一岁，对她非常迷恋。她是生琳达的时候死的——他们结婚才一年。我相信她的死让肯很受打击，后来很长一段时间里，他到处寻欢作乐——我想是为了忘掉自己的痛苦。"她顿了一下，"接着就发生了艾莲娜·斯图尔特的事，她那时是个歌舞剧演员。当时发生过一起有名的柯丁顿离婚案，柯丁顿夫人和柯丁顿勋爵离婚的时候，就指认艾莲娜·斯图尔特是妨害家庭的第三者。他们说柯丁顿爵士为她神魂颠倒，大家都以为只要一离婚，柯丁顿勋爵就会娶她。可是，尘埃落定之后，他并没有娶她，硬把她给甩了。我想她还曾把他告上法庭，控诉他言而无信，毁弃婚约。反正，这件事在当时闹得沸沸扬扬的。接下来，就是肯挺身而出把她娶了回来。这个傻瓜——这个彻头彻尾的大傻瓜！"

赫尔克里·波洛轻声细语地说："人们做这种傻事也可以理解——她长得还是很不错的。"

"不错，这倒是真的。还有一件发生在三年前的丑闻，老爵士罗杰·厄斯金死后把全部财产遗赠给她。我原以为这件事总该让肯睁开眼睛看看他娶的是什么货色了吧。"

"可是并没有吗？"

罗莎蒙德耸了下肩膀。"我告诉你，我已经有多年没见过他了。不过，别人说他对此事完全无动于衷，我倒想知道这是为什么。难道他对她就这么盲目信任吗？"

"也许另有原因。"

"不错，面子问题，面子总要维持！于是他也只好三缄其口了。我不知道他对她的真实想法，没人知道。"

"她呢，她对他是怎么想的？"

罗莎蒙德瞪着他。她说："她？她是世界头号掘金女郎，也是个男人杀手！只要在她方圆百码之内出现了一个男人，艾莲娜就想对这个新猎物下手，她就是这种人。"

波洛点了点头，表示百分之百赞同。"不错，"他说，"你说得不错，她的两眼只看一样东西——男人。"

罗莎蒙德说："她现在又看上了帕特里克·雷德芬。他长得很英俊，性格又那么单纯——你也知道，他喜欢他太太，不是到处拈花惹草的花花公子。这种人最对艾莲娜的胃口，正是她喜欢猎取的那种。我挺喜欢雷德芬太太——她长得也不错，很是楚楚动人——可是我想她这种小猫是绝对搞不过专吃男人的母老虎艾莲娜的。"

波洛说："确实不是她的对手，正像你说的那样。"他看起来非常沮丧。

罗莎蒙德说："克莉丝汀·雷德芬曾经当过老师，我认为，她是那种相信理性重于感性的人。这回她该遭到当头棒喝了。"

波洛懊恼地摇了摇头。

罗莎蒙德站了起来，她说："这太过分了。"她很含糊地又补上一句，"真该有人为此做点儿什么。"

　　琳达·马歇尔在卧室里照镜子，越照越烦。她本来就对自己的容貌很不以为然，现在照着镜子，更觉得脸上怎么有这么明显的骨骼轮廓和雀斑。红棕色的头发特别蓬松，真难看（简直就像小耗子，她忿忿地想）。至于灰绿色的眼睛，高高的颧骨和长长的下巴，她也一概不满意。嘴和牙齿还算凑合——可是光牙齿好又有什么用？嗯，鼻子旁边怎么长了颗痘？仔细看看，不是青春痘，她放心了。她暗想："十六岁真可怕——就是可怕！"

　　不知怎么回事，她总是处于困惑之中。琳达有时候害羞局促得像小牛犊，有时候又敏感易怒得如同刺猬。她总觉得自己不漂亮，又觉得自己一无是处。在学校里情绪还好，可是现在离开了学校，谁也说不出她下一步该做什么，往哪里走。她父亲曾经语焉不详地说过今年冬天要送她去巴黎。琳达对巴黎没什么兴趣——可是待在家里更无聊。直到现在她才真正领悟到自己是多么讨厌艾莲娜。

　　琳达年轻的脸越绷越紧，灰绿色的眼睛也渐渐冷峻起来。

　　艾莲娜……她心里想道，这畜生——就是个畜生……

　　继母！继母总是令人厌恶的坏家伙，人人都这么说。这话可太对了！并不是艾莲娜对她有什么虐待，大部分时间里，艾莲娜压根儿对这个小女孩视若无睹，拿她当空气。但凡她的注意力偶尔转到她身上，眼光和腔调里总带着一股居高临下的倨傲……艾莲娜优雅的姿态和动作，凸显出琳达的局促笨拙。只要艾莲娜在，琳达就会无地自容，自惭形秽，觉得自己是那么幼稚和粗鲁。

可是问题还不止这些，不，不止这些——琳达想了又想，她还不能清晰地理解并表述自己感觉到的东西——问题在于艾莲娜给别人——特别是给他们的家庭——带来的影响。"她是个坏人。"琳达坚决地认为，"她是个很坏很坏的坏人。"

可是你不能对这个坏人视而不见，假装她不存在，因为她对别人的影响也很大。比如说对爸爸。爸爸和以前相比变化很大很大……她茫然而迷惑地回想着爸爸和她在一起的那些事……爸爸带她离开学校，爸爸带她去旅游，还有爸爸在家，艾莲娜也在的时候。各种事，有些你能看到，有些你只能感觉到，都不正常。

琳达想："日子还会这样继续下去，一天天，一月月，没完没了。我真是难以忍受。"

展现在她眼前的一连串日子，望不到尽头，因为艾莲娜的存在而显得暗淡无光。她还是个孩子，对时间没什么概念。一年时间，在琳达看来如同永恒。憎恶之火在她心里升起，她不由得想道："我真想杀了她。啊！她死了就好了……"

她的目光越过镜子望向窗户下方的海水。

这个地方很有意思，至少应该会很好玩儿。不仅有海滩、小湾，还有许多曲径通幽的小路，有些地方可以去探探险，要是想一个人独处也有不少适宜的地点。考恩家的孩子告诉她，他们发现了一些山洞。琳达想："只要没有艾莲娜，我就可以玩得很开心。"

她回想起刚到岛上的那天。从大陆来到一个四面被水环绕的小岛还是很刺激的一件事。潮水淹没了堤路，他们是坐小船过来的。这个旅馆的外表看起来很不一般，令人激动。这时阳台上有一个黑黑的高个子女人跳了起来，说："哎呀，是你，肯尼斯！"

而她父亲满脸惊诧地失声叫道："罗莎蒙德！"

琳达用孩子特有的挑剔眼光仔细打量罗莎蒙德·达恩利之后，发现她很欣赏罗莎蒙德这个人。在她眼里，罗莎蒙德是个通情达理的人。她的头发长得很好，与她本人非常搭调——大部分人的头发都和他们自己不搭。她的衣着也很好，她的脸也很好，非常有趣——一派自得其乐的恬淡。罗莎蒙德对琳达也很好，既没有大惊小怪，也没有喋喋不休（琳达所谓的"喋喋不休"，就是一大堆惹人厌烦的废话）。而且罗莎蒙德也并没有把琳达当作不懂事的孩子，而是把她当作一个正常人。琳达很少被当作正常人，所以每每碰到这样的人，她就满怀感激之情。

爸爸似乎也很高兴见到达恩利小姐。令人惊奇的是，他突然像变了一个人似的。他看上去——当时看上去，琳达细想了一下——嗯，他看上去忽然年轻了！他开怀大笑着，笑得像个孩子。现在琳达回想起来，觉得自己真的很少听到父亲开怀大笑。她有些不知所措，好像从未见到过这样的爸爸。她想："也不知道爸爸在我这个年纪的时候，是什么样子……"这可是难以想象的事，于是她决定不去想。

她突然萌生出一个想法。要是他们，只有她和爸爸，来到这里，巧遇达恩利小姐，那该是多么惊喜的一件事呀。她向往的情形是这样的：爸爸充满孩子气地大笑着，还有达恩利小姐和她自己，在岛上尽情享受各种乐趣——去游泳，去钻山洞——

黯淡心绪再次降临。

但是，有艾莲娜，只要有她在，就别想玩得开心尽兴。为什么不能呢？就是不能，至少琳达就开心不起来。你恨的人近在眼前，你怎么会快乐？不错，就是恨！她就是恨艾莲娜。憎恶之火又在她心里慢慢地燃烧起来，弄得她脸色发白，嘴唇微张，两眼的瞳孔也开始收缩，两手十指紧紧攥在一起……

肯尼斯·马歇尔敲敲妻子的房门，听到她应了一声，就推开门走了进去。艾莲娜刚梳妆打扮好，穿着一身闪烁着亮片的绿衣服，像一条人鱼。她正站在镜子前面，仔细地涂着睫毛膏。

她说："哦，是你。"

"嗯，我来看看你是不是准备好了。"

"马上就好。"

肯尼斯·马歇尔走到窗前，望望窗外的海面。像往常一样，他脸色平静，和蔼可亲，看不出心里在想什么。

他转过身来，说道："艾莲娜？"

"什么事？"

"我猜，你以前就认得雷德芬吧？"

艾莲娜漫不经心地答道："啊，是啊，亲爱的，我在什么地方的一个鸡尾酒会上见过他，我觉得他挺乖巧的。"

"果不出我所料。你早就知道他跟他太太要到这里来吗？"

艾莲娜瞪大了眼睛。"啊，不，亲爱的，我怎么都没料到会碰到他啊。"

肯尼斯·马歇尔心平气和地说："我以为也许就是因为他们要来，你才会想到来这个地方，所以你那时候非得要我们到这里来。"

艾莲娜把睫毛膏放下，转过身去对着他微微一笑——笑容中充满了魅惑。她说："是有人跟我提起这个地方，好像是赖兰兹夫妇吧。他们对这个地方赞不绝口——说这里的风光原汁原味，妙不可言！难道你不喜欢这里吗？"

肯尼斯·马歇尔说："说不好。"

"噢，亲爱的，你最喜欢游泳，又喜欢悠闲自在，我想你肯定会喜欢这里的。"

"我明白，你的意思就是说，你会自己玩自己的，不用我陪。"

她的眼睛睁得更大，有点不知所措地望着他。

肯尼斯·马歇尔说："我认为，其实是你告诉年轻的雷德芬，说你打算到这里来的吧？"

艾莲娜说："肯尼斯，亲爱的，你不要这么胡思乱想，好吗？"

肯尼斯·马歇尔说："得了吧，艾莲娜，我很清楚你是个什么样的人。那对小夫妻感情很好，那个年轻人真的很爱他太太，你干吗非得去搅和人家？"

艾莲娜道："你这么说我可太不公平了，我怎么了？我什么也没干，连个手指头都没动，可要是别人——"

他盯着问道："别人怎么样？"

她不停眨巴着眼睛。"嗯，当然啦，我也知道有人会迷恋我，可那和我有什么关系，他们喜欢这样嘛。"

"那你承认年轻的雷德芬迷恋你了？"

艾莲娜喃喃道："他就是这么个傻瓜，"她向丈夫走近一步，"可是你应该了解我，是吧？你知道我真正爱的只有你一个人。"

她抬起眼睛，目光透过浓密油亮的睫毛含情脉脉地望着他，非常动人——很少有男人抗拒得了这种目光。肯尼斯·马歇尔俯视着她，目光严峻。他不动声色地说："我想我相当了解你，艾莲娜……"

　　旅馆南侧有个阳台，海滨浴场就在阳台下面，也有一条小路，可以从那里绕过悬崖到岛的西南侧。前面不远处，有几级石阶通到攀升悬崖的石梯，也就是一连串在悬崖上开凿出来可供下脚的凹窝，这里在旅馆地图上标注为"阳光崖"。这些地方都安排了供游客使用的座椅。雷德芬夫妇吃过晚饭后，就散步到了一处这样的地方。这是个美好的夜晚，月色如水。雷德芬夫妇坐了下来，两个人都不说话，最后帕特里克·雷德芬说："多美的夜晚，是不是，克莉丝汀？"

　　"唔。"她的语气里有点什么东西让他感到不安。

　　他坐在那里，目光回避着她。克莉丝汀静静地问道："你早就知道那个女人要到这里来，是吗？"

　　他转过身来，说道："我不明白，你这话是什么意思？"

　　"我想你明白得很。"

　　"喂，克莉丝汀，我不懂你这是怎么了——"

　　她打断了他的话，颤抖地低语着："我怎么了？是你怎么了！"

"我没有怎么啊。"

"哦，帕特里克，有的！你非要到这里来，怎么说都没用。我本来是打算去我们以前度蜜月的地方，你却非要来这里不可。"

"是啊，为什么就不能来这里呢？这地方多好啊！"

"也许是不错，可你之所以想到这里来，只不过是因为她要来。"

"她？她是谁？"

"马歇尔太太。你，你已经被她冲昏头脑了。"

"我的天，克莉丝汀，别冒傻气了，吃这种莫名其妙的醋，这不是你的风格。"他装腔作势地发着脾气。

她说："我们一直都是很幸福的！"

"幸福，我们当然一直很幸福！我们现在也很幸福！可只要我跟别的女人搭讪几句，你就争风吃醋的话，那我们就不会幸福了！"

"不是这么回事。"

"就是这么回事！结了婚的人也还是可以，呃，和别人保持友谊关系的。你这么疑神疑鬼的完全没有必要。我，我就不能和美女说话，一说你就火冒三丈，说我爱上了她——"他停下来，耸了耸肩膀。

克莉丝汀·雷德芬说："你本来就是爱上了她……"

"得了，别犯傻了，克莉丝汀！我，我只不过是跟她闲扯了几句而已。"

"才不是呢。"

"不要我们一碰到美女，你就开始吃醋，这习惯可不好。"

克莉丝汀·雷德芬说："她可不仅仅是美女而已！她，她是个与众不同的人！她很坏！就是这样。她会伤害你的。帕特里克，求求你，放手吧，我们离开这里。"

帕特里克·雷德芬不高兴地把头一扬，像孩子一样辩解道："别傻了，克莉丝汀，我们，我们别为这种事吵架。"

"我并不想吵架。"

"那就通情达理一些。好了，我们回旅馆去吧。"

他站起身来，有一阵子克莉丝汀没动，过了一会儿，她才站了起来，说："好吧……"

在不远处的一个拐角上，坐着赫尔克里·波洛，他有点忧伤地摇了摇头。有些人也许会在别人谈话时赶紧走开，免得涉嫌偷听，可赫尔克里·波洛不会，他才不会如此拘泥。"何况，"他后来向他的朋友黑斯廷斯说，"事关谋杀。"

黑斯廷斯瞪大了眼睛道："可是，当时谋杀案还没发生呢。"

赫尔克里·波洛叹了口气说："可是，我的朋友，当时这种迹象已经很明显了。"

"那你为什么不事先制止呢？"

赫尔克里·波洛又叹息了一声，把他以前在埃及时说过的一段话又重复了一遍——要是谁一心想要取人性命，那是很难防止的。他一点儿也不责怪自己没有制止当时发生的事，据他说，那件事根本就无法避免。

第三章

罗莎蒙德·达恩利和肯尼斯·马歇尔坐在崖顶剪得短短的草坪上，俯视着下面的鸥湾。这里是岛的东侧，人们有时候早上到这里来游泳，因为这里比较安静，不被打扰。罗莎蒙德说："能远离人群真好。"

马歇尔含糊地应道："嗯。"他翻过身去，嗅着草皮，"真好闻，还记得家乡的草原吗？"

"当然。"

"那些日子真好。"

"嗯。"

"你看起来没什么变化，罗莎蒙德。"

"还是有变化的，而且很大。"

"你事业上一直很成功，也赚了很多钱，不过你还是以前那个罗莎蒙德。"

罗莎蒙德喃喃地说："要真是这样就好了。"

"你说什么？"

"没什么，肯尼斯，我们无法保持年轻时候的纯良天性和远大理想，实在很可惜，是不是？"

"你原来天性很纯良吗？我倒不知道。孩子，你以前常常会大发雷霆。有一次在发脾气的时候差点把我给掐死。"

罗莎蒙德大声笑起来。她说："你还记得那天我们带托比去抓水老鼠的事吗？"

他们谈了一阵子往事，然后停顿下来。罗莎蒙德的手指拨弄着皮包的搭扣。最后她终于开了口："肯尼斯？"

"嗯。"他的回答似乎听不清楚，他还卧在草坪上。

"要是我说几句非常唐突的话，你会不会从此不理我了？"

他翻身坐起来，很严肃地说："我想我绝不会认为你说的是什么唐突之言。你知道，你是很有分寸的人。"

她点点头，表示接受他最后那句话的意思，但不让他看出来她听了这话很高兴。"肯尼斯，你为什么不跟你太太离婚？"

他脸色一变，神情冷淡起来——刚才的快乐情绪蓦地消失不见了。他从口袋里掏出烟斗，开始往里面装烟丝。罗莎蒙德说："要是我的话冒犯了你，请你原谅。"

他不动声色地说："你没有冒犯我。"

"啊，那你为什么不离婚呢？"

"你是理解不了的，亲爱的小姑娘。"

"难道你——就那么喜欢她吗？"

"那不算什么。你知道，我已经和她结婚了。"

"我知道，可是她——声名狼藉。"

他想了想，一面仔细地填装着烟丝。"是吗？——我想是的。"

"你可以跟她离婚的，肯尼斯。"

"亲爱的小姑娘，你这话说得欠妥。即使别的男人对她神魂颠倒，她不见得也同样如此。"

罗莎蒙德话到嘴边又忍住，然后说："你可以做出某种安排，让她主动提出和你离婚——如果你觉得那样比较能接受的话。"

"这应该不成问题。"

"你应该这样做。肯，真的，我可不是开玩笑，你还要为孩子考虑。"

"琳达？"

"是的，琳达。"

"琳达和这事有什么关系？"

"艾莲娜对琳达不好，真的。我觉得琳达对很多事有自己的看法。"

肯尼斯·马歇尔划着了火柴去点烟斗。他吸了两口烟，说："嗯——是有这个问题，我想艾莲娜和琳达彼此并无好感。也许这对一个女孩子来说很不好，我还是有点担心的。"

罗莎蒙德说："我喜欢琳达——很喜欢，她有些地方——很打动我。"

肯尼斯说:"她就像她母亲,心思重得很。"

罗莎蒙德说:"说实话,难道你不觉得该摆脱艾莲娜吗?"

"与她离婚?"

"是呀,这是常见的事,随时都有人离婚。"

肯尼斯·马歇尔突然发起火来:"不错,而我正是讨厌这一点。"

"讨厌?"她大吃一惊。

"是呀,现在人们对生活都是抱着这种随随便便的态度。你得到一个东西,然后不喜欢了,就唯恐丢弃得不够快。真见鬼,我们总该讲点信用吧。你娶了一个女人做妻子,结婚时就决定要关心照顾她,是吧?那你就要说到做到,这是你的责任,而且是你自己找的责任。我就是不喜欢那种结得草率,离得容易的婚姻。艾莲娜是我的妻子,事情只能这样。"

罗莎蒙德俯过身去,小声问道:"这就是你的态度?'至死不渝'?"

肯尼斯·马歇尔点点头,他说:"正是如此。"

罗莎蒙德说:"我明白了。"

沿着弯弯曲曲的小窄路开车回莱德卡比湾来的贺拉

42

斯·布拉特先生，在一个拐弯的地方差点撞倒了雷德芬太太。为了躲避来车，她把身体紧贴在山壁上，布拉特先生赶紧刹住车。

"你好——你好。"布拉特先生很开心地招呼道。他身材高大，长了一张赤红的脸，一圈红发围着光秃秃的头顶。他最喜欢的事是成为各类团体或聚会的中心人物。他不仅认为海盗旗旅馆缺少寻欢作乐的气氛，而且还大肆宣传这一点。他就是不明白，为什么只要他一现身，很多人就悄悄地失去了踪影。

"差点把你挤成草莓酱了吧？"布拉特先生兴高采烈地说。

克莉丝汀·雷德芬说："可不是，就差一点。"

"上车吧！"布拉特先生说。

"哦，谢谢你，我还是走路吧。"

"废话，"布拉特说，"那车子是做什么用的？"

他这么坚持，克莉丝汀·雷德芬只好上了车。布拉特先生重新发动引擎，因为他刚才刹车过猛，引擎熄火了。布拉特先生问道："你怎么一个人散步？像你这样漂亮的女孩子，就不该独自活动。"

克莉丝汀急忙解释说："哦，我喜欢一个人闲逛。"

布拉特先生用胳膊肘轻轻碰了她一下，这个动作几乎让车子撞上岩壁。"女孩子就喜欢这样说，"他说，"其实她们根本不是这个意思。你知道，这个地方，就是这个海盗旗旅馆，应该是个寻欢作乐的地方。现在这里一点都不好玩，让人无精打采的。当然，这里倒有不少客人，不少孩子，可是也有不少暮气沉沉、上了年纪的人。比方说那个去过印度的英国人，极其无聊。还有那个像体育健将的牧师，那对唠唠叨叨的美国夫妇，还有那个留着小胡子的外国人——他那两撇胡子太滑稽了！我估计他是个理发师之类的人。"

克莉丝汀摇摇头。"不是，他是侦探。"

布拉特先生的车又差点撞上岩壁。"他是侦探？你是说，那是他乔装的？"

克莉丝汀·雷德芬微微一笑说："没有，他本来就是这副模样。他叫作赫尔克里·波洛，你想必听说过这个人。"

布拉特先生说："一时半会儿想不起来这个名字。啊，想起来了，我是听说过他，不过我觉得他已经不在人世了……妈的，他就是应该死了嘛，他到这里来查什么案子？"

"他不是来查案——只是来度假的。"

"噢，那倒不是没有可能。"布拉特先生用怀疑的口吻说，"他看起来有点粗鲁，是不是？"

"呃，"克莉丝汀带点迟疑地说，"也许是有点怪吧。"

"我的意思是说，"布拉特先生说，"我们有苏格兰场，用得着他吗？我时时刻刻都认为英国人做事最出色。"他们来到山脚下，他得意扬扬地按着喇叭，把车停放在旅馆的车库里。为了避免受潮水影响，车库设在旅馆对面的陆地上。

*　*　*

琳达·马歇尔在一家小店里闲逛。这里专卖旅游商品，顾客都是莱德卡比湾的游客。书架上的书倒是不少，两便士就可以租来看，不过其中最新的书也是十年前出版的，有不少则是二十年前出版的，剩下那些就更不用提了。琳达在书架上挑挑拣拣了一番，把自己不爱看的书放了回去，拿着手里剩下的一本棕色软皮封面的小书看起来，看得忘记了时间……

突然，克莉丝汀·雷德芬的声音在她身边响起，问道："你在看什么书呢，琳达？"琳达吓了一跳，赶紧把手里的书插回架上，慌慌张张地说："没什么，我正在找一本书。"她信手抽出一本《威廉·阿什的婚姻》[①]，走到柜台前，摸出两便士来付租金。

克莉丝汀说："布拉特先生刚开车送我回来——在这之前他差一点就把我给撞倒。我实在不愿意跟他一起走堤路回旅馆去，只好说我得来买东西。"

---

① *The Marriage of William Ashe*，英国作家玛丽·奥古斯塔·瓦尔德的小说，是一九○五年全美最畅销的作品。

琳达说："这人真够讨厌的，总在炫耀自己是多么富有，讲那些糟糕的笑话。"

克莉丝汀道："多可怜啊，我倒挺同情他呢。"

琳达可不这么想，她年轻，有年轻人的那种残忍，不觉得布拉特先生有什么好可怜的。她随着克莉丝汀·雷德芬走出小店，向堤路走去。她最近一直思绪万千，心事重重。她喜欢克莉丝汀·雷德芬，在琳达眼里，这座小岛上的客人里只有克莉丝汀和罗莎蒙德·达恩利这两个人还能交往一下。她们两个都不爱多嘴，你看现在她们俩走在一起，克莉丝汀就静静地什么都不说。琳达觉得就该这样，这是理所当然的。如果没什么值得一谈的事，又何必一直叽叽喳喳个没完呢？她默默地想着自己的心事。

忽然，她说起话来："雷德芬太太，你有没有觉得什么事情都乱七八糟，令人心寒，感觉——呃，让你觉得自己要爆炸一样……"

这几句话突如其来，听起来几乎有些滑稽，可是琳达沉着脸，神情充满焦虑，完全也没有开玩笑的意思。克莉丝汀·雷德芬开始不太明白，疑惑地望着她，发现她很认真，完全没什么可笑的……

她吸了一口气，说道："是，我有过——我曾经有过——正是这样的感觉……"

布拉特先生说："原来你就是那个有名的大侦探，呃？"

他们坐在酒吧间里，那是布拉特先生最喜欢去的地方。

赫尔克里·波洛一如既往地点头承认，丝毫没有谦虚一下的意思。布拉特先生接着说："你怎么来这里了，是来查案子吗？"

"不是，不是，我是来休息的，我在度假。"

布拉特先生眼睛一眨。"你只能这么说，是不是？"

波洛回答说："那倒不一定。"

贺拉斯·布拉特说："啊！算了吧，说老实话，你跟我在一起绝对用不着担心。我是个守口如瓶的人，听到什么都不会说出去，我一向如此。要是没搞明白是怎么回事，我是不会贸然掺和进去的。可是你也知道大部分人是什么样的——他们对道听途说的事情叽叽喳喳说个不停，干你这行的可受不了这种事！所以你必须得说你来这里不是为了别的，只是来度假的才行。"

波洛问道："你为什么不相信我的话呢？"

布拉特先生闭上一只眼睛，说："我见多识广，什么人没见过，对各种人的习性了如指掌。像你这样的人，应该去法国的多维尔，或是勒图凯，或是瑞昂莱潘度假，那才是你——怎么说来着？——心灵的故乡。"

波洛叹了口气。他望望窗外，窗外淅淅沥沥地下着雨，小岛雾气弥漫。他说："也许还是你说得对！至少，那些地方在下雨时也会有很多娱乐消遣。"

"那里的赌场很不错……"布拉特先生说,"你知道,我半生操劳,一直在勤勤恳恳地工作,没有时间休假玩乐。我想成为成功人士,也做到了。现在我可以想干什么就干什么,我的钱不比别人少。告诉你,过去这几年,我可没少享受。"

波洛喃喃地道:"哦,是吗?"

"也不知道我怎么会到这个地方来。"布拉特先生继续说。

波洛说:"我也正奇怪呢。"

"呃,你说什么?"

波洛摆了摆手。"我也是个见多识广的人,我也觉得你该去多维尔或是比亚里茨的。"

"我们没去那些地方,却都到了这里。"布拉特先生沙哑地笑着,"真不知道我为什么到这里来。"他想了想说,"你知道,我想是因为海盗岛和海盗旗旅馆这类名字听起来很有浪漫情调。你知道,这种名字会让人心动,让你想起童年,想起海盗、走私之类的东西。"

他笑起来,还有点难为情。"我小时候常常驾船,当然不是在这种地方,是在东岸那边。说来好笑,我对驾船这种事乐此不疲,一直念念不忘。只要我愿意,就可以去弄一条很不错的游艇来玩玩。可我没这兴趣,我就喜欢驾着我那条小船四处闲逛。雷德芬也喜欢驾船,我们一起出去过一两次。现在可难找到他了——他一天到晚死缠着马歇尔那个红头发的老婆。"他停顿了一下，压低声音继续说道，"这个旅馆里净是些干柴棒子一样乏味的人，马歇尔太太大概是唯一充满活力的吧！我想马歇尔光是照顾她就够忙的了。有关她的传闻一大堆，在舞台上如何如何，舞台下又如何如何。好多男人都迷恋她，你看着吧，总有一天会出事的。"

波洛问道："出什么样的事？"

贺拉斯·布拉特说："那就要看情形了。你看看马歇尔，外表是个脾气很好的人。其实不然，我可知道他是什么人，听说过一些他的事。我以前也见过像他这样神秘莫测的闷葫芦，你根本料不到他会干出什么事，雷德芬最好还是小心点儿——"

他打住了话头，因为他提到的那位先生走进了酒吧。

他有些不自然地继续大声说道："我说过，在这一带驾船实在很好玩。你好啊，雷德芬，我们一起喝一杯吧。你喝什么？马丁尼？好，你呢，波洛先生？"

波洛摇摇头。帕特里克·雷德芬坐下来，说道："你们在说驾船？这可是世界上最好玩的事，要是能多上几次船就好了。我小时候大部分时间都在海边划小船。"

波洛说："那你很熟悉这一带了？"

"那是当然！早在盖这幢旅馆之前我就很熟悉这里。以前莱德卡比湾只有几栋渔夫的小茅屋和一所破破烂烂的老房子，岛上什么都没有。"

"岛上原来就有房子？"

"是啊，不过已经很多年没住人，几乎都塌了。以前有很多传闻，说那屋子里有秘道直通妖精洞。还记得我们以前一直想把那条秘道找出来。"

贺拉斯·布拉特的酒泼洒了出来。他咒骂一声，擦干之后问道："妖精洞在哪儿？"

帕特里克说："啊，你不知道吗？就在精灵湾那边，很难找到，就在石头堆的堤防后面，入口只有一条窄窄的缝隙，将将可以挤过去一个人，不过里面还是比较开阔的，是个相当大的山洞。想想看，对一个孩子来说，那是一个多好玩的去处。当年是个老渔夫带我去的。现在就连打鱼的也找不到那个地方了。有次我问一个渔夫，那个地方为什么叫精灵湾，他连答都答不上来。"

贺拉斯·布拉特说："可我还是不明白，这个'精灵'是指什么？"

帕特里克·雷德芬说："哦，典型的德文郡传说而已，达特穆尔那边也有妖精洞。人们都说，要是到那里就要留下一根针，算是给妖精的见面礼吧。据说这妖精是沼泽里的精灵。"

贺拉斯·布拉特说："哦，真有意思。"

帕特里克·雷德芬继续说道："这一带有很多关于妖精的传说，有人还说妖精会骑在人背上。据说有的农夫半夜回家，就抱怨说自己被妖精引错了路。"

贺拉斯·布拉特说："你的意思是说在他们灌了几杯老酒之后？"

帕特里克·雷德芬微微一笑。"按一般常识来说，这应该是最好的解释吧。"

布拉特看看表说："我要吃晚餐去了。说起来，雷德芬，我还是喜欢海盗，而不是妖精。"

帕特里克·雷德芬望着他走出去，大笑着说："他说得轻巧，我倒很想看看这个老兄被妖精迷住的样子。"

波洛沉吟道："像布拉特先生这么一个辛苦赚钱的商人，还挺富于浪漫想象的。"

帕特里克·雷德芬说："那是因为他没念过多少书，我太太就是这么认为的。你看看他都看些什么书，不是侦探小说，就是西部拓荒故事。"

波洛说："你是说他思想简单，像个幼稚的孩子？"

"嗯，你不这么觉得吗？"

"我？我跟他不熟。"

"其实我跟他也不熟，虽然一起驾船出过几次海，但其实他也不喜欢跟别人相处，宁愿自己待着。"

赫尔克里·波洛说："这挺奇怪的，他在陆地上可完全不是这样。"

雷德芬笑道："我知道，我们对他都有点避之唯恐不及。他一心想着把这个地方变成通衢闹市，唯恐不热闹。"

波洛沉默了一两分钟，凝神注视着对方的笑脸，然后突如其来地说："我想，雷德芬先生，你是个会享受生活的人。"

帕特里克吃惊地瞪着他。"的确如此，为什么不呢？"

"说得也是，"波洛表示同意，"在这一点上，我倒要祝贺你。"

帕特里克·雷德芬微笑着回应："谢谢你。"

"所以，我这个老头子，比你要老得多的人，想给你一点忠告。"

"洗耳恭听。"

"我在警方有个很明智的朋友，几年前曾经对我这么说：'赫尔克里，我的朋友，如果你想过安稳日子的话，就离女人远点。'"

帕特里克·雷德芬说："我恐怕你这话说得有些晚了。你知道，我已经结婚了。"

"这我知道，你的夫人是个很迷人、很好的女人。我想，她很喜欢你。"

帕特里克·雷德芬立刻回道："我也很喜欢她。"

"啊，"赫尔克里·波洛说，"真高兴听你这么说。"

帕特里克变得横眉立目，一副要发作的样子。"我说，波洛先生，你到底打算说什么？"

"说到女人，"波洛往后一靠，闭起眼睛，"本人对她们还是比较了解的。她们很容易就能把一池清水搅浑，让生活变得一团糟。而英国人呢，根本不会小心处理这方面的关系。如果你非要到这里来不可，看在上帝的分儿上，雷德芬先生，你干吗一定要带着太太来呢？"

帕特里克·雷德芬气恼地说："我不懂你到底想说什么。"

赫尔克里·波洛不动声色地说："你其实很清楚。我还没那么笨，非要和一个热恋中的人争辩，不过是劝劝你而已。"

"那些该死的搬弄是非的女人！那个加德纳太太，还有姓布鲁斯特的女人——她们整天吃饱了撑的，无事生非，不过因为一个女人长得漂亮些，她们就这么侮辱她。"

赫尔克里·波洛站起身，喃喃地说道："你真是这么年轻气盛不懂事吗？"

他摇着头，离开了酒吧。帕特里克·雷德芬怒视着他的背影。

吃过晚餐回房间时，赫尔克里·波洛在走廊里停了一下。门开着，晚间的凉风吹了进来，雨已经停了，云开雾散，夜色宜人。赫尔克里·波洛看见了雷德芬太太，她正坐在外面她最喜欢的那把椅子上。他走近她说："椅子还很湿，你不该坐在这里，会着凉的。"

"是呀，我是不该坐在这里，可是那有什么关系，无所谓了。"

"哎，哎，你又不是小孩子！你是个有知识的女性，要理智一些。"

她冷淡地说："我向你保证，我从来没有着凉过。"

波洛道："今天天气不好，风雨交加，雾气弥漫，什么都看不清楚。可现在呢？雨过天晴，烟消云散，满天繁星闪闪发光。人生也是如此。"

克莉丝汀低声说："你可知道在此地我最烦什么吗？"

"什么？"

"怜悯。"她咬牙切齿地吐出这两个字，好像要抽人一鞭子似的。她继续说道："你以为我不知道吗？你以为我没看见？那些人整天都在念叨着：'可怜的雷德芬太太，那个可怜的小女人。'我可不是什么小女人，我高得很。她们说我小，是因为他们同情我，真让人难以忍受！"

赫尔克里·波洛仔细地将手帕铺在椅子上，坐了下来。

他字斟句酌地说："是有点那个。"

"那个女人——"她欲言又止。

波洛严肃地说："夫人，你肯听我告诉你一个事实吗？千真万确的事实，就像我们头上的星星一样真实可信。世界上像艾莲娜·斯图尔特或者艾莲娜·马歇尔这类的人，根本算不上什么。"

克莉丝汀·雷德芬说："胡说。"

"我可以向你保证，千真万确。她们的胜利都是昙花

54

一现，转瞬即逝。真正成功的女人一定是品德高尚，头脑明智的。"

克莉丝汀嗤之以鼻地说："你觉得男人在乎女人有高尚的品德和明智的头脑吗？"

波洛郑重地说："大部分是这样。"

克莉丝汀笑了一声。她说："我难以苟同。"

波洛道："你的丈夫很爱你，夫人，我知道的。"

"你怎么会知道。"

"哎，我就是知道，我观察过他望着你的神情。"

她突然就绷不住了，像崩溃了一般靠在波洛宽厚的肩膀上大哭起来。她说："我受不了……我受不了……"

波洛轻拍着她的手臂，安慰她道："忍一忍，只有忍一忍。"

她坐直身子，用手帕按了按眼睛，带着哭腔说："没什么，我好多了。你走吧，我，我想一个人静一下。"

他顺从地走了，让她坐在那里，自己沿着小路回到旅馆。

就在他快到旅馆时，听见附近传来轻微的说话声。他的脚步偏离了小路，转向旁边。树丛有一个缺口，他看见了艾莲娜·马歇尔，帕特里克·雷德芬就在她身边。他听到那个男人满怀激情地说："我迷恋你，迷恋你，你让我爱得发疯，你也有一点在乎我，有一点在乎吧？"

他看到艾莲娜·马歇尔的脸，他想，就像一只得意扬扬的猫，是只动物，不像人类。她温言软语地说："当然啦，帕特里克，亲爱的，我非常爱慕你，你明明知道……"

赫尔克里·波洛实在偷听不下去了，他回到小路上，直接走回旅馆。

他身边突然闪出个人影，原来是马歇尔。马歇尔说："晚上天气真好，是吧？尤其是今天一天都阴沉沉的。"他抬头望了望天，"看来明天还是好天气。"

第四章

八月二十五日清晨，碧空如洗。就算是懒人，在这种天气里也不想再赖在床上了。在海盗旗旅馆里，这天早起的人很多。

八点的时候，琳达坐在梳妆台前，把手里那本书封面朝下丢在桌上，任由它翻开着。她盯着镜子里自己的脸，嘴唇闭得紧紧的，两眼瞳孔收缩。她咬牙切齿地说："我要去做⋯⋯"

她脱下睡衣，换上泳装，外面罩上浴袍，穿好凉鞋，就走出房间，沿着走廊走下去。走廊尽头有扇门通往外面的阳台，然后是一道阶梯直通旅馆下面的岩石。岩石上又有一道阶梯通向下面的海水，很多客人都从这里下去，在早饭之前先游一会儿泳，因为这比到前面的大海水浴场去方便多了。琳达从阳台上往下走的时候，碰到她父亲从下面上来。他说："你起得好早，是要下去泡泡水吗？"

琳达点点头。他们擦身而过，但琳达并没有接着往下走，反而绕过旅馆向左边走去，一直走到通往堤路的小径上。潮水涨得很高，把那条连接旅馆和大陆的堤路淹没了，但将旅馆客人送往对岸的小船却系在小码头上。管船的人正好不在。琳达上了船，解开缆绳，自己划了过去。

她在对岸将船系好，走上斜坡，经过旅馆的车库，一直走到小杂货店。女老板刚刚打开门，正在擦地板。她看到琳达，吃了一惊。"哎呀，小姐，你起得可真早。"

琳达从浴袍的口袋里掏出一些钱，开始挑选她要买的东西。

她回到旅馆的时候，发现克莉丝汀·雷德芬正在她房间里。"啊，你来了，"克莉丝汀叫道，"我以为你还没起床呢。"

琳达说："呃，我刚才游泳去了。"

克莉丝汀看到她手里拿着包裹，惊讶地说："今天邮差这么早就来了？"琳达的脸一红。本来她就容易紧张，动作不大协调，心一慌，手一松，那个包裹就从她手里滑落下去，捆扎的细绳绷断了，里面的东西滚落在地板上。克莉丝汀叫道："你买这么多蜡烛做什么？"不过令琳达松口气的是，她并没有等着听回答的话，就一面帮忙把东西从地上捡起来，一面继续说："我来是想问问你，今早要不要和我一起到鸥湾去？我要到那里去写生。"

琳达很高兴地答应了。在过去几天里，她不止一次陪克莉丝汀去写生。克莉丝汀是她所见过的最心不在焉的画家，也许她只是以画画为借口维护自己的尊严，因为她的丈夫现在大部分时间都陪在艾莲娜·马歇尔身边。

琳达·马歇尔心情越来越糟，脾气也越来越坏。她喜欢和克莉丝汀在一起，因为她一旦专心画画，就不太说话了。在琳达看来，这就跟自己独处差不多。奇怪的是，她并不排斥身边有人陪伴。在她和那个年纪比她大的女人之间似乎存在某种微妙的同情，也许是她们两个都厌恶同一个女人的缘故吧。克莉丝汀说："我十二点要打网球，所以我们最好早点动身，十点半好吗？"

"好的，我会准备好，在大厅里跟你碰头。"

罗莎蒙德·达恩利很晚才用完早餐，走出餐厅时，被从楼梯上急冲下来的琳达撞了个正着。"啊！对不起，达恩利小姐。"

罗莎蒙德说："今天早上天气真好，是不是？经过昨天那种天气之后，真叫人想不到。"

"我知道，我要和雷德芬太太到鸥湾去，我答应在十点半跟她碰头的，我觉得我来晚了。"

"不会，现在才十点二十五分。"

"是吗，太好了。"

她有点气喘吁吁的，罗莎蒙德好奇地瞧着她。"你没发烧吧，琳达？"

那个女孩双眼明亮，两颊红扑扑的。"哦，没有，我从来不发烧的。"

罗莎蒙德微微一笑道："今天天气真好，所以我特地起床来餐厅吃早饭。平常我都是叫人送到床上来吃的，可是我今早却下楼来，像个男人一样开怀大嚼鸡蛋和咸肉。"

"我知道，比起昨天那糟糕的天气，今天就像天堂一样美好。鸥湾的早上很美，我要在身上涂好多油，晒成棕色。"

罗莎蒙德说："嗯，鸥湾的早上是很美，而且比这边的海滨要安静多了。"

琳达有点害羞地说："那你也来吧。"

罗莎蒙德摇摇头说："今天就算了，我还有别的事要做。"

克莉丝汀·雷德芬走下楼来。她穿了一套宽大的海滩装，袖子很长，裤脚很宽，用绿底黄花的布料剪裁而成。罗莎蒙德很想告诉她说黄色和绿色这两种颜色与她那纤弱而有点贫血的面孔相配实在是不合适。罗莎蒙德不喜欢看见别人乱穿乱搭衣服，觉得克莉丝汀的衣着搭配太不着调了。她想："如果由我出手来打扮这个女孩，很快就能让她的丈夫关注她。不管艾莲娜有多愚蠢，至少她还懂得怎么打扮；而这个女孩，看起来简直像棵枯萎的莴苣。"她高声说道："好好玩儿去吧，我要到阳光崖看书了。"

赫尔克里·波洛像平常一样在自己房间里吃咖啡和面包卷当早餐。可是天气实在太好，他也比平常更早一些离开旅馆出门。那是在十点钟的时候，比他平时出门至少早了半个小时。他走到下面的海滨浴场，海滩上只有一个人。

那个人就是艾莲娜·马歇尔。她穿着紧身的泳装，头上戴着那顶中国式的绿帽子，正准备把一个白色的木筏推下水。波洛很殷勤地赶过去帮忙，完全不顾这样做会毁了他白色的小羊皮鞋。她斜眼瞥了他一下，向他道了谢。就在她把筏子划开时，又叫道："波洛先生。"

波洛一个箭步跳到水边。"夫人。"

艾莲娜·马歇尔说："帮我个忙，好吗？"

"请吩咐。"

她对他微微一笑，小声说："别告诉任何人说我在什么地方。"她目光中流露着恳求的神色，"每个人都想知道我去哪儿了，我就是想独自一人待着。"她用力地划了开去。

波洛走上海滩，自言自语地说："哼，这话我可不相信。"

他根本就不相信这位艺名叫艾莲娜·斯图尔特的女人这辈子能有什么时候会想独自一人待着。像赫尔克里·波洛这样见多识广的人，一听这话就心知肚明。那还用猜吗？艾莲娜·马歇尔肯定是和人幽会去了，而波洛心里也很清楚那个人会是谁——至少他以为自己清楚。

不过很快他就知道自己在这一点上弄错了。因为就在那个筏子绕过湾岬消失不见之后不久，帕特里克·雷德芬和紧跟着他的肯尼斯·马歇尔一起由旅馆那边走下海滩。

马歇尔朝波洛点了点头。"早，波洛先生，有没有看到我太太？"

波洛避重就轻地答道："夫人起得这么早吗？"

马歇尔说："她没在她房间里。"他抬头看了看天。"天气真好，我应该现在就去游泳，今天早上还有好多事要做呢。"

帕特里克·雷德芬则暗暗扫视了一遍海滩。他在波洛身边坐下，准备等候他的意中人。波洛说："雷德芬太太呢？她也起得很早吗？"

帕特里克·雷德芬说："克莉丝汀吗？哦，她出去画画了，她最近对艺术很有兴趣。"他语气颇为不耐烦，显然是心不在焉。随着时间流逝，他变得越来越烦躁，很明显地表现出是在等艾莲娜出现。一听到身后传来脚步声，他就急忙回头去看是谁从旅馆出来了。

他一次又一次地大失所望。先是加德纳夫妇带着他们的编织物和书本出现，随之而来的是布鲁斯特小姐。加德纳太太还是那样勤奋，坐进她那张椅子之后，就开始一边拼命编织，一边滔滔不绝。

"波洛先生，今早海滩上的人好像特别少，人都到哪里去了？"

波洛回答说，那两家有孩子的客人都驾船出海了，估计要在海上玩一天。

"哦，难怪这么清静，听不见他们在这里追跑打闹了。

今天只有一个人在游泳，是马歇尔先生。"

马歇尔游完上岸，甩着毛巾走上海滩。"今天早上在海水里游泳真是舒服，"他说，"可惜我还有很多工作等着呢，得赶紧干活儿去。"

"为什么这么着急去工作？真是太可惜了，马歇尔先生，尤其今天的天气这么好。哎，昨天实在是太糟糕了。我跟加德纳先生说，要是天气仍然这么恶劣的话，我们只好离开这里了。你知道，岛上到处浓雾弥漫的时候人的心情就很郁闷，觉得四下里鬼气森森的。不过，我从小就对周围的气氛特别敏感，你知道，有时候我觉得自己非得扯着嗓子喊上一阵子才舒服一些。当然啦，我父母对此大为头疼。不过我妈妈很善解人意，她和我爸爸说：'辛克莱，孩子要是喜欢这样发泄的话，我们就随她去吧，她愿意用这种方法表达自己的感受。'我爸当然同意，他对她言听计从，从不违拗她的意思。他们真是一对模范夫妻，我想加德纳先生也是这么认为的。他们真是一对珠联璧合的夫妇，对不对，奥德尔？"

"是，亲爱的。"加德纳先生说。

"令爱今天早上在哪里呀，马歇尔先生？"

"琳达？我不知道，我想她大概是在岛上的什么地方闲逛吧。"

"你知道，马歇尔先生，我觉得那个女孩子过于瘦弱。她生活上需要得到很好的照顾，而且要很细心温柔的照顾。"

肯尼斯·马歇尔生硬地说："琳达好得很。"

他往旅馆方向走过去。帕特里克·雷德芬并没有下海游泳。他仍然坐在那里，明目张胆地朝旅馆那边望着，看起来似乎有些失落。

布鲁斯特小姐来了，脚步轻快，心情开朗。

大家继续闲聊着昨天那些话题。加德纳太太还是那样唠唠叨叨，布鲁斯特小姐有一句没一句地插着话，最后她说道："海滩上好像没什么人啊，他们都出去玩了吗？"

加德纳太太说："我早上还跟加德纳先生说，我们应该到达特穆尔去溜达一趟，那里又不远，而且很有浪漫情调。我也想看看那座关犯人的监狱——是叫王子镇监狱吧？是不是？我想我们最好马上安排一下，明天就去，奥德尔。"

加德纳先生说："好的，亲爱的。"

赫尔克里·波洛对布鲁斯特小姐说："你打算去游泳吗？"

"哦，我吃早饭以前已经下过一次水了。有人从旅馆房间窗口扔了个瓶子下来，差点砸中我的头。"

"唉，这可是太危险了！"加德纳太太说，"我有个好朋友，好好地在路上走着，就被上面扔下来的一个牙膏罐子打中了脑袋，得了脑震荡——那个罐子是从三十五楼的窗口扔下来的，这真是太危险了。他伤得很重。"她开始翻腾那堆毛线，"哎，奥德尔，我想我没带那种浅紫色的毛线。就在我们睡房五斗柜的第二个还是第三个抽屉里。"

"好的，亲爱的。"

加德纳先生温驯地站起身，去替她取毛线。加德纳太太继续唠叨着："你们知道吧，有时候我确实认为我们前进的步伐也许太快了。所有那些伟大的发现，所有那些大气里无处不在的电波——我认为就是这些东西导致了人们的精神出现问题。我觉得人类到了该增加一些新知识的时候了，波洛先生，我不知道你对金字塔的预言有没有产生过兴趣。"

"没有。"波洛说。

"哎，我可以向你保证，那真是特别特别有趣。离莫斯科正南一千英里有个地方是——哎，现在叫什么名字来着？——是尼尼微^①吧？去那里转一转，无论你怎么看，那里的奇迹都令人不可思议，你能看出那里必定是在某种特殊的指引下完成的，古代埃及人不可能靠自己的智慧完成那一切。要是你研究过那些关于数字的理论和反复出现的迹象，哎，再清楚不过了，我就不明白为什么还会有人不相信。"

加德纳太太自鸣得意地停了一下，可是波洛和布鲁斯特小姐完全不打算发表什么意见。

---

①尼尼微，古代亚述首都，现为伊拉克地名。

波洛懊恼地打量着他那双白皮鞋。艾米丽·布鲁斯特说:"波洛先生,你穿皮鞋去蹚水了?"

波洛喃喃地道:"真倒霉,我也没办法。"

艾米丽·布鲁斯特压低嗓音说:"我们那位女妖精今早怎么没出现?她比平常晚了。"

加德纳太太抬眼瞧了瞧帕特里克·雷德芬,嘀咕道:"他看起来满脸乌云,眼看就要雷霆大作了。啊呀!我觉得这件事真不怎么样,也不明白马歇尔先生心里是怎么想的,他确实是个安安静静的好人——一派英国人的风度,非常沉得住气,你根本猜不到他在打什么主意。"

帕特里克·雷德芬站了起来,开始在海滩上走来走去。加德纳太太喃喃地说:"简直就像只老虎。"

三双眼睛看着帕特里克·雷德芬走来走去,使他浑身难受。他看起来越发失落了,情绪极差。一片寂静中,他们听到一阵轻轻的钟声从对面传来。艾米丽·布鲁斯特低声说:"又开始刮东风了,能听到教堂的钟声是个好兆头。"

大家都不再说话。加德纳先生拿着紫色毛线回来了。"哎呀,奥德尔,你怎么去了那么半天?"

"对不起,亲爱的,不过毛线并不在五斗柜里,我是在你的衣柜架子上找到的。"

"是吗,那可太怪了,我记得我就是放在五斗柜抽屉里的。幸好我从来没有到法庭上当过证人,要是我有什么事记不清楚的话，还不得把人急死。"

加德纳先生说："加德纳太太是个很谨慎的人。"

大约过了五分钟，帕特里克·雷德芬说："布鲁斯特小姐，你今早去划船吗？介意我跟你一起去吗？"

布鲁斯特小姐热忱地说："欢迎欢迎。"

"我们绕这个岛划一圈吧。"雷德芬建议。

布鲁斯特小姐看了看表。"还有时间吗？哦，还行，现在还不到十一点半。那就来吧，我们现在就去。"

他们一起走下海滩，帕特里克·雷德芬先划起来。他的动作十分有力，船飞快地离开岸边。布鲁斯特小姐赞赏地说："好极了，让我们看看你是不是能一直坚持到底。"

他对着她大笑起来，显然兴致提高了。"那我们回来的时候，我恐怕满手都是水泡了。"他仰起头，把黑发甩到脑后，"谢天谢地，今天天气真不错！在英国要能赶上一个美好的夏日，真是千金也不换。"

艾米丽·布鲁斯特直率地说："在我眼里，英国的任何东西都是千金不换的，世界上只有这个地方还可以住一住。"

"完全同意。"

他们绕过湾岬，向西划去。航行到悬崖下面，帕特里克·雷德芬抬头看了看。"今天早上有人上了阳光崖？那上面有把遮阳伞，不知道是谁在那儿？"

艾米丽·布鲁斯特说："我想是达恩利小姐吧，只有她用那种日本阳伞。"

他们沿着海岸划去，左侧就是大海。艾米丽·布鲁斯特说："我们应该从那边绕过去，这么走正好是逆流划船。"

"水流力量很小，我在这里游过泳，完全不受影响。反正从那边走也不行，海水是不会漫过堤道的。"

"当然，那要看潮水涨到多高。不过人们说，在精灵湾那边要是游出去太远的话，还是很危险的。"

帕特里克仍然很卖力地划着船，同时一直很专注地扫视着崖上。艾米丽·布鲁斯特突然想道："他这是在找马歇尔的妻子，怪不得要跟我一起出来划船呢。她今早一直没露面，而他搞不清她的状况。没准儿她是成心的，就是要玩玩这种把戏——这就叫作欲擒故纵。"

他们绕过精灵湾南侧伸出的岩岬。那个海湾很小，临岸处有不少礁石，海湾朝向西北，大部分处在高耸的悬崖之下。这是一个很理想的野餐地点。上午太阳没照过来时，这里人迹稀少。

不过现在却有一个人躺在海滩上。帕特里克·雷德芬的动作停顿了一下，又继续划船。他故作随意地说："喂，是什么人在那里？"

布鲁斯特小姐干巴巴地说："看起来很像马歇尔太

太。"

帕特里克·雷德芬仿佛恍然大悟，说："原来是她呀。"

他改变了航向，向岸边划去。

艾米丽·布鲁斯特表示反对："我们可没打算在这里上岸，是吧？"

帕特里克·雷德芬飞快地答道："哦，我们还有时间。"

他两眼盯住她——那种无辜的恳求神色，就像摇尾乞怜的小狗，弄得艾米丽·布鲁斯特不好再说什么。她心中暗想："可怜的孩子，他真是身不由己。好吧，反正也无计可施，等时间长了他会忘记的。"

船很快地向海滩接近。艾莲娜·马歇尔脸朝下俯卧在沙石上，两手朝外摊开。那个白色木筏已被拉上岸，放在旁边。艾米丽·布鲁斯特不由得一阵迷惑，好像她看到一件似曾相识的东西，既熟悉又怪异。过了一会儿，她才明白问题所在。艾莲娜·马歇尔的姿态是在晒日光浴。她在旅馆前面的海滩上这样躺过好多次，晒成古铜色的四肢伸展着，那顶绿色的硬纸帽子遮着头和脖颈。

可是精灵湾的海边见不到太阳，即使再过几个钟头，阳光也照不到这里来，矗立在海滩后面的悬崖把上午的阳光全都挡住了。不祥之感在艾米丽·布鲁斯特心里油然而生。

小船触到沙滩停了下来，帕特里克·雷德芬喊道："嗨，艾莲娜。"

这下子艾米丽·布鲁斯特感到情况果然有异，因为那个躺着的人既不动弹，也没反应。

艾米丽看到帕特里克·雷德芬脸色大变。他跳下船去，她也随之下了船。他们把船拖上岸后，就向悬崖下面那个僵硬沉默的白色人体走过去，帕特里克·雷德芬先赶到，艾米丽·布鲁斯特紧随其后。

她像做梦一样，恍惚中看到晒成古铜色的四肢，白色的露背泳装，翠绿色帽子下面露出的红色鬈发——除此之外，还有两只向外摊开的手臂，姿态十分古怪。此时，那具身体给她的感觉是，她不是自己躺下来的，而是被人随便扔在那里……她听到帕特里克的声音——饱受惊吓后的耳语。他跪在那僵硬的身子旁边，伸手摸了摸她的手，手臂……用微弱颤抖的声音说："我的天，她死了……"

他将那顶帽子稍稍掀开一点，看到了她的脖子。

"天哪，她是被人掐死的……是谋杀。"

常常有这种瞬间，时间似乎凝固了，艾米丽·布鲁斯特如同置身幻境，听到自己的声音在说："我们什么都别动……要等警察来。"

雷德芬很机械地回答："是啊，是啊，当然是这样。"

然后用一种极度痛苦的声音喃喃道，"谁？这是谁？要对艾莲娜下这种毒手？她不能死，这不是真的！"

艾米丽·布鲁斯特摇摇头，不知道怎么回应他。她听见他深吸了一口气，压抑着怒气说道："天哪，要是做这件事的人被我逮到……"

艾米丽·布鲁斯特哆嗦了一下，不由想到，如果那个凶手还躲在岩石后面……

她听见自己的声音说道："不管是谁杀了人，肯定都已经跑了，我们一定要赶快找警察来，也许——"她犹豫着说，"我们应该留下一个人看着——看着尸体。"

帕特里克·雷德芬说："我留下。"

艾米丽·布鲁斯特暗暗松了口气，她不是那种肯承认自己害怕的女人，可是她私下却觉得最好不要独自留在海滩上，万一那个可怕的杀人凶手还没走远呢。

她说："好，我会尽快赶去。我还是划着船去吧，我没法爬上那道直梯。在莱德卡比湾就有警察。"

帕特里克·雷德芬机械地喃喃着："好，好，你看着办吧。"

艾米丽·布鲁斯特用力将船划离岸边。她看见帕特里克跌坐在那个已死的女人身边，将头埋进双手，显得那么孤独绝望，令她不由自主地心生怜悯。他的姿态有如一只守着已死主人尸体的忠犬。

尽管如此，她健全的理智仍然很清楚地告诉自己：

"对他和他太太来说，这可是再好不过的事了——对马歇尔和他的孩子来说也一样，不过，我想他可不会这么认为，可怜的家伙！"

艾米丽·布鲁斯特是个对危机应对自如的女人。

第五章

科尔盖特警督站在悬崖边，等着法医检查艾莲娜的尸体。

帕特里克·雷德芬和艾米丽·布鲁斯特站在离他不远的地方。尼斯登大夫检查完毕，敏捷地站起身，说道："她是被掐死的，凶手的手很有劲。她并没怎么挣扎，可能完全出乎她的意料吧。嗯，呃，真是令人发指。"

艾米丽瞥了一眼那个死去女人的脸，就把目光转到别处。死者脸色发紫，非常难看。科尔盖特警督问道："能确定死亡时间吗？"

尼斯登不高兴地说："没有经过更仔细的检查是无法确定的，涉及的因素有很多。现在是差一刻一点，你们是什么时候发现尸体的？"

他直接问帕特里克·雷德芬，后者含糊地说："不到十二点吧。我不知道确切时间。"

艾米丽·布鲁斯特说："我们发现她死了的时候，正好是差一刻十二点。"

"哦，你们是划船过来的。那你们看到她躺在这里时是什么时间呢？"

艾米丽·布鲁斯特想了想。"我想我们从岩岬那边绕过来的时候，还要早个五六分钟吧。"她转头问雷德芬，"你说是不是？"

他含糊地说："是，是，大概是那个时间，我想。"

尼斯登压低嗓音问警督："他是死者的丈夫吗？哦！知道了，我搞错了，我还以为他就是呢。看起来他好像悲伤过度的样子。"他提高声音，打着官腔说，"现在我们把时间定在差二十分十二点。她的死亡时间也不会比这提前多少，大约是从那时候到十一点，差一刻十一点之间吧。不会比差一刻十一点更早了。"

警督"啪"地合上他的笔记本。"谢谢，"他说，"确定这些情况很重要，限定的时间相当紧凑，就在一个小时之内。"

他转向布鲁斯特小姐，说："我想，目前我们知道的情况已经很清楚了。你是艾米丽·布鲁斯特小姐，这位是帕特里克·雷德芬先生，两位都住在海盗旗旅馆。你们指认这位太太是你们同一个旅馆的客人，马歇尔先生的太太？"

艾米丽·布鲁斯特点点头。

"那么，我认为，"科尔盖特警督说，"我们可以回旅馆去了。"

他招手叫来一名警员。"霍克斯，你守在这里，不准任何人靠近这个海湾。我随后就把菲利普也派来。"

"哎呀！"韦斯顿上校说，"真没想到在这里碰到你！"

赫尔克里·波洛彬彬有礼地回应了警察局局长的招呼。他轻声说："可不是吗，自从圣卢镇那件案子①之后，已经过去好多年了。"

"尽管如此，我可从未忘记过那件案子。"韦斯顿说，"那简直太出乎我的意料了，我怎么也不明白你是怎么在葬礼那件事上瞒天过海的，那太匪夷所思了，整个案子都是，真是不可思议。"

"都一样，上校，"波洛说，"案情还是水落石出了，对不对？"

"呃，哎，也许吧。不过我敢说，如果以正规的办法去查的话，也还是会破案的。"

"那也不是没有可能。"波洛很委婉地表示同意。

"你现在又碰到谋杀案了。"警察局局长说，"怎么样，对这个案子有想法了吗？"

波洛慢慢地说道："还没有什么明确的想法，不过这件案子很有意思。"

---

① 指《悬崖山庄奇案》。

"打算助我们一臂之力吗？"

"你愿意吗？"

"亲爱的朋友，很高兴你肯帮忙。不过现在还不知道这件案子是不是要交给苏格兰场去办。目前看起来，凶手肯定就在这有限的范围之内。不过即使如此，这些人全都是从外地到这里来的，要了解他们的情况和动机，非得去伦敦不可。"

波洛说："嗯。是这样的。"

"首先。"韦斯顿说，"我们一定要找出谁是最后一个看到那位太太还活着的人。女佣九点钟给她送了早餐。楼下前台的女孩看到她大约十点钟经过休息室走出去。"

"我的朋友，"波洛说，"我猜你要找的那个人就是我。"

"你早上看到过她？什么时候？"

"差不多十点零五分的时候，我帮她在海水浴场那边把筏子推下水。"

"然后她就划着筏子走了？"

"是的。"

"一个人吗？"

"是的。"

"你看到她往哪个方向去？"

"她划过去绕过了右边的岩岬。"

"就是往精灵湾那个方向？"

"是的。"

"那时候的时间是——"

"我认为她实际离开海滩的时候是十点一刻。"

韦斯顿想了想。"时间很符合，你估计她把筏子划到精灵湾要多少时间？"

"哦，我可不是这方面的行家。我既不会划船，也不会划筏子。也许要半个小时吧？"

"我估计时间也差不多。"警察局局长说，"我猜她应该是不慌不忙地划过去的。呃，假如她是在差一刻十一点左右到那里的话，时间也对得上。"

"法医认为她是什么时候死的？"

"哦，尼斯登确定不了。他是个很谨慎的人，他只说最早不会超过差一刻十一点。"

波洛点点头。他说："还有一点我必须告诉你，马歇尔太太在离开的时候，让我不要跟别人说见过她。"

韦斯顿瞪大眼睛说："啊，这很有些耐人寻味，是不是？"

波洛低声说："唔，我也这么认为。"

韦斯顿捻着胡子说："听着，波洛，你见多识广，马歇尔太太到底是个什么样的人呢？"

波洛的唇边浮出一丝微笑。他问道："你难道没听别人说过吗？"

警察局局长冷淡地说："我知道那些女人怎么说她，

她们一定会那样说的。那些话到底有多少可信度呢？她跟那个叫雷德芬的家伙到底有没有什么暧昧？"

"我敢说确实有。"

"他是追随着她到这里来的吧，嗯？"

"有充分的理由这样说。"

"那个做丈夫的呢？他知不知道这件事？他有什么感受呢？"

波洛慢慢地说道："要想知道马歇尔先生有什么感受或想法，那可不太容易，他是一个喜怒不形于色的人。"

韦斯顿犀利地指出："不管怎么说，他总还是个有喜怒哀乐的人吧。"

波洛点点头说，"哦，是的，他是有这类情绪。"

这位警察局局长在盘问卡斯尔太太时，显得异常机智圆滑。

卡斯尔太太是海盗旗旅馆的老板和业主。她四十岁上下，胸部丰满，一头火红的头发，说起话来字斟句酌，滴水不漏。

她说："我的旅馆怎么会发生这种事！我一直认为本地应该是你能想象到的最像世外天堂的地方了！来的客人全都是绅士淑女，没有什么三教九流的人——我想你明白我的意思。这里可不像圣卢一带那些大饭店。"

"说得很对，卡斯尔太太，"韦斯顿上校说，"可是再好的旅馆，也会有意外事件发生。"

"我相信科尔盖特警督可以为我说的话作证。"卡斯尔太太说着，朝正襟危坐在一边的警督送去一个哀婉的秋波，"而且我特别注意遵守各种法律规定，从来没有做过任何违规的事。"

"是啊，是啊，"韦斯顿说，"我们并没有怪你，卡斯尔太太。"

"可是这会大大影响我们旅馆的声誉啊。"卡斯尔太太说，她丰满的胸脯起伏不定，"我一想到那些好奇的人会闹哄哄地拥到这里，就……当然啦，不是住店的客人是不许上岛的——可那又怎么样，那些人肯定会在对岸对着我们指指点点。"说到此处，她不寒而栗。

科尔盖特警督抓住这个机会，赶紧把话题转到自己要问的问题上。他说："你刚才说到禁止闲杂人等到岛上来，你怎么能把他们拒之岛外呢？"

"我自有办法。"

"是吗，是什么办法呢？怎么拦住他们？夏天到处都有人下水游泳，你防不胜防。"

卡斯尔太太又微微颤抖了一下。她说："都怪那些大游览车。有一次我在莱德卡比湾看到堤路上挤着十八个人，十八个人啊！"

"就是啊，你怎么拦住他们？"

"我们贴了告示。另外，当然了，涨潮的时候，我们就跟陆地隔绝了。"

"就是啊，可是退潮的时候呢？"

卡斯尔太太解释道，在堤路近岛这端有一扇门，上面有告示说："海盗旗旅馆，私人领地，非住客严禁入内。"而堤路两边全是冒出海面的礁石，是无法攀缘的。

"尽管如此，但任何人都可以弄条小船吧。我估计，划着船绕过去就可以在那个小海湾上岸，这一点你可无法制止。人们都有权到海滩上去，潮涨潮落之间，你拦不住他们去海滩。"

"可是这种事似乎很少发生。在莱德卡比湾港口的确可以弄到小船，但从那里划到岛上有一大段距离，而且莱德卡比湾的港口外有一股强劲的洋流。鸥湾和精灵湾也都在下水梯子附近贴有警示通告。"她又补充说，"乔治或威廉经常会在离大陆较近的海水浴场上巡逻瞭望。"

"乔治和威廉是什么人？"

"乔治负责海水浴场，照管着客人和筏子。威廉是园丁，他负责管理所有的小路、标记、网球场什么的。"

韦斯顿上校不耐烦地说："行了，情况已经够清楚了，外面的人并不是进不来，只是如果要进来的话有很大的风险——很可能会被人看见。我们还要跟乔治和威廉谈谈。"

卡斯尔太太说："我不喜欢那些一日游的游客——他们吵吵闹闹的，经常在堤路和礁石上乱丢橘子皮和香烟盒。可我也绝不会觉得他们之中会有人变成杀手。哎呀！这事说起来真是太可怕了，像马歇尔太太这样的人会死于非命，更恐怖的是，呃，是被掐死的……"

卡斯尔太太说到后来简直语不成声，好不容易才吐出那个"掐"字。

科尔盖特警督抚慰地说："嗯，确实太糟糕了。"

"还有报纸呢，我的旅馆会上报！"

科尔盖特微笑道："哦，在某种程度上说，也算是广告吧。"

卡斯尔太太挺直腰背，胸口起伏着，冷冰冰地说："这可不是我想要的那种广告，科尔盖特先生。"

韦斯顿上校插嘴道："呃，卡斯尔太太，我请你列的旅客名单准备好没有？"

"好了，局长。"

韦斯顿上校拿过旅客登记簿，看了一眼和他们一起走进经理室的波洛。"现在该请你出马帮把手了。"他浏览了一遍名单，"工作人员呢？"

卡斯尔太太拿出另外一张纸。"一共有四个女佣、侍者领班和他的三个手下，还有酒保亨利。威廉负责擦皮鞋，还有个厨娘，带着两个助手。"

"侍者是些什么人？"

"哦，领班叫艾伯特，是从普利茅斯的文森特大饭店来的，在这里工作好几年了。他的三名手下也都来了三年——其中还有一个已经干了四年，都是很好的小伙子，体面人。亨利自从旅馆开业就一直在这里工作，能干得很。"

韦斯顿点了点头，对科尔盖特说："听起来没什么问题。当然啦，你还是得再询问他们一下。谢谢你，卡斯尔太太。"

"你问完了？"

"暂时这样吧。"

卡斯尔太太走出房间。韦斯顿说："首先我们要跟马歇尔先生谈谈。"

肯尼斯·马歇尔安静地坐着，逐一回答着警官的问题，除了表情比较僵硬之外，他表现得相当冷静。窗口透进的阳光从侧面照耀着他，可以看出他是个英俊的男人：五官端正，眼神沉静，嘴唇线条坚毅，声音低沉悦耳。

韦斯顿上校说："马歇尔先生，我理解你的心情，你一定受到了沉重打击，感到非常震惊。但你知道我急于充分了解情况，尽快得到所有的资料。"

马歇尔点点头说："我知道，你问吧。"

"马歇尔太太是你第二任妻子？"

"是的。"

"你们结婚多久了？"

"刚满四年。"

"她婚前的本名是什么？"

"海伦·斯图尔特，艺名叫艾莲娜·斯图尔特。"

"她是演员吗？"

"她演滑稽剧和歌舞剧。"

"她是不是因为和你结婚而退出了舞台？"

"没有，她婚后还继续登台演出。她实际退休是在大约一年半以前。"

"她退出舞台有没有什么特殊原因呢？"

肯尼斯·马歇尔好像考虑了一下。"没有，"他说，"她只是说自己觉得厌倦了。"

"不是——呃，因为顺从你的意思吧？"

马歇尔眉毛一扬。"啊，不是的。"

"你对她在婚后继续演出的事没有意见吗？"

马歇尔淡淡一笑。"我当然希望她放弃演出，不过我并没有要求什么。"

"这件事没有引起你们夫妻不和？"

"当然没有，我太太可以随心所欲。"

"你们的婚姻——很美满吗？"

肯尼斯·马歇尔冷冷地说："当然。"

韦斯顿上校停了一分钟，然后说道："马歇尔先生，你觉得谁有可能会杀你太太？"

没有一秒钟的迟疑，他应声答道："完全不知道。"

"她有没有敌人呢？"

"可能有。"

"怎么说？"

马歇尔很快接下去说："别误会，局长，我太太是个女演员，她也是一个漂亮女人，在这两方面她都会招来某种程度的羡慕和嫉妒。有时为了争一个角色——肯定要和其他女人竞争——应当说，总会有人对她带点嫉妒、憎恨、恶意，而且也很无情，可那并不意味着有人会蓄意谋杀她。"

赫尔克里·波洛这时第一次插嘴："你的意思是说，她的敌人大部分，或者说全都是女人？"

肯尼斯·马歇尔看了他一眼。"不错，"他说，"正是如此。"

警察局局长说道："你知道有什么男人对她心怀恶意吗？"

"不知道。"

"这个旅馆的其他客人里，有没有人在来这里之前就是她的熟人？"

"我想她以前遇见过雷德芬先生——在一个什么酒会的场合。其他人我就不知道了。"

韦斯顿停下来，似乎在考虑是不是该就这个问题再问下去，之后他决定换个方向。他说："我们来谈谈今天早上的事。你什么时候见到你太太最后一面的？"

马歇尔停了一分钟，然后说："我在下楼吃早饭的时候到她房间去看了一眼——"

"对不起，你们各人有自己的房间？"

"是的。"

"那时候是几点钟？"

"应该在九点左右。"

"她当时在做什么？"

"她正在拆邮件。"

"她说了什么吗？"

"没有，就说了声早，今天天气很好，诸如此类的吧。"

"她的态度如何？有没有表现异常？"

"没有，完全正常。"

"她看起来有没有兴奋、沮丧或是不安之类的情绪？"

"我完全没有注意到。"

赫尔克里·波洛说："她有没有提到邮件的内容？"

马歇尔嘴角又露出一丝淡淡的微笑。他说："我记得她说那些全是账单。"

"你太太在床上吃早餐吗？"

"是的。"

"她总是这样吗？"

"一贯如此。"

赫尔克里·波洛说："她通常几点钟下楼？"

"哦，十点到十一点之间吧，通常更接近十一点。"

波洛继续问："那么要是她十点整下楼来，那会很出人意料吧？"

"不错，她很少会那么早下楼的。"

"可今早她却是如此。你想是因为什么事呢，马歇尔先生？"

马歇尔无动于衷地说："我想不出来是怎么回事，恐怕是因为天气吧，今天的天气特别好。"

"你后来没有再见过她？"

肯尼斯·马歇尔在椅子上欠了下身子，说："吃过早饭之后我又去看了一次，她房间里没人，我觉得有点奇怪。"

"然后你到了下面海滩上，问我有没有看到她？"

"呃，是的。"然后他略略加重了点语气说，"你说你没有……"

赫尔克里·波洛一脸无辜，眼睛连眨也没眨一下。他不紧不慢地摸着他既醒目又卷翘的胡髭。

韦斯顿说："你早上去找你太太有没有什么特殊的原因？"

马歇尔的目光转到这位局长脸上。他说："没有，只是奇怪她到哪里去了而已。"

韦斯顿又停下来，将椅子微微挪动了一下，换了个语调说："马歇尔先生，你刚才提到你太太和帕特里克·雷德芬先生以前就是熟人，他们俩究竟有多熟？"

肯尼斯·马歇尔说："我可以抽烟吗？"他在口袋里摸索着，"该死！我又不知把烟斗放在哪里了。"

波洛递给他一支香烟。他接过去点上，说道："你问到雷德芬，我太太告诉我，她是在鸡尾酒会或者类似的场合认识他的。"

"那么，只是点头之交了？"

"我想是的。"

"自那以后——"局长停了一下，"据我了解，他们之间的交往变得比以前亲密多了。"

马歇尔语气犀利地问："据你了解？从谁那儿了解的？"

"旅馆里大家都这样说。"

马歇尔看看赫尔克里·波洛，目光冷峻而气愤。他说："旅馆里传的闲话大多是胡说八道。"

"有可能。不过据我所知，雷德芬先生和尊夫人有些行为也给人提供了说闲话的材料。"

"什么行为？"

"他们一直形影不离。"

"就因为这个？"

"你并不否认有这种事吧？"

"就算有吧，我实在没有注意。"

"你并不——对不起，马歇尔先生——你并不反对你太太和雷德芬先生交往？"

"我没有干预我太太的习惯。"

"你既没有抗议，也没有反对？"

"当然没有。"

"即使在事情演变为丑闻，并导致雷德芬先生与他太太的关系越来越紧张的情况下，你也不发表任何意见吗？"

肯尼斯·马歇尔冷冰冰地说："我只关心我自己的事，也希望别人只关心他们自己的事，我是从来不听闲话和谣言的。"

"你并不否认雷德芬先生很爱慕尊夫人吧？"

"有这种可能性，大部分男人都如此。她是个非常漂亮的女人。"

"可是你本人却觉得他们之间的交往并没有什么暧昧之处？"

"我告诉过你，我根本不会往那方面想。"

"假如我们有个证人可以证明他们之间的亲密关系非同一般呢？"

马歇尔的蓝眼睛盯着赫尔克里·波洛，平时不动声色的脸上，已然露出不悦的表情。

马歇尔说："你如果愿意听那些闲话就听吧。我太太已经死了，她也不能再为自己辩白。"

"你的意思是说，你本人并不相信那些闲话？"

马歇尔的脑门上第一次渗出汗珠。他说："我没打算相信这种事。"他继续说，"你这不是扯得太远了吗？我相信什么或不相信什么，和我太太被谋杀这件显而易见的事有关系吗？"

赫尔克里·波洛趁着其他两人都没来得及开口，抢先说道："你不了解，马歇尔先生，世界上没有所谓显而易见的谋杀案。十有八九，谋杀都与死者的性格和环境有关。因为被害的他或者她是某种类型的人，所以才会遭到谋杀！如果我们不能充分而且准确地了解艾莲娜·马歇尔是什么类型的人，我们就不能清晰而准确地判断凶手会是什么类型的人。而要充分了解她，我们必须要问清楚刚才这些问题。"

马歇尔转头问警察局局长："你也这么认为？"

韦斯顿犹豫了一下，说："呃，在某方面来说，我是同意的——也就是说……"

马歇尔短促地笑了一声，说："我想你是不会同意的。我相信，只有波洛先生才擅长搞这些性格环境什么的玩意儿。"

波洛微笑道："你没有给我提供任何有用的信息，至少这让你很开心吧。"

"你这话是什么意思？"

"你对我们说了什么有关你太太的情况了吗？基本上什么都没说。你说的那些，人人都看得见。她长得漂亮，人家很爱慕她，其他就无可奉告了。"

肯尼斯·马歇尔耸耸肩膀，就说了一句："你疯了。"

他望向警察局局长，加重语气问道："你还想让我告诉你什么？"

"不错，马歇尔先生，请你告诉我你本人今天早上的所有活动。"

肯尼斯·马歇尔点点头，显然他早想到会有此一问。

他说："我像往常一样，大概九点钟下楼吃早餐和看报纸。我刚才告诉过你们的，后来我又上楼到我太太房间去，发现她已经出去了。我下楼去了外面的海滩，看到波洛先生，问他是否见到我太太了。然后我游了一会儿泳，又回到旅馆，那时候是——我想想看，大约差二十分钟十一点吧。嗯，大概是那个时候，我看过大厅里的钟，刚过十点四十。我回到自己房间，女佣还没打扫完屋子，我让她赶紧打扫，我还要打几封邮件，赶着邮寄出去。我又下了楼，在酒吧和亨利聊了一两句，在十点五十分时再回到房间，开始打邮件，一直打到十一点五十分。之后，我换上网球装，因为约好十二点钟要去打网球，我们头一天订好了场地的。"

"你说的'我们'是哪些人？"

"雷德芬太太、达恩利小姐、加德纳先生和我。我十二点钟下楼，去了网球场，达恩利小姐和加德纳先生已经到了。雷德芬太太迟到了几分钟。我们打了一小时网球。一回到旅馆，我，我就听到了这个消息。"

"谢谢你，马歇尔先生。我们还要照章办事地问一句：有没有人能证明你在房间里打字，从——呃，十点五十分到十一点五十分之间？"

肯尼斯·马歇尔淡然一笑。"你是不是认为我杀了自己的妻子？我想想看，女佣在打扫附近的房间，应该能听到打字机的声音。我打的那几封信也可以作为证明，因为发生了后来这些乱七八糟的事，那几封信还没来得及寄出，我想这些都是很好的证据吧。"

他从口袋里掏出三封信，信封上已经写好地址，但还没贴邮票。他说："顺便说一句，这些信件的内容涉及隐私，可是既然发生了谋杀案，我也只好相信警方会为之保密了。信件里包括不少数字清单和财务资料。我想你如果派人打一份同样的邮件，就会发现一个小时之内是肯定打不完的。"他略停一下，"满意了吗？我希望你们满意。"

韦斯顿很淡定地说："我们问这些问题并不是怀疑谁是嫌疑犯。在岛上的每一个人都要说明自己今天早晨从十点四十五到十一点四十这段时间里的活动。"

肯尼斯·马歇尔说："那就好。"

韦斯顿说："还有一件事，马歇尔先生，你知道你太太会如何处理她的遗产吗？"

"你是说她的遗嘱？我想她根本没有写遗嘱吧。"

"可是你并不能确定？"

"她的律师是贝德福广场的巴克特、马克特和艾普古德法律事务所，他们负责她所有的合约事务。不过我很确定她从来没立过遗嘱，她曾经说过做这种事会让她感到不寒而栗。"

"在这种情况下，既然没有遗嘱，去世之后，作为她的丈夫，你就能继承她的全部财产了？"

"嗯，我想是这样的。"

"她还有别的近亲吗？"

"我想没有吧。即使有，她也从未提起过。我所知道的就是在她是个孩子的时候父母就过世了，而且她没有兄弟姊妹。"

"这样说来，我想，她没有多少遗产了？"

肯尼斯·马歇尔冷冷地说："恰恰相反，两年前，罗杰·厄斯金爵士，她的一个老朋友，把他的大部分财产都遗赠给她了，我想，总数大约有五万镑吧。"

科尔盖特警督抬起头，眼里露出警觉的神色。到目前为止，他一直没有说话，现在他开口了："那么，马歇尔先生，你太太实际上是个有钱的女人了？"

肯尼斯·马歇尔耸了耸肩膀说。"我猜她还真的是。"

"你仍然说她没有立过遗嘱？"

"你们去问她的律师吧，不过我敢肯定她没有立过，正像我刚才告诉过你的那样，她认为那样做不吉利。"他略停一下，问道，"还有事吗？"

韦斯顿摇摇头。"我想没有了——呃，科尔盖特？没有了，马歇尔先生，让我们再一次向你致以哀悼。"

马歇尔眨眨眼睛，有点意外地说："啊——谢谢。"

他走了出去。

留下的三个人面面相觑。韦斯顿说："此人真是冷静，说起话来滴水不漏。你觉得他怎么样？科尔盖特？"

警督摇了摇头说："很难说，他不是那种外向张扬的人，这种人出庭作证时让人感觉很不好，其实这对他们来说并不公平。有时候他们心里翻江倒海，脸上却风平浪静。这种态度容易误导陪审团做出有罪判决。这无关证据，他们只是不相信一个人在太太被谋杀之后谈起此事，还能如此心平气和，若无其事。"

韦斯顿转头问波洛："你怎么说？波洛。"

赫尔克里·波洛举起两手，说："有什么好说的？他守口如瓶，像只合紧了的蛤蜊。他已经找好了自己的应对之道，就是一问三不知，一无所闻，一无所见，一无所知。"

"我们已经了解到存在着多种杀人动机，"科尔盖特说，"有嫉妒，有金钱。当然啦，在某程度上说，丈夫的嫌疑最重，人们第一个怀疑的就是他，这很正常。如果他知道自己的太太与别的男人有什么——"

波洛插嘴说："我认为他是知道的。"

"有什么理由吗？"

"有啊，我的朋友，昨天晚上我和雷德芬太太在阳光崖上聊了会儿天，然后离开那里走回旅馆。半路上我见到了那两个人——就是马歇尔太太和帕特里克·雷德芬，他们正在一起。过了没多久，我又碰到马歇尔，他紧绷着脸，毫无表情——过于没有表情了，简直可以说空空如也，我不知道你是不是明白我的意思。啊！他显然已经心知肚明。"

科尔盖特带点儿疑问地哼了一声，说："啊，好吧，要是你认为是这样——"

"我确信是这样！可是，即使如此，又能说明什么呢？谁知道肯尼斯·马歇尔心里对他太太是怎么想的？"

韦斯顿上校说："不动声色地杀了她。"

波洛摇头表示异议。科尔盖特警督说："有时候这些沉默寡言的人其实是最心狠手辣的家伙，但深藏不露。他可能会爱她爱得发疯——也嫉妒得发疯，但并不会把心里的事全放在脸上。"

波洛慢吞吞地说："不错，是有这种可能。这位马歇尔先生实在挺有意思的，我对他很感兴趣，也对他的不在场证明很感兴趣。"

"用打字机来提供不在场证明。"韦斯顿发出一声短笑，"你对这一点怎么看？科尔盖特？"

科尔盖特警督眼睛一翻，说："哎，你知道的，局长，我对他这个不在场证明还真有点想法。那证明并不怎么有说服力，你明白我的意思吧？可又相当有说服力——相当自然，要是我们能找到在旁边房间打扫的女佣，而她也的确听到了打字机工作的声音，那我觉得就没问题了，我们得换个方向调查。"

"嗯。"韦斯顿上校说，"你打算转到什么方向去调查呢？"

三个人都在思考，科尔盖特警督首先开口。他说："这取决于一点——凶手是从外面来的，还是旅馆的客人？注意，我并不完全排除凶手是旅馆雇员的可能性，可是我认为他们根本不可能与此案有什么牵连。不会的，我觉得只能是旅馆里的客人，要不就是从外面来的什么人作的案。我们得从这个思路入手去调查。首先要弄清楚的是——动机。谁是受益者？似乎只有一个人因为这位太太去世而受益，那就是她的丈夫。除此之外还有什么别的动机呢？首先就是嫉妒，最主要的还是嫉妒。在我看来，如果你要找什么犯罪激情，你只要睁眼看看，"他向波洛微一鞠躬，"这就是。"

波洛两眼望着天花板，喃喃地说："激情有许多种。"

科尔盖特警督继续说道："她的丈夫不承认她有敌人，真正恨她的人，我是半点儿也不信！我认为像她这样的女人一定，呃，一定会树敌，而且是那种聪明恶毒的敌人。

波洛先生，你怎么说？"

波洛回答道："哦，不错，也对。艾莲娜很容易树敌，不过在我看来，用敌人论来解释案情也未必合理。你也知道，警督，我想，与艾莲娜·马歇尔为敌的人，就像我刚才说的那样，总是些女人。"

韦斯顿哼了一声。"有道理，捅她刀子的一定是女人。"

波洛继续说道："但这个案子的凶手不可能是女人。法医是怎么说的？"

韦斯顿又哼了一声。他说："尼斯登断言说是个男人掐死她的，手很大，很有劲。当然，也不排除是个孔武有力的女人干的，可是看来实在不像。"

波洛点了点头。"一点儿不错，在茶里下砒霜，在巧克力糖里下毒，用刀甚至用手枪……可是要掐死人，不可能！我们要找的凶手是个男人。"他继续说道，"这样一来，事情就更复杂了。这个旅馆里有两个人想把艾莲娜·马歇尔从眼前清除掉——但这两个都是女人。"

韦斯顿上校问道："我想，雷德芬的太太是其中一个吧？"

"是的，雷德芬太太很可能有杀了艾莲娜·斯图尔特的打算。我们可以说，她有充分的理由这么做。我认为，雷德芬太太是有可能动手杀人的，但她不会选择这样的方法，因为她虽然既不快乐，又很嫉妒，我却认为她不是有强烈激情的人。在爱情上，她会很投入，真诚——但不会很冲动。我刚刚也说过——在茶里下毒，有可能；用手扼杀，绝不会。在体力上她也干不了掐死人这种事，何况她的两只手比一般人要小得多呢。"

韦斯顿点点头说："这不是女人的犯罪方式，凶手是男人。"

科尔盖特警督咳嗽一声道："我先说说另一个推理。比方说，在认识雷德芬先生之前，死者和另外一个男人有暧昧关系，我们姑且称那个男人为 X 先生，她为了雷德芬而甩了 X 先生，X 先生对此十分气愤和嫉妒，就尾随着她到了这里，躲在附近，然后到了岛上，伺机把她干掉。这也是一种可能性！"

韦斯顿说："是有这种可能性。如果真的是这样，也不难证明。他是走过来的还是划船过来的？后者的可能性更大一些。果真如此，他想必要在什么地方租条船，你最好去调查调查。"他看了看波洛，"你认为科尔盖特这个说法怎么样？"

波洛缓缓地道："这种说法还是有不少漏洞的，再说——整个事情看起来好像雾里看花，看不清楚眉目。你知道，我很难想象出那个男人……你说的那种因为愤怒和嫉妒而发疯的男人。"

科尔盖特说："不过，的确有人被她弄得神魂颠倒，先生。你只要看看雷德芬。"

"不错，不错……可是我总是觉得——"

科尔盖特探询地望着他。波洛摇摇头，皱起眉头说道："在哪里，有些什么事我们没有注意到……"

第六章

韦斯顿拿了旅馆的旅客登记簿，大声念出来。

考恩少校及夫人

帕米拉·考恩小姐

罗伯特·考恩先生

伊万·考恩先生

雷德山，莱瑟赫德镇

马斯特曼先生及夫人

爱德华·马斯特曼

珍妮弗·马斯特曼小姐

罗伊·马斯特曼先生

弗雷德里克·马斯特曼先生

马尔伯乐大道五号，伦敦，西北区

加德纳先生及夫人

纽约

雷德芬先生及夫人
　　克劳斯门，赛尔顿，雷斯堡王子市

巴里少校
　　卡顿街十八号，圣詹姆斯，伦敦西南一区

贺拉斯·布拉特先生
　　皮克斯街五号，伦敦东部中二区

赫尔克里·波洛先生
　　伦敦怀特黑文大厦，伦敦西一区

罗莎蒙德·达恩利小姐
　　卡丁甘大厦八号，西一区

艾米丽·布鲁斯特小姐
　　南门街，泰晤士河森伯里区

斯蒂芬·兰恩牧师
　　伦敦

马歇尔先生及夫人·

琳达·马歇尔小姐

厄普科特大厦七十三号，伦敦西南七区

他停了下来。科尔盖特警督说："局长，我想最前面两家可以忽略，卡斯特尔太太告诉我，这两家人每年都带着孩子到这里来度假。他们今天一早就去玩海上一日游，是带了午餐去的，刚过九点就动身了。驾船带他们出去的人叫安德鲁·巴斯顿，我们可以找他问问。不过我觉得现在就可以把他们从名单上面剔除了。"

韦斯顿点点头。"同意，我们逐一排查每个人吧。波洛，其他的人你能不能大略向我们说明一下呢？"

波洛说："只是表面形容一下，那很容易。加德纳夫妇是一对中年已婚夫妇，性情开朗，喜欢旅游，太太特别爱说话，一张口就滔滔不绝，丈夫只有默默点头的份儿。他喜欢打网球和高尔夫。其实他也有种冷幽默，相当吸引人，不过那得在只有他一个人的时候才会表现出来。"

"听起来没什么问题。"

"下面一对，雷德芬夫妇。雷德芬先生很年轻，招女人喜欢，是个游泳高手，网球打得出色，还精通跳舞。他的太太我刚才已经跟你说过了，她是个安静的人，具有那种苍白的美。我想她非常爱她的丈夫，她还有些艾莲娜·马歇尔不具备的东西。"

"是什么呢？"

"头脑。"

科尔盖特警督叹了口气说："头脑无法对抗鬼迷心窍的激情。"

"也许吧，不过我认为帕特里克·雷德芬虽然被马歇尔太太迷得神魂颠倒，却还是真心在乎他太太的。"

"不是没有可能，这种情况以前也有过的。"

波洛喃喃地说："可惜的是，女人很难相信这一点。"他继续说道，"巴里少校原先在印度服役，现在已经退伍了，喜欢女人，喜欢讲又臭又长的故事。"

科尔盖特警督叹了口气。"你不必多说，这种人我也见识过几个。"

"贺拉斯·布拉特先生，显而易见是个有钱人。他特别爱说话——说的都是自己的事。他希望和大家做朋友，可悲的是，大家都不是很喜欢他。另外还有一件事，布拉特先生昨晚问了我很多问题，一副惴惴不安的样子。是的，布拉特先生有点不对劲。"他停顿了一下，然后换了个声调继续说道，"下面一位是罗莎蒙德·达恩利小姐，她是罗斯蒙德服饰公司的老板，自己也是著名服装设计师。我该怎么形容她呢？她有头脑，风度迷人，也很时尚，让人赏心悦目。"他略顿一下，又说道，"她是马歇尔先生青梅竹马的老朋友。"

韦斯顿在椅子上坐直了身子。"啊，真的吗？"

"是的，不过他们有许多年没见面了。"

韦斯顿问道："她原先知道他要到这里来吗？"

"她说不知道。"波洛停了停，继续说道，"接下来是谁？布鲁斯特小姐。我对她倒是有点疑虑，"他摇摇头，"她的声音像个男人，鲁莽直率，也很健壮。她会划船，高尔夫球也打得不错。"他顿了顿，"不过，我想她是个心地善良的人。"

韦斯顿说："剩下的只有斯蒂芬·兰恩牧师了，他是什么人？"

"我只能告诉你一件事，他是个精神高度紧张的人。我认为，他也是个狂热分子。"

科尔盖特警督说："哦，那种人。"

韦斯顿说："就是这些人了！"他看了看波洛，"你好像在想什么心事，朋友。"

波洛说："嗯，因为马歇尔太太今早离开海滨的时候，叫我不要告诉任何人见到过她，我马上意识到的是：她与帕特里克·雷德芬的关系在她和她丈夫之间惹出了麻烦。我以为她和帕特里克·雷德芬在什么地方有个约会，但希望避过她丈夫的眼睛。"

他停了停。"不过你知道的，在这一点上我弄错了，因为，虽然她丈夫紧接着就来了海滩，向我打听有没有见到她，但帕特里克·雷德芬也同时来了，而且很明显也在到处找她！所以，朋友们，我现在要问自己的是：艾莲娜·马歇尔去见的人，究竟是谁呢？"

科尔盖特警督说："这正符合我的看法，那是个从伦敦还是什么别的地方来的男人。"

赫尔克里·波洛摇摇头说："可是，按照你的推理，艾莲娜·马歇尔已经抛弃了这位神秘人物，那她何必煞费苦心地去和他相会呢？"

科尔盖特警督也摇摇头。他说："那你认为会是什么人呢？"

"我现在还很难想象。我们刚才已经把旅馆客人的名单念过一遍，都是中年人，很无趣。其中有哪一个对艾莲娜·马歇尔的吸引力会超过帕特里克·雷德芬呢？不可能。可是，话虽如此，她的确是见什么人去了——而这个人又不是帕特里克·雷德芬。"

韦斯顿喃喃地说道："你认为她不会只是一个人出去吗？"

波洛摇了摇头，说："你这样说，是因为你没有见过那个已经去世的女人。有人曾经写过一篇论文，谈到独处对不同性格的人产生的不同影响。我亲爱的朋友，艾莲娜·马歇尔根本就不会独处的，她只生活在男人对她的爱慕中。艾莲娜·马歇尔今天早上是去见什么人的，那个人到底是谁？"

* * *

韦斯顿上校叹了口气，摇摇头说："唉，我们以后再谈理论，现在先接着询问，一定要把每个人的活动情况白纸黑字地落实清楚。我想现在最好先见见马歇尔的女儿，说不定她可以告诉我们一些有用的资料。"

琳达·马歇尔手足无措地走进房间，还在门框上撞了一下。她急促地呼吸着，两眼瞳孔放大，看起来像一匹惊恐的小马。韦斯顿上校禁不住对她心生怜爱。他想："这可怜的孩子毕竟还是小孩子呢，她一定被这件事吓坏了。"

他拉过一把椅子，用抚慰的语气说："很抱歉把你叫过来问话。你是——琳达，对吗？"

"是的，我是琳达。"

她的声音里有种怯弱的味道，高中女孩常有这种嗓音。她双手无助地放在面前的桌上——作为女孩，她的手偏大偏红，骨节粗大，手腕很长，看着就让人心生同情。韦斯顿想："不该让孩子卷到这种事里。"

他用抚慰的语气说："放松点儿，别紧张，你只要把你了解的、对我们可能有用的那些事告诉我们就行了。"

琳达说："你是说——关于艾莲娜的事？"

"是的。你今天早上看到她了吗？"

小女孩摇摇头。"没有，艾莲娜一向很晚才下楼，她通常在床上吃早餐。"

赫尔克里·波洛说："那你呢？小姐。"

"哦，我起床早得很，在床上吃早餐有什么意思？"

韦斯顿说："你能不能告诉我，今天早上你都做了些什么？"

"呃，我先去游了会儿泳，然后吃早饭，再跟雷德芬太太去了鸥湾。"

韦斯顿说："你什么时候和雷德芬太太动身的？"

"她说她十点半在大厅里等我，我当时怕自己会迟到，结果没有。我们大约是在十点二十七分左右动身的。"

波洛说："你们到鸥湾做什么？"

"哦，我在身上搽了油晒日光浴，雷德芬太太画画。后来，我下海游泳，她回旅馆换衣服，准备去打网球。"

韦斯顿尽量用漫不经心的语气问道："你还记得那大约是几点吗？"

"雷德芬太太回旅馆的时候？十一点四十五分。"

"你肯定是这个时间——十一点四十五分吗？"

琳达瞪大了眼睛说："哦，肯定是，我看过表。"

"就是你现在戴着的这只表？"

琳达低头看了下手腕。"是的。"

韦斯顿说："借给我看看好吗？"

她伸出手，他将自己的表伸过去比较了一下，再对对旅馆墙上的钟，微笑道："一秒不差。然后你就去游泳了？"

"是的。"

"你再回旅馆是——什么时候？"

"差不多一点钟左右，我，后来，我就听说了，艾莲娜……"她的声音有点变调。

韦斯顿上校说："你，呃，和你继母之间相处得还好吗？"

她沉默着看了他一会儿，然后说："还好。"

波洛问道："你喜欢她吗？小姐？"

琳达说："喜欢。"又补充了一句，"艾莲娜对我很和气。"

韦斯顿假装开玩笑地说："不是那种讨厌的后妈，嗯？"

琳达摇摇头，脸上没有一丝笑意。

韦斯顿说："那就好，那就好。你知道，家庭里面也是会产生矛盾的，比如嫉妒什么的。女儿跟爸爸本来亲密无间，后来爸爸的心思都放在新娶的太太身上，做女儿的心里总会有些郁闷。你没有这种感觉吧，嗯？"

琳达直视着他，满脸真诚地说："啊，没有。"

韦斯顿说："我想你父亲，呃，心思都在她身上吧？"

琳达干脆地说："我不知道。"

韦斯顿继续说："我刚才也说过，家庭生活总会发生一些矛盾，比如拌嘴吵架之类的。要是他们夫妻之间有什么不愉快的龃龉，那么作为女儿，夹在中间感觉总是比较别扭。你们家里发生过这类事吗？"

琳达直截了当地问："你的意思是，我爸和艾莲娜吵过架没有？"

"呃，是的。"

韦斯顿心下暗忖："这叫什么事，向一个孩子盘问她父亲，这就是警察要做的事？妈的，可是该做的事还是要做。"

琳达很肯定地说："没有。"她又补充说，"我爸从不跟人吵架，他不是那种人。"

韦斯顿说："呃，琳达小姐，我希望你用心地回想一下，看能不能想到会是谁杀了你的继母？在这方面，你有没有听到过什么，或是想起什么事，可以给我们提供一些线索？"

琳达沉默了好一会儿，似乎正在绞尽脑汁地思考这个问题。最后她终于开口说："没有，我想不出来谁要杀艾莲娜。"

她接着又说了一句："当然，除了雷德芬太太。"

韦斯顿说："你觉得雷德芬太太想杀她？为什么？"

琳达说："因为她的丈夫在和艾莲娜谈恋爱。不过我可不是说她真的要动手杀她，我的意思是觉得她会希望艾莲娜死掉——这可是两码事，对不对？"

波洛很温和地说："对的，完全不是一回事。"

琳达点点头，脸上掠过一种古怪的神情。她说："不管怎么说，雷德芬太太绝不可能干那种事——我是说谋杀。她不是……不是那种暴戾的人，我想你们懂我的意思。"

韦斯顿和波洛都点了点头。波洛说："我很清楚你的意思，孩子，我也同意你的看法。雷德芬太太正像你说的那样，不是那种容易'红眼'的人，她不会——"他靠向后方，半合起眼皮，很小心地选择要用的字眼，"被突如其来的愤怒情绪所左右，看到她的生活越来越逼仄，看到某张令人憎恨的脸，一段可恶的白色颈子，感觉到自己的十指拳曲，想要扼进那肉里去——"

他停了下来，琳达猛地从桌边退缩开，颤抖地问道："我可以走了吗？还有没有别的事？"

韦斯顿上校说："好了，好了，没事了。谢谢你，琳达小姐。"

他站起身，为她打开房门，又回到桌子面前坐下，点上了一支烟。"呸，"他说，"这叫什么事！告诉你，我觉得向一个孩子盘问她父亲和继母之间的关系真是太糟糕了，在某种程度上，这让人觉得有点像让做女儿的往她爸爸脖子上套绳圈。不过，再怎么说，事总还是要做的。谋杀案毕竟是谋杀案，而她又是最可能了解事情真相的人。谢天谢地，她没提供出什么有用的信息。"

波洛说："不错，我估计你就是这样想的。"

韦斯顿有点尴尬地咳嗽一声："对了，波洛，我觉得你最后有些太过分了，说什么伸手扼进肉里之类的话！这种想法实在不该说给孩子听的。"

赫尔克里·波洛若有所思地望着他说："你认为我是在诱导她吗？"

"呃，难道不是吗？承认了吧。"

波洛摇摇头。韦斯顿换了个话题，他说："说起来，我们从她那里还是一无所获，只不过间接地给雷德芬太太提供了不在场证明。要是她们从十点半到十一点四十五分这段时间里都在一起的话，那克莉丝汀·雷德芬就洗脱了嫌疑，我们可以把这位吃醋的妻子排除在外了。"

波洛说："还有比这更好的理由让她摆脱嫌疑。我深信在身心两方面来说，她都不可能掐死什么人。她不是那种会热血上头的人，更像是冷血一类的，能够深爱某个人，不管对方怎么样都始终如一，而不会有那种情绪化的热情或愤怒。况且，她的手也太小、太纤细了。"

科尔盖特说："我同意波洛先生的说法，她的名字可以排除了。尼斯登大夫说掐死那位太太的人有一双强有力的大手。"

韦斯顿说："好吧，接下来问雷德芬夫妇吧，希望那个男人已经从所受的惊吓中恢复一点了。"

帕特里克·雷德芬已经完全恢复了。他看起来苍白憔悴，而且突然显得很年轻，不过态度却相当沉着。

"你就是住在雷斯堡王子市克劳斯门的帕特里克·雷

德芬先生吗？"

"是的。"

"你认识马歇尔太太有多久了？"

帕特里克·雷德芬犹豫了一下，说："三个月。"

韦斯顿继续问："马歇尔先生告诉我们，说你和她是在一次鸡尾酒会上偶遇而认识的，对吗？"

"是的，是这样的。"

韦斯顿说："马歇尔先生表示，在你们两人于此地再次相遇之前，你们之间并不太熟悉。是这么回事吗，雷德芬先生？"

帕特里克·雷德芬又犹豫了一下，然后说："呃，不完全是这样。实事求是地说，我和她曾经在各种不同场合见过若干次。"

"马歇尔先生都不知道？"

雷德芬脸色微红。他说："我不清楚他是否知道。"

赫尔克里·波洛开了口，他轻声说道："你太太也同样不知道吧，雷德芬先生？"

"我相信我曾经向我太太提到过，说我认识了著名的艾莲娜·斯图尔特。"

波洛追问道："可是她并不知道你和她经常见面的事？"

"呃，也许不知道。"

韦斯顿说："你是不是和马歇尔太太约好到这里来见

面的？"

雷德芬沉默了一会儿，然后耸了下肩膀。"好吧，"他说，"我想事情总要水落石出的，再隐瞒下去也没什么意义。我对那个女人爱得要命，完全失去了理智，你们爱怎么想就怎么想吧。她要我到这里来，我勉强抗拒了一下就同意了。我，我，咳，只要她喜欢，让我干什么都行，她就是有那样的魅力。"

赫尔克里·波洛嘀咕道："你形容得非常清楚，她就是迷人的女妖瑟西①，确实是！"

帕特里克·雷德芬苦涩地说："她的确会把男人变成猪！"

他继续说道："我会对你们很坦率，各位，不会再隐瞒任何事。再瞒又有什么用？我刚才说过，我爱她爱得失去理智，至于她爱不爱我，我可完全也不知道。她假装很在乎我，不过我想她是那种一旦对某个男人得手，就兴趣全失的女人。她知道她已经得到了我。今天早上，当我发现她躺在海滩上，死了，就好像——"他停了一下，"好像遭到当头一棒，我感到天旋地转，整个人都失去知觉了。"

波洛的身子俯向他。"那现在呢？"

帕特里克·雷德芬直视着他的目光说："我已经把真

---

①瑟西，又译喀耳刻，希腊神话中的女巫，善于运用魔药，经常以此使她的敌人或反抗者变成猪一类的动物或怪物。

相对你们和盘托出了，我想要知道，这件事有多少会被公开出来？她反正已经死了，公开这件事对她没什么影响，但对我太太来说会是相当大的打击。是啊，我明白，"他紧接着说，"你们可能在想，你到现在才想起你太太的感受，早干什么去了？也许事情就是这样。虽然我的话听起来一片虚情假意，但实际上，我真心实意地爱我的太太，非常非常在乎她。另外的那个——"他耸了下肩膀，"那是一种疯狂吧，男人都会做的傻事，可是克莉丝汀不同，她才是我真心所爱的人。尽管我亏待了她，可是心底里一直清楚她才是我真正重视的人。"他停了下来叹口气，一副可怜巴巴的样子，"希望你们相信我的话。"

赫尔克里·波洛俯向他说："我相信，真的，真的，我相信你的话。"

帕特里克·雷德芬满怀感激地望着他说："谢谢你。"

韦斯顿上校清了一下嗓子，说："你也许认为，我们不会在意这种貌似无关紧要的事。假如你对马歇尔太太的迷恋与谋杀案毫不相干的话，就不会被牵扯进案情。可是你似乎没明白，呃，你们的亲密关系很可能与谋杀案有直接牵连。你知道，这很可能就是犯罪的动机。"

帕特里克·雷德芬说："动机？"

韦斯顿说："是的，雷德芬先生，动机！马歇尔先生也许并不知道你们的关系，假如他突然发现了呢？"

雷德芬说："啊，我的天！你是说他发现了隐情就——

就杀了她？"

警察局局长干巴巴地说："你从来没想过会有这种结果吗？"

雷德芬摇摇头说："没有。怪了，我从来没有想过这种事。你知道的，马歇尔是一个非常沉静的人，我——啊，看起来就不像会有这种事。"

韦斯顿问道："在你们交往的时候，马歇尔太太对她丈夫的态度如何？她有没有感到——呃，不安？怕事情传到他耳朵里？还是说她根本就无所谓？"

雷德芬慢吞吞地说："她——有点紧张，不想让他起疑心。"

"她是不是有点怕他呢？"

"怕？没有，我觉得没有。"

波洛喃喃地说道："对不起，雷德芬先生，在你们交往的这段时间里，没有提到过离婚吗？"

帕特里克·雷德芬很肯定地摇了摇头。"啊，没有，从来没谈到这种事。你知道的，我有克莉丝汀，而艾莲娜，我敢说她从未想过离婚。她对马歇尔这个丈夫很满意，他是，呃，说起来也算是个有头有脸的人物了——"他突然笑了一下，"是个乡绅这一类的，而且相当有钱。她从未把我当作可以考虑的结婚对象，我只是她众多可怜的追随者中的一个，用来消闲解闷。其实我心里对此一直很清楚，可是，怪得很，这并不影响我对她的感情……"

他的声音小了下去，坐在那里默想。韦斯顿把他从沉思中唤了回来。"呃，雷德芬先生，你今天早上和马歇尔太太有什么特别的约会吗？"

帕特里克·雷德芬有点不解地说："没有特别约过。我们通常都是早上在海滩碰头，然后划着小筏子出去。"

"你今早没有看到马歇尔太太，是不是觉得意外？"

"嗯，是的，很诧异，想不出来她到底怎么了。"

"你当时怎么想？"

"呃，我不知道该怎么想。我是说，我一直认为她马上就会出现。"

"如果说她在别的什么地方和别的什么人约会，你能想到的会有谁？"

帕特里克·雷德芬只是睁大眼睛摇头。

"你若是和马歇尔太太有约会，通常都在哪里碰头？"

"呃，有时候我会下午和她在鸥湾见面，因为鸥湾一带下午没有太阳，所以通常没什么人。我们在那里约会过一两次。"

"从来没去过别的海湾？精灵湾呢？"

"没有过，精灵湾朝西，下午有很多人乘船和小筏子到那边去。我们也从来不在早上约会，免得引人注意。下午很多人会睡午觉，或是四处闲逛，谁都不大清楚其他人在什么地方。"

韦斯顿点点头。帕特里克·雷德芬继续说道："当然，吃过晚饭之后，如果天气好，我们会在岛上散散步。"

赫尔克里·波洛轻轻地说："嗯，是这样的。"

帕特里克·雷德芬纳闷地看了看他。

韦斯顿说："看来关于马歇尔太太今天早上为什么去精灵湾，你也说不出什么情况能帮我们找出原因了？"

雷德芬摇摇头，用听起来非常迷惑的声音说："我真的一点儿也不知道！这完全都不像艾莲娜平日的行为。"

韦斯顿说："她有没有什么朋友住在这附近？"

"我不知道。啊，我相信一定没有。"

"呃，雷德芬先生，我要你认真回想一下。你是在伦敦认识马歇尔太太的，想必也认识她那个圈子里的朋友。据你所知，有没有人非常恨她——比如说，她为了同你来往而抛弃了别的什么人？"

帕特里克·雷德芬想了一会儿，摇摇头。"实话说吧，"他说，"我还真想不出有什么人。"

韦斯顿上校用指节敲着桌面，终于开口说道："好吧，就这样吧。目前好像只有三种可能：一个不知名的杀手——或许是个单相思的疯子，而且正好在这附近——这实在不太可能——"

雷德芬插嘴道："不过，说老实话，目前看起来这是最有可能的了。"

韦斯顿摇了摇头。他说："在这个案子里没有这种可能。那个海湾一般人难以到达，凶手若不是走堤路过来，经过旅馆，穿越整个小岛，再从那边的梯子下去，那就只有坐船这一种途径。这两种方式都不像是即兴杀人的凶手会选择的。”

帕特里克·雷德芬说：“你刚才提到有三种可能。”

“呃，不错，”警察局局长说，“剩下的两种可能，就是指这个岛上还有两个人有谋杀她的动机。一个是她丈夫，另外一个就是你太太。”

雷德芬目瞪口呆地望着他。他说：“我太太？克莉丝汀？你是说克莉丝汀和这件事有关系？”他站起身，语无伦次地说，“你疯了吧，真是疯了，克莉丝汀？唉，这完全不可能，太可笑了！”

韦斯顿说：“不管怎么说，雷德芬先生，嫉妒就是一种强烈的动机。嫉妒中的女人是会情绪失控的。”

雷德芬急切地说：“克莉丝汀不会，她——啊，她不是那样的人，她是不快乐，不错，可是她不是那种会——唉，她的本性一点也不暴戾。”

赫尔克里·波洛沉吟地点了点头。暴戾，琳达·马歇尔也用过这两个字。他像刚才一样，同意了这种看法。

“再说，”雷德芬很有自信地说道，“这个想法也太荒谬了，艾莲娜在体力上至少比克莉丝汀要强壮两倍。我怀疑克莉丝汀连小猫都掐不死，更不用说像艾莲娜那样强壮的一个人了。而且克莉丝汀也不可能从崖顶顺那条直梯下到海滩上去，她想都不会想到那种方式。还有，啊，整个事情就像天方夜谭！"

韦斯顿上校挠挠耳朵。"呃，"他说，"照你这么说的确是不可能，这一点我同意，可是动机是我们首先要找的东西。"他又补充说，"动机和机会。"

雷德芬离开房间之后，警察局局长面带微笑地说："我不觉得有必要告诉这个家伙说他妻子已经有不在场证明了，这样可以听听他对太太涉嫌谋杀有什么高见，好惊吓他一下，是不是？"

赫尔克里·波洛低语道："他据理力争的那些话，与不在场证明的效果也不相上下。"

"是这样的。不是她干的，也不可能是她干的——正像你说的，她没有那么大的力气。马歇尔倒可能下手，可显然也不是他干的。"

科尔盖特警督咳了一声。他说："对不起，局长，我在想马歇尔那个不在场证明。你知道，如果他早有预谋的话，完全可以先把那三封信准备好，这也是可能的。"

韦斯顿说："这个想法很好，我们一定要调查——"

他停住话头，因为克莉丝汀·雷德芬走进了房间。她像平常一样，态度淡定，举止有度。她穿了件白色网球装，外罩浅蓝色套头绒线衫，更衬托出了她的金发白肤，使她看起来更具那种孱弱的美。不错，赫尔克里·波洛心中暗忖，那张脸既不愚蠢，也不软弱可欺，充满了决心、勇气和理性。他颇为赞赏地点点头。韦斯顿上校心想："这个小女人看上去很不错，也许有点太淡漠。这样的人，她那个拈花惹草的笨驴老公实在有些配不上。啊，也罢，那个男孩子还年轻，女人总会允许他们犯一两次傻的。"

他说："请坐，雷德芬太太，你知道，有些例行公事是无法避免的。我们在询问每个人今天早上的活动情况，只是做个记录而已。"

克莉丝汀点点头，用轻柔的声音说："哦，我明白的。你希望我从什么时候开始说呢？"

赫尔克里·波洛说："越早越好，夫人。你今天早上起床之后都做了些什么？"

克莉丝汀说："让我想想。我下楼去吃早饭的时候，先到了琳达·马歇尔的房间，约她早上和我一起到鸥湾去。我们说好十点半在大厅里碰头。"

波洛问道："你吃早饭之前没有先去游游泳吗？夫人？"

"没有，我很少那么早去游泳。"她微笑道，"我喜欢等海水温热一点之后再下去。我挺怕冷的。"

"可是你先生会去？"

"是的，他总是早上去。"

"马歇尔太太呢？她也一样吗？"

克莉丝汀的声音一变，渗出丝丝寒意和酸味。"啊，像马歇尔太太这种人，不到十点多钟是不会露面的。"

气氛有些尴尬，赫尔克里·波洛说："对不起，夫人，我先打断一下。你刚才说你去了琳达·马歇尔小姐的房间，那是几点钟的事呢？"

"让我想想，八点半，不对，还要再晚一点。"

"马歇尔小姐那时候已经起床了吗？"

"啊，起来了，她都出去过了。"

"出去过？"

"是的，她说她去游泳了。"

克莉丝汀的语气有一点点，很少的一点点迟疑，使赫尔克里·波洛感到不解。

韦斯顿说："后来呢？"

"后来我就下楼去吃早饭。"

"吃过早饭之后呢？"

"我回到楼上，收拾好我的笔盒和素描簿，然后我们就出发了。"

"你和琳达·马歇尔小姐？"

"是的。"

"那时是几点钟？"

"我想正好是十点半吧。"

"你们做了些什么呢？"

"我们去了鸥湾。你知道，就是岛东侧的那个小海湾。我在那里画画，琳达晒日光浴。"

"你是什么时候离开海湾的？"

"十一点四十五分。因为我十二点钟要打网球，得先回来换衣服。"

"你自己戴着表吗？"

"没有，我没有戴表，时间是问琳达才知道的。"

"啊，然后呢？"

"我收拾起画具什么的，回到旅馆。"

波洛说："琳达小姐呢？"

"琳达？哦，琳达下水游泳去了。"

波洛说："你们坐的地方离海远吗？"

"呃，我们在最高水位线上面一点，正好在悬崖下面——这样我可以坐在阴凉里，而琳达可以晒到太阳。"

波洛说："你离开海滨的时候，琳达小姐是不是确实已经下海游泳了？"

克莉丝汀皱起眉头，尽力地回想了一阵。她说："让我想想。她跑下了海滩，我盖好了我的笔盒——不错，我爬上悬崖上的小路时听到了她跳下水去的声音。"

"这一点你可以确定吗，夫人？她真的下海了？"

"是啊！"她有点诧异地瞪着他。

韦斯顿上校也瞪着波洛，然后说道："说下去，雷德芬太太。"

"我回到旅馆，换好衣服，到网球场上和其他人见面。"

"都有哪些人呢？"

"有马歇尔先生、加德纳先生和达恩利小姐。我们打了两局，正准备再开始的时候，就听到了消息——马歇尔太太的事。"

赫尔克里·波洛的身子俯向她说："你听到那个消息的时候，是怎么想的，夫人？"

"我怎么想？"她看上去很抵触这个问题。

"不错。"

克莉丝汀·雷德芬慢慢地说道："那实在是——一件可怕的事。"

"啊，不错，你讨厌这样的事，这我明白。不过这对你个人来说意味着什么？"

她飞快地瞥了他一眼——带着恳求的目光。他对此的反应是用一种就事论事的语气说："我请求你，夫人。你是个头脑聪明，具有理性和判断力的女人，在你住进旅馆的这段时间里，你想必对马歇尔太太是个什么样的女人心中有数吧？"

克莉丝汀很小心地说："我想一个人住在旅馆里，多少总会对其他人产生某些看法的。"

"当然，这是很自然的事。所以我请问你，夫人，你在听到她的死讯时是不是真的觉得很意外呢？"

克莉丝汀慢慢地说道："我想我明白你的意思。不，我没觉得意外，我的确感到很震惊，可是像她那样的女

122

人——"

波洛替她说完了后半句话："像她那样的女人就是会发生这种事的……不错，夫人，这是今天早晨以来，大家在这个房间里所说过最真实，也最重要的一句话。且把，呃——"他很小心地选用着字眼，"个人感情放在一边，你怎么看死去的马歇尔太太？"

克莉丝汀·雷德芬镇静地说："现在再去说这些，有必要吗？"

"我想是有必要的。"

"呃，我能怎么说呢？"她苍白的脸上忽然涌起一阵红晕。

她那种故作镇定的态度松弛下来，此时此刻，她显露了女人的天然本色。"她是那种在我眼里无足轻重的女人，一无所长，根本没有存在的价值。她没脑子，没有智慧，除了男人、衣服和别人对她的奉承之外，什么也不想。她一无用处，是个寄生虫！我想，她也就是对男人有吸引力——当然了，她是有吸引力，她过的就是这种日子。所以，我想，我对她会有这样的下场一点都不觉得意外。她这种女人永远与那些肮脏的勾当纠缠不清——比如勒索、嫉妒、暴力，诸如此类下作的事，她，她就是个败类。"

她气喘吁吁地停下来，噘着嘴唇，满脸不屑。韦斯顿上校突然发现，很难找到比克莉丝汀·雷德芬和艾莲娜·斯图尔特更格格不入的女人了。他同时也想到，一个人如果娶了克莉丝汀·雷德芬做太太，生活氛围自然高雅纯净，以至于会觉得艾莲娜·斯图尔特那样的女人特别有吸引力。这些念头在他脑海中一掠而过，但她谈话中提到的某个单词使他心中一动。

他俯身问她："雷德芬太太，你在说到她的时候，为什么会提起'勒索'这个词呢？"

第七章

克莉丝汀瞪着他，好像一时没弄明白他的意思，几乎是条件反射地答道："我想——因为她被勒索过。她是那种会被人勒索的人。"

韦斯顿上校很热切地说："可是，你知道她被人勒索吗？"

她的两颊上泛起了一片红晕，有点尴尬地说："说老实话，我碰巧知道，我……我……偶然听到了一些话。"

"你能不能解释一下，雷德芬太太？"

克莉丝汀·雷德芬的脸越来越红，她说："我，我并不是有意偷听，完全是偶然碰上的。那是两，不，是三天之前，我们在玩桥牌。"她转头对波洛说，"你还记得吧？我丈夫和我，波洛先生和达恩利小姐。我正好是明手。桥牌室里空气不好，我就从落地长窗走到外面去呼吸新鲜空气。我向海滩走去时，突然听到有人说话——就是艾莲娜·马歇尔，我马上就听出来了。她说：'再怎么逼我也没用，我现在弄不到钱了，我丈夫会起疑心的。'然后有个男人的声音说:'不管你有什么理由,必须把钱吐出来。'艾莲娜·马歇尔说:'你这个勒索人的流氓,'那个男人说:'是流氓也好,不是流氓也好,你必须付钱,夫人'。"克莉丝汀停了一下,"我转身往回走,一分钟之后,艾莲娜·马歇尔从我身边冲过,她看起来,呃,极其心烦意乱。"

韦斯顿说:"那个男人呢?你知道他是谁吗?"

克莉丝汀·雷德芬摇了摇头说:"他的声音压得很低,我几乎听不清他说些什么。"

"是你认识的什么人的声音吗?"

她想了想,但又摇摇头说:"我不知道,声音很模糊,也很低。那个声音,啊,说是谁都可以的。"

韦斯顿上校说:"谢谢你,雷德芬太太。"

等克莉丝汀·雷德芬出去把门关上之后,科尔盖特警督说:"这下我们有点线索了。"

韦斯顿说:"你这么认为,呃?"

"唉,这是很有启发性的线索,局长,你不能视而不见。这个旅馆里有人在勒索那位女士。"

波洛轻声细语地说:"不过那个勒索人的歹徒没死,死的是被勒索的人。"

"这是有些说不通,我也这么想。"警督说,"一般来说,勒索者不会把他们的勒索对象干掉的。不过这至少解决了我们的一个问题,让我们明白马歇尔太太那天早上不同寻常的行为是为了什么。她是去见那个勒索者，不希望让她丈夫或雷德芬知道这件事。"

"这么说倒是顺理成章。"波洛表示同意。

科尔盖特警督继续说："想想看，他们选定的地点非常适合这种会面。那位太太划着小筏子去，显得很自然，她每天都会这么做。至于精灵湾那样一个早上从来没人去的安静地方，正适合谈话。"

波洛说："是这样，我也想到了这些。那里正如你所说的，非常适合见面，没有闲人干扰。要从陆地这边到那里，只能从崖顶沿着那条垂直的钢梯下去，不是所有人都乐意尝试的。除此之外，那个地方大部分被悬崖遮挡住了，从上面看不到。另外，还有个优点，雷德芬先生那天才跟我说起过，那里有个山洞，入口很难找到，任何人都可以在那里待着而不被别人发现。"

韦斯顿说："对，叫妖精洞——我记得听人提起过。"

科尔盖特警督说："不过已经有好多年没听人说起了。我们最好到洞里去查看一下，谁知道呢，没准能发现什么线索。"

韦斯顿说："对，说得对，科尔盖特，我们已经猜到这个谜的一部分答案，知道了马歇尔太太为什么去精灵湾。不过，我们还要得到另外一部分答案：她到那里去见什么人？想必那也是住在这个旅馆里的人。虽然旅馆里没人够资格做她的情人，可是作为勒索者就另当别论了。"

他看看旅客登记簿，"侍者、用人什么的可以排除，我认为他们不大可能。剩下的人是：那个美国佬加德纳，巴里少校，贺拉斯·布拉特先生，还有斯蒂芬·兰恩牧师。"

科尔盖特警督说："我们还可以把范围再缩小一点，局长。我想那个美国佬是可以排除在外的，他整个上午都在海滩上，是这样的吧，波洛先生？"

波洛回答道："他有一小段时间不在，给他太太拿毛线去了。"

科尔盖特说："啊，呃，那不必算。"

韦斯顿说："另外三个呢？"

"巴里少校今早十点钟出去的，一点半回来。兰恩牧师更早，他八点钟吃早饭，说他要去健行。布拉特先生九点半驾船出海，跟他平常一样。他们几个都还没回来吧？"

"驾船出去的，呃？"韦斯顿上校说话时好像若有所思。

科尔盖特警督随声附和："这个似乎比较符合我们要找的，局长。"

韦斯顿说："呃，我们要跟那位少校谈谈——我看看，还有些什么人？罗莎蒙德·达恩利，还有那个姓布鲁斯特的女人，她跟雷德芬一起发现尸体的。她是个什么样的人，科尔盖特？"

"啊，她是个通情达理的人，局长，不做什么不靠谱的事。"

"她对案情有没有发表过意见？"

警督摇了摇头。"我想她没有更多的东西要告诉我们了,局长,不过我们可以确认一下。另外就是那对美国夫妇。"

韦斯顿上校点点头说:"让他们一起进来吧,赶紧把询问程序结束。谁知道呢,说不定会发现什么线索。别的不敢说,也许会在勒索案上有些进展。"

加德纳夫妇来到他们面前,加德纳太太马上开口解释:"我希望你能了解,韦斯顿上校——我想没叫错吧?"

知道自己没说错后,她接着说:"我真是太震惊了,加德纳先生一向非常、非常注意我的健康——"

加德纳先生这时插了一句。"加德纳太太,"他说,"是个很敏感的人。"

"——他对我说:'没问题,卡丽,'他说,'我当然会陪你去。'我并不是对英国警方的工作不够赞赏,实际上我们确实非常赞赏,据说英国警方的工作是最精细、最好的,我从不怀疑这一点。有一回我在萨沃伊饭店丢了只手镯,负责这件事的那个年轻警员极富同情心,再没人比他更可爱了。当然了,其实我的手镯根本就没有丢,只是放错了地方。当时我要赶着时间做事,匆匆忙忙的,很容易让人丢三落四——"加德纳太太停下来,轻轻吸口气,然后又开始说,"我想说的是,我知道加德纳先生和我意见一致，我们就是太焦虑了，以至于不知道怎么才能为英国警方提供帮助，所以现在请你们尽管问我们问题，问什么都行——"

韦斯顿上校张开嘴，准备满足她这个要求，但话到嘴边又被噎回去了，因为加德纳太太正在继续说话："我是这样说的吧，对不对？奥德尔，就是这样，对不对？"

"是，亲爱的。"加德纳先生说。

韦斯顿上校抢着把自己的话说了出来："据我所知，加德纳太太，你和你先生一早上都在海滩上吧？"

这次加德纳先生居然抢了次先。"不错。"他说。

"唉，当然在，"加德纳太太说，"今天早上天气真好，也真平静，就像其他日子一样，你懂我的意思吧，甚至更好些。我们万万没有想到在另外一边那个没人的海湾里会发生那样的事。"

"你今天有没有看到过马歇尔太太？"

"没有。我跟奥德尔说，哎，马歇尔太太今早到哪里去了？我说，先是她丈夫找她，接着是那个长得不错的年轻人，雷德芬先生，他在海滩上坐立不安，对不管什么人、什么东西都一脸不耐烦。我心想，他太太那么好，那么漂亮，他干吗还要去追那个可怕的女人呢？因为我确实认为她很可怕，我一直对她是这种看法，是不是，奥德尔？"

"是，亲爱的。"

"我真是不明白，马歇尔先生多好的一个人，怎么会娶这么个女人——何况他还有个正在成长发育的女儿。挺好的一个小姑娘。女孩子必须得到良好的教养，这对她们很重要。马歇尔太太完全不能胜任，她完全就没教养——说得更直白一点，她天性愚钝。唉，要是马歇尔先生有点脑子的话，他应该娶的是达恩利小姐，那才是一个极其迷人的女子，又非常有名气。我非常敬佩她那种勇往直前的精神，生意做得风生水起，和她本人一样出类拔萃。要做出这种业绩，非得靠头脑不可——你只要看看罗莎蒙德·达恩利，就可以看出她头脑聪慧。只要是她想干的事，她就能精心策划，付诸实施，而且取得成果。我对这位女士真是佩服得五体投地。那天我还跟加德纳先生说，谁都看得出她很爱马歇尔先生——我当时说的是，爱他爱得发疯，对不对，奥德尔？"

"对的，亲爱的。"

"好像他们也是青梅竹马的老相识了。现在，谁知道呢，既然那个女人已经不在了，说不定他们俩就会结成一对了。我不是个偏执的女人，韦斯顿上校，我也没那么讨厌演艺圈的人，嗯，我的好朋友里有不少女演员呢，可是我一直跟加德纳先生说，那个女人有点邪气。你看，现在证明我的话对了吧。"

她得意扬扬地住了嘴。赫尔克里·波洛嘴角一动，实在掩饰不住笑容。他的目光和加德纳先生精明的灰色眼晴碰在一起，对视了一会儿。

韦斯顿上校有点绝望地说道："呃，谢谢你，加德纳太太。我想你们两位自从住到这里，大概没有再注意到别的什么和这个案子有关的事了吧？"

"唉，没有，我想是没有了。"加德纳先生细声慢气地说，"马歇尔太太大部分时间都和年轻的雷德芬在一起——不过每个人都能告诉你这件事。"

"她丈夫呢？你认为他在乎这种情况吗？"

加德纳先生很小心地说道："马歇尔先生是个含蓄的人。"

加德纳太太表示同意："是呀，一点不错，他真是个标准的英国人！"

在巴里少校易怒的脸上，各种感情轮流出场。他很想做出震惊的模样，可是又忍不住满脸的幸灾乐祸。

他用略带喘息的哑嗓说："我会尽我所能帮你们破案。当然了，我并不了解本案，不知道什么线索。与此案有关联的那几个人我都不大认识，不过我这辈子走南闯北，见多识广——你知道，我曾经在东方住了很久。我可以告诉你，在印度大山的兵站里驻扎过之后，你对人性就了如指掌了，若还有什么不太清楚的，基本就属于细枝末节，不知道也罢。"

他停下来，喘了口气，又继续说："说起来，这事让我想起以前在西姆拉的一件案子，一个忘了叫罗宾森还是福尔克纳的家伙，驻扎在东维帝或是北萨里的，记不清了，反正也没关系。他是个生性沉默的人，你知道，看过很多书，人们都觉得他跟牛奶一样温和无害。有天晚上，他在他们住的小屋里和太太打起来，掐住了她的喉咙。她一直和这个人或那个人搞暧昧，被他发现了。老天爷，他差点掐死她！真是突如其来，我们全都吓坏了！万万想不到他会干出这种事。"

赫尔克里·波洛轻声细语地说："你认为那件案子和马歇尔太太之死有相同之处吗？"

"呃，我的意思是说，掐喉咙，你知道的，同样的手法，暴怒之下的行为。"

波洛说："你认为马歇尔先生有暴怒的倾向吗？"

"哎呀，我可从来没这么说过。"巴里少校的脸更红了，"我从来没说过马歇尔先生一个不字，他可是个大好人，我无论如何也不会说他的坏话。"

波洛轻声细语地说："啊，抱歉，不过你的确谈到了做丈夫的自然反应。"

巴里少校说，"嗯，我的意思是说，我觉得她是个容易招蜂引蝶的人，是吧？把年轻的雷德芬钓上了钩，在他之前恐怕还少不了有别人。可笑的是，你知道，那些做丈夫的都很固执，我总是对这种情形感到诧异，他们只看到别人对他太太甜言蜜语，看不到她对别人是如何甜蜜的。我还记得在浦那的一个案子，那个女人好漂亮。我的天，她带她丈夫跳舞——"

韦斯顿上校挪动了下身子，说道："是的，是的，巴里少校，目前我们只需要弄清楚事实。你个人是不是知道什么——听到或注意到什么可能对我们破案有用的事？"

"唉，说老实话，韦斯顿，我想是没有。有天下午，我在鸥湾看到她和年轻的雷德芬一起——"他挤眉弄眼，发出沙哑而深沉的笑声，"很漂亮，不过这可不是你们需要的那种证据吧？哈哈。"

"今天早上你完全没有见到马歇尔太太吗？"

"今天早上我什么人也没见到。我到圣卢镇上去了。这也怪我的运气不好，这种地方几个月都不出什么事，出了事，我却没赶上。"

少校的语气里带着一丝懊恼。韦斯顿上校追问道："你说你去了圣卢镇？"

"是的，想去打个电话。这里没电话，而莱德卡比湾的电信局又太不隐秘了。"

"你打电话是为了很私密的事吗？"

巴里少校又很开心地挤了挤眼睛。"唉，可以说是，也可以说不是。想要和我的一个老朋友联系一下，让他替我在一匹马上下个注。运气不好，没能和他通上话。"

"你是在哪里打的电话？"

134

"圣卢镇邮电总局的电话亭里。后来在回来的路上，我又迷路了，那些该死的小巷小弄，到处弯弯绕绕的，在那里面找路至少浪费了我一个小时。这一带真是叫人搞不清楚。我刚回来不到半个小时。"

韦斯顿上校说："你在圣卢镇有没有和什么人谈话，或是见到什么人呢？"

巴里少校轻笑着说："要我提出不在场证明吗？我想不出什么用得上的。我在圣卢镇见到了五万人，可那并不代表他们都记得见过我。"

警察局局长说："我们必须这么问你，你是知道的。"

"你说得不错，尽管问，随时问，我乐于帮忙。那个死者真是个很有吸引力的女人，我愿意帮你们抓到作案的家伙。无人海滩谋杀案——我敢跟你们打赌，报上一定会这样说的。这又让我回想起——"

这回是科尔盖特警督硬把这朵回忆之花还在含苞待放时就给掐了，将那位多嘴多舌的少校给请了出去。他回来之后说："到圣卢镇上很难查证到什么，现在正是旅游旺季。"

警察局局长说："嗯，我们还不能把他从嫌疑名单上排除。我并不相信他与此案有什么牵连，像他这种令人生厌的老家伙很多，我当兵的时候就碰到过一两个。可是，他还是有嫌疑。这件事就交给你了，科尔盖特，查一下他什么时候开车出去的——行车路线什么的。他很可能把车停在一个无人之处，走路回来，再到精灵湾去。不过我觉得这样也说不通，他极有可能被人看到，这对他来说太冒险了。"

科尔盖特点了点头。他说："当然，今天有不少游览车到这里来，天气好嘛，大约十一点半就开始进人了。涨潮是七点，退潮是一点左右，沙滩上和堤路上都会有人。"

韦斯顿说："嗯，他得由堤路上过来，经过旅馆。"

"并不正好经过旅馆，他可以绕道从那条小路到岛的另一侧。"

韦斯顿表示怀疑。"我并不是说他那样做肯定会被人看见，旅馆里的客人差不多全在前面的海水浴场，只除了雷德芬太太和马歇尔家的女孩子在鸥湾，而那条小路只有旅馆的某几个房间窗口可以望得见。恐怕那时正好有人往外看的可能性很小。这样一来，我敢说，要是谁走进旅馆，穿过大厅再出去，没有一个人看见，也是可能的。不过我要说的是，他不可能异想天开地认为没人会看见他。"

科尔盖特说："他可以划船到精灵湾去。"

韦斯顿点点头道："这个方法听起来还差不多，要是他在附近那个小海湾里准备好小船，可以停下车，划船或是开船到精灵湾去，杀人之后再划回去，开走自己的车，回来描述那套去圣卢镇又迷路的故事——他知道他那么说是很难验证的。"

"你说得对极了，局长。"

警察局局长说："好了，这事我交给你了，科尔盖特。在附近细细盘查一番，你知道该怎么做。现在我们最好见见布鲁斯特小姐吧。"

艾米丽·布鲁斯特没有给他们已经掌握的情况再补充什么新线索。韦斯顿在她重复了以前的说法之后，问道："此外你没有什么其他有用的线索吗？"

艾米丽·布鲁斯特干脆地答道："恐怕没有。这件事很棘手。不过，我希望你们能很快破案。"

韦斯顿说："我也这么想。"

艾米丽·布鲁斯特淡然地说："应该不会太困难。"

"你这话是什么意思？布鲁斯特小姐。"

"对不起，我可不是想在专业人士面前信口开河，我的意思只是说，像这种女人被杀，调查起来应该不太难。"

赫尔克里·波洛轻声细语地说："你这么认为？"

艾米丽·布鲁斯特直言不讳地说："是的。虽然古话说：'人死不记仇'，可是事实是不容置疑的，那是个彻头彻尾的坏女人，你们只要好好调查一下她不堪的历史就行了。"

赫尔克里·波洛柔声说道："你不喜欢她吧？"

"我很了解她，"她看到那三个人疑问的眼光，继续说道，"我一个堂妹嫁给了厄斯金家的人。你们大概也听说过，那个女人哄得老罗杰爵士把财产遗赠给她，而没有留给自己家人的事了吧？"

韦斯顿上校说："而他的家人——呃，对这件事很生气？"

"当然了，他和这个女人交往就已经是大丑闻了，更耸人听闻的是还留给她价值近五万镑的遗产。她是何种女人还用说吗？我敢说我的话听起来很严重，但在我看来，像艾莲娜·斯图尔特这类女人根本不值得同情。我还知道另外一件事，有个年轻人被她弄得神魂颠倒——他本来就是个莽撞的家伙，与她的关系更让他铤而走险，在股市上搞了点邪门歪道，只是为了弄钱花在她身上，后来差点吃上官司。这女人是见一个人毁一个人，你看她把年轻的雷德芬搞成了什么样子。哼，恐怕我对她的死完全不觉得遗憾，不过当然最好是她自己淹死，或是失足从悬崖上摔死，被掐死还是让人觉得不舒服。"

"你认为凶手是她以前的情人之一？"

"不错，我正是这样想。"

"有人从对面过来，而又没人看见？"

"怎么会有人看见呢？我们全在海水浴场上。我想当时马歇尔家的孩子和克莉丝汀·雷德芬正在往鸥湾去的路上，方向正好相反。马歇尔先生在旅馆他自己的房间里，那还有谁会看到他呢？除非是达恩利小姐。"

"达恩利小姐当时在哪里？"

"坐在悬崖上开凿出来的叫作阳光崖的那个地方。我们看到她在那里，我是说雷德芬先生和我，我们划船过去的时候。"

韦斯顿上校说："也许你说得对，布鲁斯特小姐。"

艾米丽·布鲁斯特胸有成竹地说："我的想法十拿九稳。像她这样一个不折不扣的坏女人，她本人就是最好的线索。你同意我的说法吗？波洛先生？"

赫尔克里·波洛抬起头来，看着她那对充满自信的灰色眼睛。他说："哦，是的，我很同意你的说法，艾莲娜·马歇尔就是她自己这件命案最好的线索。"

布鲁斯特小姐简洁地说："那么，就这样了。"

她笔直地站着，用冷静而充满自信的眼光扫过那三个男人。

韦斯顿上校说："布鲁斯特小姐，你放心，马歇尔太太过去生活中的所有线索，我们都绝对不会忽略的。"

艾米丽·布鲁斯特走了出去。

坐在桌子前的科尔盖特警督挪动了一下身子，沉吟道："她实在是一个很有主见的女人，对那个死者也心怀恨意，真的。"他停了一分钟，又想起来似的说，"可惜她早上的不在场证明无可置疑。你有没有注意到她的手，特别？大得像男人的手一样，而且她是个健壮的女人——甚至比某些男人更健壮……"他又停了一下，近乎乞求地望向波洛，"你说她今早始终没离开过海边，波洛先生？"

波洛缓缓地摇了摇头，他说："亲爱的警督大人，她来的时候，马歇尔太太尚未到达精灵湾；而她在和雷德芬先生一起乘小船划出海之前，一直就在我眼皮底下。"

科尔盖特警督郁郁地说："那她就没有嫌疑了。"他好像对此颇为遗憾。

像往常一样，赫尔克里·波洛一看到罗莎蒙德·达恩利，心中的愉悦之感便油然而生。即使她前来只是接受警方为一起谋杀案而进行的询问，也显得那么与众不同。

她在韦斯顿上校对面坐下，将优雅睿智的面庞转向他，说："你要我的姓名住址吗？我叫罗莎蒙德·安妮·达恩利，我开了家罗斯蒙德服饰公司，在布洛克街六二六号。"

"谢谢你，达恩利小姐，现在，你能不能告诉我们一些与案情有关的事呢？"

"我想我大概说不出什么。"

"你本人的行动——"

"我大约在九点半吃过早饭，然后上楼到自己的房间里拿了几本书和遮阳伞，去了阳光崖，那时候大约是十点二十五分。我在十一点五十分左右回到旅馆，上楼去拿网球拍，到网球场去打网球，一直玩到吃午饭的时候。"

"你在那个叫作阳光崖的地方，从十点半一直待到十一点五十分？"

"是的。"

"你早上有没有见到马歇尔太太？"

"没有。"

"你在悬崖上的时候，有没有看到她划着小筏子到精灵湾去？"

"没有，想必在我到那里以前她已经经过那里了。"

"今天早上，你有没有注意到任何人乘着筏子或小船过去呢？"

"没有，我没有看到。你知道，我一直在看书。当然，我偶尔也会停下来眺望一下海面，可是每次海上都很安静。"

"连雷德芬先生和布鲁斯特小姐经过你都没有注意到？"

"没有。"

"我想，你跟马歇尔先生原先就认识吧？"

"马歇尔先生和我是世交，我们两家住隔壁。不过，我已经有很多年没有见到他了——大概总有二十年吧。"

"马歇尔太太呢？"

"在这里见到她之前，我跟她没说过几句话。"

"据你所知，马歇尔先生和他太太之间的关系好不好？"

"我想，很好吧。"

"马歇尔先生很爱他太太吗？"

罗莎蒙德说："大概是的，这方面我实在不清楚。马歇尔先生是个很传统的人——不像现在的人那样习惯于把婚约誓言挂在嘴上。"

"你喜欢马歇尔太太吗，达恩利小姐？"

"不喜欢。"她说得平静而不动声色，听起来意思明确——那还用说吗。

"为什么呢？"

罗莎蒙德似笑非笑地说："想必你已经发现艾莲娜·马歇尔在她的同性之中很不受欢迎吧？她跟女人在一起就厌烦得不行，而且毫不掩饰。不过，我倒很欣赏她的穿着品位，她对服饰搭配很有天分，替自己挑选的衣服都恰到好处，打扮得很好。我倒希望她能做我的客户。"

"她在衣饰上花钱很多吧？"

"想必是的。不过她自己有私房钱，而马歇尔先生也很有钱。"

"你有没有听说，或是注意到马歇尔太太受到别人勒索，达恩利小姐？"

罗莎蒙德·达恩利的脸上流露出非常惊讶的表情。她说："有人勒索？艾莲娜？"

"这话好像令你大为吃惊。"

"呃，没错，这太不可思议了。"

"可是，肯定会有这种可能性吧？"

"凡事皆有可能，不是吗？人生在世用不了多久就会了解这一点的，可是我想不出有什么人会有什么事可以用来勒索艾莲娜。"

"我想，总有些事，是马歇尔太太不希望传到她丈夫耳朵里去的吧。"

"呃，说得也是。"她微笑着解释她语气中的怀疑，"我的确心存疑惑，不过话说回来，你也知道，艾莲娜的行为令她声名狼藉，没人觉得该对她有所尊重。"

"那么，你想她的丈夫是不是知道她——和别人的暧昧关系呢？"

罗莎蒙德半天不说话，皱着眉头。最后，她终于勉为其难地慢慢说道："你知道，我实在不知道该怎么想，我一向认为肯尼斯·马歇尔相当坦然地接受了他的太太，而且知道她是个什么样的人，对她也不抱任何幻想。但事实上可能并非如此。"

"他有可能对她绝对信任吗？"

罗莎蒙德有些愤愤地说："男人都是傻瓜。肯尼斯·马歇尔表面上看起来洞明世事，其实并不是个见多识广的人。他也许会盲目地相信她，也许认为她只是——受人仰慕而已。"

"而你知道有谁，或是你听说有谁对马歇尔太太心怀恨意的？"

罗莎蒙德·达恩利微微一笑。"只有一些讨厌她的太太们。但我想她既然是被掐死的,凶手想必是个男人。"

"是的。"

罗莎蒙德沉吟着说:"呃,我想不起什么人有嫌疑,不过,也许我本来了解得就不多。你们应该去问跟她关系比较亲近的人。"

"谢谢你,达恩利小姐。"

罗莎蒙德在她的椅子里微微侧过身来,说:"波洛先生没有什么问题要问吗?"她脸上的笑容略带讽刺。

赫尔克里·波洛微微一笑,摇摇头说:"我想不起有什么要问的。"

罗莎蒙德·达恩利站起身来,走了出去。

第八章

　　他们站在艾莲娜·马歇尔的卧室里，两扇落地窗外便是可以俯视海水浴场和大海的阳台。阳光照进房间，在艾莲娜的梳妆台上排放着的各种瓶瓶罐罐上闪烁。到处都是化妆品和美容用品。三个男人在这一大堆女性用的东西之间四处搜索。科尔盖特警督拉开每个抽屉，他哼了一声，因为发现了一捆信。他和韦斯顿一起把那捆信翻看了一遍。

　　赫尔克里·波洛走到衣柜前，打开柜门，看到里面挂着各式各样的礼服和运动装。他拉开另一边的门，下面堆着轻薄的睡衣，上面一块宽隔板上放了好几顶帽子，包括另外两顶不同颜色的纸板海滩帽——朱红和浅黄——还有一顶宽大的夏威夷草帽。另外还有一顶深蓝色亚麻布帽子，三四顶装饰性小帽，想必价钱都不便宜——还有深蓝色的小贝雷帽，一束黑色天鹅绒的羽毛状头饰，以及浅灰色的头巾帽。赫尔克里·波洛在那里看了一会儿，唇边漾起了一丝笑意。他喃喃地说了声："唉，女人！"

韦斯顿上校把那些信折起来。"三封是年轻的雷德芬写来的。"他说,"那个该死的小笨蛋。用不了多少年他就知道千万别给女人写情书,她们总会保留着这种信件,却赌咒发誓说已经烧了。这里还有一封信,也是这种东西。"他把信递过去,波洛接了过来。

亲爱的艾莲娜:

上帝知道我是多么忧伤。我就要动身去中国了——也许从此天涯海角,很多年无法和你相见。不知道还有谁会爱一个女人像我爱你这样疯狂。谢谢你的那张支票,他们现在不起诉我了。这次差点搞砸了,都是因为我想为你发笔大财。你能原谅我吗?我想把钻石戴在你的耳朵上——那么可爱的耳朵,还要用奶白色的大珍珠围住你的颈项,只不过他们说最近珍珠不流行了。那么,弄块大翡翠好吗?对,就是这个,一块大的翡翠,凉凉的,绿绿的,里面隐藏着火。不要忘了我——我知道,你不会忘了我的,你是我的,永远属于我。

再见,再见,再见。

J.N.

科尔盖特警督说:"也许值得花些时间调查一下这位J.N.是不是真的去了中国,否则,呃,他说不定正是我们要找的那个人。他为那个女人神魂颠倒，将她视为天人，一旦发现她只是在玩弄他，还不得疯了？我觉得这个人就是布鲁斯特小姐提到的那个。嗯，我想可能有用。"

赫尔克里·波洛点点头说："嗯，这封信很重要，我认为很重要。"

他转过身又环顾了一下那个房间——梳妆台上的瓶瓶罐罐，打开的衣柜，还有放在床上的一个大洋娃娃。

他们走进肯尼斯·马歇尔的房间——就在他太太房间的隔壁，但是两间房并没有门户相通。他这边也没有阳台。房间所朝的方向相同，有两扇窗，但房间要小得多。两扇窗之间挂了面镜子。右边窗侧的屋角里放了张梳妆台，上面搁着两把象牙发刷，一把刷衣服的刷子和一瓶发胶。左边窗侧的角落里则放了张写字台，上面有一架打开盖子的打字机，旁边是一大沓白纸。

科尔盖特很快检查了一遍桌上的东西。他说："看起来一目了然。啊，这就是他今天早上说到的那封信。发信日期是二十四日——也就是昨天。这是信封，上面还有今天早上莱德卡比湾邮局的邮戳，似乎没什么问题，我们要看看他是不是提前做好了这些准备工作。"

他坐了下来，韦斯顿上校说："你暂时在这里待着吧，我们要去其他房间看看。到现在我们还没允许大家进房间，他们都怨声载道了。"他们接着走进了琳达·马歇尔的房间。那个房间朝东，望出去可以看见岩石和底下的大海。

韦斯顿环顾一下房间，小声说："估计这里没什么可看的。也许马歇尔会把什么不想被我们找到的东西放在他女儿房间里，不过也不太可能。这里不像是藏有凶器，或是什么该丢掉的东西。"他又走了出去。

赫尔克里·波洛留在了房间里。他在壁炉架上看到了一些颇为有趣的东西——那里最近烧过些什么。他跪下来，耐心地将找到的东西摊放在一张纸上。一大块形状不规则的蜡烛油，一些绿纸或卡片纸的碎屑，可能原本是一张日历，因为有块没有烧毁的碎片上有个数字"5"，还有印着的字迹"……而行……"另外有一根普通的针，一些烧毁的动物身上的东西，可能是毛发。波洛把这些东西整齐地摆成一排，凝视着它们，轻声细语道："'坐而言，不如起而行'，可能就是这句话。可是这些东西到底是怎么回事呢？真奇怪！"他捡起那根针，目光突然变得锐利起来。

他轻声细语地说："我的天！难道是这么回事吗？"

赫尔克里·波洛从炉架边跪着的地方站起来，慢慢扫视着这个房间，他神色大变，变得很沉重，甚至严峻。

壁炉左侧有个架子，上面放着一排书。赫尔克里·波洛仔细地浏览了一遍书名。一本《圣经》，一本很旧的《莎士比亚戏剧选集》、汉弗莱·瓦尔德夫人所写的《威廉·阿什的婚姻》、夏洛蒂·杨的《年轻的继母》《什罗普郡的年轻人》、艾略特的《大教堂谋杀案》、萧伯纳的

《圣女贞德》、玛格丽特·米切尔女士的《飘》，还有狄克森·卡尔的《燃烧的法庭》。

波洛抽出两本书，《年轻的继母》和《威廉·阿什的婚姻》，看了一眼扉页上模糊的印章。就在他要把那两本书放回去的时候，却看见这些书后面还插着一本书，开本较小，封面是棕色软皮。他将书取出打开，极其缓慢地点着头，轻声细语地说："原来我想得不错……嗯，我是对的，不过另外那件事——难道也可能吗？不，不可能的，除非……"

他一动也不动地站在那里，摸着自己的胡子，不停地思索着，再次轻柔地自语："除非——"

韦斯顿上校在门口探进头来。"喂，波洛，你还在这里？"

"来了，来了。"波洛叫道。他匆忙走了出去。琳达隔壁的房间就是雷德芬夫妇住的，波洛一瞥之下，立刻发现里面显示出主人两种截然不同的个性——一边非常整洁有序，想必是克莉丝汀整理的；另一边则凌乱不堪，恰是帕特里克个性的表现。除了这些表现个性的细枝末节外，这个房间并没有什么东西引起他的注意。

再过去一间是罗莎蒙德·达恩利的，他在那里多逗留了一刻，只是因为很欣赏这个房间的主人。他注意到放在床头柜上的几本书，以及梳妆台上那些贵重但简单的化妆品，同时也嗅到了罗莎蒙德·达恩利常用的香水那种优雅的气味。

罗莎蒙德·达恩利的房间再过去，走廊尽头是一扇打开的落地窗门，通往一座阳台，阳台上有梯子直达底下的岩石。韦斯顿说："客人要想在早饭之前去游个泳的话，一般都走这条路——大部分人都喜欢从岩石上跳水。"

赫尔克里·波洛眼光闪动，一副大感兴趣的样子。他走到外面，低头望去，底下有一条小路通往开凿出来的阶梯，曲折地通往下面的海边。另外，还有一条小路绕过旅馆通往左侧。他说："可以走这道阶梯下去，从左边绕过旅馆，走上连着堤路的大路。"

韦斯顿点点头，接着波洛的话进一步说明："不用经过旅馆就可以穿过这个岛。"他又补了一句，"不过还是有可能被人从窗口看见。"

"什么窗口？"

"公共浴室朝这边有两扇朝北的窗子——朝北的——还有职员浴室，以及一楼的衣帽间和台球室。"

波洛点点头说："不过前面那几个地方的窗户都是毛玻璃，而早上天气好的话，也没人会去打台球。"

"说得对，"韦斯顿顿了一顿，说，"案子要真是他干的的话，他肯定走的是这条路。"

"你是说马歇尔先生？"

"对，不管是否有勒索，我觉得他都脱不了干系。你看看他的态度，唉，他那种态度真是太糟糕了。"

赫尔克里·波洛淡然地说："也许吧，但是我们不能光凭态度断定凶手。"

韦斯顿说："那你认为他没有嫌疑吗？"

波洛摇摇头说："不，我不会这样说。"

韦斯顿说："我们先看科尔盖特在打字那件不在场证明上调查的结果如何，同时，我再把这一楼当值的女佣找来问问，很多问题要靠她的证词来决定。"

那个女佣年约三十岁，生气勃勃，做事干脆利落，而且很聪明。她早就准备好了自己的证词。马歇尔先生大约是十点半过后不久上楼回到自己房间。她当时正在打扫，他请她尽快清扫。她后来没有再看到他回来，不过一会儿之后听到了打字的声音，她说那大约是十点五十五分。当时她在雷德芬夫妇的房间里打扫，之后又到走廊尽头达恩利小姐的房间去清扫，在那里就听不见打字声音了。她记得到达恩利小姐房里时刚刚十一点，进门时听见莱德卡比湾教堂的钟敲了十一下。十一点一刻的时候，她下楼去吃她十一点时该用的茶点，然后就到旅馆另一侧的房间去干活。在回答警察局局长的询问时，她说明了自己在这边打扫的几个房间依次是：琳达·马歇尔小姐的房间、两间公用浴室、马歇尔太太的套房、马歇尔先生的房间、雷德芬夫妇的套房还有达恩利小姐的套房。马歇尔先生和马歇尔小姐的房间都没有附带浴室。她打扫达恩利小姐的房间和浴室时，并没有听到有人从门口经过，或由阶梯下到海边去，不过即使有人悄悄走过，她多半也没听见。

韦斯顿接着问了些有关马歇尔太太的事。

这位叫格拉蒂丝·纳拉科特的女佣说，马歇尔太太平常不会那么早起床，所以她在十点刚过就发现马歇尔太太的房门开着，人已经下楼的时候，感到十分诧异，这的确不同寻常。

"马歇尔太太一直都在床上吃早点吗？"

"啊，是的，局长，一向如此。吃得倒是不多，只喝点茶和橙汁，再加一片吐司面包，像很多太太一样，要保持苗条。"没有，这天早晨她并没有觉得马歇尔太太的神态有什么反常之处，她看起来跟平常一样。

赫尔克里·波洛轻声细语地说："小姐，你对马歇尔太太有什么看法？"

格拉蒂丝·纳拉科特望着他，说道："呃，这我可不好随便说，对吧？"

"对，但你还是得说，我们很着急，急着听听你是怎么看她这个人的。"

格拉蒂丝有点不安地看了警察局局长一眼，他马上装出一副既同情又鼓励的表情。其实他觉得这位外国同事采取的询问方式不是很妥当。他说："啊，对，当然，说吧。"

格拉蒂丝那种干脆利落劲忽然消失了。她摸着身上穿的印花衣服，说道："呃，马歇尔太太，她实在算不上真正的淑女。你想必也会这样说吧，我的意思是说，她比较像个女演员。"

韦斯顿上校说："她本来就是个女演员。"

"是的，先生，我就是这个意思。她向来想怎么样就怎么样，她并不，呃，她要是不想对人家客气的话，连装都懒得装。一下子笑容满面，一下子就翻脸，或者因为什么东西找不到了，或者她按铃叫人而人家没马上去，或者是她送洗的衣服没送回来，态度又粗鲁又刻薄。我们大家都不喜欢她。不过她的衣服很漂亮，而且，当然，她长得也很漂亮，所以会有很多人仰慕她。"

韦斯顿上校说："对不起，我不得不问你一个问题，这件事很重要。你能不能告诉我，她和丈夫之间的情形怎么样？"

格拉蒂丝迟疑了一阵，她说："您不是，该不会是，您不会认为是他干的吧？"

赫尔克里·波洛很快地问道："你认为呢？"

"哦，我可不会这样想，他是个很好的人。马歇尔先生不会做这种事，我敢说他绝不会做这种事。"

"但你并不那么确定，我从你的语气里就听得出来。"

格拉蒂丝吞吞吐吐地说："报纸上登过这样的事——因为嫉妒发生的案件。如果的确有什么暧昧的话——当然每个人都在议论——我是说，她和雷德芬先生之间有什么。而雷德芬太太是那么好、那么安静的一个女人，真让人感到耻辱。雷德芬先生也是位很好的绅士。可是男人若是碰到马歇尔太太这种女人，恐怕也就不由自主了——她那种女人向来我行我素。我想，做太太的恐怕得好好忍耐了。我相信，"她叹口气，顿了顿，"如果马歇尔先生发现了这件事的话——"

韦斯顿上校紧紧追问："会怎么样呢？"

格拉蒂丝字斟句酌地说："有时候我的确认为她很怕丈夫知道。"

"为什么这么说？"

"没什么确实的根据，我只是觉得——有时候她也——很怕他。他是个沉默寡言的人，但他并不，并不很随和。"

韦斯顿说："可是你有没有什么根据？比如说他们之间说过的话。"

格拉蒂丝慢慢地摇头。

韦斯顿叹了一口气，继续说道："唉，马歇尔太太今天早上收到几封信，你有没有什么可以告诉我们的？"

"大概有六七封吧，我记不清楚确切的数目。"

"是不是你送上去给她的？"

"是的，我像平常一样从办公室拿了信，放在早餐托盘里一起送上去。"

"你还记得那些信是什么样子吗？"

这个女孩子摇了摇头。"只是普通的信件，有些是广告和传单吧，我想，因为后来都被她撕碎了丢在托盘上。"

"那些撕掉的信呢？"

"丢进垃圾箱了，现在有一位警员先生正在检查。"

韦斯顿点点头。"字纸篓里的东西呢？倒在哪里了？"

"也在垃圾箱里。"

韦斯顿说："唔，好，好，我想目前没什么别的事了。"

他询问地看了波洛一眼。

波洛把身子俯向前来。"你今早打扫琳达·马歇尔小姐房间的时候，有没有清理壁炉？"

"没有什么好清理的，先生，又没生过火。"

"壁炉里也没什么东西吗？"

"没有，干干净净的。"

"你什么时候去打扫她房间的？"

"差不多九点一刻吧，她下楼去吃早饭的时候。"

"那你是否知道，她吃完早饭之后有没有再回过房间？"

"我知道，她在九点四十五分的时候上楼来的。"

"她是不是就留在自己房间里了？"

"我想是吧。后来在快到十点半的时候，她又匆匆忙忙跑了出来。"

"你没有再进她的房间吗？"

"没有，那个房间已经打扫好了。"

波洛点点头，他说："我还想知道一件事：今天早上有谁在吃早饭以前去游过泳？"

"另外那一侧和上面那层楼的情形我不清楚，我只知道这几间的情形。"

"我只要知道这个就行。"

"呃，今天早上只有马歇尔先生和雷德芬先生去游过泳。我想，他们总是一大早就下水的。"

"你有没有看到他们呢？"

"没有，可是他们的湿泳衣像平常一样晾在阳台栏杆上。"

"琳达·马歇尔小姐今早没去游泳吗？"

"没有，她的游泳衣是干的。"

"啊，"波洛说，"我要知道的就是这个。"

格拉蒂丝·纳拉科特主动说："她大部分时间都去游早泳的。"

"其他三位呢？达恩利小姐、雷德芬太太和马歇尔太太。"

"马歇尔太太从来不去，达恩利小姐去过一两次吧，我想。雷德芬太太很少在吃早饭之前游泳——只在天特别热的时候才会，可是她今天早上没有游泳。"

波洛又点点头，然后问道："不知道今天你负责打扫的房间里，有没有哪里少了个瓶子？"

"瓶子？什么样的瓶子？"

"不幸得很，我也不知道——可是若是哪个房间里真少了什么的话，你会不会注意到呢？"

格拉蒂丝坦率地说："如果是马歇尔太太的房间，就不会知道了。真的，她那里瓶瓶罐罐实在太多了。"

"其他房间呢？"

"呃，达恩利小姐的房间我也不敢确定，她也有很多面霜和化妆水。可是其他人的房间我就会注意到了。我是说，如果我特别认真地去看，或是特别去注意的话。"

"那么你并没有特别认真地去注意过？"

"没有，因为我没有像我说的那样特别认真地去看过。"

"那你现在去看一看如何？"

"好的。"

她离开了房间，那件印花衣服窸窣作响一路而去。韦斯顿看着波洛说道："这是怎么回事？"

波洛轻声细语地说："我那一向有条有理的头脑被一些小事搅乱了！布鲁斯特小姐今天早上吃早饭之前到岩石下面去游泳，她说从上面丢下来一个瓶子，差点打中了她。所以我想搞清楚是谁扔的那个瓶子，又为什么要扔。"

"哎呀，随便什么人都会丢掉个瓶子。"

"绝不是随便丢的。首先，瓶子只能由旅馆东侧的窗子丢出去，也就是说，是从我们刚才检查过的某一个房间的窗口扔出去的。现在我问你，要是在你的梳妆台上或浴室里有个空瓶子的话，你会怎么办？我告诉你，你会扔进字纸篓，不会那么麻烦地走到外面阳台上，再把瓶子扔下海去！因为第一，你可能会砸到别人；第二，那样也太麻烦了。把瓶子扔到海里，只会是因为不希望这个特殊的瓶子被别人看到。"

韦斯顿瞪着他，说道："我不久前刚跟杰普督察办过一次案，他常常说你的脑筋七弯八绕。你是不是打算告诉我，艾莲娜·马歇尔其实不是被人掐死的，而是被人用放在某个神秘瓶子里的神秘药物给毒死的？"

"不是，不是，我想那个瓶子里装的不是毒药。"

"那装的是什么？"

"我怎么知道？所以我才感兴趣。"

格拉蒂丝·纳拉科特走了回来，有点气喘吁吁地说："对不起，先生，我看不出少了什么东西。我有把握说马歇尔先生的房间里什么都没少，琳达·马歇尔小姐和雷德芬夫妇的房间里也一样，另外我也确定达恩利小姐房里的东西没有少；可是马歇尔太太房里，我就说不准了，我刚才说过，她那里东西太多了。"

波洛耸了耸肩。他说："没关系，就这样吧。"

格拉蒂丝·纳拉科特说："还有什么别的事吗？"她扫视着每个人的脸。

韦斯顿说："我想没有了，谢谢你。"

波洛说："谢谢你，没事了。你确定没有什么事——没有忘记什么应该告诉我们的吧？"

"关于马歇尔太太的事吗？"

"随便什么事，所有不同寻常、不合常理、说不通、有点特别、很奇怪的——反正是那种会让你觉得，或是会跟你同事说起'真奇怪'的事。"

格拉蒂丝有点疑惑地说："呃，你的意思是与案子无关的那一类小事吧？"

赫尔克里·波洛说："别管我的意思是什么，你不用明白我的意思。那么，你今天的确碰到过觉得'真奇怪'的事吗？"他把那三个字说得意味深长。

格拉蒂丝说："其实也没什么，就是有人在放水洗澡。不过我当时的确跟楼下当值的埃尔西说：'真奇怪，怎么会有人在中午十二点的时候洗澡？'"

"谁的洗澡间？谁在洗澡？"

"这我就不知道了，我们只是听到有水从这边的污水管排下来，我就跟埃尔西说了那句话。"

"你能确定那是有人在洗澡吗？不是谁在洗手？"

"啊！我很确定，放掉洗澡水的声音是不会听错的。"

波洛表示不需要再多留她了，于是他们让格拉蒂丝·纳拉科特离开了。

韦斯顿说："你不会认为有人洗澡是个重要线索吧，波洛？我是说，这方面应该没有什么关联，又没有血渍要洗掉，这正是——"他犹豫起来。

波洛插嘴道："你要说的是，这正是掐死人的好处！没有血渍、没有凶器，不用丢掉或藏匿什么！除了体力之外什么也不需要，只不过还要有行凶的本性！"

他说得非常愤怒，情绪激动，韦斯顿不禁有点畏缩。

赫尔克里·波洛抱歉地笑笑。"哎，哎，"他说，"洗澡的事也许不重要，谁都可能洗个澡的。雷德芬太太在去打网球之前，或是马歇尔先生、达恩利小姐，我刚刚说过，谁都可以洗澡，这没什么。"

一名警员敲了敲门，把头伸进来说："达恩利小姐找你们，她说想再见见你们二位。她说有件事忘了告诉你们。"

韦斯顿说："我们现在就下去。"

他们先见到了科尔盖特。他哭丧着脸说："劳驾一下，局长。"韦斯顿和波洛跟着他走进卡斯尔太太的办公室。科尔盖特说："我找希尔德查过了打字的事，没什么疑点，这封信至少要花一个小时才打得完。如果说中间还得停下来想一下的话，恐怕花的时间还要更多。我想时间是没有问题的。还有，你看看这封信。"他把信递过来。

马歇尔先生大鉴：在阁下度假期间，致函相扰，殊感抱歉，唯与百利腾得公司所签合约，发生未能预见之紧急状况……

"差不多就是这些，"科尔盖特说，"发信日期是二十四日——也就是昨天。信封上是昨天伦敦的发出邮戳，以及今天早上莱德卡比湾的收到邮戳。信封和信纸上的字是同一部打字机打的，从内容上看，马歇尔完全不可能事先准备好回信。数字都是从信里引出来的——整件事完全没有任何疑点。"

"唔，"韦斯顿不快地说，"这下好像洗刷了马歇尔的嫌疑，我们得另找线索了。"他跟着又说道，"我得去见达恩利小姐，她正等着呢。"

罗莎蒙德步履轻快地走进来，笑容里略含歉意。她说："实在抱歉，这件事也许不值得来打扰你们，可是人有时是会忘记一些事。"

"什么事呢？达恩利小姐？"警察局局长指了指椅子。

她摇摇头。"哦，小事一桩。不必坐下了，简而言之，我告诉过你们，我一早上都在阳光崖，但其实不完全是这样。我忘了中间我还回过旅馆一次，然后又出去了。"

"那是几点钟呢？达恩利小姐？"

"应该是十一点一刻吧。"

"你说，你回到了旅馆里？"

"是的，我忘了戴太阳镜，起先以为没关系，后来眼睛有点不舒服，所以决定回来拿一下。"

"你直接回你房间，然后又出去的吗？"

"是的，不过，我也去看了一下肯——呃，马歇尔先生，我听到他打字的声音，就想今天天气那么好，他却关在屋子里打字，实在太傻了。我应该叫他出去。"

"马歇尔先生怎么说呢？"

罗莎蒙德有点不好意思地微微一笑。"呃，我打开门的时候，他正忙着打字，皱着眉头，一副专心的样子，所以我就悄悄地走了。我想恐怕他都没看到我进去。"

"那这——又是几点钟的事？达恩利小姐？"

"正好十一点二十分，我出去的时候，看了一下走廊上的钟。"

"这等于是最后再加了个盖子。"科尔盖特警督说，"女佣听到他至少到十一点五分都在打字。达恩利小姐在十一点二十分又看见他，而那个女人死于十一点四十五分。他说他在房间里打字前后有一个小时，看起来，他的确是在房间里打字。这下马歇尔先生的嫌疑就彻底排除了。"他停了下来，有点好奇地看了看波洛，问道，"波洛先生好像在想什么事。"

波洛沉吟道："我在想，达恩利小姐为什么突然自告奋勇来提供这个额外的证据？"

科尔盖特警督有点警觉地抬起头。"你觉得其中有诈？并不是她'忘了'？"他想了一两分钟，然后慢吞吞地说，"我说，我们可以这样想，假设达恩利小姐并不像她说的那样早上在阳光崖，那是个谎言，而她在跟我们说完之后，又发现有人在别处见过她，或者有什么人上了阳光崖，却发现她不在那里。所以她很快地再编一套说辞，来告诉我们，以解释她不在那里的原因。你大概也注意到，她特别说到马歇尔先生并没有在她探头进去的时候看见她。"

波洛轻声说："嗯，我注意到了。"

韦斯顿难以置信地问："你是说达恩利小姐也牵扯在这件案子里吗？胡说八道，我觉得真是太荒谬了，她怎么会呢？"

科尔盖特警督咳嗽一声道："你还记得那位美国女人加德纳太太的话吧？她好像暗示说达恩利小姐很爱马歇尔先生，这就是动机，局长。"

韦斯顿不耐烦地说："艾莲娜·马歇尔不是女人杀死的。我们要找的凶手是个男人，我们在这个案子里要查的是男人。"

科尔盖特警督叹口气说："唉，可不是吗，我们总是在这个问题上兜圈子，是吧？"

韦斯顿继续说："最好派个警员去核查一下时间，比方说从旅馆绕到岛那头的梯子顶上要多久。让他跑一趟，再走一趟。上下梯子占用的时间也要算进去。最好再找人查查用小筏子从海水浴场划到精灵湾要多久。"

科尔盖特警督点了点头。"我会安排的。"他很自信地说。

警察局局长说："我想去趟精灵湾，看菲利普有没有发现什么。那里还有我们听说过的妖精洞，应该去查查是不是有人在那里待过的痕迹。呃，波洛，你看呢？"

"绝对要查，这种可能性很大。"

韦斯顿说："要是什么人从外边溜上小岛，那可是个很不错的藏身之处——如果他熟悉那里的话。我想本地人都了解吧？"

科尔盖特说："我觉得年轻一代不会知道。自从这里的旅馆开业以后，这些海湾都成了私产，渔夫和野餐的人都不去了，旅馆里的人又都不是本地人。卡斯尔太太是在伦敦土生土长的。"

韦斯顿说："我们可以把雷德芬带去，他跟我们提起过这个地方。你呢？波洛先生？"

赫尔克里·波洛迟疑了一下，用很重的外国腔说道："不，我跟布鲁斯特小姐和雷德芬太太一样，不喜欢爬直梯子。"

韦斯顿说："你可以坐船绕过来。"

赫尔克里·波洛又叹了口气。"我的胃一到海上就不舒服。"

"胡说，老兄，今天天气很好，大海平静得像小池塘，你不能让我们失望啊。"

赫尔克里·波洛几乎就要盛情难却地答应了。正在这时，卡斯尔太太从门口探进头来。"我希望没有打扰各位。"她说，"可是兰恩先生，你们知道，就是那位牧师，刚刚回来，我想你们大概想知道这件事。"

"啊，是的，谢谢你，卡斯尔太太，我们马上见他。"

卡斯尔太太又往房间里走了几步，她说："我不知道有件事是不是值得一提，可是我听说再微不足道的怪事，也不该忽视——"

"对的，是什么事呢？"韦斯顿不耐烦地说道。

"没什么，只是一点钟左右的时候，有一位太太和一位先生来了，是从对岸过来吃午饭的。我告诉他们说这里出了点意外，在这种情形下，没办法供应午餐。"

"知道他们是什么人吗？"

"一点也不知道，当然，我也没请教他们的尊姓大名。他们表示很失望，也很好奇地想知道出了什么样的意外，当然，我什么也不能跟他们说。我看他们是夏天来玩的有钱人。"

韦斯顿略显唐突地说："啊，好，谢谢你告诉我们这件事。也许并不重要，可是，什么事都注意到——呃——是对的。"

"当然，"卡斯尔太太说："我希望能尽我应尽的责任。"

"对，对，请兰恩先生到这里来。"

斯蒂芬·兰恩大步走进房间，像平常一样生气勃勃。

韦斯顿说："我是本郡的警察局局长，兰恩先生，我想你已经听说这里出了什么事吧？"

"是的，啊，不错，我刚回来就听说了。真可怕……真可怕……"他清瘦的身子颤抖了一下，放低声音道，"已经有很长时间了，自从我来到这里，我就感觉到，感觉非常强烈，我们身边有邪恶力量存在。"他燃烧着激情的目光转到波洛身上，说，"你还记得吧？波洛先生，我们几天前的谈话，谈到我们面对着的邪恶现实？"

韦斯顿打量着这个瘦高的男人，觉得很难弄清他是个什么样的人。兰恩的目光回到他身上，微笑着说："你肯定觉得我的话很荒谬，先生，近来大家都不相信世界上仍然有邪恶存在。我们废除了地狱之火！我们不再相信有魔鬼！可是撒旦和撒旦的使者再也没有像今天这么有势力过。"

韦斯顿说："呃……呃……是的，大概吧。兰恩先生，这种事你在行，我这行比较无聊——只是要破这件谋杀案子。"

斯蒂芬·兰恩说："多可怕的字眼，谋杀！这是世人最早知道的罪恶之一——该隐无情地杀死了他无辜的兄弟……"

他停了下来，两眼微合，用比较正常的声音问道："我能帮什么忙吗？"

"首先，兰恩先生，能不能把你今天的活动告诉我？"

"可以。我今天很早就出发去步行。我喜欢步行，去过附近很多乡野地区。今天我去了圣培尔，大约离此地七英里远——沿着丘陵和山谷里那些弯弯曲曲的小路漫游，非常有趣。我随身带着午餐，在一个小树林里吃的。我也去了他们那里的教堂，教堂里有一些以前的玻璃碎片，可惜，只有些碎片而已，另外还有一扇画面很不错的屏风。"

"谢谢你，兰恩先生。你在路上有没有碰到什么人呢？"

"没有和人说过话。有辆车子经过我身边，还有两个骑脚踏车的男孩子，以及几头牛。不过，"他微笑道，"如果你要我提出证明的话，我在教堂的来宾签名簿上签过字，你可以去查。"

"在教堂里你也没有见到什么人吗？——比如执事或是堂守？"

斯蒂芬·兰恩摇摇头说："没有，教堂里没有人，游客也只有我一个。圣培尔是个偏僻之处，村子还在教堂的半里之外呢。"

韦斯顿上校轻描淡写地说："你可别以为我们，呃，怀疑你。我们只是要问清楚每个人的行踪。你知道，这是例行公事，例行公事而已。碰到这种事，就要走这些规定的程序。"

斯蒂芬·兰恩温和地说："哦，我知道的。"

韦斯顿继续说道:"第二个问题,你是不是知道一些有助于破案的情况?比如,有关死者的什么事,可以让我们抓到凶手的线索,或是你听到、看到的任何相关事?"

斯蒂芬·兰恩说:"我什么都没听说。我能告诉你的是:我一看到艾莲娜·马歇尔,立刻就觉察到她是集邪恶于一身的女人。她就是邪恶!是邪恶的化身!女人可以是男人生活中的助力与灵感,但也可能会毁灭男人,令男人堕落到禽兽不如的程度。那个死去的女人正是这样一个女人。她代表了人类所有的原始本性。她就是《圣经》上所记述的妖女。现在,她在为非作歹的过程中被击倒了。"

赫尔克里·波洛动了一下身子。他说:"不是被击倒的,是被掐死的,兰恩先生,是被一双人的手掐死的。"

牧师两手颤抖,十指紧握。他声音低沉而哽咽地说:"真可怕,真可怕,你非得这么描述吗?"

赫尔克里·波洛说:"事实如此。兰恩先生,你可知道那双手是谁的吗?"

兰恩摇了摇头,说:"我不知道,什么也不知道……"

韦斯顿站了起来,朝科尔盖特看了一眼,对方向他微一颔首。韦斯顿说:"呃,我们该去精灵湾了。"

兰恩说:"事情就——发生在那里吗?"

韦斯顿点了点头。兰恩说:"我能……能不能跟你一起去?"

韦斯顿正要婉拒，波洛却抢先一步说道："当然可以，陪我一起坐船去吧，兰恩先生，我们马上动身。"

第九章

帕特里克·雷德芬今天这是第二次划着小船前往精灵湾。

船上还坐着脸色苍白，一手捂着肚子的赫尔克里·波洛和斯蒂芬·兰恩。韦斯顿上校从陆路过去，因为略有耽搁，所以他到达海滩时，小船也正好驶入海湾。海滩上已经有一名警员和一个便衣警长，韦斯顿正在和便衣警长说话时，船上的三个人都走了过来。

菲利普警长说："我想海滩上每一寸地方我都查过了。"

"很好，有没有发现什么？"

"都在这边，局长，请过来看看。"

一小堆东西很整齐地排放在一块大石头上。有一把剪刀，一个空纸袋，五个特殊设计的瓶盖，几根用过的火柴，三条绳子，一两片碎报纸，一块打破了的烟斗的碎片，四颗扣子，一根鸡腿骨，还有一个装防晒油的空瓶子。

韦斯顿低头看看这些东西。"唔，"他说，"今天海滩上只收集到这些东西，还真不算多。大部分人好像都分不清海滩和公共垃圾站的区别。空瓶子已经丢在这里很长时间了，标签都模糊了——其他的东西我看也很久了。不过这把剪刀倒挺新，很有光亮，还躲过了昨天下的那场雨！这是在哪里捡到的？"

"靠近梯子下面，那块烟斗的碎片也是在那里找到的。"

"啊，可能是什么人从那里上下的时候掉的。看不出是什么人的吗？"

"看不出，很普通的用于剪指甲的剪刀罢了，烟斗倒是质地上乘，价钱不便宜。"

波洛若有所思地轻声说："我想，马歇尔先生曾经跟我们说过，他的烟斗不知放到哪里去了。"

韦斯顿说："马歇尔已经和这案子无关了，而且又不是只有他一个人抽烟斗。"

赫尔克里·波洛注意到斯蒂芬·兰恩的手伸向口袋，又缩了回来。他语调欢欣地问："你也抽烟斗吧？兰恩先生？"

牧师吃了一惊。他望着波洛，说道："是的，哦，我也吸烟斗，烟斗是我的老朋友和伴侣。"他又把手伸进口袋，拿出一支烟斗，装上烟丝，点了火。

赫尔克里·波洛走到雷德芬站着的地方，后者眼中毫无表情，低声地说："我很高兴——他们已经把尸体移走了……"

斯蒂芬·兰恩问:"是在哪里发现她的?"

警长幸灾乐祸地说:"就在你站着的地方。"

兰恩赶紧跳到一旁,瞪着刚才他站过的地方。警长继续说:"从停泊小筏子的地方,推断她抵达的时间是十点四十五分。当时是顺潮水来的,现在流向反过来了。"

韦斯顿说:"照片都照好了吗?"

"照好了,局长。"

韦斯顿转身对雷德芬说:"好了,老兄,你说的那个山洞入口在哪里?"

帕特里克·雷德芬仍然盯着海滩上兰恩刚才站着的那块地方,仿佛他还能看见那具四肢伸展的尸体,尽管尸体已经移走了。

韦斯顿的声音唤回了他的神志。他说:"就在这边。"他领着大家向悬崖下面一大堆凌乱的岩石走去,直接走到并立的两块巨石之间,那里有一条狭窄的缝隙。他说:"入口就在这里。"

韦斯顿说:"这里?看起来不像一个人可以挤得过去的。"

"这是眼睛的错觉,局长,一人刚好可以通过。"

韦斯顿很快走进石缝,那里果然不像看上去那么窄。里面的空间渐渐变大,相当空,可以让人站直,也可以走动。赫尔克里·波洛和斯蒂芬·兰恩也走了进去,其他人则留在洞外。有光线从石缝里透进来，但韦斯顿还是打开大手电筒，在洞里各处照着。他说："很方便的地方，从外面猜不到里面会是这个样子。"他用手电筒仔细地在地上照着。

赫尔克里·波洛在空中不停地嗅着。韦斯顿注意到了，他说："空气很新鲜，没有鱼腥味或海草的腥气。当然会是这样，这里离最高水位线远着呢。"

可是对波洛敏感的鼻子来说，这里的空气不只是新鲜，而且有股淡淡的香味。他知道有两个人用这种香水……

韦斯顿关上手里的电筒。他说："这里没看到什么有问题的东西。"

波洛的目光投向比他头部略高的一块突出的石头。"从这里大概看不到上面有没有东西吧？"

韦斯顿说："如果上面有什么的话，一定是故意放在那里的。不过，我们最好还是查看一下。"

波洛对兰恩说："我想，我们三人里就数你最高，可不可以劳驾你看看上面是不是确实没有什么东西？"

兰恩踮起脚，可还是无法探摸完全。之后他发现石头上有个小缝，就把脚尖塞进去，利用双手将身体撑高了。他说："哎哟，上面有个盒子呢。"

一两分钟之后，他们回到洞外的阳光下，仔细看那位牧师找到的东西。韦斯顿说："小心，尽可能别碰它，恐怕上面有指纹。"

那是一个深绿色的铁皮盒子，上面有"三明治"的字样。

菲利普警长说："我想，是什么人野餐之后丢下的。"他用手帕垫着打开了盖子，里面是一些小的铁制容器，标明盐、胡椒、芥末等，还有两个较大的方块形容器，显然是放三明治用的。菲利普警长把盐罐的盖子打开，里面的盐放得满满的。他打开第二个小罐的盖子，说道："唔，胡椒罐子里放的也是盐。"放芥末的罐子里放的还是盐。这位警长脸上突然露出了警觉的神色，他打开方形扁盒的盖子，那里面同样放满了白色晶体状的粉末。

菲利普警长很快将手指伸进去蘸了下，送到舌边舔舔。他脸上表情大变，激动万分地说："这不是盐，局长，根本就不是！味道是苦的！我想是某种毒品。"

"第三种角度。"韦斯顿上校哼了一声。

此时他们已回到旅馆。警察局局长继续说道："如果这件案子还牵扯到贩毒，那又增加了好几种可能性，第一，死者可能也是贩毒团伙里的人，你想有这种可能吗？"

赫尔克里·波洛很谨慎地答道："有这种可能。"

"也许她自己就是吸毒者？"

波洛摇了摇头说："我对此表示怀疑。她精神状态稳定，身体健康，容光焕发，身上也没有注射的针孔——倒不是说这一点能证明什么，有些人是靠吸食的。我认为她不吸毒。"

"如果是这样的话，"韦斯顿说，"她有可能是偶然撞见他们，结果被人杀了灭口。我们马上就可以知道这些东西是什么，我送去给尼斯登化验了。如果真碰上了贩毒集团，他们可不是那种——"

他突然停住话头，因为门开了，贺拉斯·布拉特先生飞快地走了进来。布拉特先生看起来很热，他不停地擦着额上的汗水，洪亮的嗓音充斥了这个小小的房间。"我刚回来就听到这个消息！你是警察局局长？他们告诉我说你在这里。我的名字叫布拉特，贺拉斯·布拉特。我可以帮什么忙吗？我想大概没有用。今天一大早我驾着自己的船出海了，错过了所有的热闹。好不容易有一天在这么偏僻的地方出了这样的事，我又偏偏不在场。人生就是如此，是不是？你好，波洛，刚才没有看到你。原来你也在办这个案子？哦，好啊，我想你也不会袖手旁观的。歇洛克·福尔摩斯与地方警察，对不对？哈哈！真来劲，能看你表演些侦探的戏法，一定很过瘾。"

布拉特先生坐进一张椅子里，掏出个烟盒，递给韦斯顿上校。对方摇摇头，微笑道："我抽烟斗。"

"我也一样。我也抽香烟——不过没什么比得过烟斗就是了。"

韦斯顿上校突然很亲切地说："那就抽抽烟斗吧，老兄。"

布拉特摇了摇头。"现在烟斗不在我身上。先和我说说这起案子吧。到现在为止，我听说的只是马歇尔太太被人谋杀，死在这里的一处海滩上。"

"是精灵湾。"韦斯顿上校一面说着，一面留意他的反应。

可是布拉特先生只是很兴奋地问道："她是被掐死的？"

"是的，布拉特先生。"

"讨厌，真令人厌恶！跟你们说吧，她这是咎由自取！事情很棘手吧，呃，波洛先生？知不知道是谁干的？或者说，我不应该问这个问题？"

韦斯顿上校带着淡淡的微笑说："唉，你知道，应该是由我们来发问才对。"

布拉特先生挥着手里的香烟。"抱歉，抱歉，是我的错，请问吧。"

"你今天早上驾船出海，是几点钟？"

"九点四十五分离开这里的。"

"有没有谁和你一起？"

"一个人也没有，完全孤零零一个人。"

"你去了什么地方呢？"

"沿着海岸往普利茅斯那个方向。我带着午餐，风不太大，所以我其实没有驶出多远。"

再问过一两个问题之后，韦斯顿问道："关于马歇尔夫妇，你是不是知道一些有助于我们破案的事？"

"啊，我已经发表过意见，这是情欲引起的犯罪！我能说的就是：与我无关！漂亮的艾莲娜对我没有意义，这方面我们扯不上关系。她有她自己的蓝眼睛小伙子！要是你们问我的意见，我得说马歇尔已经觉察此事了。"

"你有什么证据说他觉察了？"

"我看到他有一两次恶狠狠地瞪着年轻的雷德芬。马歇尔可是匹黑马，看起来很软弱温顺，整天像没睡醒似的——他在伦敦的名声可并非如此。我听说过他的一两件事。他有次差点吃伤害官司，我告诉你。对方的生意手段卑鄙下流，马歇尔信任他，他却欺上瞒下。我想，那种做生意的手法太卑劣了，马歇尔发现后去找他算账，揍得他半死。那家伙没敢提起上诉，怕事情闹出来。我告诉你们这件事，是因为你们应该了解他的为人。"

"那你想有没有可能，"波洛说，"是马歇尔掐死他太太的？"

"我根本没这个意思，我从来没这么说。我只是想让你们知道他偶尔会大发雷霆。"

波洛说："布拉特先生，出于某种原因，我们相信马歇尔太太今天早上到精灵湾去会见一个人。你知不知道她可能会去见谁呢？"

布拉特先生眨眨眼说："我都不用猜，肯定是去见雷德芬！"

"那个人不是雷德芬先生。"

布拉特先生似乎大吃一惊。他犹犹豫豫地说："那我就不知道了……唉，我想不出来……"他略微恢复了些平日的自信，继续说道，"我先前也说过，反正不会是我！我没那么好的福气！我想想看，不可能是加德纳——他老婆盯他盯得可紧呢！是巴里那个老家伙吗？该死！也不大可能是那个牧师。不过，我提醒你们，我曾经看到那位牧师总盯着她看。他总说她不好，可是和别人一样也喜欢饱饱眼福，是不是？世界上口是心非的人可多着呢，大部分人都是这样。你们知不知道上个月那件案子？牧师和教堂执事的女儿暧昧不清？可真让人大开眼界。"

布拉特先生咯咯地笑起来。

韦斯顿上校冷冷地说："你还能想到什么对我们有帮助的事吗？"

布拉特摇了摇头。"没有，想不起什么了。"他说，"我想，这总会有点轰动吧。新闻记者一定会像抢刚出炉的热蛋糕一样跑来。以后海盗旗旅馆就没什么好夸口的了，还说这里是什么隐居之地，哪里还算得上啊？"

赫尔克里·波洛轻声细语地说："你在这里过得不开心吗？"

布拉特先生的一张红脸变得比先前更红。他说："呃，我的确不开心。驾船出海还不错，此地的风景也不错，还有服务和餐饮——可是这里的人不够随和，你懂我的意思吧！我要说的是，我的钞票跟别人的钞票一样好使，我们都是到这里来寻欢作乐的，那为什么不大家在一起娱乐娱乐呢？总是三个一群两个一伙地各玩各的，几个人坐在一起，冷冷淡淡地跟你说——早安，晚安，是啊，天气真好。一点儿也不热闹开心，全是些木偶布娃娃。"布拉特先生停了下来——他的脸现在真是相当红了。他又擦了一下额头，有些抱歉地说："对我的话不要放在心上，我一下子太激动了。"

赫尔克里·波洛轻声细语地说："我们该怎么看布拉特先生？"

韦斯顿上校咧嘴笑道："你认为他怎么样？对他你比我了解得多了。"

波洛柔和地说："你们英国人有不少俗语可以用来形容他。未切割的钻石！白手起家的创业者！一心钻营的人！他是怎么样的人，取决于各人对他不同的看法，有人会觉得他可怜、可笑、可厌，可是我也觉得他还有另外一面。"

"那又是什么呢？"

赫尔克里·波洛两眼望着天花板，轻声细语地说："我想他是——紧张。"

＊　＊　＊

科尔盖特警督说："我已经把时间问题盘查过了。从旅馆走到通往精灵湾的直梯一共三分钟，也就是说，只要走到脱离旅馆客人视线的地方，再拼命跑过去，需要三分钟。"

韦斯顿眉毛一挑，他说："比我想象得要快多了。"

"从直梯下到海滩，需要一分钟四十五秒。上来的话是两分钟。做这个试验的是弗林特警员，他是运动员体质。照一般人走路和上下梯子的速度来算，全部过程需要十五分钟左右。"

韦斯顿点点头说："还有一件事我们必须调查清楚，就是烟斗的问题。"

科尔盖特说："布拉特抽烟斗，马歇尔也一样，还有那位牧师。雷德芬抽香烟，那个美国佬喜欢雪茄，巴里少校根本不吸烟。马歇尔房间里有一根清烟斗的通条，布拉特房间里有两根，牧师房里有一根。女佣说马歇尔有两只烟斗，另外一个女佣不太机灵，说不上来另外两个人有几只烟斗，只含含糊糊地说她注意到他们房间里有两只或三只。"

韦斯顿点了点头。"还有什么别的吗？"

"我也查过旅馆的职员，好像都是清白的。在酒吧间的亨利证实了马歇尔的话，说在十点五十分时见过他。负责管理海水浴场的威廉，早上大部分时间都在整修岩石上的梯子，他好像也没问题。乔治在网球场上画线，然后在餐厅外面整理花木。要是有人从堤路上岛的话，他们几个都不会看见的。"

"堤路上的潮水什么时候退尽？"

"九点半左右。"

韦斯顿摸着胡子。"真可能有人从这条路过来。我们又有了新的发现，科尔盖特。"他把在洞里找到那个三明治盒子的事告诉了这个警督。

有人在敲门。

"请进。"韦斯顿说。

来的人是马歇尔，他说："你能告诉我什么时候可以安排葬礼吗？"

"我想我们后天就要验尸，马歇尔先生。"

"谢谢你。"

科尔盖特警督说："对不起，这几件东西还给你。"他把那三封信递了过去。

肯尼斯·马歇尔有点挖苦地笑了笑。他说："警方有没有试验过我打字的速度？我希望可以还我清白了吧。"

韦斯顿上校毫不介意地说："是的，马歇尔先生，我想我们可以给你开张健康证明书。打出这些信上的内容至少要花一小时，而且，女佣听到了你在打字，一直到十点五十五分。二十分钟之后，另外一位证人又看到了你。"

马歇尔小声说："是吗？这样一来大家都满意了。"

"是的，达恩利小姐在十一点二十分的时候到了你房间里。你当时正忙着打字，所以根本没注意到她进来。"

肯尼斯·马歇尔表情冷冷地说："达恩利小姐这样说的吗？"他停了一下，"其实她错了，我看到了她，不过她不知道而已。我是从镜子里看到她的。"

波洛轻声细语地说："但你并没有停下手里的工作？"

马歇尔干脆地说："没有。我想把信赶完。"他停了一下，然后突然问道，"没有什么别的可以效劳的地方了吧？"

"没有了，谢谢你，马歇尔先生。"

肯尼斯·马歇尔点了点头，走出房间。韦斯顿叹了口气说："这下我们最有希望的一个嫌疑犯没有了——排除了。啊，尼斯登来了！"

法医很兴奋地走进来。他说："你们送来的东西真不得了。"

"是什么呢？"

"是什么？二乙酰吗啡，俗称海洛因。"

科尔盖特警督吹了声口哨。他说："这下我们可搞对方向了！太好了，根据现在的情况，这桩案子后面还有毒品交易呢。"

第十章

几个人从红牛旅馆走出来，简短的验尸工作已经结束，结论还要再等两天。罗莎蒙德·达恩利走近马歇尔，低声说道："情形并没有那么坏，是吧，肯？"

他没有立刻回应。也许他注意到了很多村民注视他的眼睛，以及那些强行忍住才没有指向他的手指。

"就是他。""看，那就是那个女人的丈夫。""喏，他就是那个丈夫。""你看，走过去的那个人就是……"

这些嘀嘀咕咕的闲言碎语他是听不见的，但仍然能够感受得到。这是现代人的耻辱柱，相当于公开示众。他已经接触过媒体的人——那些信心百倍，口才极好的年轻人，拼命想推倒他以"无可奉告"砌起的那堵沉默之墙。不管他说了什么或是没说什么，本以为怎么都不会引起误解和误读，然而出现在第二天的报纸上的文章却被赋予了完全不同的意义。"在问到他是否同意妻子之死只能以杀人狂到了岛上之假设为唯一解释时，马歇尔先生表示——"如此这般。

照相机不停地响。就在这时，他听到罗莎蒙德熟悉的声音，于是半转过身——一个面带微笑的年轻人朝他高兴地点点头，趁机拍了张照片。

罗莎蒙德轻声说："马歇尔与友人在验尸后离开红牛小店。"马歇尔做了个苦脸，罗莎蒙德说："没有用的，肯！你必须面对这件事！我指的不仅是艾莲娜去世这个事实——我是说随之而来的这些麻烦。那些窥视的眼睛，那些搬弄是非的口舌，以及报纸上那些胡说八道——最好的办法就是直接面对并嗤之以鼻。用一些不知所云的话来搪塞他们，对他们不屑一顾。"

他说："你就是这么对付他们的？"

"是的。"她停了一下，"我知道，这不是你用的方法。你要的是保护色，要保持无所作为，静止不动，直到默默地淡出背景。可是在这里你做不到——这里没有可以让你淡出消失的背景，每个人都可以把你看得清清楚楚——像一只有斑纹的老虎在一块白布前面活动。你是那个被谋杀的女人的丈夫！"

"我的天，罗莎蒙德——"

她温柔地说："亲爱的，我这是为你好。"

他们默默地走了几步，然后马歇尔换了种语气说："我知道你是为我好，我并不是不知感激，罗莎蒙德。"

他们已经走到村外，还会有人看到他们，但附近并没有什么人。罗莎蒙德压低声音重复了一遍她起先所说的第一句话："情形其实并没有那么坏，是吧？"

他沉默了一阵，然后说："我不知道。"

"警方怎么想？"

"他们没有发表意见。"

过了一分钟之后，罗莎蒙德说："那个小个子，波洛，他是不是真的对案子很有兴趣？"

肯尼斯·马歇尔说："那天他好像一直在跟警察局局长密切合作。"

"我知道，可是他在做什么呢？"

"我怎么知道，罗莎蒙德？"

她沉吟道："他岁数挺大的，也许不会太精明吧。"

"也许吧。"

他们走到堤路上，那个小岛就在对面，沐浴在阳光下。罗莎蒙德突然说："有时候，事情都不像真的发生过，就在此刻，我就不能相信真的发生过……"

马歇尔缓缓地说："我想我懂你的意思。大自然总是那样，完全无动于衷！不过少了只蚂蚁而已，在大自然中不过如此！"

罗莎蒙德说："不错，确实也应该这样去看才对。"

他迅速瞥了她一眼，然后用很低的声音说道："不要担心，亲爱的，不会有问题的，不会有问题的！"

琳达从堤路那边过来接他们。她情绪激动不安，像一匹紧张的小马驹，年轻面庞上的双眼有浓重的黑眼圈，嘴唇干燥脱皮。她气喘吁吁地说："怎么样了？他们怎么说？"

她的父亲生硬地说："过两天才能知道。"

"这么说就是——他们还没决定？"

"是的，还需要更多的证据。"

"可是，可是他们是怎么想的呢？"

马歇尔不由得微微一笑。"啊，亲爱的孩子，谁知道呢？你说的'他们'是谁？验尸官？陪审团？警察？新闻记者？还是莱德卡比湾村里的渔民？"

琳达慢慢地说："我想我是说——警察。"

马歇尔平淡地说："不管警察的想法是什么，目前都没有透露。"说完这句话后，他的嘴就闭得紧紧的，径自走进了旅馆。

罗莎蒙德·达恩利正要跟着进去，琳达叫道："罗莎蒙德。"

罗莎蒙德转过身，那个女孩子愁闷的脸上流露出来的无声恳求触动了她的心。她挽起琳达的手，一起离开旅馆门前，沿着那条穿岛的小径走去。

罗莎蒙德温柔地说："不要想太多了，琳达，我知道这对你来说是个可怕的惊吓，可是老琢磨个没完也不行。这事是很可怕，这让你很难受，但你知道，你本来就不喜欢艾莲娜。"

她感到琳达的身子起了一阵颤抖，听到她答道："嗯，我是不喜欢她……"

罗莎蒙德继续说："如果只是悲伤的话，那是另一回事——你无法把悲伤抛在脑后，但如果是惊吓或震惊的话，只要不去想，不整天琢磨个没完，那还是可以置之不理的。"

琳达打断她的话。"你不懂的。"

"我想我懂，孩子。"

琳达摇摇头。"不，你不懂，根本就不懂，克莉丝汀也不懂！你们两个都对我很好，可是你们不懂我现在的感觉。你们只觉得这很不正常，我本来不必这么放在心上的，却偏偏想个没完。"她停顿了一下，"可是根本不是那么回事，要是你明白我知道什么的话——"

罗莎蒙德猛地一愣，她的身子并没有颤抖，相反却僵直了。她在那里呆立了一两分钟，然后将手由琳达的臂弯里抽出来，说道："你知道什么，琳达？"

那个女孩子瞪着她，摇摇头，支支吾吾地说："没什么。"

罗莎蒙德抓住她的手臂。她使的劲太大，让琳达皱起了眉头。

罗莎蒙德说："小心点，琳达！你给我小心点！"

琳达的脸色刷白，她说："我是很小心，一直很小心。"

罗莎蒙德急切地说："听好，琳达，我一两分钟前说的话，现在还是那个意思，而且还要加一百倍。把所有的事忘掉，永远不要再去想这事。忘掉，忘掉……只要你愿意，就一定会忘掉的。艾莲娜已经死了，再怎么样也不能使她复生……忘掉一切，只想将来。最重要的是，要守口如瓶。"

琳达退缩了一下，她说："你，你好像全都知道？"

罗莎蒙德斩钉截铁地说："我什么都不知道！在我看来，就是有个杀人狂偷偷摸摸上了岛，把艾莲娜杀了，这是最大的可能性。我敢肯定，最后警方也会接受这个结论的。结论必须是这样，而且事情本来就是这样！"

琳达说："要是爸爸——"

罗莎蒙德打断了她的话。"不要说了。"

琳达说："我必须说一件事，我妈妈——"

"怎么了？她怎么了？"

"她，她曾经因为谋杀案而受审，是不是？"

"是的。"

琳达慢慢说道："后来爸爸娶了她。这样看起来，好像爸爸并不认为谋杀是很不对的事——我是说，并不都是不对的。"

罗莎蒙德斩钉截铁地说道："不准再说这些，即使对我也不要说！警方并没有掌握任何不利于你父亲的证据，他有不在场证明，一个无法推翻的不在场证明，他绝不会有事。"

琳达低声说道："难道他们起先以为爸爸——"

罗莎蒙德叫道："我不知道他们原先怎么想！可是他们现在已经知道不可能是他干的了，你懂不懂？不可能是他干的！"

她的语气十分权威，目光似乎在命令琳达接受她的说法。琳达长叹一声，罗莎蒙德说："你很快就可以离开这里了，你会把一切都忘掉的！所有的一切！"

琳达突然用出乎意料的激烈语气说："我永远也忘不掉。"

她掉转身子，跑回旅馆，罗莎蒙德目瞪口呆地望着她的背影。

"夫人，我想请问一两件事。"

克莉丝汀·雷德芬抬起头来，有些心不在焉地望着波洛。她说："什么事呢？"

赫尔克里·波洛似乎没有注意到她的心不在焉，他早就发现了，她的视线一直追随着她那在酒吧外阳台上踱来踱去的丈夫。可是此刻他对别人夫妻间的问题并无兴趣，他要的是线索。他说："夫人，我要问的是一句话——那天你偶尔说出来的一句话，引起了我的注意。"

克莉丝汀的视线仍然不离帕特里克。她说道:"哦?我说的哪句话呢?"

"你在回答局长的问话时说的。你说案子发生的那天早上你到了琳达·马歇尔小姐的房间里,发现她不在,后来她回来了。就在那时候,局长问你她起先去了哪里。"

克莉丝汀有点不耐烦地说:"我说她去游泳了,是不是?"

"啊,可是你那时候不是这样说的。你并没有说'她去游泳了',你说的是'她说她去游泳了'。"

克莉丝汀说:"那不是一样吗,有什么不同?"

"不,那是不一样的!你那么回答暗示出你心里有某种看法。琳达·马歇尔回到房间里——穿着泳装,可是,由于某种原因,你并不认为她是刚游泳回来,这从你的表述方式'她说她去游泳了'就听得出来——是不是由于她的态度,或是她身上穿的什么,或是她说的什么话,使你在她说自己去游泳了的时候颇感意外?"

克莉丝汀的注意力终于离开帕特里克,整个儿转到波洛身上。她颇感兴趣地说:"你真聪明。一点儿也不错,我现在想起来了……当琳达跟我说她去游泳了的时候,我的确觉得有些惊讶。"

"为什么?夫人,为什么呢?"

"是啊,为什么呢?让我好好想想。啊,对了,我想是因为她手里拿着的包裹。"

"她拿着一个包裹？"

"是的。"

"你不知道里面是什么吧？"

"啊，我知道。包装散了，他们村子里捆东西捆得很松散。里面是蜡烛——全掉在地上，我还帮她捡了起来。"

"啊，"波洛说，"是蜡烛。"

克莉丝汀瞧着他说："你好像很兴奋，波洛先生。"

波洛问："琳达有没有说她为什么要买蜡烛呢？"

克莉丝汀答道："没有，我记得她没有说。我想大概是晚上看书用的吧——也许电灯不大亮。"

"正相反，夫人，她床头的灯亮得很。"

克莉丝汀说："那我就不知道她买蜡烛做什么了。"

波洛说："她当时是什么神态——包装散了，蜡烛从纸包里滚落出来的时候？"

克莉丝汀慢吞吞地说："她有些——不安，尴尬。"

波洛点点头，然后问道，"你有没有注意到她房间里有日历？"

"日历？哪种日历？"

波洛说："可能是绿色的日历——可以一张张撕下来的。"

克莉丝汀翻着眼睛，努力回想。"绿色的日历，翠绿色的，不错，我见过这样的日历，不过记不得是在哪里见过的。有可能是在琳达房间里，我不能确定。"

"但你绝对见过这样的东西？"

"是的。"

波洛又点点头。克莉丝汀直截了当地问他："你在暗示什么？波洛先生，这到底是什么意思？"

波洛不作答，却拿出一本褪色棕皮装订的小书来。"你以前有没有见过这本书？"

"哎，我想，我不大确定——对，那天琳达在村子里的租书店看这本书，但我走近她的时候，她就把书一合，很快放回了架子。我还纳闷她看的是什么书呢。"

波洛默默地把书名给她看：《巫术及无迹可寻毒药史》。

克莉丝汀说："我不懂，这一切到底是什么意思呢？"

波洛语气沉重地说："夫人，其中的意思可能相当多。"

她询问地望着他，可是他并没有继续这个话题，却又问道："还有一个问题，夫人，那天早上你在去打网球之前有没有洗澡？"

克莉丝汀又睁大了眼睛。"洗澡？没有，我当时根本没有时间，而且我也不会想到洗澡——不会在打网球之前洗澡的，要洗也是在打过球之后。"

"你回来之后，有没有用过浴室？"

"只洗了脸和手，如此而已。"

"完全没有放洗澡水？"

"没有，我很确定没有。"

波洛点了点头，说："这件事不重要。"

赫尔克里·波洛在加德纳太太的桌边停下来。正在绞尽脑汁拼图的她抬起头，吓了一跳。

"哎呀，波洛先生，你怎么这么静悄悄地就走到我身边来了？我一点都没听到你的动静。你刚去参加过验尸吗？你知道，一想到验尸什么的，就让我紧张不安，不知该如何是好，所以我才会在这里拼图。我无法像往常一样在外面的海滩上坐着。加德纳先生是知道的，我神经紧张的时候，只有拼图游戏才能让我安静下来。哎呀，这块白的该放在哪里呢？一定是长毛地毯的一部分，可是我好像看不出……"

波洛温和地伸手从她手里拿过那块拼图，说："应该放在这里，夫人，这是猫身上的一部分。"

"不可能的，这是黑猫。"

"是黑猫，不错，可是你看，黑猫的尾巴尖恰巧是白的。"

"哎呀，果然是这样！你真聪明！可是我觉得那些设计拼图游戏的人真够狡猾的，他们千方百计地捉弄你。"她放好另外一块，又继续说，"你知道，波洛先生，最近一两天我一直在观察你，想看你是怎么侦查破案的，你懂我的意思吧——听起来好像我没心没肺，把这当成一场游戏，其实不是的——毕竟有个可怜的人被杀死了。哎哟，每次一想到这儿我就不寒而栗！我今天早上还跟加德纳先生说，咱们赶紧离开这里吧。现在验尸也结束了，他说他觉得我们明天就可以走了，谢天谢地。不过关于破案的事，我真希望能了解你用了什么方法——你知道，要是你能向我解释说明的话，那我真是感激不尽。"

赫尔克里·波洛说："那有点像你玩的拼图，夫人，我要把所有的碎片拼在一起，就像拼一幅镶嵌画，有各种不同的颜色，各种不同的式样，而每一片奇形怪状的小碎片，都要恰到好处地拼在合适的地方。"

"那不是很有趣的事吗？你解释得实在是太动人了。"

波洛继续说道："有时候，它就像你刚才拼的这一块拼图碎片。玩这种游戏的时候有些常用的方法——比如按照不同颜色来分析判断——可是也许某个颜色的碎片看似应该拼在——比如说，长毛地毯上，其实却该拼在黑猫尾巴尖上才对。"

"哎，这可真是太奇妙了！有很多很多碎片吗，波洛先生？"

"是的，夫人，差不多旅馆里的每个人都给了我一块碎片让我去拼凑，你也是其中之一。"

"我？"加德纳太太的语气十分兴奋。

"是的。夫人，你的一句话对我极有帮助，可以说，大大地启发了我的思路。"

"哎哟，那真是太了不起了！你能不能再跟我多说一点儿，波洛先生？"

"啊，夫人，我要把这些说明留到最后一刻。"

加德纳太太咕哝着说："哎哟！那可太遗憾了！"

赫尔克里·波洛轻轻敲了下马歇尔先生的房门，里面传来打字的声音，以及一声"进来"。波洛走了进去。马歇尔背朝着他，正坐在两扇窗子之间的小桌前打字。他并没有回头，但他的目光在对面墙上的镜子里望着波洛。他不客气地说："哦，是波洛先生，什么事？"

波洛很快说道："真对不起，这样来打扰你。你正在忙吗？"

马歇尔简洁地说："很忙。"

波洛说："只是有个小问题想问问你。"

马歇尔说："我的老天，我讨厌再回答问题了。我已经回答过警方的问题，不想再被迫回答你的问题。"

波洛说："我这个问题很简单。在尊夫人遇害的那天上午，你打完字之后，去打网球之前，有没有洗过澡？"

"洗澡？没有，当然没有！我在一个小时之前刚洗过澡。"

赫尔克里·波洛说："谢谢你，没别的事了。"

"可是我说——哦——"马歇尔不知所措地停了下来，波洛退出门去，轻轻地带上了房门。肯尼斯·马歇尔说："这家伙发的什么疯！"

波洛在酒吧间门口碰到了加德纳先生。他手里端着两杯鸡尾酒，显然正要送去给忙着拼图的加德纳太太。他很有风度地向波洛笑了笑。"来和我们一起坐坐吧，波洛先生？"

波洛摇了摇头，说："你对这次的验尸调查感觉如何，加德纳先生？"

加德纳先生压低声音说："我还看不出什么所以然。我想你们警方还有些事秘而不宣吧。"

"有可能。"波洛说。

加德纳先生把声音压得更低。"我很想尽早带加德纳太太离开这里，她是个非常非常敏感的女人，这件事让她神经紧张，真的很难过。"

赫尔克里·波洛说："加德纳先生，我能不能请教你一个问题？"

"当然可以，波洛先生，我很高兴能帮上忙。"

赫尔克里·波洛说："你是个见多识广的人——我想，你也是个绝顶聪明的人。坦率地说，你对已故的马歇尔太太到底是什么看法？"

加德纳先生吃惊地扬起眉毛，小心地环顾一下周围，然后压低声音说："波洛先生，我听到一些流言蜚语，你懂我的意思吧，那些女人特别喜欢扯这种闲话。"波洛点点头，"不过现在你问我，我可以告诉你我心里真正的想法——那女人实在是一个十足的傻瓜！"

赫尔克里·波洛若有所思地说："唔，这话有意思。"

罗莎蒙德·达恩利说："这回该我了，对吗？"

"对不起，你说什么？"

她笑起来。"那天警察局局长问话的时候，你就坐在旁边。今天，我想，你是在进行自己的非正式调查。我一直在观察你。先是找雷德芬太太，然后我从休息室窗子里看到，你跟玩那个讨厌的拼图游戏的加德纳太太在一起，现在轮到我了。"

赫尔克里·波洛在她身边坐了下来。他们在阳光崖上，下面的海水显出漂亮的绿色，再远一点的地方，海水却是一片耀眼的淡蓝色。波洛说："你非常聪明，小姐，我到这里之后一直这样认为。和你讨论这个案子会很愉快。"

罗莎蒙德·达恩利幽幽地说："你想知道我对这件事的看法？"

"那一定很有见地。"

罗莎蒙德说:"我认为这件事其实非常简单,案子的线索就在这个女人的过去。"

"过去?不是现在?"

"哦!不一定是多么久远的事,我是这么看的。艾莲娜·马歇尔很有吸引力,男人很容易被她吸引,我猜她对男人也会很快就感到厌倦,在她的——我们这么说吧——追求者里,有个人对这一点大为不满。啊,不要误会我的意思,不一定是什么优秀人物,也许只是个微不足道的小人,虚荣,又很敏感,就是那种容易想不开的人。我想他跟踪着她来到这里,等到有机会,就把她杀了。"

"你是说他是外面来的人?从对岸来的?"

"是的,他很可能就藏身在那个洞里,等待下手的机会。"

波洛摇了摇头,说:"她难道会到那里去见一个像你形容的这种人吗?不会的,她肯定对此嗤之以鼻,不会去的。"

罗莎蒙德说:"她也许不知道自己会见到他,也许他是用别人的名字送信给她的。"

波洛轻声细语地说:"这也有可能。"

然后他说:"可是你忘了一件事,小姐。一个想谋害别人的凶手不会冒险在光天化日之下经过堤路,穿过旅馆。他会被人看到的。"

"是有这种可能性,不过也不一定,很可能他长驱直入而并没有被人注意到呢。"

"的确有这种可能性，这我同意，可是问题在于他并没有这种不被人看到的把握。"

罗莎蒙德说："你忘记了一件事，天气。"

"天气？"

"不错，凶杀案发生那天，天气很好，可是前一天呢？你还记得吧，又有雨，又有雾。在那种雾气蒙蒙的情况下，如果有什么人到岛上来，是不会引人注意的。他可以直接走到精灵湾，在洞里过一夜。波洛先生，那场大雾是很重要的。"

波洛凝神看了她半晌，才说："你知道，你刚才说的有不少很有道理。"

罗莎蒙德有点不好意思。她说："那是我的推理，见笑了。现在说说你的推理吧。"

"啊，"赫尔克里·波洛说，他望着下面的大海，"小姐，我是个心思单纯的人，我总是相信最有可能犯罪的那个人嫌疑最重。这案子刚开始我就认定了一个人，各项证据都很清楚地指向他。"

罗莎蒙德的语气有些生硬。她说："接着说。"

赫尔克里·波洛继续说："可是你知道，出现了一些所谓的证据，似乎那个人根本不可能行凶。"

他听到她猛地松了口气，略带喘息地说："是吗？"

赫尔克里·波洛耸了下肩膀。"是啊，我们该怎么办呢？这就成了问题。"他停顿一下，然后继续说，"我能请教你一个问题吗？"

"当然可以。"

她转过头来对着他，神色警觉，带有戒心，但波洛提出的问题却完全出乎她的意料。"那天早上你回房间换衣服去打网球的时候，有没有洗澡？"

罗莎蒙德睁大眼睛。"洗澡？什么意思？"

"就是这个意思，洗澡！一个大瓷盆，你扭开水龙头，放水进去灌满，进了浴缸，再出来，然后哗啦，哗啦，哗啦，水就从下水道里排放出去了。"

"波洛先生，你没事吧？"

"没有，我头脑清醒得很。"

"好吧，不管怎样，反正我没有洗澡。"

"哈！"波洛说，"原来谁都没有洗澡，这实在是太有意思了。"

"可是为什么要有人洗过澡呢？"

赫尔克里·波洛说："可不是嘛，为什么呢？"

罗莎蒙德有点不快。"我猜这就是福尔摩斯的手法吧！"

赫尔克里·波洛微微一笑，然后他嗅了一下空气。"我能不能再冒昧地问一个问题，小姐？"

"我相信你的问题是不会冒昧的，波洛先生。"

"你太客气了。那么我斗胆说一句，你用的香水气味不错，有种特殊的质感，香气迷人。"他挥了挥手，然后用实事求是的语调补充道："我想，是佳百丽八号香水吧？"

"你可真聪明，不错，我一向用这种香水。"

"已故的马歇尔太太也用这个牌子的香水。它很流行？而且很贵吧？"

罗莎蒙德耸了耸肩膀，微微一笑。

波洛说："在案发的那天早上，你就坐在我们现在坐的这个地方，小姐，有人看见你在这里，或者说，至少在布鲁斯特小姐和雷德芬先生划船经过的时候，看到了你的阳伞。在那个早上，小姐，你肯定没有下到精灵湾，进过那个山洞——就是那个有名的妖精洞吗？"

罗莎蒙德转过头注视着他，以很平静的声音问道："你是不是在问我有没有杀艾莲娜·马歇尔？"

"不是的，我是在问你有没有进过妖精洞。"

"我甚至连那个洞在哪里都不知道。我为什么要进洞里去？有什么原因吗？"

"在罪案发生的那天，小姐，有个用佳百丽八号香水的人到过妖精洞里。"

罗莎蒙德斩钉截铁地说："你自己刚才也说过，波洛先生，艾莲娜·马歇尔也用佳百丽八号香水。那天她在那里的海滩上，大概是她进过山洞吧。"

"她为什么要到山洞里去呢？那里面又黑，又狭窄，又不舒服。"

罗莎蒙德不耐烦地说道："我怎么知道为什么？因为她本来人就在那里，所以是最可能进洞的人。我早就告诉过你，我整个早上都没离开过。"

"只除了你回旅馆去马歇尔先生房间的时候。"波洛提醒她说。

"啊，对了，我忘了这件事。"

波洛说："而且你还搞错了一件事，小姐，你以为马歇尔先生没有看到你。"

罗莎蒙德难以置信地说："肯尼斯说他看到了我？他，他是这么说的吗？"

波洛点了点头。"小姐，他从挂在书桌上面的镜子里看到了你。"

罗莎蒙德倒吸一口气。她说："哦，是这样。"

波洛不再眺望大海，他盯着罗莎蒙德放在膝盖上的双手。

她的手形很好，手指修长。罗莎蒙德瞥了他一眼，顺着他的眼光望去，直截了当地说："你看我的手做什么？难道你以为，难道你以为——"

波洛说："我以为——什么？小姐？"

罗莎蒙德·达恩利说："没什么。"

大约一个小时之后，赫尔克里·波洛走在通往鸥湾的小路上，路的尽头是海滩，有个人坐在那里，个子不高，穿着红衬衫和深黄色短裤。波洛离开小路走向海滩，他穿着新款的时髦皮鞋，小心翼翼地挑选着下脚的地方。琳达·马歇尔猛地转过头，他觉得她似乎畏缩了一下。他在她身边的沙滩上坐下，她的目光落在他的脸上，如落入陷阱的小动物一样怀疑而警觉。他突然感到她是那样年轻和脆弱。

她说："什么事？你想干什么？"

赫尔克里·波洛沉默了几分钟，然后说："那天你告诉警察局局长说你喜欢你的继母，她对你也不错。"

"那又怎么样？"

"其实不是这样的，对不对，小姐？"

"怎么不是？就是这样。"

波洛说："她可能并没有故意对你不好——这一点我同意。可是你并不喜欢她——啊，我想你很讨厌她，这是一目了然的。"

琳达说："也许我并不是特别喜欢她，可是人已经死了，就不能再这么说，这样不太得体吧。"

波洛叹口气："你是在学校里受到这种教育的吗？"

"差不多是吧。"

赫尔克里·波洛说："在有人被谋杀的时候，说出实话要比是否得体重要得多。"

琳达说："我就知道你会这样说。"

"我会这样说，而且我也这样说了。这是我的职责，你知道，我要查出是谁杀了艾莲娜·马歇尔。"

琳达咕哝道："我想把这件事忘掉，这太可怕了。"

波洛温和地说："可是你忘不了，是吗？"

琳达说："我想是个凶残的疯子杀了她。"

赫尔克里·波洛轻声细语地说："不会的，我认为并不是这样的。"

琳达倒吸一口气。她说："你这话听起来——好像你已经什么都知道了。"

波洛说："也许我的确已经知道了。"他顿了顿，又继续说，"孩子，你能不能相信，我会尽一切的力量来帮你解决麻烦？"

琳达一跃而起，她说："我没有任何麻烦，你也帮不上我什么忙，我不知道你在说些什么。"

波洛望着她说："我说的是蜡烛……"

他看到她两眼中突然露出恐怖的神情。她叫道："我不要听你的话，我不要听！"她冲过海滩，像只年轻的羚羊，顺着弯弯曲曲的小径一路跑了上去。

波洛摇摇头，表情沉重而忧虑。

第十一章

科尔盖特警督在向警察局局长报告。

"我查到了一件事，局长，这件事比较耸人听闻，跟马歇尔太太的钱有关。我和她的律师交流了一下，可以说，他们对此相当震惊。我得到她被人勒索的证明了。你还记得老厄斯金爵士赠给她五万镑吧？呃，她现在手里只剩下大约一万五千镑了。"

韦斯顿吹了声口哨。"哦，其余的钱呢？"

"关键就在这里，局长，她不时会卖出一些东西，而且每次都要求现金或是无记名债券——也就是说她把钱交给某人之后，不希望留下让人追查得到的痕迹。一定是勒索。"

警察局局长点点头。"看来的确如此。而勒索者就在这个旅馆里，也就是说，必定是这三位男士之一。对这几个人有新的了解吗？"

"说不上有什么特别的疑点，局长。巴里少校是个退休军人，和他说得那样，住一间小公寓，有一份养老金，还有股市上赚的一点钱。不过去年他的银行账户里有几笔大额收入。"

"这倒是个有用的线索。他怎么解释？"

"说是赛马赢来的，他的确热衷于去各种大型赛马活动，也下注赌马，不过并没有固定的户头。"

警察局局长点了点头。"的确很难驳倒他的说法，"他说，"不过这是个线索。"

科尔盖特继续说道："接下来是斯蒂芬·兰恩牧师，他的资料没有问题——原先在萨里郡白崖镇的圣海伦教区，因为健康状况不佳，一年前辞去了圣职。他因病住进一家精神病疗养院，在那里住了一年多。"

"很有意思。"韦斯顿说。

"是的，局长，我尽量想从负责诊治的大夫那里挖点线索出来，可是你知道那些医生都很难说话——反正他们就是不提供你想要的那些东西。不过据我调查，这位牧师的病在脑子里，属于那种魔鬼幻想偏执症——特别是女人形态的魔鬼——猩红色的女人，巴比伦的妓女什么的。"

"嗯，"韦斯顿说："也有因此而杀人的先例。"

"是的，局长，我觉得至少可以说兰恩牧师还是有谋杀可能性的。已故的马歇尔太太正是这位牧师心目中的坏女人典范——红头发，生活堕落等。在我看来，要是他认为自己肩负上天派来除掉那个女人的使命，也不是绝无可能的事。我是说，如果他真的疯了的话。"

"他身上有什么与勒索有关的线索吗？"

"没有，局长。我想在这方面他应该是清白的。他有点个人积蓄，数额不大，最近也没有突然增加。"

"案发那天他的行踪有没有什么疑点？"

"说不好，无法确定。没人记得在路上见他走过去。至于教堂里的那本签名簿，他之前的最后一个名字也是三天前填进去的，而且从来没有人去看它。他可以轻而易举地在——比方说一天前，或是两三天前去，把自己签名的日期填成二十五日。"

韦斯顿点点头说："第三位呢？"

"贺拉斯·布拉特。局长，在我看起来，他嫌疑最大。他交的所得税比他那五金生意能赚得到的利润还要多。请注意，他是个很滑头的商人，恐怕会想出合情合理的说法——比如说他在股市上有些收益，他还经营着几种其他生意。呃，反正，他总会自圆其说。不过再怎么说，他近年来一直有许多巨额收入，且来源不明。"

"那么，"韦斯顿说，"你是不是认为贺拉斯·布拉特先生是个成功的职业勒索者？"

"他要么是勒索，要么就是贩毒。我去见了缉毒组的督察里奇韦，他对这事极有兴趣。好像近来有大量的海洛因进来，他们能抓得到的都是些中小分销商。他们也多少知道链条那头主使的人可能是谁，可是他们搞不清楚这些毒品到底是怎么偷运进来的。"

韦斯顿说："要是马歇尔太太的死与毒品这事有关，不管她本人是不是无辜的，我们都最好把这个案子交给苏格兰场。那是他们要抓的鸟，对吧？你认为呢？"

科尔盖特警督有点懊恼地说："你说得不错，局长，如果跟毒品有关的话，那就是苏格兰场的案子了。"

韦斯顿想了一阵子之后说："这么解释看起来最合理。"

科尔盖特郁郁地点点头。"是的，不错，马歇尔已经与此事无关了——虽然我这里又有了一些关于他的线索，如果他的不在场证明不是那么好的话，还真有点用呢。他的公司情况不妙，有点摇摇欲坠。并不是他和合伙人做错了什么，只是去年发生经济危机，后来整个财经贸易领域一直重振乏力的结果。他是知道的，如果他太太死亡的话，他可以得到五万镑，而五万镑对他来说可是一笔很有用的数目。"他叹了口气，"看到有人持有非常好的谋杀动机，却证明他并没杀人，真是遗憾啊！"

韦斯顿微笑道："打起精神来，科尔盖特，我们还是有机会可以证明自己的破案能力的。还有关于勒索的线索，以及那个疯牧师的事。不过就我个人看来，恐怕还是贩毒的事最说得通。"

他又说："如果真是贩毒集团把她杀了的话，那我们也算是帮助苏格兰场解决了他们缉毒方面的问题，所以，归根结底，不管怎么样，我们都干得不错。"

科尔盖特勉强笑笑，说："唉，就是这么回事，局长。顺便说一句，我还查过在她房间里发现的那封信的寄信人，就是署名J.N.的，没有问题，他的确在中国。就是布鲁斯特小姐跟我们说起过的那个小伙子，一个年轻的窝囊废。我也查过了马歇尔太太的其他朋友，毫无线索，我们能得到的资料，都早已经得到了。"

韦斯顿说："那现在就看我们怎么处理了。"他顿了顿，又说道，"有没有看到我们那位比利时同行？你告诉我的这些，他都知道了吗？"

科尔盖特咧嘴一笑，答道："他是个小怪人，是不是？你可知道他前天问我要什么吗？他要三年来所有关于扼杀案件的资料。"

韦斯顿上校一下子坐直了身子。"是吗，他要这些资料吗？我正在想——"他停了一分钟，"你说斯蒂芬·兰恩牧师是什么时候进精神病院的？"

"一年前的复活节，局长。"

韦斯顿上校陷入了深思。他说："当年有个案子——一个年轻女子的尸体在巴格肖特附近被发现。她本来要去和丈夫见面，却始终没到。另外还有一宗报纸上称为'荒树林神秘艳尸案'的，如果我没记错的话，两件案子都发生在萨里郡。"

他望着手下的警督。科尔盖特说："萨里郡？哎呀，局长，那就是了，我想……"

* * *

赫尔克里·波洛坐在岛上的小丘顶上，他左边就是那道下到精灵湾的直梯。在梯子顶部有几块大石头，他注意到，如果有人想从梯子下到海滩去的话，可以先藏身在大石堆里。而由于突出的悬崖，从上面不大看得到下面的海滩。

赫尔克里心事重重地点点头，他那张镶嵌画的碎片在逐渐各就各位，他在脑子里把所有零敲碎打得来的材料又过了一遍：艾莲娜·马歇尔遇害前几天，某个早晨的海水浴场，各种人当时说的话，东一句，西一句，有那么几句互不相干的话。

那天夜里的牌局。他，帕特里克·雷德芬，还有罗莎蒙德·达恩利在牌桌上，克莉丝汀·雷德芬正好是明手，就走了出去，听到了某段谈话。当时在休息室的还有哪些人？不在场的又是哪些人？

凶案发生的前夜，他在崖上和克莉丝汀的那番谈话，还有他在回旅馆路上目睹的一幕。

佳百丽八号香水。

一把剪指甲的小剪刀。

一块烟斗碎片。

一个从窗口丢下去的瓶子。

一份绿色的日历。

一包蜡烛。

一面镜子和一架打字机。

一束毛线。

一块女孩子的手表。

下水管排放的洗澡水。

这些毫不相关的事实一定要各就各位，各自安置妥帖，衔接得天衣无缝。然后，等每一件确定的事实都归位之后，就要进行下一步！证实在岛上存在着邪恶……

邪恶……

他低头看看手里的一张以打字机打好的资料。

妮莉·帕森斯——被发现勒毙于近乔巴姆的杂树林内，至今尚未查出与凶手有关的任何线索。

妮莉·帕森斯？

艾莉丝·科里根。

他很仔细地研究着艾莉丝·科里根一案的细节。

科尔盖特警督朝坐在崖顶眺望海面的波洛走来。波洛很喜欢科尔盖特警督；他喜欢警督那张棱角分明的脸，那双精明的眼睛和那从容不迫的举止。科尔盖特警督坐了下来，低头看了看波洛手里的那张纸，说道："这几个案子都研究过了吗？"

"不错——我仔细地看过了。"

科尔盖特站了起来，走过去查看附近凹进的一处地方，说道："小心无大错，我可不希望有人偷听我们的谈话。"

波洛说："你很聪明。"

科尔盖特说："我不介意告诉你。波洛先生，我本人对这几个案子也很感兴趣——虽然如果你没向我要这些资料的话，我也想不起来。"他顿了顿，"我对其中的某个案子尤其感兴趣。"

"艾莉丝·科里根？"

"艾莉丝·科里根。"他说，"我曾向萨里郡的警方查问这个案子——希望能搞清楚来龙去脉。"

"和我说说，老兄，我对这案子有兴趣——非常有兴趣。"

"我想你也会有兴趣的。有人发现艾莉丝·科里根被掐死在黑山荒地的凯撒林里，距离妮莉·帕森斯陈尸的玛丽杂树林不到十英里，而这两个地方距离兰恩先生当牧师的白崖镇都不到十二英里。"

波洛说："艾莉丝·科里根的案子有没有更多的线索？"

科尔盖特说："萨里郡警方起先并没有把她的死和妮莉·帕森斯的案子连在一起，因为他们认为死者的丈夫是嫌疑人。他们不太了解这位丈夫，只知道报纸上称他为'神秘人物'，对他所知不多，不知道他是什么人，从哪里来的。她当初不顾亲友反对嫁给了他。她自己有不少钱，保了寿险，也是以他为受益人。这一切都会引起怀疑的，我想你同意吧？"波洛点了点头。

"可是真正调查下来，那个做丈夫的却完全洗脱了嫌疑。尸体是由一个在健行的女子发现的——一个穿着短裤的年轻女子。她是一个非常可靠的证人，是兰开夏郡一所学校里的体育老师。她发现尸体时注意了时间——四点十五分，也向警方表示了她的意见，说那个女人刚死不久，不超过十分钟。这和警方的法医在五点四十五分时检查尸体所得到的推论相同。她当时保留了现场，赶到巴格肖特的警局去报案。而从三点到四点十分，爱德华·科里根却正坐在从伦敦开来的火车上，他那天去伦敦办事。有四个人和他坐在同一节车厢里，他由车站搭乘当地的公共汽车。同时上车的还有和他一起坐火车来的两个人，他在松岩茶屋门口下车，因为他说好要在那里等他太太来一起喝茶。当时是四点二十五分，他叫了两杯茶，并交代等她到达之后再送来。然后他到店外走来走去等她。到了五点钟，她还没有到，他就觉得不对劲了，以为她大概是扭伤了脚。他们本来约定她从他们住的村子那头穿过沼泽地到松岩茶屋来，再和他一起乘公共汽车回去。凯撒林离茶屋不远，大家认为她大概觉得时间还早，所以在那里坐下来看看风景再走，不想正好碰到什么流氓或疯子，出其不意地杀了她。等做丈夫的证明和这件事毫无关系之后，警方当然就把这件案子和妮莉·帕森斯的案子联想到了一

213

起——妮莉是个小女佣，被扼死在玛丽杂树林里。他们认为这两起案子是同一个人干的，可是始终没抓到凶手，而且连一点线索也没有，完全没头绪！"

他停了一下，然后慢慢说道："现在，是第三个被掐死的女人，而一个我们暂时不说他名字的先生又正好在场。"他停了下来，那双精明的小眼睛转到波洛的脸上，充满期盼地等他说话。

波洛的嘴唇翕动着，科尔盖特警督俯过身去，波洛正喃喃地说："——真难判断哪几块属于长毛地毯，哪些又是猫的尾巴。"

"对不起，你说什么？"科尔盖特警督吃惊地问道。

波洛很快地说道："对不起，我在想自己的心事。"

"长毛地毯和猫是怎么回事？"

"没什么，其实没什么。"他停了一下，"告诉我，科尔盖特警督，如果你怀疑什么人说谎，很多很多的谎言，可是你又没有证据，那你该怎么办呢？"

科尔盖特警督考虑了一下。"这很困难。可是我以为，要是一个人谎话说多了，最后一定会露出马脚的。"

波洛点了点头。"不错，这话太对了。你知道，我只是心里明白某些话是谎言，我认为那是谎言，可是我无法知道到底是不是。不过我可以做个小小的测验，用一个微不足道、不会被人注意的谎言来试探。如果能证明那人在这件事上撒了谎，那么，就知道他说的其他也都是谎话了！"

科尔盖特警督好奇地望着他。"真是奇思妙想，是不是？不过我敢说最后一定会试出来的。如果你允许我请教一下，你怎么会想到查问其他扼杀案的？"

波洛慢吞吞地说："你们的语言里有一个形容词——娴熟。这件案子在我看来就是一件手法娴熟的罪案！这提醒了我，也许它不是第一起。"

科尔盖特警督说："哦。"

波洛继续说道："我对自己说，我们来查查过去和这类似的案子吧，如果有和这件案子非常类似的，那我们就得到很有价值的线索了。"

"你是说使用同样的谋杀方法？"

"不是，不是，我的意思绝不止这一点。比方说，妮莉·帕森斯的案子就让我一无所获。可是艾莉丝·科里根之死——我说，科尔盖特警督，你有没有注意到这两件案子之间有一点非常相似的地方呢？"

科尔盖特警督在心里把这个问题好好掂量了一番，终于说："没有，我想我并没有真看出什么来，除非是，这两个案子里，做丈夫的都有牢不可破的不在场证明。"

波洛柔和地说："啊，原来你注意到了这一点！"

"嗨，波洛，你好啊，快进来，我正要找你。"

赫尔克里·波洛走进来时，警察局局长推过来一包香烟，自己取了一支点上，一边吸，一边说道："我已经大致决定了行动的方向，不过在我采取实际行动之前，想听听你的意见。"

赫尔克里·波洛说："说说看，老兄。"

韦斯顿说："我决定给苏格兰场打电话，把这个案子移交给他们。在我看来，虽然我们有证据怀疑一两个人，但整个案子的关键却还是在毒品走私上。我觉得那个地方，就是精灵湾，很明显就是他们走私见面交货的地点。"

波洛点了点头。"我同意。"

"你真好。而且我也知道我们这里贩毒的人是谁，就是贺拉斯·布拉特。"

波洛又表示同意说："这一点也很清楚。"

"真是英雄所见略同。布拉特常常乘他那艘小帆船出海。有时他请人一起去玩，但绝大多数时候，他都是独自出海。他的船上用的是一张很怪异的红色大帆，可是我们发现他也有些白色的帆藏在船上。我想他会在说好的那天航行到某个地点，和另一艘船碰头——帆船或是摩托快艇——这类的，交接货物，然后布拉特顺着岛的岸边到达精灵湾。当然要找个适当的时间——"

赫尔克里·波洛微微一笑。"对，对，在下午一点半，那时是英国人的午餐时间，所有人肯定都在餐厅里。这个岛是私产，不会有外面的人到这里来野餐。有时候旅馆的客人把下午茶由旅馆改到精灵湾去吃，那也要等太阳晒到那里的时候。如果他们要吃野餐，就会到对面好几英里路远的田野去。"

警察局局长点点头。"一点也不错，"他说，"所以布拉特在那里上岸，把东西藏在妖精洞里的突岩上，留待别人来取货。"

波洛轻声细语地说："你还记得，有一对夫妇在凶案发生那天要到岛上来吃午餐吧？那就是取货的方法之一。有些附近的避暑观光客会到海盗岛上来，说要在这里进午餐。他们先到岛上四处漫步，很容易就走到下面的海滩上，取走那个三明治盒子。毫无疑问，盒子会放进那位太太携带的游泳用品袋子里，然后回到旅馆来吃午饭——也许会迟一点，比方说是在差十分两点左右，大家都在餐厅里吃饭的时候。他们去欣赏岛上风景了嘛。"

韦斯顿说："是的，听来相当合情合理。贩毒组织的人都是些凶残无情的家伙，要是有人冒冒失失地过去，撞破了他们的好事，他们会毫不犹豫就动手灭口。我觉得这也许正是艾莲娜·马歇尔的死因。可能那天早上布拉特正在那个洞里藏货，当天中午接货的人就要来取货了。这时，艾莲娜乘着小筏子过来，看到他带着盒子走进洞里。她问起这件事，他就当场把她杀了，然后驾船逃之夭夭。"

波洛说："你肯定布拉特就是凶手吗？"

"看来这是最可能的答案。当然也可能艾莲娜早已知道此事，跟布拉特说过什么，而贩毒组织里的其他成员设了个陷阱把她骗去干掉。我说过，我认为最好的办法就是把这个案子交给苏格兰场，他们要证明布拉特和那帮人有关，一定比我们方便得多。"

赫尔克里·波洛若有所思地点点头。韦斯顿说："你认为这样做是不是很明智——呃？"

波洛想着心事，终于开口说："也许吧。"

"见鬼，波洛，你是不是还暗藏着什么玄机，呃？"

波洛郁闷地说："就算有，我也不敢说是不是一定能证明。"

韦斯顿说："当然，我知道你和科尔盖特另有想法。在我看来，那未免有点异想天开。不过，我也承认你们的想法还是有些道理的。但即使你们是正确的，我仍然认为这案子该交给苏格兰场去办。我们把所有的事实告诉他们，他们可以和萨里郡的警察合作破案。我的感觉是，这实在不是我们办的案子，不完全是地方性的。"他停了一下，"你认为怎么样，波洛？你觉得我们该怎么办？"

波洛似乎一直沉浸在思索中，最后他说道："我知道该怎么办了。"

"怎么办？"

波洛轻声细语地说："我想安排一次野餐。"

韦斯顿上校目瞪口呆地看着他。

第十二章

"野餐，波洛先生？"艾米丽·布鲁斯特瞪着他，好像他脑子不正常似的。

波洛颇有煽动性地说："你是不是觉得我这么做不合适？可我的确觉得这是个再好不过的主意。我们需要做些平日常做的事，平平常常地去做，好让我们恢复往日的生活状态。我很想去感受一下达特穆尔的风光，天气又好。这样一定会——我该怎么说呢？这样一定会让大家心情好转的！所以，在这件事上帮帮我的忙吧，帮我去说服所有的人。"

他这个主意得到了意想不到的成功。每个人最初都有点迟疑，但随即都承认这个想法其实还不错。没人说不该请马歇尔先生，只是他自己说那天他正好得去普利茅斯。布拉特先生当然参加了，而且极度热心，决心要成为这个团体的中心人物。除他之外，去的人还有艾米丽·布鲁斯特、雷德芬夫妇、斯蒂芬·兰恩——加德纳夫妇也被劝说延迟一天动身，另外还有罗莎蒙德·达恩利和琳达。

波洛花了很长时间来说服罗莎蒙德，说这样可以舒缓琳达的心情。罗莎蒙德在这一点上表示同意，她说："你说得很对，这种打击对这个年龄的孩子来说相当大，使她紧张不安。"

"这是很自然的事，小姐，可是这个年龄的孩子很快就会忘掉的，劝她一起去玩吧，我知道你能说动她的。"

巴里少校却坚决拒绝，说他不喜欢野餐。"要带好多篮子，"他说，"而且一路上很不舒服。坐在餐桌上吃饭，我觉得就够好了。"

他们在十点钟集合，预定了三辆车。布拉特先生大声喧嚷，兴高采烈地模仿导游的口气吆喝道："这边走，各位女士，各位先生——这边是往达特穆尔去的，有好吃的、好看的，还有好玩的。各位先生，请带好你们的太太，带别的也行！每个人我们都欢迎！保证景色美如画！大家来啊！大家来啊！"

到了最后一分钟，罗莎蒙德·达恩利心烦意乱走下楼来。她说："琳达不去了，她说她头痛得很厉害。"

波洛叫道："可是去玩玩的话，对她会有好处的。去劝劝她吧，小姐。"

罗莎蒙德很坚决地说："没有用的，她已经下定决心不去了。我给了她几颗头痛药，她上床去睡觉了。"她迟疑了一下，说，"我想，也许我也不去了。"

"不可以，小姐，绝对不可以。"布拉特先生叫着，一把抓住她的手臂，"这位小姐一定要参加，不准拒绝！我把你逮住了，哈，哈，哈，判决你到达特穆尔去。"

他把她拉向第一辆车，罗莎蒙德气愤地瞪了赫尔克里·波洛一眼。

"我留下来陪琳达吧，"克莉丝汀·雷德芬说，"我无所谓。"

帕特里克说："啊，来吧。克莉丝汀。"

波洛也说："不行，不行，你一定要去，夫人。头痛的人最好独自休息，来，我们动身吧。"

三部车开了出去。他们首先到了位于西浦斯陀的正牌妖精洞，忙了半天找入口，最后借助一张风景明信片才发现入口的位置。洞口在下面一大堆乱石之中，赫尔克里·波洛没有爬下去。他望着克莉丝汀·雷德芬轻巧地在巨石上跳来跳去，看到她的丈夫寸步不离地跟在她身边；罗莎蒙德·达恩利和艾米丽·布鲁斯特也跟着大家一起寻找；不过艾米丽后来在石头上滑了一下，稍微扭伤了脚踝；斯蒂芬·兰恩精力充沛，瘦长的身子在巨石之间辗转腾挪着。布拉特先生只走了一小段路，大声吆喝鼓励大家继续努力，同时拍下很多照片。

加德纳夫妇和波洛一起坐在路边。加德纳太太提高声音，又开始她那没有什么抑扬顿挫的长篇独白，不时听见她丈夫乖乖的声音"是的，亲爱的。"——"波洛先生，我一向觉得，加德纳先生也同意——就是随便给人家拍照，真让人讨厌。我是说，除非是朋友之间拍照，那就另当别论了。那个布拉特先生真够迟钝的，一点都不顾及别人的感受，走到每个人面前，一面啰唆，一面就拍了你的照片。我那天还跟加德纳先生说过，这样做实在是没教养。我是这样说的吧？奥德尔，是不是？"

"是的，亲爱的。"

"那天他拍了一张我们这群人坐在海滩上的照片，唉，这倒也没什么，可是他应该先问一声的，结果，布鲁斯特小姐正要起身，照片拍出来，当然把她搞成一副怪相。"

"真是这样。"加德纳先生咧嘴笑道。

"而且布拉特先生把照片洗出来之后，送给每一个人，还是不先问一声。我注意到，他还给了你一张，波洛先生。"

波洛点了点头。"他说：'我很重视我们这群朋友呢。'"

加德纳太太继续说："你看看他今天的举止——高声大嗓，吵吵闹闹，俗透了。哎呀，简直叫我起鸡皮疙瘩。你应该想办法把他留在旅馆里的，波洛先生。"

赫尔克里·波洛喃喃地道："唉，夫人，那可困难得很啊。"

"我想也是，那个人简直无孔不入，完全不知道别人是怎么看他的。"

就在这时候，下面传来一阵欢呼声，他们找到了妖精洞。

　　看完妖精洞，大队人马在赫尔克里·波洛的指导下，继续乘车往前走，在某处下了车，往小山下没走多远，就到了小河边一处风景优美的地方。河上架着窄窄的独木桥。波洛和加德纳先生扶着加德纳太太过了河，到了一处开满石南花、却没有杂树刺草的地方，正是野餐的理想地点。加德纳太太一边叨叨着她过独木桥时有多害怕，一边跌坐在地上。这时候，那边传来了一声惊叫。其他人都很轻快地跑过了独木桥，可是艾米丽·布鲁斯特却站在桥中间闭紧眼睛，身子乱晃。波洛和帕特里克·雷德芬赶忙跑去扶她。艾米丽·布鲁斯特又生气又难为情。"谢谢，谢谢，真不好意思，我过河的时候总会这样，觉得头昏眼花。真笨，是不是？"

　　午饭摆开，野餐开始了。所有人都暗自惊奇，觉得自己其实真的很喜欢这种出来玩的小插曲。也许这给了他们一个机会，可以从充满怀疑与惊惧的气氛中逃出来。

　　在这里，流水潺潺，空气中弥漫着芳香，身边开满色彩缤纷的石南花，那个有着谋杀、警察的盘查和怀疑的世界，似乎完全被屏蔽了，好像从来不曾有过。就连布拉特先生也忘了要做这个团体的中心人物，吃过午饭之后，他到一边去睡午觉，在睡梦中发出微微的鼾声。

　　到动身回去的时候，这些人都心怀感激。他们收拾起野餐篮子，为波洛想出这个好主意而向他道谢。在他们回到曲折小径上时，太阳开始徐徐下落。在俯瞰莱德卡比湾的小山顶上，他们看到那个上面有座白色旅馆的小岛，在夕阳中显得宁静而无邪，难得没有喋喋不休的加德纳太太叹了口气说："我真要谢谢你，波洛先生，我觉得好平静。这实在是太美好了。"

巴里少校出来接他们。"喂，"他说，"玩得好吗？"

加德纳太太说："玩得好极了！那里真是可爱得不得了，充满了英国风味和老世界的风情，空气都芬芳可爱。你这么懒，躲在旅馆里不去玩，真该感到惭愧才对。"

少校略略笑道："我干这种事未免太老了——这把年纪怎么还能坐在烂泥地上啃三明治呢？"

一个女佣有点上气不接下气地从旅馆里冲出来，她犹豫了一下，就迅速跑到克莉丝汀·雷德芬面前。赫尔克里·波洛认出她就是那个叫格拉蒂丝·纳拉科特的女佣。她急急忙忙地说："对不起，夫人，可是我有点担心那位小姐，马歇尔小姐。我刚给她送茶去，却叫不醒她，她看起来——样子好像很奇怪。"

克莉丝汀不知所措地四下张望，波洛马上赶到她身边，用手托着她的胳膊肘，不动声色地说："我们上去看看。"

他们很快上了楼，沿着走廊到了琳达的房间。一看到她，两个人就知道大事不好。她脸色古怪，呼吸微弱到几乎没有的程度。波洛马上伸手去搭脉，同时他注意到床边小几的灯旁竖靠着一个信封，信封上写的正是他自己的名字。

马歇尔先生冲进房间来，他说："琳达怎么了？她出了什么事？"

克莉丝汀·雷德芬发出一声害怕的啜泣。赫尔克里·波洛回过头，对马歇尔说："找医生，赶快找医生，越快越好，不过我怕，我很怕，大概已经来不及了。"

他拿过那封写着他名字的信，拆开信封，里面是琳达用学生字体写的几行字：

> 我想这是解脱的最好方法，请父亲原谅我。我杀了艾莲娜。我原以为我会很高兴——可是并没有，我对一切都觉得遗憾……

他们聚集在休息室里——马歇尔、雷德芬夫妇、罗莎蒙德·达恩利和赫尔克里·波洛。他们默默地坐着——等着……门开了，尼斯登大夫走进来，简单地说："我已经尽力去救，她也许可以撑得过去——不过我必须告诉你们，希望并不大。"

他停了一下，马歇尔表情僵硬，两眼冷若冰霜。他问道："她怎么会有那些药的？"

尼斯登打开门，招了招手，那个女佣走进房间，她刚刚哭过。尼斯登说："把你看到的情形再给我们说一遍。"

那女孩子抽抽搭搭地说道："我根本没想到，我根本一点儿也没想到有什么不对——虽然那位小姐的样子有些古怪。"

那位大夫轻轻做了个不耐烦的手势，让她好好说。

"她在另外一位太太的房间里，雷德芬太太的，就是你的房间，夫人。她从浴室小柜子里拿出一个小瓶。我走进去的时候，她吓了一跳。我奇怪她为什么要到你房间去拿东西，可是，说不定那是她借给你的什么东西呢。她只说了声：'啊，我要找的就是这个——'就走出去了。"

克莉丝汀低声说："是我的安眠药。"

医生很唐突地问："她怎么知道你有安眠药？"

克莉丝汀说："我给过她一粒，在凶案发生的第二天晚上。她告诉我说她睡不着，她——我还记得她说：'一粒就够了吗？'我说：'啊，够了，这种药的药性很强。'我还说我一直很小心，最多只吃两粒。"

尼斯登点了点头。"她为了保险起见，"他说，"一共吃了六粒。"

克莉丝汀又啜泣起来。"哎呀，我觉得这全是我的错，我应该把安眠药锁起来的。"

大夫耸了一下肩膀。"锁起来是比较明智的，雷德芬太太。"

克莉丝汀绝望地说："她就要死了——这都是我的错……"

肯尼斯·马歇尔在椅子上动了动身子。他说："不是的，你用不着自责，琳达知道自己在干什么，她是有意吃的，也许——也许这样对她最好。"他低头看着手里捏皱的纸条——波洛默不作声递给他的纸条。

罗莎蒙德·达恩利叫道："我不信，我绝不相信是琳达杀了她，以各种证据来说——绝无可能。"

克莉丝汀急忙说："不错，不可能是她干的，她一定是受惊过度，想象出了这些事。"

门打开，韦斯顿上校走了进来。他说："我听说了，是怎么回事？"

尼斯登从马歇尔手里将纸条拿过来，交给警察局局长。

韦斯顿看了一遍，难以置信地叫道："什么？简直是胡说八道——完全是胡说，绝无可能。"他很有把握地重复道，"绝无可能！是吧，波洛？"

赫尔克里·波洛这才有了点动静。他以低沉而悲伤的声音说："不，恐怕并不是绝无可能。"

克莉丝汀·雷德芬说："可是我一直和她在一起的啊，波洛先生，我和她在一起，一直到十一点四十五分，我跟警方也说过了。"

波洛说："你的证词给了她不在场证明——不错，可

227

是你的证词是以什么为根据的呢？你的根据是琳达·马歇尔的手表。你离开她的时候，自己并不确切知道那是十一点四十五分——你之所以知道，只是因为她这样说。你自己也说过，觉得时间过得好快。"

她目瞪口呆地看着他，哑口无言。

波洛说："你好好想一下，夫人，在离开海滩之后，你走回旅馆的速度是快，还是慢呢？"

"我——呃，我想，相当慢吧。"

"你还记不记得走回来路上的事？"

"恐怕不记得了，我，我当时正在想心事。"

波洛说："很抱歉，我不得不问你这个问题。你能不能告诉我们你在走回来的路上想的是什么呢？"

克莉丝汀的脸红了。"我想——如果非得要说出来的话……我当时想的是——是离开这里的问题。我想不告诉我丈夫就一走了之。我——当时心情很不好，你知道的。"

帕特里克·雷德芬叫道："啊，克莉丝汀！我知道……我知道……"

波洛插进来说："你说得很清楚，你正在考虑采取一项很重要的行动。我想，那时候你对周遭的一切可以说是视而不见，充耳不闻。你说不定走得很慢很慢，偶尔还停下来几分钟，想想事情。"

克莉丝汀点点头。"你真聪明，事情正像你说得那样。我像梦游一样走着，从梦中醒来的时候，人已经到了旅馆门口。我赶紧进去，认为我大概要迟到了，不过等我看到大厅里的钟，才知道还有的是时间。"

赫尔克里·波洛再次说："你说得很清楚。"他转身对马歇尔说，"我现在必须告诉你一些事。谋杀案发生之后，我在你女儿的房间里找到几样东西。壁炉里有一大块熔了的蜡、一些烧焦的毛发、硬纸板和碎纸，还有一根普通的针。那些碎纸和硬纸板也许没什么特别，可其他三样东西却表明了某种含义——尤其是后来我在书架上发现一本藏在后面的小书，那是从本地租书店里租来的，书里谈的是巫术和魔法。

"这本书一下子就翻到了其中一页，在那一页上谈的是各种杀人的方法，比方说用蜡做成人形，来代表诅咒对象，再将人形蜡慢慢烘烤至熔化——也可以用一根针刺进蜡人心脏部位，这样就可以让那个人丧命。我后来从雷德芬太太那里听说，琳达·马歇尔在谋杀案那天一早就出门去买了包蜡烛，被人发现她买了什么之后，她好像很尴尬。我可以很清楚地想象出之后的情节。琳达用蜡烛的蜡做了一个人形——也许在其中还加上了一小束艾莲娜的红发，以加强魔法的力量——然后用针刺进心脏，再放进壁炉里，将一些碎纸和硬纸板放在底下，点着了火，把蜡人熔掉。

"这种行为很孩子气，也很迷信，可是却显示出一点：谋杀的欲望！如果这种欲望不仅仅存留在心里呢？琳达·马歇尔是不是有可能真的杀了她的继母？起先看起来，她好像有很完美的不在场证明——可实际上，正如我刚才指出的，时间证据是由琳达本人提供的，她很可能把时间说得比实际的时间晚上十五分钟。

"很可能等雷德芬太太一离开海滩，琳达就跟在她后面上了山，越过那道窄窄的山脊，跑到直梯那里，飞快地沿梯而下，在海滩上找到她继母，将艾莲娜掐死，再赶在布鲁斯特小姐和帕特里克·雷德芬的小船划过来之前，爬梯子回去。她可以再回到鸥湾，游游泳，然后在她觉得合适的时候返回旅馆。

"但要做到这样必须有两个前提。首先，她必须确定艾莲娜·马歇尔在精灵湾，其次，她必须有能够将杀人付诸实施的能力。第一点是有可能的——比方说，琳达·马歇尔可以假借别人的名义写信约艾莲娜去。至于第二点，琳达手很大，而且很有力，像男人的手一样。至于杀人需要的那种力量，她这个年龄的孩子精神状况常常很不稳定，而精神刺激通常会使人产生出乎意料的力量。还有件小事情也应该提一提，琳达·马歇尔的母亲曾经因涉嫌谋杀而被起诉和受审。"

肯尼斯·马歇尔抬起头，气愤地说："而她被判无罪开释了。"

"她是被判无罪开释了。"波洛表示同意。

马歇尔说："我可以告诉你，波洛先生，露丝——我的太太——是无辜的，这件事我一清二楚，确定无疑。在我们共同生活的那段时间里，如果她确实做过什么的话，是绝对骗不过我的。她是个无辜的人，清白无辜，却被周围环境所逼迫。"他停下来喘口气，"我不相信琳达杀了艾莲娜，这太荒唐——太匪夷所思。"

波洛说："那你认为这封信是伪造的了？"

马歇尔伸出手，韦斯顿把信交给他。马歇尔仔细地看了一遍，摇摇头说："信倒不是伪造的，"他满心不情愿地说，"我相信这的确是琳达亲笔所写。"

波洛说："如果真是她写的，那只有两种解释。要么她在写这封信时心中有数，明白自己就是杀人凶手，要么就是——我是说，否则就是——她故意这样写，替什么人做掩护，某个她认为会被人怀疑的人。"

肯尼斯·马歇尔说："你是说我？"

"有这个可能，不是吗？"

马歇尔考虑了一下，然后很平静地说："不对，我认为你这种想法不可理喻。琳达起初也许会以为我受到怀疑，但现在她肯定知道这种嫌疑已经排除了——她知道警方已经认可我的不在场证明，不再把注意力集中在我身上了。"

波洛说："如果她并不认为你被怀疑，而是知道你有罪呢？"

马歇尔瞪视着他，发出一声短笑："荒唐。"

波洛说："未必吧。你知道，关于马歇尔太太的死，有几种可能性。有个说法是她受到了勒索。她那天早晨就是去和那个勒索者见面，而勒索者掐死了她。也有种说法是精灵湾与妖精洞是贩毒组织用来将货转手的地方，而她被杀，是因为碰巧遇上了这些事。还有第三种可能——就是她是被一个宗教狂热分子所杀。另外第四种可能——你会因为你太太的死而得到一大笔钱，对不对，马歇尔先生？"

"我刚才跟你说过——"

"是的，是的——我同意你不可能杀害你太太的说法——不过那是说如果你一个人行动的话。可是假设有人帮你的忙呢？"

"你这是什么意思？"这个沉静的人终于被激怒了。他从椅子上欠起身，声音咄咄逼人，眼睛里燃烧着怒火。

波洛说："我是说，这件罪案的凶手不止一人，总共有两个人牵扯在里面。是的，你不可能一边打那封信，同时又到那个海滩上去杀人——但你有时间以速写的方式拟好信稿——让另外一个人在你房间里打字，自己则跑出去杀人。"

赫尔克里·波洛望向罗莎蒙德·达恩利。他说："达恩利小姐说她在十一点十分的时候离开阳光崖，看到你在房间里打字。几乎就在同一时间，加德纳先生回旅馆楼上替他太太找一束毛线。他既没遇到达恩利小姐，也没有看到她。显而易见，达恩利小姐若不是根本没有离开过阳光崖，就是她早就离开了那里，在你房间里卖力地打字。

"另外一点，你说达恩利小姐十一点一刻在你房间门口探头时，你在镜子里看到了她。可是凶案发生的那天，你的打字机和纸都放在房间角落的写字台上，而镜子则挂在两扇窗子之间。所以你的那句证词其实根本是谎言。后来，你把打字机搬到镜子下面那张小桌子上来，好印证你所说的故事——可是已经太晚了。我已经发现你和达恩利小姐两个人都在说谎。"

罗莎蒙德·达恩利开了口，她声音清晰地小声说："你这个人真是鬼精灵！"

赫尔克里·波洛提高了嗓门说："可是还不如杀艾莲娜·马歇尔的凶手那么鬼，那么精明！回想一下，当时我相信谁会是——每个人都相信谁会是——艾莲娜·马歇尔那天早上要去相会的人？我们都异口同声地断定是帕特里克·雷德芬。她并不是要去见勒索她的人，她脸上的神情让人一目了然，啊，不是勒索者，她去见的是情人——至少她以为要去见的是情人。不错，我对这一点确信无疑，艾莲娜·马歇尔要去见的人就是帕特里克·雷德芬。可是一分钟之后，帕特里克·雷德芬却出现在海滩上，而且很明显地在找她。那是怎么回事呢？"

帕特里克·雷德芬强忍住怒气说："某个浑蛋冒用了我的名字。"

波洛说："你当时明显地表露出不快，为她一直没出现而不解。也许，你实在表露得太明显了。我认为，雷德芬先生，她到精灵湾是去和你约会，她也的确见到了你，而你按照蓄谋已久的计划杀死了她。"

帕特里克·雷德芬睁大眼睛，用他那充满高度幽默感的爱尔兰腔调说："你脑子有毛病吗？我起先一直和你在海滩上，然后我和布鲁斯特小姐一起划船过去，发现了她的尸体。"

赫尔克里·波洛说："你是在布鲁斯特小姐划船回来报警之后把她杀死的。你到海滩上的时候，艾莲娜·马歇尔还没死，她正躲在妖精洞里，要等外面风平浪静之后再出来。"

"可是那具尸体！布鲁斯特小姐和我都看到了尸体。"

"是一个人的身体——不错，但不是尸体。是那个帮助你的女人活生生的身体，两腿和两臂涂成黑黝黝的日晒色，脸藏在绿色的硬纸帽子下面。克莉丝汀，你的妻子——也许不是你妻子——但肯定是你的同谋，帮你完成了这起罪案，正如过去她帮你完成过另一次谋杀。当时就是她'发现'了艾莉丝·科里根的尸体，至少在她死前二十分钟。而杀艾莉丝·科里根的凶手是她的丈夫爱德华·科里根——也就是你！"

克莉丝汀开口说话，语气严峻冰冷。她说："小心点儿，帕特里克，别发火。"

波洛说："你应该有兴趣知道你和你的太太克莉丝汀是怎么被萨里郡的警方认出来的。他们从我们这里住客的一张合照里，很容易就辨认出你们两个是爱德华·科里根和克莉丝汀·戴维里尔，也就是当时发现尸体的女老师。"

帕特里克·雷德芬已经站起来，那张英俊的脸扭曲不堪，涨得通红，完全被怒火蒙住了眼睛。那是一张杀手的脸——像一头猛虎。他大声叫道："你这该死的多管闲事的混账！"

他整个人扑了过来，十指拳曲，一面咒骂，一面用手指扼住赫尔克里·波洛的脖子……

第十三章

波洛沉吟道:"那天早上我们坐在这里聊天的时候,谈到那些被太阳晒黑的身子躺在下面的海滩上,就好像是砧板上的肉。那时我就提到这些身体之间没有多少差别。仔细观察的话当然还是有区别的——可如果只是匆匆一瞥呢?每个身材姣好的年轻女子彼此都很相像,两条棕色的腿,两条棕色的手臂,中间是一件小小的泳装——不过是躺在阳光下的一个人体而已。一个女人如果在走路、说话、发笑、转头、抬手——那时候,不错,到那时候,就看得出来她的个性——各有自己的独特之处。可是在晒日光浴的时候,个性都没有了。

"那天我们也谈到邪恶——兰恩牧师说过,阳光下的罪恶。兰恩先生是个很敏感的人——邪恶对他很有影响,他能察觉邪恶的存在。可是他虽然是架很好的录音机,能重复许多《圣经》上的话,却并不能真正了解邪恶在什么地方。对他来说,邪恶就集中在艾莲娜·马歇尔身上。实际上几乎每个人都同意他的看法。

"然而在我看来，尽管我也认为有邪恶存在于世，但它并不集中在艾莲娜·马歇尔身上。当然她也逃不了干系，肯定与她有关——只不过完全是另外一码事。我认为，从始至终，她其实一直都是，而且注定就是一个牺牲品。因为她长得漂亮，因为她富有魅力，因为男人的目光都会追随她，大家就推断她是那种会扰乱生活、腐蚀灵魂的女人。可是我对她的看法截然相反。不是她总要吸引男人——而是总有男人在打她的主意。她是那种男人很容易就看上，也很容易就厌倦的女人。我听说过的有关她的事，和我自己调查她得到的结果，都进一步证实了我的这种看法。我听说的第一件事，就是那个因为牵涉她而闹出离婚案的男人拒绝娶她为妻。正是在那件事之后，马歇尔先生，这位有着侠义精神和骑士风度的人，挺身而出向她求婚。对于马歇尔这样腼腆内向类型的人来说，无论出于什么原因，遭到当众羞辱都是件生不如死的事——所以他才会对第一任妻子产生了爱情和怜悯，因为她为了不曾犯过的谋杀罪而遭到控诉与审判。他娶了她，发现自己对她的判断完全正确，她确实是个好人。在她去世之后，另一个美丽的女子，也许还是同一类型的人——因为琳达有一头红头发，可以推测出是由她母亲那里遗传来的——也遭到了公开羞辱。马歇尔再次出面拯救她于水火之中，但这一次他却看走了眼。艾莲娜完全不是他想的那种人。她很愚蠢，不值得他去同情和保护，他此事做得太盲目了。不

237

过话虽如此，我想他对她还是有清醒认识的。在对她的爱意消失之后，虽然看见她就厌烦，却也为她感到难过。在他看来，她就像个长不大的孩子，只能停留在生命的某个幼稚阶段。

"我看到艾莲娜·马歇尔对男人的热情，便知道她正是某一类男人心目中最好的猎物。再看看帕特里克·雷德芬，他英俊的外表，轻松而充满自信的神情，那种容易打动女人的诱惑力，让我立刻识别出他就是那一类男人，那种会利用各种机会从女人身上讨生活、吃软饭的男人。我坐在海滩上冷眼旁观，显而易见，艾莲娜是帕特里克的猎物，而不是相反的情况。所以我认为邪恶其实集中在帕特里克·雷德芬身上，而不是艾莲娜·马歇尔。

"艾莲娜最近刚得到一大笔钱，是一个对她爱慕有加，还没来得及感到厌倦的老人遗赠给她的。她是那种留不住钱财的女人，不被这个男人骗掉，也会被那个男人骗掉。布鲁斯特小姐提到过一个年轻人被艾莲娜'毁了'，可是在艾莲娜房间里有他的一封来信，信中表示他要将她打扮得珠光宝气——这种空口白话不值一文——实际上却只是为了说明自己收到了她寄去的一张支票。他希望这张支票可以让他不致因亏空公款而被起诉，这正是年轻无赖向她诈财的好例子。我毫不怀疑帕特里克·雷德芬一定发现她很容易得手，而且可以哄着她不时给他一大笔钱'去投资'。他可能会讲一些机不可失，时不再来的故事来欺骗她——说他能够让她发大财，当然他自己也会与她有福共享。缺乏保护的女人，独自生活的女人，都是这一类男人最容易下手的猎物——通常他能轻而易举地得逞，没什么后顾之忧。不过，如果那女人有丈夫，或是有兄弟、父亲在，那就可能发生不测之事。一旦马歇尔先生发现妻子的钱财在莫名其妙地蒸发，帕特里克·雷德芬就没几天好过了。但是，他并不担心，因为他早已打算在必要的时候下手干掉她——他之所以这么大胆，是因为已经干过一次同样的勾当，而没有被人发现——那是一个他以科里根的名字娶来的年轻女子，听了他的话，投下了巨额的人寿保险。

"他干这些事的时候，有个年轻女人帮他出谋划策，现在她在这里以他妻子的身份出现，他也确实很依恋她。

"这个年轻女人和他的猎物是截然相反的两种人——她冷静，镇定，不热情，不冲动，但对他忠贞不二，还是个演技无与伦比的演员。克莉丝汀·雷德芬从到达之日起，就开始进入角色，扮演一个'可怜的小妻子'——脆弱、无助、脑力胜于体力。想想她一而再再而三表现出的那些特点——她怕晒，她肤色白皙，她恐高——曾困在米兰大教堂外的高阶梯上下不来等，处处都在强调自己的纤弱。几乎每个人提起她来，都说她是个'小女人'。其实她和艾莲娜·马歇尔一样高，只不过手和脚很小。她说自己以前是学校里的老师，借此强化她给别人留下的印象，认为她属于书呆子，而不是运动型女子。

"事实上，她的确在学校当过老师，但职务却是教体育。而且她是个精力非常充沛的年轻女子，爬起山来像只猫，跑起来也像个运动员。

"这件罪案本身策划周密，时间也计算得极其精确。正像我以前说过的那样，这是一件技巧'娴熟'的罪案。时间安排简直出自天才之手。首先，有几场热身戏——一场的演出地点是阳光崖，他们碰巧知道我在附近的听力可及之处，便进行了一场典型的妒火中烧的妻子和丈夫之间的对话。后来，她和我单独在一起的时候，再次演出了同样的戏份。记得我那时候产生过一种感觉，隐约觉得这套把戏在什么书里看过，雾里看花似的不真实。当然啦，那是因为它本来就不真实。然后就到了罪案发生的那天。

"那天的天气很好——这倒无关紧要。雷德芬的第一步是很早就溜出去——从里面打开阳台门锁，如果有人发现门开了，也会以为是有人出去早泳了。他在浴巾里藏了一顶绿色的中国式帽子，做得跟艾莲娜习惯戴的那顶一模一样。他穿过小岛，在岛的那边下了直梯，把帽子藏在事先约好之处，大概是几块岩石的后面，这是行动的第一部分。

"头天晚上，他已经和艾莲娜定下了约会。他们平时对约会的事总是倍加小心，因为艾莲娜对丈夫还是略存惧意的。她同意一早就去精灵湾。没人会在早上去那边，雷德芬说好去那里和她碰头，答应找机会趁人不注意的时候溜过去。如果她听见有人从直梯上下来，或是海面上出现船只的话，她就要赶快躲到妖精洞里去。他早跟她说过那个地方的秘密，要她在里面等到外面清静无声之后再出来。这是行动的第二部分。

"同时，克莉丝汀在她估计琳达应该去早泳时来到琳达的房间里，去改动琳达手表的时间，拨快二十分钟。这样做有点冒险，琳达可能会发现她的表不对。可是就算她发现了也没关系，克莉丝汀真正的不在场证明还是她的手太小，根本就不具备作案的体力。不过多一件不在场证明总是好的。她在琳达的房间里发现了那本谈巫术和魔法的书，打开在某一页上。她浏览了这一页的内容。当琳达回到房间里，把刚买来的蜡烛撒落到地上时，她就洞悉了琳达的心事，这给了她新的启发。原本这对犯罪搭档的计划是把主要嫌疑引到肯尼斯·马歇尔身上，所以特地偷走他一个烟斗打碎，把部分碎片放在精灵湾直梯的脚下。

"琳达回来后，克莉丝汀很轻松地和她约好一起去鸥湾。然后她回到自己房间，从锁着的箱子里取出一瓶棕色防晒油，仔细地涂在身上，再把空瓶由窗口丢了出去。凑巧的是，那瓶子差一点打中正在下面海水里早泳的艾米丽·布鲁斯特。第三部分顺利地准备完毕。

"克莉丝汀穿上白色泳装，又在外面罩上一套宽大的海滩裤装，松松垮垮的衣袖和裤脚遮盖着她刚涂成棕色的手臂和双腿。十点十五分，艾莲娜离开海滩去赴约会。一两分钟之后，帕特里克·雷德芬到了海滩，做出莫名其妙、心烦意乱等表情。克莉丝汀的任务就简单多了，她藏好自己的表，却在十一点二十五分的时候问琳达几点钟了。琳达看了看表，回答说是十一点四十五分，然后就下海游泳去了。克莉丝汀则开始收拾画具，琳达刚一转身，她就把那个女孩子下水前一定会摘下的表拿起来，拨回正确的时间。之后，她飞快地沿着小径爬到崖上，飞跑过山脊，到了那边的直梯顶上。她脱掉衣服，和画具一起藏在岩石后面，矫健地沿梯而下，发挥出自己运动方面的特长。

"艾莲娜正在下面的海滩上纳闷，奇怪帕特里克怎么这么久还没来。她看见或是听到有人从直梯上下来。她留心看了看，发现这个不速之客是她最不想看见的人——情人的太太！所以她赶紧跑过海滩，躲进了妖精洞。

"克莉丝汀从隐藏之处取出绿帽，帽子后缘还特地缝了一圈红色假发。她四肢摊开躺在沙滩上，摆出晒日光浴的姿势，用帽子和假发遮住脸部和脖颈。时间计算得恰到好处，一两分钟后，载着帕特里克和艾米丽·布鲁斯特的小船就由岬角那边绕了过来。请注意，是帕特里克俯身下去检查'尸体'的。帕特里克呆住了——震惊了——因为他所爱的女人死去而崩溃了！他特意选择布鲁斯特小姐做自己的证人。布鲁斯特小姐当时已经被吓着了。她有恐高症，所以不会攀上直梯走陆路去报警，一定会再乘船离开海湾，那么顺理成章地由帕特里克留下来看守尸体——特别是在'那个凶手可能还没走远'的情况下。布鲁斯特小姐划着船去找警察，船刚一转过岬角，克莉丝汀就蹦了起来，用帕特里克带来的剪刀将纸帽剪碎，塞进泳衣，又以双倍敏捷的动作爬上直梯，穿上那套宽大的海滩装，跑回旅馆。她刚好还有时间快速洗个澡，把身上伪装用的棕色防晒油冲掉，换上网球装。此外，她还做了一件事，就是把那顶绿色纸帽子的碎片及假发放进琳达房间的壁炉里去烧掉，加进一页日历，好让人以为绿纸片是日历的一部分，烧掉的不是帽子，而是日历。她估摸着琳达大概已经在做魔法试验——这从壁炉里残存的蜡烛熔块和针上可以看出来。

"随后，她赶到网球场，虽然是最后一个到的，却一点也不显得仓促。

"与此同时，帕特里克向妖精洞走去。艾莲娜对外面发生的事一无所知，什么也看不见，听见的也不多——有船来了，有人声——她一直乖乖地躲在洞里。可是现在是帕特里克在叫她：'没事了，亲爱的。'她走出洞来，而他用两手掐住了她的脖子——这个可怜又愚蠢的美人艾莲娜·马歇尔就这样送了命……"

他语声渐歇，四周一片寂静。

过了一会儿，罗莎蒙德·达恩利哆嗦了一下说："唉，你让我们明白了事情的经过，但这只是个故事，你还没告诉我们，你是怎么发现事情真相的呢？"

赫尔克里·波洛说："我有一次和你说过，我看问题非常简单。从一开始，我就认为是最有可能犯罪的人杀了艾莲娜·马歇尔。谁是最有可能犯罪的人呢，那就是帕特里克·雷德芬。他正是那种类型的男人——善于利用她那样的女人，也能够杀人。这种人会谋夺女人的积蓄，还会割断她的喉咙。那天早晨艾莲娜是去和谁会面呢？从她的表情，她的笑容，她的态度，以及她和我说的话来看，都可以证明是帕特里克·雷德芬。所以，顺理成章，自然而然，杀她的人，非帕特里克·雷德芬莫属。

"可是，正如我之前说过的，我马上就碰到了不可逾越的障碍。帕特里克·雷德芬不可能杀她，因为在发现尸体前，他先是和我们一起在海滩上，然后又和布鲁斯特小姐一起在船上。所以我只好另辟蹊径去思考。还有好几种其他的可能性，比如她的丈夫——在达恩利小姐的帮助下——因为他们两人也在某件事上撒了谎，令人生疑。她还有可能因为无意中撞见走私犯而被灭口。还有可能被一个宗教狂所杀。另外也可能是她继女下的手。最后这一点曾经让我以为就是真相。琳达第一次接受警方盘查时的态度就表现得很可疑。后来我又和她谈过一次，让我进一步确信，琳达认为自己是有罪的。"

"你是说，她凭想象就认为自己真的杀了艾莲娜吗？"罗莎蒙德用不可思议的语气问道。

赫尔克里·波洛点点头。"是的，要知道，她几乎还只是个孩子。她读了那本巫术书，对书里的内容半信半疑。她讨厌艾莲娜，就试着用她的形象做了蜡人，念了咒，用针刺穿心脏，再将其烧熔——恰恰就在那天，艾莲娜死了。比琳达更年长、更有头脑的人中间，都不乏对魔法巫术深信不疑的，所以很自然，她相信了书上说的方法全是真的——她以为她的继母真是自己用巫术杀死的。"

罗莎蒙德叫道："啊，可怜的孩子，可怜的孩子。我还以为——我推测的跟这完全是两码事，我以为她知道一些可能会——"

罗莎蒙德不说了。波洛说："我知道你想的是什么。实际上，你的态度让琳达更加害怕，让她相信自己干的事情真的导致了艾莲娜的死，而且已经被你知道了。克莉丝汀·雷德芬也在这方面推波助澜，火上浇油，让她知道在哪里能找到安眠药，怎么用就能没有痛苦、一劳永逸地赎罪。你们知道，一旦马歇尔先生证明他确有不在场证明之后，他们就一定得再找个新的嫌疑人。克莉丝汀和她丈夫对走私贩毒的事一无所知，所以他们决定让琳达来做替罪羔羊。"

罗莎蒙德说："简直太可恶了！"

波洛点了点头。"不错，你说得很对，她就是个冷血而残忍的女人。对我来说，我感到非常困扰。琳达到底只是孩子气地想试试巫术，还是真的进一步发泄了她的恨

245

意——真的付诸实施杀了人？我想让她对我坦白，可是没有达到目的。当时我确实无法断定什么才是真相。警察局局长倾向于接受是毒品贩干的的说法，可我不能就这么顺水推舟撒手不管。我把所有的事实重新仔细过滤了一遍。你知道，就像手头有一堆拼图游戏的碎片，毫不相关、貌似平淡的细枝末节，必须用这些事实碎片拼出一幅完美无缺的图形。这些碎片包括一把在海滩上找到的剪刀、一个从窗口丢下去的瓶子、有人洗过澡可是谁都不承认——这些小事本来无可非议，却偏偏谁都不承认，其中必有缘故，也就是说这些小事显然有些非同寻常之处。这些事与马歇尔先生，琳达，或是毒品贩的嫌疑都扯不上任何关系，但其中的意义是不容忽视的。于是我又回到起点——将帕特里克·雷德芬视为凶手。有没有支持这种说法的证据呢？有的。艾莲娜的账户里少了一大笔钱，是谁得到了这笔钱呢？当然是帕特里克·雷德芬。她是那种很容易被英俊男人欺骗的女人——却绝不是那种会受人勒索的女人。她太胸无城府，什么都表现在脸上，根本守不住秘密。那个说有人勒索她的故事，我从未相信是真的。但的确有人偷听到这番话——啊，是谁偷听到的呢？是帕特里克·雷德芬的妻子。那是她的独门故事——完全没有其他佐证。为什么要编造这样的故事呢？答案昭然若揭，要解释艾莲娜的钱到哪里去了！

　　"帕特里克与克莉丝汀·雷德芬，这两人同流合污作案。克莉丝汀既没有足够的体力掐死艾莲娜，也没有足够的胆量来下手，不是她，行凶的是帕特里克——这怎么可能呢！在发现尸体之前，他的每一分钟都有人在旁作证。尸体——我心里突然想到人体这两个字——躺在沙滩上的人体，样子没什么区别。帕特里克·雷德芬和艾米丽·布鲁斯特来到精灵湾，看到有个人躺在那里。一个人体——假设不是艾莲娜而是别人呢？脸部已经被那顶中国式的帽子给遮住了。

　　"可是事实上只有一具尸体，就是艾莲娜的，那么会不会是——一具活人的身体——有人躺在那里装死？会不会是艾莲娜本人，听从帕特里克的话在开玩笑？我摇摇头，不对，那太冒险了。一具活人的身体，谁的呢？会有谁来帮助雷德芬？对了，是他太太。可是她是个皮肤白皙弱不禁风的女人——啊，对了，可以涂上棕色防晒油。油是装在瓶子里的——瓶子，我的拼图碎片里就有一个瓶子。随后的一切就豁然开朗，呼之欲出了。事后当然要洗个澡——在她出去打网球之前，一定要把身上的棕色防晒油冲洗干净。而那把剪刀呢？嗯，是要把另外那顶同样的绿帽剪碎——那顶帽子是万万不能留下痕迹的。结果匆忙中丢失了那把剪刀，成为这对凶手的一个失误。

　　"在这段时间里，艾莲娜又在哪里呢？再说到这点就一目了然了。我从妖精洞里遗留的香水气味判断，使用这种牌子的两位女士，要么是罗莎蒙德·达恩利，要么是艾莲娜·马歇尔曾经到过妖精洞。既然绝无可能是罗莎蒙德·达恩利，那只能是艾莲娜了。她躲在里面等海滩上的人离开。

"艾米丽·布鲁斯特划船离开之后，海滩上只剩下了帕特里克一个人，正是他实施犯罪计划的大好时机。艾莲娜·马歇尔是在十一点四十五分之后被杀的，可是法医检验时只考虑了罪案可能发生的最早时间。艾莲娜在十一点四十五分时已经死了——这句话是他们告诉法医的，并不是法医告诉警方的。

"另外还有两个问题必须有合理说法。琳达·马歇尔的证词给克莉丝汀·雷德芬提供了时间上的不在场证明。不过那个时间是基于琳达·马歇尔的手表，因此需要证明克莉丝汀先后有过两次机会来对手表动手脚。我发现要证明这一点轻而易举。那天早上她曾经独自到过琳达的房间——另外还有个间接证明。有人听到琳达说她'这下恐怕迟到了'，可是等她赶到楼下时，大厅里的钟才十点二十五分。第二个机会更方便——只要琳达一下水游泳，她就可以把表针拨回来了。

"还有那道直梯的问题。克莉丝汀一直说她有恐高症，不敢站在高处，这又是一个早已精心准备的谎话。

"我的拼图接近尾声——每一片都完美到位，天衣无缝。但不幸得很，我并没有确切的证据，这些全是我用脑子推理出来的。就在此时，我想出了一个好主意。罪犯技巧娴熟，得心应手，显示出他是多么胸有成竹。我深信帕特里克·雷德芬将来还会重复犯罪。那么他过去的情况如何呢？很可能这不是他第一次行凶。他用的方式是掐死对方，这很吻合他的天性——除了有利可图之外，他还能从杀人中获得快感。如果他曾经杀过人的话，相信他一定也用的是同样的方式。我请科尔盖特警督提供女子被掐案的案例，其结果使我非常高兴。妮莉·帕森斯被掐死在杂树林里的事，也许是帕特里克·雷德芬干的，也许不是——可能只有在考虑到地区因素时还起点作用。但艾莉丝·科里根一案却让我如获至宝，这正是我要找的那种案例。也就是说，它用了同样的方法——在时间上玩花样。谋杀案发生的时间并不像通常那样在被人发现之前，而是在那之后。尸体据说是在四点一刻发现的，而死者丈夫一直到四点二十五分都有不在场证明。

"到底是怎么回事呢？证人说爱德华·科里根到了松岩茶屋，发现妻子还没到，就在外面踱来踱去等她。其实，他却是一路飞奔到凯撒林——你们当然记得，那里离得并不太远——将她杀了，再回到茶屋来。发现尸体去报案的女子是位受人尊敬的小姐，在一家著名的女子学校里当体育教员，显然和爱德华·科里根毫无关联。她要走很远的路去找警察。警方的法医到五点四十五分的时候才开始验尸。所以就像本案一样，警方毫无异议地接受了报案者所称的死亡时间，而没有另加追究。

"最后，我还做了一项试验。我必须很确定雷德芬太太是不是个说谎者，所以安排大家到达特穆尔去野餐。有恐高症的人不会行若无事地走过河水上那道狭窄的独木桥。布鲁斯特小姐就是这样的人，她果然头晕目眩，差点出事。可是克莉丝汀·雷德芬却毫不在乎地跑过桥去，一点也没有不适。这是件小事，却是个很好的试验。如果她连这种无关紧要的事都会说谎——那别的话也可能都是谎言。与此同时，科尔盖特警督已经把照片送给萨里郡警方指认过，这是我唯一可以使出的撒手锏，肯定有用。我先哄得帕特里克·雷德芬以为自己可以高枕无忧了，然后突然回马一枪，全力对他发起猛烈攻击，终于使他失去了自制力。听到科尔盖特已经指认出他从前身份的事，终于让他完全昏了头。"

赫尔克里·波洛摸着自己的喉咙。"我所做的那件事，"他一本正经地说："非常非常危险——但我并不后悔。我成功了！我没有白受苦。"

大家沉默了一阵，然后加德纳太太深深叹了口气。

"哎呀，波洛先生，"她说，"这实在是太了不起了。听你描述到底是怎么探查出真相的，就像听犯罪学的演讲一样动人——说老实话，这就是一篇犯罪学的演讲。想想看，我的那束毛线和在海水浴场上谈到日光浴的那段话，居然也能在你的分析中起点作用，真叫我兴奋得无法用言语形容，我相信加德纳先生也有同样的感觉，是不是，奥德尔？”

“是的，亲爱的。”加德纳先生说。

赫尔克里·波洛说：“加德纳先生也帮了我很大的忙。我希望知道一个明智的男人对马歇尔太太有什么看法，就问了加德纳先生的意见。”

“真的啊？”加德纳太太说，“你是怎么说的呢？奥德尔？”

加德纳先生咳嗽一声，说：“呃，亲爱的，你知道，我根本就没怎么想过她。”

“男人对他们的太太总是这样说。”加德纳太太说，“要是问我的意见——在我看来，波洛先生对她可以说是相当宽容，说她天生是个牺牲品什么的。当然啦，说得也对，她本来就是个没文化的女人。正好马歇尔先生现在不在这里，我可以告诉你，我一直觉得她是个令人心烦的傻女人。我以前也这样跟加德纳先生说过，是不是？奥德尔？”

“是的，亲爱的。”加德纳先生说。

琳达·马歇尔和赫尔克里·波洛一起坐在鸥湾。她说：“我当然很庆幸自己没有死，但你知道，波洛先生，这跟我杀了她也没有什么区别，对不对？说真的，我原本是想杀她。”

赫尔克里·波洛加重语气说："这完全不是一回事。想杀人和实际杀人是完全不同的两件事。如果说，在你卧室里，你面对的不是那个蜡人，而是你的继母被绑在那里；你手里拿的是一把刀，而不是一根针，你肯定不会刺进她心脏里去。你心里会有个声音对你说'不'。我也是一样。我跟某个人生气，说：'我真想踢他一脚。'可是我并没有踢他，而是踢了桌子一脚。我说：'这桌子就是某人，我要使劲踢他。'这样，要是我没太踢痛脚趾头的话，我就会觉得心情舒畅一些，而那张桌子通常也不会给踢坏。可要是那个家伙本人在那里的话，我是不会踢他的。

"弄个蜡人来，拿针去刺它，是很傻，是很孩子气——可是这种做法也有好处。你把心里的恨意都发泄在小蜡人身上了。用针和火毁坏的不是你的继母，而是你对她的恨意。事后，即使你还不知道她的死讯，是不是已经觉得自己神清气爽，舒服多了，轻松多了，也快乐多了呢？"

琳达点点头，她说："你怎么知道的？那正是我的感觉。"

波洛说："那就别再做这么幼稚的事了，要调整好自己的心态，不要再恨你的下一个继母。"

琳达吃惊地说："你认为我会再有一个继母吗？哦，我明白了，你是说罗莎蒙德。对她我是不介意的。"她迟疑了一下，"她很通情达理。"

波洛可不会用通情达理来形容罗莎蒙德·达恩利，不过他明白，这在琳达看来已经算是盛赞了。

肯尼斯·马歇尔说："罗莎蒙德，你有没有异想天开地认为是我杀了艾莲娜？"

罗莎蒙德满脸羞愧，她说："我想我是个该死的傻瓜。"

"一点都不错。"

"唉，可是，肯，你就像个合紧了的蛤蜊一样密不透风。我从来就不明白你对艾莲娜到底是什么感觉，搞不清楚你是能大包大揽地接受她的本来面目，或者只是极力维持体面，或是你——呃，只是盲目信任她。我想如果真是后者，一旦发现她的本来面目，你很可能大为失望并气得发疯。我听说过你的一些事，你总是很沉稳，但发作起来也令人不寒而栗。"

"所以你认为我会用两手掐住她的喉咙，活生生把她给掐死？"

"呃——是的，我正是那样想的。而你的不在场证明又好像不那么有说服力，于是我才突然决定插一手，编出那么傻的故事来，说看到你在房间里打字。后来我听说你说你也看到我探头进去的时候——哎呀，我就认准了是你所为了。此外，琳达的古怪行为也加强了这种看法。"

肯尼斯·马歇尔叹口气说："你难道不知道，我之所以说我在镜子里看到了你，是为了支持你的故事？我——我还以为你需要别人为你作证呢。"

罗莎蒙德瞪着他。"你的意思不会是说，你以为是我杀了你太太吧？"

肯尼斯·马歇尔有点不安地挪了一下身子，含糊地说："哎呀，罗莎蒙德，难道你不记得你曾经为了一只狗差点杀了那男孩子的事吗？你不依不饶地抓着他的脖子不肯放。"

"可是那是好多年前的事了。"

"是的，我知道——"

罗莎蒙德单刀直入地问："你认为我是出于什么不得了的动机，一定要杀掉艾莲娜？"

他避开她的目光，又含糊地说了句什么。罗莎蒙德叫道："肯，你这个自大狂！你以为我是替你杀了她吗？或者——以为我杀她，是因为我想得到你？"

"根本不是这么回事，"肯尼斯·马歇尔气愤地说，"你知道你那天说过什么——你谈到琳达，还有其他一些事——而且，而且你好像很关心我的事。"

罗莎蒙德说："我一向关心你。"

"我相信。你知道的，罗莎蒙德，我通常不大跟别人说什么，我不善言辞，可是我想把这件事和你说清楚。我并不在乎艾莲娜，只是一开始时对她有点关心。后来和她

254

日复一日地共同生活，我精神上受到了莫大煎熬，事实上，简直生不如死。可是我特别为她难过，她实在是个傻瓜，对男人极为热衷，自己也无可奈何。那些男人总是把她拖下水，然后对她很坏。我只是觉得我不能做那个最后把她推入深渊的人。我既然已经娶了她，就一定要尽我所能好好照顾她。我想她心里对此一清二楚，真的对我满怀感激。她是个——实在是个很可怜的人。"

罗莎蒙德温柔地说道："好了，肯，我现在明白了。"

肯尼斯·马歇尔不看她，只是很仔细地装好烟斗，含含糊糊地说："你，你很善解人意，罗莎蒙德。"

罗莎蒙德嘴角浮出一丝嘲讽的笑容。她说："你是现在就要向我求婚呢，肯，还是决心再等六个月？"

肯尼斯·马歇尔嘴里的烟斗掉了下去，摔碎在下面的岩石上。他说："见鬼，这已经是我在这里掉的第二支烟斗了，已经没有备用的了。你怎么知道我认为该等六个月？"

"我想是因为这段时间长短正合适。不过，拜托，我希望现在就能把事情说清楚。因为在这一段等待的时间里，说不定你又会听说哪个女人境遇堪怜，又要发挥你的豪侠骑士风度，挺身救美了。"

他大声笑道："这次境遇堪怜的会是你，罗莎蒙德。你要放弃你那个服饰生意，和我一起住到乡下去。"

"难道你不知道我的生意是多么赚钱吗？难道你不知

道那是我的事业——是我创造了它，经营了它，是我的得意杰作，我为此自豪！你好大的胆子，居然来跟我说'放弃了吧，亲爱的'。"

"我正是有这么大的胆子来说这句话，就是有。"

"而你认为我会爱你到这样的程度？"

"如果你不这样做的话，"肯尼斯·马歇尔说，"那我就不要你了。"

罗莎蒙德轻柔地说："啊，亲爱的，我一直好想和你一辈子住在乡下，现在——我的梦想就要实现了……"

图书在版编目（CIP）数据

阳光下的罪恶 / （英）阿加莎·克里斯蒂著；于婉青译 . —— 北京：新星出版社，2024.9（2025.10 重印）

（阿加莎·克里斯蒂作品精选集：典藏纪念版 . 第二辑）

ISBN 978-7-5133-5682-4

Ⅰ . ①阳… Ⅱ . ①阿… ②于… Ⅲ . ①侦探小说 – 英国 – 现代 Ⅳ . ① I561.45

中国国家版本馆 CIP 数据核字 (2024) 第 107497 号

m
午夜文库
谢刚 主持

———————————— 阅读之前 没有真相

阿加莎·克里斯蒂

赫尔克里·波洛系列

阿加莎·克里斯蒂
Agatha Christie (1890—1976)

无可争议的侦探小说女王，侦探文学史上最伟大的作家之一。

阿加莎·克里斯蒂原名为阿加莎·玛丽·克拉丽莎·米勒，一八九〇年九月十五日生于英国德文郡托基的阿什菲尔德宅邸。她几乎没有接受过正规的教育，但酷爱阅读，尤其痴迷于歇洛克·福尔摩斯的故事。

第一次世界大战期间，阿加莎·克里斯蒂成了一名志愿者。战争结束后，她创作了自己的第一部侦探小说《斯泰尔斯庄园奇案》。几经周折，作品于一九二〇年正式出版，由此开启了克里斯蒂辉煌的创作生涯。一九二六年，《罗杰疑案》由哈珀柯林斯出版公司出版。这部作品一举奠定了阿加莎·克里斯蒂在侦探文学领域不可撼动的地位。之后，她又陆续出版了《东方快车谋杀案》《ABC谋杀案》《尼罗河上的惨案》《无人生还》《阳光下的罪恶》等脍炙人口的作品。时至今日，这些作品依然是世界侦探文学宝库里最宝贵的财富。根据她的小说改编而成的舞台剧《捕鼠器》，已经成为世界上公演场次最多的剧目；而在影视改编方面，《东方快车谋杀案》为英格丽·褒曼斩获奥斯卡大奖，《尼罗河上的惨案》更是成为几代人心目中的经典。

阿加莎·克里斯蒂的创作生涯持续了五十余年，总共创作了八十余部侦探小说。她的作品畅销全世界一百多个国家和地区，累计销量已经突破二十亿册。她创造的小胡子侦探波洛和老处女侦探马普尔小姐为读者津津乐道。阿加莎·克里斯蒂是柯南·道尔之后最伟大的侦探小说作家，是侦探文学黄金时代的开创者和集大成者。一九七一年，英国女王授予克里斯蒂爵士称号，以表彰其不朽的贡献。

一九七六年一月十二日，阿加莎·克里斯蒂逝世于英国牛津郡沃灵福德家中，被安葬于牛津郡的圣玛丽教堂墓园，享年八十五岁。

加莎·克里斯蒂 侦探作品年表

波洛系列

1920　The Mysterious Affair at Styles《斯泰尔斯庄园奇案》

1923　Murder on the Links《高尔夫球场命案》

1924　Poirot Investigates《首相绑架案》

1926　The Murder of Roger Ackroyd《罗杰疑案》

1927　The Big Four《四魔头》

1928　The Mystery of the Blue Train《蓝色列车之谜》

1932　Peril at End House《悬崖山庄奇案》

1933　Lord Edgware Dies《人性记录》

1934　Murder on the Orient Express《东方快车谋杀案》

1935　Three—Act Tragedy《三幕悲剧》

1935　Death in the Clouds《云中命案》

1936　The ABC Murders《ABC 谋杀案》

1936　Murder in Mesopotamia《古墓之谜》

1936　Cards on the Table《底牌》

1937　Dumb Witness《沉默的证人》

1937　Death on the Nile《尼罗河上的惨案》

1937　Murder in the Mews《幽巷谋杀案》

1938　Appointment with Death《死亡约会》

1938　Hercule Poirot´s Christmas《波洛圣诞探案记》

1940　Sad Cypress《H 庄园的午餐》

1940　One，Two，Buckle My Shoe《牙医谋杀案》

1941　Evil Under the Sun《阳光下的罪恶》

1943　Five Little Pigs《五只小猪》

1946　The Hollow《空幻之屋》

1947　The Labours of Hercules《赫尔克里·波洛的丰功伟绩》

1948　Taken at the Flood《顺水推舟》

1952　Mrs．McGinty´s Dead《清洁女工之死》

1953　After the Funeral《葬礼之后》

1955　Hickory Dickory Dock《山核桃大街谋杀案》

1956　Dead Man´s Folly《弄假成真》

1959　Cat Among the Pigeons《鸽群中的猫》

1960　The Adventure of the Christmas Pudding《雪地上的女尸》

出版前言

纵观世界侦探文学一百七十余年的历史，如果说有谁已经超脱了这一类型文学的类型化束缚，恐怕我们只能想起两个名字——一个是虚构的人物歇洛克·福尔摩斯，而另一个便是真实的作家阿加莎·克里斯蒂。

阿加莎·克里斯蒂以她个人独特的魅力创造着侦探文学史上无数的传奇：她的创作生涯长达五十余年，一生撰写了八十余部侦探小说；她开创了侦探小说史上最著名的"黄金时代"；她让阅读从贵族走入家庭，渗透到每个人的生活中；她的作品被翻译成一百多种文字，畅销全球一百五十余个国家，作品销量与《圣经》《莎士比亚戏剧集》同列世界畅销书前三名；她的《罗杰疑案》《无人生还》《东方快车谋杀案》《尼罗河上的惨案》都是侦探小说史上的经典；她是侦探小说女王，因在侦探小说领域的独特贡献而被册封为爵士；她是侦探小说的符号和象征。她本身就是传奇。沏一杯红茶，配一张躺椅，在暖暖的阳光下读阿加莎的小说是一种生活方式，是惬意的享受，也是一种态度。

午夜文库成立之初就试图引进阿加莎的作品，但几次都

与版权擦肩而过。随着午夜文库的专业化和影响力日益增强，阿加莎·克里斯蒂的版权继承人和哈珀柯林斯出版公司主动要求将版权独家授予新星出版社，并将阿加莎系列侦探小说并入午夜文库。这是对我们长期以来执着于侦探小说出版的褒奖，是对我们的信任与鼓励，更是一种压力和责任。

新版阿加莎·克里斯蒂作品由专业的侦探小说翻译家以最权威的英文版本为底本，全新翻译，并加入双语作品年表和阿加莎·克里斯蒂家族独家授权的照片、手稿等资料，力求全景展现"侦探女王"的风采与魅力。使读者不仅欣赏到作家的巧妙构思、离奇桥段和睿智语言，而且能体味到浓郁的英伦风情。

阿加莎作品的出版是一项系统工程，规模庞大，我们将努力使之臻于完美。或存在疏漏之处，欢迎方家指正。

新星出版社

午夜文库编辑部

Agatha Christie

Over the next few years, we plan to celebrate two very important Agatha Christie anniversaries. In 2015, it is the 125th anniversary of her birth in Torquay, South Devon, England, and in 2020 it will be 100 years after her first book, THE MYSTERIOUS AFFAIR AT STYLES, featuring her famous detective, Hercule Poirot, was published. This is therefore a very appropriate moment to publish a new edition of her works, and I am delighted that HarperCollins has chosen to work with New Star on these new editions. New Star is China's top crime publisher, and has a strong and dedicated editorial staff and a continued passion for Agatha Christie, making them the ideal partner. It is the right time to make these classic books available in modern translations and so to bring Agatha Christie's books anew to her many fans in China, giving them a new reason to re-read these much-loved stories, as well as introducing them to a whole new audience. How delighted Agatha Christie would have been that her stories (as she called them) are still giving so much pleasure to so many people all over the world!

I think there are two very remarkable things about Agatha Christie's stories. The first is that they are so adaptable. It doesn't really matter which language they appear in, the stories and the plots still give the same thrill, still provide the same puzzles, and the characters still have the same attraction. Readers in China will I am sure enjoy Hercule Poirot and Miss Marple just as much as we do in England, and readers in China will still be transfixed by the surprises and horrors of AND THEN THERE WERE NONE, one of the great classics of 20th century detective fiction, as we are here.

Agatha Christie

The second is that the stories give a wonderful picture of England, particularly rural England, at the time Agatha Christie lived. She wrote books from 1920 until 1970 but it is sometimes hard to tell which part of her life each book was written in. Her characters and the life they lived were very much the same. The life we all live is changing very quickly these days but the Agatha Christie world stays the same. Perhaps the Miss Marple stories provide the best example of this, and in some ways, THE BODY IN THE LIBRARY and NEMESIS are quite similar, despite the fact that thirty years elapsed between the time they were written.

Perhaps I might end by mentioning three Agatha Christies (other than the ones mentioned above) which I think demonstrate why she is so popular, even in the twenty-first century. The first is MURDER ON THE ORIENT EXPRESS, one of the most famous with one of the most ingenious and human plots. Read this on one of your long train journeys in China! Next is A MURDER IS ANNOUNCED, a Miss Marple which was her 50th book. It has my favourite murderer in it! And last is ENDLESS NIGHT a story about evil and how it affects three young people, written at the time when I knew her best, and understood how deeply she cared and sympathised with young people and the world they lived in.

Whichever are your favourites I hope you enjoy these stories that New Star are introducing to you again. I think it is a great publishing event.

Mathew Prichard
Grandson of Agatha Christie
Chairman of Agatha Christie Ltd

致中国读者

（午夜文库版阿加莎·克里斯蒂作品集序）

在接下来的几年中，我们将要筹备两个非常重要的关于阿加莎·克里斯蒂的纪念日。二〇一五年是她的一百二十五岁生日——她于一八九〇年出生于英国的托基市；二〇二〇年则是她的处女作《斯泰尔斯庄园奇案》问世一百周年的日子，她笔下最著名的侦探赫尔克里·波洛就是在这本书中首次登场。因此新星出版社为中国读者们推出全新版本的克里斯蒂作品正是恰逢其时，而且我很高兴哈珀柯林斯选择了新星来出版这一全新版本。新星出版社是中国最好的侦探小说出版机构，拥有强大而且专业的编辑团队，并且对阿加莎·克里斯蒂的作品极有热情，这使得他们成为我们最理想的合作伙伴。如今正是一个良机，可以将这些经典作品重新翻译为更现代、更权威的版本，带给她的中国书迷，让大家有理由重温这些备受喜爱的故事，同时也可以将它们介绍给新的读者。如果阿加莎·克里斯蒂知道她的小故事们（她这样称呼自己的这些作品）仍然能给世界上这么多人带来如此巨大的阅读享受，该有多么高兴啊！

我认为阿加莎·克里斯蒂的作品有两个非常重要的特征。首先它们是非常易于理解的。无论以哪种语言呈现，故事和情节都同样惊险刺激，呈现给读者的谜团都同样精彩，而书中人物的魅力也丝毫不受影响。我完全可以肯定，中国的读者能够像我们英国人一样充分享受赫尔克里·波洛和马普尔小姐带来的乐趣；中国读者也会和我们一样，读到二十世纪最伟大的侦探经典作品——比如《无人生还》——的时候，被震惊和恐惧牢牢钉在原地。

第二个特征是这些故事给我们展开了一幅英格兰的精彩画卷，特别是阿加莎·克里斯蒂那个年代的英国乡村。她的作品写于上世纪二十年代至七十年代间，不过有时候很难说清楚每一本书是在她人生中的哪一段日子里写下的。她笔下的人物，以及他们的生活，多多少少都有些相似。如今，我们的生活瞬息万变，但"阿加莎·克里斯蒂的世界"依旧永恒。也许马普尔小姐的故事提供了最好的范例：《藏书室女尸之谜》与《复仇女神》看起来颇为相似，但实际上它们的创作年代竟然相差了三十年。

最后，我想提三本书，在我心目中（除了上面提过的几本之外）这几本最能说明克里斯蒂为什么能够一直受到大家的喜爱。首先是《东方快车谋杀案》，最著名，也是最机智巧妙、最有人性的一本。当你在中国乘火车长途旅行时，不妨拿出来读读吧！第二本是《谋杀启事》，一个马普尔小姐系列的故事，也是克里斯蒂的第五十本著作。这本书里的诡计是我个人最喜欢的。最后是《长夜》，一个关于邪恶如何影响三个年轻人生活的故事。这本书的写作时间正是我最了解她的时候。我能体会到她对年轻人以及他们生活的世界关心至深。

现在新星出版社重新将这些故事奉献给了读者。无论你最爱的是哪一本，我都希望你能感受到这份快乐。我相信这是出版界的一件盛事。

阿加莎·克里斯蒂外孙

阿加莎·克里斯蒂有限责任公司董事长

马修·普理查德

二〇一三年二月二十日

斯泰尔斯庄园奇案

The Mysterious Affair at Styles

Agatha Christie®

[英]阿加莎·克里斯蒂 著

郑卫明 译

新 星 出 版 社 NEW STAR PRESS

献给我的母亲

目 录

第一章　前往斯泰尔斯

轰动一时、引起大众强烈兴趣的"斯泰尔斯庄园案"已渐渐落下帷幕。尽管如此，鉴于此案臭名远播，我的朋友波洛和那家人都要求我把整个故事写出来。我们相信，这将有效地制止那些仍在流传的耸人听闻的传言。

因此，我决定简单地写一下我和此事有关的情况。

我因病从前线返乡，在一家十分压抑的康复医院里待了几个月后，获得了一个月的病假。我既没有亲戚也没有什么朋友，就在我琢磨着如何度假时，碰巧遇上了约翰·卡文迪什。这么多年我们几乎没怎么见过面，实际上，我也根本不了解他。虽然他不像是四十五岁的人，但实际上整整比我大了十五岁。小时候，我就常常待在位于埃塞克斯的斯泰尔斯庄园——他母亲的别墅里。

叙旧、寒暄过后，他邀请我去斯泰尔斯度假。

"过了这么久再次看到你，母亲一定很高兴。"他补充道。

"你母亲好吗？"我问道。

"嗯，很好。你知道她又结婚了吧？"

可能我脸上已经明显地露出了惊讶的表情。卡文迪什太太嫁给约翰的父亲时，他是个鳏夫，并且有两个儿子。印象中她是一个风姿绰约的中年女性，而现在，少说也有七十岁了。

我记得她精力充沛，做事独断专行，喜欢慈善、社交、义卖，是个慷慨的女慈善家。她是个大方的女人，名下的财产也相当可观。

这座乡间的庄园是卡文迪什先生在他们结婚后不久购买的。他原本就对妻子言听计从，去世之后，更是把这块地方以及大部分财产都留给了他妻子。毋庸置疑，这种安排对两个儿子是不公平的。不过，后母对他们非常慷慨。父亲再婚时他们还很小，所以一直把她当作亲生母亲。

弟弟劳伦斯是个优雅的青年。他已经获得了医生执照，但一早就放弃了这个职业，待在家里追逐文学梦想，尽管他在诗歌写作上一事无成。

约翰做过一段时间的律师，不过最终还是选择了更为适合自己的乡绅生活。两年前他结了婚，带着妻子住进斯泰尔斯。虽然，我精明的头脑让我怀疑他更愿意母亲多给他点补贴，好让他有个属于自己的家。不过，卡文迪什太太是个很有主意的人，希望别人都听她的命令，在这种情况下，她拥有绝对的优势，就是：财权。

约翰留意到我听说他母亲再嫁后的惊讶，勉强挤出一个苦笑。

"还是个糟透了的小瘪三！"他恶狠狠地说，"我跟你说，黑斯廷斯，我们想过快乐日子都很难。至于艾维①——你记得艾维吗？"

"不记得了。"

"哦，可能你离开之后她才来的。她是母亲的管家、伙伴，是个'多面手'！这个老艾维！跟年轻漂亮不沾边儿，可大家都爱捉弄他们。"

"你想说的是？"

"哦，这家伙！不知道从哪儿来，借口是艾维的远房表兄弟什么的，虽然她好像不太愿意承认这种关系。所有人都能看出来这家伙跟我们完全不是一类人：一大把黑胡子，不管天气如何都只穿那双漆皮靴子。可母亲一见他就很喜欢，雇他当秘书——你知道吗，她可是管理着几百个社团呢！"

我点了点头。

"当然，战争已经把几百个变成几千个了，因此这家伙对她而言大有用处。三个月前，她突然宣布和阿尔弗雷德订婚了，这让我们大跌眼镜！这家伙起码比她小二十岁！就是为了钱才追求她的，多么赤裸裸！可你也知道，她习惯自作主张不听人劝，就这么下嫁给了他。"

----

① 伊芙琳的昵称。

3

"你们的日子肯定都不好过。"

"该死！简直糟透了！"

事情就这样发生了，三天后，我在斯泰尔斯站下了火车。这个小车站被绿色田野和乡村小路环绕着，小得荒唐，真不知道为什么会设立这么个站。约翰·卡文迪什在站台上等着我，把我领到一辆车前。

"好歹弄到了一两滴汽油，"他说，"主要是因为我母亲的活动。"

斯泰尔斯圣玛丽小镇离这个小站大约两英里，而斯泰尔斯庄园则在一英里外的另一边。此时正值七月初，四周宁静而温暖，车窗外的埃塞克斯平原静卧在午后的阳光之下，显得如此葱绿、安宁。这一切都让人简直无法相信，就在不远之处，正进行着一场大规模的战争。我忽然觉得自己身处另外一个世界。拐入大门时，约翰说：

"恐怕你会觉得这里太安静了，黑斯廷斯。"

"老朋友，这正是我想要的。"

"哦，如果你打算过悠闲的日子，这里会很舒服。我一星期和志愿兵训练两次，然后去农田帮忙。我妻子倒是定期在农田里干活，每天早上五点起床挤牛奶，一直到午饭时间。如果不是阿尔弗雷德·英格尔索普这个家伙，生活还是非常快乐的！"

他突然刹住车，看了一眼手表："不知道还有没有时间接辛西亚。不行了，这会儿她已经从医院出来了。"

"辛西亚！你妻子吗？"

"不，辛西亚寄住在我家，是我母亲的一个老同学的女儿。她这个同学嫁给了一个无赖律师，那家伙后来栽了大跟头，留下这个女孩贫穷度日。于是我母亲伸出了援助之手。辛西亚和我们住在一起快两年了，在离这儿七英里的塔明斯特红十字医院工作。"

说话的工夫，我们已经来到了一幢漂亮的老房子跟前。一个穿粗花呢裙子的女人正弯着腰不知在花坛上弄什么，看到我们走近，马上站直了身子。

"你好，艾维，这就是我们受了伤的英雄！黑斯廷斯先生。霍华德小姐。"

霍华德小姐热情地跟我握手，我的手腕都被她捏疼了。她那晒得黝黑的脸上有一双湛蓝的眼睛。这是个挺好看的女人，四十岁左右，嗓音低沉但极其洪亮，身材魁梧，当然脚也很大——它们被一双很厚的靴子包着。很快，我发现她是个说话简单明了的人。

"杂草疯长起来就像房子着了火，根本来不及锄掉。我要抓你们帮忙。小心点儿。"

"能成为一个有用的人我一定会很高兴。"我回答说。

"可别这么说。千万别。以后你会后悔的。"

"你真会挖苦人，艾维，"约翰笑着说，"今天在哪儿喝茶？里面还是外面？"

"外面。这么好的天气不应该待在屋子里。"

"那就走吧,今天你已经做了不少园艺活儿了。要知道,劳动者是'雇有所值'的。去休息一下吧。"

"好,"霍华德小姐说着脱掉园艺手套,"听你的。"

她在前面给我们带路,绕过房子。茶具摆放在一棵美国梧桐浓密的树荫下。

一个人从其中一张柳条椅上站起来,朝我们走近几步。

"我的妻子。黑斯廷斯。"约翰介绍说。

我永远也不会忘记第一眼看到玛丽·卡文迪什的情景。她个子很高,在明媚的阳光下显得苗条修长,她那双褐色的眼睛中隐藏着沉睡的火焰,好像从中能看出生动的表情。那是一双引人注目的眼睛,完全不同于我以前见过的那些女人的。她有一种沉静但十分强大的力量,那优雅无比的身体传达出一种野性难驯的生命力——所有这一切都深深地刻在我的脑海中,永远也不会忘记。

她清晰地柔声说了几句表示欢迎的话,随后我在一张柳条椅上坐了下来,暗自庆幸接受了约翰的邀请。卡文迪什太太给我倒了茶,几句轻声细语更加深了我对她的第一印象。她绝对是个迷人的女人。一个懂得欣赏的听众总会让人热情高涨,我讲述了一些我在康复医院的逸闻趣事,逗得女主人很开心,我自己也扬扬自得起来。当然,约翰人不错,但聊起天来有些乏味。

就在这时,旁边一扇开着的落地窗里飘出了一个令人难忘的声音:

"喝完茶之后你给公主写信吗，阿尔弗雷德？我亲自给塔明斯特夫人写信，她第二天过来。还是我们先等一等公主回信？如果她拒绝了，那塔明斯特夫人就可以第一天过来，克罗斯比夫人第二天，最后是公爵夫人来主持校庆。"

接着是一个男人嘟嘟囔囔的声音，随之又传来英格尔索普太太回答的声音：

"没错，当然。茶会之后我们可以弄得再热闹点，亲爱的阿尔弗雷德，你想得真周到。"

落地窗又打开了一些，从里面走出一位端庄的白发老妇人，带着一股专横的气场来到草坪上，身后跟着一个男人，一脸恭顺。

英格尔索普太太热情地向我打招呼。

"啊，真高兴这么多年后我们又见面了。阿尔弗雷德，亲爱的，这是黑斯廷斯先生。这是我丈夫。"

我有点好奇地打量着"亲爱的阿尔弗雷德"，他确实显得很另类，我相信约翰真的很讨厌他的胡子。这是我见过的最长最黑的胡子。他戴一副金丝夹鼻眼镜，一脸古怪的冷漠。这让我不禁感觉到，他这种表情在舞台上也许挺正常，可在现实生活中却显得很奇怪。他把一只木头一样的手放到我手中，用低沉而油腔滑调的声音说：

"很荣幸，黑斯廷斯先生，"接着转向他妻子，"亲爱的艾米丽，我觉得这坐垫有点潮湿。"

7

他像做示范一样温柔而仔细地换了一个椅垫，而她则向他投以深情的微笑。一个在其他方面都很明智的女人居然会这样怪异地迷恋着这个人！

由于英格尔索普先生在场，我能感觉出每个人头顶都笼罩着一层紧张的情绪和隐蔽的敌意。尤其是霍华德小姐，更是毫不掩饰自己的这种感觉。不过，英格尔索普太太似乎并未发现有什么不对劲。她一如我记忆中那般能言善辩，经过这么多年丝毫未变。她口若悬河、滔滔不绝，说的都是她近期组织的几场义卖，偶尔会问问丈夫日期什么的。他永远是一副小心谨慎、殷勤周到的样子。第一眼看见他，我就打心里厌恶至极，而且，我认为自己的第一印象还是非常准确的。

过了一会儿，英格尔索普太太转向伊芙琳·霍华德，交代了一些信件的事情。她的丈夫则关怀备至地跟我聊了起来：

"你的固定职业是军人吗，黑斯廷斯先生？"

"不，战争之前我在劳埃德船舶协会工作。"

"战争结束后你还会回去吗？"

"也许吧。重操旧业，或者换份新工作。"

玛丽·卡文迪什靠上前来。

"你更倾向于选择什么职业？"

"呃，这得看情况。"

"没有什么不可告人的嗜好吧？"她问，"告诉我——

你被什么所吸引？每个人都会被荒唐可笑的事情所吸引。"

"你会嘲笑我的。"

她笑了。

"也许吧。"

"好吧，我一直偷偷盼望着能成为一个侦探！"

"这是实际的想法——在苏格兰场工作，还是像歇洛克·福尔摩斯那样的私家侦探？"

"哦，一定要成为歇洛克·福尔摩斯。其实，说真的，这个相当吸引我。有一次，我在比利时遇见一个人，一个著名的侦探，他深深地触动了我。他是个不可思议的小个子，经常说要想做好侦探工作，不外乎方法问题。我的理念即基于此——当然，我在此基础上做了进一步的发展。他还是个非常有趣的小个子，一个伟大的花花公子，但是聪明得出奇。"

"我也喜欢精彩的侦探小说，"霍华德小姐说，"可它们大多数是胡写一通，在最后一章揭露罪犯，让每个人都很吃惊。其实真正的犯罪总能马上被发现。"

"也有很多的犯罪行为没被发现。"我反对。

"我说的不是警方，而是当事人，家人。你瞒不了他们的，真的。他们是知道的。"

"那么，"我饶有兴致地说，"你认为，如果你被卷入一场罪行之中，比如谋杀，你能马上认出罪犯吗？"

"当然能。也许我不会向律师证明，但我相信肯定知

9

道，如果他走近我，我连手指尖都能感觉到。"

"也许是'她'。"我提了出来。

"也许。可谋杀是一种暴行，通常男人才这么干。"

"毒杀就不是这样，"卡文迪什太太清晰的嗓音吓了我一跳，"昨天，包斯坦医生还说，由于医学界对大多数罕见的毒药一无所知，因此很多毒杀案子都没有引起怀疑。"

"啊，玛丽，你的话真可怕！"英格尔索普太太喊道，"让人毛骨悚然。哦，辛西亚来了！"

一个身穿爱国护士会制服的年轻女孩轻盈地跑过草坪。

"哦，辛西亚，你今天来晚了。这是黑斯廷斯先生。这是默多克小姐。"

辛西亚·默多克小姐是个年轻姑娘，气色很好，充满了生机和活力。她麻利地摘下小护士帽，一头红褐色的鬈发披散下来，让我赞叹不已。她伸出一只又白又嫩的小手，接过了茶杯。如果再有乌黑的眼睛和睫毛，她绝对是个美女。

她一屁股坐在约翰旁边的草地上。我递给她一盘三明治，她朝我微笑了一下。

"坐到草地上吧，感觉好多了。"

我听话地坐了过去。

"你在塔明斯特工作，是吗，默多克小姐？"

她点点头。

"自作自受。"

"他们欺负你了吗?"我笑着问。

"我倒喜欢看看他们谁敢!"辛西亚不失体面地喊道。

"我有一个堂妹也是护士,"我说,"她很害怕那些修女似的护士长。"

"这没什么。护士长,你知道的,黑斯廷斯先生,她们就是——那样!你不知道!谢天谢地,我不是护士,我在药房工作。"

"你毒死过多少人?"我笑着问。

辛西亚也笑了。

"哦,几百个!"她说。

"辛西亚!"英格尔索普太太叫道,"你能不能帮我写几封短信?"

"当然,艾米丽阿姨。"

她马上跳起来。她的某些行为总让我想到她是寄人篱下,虽然英格尔索普太太总体上是个友好的人,但她不会让这个姑娘忘记这一点。

女主人转向我。

"约翰会带你去你的房间。七点半吃晚饭。现在,我们也不经常吃正餐了。塔明斯特夫人,我们议员的太太——她是已经去世的阿伯茨伯里勋爵的女儿——也是这样。我建议一个人要为节约树立榜样。她也赞同这一点。我们是个称职的战时家庭,一点儿也不浪费。就算是一小片废纸也要积攒起来用麻袋装走。"

我表达了我的赞赏之意，然后约翰领我进了屋子，上了宽阔的楼梯，楼梯在中间部分左右分开，通向房子的两边。我的房间在左边，向外望去就是园子了。

约翰走后没几分钟，我从窗口看到他挽着辛西亚·默多克的胳膊缓缓地走过草坪。我听到英格尔索普太太不耐烦地叫着"辛西亚"，女孩马上往房子那边跑了过去。

这时，一个男人从树荫下走了出来，也朝同一个方向慢慢走去。他四十岁上下，皮肤黝黑，脸刮得很干净，神情忧郁，似乎正处于某种激烈的情绪中。他经过我窗下时，抬头看了看，于是我认出了他——虽然距离我们上次见面已经过了十五年，而且他变化巨大。他是约翰的弟弟劳伦斯·卡文迪什。不知道为何，他脸上会有那样异常的表情。

之后，我再没想他的事，而是专注地思考自己的事情了。

晚上过得很愉快，深夜，我梦见了那个谜一般的女人，玛丽·卡文迪什。

第二天早晨，阳光灿烂，我期待着令人开心的外出。

一直到午饭时，我才见到卡文迪什太太。她提议陪我去散步，于是我们在树林里漫步，度过了一个美妙的下午，五点钟才回到家里。

我们一进门厅，约翰就点头示意我们去吸烟室。我立刻从他脸上看出一定有麻烦了。我们跟他进了房间，他在后面关上了门。

"瞧瞧，玛丽，这里一团乱。艾维和阿尔弗雷德大吵了一场，要走。"

"艾维？要走？"

约翰沮丧地点点头。

"是的，要去她妈妈那儿——哦，艾维来了。"

霍华德小姐走了进来。她冷冷地抿着双唇，拎着一个小提箱，神态激动而又坚决，还有点抵触。

"无论如何，"她忽然大喊道，"我说出了自己的想法！"

"亲爱的艾维，"卡文迪什太太说，"这不是真的。"

霍华德小姐严肃地点了点头。

"绝对是真的！我告诉了艾米丽一些事，恐怕一时之间她是不会忘记或者原谅我了。不管她有没有听进去。也许根本没用。不过，我还是说了：'你是个老女人了，艾米丽，再没有谁比老傻瓜还傻了。那个男人比你年轻二十岁。别再骗自己了，他为什么娶你？钱！得了吧，别给他太多钱。那个农场主雷克斯有个年轻漂亮的老婆。问问你的阿尔弗雷德每天都在那儿浪费多少时间！'她气极了。当然了！我接着说：'我这是劝告你，不管你愿不愿意听。那个男人一看到你就想把你杀死在床上。他是个坏蛋。不管你怎么说我，你得记住我跟你说的话。他是个坏蛋！'"

"她怎么说？"

霍华德小姐露出一副意味深长的表情。

"'亲爱的阿尔弗雷德''最亲爱的阿尔弗雷德''邪恶

13

的诋毁''邪恶的谎言''恶毒的女人'指责她的'亲爱的丈夫'！我还是早点离开她的房子吧。所以我马上就走。"

"不是现在吧？"

"就是现在！"

我们坐在那儿盯着她看了一会儿。最后，约翰·卡文迪什觉得他的劝说完全不起作用，便起身查火车车次去了。他的妻子也跟在后面，咕哝着英格尔索普太太最好再考虑考虑。

她一离开房间，霍华德小姐的脸色就变了。她急切地向我靠了过来。

"黑斯廷斯先生，你很正直，我能相信你吗？"

我有点吃惊。她一只手放在我的胳膊上，压低声音说：

"麻烦你照看她吧，黑斯廷斯先生，我可怜的艾米丽。他们是一群鲨鱼——他们所有的人。哦，我知道我在说什么。他们没有不缺钱的，全都想方设法从她那儿拿到钱。我已经尽我所能地保护她了。现在，我这个拦路虎不在了，他们就能为所欲为地欺骗她了。"

"当然，霍华德小姐，"我说，"我会尽力而为，不过我觉得你太激动、太多虑了。"

她缓缓地摇着食指打断了我。

"年轻人，相信我，我在这世上比你多活几年。你只要睁大眼睛看着就是了。你会明白我的意思的。"

窗外传来了汽车发动的声音，霍华德小姐站起身，朝门口走去。门外响起了约翰的声音，她一只手握着门把，转过头来冲我点点头。

"关键是，黑斯廷斯先生，盯紧那个魔鬼——她的丈夫！"

没时间再说了。霍华德小姐已经被一片挽留声和告别声吞没了。英格尔索普夫妇没有出现。

汽车刚走，卡文迪什太太突然走出人群，穿过车道，朝一个高个子的蓄着胡须的男人走去。显然，那男人也正向房子这边走来。她伸出手，双颊泛起了两团玫瑰红。

"他是谁？"我尖锐地问，出于对此人本能的怀疑。

"是包斯坦医生。"约翰简单地说道。

"包斯坦医生是谁？"

"他曾经得过严重的神经衰弱，正在这个村子里静养。他是伦敦的一位专家，一个非常聪明的人。我认为，他是现如今最伟大的毒药专家之一。"

"他还是玛丽很好的朋友。"辛西亚忍不住插嘴说。

约翰·卡文迪什皱了皱眉头，换了个话题。

"散散步吧，黑斯廷斯。这事儿真烦。她说话总是这么粗鲁，可是在全英国，伊芙琳·霍华德是最忠诚的朋友。"

他带我走过种植园中间的小路，穿过庄园旁边的树林，向村子慢慢走去。

在回家的路上，我们又一次穿过一扇大门时，对面走来一个漂亮的吉卜赛风格的年轻女郎，冲我们点点头，笑了笑。

"真是个漂亮姑娘。"我赞赏地说。

约翰的脸色僵住了。

"这是雷克斯太太。"

"就是霍华德小姐说的那个——"

"没错。"约翰说，语气没来由地粗鲁起来。

我想起了大房子里的那位白发苍苍的老妇人，再对比刚才对我们微笑的那张漂亮顽皮的小脸蛋，一股模糊的寒意向我袭来。我把它甩到一边。

"斯泰尔斯真是一座壮丽的古老庄园。"我对约翰说。

约翰阴郁地点点头。

"是啊，是一笔巨大的财富。总有一天它会为我所有——如果我父亲留下一份像样的遗嘱，在法律上它就是我的了。而且我也不会像现在这么缺钱。"

"缺钱？你？"

"亲爱的黑斯廷斯，我真不想说我为了钱已经黔驴技穷了。"

"你弟弟不能帮帮你吗？"

"劳伦斯？他的每一分钱都花在他那包装花哨的烂诗上了。不，我们都是穷鬼。我得说，母亲待我们还是非常好的。就是说，迄今为止。当然，自从她结了婚——"他突然打住了，皱起了眉头。

16

我第一次感到，这周围的某些难以言说的东西，随着伊芙琳·霍华德一起消失了。她在这里，安全也就在这里。可现在，安全已经飘走了——空气中似乎充满了猜忌。包斯坦医生那张险恶的脸又令人讨厌地浮现在我眼前。我脑海中模模糊糊地充斥着对每个人每件事的不确定怀疑。此时此刻，我有种不祥的预感。

第二章　七月十六至十七日

我到达斯泰尔斯那天是七月五日，下面我要说的是十六日和十七日发生的事。为了使读者阅读方便，我尽量扼要而准确地叙述一下。后来，经过一系列漫长而乏味的询问，这些事情才被弄清楚。

伊芙琳·霍华德离开两天之后，我收到了她的一封来信，信上说她已经在米德林厄姆的一家大医院找到一份护士的工作，这座工业小镇离这儿大概十五英里。她请求我，如果英格尔索普太太有和好的意思，一定要告诉她。

我生活得很平静，唯一美中不足的是，卡文迪什太太对包斯坦医生那种非同寻常的偏爱。对我而言，这真是莫名其妙。我无法想象她看上这个男人哪一点了，可她总邀请他上门，或是和他一起长时间外出旅行。我得承认自己确实看不出他有何魅力。

七月十六日是星期一，混乱的一天。上个星期六，村里举行了一场盛大的义卖，这天晚上要承接上次义卖举行一次招待会，英格尔索普太太将在晚会上朗诵一首战争诗歌。一上午，我们都在忙着整理和布置村子里举办晚会的礼堂，很晚才吃午饭，下午就在花园里休息。我发现约翰跟平时不太一样，显得十分焦躁不安。

喝完下午茶，英格尔索普太太躺在床上休息，晚上她可有的忙呢，我则向玛丽·卡文迪什挑战网球单打比赛。

大概差一刻七点时，英格尔索普太太催促我们快一点，因为晚饭会提前。我们只好抓紧时间准备。晚饭还没结束，汽车就已经等在门外了。

晚会非常成功，英格尔索普太太的朗诵赢得了热烈的掌声。还有一些舞台表演，辛西亚也在其中扮演了一个角色。晚会之后，她受邀去参加一个晚餐派对，因此没有和我们一起回家，而是和那些一起表演舞台剧的朋友住了一夜。

第二天早上，英格尔索普太太在床上吃了早饭，她累过头了。可十二点半的时候，她又神采奕奕地出现了，非要带着劳伦斯和我去参加午餐派对。

"这可是罗尔斯顿太太极力邀请的，她是塔明斯特夫人的妹妹。当年罗尔斯顿家和征服者^①一起来到这儿，是我们最古老的家族之一。"

玛丽说已经约了包斯坦先生，所以很抱歉不能一起去。

午饭吃得很愉快。我们驾车离开时，劳伦斯建议从塔明斯特开回家，那儿离公路只有一英里，还可以顺便去药

---

①征服者，即指一〇六六年征服英国的英国国王威廉一世。

房看看辛西亚。英格尔索普太太回答说这个主意很不错，不过她还要写几封信，所以打算把我们留在那儿她自己先走，我们可以和辛西亚搭乘马车回家。

医院的门房怀疑我们的身份，一直不允许我们进去，直到辛西亚出来担保才放行。穿着白色工作服的她看起来清爽而温柔。她把我们带到办公室，介绍给她的药剂师同事，那是一个让人有点望而生畏的家伙。辛西亚开心地叫他"尼布斯"。

"这么多瓶子啊！"在小房间里环顾四周，我不禁喊道，"你真的都知道瓶子里装了什么吗？"

"真新鲜，"辛西亚哼了一声，"每个来这儿的人都这么说。我们都想给第一个不说'这么多瓶子'的人颁发奖金了。我还知道，你下一句话会说：'你毒死过多少人？'"

我充满歉意地笑了笑。

"要是人们知道错手毒死一个人是多么轻而易举，就不会拿这个开玩笑了。算了，我们喝茶吧。那个橱柜里的所有秘密我们都一清二楚。不，劳伦斯——那是毒药橱柜，那个大柜子——没错。"

我们开开心心地喝完茶，还帮着辛西亚清洗茶具。把最后一只茶匙放好时，响起了一阵敲门声。

辛西亚和尼布斯忽然脸色一变，表情严峻。

"进来。"辛西亚说，语气十分职业化。

一个慌里慌张的年轻护士出现在门口，手里拿着一只瓶子。她把瓶子递给尼布斯，而他则示意交给辛西亚，还说了句让人摸不着头脑的话：

"今天我不是真的在这儿。"

辛西亚接过瓶子，像法官那样严肃地检查着。

"这应该是今天上午来拿的。"

"护士长说很抱歉。她忘了。"

"护士长应该来读一下门外的规定。"

从小护士的表情可以看出，她可没有这个胆量把这句话带给那位可怕的护士长。

"所以明天才能领。"

"那今天晚上能给我们吗？"

"好吧，"辛西亚和蔼地说，"我们很忙，不过，如果有时间我们就会装好。"

小护士走了，辛西亚敏捷地从架子上取下一个大罐子，把那只瓶子装满，然后放到了门外的桌子上。

我笑了。

"必须按照规定？"

"没错，去我们的小阳台吧，在那儿能看到所有的病房。"

我跟着辛西亚和她的朋友走过去，他们指给我各种不同的病房。劳伦斯则留在房间里。过了一会儿，辛西亚扭过头叫他过来。接着，她看了看手表。

"没什么事了吧，尼布斯？"

"没了。"

"好，那我们锁门走了。"

那天下午，我对劳伦斯的看法有了很大的改观。和约翰比起来，他的性格让人捉摸不透。他和他哥哥几乎没有一点相似之处，他胆小，沉默寡言，不过，行为举止还算讨人喜欢，所以，我想，如果有人能真正地了解他，一定会很喜欢他。我原本以为他面对辛西亚时很不自然，而她对他也有点害羞，可是那天下午他们两人都很开心，聊起天来就像两个孩子。

乘马车穿过村子时，我记起要买几张邮票，于是我们在邮局门口停了下来。

我走出邮局时，和一个正要进来的小个子男人撞在了一起。我赶紧闪开并道歉，就在这时，他大叫一声，抱住了我，热烈地亲吻我。

"亲爱的黑斯廷斯！"他大喊，"真的是亲爱的黑斯廷斯！"

"波洛！"我也喊了起来。

我回到马车那里。

"我很高兴见到了老朋友，辛西亚小姐。这位就是我的老朋友波洛先生，我好多年没见他了。"

"哦，我认识波洛先生，"辛西亚快活地说，"可我没想到他也是你的朋友。"

"没错，真的，"波洛一本正经地说，"我认识辛西亚

22

小姐，我能到这儿来全靠善良的英格尔索普太太。"看到我好奇地看着他，他又说："是的，我的朋友，她友好而殷勤地接待了我们这七个从祖国逃亡的乡巴佬儿。我们比利时人永远感激她。"

波洛是个外表非凡的小个子男人，身高只有五英尺四英寸，但举止稳重庄严。他脑袋的形状像个鸡蛋，而且他还喜欢把头稍稍偏向一侧。他的胡子硬邦邦的，像军人的胡子。他的着装整洁得惊人，我深信，一粒灰尘落在他身上，简直比让他吃颗枪子儿还难受。这个时髦的小个子如今步履蹒跚，这让我很难过，可他原来是比利时警方最著名的成员之一，作为一个侦探，他极具天赋，成功地侦破了一些当时最难的案件。

他给我指了指他和比利时同胞居住的小屋，我答应近期内去看他。之后，他向辛西亚夸张地挥了挥帽子，然后我们就离开了。

"他真是个可爱的小男人，"辛西亚说，"没想到你也认识他。"

"你们无意中款待了一位知名人士。"我回答道。

在回家的路上，我向他们讲述了赫尔克里·波洛的种种战绩和成就。

我们带着欢乐的心情回到家里。走进门厅的时候，英格尔索普太太从她的"内室"中走出来。她看上去面红耳赤的，心情似乎烦乱不已。

"哦，是你们。"她说。

"出什么事了吗，艾米丽阿姨？"辛西亚问。

"当然没有，"英格尔索普太太严厉地说，"会有什么事？"看到女佣多卡丝走进餐厅，便吩咐她拿些邮票到她房间。

"是，太太。"老女佣迟疑了一下，小心地补充道，"太太，您是不是需要去床上休息一下？您的样子很疲惫。"

"也许你是对的，多卡丝——是的——不——现在不行。我得在邮局关门之前写好这几封信。你按我说的在房间生火了没有？"

"是的，太太。"

"那我晚饭后直接去休息。"

她又走进自己的房间，辛西亚凝视着她的背影。

"天哪，究竟怎么了？"她对劳伦斯说。

可他似乎没听见，一言未发地转身走了出去。

我建议吃晚饭之前打一场快球赛，辛西亚答应了，于是我跑上楼去拿我的球拍。

卡文迪什太太正好下了楼梯。也许是我的错觉，可她的确显得有点古怪、不安。

"和包斯坦医生散步了吗？"我问，尽量装得若无其事。

"没去，"她仓促地回答道，"英格尔索普太太在哪儿？"

"在内室里。"

她的一只手紧紧地握着楼梯扶手，像是鼓起勇气似的，急急地从我身边走过，下楼穿过大厅，朝内室走去，在身后关上了房门。

几分钟后，我跑向网球场。途中，我从内室敞开的窗户下经过，无意间听到了下面这些对话片段。玛丽·卡文迪什的声音极其克制：

"就是说你不给我看了？"

英格尔索普太太回答道：

"亲爱的玛丽，这完全无关紧要。"

"那就给我看。"

"我跟你说过不是你想的那样。这跟你没有任何关系。"

玛丽·卡文迪什的声音更痛苦了：

"当然，我早该知道你会偏袒他。"

辛西亚正在等着我，热切地迎过来说：

"瞧，已经大吵一架啦！多卡丝都告诉我了。"

"谁吵架？"

"艾米丽阿姨和他。我真希望她能看清楚这个人！"

"多卡丝当时在那儿吗？"

"当然不在。她'只是碰巧经过房门'。这下算是撕破脸了。咱们要是能知道全部情况就好了。"

我想到了雷克斯太太那张吉卜赛人的脸，还有伊芙

25

琳·霍华德的警告，但我决定明智地保持沉默，而辛西亚则挖空心思地假设了每一种情况，兴致勃勃地希望"艾米丽阿姨会把他赶出家门，再也不跟他讲话"。

我急着想见约翰，可哪儿都找不到他，显然那天下午发生了严重的事情。我努力想忘记自己无意中偷听到的话，可它们总是回荡在我脑中。玛丽·卡文迪什关心的是什么事？

我下楼吃晚饭时，英格尔索普先生正坐在客厅里。他一如平常那样面无表情，我再次感到了这个人的怪异。

最晚下楼的是英格尔索普太太，看起来仍然很是不安。席间，大家都不自然地沉默着，英格尔索普尤其平静，和平常一样，他不时向妻子献一献殷勤，在她背后放个靠垫，完全一副忠实丈夫的样子。吃完饭，英格尔索普太太又迅速回自己房间了。

"拿我的咖啡来，玛丽，"她喊道，"还有五分钟邮差就下班了。"

我和辛西亚走到客厅敞开的窗户前，坐了下来。玛丽·卡文迪什给我们端来了咖啡，显得很激动。

"你们年轻人喜欢灯光亮一点还是昏暗一点？"她问，"辛西亚，你能把英格尔索普太太的咖啡给她送过去吗？我倒好了。"

"别麻烦了，玛丽，"英格尔索普说，"我给艾米丽送去。"他倒了一杯，小心翼翼地端着走出房间。

劳伦斯跟在后面，卡文迪什太太则在我们旁边坐了下来。

我们三人默默地坐了一会儿。这是个美好的夜晚，天气很热，周围很安静。卡文迪什太太拿着一把棕叶扇轻轻地扇着。

"太热了，"她咕哝着，"可能会有一场雷阵雨。"

唉，愉快的时光总是过得如此之快！眼前的美景忽然被门厅传来的一阵熟悉的声音粗暴地破坏了。

"包斯坦医生！"辛西亚大喊一声，"你怎么这个时候来了！"

我妒忌地扫了玛丽·卡文迪什一眼，可她镇定自若，嫩白的双颊看不出任何变化。

没多久，阿尔弗雷德·英格尔索普领着医生进了屋。后者大声笑着，声称他这种情形不适合去客厅。事实上，他确实处境尴尬，身上沾满了泥浆。

"你这是怎么了，医生？"玛丽·卡文迪什大声问。

"我很抱歉，"医生说，"我真的没想要进来，可英格尔索普先生坚持让我来。"

"哦，包斯坦，你有麻烦了。"约翰说着从门厅慢慢走进来，"喝点咖啡，告诉我们你到底怎么了。"

"谢谢，我正打算说。"他苦笑了一下，开始向我们讲述尴尬的经历：他在一个难以抵达的地方发现了一种罕见的蕨类植物，而他想方设法采摘的时候竟然失足掉进了旁边的一口池塘里，真是太丢人了。

"衣服很快就被太阳烤干了，"他接着说，"可我觉得我的脸全都丢尽了。"

就在这时，英格尔索普太太在大厅里叫辛西亚。于是，她赶紧跑了出去。

"把我的文件箱拿过来好吗，亲爱的？我要睡觉了。"

通向大厅的是一扇很大的门。辛西亚拿箱子的时候，我已经站了起来，而约翰就在我旁边。因此，有三个证人可以证明，当时英格尔索普手里正端着咖啡，还没有喝。

这个傍晚，被包斯坦医生的出现完全而彻底地破坏了。在我看来，这家伙好像不打算走了。好在他终于站起身。我大大地松了一口气。

"我陪你走回村子吧，"英格尔索普先生说，"我得去看看我们的房地产代理人，"他转过身对约翰说，"不用等我了，我会带着大门钥匙。"

第三章　悲惨的夜晚

为了让我即将讲述的这部分故事更加清楚，下面附上一张斯泰尔斯庄园二楼的平面图（图一）。

从用人房出来要经过 B 门，而且和英格尔索普夫妇房间所在的右侧并不相通。

大约是在半夜，我被劳伦斯·卡文迪什吵醒了。他拿着一支蜡烛，他脸上激动的表情告诉我，一定发生了什么严重的事情。

"出什么事了？"我问，迷迷糊糊地从床上坐起来，努力让自己清醒起来。

"我母亲病得很严重，好像是某种昏厥症发作了，更糟的是她还把自己锁在屋里了。"

"我马上就来。"

我跳下床，穿上晨衣，跟着劳伦斯从过道和走廊来到房子的右侧。

约翰·卡文迪什也过来了，还有一两个用人诚惶诚恐地站在一旁。劳伦斯转向他哥哥：

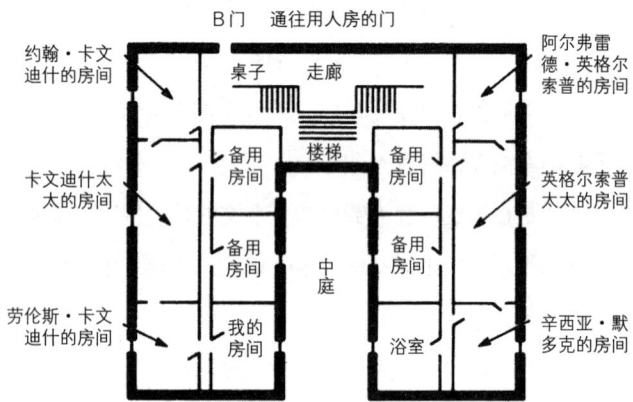

图一

"你说我们该怎么办？"

在我看来，他那优柔寡断的个性从未像现在这般明显。

约翰剧烈地晃着门把手，弄得咯吱作响，可是根本不起作用。显然，是从里面锁上或者闩住了。全家人都被吵醒了。房间里面传出一阵极其惊慌的声音，一定是有事发生了。

"从英格尔索普先生的房间里试试看能不能打开，先生，"多卡丝大声嚷道，"哦，我可怜的女主人！"

忽然，我意识到阿尔弗雷德·英格尔索普并不在这儿——只有他连个影子也没有。约翰打开了他的房门，里面黑漆漆的，不过劳伦斯带着蜡烛跟了进来。借着微弱的烛光，我们看到他的床并没有睡过的痕迹，屋里也不像有人待过。

我们直接朝连接门走去，不过也被锁上或闩上了。该怎么办？

"哦，我的天哪，先生！"多卡丝喊了起来，绞着双手，"我们该怎么办？"

"看来我们必须破门而入了，虽然这么做很粗暴。哦，找个女佣下楼叫醒贝利，让他立刻去请威尔金斯医生。现在，我们试试把门弄开。等等，辛西亚小姐的房间里不是有扇门吗？"

"是的，先生，可是那扇门一直是闩住的，从没打开过。"

"那我们先去看看。"

他迅速从走廊跑向辛西亚的房间。玛丽·卡文迪什正在那儿晃着这位可怜的姑娘，想弄醒她——这姑娘睡得可真沉。

没过多久，他回来了。

"糟糕，那扇门也闩住了。我们还是撬门吧。我觉得这扇门比走廊那扇要松一些。"

我们一起用力地撞门。门框非常坚固，我们奋力撞了很久，在猛烈的撞击之下，随着一声巨响，门终于开了。

我们一起跌了进去，劳伦斯仍然举着蜡烛。英格尔索普太太躺在床上，全身因为剧烈的抽搐而颤抖着，把身边的桌子也撞翻了。然而，我们一进去，她的四肢就瘫软下来，倒在枕头上。

约翰大步走进去，点亮了汽灯。他转向其中一个女佣安妮，让她马上下楼去餐厅拿白兰地过来。随后他朝母亲走过去，而我则打开了通向走廊的那扇门。

我转向劳伦斯，本来想说这里没什么需要我帮忙的了，我还是离开的好。可是话到嘴边又咽回去了。我从未见过如此可怕的表情。他脸色就像白粉笔，双手不住地哆嗦着，手中蜡烛的蜡油都溅到了地毯上。由于受到惊吓，或者类似情绪的影响，他的目光越过我的头顶，一动不动地凝视着远处墙上的某一点，好像看到了什么让他呆若木鸡的东西。我本能地顺着他的视线看过去，可没发现有何不寻常。灰烬仍在壁炉里闪着微弱的光，而壁炉台上成排

32

的整洁的饰品，肯定是安全无害的。

英格尔索普太太的情况似乎不那么严重了，能短促地喘着粗气说话了。

"现在好些了——太突然了——我真傻——把自己锁在里面。"

一道影子投在床上，我抬起头，看到玛丽·卡文迪什正搂着辛西亚站在门口。她好像在使劲搀扶着这个迷茫的女孩。此刻，女孩儿满脸通红，不停地打哈欠。

"可怜的辛西亚吓坏了。"卡文迪什太太低声而清晰地说。我发现她穿着白色的农场工作服。那么，时间应该比我想象中的晚一些。我看到窗帘中渗透进来一道模糊的晨光，壁炉上的时钟指针快指向五点了。

床上发出的一声快要窒息的大叫吓了我一跳。疼痛再次向这个不幸的老妇人袭来。她剧烈地抽搐着，那情形看起来很吓人。一切都很混乱。我们围在她旁边，既帮不上忙，也无法减轻她的痛苦。她抽搐着从床上抬起身，头和脚顶在床上，身体奇怪地弯成一个拱形。玛丽和约翰徒然地给她灌了很多白兰地。没过多久，她的身体又变成了那种姿势。

就在这时候，包斯坦医生很权威地从人群中挤了过来，走进房间。忽然，他定定地站住了，盯着床上摆成那个姿势的身体；与此同时，英格尔索普太太的视线停在医生身上，哽咽着大叫：

"阿尔弗雷德——阿尔弗雷德——"接着向后倒在枕头上，一动不动了。

医生一步跨到床前，抓住她的胳膊用力摆弄着，实施所谓人工呼吸。他简洁而严厉地向仆人下了几个命令，专横地挥着手赶我们去门口。我们呆呆地看着他，我觉得大家心里都清楚已经太迟了，做什么都无济于事了。他的表情告诉我，他也觉得希望渺茫。

最终，他放弃了急救，严肃地摇摇头。就在这时，门外响起了脚步声，英格尔索普太太的私人医生威尔金斯——那个肥胖的、婆婆妈妈的小个子——匆匆忙忙走进来。

包斯坦医生简单解释了几句，说是汽车开出去的时候他正好经过庄园大门，因此他马上跑到这里，并让汽车继续去接威尔金斯医生。他无能为力地指着床上那个人说：

"太……令人悲痛了，太……令人悲痛了。"威尔金斯医生嘟囔着说，"可怜的太太，总是做那么多工作。太多太多了……不听我的劝告。我警告过她，她的心脏没那么强壮。'慢慢来，'我跟她说，'慢慢来。'可是没用，她对她的工作永远都是热情高涨。固执己见。固——执——己——见。"

我注意到包斯坦医生正在仔细打量这个本地的医生，在他说话的时候，包斯坦医生的视线也没有离开过。

"这种痉挛不是一般的厉害，威尔金斯医生。很遗憾，你没能及时赶过来看看。是强直性痉挛的特征。"

"啊！"威尔金斯医生聪明地回应了一声。

"我想和你私下谈谈，"包斯坦医生说，接着转向约翰，"你没意见吧？"

"当然可以。"

大家都来到走廊上，只留下两个医生在那儿。我听见房门在我们身后锁上了。

大家慢慢地下了楼。我异常激动。由于具备一种推理的才能，因此包斯坦医生的举止在我的脑海中引发了一连串漫无边际的猜想。玛丽·卡文迪什的一只手搭在了我的手臂上。

"怎么了？为什么包斯坦医生显得这么——奇怪？"

我看着她。

"你知道我在想什么吗？"

"什么？"

"听着！"我看看四周，确保其他人听不见我们说话。我压低声音，悄悄地说，"我认为她是被毒死的！我确定包斯坦医生也怀疑此事。"

"什么？"她畏缩地靠在墙上，瞳孔都不由得放大了。接着，她猛地大叫一声，吓了我一跳，"不，不——不是这样的——不是这样的！"她推开我，飞也似的跑上楼。我紧随其后，生怕她会晕倒。只见她倚在楼梯扶手上，面无血色，朝我不耐烦地挥了挥手。

"不不——别过来。我想一个人待着。让我安静一会儿。下楼去找别人吧。"

我不情愿地照做了。约翰和劳伦斯在餐厅里,我走进去。大家默然无语。我开口打破了沉默,说出了大家心里的想法。

"英格尔索普先生在哪儿?"

约翰摇摇头。

"他不在家。"

目光对视。阿尔弗雷德·英格尔索普在哪儿?他的不在场奇怪而令人费解。我想起了英格尔索普太太临终时的话。她没说出口的话是什么?如果她还有时间,她想告诉我们什么?

终于,我们听见两个医生下了楼。威尔金斯医生的表情凝重而激动,但他努力掩饰内心的波澜,得体地保持着镇定的举止。包斯坦医生跟在后面,那张沉重的、长胡子的脸倒是没什么变化。威尔金斯医生代表两人对约翰说话了:

"卡文迪什先生,我希望你同意我们进行尸体解剖。"

"有这个必要吗?"约翰严肃地问道,脸上掠过一阵抽搐的痛苦。

"绝对必要。"包斯坦医生说。

"你们是说——"

"因为在这种情况下,威尔金斯医生和我都不能开具死亡证明。"

约翰让步了。

"既然这样，我只能同意了。"

"谢谢，"威尔金斯医生轻松地说，"我们建议在明天晚上——或今天晚上。"他看了一眼清晨的阳光，"在这种情形下，恐怕必须要进行一场聆讯了——这些手续是必要的，只是请你别太难过。"

包斯坦医生顿了顿，从口袋里掏出两把钥匙，交给了约翰。

"这是那两个房间的钥匙。我已经锁上房门了。我认为目前还是暂时锁上吧。"

接着，两个医生便离开了。

我脑子里萦绕着一个念头，我觉得这会儿可以提出来，可又有点担心。我知道，约翰害怕事情传扬出去，而且他是个随和的乐观主义者，一向讨厌半路出岔子。也许很难说服他相信我那周全的计划。不过，劳伦斯没那么传统，想象力十分丰富，我觉得我可以把他当成盟友。毫无疑问，现在，我得开始行动了。

"约翰，"我说，"我想问你点事儿。"

"什么？"

"你还记得我跟你说过我的朋友波洛吧？这个比利时人就在这儿。他是一位非常有名的侦探。"

"是的。"

"我希望你能同意我现在去找他来——来调查这件事。"

"什么——现在？在验尸以前？"

"是的，如果——如果这里有人耍什么把戏，那时间就是个优势。"

"胡说！"劳伦斯生气地喊道，"依我看，整件事都是包斯坦玩的把戏！威尔金斯就没这种想法，都是包斯坦灌输给他的。可就跟所有的专家一样，包斯坦也是神经兮兮地入了迷，毒药是他的嗜好，所以他觉得处处都是毒药。"

劳伦斯的这种态度让我很吃惊。他的情绪很少这么激动。

约翰迟疑着。

"我跟你想的不一样，劳伦斯，"他终于说话了，"我倾向于让黑斯廷斯处理这件事，不过我打算再等等，我不想因此招致不必要的谣言。"

"不，不，"我急切地大声说，"你不用担心这个。波洛很谨慎。"

"很好，那你就去吧。我把这件事托付给你了。不过，要是真像我们怀疑的那样，这件案子似乎就清楚明了了。请上帝宽恕我，如果我冤枉了他！"

我看看手表。六点钟。事不宜迟。

不过，我仍然允许自己耽搁了五分钟——我在书房仔细搜寻，终于找到一本关于士的宁[①]中毒的书。

---

① 又名番木鳖碱，是从马钱子中提取的一种生物碱。呈无色结晶状或白色粉末状，有剧毒，微量可做兴奋剂。

第四章　波洛的调查

比利时人在村子里的房子离庄园大门很近，一片长草坪横穿蜿蜒的车道，从那里抄狭窄的小路过去可以节省很多时间。于是我就走了这条路。快到看守小屋时，迎面跑来的一个男人的身影引起了我的注意。是英格尔索普先生。他去哪里了？他准备怎么解释他的不在场？

他急切地冲我打招呼。

"天哪！太可怕了！我可怜的妻子！我刚刚听说。"

"你去哪儿了？"我问。

"登比昨晚留我到很晚，我们聊到一点钟。那时候我发现还是忘记带钥匙了。我不想吵醒家里的人，所以在登比家过夜了。"

"你怎么知道这个消息的？"我问。

"威尔金斯去登比家告诉我的。我可怜的艾米丽！她这么克己待人——品格如此高尚。她过于劳累了。"

我心里涌起一股反感。真是个演技精湛的伪君子！

"我得赶紧走了。"我说，幸好他没问我要去哪儿。

几分钟后，我敲了敲小屋子的门。

没人应门，我烦躁地一直敲着，头上的一扇窗户小心翼翼地打开了，波洛探出了头。

看到我，他惊呼一声。我简单地向他讲述了发生的惨剧，希望他能帮忙。

"别着急，朋友，进来吧。我穿衣服的时候，你重新给我讲一遍。"

过了一会儿，他打开门，领我走进他的房间。他搬来一把椅子，我毫无保留地讲了整件事情，没有漏掉任何场景，哪怕是琐碎的细节。这期间他一直仔细从容地穿戴着。

我告诉他自己被叫醒，英格尔索普太太临终的话，她丈夫的不在场，前一天的争吵，我无意中听到的玛丽和她婆婆之间的谈话片段，更早以前的英格尔索普太太和伊芙琳·霍华德的争吵以及后者的暗示。诸如此类。

我恐怕没能讲得非常清晰，有几次重复了，偶尔还得倒回去补充漏掉的细节。波洛亲切地冲我笑笑。

"脑子糊涂了吗？不是这样的？别着急，我的朋友，你讲得太急了。你心神不定，太激动了，这样就不自然了。等你平静一点时，我们把事实清楚地梳理一遍，让它更条理化。我们去伪存真，把重要的放在一边，不重要的——噗！"他鼓起那张小天使般的圆脸，滑稽地喷了一口气，"吹走！"

"那自然很好，"我反驳道，"可你怎么区分哪些是重要的，哪些不是？对我而言，这始终很困难。"

波洛用力摇了摇头，万分仔细地打理着他的小胡子。

"不是这样的。得啦！事实环环相扣，我们才得以继续下去。下一个事实和这相符吗？很好！我们可以继续了。再下一个事实，不行！这就奇怪了。肯定是漏了什么——链条上少了一个环节。我们检查，我们研究。那件奇怪的小事，那个可能被忽视了的细节，我们就放在这里！"他比画了一个很夸张的手势，"这很重要！非常惊人！"

"好……吧。"

"啊！"波洛朝我猛晃食指，我在他面前畏缩起来，"注意！一个侦探如果这么说就危险了：'小事一桩，无所谓，行不通，忽略不计了。'这样就全乱了。每件事都重要。"

"我知道。你一直这么跟我说。因此不管跟我有没有关系，我仍然掌握了这件事的全部细节。"

"我为你高兴。你的记忆力很好。你已经如实地向我讲述了所有事实。关于你描述的顺序，我无话可说——真令人遗憾！但是我能体谅——你很烦乱。原因在于你漏掉了一个最重要的事实。"

"什么事实？"我问。

"你没有告诉我昨晚英格尔索普太太吃得如何。"

我瞪着他。一定是战争影响了这个小个子的脑袋。他把外套精心地刷了好几遍之后才穿上，好像把全部精力都放在这件事上了。

"我记不起来了，"我说，"而且，无论如何我都不明白——"

"你不明白？这可是最重要的。"

"我搞不懂为什么，"我非常恼怒地说，"我只记得她没怎么吃。显然她很心烦，因此影响了食欲。那是自然的。"

"对，"波洛深思着说，"那是自然的。"

他拉开抽屉，拿出一个小小的文件箱，然后转向我。

"我准备好了。我们去庄园吧，现场研究情况。别见怪，我的朋友，你衣服穿得太仓促了，领带都歪了。让我帮你整理一下。"他灵活地重新帮我打好了领带。

"行了！出发吧。"

我们匆匆来到村子里，进了庄园的大门。波洛停了一会儿，面带悲伤地凝视着庄园美丽而广袤的景色，晨露依然闪烁着光芒。

"如此美丽，如此美丽，然而这可怜的一家人却跌入了痛苦的深渊，沉浸在悲伤之中。"

说这话时，他敏锐地看着我。在他长时间的注视之下，我觉得自己脸红了。

这家人家被悲伤打垮了吗？英格尔索普太太的死亡所带来的痛苦是如此巨大吗？我没有从周围的空气中感受到

这些情绪。死去的女人没有得到人们的爱戴。她的死亡是一种震惊和不幸，但人们不会为此而感到深切的惋惜。

波洛好像看出了我的想法。他严肃地点点头。

"没错，你想得对，"他说，"他们好像没有血缘关系。她对卡文迪什一家很善良、很慷慨，可她不是他们的亲生母亲。血缘能说明问题，切记，血缘能说明问题。"

"波洛，"我说，"我希望你能告诉我，为什么你想知道英格尔索普太太昨晚胃口如何？我翻来覆去地想着这个问题，可还是不明白这跟这件事有什么关系。"

他沉默了一小会儿。我们继续走，最后，他说话了：

"不瞒你说——虽然，你也知道，我不习惯在事情了结之前就加以解释。现在的情况是，英格尔索普太太很有可能死于她咖啡里的士的宁。"

"真的吗？"

"那么，咖啡是什么时间送来的？"

"八点左右。"

"那么，她是在八点到八点半这段时间里喝的——一定不会太晚。唔，士的宁是一种快速起效的毒药，很快就会毒发，可能一个小时之内。不过，英格尔索普太太的情况是，症状直到第二天早上五点才显现出来：九个小时！不过如果吃得很多，并在同一时间吃了毒药，可能会延缓毒性发作，可很难拖到那个时候。当然仍要考虑到这种可能性。但是，照你所说，她晚饭吃得很少，然而症状直到第二天早上才发作！这真是令人费解，我的朋友。尸体解剖可能会发现一些情况。到那时你要记住这一点。"

快到房子的时候，约翰走出来迎接我们，脸色疲倦而憔悴。

"这是一件可怕的事，波洛先生。"他说，"黑斯廷斯跟你说过了吗？我们不愿张扬此事。"

"我完全理解。"

"你知道，目前仅仅是怀疑，我们没有任何证据。"

"确实。这只是以防万一。"

约翰转向我，掏出烟盒，点了一支烟。

"你知道英格尔索普那家伙回来了吗？"

"知道。我见到他了。"

约翰把火柴棍扔到旁边的花坛上，这让波洛难以忍受。他捡了起来，认真地埋了。

"真头疼，不知道该怎么应付他。"

"这种情形不会持续太久的。"波洛平静地说。

约翰一副迷惑的样子，完全不明白波洛那隐秘的预言。他把包斯坦医生给他的两把钥匙递给我。

"波洛先生想看什么都要为他提供方便。"

"房间是锁着的？"波洛问。

"包斯坦医生认为这样妥当一些。"

波洛深思着点点头。

"这么说他很肯定。那么，事情对我们而言就简单多了。"

我们一起朝发生悲剧的那个房间走去。为了方便起见，附上一张房间和里面主要家具摆设的平面图（见图二）。

波洛把自己锁在房间里，仔细地搜查着，像只蚱蜢一样敏捷地从一件物品跳向另外一件。我守在门口，生怕漏掉什么线索。然而波洛对我的这种自制毫无感激之情。

"你怎么啦，朋友？"他大喊，"你站在那儿像个——什么来着？啊，对了，木头桩子！"

我解释说自己担心会毁坏脚印什么的。

"脚印？亏你想得出来！足足有一个军队那么多的人来过这个房间！我们还能找到什么脚印？得了，过来和我一起搜寻吧。我得先把我的小箱子放下，一会儿才用得上。"

说着，他把小箱子往窗边的圆桌上一放，可用力过猛，桌面松动了，倾斜过来，把文件箱掀到了地板上。

"看看这桌子！"波洛嚷嚷着，"啊，我的朋友，一个人也许住着大房子，可其实并不怎么舒服。"

他说教了一通，继续检查。

书桌上的一只紫色小文件箱引起了他的注意，箱子的锁孔里还插着一把钥匙。他拔出钥匙，让我检查一下，可我没看出有什么特别的。这是一把普通弹簧锁的钥匙，钥匙柄上缠了一段绞合线。

随后他检查了我们撞破的门框，相信插销确实坏了。

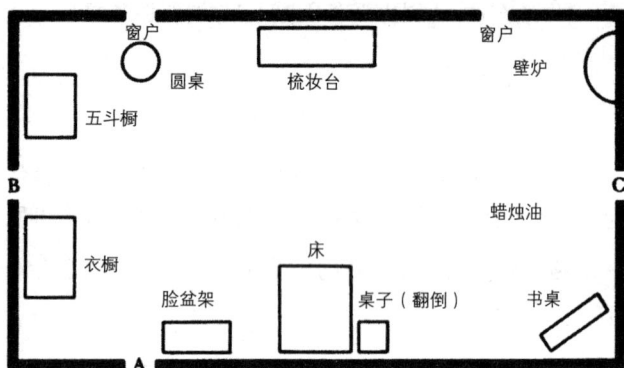

英格尔索普太太的卧室

A- 通往走廊的门
B- 通往英格尔索普先生房间的门
C- 通往辛西亚房间的门

图二

接着，他走到对面通向辛西亚房间的门那儿。就像我说的那样，这扇门也闩上了。他拔出插销，打开门又关上，反复几次，同时尽可能地避免发出任何声音。忽然，插销上有个东西引起了他的注意。他仔细地检查着，然后灵活地从自己的小箱子里拿出一只小镊子，从里面抽出一点极小的东西，小心翼翼地放进一个小密封袋里。

五斗橱上有一个放着一盏酒精灯的托盘，还有一个小平底锅，里面残留着些许发黑的液体。旁边是一个空杯子和一个茶杯托。

我不明白自己怎么这么粗心大意，居然都没看到这些。这真是一个有价值的线索。波洛优雅地用一个手指头蘸了蘸那液体，小心谨慎地尝了尝，做出一副苦相。

"可可——还有——我想是——朗姆酒。"

床边倒着一张桌子，他朝散落在地板上的那些东西走过去。一个阅读灯，几本书，几根火柴，一串钥匙，还有一地的咖啡杯碎片。

"啊，真奇怪。"波洛说。

"我得承认我没觉得有什么奇怪的。"

"你不奇怪吗？观察这盏灯——灯罩碎成两部分，就是打碎后的这个样子。但是看看这儿，咖啡杯摔了个粉碎。"

"呃，"我不耐烦地说，"肯定有人踩过。"

"没错，"波洛说，语气很怪，"有人踩过。"

他站起身，慢慢走到壁炉台前，站在那儿心不在焉地摸着上面的装饰品，一一整理着——这是他内心焦虑不安时喜欢做的小动作。

"我的朋友，"他转身对我说，"有人踩过那杯子，都踩成了碎末，这么做或者是因为杯子里有士的宁，又或是——那样更麻烦——因为根本就没有士的宁！"

我没有回答他。我被他搞糊涂了，可我知道最好别问为什么。没过多久，他打起精神，继续研究。他捡起地板上的那串钥匙，在手上转了几圈，最后选定了一把闪闪发光的，试着去开紫色文件箱的锁。正合适。他打开箱子，可犹豫片刻之后，他合上箱子，重新锁上，并且把这串钥匙连同刚才插进锁里的那把，一起放进了口袋。

"我没有权力搜查这些文件，但是必须马上行动！"

然后，他十分仔细地检查了脸盆架上的抽屉。穿过房间走向右手边的窗户时，他似乎对深棕色地毯上那摊圆形的、不易觉察的污渍特别感兴趣。他蹲下身，细致地检查着——甚至还凑过去闻了闻。

最后，他往试管里倒了几滴可可，仔细地封好。做完这些后，他掏出一个小笔记本。

"在这个房间里我们发现，"他边说边匆匆地记着，"六点有意思的事项。需要我列举一下吗？还是你来说说？"

"哦，你说。"我急忙回答。

"那好。一、地上碎成粉末的咖啡杯；二、一个锁孔里插着钥匙的文件箱；三、地板上的污渍。"

"可能是以前弄脏的。"我打断了他。

"不会的，因为它看着还很潮湿，而且有股咖啡味。四、一些深绿色编织物的碎屑——只有一两根细线，但仍然能辨认出来。"

"啊！"我大叫，"你放进密封袋里的东西！"

"是的，也可能是从英格尔索普太太某件衣服上扯下来的，那样就没什么用了。我们会弄明白的。五、这个！"他极富戏剧性地指着书桌旁边地板上的一大块蜡烛油，"肯定是昨天滴到地上的，不然，一个称职的女佣会立刻用吸墨纸和熨斗把它擦掉。我最好的一顶帽子就曾经——不过这不是重点。"

"很有可能是昨天晚上。大家都很慌乱不安。也有可能是英格尔索普太太自己滴到地上的。"

"你们只拿了一支蜡烛到这个房间吧？"

"是的。劳伦斯·卡文迪什拿着。但他心烦意乱的，好像在那儿看到了什么——"我指了指壁炉台，"都吓呆了。"

"有意思，"波洛迅速说道，"是的，这倒给人以联想——"他的目光掠过整面墙，"不过这么大一片蜡烛油可不是他的那支蜡烛滴的，你也看到了，这是白色油脂，而劳伦斯先生的那支还在梳妆台上放着——是粉红色的。

另外，英格尔索普太太的房间里没有烛台，只有一盏台灯。"

"那么，"我问，"你的推论是——"

对此，我的朋友只给了一个让人气恼的回答，还鼓励我要发挥自己的聪明才智。

"第六点呢？"我问，"我猜是可可的样品。"

"不，"波洛若有所思地说，"我本来打算把它归于第六点，可我现在不那么认为了。不，第六点现在要保密。"

他快速地扫了一眼房间。"我想，这儿没什么要做的了，除非——"他盯着壁炉里的灰烬认真地看了好一阵子，"这火还燃烧着——可它灭了。不过说不定——也许——我们看看！"

他趴在地上，灵巧而又万分小心地把炉灰从壁炉扒到挡泥板上。突然，他轻轻地喊了一声：

"镊子，黑斯廷斯！"

我赶紧把镊子递给他，他熟练地夹起了一小片半焦的纸。

"看，我的朋友，"他大声说，"你觉得这是什么？"

我仔细地查看这块碎片。以下是原样复制下来的（见图三）。

我有点摸不着头脑。它不是一般的厚，完全不同于普通的信纸。忽然间，我脑中闪过一个念头。

"波洛！"我大叫，"这是遗嘱的碎片！"

图三

"完全正确。"

我严厉地看着他。

"你不奇怪吗？"

"不，"他正色说道，"我早就料到了。"

我把碎纸片递给他，看着他放进自己的文件箱里，正如他对待所有事物一样有条不紊。我脑子里一片混乱。遗嘱有什么纠纷呢？是谁烧毁的？是那个把蜡烛油滴在地上的人吗？显然是。可是谁也进不来啊。所有的门都在里面锁上了。

"现在，我的朋友，"波洛轻快地说，"我们走吧。我得去问那个客厅女佣几个问题——她叫多卡丝，对吗？"

我们走进阿尔弗雷德·英格尔索普的房间，波洛在这里滞留了一会儿，做了一个简短但是相当全面的检查。我们从这扇门走出来，连同英格尔索普太太房间的门，像之前那样一块儿锁上了。

我把他带到楼下的内室里，因为波洛说过想看一看。

然后，我自己去找多卡丝。

可我把她带过来时，内室里却没有人了。

"波洛！"我喊道，"你在哪儿？"

"这儿，我的朋友。"

他正站在落地窗的外面，明显是被形态各异的花坛深深吸引住了。

"太美妙了！"他低声说道，"太美妙了！多么对称啊！看那月牙形，还有菱形——多么整齐有序，真是赏心悦目。植物的间距也恰到好处。这都是最近种植的，对吗？"

"是的，应该是昨天下午种的。可是，进来吧——多卡丝来了。"

"行了，行了！别妒忌我享受美景。"

"呃，可是这件事更重要。"

"你怎么知道这些美丽的秋海棠不重要？"

我耸了耸肩。如果他决定一意孤行，那就无须和他争论了。

"你不同意？可就是这样的。好吧，我们进去见一见勇敢的多卡丝。"

多卡丝站在内室里，两手交叉垂在身前，灰色的头发在白帽子下像波浪似的鼓鼓地支棱着。她是忠实的老式女佣的典范和代表。

她对波洛持一种怀疑的态度，但他很快就冲破了她的防线。他向前递过一把椅子。

"请坐，小姐。"

"谢谢，先生。"

"你跟随你的女主人很多年了，是吗？"

"十年，先生。"

"真是很长的一段时间，而且是兢兢业业。你很关心她，是吗？"

"对我来说她是个很好的女主人，先生。"

"那你会同意回答我几个问题的。我已经征得卡文迪什先生的许可，问你这几个问题。"

"哦，当然可以，先生。"

"那我就从昨天下午发生的事问起吧。你的女主人和谁吵架了吗？"

"是的，先生。可我不知道我是否应该——"多卡丝犹豫了。波洛敏锐地盯着她。

"我的好多卡丝，我需要尽可能充分地了解那次吵架的每个细节。不要认为这是在泄露女主人的秘密。你的女主人不明不白地死了，所以我们必须查清楚一切——如果想替她报仇的话。人死不能复生，但如果这是一起犯罪，我们真心希望能将凶手绳之以法。"

"但愿如此。"多卡丝愤愤地说，"那我就不指名道姓了，这房子里有这么一个人，没人能受得了他。自从他跨入这个门槛，这个家就暗无天日了。"

等她平息怒气之后，波洛继续用有条不紊的腔调问道：

"那么，关于这次争吵，你最开始听到的是什么？"

"哦，先生，昨天我碰巧经过门厅外面——"

"什么时候？"

"我说不准，先生，不过绝对不是喝茶的时候。可能是四点——或者晚那么一点。呃，先生，我说过了，我是碰巧经过，听到里面传来很大、很生气的吵架声。我真的不是故意偷听的，但是——呃，我停在那儿。门关着，可女主人的说话声很尖厉、很清楚，所以我能很真切地听到她说什么。'你对我撒谎，你骗了我。'她说。我没听到英格尔索普先生是怎么回答的。他的声音很低。但是她接着说，'你怎么敢这样？我养着你，给你吃给你穿！你拥有的一切都是我给你的！这就是你对我的回报吗！把我们的脸都丢尽了！'我还是没听清他说什么。不过她继续说道，'你说什么都没用了。我看清了自己的义务。我主意已定，你别以为我怕传扬出去，或者夫妻丑闻这一套能阻止我。'然后，我感觉他们要出来了，就赶紧走了。"

"你肯定你听到的是英格尔索普先生的声音吗？"

"哦，是的，先生。还能有谁的声音？"

"好吧，后来呢？"

"后来，我又回到门厅，不过什么动静都没了。五点钟，英格尔索普太太按铃要我给她送杯茶——不是吃的——到内室。她的脸色很可怕，看上去那么苍白，而且心烦意乱。'多卡丝，'她说，'我受到了很大的打击。''我很难过，太太，'我说，'喝杯热茶吧，您会感觉好点，太太。'她手里拿着什么东西。我不清楚是封信还是一张纸。不过上面有字，她一直盯着它，好像是无法相信上面写的东西。她自言自语着，似乎是忘了我还在那儿：'这几句话——一切都变了。'她又对我说，'不要相信男人，多卡丝，他们不配！'我急忙离开了，之后为她送去一杯新沏的浓茶，她向我道了谢，还说喝过之后感觉好些了。'我不知道该怎么办，'她说，'夫妻丑闻是一件可怕的事情，多卡丝。要是可能的话，我宁愿保持缄默。'就在那时，卡文迪什太太走进来，所以她没再说什么了。"

"那封信——不管到底是什么了——她一直拿在手里吗？"

"是的，先生。"

"之后她有可能怎么处理那个东西？"

"这个，我不知道，先生。我猜她把它锁进她的紫色箱子里了。"

"那是她经常存放重要文件的箱子吗？"

"是的，先生。每天早上她都带着它下楼，晚上再带上楼。"

"她的箱子钥匙是什么时候丢的？"

"昨天午饭时间丢的，先生，她让我仔细找过。为了这件事，她心烦意乱。"

"她有备用钥匙吗？"

"哦，是的，先生。"

多卡丝很好奇地看着波洛，说实话，我也是。怎么老问丢失的钥匙呢？波洛笑了笑。

"没什么，多卡丝，我的工作就是了解这些事。这是那把丢失的钥匙吗？"他从口袋里掏出在楼上文件箱的锁上发现的那把钥匙。

多卡丝的眼珠好像快要瞪出来了。

"就是这把，先生，没错。可您在哪儿找到它的？我到处都找遍了。"

"啊，昨天你找的时候那个地方没有钥匙，今天就有了。现在，我们说点别的话题吧。女主人的衣橱里有没有一件深绿色的衣服？"

多卡丝被这个意外的问题给问蒙了。

"没有，先生。"

"你确定吗？"

"哦，是的，先生。"

"这房子里有没有人穿绿色的衣服？"

多卡丝想了想。

"辛西亚小姐有一件绿色的晚礼服。"

"深色还是浅色？"

"浅绿色的，先生；她们说是雪纺绸。"

"嗯，那不是我想问的。还有别人有绿色的衣服吗？"

"没有了，先生——我知道的没有了。"

波洛的脸上完全没有流露出失望或者其他什么表情，他只是说：

"好，我们不说这个了，说点别的。你的女主人昨天晚上有没有可能吃过安眠药？"

"昨天晚上没有，先生。我知道她没吃。"

"你怎么这么肯定？"

"因为药盒是空的。两天前她吃完了最后一包药粉，之后她没有去开药。"

"你确定吗？"

"我确定，先生。"

"那就清楚了。顺便问一下，昨天你的女主人让你在什么纸上签过名吗？"

"在纸上签名？没有，先生，"

"昨天傍晚黑斯廷斯先生和劳伦斯先生进来的时候，发现你的女主人正忙着写信，我猜你不知道这些信是写给谁的吧？"

"我不知道，先生。傍晚我出门了。也许安妮能告诉您，虽然她是个粗心的女孩，昨天晚上都没有收拾咖啡杯，我一不在这儿就出事。"

波洛抬起一只手。

"既然它们还在那儿，多卡丝，请你先不要收拾，我想检查一下。"

"好的，先生。"

"昨天傍晚你是几点出门的？"

"大约六点，先生。"

"谢谢你，多卡丝，我就问你这么多吧。"他站起身，踱到窗前，"我一直都很喜欢这些花坛，顺便问问，这里雇了几个花匠呢？"

"现在就三个了，先生。战争以前我们有五个，那时候这儿打理得就像贵族的花园。您那时候能看到就好了，真是美丽的风景。可现在只有老曼宁、小伙子威廉，还有一个穿着马裤之类的新潮女花匠。唉，真是个可怕的年代！"

"好日子还会有的，多卡丝，不管怎样，希望如此。现在，你能叫安妮来一下吗？"

"好的，先生。谢谢您，先生。"

"你怎么知道英格尔索普太太服用安眠药？"多卡丝离开房间后，在好奇心的驱使下，我问道，"还有那把丢失的钥匙和备用钥匙？"

"一件一件来。说到安眠药，我是通过这个知道的。"他突然拿出一只小纸板盒，是药剂师通常用来装药粉的盒子。

"你在哪儿找到的？"

"在英格尔索普太太房间的脸盆架抽屉里。这就是我的第六点。"

"可是我想，既然两天前已经吃完了，那这个就不重要了吧？"

"也许不重要，可你没注意到这盒子有何特别吗？"

我对盒子做了一番严密的检查。

"没有，我说不出来。"

"看看这标签。"

我仔细地念着标签上的字："'如需要，睡前服一包。英格尔索普太太。'没有，我没看出有何不妥。"

"没有药剂师的名字，不是吗？"

"啊！"我大喊，"没错，这很古怪！"

"你什么时候见过一个药剂师不印上自己的名字，就给病人这么一盒药的？"

"不，我从没见过。"

我激动起来，可波洛给我泼了一盆冷水。

"个中原因其实很简单，别得意了，我的朋友。"

只听外面一阵嘎嘎声，安妮就要过来了，因此我没来得及说话。

安妮是个高大的漂亮女孩，明显很激动，也许还带有一种对悲剧的残忍的享受。

波洛立刻换成一种公事公办的轻松口气，开门见山地说：

"我找你来，安妮，因为我觉得你能告诉我一些英格尔索普太太昨晚写信的事。一共有几封信？你能告诉我收信人的名字和地址吗？"

安妮想了想。

"一共有四封信，先生。一封给霍华德小姐，一封给韦尔斯律师，其他两封，我不记得了，先生——哦，对了，一封是给塔明斯特的晚会筹备人罗斯，还有一封，我忘记了。"

"再想一想。"波洛鼓励道。

安妮绞尽脑汁，仍然无济于事。

"真抱歉，先生，我忘得一干二净。我觉得我没注意这件事。"

"没关系，"波洛说，脸上没有任何失望的表情，"现在，我想问你点别的。英格尔索普太太的房里有个只剩下一点可可的平底锅，她每天晚上都吃这个吗？"

"是的，先生。每天傍晚都会送到她房间里，晚上她会热一热——她一直喜欢喝那个。"

"那是什么？纯可可吗？"

"是的，先生，掺了一点牛奶，一茶匙糖，还有两茶匙朗姆酒。"

"是谁送去她房间的？"

"是我，先生。"

"一直都是你送吗？"

"是的，先生。"

"什么时间送？"

"一般都是在我拉上窗帘的时候。"

"你直接从厨房拿过去吗？"

"不，先生，煤气灶总不够用，所以厨师都是在炒晚饭的蔬菜之前做好，然后我就拿着放在弹簧门旁边的桌子上，稍后再送到她房间里去。"

"弹簧门是在左侧吗？"

"是的，先生。"

"那张桌子，在门的这边还是在那边——靠用人的那边？"

"在这边，先生。"

"昨天晚上你几点拿过去的？"

"差不多是七点一刻，先生。"

"送到英格尔索普太太房间里是几点？"

"我拉上窗帘的时候，大概是八点钟，我还没把窗帘都拉上，英格尔索普太太就上来睡了。"

"那么，七点一刻到八点这段时间，可可一直放在左侧那张桌子上吗？"

"是的，先生。"安妮的脸越来越红了，忽然出人意料地脱口而出，"如果里面放了盐，先生，不是我放的。我从来不把盐放在旁边。"

"是什么让你想到里面有盐？"波洛问。

"我看到托盘上有盐，先生。"

"你在托盘上看到盐了？"

"是的，好像是粗盐。我拿托盘的时候完全没有注意

61

到，但当我端着它去女主人房间时，一眼就看见了。我本来应该拿回去让厨师重新做，可当时我很着急，多卡丝又不在，我想也许盐没放进可可里，只是掉在托盘上了，所以我用围裙把盐擦掉，就端进去了。"

我简直按捺不住自己的激动。安妮还不知道自己给我们提供了重要的证据，如果她知道她所说的"粗盐"就是众所周知的致命毒药士的宁，不吓个半死才怪。我惊叹于波洛的镇定。他的自控能力太惊人了。我焦急地期待着他的下一个问题，然而它让我很失望。

"你走进英格尔索普太太的房间时，通向辛西亚小姐房间的门是闩着的吗？"

"哦，是的，先生，一直都闩着，从来没打开过。"

"那通向英格尔索普先生房间的门呢？你有没有注意到，也是闩着的吗？"

安妮迟疑了。

"我说不准，先生，门是关着的，可我不知道是不是闩着。"

"你最后离开房间时，英格尔索普太太在你身后闩上门了吗？"

"不，先生，当时没有，不过我想她后来闩上了。她晚上都会锁门的。就是通向走廊那扇门。"

"昨天你收拾房间时，有没有发现地板上有蜡烛油？"

"蜡烛油？哦，没有，先生。英格尔索普太太没有蜡烛，只有一盏台灯。”

“那么，如果地板上有一大片蜡烛油，你觉得你肯定能看到吗？”

“是的，先生，而且我会用吸墨纸和熨斗清理干净的。”

接着，波洛重复了他问多卡丝的那个问题。

“你的女主人有件绿色的衣服吗？”

“没有，先生。”

“斗篷、披肩，还有那件——你管它叫什么来着——上衣外套，都没有吗？”

“没有绿色的，先生。”

“这屋子里的其他人呢？”

安妮想了想。

“没有，先生。”

“你肯定吗？”

“非常肯定。”

“好！我想了解的就是这些。非常感谢。”

安妮神色紧张地傻笑了两声，走出了房间，留下大门嘎吱作响。我一直控制的激动情绪爆发了。

“波洛，”我大喊，“祝贺你！这是个重大的发现。”

“什么重大的发现？”

“哎呀，有毒的是可可而不是咖啡，一切都说得通了。可可是半夜喝的，所以凌晨才起作用。”

"因此你认为这可可——好好听我说，黑斯廷斯，这可可——里面有士的宁吗？"

"当然！那托盘上的盐，还能是什么？"

"可能就是盐。"波洛平静地回答道。

我耸耸肩。要是他打算这么办事的话，就没什么可争论的了。我脑海中不止一次地闪过这种念头：可怜的老波洛年纪越来越大了。幸亏他有个善于接受新事物的脑袋。

波洛用他那闪烁的眼睛冷静地打量着我。

"你对我不满意了吧，我的朋友？"

"亲爱的波洛，"我冷冷地说，"我不会告诉你要怎么做。你有权坚持己见，我也是这样。"

"一个令人钦佩的观点，"波洛轻快地站起身，说，"现在，这间屋子里的事我已经做完了。对了，角落里那张小点的书桌是谁的？"

"英格尔索普先生的。"

"啊！"他想打开书桌上面折叠的盖子，"锁上了。不过也许英格尔索普太太那串钥匙里的其中一把能打开。"他一只手熟练地转动着钥匙，试了几把之后，终于满意地喊道："好啦！这不是开这桌子的钥匙，不过关键时刻能打开。"他把折叠桌面往后一推，快速地扫了一眼摆得整整齐齐的档案文件。让我吃惊的是，他并没有检查这些文件，只是重新锁好书桌，赞许地说道："显然，这位英格尔索普先生是个有条有理的人！"

一个"有条有理的人"，在波洛的评价中，这是他能给予的最高赞赏了。

我感觉，我的朋友在天马行空地聊天时，好像变成了另外一个人。

"他的书桌里没有邮票，可也许那儿有。呃，我的朋友？那儿也许有？对——"他环顾四周，"这间内室没能提供更多的信息。给的不多，就这些了。"

他从口袋里掏出一个皱巴巴的信封，扔给我。这是一份很奇怪的文件。一个简单的、肮脏的旧信封，上面有几个潦草的字，很明显是随便写上去的。下面是复印件（见图四）：

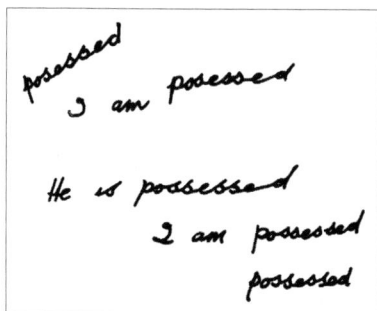

图四

第五章　"不是士的宁，对吧？"

"你在哪儿找到的？"我好奇地问波洛。

"在废纸篓里。你认识这个笔迹吗？"

"是的，是英格尔索普太太的笔迹。可这是什么意思？"

波洛耸耸肩。

"我说不出来——但这很有启发性。"

我的脑子里闪过一个荒诞的念头。英格尔索普太太八成是精神失常了吧？她是不是因为走火入魔才有这些奇怪的想法？如果是这样，有没有可能她是自杀呢？

我正要告诉波洛上述推论，可他的话又把我弄糊涂了。

"哎，"他说，"现在去检查一下那些咖啡杯。"

"亲爱的波洛，既然我们已经知道了可可，那么检查那些玩意儿到底有什么用处？"

"哦，啦啦，可怜的可可！"波洛无礼地大叫。

他很享受般地大笑着，假装绝望地将双手伸向天空。我本不应这么想，可我还是认为这是最糟糕的行为。

"然而，不管怎么说，"我说，语气更加冷淡了，"是英格尔索普太太自己把咖啡端上楼的，你还是别妄想发现什么了，除非你觉得我们能在咖啡托盘里发现一包士的宁！"

波洛马上严肃起来。

"算了吧，算了吧，我的朋友，"他挽住我的手臂说道，"别生气了！请允许我对我的咖啡杯产生兴趣吧。我也会尊重你的可可的。好啦！成交了吗？"

他这么风趣，我不禁笑了起来。于是我们一起走进客厅里，咖啡杯和托盘仍然像我们离开时那样安静地摆在那儿。

波洛让我概括地讲一下前天晚上的情景，他听得非常仔细，并且核实了每个杯子的位置。

"那么，卡文迪什太太站在茶托盘旁边——倒咖啡。嗯。后来，她走到你和辛西亚小姐坐的窗口那边。没错。这儿有三个杯子。壁炉台上那个喝了一半的杯子，应该是劳伦斯·卡文迪什先生的。那托盘里的那个呢？"

"是约翰·卡文迪什的。我看到他放在那儿了。"

"好。一、二、三、四、五——可是，英格尔索普先生的杯子呢？"

"他没喝咖啡。"

"那就都清楚了。等等，我的朋友。"

他小心翼翼地从每个杯子底部倒出来一两滴咖啡，分别密封在单独的试管里，同时依次尝了尝。他的面貌在奇怪地变化着，脸上凝固着一种表情，我只能形容为半困惑半宽慰。

"好吧！"他终于说话了，"弄清楚了！我原本有个想法——但很明显我错了。是的，我全搞错了。很奇怪，不过没关系！"

他用一种特有的方式耸了耸肩，把一直让他烦心的某件事抛诸脑后。我一开始就跟他说过了，他对咖啡杯如此执着，肯定会走进死胡同。可我还是忍住了。毕竟，尽管他年纪大了，可当年仍然是个伟大的人。

"早饭准备好了，"约翰·卡文迪什从门厅走进来，说道，"你和我们一起吃早饭吗，波洛先生？"

波洛默许了。我注意到约翰已经恢复正常，昨晚之事对他产生了暂时性的冲击，可他随即又回到了往日的稳重姿态。他是个没多少想象力的人，这一点和他弟弟形成了鲜明的对比，后者的想象力也许太过丰富了。

这天一大早，约翰就不停地忙着发电报——第一封发给了伊芙琳·霍华德——给报纸写讣告，忙着做那些普通丧事必须得做的伤心事。

"请问事情进展如何了？"他说，"你的调查表明了我母亲是自然死亡，还是——还是我们得做好最坏的打算？"

"我认为，卡文迪什先生，"波洛严肃地说，"你最好还是别抱有什么虚幻的希望。你能告诉我家里其他成员的看法吗？"

68

"我的弟弟劳伦斯认定我们是在大惊小怪。他说一切都说明了这只不过是心力衰竭而已。"

"是吗，他是这么想的？很有意思——很有意思，"波洛轻声嘀咕着，"卡文迪什太太呢？"

约翰的脸笼上了一层阴影。

"我完全不知道我妻子对这个问题有何看法。"

这回答让大家一时语塞。约翰打破了这令人尴尬的沉默，有些吃力地说：

"我有没有告诉你英格尔索普先生已经回来了？"

波洛低下头。

"现在的情形对我们大家而言都很尴尬。当然，应该像平常那样对待他——可是，见鬼，和一个有可能是杀人凶手的人同桌吃饭，真令人作呕！"

波洛同情地点点头。

"我非常理解，你们处境很艰难，卡文迪什先生。我想问你一个问题。英格尔索普先生昨晚没有回来，我相信是因为他忘了带大门的钥匙。是这样吗？"

"是的。"

"我认为你十分确定他忘带钥匙了——他到底带没带？"

"我也不清楚。我没想过要去看看。我们把钥匙放在门厅的抽屉里。我去看看这会儿是不是在那儿。"

波洛微笑着举起一只手。

"不，不，卡文迪什先生，现在太晚了。我确信你能找到它。要是英格尔索普先生真的带走了，现在他也有足够的时间再放回去。"

"但你不觉得——"

"我没有想法。如果今天早上他回来之前，有人正好看到钥匙在那儿，那对他就是个有利、有价值的证据。就是这样。"

约翰一脸困惑。

"别担心，"波洛很自然地说道，"我向你保证，你无须为此烦恼。既然你这么好心，那我们就去吃早饭吧。"

大家已经都在餐厅里了。鉴于这种情形，这自然不是一场欢乐的聚会。一波冲击之后的反应总是令人难过的，所以我觉得每个人都在遭受着痛苦。礼仪和良好的教养自然令我们的举止一如往常，然而我怀疑这种自制是否真这么困难。没人红眼圈，也没有任何暗自悲伤的迹象。我认为我是对的，多卡丝才是这出悲剧影响下最伤心的一个人。

我看了一眼阿尔弗雷德，他的举止太像个标准的鳏夫了。这种惺惺作态真让我恶心。我想知道他是否明白大家都在怀疑他。他肯定察觉到了——尽管我们尽量隐瞒。他感到潜在的可怕危险了吗，还是自信自己能逍遥法外？这种怀疑的氛围肯定让他有所警醒，知道自己已经是个嫌疑分子了。

但，是不是每个人都怀疑他？卡文迪什太太呢？我注视着她。她坐在餐桌桌首，优雅、镇定、神秘。她穿了一件柔软的灰色连衣裙，手腕上的白色花边搭在纤细的手上，看上去美丽动人。然而，只要她愿意，她的脸就能像斯芬克斯那样神秘莫测。她很沉默，很少开口，可不知为什么我却觉得她的性格中有一种强大的力量支配着我们所有人。

那么，小辛西亚呢？她怀疑吗？我感觉她的样子好像是累病了，动作沉重倦怠。我问她是不是感觉不舒服，她坦白地说：

"是的，我头很疼。"

"要不要再喝杯咖啡，小姐？"波洛热心地问，"它能让你恢复精神。治疗头疼，非它莫属。"他跳起来拿走了她的杯子。

"别放糖。"波洛刚拿起方糖钳子，辛西亚就看着他说。

"不放糖？战时戒糖，嗯？"

"不，我喝咖啡从不放糖。"

"该死！"波洛一边把倒满咖啡的杯子端回来，一边嘀咕着。

只有我听见了。我好奇地瞥了一眼这个小个子男人，只见他在拼命抑制自己的兴奋表情，眼睛就像猫一样发出绿光。他一定是听到或看到什么影响他的东西了——然而，是什么呢？我并不认为自己是个笨人，但我不得不承认，我没注意到有什么不同寻常的事。

过了一会儿，门开了，多卡丝出现了。

"韦尔斯先生来看您了，先生。"她对约翰说。

我想起这个名字来了，昨晚英格尔索普太太还给这位律师写过信。

约翰马上站了起来。

"带他去我的书房。"然后他转向我们，"我母亲的律师，"他解释道，接着压低声音说，"他也是验尸官——你们明白。你们跟我一起过去吗？"

我们默认了，跟着他走出房间。约翰在前面大步走着，我趁机小声地问波洛：

"要审问吗？"

波洛心不在焉地点点头，似乎在思考着什么，这让我很好奇。

"怎么了？你没注意我说什么。"

"没错，我的朋友。我很担心。"

"为什么？"

"因为辛西亚小姐喝咖啡不放糖。"

"什么？你不能严肃点吗？"

"我最严肃了。啊，有件事情我不明白。我的直觉是对的。"

"什么直觉？"

"这直觉驱使我一定要去检查那些咖啡杯，嘘！现在不说这个！"

我们跟着约翰走进他的书房，关上了门。

韦尔斯先生是个讨人喜欢的中年人，眼睛敏锐，长着一张典型的律师嘴巴。约翰介绍了一下我们两个人，并解释了我们在这儿的原因。

"你要知道，韦尔斯，"他补充说，"这是绝对保密的。我们仍然希望最后不用进行任何调查。"

"正是如此，正是如此。"韦尔斯先生温和地说，"真希望我们能使你免受聆讯的痛苦和宣扬。可没有医生的死亡证明，就不得不这么做了。"

"是呀，我想是这样。"

"包斯坦是聪明人。他是毒物学的权威。"

"确实是。"约翰说，表情有点僵硬。接着，他很含糊地补充道："我们是不是都要出庭做证——我是说，我们所有人？"

"你们，当然——还有——嗯——英格尔索普——嗯——先生。"

稍微顿了顿，律师继续缓缓地说："任何一个证据都能简单地证实，只是个形式问题。"

"我明白了。"

约翰的脸上掠过一丝释然。这让我很不解，他不应该这样啊。

"要是你不反对，"韦尔斯先生继续说，"那就在星期五吧。那我们就有充足的时间写医生报告了。是今天晚上

73

验尸吗？"

"是的。"

"你方便吗？"

"没问题。"

"亲爱的卡文迪什，我就无须多说我对这不幸的悲剧有多悲痛了。"

"你能帮助我们弄清楚这件事吗，先生？"波洛插嘴说，我们进来之后，他还是头一次说话。

"我？"

"是的。我们听说英格尔索普太太昨天晚上给你写信了。今天早上你应该收到了。"

"我收到了，可是信上没说什么，只是说让我今早过来找她，因为她有件重要的事情想听听我的意见。"

"她暗示你可能是什么事吗？"

"很遗憾，没有。"

"真遗憾。"约翰说。

"太遗憾了。"波洛认真地表示同意。

一片沉默。波洛出神地思索了几分钟，最后转向律师。

"韦尔斯先生，有件事情我想请教你——就是，如果不违反你的职业规则的话。英格尔索普太太去世了，谁将继承她的财产？"

律师犹豫片刻，回答说：

"马上就会公布财产的事，如果卡文迪什先生不反对

74

的话——"

"不反对。"约翰插嘴说。

"我看不出有什么理由拒绝回答你的问题。在她于去年八月签订的最后一份遗嘱中,她将一些琐碎的遗产留给用人,除了这些类似的条款,她把全部财产留给了继子,约翰·卡文迪什先生。"

"那不是——卡文迪什先生,请原谅我问个问题——对她另外一个继子劳伦斯·卡文迪什先生太不公平了吗?"

"不,我不这么认为。你瞧,根据他们父亲的遗嘱,继母去世后,约翰继承遗产的同时,劳伦斯会得到一笔数目相当可观的钱。英格尔索普太太知道她的长子能维持斯泰尔斯庄园,所以把钱留给了他。在我看来,这是个非常公平公正的分配。"

波洛若有所思地点点头。

"我明白了。但是我能否这么说,根据你们英国的法律,在英格尔索普太太再婚后,这个遗嘱就作废了?"

韦尔斯先生点点头。

"我接下来正要讲这个,波洛先生,现在这份文件已经无效。"

"啊!"波洛说。他想了一会儿,接着问道:"英格尔索普太太本人知道这件事吗?"

"我不清楚。她可能知道。"

"她知道,"约翰出人意料地说,"昨天我们还说到结婚后遗嘱就作废的事。"

"啊！还有一个问题，韦尔斯先生，你说'她最后一份遗嘱'，那么，英格尔索普太太之前写过好几份遗嘱吗？"

"她每年至少写一份新遗嘱，"韦尔斯先生平静地说，"关于财产分配她总是改变主意，一会儿给家里的这个，一会儿又给另一个。"

"假如，"波洛提出，"某个人从任何意义上说都不是这个家中的一员，比如，霍华德小姐吧，而她新立了一份使此人受益的遗嘱，可你不知道，你会吃惊吗？"

"一点儿也不。"

"啊！"波洛似乎已经完成了提问。

约翰和律师讨论查看英格尔索普太太的文件问题时，我走近波洛。

"你认为英格尔索普太太写了一份遗嘱，把她的钱都给霍华德小姐了吗？"我有点好奇地低声问道。

波洛笑了。

"不。"

"那你为什么这么问？"

"嘘！"

约翰·卡文迪什转向波洛。

"你和我们一起去吗，波洛先生？我们打算去查一下我母亲的文件。英格尔索普先生非常乐意全权交给韦尔斯

76

先生和我本人。"

"那事情就简单多了。"律师咕哝着,"当然,从法律上来说,他有资格——"他没说下去。

"我们要先看一下内室里的书桌,"约翰解释道,"然后上楼去她的卧室。她把最重要的文件都放在一个紫色文件箱里了,我们得仔细检查检查。"

"好的,"律师说,"很有可能那儿有一份比我这里更新的遗嘱。"

"的确有一份更新的遗嘱。"说话的是波洛。

"什么?"约翰和律师吃惊地看着他。

"或者,不如这么说,"我的朋友平静地继续说,"曾经有一份。"

"曾经有一份,你是什么意思?现在在哪儿?"

"烧了!"

"烧了?"

"是的。看这儿。"他拿出我们在英格尔索普太太房间壁炉里找到的烧焦的纸片,递给律师,并对何时何地发现的做了简单的说明。

"可没准这是一份旧遗嘱呢?"

"我不这样认为。实际上,我几乎可以肯定,写这份遗嘱的时间是在昨天下午以后。"

"什么?""不可能!"两人同时脱口而出。

波洛转向约翰。

"如果你同意我把你的花匠叫来，我会向你证明的。"

"哦，当然——可我不明白——"

波洛举起一只手。

"照我说的去做吧。以后你想问多少问题都行。"

"好。"约翰按了下铃。

多卡丝马上出现了。

"多卡丝，你叫曼宁过来，我要跟他谈一下。"

"是，先生。"

多卡丝退了出去。

我们紧张而无声地等待着，只有波洛一个人显得很轻松，擦了擦书橱上一个蒙了灰尘的角落。

外面传来一阵沉重的、钉靴踩在沙砾上的脚步声，是曼宁来了。约翰探询地看了一眼波洛，后者点了点头。

"进来，曼宁，"约翰说，"我有话跟你说。"

曼宁缓慢地走向落地窗，紧紧地贴着窗边站好。他把帽子拿在手中，小心翼翼地转着。他的背驼得厉害，可能没有看上去那么老，两眼敏锐而精明，掩饰了他木讷而谨慎的发言。

"曼宁，"约翰说，"这位先生想问你几个问题，我需要你回答清楚。"

"是，先生。"曼宁含糊地说。

波洛轻快地走上前。曼宁略带轻蔑地扫了他一眼。

"昨天下午你们在屋子的南面种了一坛秋海棠，对吗，曼宁？"

"是的，先生，我和威勒姆。"

"后来英格尔索普太太来到窗口叫你们了，是吗？"

"是的，先生，她叫了。"

"用你自己的话仔细地跟我讲一下之后发生了什么事。"

"好的，先生，也没什么。她就是让威勒姆骑车去村里买一份遗嘱表格，或者这一类的——我不知道具体是什么——她写了一个字条给他。"

"是吗？"

"是的，他就去了，先生。"

"后来呢？"

"我们继续种秋海棠，先生。"

"英格尔索普太太没再叫你们吗？"

"叫了，先生，她又叫了我和威勒姆。"

"然后呢？"

"她叫我们立刻进来，在一张长纸的底部签了名——在她的签名下面。"

"你看没看到在她签名的上面都写了什么？"

"没有，先生，那部分上面盖着一小张吸墨纸。"

"于是你们就在她说的位置签了名？"

"是的，先生，我先签的，然后是威廉。"

"事后她拿这张纸干什么了？"

"呃，先生，她把它装进一个长信封里，然后放进立在书桌上的一个紫色箱子里了。"

"她第一次叫你们的时候是几点？"

"我想是四点左右，先生。"

"不会更早？有没有可能是在三点半左右？"

"不，我认为不是，先生。更有可能是四点多——不是四点以前。"

"谢谢你，曼宁，可以了。"波洛愉快地说。

花匠看了看自己的主人，约翰点了点头，于是曼宁咕哝着，举起一个手指头到前额，小心翼翼地从落地窗退了出去。

我们面面相觑。

"天哪！"约翰低声说，"多么蹊跷的巧合！"

"怎么——巧合？"

"我母亲就在自己去世的这一天立了一份遗嘱！"

韦尔斯先生清了清嗓子，冷冷地说：

"你确定这是个巧合吗，卡文迪什？"

"你这是什么意思？"

"你告诉我，你母亲昨天下午和一个人发生了激烈的争吵——"

"你什么意思？"约翰大喊，声音颤抖，脸色苍白。

"那场争吵之后，你母亲忽然急匆匆地立了一份新遗嘱，而这份遗嘱内容我们永远也不知道了。她没告诉任何人里面的条款。毋庸置疑，她本来打算今天早上和我讨论这件事——可是她没有机会了。遗嘱不见了，她把这个秘密带进了坟墓。卡文迪什，我很担心这不是巧合。波洛先生，我相信你一定会同意我的看法，这些事实很有暗示性。"

"有没有暗示，"约翰打断了他的话，"我们都非常感谢波洛先生说明了这件事。要是没有他，我们永远也不会知道这份遗嘱。我可不可以问问你，波洛先生，是什么让你推测出这个事实的？"

波洛笑了笑，回答道：

"一个胡乱写着几个字的旧信封，还有一坛刚刚种下的秋海棠。"

我猜约翰还想再问点什么，可是就在这时，传来一阵巨大的汽车引擎发动声。我们望向窗口，汽车一闪而过。

"艾维！"约翰大叫，"请原谅，韦尔斯。"他急忙走出去。

波洛吃惊地看着我。

"霍华德小姐。"我解释说。

"啊，很高兴她来了。她是个有头脑、心肠好的女人，黑斯廷斯。虽然仁慈的上帝没能给她一副美丽的面孔。"

我跟着约翰走出房间，来到门厅。霍华德小姐正费力地把自己从裹在头上的面纱中解放出来。她的视线一落到我身上，一股内疚的剧痛就击中了我。就是这个女人，曾经诚恳地警告过我，可是对于她的警告，唉，我竟然没放在心上！我是多么快速、多么轻蔑地就把它从自己的头脑中移走了。现在，她的话竟然通过如此悲惨的方式加以证实了，我感到羞愧。她太了解阿尔弗雷德·英格尔索普了。我怀疑，如果她留在了斯泰尔斯，这个悲剧是不是就不会发生？这个男人会不会害怕她那警惕的目光？

　　她痛苦地握住了我的手——这种感觉我至今能清楚地记得——我才放下心来。她看我的目光十分悲伤，但没有谴责。她眼皮红肿，我知道她一定哭得很伤心，不过她以前那种直爽的态度并没有改变。

　　"我一接到电报就马上赶来了。刚值完夜班。租了一辆车，以最快的速度过来了。"

　　"你吃早饭了吗，艾维？"约翰问道。

　　"没有。"

　　"我知道你没吃。快去吧，早饭还没收，他们会给你新沏壶茶。"他转向我，"照顾一下她，黑斯廷斯，好吗？韦尔斯还等着我。哦，这位是波洛先生，他正在帮我们，艾维。"

　　霍华德小姐和波洛握了握手，扭头朝约翰疑惑地看了一眼。

　　"你是说——帮我们？"

　　"帮我们调查。"

　　"没什么可调查的。他们不是已经把他关进监狱了？"

82

"把谁关进监狱？"

"谁？当然是阿尔弗雷德·英格尔索普！"

"亲爱的艾维，说话要小心，劳伦斯认为我母亲是因为突发心脏病去世的。"

"太蠢了，劳伦斯！"霍华德小姐反驳道，"当然是阿尔弗雷德·英格尔索普杀死了可怜的艾米丽——我一直跟你说他会这么干的。"

"我亲爱的艾维，别这么大声嚷嚷。不管我们是怎么想的，怀疑什么，目前还是少说为妙。星期五会聆讯的。"

"别胡说八道了！"霍华德小姐哼了一声，"你们都糊涂了，到那时那家伙会跑到国外去的。如果他有一点脑子，就绝对不会乖乖地待在这儿等着被绞死。"

约翰·卡文迪什无助地看着她。

"我知道是怎么一回事，"她指责他道，"你听了那些医生的话。别听那一套。他们知道什么？什么都不能相信——不然正好中了圈套。我知道——我父亲就是个医生。那个小个子威尔金斯是我见过的最傻的傻子。突发心脏病！他们就会这么说。任何人，只要有一点脑子，就能马上看出是她丈夫毒死了她。我一直就说，他会把她杀死在床上的，可怜的人。现在，他真这么做了，可你们只会嘀咕那些愚蠢的事，'突发心脏病'，还有'星期五聆讯'。你应该为自己感到羞耻，约翰·卡文迪什。"

"你想让我做什么？"约翰已经挤不出半点笑容，问道，"该死，艾维，我总不能勒着他的脖子把他拽到当地警察局去啊！"

"哼，你有事做。弄明白他是怎么干的。他是个狡猾的乞丐。我敢说他肯定浸过捕蝇纸。你问问厨子是不是丢过，哪怕一张。"

那一刻我强烈地感觉到，如果让霍华德小姐和阿尔弗雷德·英格尔索普住在同一屋檐下，和平相处，很可能是个艰巨的任务，我可不羡慕约翰。从他脸上的表情可以看出，他已经充分意识到自己艰难的处境了，还是暂时回避一下的好，于是他急忙离开了房间。

多卡丝送来了新沏的茶。她一离开房间，波洛就从原先站着的窗边走过来，坐在了霍华德小姐对面。

"小姐，"他一本正经地说，"我想问你一些事。"

"问吧。"女士有点不高兴地看着他，说道。

"我希望能得到你的帮助。"

"我很高兴能帮你绞死阿尔弗雷德。"她粗声粗气地说，"绞刑太便宜他了，应该像古代那样五马分尸。"

"我们都是这样想的，"波洛说，"因为我也想绞死这个凶手。"

"阿尔弗雷德·英格尔索普？"

"他，或另一个人。"

"不可能是别人。要是他没来这里，可怜的艾米丽不可能被害死。我不得不说她被一群鲨鱼包围着——是

84

的——可他们只关心她的钱包，她还是很安全的。然而阿尔弗雷德·英格尔索普先生来了——并在两个月内——说变就变了！"

"相信我，霍华德小姐，"波洛恳切地说，"如果英格尔索普先生是这么一个人，他逃不出我的手心的。我敢发誓，我以我的名誉担保，我一定把他吊得像哈曼①那么高！"

"那就好了。"霍华德小姐热心起来。

"不过，我得请你相信我。现在，你的帮助对我来说很珍贵。我会告诉你原因。因为，在这座悲伤的房子里，只有你为老夫人哭肿了眼睛。"

霍华德小姐眨眨眼睛，嘶哑的声音中蕴藏了一种新的语气。

"如果你是说我爱她——是的，我爱她。你知道，艾米丽是个只顾自己的老女人。她慷慨大方，可她总是要求得到回报。她绝不会让人们忘记自己为他们做过的事——因此，她并不受人爱戴。可她从没意识到这一点，也从未感到缺少爱。无论如何都别这么认为。我的位置跟别人不同。打从一开始我就坚定自己的立场。'我一年领到这么多薪水，很好了，但是多一个便士我都不要，哪怕是一双手套，一张戏票。'她不理解，有时还很生气，说我是愚蠢的

---

① 《圣经》中的人物，是犹太人的敌人，后来被高高地吊在绞刑台上。

骄傲。不是这样的——但我没法解释。不管怎样，我保持着自尊。因此，跟这群人不一样，我是唯一能让自己爱她的人。我留心着她，保护她不受他们的欺负，可是，来了一个油嘴滑舌的无赖。呸！我这么多年的忠心都白费了！"

波洛同情地点点头。

"我理解，小姐，我理解你的感受。这最自然不过了。你认为我们是冷淡的人——缺少热情和活力——可是，相信我，不是这样的。"

就在这时，约翰探进头来，邀我们俩去英格尔索普太太的房间，因为他和韦尔斯先生已经检查完内室里的那张书桌了。

我们上楼时，约翰回头看了看餐厅的门，压低声音诡秘地说：

"听我说，这两人见了面会怎么样？"

我无可奈何地摇摇头。

"我已经告诉玛丽尽可能分开他们。"

"她会这么做吗？"

"天知道。有件事，英格尔索普可不怎么想看见她。"

"你还带着那串钥匙，对吗，波洛？"我们到达锁着的房门时，我问。

约翰从波洛那里接过钥匙，打开门，于是我们都走了进去。律师径直走向书桌，约翰跟在他身后。

"我相信，我母亲把她最重要的文件都存在这个文件箱里了。"他说。

波洛拿出一小串钥匙。

"请允许我说一下。今天早上，为了防患于未然，我把它锁上了。"

"可现在没锁啊。"

"不可能！"

"看。"约翰边说边打开了箱子。

"糟了！"波洛大喊，惊呆了，"两把钥匙都在我口袋里！"他扑到箱子前，突然，他僵在那儿，"原来如此！这锁是撬开的！"

"什么？"

波洛又放下了箱子。

"可这是谁撬开的呢？他为什么要这么做？什么时候？可这门是锁着的呀？"我们断断续续地惊叫着。

波洛明确地做了回答——几乎是机械地。

"谁？这是个问题。为什么？啊，我知道就好了。什么时候？一小时前我走了之后。说到门是锁着的，这是一把很普通的锁。也许这走廊里的任何一个门的钥匙都能打开。"

我们茫然地彼此注视着。波洛已经走到壁炉台前。他表面很平静，但我注意到，他那双出于长年旧习而整理壁炉台上花瓶的手，正在剧烈地颤抖着。

"听我说，是这样的，"他终于开口了，"那箱子里有些东西——某种证据，也许本身很小，但足以作为线索把凶手和犯罪联系在一起——必须在人们发现它和它的重要性之前毁掉它，这对他而言至关重要。因此，他冒着这个危险，巨大的危险，来到这儿。发现箱子是锁着的，他不得不撬开了它，因此也暴露了行踪。他肯冒这个风险，一定是因为一件很重要的事。"

"但那是什么事呢？"

"啊！"波洛喊着，做了个生气的手势，"那个，我不知道！无疑是某份文件，也许是昨天下午多卡丝看到她手里拿着的文件碎片。并且我——"他怒火喷发，"我真是个可怜的动物！我什么也没想到！我就是个蠢货！我真不应该把箱子留在这儿！我应该把它带走！啊，比猪还要笨三倍！现在，它不见了。毁了——但是，毁了吗？还有没有机会——我们必须不遗余力——"

他像个疯子似的冲出房间，我恢复了理智，立刻跟出去。但是，我跑到楼梯口的时候，他已经不见了。

玛丽·卡文迪什正站在楼梯的分岔处，向下盯着门厅——也就是波洛消失的那个方向。

"你那个非凡的小个子朋友怎么了，黑斯廷斯先生？他刚才像头疯牛一样从我身边冲了过去。"

"他被某件事弄得很心烦。"我无力地说。我真的不知道波洛希望我泄露多少秘密。看到卡文迪什太太那富有表现力的嘴唇上抿出一抹微笑，我尽量想办法转移话题：

"他们还没见面，是吗？"

"谁？"

"英格尔索普先生和霍华德小姐。"

她非常为难地看着我。

"如果他们见面了，你觉得会是一场灾难吗？"

"呃，你不这么认为吗？"我很惊讶地说。

"不。"她一如往常那般安静地微笑着，"我宁愿看着这场灾难大爆发，那会使空气清洁起来。总比现在这种状况好——我们都是想得多，又不敢说出口。"

"约翰不这么认为，"我说，"他急于把他们分开。"

"哦，约翰！"

她的语气中有些东西令我很生气，我脱口而出：

"约翰是个很好的人。"

她好奇地看了我一两分钟，然后说出了让我大吃一惊的话：

"你对朋友很忠实。我很喜欢你这一点。"

"你不也是我的朋友吗？"

"我是个很坏的朋友。"

"为什么这么说？"

"因为这是真的。我今天让朋友们着迷，明天就把他们忘得一干二净。"

我不知道受了什么刺激，忽然感到一阵愤怒，并且很鲁莽很不礼貌地说道：

"可你似乎让包斯坦医生一直很着迷！"

我立刻为自己的话感到后悔了。她绷起了脸。我们之间升起了一道无形的屏障。她一言未发，转身飞快地上楼了，我像个白痴一样站在那儿，张口结舌地看着她的背影。

楼下一阵可怕的争吵声把我的思绪拉了回来。我听见波洛大声地解释着。我气恼地想着自己那徒然无功的交际手段。这个小个子似乎很信任这房子里的人，可我却怀疑他的这种做法很不明智。我的朋友一激动就特别容易失去理智，我禁不住再次懊悔，赶忙下了楼。我的出现让波洛几乎立刻平静下来。我把他拉到一边。

"亲爱的朋友，"我说，"这么做明智吗？你肯定不想让全家人都知道这件事吧？你这么做实际上就落入罪犯的圈套了。"

"你是这么想的吗，黑斯廷斯？"

"我确实是这么认为的。"

"好吧，好吧，我的朋友，我听你的。"

"好的。虽然，很不幸，现在已经太迟了。"

"没错。"

他看起来很是垂头丧气、羞愧不已，这令我十分难过，虽然我仍然认为我的指责是公正而英明的。

"哎，"他终于说话了，"我们走，朋友。"

"你处理完这里的事了？"

"是的，暂时告一段落。你能和我回村子里吗？"

90

"乐意至极。"

他拿起自己的小文件箱，我们穿过客厅打开的落地窗走出去。刚好辛西亚·默多克进来了，波洛站在一旁让她过去。

"请原谅，小姐，请等一下！"

"怎么了？"她诧异地回过头来。

"你以前给英格尔索普太太配过药吗？"

她微微涨红了脸，非常不自然地回答道：

"没有。"

"药粉呢？"

辛西亚的脸更红了，她答道：

"哦，是的，我给她配过一次安眠药粉。"

"是这个吗？"

波洛取出那个装过药粉的空盒子。

她点点头。

"你能告诉我是什么吗？索佛那？佛罗那？"

"不，这是溴化铵粉末。"

"啊，谢谢你，小姐，再见。"

我们脚步轻快地离开这幢房屋以后，我瞥了他好几眼。我以前就发现，如果有什么事让他激动了，他的眼睛就会变成猫眼一样的绿色。现在，它们正像绿宝石那样闪闪发着光。

"我的朋友，"他终于打破了沉默，"我有一个小小的主意，一个非常奇怪，也许是完全不可能的主意。不过——这个主意很恰当。"

我耸了耸肩，暗自思忖，波洛的这些胡思乱想也太多了。在这个案子中，真相无疑是简单而明显的。

"那么，盒子上的空白标签就解释得通了，"我说，"正如你所说，很简单。我真是不明白自己怎么没想到这一点。"

波洛似乎没听我讲话。

"在那儿，他们又有了另外一个发现，"他的一个大拇指猛地放到肩膀上部，向后指向斯泰尔斯，"我们上楼的时候，韦尔斯先生告诉我的。"

"发现了什么？"

"他们发现了一份英格尔索普太太的遗嘱锁在内室的书桌里，签字日期在她再婚之前，写着她的财产将留给阿尔弗雷德·英格尔索普。这一定是在他们刚刚订婚的时候写的。这让韦尔斯大吃一惊——约翰·卡文迪什也是。这份文件写在一份打印的遗嘱表格上，见证人是两个用人——不是多卡丝。"

"英格尔索普先生知道吗？"

"他说不知道。"

"对这件事我持保留意见，"我怀疑地说，"所有这些遗嘱都十分混乱。告诉我，信封上那些潦草的字是怎么帮助你发现昨天下午立过一份遗嘱的？"

波洛笑了。

"我的朋友，你写字的时候，有没有过提笔忘字的情况，忘了某个字是怎么写的了？"

"是的，经常。我觉得人人都有这种情况。"

"没错。在这种情况下，你会不会在吸墨纸的边上，或一张空白纸上，试着把这个词写一两次，看看写对了没？嗯，英格尔索普太太就是这么做的。你会发现'possessed'①这个词，开始少写了一个's'，随后才写成了两个——正确的写法。为了确保写对，为了要弄清楚，她又试着写了一个句子，就是这个：'I am possessed.'②那么，这说明了什么？这件事告诉我，英格尔索普太太昨天下午写过'possessed'这个词，并且，因为对在壁炉里找到那张小纸片记忆犹新，于是我立刻想到有份遗嘱存在的可能性——这份文件几乎肯定包含这个单词。这种可能性被事实进一步证实。由于情况很混乱，今天早上没人打扫内室，书桌旁边有几个带着褐色泥土的脚印。这几天天气一直很不错，所以普通的靴子不会留下这么重的沉积物。

"我走到窗边，立刻看到了刚刚种下的秋海棠。花坛上的脚印和内室地板上的完全相同。而且，我也听你说过那些花是昨天下午栽的。这时我确信，有一个或者可能是两个花匠进过内室，因为花坛上有两组脚印。而且，如果

---

①拥有的意思。
②即"我拥有。"

93

英格尔索普太太只是单纯地想跟他们说话，只要站在窗户边就行了，根本不需要让他们到房间里来。所以我十分确定她立了一份新遗嘱，要让两个花匠来为她的签字做证。事实证明我的推测是正确的。"

"真是太妙了，"我不得不承认，"我必须坦白，我从那几个潦草的字里得出的结论是非常错误的。"

他笑了。

"你太放任自己的想象力了。想象力是个好仆人，也是个坏主人。最简单的解释总是最正确的。"

"还有一点——你怎么知道文件箱的钥匙丢了？"

"我之前并不知道。这是个猜测，结果证明是正确的。你注意到钥匙柄上缠着一段绞合线，这让我立刻联想到，它可能是从一个不结实的钥匙圈上拧下来的。如果钥匙丢了之后又找到了，英格尔索普太太会马上穿回钥匙串上去，但是在她那串钥匙中，我看见的很显然是一把备用钥匙，很新很亮，这让我做出假设：另外一个人把原始钥匙插进文件箱的锁眼里了。"

"是的，"我说，"不用说，肯定是阿尔弗雷德·英格尔索普。"

波洛好奇地看着我。

"你这么肯定他的罪行吗？"

"啊，当然，好像每个新情况都更加清楚地证明了这一点。"

"正相反，"波洛平静地说，"有几点对他有利。"

"哦，算了吧！"

"我是说真的。"

"我就看到一点。"

"什么？"

"昨天晚上他不在家。"

"'猜错了！[①]'正如你们英国人所说。你选的这一点，是我认为对他不利的一点。"

"怎么回事？"

"因为，如果英格尔索普先生知道他的妻子昨天晚上会被毒死，他肯定事先安排好了夜不归宿。他的理由显然是捏造的。那我们只有两个可能性：他知道将要发生的事，或者，他的不在场是有原因的。"

"那是什么原因呢？"我疑惑地问道。

波洛耸耸肩。

"我怎么知道？肯定是不光彩的事。这个英格尔索普先生，我得说，怎么说都是个无赖——但这并不能说明他一定就是个杀人犯。"

我不服气地摇摇头。

"我们没有达成一致，呃？"波洛说，"好吧，先不说这个了。时间会证明我们谁是正确的。现在让我们来转向

---

①原文是"Bad shot！"

这个案子的其他方面。你对这件事怎么看：卧室所有的门都从里面锁上了。"

"呃——"我思索着，"这个需要从逻辑上来看。"

"正确。"

"我会这么说。门都是闩上的——我们的眼睛告诉我们这个——可是，地板上的蜡烛油、烧毁的遗嘱，证明了昨天晚上有人进过房间。你同意吗？"

"绝对同意。说得非常清楚。继续。"

"好，"我受到鼓舞，接着说，"进来的那个人，既不可能是通过窗户，也不可能是其他神奇的手段，由此可见，是英格尔索普太太自己从里面开门的。这更加令人相信上述那个人就是她丈夫。她给自己的丈夫开门是很自然的。"

波洛摇摇头。

"为什么她会开门？她已经闩上通往他房间的门——从她这一方面来说，此举非同寻常——昨天下午她刚刚和他激烈地吵过架。不，他会是她最后一个允许进门的人。"

"可是，门肯定是英格尔索普太太自己打开的，这一点你同意吗？"

"还有一种可能。她上床睡觉的时候，有可能忘了闩上通往过道的门，快到早上的时候，她起床后闩上了门。"

"波洛，你是认真的吗？"

"不，我没有说肯定如此，但也有可能。好了，说说另外一个问题。你怎么看待自己无意中听到的卡文迪什太太和她婆婆之间的那一小段谈话？"

"我都忘了，"我沉思着说，"这跟以前一样让人迷惑不解。完全像个谜。像卡文迪什太太这样一个高傲而又沉默寡言的女人，会这么激烈地去干涉一件跟自己不相干的事，真是不可思议。"

"正是如此。一个有教养的女人这么做，真是让人吃惊。"

"这当然很费解，"我表示赞同，"不过，这不重要，不需要考虑。"

波洛突然哼了一声。

"我都是怎么跟你说的？每件事都得考虑到。如果事实和理论相悖——让理论见鬼去吧。"

"好吧，我们会考虑的。"我气恼地说。

"没错，我们需要考虑。"

我们来到里斯特维斯小屋，波洛领我上楼来到他自己的房间。他递给我一根他自己偶尔抽一抽的细细的俄国烟。看他把用过的火柴都仔细收藏在一只小瓷壶里，我不禁被他逗乐了，烦恼瞬间消失。

波洛在敞开的窗户前面放了两把椅子，从这里可以俯瞰村子的街道。新鲜的空气吹了进来，温暖而舒服，这将会是炎热的一天。

突然，一个骨瘦如柴的年轻人引起了我的注意，他大踏步地冲上街，表情怪异——恐惧和不安奇特地混合在一起。

"看，波洛！"我说。

他向前探了探身子。

"啊！"他说，"是梅斯先生，药店的。他来这儿了。"

年轻人来到里斯特维斯小屋前，停住脚步，犹豫了一下，用力地敲起门来。

"稍等，"波洛从窗口喊道，"我来了。"

他示意我跟着他，然后迅速跑下楼打开门。

梅斯先生马上说道：

"哦，波洛先生，很抱歉打扰你，但我听说你刚从庄园回来是吗？"

"是的，我们刚回来。"

年轻人舔了舔干燥的嘴唇，表情严肃起来。

"村子里的人都在说英格尔索普老太太死得太突然，他们说——"他谨慎地压低了声音，"是毒药？"

波洛面无表情。

"只有医生才能告诉我们，梅斯先生。"

"是啊，没错——当然——"年轻人支支吾吾的，随后非常激动，紧紧抓住波洛的手臂，把声音压得很低，"告诉我，波洛先生，是不是——是不是士的宁？是不是？"

我没听清波洛是怎么回答的，不过很明显是一些模棱两可的话。年轻人离开了，波洛关上门，正好迎上我的目光。

"是的，"他严肃地点点头，"聆讯时他会出庭做证。"

我们又慢慢地走上楼。我刚想说话，波洛就打手势阻止了我。

"不是现在，不是现在，朋友。我需要思考一下。我脑子有点混乱——这可不好。"

他沉默不语地坐了十多分钟，一动也不动，除了眉毛富有表现力地动了几下，他的眼睛变得越来越绿。终于，他深深地叹了一口气。

"很好，最糟糕的时刻已然过去。现在，一切都按照类别整理好了，一个人绝不能允许自己大脑混乱。虽然案情尚未明朗——没有，因为这是一起最复杂的案件。它把我，赫尔克里·波洛，难住了！这儿有两个重要的事实。"

"是什么？"

"第一是昨天的天气情况。这一点很重要。"

"但昨天阳光灿烂啊。"我插嘴道，"波洛，你别跟我开玩笑了！"

"绝对不是玩笑。树荫处的温度表上是华氏八十度。别忘了，我的朋友，这可是解开整个迷局的关键！"

"那第二点呢？"我问。

"第二个重要的事实是，英格尔索普先生穿衣很独特，有一大把黑胡子，还戴眼镜。"

"波洛，我无法相信你是认真的。"

"我绝对是认真的，我的朋友。"

"可你说的这些都太孩子气了！"

"不，这很重要。"

"假如验尸陪审团做出了阿尔弗雷德蓄意谋杀的判决，那么你的推论会是什么？"

"这动摇不了我的推论，因为十二个傻男人① 刚好犯了同一个错误！但那种事是不会发生的。首先，乡村陪审团从不积极承担责任，尤其是当英格尔索普先生已经处于地方乡绅的位置了。另外——"他泰然地补充说，"我绝不会允许的！"

"你不允许？"

"对。"

我看着这个非同一般的小个子，又好气又好笑。他是如此自信满满。他似乎看透了我的心思，轻轻地点点头，说：

"哦，是的，我的朋友，我说到做到。"他站起身来，伸出一只手放到我的肩上，表情完全变了，泪水涌上他的眼睛，"在所有这些事情中，你知道，我想到的是那个已经去世了的可怜的英格尔索普太太。她没有得到应有的爱戴——没有。可是，她对我们比利时人非常善良——我欠她一份情意。"

我试图打断他的话，可他继续说道：

"我来告诉你吧，黑斯廷斯。如果我让她的丈夫阿尔弗雷德·英格尔索普立刻被捕——当我一句话就能救出他来——她永远都不会原谅我！"

---

① 陪审团由十二个人组成。

第六章　聆讯

聆讯以前的这段时间，波洛在积极地活动着。他和韦尔斯先生秘密地进行了两次谈话，还去村子里长时间地漫步。他不把我当知己我已经不满了，现在连他有什么打算也猜不透，更是让我气恼。

我忽然想起他也许在雷克斯的农场做调查；星期三晚上我去里斯特维斯小屋找他的时候发现他出门了，便步行去那边的农田，希望能遇上他。但他连个人影也没有，我犹豫了一下，就去了农场。正走着，我碰见一个老农夫，他狡猾地斜睨了我一眼。

"您是从庄园来的，是吗？"他问。

"是的。我在找一个朋友，我猜他也许会走这条路。"

"一个矮个子吗？一说话就挥手？村子里的一个比利时家伙？"

"没错，"我急忙说，"这么说他来过这儿了？"

"哦，嘿，他来过这儿，一点儿没错，来过好几次咧，是您的朋友吗？啊，您这些庄园里的先生——可真多！"

他两眼更加戏谑地斜视着我。

"哦，庄园里的先生经常到这儿来吗？"我尽量装作漫不经心地问道。

他狡黠地冲我眨眨眼睛。

"有一个，先生。对不起，不知道叫什么名字。也是个慷慨的先生啊！啊，谢谢您，先生，真的。"

我快步走着。伊芙琳·霍华德是对的，一想到阿尔弗雷德·英格尔索普拿着另一个女人的钱大肆挥霍，我就感到一阵令人作呕的刺痛。作案动机是那张有趣的吉卜赛女人的脸，还是金钱那低劣的推动力？也许两者都有。

有一个问题是，波洛有个令人费解的困扰。他跟我说过一两次，他认为多卡丝肯定把吵架的时间弄混了。他曾多次向她提出她听到吵架声的时间是四点半而非四点。

可多卡丝不为所动，坚称她听到吵闹声的时候，距离她五点钟端茶给女主人，绝对有一个钟头，甚至更久。

聆讯于星期五在村子里的斯泰尔斯公共大厅里进行。波洛和我坐在一起，没有被要求做证。

初步工作已经完成。陪审团查验了尸体，约翰·卡文迪什出示了鉴定证明。

在进一步的聆讯中，他讲述了那天凌晨是如何被叫醒的，以及他母亲去世时的情形。

接下来是医疗证据。大家都屏气凝神，目光集中在那位著名的伦敦专家身上，他是现今毒理学领域最著名的权威之一。

他用几句话概括总结了验尸的结果，简要地概述了致死的原因。抛开那些医疗术语和技术性问题，他阐述了一个这样的事实：英格尔索普太太死于士的宁中毒。从她服用的剂量来看，不少于四分之三喱①，但也有可能是一喱或者多一点。

"有没有可能是她不小心服用了这些药？"验尸官问道。

"我得说这不太可能。士的宁不是一般的家庭用药，它和有些毒药一样，其出售是受限制的。"

"在检验过程中，你能确定毒药是如何服用的吗？"

"不能。"

"你是先于威尔金斯医生到达斯泰尔斯的吗？"

"是的。司机驾车出去，正好在庄园大门外遇见我，所以我尽快赶到了那儿。"

"你能详细地给我们讲一下之后发生了什么吗？"

"我进了她的房间。那时她正处于典型的强直性痉挛状态中。她转向我，上气不接下气地说：'阿尔弗雷德——阿尔弗雷德——'"

"英格尔索普太太的丈夫端给她的餐后咖啡里是不是已经放了士的宁？"

---

①英制最小的重量单位，1 喱等于 0.0648 克。

"有可能，不过士的宁是一种毒性发作很快的药物，中毒症状一般出现在服用一两个小时之后。在特定情况下药效会减缓，不过在本案中绝对没有这种可能。我认为英格尔索普太太晚饭后八点左右喝了咖啡，然而直到第二天凌晨才出现症状，从表面上看，这说明毒药应该是在深夜服用的。"

"英格尔索普太太习惯在半夜时喝一杯可可，里面会不会放有士的宁？"

"不可能。我亲自从平底锅残留的可可中提取了样本并加以分析，里面没有士的宁。"

我听到波洛在旁边轻轻地笑了一下。

"你知道什么了？"我小声问他。

"听。"

"我应该说，"医生继续说道，"对其他任何结果我都会感到非常吃惊。"

"为什么？"

"简单来说，士的宁异常苦涩，就算稀释成一比七万的溶液也能尝出来，只有某种味道强烈的物质才能盖住这种气味。可可是没有办法做到这一点的。"

有个陪审团成员想知道这一点是不是也适用于咖啡。

"不，咖啡本身就有一些苦味，有可能会盖住士的宁的味道。"

"那么你认为更有可能的是咖啡中被人放入了毒药，

但是由于某种不明的原因，药效推迟了。"

"是的，不过，杯子已经彻底摔碎了，无法分析其包含的物质了。"

包斯坦医生做证结束。威尔金斯医生逐一证实了他的证词，并且完全否定了自杀的可能性。他说死者患有心脏病，然而在别的方面很健康，生活快乐，精神正常。她绝对不会自杀。

接下来是劳伦斯·卡文迪什。他的证词完全无关紧要，只是重复着他哥哥的话。正要下去的时候，他停顿了一下，支吾着说：

"如果允许的话，我能提个意见吗？"

他不以为然地看了一眼验尸官，对方立即回答道：

"当然，卡文迪什先生，我们来到这里是为了弄清事情的真相，欢迎提出任何可以进一步澄清事实的意见。"

"这只是我的一个想法，"劳伦斯解释道，"当然，有可能大错特错，可是我仍然觉得我母亲的死亡没有外力因素。"

"你怎么得出这个结论的呢，卡文迪什先生？"

"我母亲去世之前的一段时间里，包括临终时，都在服用一种含有士的宁的补药。"

"啊！"验尸官说道。

陪审团都饶有兴致地看着他。

"我相信，"劳伦斯继续说，"这期间的药物累积效应导致了死亡。另外，她有没有可能无意中服用了过量的药物呢？"

"这是我们第一次听到死者在生前服用士的宁。非常感谢你，卡文迪什先生。"

威尔金斯医生被传回法庭，他嘲笑了劳伦斯的想法。

"劳伦斯先生的意见是完全不可能的，任何一个医生都会这么说。在某种意义上说，士的宁是一种累积性毒药，可是它绝对不可能因为上述特性而导致突然死亡。它一定会有一个长时间的慢性症状，我会立刻注意到的。整个说法都很荒谬。"

"那第二个意见呢？英格尔索普太太会不会不小心服药过量？"

"三倍，甚至四倍的量，都不会导致死亡。英格尔索普太太总是能拿到大量的额外的药，因为她跟塔明斯特的库特药店的药剂师们很熟，然而根据解剖后发现的士的宁的含量，她必须服下了几乎一整瓶补药。"

"那你认为，不管采用何种方式，补药都不会致死，我们可以将其排除在外？"

"当然可以。这一推论非常荒谬。"

之前打断他讲话的那个陪审团成员提出，给她配药的药剂师有没有可能弄错药。

"当然，这种可能性总是存在的。"医生回答说。

可是，接着被传讯的多卡丝甚至把这个可能也排除

106

了。英格尔索普太太近期没有配过补药，相反，她在去世那一天吃下了最后一包药。

所以，补药的问题最终被放弃了，验尸官继续进行聆讯。他从多卡丝处了解到她怎么被女主人紧急的铃声惊醒，接着叫醒了全家人，他还询问了那天下午吵架的情形。

多卡丝关于这个问题的证词，波洛和我大体上都已经听过了，所以就不再重复。

下一个证人是玛丽·卡文迪什，她站得笔直，声音低沉、清晰、从容镇定。在回答验尸官的问题时，她说她的闹钟像往常一样在四点三十分时叫了起来，她正穿着衣服，忽然被什么重物掉在地上的声音吓了一跳。

"那是床旁边的桌子吗？"验尸官补充说明。

"我打开自己的房门，"玛丽继续说，"听了一会儿。没多久，铃声大作。多卡丝跑下来叫醒我的丈夫，于是我们就去了婆婆的房间，但门闩住了——"

验尸官打断了她。

"我认为在这个问题上就不需要再麻烦你了。接下来发生的事情我们全都了解了。但是如果你能告诉我们之前一天下午你无意中听到的吵架的情况，我将不胜感激。"

"我？"

她的声音中带有一丝傲慢。她抬起一只手，整理了一下脖子上皱起来的蕾丝花边，稍稍偏了偏头。我脑海中自然而然地掠过一个念头：她在拖延时间！

"没错，我知道，"验尸官审慎地说，"我知道，当时你正坐在内室长窗外的长椅上看书，对吗？"

这对我而言是个新闻，我斜着看了波洛一眼，猜想这对他也是个新闻。

短暂的停顿，她稍事犹豫后回答说：

"对，是这样。"

"内室的窗户是敞开的，对吗？"

回答的时候，她的脸色无疑变得有些苍白：

"是的。"

"那你不可能没有听到里面的声音，况且生气时声音更响？实际上，你那个位置比在门厅里听得更清楚。"

"可能是吧。"

"你能复述一下无意中听到的吵架的事吗？"

"我真不记得听到什么了。"

"你是说你没听见吗？"

"哦，不，我听到声音了，但我没听见他们说什么。"她的面颊上出现了一层浅浅的颜色，"我没有偷听私人谈话的习惯。"

验尸官坚持说道：

"那你什么都不记得了？一点儿都不记得吗，卡文迪什太太？甚至让你意识到这是私人谈话的只言片语都没有吗？"

她停顿了一下，好像是在思考，表面仍然非常冷静。

"啊，我想起来了。英格尔索普太太说了些事——我不记得原话是什么了——关于夫妻丑闻的事。"

"啊！"验尸官满意地往后一靠，"这和多卡丝听到的相吻合。可是，请原谅，卡文迪什太太，你意识到了这是私人之间的谈话，可是却没有走开？仍待在原地？"

当她那双黄褐色的眼睛向上看的时候，我捕捉到了它们发出的转瞬即逝的亮光。我坚信就在那一刻，她很愿意把这个含沙射影的小个子律师撕个粉碎，但她仍然十分平静地说：

"不，在那儿我觉得很舒服，我正在全神贯注地看书。"

"这就是你能告诉我们的全部吗？"

"就这些。"

聆讯结束了，虽然我怀疑验尸官对此是否完全满意。我觉得他疑心如果玛丽·卡文迪什愿意，能说得更多一些。

下一个被传上来的是店员艾米·希尔，她宣誓证明曾于十七日下午向园丁助手威勒姆·厄尔出售过一份遗嘱表格。

在她后面的是威勒姆·厄尔和曼宁，为他们曾在文件上签字做证。曼宁确定时间是四点半，威勒姆认为更早一些。

接下来是辛西亚·默多克，不过她没说太多。被卡文迪什太太叫醒之前，她对这一惨剧一无所知。

"你听到桌子倒地了吗？"

"没有，我睡得很熟。"

验尸官笑了。

"问心无愧就能安稳入睡，"他说，"谢谢你，默多克小姐，就这些了。"

"霍华德小姐。"

霍华德小姐拿出了英格尔索普太太在十七日傍晚写给她的信。波洛和我当然已看过了。它对我们了解这一惨案没什么帮助。下面是副本（图五）：

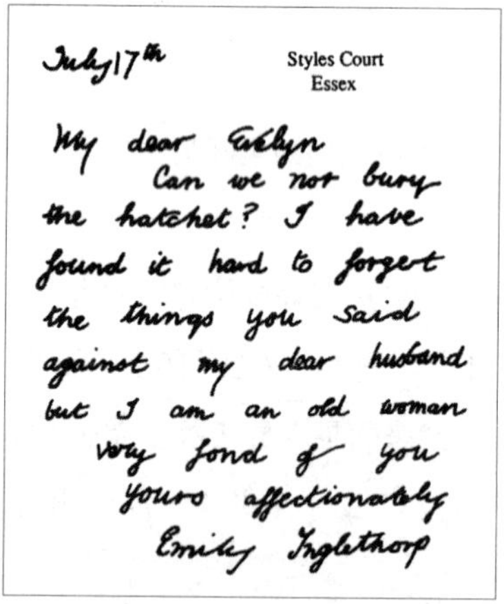

July 17th   Styles Court
                     Essex

My dear Evelyn
    Can we not bury
the hatchet? I have
found it hard to forget
the things you said
against my dear husband
but I am an old woman
very fond of you
    yours affectionately
    Emily Inglethorp

图五

埃塞克斯

斯泰尔斯庄园

亲爱的伊芙琳：

我们不能言归于好吗？我很难忘记你说的那些针

110

对我亲爱的丈夫的话，不过，我老了，我很爱你。

你的亲爱的

艾米丽·英格尔索普

7月17日

此信交给了陪审团认真审议。

"恐怕这对我们帮助不多，"验尸官叹了口气，说，"这里面完全没有提及那天下午的事。"

"对我来说再清楚不过了，"霍华德小姐立刻说道，"这清楚地表明了，我可怜的老朋友刚刚发现她被愚弄了！"

"信里可不是这么说的。"验尸官指出。

"不，因为艾米丽绝对不会接受自己是错的。但是我了解她。她想让我回来。可她没打算承认我是对的。她在兜圈子。大多数人都这样。我可不相信。"

韦尔斯先生微微笑了。我注意到几个陪审团成员也笑了。霍华德小姐显然是个个性张扬的人。

"不管怎样，所有这些愚蠢的举动都是在浪费时间，"这位小姐轻蔑地上下打量着陪审团，继续说道，"说吧——说吧——说吧！我们明明一直都知道——"

验尸官忧虑而苦恼地打断了她："谢谢你，霍华德小姐，就这样吧。"

她应允之后，我感觉验尸官似乎松了一口气。

接着，这一天最轰动的事发生了。验尸官传唤艾伯特·梅斯，药剂师的助手。

这就是那个心神不定、脸色苍白的年轻人。回答验尸官的问题时，他解释说，他是个合格的药剂师，但是新近来这家药店的，因为以前的店员刚刚应征入伍了。

这些背景介绍一结束，验尸官就开始聆讯了。

"梅斯先生，你最近有没有把士的宁卖给没有经过授权的人？"

"是的，先生。"

"什么时候？"

"这个星期一晚上。"

"星期一？不是星期二？"

"不，先生，是星期一，十六日。"

"你能告诉我们你卖给了谁吗？"

静得连根针掉在地上都能听见。

"好的，先生，我卖给了英格尔索普先生。"

所有的目光都转向了呆呆地坐在那儿、面无表情的阿尔弗雷德·英格尔索普。当这些可怕的话从这个年轻人嘴里说出来时，他稍稍吃了一惊。我猜他会从椅子上站起来，可他仍坐在那儿，虽然他的脸上呈现出一种刻意做出的惊愕表情。

"你确定自己在说什么吗？"验尸官严肃地问。

"非常确定，先生。"

"你一向都不用处方就出售士的宁吗？"

验尸官皱起了眉头，可怜的年轻人明显没了自信。

"哦，不，先生——当然不。但是，看到是庄园的英格尔索普先生，我就觉得没什么坏处。他说是要毒死一条狗。"

我内心对此很同情。讨好"庄园"只是人之常情——尤其是这会导致顾客从库特药店转移到当地药店的时候。

"购买毒药的人不是都需要在一个本子上签名吗？"

"是的，先生，英格尔索普先生签了。"

"你带本子来了吗？"

"带来了，先生。"

签字本提交了上去，验尸官严厉地指责了几句，就让可怜的梅斯先生下去了。

接着，在一片令人窒息的沉默中，阿尔弗雷德·英格尔索普被传唤上来。我在想，他是否意识到绞索离他的脖子有多近呢？

验尸官直入主题：

"这个星期一晚上，你是否为了毒死一条狗而买了士的宁？"

英格尔索普回答得非常镇定："没有，我没买过，斯泰尔斯庄园没有狗，除了户外牧羊犬，而它现在非常健康。"

"你绝对否认这个星期一晚上向艾伯特·梅斯买过士

的宁？"

"是的。"

"你也否认这个吗？"

验尸官把那个写有他签名的登记本递给他。

"我完全否认。这字迹跟我的很不一样。我写给你们看。"

他从口袋里掏出一个旧信封，在上面写下自己的名字，交给陪审团。确实完全不一样。

"那你对梅斯先生的陈述做何解释？"

阿尔弗雷德·英格尔索普泰然地回答道：

"梅斯先生一定弄错了。"

验尸官犹豫了一下，接着说道：

"英格尔索普先生，作为一个形式上的问题，你介不介意告诉我们七月十六日星期一晚上你在哪里？"

"我真的不记得了。"

"这很荒谬，英格尔索普先生，"验尸官尖锐地说，"再考虑考虑。"

英格尔索普摇摇头。

"我不能告诉你们。我想我是出去散步了。"

"朝哪个方向？"

"我真想不起来了。"

验尸官板起了脸。

"有人和你一起吗？"

"没有。"

"散步时遇到什么人没有？"

"没有。"

"真遗憾，"验尸官冷冷地说，"如果你拒绝说出梅斯先生明确地认出你去店里买士的宁的时候你在哪里，那我就只能相信梅斯的话了。"

"如果你愿意，请便。"

"说话注意点，英格尔索普先生。"

波洛紧张得坐立不安。

"该死！"他咕哝着，"这个蠢货想被抓起来吗？"

英格尔索普确实给大家留下了坏印象。他那徒劳的否认连个孩子也说服不了。不过，验尸官迅速转入了下一个问题，波洛深深地松了一口气。

"星期二下午，你是不是跟你妻子有过一次争论？"

"请原谅，"阿尔弗雷德·英格尔索普插嘴说道，"你被误导了。我没有跟我亲爱的妻子吵架。整个故事绝对是不真实的。我整个下午都不在家。"

"有没有人能给你做证？"

"我向你保证。"英格尔索普傲慢地说。

验尸官马上回答道：

"有两个证人发誓听到你和英格尔索普太太争论过。"

"那些证人弄错了。"

我很迷惑。这个人信誓旦旦的样子让我都摇摆不定了。

我看了看波洛，他脸上有种我所不能理解的得意表情。难道他终于相信阿尔弗雷德·英格尔索普的罪行了吗？

"英格尔索普先生，"验尸官说，"你在这里又听了一遍你妻子临终时说的话，你能解释一下吗？"

"当然能。"

"你能？"

"对我而言似乎很简单。那个房间光线很昏暗。包斯坦医生的身高体重跟我差不多，而且也像我那样留着胡子。在昏暗的光线下并处于痛苦之中，我可怜的妻子把他错认成了我。"

"啊！"波洛自言自语地嘀咕着，"这确实是个大胆的想法！"

"你认为他是对的？"我低语着。

"我没这么说。不过这的确是个巧妙的假设。"

"你们把我妻子临终时说的话作为一种指控，"英格尔索普先生继续说道，"相反，这正是对我的一种求助。"

验尸官沉思了一会儿，接着说：

"英格尔索普先生，那天傍晚是你亲自倒了咖啡并端给你妻子的吗？"

"我倒好了咖啡，是的，可我没有端给她。我是打算端过去的，可有人告诉我一个朋友在门厅口，所以我就把咖啡放在了门厅的桌子上。几分钟后我返回门厅，咖啡已经不在那儿了。"

这个说法真假难辨，但并没让我改变对英格尔索普的看法。不管怎么说，他都有充分的时间放毒药。

这时，波洛用胳膊肘轻轻推了我一下，指了指门旁边坐在一起的两个人。一个短小精悍，皮肤黝黑，长着一张雪貂一样的脸；另一个个子高高的，一头金发。

我疑惑地看着波洛。他的嘴巴凑近我的耳朵：

"你知道那个小个子是谁吗？"

我摇摇头。

"他是苏格兰场的探长詹姆斯·杰普——吉米·杰普。另一个人也是苏格兰场的。事情进展迅速，我的朋友。"

我目不转睛地盯着那两个人，完全看不出来他们是警察。要不是波洛告诉我，我真猜不出他们是官方人士。

我还在盯着两人，这时，传来的判决声吓了我一跳，我马上回过神来。

"某些人或不明人士的蓄意谋杀不成立。"

第七章　波洛偿还债务

我们走出斯泰尔斯公共大厅之后，波洛轻轻抓住我的手臂，把我拉到了一边。我了解他的用意。他在等那两个苏格兰场的人。

过了一会儿，他们走了出来，波洛立刻走上前，跟稍矮的那个打了个招呼。

"恐怕你不记得我了吧，杰普探长。"

"啊，波洛先生！"探长大喊，转向另一个人，"我跟你说过波洛先生吧？一九〇四年他和我在一起工作——阿伯克龙比伪造案——那人在布鲁塞尔被抓了起来。啊，那段时光真是美好，先生。还有，你记不记得阿尔塔拉'男爵'？那个无赖流氓？他躲过了欧洲一半警察的追捕。但我们在安特卫普捉住了他——多亏这位波洛先生。"

当他们沉浸在这些友好的回忆中时，我走近一些，波洛把我介绍给杰普探长，探长也向他的同事萨默海警长介绍了我们俩。

"我都不需要问你来这儿干什么，先生。"波洛说道。

杰普狡黠地闭起一只眼。

"不，确实不用了。我得说案情已经很明朗了。"

但是波洛严肃地回答道：

"我跟你想得不一样。"

"哦，得了吧，"萨默海第一次开口说话，"事情已经真相大白了，这人被抓了个现行。真不知道他怎么这么蠢！"

但是杰普仔细打量着波洛。

"别开火，萨默海，"他诙谐地说，"我和这位先生以前就认识，我对人的判断从来没有比他快过。如果我不是错得太离谱，他早就胸有成竹了。是这样吗，先生？"

波洛微笑着。

"我得出了一些结论——是的。"

萨默海仍然显得很怀疑，可杰普却继续细细地观察着波洛。

"是这样的，"他说，"迄今为止，我们只看到了这案子的表象。这就是苏格兰场在这类案件中的劣势，而且，谋杀可以说是在验尸后才暴露的。很多答案都是根据现场的第一手资料获得的，于是波洛先生就比我们抢占了先机。要不是现场有个聪明的医生通过验尸官给我们提示，我们就不会马上赶来这儿了。但是你第一时间就到了现场，没准已经获得了一些小小的线索。根据审讯发现的证据，英格尔索普先生谋杀了他的妻子，就像我站在这儿一样毫无疑问。如果除了你之外的其他任何人有何反对性的暗示，我肯定会当面嘲笑他。我必须承认，对于陪审团没有立刻判他蓄意谋杀罪，我感到很惊讶。我觉得他们有这个想法，如果不是因为验尸官——看样子他阻止了他们。"

"也许吧，不过，现在你的口袋里有一张逮捕令吧。"波洛说。

杰普那富于表现力的脸立刻换上了一副木然的官僚表情。

"我可能有，也可能没有。"他冷冷地说。

波洛若有所思地看着他。

"我希望他不会被逮捕，先生。"

"大概吧。"萨默海挖苦道。

杰普凝视着波洛，神情既困惑又滑稽。

"你能进一步解释一下吗，波洛先生？就算眨眨眼点点头也好。当时你在现场——你知道，苏格兰场可不想犯一丁点儿错。"

波洛严肃地点点头。

"这正是我所想的。嗯，我会告诉你们。使用你的逮捕令：逮捕英格尔索普先生。但这对你们的名誉没有一点儿好处——关于他的立案会立即撤销！没错！"

他意味深长地打了个响指。

杰普神色凝重起来，萨默海则怀疑地哼了一声。

而我则惊讶得说不出话来。我只能断定波洛疯了。

杰普掏出一块手帕，轻轻擦了擦额头。

"我不敢这么做，波洛先生。我会听从你的意见，但是我的上司会问我在搞什么鬼。你能不能再和我多说一点点？"

波洛考虑了一会儿。

"可以。"他终于开口了，"我承认我不想说，是你强迫我说的。现阶段我更愿意秘密工作，不过你说得很对——属于比利时警察的时代已经过去了，他们说的话是不够的。然而阿尔弗雷德·英格尔索普不能被逮捕。我发过誓，我的这位朋友黑斯廷斯知道。那么，我亲爱的杰普，你即刻去斯泰尔斯吗？"

"这个，大约半小时后。我们先去找验尸官和那位医生。"

"好。顺便叫上我——在村子最深处的那所房子。我和你们一起去。在斯泰尔斯庄园，英格尔索普先生会向你们证明，或者如果他拒绝——有这个可能——我会给你满意的证据证明案件将不再继续针对他。成交吗？"

"成交。"杰普痛快地说，"并且，我代表苏格兰场深深地感谢。虽然我必须承认，目前我看不到证词中可能存在的最微小的漏洞，但你一直是个奇迹！那么再见了，先生。"

两个侦探大步走开了，萨默海怀疑地咧嘴笑着。

"嘿，我的朋友，"我还没张嘴说话，波洛就大叫着，

"你是怎么想的？上帝呀！我在法庭上急得都出汗了。我无法想象这人会这么顽固，什么都不肯说。显然，这是个愚蠢的策略。"

"哼，除了愚蠢，还有别的解释，"我说，"如果对他的指控是正确的，除了沉默，他还能怎样为自己辩护？"

"哎呀，有一千种巧妙的方法呢，"波洛大声说，"瞧，如果说我犯下了这桩谋杀案，我能想出七个最合理的故事！远远比英格尔索普先生那冷酷的拒绝更有说服力！"

我忍不住笑了起来。

"我亲爱的波洛，我相信你能想出七个来！不过，说真的，暂且不论我听到的你和那两个侦探说的话，你肯定不会还相信阿尔弗雷德·英格尔索普是清白的吧？"

"为什么和以前不同？什么都没变。"

"可证据不容置疑。"

"没错，太不容置疑了。"

我们走进里斯特维斯小屋的大门，登上已然熟悉的楼梯。

"是的，是的，太不容置疑了。"波洛几乎是自言自语般地继续说道，"真正的证据通常都是模糊的，无法令人满意的。它需要被检查——筛选详查。但这里的整件事都已成定局。不，我亲爱的朋友，这些证据都被巧妙地捏造，太巧妙了，反而让自己的计划落了空。"

"你是怎么想的？"

"因为，只要不利于他的证据是模糊和难以确定的，那就很难反驳。不过，罪犯过于急躁，那张网拉得太紧了，以至于一个疏漏就能放走英格尔索普。"

我沉默了。过了一两分钟，波洛接着说：

"我们来看看这件事。假设有个人准备毒死他的妻子。就像俗话说的，他靠耍小聪明过日子。那他应该有些小聪明，不完全是个笨蛋。那么，他是怎么准备的？他大胆地去村子里的药店用自己的名字买士的宁，还捏造了一个必定被证明是荒谬的关于一条狗的故事。那天晚上他没有下毒。不，他一直等到和妻子大吵一架之后，这样全家人都知道了，并且自然而然地全都怀疑他。他没打算辩护——连借口都没有。他还知道药店的店员肯定会说出这个事实。呸！我可不相信有人会这么白痴！只有疯子想绞死自己，才会这么干！"

"我还是——不明白——"我开口道。

"我也不明白。我跟你说，我的朋友，我很迷惑。我——赫尔克里·波洛！"

"但如果你相信他是清白的，你怎么解释他买了士的宁？"

"很简单，他没买。"

"可梅斯认出了他！"

"请原谅，他看到了一个像英格尔索普先生的人，长着黑胡子，戴着眼镜，穿着同样引人注目的衣服。他无法认出一个可能只在远处看见过的人，因为，你还记得吧，他来村子里才两个星期，而英格尔索普太太主要是在塔明斯特的库特药店取药。"

"所以你认为——"

"我的朋友，你还记得我曾经强调过的两个事实吗？先不说第一个，第二个是什么？"

"重要的事实是英格尔索普先生的衣着很独特，有一大把黑胡子，还戴眼镜。"我引用了他的话。

"完全正确。现在假设有人想冒充约翰或者劳伦斯，容易做到吗？"

"不容易，"我若有所思地说，"当然一个演员——"

但是波洛冷冷地打断了我的话。

"为什么不容易冒充？我会告诉你的，我的朋友：因为他们俩的脸刮得都很干净。要成功地在大白天扮成这两个人中的一个，需要具有演员的天赋，还要有相似的脸部轮廓。但是说到阿尔弗雷德·英格尔索普，情况就全变了。他的衣服、他的胡子，还有挡住眼睛的眼镜——这些都是他外表惹人注目的地方。那么，罪犯的第一本能是什么？转移自己的嫌疑，不是吗？最好的办法是什么？把嫌疑扔给别人。在这种情况下，他得预备好一个人。每个人都倾向于相信英格尔索普先生是有罪的，他受到怀疑也是意料之中的事，但是，为了让事情更有把握，就要有确凿的证据——比如他真的去买药了，而且，扮成像英格尔索普先生这样外表独特的人并不难。记住，年轻的梅斯从来没有真正地跟英格尔索普先生说过话，他怎么会怀疑这个穿着他的衣服、长着他的胡子、戴着他的眼镜的人，不是阿尔弗雷德·英格尔索普？"

"也许是这样，"我被波洛的口才给迷倒了，"但如果那样的话，他为什么不说出星期一傍晚六点钟他在哪儿呢？"

"啊，为什么？"波洛平静下来，说道，"如果他被捕了，可能就会说了，可我不希望走到那一步。我必须让他看到自己处境的严峻性。当然，他沉默的背后有一些丢脸的事。即使没有谋杀他的妻子，他仍然是一个恶棍，并且隐瞒了一些谋杀以外的事情。"

"会是什么呢？"我思索着，暂时同意了波洛的观点，但仍然隐隐地认为那个明显的推论就是正确的。

"你猜不出来吗？"波洛笑着问。

"猜不出来。你能吗？"

"哦，是的，不久前我有个小想法，并且结果已经证明是正确的。"

"你从没告诉过我。"我有些责怪地说道。

波洛抱歉地摊开双手。

"请原谅，我的朋友，你绝对不会认同的。"他诚恳地转向我，"告诉我——你现在觉得他不应该被捕吗？"

"可能吧。"我迟疑地说，因为我真的一点儿也不关心阿尔弗雷德·英格尔索普的命运，并且我觉得使劲吓一吓他也没坏处。

波洛专注地看着我，叹了口气。

"算了吧，我的朋友，"他换了个话题，"不说英格尔索普先生，你怎么看审讯中的证词？"

"哦，基本都在我的意料之中。"

"你没感到有什么古怪吗？"

我的思绪飘向了玛丽·卡文迪什，对这个问题闪烁其词：

"哪方面？"

"唔，例如劳伦斯·卡文迪什先生的证词？"

我松了口气。

"哦，劳伦斯！不，我没这么想，他一向都是个紧张的家伙。"

"他说他母亲可能是因为吃补药而意外中毒，你不觉得奇怪，嗯？"

"不，我不觉得。医生当然会嘲笑这个说法，但是作为一个外行人，这么想是很自然的。"

"但劳伦斯先生不是外行。你亲口告诉过我他开始学的是医学，还获得了学位。"

"是的，没错。我从没想过这一点。"我很是吃惊，"是很古怪。"

波洛点点头。

"首先，他的举止很特别。他是全家人中唯一能认出士的宁中毒症状的人，而且我们还发现他是唯一坚持自然死亡观点的人。如果是约翰先生，我就能理解。但是劳伦斯先生——不！那么，今天，他所提出的意见，他自己也知道是非常荒谬的。这很值得思考，我的朋友。"

"的确令人费解。"我同意。

"还有卡文迪什太太，"波洛继续说道，"这是另外一个没有说出自己所知全部事实的人。你怎么看她的态度？"

"我不清楚。她应该是在保护阿尔弗雷德·英格尔索普，真是无法想象。然而看起来就是这样。"

波洛深思着点点头。

"是的，这很可疑。有一件事可以肯定，她无意中听到的'私人对话'远远多于她愿意承认的。"

"而且，她还是最没有可能弯腰偷听的人。"

"完全正确。她的证词向我表明了一件事。我犯了个错误。多卡丝很对。那天下午争吵发生的时间比较早，大约是四点钟，就像她所说的。"

我好奇地看着他，一直想不通他为什么这么看重吵架的时间。

"是的，今天冒出来很多稀奇古怪的事。"波洛继续说，"包斯坦医生，那天早上在那个时间，怎么就穿戴整齐了呢？我很惊讶没人评论这件事。"

"我相信他失眠。"我含糊地说。

"这是一个很好或者很糟的解释，"波洛说，"它涵盖了一切，却什么也没说。我会盯着我们聪明的包斯坦医生。"

"证词中还找出了什么错误？"我讥讽地问。

"我的朋友，"波洛严肃地说，"当你发现人们没有对你说实话——当心！现在，除非我是大错特错，今天的聆讯中只有一个人，最多两个人，没有保留或者欺骗地说了实话。"

"哦，得了吧，波洛，我就不列举劳伦斯或者卡文迪什太太了，但是约翰，还有霍华德小姐，他们说的肯定是真话吧？"

"他们两个人，我的朋友？一个，我承认，但是两个——"

他的话带给我一种不愉快的冲击。霍华德小姐的证词虽然不重要，但说得如此直截了当、坦率明确，这让我从未怀疑过她的真诚。然而，我非常敬重波洛的判断力——除了我把他描述成"愚蠢的猪头"的时候。

"你真的这么认为吗？"我问，"霍华德小姐似乎一向对我都很诚实——诚实得我都快不安了。"

波洛好奇地看了我一眼，我完全没领会到其中的含义。他想说些什么，不过忍住了。

"默多克小姐也是，"我接着说了下去，"她没有什么不诚实的。"

"是没有，不过，她睡在隔壁却一点儿动静也没听到，

128

这很奇怪；而卡文迪什太太，在房子的另外一边，却清楚地听见桌子倒地了。"

"呃，她还年轻，并且睡得正酣。"

"啊，没错，确实！她肯定是个著名的冬眠动物，就是那个！"

我不是很喜欢他那种腔调，可就在这时，一阵有节奏的敲门声传进我们的耳朵里。我们朝窗外看了看，发现两位侦探正在下面等着我们。

波洛抓起帽子，使劲捻了捻胡子，仔细地弹了弹袖子上想象中的灰尘，示意我走在他前面下了楼，和两个侦探一起前往斯泰尔斯庄园。

我觉得两个苏格兰场的人的出现是个很大的震动——尤其对约翰来说，虽然判决之后他显然意识到这只是一个时间问题。然而，侦探的到来，跟其他事情相比，能让他看到更多的真相。

一路上，波洛都在和杰普低声地商议着，这个公职人员要求全家人，除了用人，都要在客厅集合。我明白这其中的意思。这是让波洛兑现自己说的大话。

我是不自信的。也许波洛有绝好的理由相信英格尔索普的清白，但是让像萨默海这种类型的人相信需要有确凿的证据，我怀疑波洛能否提供。

我们所有人陆续走进客厅没多久，杰普就关上了门。波洛彬彬有礼地为每个人摆好椅子。大家把目光都集中在苏格兰场的这两个人身上。我觉得这是我们第一次认识到这件事不是一场噩梦，而是真真切切的现实。我们读过这样的事情，现在，我们自己成了这场戏的表演者。明天，全英国的日报都会用显眼的大字标题把这一消息宣扬出去：

埃塞克斯神秘惨案
阔绰太太中毒身亡

还会有斯泰尔斯庄园的照片，以及"全家人接受聆讯"的快照——村子里的摄影师可不会闲着的！所有这些事都被读过数百次，只是发生在别人而非自己身上。而现在，在这所房子里，发生了一桩谋杀。在我们前面的是"接手此案的侦探们"。在波洛讲话之前的空当里，我脑海中飞快地闪过一些众所周知的油腔滑调的术语。

我想每个人都会有点奇怪，首先开口说话的是他，而不是那位官方侦探。

"女士们，先生们，"波洛说着鞠了一躬，好像是发表演说的名人，"我请大家一起来到这儿，是为了某个问题。而这个问题，跟阿尔弗雷德·英格尔索普先生有关。"

英格尔索普独自坐在那儿——我觉得，大家都会不自觉地把椅子搬得离他远点——波洛说到他名字时，他微微吃了一惊。

"英格尔索普先生，"波洛直接对他说，"一片浓黑的阴影正笼罩在这幢房子上——谋杀的阴影。"

英格尔索普悲伤地摇摇头。

"我可怜的妻子，"他低声说道，"可怜的艾米丽！太可怕了。"

"我认为，先生，"波洛尖锐地说，"你没有充分意识到这会有多么可怕——对你而言。"看到英格尔索普像是没有理解这话，他补充道，"英格尔索普先生，你正处于极大的危险之中。"

两个侦探一副坐立不安的样子。我看见那句官方警告"你说的每句话都将作为呈堂证供"一直徘徊在萨默海的嘴唇上。波洛继续说道：

"现在你明白了吗，先生？"

"不明白。你说的是什么意思？"

"我是说，"波洛审慎地说道，"你被怀疑毒死了自己的妻子。"

这句开诚布公的话让每个人都有些透不过气来。

"天哪！"英格尔索普大喊着惊跳起来，"多么可怕的想法！我——毒死我最爱的艾米丽！"

"我认为——"波洛仔细打量着他，"你没有充分意识到聆讯时你证词中的不利因素。英格尔索普先生，听完我现在跟你说的这些之后，你是否还拒绝说出星期一下午六点钟你在哪里吗？"

英格尔索普哼了一声，跌坐回椅子里，脸埋进双手中。波洛走过去，站在他旁边。

"说！"他大声威胁道。

英格尔索普的脸费力地从手中抬了起来，然后他慢慢地、从容地摇了摇头。

"你不说？"

"我不会说的。我不相信每个人都这么可怕，指控我犯下了你所说的事。"

波洛若有所思地点点头，似乎心意已决。

"那好，"他说，"我必须替你说了。"

英格尔索普又站了起来。

"你？你怎么能说？你不知道——"他忽然打住了。

波洛转向众人："先生们，女士们，我说了。听着！我，赫尔克里·波洛，肯定那个星期一下午六点走进库特药店购买士的宁的人，不是英格尔索普先生，因为星期一下午六点的时候，英格尔索普先生正从邻近的农场送雷克斯太太回家。我可以提供不少于五个证人证实在六点或六点刚过时，看到他们在一起，你们也知道，艾比农场，也就是雷克斯太太的家，距离村子至少两英里半。这绝对可以证明英格尔索普先生不在犯罪现场。"

第八章　新疑点

一阵愕然的沉默。杰普，我们之中最为镇定的人，第一个发言了。

"哎呀，"他大声说道，"你真厉害！确确实实，波洛先生！我猜，你的这些证人都没问题吧？"

"瞧！我准备好了他们的名单——姓名和地址。你当然得去见见他们，不过你会发现这没问题的。"

"我深信这一点。"杰普压低声音，"我非常感激你。他差一点儿就要因为这种无稽之谈而被捕了。"他转向英格尔索普，"但是，请原谅，先生，聆讯的时候你为什么不肯说出这些？"

"我会告诉你原因，"波洛抢过话头说道，"有个谣言——"

"一个存心不良、纯属虚假的谣言。"阿尔弗雷德·英格尔索普激动地打断了他。

"而英格尔索普先生不希望眼下再有谣言四起，对吗？"

"就是这样。"英格尔索普点点头,"我可怜的艾米丽还没入殓,我非常不想再有这种骗人的传言,你对此感到惊奇吗?"

"跟你相比,先生,"杰普说,"我宁愿有大量的传言,也不愿意因谋杀而被捕。我甚至冒昧地认为你那可怜的太太也是这么想的。如果不是波洛先生在这儿,你已经被捕了,毫无疑问!"

"我真的很蠢,"英格尔索普喃喃地说,"可你不知道,探长,我是怎样被迫害和中伤的。"他狠狠地瞪了伊芙琳·霍华德小姐一眼。

"那么,先生,"杰普轻快地转向约翰,"我想看看英格尔索普太太的卧室,之后我会和用人聊一聊,不必麻烦你了,波洛先生在这里会给我带路的。"

所有人都走出房间以后,波洛转过身示意我跟他上楼。到了那儿,他抓住我的手臂,把我拉到一边。

"快点儿,到房间的另一侧去,站在那儿——就在羊毛毡门这一边。我过去之前不要动。"然后他迅速转身跟上了那两个侦探。

我按照他的指示,在毛毡门旁站好,纳闷他这个要求的背后究竟是什么意思。为什么我得在这个指定的地方守着呢?我若有所思地看着眼前这条走廊,产生了一个想法:除了辛西亚·默多克,其他人的房间都在左边这一侧,是否跟这一点有关?我要不要报告有谁进出?我忠实地守在自己的位置。几分钟过去了，没有人来，什么也没发生。

大约二十分钟后，波洛过来了。

"你没动吧？"

"我固若磐石。什么事也没有。"

"啊。"他是高兴还是失望？"你什么都没看到？"

"没。"

"但没准你听到什么了？猛地一撞——嗯，朋友？"

"没听到。"

"有可能吗？啊，我是自寻烦恼！我向来不算笨的，只做了个轻微的手势——"我了解波洛的手势，"用左手，掀倒了床边的桌子！"

他像个孩子一样苦恼、垂头丧气，我连忙安慰他：

"没关系，老朋友。有什么要紧的呢？你刚刚在楼下获得的胜利还让你余兴未尽。我可以告诉你，那让我们所有人都很吃惊。英格尔索普和雷克斯太太之间一定有更多不为我们所知的事，这让他守口如瓶。现在，你打算怎么办？苏格兰场那两个家伙呢？"

"下楼询问用人们去了。我向他们出示了我们所有的证据。我对杰普很失望。他束手无策！"

"喂！"我望着窗外，说道，"包斯坦医生在这儿！我相信你对他的看法是正确的，波洛。我不喜欢他。"

"他是个聪明人。"波洛深思着，说道。

"哦，聪明得像魔鬼！我得说，星期二他的那个样子，真让我喜出望外。你一定没见过这种奇观。"我向他描述了一遍医生的冒险，"他就像田地里标准的稻草人！从头到脚都是泥巴。"

"当时你看到他了？"

"对。当然，他不想进来——正好是晚饭时间——不过英格尔索普先生坚持请他进来。"

"什么？"波洛用力抓住我的肩膀，"星期二傍晚包斯坦医生在这儿？而你从来没告诉过我？你为什么不告诉我？为什么？为什么？"

他就像疯了一样。

"亲爱的波洛，"我劝他，"我从来没想到你会对这个感兴趣，我不明白这有什么重要的。"

"有什么重要？这是最重要的！这么说，包斯坦医生星期二晚上在这儿——谋杀那晚。黑斯廷斯，你不明白吗？这改变了一切——一切！"

我从未见过他如此烦躁。他松开了抓住我的手，机械地摆弄着一对烛台，嘴里仍然喃喃自语着："没错，改变了一切——一切。"

忽然间，他好像做出了个决定。

"好吧，"他说，"我们得马上行动。卡文迪什先生在哪儿？"

约翰在吸烟室。波洛直接去找他了。

"卡文迪什先生，我在塔明斯特有些重要的事。一个新线索。我可以用你的车吗？"

"哦，当然。你是说现在吗？"

"劳驾。"

约翰按铃吩咐司机把车开过来。十分钟后，我们驾车经过公园，开上了去塔明斯特的公路。

"现在，波洛，"我顺从地说，"你能告诉我是怎么回事了吗？"

"哦，朋友，你自己也能猜出不少。当然，你也知道，英格尔索普先生解脱了，整个局势都变了。我们面对的是一个全新的问题。我们目前知道的是有个人没有去买毒药。我们已经摒除那些捏造的线索。对于那个真正的凶手，我可以确定的是，除了当时正跟你打网球的卡文迪什太太，这个家里其他任何人都有可能在星期二傍晚假扮成了英格尔索普先生。同样，我们听他说过他把咖啡放在门厅里。聆讯时没有人过多地注意这件事——但是现在此事意义非同一般。我们必须找出究竟是谁把咖啡端给了英格尔索普太太，或者咖啡放那儿时谁经过门厅了。就你所说，我们可以断定只有两个人没有走近咖啡——卡文迪什太太和辛西亚小姐。"

"没错，是这样的。"我心底感到一阵难以言说的轻松，玛丽·卡文迪什当然不应该承受这种怀疑。

"为了撇清阿尔弗雷德·英格尔索普的干系，我不得不提前摊牌。只要罪犯认为我仍然咬着他不放，就有可能放松警惕。然而现在，他会更加小心。没错——加倍小心。"他忽然转向我，"告诉我，黑斯廷斯，你自己——有没有怀疑过谁？"

我犹豫了。说实话，一个疯狂的想法曾经在那天早上在我脑海中闪过那么一两次。我努力想甩掉这个荒谬的念头，可仍然挥之不去。

"不能说是怀疑，"我咕哝着说，"那太愚蠢了。"

"说吧，"波洛鼓励地催促我，"别害怕，说出你的想法。你必须留意自己的直觉。"

"既然这样，"我脱口而出，"虽然荒谬——但是我怀疑霍华德小姐没有说出她知道的所有事情。"

"霍华德小姐？"

"是的——你会嘲笑我的——"

"当然不会，我为什么要笑你？"

"我似乎觉得，"我像犯了什么错误似的继续说道，"我们把她从可能的嫌疑人中排除了，单凭她已经离开了这个地方。但是，毕竟，她只有十五英里远。汽车半小时就能到。我们能断定谋杀那晚她没在斯泰尔斯吗？"

"是的，我的朋友，"波洛出人意料地说，"我们能。我当时首先就给她工作的医院打了电话。"

"哦？"

"嗯，我了解到，星期二，霍华德小姐值下午班，而且——忽然来了一大批病人——她体贴地提出继续值夜班。这个建议被欣然接受。就是这样。"

"哦，"我不知所措地说，"是这样。"我继续说道："她异常激烈地指控英格尔索普，引起了我的怀疑。我不禁觉得她事事针对他。所以我想她也许知道一些关于烧毁的遗嘱的事。没准她错把它当成之前那份有利于他的遗嘱，所以烧掉了。她是这么的恨他！"

"你认为她激烈得反常吗？"

"是——的。她太过激了。我真是怀疑在这件事上她还有没有理智。"

波洛用力摇摇头。

"不，不，你想错方向了。霍华德小姐不是低能，也不是智力退化，她是个体力和智力都十分正常的优秀典范。她的头脑很清楚。"

"然而她恨英格尔索普恨得已近乎疯狂。我的想法是——毫无疑问很可笑——她打算毒死他，而在某种情况下，英格尔索普太太误服了毒药。可我完全想不明白是怎么做到的。我的整个想法都荒谬滑稽至极。"

"你仍然说对了一件事。怀疑每一个人，加以逻辑验证，证明他们无罪，直到自己满意为止。这么做从来都是明智的。现在，阻止霍华德小姐蓄意毒死英格尔索普太太的理由是什么？"

"为什么！她对她很忠诚！"我惊叫道。

"哎哎!"波洛着急地大声说,"你喊得像个孩子。如果霍华德小姐有本事毒死这个老太太,也能装出一副忠诚的样子。不,我们必须看看其他方面。你的假设完全正确,她对阿尔弗雷德·英格尔索普的反感已经强烈到了不正常的地步,但你由此得出的结论却是大错特错的。我已经得出了自己的推论,我相信是正确的,但现在我不会说出来。"他顿了顿,接着说,"现在,我认为,说霍华德小姐是杀人犯还有一个不可逾越的阻碍。"

"是什么?"

"英格尔索普太太的死对霍华德小姐没有任何好处。不存在没有动机的谋杀。"

我思索着。

"英格尔索普太太会不会写了一份有利于她的遗嘱?"

波洛摇摇头。

"可你自己不是跟韦尔斯先生说过这种可能性吗?"

波洛笑了。

"那是有原因的。我不想提到我心中真正所想的那个人名。霍华德小姐处于十分相似的位置,所以我用她的名字代替了。"

"英格尔索普太太可能写过,呃,她去世那天下午写的遗嘱可能——"

可是波洛的脑袋晃得那么用力,我只好打住。

"不,朋友,我对那份遗嘱有自己的一点想法,但我只可以告诉你这么多——对霍华德小姐没什么好处。"

我接受了他的保证，虽然我没有真正弄明白他何以如此肯定。

"那好吧，"我叹了口气说，"那我们得宣判霍华德小姐无罪了。我对她有过怀疑，多少也得怪你。都是因为你对她在聆讯中的证词做的评论。"

波洛一脸不解。

"关于她聆讯中的证词，我说了什么？"

"你忘了吗？当时我指出她和约翰·卡文迪什无可怀疑。"

"哦——啊——是的。"他有点儿狼狈，不过很快恢复了正常，"还有，黑斯廷斯，我想请你为我做一件事。"

"没问题。是什么？"

"下一次你有机会和劳伦斯·卡文迪什单独在一起时，我希望你跟他这么说：'波洛让我捎个口信给你。他说，如果找到另外的那只咖啡杯，你就能放心了。'别多说也别少说。"

"'找到另外的那只咖啡杯，你就能放心了。'是这样吗？"我大为惊奇地问道。

"很好。"

"但这是什么意思？"

"啊，我会让你自己找出答案。你有机会接近真相的。就跟他说这些，看看他有什么反应。"

“好吧——可真是太神秘了。”

这时，我们开进了塔明斯特，波洛将车开到“化学分析家”的公司门口。

波洛轻快地跳下车，走了进去。几分钟之后他又回来了。

“啊，”他说，“该做的已经做完了。”

“你在那儿干什么？”我十分好奇地问道。

“我拿了点东西去化验。”

“我知道。不过，是什么呢？”

“我从卧室平底锅里拿的可可样品。”

“可是已经化验过了呀！”我惊讶地大声说，“包斯坦医生化验过了，你自己还嘲笑可能含有士的宁的这一说法呢！”

“我知道包斯坦医生化验过了。”波洛平静地回答道。

“既然这样？”

“唔，我想再化验一下。就是这样。”

我再也没能从他嘴巴里问出别的话来。

关于可可这件事，波洛的举动令我大为困惑，觉得毫无道理可言。尽管如此，我依然相信他，虽然这种信心曾经减弱过，但自从他对阿尔弗雷德·英格尔索普是清白的这一坚持得以成功印证之后，它又完全恢复了。

英格尔索普太太的葬礼在第二天举行，而在星期一，我下楼吃早饭时，约翰把我拉到一边，告诉我英格尔索普先生这天早上要离开庄园住到公共议事厅去，直到这场风波平息。

"想到他要离开，真是极大的欣慰，黑斯廷斯。"我那诚实的朋友继续说道，"以前我们认为是他做的，这已经够糟糕了；但是现在事情变得更糟，我们都为跟这家伙过不去而感到内疚。事实是，我们对他态度十分恶劣。因为过去的线索确实指向他。我知道没有人会指责我们这么武断地给一个人下结论的。不过，我们还是错了，我们觉得应该做出补偿，可这太难了。大家还是和从前一样讨厌他。该死的，整件事都糟透了！我很感激他明智地选择离开。斯泰尔斯庄园没有留给他真是一件好事。真是无法忍受这家伙在这里。他就是看上了她的钱。"

"你能维持好这个地方吗？"我问。

"哦，是的。当然，要交遗产税，可是我父亲有一半的钱留给这个地方，而且，目前劳伦斯还和我们住在一起，所以还有他的份儿。当然，一开始我们会比较拮据，因为，就像我之前跟你说过的，我自己经济上有点亏空，那些家伙仍在等着呢。"

英格尔索普就要离开的消息让大家感到释然。我们享用了一顿惨剧发生以来最为惬意的早饭。辛西亚，这个年轻姑娘的精神自然高涨，看上去又恢复了从前的状态。除了劳伦斯仍然一副忧郁紧张的样子，我们大家都很快活，呈现在眼前的是崭新而充满希望的未来。

自然，报纸上充斥着关于这一惨剧的报道。吸引眼球的标题，每个家庭成员的简要介绍，微妙的暗示，还有平时大家所熟悉的结束语："警方已经掌握了线索。"我们无一幸免。那是一段不景气的日子，战争暂时凝滞，报纸咬住上流社会这种犯罪中的贪婪不放，"斯泰尔斯庄园奇案"就是当下的话题。

这自然令卡文迪什一家十分厌烦。记者们不停地围攻庄园，虽然被禁止入内，但他们继续出没在村子之中，带着相机等待着任何一个不留神的家庭成员。我们全都生活在关注的暴风之中。苏格兰场的人来了又走，调查、盘问，目光锐利，口气冷淡。我们不知道他们最终得出了什么结论，他们是否有了线索，还是整件事情仍没有进展？

早饭后，多卡丝神秘兮兮地走过来问我她能否跟我说几句话。

"当然。什么事，多卡丝？"

"哦，是这样，先生。您今天会见到那位比利时先生吗？"

我点点头。

"哦，先生，您知道他特意问了我，我的女主人或其他人是不是有一件绿衣服。"

"对，对。你发现了一件？"这引起了我的兴趣。

"不，不是这样的，先生。不过后来我记起少爷们——"多卡丝仍然称呼约翰和劳伦斯为"少爷"，"有个

'化装箱'，在前面的阁楼里，先生。是个大柜子，装满了旧衣服和花哨的衣服什么的。我忽然想到里头可能有件绿衣服。所以，如果您告诉比利时先生——"

"我会告诉他的，多卡丝。"我答应了。

"非常感谢您，先生。他是一位非常好的绅士，先生。他打听、询问事情的时候，跟那两个伦敦来的侦探完全不同。通常我不怎么接受外国人，可是从报纸上我了解到，这些勇敢的比利时人都是不一般的外国人，而且他确实是个说话和善的先生。"

亲爱的老多卡丝！她站在那儿，仰着诚实的脸望着我，我觉得她就是那些正在快速消失的旧时女佣的绝好代表。

我认为得立即去村子里找波洛，不料在半路就遇见了正赶往庄园的他，于是我马上转告了多卡丝的口信。

"啊，这个勇敢的多卡丝！我们去看一看那个柜子，虽然——不过没关系——我们仍然会检查的。"

我们经由一扇落地窗进到屋子里，门厅里一个人也没有，于是我们直接上了顶楼。

果然，那儿有个大柜子，是个上好的旧式柜，上面点缀着铜钉，里头是满满一柜子能想象得到的各种类型的服装。

波洛毫不留情地把每件衣服都拽出来扔在地板上，有一两件颜色深浅不一的绿色织物，可是波洛看完后摇摇

145

头。他看起来对这次搜查有点冷淡，似乎预料到不会有什么大发现了。忽然，他惊叹一声。

"那是什么？"

"看！"

柜子几乎已经空了，就在底部，有一把华丽的黑胡子。

"啊哈！"波洛说，"哇！"他把胡子拿在手里翻来覆去仔细检查了一番，"新的，"他说，"是的，很新。"

他犹豫了一会儿，又把它放回柜子里，像原来那样把所有的衣服都堆在上面，然后迅速走下楼。他径直走向食品储藏室，在那儿我们找到了忙着擦拭银器的多卡丝。

波洛像高卢人那样礼貌地向她问候早上好，然后说道：

"我们已经仔细检查过那个柜子了，多卡丝。我很感激你提起这件事，里面确实收集了很多东西。我能问问，他们经常使用那些东西吗？"

"哦，先生，现在不怎么用了，虽然我们会时不时地有那种少爷们称作'化装之夜'的活动，有时候很有趣的，先生。劳伦斯先生棒极了！好笑极了！我永远都不会忘记他装扮成波斯查①下楼来的那个晚上，我想他是这么叫的——一个东方国王之类的。他手里拿着一把纸做的大刀，跟我说：'小心，多卡丝！你得对我恭敬点，这是我特别锋利的弯刀，要是你惹我不高兴了，它就会叫你脑

---

①应为波斯沙，波斯国国王，多卡丝发音错误。

146

袋不保！'辛西亚小姐，大家都叫她'阿帕切'一类的名字——我认为是个法国式的割喉强盗。她看起来真像那么回事。你根本想不到她那样一个年轻漂亮的小姐会把自己扮成一个这样的流氓。谁也没认出她来。"

"这些晚会肯定很有趣，"波洛亲切地说，"我猜劳伦斯扮成波斯查的时候，戴着楼上柜子里的那把漂亮的黑胡子吧？"

"他确实有胡子，先生。"多卡丝微笑着回答道，"这我可清楚，他跟我借了两团黑色的羊毛线做胡子呢！而且我敢说，离得稍远一点儿看，就跟真的一样。我一点儿也不知道楼上还有一绺胡子，我想肯定是最近才放进去的。我知道那儿有顶红色的假发，就再没其他样式的假发了。他们经常用烧焦的软木——虽然洗起来很脏。有一次，辛西亚小姐装成一个黑人，哦，可真是个灾难。"

"看来，多卡丝不知道胡子的事。"我们走到大厅里的时候，波洛若有所思地说道。

"你觉得这就是那把胡子吗？"我急切地小声问道。

波洛点点头。

"是的。你有没有注意到它被修剪过了？"

"是吗？"

"是的。严格按照英格尔索普先生的胡子形状剪的，而且我发现了一两根剪掉的毛发。黑斯廷斯，这案子可深奥着咧。"

147

"真奇怪，是谁放进柜子里的？"

"是很聪明的人，"波洛冷冰冰地说，"你能注意到他在房子里挑了一个这么不显眼的地方来藏东西吗？没错，他很聪明。但我们必须更聪明。我们必须聪明得让他一点儿都感觉不到我们这么聪明。"

我默默表示同意。

"啊，朋友，你对我的帮助将会很巨大。"

听到这番赞扬我很是高兴。以前我总觉得波洛没能欣赏我真正的价值。

"没错，"他深思般地盯着我，继续说道，"你很宝贵。"

这自然令人满意，可波洛下面的话就不那么令人开心了。

"这房子里我得有个盟友。"他深思熟虑地观察着。

"你有我呢。"我抗议道。

"没错，可你还不够。"

我受到了伤害，而且表现了出来。波洛连忙解释说：

"你没有完全明白我的意思。大家都知道你和我一起工作。我需要一个各方面都跟我们没有联系的人。"

"哦，我明白了。约翰怎么样？"

"不，我觉得不行。"

"这位亲爱的朋友也许不够聪明。"我有所顾虑地说。

"霍华德小姐来了，"波洛忽然说道，"她就是那个人。但自从我帮英格尔索普先生脱罪以后，她对我就没什么好感了。不过我们还可以试试。"

霍华德小姐象征性地点点头，勉强同意跟波洛谈几分钟。

我们走进小起居室后，波洛关上了门。

"那么，波洛先生，"霍华德小姐不耐烦地说，"什么事？说吧。我很忙。"

"你是否还记得，小姐，我曾请你帮我的忙？"

"是的，我记得。"女士点点头，"而且我跟你说过，我很愿意帮你——绞死阿尔弗雷德·英格尔索普。"

"啊！"波洛严肃地打量着她，"霍华德小姐，我想问你个问题，请你如实地回答我。"

"我从不说谎。"霍华德小姐说。

"是这样。如今你仍然相信英格尔索普太太是被她丈夫毒死的吗？"

"你什么意思？"她尖刻地问，"你别以为你那套漂亮的说辞会影响到我。我承认去药店买士的宁的人不是他。那又怎样？我敢说，他浸了毒蝇纸，就像我一开始跟你说的那样。"

"那是砒霜——不是士的宁。"波洛温和地说。

"那有什么关系？砒霜照样能杀死可怜的艾米丽。反正我确信是他干的，至于他是怎么做到的跟我一点儿关系也没有。"

"确实是这样。既然你确信是他干的，"波洛平静地说，"我想换一种方式提出我的问题。在你内心深处，究竟相不相信英格尔索普太太是被她丈夫毒死的？"

"天哪！"霍华德小姐大喊着，"我不是一直跟你们说他是个坏蛋吗？我不是一直跟你们说他会把她杀死在床上吗？我不是一直对他恨之入骨吗？"

"没错，"波洛说，"这完全证实了我的一个小想法。"

"什么小想法？"

"霍华德小姐，你还记得我的朋友来这儿时和你的一场对话吗？他告诉了我，其中你说的一句话让我印象深刻。你断言，如果有犯罪行为发生，任何一个你所爱的人被谋杀，你一定能凭直觉就知道谁是罪犯，就算你完全不能证明，你还记得吗？"

"没错，我记得是这么说的，也相信是这样。难道你认为这是胡说吗？"

"当然不。"

"可是你完全忽视了我对阿尔弗雷德·英格尔索普的直觉吧？"

"是的，"波洛简短地说，"因为你的直觉跟英格尔索普先生无关。"

"什么？"

"是的。你想相信他犯了罪。你相信他有能力犯此罪行。但是你的直觉告诉你他没有犯罪。你的直觉告诉你更多——我要继续说吗？"

她失神地盯着他，稍稍做了个表示肯定的手势。

"可否允许我来告诉你，你为何总是这么强烈地憎恨英格尔索普先生？因为你试图相信那些你想要相信的事。因为你在努力淹死、扼杀你的直觉，而你的直觉告诉你另外一个名字——"

"不，不，不！"霍华德小姐挥舞着双手，失控地喊道，"别说！哦，别说！这不是真的！这不可能是真的！我不知道我脑子里怎么会有如此疯狂——如此可怕的——想法！"

"我说得对还是不对？"波洛问。

"没错没错，你一定是个能掐会算的巫师。但不可能是这样——这太怪异了，太不可思议了。肯定是阿尔弗雷德·英格尔索普。"

波洛严肃地摇摇头。

"别问我这件事了，"霍华德小姐接着说，"因为我不会说的。我不会承认的，哪怕对我自己。想到这种事，我会发疯的。"

波洛点点头，好像很满意。

"我不会再问你了。事情正如我所料，这就已经足够了。而且我——我也有种直觉。为了共同的目标，我们将一同工作。"

"别请我帮助你，因为我不会帮的。我一点儿忙都帮不上……上……"她结巴着说。

"你会不由自主地帮助我的。我不会勉强你——但是你会是我的盟友。你会帮助我们的。我只希望你去做一件事。"

"那是什么？"

"静静地观察！"

伊芙琳·霍华德低下了头。

"是的，我忍不住那么做。我一直看着——一直希望我是错的。"

"如果我们错了，也好，"波洛说，"没人会比我更高兴。但如果我们是对的呢，霍华德小姐，那时你会站在谁的一边？"

"我不知道，我不知道——"

"好吧。"

"不要声张这件事。"

"没有必要保密。"

"可艾米丽她——"她打住了。

"霍华德小姐，"波洛严肃地说，"你不该这样。"

忽然，她仰起埋在手中的脸。

"是的，"她平静地说，"这可不是伊芙琳·霍华德说的话！"她猛地把头骄傲地向上一甩，"这才是伊芙琳·霍华德！她要站在正义的一边！无论付出多大代价！"说着，她坚定地走出了房间。

"看看！"波洛看着她的背影说，"多么有价值的一个

152

盟友。这个女人，黑斯廷斯，既有头脑又热心。"

我没有回答。

"直觉是一种了不起的东西，"波洛沉思着，"既不能解释，也无法忽略。"

"你和霍华德小姐好像都知道你们在说什么，"我冷冷地说，"也许你还没意识到我仍然被蒙在鼓里。"

"真的？是这样吗，我的朋友？"

"没错，教导教导我吧，行吗？"

波洛用心地打量了我一阵子。接着，令我极为吃惊的是，他坚决地摇了摇头。

"不行，我的朋友。"

"哦，瞧你，为什么不行？"

"一个秘密两个人知道就够了。"

"呃，我觉得对我保密是很不公平的。"

"我没有保密。你清楚我所知道的每一个事实。你可以从中得出自己的推论。这次，是个思考的问题。"

"可我还是有兴趣知道。"

波洛极为诚恳地看着我，又摇了摇头。

"瞧，"他忧伤地说，"你没有直觉。"

"现在你需要的是智力。"我指出。

"这两者往往联系在一起。"波洛高深莫测地说。

这句话听起来似乎完全不相关，我甚至懒得回答。但是我决定，如果我发现了什么有趣而重要的事——毫无疑问我会的——我也要守口如瓶，用最终的结果让波洛大吃一惊。

坚持自我有时也是一个人的责任。

第九章　包斯坦医生

我一直都没有机会把波洛的口信带给劳伦斯。但是现在，我在草坪上散步的时候——仍然对我的朋友的专横跋扈感到不满——看见劳伦斯在槌球草坪上，正漫无目标地敲击着几只老式槌球，手上的木槌更为老式。

我想到，这是个传递消息的好机会。否则，波洛可能就把我撇在一边了。我确实没能猜透其中含义，不过我想，通过劳伦斯的回答，加上我的一点儿有技巧的盘问，就很快能察觉其意义的。想到这儿，我很高兴，便走上前跟他搭讪起来。

"我一直在找你呢。"我撒了谎。

"你找我？"

"没错。其实，我有个口信要捎给你——波洛的。"

"是吗？"

"他让我等到和你单独在一起时再说。"我把声音压得极低，眼角全神贯注地盯着他。我相信，我一向擅长制造所谓气氛。

"嗯？"

黝黑而忧郁的脸上没有任何表情的变化。对我下面要说的话他有什么想法吗？

"是这样的，"我的声音仍然压得很低，"'找到另外的那只咖啡杯，你就能放心了。'"

"究竟是什么意思？"劳伦斯十分惊讶地盯着我，表情诚恳。

"你不知道吗？"

"一点儿也不明白。你呢？"

我只好摇了摇头。

"什么另外的咖啡杯？"

"我不知道。"

"要是他想知道有关咖啡杯的事，最好去问多卡丝，或者其他女佣，这是她们的工作，不是我的。我对咖啡杯的事一无所知，不过，我们弄到过几个永远也用不了的，真是妙不可言！出自老伍斯特①。你不是鉴赏家，对吧，黑斯廷斯？"

我摇了摇头。

"你错过了很多东西啊。这么说来实在太可惜了，真正完美的古老瓷器——摸一下，甚至只是看一眼，也是一种纯粹的享受。"

---

① 英格兰中部历史名城，十八世纪中叶以后开始生产瓷器，至今仍著名。

"呃，我要跟波洛怎么说？"

"告诉他，我不知道他说的是什么意思。对我来说莫名其妙。"

"好吧。"

我朝房子走过去的时候，他忽然把我叫了回来。

"我说，那口信的结尾是什么？再说一遍，行吗？"

"'找到另外的那只咖啡杯，你就能放心了。'你确实不知道这是什么意思吗？"我认真地问他。

他摇摇头。

"不知道，"他沉思地说，"我不明白，我——我希望我明白。"

一阵当当的敲锣声从屋里传了出来，我们便一同走进去。波洛接受了约翰留下吃午饭的邀请，并且已经坐在了桌旁。

大家都心照不宣，跟惨剧有关的事都是禁止提及的。我们谈论战争，以及其他话题。不过，吃过一轮甜点，多卡丝离开房间之后，波洛突然向卡文迪什太太探过身子。

"请原谅，夫人，这个时候提起一些不愉快的回忆，但是我有个小想法——"波洛的"小想法"都快成为他的口头禅了，"想问一两个问题。"

"问我？当然可以。"

"你真是和蔼又亲切，太太。我想问的是：辛西亚小姐房间通向英格尔索普太太房间的那扇门，你说是闩着的吗？"

"确实是闩着的，"玛丽·卡文迪什有点吃惊地回答道，"聆讯时我就是这么说的。"

"闩着的？"

"是的。"她看起来有些困惑。

"我是说，"波洛解释道，"你确定门是闩着的，不仅仅是锁上了？"

"哦，我明白你的意思了。不，我不知道。我说闩着，意思是说它关得紧紧的，我打不开，不过我相信，所有的门都从里面闩上了。"

"那么，就你所知，那门没准会是锁着的？"

"哦，是的。"

"你有没有注意到，太太，你走进英格尔索普太太房间的时候，那门闩没闩？"

"我——我认为是闩着的。"

"但你没看到？"

"是的。我——没看。"

"但是我看到了，"劳伦斯突然插了进来，"我碰巧注意到门确实是闩上的。"

"啊，那就解决了。"波洛垂头丧气起来。

我不禁暗自高兴，这次，他那个"小想法"失败了。

午饭后，波洛请我跟他一起回家。我不太情愿地答应了。

"你生气了是吗？"我们穿过园子时，他着急地问。

"没有。"我冷冷地说。

"那就好，那就解除了我思想的大负担了。"

这并非我的本意。我原本希望他会注意到我语气中的生硬。可他那热情的语言平息了我的不快。我释然了。

"我把你的口信带给劳伦斯了。"我说。

"他说了什么了？他完全惊呆了吧？"

"是的，我肯定他一点儿也不明白你的意思。"

我原本以为波洛会失望，然而令我吃惊的是，他回答说，这在他意料之中，他很高兴。我的自尊禁止我再问任何问题。

波洛换了个话题。

"今天吃午饭的时候辛西亚小姐不在这儿吧？怎么啦？"

"她又去医院了。今天她恢复上班了。"

"啊，她真是个勤劳的小姑娘。还那么漂亮。她就像我在意大利见过的那些画。我很想去她的药房看看。你觉得她会让我参观吗？"

"她肯定会很愿意的。那是个有趣的小房间。"

"她每天都去那儿吗？"

"她星期三休息，星期六回来吃午饭。那是她唯一的休假时间。"

"我会记住的。现在女人都在从事伟大的工作，辛西亚小姐很聪明——啊，是的，她很有头脑，这个小姑娘。"

"是的，我相信她已经通过了很严格的考试。"

"毫无疑问，毕竟这是个责任重大的工作。我想，她们那儿也有很厉害的毒药吧？"

"是的，她给我们看过，都锁在一个小橱柜里。我相信他们都得万分小心，离开药房时，都要交出钥匙。"

"当然，靠近窗户吗，那个小橱柜？"

"不，在房间的另一边。怎么了？"

波洛耸耸肩。

"只是有点好奇。你要进来吗？"

我们已经到了他的小屋前。

"不，我想我这就回去了。我想绕远路从树林里走。"

斯泰尔斯庄园周围的树林很美丽。在开阔的园林漫步之后，懒洋洋地在林中空地上闲逛，更让人心情舒畅。几乎一丝风也没有，鸟儿的啁啾声也是轻柔的。我漫步在一条小路上，最后坐在一棵繁茂而古老的山毛榉脚下。我对人类的看法是仁慈而宽容的，我甚至原谅了波洛那荒谬的秘密。其实，我与这世界和睦相处。然后，我打了个哈欠。

我想到了那起犯罪，它的虚幻和遥远让我忽然感到震惊。

我又打了个哈欠。

我想，它也许从未真正发生过。当然，这只是一场噩梦。事情的真相是劳伦斯用长柄木槌杀死了阿尔弗雷德·英格尔索普。然而约翰却如此大惊小怪，真是荒谬。他甚至大喊道："我告诉你我不允许发生这种事！"

我一下子惊醒过来。

我马上意识到自己处于一种非常尴尬的境地。因为，在离我大约十二英尺远的地方，约翰和玛丽·卡文迪什正面对面站着，而且显然是在吵架。很明显，他们不知道我就在附近，因为在我走过去或者说话之前，约翰重复了一遍那句把我从梦中惊醒的话。

"我告诉你，玛丽，我不允许发生这种事！"

玛丽冰冷而清澈的声音传了过来：

"你有什么资格批评我的行为？"

"这将成为村子里谈论的话题！我母亲星期六才刚下葬，你就在这儿跟这个家伙闲逛！"

"哦，"她耸耸肩，"如果你介意的只是村子里的流言就好了！"

"但不是这样的。我已经受够了那个到处闲逛的家伙！不管怎么说，他是个波兰犹太人！"

"拥有犹太人的血统并不是一件坏事情。这为——"她看了看他，"那些普通英国人的冷漠愚蠢平添了很多生趣。"

她双眼似火，声音如冰。血色像深红色的潮汐般涌上了约翰的脸，这并未让我吃惊。

"玛丽！"

"怎么？"她的语气依旧。

他的声音中没有了恳求的意味。

"我想知道，你是不是要违背我的意愿继续去找包斯坦？"

"如果我能选择。"

"你公然反抗我吗？"

"不是，但是我不认为你有批评我行为的权利。难道你就没有我不喜欢的朋友吗？"

约翰后退了一步，脸上的颜色慢慢消退了。

"你是什么意思？"他颤抖地说道。

"你知道！"玛丽平静地说，"你知道。不是吗？你没有权利指挥我选择我的朋友！"

约翰恳求地看了她一眼，脸上有种受挫的表情。

"没有权利？我没有权利，玛丽？"他跌跌撞撞地说道，伸出了双手，"玛丽——"

有那么一会儿，我觉得她动摇了，在她脸上出现了一种柔和的表情，然后，她猛地转过身。

"不！"

她走了，约翰追上去，抓住了她的手臂。

"玛丽——"此时，他的声音非常平静，"你爱上了那个包斯坦吗？"

她犹豫了，突然，她脸上闪过一种奇怪的表情，还和以前一样，然而里面掺杂了一些全新的东西。大概，埃及斯芬克斯就这么笑过吧。

她平静地从他的手臂中抽出手，转过头来说：

"也许吧。"说完之后，她迅速穿过小空地走了，只留下约翰一个人像块石头那样，呆呆地立在那儿。

我有意招摇地走上前，把枯枝踩得噼啪作响。约翰转过身来。幸好，他想当然地以为我刚到这儿。

"你好，黑斯廷斯。你把那个小个子的家伙安全送回小屋了吗？真是个有趣的小家伙！不过，他真的那么有本事吗？"

"在他那个时代，他被认为是最好的侦探之一。"

"嗯，好吧，我猜这其中也是有一定道理的。可是现在的情况糟透了！"

"你是这么想的？"

"上帝啊，可不是。首先就是这件可怕的事。苏格兰场的那些人从屋子里进进出出，像个玩偶匣子①！不知道他们下次会在哪儿出现！这个国家每份报纸上都是耸人听闻的大标题——所有的记者都该死！你知道，今天早上有一大群人盯着庄园的大门往里看，就像不用花钱参观杜莎夫人蜡像馆似的。太过分了！"

"振作点儿，约翰！"我温和地劝他，"不会一直都这样的。"

***

① 打开盒子即跳出一个奇异小人的玩具盒。

"不会吗？它会一直拖得我们再也抬不起头来。"

"不不，你只是被这个问题弄得有点不正常而已。"

"足以让一个人犯病了。不管去哪儿都被那些可恶的记者跟踪，被嘴巴大张的圆脸白痴盯着！可还有更糟的事。"

"什么？"

约翰的声音低了下去：

"你有没有想过，黑斯廷斯——对我而言是个噩梦——谁做的？有时候我忍不住想这肯定是个意外。因为——因为——谁会这么做？如今，英格尔索普已经被排除了，没有其他人了；没人了——我是说，除了——我们中的一个。"

是的，没错，对每个人来说都是一场噩梦！我们中的一个？没错，肯定是这样，除非——我脑子中跳出一个新想法。我飞快地思索着。思路清晰起来。波洛那神秘的举动，他的暗示——全中！我真傻，以前居然没想到过这种可能性。这对我们所有人都是个解脱。

"不，约翰，"我说，"不是我们中的一个。怎么会？"

"我明白，可，还有谁呢？"

"你能猜到吗？"

"猜不出来。"

我警觉地看看四周，压低声音说道：

"包斯坦医生！"我对约翰耳语。

164

"不可能！"

"完全可能！"

"可他究竟能从我母亲的死亡中得到什么利益呢？"

"这我不明白，"我承认道，"但我告诉你这一点：波洛是这么想的。"

"波洛？他这么想？你怎么知道？"

我告诉他，当波洛听说在那个致命的夜晚，包斯坦医生在斯泰尔斯庄园时，他异常激动。然后补充道：

"他说了两遍：'这改变了一切！'我一直在琢磨这件事。你知道，英格尔索普不是说过他把咖啡放在门厅里了吗？就在那时，包斯坦到了。有没有可能，英格尔索普带他穿过门厅时，这个医生顺带地在咖啡里放了点什么东西？"

"唔，"约翰说，"这很冒险啊。"

"没错，但有这个可能性。"

"再说，他怎么知道这就是她的咖啡？不，老兄，我觉得这不成立。"

但我想到了另外一件事。

"你说得很对。他不是这样做到的。你听我说。"然后，我告诉他波洛拿着可可样品去做了化验。

约翰打断了我的话。

"但是，听我说，包斯坦已经给它做过化验了！"

"是的，是的，这就是关键。我到现在都没见过它！

你不明白吗？包斯坦化验过了——这就是问题的关键！如果包斯坦是凶手，那么，把样品换成普通的可可送去化验再简单不过了！他们当然没发现含有士的宁！但是没有人会想到去怀疑包斯坦，或者再采集另外一份样品——除了波洛！"我补充道，带着一份迟来的认知。

"好吧。可是可可掩盖不了苦味又怎么说？"

"呃，我们只听他这么说过。而且还有另外的可能性。他是公认的世界上最伟大的毒物学家之一——"

"世界上最伟大的什么之一？再说一次。"

"他比任何人都懂毒药，"我解释说，"呃，我的想法是，也许他发现了某种方法可以使士的宁没有味道，或者那根本就不是士的宁，而是某种没人听说过的不明药物，它可以产生同样的症状。"

"啊，没错，可能是这样，"约翰说，"可是，他怎么够得着可可呢？它不在楼下呀！"

"是，是不在楼下。"我极不情愿地承认道。

随后，忽然间，一种可怕的可能性在我脑海中一闪而过。我希望并祈祷约翰可不要也这么想。我斜着眼看了他一下，只见他困惑地皱着眉头，于是我如释重负般深深地吸了口气，因为那个闪过我脑海的可怕的念头是：包斯坦医生可能有个同伙！

然而还无法肯定！像玛丽·卡文迪什这么美丽的女人不可能是个杀人犯。可以前也听说过美女下毒的事。

我忽然想起我刚到那天喝茶时的第一次谈话，说到毒药是女人的武器时她眼中闪烁的微光。在那个致命的星期二的晚上，她又是多么不安！是不是英格尔索普太太发现了她和包斯坦之间的事，并威胁要告诉她的丈夫？难道犯下这种罪行就是为了阻止这个丑闻曝光？

之后我想起了波洛和伊芙琳·霍华德那场神秘兮兮的对话。他们指的就是这个吗？这是否就是伊芙琳怎么都不愿去相信的可怕的可能性？

没错，全中。

怪不得霍华德小姐提议"不要声张"，现在我明白了她没说完的那句话："艾米丽她——"而且我心里也是赞同她的。英格尔索普太太宁可咽下这种仇恨，也不愿意让这可怕的耻辱笼罩在卡文迪什这个姓氏上。

"还有件事，"约翰忽然说道，他那意外的声音让我开始内疚起来，"让我怀疑你所说的是否是真的。"

"什么事？"我问，庆幸他已经不再想毒药怎么能放进可可这个话题了。

"嗯，是包斯坦医生要求尸检的事。他原本是不需要这么做的。小个子威尔金斯很乐意把死因归为心脏病。"

"是啊，"我迟疑地说，"但我们不知道。也许他觉得从长远来看这更为安全。也许有人会事后发难，那时候内政部可能会命令挖掘尸体，整件事就会暴露，那么他就处于一种很尴尬的境地中，因为没有人会相信他这样一个名声在外的人会误诊成心脏病。"

"没错，有可能，"约翰承认道，"可是，"他又说，"我要是知道他的动机是什么就好了。"

我打了个冷战。

"听我说，我说的也许全都是错的。而且，记住，所有这些要保密。"

"哦，当然——不用你说我也知道。"

我们一边走一边谈论着，这会儿我们经由一扇小门来到了花园里。不远处传来了说话的声音。茶点已经端出来摆在美国梧桐树下，就在我刚来那天的那个地方。

辛西亚从医院回来了，我把椅子放在她的旁边，并且告诉她波洛想去参观药房。

"没问题！欢迎他参观！他最好找一天去那儿喝茶。我一定给他泡好。他是个可爱的小个子男人！可他真有趣。那天，他让我从领结上取下胸针，再戴回去，他说因为没戴正。"

我笑了。

"他对此很狂热。"

"哦，是吗？"

我们沉默了一会儿，辛西亚朝玛丽·卡文迪什的方向瞥了一眼，压低声音说道：

"黑斯廷斯先生。"

"怎么了？"

"喝完茶之后，我想跟你谈谈。"

她对玛丽的那一瞥让我陷入了沉思，觉得这两个人之间似乎不太融洽。这让我第一次为这个女孩的前途而担忧。英格尔索普太太根本没有为她的未来做任何准备，不过我想约翰和玛丽大概会坚持让她跟他们住在一起——无论如何也得到战争结束以后。我知道约翰很喜爱她，如果让她离开他会难过的。

约翰刚刚进了屋子里，这会儿又出现了，那温厚的脸上呈现出一种不寻常的表情，他生气地皱着眉。

"那些可恶的侦探！我不明白他们在找什么！他们在这房子里的每个房间——里里外外上上下下乱翻一气！简直糟透了！我猜他们是趁我们外出的时候弄的。下次见到杰普那家伙，我要好好问问他！"

"一群刨根究底的人！"霍华德小姐哼着说。

劳伦斯认为他们这是在装腔作势。

玛丽·卡文迪什什么也没说。

喝完茶后，我邀请辛西亚去散步，之后我们就溜达进了树林里。

"怎么了？"当树叶像幕布那样把那些偷窥我们的目光隔开之后，我问道。

辛西亚叹了口气，一屁股坐了下来，扔掉帽子。阳光透过树枝，把她那红褐色的头发变成了金灿灿的黄色。

"黑斯廷斯先生，你总是这么善良，还懂得那么多。"

这一刻，我觉得辛西亚真是一个迷人的女孩儿！比那个从来没说过这种话的玛丽迷人得多！

"怎么了？"在她犹豫的时候，我温和地问道。

"我想听听你的建议。我该怎么办？"

"怎么办？"

"你知道，艾米丽阿姨总是说他们会提供我的生活所需。我猜她是忘了或者没想到她可能会死——不管怎样，他们不管我了！所以我不知道该怎么办。你认为我应该马上离开这儿吗？"

"天哪，不要！我肯定他们不想跟你分开的！"

辛西亚犹豫了片刻，小手摆弄着小草。接着她说："卡文迪什太太想。她讨厌我。"

"讨厌你？"我吃惊地喊出了声。

辛西亚点点头。

"是的。我不知道为什么，但她无法容忍我。他也是。"

"你错了，"我亲切地说，"相反，约翰很喜欢你。"

"哦，是，约翰是的。我是说劳伦斯。当然，我不在乎劳伦斯是不是讨厌我。可是，没人爱是很可怕的，对吗？"

"但是他们爱你，亲爱的辛西亚，"我诚恳地说道，"我确定你是错的。瞧，约翰，还有霍华德小姐——"

辛西亚忧伤地点点头："没错，我觉得约翰喜欢我，当然还有艾维，用她那生硬的方式，她不是无情的人。可是劳伦斯从未对我说过他能否帮我，而玛丽更是难得对我客气。她想让艾维留下，请求她留下，可她不想要我，所以——所以——我不知道该怎么办。"这个可怜的孩子忽然哭了起来。

我不知道是什么让我着了魔。也许是她的美丽，她坐在那儿，阳光照耀在她的头顶；也许是遇到一个显然与此悲剧无半点关系的人时释然的感觉；也许是对她青春和孤单的真诚的怜悯。总之，我探身向前，握住她的一只小手，笨拙地说：

"嫁给我吧，辛西亚。"

无意之中我找到了止住她眼泪的万灵妙药。她立刻坐起身，抽回自己的手，有点粗鲁地说：

"别犯傻了！"

我有些气恼。

"我没犯傻。我是在问是否有此荣幸娶你为妻。"

让我吃惊的是，辛西亚放声大笑，还叫我"有趣的亲爱的人"。

"你真是太贴心了，"她说，"可你知道你不想娶我！"

"不，我想，我有——"

"不管你有什么。你不是真的想——而且我也不想。"

"哦，当然，算了，"我生硬地说，"但我不认为有什么好笑的。求婚不好笑。"

"确实不。"辛西亚说，"下次可能就会有人接受你了。再见，你已经让我很开心了。"

然后，她扑哧一下笑出了声，转眼便消失在了树林里。

我深刻地反省了一下这次见面，觉得很是不满。

我忽然觉得应该去村子里看看包斯坦，应该有人监视这家伙，并且，他也许知道自己被怀疑了，因此，减少他的疑虑是明智的。我想到波洛十分相信我的外交能力。因此，我走到了窗口嵌着"公寓"字样纸牌的小屋前面，轻轻地敲了一下门。

一位老妇人出来打开了门。

"下午好，"我和气地说，"包斯坦医生在吗？"

她盯着我。

"你没听说吗？"

"听说什么？"

"他的事。"

"他的什么事？"

"他被带走了。"

"带走了？死了？"

"不，被警察带走了。"

"警察！"我透不过气来了，"你是说他们逮捕了他？"

"是的，是这样，而且——"

我没等她说完，便拔腿跑去村子里找波洛了。

第十章　逮捕

令我极为烦恼的是波洛不在，而给我开门的那个比利时老伯告诉我，他去伦敦了。

我惊呆了。波洛到伦敦去干什么啊！他是突然决定的，还是几小时前离开我时就下定决心了呢？

我有些烦恼地折回斯泰尔斯。波洛离开了，我不太确定该如何行动。他是否已经预见到了这次逮捕？是他导致了这次逮捕吗？我无法回答这些问题。在这期间我要做些什么呢？我应不应该在斯泰尔斯公开逮捕的消息？虽然我不肯对自己承认，但关于玛丽·卡文迪什的想法一直压在我心头。对她会不会是个可怕的打击？现在，我完全否定了对她的怀疑。她可能并未牵涉其中——不然我肯定会听到一些风声。

当然，不可能永远瞒着她包斯坦医生被捕的事，这消息会在第二天出现在每一份报纸上。然而我还是担心自己会脱口说出来。要是能看到波洛，我就可以问问他的意见了。是什么事让他这么莫名其妙地突然赶往伦敦呢？

不知不觉中，我更加赞赏波洛的睿智了。要不是波洛给我灌输了这种想法，我做梦也不会疑心这位医生的。没错，这个小个子男人显然很聪明。

考虑一番之后，我决定和约翰推心置腹，让他见机行事，来决定是否公开这件事。

我向他透露这个消息时，他吹了一声惊人的口哨。

"天哪！那你是对的了。可我现在都无法相信。"

"你习惯了就不那么吃惊了，而且这样一来，每件事都说得通了。现在，我们该怎么办？当然，明天所有人就都知道了。"

约翰想了想。

"没关系，"最后他说道，"现在我们什么也不用说。没必要。像你说的，人们很快就会知道的。"

但让我极为吃惊的是，第二天一早下楼，我急切地打开报纸时，却发现关于这次逮捕只字未提！只有一个全都是废话的专栏《斯泰尔斯毒杀案件》，便再没什么了，真是让人费解，不过我猜，由于某个原因，杰普不想让它见报。这让我有些担心，因为这说明很有可能还会有进一步的逮捕行动。

早饭后，我打算去村子里看看波洛是否已经回来了；然而在我出发之前，一张熟悉的面孔挡住了其中一个窗口，一个熟悉的声音说道：

"早啊，我的朋友！"

"波洛！"我如释重负般地喊了起来，抓住他的双手拉他进屋，"我看到任何人都没有这么高兴过。听我说，除了约翰，我对谁都没有说过什么。这样做对吗？"

"我的朋友，"波洛回答道，"我不知道你在说什么。"

"当然是包斯坦医生被逮捕的事。"我不耐烦地说。

"这么说，包斯坦医生被捕了？"

"你不知道吗？"

"完全不知道。"顿了顿，他又说，"不过，这并没有让我吃惊，毕竟我们离海岸只有四英里远。"

"海岸？"我疑惑地问，"跟这有什么关系？"

波洛耸耸肩。

"当然，这是显而易见的。"

"我不明白啊。很可能是我太愚笨了，可我看不出接近海岸跟英格尔索普太太的谋杀有何关系。"

"当然没有关系，"波洛笑着回答说，"可我们正在谈论的是包斯坦医生的被捕啊。"

"嗯，他因为谋杀英格尔索普太太而被捕——"

"什么？"波洛大喊，显然非常吃惊，"包斯坦医生因为谋杀英格尔索普太太而被捕？"

"是啊。"

"不可能！这肯定是一场精彩的闹剧！是谁告诉你的，我的朋友？"

"呃，没有人明确告诉过我，"我承认道，"但他就是被捕了。"

"哦，是的，很有可能。但那是因为他从事间谍活动，我的朋友。"

"间谍活动？"我透不过气来了。

"一点儿没错。"

"不是因为毒死英格尔索普太太？"

"除非我们的朋友杰普神经错乱了。"波洛泰然自若地回答道。

"可是——可是我以为你也是这么认为的。"

波洛看了我一眼，眼神中包含着一种吃惊的遗憾，还有认为这种想法是十分荒谬的神情。

"你是说，"我说，慢慢地调整自己适应这种新想法，"那个包斯坦医生是个间谍？"

波洛点点头。

"你是不是从来都没有怀疑过这一点？"

"我想都没想过。"

"你不觉得奇怪吗，一个著名的伦敦医生把自己埋没在这样一个小村子里，整晚整晚衣着整齐地漫步？"

"没有，"我承认说，"我从未想过这种事。"

"当然，他是个德国人，"波洛若有所思地说，"虽然他在这个国家工作了很久，人人都以为他是个英国人。十五年前，他加入英国国籍。一个非常聪明的人——当然，是犹太人。"

"无赖！"我愤怒地喊着。

"当然不是。相反，他是个爱国者，想想他遭受的损失吧。我很佩服这种人。"

但是我可不会用波洛那套哲学理论看待此事。

"这个人，就是一直和卡文迪什太太在村子里闲逛的那个人！"我愤然叫道。

"没错。我想是因为他发觉她很有用，"波洛说，"只要这些流言蜚语把他们的名字连在一起，那人们就不会注意这位医生的其他诡异行为了。"

"那你觉得他从未在乎过她吗？"我着急地问——也许，在此情形下，过于着急了一些。

"那个，当然，我说不好，不过——我要不要告诉你我的个人意见，黑斯廷斯？"

"是的。"

"好吧，是这样的：卡文迪什太太不喜欢他，她对包斯坦医生没有一丝喜欢。"

"你真是这么认为的？"我掩饰不住开心地问。

"我非常确定这一点，而且我会告诉你原因。"

"是什么？"

"因为她心有所属，我的朋友。"

"哦！"他是什么意思？一阵沁人心脾的温暖不由自主地席卷了我的全身，我不是那种一说到女人就自负的男人，但是我想到某些迹象，之前没有仔细想过，可它们似乎的确表明——

我那些愉快的念头被霍华德小姐的突然闯入打断了。她匆匆环视了一下四周，确保房间里没有其他人，然后飞快地拿出一张旧的牛皮纸，递给波洛，还嘟囔了这么一句神秘的话：

"在衣橱顶上。"接着便匆匆离去了。

波洛急切地打开这张纸，满意地感慨了一声。他把它铺在桌上。

"过来，黑斯廷斯，现在，告诉我，首字母是什么：J还是L？"

这是一张中等大小的纸，布满灰尘，看样子放置一段时间了，但是上面的标签引起了波洛的注意。上面盖有公司的印戳，百盛——那个著名的戏剧服装公司，寄给"埃塞克斯，斯泰尔斯郡，斯泰尔斯庄园，（首字母仍有争议）卡文迪什先生"。

"可能是T或L，"我研究了一会儿之后说，"肯定不是J。"

"很好。"波洛回答道，又把纸折了起来，"我和你想的一样，是L！"

"这纸从哪儿来的？"我好奇地问，"重要吗？"

"一般吧。这证实了我的猜测。我推测到这张纸存在，便让霍德华小姐去找，结果，你看到了，她找到了。"

"她说'在衣橱顶上'是什么意思？"

"她是说，"波洛飞快地回答，"她在一个衣橱顶上找到了它。"

"放在这么奇怪的地方。"我深思着说。

"一点儿也不奇怪。衣橱顶上是放牛皮纸和纸箱最合适的地方了。我自己就把它们放在那儿。排列整齐，不刺眼。"

"波洛，"我诚恳地问，"你对这次犯罪有自己的想法了吗？"

"是的，可以这么说——我认为我知道犯罪是如何实施的了。"

"啊！"

"遗憾的是，我只有猜测而没有证据，除非——"他不知道从哪里来的力量，忽然一把抓住我的胳膊，把我打着转儿地带到了楼下大厅里，用法语兴奋地喊道："多卡丝小姐，多卡丝小姐，方便的话请过来一下！"

多卡丝被这喊声弄得十分慌张，急急忙忙从食品储藏室里跑了过来。

"我的好多卡丝，我有个想法——一个小想法——如果能证明是正确的，那运气真是太好了！告诉我，星期一，不是星期二，多卡丝，就是星期一，悲剧发生的前一天，英格尔索普太太的铃是不是有什么问题？"

多卡丝的样子很是吃惊。

"没错，先生，既然你提到了，是的；虽然我不知道你是从哪里听说的。一定是老鼠一类的什么东西把电线给啃了，星期二早上来人把它修好了。"

波洛惊喜地拖长声音大叫一声，把我带回起居室。

"你瞧，一个人不应该只找表面的证据——不，推理就足够了。可人是软弱的，发现自己在正确的轨道上，让人感到安慰。啊，我的朋友，我现在就像一个精神振作的巨人。我跑！我飞跃！"

而且，他居然真的又跑又跳的，疯狂地蹦到落地窗外面的草坪上去了。

"你那位非同凡响的小个子朋友在干什么？"我身后传来一个声音，我扭头看见玛丽·卡文迪什站在我旁边。她面带微笑，于是我也笑了，"发生什么事了？"

"我真的不能告诉你。他问了多卡丝一个关于铃铛的问题，得到她的回答之后，他就如你所见这般兴奋了。"

玛丽大笑起来。

"太滑稽了！他走出大门了，今天不回来了吗？"

"我不知道。我已经不去猜他接下来要做什么了。"

"他很疯狂吗，黑斯廷斯先生？"

"我真是不清楚。有时候，我敢肯定他是无比疯狂的；然后，在他最疯狂的时候，我发现这疯狂之中还是有条理可循的。"

"我明白了。"

尽管玛丽笑了，可是今天早上她一副若有所思的样子。她看起来很严肃，几乎有些伤心。

我想这可能是跟她谈一谈辛西亚的好机会。我以为开始我还是比较委婉巧妙的，可没说几句就被她命令式地打断了。

"我毫不怀疑你是个优秀的说客，黑斯廷斯先生，可在这件事上，你的才能真的是派不上用场了。我不会对辛西亚无情无义的。"

我无力地结巴着说希望她不要认为——可是她又一次打断了，而且她的话非常出人意料，我马上就把辛西亚和她的烦恼抛到九霄云外去了。

"黑斯廷斯先生，"她说，"你觉得我和我丈夫在一起幸福吗？"

我大为吃惊，只好嘟囔着说了一些我没有权利考虑这类事情之类的话。

"嗯，"她静静地说，"不管你有没有权利，我都会告诉你我们不幸福。"

我没说什么，因为我看到她话没说完。

她在房间里缓缓地来回踱着步子，头微微侧着，纤细而柔软的身体也随之轻轻摇曳着。忽然，她停下了，抬头看着我。

"你对我一无所知，是吗？"她问，"我是哪里人，嫁给约翰之前我是谁——其实你都不知道对吧？好吧，我告诉你。我会让你成为一个忏悔神父的。你很善良，我觉得——没错，我相信你很善良。"

不知为何，我并没有感到那种应该有的高兴。我想到辛西亚也是用差不多的方式吐露秘密的。而且忏悔神父的年纪都很大，完全不是年轻男子扮演的角色。

"我父亲是英国人，"卡文迪什太太说，"但我母亲是个俄国人。"

"啊，"我说，"现在我明白了——"

"明白什么？"

"你总是给人一种异国的感觉——与众不同的。"

"我相信我母亲非常漂亮。我不知道，因为我从来没见过她。我还很小的时候她就去世了。我认为她的死亡是个悲剧——她误服了过量的安眠药。不管怎么说，我父亲的心碎了。没过多久，他去了领事馆工作，走到哪儿都带着我。二十三岁时，我已经几乎走遍了全世界。这是一种非常辉煌的生活——我爱这种生活！"

她脸上浮现出笑容，头向后仰着，仿佛沉浸在对旧日欢乐时光的回忆中。

"后来我父亲去世了，什么钱也没留下，我不得不去约克郡①和几个老姑妈住在一起。"她颤抖着，"如果我说，对于我这样一个有如此成长经历的女孩而言，那种生活是致命的，你会明白的。狭小的、致命的单调生活，几乎快

---

①约克郡原为英格兰东北部一郡。

把我给逼疯了。"她顿了顿，换了一种声调接着说道："之后，我遇见了约翰·卡文迪什。"

"是吗？"

"你可以想象，按照我姑妈们的观点，对我来说他是个很好的结婚对象。但是，说实话，不是这样的。这只是我逃离难以忍受的单调生活的一种途径。"

我没说话，过了一会儿，她继续说道：

"不要误会我。我对他很忠诚。我对他说出了实情，说我很喜欢他，也希望以后会更喜欢他，但我还说，我对他没有那种世上叫作'深爱'的感觉。他说他很满意，所以——我们结婚了。"

她很久没再说话，微微蹙起了眉头，好像在认真地回顾过去的那些日子。

"我想——我肯定——开始他是喜欢我的。可我觉得我们不那么般配，几乎没几天我们就疏远了。他——对我的自尊而言这并非一件乐事，但却是事实——很快就厌倦了我。"我只小声说了几句抗议的话，因为她很快又继续说道，"哦，是的，他就是！现在不重要了——现在我们已经走到了岔路口。"

"什么意思？"

她平静地说：

"我是说我不打算留在斯泰尔斯了。"

"你和约翰不准备住在这里了？"

"约翰可能住在这里，但我不会了。"

"你要离开他？"

"是的。"

"但是为什么呀？"

她沉默了很久，最后说道：

"也许——因为我想要——自由。"

她说这话的时候，我眼前忽然开阔起来，一大片的原始森林，人迹罕至的土地——对玛丽·卡文迪什而言，自由的实现可能指的就是这样的景致。一瞬间，我好像看到她变成了骄傲的野生生物，或者是未经文明驯服的山上害羞的鸟儿。她忽然啜泣起来：

"你不知道，你不知道，这个可恨的地方是如何囚禁我的！"

"我理解，"我说，"但——别鲁莽行事。"

"哦，鲁莽！"她的声音嘲笑了我的谨慎。

这时我忽然说了一件我本不应该说的事。

"你知道包斯坦医生被捕了吗？"

瞬间，一股寒气像面具那样罩在了她的脸上，遮住了所有的表情。

"今天早上约翰好心地告诉我了。"

"呃，你怎么想的？"我有气无力地问道。

"想什么？"

"被捕？"

"我能怎么想？很明显他是个德国间谍，就像花匠们告诉约翰的。"

她面无表情，声音冰冷。她是关心还是不关心呢？

她挪动了几步，摆弄着一只花瓶。

"它们全都死了。我得换些新的。你介意挪一下——谢谢你，黑斯廷斯先生。"她静静地从我身旁走向落地窗，冷冷地点点头，出去了。

不，她肯定不会喜欢包斯坦。没有一个女人能像她那样表现得如此冷淡而漠不关心。

第二天早上波洛没有出现，而且也没见到苏格兰场的人。

但是，午饭时间有了一个新的证据——或者说是没用的证据。我们一直尽力查找英格尔索普太太临死前那个傍晚写的第四封信，却徒劳无功。由于我们的努力都白费了，因此我们已经放弃了这件事，希望有一天它自己能出现，而这恰恰以通信的形式实现了。在第二批邮件中，有一家法国音乐出版社公司的信，说收到了英格尔索普太太的支票，但是很遗憾他们没有找到某套俄罗斯民歌系列。因此，通过英格尔索普太太在那个要命的夜晚所写信件来解答谜题的最后一线希望，落空了。

在喝茶之前，我走去告诉波洛这个新的失望，却吃惊地发现，他又出门了。

"又去伦敦了？"

"哦，不，先生，他只不过是坐火车去了塔明斯特。

'去参观一位年轻女士的药房。'他说。"

"笨蛋！"我脱口而出，"我跟他说过星期三她不在！好吧，请跟他说明天一早来找我们，好吗？"

"当然可以，先生。"

可是第二天，波洛连个人影也没有。我生起气来。他真的用这种最为傲慢的态度来对待我们。

午饭之后，劳伦斯把我拉到一边，问我一会儿是否要去找波洛。

"不，我不会去的。要是他想见我们，可以来这儿。"

"哦！"劳伦斯的态度模棱两可，举手投足间有种异常的紧张和激动，这激起了我的好奇心。

"怎么了？"我问，"要是有什么特别的事，我可以过去。"

"也没什么，只是——好吧，如果你要去，请你告诉他——"他压低声音小声说道，"我想我找到了另外的那只咖啡杯！"

我都快把波洛那个神秘的口信给忘了，但是现在我的好奇心又被唤醒了。

劳伦斯不再多说什么，所以我决定放下架子再去里斯特维斯小屋一趟，找波洛。

这次，我受到了微笑的迎接。波洛先生在里面。我还要装吗？当然要装。

波洛正坐在桌子旁边，两手托着脑袋。我的出现让他跳了起来。

"发生什么事了？"我关切地问，"你没生病吧？"

"不，不，不是生病。我在决定一件重大的事情。"

"是抓罪犯吗？"我戏谑地问道。

但是，令人不可思议的是，波洛居然点了点头。

"'说还是不说，'正如你们那位伟大的莎士比亚所言，'这是个问题。'"

我没有费事地去纠正他的引用错误。^①

"你不是开玩笑吧，波洛？"

"我绝对认真。最严肃的事情尚未明朗。"

"什么事啊？"

"一个女人的幸福，我的朋友。"他郑重地说。

我不知道该说什么。

"这一时刻到来了，"波洛沉思着说，"可我不知道该做些什么。因为，你知道，这是我下的最大的赌注，除了我，赫尔克里·波洛，没有人敢去尝试！"他说着骄傲地拍拍胸膛。

我毕恭毕敬地等了一会儿，为的是不破坏他制造的氛围，之后，我转告给他劳伦斯的口信。

"啊哈！"他大叫，"这么说他发现了另外的那只咖啡杯！非常好。他要比他表现出来的更加聪明些，你那位绷着脸的劳伦斯先生！"

---

① "生存还是毁灭（To be, or not to be）"是莎士比亚戏剧《哈姆雷特》中哈姆雷特王子说的话。这里波洛说成了"To speak or not to speak"。

虽然我并不认为劳伦斯有多聪明，但还是克制着不去反驳波洛，而是温和地责备他忘记了我所说的辛西亚休息日的话。

"是真的，我漏掉了你的话。但是，另外一个年轻的女士人很好，她不忍心看到我失望，所以就和善地带我参观了所有的东西。"

"哦，好吧，算了，那你得另外找一天跟辛西亚喝茶了。"

我向他说了信的事情。

"很遗憾，"他说，"我一直对那封信抱有希望。但是，没有希望了。这件事必须从内部寻找解决方法了。"他拍拍脑门，"这些小小的灰色细胞，'依靠它们'，就像你在这里说的那样。"接着，他忽然问道："你会鉴别指纹吗，我的朋友？"

"不会，"我很吃惊地说道，"我知道没有两枚指纹是相同的，不过我的科学知识也就这么多了。"

"没错。"

他打开一个小抽屉，拿出几张照片铺在桌上。

"我给它们编了号：一、二、三。你能把它们给我描述一下吗？"

我专心地研究起这些样本来。

"我看到全部都大幅度地放大了。我得说，一号是个男人的指纹，大拇指和食指；二号是位女士的，都很小，每个方面都不同；三号——"我停顿了一会儿，"好像有很多指纹混杂在一起，但是很明显，这儿，是一号的！"

"和其他重叠的？"

"是的。"

"你确定认对了？"

"哦，是的，它们是一样的。"

波洛点点头，从我手上轻轻地拿过照片，又锁了回去。

"我想，"我说，"你照例不作解释吧？"

"相反。一号是劳伦斯先生的指纹。二号是辛西亚小姐的，它们不重要，我只是拿它们比照一下。三号有点复杂。"

"怎么复杂？"

"正如你所看到的，照片都高倍数放大了。可能你已经留意到照片上有一片模糊的延伸，我就不多跟你解释我用的那些特殊装备了，指纹粉一类的。对警方而言这是常用的手段，通过这种方式你能在很短的时间内获取任何人的指纹照片。那么，我的朋友，你已经看过这些指纹标记了，接下来只要告诉你留下这种指纹的特定物体就可以了。"

"接着说吧——我很激动。"

"好的。三号代表了塔明斯特红十字医院药房毒药橱柜顶部的一个小瓶子高倍数放大之后的表面——这听着像'杰克造的房子'。①"

---

①原文是 the house that Jack built，杰克造的房子，故事的内容是：杰克建的房子里有麦芽，房子里的麦芽被老鼠吃掉了，吃了麦芽的老鼠被猫咬死了，咬死老鼠的猫又带给狗无限烦恼……这是一个累积的故事，讲述房子与其他事件的间接联系。

"天哪！"我大声说，"可上面怎么会有劳伦斯·卡文迪什的指纹？那天我们在那儿的时候他可没靠近过那柜子！"

"哦，不，他靠近了！"

"不可能！从头到尾我们一直在一起。"

波洛摇摇头。

"不，我的朋友，有那么一会儿你们没在一起，而且那个时刻你们不可能在一起，不然就不会喊劳伦斯先生上阳台找你们去了。"

"我把这个给忘了，"我承认道，"可只有那么一小会儿。"

"足够了。"

"什么足够了？"

波洛的笑容变得神秘起来。

"对一位曾经学习过医药学的先生来说，满足其天生的兴趣和好奇心，那段时间足够充裕了。"

我们对视了一眼。波洛的眼神愉快、蒙眬。他站起身，哼着小调，而我则满腹狐疑地注视着他。

"波洛，"我说，"这个特别的小瓶子里装了什么？"

波洛望向窗外。

"盐酸士的宁。"他回过头说道，接着又哼起了小调。

"天哪！"我十分平静地说，并没有吃惊，因为我已经预料到这个答案了。

"他们很少使用纯盐酸士的宁——只是偶尔才添加到药物里。法定的方法是使用液体盐酸士的宁，所以指纹从那会儿到现在仍没有被破坏。"

"你怎么拍到这张照片的？"

"我把帽子从阳台丢了下去，"波洛简单地解释道，"在那段时间，来访者不能下去，所以由于我再三表示歉意，辛西亚小姐的同事只好下去帮我捡了回来。"

"你早就知道你能发现什么了？"

"不，不是这样。我听你说过，劳伦斯先生有可能靠近过毒药橱柜。这一可能性需要被证实或者排除。"

"波洛，"我说，"你的若无其事骗不了我，这是一个非常重要的发现。"

"我不知道，"波洛说，"但是有件事确实冲击了我。不用说，对你也是。"

"是什么？"

"就是，在这个案子中，有太多的士的宁了。这是我们第三次意外地碰到它了。英格尔索普太太的补药中有士的宁；斯泰尔斯的梅斯柜台上出售过士的宁；现在，我们又发现这个家里的人有士的宁。太混乱了，可你知道，我不喜欢混乱。"

我还没来得及回答，另一个比利时人打开门，把脑袋探了进来。

"楼下有位女士找黑斯廷斯先生。"

"一位女士？"

我跳了起来。波洛跟在我后面走下狭窄的楼梯。玛丽·卡文迪什正站在门口。

"我去村里看望了一位老妇人，"她解释说，"劳伦斯告诉我你和波洛先生在一起，所以我想过来叫上你。"

"啊，太太，"波洛说，"我以为你是专程赏脸看望我的呢！"

"如果你邀请，我一定另找一天过来。"她微笑着答应了他。

"太好了。如果你还需要一个忏悔神父，太太——"她有一点点吃惊，"记住，波洛神父随时为您服务。"

她盯着他看了片刻，似乎想从他的话里解读出更深层的含义。之后，她忽然转身离开了。

"波洛先生，你也跟我们一起回去吗？"

"非常乐意，太太。"

在回斯泰尔斯的路上，玛丽一直兴奋地说着。我想也许在某种意义上，她害怕波洛的眼睛。

忽然变天了，凛冽寒风的撒泼架势都快赶上秋风了。玛丽有些发抖，把她那件黑色外套裹得更紧了。冷风刮过树林发出悲哀的噪音，像个巨人在叹息。

走到斯泰尔斯的大门口，我们马上就意识到出事了。

多卡丝跑出来接我们。她哭着，绞着双手。我注意到，其他仆人在后面神情专注地聚在一起。

"哦，太太！哦，太太！我不知道该怎么跟你说——"

"怎么了，多卡丝？"我焦急地问，"快告诉我们！"

"那些缺德的侦探，他们抓走他了——他们逮捕了卡文迪什先生！"

"逮捕了劳伦斯？"我倒抽一口气。

我看到多卡丝眼中透出惊讶的神情。

"不，先生，不是劳伦斯先生——是约翰先生。"

我背后传来一声惊呼，玛丽·卡文迪什重重地倒向我。我转身接住她，这时，我看到波洛眼中有种平静的胜利的喜悦。

第十一章　起诉

对约翰·卡文迪什谋杀继母的审判将于两个月后举行。

关于这几个星期我没什么可说的，但我对玛丽·卡文迪什充满了真挚的钦佩和同情。她斗志昂扬地站在丈夫这一阵线，蔑视所有认为他有罪的想法，并全力以赴地与之斗争。

我跟波洛说了我的钦佩，他沉思着点点头。

"是的，她是那种在艰难的环境中显示出最佳状态的女人，这更加衬托出了她们身上可爱和真诚的一面。她的骄傲和妒忌已经——"

"妒忌？"我问道。

"是的。你没注意到她是个非常善妒的女人吗？但我要说的是，她的骄傲和妒忌已经被放在一边了，她只想着她的丈夫，还有降临在他身上的可怕的命运。"

他说得很有感触，我认真地看着他，想起了那个下午，他正在考虑说不说的问题。带着那种"为了一个女人的幸福"的柔情，我很高兴他亲自做了这个决定。

"到现在，"我说，"我都无法相信。你瞧，直到最后一分钟，我都以为是劳伦斯！"

波洛咧嘴笑了起来。

"我就知道你是这么想的！"

"但是是约翰！我的老朋友约翰！"

"每个凶手都有可能是某人的老朋友，"波洛富有哲理性地说道，"你不能把情感和理智混在一起。"

"我得承认我本以为你会给我个暗示的。"

"可能吧，我的朋友，我没这么做，就因为他是你的老朋友！"

我被他的话弄得很窘迫。我想到自己那么轻率地就把自以为是波洛对包斯坦的看法告诉了约翰。附带说一句，关于对包斯坦的指控——他已经被无罪释放了。然而，虽然这一次他比他们更加聪明，而且关于间谍活动的指控没能把他遣送回国，但是今后他的各种权利将受到极大的限制，活动范围也缩小很多。

我问波洛是不是认为约翰会被定罪，让我大吃一惊的是，他回答说，相反，他极有可能被宣判无罪。

"但是，波洛——"我反对道。

"哦，我的朋友，我不是一直跟你说我没有证据吗？知道一个人有罪是一回事，证明他有罪则是另外一回事。在这个案子中，证据太少了。这就是麻烦的地方。我，赫尔克里·波洛，知道，可是在我的链条上缺少最后一个环节。

而且除非我找到缺少的那一环——"他严肃地摇摇头。

"你开始怀疑约翰·卡文迪什是在什么时候？"过了一会儿，我问道。

"你就一点儿也不怀疑他吗？"

"不，从没有过。"

"你曾无意中听到卡文迪什太太和她婆婆的对话片段，可后来她在审讯中却没有坦诚相告，你都没有怀疑过？"

"没有。"

"如果把两件事放在一起，你要想一想，如果和英格尔索普太太吵架的不是阿尔弗雷德·英格尔索普——你记得吧，审讯时他竭力否认——那一定是劳伦斯或约翰。那么，如果是劳伦斯，玛丽·卡文迪什的行为就无法理解了。然而从另一方面来说，如果是约翰，整件事情就能很自然地解释通了。"

"所以，"我恍然大悟地大声说道，"是约翰那天下午在跟他母亲吵架！"

"完全正确。"

"你一直都知道？"

"当然。这样卡文迪什太太的行为才解释得通。"

"可是你却说他会被无罪释放？"

波洛耸耸肩。

"是的。在警方的法庭审理中，我们将听到关于案件的起诉，但是他的律师十之八九会建议他保留答辩权。这样在审判时，我们就会感到很吃惊。而且——啊，还有，我要提醒你一句，我的朋友，在这个案子中我不能露面。"

"什么？"

"是的。严格地说，我跟这起案子没有关系。我必须留在幕后，直到我找到链条上缺少的最后一环。让卡文迪什太太觉得我是在帮她丈夫，而不是跟他作对。"

"要我说，这是在玩手段。"我抗议道。

"当然不是。我们对付的是一个绝顶聪明、不择手段的人，所以我们必须采用能力所及的一切方法——否则他会从我们的指缝中逃走。这就是我要小心地留在幕后的原因。所有这些都是杰普发现的，所有的功劳都是杰普的。如果我去做证——"他咧嘴笑笑，"很有可能是被告的证人。"

我简直无法相信自己的耳朵。

"这是按部就班地做事。"波洛接着说，"太奇怪了，我能提供证据推翻控方提出的一个论点。"

"什么论点？"

"关于烧毁遗嘱的论点。约翰·卡文迪什没有烧毁那份遗嘱。"

波洛是个名副其实的预言家。警察法律诉讼中的细节我就不详加说明了，因为里面有很多无聊的重复。我直接说一点：约翰·卡文迪什保留了答辩权，并直接受审。

九月，我们都去了伦敦。玛丽在肯辛顿租了一幢房子，波洛也属于这个家庭聚会中的一员。

我在陆军部找到了一份工作，所以能经常看到他们。

几个星期过去了，波洛的精神状态越来越差。他说的那个"最后一环"仍然没有找到。私下里我倒是希望维持现状，因为要是约翰被判有罪，玛丽还有什么幸福可言？

九月十五日，约翰·卡文迪什出现在伦敦中央刑事法院的被告席上，被指控"蓄意谋杀艾米丽·阿格尼丝·英格尔索普"，但他表示"不认罪"。

欧内斯特·海维韦萨爵士，著名的皇家法律顾问，将为他辩护。

菲利普先生，皇家法律顾问，代表王室对此案展开审理。

这件谋杀案，他说，经过了充分的谋划，并且极其冷酷无情。确确实实证明了一个溺爱孩子的、轻易相信别人的母亲被继子蓄意谋杀，然而她对他比亲生母亲还要好。他还是个孩子的时候，她就开始抚养他。他和他的妻子在斯泰尔斯庄园里过着奢华的生活，受到她事无巨细的关心和照顾。她是他们善良而慷慨的恩人。

他建议传召证人证明被告是一个挥霍浪费的人，经济上已处于穷途末路，同时跟邻近的农场主的妻子雷克斯太太有染。此事传到了他继母的耳朵里，在她去世前的那个下午，她就这件事指责他，随后两人争吵了起来，一部分说话的内容被人无意中听到了。就在前一天，被告在村子里的药店里买了士的宁，他化了装，目的是把罪行嫁祸给另一个人，即英格尔索普太太的丈夫，一个他极度妒忌的人。幸好英格尔索普先生提供了一个无懈可击的不在场证明。

公诉律师继续说道，七月十七日下午，和儿子争吵之后没多久，英格尔索普太太就立了一份新遗嘱。第二天早上，在她卧室的壁炉里发现了这份烧毁的遗嘱，但是有证据显示，这份遗嘱的条款有利于她的丈夫。其实在结婚之前，死者已经拟定了一份有利于英格尔索普先生的遗嘱，但是——菲利普先生摇着富有表现力的食指——被告不知道这件事。旧遗嘱还在，是什么导致死者重新立一份遗嘱，他说不出来。她是个老太太了，很有可能已经忘记了之前那份，或者——这对他而言似乎可能性更大——她可能以为一旦结婚，这份遗嘱就作废了，因为在这个问题上有过一些说法。女人都不怎么精通法律知识。大约一年前，她完成了一份对被告有利的遗嘱。他会拿出证据证明在那个悲惨的晚上，是被告最后把咖啡端给他继母的。晚上的时候，他得到允许进入她的房间，就在那时，毫无疑问，他找到了烧毁遗嘱的机会，因为就他所知，这份遗嘱会让英格尔索普先生的利益变得合法有效。

被告被逮捕是因为一位非常优秀的警官，也就是杰普探长，在他的房间里发现了一个装有士的宁的药瓶，此药瓶跟谋杀发生前一天村里药店卖给假英格尔索普先生的那个是同一个。这些可怕的事实是否可以构成判定被告有罪的充分证据，陪审团将予以裁决。

菲利普先生还巧妙地暗示道，如果陪审团不这么裁决，将是令人难以置信的。说完，他坐了下来，擦擦额头。

第一批原告证人大多数都是那些已经在聆讯时传召过的人，医学证明再次首先被出示。

欧内斯特·海维韦萨爵士——因对证人不择手段而闻名于全英国——只提了两个问题。

"我认为，包斯坦医生，士的宁作为一种药品，起效很快吧？"

"是的。"

"而你无法说明何以在本案中药效延缓？"

"是的。"

"谢谢。"

梅斯先生指认出公诉律师递给他的药瓶就是他卖给"英格尔索普先生"的那一个。

经过追问，他承认他和英格尔索普先生只是面熟，从来没有跟他说过话。这位证人并没有被盘问。

阿尔弗雷德·英格尔索普被传召上来，他否认买过毒药，以及跟妻子吵过架。有好几个证人都证明他所说的属实。

花匠的证词是关于见证遗嘱签署的。之后多卡丝被传召。

多卡丝对她的"少爷"忠心耿耿，竭力否认她听到的是约翰的声音，不顾一切地坚决声称，在内室里和她女主人在一起的是英格尔索普先生。被告席上的约翰脸上浮起了一丝苦笑。他太清楚她的英勇反抗是多么没用了，因为否认这一点并不是辩护的目标。当然，卡文迪什太太不可能被传上来出示对她丈夫不利的证据。

提了几个有关其他情况的问题之后，菲利普先生问道：

"今年六月下旬，你记不记得百盛寄来一个给劳伦斯·卡文迪什先生的包裹？"

多卡丝摇摇头。

"我不记得，先生。也许寄来了，不过劳伦斯先生六月份离开家了一阵子。"

"万一他不在家的时候有包裹寄来，怎么办？"

"放在他房间里，或者再寄给他。"

"是你做这些事吗？"

"不，先生，我会放在门厅的桌子上。这种事情都是霍华德小姐打理。"

伊芙琳·霍华德上了法庭，菲利普盘问了她几个别的问题之后，又问到了包裹这件事。

"不记得了。寄来的包裹太多了。不可能每个都特别留意。"

"你记不记得，劳伦斯先生去威尔士之后，你是把包裹寄给他了，还是放在他房间了？"

"不记得寄给他了。如果寄了会想起来的。"

"假定有个寄给劳伦斯先生的包裹后来不见了，你应该注意得到吧？"

"不，我不会这么想。我会认为有人替他保管起来了。"

"我想，霍华德小姐，是你发现这张牛皮纸的吧？"他举起一张布满灰尘的纸，正是波洛和我在斯泰尔斯庄园的起居室里检查过的那张。

"没错，是我发现的。"

"你为什么要找这张纸？"

"请来负责这个案子的那个比利时侦探让我找的。"

"你最后在哪儿找到的？"

"在衣橱的……顶上。"

"在被告衣橱的顶上吗？"

"我……我认为是这样的。"

"不是你自己找到的？"

"是。"

"那你一定知道在哪儿找到的了？"

"是，在被告的衣橱顶上。"

"这就对了。"

来自戏剧服装供应商百盛的一名店员证实，六月二十九日，他们按照要求向劳伦斯先生提供了一把黑胡子。是写信预订的，信封里装了一张邮政汇票。不，他们没有保留此信件。所有的交易事项都做了登记。他们按照指定的姓名和地址——斯泰尔斯庄园，L.卡文迪什先生——寄出了胡子。

欧内斯特·海维萨爵士笨拙地站起身子。

"这封信是从哪里寄来的？"

"从斯泰尔斯庄园。"

"你们寄包裹也是这个地址？"

"是的。"

海维萨像个猛兽一样冲他扑了过去。

"你怎么知道的？"

"我……我不明白。"

"你怎么知道信是从斯泰尔斯寄来的？你注意到邮戳了吗？"

"没……但是……"

"啊，你没注意到邮戳！可你却信誓旦旦地宣称信是从斯泰尔斯寄来的！实际上，可能是其他地方的邮戳？"

"是……吧。"

"虽然这封信写在印了地址的信纸上，可也许是从其他地方寄来的呢？比如，威尔士？"

店员承认这有可能是事实，欧内斯特爵士这才表示满意。

伊丽莎白·威尔斯，斯泰尔斯庄园的二等女佣，说她上床休息之后想起来，没按英格尔索普先生吩咐的那样只是关上门，而是把前门给闩上了。于是她再次下楼去纠正自己的错误。她听见右侧传来一声轻微的动静，于是她偷偷朝过道看了看，看到约翰·卡文迪什先生正在敲英格尔索普太太的门。

欧内斯特·海维韦萨很快就驳回了她的证词。因为招架不住他那无情的逼问，她绝望地自相矛盾起来，于是欧内斯特爵士带着满意的表情又坐了下来。

安妮的证词说的是地板上的蜡烛油，并且看到被告把咖啡端进内室。

审讯结束，第二天继续。

我们一到家，玛丽就强烈地谴责起控方律师来。

"那个可恶的人！他给我可怜的约翰布了一张多大的网啊！他把每件小事都扭曲得面目全非！"

"嗯，"我安慰她，"明天就不一样了。"

"没错，"她陷入了深思，忽然又抬高了声音，"黑斯廷斯先生，你不会认为——当然不可能是劳伦斯了——哦，不，不可能！"

但是我也很迷惑，所以单独和波洛在一起时，我问他觉得欧内斯特爵士的目的是什么。

"啊，"波洛一副欣赏的口气，"他是个聪明人，那个欧内斯特爵士。"

"你觉得他认为劳伦斯有罪吗？"

"我认为他不关心任何事！不，他这么做就是为了搅浑陪审团的脑子，让他们对哥哥还是弟弟做的产生意见分歧。他努力证明，针对劳伦斯的不利证据，和针对约翰的一样多。而且我绝对相信他会成功的。"

审讯重新开始时，探长杰普是第一个被传召的证人，其证词简明扼要。讲述完早期的一些事件之后，他接着说道：

"根据所获得的情报，萨默海警长和我本人在被告暂离房屋期间，搜查了他的房间，在他五斗橱里的一些内衣下面，我们发现了：第一，一副金丝夹鼻眼镜，和英格尔索普先生戴的那副很相似——"这个已经提交给法庭，"第二，这个药瓶。"

这就是那个已经被药店伙计辨认过的药瓶，一个蓝色的玻璃小瓶，里面有一些白色结晶，标签上写着："盐酸士的宁。剧毒。"

警察法庭诉讼以来，侦探发现的最新一条证据是一张长长的、几乎全新的吸墨纸。是在英格尔索普太太的支票簿里发现的，用镜子反照，就会清晰地出现这几个字："我死后，全部财产都留给我深爱的丈夫阿尔弗雷德·英格……"这说明了一个不争的事实，即那份被烧毁的遗嘱有利于死者的丈夫。接着，杰普出示了修复后的、从壁炉取出的烧焦纸片，连同在阁楼上发现的胡子，共同构成了他全部的证据。

但是欧内斯特爵士的盘问还在后头。

"你搜查被告房间的时候是哪一天？"

"七月二十四日，星期二。"

"正是惨剧之后的一周？"

"是的。"

"你说你在五斗橱里发现了这两样东西，抽屉没上锁吧？"

"是的。"

"你觉不觉得，一个犯了罪的人把罪证放在一个随便谁都能找到的没上锁的抽屉里，这几乎不太可能？"

"可能他是匆忙间塞进去的。"

"可你刚才说过离案发整整一个星期了。他有充足的时间移走并销毁它们。"

"可能吧。"

"关于这点，不存在可能。他有还是没有充足的时间移走并销毁它们？"

"有。"

"下面藏着这些东西的那堆内衣是厚还是薄？"

"厚的。"

"换句话说，这是冬天时穿的内衣。显然，被告不应该去开那个抽屉，对吗？"

"也许吧。"

"可否回答我的问题？被告有没有可能在盛夏最炎热的那一周，去开一个装有冬天内衣的抽屉？有还是没有？"

"没有。"

"既然如此，有没有可能现在说的这两样东西是其他人放在那儿的，而被告对此一无所知？"

"我认为不太可能。"

"但还是有可能？"

"是的。"

"可以了。"

接下来是更多的证据。关于七月底被告发现自己陷入经济危机的证据，关于他和雷克斯太太有染的证据——可怜的玛丽，对一个有自尊心的女人而言，听到这些，该多么苦涩啊。伊芙琳·霍华德说的是对的，虽然她对阿尔弗雷德·英格尔索普的憎恨让她一口咬定他就是那个与本案有关的人。

之后，劳伦斯·卡文迪什被带入证人席，低声回答着菲利普先生的问题。他否认六月份在百盛订过任何东西。实际上，在六月二十九日，他就远离庄园到达威尔士了。

欧内斯特爵士的下巴立刻挑衅似的翘了起来。

"你否认于六月二十九日向百盛订购过黑胡子吗？"

"没错。"

"啊，万一你哥哥发生什么事，谁将继承斯泰尔斯庄园？"

这个残忍的问题让劳伦斯苍白的脸立刻一片通红。法官不满地咕哝着，被告席上的约翰则愤怒地向前探着身子。

海维韦萨根本不在乎他当事人的愤怒。

"回答我的问题。"

"我想,"劳伦斯平静地说,"会是我。"

"你说'想'是什么意思?你哥哥没有孩子,你会继承它,是吗?"

"是。"

"啊,很好。"海维韦萨那和蔼的语气中有一种残忍,"而且你还会继承一大笔钱,对吗?"

"实际上,欧内斯特爵士,"法官抗议道,"这些问题跟本案无关。"

欧内斯特爵士鞠了一躬,继续发射利箭。

"在七月十七日星期二,你和另一位客人去参观了塔明斯特红十字医院的药房,是吗?"

"是。"

"有那么几分钟的时间你正好是一个人待着,你是否打开了毒药橱柜,检查了一些瓶子?"

"我……我……可能吧。"

"我认为你确实这么干了吧?"

"是。"

欧内斯特爵士又向他发射了第二个问题。

"你是否特别检查过一个瓶子?"

"没有,我不这么认为。"

"小心点儿,卡文迪什先生。我指的是装有盐酸士的宁的一个小瓶子。"

劳伦斯的脸色一下子变青了。

"不……我真的没有。"

"那你怎么解释瓶子上面留下了你清晰无误的指纹？"

这种恐吓的手段对紧张的情绪来说非常有效。

"我……我想我可能拿过瓶子。"

"我也这么想！你从瓶子里拿出过什么东西没有？"

"当然没有。"

"那你干吗拿瓶子？"

"我曾经学过医学，对这种东西自然感兴趣。"

"啊！所以你对毒药'自然感兴趣'，对吗？然而，你是等到只有一个人时，才满足你的'兴趣'的吧？"

"那纯粹是巧合。就算其他人在那儿，我也会这么做的。"

"可是，这事发生的时候，其他人不在那儿吧？"

"不在，但是——"

"实际上，整个下午，你只有几分钟的时间是独自一人，然而你对盐酸士的宁的'自然的兴趣'就发生在——我说，发生在——几分钟之内，是吗？"

劳伦斯结结巴巴地说得很可怜。

"我……我……"

欧内斯特爵士满意地说：

"我没什么要问你的了，卡文迪什先生。"

这几个盘问在法庭上引起了强烈的骚动。在座许多打扮时髦的女人都忙着交头接耳，她们窃窃私语的声音越来越响，法官不得不生气地威胁说如果不马上安静下来，就要把她们从法庭请走了。

　　还有一个证据。几个笔迹专家就药店毒药登记册上的"阿尔弗雷德·英格尔索普"这一签名发表了看法。他们一致认为这不是他的笔迹，并认为也许是被告伪装的。盘问之后，他们承认也有可能是其他人巧妙伪造的。

　　欧内斯特·海维韦萨爵士的发言并不长，然而却使案情有利于被告，并且态度强硬有力。他说，在他多年的经验中，从来——从来没有一起谋杀指控建立在比这更薄弱的证据之上。这些证据不仅仅完全是间接的，而且绝大部分都没有得到证实。让他们来看看这些他们听过和公正地筛选过的证据。士的宁是在被告房间的一个抽屉里发现的。正如他所指出的，这个抽屉没有上锁，并且他认为没有证据能证明把士的宁放在那儿的人是被告。实际上，这是其他人把罪行嫁祸给被告的邪恶目的的一部分。控方无法提供哪怕一点证据支持他们的论点，即从百盛订购黑胡子的人是被告。被告已经坦白承认他和继母之间发生过争吵，但这件事还有被告的财政困难都被严重地夸大了。

　　他那博学的朋友——欧内斯特漫不经心地向菲利普点了点头——认为如果被告是清白的，在聆讯时就应该站出来解释吵架的人是他，而不是英格尔索普先生。关于这一点，爵士认为事实被扭曲了。实际发生的事情是这样的：星期二晚上，被告回到家里，有人确定地告诉他英格尔索普夫妇发生了激烈的争吵。被告丝毫没有怀疑有人可能把他的声音错听成了英格尔索普先生的。因此他想当然地认为继母吵了两次架。

控方断言，七月十六日星期一那天，被告装扮成英格尔索普先生去了村子里的药店。恰恰相反，那个时间被告正在一个叫作"马斯顿的小树林"的偏僻之地，是一张匿名字条让他去那儿的，字条上是一些勒索敲诈的话，威胁他如果不照做就会向他妻子透露某些事情。因此，被告到达了指定的地点，白白地等了半个小时才回家。不幸的是，来回的路上他没有遇见一个人能证明这件事的真实性。幸亏他保留了这张字条，可以作为证据。

至于有关烧毁遗嘱的陈述，被告以前当过律师，他明白一年前所立的那份有利于他的遗嘱，已经因为继母的再婚而作废了。他会出示证据证明是谁烧了这份遗嘱，而且有可能为本案打开一个全新的视角。

最后，他向陪审团指出，除了约翰·卡文迪什，还有不利于其他人的证据。他引导他们注意一个事实，对劳伦斯·卡文迪什的不利证据就算不如对其兄长的有力，至少也是不相上下的。

此时，他传召了被告。

被告在证人席上表现得很好。经过欧内斯特爵士的巧妙处理，他把故事讲得既精彩又让人信服。他出示了收到的匿名字条，并交给陪审团检查。他愿意承认自己出现了经济困难，以及跟继母的分歧，这对他否认谋杀很有助益。

结束陈述之后，他顿了顿，又说：

"我必须澄清一件事。我完全拒绝和否认欧内斯特·海维韦萨爵士针对我弟弟的暗示。我深信，我弟弟和我一样与这次谋杀无关。"

欧内斯特爵士只是笑了笑，他敏锐地注意到，约翰的抗议已经在陪审团中产生了非常好的印象。

接着，盘问开始了。

"我认为，你所说的你没有料到证人可能把你的声音错听成了英格尔索普先生的。这不是很奇怪吗？"

"不，我不这么认为。有人告诉我说我母亲和英格尔索普先生吵了一架，而我从来没有想过事实并非如此。"

"女佣多卡丝重复了谈话片段——你一定记得这些片段——之后，你也没有想到吗？"

"我没听出来。"

"你的记忆肯定非常短暂！"

"不是的，但当时我们都很生气，而且我觉得说了很多气话。我没怎么留意我母亲实际都说了什么。"

菲利普先生表示怀疑的冷哼是法庭辩论技巧的一个成就。他转向了字条的话题。

"你恰到好处地提交了这份字条。告诉我，上面的笔迹感觉熟悉吗？"

"不熟悉。"

"你不认为这和你那经过伪装的笔迹有明显的相似之处吗？"

"不，我不认为。"

"我告诉你，这是你自己的笔迹！"

"不是。"

"我告诉你，你急于证明自己不在犯罪现场，所以想出了这么个虚假而不可思议的约会的主意，并且自己写了这张字条以证明你的陈述！"

"不是。"

"就在你所宣称的自己在一个偏僻、人迹罕至的地方等待的时候，其实你是去了斯泰尔斯村的药店，以英格尔索普先生的名义买了士的宁，是这样吗？"

"不，这是个谎言！"

"我换种说法，你穿着英格尔索普先生的一套衣服，贴着跟他相似的修剪过的黑胡子，到了药店——还在登记册上签了他的名字！"

"绝对没有这种事。"

"那么我把字条、登记册上的字迹，还有你自己的笔迹，这三者之间惊人的相似之处交给陪审团审议。"说完，菲利普先生坐了下来，一脸已经尽到职责，但仍对这种蓄意的伪证感到十分震惊的表情。

此后，由于时间已晚，案子下星期一继续开庭。

我注意到波洛的样子十分气馁。我太了解他纠结的眉头了。

"怎么了，波洛？"我问。

"啊，我的朋友，事情不顺啊，不顺。"

我心头禁不住释然地一动。显然，约翰·卡文迪什可能会被宣判无罪。

到家以后，我的小个子朋友挥手拒绝了玛丽发出的喝茶的邀请。

"不了，谢谢你，太太，我想上楼去自己的房间。"

我跟着他。他走到书桌旁边，仍然皱着眉头，拿出一小盒纸牌，然后拖了一把椅子到桌边，而且让我诧异万分的是，他开始一本正经地搭纸牌房子了！

我不自觉地拉长了脸，他马上说道：

"不，我的朋友，我不是老糊涂了！我在稳定自己的神经，仅此而已。这工作需要手指精密。手指精密才能让大脑精密。我从未像现在这样这么强烈地需要它！"

"出什么事了？"我问。

波洛朝桌上使劲捶了一拳，推翻了他仔细建造的大厦。

"是它，我的朋友！我能造一座七层高的大厦，可我不能——"捶了一拳，"找到，"又是一拳头，"我跟你说过的最后一环。"

我不知道该说什么才好，只好保持沉默。接着，他又开始慢慢地搭建纸牌了，同时还有一搭没一搭地说着：

"完成了——就这样！放上——一张牌——另一张——用数学的——精密度！"

我看着纸牌房子在他手中不断增高，一层接一层。他从来没有犹豫或动摇过。简直就像是在变戏法。

"你的手真稳，"我说，"我相信我只看到你的手抖过一次。"

"毫无疑问是在我生气的时候。"波洛十分平静地说。

"确实！你怒气冲天。你还记得吗？在你发现英格尔索普太太卧室里那个文件箱被撬开的时候。你站在壁炉台旁边，习惯性地摆弄着上面的东西，手抖得就像一片树叶！我得说——"

但是我突然打住了。因为波洛嘶哑而含混地大叫一声，再次推翻了自己的杰作，双手按在眼睛上不停地揉着，显然非常痛苦。

"天哪，波洛！"我大叫，"你怎么了？病了吗？"

"不，不，"他上气不接下气地说，"是……是……我有了一个想法！"

"啊！"我长舒一口气，大声说道，"是你的那个'小想法'吗？"

"哦，实际上，不是！"波洛坦白地说，"这一次是个非常巨大的想法，了不起的！这是你——你，我的朋友，给我的！"

忽然，他紧紧地抱住了我，热情地亲吻我的双颊。还没等我从震惊中恢复过来，他已经跑出了房间。

这时，玛丽·卡文迪什走了进来。

"波洛先生怎么啦？他从我身边冲过去，大喊着：'汽车库！看在老天爷的分上，告诉我汽车库怎么走，太太！'可我还没来得及回答，他已经冲到大街上了。"

我急忙来到窗口。没错，他在那里，正在街上猛冲，没戴帽子，边跑边做手势。我转向玛丽，对她做了个表示绝望的手势。

"他被一个警察拦了一下，接着又跑了，现在拐过街角了！"

我们的目光相遇了，无能为力地对视着。

"出了什么事？"

我摇摇头。

"我不知道。他正在搭纸牌房子，忽然说有了个想法，于是，就像你看到的那样，他跑了出去。"

"好吧，"玛丽说，"希望他晚饭前能回来。"

可是，夜幕降临了，波洛还没有回来。

第十二章　最后一环

波洛的突然离开让我们大家都很好奇。星期天早上慢慢过去了，他还是没有出现。可是到了差不多三点钟，外面传来刺耳的汽车长笛声，我们拥到窗口一看，只见波洛偕同杰普和萨默海，从车里走了出来。这个小个子男人好像变了个人似的，浑身散发出一种可笑的沾沾自喜之情。他过分殷勤地向玛丽·卡文迪什鞠了个躬。

"太太，我可以在客厅里开个小会议吗？每个人都得参加。"

玛丽凄然一笑。

"你知道，波洛先生，你完全有这个权利。"

"您太和蔼可亲了，太太。"

波洛一边笑容满面地把我们所有人都召集到客厅里，一边把椅子往前搬好。

"霍华德小姐——在这儿。辛西亚小姐。劳伦斯先生。善良的多卡丝。还有安妮。好啦，我们得晚一点儿才能开会，等英格尔索普先生过来。我已经给他送去便条了。"

霍华德小姐立刻从椅子上站了起来。

"如果那人走进这房子，我就立刻离开！"

"不，不。"波洛走到她前面，低声恳求了几句。

最后霍华德小姐答应回到自己的座位上。几分钟后，英格尔索普先生走进了客厅。

人都齐了，波洛马上从位子上站了起来，带着一副受欢迎的演讲者的姿态，向他的听众彬彬有礼地鞠了个躬。

"女士们，先生，大家都知道，我受到约翰·卡文迪什先生的邀请来调查这个案子。我一来到这儿就马上检查了死者的卧室，根据医生的建议，那个房间已经锁上了，因此完好地保持着悲剧发生时的样子。我发现：一、一块绿色织物的碎片；二、窗户旁边地毯上的一片污渍，仍然是潮湿的；三、装有溴化铵粉末的空盒子。

"先说一说这块绿色布片。我是在那间卧室和隔壁辛西亚小姐房间之间的连通门的插销上发现的。我把这块布交给了警方，可他们不觉得有什么重要的，也没认出来这是什么——一个绿色的园艺工作者袖套上的布头。"

人群中有小小的骚动。

"斯泰尔斯庄园中只有一个人在农田里干活，就是卡文迪什太太。因此，从辛西亚小姐房间经由连通门进入死者房间的，肯定是卡文迪什太太。"

"可那门是从里面闩上的呀！"我叫道。

"我去检查房间的时候，是闩上了。但是，首先，我

218

们只是听她这么说，因为是她去查验的那扇门，说是闩住了。在随后的混乱之中，她有很多机会把门闩上。我一早就找到机会证实了我的推测。首先，这块布片和卡文迪什太太袖套上的一个破洞完全吻合。而且，在验尸的那次聆讯中，卡文迪什太太宣称她在自己的房间里听到了床边桌子倒地的声音。我也早就检验过这种说法，我让我的朋友黑斯廷斯先生站在房子里的左侧位置，就在卡文迪什太太的门外。我自己则跟警察一道去了死者的房间，在那里我故意装作不小心推倒了前面提到的那张桌子，可我发现，正如我所料，黑斯廷斯先生什么动静都没听见。这更让我相信，卡文迪什太太说惨剧发生的时候她正在自己的房间里穿衣服，这是假话。其实，我坚信，报警声响的时候，卡文迪什太太正在死者的房间里，而绝不是在自己的房间。"

我飞快地扫了玛丽一眼，她脸色极其苍白，却仍然面带微笑。

"下面我解释一下这个假设——卡文迪什太太在她婆婆的房间里。我们可以说她正在找什么东西但没找到。忽然，英格尔索普太太醒了，令人惊恐地发起病来。她伸出手臂，打翻了床头柜，接着拼命按响了电铃。卡文迪什太太吓得手中的蜡烛都掉了下来，蜡烛油溅到了地毯上。她捡起蜡烛，急忙缩进辛西亚小姐的房间，关上了门。她匆匆跑进过道，因为不能让仆人发现她在那儿。但是太晚了！连接房子两端的走廊那里已经传来了脚步声。她能怎么办？她转念一想，赶紧回到辛西亚小姐的房间里，并且摇醒了她。匆忙中被惊醒的一家人挤在过道里，全都忙着拍打英格尔索普太太的房门。没人会想到卡文迪什太太没和其他人一起过来，但是——这非常重要——我能判定没人看见她从另一侧过来。"他看着玛丽·卡文迪什，"我说得对吗，太太？"

她点点头。

"你说得很对，先生。你知道，如果我能想到透露这些情况对我丈夫有哪怕一点儿好处的话，我早就这么做了。但我觉得这跟他是否有罪没有关系。"

"在某种意义上，是正确的，太太，但是这能消除我心中的很多错觉，而且能让我直接看到其他事情的真正意义。"

"遗嘱！"劳伦斯叫了起来，"那么是你，玛丽，烧了遗嘱？"

她摇摇头。波洛也摇了摇头。

"不，"他平静地说，"只有一个人有可能烧掉那份遗嘱——英格尔索普太太自己！"

"不可能！"我大声说，"她那个下午刚刚写好！"

"然而，我的朋友，就是英格尔索普太太。因为要解释这个事实别无他法：那是一年中最热的一段时间，英格尔索普太太那天却吩咐仆人在她房间里生了火。"

我大喘一口气。我们太蠢了，居然从没想到那火是那么不协调。波洛继续说道：

"先生，那天在阴凉处的温度是华氏八十度，可英格尔索普太太却吩咐点起了火！为什么？因为她想毁掉什么东西，又想不出别的办法。因为在斯泰尔斯实行战时节约政策，一张废纸都不准扔掉。因此像遗嘱这么厚的文件是无法毁掉的。听说英格尔索普太太房间里生火的时候，我马上得出结论，这是为了烧某些重要文件——可能是份遗嘱。所以在壁炉里发现了烧焦的纸片我也没觉得奇怪。当然，我并不知道上述那份遗嘱是那天下午才写好的，而且我得承认，得知这件事之后，我陷入了一个巨大的误区。我得出的结论是，英格尔索普太太决心烧掉那份遗嘱，直接引发了那天下午的争吵，因此吵架是发生在立遗嘱之后而不是在那之前。

"现在，我们知道，我错了。我不得不放弃了这个想法。我换了个新的立场来考虑这个问题。那么，在四点钟的时候，多卡丝听见她的女主人生气地说：'你别以为我怕传扬出去，或者夫妻丑闻这一套能阻止我。'我推测，并且正确地推测到，这些话不是冲着她丈夫而是冲着约翰·卡文迪什说的。五点钟，一小时之后，她几乎说了相同的话，但立场不同。她向多卡丝承认道：'我不知道该怎么办；夫妻丑闻是一件可怕的事情。'四点的时候她在生气，可还是一副女主人的口吻；五点的时候她却处于极度痛苦之中，说受到了极大的刺激。

"从心理上分析这件事，我得出一个推论，我相信是正确的。她第二次说到的'丑闻'跟第一次不同——因为这包括她自己！

"让我们设想一下。四点，英格尔索普太太跟她儿子吵了一架，并威胁要向他妻子揭发他——顺便提一下，他妻子不小心听见了大部分对话。四点半，在进行了一场关于遗嘱有效性的谈话之后，英格尔索普太太重新立了一份对她丈夫有利的遗嘱，也就是花匠做见证人的那份。五点，多卡丝发现她的女主人情绪相当激动，手里还拿着一张纸——多卡丝以为是'一封信'——就在这个时候，英格尔索普太太吩咐在房间里生了火。推测起来，是在四点半到五点之间，其间发生了一些事，导致情绪完全逆转，因为她急着烧毁遗嘱，就像她之前急着想立定这份遗嘱一样。是什么事呢？

"据我们所知，在那半个小时里只有她一个人。没有人进出过那间内室。是什么事让她情绪发生了突然性的转变呢？

"我们只能推测，但我认为我的推测是正确的。英格尔索普太太的书桌里没有邮票，我们清楚这一点，因为后来她吩咐多卡丝带过来一些。房间对面的那个角落里是她丈夫的书桌——锁着的。她急着想找到几张邮票，并且——根据我的推测——她试着用自己的钥匙开桌子。我知道其中有个钥匙是匹配的。所以她打开了书桌，找邮票的时候发现了另外一些东西——就是多卡丝看见的她手里的那张纸，当然这本来绝对不能让英格尔索普太太看到。另一方面，卡文迪什太太认为，她婆婆牢牢抓住的这张纸是她丈夫不忠的书面证明。她向英格尔索普太太索要这张纸，而后者却让她宽心，说真的和这件事无关。卡文迪什太太不相信她。她认为英格尔索普太太是在保护她的继子。卡文迪什太太是个坚定果断的人，同时，在她小心谨慎的面具之下，是她对丈夫疯狂的妒忌。她决心不惜一切代价都要把那张纸弄到手，靠着这种决心，她等到了一个机会。她无意中捡到了英格尔索普太太文件箱的钥匙，就是那天早上丢了的那把。她知道婆婆总是把重要的文件存放在这个特殊的箱子里。

"因此卡文迪什太太制订了计划，只有因妒忌而孤注一掷的女人才会那么做。傍晚某个时刻，她拔去了通往辛西亚小姐房间那扇门的门闩，可能还在铰链上抹了点油，因为我发现我试着开门的时候，一点动静也没有。安全起见，到了凌晨她才实施自己的计划，因为在那个时候，用人们一般都能听见她在房间周围走动的声音。她穿好了在田间干活时的衣服，悄悄地从辛西亚小姐的房间进入了英格尔索普太太的房间——"

辛西亚打断了他的话：

"但是如果有人进了我的房间，我应该醒过来了啊？"

"如果你没有被下药的话，小姐。"

"下药？"

"没错！"

"你们记得，"他又对我们解释了起来，"到处都乱作一团，到处都是吵闹声，可隔壁的辛西亚小姐却在睡觉。有两种可能性，要么她是在装睡——我可不相信——要么她的不省人事就是人为造成的。

"带着后面这种想法，我非常仔细地检查了所有的咖啡杯。我记得前一天晚上是卡文迪什太太给辛西亚小姐拿的咖啡。我从每个杯子里都取了一点试样并做了分析——毫无结果。我仔细地算了算杯子，万一其中一个已经被拿走了。六个人六个咖啡杯，六个杯子都在那儿。我只好承认我错了。

"后来我发现自己有一个严重的疏忽。一共有七个人而不是六个人喝了咖啡，因为那天晚上包斯坦医生在那儿。整件事情都变了，因为现在有个杯子不见了。用人们没有注意这件事，女佣安妮端来了七杯咖啡，可她不知道英格尔索普先生没有喝，而第二天早上多卡丝像平时那样收拾了六个杯子——或者严格地说，她发现了五个，第六个就是在英格尔索普太太房间里打碎的那个。

"我相信那个不见了的杯子正是辛西亚小姐的。我这么想还有一个原因，就是所有的杯子里面都有糖，可辛西亚小姐从来不往咖啡里放糖。有件事引起了我的注意，安

224

妮说她在每晚都端到英格尔索普太太房间里的可可托盘上发现了一些'盐'，因此我从可可里取了一点试样，并拿去化验了。"

"但是包斯坦医生已经检查过了。"劳伦斯飞快地说。

"不完全是这样。他只要求分析里面是否含有士的宁，而我则要求化验其中是否含有安眠药。"

"安眠药？"

"是的。这是分析报告。卡文迪什太太给英格尔索普太太和辛西亚小姐下了一种安全而有效的麻醉药。这样一来她就有时间行动了。当她婆婆突然发病死去，并且她听到'毒药'这个词之后，该是一种怎样的心情！她认为自己放的安眠药是绝对无害的，但是，毫无疑问，在那个可怕的时刻，她肯定非常害怕有人会把英格尔索普太太的死归咎于她。她内心充满恐惧，于是急忙下楼，飞快地把辛西亚小姐用过的那个咖啡杯和托盘扔进了一个大黄铜花瓶里，后来劳伦斯先生在那儿找到了杯子。她没敢碰剩下的可可，太多眼睛盯着她了。当提到士的宁之后，她发现悲剧终归不是她造成的，可以猜到，她总算松了口气。

"现在我们就能解释为什么这么长时间之后士的宁的中毒症状才表现出来。麻醉药和士的宁一起吃的话，会把毒药的发作时间往后延几个小时。"

波洛停了下来。玛丽看着他，脸上渐渐有了血色。

"你说的这些都是真的，波洛先生，那是我一生中最糟糕的时刻，我永远也不会忘记。但是你真是太棒了。现在我明白——"

"当我跟你说向波洛神父忏悔很安全的时候，是什么意思，嗯？可你却不信任我。"

"我现在都明白了，"劳伦斯说，"有麻醉药的可可，在有毒的咖啡之后被服用，造成了毒发的推迟。"

"没错，可咖啡有没有毒呢？我们遇到了一点小麻烦，因为英格尔索普太太没有喝。"

"什么？"众人惊叫道。

"是的。你们记不记得我说过英格尔索普太太房间的地毯上有片污渍？它有这么几个特点：当时还是潮湿的，有浓重的咖啡味，渗到地毯绒毛里了，另外我还发现了一些极小的瓷器碎末。我明白发生了什么。因为不到两分钟之前，我把我的小文件箱放在靠窗的桌子上，可桌面倾斜，把文件箱掀到了地板上，正好也在那个位置。同样，那天晚上，英格尔索普太太把送到房间里的咖啡也放到了桌上，而那不牢靠的桌子也用同样的方式戏弄了她。

"对我来说，后面发生的事情只是一种推测。我猜，英格尔索普太太捡起了打破的杯子并放在了床边的桌上。她觉得需要一点提神的东西，于是热了可可并喝了下去。现在，我们又将面临一个新问题。我们知道可可里没有士的宁，她又没喝过咖啡，然而士的宁一定是在晚上七点到九点之间服下去的，那么，第三个中介物是什么——恰

226

如其分地盖住士的宁的味道以至于根本没人想起来？"波洛环视四周，接着令人印象深刻地自己回答道："她的补药！"

"你是说凶手把士的宁放进了她的补药里？"我大声问。

"根本不需要放进去，已经在里面了——在混合物里。杀害英格尔索普太太的士的宁就在威尔金斯医生开的处方里。为了让大家更清楚，我读一读从塔明斯特红十字医院药房里发现的一本配药书上抄的一段话：

> 下面的配方已被广泛采用：
>
> 士的宁盐……gr.1
>
> 溴化钾……3vi
>
> 水……………………3viii
>
> 混合后摇匀

> 这种溶液在数小时之内可以使绝大部分士的宁沉淀成一种不易溶解的透明晶体状的溴化物。英国一女士因服用类似混合物而死亡：士的宁沉淀在瓶子底部，在最后一次服用时，她几乎一饮而尽！

"问题在于，威尔金斯医生的处方中没有溴化物，但你们肯定记得我提到过的装溴化铵粉末的空盒子。把一两包粉末放进盛满补药的瓶子里，就可以有效地沉淀士的宁，就像那本书所写的，使它在最后一剂药中被服用下去。稍后你们会知道，这个经常为英格尔索普太太倒药的人一直极为小心地不去摇晃瓶子，好让沉淀物老实地待在瓶底。

"有很多证据都可以证明惨剧应该发生在星期一晚上。那天，英格尔索普太太的电铃线被整齐地割断了，而那天晚上辛西亚小姐在朋友们那儿过夜，这样一来楼房右侧就只有英格尔索普太太一个人了，因此她完全得不到任何帮助，十有八九在医生赶来急救之前就死去了。但是那天晚上，英格尔索普太太匆忙赶去参加村子里的晚会而忘了吃药，第二天又是在外面吃的午饭，所以最后的——致命的——那剂药的服用时间比凶手预计的晚了二十四个小时，而且由于这种延迟，最终的证据——链条中的最后一环——我现在才拿到。"

大家都激动得喘不过气来。他掏出了三张薄纸片。

"一封凶手亲笔写的信，朋友们！假如信写得再明白一点，英格尔索普太太也许会产生警觉而逃过一劫。可惜，她虽然意识到了自己的危险处境，却不知道这危险是怎么来的。"

在死一般的沉默中，波洛把几张纸拼在一起，清了清嗓子，念道：

"'最亲爱的伊芙琳：

没有收到消息你一定很担心。没事的，只是昨晚不巧错过了，要等到今晚。你能理解的。老女人一死，咱们的好日子就来了。没人能查明是我做的。你那个溴化物的主意，真是神来之笔。但我们必须十分谨慎，一步错……'

"朋友们，信念完了。显然写信的人被打断了；但是，他的身份已经没有疑问了。我们都知道这笔迹还有——"

一声尖叫的哀号打破了这沉默。

"该死的！你怎么找到的？"

一把椅子打翻了。波洛灵巧地跳到一边，那个攻击他的人扑了个空，轰然倒地。

"先生们，女士们，"波洛动作花哨，"让我向大家介绍一下凶手——阿尔弗雷德·英格尔索普先生！"

第十三章 波洛的解释

"波洛，你这个老东西，"我说，"我恨不得掐死你！一直欺骗我，你到底用意何在？"

说这话时，我们正坐在图书室里。令人激动的那几天已经过去了。在下面的房间里，约翰和玛丽已言归于好，此时，阿尔弗雷德·英格尔索普和霍华德小姐已经被拘留了。现在，我终于可以和波洛面对面，以减轻我那依然强烈的好奇心了。

波洛起先没回答我，后来他终于说道：

"我没骗你，我的朋友，我最多就是任凭你骗了自己。"

"是吗？为什么？"

"嗯，一两句话说不明白。你要知道，我的朋友，你本性坦诚、表里如一，所以，不太可能隐藏自己波动的情绪！如果我把我的想法都对你讲了，那个狡猾的阿尔弗雷德·英格尔索普先生看你第一眼，就会——用你们那句俗话说——'嗅到秘密'①！然后，他就会脚底抹油，对想要逮住他的我们说声'拜拜'了。"

"我认为我的外交手段比你口中的更高明。"

"我的朋友啊，"波洛恳求道，"请你别动气！你的帮助在整个过程中是最有价值的。但的确，恰恰是你这种美好的品性让我有所顾虑。"

"好吧，"我稍稍缓和了一些，嘟囔道，"但我依然认为，你可以给我一点点暗示啊。"

"我有，朋友，我给了你几个暗示，你没能领会。想想吧，我说过我觉得约翰·卡文迪什有罪吗？正好相反，我不是告诉过你他一定会被宣判无罪吗？"

"是的，可是——"

"还有，随后我立刻说要想把凶手绳之以法比较困难，不是吗？难道你不明白我说的是两个完全不同的人吗？"

"是的，"我说，"我就是不明白！"

"还有，"波洛继续说，"从一开始，我不是跟你反复说过好几次，我不想让英格尔索普先生现在就被捕？那应该给你传递了某种信息。"

"你是不是想说早在那时你就开始怀疑他了？"

"是的。首先，英格尔索普太太死了对其他人可能都有好处，而得到好处最多的是她的丈夫。这个是他脱不了

---

①原文是"smelt a rat"。

干系的。那天和你第一次去斯泰尔斯时，我对于这个罪行是如何实施的，毫无头绪。但是根据对英格尔索普先生的了解，我意识到很难找到任何证据将他和这桩罪行联系起来。一进庄园我就明白了，是英格尔索普太太烧毁遗嘱的；说到这儿，顺便插一句，你不能抱怨，我的朋友，因为我已经尽我所能来提示你大夏天在卧室生火这件事的意义了。"

"对，对，"我迫不及待地催促他，"接着往下说。"

"好的，我的朋友，就像我说的那样，我对英格尔索普先生有罪这个看法曾非常摇摆不定。事实上，有这么多对他不利的证据，我反而相信他没有干过这些事了。"

"你是什么时候改变这个观点的？"

"当时，我感到我越是努力洗清他的罪名，他越是千方百计地让自己被捕。接着，我发现英格尔索普和雷克斯太太毫无瓜葛，事实上是约翰·卡文迪什对那个女人有意思，我就非常确定了。"

"但这是为什么？"

"这显而易见：要是英格尔索普和雷克斯太太有染的话，他的沉默非常好理解。但是，当我发现全村人说的是约翰被农场主的漂亮老婆吸引时，他的沉默就有了完全不同的阐释。他推说他害怕流言蜚语，这是无稽之谈，因为没有任何流言蜚语与他有关。他的这种态度强烈地推动着我去思索，我慢慢被动地得出这样的结论：阿尔弗雷德·英格尔索普希望自己被捕。嗯，好吧，从那会儿起，我就同样坚信，他不应该被捕。"

"等一下，我不明白为什么他希望自己被捕呢？"

"我的朋友，这是因为贵国的法律规定，一个人如果被宣判无罪，就不能再以这个罪名被审判，嗯哼，他的这个主意——真是不错！可以肯定的是，他是个很有手腕的人。你看啊，他知道处在这个地位肯定要受怀疑，因此构思出这个非常聪明的点子——准备一大堆针对自己的假证据。他想让自己被怀疑，他想让自己被捕，然后提供自己无懈可击的不在现场的证据——接着，你看，他就可以保住性命了！"

"不过我还是不明白，他用什么办法证明自己不在现场，然而却去过药店？"

波洛惊讶地盯着我。

"这可能吗？我可怜的朋友！你还没意识到去药店的是霍华德小姐？"

"霍华德小姐？"

"肯定是她，除了她还有谁？这对她来说最容易了：她个子高，嗓音低沉而男性化。另外别忘了，她和英格尔索普是表兄妹，他们俩有显而易见的相似性，特别是在举手投足之间。这件事情再简单不过了。他们真是聪明的一对啊！"

"溴化物事件确切来说是怎么回事？我还是有点糊

涂。"我说。

"好吧！我将尽我所能为你重现事件过程。在这件事上，我倾向于认为霍华德小姐是幕后主使。你记不记得她曾经说她父亲是个医生？她可能为她父亲配过药，或者是从辛西亚为备战考试而放在那儿的大量书籍里的某一本中获得了灵感。不管是哪个原因，她熟知这么一件事，那就是把溴化剂加到含有士的宁的混合溶剂中能产生沉淀。很可能这个主意来得相当突然。英格尔索普太太有一盒溴化剂药粉，夜间偶尔拿来服用。偷偷拿一两包放到英格尔索普太太从库特药店刚买来的一大瓶补药中，还有比这更容易的事吗？实在是万无一失。惨剧差不多要两周后才会发生。要是有谁看到他们俩中的一个接触到这种补药，到那时候也已经记不得了。应该是霍华德小姐自己策划了那场争吵，然后离开了庄园。随着时间的流逝，以及她的离开，所有怀疑都将被消除。是啊，这是一个聪明的点子！要是他们就此止步，可能永远也不能确证他们犯下的罪行。可是他们画蛇添足，想证明自己更聪明——这就导致了他们自取灭亡。"

波洛抽了一口他那支细小的香烟，两眼盯着天花板。

"他们制订了一个计划，到村里的药店买士的宁，模仿约翰·卡文迪什的字迹在登记册上签名，把嫌疑转嫁到他身上。

"星期一，英格尔索普太太会吃下她最后一剂药。因此，在星期一的六点钟，阿尔弗雷德·英格尔索普故意让很多人看见他去了一个远离村子的地方。为了解释他后来的沉默，霍华德小姐事先编造了一个关于他和雷克斯太太的荒诞不经的故事。六点，霍华德小姐扮成阿尔弗雷德·英格尔索普走进药店，说是狗的缘故而买了士的宁，并且模仿约翰的笔迹——她早已仔细研究过了——写下了阿尔弗雷德·英格尔索普的名字。

"但是如果约翰也能提供不在场证明，就成功不了了。所以她给他写了一张匿名字条——也是模仿他的笔迹——把他骗到一个偏僻的地方，在那儿有人看见他的概率极低。

"至此，一切都很顺利。霍华德小姐回到了米德林厄姆，阿尔弗雷德·英格尔索普则回到斯泰尔斯庄园。再也没有什么事情能以任何方式威胁到他了，因为有士的宁的是霍华德小姐，而购买它只是把嫌疑转移到约翰·卡文迪什身上的障眼法罢了。

"但是现在出了岔子，那天晚上英格尔索普太太没吃药。电铃的破坏，辛西亚的离开——英格尔索普通过他妻子安排的——这些都白忙活了。于是——他犯了个错误。

"英格尔索普太太出去了，于是他坐下来写信给他的同伙，他担心她因为计划落空而惊慌失措。有可能英格尔索普太太回来得比他预期得早，因为怕被逮个正着，加上有些慌乱，他匆忙地停了笔并把信锁进自己的书桌里。他怕自己留在房间里可能会再次打开书桌，那么英格尔索普

235

太太会在他藏起这封信之前就看在眼里。所以他出了门，去树林里散步，可他做梦都没想到英格尔索普太太会打开书桌，发现了这份暗示犯罪的证据。

"我们知道接着发生了什么。英格尔索普太太读了信，了解到自己的丈夫和霍华德小姐对自己的不忠，虽然不幸的是关于溴化物的那句话并未让她警觉起来。她知道自己处于危险之中——但她不知道这危险在哪儿。她决定什么也不跟丈夫说，而是坐下来写信给律师，让他第二天过来，并且打定主意立刻烧毁她刚刚立下的遗嘱。她把这份致命信件保存了起来。"

"所以，她丈夫撬了文件箱是为了找那封信吗？"

"没错。而且从他甘冒这么大的风险我们可以看出他绝对意识到它有多重要了。除了那封信，绝对没有什么可以把他和犯罪联系在一起了。"

"只有一件事情我不明白，他拿到信之后为什么不立刻烧了？"

"因为他不敢冒最大的风险——带在自己身上。"

"我不明白。"

"从他的角度来看一看。我发现他只有短短的五分钟来处理这封信——五分钟后我们就进入现场搜证，那个时间安妮正在打扫楼梯，如果有人去右侧她就能看到。自己想象一下吧！他走进房间，用其他房间的钥匙打开了门——它们十分相像。他急忙走向文件箱——锁着的，钥匙也不见了。这对他是个沉重的打击，因为这表示他在房间里的事不能像他希望的那样隐瞒住。但是他很清楚，为了这张该死的证据他必须承担所有的风险。他用一把小刀撬了锁，翻了里面的文件，发现了自己要找的东西。

"但是现在有了新的麻烦：他不敢把那张纸带在身上。可能会有人看到他离开房间——他可能被搜查。如果在他身上发现了这张纸，就都完了。可能在这一刻他听到了楼下韦尔斯先生和约翰离开了内室，他必须迅速行动起来。他能把这可怕的纸放在哪儿呢？废纸篓里的东西都将被存起来，而且肯定会受到检查。没有什么办法可以毁掉它，而且他也不敢留着它。他看看四周，于是他看见——你认为是什么，我的朋友？"

我摇摇头。

"他立刻把这封信撕成长而细的小条，卷成卷儿，然后塞进壁炉台上花瓶中的其他纸捻之间。"

我惊叫起来。

"没人会想起来朝那儿看，"波洛继续说，"等他有空的时候就能回来烧掉这唯一不利于他的证据。"

"所以，从始至终，它都在英格尔索普太太卧室的花瓶里，就在我们眼皮底下？"我大喊。

波洛点点头。

"是的，我的朋友。那就是我发现我的'最后一环'的地方，而且我应该把这个十分幸运的发现归功于你。"

"归功于我？"

"是的。你还记得吗，你跟我说，我在摆弄壁炉台上的装饰品时，手在颤抖？"

"是的，可是我没看见——"

"没错，但是我看见了。你知道吗，我的朋友，我记得那天一大早，我们一起在那儿的时候，我把壁炉台上的东西整理了个遍。那么，如果它们已经被摆正了，就不需要再整理了，除非，在这段时间里其他人动过它们。"

"哎呀，"我嘀咕着，"这解释了你异常的举止。你冲到斯泰尔斯，发现它仍在那儿？"

"是的，这是在跟时间比赛。"

"可我还是不明白，明明英格尔索普有很多机会可以烧了它，为什么他这么笨，让它留在那儿？"

"啊，他没有机会。我留意着这件事。"

"你？"

"是呀，你还记得吗，你责备我在这件事情上把这一家人都当成了知己？"

"记得。"

"哎，我的朋友，我想到只有一个可能。那时候我不确定英格尔索普有罪，但如果他是凶手，我推测他身上就不会带着信，而是会把它藏在某个地方，通过全家人的帮助，我能有效地阻止他烧毁信件。他已经受到了怀疑，而通过把这件事公之于众，我就会得到十多个业余侦探的服务，他们会不间断地监视他。知道自己处于他们的监视之下，他不敢轻举妄动去烧毁这证据。因此他只好离开这幢房子，把它留在花瓶里。"

"但是霍华德小姐肯定有足够的机会帮助他。"

"没错，然而霍华德小姐不知道有这封信。按照事先安排好的计划，她决不能跟英格尔索普说话。他们应该是死对头，除非约翰·卡文迪什被定罪，否则他们中的任何一个都不敢冒险见面。当然我有个看守一直监视着英格尔索普先生，希望他迟早会把我带到藏匿地点。可他太狡猾了，没有冒一点儿风险。那封信所在的地方很安全，既然第一个星期里没有人想到去那儿看看，那么以后也不可能想起来。要不是你那幸运的一句提示，我们也许永远都不能把他捉拿归案了。"

"现在我明白了，但你是什么时候开始怀疑霍华德小姐的？"

"审讯时，她说她收到英格尔索普太太的一封信，但我发现她撒谎了。"

"哦？撒了什么谎？"

"你见过那封信了吗？你能回忆起它的大致样子吗？"

"嗯，差不多吧。"

"那你肯定能想起来英格尔索普太太字写得非常特别，字距很大。但是如果你看看信上面的日期，就会注意到，'7月17日'这几个字有问题。你明白我说的吗？"

"不，"我承认，"不明白。"

"那封信不是 17 日写的，而是 7 日写的，即霍华德小姐离开之后的那天，难道你不明白吗？'7'前面加个'1'就变成了'17'。"

"可是为什么？"

"我也是这么问自己的。为什么霍华德小姐要隐瞒那封写于 17 日的信，而拿出一封假的呢？因为她不愿意拿出 17 日的那封。为什么？我立刻产生了怀疑。你应该记得我说过，小心那些对你撒谎的人是明智的选择。"

"可是，"我愤愤地大声说道，"之后你告诉了我两个霍华德小姐不可能犯罪的原因！"

"而且也是正确无比的原因，"波洛说，"很长一段时间它们一直都是我的障碍，后来我想到一个极为重要的事实：她和阿尔弗雷德·英格尔索普是表兄妹。她不可能单独作案，但这种不利因素并不能阻止她成为一个同谋。而且那时候，她心中的仇恨太过强烈，隐藏着一种相反的感情。很明显，在他来到斯泰尔斯之前，他们之间就有一种扯不清的感情。他们早就预谋了这无耻的计划——他和这个富有但愚蠢的老女人结婚，诱使她立个遗嘱把钱留给他，之后通过一个构思巧妙的谋杀以达到目的。如果一切事情都按他们的计划发展，他们可能会离开英国，带着他们可怜的受害者的钱生活在一起。

"他们可真是狡猾而不择手段的一对儿。当怀疑直接指向他时，为了达到一个完全相反的结局她冷静地做了许多准备，她带着所有罪恶的计划从米德林厄姆来到这儿，她不会受到怀疑的。她从这房子里进进出出也不会引起注意。她把士的宁和眼镜藏到了约翰的房间里，胡子则放在了阁楼里。她料到人们早晚会发现。

"我不太明白他们为什么要设法嫁祸给约翰，"我说，"栽赃给劳伦斯更容易啊。"

"没错，但这纯属偶然。所有对劳伦斯不利的证据都是意外事件引发的，显然这让这对阴谋家十分烦恼。"

"案发后，劳伦斯的举止确实很异常。"我沉思着说。

"是的。你一定知道这背后的含义了？"

"不知道。"

"你不明白吗，他以为辛西亚小姐犯了罪。"

"不，"我惊讶地大喊，"不可能！"

"怎么不可能。我自己也差点儿这么想。当我问韦尔斯先生有关遗嘱的第一个问题时就产生了这个念头。后来又发现了她配制的溴化铵药粉，还能惟妙惟肖地装扮成男人，就像多卡丝说的。对她不利的证据真是比其他人都多。"

"你在开玩笑，波洛！"

"我有没有跟你说过，在那个谋杀之夜劳伦斯第一个走进他母亲的房间时，是什么让他脸色变得如此苍白？他母亲躺在那儿，很明显是中毒了，他扭过头，看见通往辛西亚小姐房间的那扇门没闩。"

"可他宣称他看见门是闩着的！"我大叫。

"确实如此，"波洛干巴巴地说道，"这就更让我怀疑了。他在包庇辛西亚小姐。"

"但他为什么要包庇她？"

"因为他爱上了她。"

我笑了。

"那你可就弄错了！我刚好知道一件事，他才没有爱上她，而是很讨厌她。"

"谁告诉你的，我的朋友？"

"辛西亚自己。"

"可怜的孩子。她很忧虑吗？"

"她说她根本不在乎。"

"那她肯定很在乎，"波洛说，"女人啊！"

"你说的关于劳伦斯的事让我大吃一惊。"我说。

"但是为什么呢？这太显而易见了。每当辛西亚小姐跟他哥哥说说笑笑时，他就面带愠怒，不是吗？他脑海中早就产生了辛西亚与约翰相爱的想法。当他走进母亲的房间，看到她明显是中毒了，就仓促地得出结论，即辛西亚一定知道些什么。他几乎被绝望所驱使。他先用脚把咖啡杯踩得碎碎的。他记得前一天晚上是她和他母亲一起上楼的，于是决定不给人任何机会去检测杯子里的东西。从那以后，他就费力地但非常徒劳地坚持'自然死亡'这个观点。"

“那么，那个'额外的咖啡杯'又是怎么回事？”

“我很肯定是卡文迪什太太藏起来的，但是我得弄清楚。劳伦斯先生根本不知道我说的是什么意思，但是转念一想，他就得出了个结论，如果他能在某个地方找到另外的那个咖啡杯，那他心上人就不会受到怀疑了。他是完全正确的。”

“还有一件事，英格尔索普太太临死前说的话是什么意思？”

“当然是揭发她丈夫。”

“唉，波洛，”我叹了口气，“我觉得你都解释清楚了。我很高兴一切都圆满解决。连约翰和他妻子都重修旧好了。”

“多亏了我。”

“多亏了你？你这话是什么意思？”

“我亲爱的朋友，难道你没意识到正是这场审判让他们重归于好的吗？我深信，约翰·卡文迪什依然爱他的妻子，而她也爱他。但他们已经离对方太远了。全都是误会引起的。她嫁给他时并不爱他。他知道这一点。他是个敏感的人，要是她不怎么理他，他不会强迫自己去接近她。因为他退缩了，她的爱情反而被唤醒了。但他们都太骄傲了，他们的骄傲让他们被无情地拆开了。他陷入了与雷克斯太太的纠缠之中，而她也故意培养和包斯坦医生的友谊。你还记得约翰·卡文迪什被捕那天，你发现我在考虑一个重大的决定吗？”

“记得，我非常理解你的苦恼。”

“请原谅，我的朋友，可是你对此全然不懂。我当时正犹豫是否立刻为约翰·卡文迪什洗脱嫌疑。我本来可以做到的——虽然这可能会让真正的凶手逃脱。至于我真实的想法，他们完全被蒙在鼓里——这在一定程度上导致了我的成功。”

“你是说你原本可以让约翰·卡文迪什免受审判的？”

“是的，我的朋友。可是我最后还是决定支持‘一个女人的幸福’。只有通过最严峻的考验，这两个骄傲的灵魂才能重新靠近。”

我惊奇地默默注视着波洛。这个小个子真是厚脸皮！除了波洛，谁还能想到用谋杀审判来恢复夫妻幸福呢！

“我看出了你的想法，我的朋友，”波洛冲我微笑着说，“除了赫尔克里·波洛，没人会尝试这种事！不过你不能谴责我。一个男人和一个女人的幸福，是世界上最伟大的事。”

他的话让我想起了之前发生的事。我想起玛丽脸色苍白、筋疲力尽地卧在沙发上，静静听着，听着。楼下传来一阵铃声。她一跃而起。波洛打开门，迎着她痛苦焦虑的眼神，温和地点点头。“好了，太太，”他说，“我把他给你带回来了。”他往旁边一站，我走出门时，看到了玛丽眼中的神情。此时，约翰·卡文迪什已经把妻子拥入怀中了。

"也许你是对的，波洛，"我轻轻地说，"是的，这是世界上最伟大的事。"

突然，响起了敲门声，辛西亚探进头来。

"我……我只是……"

"进来吧。"我说着，站起身。

她走了进来，但没坐下。

"我……只是想告诉你们一件事……"

"什么？"

辛西亚不安地摆弄着一个小流苏，接着，突然大声喊道："你们真好！"她先吻了我，又吻了波洛，然后冲出了房间。

"这到底是什么意思？"我吃惊地问。

被辛西亚吻一下是很不错，但是这种公开的道谢让这种快乐打了折扣。

"意思是，她发现劳伦斯先生并不像她以为的那样不喜欢她。"波洛镇定自若地说。

"可是……"

"他来了。"

这时，劳伦斯进了门。

"啊！劳伦斯先生，"波洛叫道，"我们得祝贺你，是吧？"

劳伦斯的脸红了，窘迫地笑笑。恋爱中的男人都很腼腆。现在，辛西亚看上去太迷人了。

我叹了口气。

"怎么了，我的朋友？"

"没什么，"我伤心地说，"她们是两个可爱的女人！"

"可没有一个属于你？"最后，波洛说道，"没关系。放心吧，我的朋友。可能我们还会一起捕猎，谁知道呢？到时候……"

图书在版编目（CIP）数据

斯泰尔斯庄园奇案 / （英）阿加莎·克里斯蒂著；

郑卫明译 . -- 北京：新星出版社，2024.9（2025.10 重印）

（阿加莎·克里斯蒂作品精选集：典藏纪念版 . 第
二辑）

ISBN 978-7-5133-5682-4

Ⅰ . ①斯… Ⅱ . ①阿… ②郑… Ⅲ . ①侦探小说 – 英
国 – 现代 Ⅳ . ① I561.45

中国国家版本馆 CIP 数据核字 (2024) 第 107495 号

午夜文库
谢刚 主持

阿加莎·克里斯蒂作品精选集：典藏纪念版第二辑（全 5 册）

[英] 阿加莎·克里斯蒂 著；郑卫明 等 译

责任编辑 曹晓雅		**特约编辑** 郭澄澄	
责任校对 刘 义		**责任印制** 李珊珊	
封面插图 阿 紫		**书脊、函套插图** 孔伟	
装帧设计 代乾华		**策划出品** 远涉文化	
出版、项目统筹 袁梓圻		**策划编辑** 罗婷婷 倪 兵	
营销编辑 庄本婷 李欣雨			

出 版 人 马汝军
出版发行 新星出版社
（北京市西城区车公庄大街丙 3 号楼 8001 100044）
网 址 www.newstarpress.com
法律顾问 北京市岳成律师事务所
印 刷 北京汇瑞嘉合文化发展有限公司
开 本 889mm×1092mm 1/32
印 张 45.625
字 数 906 千字
版 次 2024 年 9 月第 1 版 2025 年 10 月第 2 次印刷
书 号 ISBN 978-7-5133-5682-4
定 价 445.00 元（全 5 册）

阅读之前 没有真相

阿加莎·克里斯蒂

马普尔小姐系列

阿加莎·克里斯蒂
Agatha Christie (1890—1976)

无可争议的侦探小说女王，侦探文学史上最伟大的作家之一。

阿加莎·克里斯蒂原名为阿加莎·玛丽·克拉丽莎·米勒，一八九〇年九月十五日生于英国德文郡托基的阿什菲尔德宅邸。她几乎没有接受过正规的教育，但酷爱阅读，尤其痴迷于歇洛克·福尔摩斯的故事。

第一次世界大战期间，阿加莎·克里斯蒂成了一名志愿者。战争结束后，她创作了自己的第一部侦探小说《斯泰尔斯庄园奇案》。几经周折，作品于一九二〇年正式出版，由此开启了克里斯蒂辉煌的创作生涯。一九二六年，《罗杰疑案》由哈珀柯林斯出版公司出版。这部作品一举奠定了阿加莎·克里斯蒂在侦探文学领域不可撼动的地位。之后，她又陆续出版了《东方快车谋杀案》、《ABC谋杀案》、《尼罗河上的惨案》、《无人生还》、《阳光下的罪恶》等脍炙人口的作品。时至今日，这些作品依然是世界侦探文学宝库里最宝贵的财富。根据她的小说改编而成的舞台剧《捕鼠器》，已经成为世界上公演场次最多的剧目；而在影视改编方面，《东方快车谋杀案》为英格丽·褒曼斩获奥斯卡大奖，《尼罗河上的惨案》更是成为几代人心目中的经典。

阿加莎·克里斯蒂的创作生涯持续了五十余年，总共创作了八十余部侦探小说。她的作品畅销全世界一百多个国家和地区，累计销量已经突破二十亿册。她创造的小胡子侦探波洛和老处女侦探马普尔小姐为读者津津乐道。阿加莎·克里斯蒂是柯南·道尔之后最伟大的侦探小说作家，是侦探文学黄金时代的开创者和集大成者。一九七一年，英国女王授予克里斯蒂爵士称号，以表彰其不朽的贡献。

一九七六年一月十二日，阿加莎·克里斯蒂逝世于英国牛津郡沃灵福德家中，被安葬于牛津郡的圣玛丽教堂墓园，享年八十五岁。

波洛系列

1920　The Mysterious Affair at Styles《斯泰尔斯庄园奇案》

1923　Murder on the Links《高尔夫球场命案》

1924　Poirot Investigates《首相绑架案》

1926　The Murder of Roger Ackroyd《罗杰疑案》

1927　The Big Four《四魔头》

1928　The Mystery of the Blue Train《蓝色列车之谜》

1932　Peril at End House《悬崖山庄奇案》

1933　Lord Edgware Dies《人性记录》

1934　Murder on the Orient Express《东方快车谋杀案》

1935　Three-Act Tragedy《三幕悲剧》

1935　Death in the Clouds《云中命案》

1936　The ABC Murders《ABC 谋杀案》

1936　Murder in Mesopotamia《古墓之谜》

1936　Cards on the Table《底牌》

1937　Dumb Witness《沉默的证人》

1937　Death on the Nile《尼罗河上的惨案》

1937　Murder in the Mews《幽巷谋杀案》

1938　Appointment with Death《死亡约会》

1938　Hercule Poirot's Christmas《波洛圣诞探案记》

1940　Sad Cypress《H 庄园的午餐》

1940　One，Two，Buckle My Shoe《牙医谋杀案》

1941　Evil Under the Sun《阳光下的罪恶》

1943　Five Little Pigs《五只小猪》

1946　The Hollow《空幻之屋》

1947　The Labours of Hercules《赫尔克里·波洛的丰功伟绩》

1948　Taken at the Flood《顺水推舟》

1952　Mrs．McGinty's Dead《清洁女工之死》

1953　After the Funeral《葬礼之后》

1955　Hickory Dickory Dock《山核桃大街谋杀案》

1956　Dead Man's Folly《弄假成真》

1959　Cat Among the Pigeons《鸽群中的猫》

1960　The Adventure of the Christmas Pudding《雪地上的女尸》

1963   The Clocks 《怪钟疑案》

1966   Third Girl 《第三个女郎》

1969   Hallowe´en Party 《万圣节前夜的谋杀》

1972   Elephants Can Remember 《大象的证词》

1974   Poirot´s Early Stories 《蒙面女人》

1975   Curtain—Poirot´s Last Case 《帷幕》

马普尔小姐系列

1930   The Murder at the Vicarage 《寓所谜案》

1932   The Thirteen Problems 《死亡草》

1942   The Body in the Library 《藏书室女尸之谜》

1943   The Moving Finger 《魔手》

1950   A Murder Is Announced 《谋杀启事》

1952   They Do It with Mirrors 《借镜杀人》

1953   A Pocket Full of Rye 《黑麦奇案》

1957   4.50 from Paddington 《命案目睹记》

1962   The Mirror Crack´d from Side to side 《破镜谋杀案》

1964   A Caribbean Mystery 《加勒比海之谜》

1965   At Bertram´s Hotel 《伯特伦旅馆》

1971   Nemesis 《复仇女神》

1976   Sleeping Murder 《沉睡谋杀案》

1979   Miss Marple´s Final Cases 《马普尔小姐最后的案件》

其他系列及非系列

1922   The Secret Adversary 《暗藏杀机》

1924   The Man in the Brown Suit 《褐衣男子》

1925   The Secret of Chimneys 《烟囱别墅之谜》

1929   Partners in Crime 《犯罪团伙》

1929   The Seven Dials Mystery 《七面钟之谜》

1930   The Mysterious Mr. Quin 《神秘的奎因先生》

1931   The Sittaford Mystery 《斯塔福特疑案》

1933   The Witness for the Prosecution and Other Stories
        《控方证人》

1934   Why Didn´t They Ask Evans? 《悬崖上的谋杀》

阿加莎·克里斯蒂 侦探作品年表

出版前言

纵观世界侦探文学一百七十余年的历史，如果说有谁已经超脱了这一类型文学的类型化束缚，恐怕我们只能想起两个名字——一个是虚构的人物歇洛克·福尔摩斯，而另一个便是真实的作家阿加莎·克里斯蒂。

阿加莎·克里斯蒂以她个人独特的魅力创造着侦探文学史上无数的传奇：她的创作生涯长达五十余年，一生撰写了八十余部侦探小说；她开创了侦探小说史上最著名的"黄金时代"；她让阅读从贵族走入家庭，渗透到每个人的生活中；她的作品被翻译成一百多种文字，畅销全球一百五十余个国家，作品销量与《圣经》、《莎士比亚戏剧集》同列世界畅销书前三名；她的《罗杰疑案》、《无人生还》、《东方快车谋杀案》、《尼罗河上的惨案》都是侦探小说史上的经典；她是侦探小说女王，因在侦探小说领域的独特贡献而被册封为爵士；她是侦探小说的符号和象征。她本身就是传奇。沏一杯红茶，配一张躺椅，在暖暖的阳光下读阿加莎的小说是一种生活方式，是惬意的享受，也是一种态度。

午夜文库成立之初就试图引进阿加莎的作品，但几次都与版权擦肩而过。随着午夜文库的专业化和影响力日益增强，阿加莎·克里斯蒂的版权继承人和哈珀柯林斯出版公司主动要求将版权独家授予新星出版社，并将阿加莎系列侦探小说并入午夜文库。这是对我们长期以来执着于侦探小说出版的褒奖，是对我们的信任与鼓励，更是一种压力和责任。

新版阿加莎·克里斯蒂作品由专业的侦探小说翻译家以最权威的英文版本为底本，全新翻译，并加入双语作品年表和阿加莎·克里斯蒂家族独家授权的照片、手稿等资料，力求全景展现"侦探女王"的风采与魅力。使读者不仅欣赏到作家的巧妙构思、离奇桥段和睿智语言，而且能体味到浓郁的英伦风情。

阿加莎作品的出版是一项系统工程，规模庞大，我们将努力使之臻于完美。或存在疏漏之处，欢迎方家指正。

新星出版社

午夜文库编辑部

Agatha Christie

Over the next few years, we plan to celebrate two very important Agatha Christie anniversaries. In 2015, it is the 125th anniversary of her birth in Torquay, South Devon, England, and in 2020 it will be 100 years after her first book, THE MYSTERIOUS AFFAIR AT STYLES, featuring her famous detective, Hercule Poirot, was published. This is therefore a very appropriate moment to publish a new edition of her works, and I am delighted that HarperCollins has chosen to work with New Star on these new editions. New Star is China's top crime publisher, and has a strong and dedicated editorial staff and a continued passion for Agatha Christie, making them the ideal partner. It is the right time to make these classic books available in modern translations and so to bring Agatha Christie's books anew to her many fans in China, giving them a new reason to re-read these much-loved stories, as well as introducing them to a whole new audience. How delighted Agatha Christie would have been that her stories (as she called them) are still giving so much pleasure to so many people all over the world!

I think there are two very remarkable things about Agatha Christie's stories. The first is that they are so adaptable. It doesn't really matter which language they appear in, the stories and the plots still give the same thrill, still provide the same puzzles, and the characters still have the same attraction. Readers in China will I am sure enjoy Hercule Poirot and Miss Marple just as much as we do in England, and readers in China will still be transfixed by the surprises and horrors of AND THEN THERE WERE NONE, one of the great classics of 20th century detective fiction, as we are here.

Agatha Christie

The second is that the stories give a wonderful picture of England, particularly rural England, at the time Agatha Christie lived. She wrote books from 1920 until 1970 but it is sometimes hard to tell which part of her life each book was written in. Her characters and the life they lived were very much the same. The life we all live is changing very quickly these days but "the Agatha Christie world" stays the same. Perhaps the Miss Marple stories provide the best example of this, and in some ways THE BODY IN THE LIBRARY and NEMESIS are quite similar, despite the fact that thirty years elapsed between the time they were written.

Perhaps I might end by mentioning three Agatha Christies (other than the ones mentioned above) which I think demonstrate why she is so popular, even in the twenty-first century. The first is MURDER ON THE ORIENT EXPRESS, one of the most famous with one of the most ingenious and human plots. Read this on one of your long train journeys in China! Next is A MURDER IS ANNOUNCED, a Miss Marple which was her 50th book. It has my favourite murderer in it! And last is ENDLESS NIGHT a story about evil and how it affects three young people, written at the time when I knew her best, and understood how deeply she cared and sympathised with young people and the world they lived in.

Whichever are your favourites I hope you enjoy these stories that New Star are introducing to you again. I think it is a great publishing event.

Mathew Prichard

Grandson of Agatha Christie
Chairman of Agatha Christie Ltd

致中国读者

（午夜文库版阿加莎·克里斯蒂作品集序）

在未来的几年中，我们将要筹备两个非常重要的关于阿加莎·克里斯蒂的纪念日。二〇一五年是她的一百二十五岁生日——她于一八九〇年出生于英国的托基市；二〇二〇年则是她的处女作《斯泰尔斯庄园奇案》问世一百周年，她笔下最著名的侦探赫尔克里·波洛就是在这本书中首次登场。因此新星出版社为中国读者们推出全新版本的克里斯蒂作品正是恰逢其时，而且我很高兴哈珀柯林斯选择了新星来出版这一全新版本。新星出版社是中国最好的侦探小说出版机构，拥有强大而且专业的编辑团队，并且对阿加莎·克里斯蒂的作品极有热情，这使得他们成为我们最理想的合作伙伴。如今正是一个良机，可以将这些经典作品重新翻译为更现代、更权威的版本，带给她的中国书迷，让大家有理由重温这些备受喜爱的故事，同时也可以将它们介绍给新的读者。如果阿加莎·克里斯蒂知道她的小故事们（她这样称呼自己的这些作品）仍然能给世界上这么多人带来如此巨大的阅读享受，该有多么高兴啊！

我认为阿加莎·克里斯蒂的作品有两个非常重要的特征。首先它们是非常易于理解的。无论以哪种语言呈现，故事和情节都同样惊险刺激，呈现给读者的谜团都同样精彩，而书中人物的魅力也丝毫不受影响。我完全可以肯定，中国的读者能够像我们英国人一样充分享受赫尔克里·波洛和马普尔小姐带来的乐趣；中国读者也会和我们一样，读到二十世纪最伟大的侦探经典作品——比如《无人生还》——的时候，被震惊和恐惧牢牢钉在原地。

　　第二个特征是这些故事给我们展开了一幅英格兰的精彩画卷，特别是阿加莎·克里斯蒂那个年代的英国乡村。她的作品写于上世纪二十年代至七十年代间，不过有时候很难说清楚每一本书是在她人生中的哪一段日子里写下的。她笔下的人物，以及他们的生活，多多少少都有些相似。如今，我们的生活瞬息万变，但"阿加莎·克里斯蒂的世界"依旧永恒。也许马普尔小姐的故事提供了最好的范例：《藏书室女尸之谜》与《复仇女神》看起来颇为相似，但实际上它们的创作年代竟然相差了三十年。

　　最后，我想提三本书，在我心目中（除了上面提过的几本之外）这几本最能说明克里斯蒂为什么能够一直受到大家的喜爱。首先是《东方快车谋杀案》，最著名，也是最机智巧妙、最有人性的一本。当你在中国乘火车长途旅行时，不妨拿出来读读吧！第二本是《谋杀启事》，一个马普尔小姐系列的故事，也是克里斯蒂的第五十本著作。

这本书里的诡计是我个人最喜欢的。最后是《长夜》，一个关于邪恶如何影响三个年轻人生活的故事。这本书的写作时间正是我最了解她的时候。我能体会到她对年轻人以及他们生活的世界关心至深。

现在新星出版社重新将这些故事奉献给了读者。无论你最爱的是哪一本，我都希望你能感受到这份快乐。我相信这是出版界的一件盛事。

阿加莎·克里斯蒂外孙

阿加莎·克里斯蒂有限责任公司董事长

马修·普理查德

二〇一三年二月二十日

谋杀启事

A Murder is Announced

[英]阿加莎·克里斯蒂 著

周莎 译

新 星 出 版 社　NEW STAR PRESS

目 录

目 录

献给拉尔夫·纽曼和安妮·纽曼，

在你们家里我第一次品尝到了"美味之死"。

第一章　谋杀启事

1

从星期一到星期六，乔尼·巴特都会在早上七点半到八点半之间，骑着自行车在奇平克莱格霍恩村里绕行一周，一边大声地呼哨着，一边把各家各户在位于高街的文具店老板托特曼先生处订购的晨报扔进每家的信箱。比如说，他给伊斯特布鲁克上校夫妇家送了《泰晤士报》和《每日邮报》；把《泰晤士报》和《工人日报》投递到斯韦特纳姆太太家；在欣奇克利夫小姐与穆加特罗伊德小姐的寓所留下一份《每日电讯报》与一份《新编年史》；而布莱克洛克小姐家收到的则是《电讯报》、《泰晤士报》和《每日邮报》。

每逢星期五，他都要给这些订报纸的住户——实际上，是村里的每一户——投递《北贝纳姆新闻》和《奇平克莱格霍恩消息报》，后者被当地人简称为《消息报》。

所以，星期一到星期五的清晨，日报的头条便充斥着此类消息：

> 国际局势危急！联合国今日开会！金发打字员命丧黄泉，侦探追缉凶手！三处煤矿倒闭。海滨饭店发生食物中毒，二十三人不幸罹难。

在匆匆一瞥上述内容之后，奇平克莱格霍恩的居民大都急不可待地翻开《消息报》，一头扎进本地新闻中。等扫视过充斥着日常生活情仇积怨的通讯栏，十有八九便转向个人简讯栏。那里有良莠不齐的买卖交易广告、求贤若渴的用人招聘，还有无数涉及犬类的插页、关于家禽及园艺器械的启事，以及其他各种五花八门的物件，令奇平克莱格霍恩这个小地方的居民们备感兴趣。

而十月二十九日的这个星期五亦是如此。

2

斯韦特纳姆太太一边把前额上的一小绺漂亮的灰色发卷向后抚平，一边展开了《泰晤士报》。和往常一样，她用暗沉无神的眼睛瞟着左面居中的那一栏，想看看有没有刚刚炮制出炉的劲爆新闻；接下来是出生、婚嫁与讣告栏，尤其是后者；待她查阅完毕，就把《泰晤士报》放到一边，然后迫不及待地抓起了《奇平克莱格霍恩消息报》。

顷刻之后，等儿子埃德蒙走入房间，她早已沉浸在个人简讯栏里不能自拔了。

"早安，亲爱的，"斯韦特纳姆太太开口了，"斯梅德利家要卖掉他们的戴姆勒汽车，一九三五年产的——那可是有些年头儿了，对吧？"

她的儿子咕哝着为自己倒了一杯咖啡，拿了两片熏鱼，然后在餐桌旁落座，打开《工人日报》，并把报纸搭在烤面包架上。

"斗牛獒幼崽，"斯韦特纳姆太太念道，"我可真不明白眼下人们怎么还能养得起大型犬——简直没法想象……哼，塞丽娜·劳伦斯又在登广告招厨子了。我要跟她说，这年头登广告只是白费时间。她没登出地址，只留了个邮箱号码，这可大错特错——我早该提醒她，仆人都一定要先知道自己做活儿的地方。他们都喜欢好的地段……假牙——我不明白假牙怎么会这么流行。精选灯具……物美价廉。听起来挺掉价的……这儿有个姑娘想找一份'有趣的工作——愿意出差'。老天啊！谁不愿意？……达克斯狗……我从来没有真正喜爱过德国小猎狗——并不是说因为它们是德国产的，那一页早就翻过去了——我就是单纯不喜欢，没别的意思——什么事，芬奇太太？"

一个戴着顶旧天鹅绒贝雷帽的女人从门缝里探进半个身子来，表情阴沉。

"早安，夫人，"芬奇太太说道，"我能收拾桌子了吗？"

3

"还不行呢。我们还没吃完，"斯韦特纳姆太太回答，"还差几口。"她用讨好的口吻补了一句。

芬奇太太看了一眼埃德蒙和他的报纸，哼了一声，这才退出去了。

"我才刚开始吃。"埃德蒙说。

而他母亲紧跟着开口了："我真不希望你看这种可怕的报纸，埃德蒙。芬奇太太一点儿也不喜欢它。"

"我看不出我的政见关芬奇太太什么事。"

"确实没关系，"斯韦特纳姆太太继续说，"好像你自己是个工人似的。你明明什么活儿都不干。"

"这根本不符合事实，"埃德蒙愤愤不平地指出，"我在写书。"

"我指的是真正的工作，"斯韦特纳姆太太说，"而芬奇太太可重要了。要是她讨厌我们，不来做事，我们还能找谁呢？"

"在《消息报》登广告啊。"埃德蒙咧嘴一笑。

"我跟你说过那没用。唉，老天爷，这年头谁家里要是没有个乐意下厨和打理家事的老保姆，就没什么指望了。"

"那咱们家里怎么就没有个老保姆呢？你从来没在我小时候找过保姆，可真是失策啊。那时你是怎么想的？"

"你那时有个奶妈呢，亲爱的。"

"缺乏远见。"埃德蒙嘀咕着。

斯韦特纳姆太太再次扎进个人简讯栏里。

"出售二手电动割草机。让我看看……老天爷，什么价啊！……又是达克斯狗……'绝望的领巾圈，期盼您来信交流。'这笔名蠢透了……可卡犬……你还记得我们亲爱的苏西吗，埃德蒙？它可真是通人性。他能听得懂你说的每个字……出售谢拉顿式餐柜。正宗家传古董。联系人：达雅斯宅的卢卡斯夫人……那女人可真能扯谎！还说什么谢拉顿式！"

斯韦特纳姆太太嗤笑了一声，又接着往下读。

"全是误会，亲爱的。永远爱你。星期五照常。F……估计是情人间闹别扭了——要不就是窃贼的暗号，你看呢？……又来了，达克斯狗！真是的，我看人们对繁育达克斯狗有点儿着魔了。我的意思是，还有别的品种。你叔叔西蒙过去就养过曼彻斯特猎犬——多优雅的小东西。我确实喜欢能看得出腿的狗……即将出国的女士欲售藏青色两件套装……既没尺寸也没个价钱……结婚启事——不！一桩谋杀案。咦？哎呀，这可稀奇了！埃德蒙，埃德蒙，听听这个……"

　　一桩谋杀将于十月二十九日星期五晚六点三十分在小围场发生，望周知。诸友请务必应邀，恕不另行通知。

"真不寻常！埃德蒙！"

"怎么了？"埃德蒙从报纸里抬起头。

"十月二十九日星期五……哎呀，不就是今天嘛。"

"让我看看。"儿子从她手里拽过报纸。

"可这是什么意思呢？"斯韦特纳姆太太好奇不已地问道。

埃德蒙怀疑地揉了揉鼻子。

"我猜是某种聚会吧。杀人游戏——那一类的玩意儿。"

"哦，"斯韦特纳姆太太将信将疑，"这种方式似乎太离奇了。就只是登了一则广告，这可不是莱蒂希亚·布莱克洛克的作风，我一向认为她是个通情达理的女人。"

"也许是她家里那些活泼的年轻人登的。"

"通知得太急了。今天。你觉得我们该去吗？"

"启事上说'诸友请务必应邀，恕不另行通知。'"她儿子指出。

"唔，我觉得这种别出心裁的邀请方式挺无聊的。"斯韦特纳姆太太果断地说。

"好吧，妈妈，你用不着去。"

"没错。"斯韦特纳姆太太赞同道。

她沉默了一会儿。

"你真的想吃最后这片面包吗，埃德蒙？"

"我觉得妥当吸收营养可比让那老巫婆收拾桌子更重要。"

"嘘，亲爱的，她会听见的……埃德蒙，杀人游戏是怎么回事？"

"具体我也不太清楚……他们在你的身上别几张纸什么的……不对，我想是从一顶帽子里抓阄。有人充当被害人，有人担任侦探——接着把灯全部关掉，有人会拍你的肩膀，然后你尖叫一声，躺在地上装死。"

"听上去相当有意思。"

"恐怕乏味透了。我不会去的。"

"胡说，埃德蒙，"斯韦特纳姆太太主意已定，"我要去，你跟我一起去。就这么说定了。"

3

"阿奇，"伊斯特布鲁克太太对丈夫说，"听听这个。"

伊斯特布鲁克上校充耳不闻，他正对《泰晤士报》的某篇文章嗤之以鼻。

"这帮家伙的毛病就在于，"他说道，"他们对印度的真实情况一无所知！一点儿都不了解！"

"对，亲爱的，没错。"

"要是真懂，他们就不会写出这种狗屁不通的玩意儿。"

"没错，你说得对。阿奇，你一定得听听这个。"

一桩谋杀将于十月二十九日星期五晚六点三十分

在小围场发生，望周知。诸友请务必应邀，恕不另行通知。

她得意扬扬地停下来。伊斯特布鲁克上校宠溺地望着她，但并没有表现出多大兴趣。

"杀人游戏。"他评论道。

"嗯。"

"我得告诉你，就是那么回事，"他的态度缓和了一些，"如果组织得好，倒是会很有意思。但得有个行家精心筹划。大家抽签，一个人当凶手，没人知道这人的身份。灯一关，凶手就挑一个人杀掉。被害人要数到二十才能尖叫。然后由扮成侦探的人接手，询问每个人。谋杀发生时他们都在哪儿、在做什么，好把真凶找出来。不错，这个游戏挺有意思的——要是那个侦探，呃，对警察局的工作有一定了解的话。"

"就像你，阿奇。以前你可是在辖区里办过好多有意思的案子。"

伊斯特布鲁克上校微笑了一下，自鸣得意地捋着小胡子。

"是啊，劳拉，"他回答，"我敢说我可以提点他们一下。"

说着，他挺直了双肩。

"布莱克洛克小姐应该请你去帮她布置的。"

上校哼了一声。

"啊，也对，她那里住着个小伙子。估计这就是他的主意。是她的侄子还是什么来着。不过，登报这个想法倒是挺有意思。"

"登在个人简讯栏里，我们很可能看不到。我猜这是个邀请吧，阿奇？"

"这个邀请太可笑了。有一点我可以肯定，他们用不着算上我了。"

"哎呀，阿奇！"伊斯特布鲁克太太提高了嗓音，还带上了一丝哀怨。

"通知得太急了。再说他们也知道我可能很忙。"

"可你并不忙，是不是，亲爱的？"伊斯特布鲁克太太压低了嗓门，苦口婆心地说，"而且我真的觉得，阿奇，你应该去一趟——就算是给可怜的布莱克洛克小姐帮帮忙。我敢肯定她正巴望着你去把事情弄好。我是说，你那么熟悉警察的工作和程序。要是你不去帮忙，那整件事就砸了。再说，我们总得有点儿邻里意识。"

伊斯特布鲁克太太那戴着金色假发的头微微偏向一侧，瞪着圆圆的蓝眼睛。

"如果你这样说的话，劳拉，那好吧……"伊斯特布鲁克上校又煞有介事地捋了捋他灰色的小胡子，满怀溺爱地看向自己小巧可人的太太。伊斯特布鲁克太太至少比他年轻三十岁。

"既然你这样说，劳拉。"他说道。

"我真的认为这是你的职责，阿奇。"伊斯特布鲁克太太庄严地回答。

4

《奇平克莱格霍恩消息报》也被送到了砾石山庄。三间别致的小别墅如今被合建为一栋建筑，由欣奇克利夫小姐和穆加特罗伊德小姐居住。

"欣奇①？"

"什么事，穆加特罗伊德？"

"你在哪儿呢？"

"在鸡棚。"

"哦。"

艾米·穆加特罗伊德小姐小心翼翼地穿过长长的湿草地，朝她的朋友走去。后者穿着灯芯绒的裤子和军装风格的短上衣，兢兢业业地在一个热气腾腾的盆子里搅动着，盆里装满了煮过的土豆皮和卷心菜头，她正将一把配料掺进里面。

她向朋友转过头去。她的头发剪得很短，像男士的平头一般，有一张饱经风霜的面容。穆加特罗伊德小姐则身

---

①欣奇克利夫的简称。

姿丰腴、神色可亲，穿着花格子呢裙和一件走形了的深蓝色套衫。她有点儿上气不接下气，灰色的鬓发蓬乱得像个鸟巢。

"登在《消息报》上的，"她喘息着说，"好好听着——这到底是什么意思？"

> 一桩谋杀将于十月二十九日星期五晚六点三十分在小围场发生，望周知。诸友请务必应邀，恕不另行通知。

念完，她停下，气喘吁吁地等着对方发表一些权威性的意见。

"愚蠢。"欣奇克利夫小姐说。

"没错，可你觉得这是什么意思？"

"反正能有酒喝了。"欣奇克利夫小姐回答。

"你认为这算是某种邀请吗？"

"我们到时候去了就会明白，"欣奇克利夫小姐说，"我估计会是劣质的雪利酒。你最好从草地上走开，穆加特罗伊德。你还穿着卧室拖鞋呢，都已经湿透了。"

"哦，天哪！"穆加特罗伊德小姐悔恨地瞧了瞧自己的脚，"今天有几个蛋？"

"七个。那只该死的母鸡还在孵呢，我一定得把它关进笼子里。"

"这样登启事很可笑，你不觉得吗？"艾米·穆加特罗伊德重新提起《消息报》上的启事，话音里有种轻微的渴望。

但她的朋友不为所动，心无旁骛。她已经打定主意跟难伺候的家禽较劲，无论报纸上的启事有多神秘怪异，都不能对她产生任何影响。

她在泥地里沉重地挪动，然后朝着一只身上有斑点的花母鸡猛扑过去。母鸡顿时愤怒地大叫。

"真想要鸭子啊，"欣奇克利夫小姐说，"那就省事多了……"

5

"啊，太棒了！"哈蒙太太对坐在餐桌另一头的丈夫朱利安·哈蒙牧师说，"布莱克洛克小姐家将发生一桩谋杀案。"

"一桩谋杀案？"她丈夫略微吃惊地问，"什么时候？"

"今天下午……最迟不过今晚。六点三十分，哦，真倒霉，亲爱的，今晚你要准备坚信礼①呢。真不凑巧。你那么喜欢谋杀案！"

"我真不明白你在说些什么，圆圆。"

---

①坚信礼：一种基督教仪式。根据基督教教义，孩子在一个月时受洗礼，十三岁时受坚信礼。孩子只有被施坚信礼后，才能成为教会正式教徒。

哈蒙太太的脸型和身材都十分圆润，她受洗时取的名字戴安娜早已被"圆圆"这个绰号取代了。她把《消息报》递过餐桌。

"那里。就登在二手钢琴和假牙之间。"

"这则启事可真是不寻常。"

"可不是吗？"圆圆开心地回答，"你不会认为布莱克洛克小姐会对谋杀啊杀人游戏啊这类事情感兴趣吧？我猜是那对年轻的西蒙斯兄妹怂恿她登的——我还以为朱莉娅·西蒙斯会觉得谋杀相当残忍呢。可不管怎样，它还是白纸黑字登在那儿了。而我真觉得，亲爱的，你不能去太可惜了。不过，我会去的，回来再跟你好好讲讲。虽然我去也是白去，因为我真不喜欢在黑暗中玩游戏。它让我害怕，而我也真希望自己不会第一个被杀掉。要是有人突然把一只手搭到我的肩膀上，然后小声说'你死了'，我的心脏肯定会怦怦直跳，说不好真会要了我的命！你觉得这可能吗？"

"不，圆圆，我想你会活得很久，直到变成一个很老的老太太——和我一起。"

"然后同日而死，合墓而葬。那多美好啊。"

想到这令人愉快的未来，圆圆眉开眼笑。

"你好像很开心啊，圆圆？"她丈夫微笑着问道。

"要是都像我这样，谁会不开心呢？"圆圆不解地反问，"有你、苏珊和爱德华，你们大家喜欢我，又不嫌我傻……还有明媚的阳光！而且有这么可爱的大房子住！"

朱利安·哈蒙牧师环视着宽大而空旷的餐厅，表示百分百的赞同。

"有人会觉得住在这个又大又乱、四壁透风的地方糟透了。"

"哎呀，我喜欢宽敞的屋子。外面清新的空气可以流通进来。而且，就算你不整理，把东西随便放着，屋子也不会显得乱糟糟的。"

"没有省力的机械装置，也没有集中供热器？这可意味着你要干很多活儿呢，圆圆。"

"哦，朱利安，才不会。我六点半起床，燃起锅炉，然后像个蒸汽发动机似的忙一阵子，到了八点，一切也就干完了。而且我打理得不错，对吧？用蜂蜡、光泽剂和大罐大罐的秋叶装点房间。操持一个大房子并不比小房子难到哪里去。拖地擦桌子也快得多，因为身后没有什么东西磕磕碰碰的，小屋子可就不一样了。再说我喜欢睡在寒冷的大房间里——可以舒舒服服地躺下来，只有鼻尖能感觉到被子外面什么样。何况不管房子有多大，削的土豆皮、洗的盘子都是一样多。再说了，想想爱德华和苏珊在大房间里玩得多开心！他们可以把玩具铁轨和洋娃娃的茶会玩具摆一地，还不用收拾。而且，能有几间让别人来住的客房挺好的。不像吉米·塞姆斯和乔尼·芬奇，他们就只能住在岳父岳母家。而你知道，朱利安，跟你的岳父岳母住并不好。你对妈妈很孝顺，可你不会乐意真的在婚后同爸爸妈妈一起住的，我也不会。那样我就会一直觉得自己像个小姑娘。"

朱利安朝她微笑。

"你仍然很像一个小姑娘，圆圆。"

就一个花甲之年的人而言，朱利安·哈蒙显然是大自然创造的优秀样品，因为他看上去比本来应有的模样要年轻二十五岁。

"我知道自己很傻。"

"你不傻，圆圆，你很聪慧。"

"不，我不聪明，我一点机灵劲儿都没有。尽管我尽力了……你给我讲书，讲历史和别的事时，我很喜欢听。你在晚上给我读吉本①的著作，我觉得这可能不太明智。因为如果外面吹着冷风，火炉却又热又舒服的时候，吉本的书里有些东西真使人想打瞌睡。"

朱利安笑了起来。

"可我确实是喜欢听你读书的，朱利安。再给我讲讲那个老牧师宣讲亚哈随鲁的故事。"

"你都能背了，圆圆。"

"再给我讲讲吧，求求你。"

于是，她的丈夫顺从地讲了起来。

---

① 爱德华·吉本（Edward Gibbon，1737—1794），英国历史学家。

"这是一个名叫斯克林杰的老牧师。一天，有人去他的教堂，他正靠在讲坛上，对两个年老的打杂妇人热心地布道。他冲着她们晃动着一根指头，说道：'啊哈！我知道你们在想些什么。你们在想第一段经文①的亚哈随鲁大帝就是阿尔塔薛西斯二世。可他不是！'他用胜利的语气宣告，'他是阿尔塔薛西斯三世。'"

朱利安一向认为这个故事算不上特别好笑，却总能把圆圆逗乐。

她发出了清脆的笑声。

"这可怜的老乖乖。"她叫道，"我想有一天你会变得跟他一模一样，朱利安。"

朱利安的神情相当不自在。

"我知道，"他谦卑地附和道，"我的确强烈地感到，自己有时无法找到简单而恰当的方式。"

"我并不担心，"圆圆说，一面站起来将盛早餐的盘子摞在一个大托盘里，"巴特太太昨天跟我说了，过去从不上教堂，一向以本地无神论者自居的巴特，现在每个星期天都会上教堂，专门来听你布道。"

她惟妙惟肖地模仿着巴特太太那装腔作势的声调，接着说：

"'而且有一天，夫人，我家巴特还对从小沃斯代尔来

---

① 英国国教会在早祷仪式上诵读的一段经文，选自《旧约》。

的蒂姆金斯先生说，我们奇平克莱格霍恩这儿才真正有文化底蕴。不像小沃斯代尔的格罗斯先生，看看他对教民说话的样子，就好像他们都是些没有受过教育的小孩。真正的文化，巴特说，这就是我们这里的优势。我们的牧师是受过很高教育的绅士。是在牛津，可不是米尔切斯特，而且他把从教育中所受的益处对我们倾囊而授。他了解的什么罗马人，希腊人，巴比伦人，亚述人，都传授给了我们。甚至牧师家的猫，巴特说，也是按亚述的一个国王取的名字！'所以说，这可是你的荣耀。"圆圆得意扬扬地结束了她的话，"老天爷，我得干活儿了，要不就干不完了。来，提格拉特·帕拉沙尔①，给你鲱鱼骨头。"

她推开门，娴熟地用脚抵住门，让它半开着，然后端着装满餐具的托盘，一溜烟走了。她一边走，一边唱着自己用某首体育歌曲改编的歌词，声音响亮却稍微有点走调：

> 今天是谋杀好时间，
> 就像温煦的五月天，
> 村里的警察都不见。

瓷器放入水槽的"哐啷"声淹没了下一句。但在朱利

---

①提格拉特·帕拉沙尔（Tiglath Pileser），亚述国王。

安·哈蒙离家时，他听见了最后那一句充满胜利意味的唱词：

　　谋杀上演在今天。

第二章 早餐疑云

1

小围场里，早餐同样在进行中。

布莱克洛克小姐是宅邸的主人，她六十多岁，此刻坐在餐桌的上座。她身穿一套乡村风格的粗花呢装，脖颈上戴着一串硕大的假珍珠制成的短项链，和衣服十分不搭。她正在看《每日邮报》上有关诺科特街活动的那一栏。朱莉娅·西蒙斯在无精打采地浏览着《电讯报》，帕特里克·西蒙斯在检视《泰晤士报》上的拼字游戏，多拉·邦纳小姐则专心致志地埋头于本地的周报。

布莱克洛克小姐在兀自窃笑。与此同时，帕特里克咕哝着道："是'黏着的'而不是'黏着剂'①——我就栽在这个字眼儿上了。"

突然，从邦纳小姐那边传来响亮的一声"咯"，听起

①前者拼作 adherent，后者为 adhesive。

19

来活像一只受惊的母鸡。

"莱蒂①——莱蒂——你看了这个吗？这究竟是什么意思呀？"

"怎么了，多拉？"

"一则异乎寻常的启事，清楚地说是邀请大家来小围场。可是，这到底是什么意思呢？"

"能让我看看吗，亲爱的多拉——"

邦纳小姐顺从地把报纸递到布莱克洛克小姐伸出的手里，然后用颤抖的食指指着那则消息。

"看这儿，莱蒂。"

布莱克洛克小姐看过去，然后挑起了眉毛。她飞快地审视了一圈餐桌，接着大声读出了那则启事。

　　一桩谋杀将于十月二十九日星期五晚六点三十分在小围场发生，望周知。诸友请务必应邀，恕不另行通知。

"帕特里克，这是你的主意吗？"她厉声问道，目光探询地落在位于餐桌另一端的年轻人那张人见人爱的俊脸上。

帕特里克·西蒙斯当即断然否认。

---

① 莱蒂希亚的昵称。

"不，没有的事，莱蒂姨妈。您怎么会生出这个念头？凭什么我就应该知道这事？"

"因为你就像是会干这种事的人，"布莱克洛克小姐尖刻地说，"想开个玩笑什么的。"

"玩笑？才没这回事呢。"

"你呢，朱莉娅？"

"当然没有。"朱莉娅一脸百无聊赖地回答。

邦纳小姐喃喃道："你觉得，海默斯太太……"说到这里，她望向某人空出的餐位。

"啊，我认为我们的菲莉帕可不会尝试这种风趣的事儿，"帕特里克插嘴道，"她可是个严肃认真的姑娘，真的。"

"可这究竟有什么企图呢？"朱莉娅打了个哈欠，"到底是什么意思？"

布莱克洛克小姐缓缓开口了："我猜想——这就是某种愚蠢的骗人把戏。"

"可是为什么？"多拉·邦纳惊呼道，"有什么意义？这怎么看都是一个愚蠢的玩笑，而且非常没品位。"

她松弛的脸颊因愤怒而颤抖，一双近视的眼睛里闪烁着愤怒的光芒。

布莱克洛克小姐冲她微微一笑。

"别为这个劳神，邦妮①。"她说，"这只是某个家伙自

---

① 邦纳的昵称。

21

以为幽默的把戏，不过我想知道到底是谁干的。"

"上面说的是今天，"邦纳小姐指出，"今天晚上六点三十分。你们看会发生什么？"

"死亡！"帕特里克阴沉着脸说道，"美味之死。"

邦纳小姐微微惊叫了一声。"闭嘴，帕特里克。"布莱克洛克小姐说。

"我只是在说米兹做的那种特别的蛋糕，"帕特里克抱歉地说，"您知道我们一向把它叫作美味之死的。"

布莱克洛克小姐心不在焉地微笑了一下。

邦纳小姐依然不依不饶。"可是，莱蒂，你真的认为——"

接下来的话被她的朋友以宽心和安慰的口吻打断了。

"关于六点三十分要发生的事情，有一点我是知道的，"她干巴巴地宣布，"半个村子的人都会拥到这里来，个个都怀着十足的好奇心。我得在家里备上点雪利酒了。"

2

"你很担心，对吧，洛蒂？"

布莱克洛克小姐略微一惊。她一直坐在写字台前，心不在焉地在吸墨纸上画着小鱼。眼下她抬起头来，望向老友焦虑的面容。

她拿不准该对多拉·邦纳说些什么，因为她清楚，邦妮无法承受更多的焦虑或忧愁。布莱克洛克小姐沉默半晌，陷入了自己的思绪。

她和多拉·邦纳早年同在一个学校念书。那时，多拉还是个金发碧眼的美人，头脑不算聪慧。不过这无伤大雅，因为姣好的容颜和那活泼开朗的性格就足以令她受人欢迎了。她一定——布莱克洛克小姐暗忖——嫁过一位不错的军官，要不就是乡村律师。她身上有那么多的闪光点：友爱、奉献、忠诚，然而生活对多拉·邦纳却十分严酷，逼得她不得不自力谋生。尽管她一直拼命努力，却总也无法做到得心应手。

这两位朋友很久没有谋面。不过六个月前，布莱克洛克小姐忽然收到多拉的一封信，行文思绪零乱、语气哀婉动人。多拉的身体每况愈下，独自住在一个小屋里，靠着养老金勉强度日。她努力做一些针线活儿，但手指因患风湿而变得僵硬。她在信中谈到了她们同窗的岁月——在生活迫使她们各奔东西之前——然而，老朋友是否能对她伸出援手呢？

布莱克洛克小姐一时冲动，给她写了回信。可怜的多拉，可怜、漂亮、愚蠢而肤浅的多拉。她如同鹰抓小鸡般朝多拉扑了过去，将她带了回来，安顿在小围场，还编造出了安慰她的理由："家务太多，我自己干不了，所以需要找个人来帮我管家。"然而没过多久——医生也曾提醒过她——她就会不时觉得，接可怜的老多拉来是个糟糕的尝试。多拉把什么都弄得一团乱，令那位性格诡异的外国"帮手"心烦意乱；她会数错送洗的衣服，弄丢账单和信件，有时会把能干的布莱克洛克小姐惹得恼羞成怒、颇感痛苦。然而，可怜而糊涂的老多拉又是那么忠诚，那么急于助人，对自己能为别人干一些事觉得那么开心和自豪——可惜，却完全地靠不住。

布莱克洛克小姐尖锐地说道：

"别这样，多拉。你知道我曾叫你——"

"哦，"邦纳小姐面带愧色，"我知道。我忘了，可——可你在担心，对吧？"

"担心？没有，"她真诚地补充道，"至少，不是很担心。你是说《消息报》上那则愚蠢的启事吗？"

"对。就算是个玩笑，在我看来也——也是恶毒的那种。"

"恶毒？"

"是的。我就是觉得什么地方有些恶毒。我的意思是——那不是一个善意的玩笑。"

布莱克洛克小姐看向她的朋友，注视着那柔和的眼神、长而顽固的嘴巴、微微翘起的鼻子。可怜的多拉，如此钻牛角尖，如此糊里糊涂，又如此投入，如此令人困扰。一个可爱而又大惊小怪的老白痴，但奇怪的是，又这么具有直觉。

"我想你是对的，多拉，"布莱克洛克小姐说道，"这不是个善意的玩笑。"

"我一点儿也不喜欢它，"多拉·邦纳小姐以不同平常的强硬语气说道，"它使我害怕。"然后她突然又说，"也使你害怕，莱蒂希亚。"

"胡说。"布莱克洛克小姐强势地反驳道。

"这很危险，我就是这么觉得的，就像有人把炸弹装进包裹寄给你一样。"

"亲爱的，这不过是某个愚蠢的白痴企图搞个恶作剧罢了。"

"可这不好笑。"

的确如此……布莱克洛克小姐的表情暴露了她的想法，于是多拉占了上风似的叫起来："看吧，你自己也这么想！"

"可是多拉，我亲爱的——"

她的话被突然打断。一个年轻的女人气势汹汹地从门口冲了进来。她澎湃丰满的胸部包裹在一件紧身针织衫里，下身穿了一条亮丽的紧腰宽裙，油腻腻的深色发辫盘绕在头顶，深色的眼眸熠熠发光。

"我能跟您说话吗，可以吗，请问，不行？"她机关枪似的发问。

布莱克洛克小姐叹了一口气。

"当然可以，米兹，出了什么事？"

有时候她会想，与其应付这位难民"女帮手"没完没了的喜怒无常，自己还不如把所有家务连带烹调都亲自干了。

"我这就告诉您——词序没错吧，我希望？我这就通知您，我走——马上就走！"

"因为什么呢？有谁惊扰到你了吗？"

"是的，我很惊慌，"米兹声情并茂地说，"我可不想死！已经从欧洲大陆逃出来了，我。我的家人都死了——全被杀害了——我母亲、小弟弟，还有可爱的小侄女——全都，全部被杀害了。可我逃了——我藏了起来。我来到英格兰。我干活儿。我干那些绝不——我在自己的国家里绝对不会干的活儿——我——"

"这些我都明白。"布莱克洛克小姐斩钉截铁地说。这些话时常挂在米兹的嘴边。"可是你为什么要现在就离开呢？"

"因为他们又来杀我了！"

"谁要来杀你？"

"我的敌人。纳粹！也许这次是布尔什维克。他们发现我在这儿，他们来要我的命。我看到消息了——是的——就在报纸上！"

"哦，你是指登在《消息报》上的？"

"在这儿，都写在这儿呢。"米兹把藏在身后的《消息报》拿出来，"瞧——这里说是一桩谋杀，就在小围场。那就是这儿，对吧？今天晚上六点三十分。啊！我可不想等着被杀——不想啊！"

"可这为什么一定就是指你呢？这是——我们认为这是一个玩笑。"

"玩笑？杀人可不是什么玩笑？"

"不是，当然不是。可是，我亲爱的孩子，要是有人想谋杀你，他们可不会在报纸上广而告之，对吧？"

"您认为他们不会？"米兹似乎都有些哆嗦了，"您认为，也许，他们根本不打算谋杀什么人？也许他们要杀的是您，布莱克洛克小姐。"

"我当然不相信有人要谋害我。"布莱克洛克小姐轻描淡写地回答，"而且说实话，米兹，我也看不出为什么有人要谋害你。不管怎么说，他们有什么理由呢？"

"因为他们都是坏人……极坏极坏的人。我告诉您，我母亲、我的小弟弟、我那么可爱的小侄女……"

"是的，没错，"布莱克洛克小姐机敏地堵住了她的话头，"可我的确无法相信有人会谋害你，米兹。当然，如果你想这样说一声就走人，我也拦不住你。可我觉得你要是真的离开就太不明智了。"

就在米兹迟疑不决之际，她又果断地补充道："咱们把肉铺老板送来的牛肉炖了当午餐吧，那块肉看起来很硬。"

"我给你做道红烩牛肉，独门秘方的烩牛肉。"

"如果你愿意那么叫那道菜的话，当然可以。另外你或许该把那块硬邦邦的奶酪全用掉，做些芝士酥条。我想今儿晚上可能有人要来蹭些酒水喝。"

"今天晚上？您是什么意思，今天晚上？"

"六点半。"

"可那就是报纸上说的那个时间？干吗那个时候来？他们为什么要来？"

"他们来参加葬礼，"布莱克洛克小姐的眼睛闪闪发光，"就这样吧，米兹，我很忙。出去时把门带上。"她坚定地说。

"她应该能消停一会儿了。"在米兹满脸狐疑地关上门之后，她这样总结。

"你真是行事利落，莱蒂。"邦纳小姐满怀敬佩地说道。

第三章　六时过半

1

"行了，一切就绪。"布莱克洛克小姐说。她用品评的目光环视着客厅：靠墙的桌上铺着玫瑰花图案的印花棉台布，上面是两钵青铜色的菊花、装在小花瓶里的紫罗兰与银质烟盒，中央的桌子上则摆着盛放饮品的托盘。

小围场是一座具有早期维多利亚式风格的宅邸，规模中等，有一条长长的遮阴游廊和几扇绿色的百叶窗。狭长的客厅被游廊的屋顶拦截了不少光线。客厅的一端本来有两道门，直通向一间有凸窗的小屋。之前的居住者拆掉了那两道门，代之以天鹅绒的门帷。布莱克洛克小姐则把门帷撤去，让两个房间合二为一。客厅的两端各有一个壁炉，但都没有生火，不过屋子里还是洋溢着一股暖意。

"您打开了中央取暖器？"帕特里克问道。

布莱克洛克小姐点了点头。

"近来雾多又潮湿，感觉整个房子都湿乎乎的。我让

"伊万斯走之前打开的。"

"用了非常、非常宝贵的煤渣？"帕特里克讽刺地问。

"正如你所言，是的，宝贵的煤渣，要不然就得用更宝贵的煤了。你知道，燃料办公室甚至连我们每周理应获得的那一点儿都不给——除非我们能确切说清楚自己没有其他烹饪的途径。"

"我猜，原来每人都有一大堆煤炭吧？"朱莉娅颇有兴致地问，仿佛是听到天方夜谭一般。

"是的，而且也很便宜。"

"什么人都可以去买，而且想买多少就买多少，用不着填写什么单子？另外那时候也不存在物资短缺吧？有很多煤？"

"种类和质量也很齐全——不像现在的煤，都是矸石。"

"那一定是个奇妙的世界。"朱莉娅带着敬畏的口吻说。

布莱克洛克小姐微笑起来。"回想过去，我的确如此认为。但话说回来，我年纪大了，会偏爱自己那个年代也是很自然的。可你们年轻人就不应该这样想。"

"如果在过去，我都不需要工作，我可能就只需要待在家里，侍弄花草，写点儿便条什么的……可以前的人为什么要写便条？都写给谁啊？"

"写给如今你会打电话的那些人。"布莱克洛克小姐的眼睛里闪烁着光芒，"我觉得你甚至都不知道怎么写，朱莉娅。"

"不会是用那天我发现的那本有趣的《书信大全》的方式写吧？老天爷！它居然教你怎么用正确的方式去拒绝一个鳏夫的求婚。"

"我怀疑你不会像自己想象中的那样享受待在家里。"布莱克洛克小姐说，"过去的女人是要承担家庭责任的，你知道。"她的声音变得平板起来，"不过，我对这些知之甚少。我和邦妮，"她怀着爱意朝多拉·邦纳微笑，"很早就走向社会了。"

"啊，没错，我们的确是这样。"邦纳小姐赞同地说，"那些调皮捣蛋的孩子，我可忘不了他们。当然，莱蒂很聪明，她以前是名职业女性，是一个大金融家的秘书。"

门开了，菲莉帕·海默斯走进来。她身材修长，相貌标致，只是神色憔悴。她吃惊地环视着房间。

"大家好，"她开口了，"有聚会吗？没人告诉我。"

"当然了，"帕特里克高声说，"我们的菲莉帕不知道。我敢打赌，她是奇平克莱格霍恩唯一毫不知情的人。"

菲莉帕面带疑问地望着他。

"看啊，各位，"帕特里克挥着手，戏剧性地宣告，"谋杀现场！"

菲莉帕·海默斯看上去彻底迷茫了。

"这儿，"帕特里克指着那两大钵菊花，"是花圈，这几盘芝士酥条和橄榄即为葬礼上的烤肉。"

菲莉帕困惑地看向布莱克洛克小姐。

"这是个玩笑？"她问，"我在理解玩笑方面一向都很迟钝。"

"这是个非常没品的玩笑，"多拉·邦纳强调，"我一点儿也不喜欢。"

"把启事拿给她看，"布莱克洛克小姐发话了，"我必须去把鸭子关起来。天黑了，这会儿人们也该到了。"

"我来吧。"菲莉帕说。

"当然不行，亲爱的，你都忙了一天了。"

"我去，莱蒂姨妈。"帕特里克毛遂自荐。

"不，你可别去，"布莱克洛克小姐断然否定，"上次你就没有把门闩闩好。"

"那我去吧，莱蒂，亲爱的，"邦纳小姐叫道，"真的，我愿意去。我这就去穿上高筒套鞋——咦，我把羊毛背心放在哪儿了？"

但在此时，布莱克洛克小姐已经微笑着走出房间了。

"算了，邦妮，"帕特里克说。"莱蒂姨妈做事那么讲效率，绝不容忍别人为她代劳。她真的喜欢什么事情都亲力亲为。"

"她确实喜欢这样。"朱莉娅说。

"我可没见过你自告奋勇帮什么忙。"她哥哥说。

朱莉娅懒洋洋地笑了笑。

"你自己才说了，莱蒂姨妈喜欢靠自己，"她指出，"再说，"她伸出一条裹着透明长袜的腿，"我可穿着自己最好的袜子呢。"

"穿着丝袜死去！"帕特里克咏叹般地说道。

"不是丝的——是尼龙，你这白痴。"

"尼龙的话听起来不够档次。"

"就没人能行行好，"菲莉帕哀怨地大声发话，"告诉我为什么大家都一个劲儿地谈论死吗？"

一时间大家都想告诉她——却都找不到《消息报》来指给她看，因为米兹把报纸拿进了厨房。

几分钟后，布莱克洛克小姐回来了。

"行啦，办妥了。"她轻快地说着，瞥了一眼钟，"六点二十。很快就要有人来了——除非我对邻居们的估计完全错误。"

"我看不出为什么一定会有人来。"菲莉帕看上去依旧摸不着头脑。

"看不出吧，亲爱的？……我敢说你是看不出的。然而大多数人都比你好事多了。"

"菲莉帕对于生活的态度就是事不关己，一律漠不关心。"朱莉娅相当尖刻地评价道。

对此，菲莉帕没有回应。

布莱克洛克小姐环视着客厅。米兹在屋子中央的桌子上摆放了雪利酒和三个碟子，里面有橄榄、芝士酥条和一些奇特的小点心。

"帕特里克，要是你不介意的话，把托盘——连同桌子一起也可以——从墙角搬到另一间屋子的凸窗那儿吧。毕竟，我可不是在举办聚会！我谁也没邀请过，也不打算让别人一望而知我是在期待人们露面。"

"莱蒂姨妈，您是希望掩饰自己的先见之明吗？"

"说得不错，帕特里克。谢谢你，我亲爱的孩子。"

"现在我们大家就可以好好装成在家里度过宁静夜晚的样子，"朱莉娅说，"然后被上门的人弄得猝不及防。"

布莱克洛克小姐拿起了那瓶雪利酒，犹豫不决地握住瓶身站在那里。

"有大半瓶呢，应该够了。"帕特里克宽慰她。

"啊，是的，没错……"她迟疑地说。接着，她的脸上泛起淡淡的红晕。

"帕特里克，能不能请你……餐具室的碗柜里有一瓶没开过的……把它拿来，再带上开瓶器。我——我们——最好还是喝新的吧。这——这瓶已经开过一段时间了。"

帕特里克二话没说，动身执行。回来时，他拿了那瓶新酒和开瓶器。在把酒放进托盘时，他好奇地抬头看向布莱克洛克小姐。

"您对这事还挺重视，亲爱的？"他小声问道。

"哎呀，"多拉·邦纳震惊地叫起来，"说真的，莱蒂，你不会是想——"

"嘘，"布莱克洛克小姐飞快地说，"门铃响了。你们瞧，我的先见之明现在应验了。"

2

米兹打开客厅的门，让伊斯特布鲁克上校及其夫人进来。在通报来客这件事上，她的方式与众不同。

"伊斯特布鲁克上校和太太来看您了。"她随口通报。

伊斯特布鲁克上校为人豪爽随意，将些许尴尬轻松带过。

"我们顺道来看看，希望列位不要介意。"他如此开口，朱莉娅忍不住咯咯笑起来。"碰巧经过这条路——呃，什么？多柔和的夜色啊。我注意到你们开了中央取暖器，我们的还没有开呢。"

"你们的菊花可真是漂亮，"伊斯特布鲁克太太讨好地寒暄，"多么赏心悦目！"

"就是些枯枝瘦叶，真的。"朱莉娅接话道。

伊斯特布鲁克太太又问候了菲莉帕·海默斯，带着一点不必要的亲切，以此表明她相当清楚菲莉帕并非真是一名农工。

"卢卡斯太太的花园还好吗？"她问道，"你觉得那个园子能重新恢复吗？战时可是完全荒芜了——后来又只请了一个园丁，那个可怕的老头阿什简直什么也不干，就是扫几片树叶，种几棵卷心菜什么的。"

"还是值得打理的，"菲莉帕回答，"只是需要花上些时间。"

米兹又打开门，宣布："砾石山庄的女士们到了。"

"晚上好，"欣奇克利夫小姐大步流星地走过来，抓住布莱克洛克小姐的手用力握了握，"我跟穆加特罗伊德说：'咱们去小围场串串门！'我想问问您的鸭子下蛋的情况。"

"现在天黑得可真早，对不对？"穆加特罗伊德小姐有些惶惶地对帕特里克说，"这菊花可真漂亮！"

"叶瘦花残！"朱莉娅说。

"你怎么就不能配合一下？"帕特里克小声责问她。

"你们开着中央取暖器啊，"欣奇克利夫小姐带着指责的意味说，"也太早了。"

"每年一到这个时候，这房子就变得非常潮湿。"布莱克洛克小姐回答。

帕特里克挑起眉毛，不出声地暗示着："上雪利酒？"但布莱克洛克小姐回复的信号是："还早。"

她对伊斯特布鲁克上校发话了：

"您今年从荷兰进口灯泡了吗？"

门再次开启，斯韦特纳姆太太面带愧色地走进来，后面跟着个愁眉苦脸、垂头丧气的埃德蒙。

"我们到了！"斯韦特纳姆太太一面愉快地说，一面怀着赤裸裸的好奇心仔细打量周围。然后她突然感到不自在起来，于是接着说道："我只是想顺路进来问问您是否碰巧要只小猫，布莱克洛克小姐？我们的猫就要——"

"就要被送到一只精力旺盛的公猫的窝里去繁衍后代，"埃德蒙说道，"结果嘛，我想，会很可怕。可别说我没警告过你！"

"它可是抓老鼠的能手，"斯韦特纳姆太太急忙说道，然后又补上一句："这菊花的长势真是喜人！"

"你们开着中央取暖器，是吧？"埃德蒙用发现新大陆般的口气说道。

"大家怎么都跟留声机似的？"朱莉娅喃喃自语道。

"我不喜欢那则新闻，"伊斯特布鲁克上校逮着帕特里克，对他一股脑儿地说道，"我一点儿都不喜欢。你要是问我的意见，我会说战争不可避免，绝对不可避免。"

"我从不注意新闻。"帕特里克回应他。

门再次打开，哈蒙太太走了进来。

她把那顶饱经沧桑的帽子别在脑后，似乎在试图营造某种时尚效果。此外，她还换下了常穿的那件套衫，穿了一件皱巴巴的折边罩衫。

"您好，布莱克洛克小姐，"她容光焕发地高声说道，"我来得不算太晚吧？谋杀什么时候开始？"

3

抽气声此起彼伏、清晰可闻。朱莉娅赞许地咯咯笑了一声，帕特里克苦着脸，而布莱克洛克小姐则冲着最后一位客人露出微笑。

"朱利安因为不能来简直气疯了，"哈蒙太太说，"他热爱谋杀。就是因为这点，他上个星期天的布道才那么精彩——当然我不该这样说，因为他是我丈夫——但的确如此，对不对？比他平时的布道可好多了。不过正像我说的，这全都是因为《死神的帽子戏法》这本书。您读过吗？布茨书店的姑娘特地为我留的。故事扑朔迷离。你一直认为自己知道谁是凶手，可是忽然间，整个情节急转直下，凶手原来还不少，能有四五个吧。嗯，我有一天把这本书忘在书房里了，朱利安把自己关在那里准备布道的时候，随手一拿起来，然后就入了迷了！结果他只好匆匆忙忙写了布道稿，简单直白地记下自己想说的话，没有掉书袋——自然，结果要好得多。哦，亲爱的，我也太絮叨了。不过你一定得告诉我，谋杀几点开始？"

布莱克洛克小姐看了看壁炉台上的钟。

"如果要开始的话，"她愉快地说道，"应该很快了。距离六点半只有一分钟，趁现在来一杯雪利酒吧。"

帕特里克轻捷地穿过了游廊。

布莱克洛克小姐走向游廊边的桌旁，烟盒就放在这张桌上。

"我很乐意来点儿雪利酒，"哈蒙太太说，"不过您说'如果'，是什么意思？"

"唔，"布莱克洛克小姐答道，"我和您一样也蒙在鼓里。我不知道什么——"

突然，壁炉台上的钟开始敲响，于是她闭口不言。钟声如同银铃般悦耳，大家都安静下来，无人移动。

所有人都盯着钟表。

钟声从秒针指在一刻钟的位置开始，一直响到它指向三十分。而就在最后一声刚刚消失的瞬间，所有的灯都熄灭了。

4

黑暗中只听见兴奋的喘息声和女人们赞许的啧啧声。

"开始了，"哈蒙太太欣喜若狂地叫道。多拉·邦纳则悲叹起来："哦，真讨厌！"另外还有些人在说着："吓死人了！吓死人了！""这让我起鸡皮疙瘩。""阿奇，你在哪儿呢？""我都需要干点儿什么？""哎呀，天啊——我踩到您的脚了？真对不起。"

突然，吱嘎一声，门开了。一束强烈的手电光飞快地在屋里扫动。一个男人的声音响了起来，嘶哑且带着浓重的鼻音，立刻令所有人想起那些在电影院度过的惬意午后：

"举起手来！我说了，举起手来！"男人狂叫着。

一只只手高兴且自愿地举过了头顶。

"这难道不精彩吗？"一个女人低声说，"我激动极了。"

而就在这时，出人预料地，一把左轮手枪开火了。它射击了两次。两颗子弹的呼啸顿时将屋里喜气洋洋的氛围一扫而光。突然间，这不再是游戏了，有人尖叫起来……

门口的影子猛地转过身去，似乎犹豫了一下。紧接着，第三颗子弹射了出来，黑影一个踉跄，随后扑通倒地。手电随之坠地，亮光消失了。

黑暗再次降临。然后，伴随着一声维多利亚式工艺特有的吱呀声，客厅的门就像平日里没被顶住时那样，轻轻地滑回去，最后咔嚓一声锁上了。

5

客厅里简直翻了天，所有人都一起开口了。

"灯。"

"你能找到开关吗？"

"谁有打火机？"

"哦，我真讨厌这样，真讨厌！"

"可那些枪声是真的！"

"他拿的是真正的左轮手枪。"

"那是个窃贼吗？"

"哎，阿奇，我想离开这儿。"

"谁有打火机啊？拜托了！"

接着，几乎在同一时刻，两只打火机啪啪响起，燃起了微弱而稳定的火焰。

每个人都眨着眼，面面相觑，看向彼此惊恐万状的脸。布莱克洛克小姐靠着拱廊的墙，手捂着脸。光线太弱，只能隐约看见什么深色的东西从她手指间涓涓滴出。

伊斯特布鲁克上校清了清喉咙，自发站了出来。

"试一试开关，斯韦特纳姆。"他命令道。

靠近门的埃德蒙依言上下拨动了开关。

"总开关跳闸了，要不就是保险丝。"上校说，"是谁在大嚷大叫？"

一个女人的尖叫不断从关着的门外某处传来，眼下声音变得更尖了，还伴随着拳头捶门的声音。

多拉·邦纳一直在静静啜泣，此时她冲口而出："是米兹。有人在谋害米兹……"

"才不会有这种好事呢。"帕特里克咕哝着。

布莱克洛克小姐说："得取蜡烛来。帕特里克，请你——"

上校已经在开门了。他和埃德蒙手里拿着火苗闪烁的打火机，踏进走廊，然后差点被横卧在地上的人绊倒。

"好像把他撂倒了。"上校说，"那个鬼哭狼嚎的女人在哪儿？"

"在餐厅。"埃德蒙说。

餐厅就在走廊的另一边。有人在捶打着木板，号叫不已。

"她被锁在里面了。"埃德蒙说着，一边弯下腰。他转动钥匙，紧接着，米兹像一只腾空而起的老虎一般扑了出来。

餐厅的灯依然亮着。光线隐约照在米兹身上，她一副吓得失魂落魄的样子，还在一直尖叫。令人忍俊不禁的是，她之前在清洗银器，所以现在手里还拿着块虎皮和一个大大的煎鱼锅铲。

"安静，米兹。"布莱克洛克小姐发话了。

"别喊了，"埃德蒙说，但米兹并没有停止尖叫的意思，于是他凑上前，给了她一记清脆的耳光。米兹抽了口冷气，又噎了一下，终于安静下来。

"去拿些蜡烛来，"布莱克洛克小姐说道，"在厨房的碗柜里。帕特里克，你知道保险盒在哪儿吗？"

"碗碟洗涤室后面的过道里，是吧？好吧，我去看看能做点什么。"

布莱克洛克小姐这时已经走到了餐厅的灯光能照得到的地方。多拉·邦纳哽噎着抽了一口冷气，而米兹则又发出了一声刺耳的尖叫。

"血，血！"她号叫道，"你中弹了——布莱克洛克小姐，你要失血死了。"

"别犯傻了，"布莱克洛克小姐厉声道，"我没怎么伤着，子弹只擦到了耳朵。"

"可是莱蒂姨妈，"朱莉娅说道，"这么多血。"

的确，布莱克洛克小姐的罩衫、珍珠项链和双手都鲜血淋漓的，看上去颇为可怖。

"耳朵总是要流血的，"布莱克洛克小姐说，"记得小时候我在理发店里就晕过。理发师刚刚割破我的耳朵，血好像紧接着就流了一盆。但不管怎样，我们必须得有光亮。"

"我去拿蜡烛。"米兹说。

朱莉娅同她一道去，拿来了几根插在碟子里的蜡烛。

"现在我们来瞧瞧这位罪魁祸首。"上校说，"把蜡烛拿低一点，好吗，斯韦特纳姆？尽量多拿些蜡烛。"

"我到另一边去照亮。"菲莉帕说。

她稳稳拿住两个茶碟。上校跪下身去。

横卧的人身穿一件做工粗糙的连帽黑色披风，脸上罩了一个黑色的面具，手上戴着黑色的棉手套；帽子向后滑落，露出一头乱糟糟的金发。

伊斯特布鲁克上校将他翻过身来，摸摸脉搏、心脏……然后极度厌恶地抓起他的手指，细细打量。手指黏糊糊的，很红。

"他朝自己开了枪。"他说道。

"他伤得重吗？"布莱克洛克小姐问。

"嗯哼，恐怕他已经死了……可能是自杀——也可能他被那披风一样的玩意儿绊了一下，结果摔倒的时候左轮手枪走了火。如果我能看得更清楚一些——"

恰好在这时，仿佛是魔术一般，所有的电灯同时亮了。

怀着一种奇异的虚幻感，这些奇平克莱格霍恩村居民们站在小围场的走廊里，意识到他们正身处于暴力与死亡的现场。伊斯特布鲁克上校的手被染红了，血依然顺着布莱克洛克小姐的脖颈流到她的罩衫和外衣上，而闯入者那怪异的身体就躺在他们的脚边……

帕特里克从餐厅走来，然后说："似乎只有一根保险丝不见了……"他截住话头。伊斯特布鲁克上校把手伸向那张小小的黑面具。

"最好看看这家伙是谁，"他说，"但我估计不是我们认识的人……"

他取下了面具。许多人都伸长脖子一探究竟。米兹发出一声窒息般的声响，抽了口气，但其他人都很安静。

"他很年轻。"哈蒙太太不无怜悯地说道。

突然，多拉·邦纳激动地惊呼道：

"莱蒂，莱蒂，是梅登厄姆游乐饭店的年轻人，就是来这儿向你要钱回瑞士、但被你拒绝的那个。我估计他上次来只是个托词——是来窥视这房子的……哦，天哪，他可以轻而易举地杀了你……"

此时，布莱克洛克小姐却十分冷静。她敏锐地发号施令道："菲莉帕，把邦妮带到餐厅，给她倒半杯白兰地。

朱莉娅，亲爱的，去洗手间的柜子里拿一点医用胶布来，动作快一些，这里到处都血，像杀了猪似的。帕特里克，你能马上打电话报警吗?"

第四章　饭店觅踪

1

米德尔郡警察局局长乔治·赖德斯代尔是个沉默寡言的人，中等身材，浓眉下长着一双精明犀利的眼睛。他惯于倾听而非倾诉，紧接着，便会用毫无情感的声调下达一个简洁的命令——而这个命令总是会被属下执行。

此刻，他正在听警督德尔蒙·科拉多克做汇报。科拉多克已正式负责小围场的案子，他本来被派往利物浦调查另一桩案子，赖德斯代尔昨夜把他召了回来。赖德斯代尔对科拉多克评价颇高，认为此人善用头脑、富于想象。而更令赖德斯代尔欣赏的，是他严于律己，办事稳健，每一个事实都要反复核查，在案子接近尾声之前，总是保持着开放的思维。

"莱格警长接的电话，局长，"科拉多克说，"他似乎处理得很得体，既果断又明智。当时的情景一定很难应对，十几个人都争着同时说话，其中还包括一个来自中欧

46

的人。她认定了自己会被关起来，都快用尖叫把那地方震塌了。"

"死者的身份已经确定了？"

"是的，局长。鲁迪·谢尔兹，瑞士国籍。在梅登厄姆的皇家温泉水疗饭店做接待员。如果您同意的话，局长，我先去皇家温泉水疗饭店，然后再去奇平克莱格霍恩。弗莱彻警长现在已经到场了，他会先见见公共汽车上的人，然后再去那座宅邸。"

赖德斯代尔赞同地点着头。

门开了，局长抬起头来。

"进来，亨利，"他说，"我们这里遇到了一点儿异乎寻常的事。"

亨利·克莱瑟林爵士——也是苏格兰场前警察厅长——微微皱着眉头迈进屋来。他身量高挑，是个仪表堂堂的老人。

"这可能会使你那腻了的口味感兴趣。"赖德斯代尔接着说道。

"我可从来没觉得腻过。"亨利爵士愤怒地说道。

"最新的招数，"赖德斯代尔说，"是在谋杀某人前先昭告天下。给亨利爵士看看那则启事，科拉多克。"

"《贝纳姆新闻及奇平克莱格霍恩消息报》，"亨利爵士说，"妙极了。"他看了科拉多克指出的那半英寸见方的印刷段落。

"嗯哼，没错，是有点异乎寻常。"

"谁登的这则启事，有没有线索？"赖德斯代尔问。

"根据描述，局长，是鲁迪·谢尔兹本人送去的——在星期三。"

"就没人提出疑问？接受的人不觉得奇怪吗？"

"接受启事的金发女郎有腺样体肥大症，我得说，局长，她没什么头脑。她查了一下字数，就把钱收了。"

"这是演的哪一出？"亨利爵士问道。

"让许多当地人产生好奇心，"赖德斯代尔揣测道，"好让他们在特定的时间聚到特定的地点，然后把他们扣押起来，搜光现金和细软。作为一种想法，倒不是毫无创意。"

"奇平克莱格霍恩是个什么样的地方？"亨利爵士问。

"一个风景如画的村庄，扩展得杂乱无章。有肉铺、面包房、杂货店，还有家相当不错的古董店，再就是两家茶馆。是个自成一体的风景胜地，既适合驾车观光，也适合居住。原先由农业工人居住的木屋改装而成，现在住着上了年纪的老处女和退休夫妇。此外，还有些维多利亚时代的建筑。"

"与人为善的老姑娘和退休的上校们，"亨利爵士说道，"我明白了。没错，要是看到那则启事，他们都会在六点三十分赶到那儿四处打听，看看要发生什么事。老天，要是我那位特别的老姑娘在这里就好了，她一定会掺和进去的，正符合她的口味。"

"您那位特别的老姑娘是谁，亨利，一个姑姑？"

"不是，"亨利爵士叹了口气，"不是亲戚。"他怀着敬意说道，"她只不过是上帝创造出来的最优秀的侦探。一位在恰当的土壤里自我成长的天才。"

他转向科拉多克。

"可别瞧不起这个乡村里的老姑娘，我的孩子，"他说道，"说不定这会是件扑朔迷离的案子。我倒不是说一定就是这样。不过记住，那位织毛衣、种花草的未婚老妇人可比任何一个警长都高明得多。她能告诉你可能发生了什么、应该发生什么、甚至实际发生了什么！除了这些，她还能告诉你为什么会发生！"

"我会谨记于心的，长官。"科拉多克警督非常严肃地回答，但没有人会猜想到德尔蒙·埃里克·科拉多克实际上是亨利爵士的教子，与教父的关系融洽而亲密。

赖德斯代尔简洁地给他的友人大致讲了一下案情。

"他们全都在六点三十分露了面，这一点可以保证。"他说道，"可这个瑞士人知道他们会到场吗？还有一点，他们有可能带着很多现金和细软让人抢吗？"

"一两枚老式的胸针、几串小粒的珍珠——一些零钱，也许再有一两张纸钞——不会更多了。"亨利爵士若有所思地说，"这位布莱克洛克小姐家里放着很多钱吗？"

"她说没有，长官。据我所知只有五镑零钞。"

"只有鸡饲料。"赖德斯代尔说。

"你的意思是，"亨利爵士说，"这家伙喜欢做戏——根本不是打劫，而是开个玩笑，假装打劫。像电影里那种？唔，相当可能。他是怎么开枪射自己的？"

赖德斯代尔推给他一张纸。

"根据法医的初步报告，左轮手枪是近距离射的——皮肤烧焦了……他……无法证明是事故还是自杀。可能是蓄意的，也可能是他被绊了一下，摔到地上，然后他拿在手中的左轮手枪就走火了……应该是后者。"他望着科拉多克，"你得非常仔细地询问证人，让他们把看到的情况确切地说出来。"

"他们看到的都不一样。"科拉多克警督沮丧地说。

"这一点一直都让我觉得很有意思，"亨利爵士说道，"人们在极度兴奋和神经极度紧张的时刻真正看到的东西。他们到底看到了什么，以及更耐人寻味的是，他们没有看到什么。"

"有关左轮手枪的报告在哪儿？"

"外国制造——这在欧洲大陆上十分普通——谢尔兹没有持枪许可证，进入英国时也没有报关。"

"坏小子。"亨利爵士评论道。

"到处都是令人不满的人。好了，科拉多克，去皇家温泉水疗饭店看看能了解到他的什么情况。"

2

到达皇家温泉水疗饭店后，科拉多克警督被直接带到经理办公室。

经理罗兰森身材颀长，脸色红润，态度热诚。他极为亲切地接待了科拉多克警督。

"我很高兴能尽力协助您，"他说，"真是极其令人震惊的事。我绝不赞成这样的事——绝不。谢尔兹似乎是个非常招人喜欢的普通小伙子——我从没想过他会干打家劫舍的勾当。"

"他跟了您多久，罗兰森先生？"

"您来之前我正在查记录。三个月多一点。他有相当不错的推荐信和通常必备的许可证，等等。"

"您对他满意吗？"

在罗兰森回答之前，科拉多克捕捉到他微小但绝非有意的停顿。

"相当满意。"

科拉多克使出了他一直见效的手段。

"不，不，罗兰森先生，"他说，一面缓缓摇了摇头，"情况并非如此，不是吗？"

"呃——"经理略微有些吃惊。

"说吧，有什么地方不对劲。是些什么呢？"

"是有些不对劲。可我又不知道具体是什么。"

"但您觉得有些事不对劲？"

"呃——是的——我想过……可又没什么真凭实据。我不愿让我的猜想被记录下来，然后被引用来指控我。"

科拉多克和颜悦色地微微一笑。

"我明白您的意思。您不用担心。可我们得了解一下谢尔兹是个什么样的人。您怀疑过他什么呢？"

罗兰森很不情愿地开口了：

"唔，是有一两次风波，关于账单的。账单上出现了不应该收的项目。"

"您是说您怀疑他收取某些费用，而饭店的记录里并不存在，然后等客人付了账后他把差额揣进了自己腰包？"

"差不多吧……往好说的话，他非常粗心大意。有一两回牵涉的数目还挺大。实不相瞒，我让会计查了他的账本，怀疑他——呃——作了假。可尽管有各种错误，不少账目报得马马虎虎，但实际现金数目是对的。所以我断定是我自己弄错了。"

"假定您没弄错呢？如果谢尔兹四处都稍微揩点油水的话，他会不会是用自己的钱又把缺口补上了呢？"

"如果他有这么些钱的话，那没错。但像您说得那样'揩点油水'的人通常都很拮据，钱一到手就没了。"

"因此，如果他需要钱来补上缺口，就不得不去弄钱——要么靠抢劫，要么通过别的方式？"

"对。我在想，他是不是初犯……"

"可能，手法着实蹩脚。他还能从别的什么人那里弄到钱吗？他的生活中有没有女人？"

"烤肉厅的一个女招待，名叫莫娜·哈里斯。"

"我最好跟她谈谈。"

3

莫娜·哈里斯是位漂亮的姑娘，有着一头亮丽的红发，鼻梁高挺。

她很警惕，也很谨慎，生怕被警察问话会损害自己的名誉。

"我对这事什么都不知道，长官。一点儿也不知情。"她抗议道，"我要是知道鲁迪是这样的人，我是绝不会跟他约会的。当然了，见他在这儿的前台工作，我以为他人不错。我当然会这样想。我是说，饭店雇人——尤其是外国人——的时候，应该更谨慎一些。因为和外国人打交道，你根本摸不清底细。我猜想他是你们公布的某个黑帮的成员？"

"我们认为，"科拉多克说，"他是单干的。"

"奇怪——他是那么沉静，又那么体面。谁能想得到啊。尽管我也丢过东西——现在我想起来了，一枚钻石胸针，还有一个金质的小盒式吊坠。我想是这样没错。可我做梦也不会想到是鲁迪拿的。"

"我相信您确实想不到，"科拉多克说，"人都会上当受骗。您跟他很熟吗？"

"我不知道能不能算熟。"

"可你们相处得很融洽？"

"哦，我们相处得还算融洽——仅此而已。根本没有认真，毕竟，对外国人我一向是很警惕的。他们总有自己的道道儿。可你根本就摸不清底细，不是吗？有些人是战时逃过来的波兰人！有些甚至是美国人！根本就不提他们是已婚的，等到非说不可的时候，已经来不及了。鲁迪净说大话——可我听的时候总是打些折扣。"

科拉多克抓住这个字眼。

"他说大话，是吗？这倒非常有意思，哈里斯小姐。我能看得出您会对我们有很大帮助。他都在哪些方面夸夸其谈了？"

"比如他家在瑞士有多富有——有多显赫。可他自己又没钱。他总是说，由于金融方面的规定，他没法把钱从瑞士弄到这儿来。我想，那倒也有可能。可他用的东西并不昂贵。我是指他的穿着，根本不上档次。我又想起来了，他常跟我说的很多故事可牛得很，什么爬阿尔卑斯山啦，在冰川悬崖边救人的性命啦。结果呢，光是走过布尔特山的山脊就弄得他头昏眼花的。哼，还阿尔卑斯山呢！"

"您和他出去的时间多吗？"

"是的——呃——没错。他很有风度，而且他懂得怎么——如何照料女孩子。看电影总是选最好的座位，甚至有时候还给我买花。而且他的舞跳得很好——真的很好。"

"他跟您提到过布莱克洛克小姐吗？"

"她有时候也来这儿吃午饭，不是吗？她来这儿住过一次。不，我想鲁迪从来没有提到过她。我也不知道他认识她。"

"那他提到过奇平克莱格霍恩吗？"

科拉多克认为莫娜·哈里斯的眼睛里流露出轻微的焦虑，但他不能确信。

"我想没有……我想他确实问过一次公共汽车的事儿——关于班次——可我不记得到底是去奇平克莱格霍恩还是别的什么地方。那有些日子了。"

他从她这儿打听不出更多信息了。鲁迪·谢尔兹似乎平平常常。前天晚上她没有见过他。她不知道——根本不知道——她强调了这一点——鲁迪·谢尔兹是个骗子。

也许，科拉多克想，这是实话。

第五章 两位小姐

1

小围场与科拉多克警督想象得极为相似。他注意到鸭子、鸡和一个直到不久前依然迷人的花坛，几株紫色的残菊展现着回光返照的风姿。草坪与小道看上去疏于打理。

"总的看来，"科拉多克警督暗想，"这户人家大概没有多少钱雇用园丁，但又喜爱花草，也有布置花坛的眼光。宅邸需要粉刷，时下大多数宅子都需要另人愉悦的财产。"

科拉多克的车刚停在前门，弗莱彻警长就从宅邸一侧走出来。他好像一个守卫，腰板挺直，颇具军人风范，擅长用一个单音词表达出好几种不同的意思。

"长官。"

"你在这儿啊，弗莱彻。"

"长官。"弗莱彻警长回应道。

"有什么要报告的？"

"我们检查了整座房子，长官。谢尔兹似乎在任何地方都没有留下指纹。当然了，他戴着手套。门和窗户都没有强行闯入的迹象。他似乎是乘公共汽车从梅登厄姆来的，六点钟到达这里。我了解到，侧门是五点三十分锁上的。看起来他好像必须经过前门。布莱克洛克小姐陈述说，那道门通常要等全家都睡觉后才锁。另一方面，女仆则声称前门整个下午都是锁上的——不过她说话没个准儿。您会发现她真是喜怒无常。这些中欧难民。"

"她很难缠，对不对？"

"长官！"弗莱彻警长激动地发言道。

科拉多克微笑起来。

警长接着汇报："各处的照明系统一切正常，我们还没发现他是如何操纵照明的。当时只是一条电路坏了，客厅和走廊的。当然，如今的壁灯和大灯不会都依赖同一根保险丝，但是这里的布线和安装方法都是老式的。我们也不知道他是怎么对保险盒动的手脚，因为保险盒远在餐具储藏室那边，他得经过厨房才行，那样女仆就能看见了。"

"除非当时她跟他都在里面？"

"这很有可能。他们都是外国人，而我一点儿也不相信她——一丁点儿也不。"

科拉多克注意到前门的窗前有两只惊恐而硕大的眼睛正在向外窥视。那张脸因为压在窗格玻璃上，变得扁平，所以几乎看不清楚。

"那就是她？"

"没错，长官。"

那张脸消失了。

科拉多克按响了前门的门铃。

等了很长时间之后，门被一个相貌姣好的年轻女人打开了，她有着一头栗色的秀发，一脸百无聊赖。

"科拉多克警督。"科拉多克说。

年轻的女人用她那妩媚的淡褐色眼睛冷冷地看了他一眼，然后说：

"进来。布莱克洛克小姐正在等您。"

科拉多克注意到，走廊很狭长，似乎到处都是门。

年轻女子推开左边的门，说："科拉多克警督来了，莱蒂姨妈。米兹不愿去开门，她把自己关在房里，发出特别奇怪的呻吟声。我看咱们别想吃什么午饭了。"

"她不喜欢警察。"她又用解释的口吻对科拉多克补充道。然后她退了出去，随手关上了房门。

科拉多克走上前去，同小围场的主人会面。

他看到一个年约六旬、精神矍铄的高挑女人。她灰色的头发自然微卷，发型高贵，更衬出一张聪慧坚毅的面容。她灰色的眼眸目光犀利，下巴的线条方正刚毅，左耳上裹着医用纱布。她未施粉黛，只穿着剪裁得体的粗呢外套、裙子和套衫。而她在套衫的领部出人意料地戴着一串老式的浮雕玉石——一种含蓄的维多利亚式情结。

在她身侧的是一位年纪与她相仿的女人，圆脸，神色焦急，头发乱糟糟地从发网里滑出来。科拉多克毫不费力地认出，这就是莱格警长在报告中提到的"多拉·邦纳——陪伴人"。关于这个人，莱格还在报告里添了一句不怎么官方的评语："低能！"

布莱克洛克小姐说话时声调悦耳、富有教养。

"早安，科拉多克警督。这位是我的朋友邦纳小姐，她帮助我管理家务。您请坐，我猜您不抽烟吧？"

"恐怕当班时不抽，布莱克洛克小姐。"

"真是遗憾！"

科拉多克迅速而仔细地扫视这间屋子。典型的维多利亚式双间客厅。这一间有两扇长长的窗户，另一间有一扇凸窗……椅子……沙发……中间放着一张摆着一大钵菊花的桌子——另一钵放在窗台上——都很新鲜漂亮，但没有多少新意。唯一与整个景象不协调的是一个银质小花瓶，里面插着凋零的紫罗兰。花瓶放在通向里屋的拱廊边的一张桌子上。很难想象布莱克洛克小姐会忍受屋里有枯死的花，在科拉多克看来，如果在这座打理得当的宅邸里，发生过足以打破常规的异常之事，这是唯一的迹象。

他开口了："我想，布莱克洛克小姐，事故就发生在这间屋子里？"

"的确。"

"昨晚您该来看看，"邦纳小姐激动地大声说道，"简直是一团糟。两张小桌子被弄翻了，桌子的一条腿断了——大家互相冲撞——而且还有人扔下一根点着的香烟，烧坏了一件最好的家具。那些人——尤其是年轻人——对这些东西一点儿都不爱惜……幸好没打坏任何瓷器——"

布莱克洛克小姐和蔼但果断地打断了她。

"多拉，尽管所有这一切很恼人，但只是些鸡毛蒜皮的事。我认为最好只回答科拉多克警督的提问。"

"谢谢，布莱克洛克小姐。我马上就会问昨晚发生的事。首先，我想请您告诉我，您最后一次见到死者——鲁迪·谢尔兹是在什么时候？"

"鲁迪·谢尔兹？"布莱克洛克小姐露出略微吃惊的神色，"这是他的姓名？我隐约想起……哦，算了，无关紧要。我第一次碰到他是我去梅登厄姆的水疗馆购物，那是大约在——让我想想，三周前。我们——我和邦纳小姐——在皇家温泉水疗饭店吃午饭。饭后我们正要离开的时候，我听见有人叫我的名字，就是这个年轻人。当时他说：'您是布莱克洛克小姐，对吗？'然后他又说我大概不记得他了，他是蒙特勒的阿尔卑斯饭店老板的儿子，战时我和我妹妹在那里住了将近一年。"

"蒙特罗的阿尔卑斯饭店，"科拉多克重复道，"那您记得他吗，布莱克洛克小姐？"

"不，我不记得。事实上，我不记得以前曾经见过他。

这些饭店前台的服务员长得都差不多。我和我妹妹在蒙特勒过得非常愉快，饭店老板也相当乐于助人，所以我当时也尽可能客气地对待他，并说希望他在英国过得愉快。他说，对，他父亲送他来这儿待六个月，学习酒店管理。这一切似乎都相当自然。"

"接下来的一次相遇呢？"

"大约在——对了，肯定是十天前，他突然出现在这里。我见到他时感到非常诧异。他因为打扰我而向我道歉，他说我是他在英格兰唯一认识的人。他告诉我他母亲病危，所以急需回瑞士的路费。"

"可莱蒂没有给他。"邦纳小姐气喘吁吁地插话道。

"那是个完全不可信的故事。"布莱克洛克小姐强势地说，"我认定了他是个坏家伙，这个急需钱回瑞士的故事纯属一派胡言。他父亲可以轻而易举地打电报让英国这边安排妥当。旅店老板们都是相互照应的。我当时怀疑他挪用了钱或者干了这一类勾当。"她顿了顿，接着干巴巴地说道，"假如您觉得我是个铁石心肠的人，那我得告诉您，我为一个大金融家当了许多年的秘书，因此对上门要钱这种事非常慎重。我对这种所谓时运不济的故事可是很了解的。

"只有一件事让我感到诧异，"她若有所思地补充道，"他那么轻易就放弃了。他没有再提出什么别的理由，马上就走了，仿佛他压根儿就没有指望能从我这里拿到钱。"

"回想当时的情形，您现在是否认为他来的真正目的是为了探查情况，只不过编了一个借口？"

布莱克洛克小姐用力点头。

"现在我就是这么想的。我送他出门，他说了一些话——是有关这座房子的。他说：'您的餐厅很漂亮。'但其实当然不是——那是间又暗又破的小屋，他只是想找个借口看看里面。然后他又蹿到我的前面，拉开前门的门闩，嘴里说着：'让我来。'现在回想起来，他是打算看看门闩。实际上，跟周围的人家一样，不到天黑我们是不锁门的，任何人都进得来。"

"那么侧门呢？我了解到有一道侧门通向花园？"

"是的。昨晚在客人到达之前不久，我还从那道门出去关鸭子呢。"

"您出去的时候，门锁上了吗？"

布莱克洛克小姐皱起了眉头。

"我记不起来了……我想是吧。进来的时候我肯定是锁了。"

"那会儿是六点过一刻吗？"

"差不多。"

"前门呢？"

"通常要再晚一些才锁。"

"那么谢尔兹可能轻而易举地从那儿进来，或者他可以在您关鸭子时溜进来。他已经探查过地形，可能也留意过各处的隐蔽所——柜子之类的。是的，一切似乎很清楚了。"

"请恕我冒昧，还有没弄清的地方。"布莱克洛克小姐说，"为什么有人要费那么大的劲儿闯进来上演这么一出愚蠢的打劫闹剧呢？"

"您在家里存着很多钱吗，布莱克洛克小姐？"

"那个抽屉里大约有五镑，然后我的钱包里大概还有一两镑。"

"珠宝呢？"

"一两枚戒指和胸针，再就是我身上戴的浮雕玉石。您一定同意我的看法，警督，整件事情很荒唐。"

"这可根本不是破门而入、打家劫舍，"邦纳小姐喊道，"我一直就这样跟你说，莱蒂。这是报复！因为你没有给他钱！他故意向你开枪——还开了两枪。"

"啊，"科拉多克接话道，"我们这就谈谈昨晚的事。到底发生了什么，布莱克洛克小姐？请用您自己的话，尽量按您的回忆给我说说。"

布莱克洛克小姐回想了片刻。

"钟响了，"她说道，"就是壁炉台上的那一座。我记得当时我说，如果要发生什么的话，那马上就要开始了。然后钟就敲响了。我们大家都一声不吭地听着。它敲响了，您知道。它敲到六点半，突然，所有的灯全熄灭了。"

"哪些灯原来是亮着的？"

"这儿和里屋的壁灯。标准灯和两个阅读灯没亮。"

"灯灭时是先看到手电筒的光还是先听到什么声响？"

"我不是很清楚。"

"我确信是手电筒的光，"多拉·邦纳说，"然后是吱呀一声。真险哪！"

"然后呢，布莱克洛克小姐？"

"门开了——"

"哪一道？这间屋里有两道门。"

"哦，是这一道。那边的门打不开，是装饰用的。门开了，他出现了——是个手握左轮手枪、头戴面具的男人。当时我觉得简直奇怪得无法形容，当然我只当那是个愚蠢的玩笑。他说了些什么——我忘记——"

"'举起手来，要不我就开枪了！'"邦纳小姐绘声绘色地说。

"和这句话差不多。"布莱克洛克小姐将信将疑地说。

"然后你们都举起了手？"

"啊，是的，"邦纳小姐说，"我们都举起了手。我的意思是，这是游戏的一部分。"

"我没有，"布莱克洛克小姐断然道，"当时这显得愚蠢至极。而且我被整件事弄得很恼火。"

"然后呢？"

"手电筒的光直射我的眼睛，弄得我头晕目眩。后来，简直令人不敢相信，我听见一颗子弹在我的耳边呼啸而过，打在后面的墙上。有人尖叫起来，接着我只觉得耳朵一阵灼热的疼痛，跟着就听到了第二声枪响。"

"真是吓死人了。"邦纳小姐插话。

"接下来又发生了什么，布莱克洛克小姐？？"

"很难说——我因为疼痛和震惊而跌跌撞撞。那个影子转过身，似乎绊了一下，接着又响起了一声枪声，他的手电筒熄灭了，然后大家开始相互推搡喊叫，都挤撞到一处。"

"当时您站在哪儿，布莱克洛克小姐？"

"她在桌旁。她的手里还拿着那瓶紫罗兰。"邦纳小姐气喘吁吁地说道。

"我就在这儿，"布莱克洛克小姐走到拱廊边的那张小桌子前，"手里还拿着烟盒。"

科拉多克警督察看她身后的那面墙，两个弹孔显而易见。子弹已被取出，送去与左轮手枪比较。

"您险些送命，布莱克洛克小姐。"他平静地说。

"他就是朝她开的枪，"邦纳小姐说，"有意冲着她来的！我看见他了。那支手电冲着大家挨个儿照，直到找到她，跟着就向她瞄准，射击。他想杀的是你，莱蒂。"

"多拉，亲爱的，你又开始瞎想了。"

"他朝你开枪呢，"多拉执拗地重复道，"他想杀了你，可没打着，他就朝自己开了枪。我肯定就是这么一回事！"

"我绝不认为他是打算开枪射自己的，"布莱克洛克小姐说，"他不是那种会开枪自杀的人。"

"请您告诉我，布莱克洛克小姐，直到开枪之前，您一直认为这一切只是个玩笑？"

"那是自然，我还能往什么别的地方想？"

"您认为是谁策划了这个玩笑？"

"你开始认为是帕特里克干的。"多拉·邦纳提醒她。

"帕特里克？"警督尖锐地问道。

"帕特里克·西蒙斯。"布莱克洛克小姐被自己的朋友惹恼了，接着厉声说道，"我看到那则启事时的确想过，这可能是他企图玩点儿幽默，但他断然否认。"

"可你很担心，莱蒂，"邦纳小姐说，"你是很担心，尽管你假装不是那么回事。而且你的担心也是对的。报纸上说谋杀启事——实际上是宣布了……对你的谋杀！要是那人没有失手的话，你就被杀了。那我们该怎么办？"

多拉说话时全身一直在颤抖。她皱着脸，仿佛就要失声痛哭一般。

布莱克洛克小姐拍拍她的肩膀。

"没事了，多拉亲爱的——别激动，这对你很不好。一切都好好的。我们是有过糟糕的经历，可它过去了。"她又接着说，"就是看在我的分儿上，多拉，你也得振作起来。维持这个家，你知道的，我就靠你了。洗衣房的人是不是该今天来？"

"哦，我的天，莱蒂，多亏你提醒我！我想知道他们是不是会归还那个丢失的枕头套。我必须在本子上把这个记下来。我这就去处理。"

"把这些紫罗兰也拿走,"布莱克洛克小姐说,"我最恨的就是枯死的花。"

"真可惜。我昨天才摘的。它们没挺多久——哎呀,真是的,我一定是忘了往瓶里加水。真不敢想象!我总是忘这忘那的。现在我必须去洗衣房看看,他们随时都可能到。"

她又露出了一副高兴的神情,慌忙走了出去。

"她的意志不是很坚强,"布莱克洛克小姐说道,"激动对她不好。您还有什么需要了解的吗,警督?"

"我只是想准确了解您家里一共有多少人,还有他们的一些情况。"

"好的,除了我和多拉,现在这里还住着年轻的表弟和表妹两人,帕特里克和朱莉娅·西蒙斯。"

"表弟表妹?不是外甥和外甥女?"

"不是。虽然他们叫我姨妈,但实际上是远房表亲。他们的母亲是我的表二姨。"

"他们一直住在您这里?"

"哦,不是的,只是最近两个月。战前他们住在法国南部。帕特里克之前在海军服役,而朱莉娅在兰迪德诺,是在一个政府部门工作。战争结束后,她母亲写信来问我,他们是否可以作为付费的客人到我这里来——朱莉娅在米尔切斯特总医院接受药剂师培训，帕特里克正在米尔切斯特大学攻读一个工程学位。米尔切斯特，您知道，乘公共汽车到这里只有五十英里，所以我很高兴让他们来这里。这幢房子对我来说太大了。他们付一小笔食宿费，一切都很好。"她微笑着加了一句，"我喜欢身边有年轻人。"

"然后，据我所知，还有一位海默斯太太？"

"是的。她在达雅斯宅邸——就是卢卡斯太太家——做园丁的帮手。那里的小木屋被一对老园丁夫妇占了，于是卢卡斯太太问我是否能给她安排个住处。她是个很不错的姑娘，丈夫在意大利阵亡了。她有个八岁的男孩，在预备学校上学，假期我也安排他来这里住住。"

"她也帮着做家务？"

"临时园丁，周二和周五来。村里的一个哈金斯太太每周来五个上午。另外有一个姓名难以发音的外国难民在我这儿做厨娘之类的工作。恐怕您会发现米兹相当难相处，她有种被害妄想症。"

科拉多克点点头。他的脑子里想到了莱格警长的另一句无关紧要的评价。在将多拉·邦纳评为"低能"，将莱蒂希亚·布莱克洛克评为"正常"之后，此人又给米兹的评语加上了一个词："骗子。"

布莱克洛克小姐仿佛看穿了他的心思一样说道："请别因为那可怜的人儿说谎就对她抱有太大的偏见。我的确相信在她的谎言背后，正如许多骗子一样，也有一部分真话。我的意思是，比方说，尽管她讲的暴行的故事愈发骇人听闻，以至于印刷品中出现的每一个不愉快的报道都发生在了她家人的身上，但是，她原来确实受过很大的刺激，确实也至少看到一个亲人被杀害。我认为不少这样背井离乡的人都感到——也许这是理所当然的——他们有权赢得我们的注意和同情。他们都遭受过暴行，所以才会夸大其词、凭空捏造。

"但坦率地说，米兹是个疯疯癫癫的人。"她又补充道，"她惹我们大家生气，疑心重，成天绷着脸，永远'百感交集'，认为自己受到了侮辱。然而尽管如此，我还是衷心为她感到难过。"她微笑起来。"再说，只要她愿意，就能烧一手好菜。"

"我将尽量不惹她生气。"科拉多克圆滑地回答，"为我开门的就是朱莉娅·西蒙斯小姐？"

"是的。您想现在就见她吗？帕特里克外出了。您会在达雅斯宅邸找到正在干活儿的菲莉帕·海默斯。"

"谢谢您，布莱克洛克小姐。如果可以的话，我想见见西蒙斯小姐。"

第六章　三份证词

1

朱莉娅走进屋，在莱蒂希亚·布莱克洛克刚才坐的椅子上坐下。整个过程中，她泰然自若，这不知怎么让科拉多克有些恼火。她用平静的目光注视着他，等待他提问。

布莱克洛克小姐很贴心地离开了客厅。

"请跟我谈谈昨晚，西蒙斯小姐。"

"昨晚？"朱莉娅明显地一怔，喃喃道，"哦，我们都睡得很熟。我想是应激反应吧。"

"我是指从晚上六点开始。"

"啊，我明白了。唔，来了不少无聊的人——"

"他们是？"

她朝他投去平静的一瞥。"这一切你不是都知道了吗？"

"我在提问题，西蒙斯小姐。"科拉多克和颜悦色地说。

"抱歉。我一向觉得待人接物很乏味。显然，您不……唔，有伊斯特布鲁克上校和太太、欣奇克利夫小姐和穆加

70

特罗伊德小姐、斯韦特纳姆太太和埃德蒙·斯韦特纳姆，还有哈蒙太太——牧师的妻子。他们是按先后顺序到的。如果您想知道他们都说了些什么——他们全都轮流说：'我看你们开着中央取暖器'和'多可爱的菊花啊！'"

科拉多克咬住嘴唇。她模仿得倒是挺像。

"只有哈蒙太太例外，她有些没心没肺。她进来时帽子歪到一边，鞋带也没系，直接就问谋杀几时开始。这话把所有人都弄得很尴尬，因为他们都假装是偶然顺道来的。莱蒂姨妈用不冷不热的口气说应该很快就开始。后来那个钟敲响了，就在钟声结束之际，灯灭了，门被猛地推开，一个戴着面具的影子说'所有人，举起手来'之类的话。跟烂片里的情节一模一样，真的相当荒唐。再后来他朝莱蒂姨妈开了两枪，突然一切就不再荒谬了。"

"这一切发生时每个人都在哪儿？"

"灯灭的时候？这个嘛，只是到处站着或坐着，您能想象得出。哈蒙太太坐在沙发上——欣奇，就是欣奇克利夫小姐，像个男人似的站在壁炉前。"

"你们都在这间屋子里吗？还是远一点儿的那间？"

"我认为大多数是在这一间。帕特里克到另一间屋去取雪利酒了。我想伊斯特布鲁克上校是跟他一起去的，但不是很肯定。我们大家，呃——就像我说的，只是四处站着。"

"您在哪儿？"

"我想是靠窗站着。莱蒂姨妈去取香烟了。"

"从拱廊边的那张桌上？"

"对——然后灯灭了，烂片开始上映。"

"那个男人拿着带强光的手电筒，他用手电筒干了什么？"

"他照着我们。真是令人头晕目眩，简直让你的眼睛眨个不停。"

"我要您非常仔细地回答这个问题，西蒙斯小姐，他手里的电筒是不动的呢，还是晃动的？"

朱莉娅考虑起来，她的举止明显不如刚才那么令人讨厌了。

"是晃动着的，"她缓缓说道，"就像舞厅的聚光灯那样。它直照着我的眼睛，然后在屋里移动，后来枪响了。两枪。"

"再后来呢？"

"他转了个身——接着，米兹在什么地方开始像拉响的警报似的尖叫起来。他的手电熄灭了，跟着响起第三枪。然后门慢慢地关上了，您知道，还发出哀怨的声音，听上去怪可怕的。我们大家都陷入了黑暗，不知道该怎么办，可怜的邦妮叫得像只兔子似的，米兹则在走廊的那一头拼命号叫。"

"您觉得那个男人是故意朝自己开枪，还是被绊了一跤，左轮手枪意外走火了？"

"我一点儿也不知道。一切都那样戏剧化。实际上，当时我一直以为是开玩笑——直到我看见莱蒂耳朵上的血。可即便是为了弄得逼真一点而开枪，也得小心往离头上远一点的地方打，是不是？"

"的确如此。您认为他能看清自己是朝谁开枪吗，我的意思是，布莱克洛克小姐是否被手电光照得很清楚？"

"不知道。我当时没看她。我在看那个男人。"

"我想说的是，您认为那个男人是故意向她射击——我的意思是，专门朝她的方向？"

这个想法令朱莉娅似乎有些诧异。"您是说，有意挑莱蒂姨妈？哦，我不这么想……毕竟，他要是想暗地里伤害莱蒂姨妈，合适的机会有的是。也没有理由把所有的朋友和邻居都召集到一处来增加下手的难度啊！他可以在一周之中的任何一天，按照爱尔兰古老而有效的方式躲在篱笆后面朝她背后开枪，然后逃之夭夭。"

而这——科拉多克想，对多拉·邦纳关于凶手是故意袭击莱蒂希亚·布莱克洛克的暗示做出了针锋相对的回答。

他叹了口气，说道："谢谢您，西蒙斯小姐。我最好现在去见米兹。"

"当心她的指甲，"朱莉娅警告说，"她是个鞑靼人！"

2

在弗莱彻的陪同下，科拉多克在厨房找到了米兹。她正在擀面，见他走进屋，便抬起头来，怀疑地看着他。

她乌黑的头发悬在眼睛上方，神色阴郁，身上穿的紫套衫和翠绿的裙子与其苍白的面容形成鲜明对比。

"你们来我的厨房干什么，警察先生？你们是警察，对吧？总是，总是有迫害——啊！对这个我现在应该习以为常了。他们说在英格兰这里是不一样的，但是错啦，都一个样。你们是来折磨我的，对，来逼我开口的，可我什么也不会说。你们会拔掉我的指甲，用火柴烧我的皮肤——哦，对，比这个更糟。可我不会说，你们听见了吗？我不会说——什么也不会说。你们会把我送到集中营，可我不会在乎的。"

科拉多克一面沉思着看着她，一面想该采取哪一种方式出击最好。

最后，他叹息道："好吧，那么，拿上你的帽子和外衣。"

"你说什么？"米兹面露惊骇之色。

"拿上帽子和外衣跟我走。我没带拔指甲的工具和其他整人的玩意儿，都放在局里了。手铐带了吗，弗莱彻？"

"长官！"弗莱彻警长钦佩地应和道。

"可我不想去！"米兹尖声号叫，边叫边往后闪。

"那你就得像个文明人一样回答我们客气的问话。如果你愿意的话，可以叫一个律师在场。"

"律师？我不喜欢律师。我不要律师。"

她放下擀面杖，用一块布擦了擦手，坐了下来。

"你想知道什么？"她绷着脸问道。

"我要你叙述一下昨晚在这里发生的事。"

"你很清楚发生了什么。"

"我要听听你的说法。"

"我原本打算离开。她跟你说了吗？我在报纸上看到关于谋杀的那个启事时，我想走掉。她不让我走。她可真狠心——一点儿没有同情心。她让我留下。可我知道——我知道会出事。我知道我肯定要被杀掉。"

"唔，不过你并没有被谋杀，对吧？"

"算是吧。"米兹勉强承认。

"说吧，告诉我发生了什么。"

"我很紧张。啊，我很紧张，整晚都很紧张。我听见有响动，有人走动的声音。我曾觉得厅里有人在悄悄走动——但那只是海默斯太太从侧门穿过走廊。这样就不会弄脏前门的台阶，这是她说的。她可小心着呢！她本人就是个纳粹分子，那副金发碧眼的模样，那么不可一世，看她瞧我的那副神气，准认为我——我只是一堆垃圾——"

"别管海默斯太太。"

"她以为她是谁？她跟我一样受过昂贵的大学教育吗？

75

她得过经济学学位吗？没有，她只是靠体力吃饭的。她挖土割草，每周六还领那么多工钱。她以为她是谁，居然管自己叫淑女？"

"我说过了，别管海默斯太太。接着说。"

"我把雪利酒、酒杯和精心制作的小点心送到客厅。然后门铃响了，我就去应门。我开了一次又一次，这是有失身份的事，可我做了。然后我到餐具室去擦银器，我觉得这样方便，因为要是有人来杀我，我手边就有一把大砍刀，可锋利着呢。"

"你真有远见。"

"后来，突然——我听到枪声。我想：'终于来了——开始了。'我跑过餐厅。另一道门打不开。我停下来听了一会儿，又响了一枪，什么东西重重摔在地上，发出"砰"的一声，就在走廊那边。我转动门把，可门从外面锁住了。我被锁在里面，就跟掉进陷阱的老鼠似的。我害怕得发疯，我大喊大叫，我捶打房门。终于——终于——他们转动钥匙，放我出来。然后我去拿蜡烛——很多蜡烛——再后来灯亮了，我看见了血——血！啊，上帝啊，人血！这可不是我头一回看见血。我以前见过。我的小弟弟——我亲眼看见他在我面前被杀害——我见过街上的血——人们中弹身亡——我——"

"是的，"科拉多克警督道，"非常感谢你。"

"现在，"米兹悲壮凄绝地发话了，"你可以把我抓起来送进牢房了！"

"来日方长。"科拉多克警督说。

3

科拉多克和弗莱彻穿过走廊，走到前门时，前门被推开，一个英俊的小伙子差一点与他们撞了个满怀。

"看着点儿。"年轻人叫道。

"帕特里克·西蒙斯先生？"

"正是鄙人，警督。您是警督，对吧，而另一位是警长？"

"完全正确，西蒙斯先生。我能跟您谈谈吗？"

"我是无辜的，警督。我发誓我是无辜的。"

"得了吧，西蒙斯先生，别装傻。我还要见很多人，而且我不想浪费时间。这个房间是干什么的？我们能进去吗？"

"这是所谓的书房——可没人看书。"

"据说您在上学？"科拉多克道。

"我发现自己没法集中精神研习数学，所以我就回来了。"

科拉多克公事公办地问了全名、年龄及对方在战时服役的细节。

"现在，西蒙斯先生，您能描述一下昨晚发生的事情吗？"

"我们设宴款待大家。就是说，米兹动手做了美味可口的糕点，莱蒂姨妈新开了一瓶雪利酒——"

科拉多克打断了他：

"一瓶新酒？另外还有一瓶喝过的？"

"对，半满的。可莱蒂姨妈好像不喜欢。"

"当时她紧张吗？"

"啊，不算是，她相当洞察先机啊。我觉得，倒是老邦妮弄得她很紧张——成天都在预言灾难。"

"这么说，邦纳小姐忧心忡忡？"

"啊，是的，她煞有介事的。"

"她把那则启事当真了吗？"

"简直吓得她魂不附体。"

"布莱克洛克小姐第一次看到启事时，似乎认为这跟你有关。这是怎么回事？"

"当然了，这里发生什么都能怪到我头上！"

"您确实与此事无关吧，西蒙斯先生？"

"我？没有的事。"

"您是否见过鲁迪·谢尔兹，或和他说过话？"

"我这辈子从未与他谋面。"

"但这是您会开的那种玩笑？"

"谁跟您这样说的？就因为有一次我把苹果馅饼弄到邦妮的床上，又有一次给米兹寄了一张明信片说盖世太保正在抓捕她的路上——"

"别扯其他事，就跟我说说您对昨天那件事的看法。"

"我刚走进小客厅拿酒，说时迟那时快，灯就全灭了。我转过身去，门口站着一个家伙，说'举起手来'，然后大家开始喘息、惊叫。我正在想——我能朝他突然袭击吗？他就开了枪，然后他跌倒在地上，手电也熄灭了，我们又陷入了黑暗。紧接着，伊斯特布鲁克上校用他在军营说话的嗓门儿下命令。'来点儿光亮。'他说。您问我的打火机能点燃吗？不，打不着，那些该死的新发明都这个样子。"

"您觉得这个闯入者肯定是向布莱克洛克小姐瞄准的？"

"哎，我怎么知道？我应该说他拿出左轮手枪只是为了好玩——然后，也许玩过了头。"

"然后就朝自己开枪了？"

"可能吧。看见他那张脸时，我发现他看上去脸色苍白，像是那种容易惊慌失措的小偷。"

"您确信以前从未见过他？"

"从没见过。"

"谢谢您，西蒙斯先生。我要与昨晚在场的其他人都面谈一下。从谁开始最好？"

"这个嘛，我们的菲莉帕——海默斯太太在达雅斯宅邸干活儿。那座宅邸的大门与我家的几乎正对着。除此之外，斯韦特纳姆一家最近。谁都会给您指路的。"

第七章 到场诸君

1

达雅斯宅邸在战争的岁月里想必饱经风霜。麦斜草在曾经栽种芦笋的园圃呈现出里欣欣向荣的景象，仅剩几株芦笋在风中摇曳，权作往日遗证。千里光、田旋花和其他对园艺有害的作物则生机盎然，苗壮成长。

一看便知，一部分菜园子曾被变为军训用地。在这里，科拉多克发现一位愁眉不展的老头儿正心事重重地倚着一把铲子。

"你想找海默斯太太？我说不准你能在哪儿找到她。她对自己要做的事可有主意了，谁的意见都不听。我可以手把手教她——只要她愿意——可有什么用呢？这些年轻的女士就是不听！她们以为自己穿上了裤子、坐上拖拉机在田里兜一圈，就无所不知啦！可这里需要的是侍弄园子。这可不是一天就能学会的。园艺，这才是这里需要的。"

"看来好像的确如此。"科拉多克说。

老头儿把这话当成了一种诋毁。

"好好瞧瞧，先生，你以为我对这么大块地能有什么办法？三个大男人加一个小子，那是以前。现在也需要这个数。可没有多少男人能像我这么干活儿。有时候我得干到晚上八点。八点呢。"

"晚上干活儿你靠什么照亮？一盏油灯？"

"我指的自然不是一年当中的这个时候。当然啦，我说的是夏天的晚上。"

"哦，"科拉多克应声道，"我还是去找海默斯太太吧。"

这个乡下人表现出了某种兴趣。

"你找她干啥？你是警察，对吧？她有麻烦啦？要不是就跟小围场有关系？蒙面人闯进去，挥着左轮手枪扣下了一屋子人。这种事战前可没发生过。逃兵，错不了的。亡命徒在乡下游来荡去。军队干啥不把他们都抓起来啊？"

"我不知道，"科拉多克说，"这次打劫引出不少议论吧？"

"那当然。到底为啥会出这档子事啊？奈德·巴克是这么说的：因为大家电影看得太多了。可汤姆·利莱说是因为咱们让那帮外国佬四处乱窜。绝对错不了，他说，给布莱克洛克小姐烧饭的那姑娘脾气糟透啦——这事肯定有她的份儿，他说。她是共产党，要不就是更糟的什么玩意儿，他说，可我们这儿不喜欢这种玩意儿。还有玛丽安，就是酒馆的那位，你知道的，她的说法是，布莱克洛克小姐家肯定有贵重的玩意儿。'你可想不到呢，'她说，'因为我肯定布莱克洛克小姐走到哪儿都打眼着呢，只可惜她戴的那大串珍珠是假的。'可后来她又说了——也没准是真家伙呢。不过弗洛莉，就是老贝拉米的闺女说：'胡扯，没有的事——那是装饰珠宝。'装饰珠宝——弄一串假珍珠来套上，那倒是个好法子。乡里的老爷们原来管这叫罗马珍珠，又叫巴黎钻石——我老婆当过一个夫人的侍女，这个我晓得。可那有什么意思？都是些玻璃！我估摸那个年轻的西蒙斯小姐戴的是'装饰珠宝'——金的常青藤叶，还有狗什么的。眼下你见不到多少真金——现如今，连结婚戒指他们也用灰不溜秋的铅打的玩意儿。我管它叫破烂货，只值泥巴的钱。"

老阿什停下来喘口气，又接着说道：

"'布莱克洛克小姐家里没放几个钱，这我知道。'吉姆·哈金斯说。说到这个，就数他清楚，因为他老婆常去小围场干活儿，那个女人最清楚那里的事。你要再问我其他的，就没什么说的了。"

"他说没说哈金斯太太怎么看这件事？"

"说米兹在这事里掺了一脚，这是她说的。米兹的脾气挺吓人，还有她那神气劲儿！有一天早上还当她面管她叫女工。"

科拉多克站了片刻，在脑内反复核查，把老园丁说的这一席话理出个头绪，抓住其实质。他对奇平克莱格霍恩村民的看法有了清晰的总体认识，但也觉得对案情没有什么帮助。他转身走开，老人在他身后很不情愿地喊道："你可能会在苹果园里找到她。她那么年轻，比我更适合干摘果子的活儿。"

而科拉多克也正是在果园里找到了菲莉帕·海默斯。警督一眼看到一双漂亮的腿沿着树干上轻巧地攀下，紧接着是臀部。然后，菲莉帕就顶着一头被树枝缭乱的秀发，脸颊红扑扑地站在那里，朝他投来惊讶的目光。

"好一个罗斯兰①。"科拉多克自然而然地想到。他是个莎士比亚迷，曾在为警察孤儿院演出的《皆大欢喜》一剧中极其成功地扮演了忧郁的贾奎斯。

片刻之后，他便修正了自己的看法。菲莉帕·海默斯过于木讷，其天生丽质和被动的性格具有强烈的英国风格，不过是二十世纪的英国，而非十六世纪的。她教养颇佳、感情内敛、缺少俏皮的火花。

"早上好，海默斯太太。很抱歉惊吓到您。我是米德尔郡警察局的科拉多克警督。我想同您谈谈。"

"谈昨晚的事？"

"是的。"

"要谈很久吗？能不能——"

她心怀疑虑地四处张望。

---

① 莎士比亚戏剧《皆大欢喜》中的女主角。

科拉多克指了指一棵倒下的树干。

"不用很正式，"他和颜悦色地说道，"但我将尽量不占用您太多时间。"

"谢谢。"

"只是录个口供。昨晚您干完活儿之后是什么时候进屋的？"

"大概是下午五点半。我为了给温室浇水，比平时多待了二十分钟。"

"您是从哪扇门进去的？"

"侧门，与车道之间隔着鸡窝和鸭棚。这省得我绕圈子，也不会把正面的游廊弄上尘土。有时候我会一身脏兮兮的。"

"您一直是那样进屋的？"

"没错。"

"门是开着的？"

"是的。夏天里它总是敞开着，现在这个时节就关上了，不过没有上锁。我们总是这么进进出出的，我进屋之后，就把门锁上了。"

"您一直都是这么做的？"

"上周整整一星期我都是这么干的。您知道，六点天就黑了。布莱克洛克小姐有时会出去把鸡鸭都赶进窝关上，但她经常走厨房的门。"

"您确定自己昨晚那次是把侧门锁上了吗？"

"我很确定。"

"很好，海默斯太太。那进屋之后您都做了些什么？"

"我蹬掉沾满泥巴的鞋子，上楼洗澡换衣服。然后我又下了楼，发现似乎要有个聚会。到了那时候，我才知道了那则奇怪的启事。"

"接下来，请您准确地描述一下打劫的时候发生了什么。"

"唔，灯突然都熄了。"

"您那时候在哪儿呢？"

"我在壁炉台边上。当时我在找自己的打火机，我记得应该是放在那儿了。灯熄之后每个人都开始咯咯地笑。然后门被猛地一推，一个男人朝我们照着手电筒，挥着左轮手枪叫我们都举起手来。"

"而您就这么做了？"

"哎，我其实没有。我觉得这就是个玩笑，我当时很累了，觉得自己没必要真的举起手来。"

"其实您觉得整件事都挺无聊的吧？"

"没错，我觉得太没意思了。但之后手枪就开火了。那声音震耳欲聋，我可着实被吓坏了。手电光四处乱晃，然后掉到地上熄灭了。紧接着，米兹开始尖叫，听起来像杀猪似的。"

"您觉得那支手电筒的光很晃眼吗？"

"不，也不算是，虽然光线很强。它先是照了邦纳小姐一会儿，她看上去活像个芜菁灯①。你知道，一脸煞白，张大了嘴巴，眼珠都快瞪出眼眶了。"

"那个人把手电移开了？"

"哦，是的，他满屋子乱照。"

"就好像他是在找什么人似的？"

"我觉得倒也不像。"

"然后呢，海默斯太太？"

菲莉帕·海默斯蹙着眉。

"哦，乱哄哄的一团糟。埃德蒙·斯韦特纳姆和帕特里克·西蒙斯点着了打火机，两个人走到走廊里去，我们跟在后面。有人打开了餐厅的门——那里的保险丝没断，灯还亮着——埃德蒙·斯韦特纳姆狠狠打了米兹一耳光，止住她的尖叫。之后，情势就没那么糟了。"

"您看见尸体了？"

"是的。"

"认识吗？以前见过他没有？"

"从来没有。"

"您认为他的死是偶然的呢还是故意自杀？"

"这我就一点儿也不知道了。"

"他以前来宅邸时您没见过他？"

"没有。我相信他一定是上午来的，那时候我应该不

---

① 即万圣节南瓜灯的前身，用芜菁雕刻而成，用以代表被诅咒的游魂。

在。白天我都不在家。"

"谢谢，海默斯太太。还有一件事，您有没有贵重的珠宝？戒指、手镯之类的？"

菲莉帕摇摇头。

"我的订婚戒指——一两个别针。"

"另外，据您所知，宅邸里有没有什么特别贵重的东西？"

"没有。我的意思是有一些相当不错的银器，但并没有什么特别不一般的。"

"谢谢您，海默斯太太。"

2

科拉多克沿原路返回，在菜园里，他与一位身材修长、脸颊红润、穿着紧身胸衣的女士撞了个面对面。

"早啊，"她气势汹汹地发话了，"你来这儿干吗？"

"卢卡斯太太？我是科拉多克警督。"

"哦，原来是这样。请您原谅。我不喜欢陌生人闯到园子里来浪费园丁的时间。但我很清楚您这是在执行公务。"

"的确如此。"

"我能否问问，昨晚发生在布莱克洛克小姐家的那种暴行还会再次上演吗？是黑帮干的吗？"

"令我们感到庆幸的是，卢卡斯太太，那并非黑帮所为。"

"如今抢劫的事这么多，警察们松懈了。"科拉多克没有搭腔。"我猜想您刚才是在跟菲莉帕·海默斯谈话？"

"我需要她作为目击者的陈述。"

"我想您没法等到下午一点再来问话吧？不管怎么说，占用她自己的时间而不是我的时间来询问她，这样更公平一点儿……"

"我急着要赶回总部。"

"现在这世道，没人能奢望别人的体谅，或者能本本分分地干一天活儿。上班迟到，等来了又磨蹭了半小时。十一点钟有茶点休息，十点就撂挑子了。只要下雨，就什么事都不干。想要叫她除草的时候，割草机老是出问题。离收工时间还差五到十分钟，人就没影了。"

"我听海默斯太太说，她昨天不是准点离开的，而是一直工作到五点二十。"

"哦，她肯定这么说啦。只要拿到应得的报酬，海默斯太太对工作还是挺热心的，虽然有几天我出来时哪儿都找不着她。她生来是个大家闺秀，这是当然的，谁都觉得有责任为这些可怜的人们尽点儿力。因为战争，她们年纪轻轻就守了寡。并不是说这样做就不麻烦。学校放的那些长假以及为此所做的安排，就意味着她能得到额外的工休。我跟她讲过，现如今的夏令营可真是棒得很，可以把孩子送去，让他们痛痛快快玩一玩，他们会觉得这可比跟着父母闲晃好玩多了。暑假里他们实际上用不着跑回家来。"

"可海默斯太太对这个建议并不领情？"

"那姑娘跟驴一样倔。就一年前的事，我让人把网球场的草割了，然后每天把场地的线画清楚。可老阿什把线画得歪歪扭扭的。就没有人考虑考虑我是否方便！"

"我猜想海默斯太太的工钱比一般人要低？"

"那自然。除此之外，她还指望什么？"

"我确信她别无所求，"科拉多克道，"祝您有个愉快的早晨，卢卡斯太太。"

3

"太可怕了。"斯韦特纳姆太太喜形于色地说道。

"相当——相当——可怕。我的意思是说，《消息报》编辑部在接受广告的时候应该更加小心才是。看见那则启事的时候我就觉得非常蹊跷。当时我就是这样说的，对吧，埃德蒙？"

"您还记得灯灭的时候自己在做什么吗，斯韦特纳姆太太？"警督问道。

"这可真容易让我回想起自己的老奶妈啊！光明失去的时候摩西在哪里？答案当然是'在黑暗里'。昨天晚上我们就是那样，所有的人都站在那儿，想知道会发生什么。然后，您知道，当一切陷入一片漆黑时的那种令人毛骨悚然的感觉。接着，门打开了——门口只有一个朦胧的人影站在那儿，一把左轮手枪，一束照得你什么也看不见的光线，还有一个威胁的声音说：'要钱还是要命！'

"啊，我可从来没那么开心过。然后，大约一分钟之后，那感觉可怕极了，货真价实的子弹，就那样从我们的耳边呼啸而过！那一定就像战时的突击队冲锋一样。"

"当时您站或坐在什么地方，斯韦特纳姆太太？"

"让我想想，我在——我当时在跟谁说话来着，埃德蒙？"

"我一点儿也不知道，妈妈。"

"我是在问欣奇克利夫小姐冷天里给鸡喂鱼肝油的事吧？还是跟哈蒙太太——不，她那会儿才到。我想我是在跟伊斯特布鲁克上校讲，我认为在英格兰建原子弹研究站实在是非常危险的。应该把它建在某个荒岛上，以免辐射泄漏。"

"您不记得是站着还是坐着了？"

"这很重要吗，警督？我在窗边，要不就在壁炉附近，因为钟声敲响的时候我就在钟的附近。那么令人激动的时刻！等着看会不会有什么事情发生。"

"您描述说手电光刺得您什么也看不见。那手电光是完全冲着您照射的吗？"

"就直直射着我的眼睛。我什么都看不见。"

"那个男人是握着手电不动呢，还是挨个儿地照人？"

"哦，我不是太清楚。他是怎么干的，埃德蒙？"

"手电光慢慢地挨个儿照我们，似乎是想看看我们都在干什么，我猜想，是怕我们企图朝他冲过去吧。"

"那您当时的确切位置又在哪儿，斯韦特纳姆先生？"

"我一直在同朱莉娅·西蒙斯说话。我们俩都站在屋子中央——是狭长的那一间。"

"每个人都在那间屋子里吗？客厅尽头的那间有没有人？"

"菲莉帕·海默斯是从那儿进来的。她在远处的那座壁炉边。我想她是在找什么东西。"

"您认为第三次开枪是自杀还是一个意外事故？"

"这我就毫无头绪了。那人似乎突然转过身子，然后绊了一下摔倒在地上——但一切都很混乱。您得知道实际上什么也不可能看见。然后那个难民姑娘开始在远处叫唤。"

"我知道是您打开饭厅的门锁放她出来的？"

"没错。"

"门肯定是从外面锁上的吗？"

埃德蒙好奇地望着他。

"当然的。怎么啦，您不会设想——"

"我只是想把事实弄清楚。谢谢您，斯韦特纳姆先生。"

4

科拉多克警督被迫在伊斯特布鲁克上校及夫人这里耗了很久。他不得不耐着性子对关于本案心理学方面的长篇大论洗耳恭听。

"心理学手段——这是当今唯一重要的事。"上校告诉他，"您得了解罪犯。对于一个经验远比我丰富的人来讲，这里的整个陷阱昭然若揭。这家伙为什么要登启事？心理原因。他想宣传自己——让所有人都注意到他。他一直都被忽视，可能饭店里的雇员因为他是外国人而看不起他，可能曾有个姑娘拒绝了他。现如今电影里的偶像都是什么人——黑帮——硬汉？好极了，那他就做个硬汉。暴力抢劫。面具？左轮手枪？可他还需要观众——必须得有观众。于是他就安排观众。然后，高潮到来的时刻，他扮演的角色失控了——他不仅是个窃贼，还成了个杀人犯。他开枪——毫无目的——"

科拉多克抓紧截住这个字眼。"您说'毫无目的'，伊斯特布鲁克上校。这么说，您认为他不是蓄意朝某个特定对象——比如说朝布莱克洛克小姐开枪的了？"

"不，不是。他只是手滑了，像我说的那样，毫无目的。就是这一点让他走上了绝路。子弹打中人了——其实只是擦过去的，但他当时不知道啊。他一下子如梦初醒。所有这些——这些他沉醉的把戏——都成了真。他开枪打了人——可能还杀了某个人……这些把他逼到了崩溃的边缘。于是，在盲目的惊慌之中，他将左轮手枪枪口转向了自己。"

伊斯特布鲁克上校顿了顿，沾沾自喜地清清喉咙，接着得意扬扬地说："一清二楚，就这么回事，一清二楚。"

"真是精彩极了，"伊斯特布鲁克太太说道，"事情发生的前前后后你都了如指掌，阿奇。"

她的话音因为钦佩之情而饱含暖意。

科拉多克警督也认为这番解释很精彩，不过他并没有热情地赞许。

"开枪的时候，伊斯特布鲁克上校，您在屋子的什么位置？"

"我同我太太站在中间那张摆放着花的桌旁。"

"开枪的时候，我抓住了你的胳膊，不是吗，阿奇？我简直被吓死了，我只得抓住你。"

"可怜的小猫。"上校如此打趣道。

5

警督费了好大劲才在猪圈里找到欣奇克利夫小姐。

"猪是不错的畜生，"欣奇克利夫小姐说，一面搔着粉红起皱的猪背，"它长得不错吧？到圣诞节就会变成上好的培根啦。对了，您来找我干吗？我跟您的人说了，我压根儿就不知道昨晚那人是谁。从来没看见他在这附近闲逛或溜达。我们的莫普太太说他是从梅登厄姆的一家大饭店来的。他要是愿意，干吗不在那里拦路抢劫？还能捞得更多。"

这倒是不容否认的——科拉多克开始了询问。

"事故发生时您确切在哪儿？"

"事故！这可让我想起空袭的日子了。我可以告诉您，那时候我倒是见过不少事故。开枪的时候我在哪儿？您就想知道这个？"

"对。"

"正靠着壁炉台，向上帝祈祷谁马上给我一杯酒喝。"欣奇克利夫小姐不假思索地回答。

"您认为子弹是胡乱射的，还是有意朝什么人射的？"

"您是说朝莱蒂·布莱克洛克射？见鬼，我怎么知道？这一切发生以后实在很难理出当时的印象，或者明白真正发生了什么。我只知道所有的灯都灭了，手电冲着我们晃来晃去，弄得我们花了眼。后来有人开了枪，那会儿我就在想：'要是那个可恶的毛头小子帕特里克·西蒙斯用装了子弹的左轮手枪开玩笑的话，肯定有人要受伤的。'"

"您当时认为是帕特里克·西蒙斯干的？"

"呃，似乎有这可能。埃德蒙·斯韦特纳姆有理智，又写书，不屑于玩恶作剧。老伊斯特布鲁克上校不会觉得这种事好玩儿。可帕特里克是个野孩子。不过，我得为这个想法向他道歉。"

"您的朋友也认为可能是帕特里克吗？"

"穆加特罗伊德？您最好自己问她吧。并不是说您能从她那儿问清楚什么事。她就在果园里。您要是愿意，我这就叫她过来。"

欣奇克利夫小姐扯起洪亮的嗓子，奋力吆喝道："哎——叫你呢，穆加特罗伊德……"

"来啦……"一声细小的回应飘了过来。

"快来——是警察。"欣奇克利夫小姐大声催促。

穆加特罗伊德小姐气喘吁吁地疾步跑来了。她原先提起的裙子此刻放下来，头发从过小的发网里滑出来。那张和善的圆脸容光焕发。

"是苏格兰场的人吗？"她上气不接下气地问道，"我不知道呀，不然我就不会离开家啦。"

"我们还没有通知苏格兰场，穆加特罗伊德小姐。我是从米德尔郡来的警督。"

"哦，我相信这样很好，"穆加特罗伊德小姐含糊地说，"您找到什么线索了吗？"

"案发的时候你在哪儿，这才是他想知道的，穆加特罗伊德。"欣奇克利夫小姐说，并朝科拉多克眨眨眼。

"哦，我的天哪，"穆加特罗伊德小姐气喘吁吁地说，"当然，我本该有所准备的。不在场证据，当然啦。现在让我想想……我就跟大伙儿在一起。"

"你没跟我在一块儿。"欣奇克利夫小姐说。

"哦,我的天,欣奇,是吗?对,当然没有,我一直在赏菊花。非常可怜的物种,真的。然后一切发生了——只是我当时不是很清楚它发生了——我的意思是,我不知道会发生那样的事儿呀。我压根儿也没想到那把左轮手枪会是真的——黑暗中一切都那么别扭,还有那恐怖的尖叫。当时我错得离谱,您知道。我以为她正遭人毒手——我是指那个难民姑娘。我以为她在走廊那边被割了喉。我不知道那是他——我的意思是,我甚至不知道还有个男人。当时只听到一个声音,您知道的,说'请把手举起来'。"

"'举起手来!'"欣奇克利夫小姐纠正道,"根本就没有'请'的意思。"

"在那姑娘开始尖叫之前,我实际上一直自得其乐,现在想起这个我就觉得可怕。光是陷入黑暗就够让人难受了,而且我觉得受了伤害,极度痛苦。您还想知道什么,警督?"

"没有了,"科拉多克警督若有所思地望了一眼穆加特罗伊德小姐,"我确实认为没有了。"

她的朋友短促而响亮地笑了一声。

"他可把你摸了个底儿透啊,穆加特罗伊德。"

"我相信,欣奇,"穆加特罗伊德小姐说,"知道的话,我是什么都愿意说的。"

"那可不是他想听的。"欣奇克利夫小姐道。

她看了看警督。"如果您是按住家位置找人询问的话，我想您接下来会去找牧师。您能从那儿了解到一些情况。哈蒙太太虽然看起来有些迷迷糊糊——可我偶尔也觉得她是很有头脑的。反正，她了解一些情况。"

她们望着警督和弗莱彻警长大步离开，艾米·穆加特罗伊德突然喘着气开口了："哦，欣奇，我做得很糟吗？我真的慌了神！"

"完全没有，"欣奇克利夫小姐微笑道，"总体而言，我得说你表现得很不错。"

6

科拉多克警督带着些许惬意，环视着这间破旧的大屋。这屋子隐约使他想起自己在坎伯兰的家。褪了色的印花棉布、破旧的大椅子、到处堆放的鲜花和书籍，篮子里的一只长毛垂耳狗。而哈蒙太太异常激动的神情、不修边幅的样子和急不可待的面容，使他产生了同情，亦感到似曾相识。

但是她立刻开门见山地说道："我对您没什么帮助。因为当时我闭上了眼睛。我讨厌被弄得头晕目眩。后来枪声响了，我把眼睛闭得更紧了。我当时真希望，哦，真希望那场谋杀是静悄悄的。我可不喜欢枪响。"

"所以您什么也没看见。"警督朝她微微一笑，"可您听见了吧？"

"啊，我的老天爷，是的，有不少可听的呢。开门和关门声，人们说着傻话、不停抽气，还有，老米兹尖叫得像个汽笛似的——而可怜的邦妮叫唤得像只掉进陷阱的野兔。大家你推我搡，摔成一团。不过等不再有砰砰的枪声的时候，我睁开了眼睛。那时别人都拿着蜡烛到了走廊。后来灯亮了，忽然一切又跟往常一样——我不是说真的就跟往常一模一样，可大伙儿又恢复了正常，不再是——被困在黑暗里的人了。处在黑暗中的人们大不一样，不是吗？"

"我想我明白您的意思，哈蒙太太。"

哈蒙太太冲他露出了微笑。

"他就在那儿，"她说，"一个贼头鼠脑的外国人——粉红的脸，模样很惊讶——躺在地上，死了——身边有一把左轮手枪。简直——哦，反正似乎没什么道理。"

警督也弄不明白其中的道理。整个事件令他感到了忧虑。

第八章　名探登场

1

科拉多克把用打字机打出来的所有询问记录摆到局长面前。后者刚看完瑞士警方发来的电报。

"原来他有前科，"赖德斯代尔说道，"嗯——不出所料。"

"是的，局长。"

"珠宝……嗯，不错……伪造证件入境……对啦……支票……地地道道的骗子。"

"是的，局长——在小事上。"

"确实。小恶最终酿成大祸。"

"我对此不敢苟同，局长。"

局长抬起头来。

"你在担忧吗，科拉多克？"

"是的，局长。"

"怎么啦？这是个十分清楚的案子，不是吗？咱们来看看你询问过的这些人都说了些什么。"

他将报告挪到自己眼前，飞快地看了一遍。

"常见的事——多处不一致和相互矛盾。不同的人对紧张时刻的叙述肯定不同。但总体画面看上去很清楚。"

"我知道，局长——可这画面不能令人满意。如果您明白我的意思——这不对劲。"

"唔，那咱们用事实说话。鲁迪·谢尔兹乘坐五点二十分的公共汽车离开梅登厄姆前往奇平克莱格霍恩，六点到达。有售票员和两位乘客作证。离开公共汽车站后，他往小围场的方向走。他没费什么劲——可能是从前门——就进入了那栋房子。他用左轮手枪扣下了里面的人，开了两枪，其中一枪使布莱克洛克小姐受了轻伤，然后第三枪打死了自己。到底是意外事故还是畏罪自杀，还没有足够的证据。他这样做的理由实在不能令人信服，这一点我同意。但这个'为什么'根本不是我们应该回答的问题。验尸官的结论是：可能是自杀——也可能是死于意外事故。无论结果如何，对我们来讲都是一个样。我们可以写结案报告了。"

"您的意思是，我们始终可以转而依靠伊斯特布鲁克上校的心理学论。"科拉多克沮丧地说。

赖德斯代尔笑了。

"毕竟，伊斯特布鲁克上校也许经验丰富。"他说，"我很讨厌如今人们无论谈什么，嘴边都挂着心理学术语——不过我们也实在不能排除这一因素。"

"我仍然觉得整个事件完全不对，局长。"

"有理由相信在奇平克莱格霍恩村上演的这场戏里，有谁对你说谎了吗？"

科拉多克迟疑起来。

"我认为那个外国姑娘知道的比说出来的多。但这也可能是我的偏见。"

"你认为她可能与这家伙共谋？放他进去？怂恿他作案？"

"差不多是这个意思。我觉得她很有可能。可这肯定意味着那幢房子里真有贵重的物品，钱或者是珠宝什么的。但似乎又不是这么回事。布莱克洛克小姐断然否认有贵重物品，其他人也一样。这只能让我们假定房子里有贵重东西，但别人都不知道——"

"很像畅销书里的情节。"

"我同意这听起来很荒唐，局长。还有一点是，邦纳小姐确信谢尔兹企图谋杀布莱克洛克小姐。"

"那么，从你讲的——从她的证词来看，这位邦纳小姐——"

"啊，我同意，局长，"科拉多克很快插话道，"她是个绝对不可靠的目击者，很容易接受别人的暗示。什么人都可以往她脑子里塞东西——但有趣的是，这个想法完全是她自己的理论——没有人对她做过什么暗示。别人也都否认这一点。她终于头一回没有随大流。她所说的完全是她得到的印象。"

"那鲁迪·谢尔兹为什么要杀死布莱克洛克小姐呢？"

"这就是问题所在，局长。我不知道。布莱克洛克小姐也不知道——除非她说谎的水平比我想象的高得多。谁都不知道。所以这大概不是真的。"

他叹了口气。

"振作起来，科拉多克，"局长说道，"我带你出去，咱们同亨利爵士共进午餐，尝尝梅登厄姆皇家温泉水疗饭店最好的菜肴。"

"谢谢您，局长。"科拉多克略微有些诧异。

"你瞧，我们接到了一封信——"局长在亨利·克莱瑟林爵士进屋时突然截住话头，"啊，你来了，亨利。"

"早安，德尔蒙。"亨利爵士这次很随意。

"我有些东西给你，亨利。"局长说。

"是什么？"

"来自一位老姑娘的一封亲笔信。她就住在皇家温泉水疗饭店。是一些她认为与奇平克莱格霍恩村案子有关而我们又想了解的情况。"

"一个老姑娘，"亨利爵士得意扬扬地说道，"我跟你们怎么说的来着？他们什么都听到了，什么都看见了。可并不像人们通常说的那样，他们胡说八道。这位特殊人才都掌握了什么？"

赖德斯代尔看了看信。

"就像我祖母写的一样，"他抱怨道，"尖刻着呢。好像墨水瓶里的蜘蛛，全都在下面画了线。开始写了不少话，说希望不会占我们太多宝贵的时间，但可能对我们有些许帮助，等等，等等。她叫什么名字来着？简——什么——默普尔——不对，马普尔，简·马普尔。"

"我的上帝啊！"亨利爵士说，"有这么巧？乔治，这正是我那位特殊人才，独一无二、四星级的老姑娘。老姑娘中的超级老姑娘。她还是设法到了梅登厄姆，而不是安安稳稳地坐在圣玛丽米德的家里，正好在恰当的时机搅和到一桩谋杀案里来。又一桩谋杀被广而告之——就为了能让马普尔小姐聊以自娱。"

"好吧，亨利，"赖德斯代尔讥讽地说道，"我很高兴见见你的这位十全十美的小姐。来！我们去游乐饭店会会这位女士。瞧，科拉多克看上去很怀疑呢。"

"没有的事，局长。"科拉多克彬彬有礼地回答。但他却在暗自揣测，有时候，自己这位教父或许过于夸张了。

2

简·马普尔小姐即使与科拉多克想象的不算极为接近，也相差不远。她远比他想象的要慈祥得多，也要老得多。她看上去确实是饱经风霜了。头发雪白，粉红的脸上布满皱纹，一对蓝色的眸子柔和且天真无邪，全身裹在厚厚的羊毛衣里。她披着一条羊毛花边披肩，手上忙着织一件婴儿斗篷。

一见到亨利爵士，她高兴得完全语无伦次了，而在被介绍给局长和科拉多克警督时，更是激动不已。

"说实在的，亨利爵士，真是有幸……真是何等有幸。自从上次见到您，都过了这么久……是的，我的风湿病最近很糟。当然，我本来是付不起这个饭店的房钱的，如今他们的要价可真是疯狂。可雷蒙德——我的外甥雷蒙德·韦斯特，您可能还记得他——"

"谁都知道他的大名。"

"是的。这可爱的孩子写的那些充满智慧的书一直都很成功——他从不写愉快的事情，还为此感到自豪。这可爱的孩子坚持要支付我的一切花销。而他可爱的太太作为艺术家也赢得了名声。主要是用窗台上一钵钵凋谢的花儿和折断的梳子。我从没敢告诉她，但我还是更钦佩布莱尔·莱顿①和阿尔玛·塔德玛②。哦，瞧我又在唠叨了。还有警察局局长本人——我实在没有料到——我那么怕占用他的时间——"

"地地道道的老糊涂。"感到厌烦的科拉多克警督在心

①布莱尔·莱顿(Edmund Blair Leighton，1852—1922)，英国画家，擅长中世纪和摄政时代题材。
②阿尔玛·塔德玛（Alma Tadema，1836—1912)，英国皇家学院派画家，拉斐尔前派代表人物。

里嘀咕道。

"到经理的私人办公室去，"赖德斯代尔说，"我们可以在那儿好好谈谈。"

于是，马普尔小姐脱下羊毛披肩，收拾好了备用的毛线针，然后她便同他们一道走进罗兰森先生舒适的客厅，一路上颤颤巍巍，抱怨连天。

"好啦，马普尔小姐，让我们来听听您有什么要说的。"局长开口了。

马普尔小姐以出人意料的简洁方式切入正题。

"是一张支票，"她说，"他涂改了支票。"

"他？"

"在这儿的服务台干活儿的那个年轻人，就是据称导演那场打家劫舍的戏并开枪打了自己的那个人。"

"您是说他涂改了一张支票？"

马普尔小姐点点头。

"是的。我带来了。"她从包里抽出支票，放在桌上，"这是连同我的其他东西今早从银行寄来的。您瞧，原来是七镑，他改成了十七。数字七前面加了一笔，七字后面又添了个十①，还很巧妙地用一个小墨点把整个字弄模糊了。干得真精妙。我看是经过一定练习的。用的墨水是同一种，因为我实际上是在服务台写的支票。我认为他应该

---

①七：seven；十七：seventeen。

是惯犯了，您看呢？"

"这次他可挑错了人。"亨利爵士说。

马普尔小姐点头表示同意。

"没错，恐怕他不该在犯罪的道路上走得太远。他对我下手是个失误。忙得不亦乐乎的年轻新婚妇女，或者坠入情网的女孩子——这种人管它数目是多少，都会在支票上签字，而且不会仔细看存取款的记录。可对一个已经习惯精打细算的老太太下手——这就找错了对象。十七镑这样一笔数字我是绝不会签的。二十镑这样一个整数，是每月的固定费用。至于我的个人花销，我通常兑换七镑的现金——过去是五镑，可如今什么都涨了。"

"也许他使您想起了什么人？"亨利爵士提示性地问道，目光里带着狡黠的神色。

马普尔小姐朝他微笑着摇了摇头。

"你真调皮，亨利爵士。事实上的确是的。鱼店的弗雷德·泰勒。他总是在先令那一栏额外加上一。现在大家鱼都吃得不少，结果账单就变长了，很多人从不把数字自己加一遍。每次都会有额外十先令进入他的口袋，钱虽不多，可足够他买几条领带，并带杰西·斯普拉格——布店的那个女孩子——去看电影。揩点油，这就是这些年轻小伙子们想干的。对啦，我到这里的头一周，我的账单上就出了差错。我给那小伙子指出来，他非常诚恳地道了歉，而且样子很内疚。可我当时心里就对自己说：'你可有一

106

双极具欺骗性的眼睛，年轻人。'而我指的，"马普尔小姐接着说道，"就是那种直视着你，一动不动的目光。"

科拉多克突然感到一阵钦佩。"活生生的吉姆·凯利。"他这样想着，记起不久前自己协助缉拿的一个臭名昭著的诈骗犯。

"鲁迪·谢尔兹是个贪得无厌的角色，"赖德斯代尔说，"我们发现他在瑞士有前科。"

"我猜他在那儿待不下去了，然后就用伪造的证件到这里来了？"马普尔小姐问道。

"一点儿不错。"赖德斯代尔回答道。

"他常跟餐饮部的红头发女招待出去玩，"马普尔小姐说道，"幸运的是我看她并没动心。她只不过喜欢有点'与众不同'的人，他常给她买花和巧克力，而英国的小伙子不常这样做。她是否把知道的都告诉您了？"她突然转而向科拉多克发问，"还是并没有和盘托出？"

"我没有绝对把握。"科拉多克谨慎地说道。

"我想她还隐瞒着什么，"马普尔小姐说，"她看起来很担忧。今早给我错送了腌鱼而不是我要的鲱鱼，还忘了拿牛奶罐。通常她是个优秀的女招待。是的，她很担忧，怕自己必须得作证什么的。但我希望——"她直率的蓝眼睛，以一种纯粹女性的、维多利亚式的赞赏，打量着相貌英俊而富有男子气概的科拉多克警督，"您能说服她把知道的全说出来。"

科拉多克警督的脸红了，亨利爵士暗自发笑。

"这可能很重要，"马普尔小姐说，"他可能对她说了是谁。"

赖德斯代尔目瞪口呆地望着她。

"什么谁？"

"我没表达清楚，我的意思是谁让他干的。"

"这么说您认为是别人让他干的？"

马普尔小姐惊讶地瞪大了眼睛。

"哦，可这是理所当然的——我的意思是……一个仪表堂堂的年轻小伙子——他东捞一点儿，西捞一点儿——涂改小额支票，也许将别人遗下的一小串珠宝顺手牵羊，或者还从收银台里拿点儿钱——但都是些小偷小摸。目的是为了随时有现钱，这样便可以穿着体面，带女孩子出去，如此等等。然而突然之间，他疯了，拿着左轮手枪，扣下了满屋子人，还冲人开枪。他绝对不可能干出这种事——任何时候都不可能！他不是这种人。这样讲不通。"

科拉多克猛吸了一口冷气。莱蒂希亚·布莱克洛克就是这么说的。牧师的妻子也这么讲。而他自己的这种感觉也越来越强烈。这样说不通。现在亨利爵士的老姑娘又这么说，还用老太太的那种慢悠悠的语调，完全肯定地断言。

"也许您可以告诉我们，马普尔小姐，"他说道，口气突然变得咄咄逼人，"当时发生了什么？"

她吃惊地转向他。

"可我怎么知道发生了什么呢？报告上有记录——但内容太少。当然，我可以做一些猜测，可我又缺乏确切的证据。"

"乔治，"亨利爵士说，"如果允许马普尔小姐看看科拉多克同奇平克莱格霍恩村的那些人的谈话记录，这会不会违反规定？"

"可能会，"赖德斯代尔回答说，"但我能坐到这个位子，可不是靠循规蹈矩的。她可以看。我很想听听她的看法。"

马普尔小姐感到十分尴尬。

"恐怕您对亨利爵士从来都言听计从。亨利爵士一向都很善良。他对我过去做过的任何细小的观察都过分看重。实际上，我并没有什么天赋——一点儿也没有——只不过对人性略知一二。我发现人们都过于轻信别人了。而我则恐怕总是相信最坏的一面。这不是什么好的品质，但经常被接二连三的事件证明是对的。"

"看吧，"赖德斯代尔说，把一沓打字纸递给她，"不会占用您太长时间。毕竟，这些人跟您属于同一类——您一定见过很多这样的人。您可能会发现我们没有发现的东西。这桩案子正要了结，在封档之前，让我们来听听业余侦探的意见吧。我可以毫不介意地告诉您，科拉多克并不满意。跟您一样，他说这样讲不通。"

马普尔小姐看报告时，谁也没有作声。最终，她放下了打字纸。

"非常有趣，"她叹了一口气，"众说纷纭——看法不一。他们看见的——或者认为自己看见的事。一切都那么复杂，差不多全是些琐碎的小事，如果说有什么要紧的线索，还真难看出来——就像大海捞针。"

科拉多克感到一阵失望。有那么一阵，他还认为亨利爵士对这个可笑的老太太的看法可能是对的。她可能会触及什么——老年人的感觉常常非常敏锐。比如说，他就没法在艾玛姑姑面前隐瞒任何事。后来她终于告诉他，每当打算说谎的时候，他的鼻子都会抽动。

然而，亨利爵士推荐的这位大名鼎鼎的马普尔小姐也只能拿出一些愚蠢的笼统看法。他对她感到恼火，因此唐突地说道："问题的实质是，事实毋庸辩驳。无论这些人所提供的细节如何相互矛盾，他们都看见了同一件事。他们看见了一个蒙面男人，他拿着左轮手枪和手电筒，把他们扣起来。且不管他们认为他说的是'举起手来'，或是'要钱还是要命'，还是与他们头脑里有关打家劫舍的词句相关的什么黑话，他们确实看见了他。"

"但是，可以肯定，"马普尔小姐温和地说道，"他们不可能——实际上——根本不可能看见什么……"

科拉多克屏住呼吸。她抓住了实质！毕竟，她很敏锐。他打算用这番话来试探她，但她没上钩。这对于事实或是发生了什么实际上没有什么改变，但和他一样，她也已经认识到，那些人声称看见一个把他们扣起来的蒙面男子，实际上却根本不可能看见他。

"如果我理解正确的话，"马普尔小姐双颊泛起红晕，眼睛熠熠生辉，饱含着孩童般的愉悦，"外面的走廊里根本就没有光线——楼梯上也没有？"

"不错。"科拉多克说。

"这样一来，如果门口站着一个男人，手上又拿着强光电筒朝屋里照射，里面的人除了手电光什么也看不见，对吧？"

"对，什么也看不见。我试过。"

"因此，有人说看见了蒙面人之类的话，他们实际上是在再现后来灯亮时看见的情形，尽管他们自己并没有意识到这一点。这样一切便非常吻合了，难道不是吗？如果假设鲁迪·谢尔兹就是——我想合适的说法应该是'垫背的'？"

赖德斯代尔注视她的目光是如此惊讶，弄得马普尔小姐的脸更红了。

"我可能用错了词，"她低声说道，"我对美式英语不是很灵光——美国人的用词变得很快。我是从达希尔·哈米特写的一个故事里学到这个词的。我从我外甥雷蒙德那里了解到此人是'硬汉派'文学三巨头之一。如果我没理解错的话，'垫背的'是指代人受过的人。在我看来，这

111

位鲁迪·谢尔兹似乎恰好正是这种人。他实际上相当愚蠢，但又贪财成性，可能还极为轻信。"

赖德斯代尔克制地微笑道："您是在暗示有人说服他拿着枪朝满屋子人胡乱开枪？这太离谱了。"

"我认为别人跟他说的是开个玩笑，"马普尔小姐说，"当然他是拿钱干事。就是说，他受雇去报纸上登启事，去探查宅邸，然后在事发的当晚到达那里，罩上面具，披上斗篷，推开门，晃动着手电，大叫'举起手来！'"

"然后开枪杀人？"

"不，不，"马普尔小姐说道，"他根本没有左轮手枪。"

"可人人都说——"赖德斯代尔刚开口又停下。

"完全正确，"马普尔小姐说，"即便他真有一把枪，也不会有人看见。而我认为他没有。我认为在他喊了'举起手来'之后，有人悄悄在黑暗中来到他背后，把枪举过他的肩头开了那两枪。这可把他吓了个半死，所以他突然转身，就在此时，那个人朝他开了枪，随后把枪扔在他的身边……"

三位男人看着她。亨利爵士轻声开口了："这种推论可能成立。"

"可这位暗中突然出现的 X 先生是谁呢？"局长问道。

马普尔小姐清了清嗓子。

"您得从布莱克洛克小姐那儿了解一下谁想杀她。"

好个老多拉·邦纳，科拉多克暗忖道。每次都是用直觉对上理智。

"这么说，您认为是有人蓄意谋害布莱克洛克小姐？"赖德斯代尔问。

"表面看来当然是这样，"马普尔小姐说，"尽管还有一两个疑点。但我真正想知道的是，是否可能会有捷径。无论是谁同鲁迪·谢尔兹做的安排，都花了很大的工夫让他闭紧嘴；但如果他真给什么人讲的话，大概会是那个女孩子，莫娜·哈里斯。关于是什么样的人提出的整个计划，他可能——仅仅是可能——会留下过一些暗示。"

"我这就去见她。"科拉多克说着便站起身。

马普尔小姐点点头。"对，去吧，科拉多克警督，等您找到线索，我才会感到更高兴。因为一旦她跟您讲了她知道的一切，她才会安全得多。"

"安全得多？……是的，我明白了。"

他离开了房间。

局长虽仍有疑虑，语气却不失委婉："好吧，马普尔小姐，您确实为我们提供了一些值得揣摩的东西。"

3

"我对此很抱歉，真的。"莫娜·哈里斯说道，"您真是个大好人，竟然没生气。可您瞧，我妈妈却是那种大惊小怪的人。确实我看起来好像——怎么说来着？——是个'事前从犯'。"这个术语她讲得很流利。"我的意思是，如果我说我认为那只是开个玩笑，恐怕您绝不会相信。"

科拉多克警督又重复了一遍他用以消除莫娜·哈里斯的顾虑时所做的保证。

"我这就说，把一切都告诉您。不过如果可能的话，看在我妈妈的分儿上，请不要把我卷进去，行吗？这一切都是因为鲁迪·谢尔兹跟我约会引起的。那天晚上我们约好去看电影，后来他说不能来，于是我对他变得有些冷淡，因为去看电影本来是他的主意，我可并不喜欢身边站着个外国人。他说这不是他的错，我说这种借口他大可以随便编，然后他说那天晚上他要去搞点恶作剧，还说不用自己掏腰包，又问我想不想要只手表。于是我问他恶作剧指的是什么？他说别告诉任何人，在什么地方要举行个聚会，他要去上演一次打劫的把戏。后来他把他登的启事拿给我看，我没法儿不笑。他对整件事也有些看不上，说这真是小孩的玩意儿——可英国人就是这个样子，根本长不大——当然啦，我问他这样说咱们是什么意思——紧接着我们争吵起来，可最后又和好了。后来我从报上看到消息，了解到根本不是开玩笑，而且鲁迪·谢尔兹开枪打了人，又朝自己开枪。当时我的心情，长官，只有您能理解我，不是吗？——老天，我不知道该怎么办。我当时想，要是我说事先了解，那会让别人觉得我参与了整件事。可他跟我谈起的时候，确实像是开个玩笑。我可以起誓他就是那个意思。我甚至还不知道他有一把左轮手枪。他根本没有说要带枪去。"

科拉多克安慰了她几句，然后提出了最重要的问题。

"他有没有说过是谁安排的这次聚会？"

但他一无所获。

"他根本没有说是谁叫他去做的。我想其实没有谁，全是他自己干的。"

"他有没有提到过谁的姓名？他说过是他还是她？"

"他什么也没有说，只说会有人尖叫。'我会笑着看他们的脸。'这是他的原话。"

他没能笑多久，科拉多克心想。

4

"这只是一种推理，"他们驱车回到梅登厄姆时，赖德斯代尔说，"理论的依据却没有，根本没有。就当是老姑娘的夸夸其谈，别当真，嗯？"

"我不这么认为，局长。"

"那种可能性微乎其微。一个神秘的 X 先生突然在黑暗里出现在我们的瑞士朋友身后。他从何处来？是何许人？那之前他又在哪儿？"

"他可能从侧门进来，"科拉多克说。"就像谢尔兹那样，或许，"他缓缓说道，"他可能从厨房进来。"

"你是说她可能从厨房进来？"

"是的，局长，这是一种可能性。对那个外国姑娘我一直感到不可信。她给我的印象是个下流货色。那些尖叫和歇斯底里——可能是在演戏。她可能一直在算计这个小伙子，在恰当的时刻放他进来，操纵了整个过程，枪杀了他，然后把自己反锁在饭厅里，捡起一件银器和鹿皮，开始上演尖叫的那一幕。"

"对此我们有反驳的证据——哎——他叫什么名字来着？哦，对了，埃德蒙·斯韦特纳姆肯定地说过，门外的锁上插着钥匙，他是转动钥匙打开门才把她放出来的。还有没有别的门通向宅邸的那一部分？"

"有的，楼梯下有一道门通向后屋的楼梯和厨房，可门把手好像三周前掉了，还没有人把它装上。在这期间，门打不开。我得说这似乎讲得通。门锁的转轴和两个把手都摆在门外走廊里的一个架子上，生了厚厚的铁锈，不过当然内行还是有办法把门打开的。"

"最好查查那姑娘的档案，看看她的证件是否齐全。不过在我看来，整个推论还只是纸上谈兵。"

局长又带着询问的目光看着下属，而科拉多克平静地答道："我知道，局长，当然如果您认为必须结案的话，那就结吧。不过如果能让我再努力一下，我会非常感激您的。"

使他感到相当惊讶的是，局长带着赞赏的语气静静说了一句："好伙计。"

"得查查左轮手枪。如果这个理论成立，那么枪不是谢尔兹的。当然到目前为止，没有一个人说谢尔兹有过一把左轮手枪。"

"是把德国货。"

"我知道，局长，但这个国家多的是欧洲大陆造的枪。美国人都把枪带回家，我们的同胞也一样。您不能照此推论。"

"有道理。还有别的询问线索吗？"

"得有个动机。如果说这个推论有什么独特之处的话，它意味着上个星期五的勾当绝不仅仅是个玩笑，也不是普普通通的打家劫舍，而是一桩冷血的蓄意谋杀。有人企图谋杀布莱克洛克小姐。可为什么呢？在我看来，如果说有什么人知道答案的话，这个人就是布莱克洛克小姐自己。"

"我了解到她对此想法持彻底否定的态度？"

"她对鲁迪·谢尔兹想害死她这个想法持彻底否定的态度。这倒是没错。还有一件事，局长。"

"嗯？"

"有人可能还会下手。"

"那当然就能证明这个推论是正确的了。"局长冷冷地说道，"顺便说一下，照看一下马普尔小姐，行吗？"

"马普尔小姐？为什么？"

"我估摸她会住在奇平克莱格霍恩的牧师家，然后每周会去两次梅登厄姆接受治疗。好像有个姓什么的太太是马普尔小姐一位老朋友的女儿。那个老姑娘的直觉可好着呢。哦，对了，我估计她的生活中没有多少激动人心的事，因此四处嗅来嗅去，寻找疑犯，才能给她点儿刺激。"

"我希望她别来。"科拉多克严肃地说道。

"别来给你添乱？"

"不是这个意思，局长，可她是个不错的老太太。我可不希望她出什么事……我总是在揣测，我的意思是，揣测这个推论里是否别有玄机。"

第九章　门之奥秘

1

"我很抱歉又来打扰您，布莱克洛克小姐——"

"啊，没关系。考虑到调查中止了一周，我猜您希望得到更多的证据？"

科拉多克警督点点头。

"首先，布莱克洛克小姐，鲁迪·谢尔兹并不是蒙特勒的阿尔卑斯饭店店主的儿子。他的犯罪行为从在伯尔尼的一家医院做勤杂工时就已经开始了。那里的不少病人丢失了小件的珠宝。他用另一个名字在一个冬季运动基地当招待。在那里，他擅长在餐厅里复制两份账单，一份没有的项目，却在另一份里出现。差额自然都进了他的腰包。在这之后，他进了苏黎世的一家百货商店。他在那里工作期间，商店因商品被盗所造成的损失超过了平均水平。看来很可能商品遭窃并非全是顾客所为。"

"这么说，实际上，他过去喜欢对无伤大雅的东西顺手牵羊?"布莱克洛克小姐冷淡地说道,"那么,我认为自己以前没见过他是没错的?"

"您说得很不错——毫无疑问,您在皇家温泉水疗饭店被别人指给了他,于是他假装认出了您。瑞士警方逼得他在自己的国家里待不下去,所以他用一套伪造得很逼真的证件来到了这里,并在皇家温泉水疗饭店找到了一份工作。"

"相当不错的猎场,"布莱克洛克小姐淡淡地评价,"那里的消费极为昂贵,只有十分富裕的人才会住在那里。我料想,其中一些人对账单是不在乎的。"

"对,"科拉多克说,"在那儿很有希望捞一大笔。"

布莱克洛克小姐皱起眉头。

"我全明白了。"她说道,"可他为什么跑到奇平克莱格霍恩这儿来呢?他凭什么认为我们这儿的东西会比有钱的皇家温泉水疗饭店的好?"

"您仍然坚持原来的证词,说家里没有什么特别贵重的东西吗?"

"当然没有。如果有,我应该清楚。我可以向您保证,警督,我们可没有未被发现的伦勃朗画作之类的东西。"

"这样的话,看来您的朋友邦纳小姐说得对,不是吗?他是来攻击您的。"

"可不是吗,莱蒂,我是怎么跟你说的?"

"哦,简直荒唐,邦妮。"

"不过，这真的荒唐吗？"科拉多克问道，"我想您心里明白这话没错。"

布莱克洛克小姐用力瞪着他。

"咱们可要把这个说清楚。您真的相信那个年轻人来这儿现身——而且事先还通过登启事的方式，好让半个村子的人在特定的时间同时露面——"

"可能他的本意并不是这样呢，"邦纳小姐急不可待地插嘴道，"也可能是对你，莱蒂，对你的一种可怕的警告——我一直就是这么想的——'谋杀启事'——我的骨头里都感到阴森森的——如果一切按计划进行，他就会开枪杀了你，而且逃之夭夭。那么谁又知道是谁干的呢？"

"这是有些道理，"布莱克洛克小姐说，"可是——"

"我就知道那则启事可不是闹着玩的，莱蒂。我当时就这样说过。再瞧瞧米兹——她也被吓得要死！"

"啊，"科拉多克说道，"说到米兹，我想更多地了解这个年轻女人的情况。"

"她的工作许可证和其他证件都很齐全。"

"这个我不怀疑，"科拉多克生硬地说，"谢尔兹的证件看起来也没什么问题。"

"可这个鲁迪·谢尔兹为什么一定要谋杀我呢？对于这点您似乎并不打算做出解释，科拉多克警督。"

"谢尔兹的背后可能还有人，"科拉多克缓缓地说道，"这您想过吗？"

他使用了一个暗含隐喻的说法，尽管他的脑子里闪过这样一个念头——如果马普尔小姐的推理正确，那么这句话的字面意思也是成立的。不管怎么说，这番话并未给布莱克洛克小姐留下多少印象，她依然面带疑色。

"还是那个问题，"她说，"究竟为什么有人要谋杀我？"

"这个问题的答案我想请您告诉我，布莱克洛克小姐。"

"可是，我回答不了！这是明摆着的。我没有敌人。据我所知，我一向跟邻居关系融洽。我也不知道别人犯罪的秘密。整个想法很可笑！如果您是在暗示米兹跟此事有牵连，那同样荒唐。刚才邦纳小姐告诉过您，米兹一看到报上的启事就吓得要命。事实上，她当时就想打点行装，一走了之。"

"这也可能是她欲擒故纵的聪明之举。她可能知道您会硬要她留下。"

"当然了，如果您认定就是这么回事，那么，什么问题的答案您都能找到。不过我可以向您保证，如果米兹无缘无故地恨我，她大可以挖空心思在我吃的东西里下毒。但我确信，她可不会干这么耗费心机的事。"

"这个想法整个就是荒谬的。我相信你们警察有反外国人综合征。米兹也许爱说谎，可绝不是个冷血杀手。要是认为有必要，您去对她逼供好了。可她一旦盛怒之下愤然离去，或者把自己关在屋里号啕大哭，那我只好恳请您来做晚饭。哈蒙太太今天下午要把一位住在她那儿的老太太带来喝茶，我想让米兹做些小蛋糕——但我猜想您会把她彻底惹火。您就不能去怀疑别的什么人吗？"

2

科拉多克来到厨房。他又把问过的问题问了一遍，得到的答案依然如故。

是的，四点刚过不久她就锁了前门。不，她并非一向这样做，但那天下午因为"那则可怕的启事"弄得她很紧张。侧门锁得不严实，因为布莱克洛克小姐和邦纳小姐要从那道门出去关鸭子、喂鸡，另外，海默斯太太干完活儿后，通常从这道门进来。

"海默斯太太说她五点三十进来时把门锁上了。"

"啊，你们相信是她——哦，是的，你们相信她……"

"你认为我们不应该相信她？"

"我怎么想有什么关系？你们不会相信我的。"

"除非你给我们一个机会。你认为海默斯太太并没有锁那道门？"

"我想她是故意不锁的。"

"你这是什么意思？"科拉多克问道。

"那个年轻人，他可不是单干的。不是，他清楚该从那儿进来，也知道来的时候门会给他留着——为了给他行方便！"

"你到底想说什么？"

"我说什么有什么用？你们不会听的。你们会说我是个说谎的穷难民。你们会说一个满头秀发的英国淑女，哦，不，她可是不会说谎的——她是那么地道的英国人——那么诚实。所以你们相信的是她而不是我。不过我说的是真的。啊，是的，我就把话撂在这儿！"

她"砰"的一声把平底锅撂在炉子上。

对于是否要重视她的话，科拉多克摇摆不定，因为这也可能不过是她滔滔不绝的恶毒之词。

"我们重视被告知的每一件事。"他说。

"我什么也不会告诉你们。我干吗非得讲？你们都是一路货色。你们迫害穷难民，瞧不起我们。要是我告诉你们，一周前那个年轻人来向布莱克洛克小姐要钱，她让他离开，而且按你们的说法，是气呼呼地让他走的——如果我告诉你们我听见他跟海默斯太太说话——是的，就在外面的凉亭里——你们只会说我在编故事！"

你也可能是在编故事，科拉多克想。

但他大声说道："你不可能听见有人在凉亭里说话。"

"这你就错了，"米兹占了上风般地尖声说道，"我出去摘荨麻——这可是不错的蔬菜。他们可不这么想，但我用来烧菜，不告诉他们。我听见他们在那儿说话。他对她说：'可我能藏在哪儿？'她说：'我会指给你看。'——然后她又说：'六点过一刻。'我当时想：'咦，原来是这么

124

回事！这就是你的所作所为，我的窈窕淑女！干完活儿就去会野汉子，还把他引进这个家。'布莱克洛克小姐，我当时想，她可不喜欢这个，她会把你赶出去的。我先观察，我想，听听再说，然后去告诉布莱克洛克小姐。可现在我才知道我当时弄错了。她跟他计划的可不是爱情，而是抢劫和谋杀。不过你又要说我是在编瞎话。你会说，恶毒的米兹，我要把她送进牢房。"

科拉多克陷入了思索。她也许在编故事，但也可能不是。

他谨慎地问道："你能保证跟她说话的就是这个鲁迪·谢尔兹？"

"我当然能保证。他离开时，我看见他穿过大马路去凉亭。不久，"米兹用挑战的口吻说道，"我出去看看有没有嫩绿的好荨麻。"

十月，警督暗忖着，会有嫩绿的好荨麻吗？不过，对米兹能在仓皇中编出一条理由来掩盖毋庸置疑属于偷听的行为这一点，他觉得很不一般。

"你听到的就是这些了？"

"那位邦纳小姐，就是鼻子很长的那位，她老是使唤我。米兹！米兹！所以我不得不走了。哦，她真惹人生气，总是什么都要插一杠子。还说要教我怎么烧菜。哼，她烧菜！不管她烧什么菜，尝起来都跟刷锅水似的，刷锅水！刷锅水！"

"那天你怎么不把这些告诉我？"科拉多克声色俱厉地问道。

"因为那阵子我没记起来——我没想起来……只是到了后来我才对个人儿说，这是计划好的——同她计划好的。"

"你很确信那个人就是海默斯太太？"

"啊，是的，我确信。哦，是的，我非常确信。她是个贼，那个海默斯太太。一个贼和贼匪的帮凶。她在园子里得到一份工作，可所得的报酬远不够这个窈窕淑女花销，不够。所以要抢劫善良待她的布莱克洛克小姐。哦，她坏，坏，坏，那家伙！"

"假如，"警督说，同时细细观察着她，"有人说看见你跟鲁迪·谢尔兹说话呢？"

"如果有人说他们看见我跟他说话，那是谎话，谎话，大谎话。"她不屑一顾地说道，"背着别人说谎，这很容易，可在英国，你得证明它的真实性。这是布莱克洛克小姐告诉我的，这话是对的，不是吗？我没跟杀人犯和贼说过话，没有任何英国警察能说我说过。你在这儿不停地说，说，说，还叫我怎么做午饭？从我的厨房里出去，请吧。我要做一种很精细的酱汁。"

科拉多克顺从地走了。他对米兹的怀疑有点动摇了。关于菲莉帕·海默斯的故事，她讲得十分让人信服。他认为米兹也可能撒了谎，但他觉得这个故事里可能有一点实话。他决定同菲莉帕谈谈这个问题。上次询问她时，他觉

126

得她是个言语不多、教养很好的年轻女人，因此没有怀疑过她。

在穿过走廊时，因为心不在焉，他开错了门。邦纳小姐正从楼上下来。慌忙纠正他。

"不是那道门，"她说，"那道门打不开。应该是左边的那道。很让人糊涂，对吧？这么多门。"

"确实不少。"科拉多克说，他左右打量着狭窄的走廊。

邦纳小姐和蔼地为他一一解说起来。

"这道门通往衣帽间，接下来是衣帽柜门，然后是饭厅的门——就是那边的那道。而这边呢，就是您想通过的那道摆设门，然后是饭厅的正门，跟着是瓷器柜的门和小花房的门，在尽头是侧门。真是让人头晕。特别是这两道门，挨得这么近，我都常常弄错。实际上，我们过去是用大厅的桌子抵住门的，但后来我们把桌子挪到了墙边。"

科拉多克几乎机械地注意到，在自己刚才试图打开的那道门的木板上，有一道细线水平划过。他这才意识到那是原先摆放桌子的印记。他的脑海里微微荡起了波澜，于是他问道："挪动？多久以前？"

好在询问多拉·邦纳时，并不需要给出理由。无论问她什么，爱唠叨的邦纳小姐都很乐意提供答案，尽管她的答案没什么价值。

"让我想想，就在最近——十天，要不就是两周前。"

"为什么要移开呢?"

"我真记不起来了,大概跟花有关吧。我想菲莉帕弄了个大花瓶——她摆弄的插花很美——全是秋天的色彩,花枝招展的,又那么大,你从旁边走过时容易被钩住头发。所以菲莉帕说:'干吗不把桌子移开? 花以裸墙为背景可比以门板为背景看起来要漂亮得多。'只是我们不得不把《威灵顿在滑铁卢》取下来。那倒不是我特别中意的画。后来我们把它挂到了楼角。"

"那实际上这不是装饰门了?"科拉多克望着门问道。

"哦,对,是道活门,如果您是指这个意思的话。是通往小客厅的门,但两个客厅合而为一后,没有必要开两道门,所以这一道就给闩死了。"

"闩死?"科拉多克又轻轻试着推了推,"您的意思是钉死了? 还是锁死了?"

"啊,锁了,我想,还上了闩。"

他看到门顶的门闩,试了试。门闩轻易就滑了回去——太过轻易了⋯⋯

"这道门最后一次打开是在什么时候?"

"哦,我想是在很多很多年前吧。自打我来这儿后就没打开过,这我记得。"

"您不知道钥匙在哪儿吧?"

"走廊的抽屉里有很多钥匙,大概在里面。"

科拉多克跟在她身后,往抽屉里瞧。抽屉里面有各种

128

各样生了锈的老式钥匙。他全都扫视了一遍，挑了一把样子与众不同的，回到那道门边。钥匙跟锁配上了，而且转动自如。他推了推，门无声无息地滑开了。

"哦，当心，"邦纳小姐喊道，"里面可能有东西抵着门，我们从来不开。"

"是吗？"警督说。

他的脸沉了下来，然后带着强调的语气开口了："这道门就在最近才打开过，邦纳小姐，门和铰链都上过油。"

她目瞪口呆地看着他。

"可谁会这样干啊？"她问道。

"这正是我打算查个水落石出的事。"科拉多克冷冷地说道。他思忖道："从外面钻进来的 X？不——X 就在这里——就在这屋里——那天晚上，X 就在客厅……"

第十章　同胞兄妹

1

这一次，布莱克洛克小姐在听科拉多克说话时投入了更多的注意力。据他所知，她是个敏慧的女人，所以一下子便抓住了弦外之音。

"的确，"她平静地说道，"这的确改变了事态……谁都没有权利乱动那道门。据我所知，也没有人动过那道门。"

"您知道这意味着什么，"警督敦促道，"灯灭的时候，那天晚上这个房间里的任何人都有可能从那道门溜出去，跑到鲁迪·谢尔兹的背后朝您开枪。"

"在没被任何人看到或听到的情况下？"

"神不知鬼不觉。记住，灯灭的时候，人们骚动、叫喊、相互碰撞。接下来唯一看得见的只有手电筒那让人睁不开眼的光。"

布莱克洛克小姐缓缓问道："您相信这些人当中的一

个——我那些普普通通的好邻居中的一个——溜了出去，然后企图谋害我？我？可为什么？看在老天爷的分儿上，究竟是为什么啊？"

"我有一种感觉，布莱克洛克小姐，您肯定知道这个问题的答案。"

"可我不知道，警督。我可以向您保证，我不知道。"

"那么，咱们就来谈谈吧。您过世后谁将得到您的钱？"

布莱克洛克小姐极不情愿地回答了。

"帕特里克和朱莉娅。我把这幢房子里的家具和一小笔年金留给邦妮。实际上，我没有多少可留下的。我过去有一些德国和意大利的证券，现已分文不值，就靠一点税金和利率极低的投资回报生活。我可以向您保证，我没有被谋杀的价值——一年前，我把大部分钱都转成了年金。"

"您仍然有一些收入，布莱克洛克小姐，而这些钱将由您的外甥和外甥女继承。"

"因此帕特里克和朱莉娅就设计谋害我？我根本不相信。他们并不十分拮据。"

"这个您确定吗？"

"不。我想我只是从他们跟我讲的了解到……但我拒绝怀疑他们。将来某天我可能值得被谋杀，但不是现在。"

"您说将来某天值得谋杀您是什么意思，布莱克洛克小姐？"科拉多克警督穷追不舍。

"简单说，有一天——可能很快了——我可能会变成一个非常有钱的女人。"

"听起来很有趣。您能解释一下吗？"

"当然可以。您可能不知道，我给兰德尔·戈德勒当了二十多年的秘书，而且和他关系密切。"

科拉多克兴趣陡增。兰德尔·戈德勒在金融界赫赫有名。他凭借大胆的投机和相当戏剧化的造势手段，使自己声名远播。如果科拉多克没记错的话，他死于一九三七或一九三八年。

"我想他生活的时代比您早得多，"布莱克洛克小姐说，"不过您大概听说过他吧。"

"啊，是的。他是个百万富翁，对吧？"

"哦，超过百万数倍——尽管他的资产总额时有波动。他从来不畏风险，总是把赚到的钱中的大部分又拿去做一些新的投资，从而大获全胜。"

她说起来绘声绘色，眼睛也因为回忆而大放异彩。

"总之，他死的时候是个极其富有的人。他没有孩子，所以把全部财产托付给他的妻子，而她死以后又全部托付给了我。"

警督的脑海里涌出一段隐约的回忆。

"忠诚秘书终获巨资"——基本上就是这个意思。

"在过去十二年里，"布莱克洛克小姐说，眼睛里微微闪着光芒，"我有绝好的动机谋杀戈德勒太太——可这对您没有什么帮助，对吧？"

"戈德勒——请原谅我提这样的问题——戈德勒太太对她丈夫处理财产的方式不感到恼火吗？"

布莱克洛克小姐现在看上去明显被逗乐了。

"您不必这么谨慎。您实际上想了解的是，我是不是兰德尔·戈德勒的情妇？不，我不是。我想兰德尔从来没有对我动过感情上的心思，我对他当然也没有。他爱着贝拉，就是他妻子，而且至死不渝。我想他之所以立这样的遗嘱完全是出于感激之情。您瞧，警督，兰德尔在他事业的早期，立足未稳，几乎将全部家当毁于一旦。当时他面临的问题只是缺少几千元现金。他正干着一笔大买卖，一笔非常令人激动的买卖；跟他一向做的计划一样大胆，可他就缺那么一点儿现金就可以挺过去。我救了他。我自己有一些钱。我相信兰德尔，所以把手里持有的债券都卖掉并悉数交给他。而那起效了，一周后他变成了巨富。

"自那以后，他就多少把我当成了初级合伙人。啊！那些激动人心的日子。"她叹息道，"我真的十分享受。但后来我父亲过世了，留下我唯一的妹妹，身患毫无希望的残疾。我只得放弃一切，回去照料她。两年后，兰德尔也过世了。我们联手时，我赚了不少钱，所以并不指望他留给我什么。但我非常感动，是的，并非常自豪地发现，如果贝拉先我而去——她是那种谁见了都说活不长的脆弱的人儿——我将继承他的全部财产。我想那可怜的人真不知道该把财产留给谁。贝拉人很好，对此也很乐意。她实在是个很体贴、亲切的人。她住在苏格兰。我有很多年没见她了，只是在圣诞节的时候相互写写信。您知道，就在战争爆发前夕，我陪妹妹去了瑞士的一家疗养院。她在那里死于肺结核。"

她沉默了片刻，然后才接着说："我是一年多以前才回到英格兰的。"

"您说可能很快您就会变成富人……有多快？"

"我从照看戈德勒太太的护士那儿了解到贝拉快不行了。可能——只有几周的工夫。"

她悲哀地补充道："现在钱对我已经没有多大意义了。我的收入已足够我的简单需要。曾几何时，我想过重返商界，在叱咤风云之中获得乐趣，可现在……哦，算了，人老了。可是，警督，您仍然看出来了，不是吗，如果帕特里克和朱莉娅为了金钱的缘故而想杀害我，他们是不会急于一时的，怎么也要耐着性子再等几周。"

"是的，布莱克洛克小姐。但如果您先戈德勒太太而去又会怎么样呢？钱会到谁的名下？"

"您知道，我根本没有认真想过。皮普和艾玛，我想……"

科拉多克怔了怔，布莱克洛克小姐微笑起来。

"这听起来很疯狂吧？我相信，如果我先死，钱会转给兰德尔唯一的妹妹索妮亚的合法后代——还是别的什么说法。兰德尔跟他妹妹吵过架。她嫁了个人，可兰德尔认为这人是个无赖。"

"他真是个无赖吗？"

"哦，我得说，是个不折不扣的无赖。但我相信他肯定是个非常吸引女人的人。他是个希腊人或是罗马尼亚人什么的——叫什么来着——斯坦福蒂斯，迪米特里·斯坦福蒂斯。"

"兰德尔·戈德勒在他妹妹嫁给这个人后便把她的名字从遗嘱里抹去了？"

"哦，索妮亚本身就很富有。兰德尔已经给了她许多钱，并尽可能地阻止她丈夫尝到什么甜头。但我相信，当律师敦促他立继承人，以备万一我先去世的时候，他很不情愿地写下了索妮亚的后代，只是因为他想不起别的人选，而他又不是那种愿意把钱留给慈善事业的人。"

"那索妮亚有婚生子女吗？"

"对，就是皮普和艾玛。"她大笑道，"我知道这听起来很可笑。我只知道索妮亚婚后曾给贝拉写过一封信，要她转告兰德尔，说她幸福极了。还说她有了一对双胞胎，名叫皮普和艾玛。据我所知，后来她再也没有去过信。不过，当然，贝拉会告诉您更多的情况。"

布莱克洛克小姐觉得自己的陈述很有意思，但警督却丝毫没有快乐的神情。

"结论就是，"他说道，"如果那天您遭到杀害，这世界上至少可能有两个人会得到一大笔财产。当您说没有人有盼着您死的动机时，布莱克洛克小姐，您就错了。至少有两个人有兴趣。这对姐弟有多大？"

布莱克洛克小姐皱起了眉头。

"让我想想……一九二二年……不——很难记起来了……我猜想大约二十五六岁吧。"

她的脸抽搐了一下。"可您不会认为——"

"我认为有人冲您开枪是有预谋的，是为了杀害您。我认为这同一个人或几个人还会下手。我希望，如果您愿意的话，您要极其小心，布莱克洛克小姐。对方已经策划过了一次谋杀，但没能得逞。我想，另一桩谋杀很快就会上演的。"

2

菲莉帕·海默斯直起背来，把一绺秀发从湿漉漉的前额理到后面。她正在清理一块花坛。

"警督？"

她疑惑地望着他。与此同时，他打量着她，而且较上一次更为仔细。不错，她的模样姣美、有略微泛白的金发和长脸，是非常典型的英国人，长着倔强的下巴和嘴唇。她身上有一种压抑和紧张感。那双眼睛蔚蓝如海，目光稳定，无可奉告。正是那种——科拉多克暗想——会严守秘密的女孩。

"总是在您干活儿时来打扰您，海默斯太太，我感到很抱歉。"他说道，"可我不想等到您回去吃午饭的时候去打扰。再说，远离小围场，在这儿跟您谈，我认为要自在一些。"

"是吗，警督？"

她的话中没有流露出任何情绪与兴趣。但似乎有警惕的意味——抑或是他臆想出来的？

"今天早上有人跟我讲了一件事。这件事与您有关。"

菲莉帕只是略微扬了扬眉毛。

"您告诉我说，海默斯太太，您不认识鲁迪·谢尔兹？"

"不错。"

"您还说，看见他死在那儿的时候，是第一次看见他。是这样吗？"

"当然了。我以前从来没有见过他。"

"您有没有，比方说，在小围场的凉亭里跟他说过话？"

"在凉亭？"

他差不多可以肯定自己从她的声音里捕捉到了一些恐惧。

"对，海默斯太太。"

"谁说的？"

"我得知您和这个人，鲁迪·谢尔兹，说过话。他问您可以藏在哪儿，您回答说会指给他看，还提到六点一刻。抢劫发生的那天晚上，谢尔兹从公共汽车站到达这里的时间就是六点一刻。"

一阵沉默。然后菲莉帕发出了一阵短促的嘲笑，她看上去被逗乐了。

"我不知道是谁跟您这样说的，"她说道，"至少我可以猜得出。这个人捏造得非常愚蠢——当然还很恶毒，由于某种原因，米兹恨我胜过她恨别人。"

"您否认这个指控？"

"这当然不是事实……我这一生从未见过鲁迪·谢尔兹，那天上午我也根本没有走近凉亭。我在这里干活儿。"

警督和颜悦色地问道："哪天上午？"

又有片刻停顿。她眨动着眼睫毛。

"每天上午我都在这儿。我要一点钟才离开。"

她嘲弄地加上一句："听米兹的话可不好。她从来都撒谎。"

"所以就是这样，"与弗莱彻一同离开时科拉多克说道，"两个年轻女人说的故事大相径庭。我该相信哪一个呢？"

"每个人似乎都同意这个外国女孩总在撒谎。"弗莱彻说，"根据我和外国人打交道的经验来看，撒谎总比说实话来得轻易。很显然，她对这个海默斯太太怀恨在心。"

"因此，你要是我的话，会相信海默斯太太了？"

"除非您有理由不这样想，长官。"

而科拉多克没有，并不是真的有——他的脑海里只有那过分沉稳的蓝眼睛和她讲到那天上午时那流畅的字眼。因为就他的记忆而言，他并没有提到凉亭谈话是在上午还是下午进行的。

毕竟，布莱克洛克小姐——如果不是布莱克洛克小姐，就一定是邦纳小姐——可能提到过一个年轻的外国人来访，想讨点儿返回瑞士的路费。因此菲莉帕·海默斯便可能推测谈话应该是在那天上午进行的。

但是，科拉多克仍然觉得，在她问"在凉亭？"时，她的声音里有一种恐惧的意味。

他决定对此不作结论。

3

牧师的花园令人感到格外惬意。秋季的一股突如其来的暖流降临英格兰。科拉多克警督已不记得那是在圣马丁的夏天还是圣路加的夏天了，但他觉得那天非常惬意，也令人全身酥软。

他坐在躺椅上，那是精力旺盛的圆圆搬给他的，她正要去参加一个母亲们的聚会。马普尔小姐用一件披肩把自己裹得严严实实，膝头还搭着一大块毯子，坐在他身边打着毛线。温暖的阳光、花园的静谧以及马普尔小姐的毛线针发出的有节奏的轻击，使警督感到昏昏欲睡。然而，与此同时，他的内心深处却有一种噩梦般的感觉。

这仿佛是一个熟悉的梦，原本那么安逸，却由于一股危险的暗流不断增长，惬意最终变成了恐怖……

"您不该到这里来。"他没头没脑地说。

马普尔小姐毛线针的声响中断了片刻。她中国蓝般的眼睛平静安详，若有所思地凝望着他。

她说道："我明白您的意思。您是个很有责任心的小伙子。不过这里的一切都很好。圆圆的父亲是我们那个教区的牧师，一位优秀的学者；他母亲是一个非常杰出的女人——拥有真正的精神力量。他们都是我的老朋友。因此，只要我来梅登厄姆，一定会到这儿来，跟圆圆小住一阵，这是世上最自然不过的事了。"

"哦，也许吧，"科拉多克道，"但——但别四处窥探……我有一种感觉，真的，这样做可不安全。"

马普尔小姐微微一笑。

"但是恐怕，"她说，"我们这些老太婆总爱四处窥探的。要是我不这样做，反倒奇怪，反而引人注目。问问住在各地的朋友的情况，聊一聊他们是否还记得某某人，是否还记得那位女儿已嫁人的夫人叫什么名字。诸如此类的问题总会有所帮助，不是吗？"

"有所帮助？"警督傻里傻气地问道。

"有助于了解人们是否真像他们自己说得那样。"马普尔小姐答道。

她接着说："因为让您担忧的正是这事，难道不是吗？

战争开始以来，世界就是以这种特定的方式发生变化的。比如奇平克莱格霍恩这个地方，就跟我住的圣玛丽米德非常相像。十五年前，人人都清楚彼此的底细。大宅邸的班特里家族、哈特奈尔斯家族、普莱斯·里德利家族，韦瑟比家族……他们的父母、祖父母、叔舅姑姨在他们之前就世代居住在那里。如果有生人要来居住，往往带着介绍信，要不就跟当地的某人同在一个团里或舰上服过兵役。假如来的是个地地道道的陌生人，好家伙，大家都要刨根问底，查个水落石出才会心安。"

说到这儿，她缓缓地点了点头。

"可如今再也不比从前了。每个乡村都挤满了外地来的人，他们没有任何当地的关系，就这么住下了。大的宅邸被出售，小木屋也改造易主，人们没有任何证明，就径直来了——除了他们自己说的，你对他们的底细一无所知。您看到了，他们来自世界各地——印度、中国；有原本生活在法国的人，住在意大利的廉价小屋和奇奇怪怪的岛上的人；也有赚了小钱足以退休养老的人。可相互之间谁也不再了解谁。人们可以家里摆着贝拿勒斯出产的铜器，口里讲的是"蒂芬"和"乔塔哈滋里"①——还可以在家里挂着从陶尔米纳带回来的画，可谈的却是英国的教堂和图书馆——欣奇克利夫小姐和穆加特罗伊德小姐就是

---

①蒂芬和乔塔哈滋里均为印度英语，前者意为午餐，后者意为清淡的早餐。

这种人。你可能从法国来，或是在东方度过前半生。每个人都毫无疑虑地接纳新来的人。再没谁会指望能先接到朋友的来信介绍说某某是个很不错的人，是童年的好友……如此等等。"

而这一点，科拉多克想，正是他的忧虑之源。他无法了解。人们只是一张张脸和不同性格，凭借配给证和身份卡验明正身……白纸黑字，却没有相片或指纹提示。只要不怕麻烦，谁都可以弄到一张合适的身份卡——曾经把英国田园社会联系起来的纽带而今荡然无存，部分正是由此所致。在城镇里，没人了解自己的邻居。在乡村也是同样，但有时你会产生错觉，认为自己是了解的。

而拜那扇被做了手脚的门所赐，科拉多克清楚莱蒂希亚·布莱克洛克的客厅里有一位邻居，远非表面上的那样和蔼友善……

所以他才会担心马普尔小姐会遭遇不测。她虽然十分睿智，却那么虚弱年迈……

"在某种程度上，"他说，"我们可以查证这些人……"但他心里明白做起来并不容易……印度、中国、法国南部……比起十五年前要困难得多。他很清楚，有些人用借来的身份卡四处流窜——大多是从那些因为城里的"意外事故"而猝死的人那里借来的。有组织收买身份卡，或是伪造身份卡和配给证，以此行骗的案件已不下百件。查倒是可以查，但得费时间，而他缺少的正是时间，因为兰德尔·戈德勒的遗孀断气前的日子已屈指可数。

于是，尽管科拉多克焦虑而疲乏，被阳光晒得昏昏欲睡，他还是对马普尔小姐讲了兰德尔·戈德勒和皮普及艾玛。

"只是两个名字，"他说道，"不过是爱称而已！叫这些名字的人可能并不存在，也可能是住在欧洲什么地方的体面公民。另一方面，叫这名字的人，可能其中一个，也可能两个都在奇平克莱格霍恩。"

大约二十五岁——谁与这个描述吻合？他继续说下去："她的侄儿侄女——或者是表弟表妹什么的……我想知道她有多久没见过那两个人了……"

"我会试着查查看。"马普尔小姐静静地说。

"看在上帝的分儿上，马普尔小姐，您可别……"

"这一点儿也不难，警督，您真的用不着担心。而且由我来做也不会引人注目，因为，您瞧，这样就不是正式的了。如果真有什么问题，您也不想让他们有防范，对不对？"

皮普和艾玛，科拉多克想着。皮普和艾玛？他被皮普和艾玛弄得魂牵梦绕。那个迷人而胆大妄为的年轻小伙子和面容姣好却目光冷静的姑娘……

"在接下来的四十八小时之内，我可能会对他们有更多了解，"他开口了，"我要去苏格兰走一趟。戈德勒太太如果能开口的话，会提供他们的情况。"

"我认为这是明智之举。"马普尔小姐迟疑地说。"我希望，"她小声说，"您已经警告过布莱克洛克小姐要当心了吧？"

"是的，我警告过她。而且我还要留一个人暗地里注意这里的情况。"

马普尔小姐的目光明确无误地表示，如果危险出在家里，让警察去注意将无济于事，但科拉多克避开了她的眼神。

"请记住，"科拉多克说道，一面直视着她，"我也警告过您。"

"我向您保证，警督，"马普尔小姐说，"我会照看好自己的。"

第十一章　茶间闲话

在哈蒙太太带着住在自己家的客人来喝茶的时候，如果说莱蒂希亚·布莱克洛克显得有点心不在焉的话，这位我们提到的客人——马普尔小姐也几乎不可能注意到，因为这是她们初次见面。

这位老太太温文尔雅的八卦方式颇具魅力。她几乎一下子便表现出自己是那种持续关注窃贼的老太太。

"我亲爱的，什么地方他们都可能进来，"她向女主人保证道，"如今他们无孔不入。虽然有那么多的美式新方法，我自己还是相信老式的装置：门窗钩和一双亮眼。他们能撬锁，拨开门闩，可一个铜钩和一双眼睛就能挫败他们。您试过没有？"

"恐怕我们对门闩和铜钩不是很在行，"布莱克洛克小姐欢快地说道，"实际上，家里也没有多少东西可盗窃的。"

"前门要上铁链子，"马普尔小姐建议道，"然后女仆开门时只能开个缝，先看清外面是谁，这样他们就无法硬闯进来。"

"我估摸米兹——我们这儿的中欧人，会喜欢这个办法。"

"您所经历的抢劫一定非常、非常可怕，"马普尔小姐说道，"圆圆一直在跟我讲这件事。"

"我被吓得动弹不了。"圆圆说。

"那是个骇人的经历。"布莱克洛克小姐承认。

"那人被绊倒，枪杀了自己，这似乎正是上帝的旨意。如今的盗贼是那么残暴。他是怎么钻进来的？"

"哎，恐怕我们不常锁门。"

"哦，莱蒂，"邦纳小姐惊叫出声，"我忘了告诉你，警督今天上午可奇怪了。他硬是要开第二道门，你知道的，就是打不开的那道——那边的那一道。他寻找开锁的钥匙，还说门给上过油，可我不明白为什么，因为——"

等她看到布莱克洛克小姐示意她住口的动作，为时已晚，所以话虽打住，但她的嘴巴还张着。

"哦，洛蒂，我真——抱歉——我是说，哦，实在请你原谅，莱蒂——哦，天哪，我真蠢。"

"没关系，"布莱克洛克小姐说，但她很恼火，"只不过我觉得科拉多克警督不愿别人谈论这事。我不知道他做试验的时候你在场，多拉。您能理解，对吧，哈蒙太太？"

"啊，是的，"圆圆说，"我们不会泄漏一个字的，对吧，简姨妈？可我纳闷他干吗——"

她陷入沉思。邦纳小姐坐立不安，一副可怜巴巴的样子，末了，终于忍不住脱口而出："我总是说错话，啊，天哪，莱蒂，我只会给你增加痛苦。"

布莱克洛克小姐赶快说道："你是我最大的安慰，多拉。何况在奇平克莱格霍恩这样一个小地方，其实也没有什么秘密。"

"确实是这样，"马普尔小姐道，"您知道，消息传播的方式恐怕是最离奇的。仆人当然是一个方面，但也不仅是这样，因为现如今仆人也不多了。还有每天上门干活儿的女人，大概她们更恶劣，因为她们到处转，到处散播消息。"

"啊！"圆圆忽然说道，"我明白了！当然啦，如果那道门也能打得开，有人就可以在暗中从这儿溜出去打劫——只是这不可能——因为行窃的是皇家温泉水疗饭店的那个人。或者并不是这么回事？……不，我还是没明白……"她皱起了眉头。

"这么说事情都发生在这个房间？"马普尔小姐问道，接着又带着抱歉的口吻补充道，"恐怕您会认为我好奇得无可救药，布莱克洛克小姐——可这是那么让人激动——就像在报纸上看到的故事——我只是渴望从头到尾听一听，有一个全貌，如果您明白我的意思——"

即刻，她便听到圆圆和邦纳小姐滔滔不绝却令人糊涂的叙述——布莱克洛克小姐偶尔会加以纠正。

在这期间，帕特里克走进来，好意地参与了复述——甚至还扮演起了鲁迪·谢尔兹。

"莱蒂姨妈就在那里——在拱门的角落里……站到那里去，莱蒂姨妈。"

布莱克洛克小姐服从了，他们还把弹孔指给马普尔小姐看。

"多么奇妙——幸运的逃脱。"她抽了口气。

"当时我正要去给客人递烟。"布莱克洛克小姐指了指桌上的大银烟盒。

"人们抽烟的时候真不小心，"邦纳小姐反感地说道，"现在没有谁像过去那样真正爱惜好家具了。有人把香烟放在这张漂亮的桌上，瞧瞧这儿，烧得真严重。太不知羞耻了。"

布莱克洛克小姐叹了一口气。

"有时，我恐怕你对别人的东西太在乎了。"

邦纳小姐爱惜朋友的东西，其爱之炽烈，简直就像她自己才是真正的主人。圆圆一向认为这是多拉身上的一个非常可爱的品质，她丝毫没有表现出嫉妒之情。

"这是一张可爱的桌子，"马普尔小姐很礼貌地说，"上面这个陶瓷灯多漂亮啊。"

领受恭维的又是邦纳小姐，仿佛这盏灯的主人就是她，而不是布莱克洛克小姐。

"很漂亮，不是吗？德累斯顿产的。有一对，另一盏我想是在空房间里。"

"你知道家里每一件物品的位置，多拉——或者你认为自己都知道。"布莱克洛克小姐和颜悦色地说，"你比我还要爱惜我的东西。"

邦纳小姐红了脸。

"我的确喜欢好东西。"她说。声音半是反驳，半是渴望。

"我必须承认，"马普尔小姐说，"我也有几件敝帚自珍的东西——它们会勾起那么多回忆，您知道。跟照片是一码事。现在人们不大照相了。我喜欢保留我侄儿侄女婴儿时的照片——还有童年时的——等等。"

"您有一张我三岁时的可怕照片，"圆圆说，"抱着一只狐狸狗，还眯着眼睛。"

"我想您的姨妈有您的不少照片。"马普尔小姐转而对帕特里克说。

"哦，我们只是远亲。"帕特里克说道。

"我相信埃莉诺给我寄过一张你婴儿时的照片，帕特。"布莱克洛克小姐说，"但恐怕我没有保存。过去她有几个孩子，都叫什么名字，我都忘了，直到她写信告诉我说你们要来这里，我才知道。"

"又一个时代的标志，"马普尔小姐说，"现如今人们经常不认识年轻的亲戚。在过去，大家庭团聚的时候，这种情况是不可能出现的。"

"我见到帕特和朱莉娅的母亲，是在三十年前的一个婚礼上，"布莱克洛克小姐说道，"当时她是个非常漂亮的姑娘。"

"所以她才会有这么英俊美丽的孩子。"帕特里克咧着嘴笑道。

"您有一本精美的影集，"朱莉娅说，"您还记得吗，莱蒂姨妈，那天我们还看了呢。那些帽子！"

"而那时我们都觉得自己多么时髦啊。"布莱克洛克小姐叹道。

"别在意，莱蒂姨妈，"帕特里克说，"三十年后，朱莉娅会无意中看到自己的一张快照——然后还认为照片上的人不是自己呢！"

*

"您是特意聊起那个话题的吗？"在同马普尔小姐走回家的路上，圆圆问道，"我指的是谈起照片的事。"

"哦，亲爱的，了解到布莱克洛克小姐过去没有见过她的两个年轻的亲戚，这真是有趣……对了，我想科拉多克警督听到这个会很感兴趣的。"

第十二章　小镇清晨

1

埃德蒙·斯韦特纳姆摇摇晃晃地在碾草坪机上坐下。

"早安，菲莉帕。"他说。

"你好啊。"

"你很忙吗？"

"还可以。"

"你在干什么？"

"你看不见？"

"不，我不是园丁。你好像是在用某种方式玩泥巴。"

"我在移植冬季的莴苣。"

"移植？多奇怪的词！听上去就像刺一样。[①] 你知道刺的意思吗？我是那天才学到的。我之前一直以为这是职业决斗里用的术语。"

---

①在英语里，移植 prinking 和戳刺 pinking 发音相似。

"你有什么事吗？"菲莉帕冷冰冰地问道。

"是的，我想见你。"

菲莉帕飞快地瞥了他一眼。

"希望你不要这样跑到这里来。卢卡斯太太可不喜欢呢。"

"难道她不允许你接受追随者？"

"别荒唐。"

"追随者。这可是个漂亮的词，它贴切地描述了我的态度。钦慕远观——但坚定不移地执着追求。"

"请走吧，埃德蒙。你没有权利到这里来。"

"这你就错了，"埃德蒙得意扬扬地说道，"我是来办事的。卢卡斯太太今早打电话给我妈妈，说她有很多西葫芦。"

"有一大堆。"

"还问我们愿不愿意用一壶蜂蜜换点儿。"

"这种交换根本就不公平：这时节，西葫芦可卖不掉——谁都有一块这样的菜地。"

"自然，所以卢卡斯太太才打电话。上次，如果我没记错的话，是建议我们用脱脂牛奶——请注意，是脱脂牛奶——交换莴苣。当时离莴苣上市还早，都卖到一先令一棵了。"

菲莉帕没有说话。

埃德蒙从兜里抽出一壶蜂蜜。

"嗐，这，"他说，"就是我不在犯罪现场的证据。是广义上来说的，相当站不住脚。要是卢卡斯太太大发雷霆，就说我在这儿找西葫芦，绝对不要说我是来跟你调情的。"

"我明白了。"

"你读过丁尼生吗？"埃德蒙随便问道。

"不常读。"

"应该读一读。丁尼生不久就会东山再起。晚上要是你打开收音机，就会听到《国王的歌集》，而不是没完没了的特罗洛普。我一向认为特罗洛普的装腔作势是令人最难以忍受的。可以来一点儿特罗洛普，可也不能总是泡在他的作品里。不过说到丁尼生，你读过他的《莫德》没有？"

"读过一次，很久以前。"

"这首诗有点道理。"他柔声引用道："'不完美的完美，冷冰冰的匀称，光辉灿烂的徒劳。'这就是你，菲莉帕。"

"这可算不上什么恭维！"

"不，本来就不是。我猜想莫德钻到了那可怜的家伙的皮肤底下，正像你钻到了我的皮肤底下。"

"别胡说了，埃德蒙。"

"啊，见鬼，菲莉帕，你为什么是这个样子？你那光辉灿烂的匀称的容貌背后隐藏着什么？你都在想些什么？你的感觉是什么？是幸福、悲惨、惊悸，还是什么？肯定有些什么。"

"我有什么感觉是我自己的事。"菲莉帕平静地回应。

"也是我的事。我想让你说话。我想知道你那平静的心里都在想些什么。我有权利知道，我真的有。我原本不想爱上你，我原本想静静地坐下来写我的书。那么精彩的一本书，全是关于这世界的悲惨光景。洞察别人如何悲惨倒是非常容易。这全是一种习惯，真的。对，我忽然相信了这个，在读了伯恩·琼斯①的传记之后。"

菲莉帕停下手中移植的活儿，皱着眉头，迷惑不解地凝视着他，"伯恩·琼斯跟这个有什么关系？"

"息息相关。你要是看了前拉斐尔派作家的作品，你就会认识到什么叫风尚。他们都那么亲切，满口俚语、快活、有说有笑，一切都那么美妙。这也是风尚。实际上他们根本就不怎么幸福，或者说并不比我们幸福，而我们也并不比他们悲惨。告诉你，这就是风尚。战争结束之后，我们沉迷于肉欲。现在都变得灰心失意。这些根本就无关紧要。我们干吗要谈这个？我原本是来谈咱们的事的，结果我被泼了一身的冷水，吓得退在一边。就因为你不愿帮我。"

"你要我干什么？"

"说话！跟我谈谈天。是因为你丈夫吗？因为你爱他，

---

① 伯恩·琼斯（Burne Jones, 1833—1898），新拉斐尔前派画家。

所以他死后你就沉默寡言了？是这样吗？好吧，就算你过去爱他，可他死了。别的女孩也死了丈夫——还不少呢——有些人也爱她们的丈夫。她们在酒吧里这样倾诉，喝得足够醉的时候还会流几滴眼泪，然后就会为了能感觉好一点和你上床。我想这是忘掉过去的一种办法。你得忘掉过去，菲莉帕。你还年轻——又极其可爱——我爱你爱得要死。给我谈谈你那该死的丈夫，跟我谈谈他。"

"没什么可谈的。我们相遇，然后结婚。"

"当时你一定非常年轻。"

"太年轻了。"

"那么你跟他在一起快乐吗？接着说，菲莉帕。"

"没什么可接着说的。我们结了婚，我想我们跟大部分人一样快乐。哈利出生了，罗纳德去了国外，他——他在意大利被杀害了。"

"现在就剩下哈利了？"

"现在我还有哈利。"

"我喜欢哈利，他真是个好孩子。他也喜欢我。我们合得来。怎么样，菲莉帕？我们结婚吧？你可以继续做园丁，而我接着写书，假期咱们放下工作去享受享受。用一点手腕，我们可以设法不跟妈妈住在一起。她可以掏点钱资助她可爱的儿子。我活得仰人鼻息，我写令人厌烦的书；我的视力有缺陷，而且太爱说话，这就是我最糟的缺点了。你愿意试试吗？"

菲莉帕望着他。她面前是一个个子高挑的年轻人，他戴着一副宽大的眼镜，神色庄严而焦急。他沙色的头发乱糟糟的，他凝望着她，目光里充满令人安心的友善情意。

"不。"菲莉帕说。

"肯定不？"

"肯定不。"

"为什么？"

"你对我什么都不了解。"

"就这样？"

"不，你对什么都一无所知。"

埃德蒙思索片刻。

"也许是的，"他承认，"可谁又懂呢？菲莉帕，我亲爱的人儿——"他打住了。

顷刻，他冒出来一串哀切而悠长的倾诉。

"暮光垂临，（埃德蒙诵吟着，可眼下才上午十一点）豪宅花园里的小狮子狗，'菲尔、菲尔、菲尔、菲尔'，它们又是哀叫又是呼唤——你的名字不好押韵，对吧？听起来像是《自来水笔颂》。你还有没有别的名字？"

"琼。请走吧。卢卡斯太太来了。"

"琼、琼、琼、琼，好一些了，可还是不够好。油腻腻的琼打翻了罐子——这也不是婚姻生活的好景象。"

"卢卡斯太太正——"

"哦，见鬼！"埃德蒙说，"快给我拿个该死的西葫芦。"

2

弗莱彻警长亲自负责小围场宅邸的警戒。

这天该米兹休息。她总是乘十一点的班车去梅登厄姆。与布莱克洛克小姐商量好后，弗莱彻警长当起了房子的管家。布莱克洛克小姐同多拉·邦纳到村里去了。弗莱彻迅速行动起来。有人给门上了油，使之处于备用状态。不管是谁干的，目的都是为了等灯一灭，好神不知鬼不觉地离开客厅。这就排除了米兹，因为她没有必要使用那道门。

剩下还有谁呢？邻居们，弗莱彻想，也可以排除。他看不出他们如何能找到机会给门上油，把门准备好。

那就只剩帕特里克和朱莉娅·西蒙斯、菲莉帕·海默斯，可能还有多拉·邦纳。年轻的西蒙斯兄妹在米尔切斯特，菲莉帕·海默斯又干活儿去了，弗莱彻警长可以随便搜寻任何秘密。但令人失望的是，房子并没有什么可疑之处。尽管弗莱彻是电力系统方面的专家，但无论是电线还是配电盒，都找不到能让电灯保险丝烧掉的迹象。他飞快地查了一遍所有的卧室，发现一切正常，这真让人恼火。菲莉帕·海默斯的房间有一些照片，上面全是同一个男孩，长着一双严肃的眼睛。另一张是更早些时候照的；

此外还有一沓学童的来信，一两份戏院的节目单。朱莉娅的房间里有满满一抽屉法国南部的快照。几张海水浴的照片，另一张是一幢坐落在含羞草丛中的别墅。帕特里克的房间里有一些他在海军服役的纪念品。多拉·邦纳的屋里没有多少个人物品，而且似乎都毫无异常。

然而，弗莱彻想，这幢房子里肯定有人给那道门上了油。

这时，楼下传来一个声响，打断了他的思绪。他赶紧跑到楼顶，往下看去。

斯韦特纳姆太太正穿过走廊，手上挽着一个篮子。她往客厅里瞧了瞧，然后走过走廊，进了饭厅。等她出来时，手上已没有篮子了。

弗莱彻弄出了微弱的声响，一块木地板突然在他的脚下吱呀作响，令她转头。她朝上面喊道："是您吗，布莱克洛克小姐？"

"不，斯韦特纳姆太太，是我。"弗莱彻应声道。

斯韦特纳姆太太轻轻尖叫了一声。

"哦！您真吓了我一跳，我以为又是一个窃贼呢。"

弗莱彻走下楼梯。

"这幢房子似乎不能很好地防范窃贼，"他说道，"谁都可以像您这样进进出出吗？"

"我刚买了一些水果，"斯韦特纳姆太太解释道，"布莱克洛克小姐想做一些榅桲果冻，可她这儿没有榅桲树。我给她留了一些放在餐厅里。"

说完她笑了笑。

"啊，我明白了，您是问我怎么进来的？对啦，我是从侧门进来的。我们在彼此的家里都是进进出出的，警长。天不黑，谁也不会想到要锁门。我是说，要是拿了东西来，却进不了门，那不是很难堪吗？现在跟从前不一样了，那时候，一按门铃，仆人就会来应门。"

斯韦特纳姆太太叹了口气。"我记得在印度，"她哀伤地说，"我们家有十八个仆人——十八个。还没算上保姆。那可是理所当然的事。在国内，当我还没有嫁人的时候，我们总有三个仆人——虽然妈妈总觉得请不起厨娘贫穷至极。我得说现在的生活变得奇怪极了，警长，虽然我知道不应该抱怨。糟糕的是，那么多的煤矿工人总是染上鹦鹉热（或是叫鹦鹉病），所以不得不离开矿井，来当园丁，可他们连菠菜跟杂草都分不清。"

快走到门边时，她补充道："我不占用您的时间了，我想您一定非常忙，不会再出事了吧？"

"为什么说会出事呢，斯韦特纳姆太太？"

"我只是纳闷，因为看见您在这儿。我还以为是黑帮。您会转告布莱克洛克小姐楒梓的事吧？"

斯韦特纳姆太太走了。弗莱彻觉得自己好像冷不防被猛击了一下。他原来一直认为是房子里的人给门上的油，现在他发现自己错了。外面的人只要等米兹乘车离开，等莱蒂希亚·布莱克洛克和多拉·邦纳外出，就可以进来。这样的机会再简单不过了。这就意味着他不能排除那天晚上在客厅的任何一个人。

3

"穆加特罗伊德！"

"怎么了，欣奇？"

"我一直在思考。"

"是吗，欣奇？"

"是的，这个伟大的大脑一直在工作。你知道，穆加特罗伊德，那天晚上的安排肯定有鬼。"

"有鬼？"

"不错。把你的头发卷起来，把毛巾拿去。假装这是一把左轮手枪。"

"哦！"穆加特罗伊德小姐紧张地说。

"来吧，不会吃了你的，到厨房去，扮演那个窃贼。你站在这儿。现在你要进到厨房去扣住一帮傻瓜。拿着手电，打开它。"

"可现在还是大白天！"

"用你的想象力，穆加特罗伊德，打开它。"

穆加特罗伊德小姐照办了，同时笨手笨脚地将毛巾夹在腋下，"现在，"欣奇克利夫小姐说道，"去吧。还记得你在女子学院扮演《仲夏夜之梦》里的赫米娅吗？表演吧，尽情地表演吧。'举起手来！'这是你的台词——可别加个'请'字把戏演砸了。"

穆加特罗伊德顺从地扬起手电筒，挥舞着毛巾，朝厨房门走去。

她把毛巾换到右手，飞快地拧动门把手，往前踏了一步，左手拿起手电筒。

"举起手来！"她拖长着声音说，然后恼怒地加了一句，"老天爷，这可真难，欣奇。"

"为什么？"

"这门。这是扇回转门，它往回关，可我的两只手都拿着东西。"

"一点儿也不错，"欣奇克利夫小姐大声说道，"小围场的客厅门也是回转的。和这扇不太一样，但也不会总开着。所以莱蒂·布莱克洛克才从高街的艾略特商店买了那个相当漂亮而沉重的玻璃门挡。我现在可以敞开了说，绝不会原谅她抢在我前面买进了那玩意儿。我跟那老家伙好好杀了一番价，他愿意从八个金币降到六镑十先令，可后来，布莱克洛克来了，买走了那该死的玩意儿。我还从未见过那么迷人的门挡，那么大的玻璃球可不常买到。"

"也许那个贼用门挡抵住门，好让门开着。"穆加特罗伊德发表了意见。

"运用你的常识，穆加特罗伊德。他是干什么的？难道他推开门后说'劳驾请稍等'然后弯下腰去摆好门挡，完事后再说'请各位举起手来'，接着干他的勾当？尽量用你的肩膀抵住门。"

"这还是很令人尴尬。"穆加特罗伊德小姐抱怨道。

"完全正确，"欣奇克利夫小姐说，"一把左轮手枪，一个手电筒，一扇需要抵开的门——有点太吃力了。不是吗？那么，答案是什么？"

穆加特罗伊德小姐没有试图去提供一个答案。她怀着好奇和钦佩的目光望着她那位颐指气使的朋友，并等着接受教诲。

"我们知道他有一把左轮手枪，因为他开了枪。"欣奇克利夫小姐说道，"我们还知道他有一支手电筒，因为我们都看见了——就是说，除非我们都是集体催眠术的受害者，就像《印度的绳子把戏》——老伊斯特布鲁克的印度故事真是无聊透顶——里解释的那样。所以现在的问题是，有没有人为他抵住门？"

"可谁会这样做呢？"

"对了，你就可以算一个，穆加特罗伊德。照我的记忆。灯灭的时候，你就站在门背后。"欣奇克利夫小姐开怀大笑起来，"极其可疑的人物，难道你不是吗，穆加特罗伊德？可谁会想到去看你呢？来，给我毛巾——谢天谢地，这不是一把真正的左轮手枪，否则你就会射到自己了！"

4

"真是件异乎寻常的事,"伊斯特布鲁克上校咕哝道,"异乎寻常,劳拉。"

"怎么了,亲爱的?"

"到我的更衣室来一下。"

"什么事,亲爱的?"

伊斯特布鲁克太太从开着的门走进来。

"还记得我给你看过的我那把左轮手枪吗?"

"哦,是的,阿奇,一件恐怖而令人作呕的黑乎乎的东西。"

"对。德国纪念品。是放在这个抽屉里的,是吧?"

"对啊,没错。"

"可现在不见了。"

"阿奇,那可真怪!"

"你没有动过吧?"

"哦,没有,我压根儿就不敢碰那可怕的玩意儿。"

"看来是那个叫什么名字的老太婆干的?"

"哦,我一刻也不会这么想。巴特太太绝不会干这种事。要不要我问问她?"

"不——不,最好别问。我可不想招来别人说三道四。告诉我,还记得我是什么时候拿给你看的吗?"

"哦,大约一周前。你当时在咕哝你的衣领和洗衣房,然后你把这个抽屉开得大大的，靠里面的就是那东西。我还问你那是什么。"

"对，没错，大约一周前。你不记得具体日期了吧？"

伊斯特布鲁克太太回想着，她的眼帘下垂，遮住了眼睛，精明的头脑正在转着念头。

"当然啦，"她说道，"是星期六。那天我们本来要去看电影，但没去成。"

"嗯——肯定不是在这之前？星期三？星期四或者是那周之前的一周？"

"不是，亲爱的，"伊斯特布鲁克太太说，"我记得相当清楚。是星期六，三十号。因为出了那么个麻烦事，所以显得过了很长的时间。告诉你我为什么记得，因为那是在布莱克洛克小姐家发生抢劫之后的第二天。因为一看见你的左轮手枪，我就想起了头天晚上开枪的事。"

"啊，"伊斯特布鲁克上校说道，"那我可就如释重负了。"

"哦，阿奇，为什么？"

"因为如果我的左轮手枪是在枪击事件之前丢失的——那我的枪就八成是被那个瑞士佬偷了。"

"可他怎么会知道你有一把枪？"

"这些黑帮消息之灵通可非同寻常。像地点、谁住在什么地方之类，他们都有办法知道。"

"你懂得真多，阿奇。"

"哈，不错，以前见过一两回。既然你清楚记得抢劫发生之后还见过我的左轮手枪，那就行了。那个瑞士佬用的枪不可能是我的那一把，对吧？"

"当然不可能是。"

"真让我如释重负。我本来该去警察局报告，可他们会提很多让人难堪的问题。这是肯定的。实际上我根本没有持枪许可证。不知怎么的，战争一过，人们就忘了和平时期的规定。我把它当作战争的纪念品，而不是武器。"

"是的，我明白。当然是这样。"

"可问题仍然是，那该死的玩意儿到哪儿去了？"

"兴许是巴特太太拿了。她似乎向来很诚实，不过抢劫事件发生之后，她感到紧张，也许想弄把枪放在自己家里。当然她是绝对不会承认的。我连问都不会问，否则她会生气的。那么我们该怎么办呢？这可是座大房子——我简直不能——"

"的确是这样，"伊斯特布鲁克上校说，"最好只字不提。"

第十三章　小镇清晨（续）

马普尔小姐走出牧师住宅的大门，沿着通向大街的小巷前行。

她拄着朱利安·哈蒙牧师结实的拐杖，走得相当快。

她经过红牛商店和肉铺，在艾略特的古董店前稍事停留，往橱窗里看了看。这个商店巧妙地开在"蓝鸟"茶馆兼咖啡屋的隔壁，因此，当富人们停下车来品一杯好茶，并尝过一点美其名曰"家庭烘焙蛋糕"之后，便可能抵挡不住艾略特先生装饰得颇有格调的橱窗的诱惑。

在这个突出的圆形古董橱窗里，艾略特先生展示出了可以满足各种品位的商品。两只沃特弗德出产的玻璃酒杯放在一个完美无缺的冷酒器上。一张用各种形状的核桃木拼起来的书案一望而知货真价实。橱窗里的一张桌子上则摆着各色各样的廉价门环和稀奇古怪的小玩意儿，包括几件德累斯顿雕花陶瓷、两串样子难看的珠链、一个刻有"坦布里奇赠"字样的马克杯，以及一些零零碎碎的维多利亚风格的银器。

马普尔小姐全神贯注地望着橱窗里的东西。艾略特先生如同一只年迈的肥蜘蛛，从他那撒开的蜘蛛网里向外窥视，盘算着有没有可能捕捉到这只刚刚飞来的"苍蝇"。

但就在他断定"坦布里奇赠"的那件迷人礼物对住在牧师家的这位女士太过昂贵（自然啦，艾略特先生跟别人一样很清楚她是什么人）的时候，马普尔小姐通过眼角的余光，看见多拉·邦纳小姐走进了"蓝鸟"咖啡屋。于是，她当即决定，自己得喝一杯可口的清晨咖啡，才能抵御寒风。

已有四五位女士在咖啡屋里面小憩，算是为上午的购物活动增添一点情趣。马普尔小姐朝"蓝鸟"昏暗的装潢眨巴着眼睛，巧妙地装出闲逛的样子。忽然，邦纳小姐打招呼的声音在她身边响起：

"啊，早安，马普尔小姐。请到这儿来坐吧。我是一个人。"

"谢谢。"

马普尔小姐感激地在"蓝鸟"屋提供的硬邦邦的蓝漆小扶手椅上坐下了。

"这寒风真是刺骨，"她抱怨道，"我的腿又有风湿，所以走不快。"

"啊，我明白。我有一年得过坐骨神经痛——那一阵子大部分时间都很痛苦。"

两位女士津津有味地谈了一会儿风湿病、坐骨神经痛和神经炎。一个绷着脸的姑娘身穿粉色罩衫，上面印有飞翔的蓝鸟。她摆出一副很不耐烦的样子，哈欠连天地在茶点单上写下她们点的咖啡和蛋糕。

"这里的蛋糕，"邦纳小姐用密谋般的声音低语道，"可相当好呢。"

"我对那天从布莱克洛克小姐家出来时碰见的那个相当漂亮的姑娘很感兴趣，"马普尔小姐开口了，"我想她说她是做园丁的。她是本地人吗？海默斯——是叫这名字吗？"

"啊，是的，菲莉帕·海默斯。我们的'房客'。"邦纳小姐因为自己的幽默而笑了起来，"真是个文静的好姑娘，一位淑女，如果您明白我的意思的话。"

"我有些纳闷。我认识一个海默斯上校——是在印度的骑兵团。也许是她的父亲？"

"她是海默斯太太，是个寡妇。她丈夫在西西里岛还是意大利本土被杀了。当然，死掉的也有可能是她父亲。"

"我猜，她会不会有一些绯闻？"马普尔小姐调皮地暗示道，"跟那个高个儿的年轻人？"

"您是说帕特里克？哦，我不知道——"

"不，我指的是戴眼镜的那个年轻人。我看见他们在一起来着。"

"啊，当然，埃德蒙·斯韦特纳姆。嘘！坐在角落里的是他母亲，斯韦特纳姆太太。说实话，我不知道。您认为他仰慕她吗？他可是个奇怪的年轻人——总是说些非常讨人嫌的话。他应该很聪明的，您知道。"邦纳小姐明显不以为然地说道。

"聪明并不等于一切，"马普尔小姐摇头，"啊，咱们的咖啡来了。"

绷着脸的姑娘"砰"地放下咖啡杯。马普尔小姐和邦纳小姐相互推让着蛋糕，"听说您和布莱克洛克小姐一起上学，我很感兴趣。你们的友谊真是深厚。"

"是的，的确如此。"邦纳小姐叹息道，"很少有人能像布莱克洛克小姐这样对老朋友保持忠诚。哦，老天爷，那些似乎是很久很久以前的事了。那么一个漂亮的姑娘，过得那么快活。这一切似乎那么悲哀。"

马普尔小姐尽管不知道什么叫"那么悲哀"，却依然叹了口气，摇了摇头。"生活真是艰难啊。"她小声说。

"'勇敢地承受起痛苦的折磨'。"邦纳小姐呢喃着，眼中涌现出泪水，"我总是想起这句诗。真正的忍耐，真心的顺服。这样的勇气和忍耐应该受到嘉奖，我一直这么说。我对布莱克洛克小姐的感情再怎么深厚都不过分，无论她得到什么好的报答，她都当之无愧。"

"钱，"马普尔小姐说，"可以让人的生活道路变得非常平坦。"

她觉得这样说很安全，因为她断定邦纳小姐指的正是布莱克洛克小姐梦寐以求的富裕生活。

然而这句话却引发了邦纳小姐的不同看法。

"钱!"她尖刻地说道,"除非一个人有了切身经历,您知道,我不相信谁能真正体会有钱或者没钱的意义。"

马普尔小姐同情地点了点满是银发的头。

邦纳小姐很快继续说下去,她越说越起劲,脸也变得绯红。"我常常听到人们说:'我宁愿桌上只有鲜花,也不要在进餐时没有鲜花陪伴。'可这些人饿过几顿呢?他们不知道真正挨饿的滋味——没有挨过饿就不可能知道。面包,您知道,一罐肉汤,一丁点儿植物黄油。天天一个样,多么渴望有一两盘堆得满满的肉和蔬菜啊。然后说说衣服——破破烂烂,补了又补,就怕露出肉来。还有申请工作,他们总是说你年纪太大了。就算好不容易找到一份工作,毕竟你没那么营养充足,于是你就会晕倒。结果你又重蹈覆辙了。可房租——总是有房租——非付不可,不然你就得滚到街上去。那些日子,剩不了几个子儿。养老金又维持不了多久——真的根本用不了多久。"

"我明白。"马普尔小姐温柔地说。她满怀怜悯地望着邦纳小姐颤抖的脸。

"后来我给莱蒂写了封信。我碰巧在报上看到她的名字。那是为资助米尔切斯特医院而举行的一次午餐会。白纸黑字,莱蒂希亚·布莱克洛克小姐。这勾起了我对往事的回忆,我很多年没有听到她的消息了。您知道,她给一个非常有钱的人——戈德勒——做过秘书。她一直是个聪明的姑娘——是那种在世上勇往直前的人。人不可貌相，可她就是这种性格。我当时想——对，我是这样想的——兴许她还记得我——正是我可以去求助的人。我的意思是，我们认识的时候大家都还是女孩——在一起上学——她们是真正了解我的——她们清楚我不是一个会写信求人的人——"

多拉·邦纳的眼里涌起了眼泪。

"后来洛蒂来把我接走了，还说她需要有个人帮她。当然，我非常吃惊，吃惊得很，可报纸确实也会把事情弄错呀。她可真好心，真是富于同情心啊，对以前的事又记得那么清楚……我什么都会为她干，的确会的。我也很努力，但恐怕有时候把事情弄得一团糟，我的脑子不如以前了。我丢三落四，净说傻话。可她非常有耐心。她最好的地方就在于她总是假装我对她有用。这是发自内心的仁爱，难道不是吗？"

"对，这是发自内心的仁爱。"马普尔小姐温柔地说。

"即便来到小围场后，您知道，我经常感到担忧，因为万一——万一布莱克洛克小姐有什么不测，我今后的生活会怎么样？毕竟出事的机会是很多的——汽车呼啸而过——这谁也无法预料，对吧？不过我自然没有说出来，可她肯定是猜出了什么。有一天，她忽然告诉我说，她会在遗嘱里为我留下一笔小数目的年金——还有我珍视的东西——她的全部漂亮的家具。我简直是喜出望外……而且她还说，没有谁像我这么爱惜家具——这倒是千真万确——我无法忍受看见别人打碎漂亮的瓷器，或是把湿乎乎的杯子放在桌上，在上面留下印子。我确实在为她打理东西。有些人——特别是有些人，是那么的粗心大意——有时候比粗心大意还要糟呢！

"我其实并不像看起来的那么笨，"邦纳小姐继续懵懂地说，"我看得出，您知道，如果布莱克洛克小姐遭到暗算，有人——我不愿指名道姓——可他们会从中获利。亲爱的布莱克洛克小姐也许太过于相信别人了。"

马普尔小姐摇摇头。

"这可是个错误。"

"是的。我和您，马普尔小姐，都了解这个世界。但亲爱的布莱克洛克小姐——"她摇了摇头。

马普尔小姐觉得，作为一个大金融家的秘书，布莱克洛克小姐按理也应该是深谙世事的。不过，多拉·邦纳的意思可能是说莱蒂·布莱克洛克一贯养尊处优，因此不了解人性的深不可测。

"那个帕特里克！"邦纳小姐说，话头之突然，口气之严厉，着实把马普尔小姐吓了一跳。"据我所知，至少有两次朝她要钱。还装作可怜巴巴的样子，说是欠了债，诸如此类的。她太过慷慨了。我劝她的时候，她只对我说：'那孩子还年轻，多拉。年轻的时候就要恣意行乐。'"

"唔，这倒是句实话。"马普尔小姐说，"再说又是这么一个仪表堂堂的小伙子。"

"仪表堂堂就得有仪表堂堂的风度，"多拉·邦纳说，"可他太喜欢拿别人取乐了。我估摸他跟不少女孩子都有牵扯。我只是他取乐的一个对象——就是这么回事。他好像没有意识到别人也有感情。"

"年轻人就是这样不顾别人。"马普尔小姐说。

邦纳小姐忽然神秘兮兮地把身子凑了过来。

"您不会泄漏一个字吧，亲爱的？"她请求道，"可我不禁觉得他肯定搅和到了这件可怕的事里去了。我想他认识那个年轻人——还有朱莉娅也认识。我不敢向亲爱的布莱克洛克小姐暗示这种事——可至少我还是做了，而她把我骂了个狗血淋头。当然，这种事尴尬极了，因为他是她的外甥嘛——或者至少是她的表弟。如果说那个瑞士年轻人是开枪自杀的，那帕特里克可能在道义上有亏欠，难道不是吗？我的意思是，如果是他让那家伙干的话。我实在被整件事弄得糊里糊涂的。好几个人都对进客厅的另一道门小题大做。这是又一件让我心烦的事——警督说门给上过油。因为您瞧，我看见——"她突然打住话头。

马普尔小姐字斟句酌着。

"对您来说真是太难做了，"她同情地说道，"您自然不愿让这些事传到警察局去。"

"一点儿不错，"多拉·邦纳大声说道，"我夜里躺在床上都没法合眼，忧心忡忡——因为您看，有一天，我在灌木林里撞见帕特里克。当时我在找鸡蛋——一只母鸡下的——他就在那儿，手里拿着一片羽毛和一个杯子——是个油腻腻的杯子。一看见我，他像做了亏心事似的吓了一大跳，还跟我说：'我正在纳闷这玩意儿放在这里是干什么用的。'当然啦，他脑子转得很快。我敢说他是在被我惊到的瞬间就编出那个借口的。如果他不是来找那东西的，如果他不是完全清楚那东西就在那儿，他怎么会跑到灌木林里找那种东西呢？当然了，我那时什么也没说。"

"对，没错，当然不能说。"

"可我给了他点脸色，如果您明白我的意思的话。"

多拉·邦纳伸出手来，拿起鲑鱼色的蛋糕心不在焉地咬了一口。

"又有一天，我偷听到他跟朱莉娅的一次奇怪的谈话。他们似乎在吵架。他说：'要是我知道你扯上这种事！'朱莉娅（她从来都很镇静，您知道的）就说：'哦，小哥哥，那你要怎么样？'这时，非常不幸的是，我踩到了那块一踏上就吱嘎吱嘎作响的木板，他们看见我了。于是我乐呵呵地问：'你们在吵架？'帕特里克说：'我在警告朱莉娅不要继续参与这种黑市的买卖。'哦，真是油嘴滑舌，可我相信他们谈的压根儿就不是那回事！要是您问我，我相信，是帕特里克给客厅的那盏台灯做了手脚，好把别的灯弄熄，因为我记得清清楚楚，放在那儿的是牧羊少女——

而不是牧羊少年的那一盏。然而到了第二天——"

她忽然打住，脸上涌起粉红色。马普尔小姐转过头，看见布莱克洛克小姐站在她们的身后——她一定是刚进来的。

"咖啡和八卦，邦妮？"布莱克洛克小姐说道，话音里颇有责怪之意。"上午好，马普尔小姐。天可真冷，对不对？"

"我们就是在讲，"邦纳小姐急忙忙地说，"眼下有这么多规矩和条款，搞得人都分不清南北了。"

门"砰"的一声打开，圆圆跑进了"蓝鸟"。

"你们好哇，"她招呼道，"我是不是没赶上喝咖啡？"

"不，亲爱的，"马普尔小姐说，"坐下来喝一杯。"

"我们得回家了，"布莱克洛克小姐说，"商店逛完了没，邦妮？"

她的声音里再次充满了迁就之意，但眼神里依然略带责怪。

"是的，是的，谢谢你，莱蒂。我得顺道去药店买一些阿司匹林和鸡眼膏。"

"蓝鸟"的店门在她们身后关上之后，圆圆问道："你们在谈些什么？"

马普尔小姐没有马上回答。等圆圆点完茶点，她才说："家庭团结是一件非常强大的事。非常强大。你还记得那件有名的案子吗？我真想不起是哪一个了。他们说丈夫毒死了妻子，毒药是放进一杯酒里的。后来审判的时候，女儿说她自己喝了母亲的半杯——这便否定了对父亲的指控。他们确实说过——不过也许只是谣言——自那以后，她再也没同父亲说过一句话，也没再跟他住在一起。当然，父亲是一码事，侄儿或表弟又是另一码事。不过情形还是一样——谁也不愿让自己的家人被吊死，对吧？"

"对，"圆圆想了想说道，"我想他们不会愿意的。"

马普尔小姐向后靠在椅子上，低声地喃喃自语："人们实在非常相像，走到哪里都一样。"

"我像谁呢？"

"你嘛，亲爱的，说实话，你就像你自己。我不知道你能使我想起什么人，也许除了——"

"您又来了。"圆圆道。

"我只是想起自己的一个客厅女仆了，亲爱的。"

"客厅女仆？我可会是个很糟的女仆。"

"没错，亲爱的，她也一样。站在桌旁伺候别人这件事，她可一点儿也不擅长。桌上堆得乱七八糟，厨房的刀跟餐厅的刀搅和在一起，还有她的帽子——这是很久以前的事了——从来没有戴正过。"

圆圆不由自主地矫正自己的帽子。

"后来呢？"她急不可待地追问道。

"我把她留下来，是因为家里有她实在很愉快，她总是逗我笑。我喜欢她讲话直来直去的方式。有一天她跟我说：当然，我是不知道了，夫人，'她说，'可弗萝莉的坐姿就跟结了婚的女人一样。'果然，可怜的弗萝莉就有了麻烦——跟在发廊里当助手的温文尔雅的小伙子好上了。我同他谈了谈，他们举行了一场十分不错的婚礼，幸福地安顿下来。弗萝莉是个好姑娘，可就是容易对温文尔雅的外貌倾心。"

"她没干谋杀的勾当吧？"圆圆问道，"我是说，那个客厅女仆。"

"没有，真的。"马普尔小姐说，"她嫁给了一个浸礼会的牧师，他们养了三个孩子。"

"就像我一样，"圆圆说，"尽管到目前为止，我只有爱德华和苏珊。"

过了片刻，她补了一句："您这会儿在想谁呢，简姨妈？"

"很多人，亲爱的，很多人。"马普尔小姐含糊其词地答道。

"是在圣玛丽米德的？"

"主要是吧……我想起了艾勒顿护士——真是个杰出、善良的女人。她照看过一位老太太，似乎真的喜欢她。后来那老太太死了。然后她又照看一位，又死了。最后发现她用了吗啡。用最仁慈的方式干的，令人发指的是，那个女人却真的不觉得自己做了错事。'她们反正活不长。'她说，其中一个患了癌症，相当痛苦。"

"您是说——那是出于仁慈的谋杀？"

"不，不。她们立了遗嘱，把钱留给她。她为的是钱，你知道吗……

"然后就是邮轮上的那个年轻人——纸店的普塞太太的侄子。他把偷的东西拿回家来让她处理，说那是他在国外买的，她就相信了。后来警察上门，开始提问题，他全推到她头上，这样她就摆脱不了他……他不是个好人——但长得挺英俊，让两个女人爱上了他。他在其中一个人身上花了不少钱。"

"我想是最肮脏的一个。"圆圆说。

"是的，亲爱的。还有一位羊毛店的克雷太太，对儿子全心全意，当然也惯坏了他。结果他被一帮不三不四的人缠上了。还记得琼·克罗夫特吗，圆圆？"

"不，我不记得了。"

"我想你跟我去串门的时候见过她，她经常叼着香烟或烟斗，昂首阔步。一家银行遭到一次抢劫，而琼·克罗夫特当时正好在这家银行里。她把那个男的打翻在地，夺过左轮手枪。法官还表彰了她的英勇。"

圆圆聚精会神地听着，似乎要把这一切都铭记在心。

"还有呢——"她追问。

"那年夏天，圣让·德·科林斯的那个姑娘，那么一个文文静静的女孩——倒不是说文静得沉默寡言——人人都喜欢她，可谁都不是很了解她……后来我们听说她丈夫是个伪造犯，这使她觉得自己被人们孤立了。最后那件事使她变得有点古怪，你知道，抑郁确实能让人改变。"

"在您的记忆里有没有在印度服过役的英国上校，亲爱的？"

"当然有，亲爱的。拉杰斯那里有位沃恩少校，还有一位赖特上校住在西姆拉洛奇。他们倒没什么问题。可我的确记得霍奇森先生，他去远航了一次，便娶了一个可以做他女儿的年轻女子。不知道她是从哪里来的——当然除了她告诉他的。"

"而她说的不是实话？"

"对。亲爱的，肯定不是。"

"还不错。"圆圆点头道，一面扳着手指数人，"我们有全心全意的多拉、仪表堂堂的帕特里克、斯韦特纳姆太太、埃德蒙、菲莉帕·海默斯、伊斯特布鲁克上校和太太——要是您问我的意见，应该说，您对多拉的看法完全正确。可她没有什么理由谋杀莱蒂希亚·布莱克洛克。"

"有些事布莱克洛克小姐可能心里有数，但又不愿让别人知道。"

"哦，亲爱的，就是那些老掉牙的事？那肯定是陈年往事了。"

"也可能不。你瞧，圆圆，你不是那种特别在乎人怎么看你的人。"

"我明白您的意思了，"圆圆忽然说道，"一个人要是一直过得很艰难，就好比一只迷了路的猫，浑身哆嗦，一旦你找到一个家，找到一只温暖的抚摸的手，人们都叫你漂亮的小猫咪，有人全心全意为你着想……为了保住这些，你一定会奋不顾身的……好吧，我得说，您为我展示了形形色色的人。"

"可你对他们看得并不清楚。"马普尔小姐温和地说。

"是吗？我漏掉了什么？朱莉娅？朱莉娅，漂亮的朱莉娅很古怪。"

"三先令六便士。"沉着脸的女招待从阴暗里走过来，说道。

"另外，"她又开口了，胸脯在制服上的"蓝鸟"下剧烈起伏着，"我想知道，哈蒙太太，您为什么说我古怪。我有个姑姑算是'古怪者'中的一员，可我本人从来都是圣公会的教徒，关于这一点，退了休的霍普金斯牧师可以告诉您。"

"实在抱歉，"圆圆说，"我只是在引用一首歌，我根本不是指你，我不知道你的名字也叫朱莉娅。"

"倒是相当巧合啊。"沉着脸的女招待的态度缓和了，"我相信您不是有意冒犯，可听到叫我的名字，我就在想——哎——自然，如果您觉得别人在谈论您，那么竖起耳朵听就是人的本性。谢谢您。"

她拿了小费离开了。

"简姨妈，"圆圆说道，"别那么焦虑。怎么了？"

"但一定，"马普尔小姐喃喃自语，"不可能是这样。这说不通——"

"简姨妈！"

马普尔小姐叹了一口气，露出明亮的笑容。

"没什么，亲爱的。"她说。

"您是不是认为您知道谁是凶手了？"圆圆问道，"是谁呢？"

"我一点儿也不知道，"马普尔小姐回答，"我忽然有了一个念头——可又消失了。但愿我知道。时间那么短，简直太短了。"

"您说短是什么意思？"

"苏格兰的那个老太太随时都可能死。"

圆圆瞪大眼睛说道："这么说，您真的相信皮普和艾玛确有其人了？您认为是他们干的——而且他们还会再次下手？"

"他们当然还会下手，"马普尔小姐几乎是心不在焉地说道，"尝试过一次，就一定会有第二次。如果你一旦下决心杀掉什么人，你绝不会因为第一次失手而放弃。特别是在你确信没被怀疑的时候。"

"可如果是皮普和艾玛的话，"圆圆说，"那就只有两个人有可能。那肯定就是帕特里克和朱莉娅。他们是兄妹，而且年龄恰恰符合。"

"我亲爱的，根本没有这么简单，有各种各样的结果和组合。有皮普的妻子——如果他结了婚的话，或者是艾玛的丈夫。还有他们的母亲——即使她不可能直接继承遗产，她也是感兴趣的那一方。如果布莱克洛克小姐三十年都没有见过她的话，可能现在已认不出她了。上了年纪的女人都很相像。你还记得吧，沃瑟斯彭太太除了领自己的那份养老金，又领了巴特勒太太的那一份，尽管巴特勒太太已经死了好多年。再说，布莱克洛克小姐是个近视眼。你有没有注意到她是怎么看别人的？然后还有他们的父亲，他显然是个坏家伙。"

"对，但他是个外国人。"

"从出生地上看是这样。但没有理由相信他说的英语就一定有口音，或者说话的时候就一定手舞足蹈。我敢说他可能扮演的是——在印度服役的英国上校的角色，而且跟别人演得一样棒。"

"这就是您的想法吗？"

"不，不是，真的不是，亲爱的。我只是想，有一大笔钱处在危险中，一大笔钱呢。恐怕我太了解，为了获得一大笔钱，人会干出多么可怕的事了。"

"我想他们会的，"圆圆说，"可这对他们没有什么好处，对吧？会有报应的？"

"对——可他们通常不这样想。"

"我可以理解。"圆圆忽然笑了，笑得相当甜蜜，而且笑歪了嘴，"每个人对钱的感觉都不一样……甚至我都感觉到了。"她想道："你自我催眠说会得到那笔钱，之后会用来干很多好事。制订一些计划……为被人遗弃的孩子提供一个家。劳累的母亲……送辛辛苦苦干了一辈子的老年妇女到国外去好好休养休养……"

她的神情变得阴郁起来，眼神突然变得黯然、悲凉。

"我知道您在想什么，"她对马普尔小姐说，"您在想，我会是最坏的那种人，因为我自己有孩子。如果只是出于自私的理由想要那笔钱，你就会自惭形秽。可一旦假装是用钱去做善事，你就能够说服自己，也许杀人就没有什么关系了……"

然后，她的眼睛又亮了起来。

"可我做不到，"她说，"我根本下不了手。即使是老年人、病人，或者是在世上做过伤天害理的事的人，我也下不了手。即便是讹诈别人的人，或者——或者是地地道道的禽兽，都不行。"她从咖啡渣里拈出一只苍蝇，把它放在桌上晾干，"因为人总是喜欢活着的，不是吗？苍蝇也一样。即使你老了，病魔缠身，只能从屋里爬到阳光下。朱利安说过，这些人比年轻力壮的人更喜欢活着。他还说，死对于他们更难，所以抗争得也就更顽强。我自己就喜欢活着——不仅是因为幸福、享受和痛快。我说的是活着—— 一觉醒来，浑身上下有感觉，觉得自己还在那儿——像钟一样嘀嘀嗒嗒走个不停。"

她朝那只苍蝇轻轻吹了口气。它动了动腿，然后摇摇晃晃地飞走了。

"振作起来，亲爱的简姨妈，"圆圆说，"我是绝对不会去杀人的。"

第十四章　回首往事

坐了一夜的火车，科拉多克警督在苏格兰高地的某个小站下了车。

有那么一阵子，他觉得很奇怪，富有的戈德勒太太——一个病人，可以选择住在位于伦敦一个时髦广场的宅邸里，也可以住在汉普郡的庄园，还可以住在法国南部的一座别墅里，却居然挑选遥远的苏格兰老家居住。她在这里肯定断绝了许多朋友的往来和娱乐。这一定是种寂寞的生活——要不就是她已病入膏肓，无法注意或在乎周围的环境了？

一辆车等着接他，是一辆宽敞的老式戴姆勒，司机上了年纪。这是一个阳光明媚的早上，在二十英里的车程中，警督颇为惬意，尽管他又一次惊讶于这种对与世隔绝情有独钟的抉择。一句试探的话打开了司机的话匣子，使他对个中缘由有了个大概了解。

"这是她出嫁前的娘家。唉，她是这个家族的最后一员了。她和戈德勒先生在这儿度过的日子比在任何其他地方都快乐，尽管他不能经常从伦敦抽身来这儿。可只要他来，他们俩就开心得像一对孩子。"

随着古老宅邸的灰色墙壁渐渐映入眼帘，科拉多克感觉时光仿佛倒流了。一位年老的男管家接待了他，在洗漱修面后，警督就被领到一个房间，房间里的壁炉燃着熊熊火焰，他在里面用了早餐。

早餐后，一位身着护士装的中年妇女走进来，介绍她自己是麦克兰德护士，她的举止文雅而自信。

"我的病人已经准备好和您会面了，科拉多克先生。她正盼着见您。"

"我会尽量不让她激动。"科拉多克许诺道。

"我最好事先提醒您会发生什么情况。您会发现戈德勒太太看起来很正常。她会开口说话，而且喜欢说话，然后——突然之间——她的精力会垮掉。到时候请马上离开，让人叫我。您会看到，她几乎完全是靠吗啡的作用撑着。大部分时间她都睡得迷迷糊糊。为了接待您，我已经给她打了一针兴奋剂。随着兴奋剂的作用逐渐消失，她又会回到半昏迷状态。"

"我非常理解，麦克兰德小姐。我想请您说说戈德勒太太确切的健康状况，不知这样做对您来说是否妥当？"

"呃，科拉多克先生，她是个行将就木的人了。她的生命只能延续几周。如果说多年以前她就应该离开人世，您可能会感到奇怪，但这是事实。支撑着戈德勒太太活下来的原因是她对生命的强烈渴求和热爱。对于一个煎熬多年，而且十五年来从未踏出家门一步的人来说，这听起来不合常理，但这也是事实。戈德勒太太从来就不是一个身强体壮的女人，然而她生存的愿望却一直那么惊人。"她微笑着加了一句，"您会发现，她还是一个十分迷人的女人。"

科拉多克被领进了一间大卧室，里面生着火，一位老太太躺在一张有着篷帐的床上。尽管她仅比莱蒂希亚·布莱克洛克大七八岁，但其羸弱的身体使她看上去比实际年龄要老。

她的白发梳理得整整齐齐，一块浅蓝色的羊毛毡裹住脖颈和肩膀。那张脸上刻着痛楚的线条，但其中也有甜蜜。奇怪的是，她那黯然失色的蓝眼睛里闪烁着科拉多克只能称之为调皮的目光。

"喏，这倒挺有意思，"她说道，"我可不常接待警察的来访。我听说莱蒂希亚·布莱克洛克在那次袭击中并没有受到多大伤害？我亲爱的布莱奇①怎么样？"

"她很好，戈德勒太太。她向您致以问候。"

"我很久没有见到她了……许多年来，只是在圣诞节寄张贺卡。夏洛特死后，她回到英格兰，我请她来这里

----

① 即布莱克洛克的昵称。

住，可她说，经过这么长的时间之后，再与故人见面会很痛苦。也许她说得对……布莱奇是个非常明智的女人。大约一年前，有位我念书时的老朋友来看我，可是，哼！"

她微微一笑。"我们是相看两生厌。等相互问完'你还记得吗'？便再也无话可说了。真令人尴尬。"

科拉多克心甘情愿地由着她在自己提问前滔滔不绝。事实上，他想通过回溯往事来感觉一下戈德勒夫妇与布莱克洛克所谓的家庭气氛。

"我猜想，"贝拉精明地问道，"您想了解钱的事？兰德尔立下遗嘱，在我死后把钱留给布莱奇。当然啦，兰德尔做梦也没有想到我会活得比他长。他可是个身强力壮的大块头，没生过一天病；而我总是成天抱怨说这痛那病的。医生三天两头来，看了我的情形都拉长着脸。"

"我认为抱怨并不是一个贴切的词，戈德勒太太。"

老太太"扑哧"笑出了声。

"我说的抱怨并不是怨天尤人的意思。我从来没有为自己感到太难过。但我这么虚弱，大家理所当然地认为先走的应该是我。可结果并非如此。是的，并非如此。"

"确切地说，您丈夫为什么要那样处理他的钱呢？"

"您是说他干吗要把钱留给布莱奇吧？并不是出于您可能想象的原因。"那种调皮的眼神愈发明显了，"你们警察都有着什么样的脑子！兰德尔从来就没有爱过她，她也没有爱过他。莱蒂希亚，您知道，实际上有着一个男人的头脑。她没有任何女人的情感和柔弱。我相信她从未爱上过任何男人。她不算特别美貌，衣着也不讲究。她略施粉黛，以尊时尚，但目的不是为了打扮得更漂亮。"她接着说，苍老的声音里露出了怜悯之意，"她从来就不知道做女人的乐趣。"

科拉多克饶有兴致地看着大床上的这个虚弱的小老太太。贝拉·戈德勒，他意识到，一直而且仍然在享受着做女人的乐趣。她朝着他眨着眼。

"而我一向认为，"她说道，"做个男人肯定乏味死了。"

然后她若有所思地说："我认为，兰德尔把布莱奇看作一个弟弟。他依赖她的判断，而她的判断总是那么出色。您知道，她曾不止一次帮他摆脱困境。"

"她告诉我说她用钱救过他一次？"

"这个，不错，可我的意思是还不止这个。过了这么多年，可以说真话了。兰德尔分不清是非曲直，他感觉迟钝，这可怜的宝贝儿根本不知道什么叫精明，什么叫奸诈。布莱奇使他免于误入歧途。莱蒂希亚·布莱克洛克有一个特点，那就是她绝对正直，她绝不会做什么不诚实的事。她的性格非常优秀，您知道。我一直都很钦佩她。她们姐妹俩在当姑娘时日子过得很苦。她们的父亲是个乡村医生——头脑既迟钝又偏执——是家里的暴君。莱蒂希亚离家出走，到了英格兰，受训成为持有许可证的会计。她妹妹有些残疾，大概是什么地方长得畸形，所以她从不见人，足不出户。因此，老头一死，莱蒂希亚便放弃了一切，赶回家去照看妹妹。兰德尔可生她的气了——但这没有什么用。一旦莱蒂希亚认定什么是她的责任，一定会义无反顾，你怎么也说服不了她。"

"那是离您丈夫死以前多久的事？"

"两三年吧，我想。兰德尔在她走之前立的遗嘱，后来也没有改动。他对我说：'我们没有子女。'（我们的小男孩，您知道，两岁的时候死了。）'你我走了以后，最好是让布莱奇把钱接过去。她会大显身手，令人刮目相看的。'

"您瞧，"贝拉继续说，"兰德尔相当享受赚钱这件事——不仅仅在于有钱——而是冒险、危机和其中的激动。布莱奇也喜欢这一切。她具有同样的冒险精神和同样的决断。可怜的宝贝儿，她从来没有体会过那些平凡的乐趣——坠入爱河，牵着男人的鼻子转，考验他们——建立家庭，生儿育女，享受生活真正的乐趣。"

科拉多克感到很讶异：这个女人一生遭受顽疾的折磨，唯一的孩子又夭折，丈夫也死了。她过着孤寂的寡居生活，而且多年来一直是个无望的重病人。可她却对他人怀着真切的怜悯，并对苦痛极为蔑视。

她朝他点点头。

"我知道您在想些什么。可我拥有使生活变得有价值的一切——我可能被夺走了这一切——但我曾经拥有过。

我当姑娘时漂亮快乐，我嫁给了我深爱的人，他也从来没有停止过对我的爱……说到孩子，他是死了，可我和他度过了宝贵的两年……我肉体上是受过很多痛苦——可正因为经受了痛苦，你才会懂得如何享受疼痛停止时那美妙的欢乐。再说，大家一直对我很好……我是个幸运的女人，真的。"

科拉多克从她前面说的话里找到了一个突破口。

"刚才您说，戈德勒太太，您丈夫之所以把钱留给布莱克洛克小姐，是因为他没有其他继承人。可严格说起来，并不是这么回事，对吧？他还有个妹妹。"

"啊，索妮亚。可他们多年前吵过架，然后从此一刀两断了。"

"他不同意她的婚事？"

"是的，她嫁给了一个男人，叫——是姓什么来着——"

"斯坦福蒂斯。"

"就是他，迪米特里·斯坦福蒂斯。兰德尔一直认为他是个骗子。这两个男人打一开始就没有喜欢过对方。但索妮亚疯狂地爱着他，而且一门心思要嫁给他。而我实在看不出她为什么不能嫁。男人们对这种事的看法就是奇怪。索妮亚当时已经不是个小姑娘了——已经二十五岁了，她很清楚自己在干什么。他是个骗子，我敢说——我的意思是他是个地地道道的骗子。我相信他有犯罪记录——兰德尔总怀疑他当时用的名字不是他的真名。这一

191

切索妮亚都清楚。问题是——兰德尔当然不能苟同——迪米特里实在是个极为招女人喜爱的男人，而且他爱索妮亚就跟索妮亚爱他一样深。兰德尔坚持说他娶她是为了钱——但这不是事实。索妮亚长得十分漂亮，您知道，也挺有志气。如果这场婚事结局不好，如果迪米特里对她不好，或者对她不忠，她会一走了之来减少损失。她是个富有的女人，可以随心所欲地生活。"

"他们兄妹的隔阂从此便没有消除吗？"

"没有。兰德尔和索妮亚从来就相处得不好。她因为他企图阻止这场婚事而怨恨他。她说过：'很好，你这么不通情理！我以后再也不会和你说话了！'"

"但对您来说不是这样吧？"

贝拉微笑起来。"那件事发生十八个月后的一天，我接到她的一封来信。我记得信是从布达佩斯寄来的，但她没有留下地址。她要我告诉兰德尔说她幸福极了，而且有了一对双胞胎。"

"她跟您说了他们的名字？"

贝拉又微微一笑。"她说他们是正午刚过出生的——她打算给他们取名叫皮普和艾玛①。当然这两个名字也可能是闹着玩的。"

"这以后您再也没有收到她的消息？"

①皮普和艾玛，英文为 pip emma，连起来是英语口语中"午后，下午"的意思。

192

"对。她说她和丈夫要带着他们的宝贝去美国小住一阵。然后我再也没有听到什么消息……"

"我想您不会碰巧还保存着那封信吧？"

"不，我恐怕没留着……我把信念给兰德尔听，他只是咕哝道：'总有那么一天她会后悔嫁给那个家伙的。'关于这事他就说了这些。实际上我们已经把她忘记了。她走出了我们的生活……"

"然而戈德勒先生却把财产留给了她的孩子，以防布莱克洛克小姐先您而去？"

"哦，那是我的主意。他告诉我遗嘱的事时，我跟他说：'假如布莱奇比我先死呢？'他感到很诧异。我说：'啊，我知道布莱奇健壮得像匹母马，而我是个脆弱的人——可你知道，意外事故这种事总是有的，另外，吱吱嘎嘎的门反而用得久呢。'然后他说：'没有什么其他人了—— 一个也没有。'于是我说：'还有索妮亚呢。'他马上就反驳：'让那个家伙占有我的钱？不——没门！'我说：'那么好吧，给她的孩子吧。皮普和艾玛，可能还有好几个呢。'于是他咕哝归咕哝，还是把这一条加了进去。"

"从那时到现在，"科拉多克缓缓说道，"您就一直没有听到您的小姑子和她孩子的消息了？"

"没有——他们可能死了，也可能——在任何地方。"

他们可能在奇平克莱格霍恩，科拉多克思忖道。

贝拉·戈德勒仿佛看透了他的心思，她的目光里露出了惊讶。她说道："别让他们伤害布莱奇。布莱奇是好人——非常好——您要阻止对她的伤——"

　　她的声音突然消失。科拉多克看见她的嘴角和眼睛里忽然出现了灰色的阴影。

　　"您累了，"他说，"我得告辞了。"

　　她点点头。

　　"叫麦克① 进来，"她小声说，"是的……我累了……"

　　她的手虚弱地动了一下。"照看好布莱奇……绝不能让她出事……照看好她……"

　　"我将竭尽全力，戈德勒太太。"他站起来，朝门口走去。

　　她的声音微弱得像一条线，从他的身后传来……

　　"时间不长了——我死以前——她有危险——照看她……"

　　他出去时，麦克兰德护士与他擦肩而过。于是他不安地开口了："希望我没有给她造成伤害。"

　　"啊，我想不会，科拉多克先生。我跟您说过她会突然疲乏。"

　　后来，他问护士："我只有一件事没有来得及问戈德勒太太，就是她有没有过去的照片？如果有，我想——"

---

① 麦克兰德的简称。

她打断了他。

"恐怕根本没有这样的东西了。她的所有个人证件和物品在战争刚开始时都保存在伦敦宅邸。当时戈德勒太太病得很重。后来保存在那里的一切都遭到了闪电战的袭击。戈德勒太太对失去那么多个人的纪念品和家里的证件感到非常生气。恐怕这里已经没有这类东西了。"

所以就这样了,科拉多克想。

然而他觉得此行并没有白费。皮普和艾玛,这两个双胞胎的幽灵,并非虚无。

科拉多克想。"这里有一对在欧洲的什么地方被抚养成人的兄妹。索妮亚·戈德勒结婚时还是个有钱的女人,可在当时欧洲,钱散得很快。在战争年代,经济波动十分异常。这两个年轻人也一样——就是有那个前科的男人的儿女。假定他们几乎身无分文来到英格兰,他们会干些什么?寻找所有富裕亲戚的下落。他们的舅舅,一个腰缠万贯的巨富,已魂归西天。那么他们要做的头一件事就是寻找遗嘱,要看看是否碰巧那笔钱被留给他们或是他们的母亲。于是他们去了律师事务所,了解到遗嘱的内容,然后,他们也许还了解到莱蒂希亚·布莱克洛克小姐这个人还活着。接着他们询问了有关兰德尔·戈德勒遗孀的情况。她是个病人,住在苏格兰,他们还了解到她活不长了。要是这个莱蒂希亚·布莱克洛克比她先死,他们会拿到一笔巨额的财产。那么接下来呢?"

科拉多克继续思索："他们不会去苏格兰。他们要找到莱蒂希亚·布莱克洛克现在住在什么地方。然后就去那里——但不是以真实身份出现……他们会一道去——或者分别去？艾玛……我真想知道……皮普和艾玛，要是这两个人中没有一个在奇平克莱格霍恩的话，我就把我的帽子吞下去……"

第十五章　美味之死

1

小围场的厨房里，布莱克洛克小姐正给米兹下指示。

"西红柿三明治和沙丁鱼三明治，还有你做得很棒的那种司康饼，另外，我想让你做你的拿手蛋糕。"

"您要这么多东西，那么这是一次聚会了？"

"是邦纳小姐的生日，有些人要来喝茶。"

"在她这个年纪，人们才不过生日，最好还是忘掉。"

"可是她不想忘！有几个人要送礼物给她——所以举办一个小小的聚会，这会很好的。"

"上次您也这么说——结果您看发生了什么！"

布莱克洛克小姐忍住没发脾气。

"得了，这回不会有什么事的。"

"你怎么会知道这房子里会发生什么？我成天都在发抖，晚上我锁上门，还要瞅瞅衣柜里，看有没有人藏在里面。"

"这样肯定会使你感觉好些，也感到安全。"布莱克洛克小姐冷冷地说。

"您要我做的蛋糕，是那种——吗？"米兹吐出一个音，在布莱克洛克小姐那听惯英语的耳朵听起来，像是德语里的"出汗"，要不就像是互相吐口水的猫。

"就是那种。口感很厚重的。"

"不错，是挺腻的。可我什么也没有啊！没法做这种蛋糕。我需要巧克力、很多奶油、糖和葡萄干。"

"你可以用从美国寄来的那罐奶油，还有我们本来准备留到圣诞节的葡萄干，这儿还有厚厚的一大片巧克力和一磅白糖。"

米兹的脸顿时绽开了光彩照人的笑容。

"那么看在您的面子上，我就做吧。"她欣喜若狂地大声说，"它会甜美又滑腻，入口即化！我会在蛋糕上浇上巧克力霜——我会好好做的，上面还要写上良好的祝愿。这些英国人做的蛋糕吃起来像沙子，他们根本，根本就没有尝过这样的蛋糕。美味，他们会说——真美味啊——"

她的脸又沉下来了。

"帕特里克先生管它叫美味之死。我的蛋糕！我可不愿意谁这样叫它！"

"这实际上是在恭维你，"布莱克洛克小姐说，"他的意思是，吃了这样的蛋糕死都值得。"

米兹满脸狐疑地望着她。

"可我不喜欢'死'这个词。他们可不会因为吃了我做的蛋糕就死,不会的,他们会感觉非常非常好……"

"我相信我们会的。"

布莱克洛克小姐转身离开厨房,并因为商谈圆满成功而松了一口气。米兹这人实在是无法预测。

她在厨房外碰见了多拉·邦纳。

"哦,莱蒂,要不要我进去给米兹说说怎么切三明治?"

"别去,"布莱克洛克小姐说,坚决地把她的朋友带到了走廊,"她现在情绪很好,我不想让她受到打扰。"

"但我可以教她怎么——"

"请什么也不要教她,多拉。这些中欧人可不愿意别人对他们指手画脚,他们很讨厌这个。"

多拉疑惑地望着她,然后忽然绽开微笑。

"埃德蒙·斯韦特纳姆刚才打来电话。他祝我生日快乐,还说下午要带一罐蜂蜜来作为礼物。真好心,不是吗?我想象不出他怎么会知道今天是我的生日。"

"好像人人都知道。你肯定一直在谈论这事,多拉。"

"哎呀,我只是碰巧提到今天我满五十九岁——"

"你六十四岁了。"布莱克洛克小姐的眼里亮着愉快的闪光。

"可欣奇克利夫小姐说:'您看不出是这个年纪。您猜我的年纪是多少?'这个问题是很令人难堪的,因为欣奇克利夫小姐的模样那么古怪,她多大都有可能。她说要顺

199

便给我捎些鸡蛋来。我跟她说我们的鸡最近没下多少蛋。"

"你这个生日咱们干得很不赖啊，"布莱克洛克小姐说，"蜂蜜、鸡蛋——还有朱莉娅弄来的一大盒巧克力——"

"我真不知道她从哪儿弄到这种东西的。"

"最好别问。她的办法严格地说可能是违法的。"

"还有你送的可爱的胸针。"邦纳小姐低下头，自豪地望着别在胸前的一片小小的钻石树叶。

"你喜欢吗？我很高兴。我从来不喜欢珠宝。"

"我很喜欢。"

"很好。咱们去喂鸭子吧。"

2

"哈，"生日晚宴围着饭厅的餐桌开始之际，帕特里克煞有介事地叫道，"我的面前摆的是何物？美味之死。"

"嘘，"布莱克洛克小姐呵斥道，"别让米兹听见了，她对你这样叫她的蛋糕可是反感得很。"

"但是，它就是美味之死！这是邦妮的生日蛋糕？"

"不错，"邦纳小姐说，"我正在享受最精彩的生日。"

她的脸颊激动得绯红。之前伊斯特布鲁克上校送给她一盒糖果，还鞠了一躬，然后说："甜糖赠甜心！"打那之后，她便一直是这个样子。

当时，听到上校的恭维，朱莉娅猛地转开脸去，惹得布莱克洛克小姐皱了皱眉。

等解决了桌上的佳肴，大家又吃了一轮饼干，这才从各自的座位上起身。

"我觉得有一些不舒服，"朱莉娅说，"是因为那个蛋糕的缘故。我记得上次也是这样。"

"那也值得。"帕特里克道。

"这些外国佬对糕点自然是很在行的，"欣奇克利夫小姐说，"他们只是不会做原味的炖布丁。"

大家出于尊敬，都没有发表意见，尽管帕特里克有句话就挂在嘴边，想问问是不是真的有人愿意吃原味的炖布丁。

"又新找了个园丁？"大家回到客厅后，欣奇克利夫小姐问布莱克洛克小姐。

"没有，怎么了？"

"我看见有个男的在鸡棚周围探头探脑地四处张望。样子很神气，像是个军人。"

"哦，那个人，"朱莉娅说，"那是咱们的警探。"

伊斯特布鲁克太太闻言把手提包弄掉了。

"警探？"她喊道，"可——可——为什么呢？"

"我不知道，"朱莉娅说，"他四处走动，盯着这所房子。我猜想他是在保护莱蒂姨妈。"

"胡说八道，"布莱克洛克小姐道，"我能保护自己，谢谢。"

"虽然那事肯定已经过去了,"伊斯特布鲁克太太叫道,"但是我还是想问问您,他们干吗停止了询问?"

"警方不满意,"她丈夫回答道,"就是这个意思。"

"可他们不满意什么呢?"

伊斯特布鲁克上校摇了摇头,带着一股颇知内情却无可奉告的神气。而讨厌上校的埃德蒙·斯韦特纳姆开口了:"实情是我们大家都受到了怀疑。"

"但有什么可怀疑的呢?"伊斯特布鲁克太太又问。

"别介意,小猫。"她丈夫说道。

"有目的地闲逛,"埃德蒙说,"目的是将凶犯当场抓住。"

"哦,别,请别这样说,斯韦特纳姆先生。"多拉·邦纳哭了起来,"我相信这里没有谁可能会想杀害亲爱的、亲爱的莱蒂。"

大家一时陷入了窘境。埃德蒙的脸变得通红,他小声说道:"只是开个玩笑。"菲莉帕则提高嗓门,一字一句地建议还是去听六点的新闻,结果大家一个个争先恐后表示同意。

帕特里克低声对朱莉娅说:"我们这儿需要哈蒙太太。她肯定会扯着嗓门儿清脆地说:'可我想有人还在寻找向布莱克洛克小姐下手的好机会!'"

"我很高兴她和那个马普尔小姐没有来,"朱莉娅说,

"那个老太婆可是那种喜欢到处窥探的角色。我想她那脑子里鬼得很。典型的维多利亚式作风。"

听着新闻，大家很容易便把话题转到了核战争的恐怖之处。伊斯特布鲁克上校声称，真正威胁文明的毫无疑问是俄国人，埃德蒙却称自己有几个迷人的俄国朋友——大家对他的这个声明反应冷淡。

客人们再次谢过女主人，晚会便告结束。

"过得愉快吗，邦妮？"送走最后一位客人后，布莱克洛克小姐问道。

"啊，是的。可我的头疼得厉害。我想是因为激动吧。"

"是蛋糕，"帕特里克说，"我觉得肝不太舒服。而您整个上午都在啃巧克力。"

"我想去躺一下，"邦纳小姐说，"我要吃两片阿司匹林，然后尽量好好睡一觉。"

"这个打算非常好。"布莱克洛克小姐说。

邦纳小姐上了楼。

"要我为您关鸭子吗，莱蒂姨妈？"

布莱克洛克小姐严肃地看着帕特里克。

"如果你保证闩好那道门的话。"

"我会的。我发誓我会。"

"来杯雪利酒吧，莱蒂姨妈，"朱莉娅说，"就像我以前的护士说的：'它会使你的胃平静下来。'话虽令人反感，可用在这会儿却恰当得出奇。"

203

"好吧，我敢说这可能是件好事。现在人们都不习惯油腻的东西了。啊，邦妮，你可真吓了我一跳，怎么了？"

"我找不到我的阿司匹林。"邦纳小姐闷闷不乐地说。

"那么，拿一些我的吧，在我的床头。"

"我的梳妆台上也有一瓶。"菲莉帕说。

"谢谢——非常感谢。要是我找不到的话——可我明明记得是放在什么地方的，一瓶新买的阿司匹林。我到底把它放哪儿去了？"

"卧室里有一大堆，"朱莉娅不耐烦地说道，"家里多的是阿司匹林。"

"我这么粗心大意，乱放东西，真让我心烦。"邦纳小姐说，然后又回到了楼上。

"可怜的老邦妮，"朱莉娅扶了扶自己的眼镜，说道，"您认为我们应该给她喝雪利酒吗？"

"还是别给了，"布莱克洛克小姐说，"今天她太激动了，这实际上对她没有好处。恐怕明天她的感觉会更糟。不过，我还是觉得她今天过得很开心。"

"她可高兴了。"菲莉帕说。

"咱们给米兹一杯雪利酒吧，"朱莉娅建议道，"哎，帕特，"听见帕特里克进门她喊道，"叫米兹来。"

米兹进来后，朱莉娅给她倒了一杯雪利酒。

"敬这世界上最棒的厨师。"帕特里克说。

米兹感到很满足——但是又觉得应该表示一下抗议。

"可不是这么回事。我实际上不是厨师。在我的国家，我可是干脑力活儿的。"

"那是对你的浪费，"帕特里克说，"脑力活儿怎么能与烹饪美味之死的主厨相提并论？"

"哦——我跟你说过了我不喜欢——"

"我才不在乎你喜欢什么呢，我的姑娘，"帕特里克说，"这是我给它取的名字。让我们为美味之死干杯，后劲儿什么的都见鬼去吧！"

3

"菲莉帕，我亲爱的，我想跟你谈谈。"

"哦，布莱克洛克小姐？"

菲莉帕略微吃惊地抬起头来。

"你在为什么事担心，对吧？"

"担心？"

"我注意到你最近看起来很担心。没出什么事吧？"

"啊，没有，布莱克洛克小姐。干吗非得有事？"

"嗯——我纳闷……我想也许你和帕特里克——"

"帕特里克？"菲莉帕真的吃惊了。

"这么说，并不是这么回事。如果我说错了，请你原谅。可你们两人时常在一起。尽管帕特里克是我的表弟，但我可不认为他可以成为一个令人满意的丈夫。无论如何，在未来的一段时间内不是。"

菲莉帕的脸僵硬得毫无表情。

"我不会再嫁人了。"她说。

"啊，别，总有一天你会的，我亲爱的孩子，你还年轻。不过咱们用不着讨论这个。有没有别的麻烦？你没有为——比如，钱的事担心吧？"

"没有，我没事。"

"我知道你有时会为孩子的教育着急，所以我才想跟你说点事。今天下午，我开车去米尔切斯特见了我的律师贝丁菲尔德先生。最近事情还没有完全定下来，我想要重新立个遗嘱——以防出现某些不测。除了给邦妮的遗产外，其他的都归你，菲莉帕。"

"什么？"菲莉帕猛地转过身，睁大了眼睛。她看上去十分惊愕，甚至可以说是恐慌。

"可我不要——真的不要……啊，我宁愿不要……不过这究竟是为什么呢？为什么留给我呢？"

"也许是，"布莱克洛克小姐用一种奇特的声音说，"因为再没有别的人了。"

"可还有帕特里克和朱莉娅呢。"

"不错，是还有帕特里克和朱莉娅。"布莱克洛克小姐话音里的那种奇怪的语调依然如故。

"他们可是您的亲戚。"

"关系很远的亲戚。他们没有权利对我提要求。"

"可我——我也没有——我不知道您是怎么想的……哦，我不要。"

她那凝视着布莱克洛克小姐的目光里与其说是感激，不如说是激烈的抗议。而她的举止几乎可以算是惊恐不安。

"我知道自己在干什么，菲莉帕。我喜欢上了你——还有那个男孩……我要是现在死的话，你得不到多少——但几周以后，情况可能就不一样了。"

她紧紧盯着菲莉帕的眼睛。

"可您不会死的！"菲莉帕抗议道。

"如果我采取适当的措施，是不会。"

"措施？"

"对，好好想想……别再担忧了。"

她突然走出了房间。菲莉帕听见她在走廊里跟朱莉娅说话。

过了一会儿，朱莉娅走进了客厅。她的目光冷冰冰的。

"你很有一套啊，不是吗，菲莉帕？我看你就是暗中来事的那种人中的一个……一匹黑马。"

"这么说你听见——"

"是的，我听见了。我宁愿承认自己是有意偷听的。"

"你这是什么意思？"

"咱们的莱蒂可不是傻瓜……不过，不管怎么说，你干得挺不赖，菲莉帕。占尽优势啊，不是吗？"

"哦，朱莉娅——我并不是有意——我从来就没想——"

"没有吗？你当然是有意的。你对什么都不满，难道不是吗？缺钱得很。可你给我记住这一点——要是谁干掉了莱蒂姨妈。你就是头号嫌疑犯。"

"可我不会的。当——如果在还能等待的时候就把她干掉，那才是白痴——"

"这么说，你知道那个叫什么的老太婆在苏格兰快断气了？我还一直纳闷……菲莉帕，现在我开始相信你的确是匹十分厉害的黑马了。"

"我可不想碍你和帕特里克的事。"

"不想吗，我亲爱的？那我可真抱歉——但我不相信你。"

第十六章　警督归来

　　科拉多克警督乘夜班车踏上归途，但夜里他睡得很糟。他不停地做梦，那些梦与其叫作睡梦，倒不如称之为噩梦。一遍又一遍地，他跑过一个古堡的昏暗的走廊，拼命想赶到什么地方，或者是想及时阻止什么。最后他梦见自己醒来，一种巨大的解脱感涌遍他的全身。然后，他的包厢门徐徐滑开了，莱蒂希亚·布莱克洛克把血淋淋的头伸进来，望着他，一面责怪道："你为什么不救我？你要是尽力，是能够办到的。"

　　这下，他真的醒了。

　　谢天谢地，警督总算到达了米尔切斯特。他直接赶到局里，向赖德斯代尔作汇报，后者听得很仔细。

　　"此行并没使案情有什么进展，"他说，"不过却证实了布莱克洛克小姐对你说的话。皮普和艾玛——嗯，让我想想。"

"帕特里克和朱莉娅·西蒙斯的年龄对得上号，局长。假定我们能够证实布莱克洛克小姐并没有见过这兄妹俩长大以后的样子——"

赖德斯代尔微微一笑，说道："咱们的盟友马普尔小姐已经为咱们证实了。实际上，布莱克洛克小姐直到两个月前从未见过他们。"

"那么，果不其然，局长——"

"事情并非如此简单，科拉多克。我们一直在核对，根据目前掌握的情况，帕特里克和朱莉娅似乎肯定与本案无关。帕特里克在海军的档案是真实的——表现良好，不可能有'违抗命令'的倾向。我们同戛纳方面也核对过了，一位自称为西蒙斯太太的女人愤愤不平地说她的儿子和女儿当然是跟她的表妹莱蒂希亚·布莱克洛克住在奇平克莱格霍恩了。所以这就是结果！"

"而那个西蒙斯太太就一定是真正的西蒙斯太太吗？"

"她叫西蒙斯太太已经很长时间了，我只能这么说。"赖德斯代尔冷淡地答道。

"这似乎够清楚的了。只是——这两人确实吻合。年龄吻合，布莱克洛克小姐又不认识他们。如果要找皮普和艾玛，喏，人就在那儿。"

局长若有所思地点点头，然后把一张纸推向科拉多克。

"这是我们对伊斯特布鲁克太太进行调查获得的一些

结果。"

警督边看边竖起了眉毛。

"非常有意思,"他说,"她还把那个老家伙完全蒙在鼓里,不是吗?但我看跟这个案子没什么关系。"

"表面上看来是没有。"

"但这一条却与海默斯太太有关。"

科拉多克又扬起了眉毛。

"我看我要再同这位女士谈一谈了。"他说。

"你认为这个信息可能与本案有关吗?"

"我认为可能。当然了,也可能会吃力不讨好……"

两人一时陷入了沉默。

"弗莱彻有什么进展吗,局长?"

"弗莱彻极为积极努力。在取得布莱克洛克小姐的同意之后,他对宅邸进行了一次例行搜查,但并没有什么重大发现。然后他试图查证谁能有机会给那道门上油,查证在那个外国姑娘外出时,谁待在宅邸里。情况比咱们想象的要复杂,因为她好像下午大都要出去散步。通常是到村里去,在'蓝鸟'屋喝上一杯咖啡。因此,在布莱克洛克小姐和邦纳小姐出去——这通常是在下午——采黑莓时,那里便畅通无阻了。"

"而且门总是不锁的?"

"过去是不锁的。但我猜想现在会锁了。"

"弗莱彻得到了什么结果?房子空无一人的时候,谁进了屋？"

"实际上他们都去了。"

赖德斯代尔看了看面前的一页纸。

"穆加特罗伊德小姐带了一只母鸡去孵蛋。这听起来有些多此一举，但她就是这么说的。她十分慌张，而且说话自相矛盾。但弗莱彻认为那是因为性格所致，而不是内疚的表现。"

"也许吧，"科拉多克承认，"她慌了神。"

"接下来是斯韦特纳姆太太，她来拿布莱克洛克小姐给她留在厨房桌上的马肉。因为那天布莱克洛克小姐开车到了米尔切斯特，而且每次去那儿，总要给她捎点儿马肉。这对你来说有意义吗？"

科拉多克思考着。

"布莱克洛克小姐干吗不在从米尔切斯特回来的路上，经过斯韦特纳姆太太家时把马肉留下？"

"我不知道，但她确实没那么做。斯韦特纳姆太太说她——布莱克洛克小姐——一向都把马肉放在厨房的桌上的，而她——斯韦特纳姆太太——喜欢等米兹不在的时候再去取，因为米兹有时候很粗鲁。"

"倒是能自圆其说。下一个呢？"

"欣奇克利夫小姐。她说她最近根本没去，可实际上她去了。因为米兹有一天看见她从侧门出来，巴特太太也一样——她是本地人。欣奇克利夫小姐后来承认可能去过，但她忘了，不记得是去干什么，说大概只是顺道去看看。"

"这可相当奇怪。"

"显然就跟她的举止一个样。然后是伊斯特布鲁克太太，她在那条道上驯狗，所以顺便进去看看布莱克洛克小姐是否可以借给她一个织毛衣的样板，但布莱克洛克小姐不在。她说她在屋里等了一会儿。"

"原来是这样。可能是为了四处打探，也可能是给门上油。还有上校呢？"

"有一天拿着一本关于印度的书过去，布莱克洛克小姐曾经表达过要看这本书的愿望。"

"她真有这个愿望？"

"她的说法是，她巴不得能不看就不看，但说了也没有用。"

"这倒是句公道话，"科拉多克说道，"要是有人一个劲儿地硬要借什么书给你，你怎么也摆脱不了！"

"我们不知道埃德蒙·斯韦特纳姆是否去过那儿。他的话含糊其词，说是偶尔也顺道进去，替他母亲办事，但他认为不是在最近。"

"实际上，这一切都还不能下结论。"

"是的。"

赖德斯代尔微微露齿而笑，说道："马普尔小姐也十分活跃。弗莱彻报告说她有一天上午去'蓝鸟'屋喝咖啡，又去砾石山庄喝了雪利酒，还到小围场去品了茶。她欣赏了斯韦特纳姆太太的花园，还顺便去了伊斯特布鲁克上校家，欣赏他的印度古玩。"

"她或许能告诉我们这个伊斯特布鲁克上校到底是个真家伙还是假货色。"

"她会弄清楚的，这我同意——他似乎没什么问题。我们要与远东的英属当局核实，以便弄清其身份。"

"与此同时，"科拉多克打断他的话，"您认为布莱克洛克小姐会同意离开吗？"

"离开奇平克莱格霍恩？"

"对。也许把忠实的邦纳带上，去一个大家都不知道的地方。她干吗不去苏格兰跟贝拉·戈德勒住？那可是个交通不便的地方。"

"就在那里住下来等她断气？我想她不会这么做的。我认为任何一个心地善良的女人都不会喜欢这个建议。"

"如果事关救她的命——"

"得啦，科拉多克，要干掉别人可不像你想象的那么简单。"

"不是吗，局长？"

"好吧——在某一方面，我同意，是够简单的。方法多得是，比如用除草剂，或等她出来关家禽的时候当头给她一棒，或者躲在篱笆后面，照她头上扔罐子。这都相当简单。可要干掉别人而又不被人怀疑，这就不是很容易了。凶手现在一定意识到自己受到了监视。原来精心策划的计划失败了，咱们的这位不知名的凶手只得另作打算。"

"这我明白，局长。但凶手得考虑时间这个问题。戈德勒太太是个命在旦夕的人，说不定什么时候就断了气。这意味着凶手等不起。"

"不错。"

"还有一件事，局长，凶手肯定知道我们在调查每一个人。"

"而这是很费时间的，"赖德斯代尔叹息道，"这意味着要与东方——就是印度方面核实。不错，这是件既费时又枯燥的活儿。"

"因此，这是另一个需要抓紧的理由。我相信，局长，危险的确存在，一大笔钱也岌岌可危。一旦贝拉·戈德勒一死——"

一个警士走进来，科拉多克打住话头。

"莱格警长从奇平克莱格霍恩打来电话，局长。"

"接进来。"

科拉多克警督一直盯着局长，看见局长的表情变得严肃而僵硬。

"很好，"赖德斯代尔气冲冲地喊道，"科拉多克警督马上就来。"

他放下话筒。

"难道是——"科拉多克欲言又止。

215

赖德斯代尔摇摇头。

"不是，"他说道，"是多拉·邦纳。她要了一些阿司匹林，显然她拿了摆在莱蒂希亚·布莱克洛克床头的瓶子，里面只剩下几片。她服了两片，留下一片。法医取了那一片送去分析。他说那肯定不是阿司匹林。"

"她死了？"

"是的，今天早上她被发现死在床上。法医说是在酣睡中死去的。他说尽管她的身体状况很差，但他认为不是自然死亡。他猜测是麻醉剂中毒。尸检定在明天。"

"布莱克洛克小姐床头的阿司匹林药片。聪明绝顶的恶魔。帕特里克告诉我，布莱克洛克小姐扔掉了半瓶雪利酒——新开了一瓶。我猜想，她不至于用同样的方法对待一瓶开过的阿司匹林吧。这次谁在房子里——在最近一两天之内？这种药片不可能在那里放很长时间。"

赖德斯代尔看着他。

"所有的人昨天都在那里，"他说，"参加为邦纳小姐举办的生日晚宴。他们之中任何一个人都可能溜上楼，神不知鬼不觉地把药片调包。当然了，住在那幢房子里的任何人也随时都可能下手。"

第十七章　昔日遗影

马普尔小姐站在牧师住宅的大门口，她全身裹得严严实实，从圆圆的手里接过了便条。

"跟布莱克洛克小姐说，"圆圆说道，"朱利安不能亲自去，为此他十分抱歉。洛克村有个教民处在弥留之际。如果布莱克洛克小姐愿意见他的话，他将在午饭后过去。便条是关于安排葬礼事宜的。如果调查是在星期二，他建议葬礼定在星期三。可怜的老邦妮，不知怎么的，拿了下了毒的阿司匹林，那本来是给别人预备的，这真是太符合她的风格了。再见了，亲爱的，希望您不会走得太辛苦。可我实在不得不马上送那孩子去医院。"

马普尔小姐回答说，这段路对她不算太远，于是圆圆急匆匆地离开了。

在等待布莱克洛克小姐的空当儿，马普尔小姐环顾着客厅的四周，一面在想那天上午多拉·邦纳在"蓝鸟"屋提到她相信帕特里克"给台灯做了手脚",好"把所有的灯弄熄"到底是什么意思。什么台灯?他又是如何"做了手脚"?

马普尔小姐断定,她指的肯定是放在拱门边桌上的那盏台灯。她还提到牧羊少女或是牧羊少年——这实际上是德累斯顿出产的一件精细的瓷器,一个身披蓝衫、穿着粉色裤子的牧羊少年手持一盏灯——原来是烛台,如今被改造成了电器。灯罩是用纯羊皮纸做成的,有些偏大,几乎遮住了陶瓷的人体。

多拉·邦纳还说了些什么?"我清楚记得那本来应该是牧羊少女的,可是到了第二天——"现在是牧羊少年了。

马普尔小姐记得她跟圆圆去喝茶时,多拉·邦纳说过那款台灯是一对。当然了——牧羊的少年和少女。抢劫发生的那天还是牧羊少女,到了第二天就变成了另外一盏——就是现在这里的这一盏,牧羊少年。两盏台灯在夜里被调换了。而多拉·邦纳有理由(或者毫无理由地)相信,是帕特里克调包的。

为什么呢?因为如果检查一下原来的台灯,就能发现帕特里克设法"把所有的灯弄熄了"。而他又是如何办到的呢?马普尔小姐仔细检视着面前的台灯。电灯的线是顺着桌沿排布的,插进了墙壁。线的中段有一个梨形的小开关。这一切未能给马普尔小姐带来任何启迪,因为她对电一窍不通。

那盏牧羊少女的台灯现在何处？她纳闷。在储藏室或者被扔掉了——多拉·邦纳撞见帕特里克·西蒙斯拿着一片羽毛和装油的杯子时是在什么地方？是在灌木丛吗？马普尔小姐决定把这些疑点留给科拉多克警督。

起初，布莱克洛克小姐匆匆下了结论，以为登那则启事的幕后人就是她外甥帕特里克。这种来自直觉的坚定的看法常常被证明是正确的，或者马普尔小姐相信是这样。因为，如果你相当了解别人，你就知道他们心里都想着哪一类事……

帕特里克·西蒙斯……

一个仪表堂堂的年轻人，一个迷人的小伙子，一个女人喜爱的年轻人——不分老少。也许就是兰德尔·戈德勒的妹妹嫁那种男人。帕特里克·西蒙斯有可能是'皮普'吗？可战时他在海军服役，这一点警方很快就能查实。

只不过——有时候——最令人惊讶的冒名顶替的事的确是发生过的。

只要有足够的胆量，你就能大捞一把，然后逃之夭夭……

门开了，布莱克洛克小姐走进来。马普尔小姐觉得她看上去老了好几岁，一切生命的活力与精力在她身上已不复存在。

"这样冒昧叨扰您，我感到非常抱歉。"马普尔小姐说，"但牧师去照料一个弥留之中的教民，而圆圆又急急忙忙送孩子到医院去看病了。牧师有张便条给您。"

她递上便条，布莱克洛克小姐接过去，打开来。

"快请坐，马普尔小姐，"她说，"劳烦您送便条来，真是万分感谢。"

她把便条读了一遍。

"牧师是个非常体谅别人的人，"她平静地说，"他并不为别人奉献愚蠢的安慰……请转告他这个安排非常合适。她——她最喜欢的赞美诗是《照亮仁慈之光》。"

她的声音突然哽咽起来。

马普尔小姐轻声说道："我跟大家并不算熟识，但我感到非常非常哀痛。"

莱蒂希亚·布莱克洛克小姐终于再也控制不住自己，失声痛哭。这是令人同情的强烈的悲切，其中还夹杂着某种绝望。马普尔小姐十分安静地坐着。

最后，布莱克洛克小姐终于坐直了身子。她哭肿了脸，泪痕满面。

"我很抱歉，"她说道，"我——我实在抑制不住。我失去了太多。您瞧，她——她是我与过去的唯一联系。她是唯一记得往事的人。现在她走了，孤零零地撇下我一个人。"

"我明白您的意思，"马普尔小姐说，"当最后一位记得往事的朋友离去以后，人确实变得孤独。我有侄儿侄女

220

和好心的朋友，可没有一个人了解我是个小姑娘时的事，没有一个人属于过去的岁月。我如今已孤独了好长一阵子。"

两个女人静静地坐了一会儿。

"您真是善解人意，"莱蒂希亚·布莱克洛克小姐说，她起身走到写字台前，"我必须给牧师写几句话。"她有些艰难地握着笔，慢慢写着。

"因为风湿，"她解释道，"有时候我几乎什么都写不了。"

她封好信封，然后写下收信人的姓名。

"如果您不介意捎给他的话，我将不胜感激。"

听到走廊里传来一个男人的声音，布莱克洛克小姐很快地说道："是科拉多克警督。"

她走到壁炉台的镜子前，往脸上扑了一点儿粉。

科拉多克走进来，脸上带着阴沉而愤怒的表情。

他不满地望了一眼马普尔小姐。

"哦，"他说，"原来是您在这里。"

布莱克洛克小姐从壁炉前转过身来。

"马普尔小姐是好心来送牧师的便条的。"

马普尔小姐慌慌张张地说道："我这就走，马上。请千万别让我干扰您工作。"

"昨天下午您参加了这里的茶会吗？"

马普尔小姐怯生生地回答说："不，不，我没有。圆圆开车送我拜访一些朋友去了。"

"这么说您没有什么可以告诉我的了。"科拉多克毫不客气地拉开门，而马普尔小姐溜走的样子堪称窘迫。

"爱管闲事的好事之徒，这些老太婆。"科拉多克说。

"我看您对她是有偏见，"布莱克洛克小姐说，"她确实是来送牧师的便条的。"

"这我敢打赌。"

"我不认为这是出于无聊的好奇心。"

"嗯，也许您说得不错，布莱克洛克小姐，可我的诊断是好事症的严重发作……"

"这个老太太绝不会伤害别人。"布莱克洛克小姐道。

"你要是清楚真相，就会觉得她像响尾蛇一样危险。"警督心里尖刻地想。但他并不打算非叫别人相信他不可。既然他已经肯定有一个杀手正逍遥法外，他觉得还是少说为佳。他可不愿意下一个被干掉的人是简·马普尔。

在某个地方有一个杀手……在哪儿呢？

"我就不浪费时间说同情的话了，布莱克洛克小姐，"他说，"事实上，我对邦纳小姐的死感到非常内疚。我们本来应该能够阻止的。"

"我不明白您如何能阻止。"

"是的，好吧，是不容易。但现在我们得加快节奏了。这是谁干的，布莱克洛克小姐？是谁朝您开了两枪？而且如果我们不抓紧破案的话，这个人不久之后可能还会再杀人。"

莱蒂希亚·布莱克洛克战栗了起来。"我不知道，警督，我什么都不知道！"

"我跟戈德勒太太核实过了，她尽可能为我提供了全部帮助。我了解到的情况不多。只有几个人肯定会从您的死获得利益，首先是皮普和艾玛。帕特里克和朱莉娅符合那个年龄，但他们的背景似乎又是清白的。不管怎么说，我们不能只把精力集中在这两个人的身上。请告诉我，布莱克洛克小姐，如果您看见索妮亚·戈德勒，您能认出她来吗？"

"认出索妮亚？奇怪了，当然——"她突然停下来，"不，"她慢慢说道，"现在认不出了。都过了这么久了，三十年……她现在一定变成一个老太婆了。"

"您还记得她过去是什么样子吗？"

"索妮亚？"布莱克洛克小姐思索了片刻，"她个子挺小，很黑……"

"有什么特征吗？举止方面的特点呢？"

"不，不，我想没有。她生性乐观——乐呵呵的。"

"现在可能不那么乐观了。"警督说道，"您有她的照片吗？"

"索妮亚的？让我想想，不算正式的照片，我只有一些旧的快照——放在什么地方的影集里——我想至少应该有她的一张。"

"啊，我能看看吗？"

"当然可以。可我把影集放在哪儿了呢？"

"告诉我，布莱克洛克小姐，您是否隐约觉得斯韦特纳姆太太可能就是索妮亚·戈德勒？"

"斯韦特纳姆太太？"布莱克洛克小姐万分惊讶地看着他，"可她丈夫过去是政府的公务员——我想先是在印度，后来在中国香港。"

"这只是她跟您说的。按我们在法庭的说法，您并不是自己了解到的，对吧？"

"对，"布莱克洛克小姐缓缓说道，"您要是这样说的话，那我确实不知道……可斯韦特纳姆太太？哦，这真荒唐！"

"索妮亚·戈德勒过去演过戏吗？业余话剧的演出？"

"哦，是的。她演得挺棒。"

"这就对了！还有一点，斯韦特纳姆太太戴着假发。至少，"警督纠正道，"哈蒙太太说她戴假发。"

"是的，是的，我想那可能是假发，那些个灰色的小发卷儿。可我仍然认为这很荒唐。她人真的很好，而且有时候很有趣。"

"然后还有欣奇克利夫小姐和穆加特罗伊德小姐。她们两人当中谁可能会是索妮亚·戈德勒呢？"

"欣奇克利夫小姐太高。她和男人一般高。"

"那么穆加特罗伊德小姐呢？"

"哦，可——哦，不，我相信穆加特罗伊德小姐不可能是索妮亚。”

“您的视力不太好，是吧，布莱克洛克小姐？”

“您是说我是近视眼吧？”

“对。我想看看这个索妮亚·戈德勒的快照，即便是很久以前照的，而且很可能与现在不相像。您知道，我们接受过专业训练，有办法找出相像之处，而这一点外行是绝对做不到的。”

“我会尽量给您找的。”

“就这会儿行吗？”

“什么，马上？”

“我希望您能现在找。”

“好吧。那么让我想想。那座柜子里有好多书。清理书时，我见过那本影集。当时朱莉娅帮着我清理。我记得她还笑我们那个年代穿的衣服……我们把书搬到了客厅的架子上。我们把那些影集和一大捆《艺术杂志》放哪儿了？我这记性简直糟透了！也许朱莉娅会记得，她今天在家。”

“我会找她的。”

警督结束了询问。他在楼下的任何一个房间都没有找到朱莉娅。而米兹在被问到西蒙斯小姐去了哪儿的时候，气呼呼地说这不关她的事。

“又是我！我待在我的厨房里，关心的是午饭。我吃的没有一样不是我自己做的。没有一样不是。你听见

225

了吗？"

警督朝楼上喊："西蒙斯小姐。"但没有回音，于是他上了楼。

在楼梯的转弯处，他几乎跟朱莉娅撞了个满怀。她刚从一扇门里出来，门后是一道转弯抹角的小楼梯。

"我在阁楼里，"她解释说，"什么事？"

科拉多克警督做了解释。

"那些旧影集？对了，我记得很清楚。我想，我们把影集放到了书房的一个大柜子里了。我去给您找。"

她带着他下楼，推开书房的门。靠窗的地方有一个大柜子。朱莉娅拉开柜子门，里面堆放着一大堆乱七八糟的东西。

"破烂儿，"朱莉娅说，"全是破烂儿。可上了年纪的人就是不愿把它们扔掉。"

警督跪在地上，从最下面的一格拿出两本老式影集。

"是这些吗？"

"对。"

布莱克洛克小姐走进来加入了他们的行列。

"啊，原来咱们把影集放到了这儿，我都不记得了。"

科拉多克将影集摆到桌上，一页一页翻起来。

戴着大车轮帽的女人，裙摆一直拖到脚边乃至寸步难行的女人。照片下整整齐齐写有说明，只是墨迹年深日久，褪了色。

"应该在这一本里，"布莱克洛克小姐说道，"大概在第二页或第三页。另一本是索妮亚结婚并出走后才照的。"她翻到一页。

　　"应该在这儿。"她停住了。

　　页面上有几处空白。科拉多克低下头念着褪了色的字。

　　"索妮亚……我……兰德尔·戈德勒。"接下去是"索妮亚与贝拉在海滩"。对面的一页写着"在斯凯恩的野餐"。他翻到另一页。"夏洛特、我和兰德尔·戈德勒。"

　　科拉多克站起来，他的嘴唇呈现出严峻的线条。

　　"有人把照片拿走了——我得说，是不久前才干的。"

　　"那天我们看的时候并没有空白。对吧，朱莉娅？"

　　"我没细看——只注意她们的衣服去了。可不……您没说错，莱蒂姨妈，是没有空白。"

　　科拉多克的表情愈发冷酷了。

　　"有人，"他说道，"把这本影集里所有索妮亚的照片都拿走了。"

第十八章　鸿雁传书

1

"很抱歉又来打扰您了，海默斯太太。"

"没关系。"菲莉帕冷冰冰地说道。

"我们进屋谈好吗？"

"书房？如果您愿意的话，好的。里面没火，很冷。"

"不要紧，时间不会长，而且在里面谈话不大可能被人偷听。"

"这一点重要吗？"

"对我来说不是，海默斯太太，可能对您很重要。"

"您这是什么意思？"

"我想您跟我说过，海默斯太太，您的丈夫是在意大利阵亡的？"

"怎么了？"

"跟我说实话不是更简单吗？他实际上是他那个团的逃兵，对吧？"

他看见她脸色变得苍白，手握紧又松开。

她怨恨地说道："您非得翻旧账不可吗？"

科拉多克冷漠地说道："我们期望人们对自己的事要实话实说。"

她沉默了，然后冒出一声："哦？"

"您这个'哦'是什么意思，海默斯太太？"

"我的意思是，您打算怎么办？见人就说？有必要这样做吗，公平吗？于心何忍呢？"

"谁也不知道这事吗？"

"在这里没人知道，"她的声音变了，"我的儿子，他就不知道。我不想让他知道。我永远不愿意让他知道。"

"那么我得说，您可冒着非常大的风险，海默斯太太。等孩子长大懂事的时候再告诉他吧。可要是有一天他自己发现了真相，对他可不好。如果您继续给他灌输他父亲是个英勇的烈士——"

"我没那么做，我并不是完全不诚实，只是只字不提。他父亲阵亡了。毕竟，我们了解到的就是这么多。"

"但您的丈夫还活着？"

"也许吧，我怎么知道？"

"您最后一次见他是在什么时候，海默斯太太？"

菲莉帕回答得很快："我有很多年没看见他了。"

"您保证这是实话？比如说，两周前您没有见过他？"

"您在暗示什么？"

"说您在凉亭跟鲁迪·谢尔兹会面，这我从来就觉得不大可能。可米兹的故事又讲得那么有鼻子有眼睛。我认为，海默斯太太，那天上午您收工回来后见的那个男人就是您的丈夫。"

"我在凉亭里没见过任何人。"

"他也许缺钱了，您接济了他一点儿？"

"我跟您说我没见过他。我在凉亭没见过任何人！"

"逃兵通常都是些亡命之徒。您知道，他们常常参与抢劫、打家劫舍，诸如此类的勾当。而且他们有从国外带回来的外国产的左轮手枪。"

"我不知道我丈夫在哪儿，我很多年没见他了。"

"这就是您最终的说法了，海默斯太太？"

"我再没什么可说的了。"

2

科拉多克结束了同菲莉帕·海默斯的谈话，走出来时，他感觉又气又恼。

"顽固得像头驴子。"他愤怒地自言自语。他肯定菲莉帕是在撒谎，却无法打破她固执的否认。

他但愿自己对这个前任上尉海默斯了解得更多一些。他掌握的信息微不足道，部队的服役经历有污点，但这并不能说明海默斯有可能堕落成罪犯。

况且，无论怎么讲，海默斯和给门上油的事无关。

是这幢房子里的人干的，要不，就是容易进入这幢房子的人干的。

他站着向楼梯上望，猛然间，他想弄明白朱莉娅在阁楼上干些什么。一个阁楼，他暗忖道，并非挑剔的朱莉娅愿意涉足的地方。

她在上面干什么？

他轻手轻脚地跑上二楼。附近没有人，他推开朱莉娅曾经从里面走出来的那道门，沿着狭窄的楼梯爬到阁楼上。

里面有些大皮箱、小皮箱、各种破家什，比如缺了一条腿儿的椅子、一盏摔破的陶瓷台灯，还有部分老式的餐具。

他转向大皮箱，打开其中一个的盖。都是些衣服。老式的，质地很好，全是女人穿的。他猜想是布莱克洛克小姐或她死去的妹妹的衣服。

他打开另一个箱子。

全是窗帘。

他转向一个小公文包，里面有些证件和信札。信已年深日久，纸张发黄。

他看了看箱子的外壳，上面标有 C. L. B. 的字样。

231

他正确地推断出这箱子属于莱蒂希亚的妹妹夏洛特①。他打开其中一封信。信的开头是这样：

最亲爱的夏洛特：

　　昨天贝拉感觉状态不错，都能去野餐了。兰德尔·戈德勒也休息了一天。阿斯沃吉尔股票的发行获得极大成功。他对此十分高兴。优先股已超过票面价值。

他略过余下的部分，看了一眼签名：

　　爱你的姐姐 莱蒂希亚

他另挑了一封。

亲爱的夏洛特：

　　希望你能偶尔想和人打打交道。你知道吗，你实在是夸张了。情况并非像你所想的那样糟。何况人们并不在意这样的事。并不是你所想象的毁容。

他点着头。他记得贝拉·戈德勒说过，夏洛特·布莱

_____

①夏洛特（Charlotte）的首字母为 C。

克洛克遭受了某种毁容或有某种畸形。结果莱蒂希亚辞去了工作，回家照看妹妹。这些信里吐露出她对一个残疾人的那种疼爱焦虑之情。她给妹妹写信，显然详尽地叙述了她身边发生的每一件事，并不厌其烦地把她认为可能使病中的妹妹感兴趣的每一个细节和盘托出。而夏洛特一直保存着这些信件。信里偶尔还附有奇怪的快照。

科拉多克的心里忽然涌起一阵激动：说不定他能从这里面找到一条线索。这些信件里写的事莱蒂希亚·布莱克洛克自己可能早已忘记了。这里忠实地再现出一幅昔日画面，其中什么地方还可能隐藏着某条能帮助他辨明未知之事的线索。

照片也一样。这里面可能——只是可能——有一张索妮亚·戈德勒的照片，而抽走索妮亚的其他照片的人或许并不知道这一点。

科拉多克警督小心翼翼地重新把信包起来，合上箱子，走下楼来。

莱蒂希亚·布莱克洛克站在下面的楼梯拐角处，惊愕地望着他。"刚才是您在阁楼里吗？我听见了脚步声，我想象不出谁——"

"布莱克洛克小姐，我在这里发现了一些信件，是您多年前写给您妹妹的。您能允许我带回去看看吗？"

她愤怒得涨红了脸。

"您非得干这种事吗？它们对您有什么好处？"

233

"它们可能会为我展现一幅索妮亚·戈德勒的形象，展现她的性格——可能里面会有一些有助于破案的提示——和事件。"

"这些都是私人信件，警督。"

"我知道。"

"我猜您会把它们拿走……我想您有权力这么做，反正您可以轻而易举地把它们弄到手。拿走吧——拿走吧！但您不会从中找到多少关于索妮亚的情况的。她在我为兰德尔·戈德勒开始工作一两年后就结婚走了。"

科拉多克固执地说道："可能会有所发现。"他补充道："每一件事我们都不能放过。我向您保证，您遇害的危险确实存在。"

她咬着嘴唇开口了："我明白。邦妮死了——就因为服用了本来为我准备的阿司匹林。下一个可能轮到帕特里克，要么是朱莉娅、菲莉帕和米兹——反正是前途无量的青年人。或者是把倒给我的酒喝下肚的人，要么是吃了送给我的巧克力的人。哦！把信拿走吧——拿走吧。看了以后把它们烧了。除了对我和夏洛特，这些信任何意义都没有。往事已经结束了——过去了——一去不复返了。如今谁也不记得——"

她抬起手，按住她戴着的假珍珠短项链。科拉多克觉得这与她的呢子上装和呢子裙子极不协调。

她又说了一遍："把信拿走吧。"

3

翌日下午，警督拜访了牧师住宅。

这是一个天色昏暗、狂风大作的日子。马普尔小姐把椅子拉近火炉，手里织着毛线。圆圆匍匐在地板上，爬来爬去，按照模板裁剪布料。

马普尔小姐向后靠去，把挡住眼睛的一绺头发拂开，期待地望向科拉多克。

"我不知道这样做是否违反保密条例，"警督对马普尔小姐说道，"可我想请您看看这封信。"

他解释了自己在阁楼里发现这些信件的来龙去脉。

"那是一些相当动人的书信，"他说，"为了使妹妹对生活保持兴趣，为了让她保持良好的健康状态，布莱克洛克小姐倾其所能。这对姐妹的背后，非常清晰地展现了一个守旧的父亲的形象，也就是老布莱克洛克大夫。一个地地道道的死脑筋，恶霸，彻头彻尾地自以为是，而且深信他想的、做的一切都正确无误。也许因为固执，他已杀死成百上千的病人。他绝不能忍受任何新思想或新方法。"

"我不知道是否该为此责备他。"马普尔小姐道，"我一向认为年轻的医生总是跃跃欲试，急于求成。等把我们的牙齿全部消灭，用大量药物灌满那些奇形怪状的腺体，并一点一点摘掉我们的内脏之后，他们却向我们承认已无能为力。说实话，我更喜欢老式药方，那种黑瓶子里装着的药。因为毕竟，人们可以把药水往阴沟里倒。"

她接过科拉多克递上的信。

他开口了："我请您看看这封信，因为我认为您比我更容易理解这一代人。我实在不明白这些人的脑子里是怎么想的。"

马普尔小姐打开了脆薄的信纸。

我最亲爱的夏洛特：

我已有两天未给你写信，因为我们遇到了最可怕的家庭纠纷。兰德尔的妹妹索妮亚（还记得她吗？那天她开车接你出去的。我多么希望你多出门啊。）索妮亚宣布要嫁给一个叫迪米特里·斯坦福蒂斯的人。我只见过他一面。他非常具有吸引力，但我得说，不值得依靠。兰·戈极力反对，说他是个无赖和骗子。贝拉呢，愿主为她祝福，她只是微微笑了笑，躺在沙发上。原本脸上毫无表情的索妮亚大发雷霆，简直要找兰·戈拼命。昨天我真以为她要杀了他！

我已尽了全力。我找索妮亚谈，又跟兰·戈谈，要他们多用理智去思考问题。等他们凑到一起，却又开始大吵特吵：你无法想象这有多无聊。兰·戈一直在找人打听，似乎这个斯坦福蒂斯真的一无是处。

与此同时，生意被忽略了。我在办公室继续工作，而且从某方面说这是相当有意思的，因为兰·戈放手让我干。昨天他对我说："谢天谢地，世界上还有一个脑子正常的人。你绝不可能爱上一个无赖，对吧，布莱奇？"我说我可不认为自己会爱上什么人。兰·戈说："咱们来讨论几个伦敦城里的枝节问题。"他有时候真是一个调皮的恶魔，在面临危机时又容易冒失。

"你决心让我诚实做人，对吧，布莱奇？"他有一天说。而我也正有意如此！我真是不明白人们对作假怎么会视而不见，可兰·戈的的确确就是辨不分明。他只知道什么是真正违法的。

贝拉对这一切只是觉得可笑。她认为对索妮亚的事小题大做，全是无稽之谈。"索妮亚自己有钱，"她说，"她要是愿意，干吗不能跟这个人结婚？"我说这桩婚事会是个可怕的错误，而贝拉说："嫁给一个你爱的男人绝不会是个错误——即便你后悔也不是。"她还说，"我想索妮亚为了钱不想跟兰德尔闹翻。她非常喜欢钱。"

眼下就是这个情况了。爸爸怎么样？我不会说'向他致以问候'的。不过你要是觉得这样做好，你就说吧。近来见的人多了些吗？亲爱的，你不能总是病恹恹的。索妮亚叫我给你带个好。她刚进来，正把双手反复地握紧又松开，活像一只愤怒的猫在磨爪子。我看她跟兰·戈又吵了一架。当然，索妮亚很会挑起事端，她总是用镇静的目光直盯得你不敢再跟她对视。

姐姐深深地爱你，亲爱的，要振作起来。这种碘疗法会大不一样。我一直在向别人咨询，碘疗法似乎的确疗效很好。

爱你的姐姐 莱蒂希亚

马普尔小姐把信折好，递还给警督。她的神情有些心不在焉。

"您对她怎么看？"科拉多克催促道，"关于她您得到一个什么样的印象？"

"对索妮亚？通过一个人的眼光去看另一个人，您知道，这是很难的……她打定主意把自己的那份拿走——这一点，我想，是肯定的。而且想在两个世界都占尽上风……"

"'仿佛一只愤怒的猫，把双手反复地握紧又松开，'科拉多克念念有词，"您知道，这句话使我想起了什么人……"

他皱起眉头。

"咨询……"马普尔小姐喃喃自语。

"但愿能弄到那些咨询的结果。"科拉多克说道。

"这封信使您回想起圣玛丽米德的什么事了吗？"圆圆问，但由于她嘴里含着别针，所以听起来很不清楚。

"我实在拿不准，亲爱的……布莱克洛克大夫也许有点儿像威斯勒安的传教士科蒂斯先生。这个传教士不愿让自己的孩子戴牙套。说如果孩子的牙齿长歪，那是上帝的旨意。'毕竟，'我对他说，'您得剃须、理发呢。让您的发须长出来可能也是上帝的旨意。'他说那是两码事。典型的大男子主义。可这对我们目前的难题帮不上忙。"

"我们一直没有追查到那把左轮手枪。那不是鲁迪·谢尔兹的。要是知道奇平克莱格霍恩谁有过一把左轮手枪——"

"伊斯特布鲁克上校有一把，"圆圆说道，"是放在他放衣领的抽屉里的。"

"您怎么会知道，哈蒙太太？"

"巴特太太告诉我的，她是我家的日工。或者说明确一些，一周来两次。她说，作为一个行伍出身的绅士，他自然有一把左轮手枪，而且要是窃贼进家，他随手可以拿到枪。"

"她是什么时候跟您说的？"

"很久以前了。我想大概半年前吧。"

"伊斯特布鲁克上校？"科拉多克自言自语道。

"这很像打活动转盘上的靶子吧？"圆圆嘴里含着别针说道，"转呀转，然后每次打中的东西都不一样。"

"可不是嘛！"科拉多克呻吟道。

"有一天伊斯特布鲁克上校到过小围场送书。当时他

239

也有可能给门上油。尽管他对去那儿的事直言不讳，可不像欣奇克利夫小姐。"

马普尔小姐轻轻咳了一声。"您得原谅我们生活的这个时代，警督。"

科拉多克迷惑不解地望着她。

"毕竟，"马普尔小姐说，"您是警察，对吧？人们不可能什么都对警察讲，对吧？"

"我看不出为什么不能，"科拉多克道，"除非他们想隐瞒犯罪事实。"

"她指的是黄油，"圆圆说，一面奋力爬行着绕过一条桌腿，压住一张飘起来的纸，"用黄油和玉米去换母鸡，有时候是奶油——甚至有时候是一块咸肉。"

"把布莱克洛克小姐的便条拿给他看，"马普尔小姐说，"已经过了一段时间了，可读起来像是第一流的神秘故事。"

"我把它放在哪儿了？您说的是这一张吗？简姨妈？"

马普尔小姐把便条拿过来，瞧了瞧。

"对，"她满意地说道，"就是这张。"

她把便条递给警督。

布莱克洛克小姐写道：

　　我作了一些调查咨询——是在星期四。三点以后的任何时间都行。

如果有我的，放在老地方。

圆圆吐出别针，哈哈大笑。马普尔小姐注意看着警督脸上的表情。

牧师的太太抢着解释："星期四是附近的一个农场做黄油的日子。他们让关系好的人拿一点儿。通常都是欣奇克利夫小姐去取的，她同那里的农民都很熟，我想这是因为她养猪。可这一切都是暗地里进行的，您知道，有点像本地的以物易物。一个人拿到奶油，然后送去一些黄瓜，或类似的东西——或者等杀猪的时候再加点儿什么别的。偶尔，一头牲口遇到意外事故，得销毁。哦，您懂这种事的。只是人们不能对警察直说。因为我估摸很多这样的以物易物交易是非法的——可谁也不是很清楚，因为法律的事怪复杂的。但我料想是欣奇带着一磅奶油溜进小围场，然后把奶油放在了老地方。顺便说一下，老地方就是餐具柜下面装面粉的箱子。但里面并没有面粉。"

科拉多克叹了口气。

"我很高兴到你们这些女士这里来了。"他说道。

"过去还有购布券呢，"圆圆说，"通常不能买卖，因为这样做会被别人看作不诚实。不能用来交换钱。可像巴特太太、芬奇太太和哈金斯太太这样的人，要是喜欢某件还不算太旧的漂亮羊毛衫或是冬装，就用购布券去支付，而不是用钱。"

"您最好别再跟我说下去了，"科拉多克道，"这全都是违法的。"

"那就不该有这些个愚蠢的法律。"圆圆说道，然后把别针又塞进嘴里，"当然啦，我可没干，因为朱利安不喜欢我干这事，所以我就没干。但我当然知道是怎么一回事。"

一种绝望涌上警督的心头。

"这一切听起来竟是那么愉快和平常，"他说，"既好玩又简单。然而一个女人和男人被杀了，如果我不干一些具体的事，还有一个女人可能要被杀。我暂时不去考虑皮普和艾玛，我现在要把注意力放在索妮亚身上。但愿我知道她是什么模样。这些信札里有一两张快照，但没有一张可能是她。"

"您怎么知道不可能是她？您知道她以前是什么模样吗？"

"她个子挺小，很黑，这是布莱克洛克小姐说的。"

"真的吗？"马普尔小姐道，"这就十分有趣了。"

"有一张快照使我隐约想起什么人。是个高个子的漂亮的姑娘，头发盘在头顶。我不知道她可能会是谁。总之，不可能是索妮亚。你们觉得斯韦特纳姆太太当姑娘时可能很黑吗？"

"不会很黑，"圆圆道，"她有对蓝眼睛。"

"我希望有一张迪米特里·斯坦福蒂斯的照片，不过我想这个希望有一些过高……"他拿起那封信,"很抱歉这个没有给您任何启示,马普尔小姐。"

"哦!可它给了,"马普尔小姐说道,"它确实给了我很多启示。再把信看一遍,警督,特别是讲到兰德尔·戈德勒调查迪米特里·斯坦福蒂斯的那一节。"

科拉多克直瞪着她。

电话铃响了。

圆圆从地上站起来,走进走廊。按照维多利亚时代的传统,电话过去就放在那里,如今依然在那里。

她回到客厅对科拉多克说:"是找您的。"

警督略感吃惊,走出去接电话——同时小心地随手关上客厅的门。

"科拉多克吗?我是赖德斯代尔。"

"是,局长。"

"我仔细看了一遍你的报告。在你跟菲莉帕·海默斯谈话时,她肯定地声称,自从她丈夫从军队逃跑之后,就没有见过他,是这样吗?"

"不错,局长。她说得很肯定。但我认为她没有说实话。"

"我同意你的意见。你还记得十天前的那个案子吗?有个男人被大卡车撞倒,后来被送到米尔切斯特总医院,结果是脑震荡及盆骨骨折,还记得吗?"

"就是把一个小孩从车轮底下抢救出来,而自己却被碾伤的那个人？"

"就是这个人。他身上没有任何证件，也没有任何人来指认他。看样子他好像是被警方通缉的。他一次也没有苏醒，昨天夜里就死了。但他的身份弄清楚了，是个逃兵，名叫罗纳德·海默斯，在南洛姆郡服役的时候是上尉。"

"菲莉帕·海默斯的丈夫？"

"对。他身上有去奇平克莱格霍恩的旧车票，顺便说一下，还有不少钱呢。"

"这么说他的确是从妻子那儿拿到钱了？我总觉得他就是被米兹听见在凉亭里同菲莉帕说话的那个人。当然，她矢口否认。局长，车祸是先于——"

赖德斯代尔把他想说的话说了出来："是的。他是在二十八号被送到米尔切斯特总医院的，而小围场的抢劫发生在二十九日。这就排除了他与此事有牵连的任何可能性。不过他妻子当然还不知道车祸的事儿。她三缄其口，这是很自然的，他毕竟是她的丈夫。"

"真是见义勇为的壮举，不是吗，局长？"科拉多克慢吞吞地说。

"从车轮下救出小孩？是啊，有种。别以为海默斯从部队逃跑的原因是胆怯。不过，这都是过去的历史了。对一个毁了自己名声的人，这倒是死得其所。"

"我为她感到高兴，"警督说，"也为他们的儿子。"

"是的，他不必太为自己的父亲感到羞耻。那个少妇又可以再婚了。"

科拉多克缓缓说道："我也在想这个，局长……这就展现了……可能性。"

"既然你在现场，最好由你去通报这个消息吧。"

"我会的，局长，我这就赶去。或许我最好还是等她回到小围场再说。这个消息可能会相当令人震惊，再说，我想先同别人谈谈。"

第十九章　再现案情

1

"我去给您弄盏灯放在边上，然后我再走。"圆圆说，"这里黑着呢。我想暴风雨就要来了。"

她把那盏小阅读灯拿起来，放到桌子的另一边，好让灯光照着马普尔小姐织毛衣。后者正坐在一张宽大的高背椅上。

电线从桌子上牵过，提革拉毗一步跳到桌上，拼命对着电线又是咬，又是抓。

"别动，提革拉毗，不准……它真是可怕。瞧，都快把电线咬穿了，全破了。你不知道吗？你这个愚蠢的小猫咪，你这样可是会触电的。"

"谢谢，亲爱的。"马普尔小姐说道，并伸手去开灯。

"不是开那儿。您得按电线中间的那个愚蠢的小开关。等一等，我把这些花拿走，免得挡道。"

她把桌子另一端的一瓶圣诞玫瑰拿起来。提革拉毗摇摆着尾巴，突然伸出一只调皮的爪子，挠了圆圆的手臂一下。她把花瓶里的水溅出了一些，落在被咬破的电线和提革拉毗的身上，猫愤怒地叫了一声，从桌上跳到地上。

马普尔小姐按下小小的梨形开关。从被猫咬破后又被水浸湿的地方爆出一朵火花。

"哦，天哪，"圆圆道，"保险丝烧了。现在我估计这儿所有的灯都应该不亮了。"她挨个儿试了开关，"没错，都不亮了。这么说，所有线路都和这一个小装置相通，真是愚蠢。还把桌子烧坏了一处。捣蛋的提革拉毗——全都是它的错。简姨妈，怎么了？吓着您了吗？"

"没什么，亲爱的。我只是很偶然地看清了我以前应该发现的东西……"

"我这就去换保险丝，然后再去朱利安的书房把台灯拿来。"

"别，亲爱的，别麻烦，你要赶不上班车了。我不再需要灯光了，只想静静地坐着，想想事。快去吧，亲爱的，否则你就要搭不上车了。"

圆圆走后，马普尔小姐静静地坐了一两分钟。屋子里空气湿重，预示着外面风雨将至。

马普尔小姐把一张纸挪到面前。

她先写下：台灯？并在下面画了一条粗线。

过了一会儿，她又写下一个词。

她的笔尖在纸上滑动，写下一些简短而又含义隐晦的字句……

2

砾石山庄的客厅有着低矮的天花板和花格玻璃窗，光线昏暗。此刻，欣奇克利夫小姐和穆加特罗伊德小姐正在里面争论。

"你的毛病，穆加特罗伊德，"欣奇克利夫小姐说道，"就是不愿去尝试。"

"可我跟你说，欣奇，我什么也不记得了。"

"喏，听着，艾米·穆加特罗伊德，我们要进行一些建设性的思考。到目前为止，我们还未曾在侦破方面斩获成就。关于门的那件事我弄错了。毕竟，你并没有为凶手扶门。你是清白的，穆加特罗伊德！"

穆加特罗伊德小姐淡淡一笑。

"能雇用奇平克莱格霍恩唯一懂得缄默的清洁女工，这实在是我们的运气。"欣奇克利夫小姐接着说，"通常我对此是赞赏的，可这一次，她让我们处在了不利的位置上。这地方人人都知道那客厅里的第二道门被用过，而我们还一直蒙在鼓里，昨天才知道——"

"我还是不太明白——"

"这再简单不过了。我们原先的假设完全正确：你不可能让门开着，又挥舞着手电，同时还要举起左轮手枪冲别人开枪。我们保留左轮手枪和手电，略去门。结果，我们错了。我们应该略去的是左轮手枪。"

"可他确实有一把左轮手枪，"穆加特罗伊德小姐说，"我看见了，就在他身边的地上。"

"在他死了以后，确实是这样。全都十分清楚了：他并没用那把左轮手枪开枪——"

"那么是谁开的枪呢？"

"我们要寻找的就是这个人。但不管是谁开的枪，这同一个人把两片下了毒的阿司匹林放到了布莱克洛克小姐的床头，结果要了可怜的多拉·邦纳的命。而这不可能是鲁迪·谢尔兹干的，因为他已经死得硬邦邦的了。是抢劫发生的那天晚上在客厅的人，而且这个人可能还参加了生日晚宴。那天没去的只有哈蒙太太。"

"你认为生日晚宴的那天，有人把有毒的阿司匹林放到了那里？"

"为什么不能呢？"

"可这怎么办得到呢？"

"喏，我们都去上过厕所，对吧？"欣奇克利夫小姐粗声粗气地说道，"由于那个蛋糕很黏手，我去洗手。小美人伊斯特布鲁克夫人在布莱克洛克小姐的卫生间里往她那脏兮兮的小脸蛋上扑粉来着，不是吗？"

"欣奇！你认为是她？——"

"我还不知道。要是她干的，那就太明显了。假设你要去放药片，我想你总不会愿意在卫生间里被别人看见吧。是吧，还有很多机会呢。"

"男人们没有上楼。"

"还有后楼梯呢。何况，要是一个男人离开屋子，你总不会跟在他身后，去看看他是不是真的与你去相同的地方吧。那也太不体面了！不管怎样，别跟我抬杠，穆加特罗伊德。我要从第一次对莱蒂·布莱克洛克的谋杀重新开始。现在，首先，给我牢牢记住事实，因为这一切将取决于你。"

穆加特罗伊德小姐露出了紧张的神情。

"哦，亲爱的，欣奇，你知道我对这一切都糊里糊涂的！"

"问题不在于你的脑子，或者是被你当成大脑的灰色细胞。问题在于眼睛；问题在于你当时看见了什么。"

"可我什么都没有看见。"

"我刚才说了，你的麻烦就在于，穆加特罗伊德，你不愿尽力。现在注意，这是当晚发生的情况：不管那个来向莱蒂·布莱克洛克下手的人是谁，那天晚上一定在那屋子里。他——我说他，是因为叫起来更方便，但没有理由认定就一定是男人而不是女人，当然除了男人都是下流胚这一点——呃，他事先给从客厅通向外面的门上了油，而这道门应该是被钉死的之类。别问我他是什么时候干的，因为这会把事情搅乱。实际上，如果让我来挑时间，我可以走进奇平克莱格霍恩的任何一户人家，并在半小时里随心所欲地干任何事，而且神不知鬼不觉。弄清楚日工在哪儿、主人什么时候出去、确切的去处、要去多久等等，用心就行。现在咱们接着想，他给第二道门上了油，这样开门时就没有声响。安排是这样的：灯灭，甲门——正门——哗一下子打开。晃动手电，说抢劫时用的词。同时，就在我们大家瞠目结舌的当口，X——这样叫最合适——悄悄从乙门摸黑溜到走廊，来到那个瑞士白痴的身后，朝莱蒂·布莱克洛克开了两枪，然后枪杀了瑞士佬，扔下枪。结果，只有像你这样不喜欢动脑筋的人才会以为这是瑞士佬开枪的证据。然后等大家找打火机的时候，他飞快地溜回客厅。明白吗？"

"是的，是——的。可到底是谁呢？"

"这个嘛，要是连你都不知道，穆加特罗伊德，那就没有人知道了！"

"我？"穆加特罗伊德惊奇地叫道，"可我什么也不知道。真的不知道，欣奇！"

"用用你那叫作脑子的玩意儿吧。首先，灯灭的时候，每个人都在哪儿？"

"我不知道。"

"不，你知道的。你只是昏了头，穆加特罗伊德。你知道当时你自己在哪儿，对吧？你在门背后。"

"是的，是的，我是在门背后。门打开的时候还撞着了我的鸡眼呢。"

"你怎么不去找个正经的治脚医生看看，就非得自己捣鼓呢？总有一天你要得败血症的。说吧，你在门背后，我靠着壁炉站，而且迫不及待地正要喝酒。莱蒂·布莱克洛克在拱廊的桌边，正伸手拿香烟。帕特里克穿过拱廊，到小客厅去拿莱蒂·布莱克洛克放在那里的酒。同意吗？"

"是的，是的。这些我都记得。"

"很好，现在有人跟着帕特里克走过小客厅，或者正要跟他去，是个男人。问题在于我忘了到底是伊斯特布鲁克，还是埃德蒙·斯韦特纳姆。你还记得吗？"

"不，不记得。"

"你就是记不住！还有一个人去了小客厅，是菲莉帕·海默斯。这我记得很清楚，因为我记得我注意到她平直的背多么漂亮，我还对自己说：'那姑娘骑在马背上会很好看。'我当时望着她，心里就想着这个。她走到了小客厅的壁炉前，我不知道她到那儿去拿什么，因为就在那个当口，灯灭了。

"当时每个人的位置就是这样：客厅里有帕特里克·西蒙斯、菲莉帕·海默斯、伊斯特布鲁克上校或者是埃德蒙·斯韦特纳姆——但到底是谁，还不知道。现在，穆加特罗伊德，注意了，最大的可能是这三人中的一个干的。任何人要想从远处的那道门出去，肯定就要占据一个

252

方便的位置，等灯一灭，就能行动。所以我说，最大的可能就是这三个人中的一个。如果是这种情况，穆加特罗伊德，那你就无能为力了！"

看得出，穆加特罗伊德小姐的脸上露出了喜色。

"而另一方面，"欣奇克利夫小姐接着说道，"也可能不是这三人中的任何人。这样就该你派上用场了，穆加特罗伊德。"

"可当时的情况我怎么知道？"

"我刚才说过了，要是连你都不知道，那就没人知道了。"

"可我不知道！我真的不知道！我当时什么也看不见！"

"哦，不，你看得见的。你是唯一能看得见的人。你当时站在门背后，你不可能去看手电光，因为门在你和手电光之间。你是面向另一面的，跟手电光照射的是同一个方向。我们其余的人都被手电光射得头昏眼花，你却没有。"

"对，对，也许吧，是的，可我什么也看不见，手电光晃来晃去。"

"为你照见了什么？手电光是停在大家的脸上，对吧？照在桌子上？还有椅子上？"

"是的，是的，没错……邦纳小姐，她张着个大嘴，眼珠子都快暴了出来，就那么惊慌地眨着眼睛。"

"这就对了！"欣奇克利夫小姐如释重负地舒了一口

253

气，"要让你用上自己那些灰色的脑细胞可真难呢。后来呢？继续。"

"可我再没有看见更多的了，真的。"

"你是说你看见了一个空屋子？那儿没人站着？也没人坐着？"

"不，当然不是这样。邦纳小姐瞪大着眼睛，哈蒙太太坐在一把椅子的扶手上，她的眼睛闭得紧紧的，手蒙住脸——跟个小孩似的。"

"很好，这是哈蒙太太和邦纳小姐。你还不明白我想干什么吗？难就难在我不想把我的想法灌到你的脑子里。但是，一旦把你看见的人排除，咱们就可以触及重点了，就是有没有你没看见的人。明白了吗？另外，除了桌子、椅子、菊花等，还剩下一些人：朱莉娅·西蒙斯、斯韦特纳姆太太、伊斯特布鲁克太太——伊斯特布鲁克上校和埃德蒙·斯韦特纳姆这两人中的一个、多拉·邦纳、圆圆·哈蒙等。把他们一个一个勾掉。现在，想想，穆加特罗伊德，好好想想，这些人里当时有不在场的吗？"

一根树枝挂到了开着的窗户上，穆加特罗伊德小姐吓得微微跳起来。她闭着眼睛，自言自语……

"桌上的……花……大扶手椅……手电光还没有射到你，欣奇——哈蒙太太，是的……"

电话铃急促地响了起来。欣奇克利夫小姐走到电话机前。

"喂，是的。警察局？"

温顺的穆加特罗伊德小姐紧闭着双眼，脑海里复现起二十九日晚的情景。手电光，慢慢挨个儿扫……一伙人……窗子……沙发……多拉·邦纳……墙壁……摆着台灯的桌子……拱廊……左轮手枪突然开火……

"……这可异乎寻常了！"穆加特罗伊德小姐说。

"什么？"欣奇克利夫小姐愤怒地冲着话筒喊，"从今天上午起就在那儿了？什么时候？见你的鬼去吧，你这会儿才打电话给我？我会让防止虐待动物协会找你麻烦的。疏忽大意？你只会说这些吗？"

她"砰"的一声挂上话筒。

"是那只狗，"她说道，"塞特红种狗。今早就在警察局——从八点开始。滴水未进！而那帮白痴这会儿才打电话来。我现在就去接它回来。"

她冲出了屋子，穆加特罗伊德小姐跟在她后面尖声喊道："可你听着，欣奇，极为异乎寻常的事……我没法理解。"

欣奇克利夫小姐已经冲出了房门，跑向用作车库的木棚。

"等我回来再接着讲，"她喊道，"我不等你一起去了。你又像往常一样穿着卧室的拖鞋跑出来了！"

她揪下汽车的点火器，猛地把汽车倒出车库。穆加特罗伊德小姐敏捷地跳到路边。

"可你听着，欣奇，我必须告诉你——"

"等我回来……"

汽车又颠簸了一下，飞奔向前。穆加特罗伊德小姐的声音带着激动的高音隐约追随着汽车。

"可是，欣奇，她没有在场……"

3

头顶上的云层越积越厚，云朵的蓝色也越来越深。穆加特罗伊德小姐呆呆地站在那里，望着远去的汽车。这时，第一颗豆大的雨点落了下来。

穆加特罗伊德小姐焦急地冲到一根晾衣服的绳子前。几小时前，她晾了两件圆领套衫和一套羊毛套装。与此同时，她依然在小声地自言自语。

"真是出人意料……哦，天哪，我来不及把这些都收下来了——本来都快晾干了……"

她拼命扯着不听使唤的衣夹，突然，她听到有人走近的声响，赶紧回过头。

随后，她粲然一笑，表示欢迎。

"您好啊，快请进屋吧，您会淋湿的。"

"我来帮您。"

"啊，如果您不介意的话……这些衣服要是再打湿，那可真烦人。我应该把绳子放下来，但我觉得够得着。"

"这是您的围巾。我帮您围在脖子上行吗？"

"啊，谢谢您……好的，也许……只要等我够到这个衣夹……"

羊毛围巾套上了她的脖子，然后，围巾猛然被拉紧……

穆加特罗伊德小姐的嘴张开了，但已喊不出任何声音，只有一声微弱的哽咽。

围巾越拉越紧……

4

从警察局回来的途中，欣奇克利夫小姐停下车，想捎上在街头匆匆赶路的马普尔小姐。

"您好啊，"她喊道，"您会淋透的，来同我们喝杯茶。我先前看见圆圆在等班车。这会儿回到牧师住宅，您就是一个人了。来加入我们的行列吧。我和穆加特罗伊德正在重现案情，我觉得我们就要有眉目了。小心狗，它很紧张。"

"多漂亮的狗！"

"是的，是只可爱的母狗，难道不是吗？这帮蠢货从早上就把它留在警察局，却不通知我。我骂了他们一顿，这些懒惰的杂——哦，请原谅我的用词，我是被爱尔兰家里的马夫带大的。"

小巧的汽车颠簸了一下，转进砾石山庄的小后院。

两位女士刚下车，就被一大群急不可待的鸡鸭团团围住。

"该死的穆加特罗伊德，"欣奇克利夫小姐骂道，"她还没喂它们玉米。"

"玉米很难弄到吧？"马普尔小姐问道。

欣奇克利夫小姐眨眨眼。

"我跟农民大都很熟。"她回答说。

"嘘——嘘"地赶开鸡鸭后，她陪着马普尔小姐往木屋走去。

"希望您没有淋得太湿。"

"没有，这件雨衣非常好。"

"要是穆加特罗伊德没生火，我这就去弄。喂，穆加特罗伊德，这女人到哪儿去了？穆加特罗伊德！那狗跑到哪儿去了？它也不见了。"

一声悠长而凄凉的悲号从外面传来。

"该死的傻母狗。"欣奇克利夫小姐大步走到门口，喊道："嗨，库蒂——库蒂。该死的傻名，可他们显然是这样叫它的。我们必须给它另取个名。嗨，库蒂。"

那只塞特红种狗正嗅着躺在地上的什么东西，就在绷得很紧的绳子下，绳子上的几件衣服在风中翻卷。

"穆加特罗伊德甚至都想不到把晾的衣服收进家。她到底到哪儿去了？"

塞特红种狗又嗅了嗅似乎像一堆衣服的东西，然后翘起鼻子，又号叫起来。

"这狗是怎么回事？"

欣奇克利夫小姐大步流星地穿过草地。

马普尔小姐担忧地快步追上了她。然后她们双双站住了，任凭雨点打在身上，年老的女人搂住年轻女人的肩膀。欣奇克利夫小姐立在原地，俯视着地上面部抽搐、脸色乌青、吐着舌头的尸体。马普尔小姐感到自己手掌下的肌肉变得僵直而紧绷起来。

"无论是谁干的，我都要杀了那家伙，"欣奇克利夫小姐用平静的声音小声说道，"只要我抓住她……"

马普尔小姐问道："她？"

欣奇克利夫小姐把一张愤怒的脸转向她。

"是的。我知道是谁——接近了……就是三个可能作案的人中的一个。"

她又站了片刻，低头望着死去的朋友，然后转身朝屋里走去。她的声音很冷漠，但很坚毅。

"我们必须打电话给警方，"她说，"等待他们到来的时候，我会告诉您。从某一方面讲，是因为我的错，穆加特罗伊德才会躺在这里。我把这一切当成了游戏……但杀人可不是游戏……"

"是啊，"马普尔小姐道，"杀人不是游戏。"

"您对此有些了解，对吧？"欣奇克利夫小姐拿起听筒拨号时问道。

她简单报告之后，挂了电话。

"他们一会儿就到……是的，我听说以前您掺和过这种事……我想是埃德蒙·斯韦特纳姆告诉我的……您想听听我和穆加特罗伊德在做些什么吗？"

她简明扼要地描述了她前往警察局之前的谈话。

"就在我离开的时候，您知道吗，她在后面叫我……所以我才知道是个女人而不是男人……但愿我当时能等一等，但愿我停下来听一听！真该死，狗还可以在警局再待一刻钟的。"

"不要责备自己，我亲爱的，这样于事无补。谁也不是先知。"

"是啊，是啊……我记得什么东西敲打了一下窗户，也许她就在窗外，然后，肯定是这样，她肯定朝……这座房子走来……当时我和穆加特罗伊德互相大喊大叫，声嘶力竭……她听见了……她全都听见了……"

"您还没有告诉我您的朋友都说了些什么。"

"只有一句话！'她没有在场。'"她顿了顿，"您明白了？有三个女人我们还没有排除：斯韦特纳姆太太、伊斯特布鲁克太太和朱莉娅·西蒙斯。这三人中的一个——当时不在场……她没有待在客厅里，因为她从另一道门溜出到了走廊。"

"是的，"马普尔小姐说道，"我明白。"

"就是这三个女人中的一个。我不知道是哪一个，但我会找出来!"

"请原谅,"马普尔小姐说,"但她——我是说穆加特罗伊德小姐——她的说法是和您一模一样吗?"

"一模一样——您这是什么意思?"

"哦,亲爱的,我该怎么解释呢?您是这样说的:'她——没——有——在——场。'每个字都加了重音。您瞧,可以用三种方式来说这句话:'她'没有在场,重点指人;或者,她'没有'在场,这就是确认嫌疑。还可以说——这跟您刚才说的方式很接近——她没有'在场……'重音放在最后,就像没有重音一样。"

"我不知道。"欣奇克利夫小姐摇摇头,"我记不清了……真该死,我怎么会记得住呢?我想,她当然应该是说——'她'没有在场才对。我想,那种说法更自然。可我不知道,这有什么区别吗?"

"有,"马普尔小姐若有所思地说,"我想是的。当然这是一个非常微小的暗示,不过我想这毕竟是个暗示。是的,应该说区别很大……"

第二十章　名探失踪

1

投递员最近接到命令，每天上午和下午都要到奇平克莱格霍恩投递信件，这令他很是不快。

在这一天下午，他在刚好差十分五点时把三封信送到了小围场。

一封是寄给菲莉帕·海默斯的，字迹出自一个学童之手；其余两封是布莱克洛克小姐的信。她与菲莉帕在茶几旁坐下来，打开了信。倾盆大雨使得菲莉帕今天提早离开达雅斯宅邸，因为只要她关了花房，便无更多的事可做。

布莱克洛克小姐打开第一封信，里面装着修理厨房锅炉的账单。她气呼呼地哼了一声。

"戴蒙德的价也太离谱了，真是太离谱了。不过，我认为其他人也跟他一样坏。"

她打开第二封信，她从未见过这种字体。

亲爱的莱蒂表姐：

希望我星期二来不成问题，对吗？两天前我写信给帕特里克，但他没有回信，所以我猜想没有关系。妈妈下个月来英格兰，并希望届时来看您。如果方便的话，我乘坐的火车将于六点十五分抵达奇平克莱格霍恩，可以吗？

爱您的朱莉娅·西蒙斯

布莱克洛克小姐重新看了一遍信。她先是万分震惊，继而脸色变得阴沉。她抬起头，看了看微笑着读儿子来信的菲莉帕。

"朱莉娅和帕特里克回来没有，你知道吗？"

菲莉帕抬起头来。

"回来了，我刚进家他们跟着就到了。他们浑身浇得湿透，上楼换衣服去了。"

"也许你不介意叫他们下来。"

"我当然不介意。"

"等一等——我想让你看看这封信。"

她把收到的信递给菲莉帕。

菲莉帕看完信，紧锁双眉。"我不明白……"

"我也不明白，倒也是……我想该是我明白的时候了。去叫帕特里克和朱莉娅来，菲莉帕。"

"帕特里克！朱莉娅！布莱克洛克小姐叫你们呢。"

帕特里克跑下楼，进了客厅。

"别走，菲莉帕。"布莱克洛克小姐说。

"您好啊，莱蒂姨妈，"帕特里克高高兴兴地说，"叫我吗？"

"对，我叫你。也许你可以给我解释一下这个？"

帕特里克看信的时候脸上露出了一种近乎滑稽的沮丧。

"我原打算打电报给她的。我真是个笨蛋！"

"我猜想这封信是你妹妹写的？"

"是的，是的，是这样。"

布莱克洛克小姐厉声问道：

"那么，我请问，你当作朱莉娅·西蒙斯带到这里来的这个年轻的女人又是谁？这个我以为是你妹妹以及我表妹的女人究竟是谁？"

"唔——您瞧，莱蒂姨妈，事实是——我都可以解释——我知道自己本不该这么做——但似乎除了闹着玩，别无他意。如果您让我解释的话——"

"我在等着你作解释。这个年轻的女人是谁？"

"是这样的，就在我复员后不久，我在一个鸡尾酒会上碰到了她。我们攀谈起来，我跟她说我要来这儿，然后——呃，我想如果带她一起来，那真是个奇妙的主意……你瞧，朱莉娅，真正的朱莉娅，疯狂地迷上了舞台演出，可妈妈对她这个想法火冒三丈。不过，朱莉娅还是得到一个机会，加入了一个在珀斯还是什么地方的好剧团。她想一试身手，但为了不惹恼妈妈，就想让妈妈以为她像个听话的小姑娘一样，跟我到了这儿来接受药剂师的培训。"

"我仍然要知道另外这个年轻的女人究竟是谁。"

在这当口，朱莉娅走了进来，她镇静如常，态度冷淡。见到她，帕特里克赶紧如释重负地转过身去。

"露馅儿了。"他说。

朱莉娅扬起眉毛，然后她镇静依旧，冷冰冰地坐下来。

"好吧，"她说道，"都结束了。我想您非常气愤吧？"她以一种近乎于冷酷的兴趣打量着布莱克洛克小姐的脸，"换了我，我也会。"

"你到底是谁？"

朱莉娅叹了口气。

"我想和盘托出的时刻到了，这就开始吧。我就是'皮普与艾玛'里的一个。确切地讲，我的教名是艾玛·乔斯林·斯坦福蒂斯。只是我取了这个名字后不久，爸爸就再没用过斯坦福蒂斯这个姓氏了。我想他后来称自己为德·古西。

"让我来告诉您吧，我父亲和母亲在我和皮普出生三年后分手了。他们各行其是，而且把我们也拆散了。我是父亲抢到的那部分。总的来说，他是个糟糕的父亲，尽管

265

也是个迷人的父亲。每当父亲身无分文或者准备去干一些十恶不赦的勾当时，我便被送进修道院，去接受教育，去经受被抛弃的各种煎熬。他常常装出一副阔佬的样子，支付了头一个学期的费用，然后销声匿迹一两年，把我扔给修女。有些时候，我和他也过得很开心，在都市社会里流窜。然而，战争彻底把我们分开了。我不知道他的境遇如何。我自己也有一些冒险的经历。我跟法国抵抗运动战士活动了一阵，那很激动人心。长话短说，我在伦敦落了脚，开始思考我的未来。我知道妈妈有个哥哥，虽然跟妈妈吵翻了，可死的时候是个大富豪。我查看他的遗嘱，想了解有没有什么留给我的。结果没有，换言之，没有直接给我的。我对他的遗孀进行了一些调查，了解到她已变成一个老太婆，靠着药物维持生命，但已离死不远。坦率地说，看起来仿佛您才是我最好的赌注。您要继承一笔多得要命的钱，而且据我所掌握的情况，您并没有什么后人可以继承它。我直说了吧，我闪过这样一个念头：如果我能够用一种友善的方式接近您，如果您又喜欢上我——算了，自从兰德尔舅舅死后，情况发生了一些变化，不是吗？我是说，我们曾经拥有的钱都在欧洲的那场浩劫中付诸东流。我原想您可能会对一个可怜巴巴、举目无亲的孤女动恻隐之心，也许还会给她一小笔馈赠。"

"哦，你当然会这么想了，当然了，不是吗？"布莱克洛克小姐厉声道。

"是的，当然，那时候我还没见过您……我设想过用痛哭流涕的方法……后来，由于命中的奇遇，我在这儿碰到了帕特里克，而且他恰巧又是您的外甥或者表弟，或者别的。可不，这真是天赐良机。我执着地冲向帕特里克，而他心满意足地上了我的当。真正的朱莉娅对这件偷梁换柱的事提心吊胆，但我说服她，在珀斯的某个简陋的客栈安顿下来，受训成为戏剧明星，成为又一个莎拉·伯恩哈特，献身艺术，这是她的责任。

"您不必太责怪帕特里克。他为我这个孤苦伶仃的人感到十分难过，所以他很快便觉得把我当作他妹妹带到这儿来，并让我干我的事是一个奇妙的主意。"

"而且他还同意你对警察也继续撒谎？"

"行行好吧，莱蒂。难道您看不出自从抢劫的事发生——或者说发生以后——我就受到了关注？让我们面对现实吧，我有绝好的动机把您除掉。现在您可以相信了，我并不是企图暗算您的人。您不能指望我会主动把凶杀的事揽到自己的身上。即便帕特里克，都不时对我有怀疑，而如果他都怀疑我，警察到底会怎么想？科拉多克警督给我的印象是，他是一个疑心很重的人。不，我琢磨过了，我唯一能做的就是正经八百地做朱莉娅，而且不动声色，等事情平息之后，就销声匿迹。我怎么会算得到愚蠢的朱莉娅——真正的那个，会和制作人吵架，还使性子把整件事弄砸了？她写信给帕特里克，问能不能来这里。他不仅没有回信让她'一边去'，反而把这事忘了个精光？"她向帕特里克投去了愤怒的目光，"白痴都让我给撞上了。"她叹了口气。

"您不知道在米尔切斯特我是什么样的境遇！当然，我压根儿就没去医院，但我必须得有地方去啊。我在电影院里熬了又熬，一遍遍地看那些最恐怖的电影。"

"皮普和艾玛，"布莱克洛克小姐小声说道，"尽管警督说了那么多，不知怎的，我从未相信他们真有其人——"

她试探地看着朱莉娅。

"你是艾玛，"她说，"皮普在哪儿？"

朱莉娅与她对视，她的目光清澈无邪。

"我不知道，"朱莉娅回答道，"我根本就不知道。"

"我想你在撒谎，朱莉娅。你最后一次见他是在什么时候？"

在朱莉娅回答之前，她是否显露出片刻的犹豫？

然而，她斩钉截铁地回答道："我们俩三岁以后——在我母亲把他带走之后——我就没有见过他。我既没有见过他，也没有见过我的母亲。我也不知道他们在哪儿。"

"你要说的就是这些？"

朱莉娅又叹了口气。

"我可以说声抱歉，但这又言不由衷，因为我还会重蹈覆辙——但是当然，要是知道会有谋杀这种事，我就不会这样干了。"

"朱莉娅，"布莱克洛克小姐说，"我这样叫你，是因为我习惯了这个名字。你说你跟法国抵抗运动组织在一起？"

"是的，有十八个月。"

"那么我猜你学会开枪了？"

那双冷静的蓝眼睛又与她的眼睛对视了。

"我的射击水平很高，我是第一流的射手。我没有向您开枪，莱蒂，尽管我已经向您保证过了，但我还是要告诉您这一点：要是我向您开枪，就绝不可能失手。"

2

汽车径直开到门前的声音打破了此刻的紧张气氛。

"这次会是谁呢？"布莱克洛克小姐问。

米兹把她那头发蓬松的脑袋伸进来，翻了个白眼。

"警察又来了，"她说，"这，是迫害！他们干吗不让我们安静一会儿？我受不了了。我要写信给首相。我要写信给你们的国王。"

科拉多克伸出手，不太客气地把她用力推到一边。他进来时嘴唇的线条是那么冷酷，大家焦急地望着他。他们从未见过科拉多克警督像现在这样。

他严厉地开口了："穆加特罗伊德小姐被谋杀了。她是被勒死的——就在不到一小时前。"他的目光瞄准朱莉

269

娅，"你——西蒙斯小姐——这一天你都在什么地方？"

朱莉娅小心翼翼地回答："在米尔切斯特。我刚刚才进屋。"

"那么你呢？"目光转向帕特里克。

"跟她一样。"

"你们两个一起回的家？"

"是的，是的，是这样。"帕特里克回答道。

"不对，"朱莉娅说道，"这没好处，帕特里克。这种谎话马上就会被戳穿，公共汽车上的人跟我们很熟。我是乘早一点儿的班车回来的，警督，就是四点抵达这里的那一班。"

"然后你干了些什么？"

"我散步去了。"

"朝砾石山庄的方向吗？"

"不是。我穿过了田野。"

他盯住她。朱莉娅脸色苍白，嘴唇紧绷，以对视向他回敬。

还没等谁开口，电话响了。

布莱克洛克小姐用征询的目光看了科拉多克一眼，拿起了电话。

"是的。谁？哦，圆圆。什么？不，不，她不在，我不知道……对，他这会儿在。"

她放低听筒，说道："哈蒙太太要同您讲话，警督。

马普尔小姐还没有回到牧师住宅，哈蒙太太很为她担心。"

科拉多克向前跨了两步，一把抓过听筒。

"我是科拉多克。"

"我很担心，警督。"圆圆的声音带着孩童般的颤抖传过来，"简姨妈到什么地方去了，可我不知道是哪儿。他们说穆加特罗伊德小姐被谋杀了，是真的吗？"

"对，是真的，哈蒙太太。欣奇克利夫小姐发现尸体的时候，马普尔小姐跟她在一起。"

"哦，原来她在那儿呀。"圆圆的声音缓和起来。

"不——不，恐怕她不在，现在不在。她大约是在——让我想想——半小时之前离开的。她还没有回家吗？"

"不——她没有回家。只有十分钟的路程，她能到哪儿去呢？"

"也许她去拜访您的邻居去了？"

"我都打过了电话——挨个儿全打了。她都不在。我很害怕，警督。"

"我也一样。"科拉多克心里想道，他很快说道："我这就到您那儿去，马上。"

"哎，快来吧——有一张便条，她出去前写的。我不明白是什么意思……对我来说简直莫名其妙。"

科拉多克放下听筒。

布莱克洛克小姐焦急地问：

"马普尔小姐是不是出事了？哦，我希望没有。"

"我也希望没有。"他嘴唇的线条变得更冷酷了。

"她太老了——而且很脆弱。"

"我知道。"

布莱克洛克小姐站在那里，用手去扯套在脖颈上的珍珠短项链，一面用沙哑的声音说道："情况变得越来越糟。不管是谁干的这些事，这人肯定疯了，警督——而且疯得很厉害……"

"这正是我想知道的。"

在她那紧张的手指的抓扯之下，套在布莱克洛克小姐脖颈上的珍珠短项链突然断开。光滑的洁白珠子在客厅里滚了一地。

莱蒂希亚痛苦万分地尖叫起来。

"我的珍珠——我的珍珠——"她声音里所表现的痛楚如此剧烈，以至于每个人都非常惊讶地望着她。她用手按住喉咙，抽泣着冲出了客厅。

菲莉帕去捡珍珠。

"我从未见过她会为什么事生这么大的气，"她说，"当然，她一直都戴着这条项链。这也许是什么特别的人送给她的，您看呢？兴许是兰德尔·戈德勒？"

"有可能。"警督缓缓回答。

"这些珍珠怎么说也不是——不可能是——真的，不是吗？"菲莉帕问道，她仍然跪在地上，一颗一颗地拣那些闪光的珠子。

科拉多克拾了一颗拿在手里，正当他想不屑一顾地回答说"真的？当然不是！"之际，他突然把话又吞了回去。

对呀，这些珍珠会是真的吗？颗粒很大，每一粒都如此匀称、如此洁白，其赝品之嫌似乎相当明显，但科拉多克忽然想起一桩案子，有人花了几先令就在某家当铺买到了一串货真价实的珍珠。

莱蒂希亚·布莱克洛克向他保证过，说家里没有贵重的珠宝。如果碰巧这串珍珠是真的，那一定价值不菲。而如果又是兰德尔·戈德勒送的，价值就难以言喻了。

样子看起来是假的——肯定是假的——但万一是真的呢？

为什么不会呢？她本人可能并没有意识到项链的价值。或许，她也可能是故意把它当作和一两颗珍珠等价的廉价首饰，从而保护自己的财宝。如果是真的，又该值多少钱呢？价值连城……要是有人知道内情的话，是值得为之杀人的。

科拉多克突然从推理之中惊醒过来。马普尔小姐失踪了，他必须赶到牧师住宅。

3

他发现圆圆和她丈夫正在等他，一筹莫展，万分焦急。

"她还没有回来。"圆圆说。

"她离开砾石山庄时，有没有说过要回来？"朱利安问。

"她实际上并没有这样说。"科拉多克慢慢说道，脑子里尽力回想他最后一次见到马普尔小姐的情形。

他想起当时她那双通常非常温柔的碧蓝色眸子里闪烁着严厉的冷光，嘴唇的线条也堪称阴沉。阴沉，一种不屈不挠的决心……去干什么呢？去什么地方吗？

"我最后一次见到她时，她正在跟弗莱彻警长说话，"他说道，"就在大门口。然后她走出了大门。我认为她是往这儿来的。我本该开车送她——但当时要处理的事太多，而且她又走得很快。弗莱彻可能知道一些什么！弗莱彻在哪儿？"

然而，等科拉多克打电话跟砾石山庄联系后，他了解到，弗莱彻警长并不在那儿，也没有留言说去了什么地方。想来他可能是因为什么缘故回米尔切斯特去了。

警督突然想起圆圆先前在电话上说的事，转向她。

"那张纸条在哪儿？您说她在一张纸上写了些东西。"

圆圆把纸条拿给他。他在桌子上展开纸条，俯身细看。

圆圆的目光越过他的肩头，在他读的时候拼着上面的字。字迹潦草，很难辨认：

台灯。

然后是"紫罗兰"。

接着空了一格：

装阿司匹林的瓶子在哪儿？

这张奇怪的字条上的下一个项目就更难理解了。

"美味之死，"圆圆读出了声，"这是米兹做的蛋糕。"

"咨询。"科拉多克念道。

"咨询？我想知道是咨询什么？这是什么？勇敢地承受起痛苦的折磨……这到底是什么！"

"碘，"警督念着，"珍珠。啊，珍珠。"

"然后是洛蒂（Lotty）——不，是莱蒂（Letty）。她写的e，看起来像o。接下来是伯尔尼。这又是什么呢？养老金……"

他们面面相觑，迷惑不解。

科拉多克把这些字很快地重新连起来：

"台灯。紫罗兰。装阿司匹林的瓶子在哪儿？美味之死。咨询。勇敢地承受起痛苦的折磨。碘，珍珠。莱蒂。伯尔尼。养老金。"

圆圆问道："这有什么意义吗？究竟有没有意义？我看不出什么联系。"

科拉多克徐徐说道："我只是隐约有些苗头——可又不是很明白。奇怪的是她写的东西居然与珍珠有关。"

"什么与珍珠有关？您在说什么？"

"布莱克洛克小姐不是一向都戴着那串三层的短珍珠项链吗？"

"是的。我们有时候还笑她。看起来多假啊，不是吗？我猜想她认为这很时髦。"

"可能还有别的原因。"科拉多克缓缓说道。

"您不是说那是真的吧？哦！不可能！"

"您多久才有一次机会看见那么大的真珍珠，哈蒙太太？"

"可它们看起来那么光滑，像玻璃球似的。"

科拉多克耸了耸肩。

"不管怎么说，它们现在已无关紧要了。重要的是马普尔小姐。我们得找到她。"

他们必须找到她，否则便为时晚矣——也许已经晚了？这些用铅笔写下来的字说明她有所发现……但这是很危险的——极其危险。再说弗莱彻究竟到哪儿去了？

科拉多克从牧师住宅出来，走到他停车的地方。搜索——这是他唯一能做的——搜索。

一个声音从枝丫垂吊的月桂树上传下来。

"长官！"弗莱彻警长急促地喊道，"长官……"

第二十一章　三个女人

小围场的晚餐已经告一段落。席间格外沉默，人人食不知味。

帕特里克很不自在地意识到自己已经失宠。他企图像往常一样，不时提起个话题，但没人捧场。菲莉帕·海默斯陷入了沉思。布莱克洛克小姐不愿再白费力气，去装得跟平时一样快活。她特地为晚饭换了衣服，下楼时戴着玉石浮雕项链，然而头一回，那双带着黑眼圈的眼睛里显现出了恐惧，而她颤抖的手更是背叛了她。

唯有朱莉娅整个晚上都保持着其特有的玩世不恭、置之度外的作风。

"很抱歉，莱蒂，"她说，"我想打点行装走人，但我猜警方不会允许。我想我令贵府蒙污——不管正确的措辞是什么——的时间不会太长了。我可以想到科拉多克警督随时都会拿着逮捕令和手铐出现。事实上，我无法想象的是，为什么这事还没发生。"

"他正在找那个老太太——马普尔小姐。"布莱克洛克小姐说。

"您认为她也被杀害了？"帕特里克带着一种科学研讨式的好奇心问道，"可这是为什么呢？她能知道些什么？"

"我不知道，"布莱克洛克小姐呆板地应道，"也许穆加特罗伊德小姐告诉了她些什么。"

"如果她也被谋杀的话，"帕特里克说，"从逻辑上讲，只有一个人能干这种事。"

"谁？"

"当然是欣奇克利夫啦，"帕特里克得意地说道，"那是最后看见她活着的地方——砾石山庄。我的看法是，她根本没有离开过砾石山庄。"

"我头疼。"布莱克洛克小姐声音呆板地说道。她用手按住前额，"欣奇干吗要杀害马普尔小姐？这没有道理。"

"要是欣奇果真杀了穆加特罗伊德，那就有道理了。"帕特里克得意扬扬地说道。

菲莉帕突然一扫漠然的态度，开口道："欣奇不会杀害穆加特罗伊德的。"

帕特里克存心和她辩个清楚。"如果穆加特罗伊德说漏了嘴，结果泄露了她——欣奇——就是杀人凶手的话，她就会。"

"不管怎么说，穆加特罗伊德被杀的时候，欣奇在警

278

察局。”

“她可以先杀了穆加特罗伊德，然后再去。”

莱蒂希亚·布莱克洛克突然大喊大叫，把大家吓了一大跳。

“谋杀，谋杀，谋杀——你们就不能说点儿别的？我很害怕，你们明白吗？我很害怕。以前我并不害怕。我原以为我能保护自己……可是，对于一个等待、观察、伺机下手的凶手你又能怎么防备呢！啊，上帝啊！”

她把头埋到手里。过了片刻，她抬起头，生硬地表示歉意。

“我很抱歉。我——我失去了自控。”

“没关系，莱蒂姨妈，”帕特里克爱怜地说，“我会照看您的。”

“你？”莱蒂希亚·布莱克洛克只说了一个字，但这个字背后的幻灭几乎变成了一种指控。

这一切是快到晚饭时发生的。等到米兹进来宣布她不打算做晚饭时，话题才算岔开。

“我不再在这幢房子里做任何事了，我要去我的房间，我要把自己锁在里面。我要在里面一直待到天亮。我害怕——杀人接连不断——长着那张愚蠢英国脸孔的穆加特罗伊德小姐——谁愿意杀她？只有疯子！那么这一切都跟疯子有关了！而疯子是不会在乎杀谁的。可我，我不想被杀。厨房里有影子——我听见了响动——我看见院子里有

279

人，我想我在储藏室的门口看见了一个影子，后来我听见了脚步声。所以我现在要回我的房间去，我要把门锁好，兴许我甚至还要用柜子抵住门。到明天早上，我就跟铁石心肠的警察说我要从这儿离开。要是他们不让，我就说：'我要尖叫、尖叫、尖叫到你放我走！'"

大家对米兹的尖叫记忆犹新，这下一听到她发出威胁便感到不寒而栗。

"我回我的房间去了。"米兹说，这种重音把她的目的表现得一清二楚。她做了一个象征性的动作，把一直穿在身上的印花装饰布围裙扔在一边。"晚安，布莱克洛克小姐。到了明天早上，您可能不再活着了。所以，以防真是那样，我先说声再见。"

她唐突地离开了，房门发出那常有的微弱的呜咽，轻轻在她身后关上。

朱莉娅从座位上起身。

"我去做晚饭，"她以就事论事的口吻说道，"应该是个相当不错的安排——对大家来说，我不同席的话就少些尴尬。帕特里克——既然他已自封为您的保护人，莱蒂姨妈——最好把每盘饭菜都先尝一遍。我可不想又被添上一条毒杀您的罪名。"

于是朱莉娅做了一顿极其精彩的晚餐。

菲莉帕自愿到厨房去帮忙，但朱莉娅坚决说不要别人帮忙。

"朱莉娅，我想说点事——"

"我可没有时间听姑娘间的私房话，"朱莉娅坚定地说，"回餐厅去吧，菲莉帕。"

现在吃罢晚饭，大家都到了客厅里，围坐在火炉边的一张茶几旁喝咖啡。但似乎谁也没有什么可说的。大家都在等待——如此而已。

八点三十分，科拉多克警督打来了电话，"我将在一刻钟以后到您那儿，"他宣布，"我将带来上校和他的太太，还有斯韦特纳姆太太跟她儿子。"

"可事实上，警督……今天晚上我不能接待客人——"

布莱克洛克小姐的声音听起来已经精疲力竭。

"我明白您的感受，布莱克洛克小姐。我很抱歉，但事情紧急。"

"您有没有找到马普尔小姐？"

"没有。"警督回答，然后挂断了电话。

朱莉娅把咖啡盘端到厨房，令她大吃一惊的是，她发现米兹正对着水槽里摞起的大小盘子出神。

听到她进来，米兹朝她噼里啪啦就数落起来。

"瞧你把我干干净净的厨房弄成了什么样子！这个炒锅，我只——只用来做煎蛋卷的！可你，你拿它来做了什么？"

"炒洋葱。"

"毁了——真正毁了。现在非洗不可了，可我从来——从来都不洗煎蛋卷的锅的。我是用油墨纸小心擦，这样就行了。还有你用的这个长柄深平底锅，这口锅，我只用来烧牛奶——"

"得啦，我不知道你哪个锅用来干什么，"朱莉娅生气地说，"你自己要去睡觉，干吗又要爬起来，我简直无法想象。走开，让我一个人安安静静地洗碗。"

"不行，我不让你用我的厨房。"

"哦，米兹，你真令人无法忍受！"

朱莉娅愤怒地大步走出了厨房，就在这当口，门铃响了。

"我才不去开门呢！"米兹从厨房里喊道。朱莉娅咕哝了一句欧洲大陆特有的脏话，然后大步走到前门。

来的是欣奇克利夫小姐。

"晚上好，"她声音沙哑地说，"很抱歉又闯进来。我估计警督打了电话来，对吧？"

"他没有告诉我们说您要来。"朱莉娅说，一面把客人领到客厅。

"他说除非我愿意，否则就不必来。"欣奇克利夫小姐道，"但我非常愿意。"

没有任何人对欣奇克利夫小姐主动表示同情，或者提起穆加特罗伊德小姐的死。这个身材高大、精力充沛的女人，脸上一副劫后余生的样子，足以使任何表示怜悯同情的语言变得黯然失色。

"把所有灯都打开，"布莱克洛克小姐说，"给火炉里再加点煤。我很冷——非常冷。来坐在火边，欣奇克利夫小姐。警督说他一刻钟后就到，现在差不多该到时间了。"

"米兹又下来了。"朱莉娅说。

"是吗？有时候我觉得这姑娘疯了——疯得很厉害。不过也许我们都疯了。"

"我不能忍受罪犯都是疯子的这种说法，"欣奇克利夫小姐怒气冲冲地喊道，"对我来说，罪犯们都是清醒的，甚至可以说是聪明的……以一种邪门的方式。"

大家听到有汽车驶来，片刻过后，科拉多克便同上校夫妇以及斯韦特纳姆母子走了进来。所有人看起来都十分谨慎。然后伊斯特布鲁克上校压低了嗓子开口了："哦！哦！火烧得真旺！"

伊斯特布鲁克太太试图让气氛活跃些，她的表现几乎都可以说是滑稽了。

"可怕，不是吗？"她这样说，"我是说所有这一切。言多必失，因为谁也不知道下一个会轮到谁——就像鼠疫一样。"

"妈妈，"埃德蒙用极度煎熬的语气说道，"您能不能住口？"

"我保证，亲爱的，我不想再说一个字了。"斯韦特纳姆太太说，然后靠着朱莉娅坐到沙发上。科拉多克警督站在靠门的地方。面对他的是几乎坐成一排的三个女人——朱莉娅和斯韦特纳姆太太坐在沙发上，伊斯特布鲁克太太坐在她丈夫椅子的扶手上。他并没有刻意安排，结果却歪打正着。

布莱克洛克小姐和欣奇克利夫小姐弯着腰在烤火。埃德蒙站在她们附近，菲莉帕则在很靠后的阴影里。

科拉多克开门见山地道："你们大家都知道，穆加特罗伊德小姐被害了。我们有理由相信杀害她的凶手是个女人。由于另外一些理由，我们还可以把范围缩得更小。我这就请几位女士说说，今天下午从四点到四点二十分之间，你们都在干什么。我已经听取了自称是西蒙斯小姐的年轻女士叙述过自己的活动。我想请她再重复一遍她说过的话。与此同时，西蒙斯小姐，我必须提醒您，如果您认为您的回答对自己不利，那么您不必回答，您所说的每一句话都将被爱德华兹警员记录下来，并可能被法庭用作证据。"

"这些话您非说不可，是吗？"朱莉娅说。她的脸色格外苍白，神态却镇静自若，"我再说一遍，四点到四点三十分，我正沿着流向康普顿农场的小溪旁的田野散步。我是从长着三棵白杨树的田野走回到大路的。据我记忆，我没有遇见任何人。我没有靠近砾石山庄。"

"斯韦特纳姆太太？"

埃德蒙问道："您的警告是针对我们所有人的吗？"

警督转向他。

"不。目前只是西蒙斯小姐。我没有理由相信其他人

284

说的话将会连累自己，但是，任何人当然都有权请一位律师在场，并且当律师不在场时拒绝回答问题。"

"哦，可这样做非常愚蠢，而且完全是浪费时间。"斯韦特纳姆太太大声说，"我保证可以马上告诉您我那段时间在干什么，您要的就是这个，不是吗？现在我可以开始了吗？"

"是的，请吧，斯韦特纳姆太太。"

"现在让我想想。"斯韦特纳姆太太闭上眼睛，然后又睁开，"当然，我跟穆加特罗伊德小姐被害一事毫无关系，我相信在座的各位都知道这一点。不过，我是个懂得人情世故的人，我很了解警方不得不问一些最无必要的问题，并极其谨慎地写下答案，因为这完全是为了他们称之为'记录'的东西。就这么回事，不是吗？"斯韦特纳姆太太忽然向勤勤恳恳的爱德华兹警员提出这个问题，然后还通情达理地加了一句，"希望我说的对您不算太快吧？"

爱德华兹警员是个优秀的速记员，但对于圆滑的处事之道却知之甚少。他的脸红到了耳根，回答说："没事，女士。唔，也许稍慢一些会更好。"

斯韦特纳姆太太继续她的长篇大论，并在她认为适宜用逗号或句号的地方明显有了停顿。

"当然了，很难说得准确，因为我的时间观念并不是很强。自从大战以来，我们家半数的钟压根儿就不走，而能走的那一半，因为没有上发条，不是快，就是慢，要不，就根本不走。"斯韦特纳姆太太停下来，让众人吸收一下这幅描述时间的混乱画面，然后诚恳地接着说，"我想四点钟我在翻新我的袜底——由于一些异乎寻常的原因，我弄反了方向——用的是金银丝绣，知道吗，可不是素白布——不过要是我当时没干这活儿的话，我一定是在外面把枯死的菊花掐掉——不对，那还要早一点儿，在下雨之前。"

"那场雨，"警督说道，"正好是在四点十分开始下的。"

"是吗？这可帮了大忙。当然，那阵子我在楼上，把洗脸盆放在过道上接雨水，那个地方总是漏雨，雨水漏得那么快，我马上就猜想屋顶的水槽肯定又堵了。于是我下楼来穿雨衣和胶鞋。我叫埃德蒙，可他没有回答，所以我想他肯定写到了小说的关键之处，我也就不再打扰他。再说，过去我也经常自己干。拿一把扫帚，知道吗，扫帚柄绑到用来往上推窗户的长棍上。"

"您是说，"科拉多克注意到他下属脸上露出莫名其妙的神色，于是他问道，"您在清理水槽？"

"是的，全被树叶堵住了。我花了很长时间，而且弄得我身上相当湿，可我最后还是把它清理干净了。后来我进家换洗——枯叶的味道真臭。然后我去了厨房，把水壶搁到火炉上。那时厨房的钟指到六点十五分。"

爱德华兹警员眨了眨眼睛。

"这就是说，"斯韦特纳姆太太得意扬扬地结束了叙述，"实际时间是差二十分五点。"

"或者说很接近。"她补充道。

"您到屋外清理水槽的时候，有人看见吗？"

"还真没有，"斯韦特纳姆太太说，"要是有人的话，我马上就拉他来帮忙了！单独一个人干可真难。"

"这么说，照您的陈述，下雨的时候，您穿着雨衣和胶鞋在屋外，而且，按您的说法，那段时间您在清理水槽，可您没有旁人证明？"

"您可以去看看水槽，"斯韦特纳姆太太道，"可干净着呢。"

"您听见您母亲叫您了吗，斯韦特纳姆先生？"

"没有，"埃德蒙回答道，"我当时睡得很沉。"

"埃德蒙，"他母亲责备道，"我还以为你在写作呢。"

科拉多克警督转向了伊斯特布鲁克太太："该您了，伊斯特布鲁克太太。"

"我跟阿奇坐在他的书房里，"伊斯特布鲁克太太回答说，一边瞪着天真无邪的眼睛盯住他，"我们在一起听收音机，对吧，阿奇？"

出现了一个短暂的停顿。伊斯特布鲁克上校涨红了脸，他握住妻子的手。

"你不懂这些事，小猫咪，"他说道，"我——好吧——我必须说，警督，您相当突然地向我们提出这件事儿。我妻子，您知道，被这一切弄得很不安。她很紧张，弦绷得非常紧，而且她并不懂得在作供述之前应该适当考虑的——重要性。"

"阿奇，"伊斯特布鲁克太太责备地喊叫起来，"你打算说你没有跟我在一起吗？"

"我没有，对吧，亲爱的？我是说人总得实事求是。在这种询问中，这一点极其重要。我那会儿正在跟兰普森，就是克罗夫特区的农夫，谈怎样靠养鸡赚钱的事。当时是差一刻四点。我是在雨停后才回家的，刚好在茶点之前，是五点差一刻。劳拉正在烤司康饼。"

"那么您也外出了，伊斯特布鲁克太太？"

那张漂亮的脸蛋越发像黄鼠狼的脸了，她的眼睛露出受困般的表情。

"不——不，我只是坐着听收音机，并没有出去。不是在那会儿。我是更早一点儿出去的，大约——大约三点半，只是小小散个步，走得不远。"

她的神情好像期待着更多提问，但科拉多克平静地说："就这些了，伊斯特布鲁克太太。"

他接着说："供述将被打出来。你们可以看一看，如果内容正确，请在上面签字。"

伊斯特布鲁克太太忽然恶狠狠地看了他一眼。

"您干吗不问问其他人当时在什么地方？比如说海默斯这个女人？埃德蒙·斯韦特纳姆？您怎么知道他确实在屋里睡觉？可没什么人看见他。"

科拉多克警督心平气和地说："穆加特罗伊德小姐在被害之前说了一些话。在这里发生抢劫的那天晚上，有人当时不在这间屋子里。穆加特罗伊德小姐跟她朋友讲了她看见在场的那些人的名字。通过一个个排除，她发现有一个人她没有看见。"

"谁也不可能看见什么。"朱莉娅说。

"穆加特罗伊德就能，"欣奇克利夫小姐忽然用深沉的声音说道，"她就在门背后，就是科拉多克先生现在站的地方。她是唯一看见了发生的一切的人。"

"啊哈！这可是你的想象！不是吗？"米兹质问道。

她戏剧般地登场了，"砰"地推开门，几乎是一把将科拉多克推到一边，激动得异乎寻常。

"哦，你们不叫米兹同别人一起进来，是吗，你这个古板的警察！我只不过是米兹！厨房里的米兹！让她待在厨房！她只属于厨房！可我告诉你，米兹同别人一样看得清，也许看得更清楚。不错，我看得清。抢劫的那天晚上我看见了一件事，而且我深信不疑，以前我一直没有说。我心想，我不会把看到的说出去，还不到时候，我要等待。"

"等一切风平浪静了，你打算向某个人索取一点儿钱，嗯？"科拉多克说。

米兹转向他，样子活像一只发怒的猫。

"干吗不行呢？你干吗瞧不起人？既然我一直这么慷慨大度地保持沉默，我干吗不该得到报酬？特别是等到有

289

一天，这里面会有钱——很多很多钱。啊！我听见了——我明白是怎么回事。我知道这个'皮普艾玛'——这个她——"她猛地伸出一根指头指着朱莉娅，"在里面充当特务的那个秘密社团。不错，我本来可以等着要钱——可现在我害怕了。我宁愿要安全。因为，也许，不久有人就要杀我。所以，我要把我知道的说出来。"

"那么好吧，"警督怀疑地说道，"你到底知道些什么？"

"我告诉你，"米兹庄严地说，"那天晚上我并不像我说的是在餐具室清洗银器，听见枪响的时候，我已经来到了餐厅。我从锁眼里往里瞧，走廊一片漆黑，可枪声很响，手电筒掉到地上——我看见了她。我看见她手里拿着枪，就在他附近。我看见了布莱克洛克小姐。"

"我？"布莱克洛克小姐大吃一惊，从座位上跳起来，"你肯定是疯了？"

"但这不可能，"埃德蒙叫道，"米兹不可能看见布莱克洛克小姐。"

科拉多克突然打断他，他的声音尖酸刻薄。

"不可能是她吗，斯韦特纳姆先生？为什么不可能呢？就因为拿着枪站在那儿的不是布莱克洛克小姐？那么是你了，不是吗？"

"我——当然不是——真见鬼—"

"是你偷了伊斯特布鲁克上校的左轮手枪。是你跟鲁迪·谢尔兹密谋的勾当——好开个大玩笑。你跟着帕特里克·西蒙斯走进小客厅，等灯一灭，你就溜出仔细上过油的那道门。你朝布莱克洛克小姐开枪，然后又杀了鲁迪·谢尔兹。几秒钟后，你回到客厅，啪啪地打着打火机。"

一时间埃德蒙似乎无言以对，然后他气急败坏地说道："整个想法简直可怕至极。为什么是我？我究竟有什么动机？"

"如果布莱克洛克小姐在戈德勒太太之前死，记住，有两个人能继承遗产。这两个人我们只知道叫皮普和艾玛。朱莉娅·西蒙斯原来就是艾玛——"

"而你认为我就是皮普？"埃德蒙哈哈大笑，"异想天开——彻头彻尾的异想天开！大约我的年纪相符——如此而已。我可以向你证明，你这该死的蠢货，我是埃德蒙·斯韦特纳姆。出生证、中小学毕业证、大学文凭——一切。"

"他不是皮普。"一个声音从角落的阴影里传了出来。菲莉帕·海默斯走上前，脸色苍白。"我才是皮普，警督。"

"您，海默斯太太？"

"不错。似乎人人都以为皮普是个男孩——当然，朱莉娅知道她的同胞胎是个女孩，但我不知道今天下午她为什么没有说——"

"为了家庭团结，"朱莉娅说道，"我忽然意识到了你是谁。但到那一刻之前我的确不知道。"

"我与朱莉娅的想法是一样的，"菲莉帕说，声音微微有些颤抖，"啊，失去丈夫以及战争结束之后，我不知道该干什么。我母亲很多年前就死了。我发现了我们戈德勒家族的亲戚的事。戈德勒太太行将就木，她一死，钱就会落到那个布莱克洛克小姐的手中。我发现了布莱克洛克小姐住在什么地方，于是，我——我就来到了这里。我在卢卡斯太太家找了份活儿。我希望，既然这位布莱克洛克小姐是个老太婆，又没有亲人，她也许可能愿意帮我一把。但不是为了我——因为我能够工作——而是给哈里的教育提供帮助。毕竟，这是戈德勒家的钱，再说她又没有特别的亲人需要花钱。

"后来，"菲莉帕说得更快了，仿佛长期以来积蓄在胸中的千言万语一下子决了堤，再快的速度也表达不出她的情感，"这次抢劫发生后，我开始感到害怕。因为我似乎觉得，唯一可能有动机杀死布莱克洛克小姐的人就是我。我一点儿也不知道哪一个是艾玛——我们并不是那种长得一模一样的双胞胎，一看就知道我们并不怎么相像。因此，似乎唯一一应该受到怀疑的就只有我了。"

她停下来，将她的秀发从脸庞梳理到耳后。科拉多克猛地意识到，书信匣子里那张褪了色的快照一定是菲莉帕的母亲。这种相像绝对错不了。他也明白了为什么信上提到的"双手反复握紧又松开"这句话那么似曾相识——菲莉帕这会儿就在这么做。

"布莱克洛克小姐待我很好，非常非常好——我从未企图谋杀她，也从来没有动过这个念头。可结果还是一样，我就是皮普。"她补充道，"您瞧，您不用再怀疑埃德蒙了。"

"不必了吗？"科拉多克说，他的话音里又带着那种尖刻的调儿，"埃德蒙·斯韦特纳姆可是个喜爱钱财的小伙子呢。一个风华正茂的人，也许想讨一个有钱的老婆。但如果布莱克洛克小姐不在戈德勒太太之前死，他想讨的这个老婆就不会有钱。既然戈德勒太太要先于布莱克洛克小姐死这一点几乎是铁定的，那么，他得有所作为，不是吗，斯韦特纳姆先生？"

"这全是该死的谎言！"埃德蒙大喊大叫。

就在这当口，凭空突然响起了一声叫喊，是从厨房里传出来的——那是一声悠长的、令人胆战心惊的恐惧的尖叫。

"那不是米兹！"朱莉娅喊道。

"不是，"科拉多克警督说，"那是谋杀了三个人的凶手……"

第二十二章　真相大白

当警督把注意力转向埃德蒙·斯韦特纳姆时，米兹悄悄走出客厅，回到了厨房。她正在往水池里放水，布莱克洛克小姐突然走了进来。

米兹惭愧得没敢正眼看她。

"你可真会撒谎，米兹，"布莱克洛克小姐愉快地说道，"这儿——餐具可不是这样洗的。先洗银器，水池里要放满水。就这么两英寸深的水可洗不了什么东西。"

米兹顺从地又打开水龙头。

"您对我说的话不生气吧，布莱克洛克小姐？"她问道。

"如果对你说的每一句谎话我都要生气的话，我就得一直都发脾气了。"布莱克洛克小姐说。

"我去对警督说是我编造的，这样行吗？"米兹问。

"这他已经知道了。"布莱克洛克小姐和颜悦色地说。

米兹伸手去关水龙头，就在这个当口，两只手从她身后伸出来，动作敏捷地把她的头按到装满水的水池里。

"只有我知道你就这一次是说了实话。"布莱克洛克小姐恶毒地说。

米兹猛烈地摆动、挣扎，但布莱克洛克小姐很强壮，她的手牢牢地把米兹的头按在水里。

忽然，在离她很近的地方飘来了多拉·邦纳乞怜的声音。

"哦，洛蒂——洛蒂——别这样做……洛蒂。"

布莱克洛克小姐尖叫着，扬起了双手，而米兹解脱了，抬起头，呛咳地喘着粗气，一面气急败坏地破口大骂。

布莱克洛克小姐一遍遍尖叫，因为厨房里除了米兹和她再也没有别人……

"多拉，多拉，原谅我。我是不得已……我不得不——"

她疯狂地冲向储藏室的门，然而弗莱彻魁梧的身体挡住了她的路，这时，马普尔小姐脸色通红、得意扬扬地从放扫帚的柜子里走了出来。

"我一向善于模仿别人的声音。"马普尔小姐说。

"你得跟我来，女士，"弗莱彻警长道，"我是你企图谋害这个姑娘的目击者。还会有另外的指控。我必须警告你，莱蒂希亚·布莱克洛克——"

"夏洛特·布莱克洛克，"马普尔小姐纠正道，"这才是她的真实身份，您知道。在她从不离身戴着的那串短项

295

链下面，您会发现手术留下的伤疤。"

"手术？"

"甲状腺肿大手术。"

布莱克洛克小姐此刻已平静下来，看着马普尔小姐。

"这么说你全都知道了？"她说。

"是的，有一阵子了。"

夏洛特·布莱克洛克在桌旁坐下，哭了起来。

"你不该那样做，"她说道，"不该学多拉的声音。我爱多拉。我真心实意地爱着多拉。"

警督和其他人挤到了门口。

爱德华兹警员身怀多种技能，具备急救和人工呼吸的知识，此刻正为米兹忙活着。米兹刚能说话，便用抒情的语言自我赞扬起来。

"我干得挺棒，不是吗？我可聪明着呢！而且我很勇敢！啊，我真勇敢！勇敢得几乎被害死。可我敢于冒生命危险。"

欣奇克利夫小姐猛地推开身边的人，一个飞跃，向在桌边呜咽的夏洛特·布莱克洛克扑了过去。

弗莱彻警长使出了全身的劲儿才把她拉开。

"行了，"他说，"行了——别，别，欣奇克利夫小姐——"

欣奇克利夫小姐从紧咬的牙齿缝里说道："放我过去结果了她！别拦着我。杀害艾米·穆加特罗伊德的就是她。"

夏洛特·布莱克洛克抬起头，哼了一声。

"我并不想杀她。我并不想杀任何人——我是迫不得已，可是我在乎的是多拉。多拉死后，我变得孤苦伶仃，自从她死了以后，我便孑然一身了。哦，多拉，多拉——"

她又埋下头，用手捂住脸，呜咽了起来。

第二十三章　牧师公馆

马普尔小姐坐在高背扶手椅上。圆圆在火炉前席地而坐，双手拢住膝盖。

朱利安牧师身子朝前倾，不像有着成熟外表的男子汉，倒像个学童。科拉多克警督抽着烟斗，啜饮着威士忌兑苏打，显然已卸下了肩上的重任，一副悠然自得的样子。围坐在外围的有朱莉娅、帕特里克、埃德蒙和菲莉帕。

"我想这个故事该您来讲了，马普尔小姐。"科拉多克道。

"啊，不，我亲爱的孩子。我只是零零星星地帮了一点儿小忙。总负责人是您，您指挥了全过程，而且您了解的那么多情况我是不知道的。"

"那么，一起说吧，"圆圆急不可待地说道，"一个人讲一点儿。只不过要让简姨妈开头，因为我喜欢她脑子运转的那种糊里糊涂的方式。您是从什么时候开始想到这一切都是布莱克洛克设的圈套的？"

"唉，我亲爱的圆圆，这很难说清楚。当然，从一开始，看起来仿佛安排那场抢劫最理想的角色，或者说最打眼的人物，我得说，是布莱克洛克小姐本人。她是唯一已知跟鲁迪·谢尔兹有接触的人，而且在自己的家里策划这种事何等容易。比如说，打开中央取暖就可以不用火炉，因为有了火就意味着屋里有光线。而能做这样的安排，使屋子里没有火的人，只能是房子的女主人。

"我并不是一直这么想的——在我看来，事情不是这么简单，这实在可惜！哦，不，我也跟别人一样曾经上当受骗，因为我以为真的有人想杀死莱蒂希亚·布莱克洛克。"

"我想我还是愿意先弄清楚真正发生的事，"圆圆说，"这个瑞士男孩认出了她吗？"

"是的。他工作的地方曾经是——"

她迟疑地看着科拉多克。

"在伯尔尼，阿道夫·科赫大夫的诊所，"科拉多克说道，"科赫曾是做甲状腺肿大手术世界闻名的专家。夏洛特·布莱克洛克去那儿摘除甲状腺，而鲁迪·谢尔兹是一个勤杂工。他来到英格兰后，在饭店认出了曾是病人的一位女士，于是，他一时冲动跟她搭讪。我敢说，要是他冷静想一想，就不会这么做，因为他是由于行为不端才背井离乡的。不过，那是在夏洛特离开那儿一段之后的事，因此，她不会知道。"

"这么说，他并没有说起蒙特罗和他父亲是饭店业主的事了？"

"啊，没有，这是她为了解释他跟她说话而不得不编造出来的。"

"见到他肯定使她大吃一惊，"马普尔小姐满腹心事地说，"本来她很安全，然而，由于几乎不可能的巧合，认识她的人出现了，并非把她当作两位布莱克洛克小姐中的一个——这她倒是有所准备——而是不折不扣地把她当作夏洛特·布莱克洛克，也就是那个做过甲状腺手术的病人。

"可你要我从头至尾讲一遍。好吧，开始嘛，我想——如果科拉多克警督同意我的意见的话——是夏洛特·布莱克洛克，一个漂漂亮亮、无忧无虑、充满柔情的女孩患上了甲状腺肿大症。这个病毁了她的生活，因为她是一个敏感的女孩，也是一个一向极其看重外貌的女孩。而处于少女阶段的女孩对自己是特别敏感的。如果她有一个母亲，或者有个通情达理的父亲，我想她绝对不会陷入那种病态．但事实上她毫无疑问深受其苦。她身边找不到一个人把她带出自我的囚牢，强迫她去见人，从而使她过上正常的生活，而不是执念于自己的畸形。当然，换到另一个家庭，她可能多年前就被送去做手术了。

"然而，我想，布莱克洛克大夫是个守旧的人，心胸

300

狭窄、暴戾成性、顽固不化。他不相信这种手术。夏洛特从他那儿得到的结论肯定是无能为力——除了用碘剂和一些别的药。夏洛特确实相信了他，而且我认为她姐姐对他作为内科医生的能力也太过信任。

"夏洛特用一种脆弱和感伤的方式来表现对父亲的忠诚，她肯定以为父亲是最正确的。她愈发将自己封闭起来，结果甲状腺越长越大，别人也就越来越见不着她的人影，她拒不见人。但实际上她是个心地善良、充满爱意的人。"

"这样描述一个凶手，真是奇怪。"埃德蒙说。

"我却不这样认为，"马普尔小姐说道，"生性懦弱而又心地善良的人往往最容易背信弃义。一旦他们对生活抱有怨恨，他们原有的一点儿道德力量便会被怨恨消耗殆尽。

"诚然，莱蒂希亚·布莱克洛克的性格却迥然相异。科拉多克警督跟我说过，贝拉·戈德勒把她描述得实在太好，而我也认为莱蒂希亚确实好。她是一个品德高尚的人——照她自己的说法——她无法理解别人为什么看不到舞弊的行为。无论经受怎样的诱惑，莱蒂希亚·布莱克洛克决不会产生丝毫作假的念头。

"莱蒂希亚对妹妹很忠诚。她给她写信，不厌其烦地叙述发生的每一件事，力图使妹妹保持与生活的联系。她很为夏洛特的病态心理担忧。

"最终，布莱克洛克大夫死了。莱蒂希亚毫不犹豫地舍弃了兰德尔·戈德勒处的职位，把自己的生活全部贡献给夏洛特。她把她带到瑞士，去找权威人士咨询手术的可能性。手术为时已晚，但我们知道手术做得很成功。畸形被除掉，而手术留下的伤疤，用一串珍珠或念珠短项链，便轻而易举地遮盖了。

"后来战争爆发，姐妹俩很难返回英格兰，于是她们便留在了瑞士，在红十字会以及其他机构做各种各样的工作。是这样吧，警督？"

"是的，马普尔小姐。"

"她们偶尔会听到英格兰的消息。我估计除了别的事，她们还听说贝拉·戈德勒活不长了。我相信，完全是出于人的天性，她俩一起计划、谈论等可以支配那一大笔钱后未来的日子如何过。我想必须认识到，就姐妹俩而言，这个前景对于夏洛特意味着更多东西。在生活中第一回，夏洛克可以感觉像个正常的女人一样到处走动，去做一个没有人敢投之以厌恶或怜悯目光的女人。她终于可以自由自在地享受生活了，她要在余生里争分夺秒，把失去的时光全部夺回来。要旅行，要买房子和美丽的花园，要穿戴漂亮的衣服和闪光的珠宝，要去戏院和音乐厅，要满足每一个奇思妙想。对于夏洛特来说，这一切就像是童话成真了。

"然而后来，身体健壮的莱蒂希亚得了流感，而流感又转为肺炎，结果她一个星期之内便客死他乡！夏洛特不仅失去了姐姐，为自己规划的美梦也终成泡影。我想她几乎对莱蒂希亚感到怨恨。她们才接到一封信说贝拉·戈德勒将不久于人世。在这样一个节骨眼上，为什么莱蒂希亚要死？也许再有一个月，钱就属于莱蒂希亚了——等莱蒂希亚一死，就是她的了……

"这时，我想，两人的差别便表现了出来，夏洛特根本没有感觉到她产生的念头是错的——她认为没什么错。钱原来是给莱蒂希亚的——只要几个月的工夫就会到莱蒂希亚的名下——她将莱蒂希亚和自己看作了同一个人。

"也许是在那个大夫或者什么人问她姐姐的教名时，她才生出了这个念头。她忽然意识到，在大多数人的眼里，这两位布莱克洛克小姐的印象完全一样——上了年纪、很有教养的英国妇人，穿戴几乎相同，血缘造成的相貌极其相似。（我就给圆圆指出过，上了年纪的女人看起来样子都差不多。）死的为什么不能是夏洛特，活下来的为什么不能是莱蒂希亚呢？

"恐怕，与其说是周密计划，不如说是一时冲动。莱蒂希亚是用夏洛特的名字下葬的。'夏洛特'死了，'莱蒂希亚'回到了英格兰。大自然所赋予的创造性和精力，原已蛰伏了多少年，现在终于升腾起来。做夏洛特的时候，她只是个配角。如今她换上了一副支配别人的面孔——那种属于莱蒂希亚的支配感。她们的脑力实际上并无很大差异，我认为，只是在道德上大相径庭。

"夏洛特自然要采取一两个显著有效的措施。她在英格兰的一个陌生的地方买了一幢房子。她唯一要避开的人只有她家乡坎伯兰为数不多的几个人——她原来在家里毕竟过的是离群索居的生活——再就是贝拉·戈德勒。后者与莱蒂希亚太熟悉，因此偷梁换柱不可能不被她识破。尽管手指患了风湿，但模仿笔迹的困难还是被她克服了。这一切做起来实际上轻而易举，因为真正认识夏洛特的并无几人。"

"可假如她遇见莱蒂希亚认识的人呢？"圆圆问道，"这样的人肯定不少。"

"他们同样不成问题。有人可能会说：'那天我碰见了莱蒂希亚。她的变化真大，连我都认不出了。'但他们的脑子里仍然不会怀疑那不是莱蒂希亚。十年的工夫确实是会令人改变的。而她认不出他们却总可以归结为近视眼。你们一定还记得，她对莱蒂希亚在伦敦的生活细节了如指掌，包括认识的人，去过的地方。她可以参考莱蒂希亚写给她的信，她可以提一提一些事件，或问一下双方都认识的朋友的境况，从而很快打消任何怀疑。不，她唯一害怕的只是被当作夏洛特认出来。

"她在小围场安顿下来，认识了邻近的人。后来她接到一封信，请求亲爱的莱蒂发发善心，她便愉快地接受了两位自己从未见过的年轻表兄妹的来访。他们把她当作莱蒂姨妈，这更增加了她的安全感。

"一切进展得天衣无缝。就在这时，她犯了一个大错。这个大错完全源于她慈悲的心怀和仁爱的天性。她接到时运不济、生活落魄的老同学的一封来信，于是她赶去救苦救难。也许部分原因是，尽管她拥有了一切，但是很孤独。她的秘密使她对别人避而远之。她一直打心眼儿里喜欢多拉·邦纳，把她当作自己读书时无忧无虑、快快乐乐的那段时光的象征来怀念。不管怎么说，凭着一时的冲动，她亲自给多拉写了回信。而多拉肯定惊喜若狂：她写信给莱蒂希亚，而回信的却是她妹妹夏洛特。要对多拉假装成莱蒂希亚绝对是不可能的。多拉是夏洛特在孤独寂寞、郁郁寡欢的日子里为数不多的几个被允许见她的人之一。"

"因为她知道多拉会直言不讳，她告诉多拉自己都做了些什么。多拉全心全意表示同意。在她那糊里糊涂的脑子里认为，洛蒂似乎不应该因为莱蒂的死而被剥夺遗产。因为洛蒂勇敢地承受了一切病痛的折磨，所以应该得到报偿。倘使那笔钱落入一个从未听说过的人的手中，那才有失公允。

"她很清楚此事必须秘而不宣。这就好比额外得到的一磅黄油，虽然没什么问题，但也不能走漏风声。于是，多拉来到了小围场。而很快，夏洛特便发现自己犯了一个可怕的错误。这不仅是由于多拉老眼昏花，手足笨拙，屡出差错，跟她生活在一起叫人发疯。夏洛特本来还能够忍受，因为她真的疼爱多拉，而且她从大夫那里了解到多拉的日子并不多了。但很快，多拉就变成了一个真正的危机。尽管夏洛特和莱蒂希亚相互叫对方用的是全称，多拉却是那种总是用昵称的人。而且虽然她学会了坚决叫她朋友莱蒂，但旧日的名字常常从她嘴里脱口而出。此外，往事的回忆也容易从她的舌尖上冒出来——夏洛特要不断留意，以制止她因健忘而贸然失口。这开始使她焦虑。

"不过，谁也不大可能注意多拉前后不一的话语。就像我说的那样，鲁迪·谢尔兹在皇家温泉水疗饭店认出了她并上前跟她搭话，这对夏洛特的安全才是一个真正的威胁。

"我认为，鲁迪·谢尔兹用来补上饭店早些时候亏空的钱，可能就来自夏洛特·布莱克洛克。科拉多克警督相信——我也同意——鲁迪·谢尔兹请求她施舍钱的时候，他脑子里并没有动过讹诈的念头。"

"他根本就不知道自己知道什么能要挟她的把柄，"科拉多克警督说道，"他只知道自己是个风度翩翩的小伙子，而从经验里意识到，只要编出个所谓时运不济的故事，再把故事讲得活灵活现。风度翩翩的小伙子有时候是可以从老太太身上骗到钱的。

"但她却可能另有看法。她可能认为这是一种卑鄙的讹诈，以为他也许怀疑上了什么，而且可能还想到，日后一旦贝拉·戈德勒的死讯在报纸上公开，他可能会意识到在她身上发现了金矿。

"现在她决心要作假了。她已经以莱蒂希亚·布莱克洛克的身份出现，无论是对银行，还是对戈德勒太太，都是用的这个身份。唯一预想不到的障碍就是这个相当可疑的瑞士饭店侍者，品性绝非可靠，说不定还是个诈骗犯。只要把他除掉，她便可高枕无忧。

"也许她起初只是把这个计划当作幻想来制订的。她在生活中领略过感情与戏剧的饥渴，因此，她自得其乐地拟定了细节。那么，她如何才能除掉他呢?

"她制订了计划，最终决定加以实施。她给鲁迪·谢尔兹讲了在聚会上玩抢劫游戏的故事，还解释说要一个陌生人来扮演'匪徒'的角色，并答应为他的合作给他一大笔钱。

"他毫不犹豫地同意合作，这更使我确信谢尔兹并没有掌握她的什么把柄。在他看来，她只是个愚蠢的老太婆，舍得散财。

"她给他那则启事，让他去登报，安排他去访问小围场，以便研究宅邸的地形，还带他去看了会面地点——案发那天晚上，她会到这个地点来接他，并把他领进家。当然，多拉·邦纳对这一切一无所知。

"然后，那一天到来了——"他顿了顿。

马普尔小姐用她那轻柔的声音接着往下讲。

"那一天她肯定过得非常痛苦。你们瞧，悬崖勒马还为时未晚……多拉·邦纳告诉我们，说那天莱蒂很害怕，实际上她当然很害怕。害怕她要干的事，害怕计划出错，但没有害怕到要悬崖勒马。"

"也许，从伊斯特布鲁克上校的抽屉里把左轮手枪偷出来这件事充满乐趣。一边谈着鸡蛋、果酱什么的，一边溜到楼上的空房间里。给第二道门上油——好让门开关自如，无声无息——这也很好玩。得把门外的桌子搬走，好让菲莉帕的插花看起来更醒目，这也很有意思。这一切就好像一个游戏，但是接下来要发生的事就绝对不再是游戏了。啊，是的，她很害怕……多拉·邦纳并没有说错。"

"总之，她实施了计划，"科拉多克说道，"而且一切照计划按部就班地进行。六点刚过，她出去'关鸭子'，把谢尔兹放进来，给了他面具、披风、手套和手电筒。等到六点三十分钟声敲响之际，一切准备停当，她已站在拱廊附近的桌边，正伸手去拿桌上的烟盒。这一切做得那么自然。充当男主人的帕特里克去拿酒。而她——女主人——正要取香烟。她正确地推断出，钟声一敲响，大家都会把目光盯在钟上。事实也是如此。只有一个人，忠实的多拉，她的眼睛一直盯着她的朋友。第一次询问她时，她准确地说出了布莱克洛克小姐当时的所作所为，她说布莱克洛克小姐拿起了装紫罗兰的花瓶。

"她事先弄破了台灯的电线，铜丝几乎裸露在外。整个过程只需一秒钟。烟盒、花瓶、小开关都近在手边，她拿起花瓶，把水溅在裸线上，打开台灯开关。水是电的良导体，保险丝烧断了。"

"就像那天下午在这儿，"圆圆说道，"那可真吓了您一跳呢，不是吗，简姨妈？"

"对，我亲爱的。我一直在为灯的事犯愁。我意识到有两盏台灯，是一对，那一盏被调换成另一盏——大概是在夜里干的。"

"一点儿不错，"科拉多克说道，"第二天早上弗莱彻检查了台灯，发现跟其他地方的灯一样，毫无损坏，电线既没有破损也没有融化。"

"我明白了多拉·邦纳说前一天晚上还是牧羊少女是什么意思，"马普尔小姐说道，"但我顺着她的思维，陷入了这个思维错误，以为是帕特里克干的。关于多拉·邦纳，有一点很有趣，那就是她重复自己听到的事时很靠不住，她总是用想象去夸大或者扭曲事实，而她的想象往往是错的；但是，她看到的事却叙述得很准确。她看见莱蒂希亚拿起紫罗兰的花瓶——"

"而且她也看见了她描述为闪光和噼啪的东西。"科拉多克插话道。

"当然，亲爱的圆圆把装圣诞玫瑰的花瓶的水洒在台灯电线上时，我立刻意识到只有布莱克洛克小姐本人才能够把灯弄烧了，因为只有她离那张桌子最近。"

"我应该踹自己一脚，"科拉多克说道，"多拉·邦纳甚至还叨念过桌子烫起了疤痕，因为有人'把香烟放在桌上'，可实际上并没有人点烟……而且由于花瓶里没有水，紫罗兰枯死了——莱蒂希亚忙中出错——她本该重新灌满水的。但我猜想，她认为没有人会注意到这个，而事实上，邦纳小姐很容易便相信起初自己就没有灌水。"

他接着说了下去。

"当然，她很容易接受暗示。而布莱克洛克小姐不止一次地利用了这一点。我认为，邦妮对帕特里克的怀疑也是她诱导的。"

"干吗挑上我？"帕特里克用委屈的语调质问道。

"我认为这不算一个处心积虑的暗示，却可以阻止邦妮去怀疑布莱克洛克小姐是这出悲剧的主谋。哦，接下来发生的事我们都知道了。灯一灭，大家便开始惊叫，她从事先上了油的门溜出去，来到鲁迪·谢尔兹的身后，而这时鲁迪·谢尔兹正拿着手电筒往屋里晃来晃去，兴致勃勃地扮演他的角色。我想他丝毫也没有意识到她就在他的身后，手上戴着园艺手套，握着左轮手枪。她等着手电光照到她必须瞄准的地方，就是她应该靠着站的那堵墙，便飞快地开了两枪。等他吃惊地转过身来时，她用枪抵着他，又开了一枪。她把左轮手枪扔到他的尸体旁，再将手套随随便便地甩到走廊的桌子上，又从那道门回来，来到她在灯灭之前一直站的地方。她割破了自己的耳朵，我不是很清楚她是怎么——"

"我想是指甲刀，"马普尔小姐说，"只要把耳垂剪一下就会流很多血。当然这是一种很好的心理战术。淌到她白色洋装上的血让人觉得她被枪击了，而且险些丧命。"

"本来一切进展顺利，"科拉多克说道，"多拉·邦纳坚持说谢尔兹绝对是向布莱克洛克小姐开了枪，这很管用。虽然不是她的本意，但多拉·邦纳却传达了这样一个印象，即她实际上看见她的朋友受了伤。本来可以用自杀或者意外死亡来了结此案。而案子之所以未结，得归功于这里的马普尔小姐。"

"啊，不，不。"马普尔小姐使劲地摇着头，"我做的一切微薄的努力都纯属偶然。对结论感到不满意的正是您，科拉多克先生。不让结案的正是您。"

"我对结论感到不甚满意，"科拉多克道，"我知道什么地方全弄错了。可我又看不清究竟错在哪儿，直到您来为我指路。此后，布莱克洛克小姐便真的厄运当头了。我发现第二道门被动过手脚。此前，我们一致认为发生过的一切还只是一种可能，除了推论，我们并没有真凭实据。而上过油的门就是证据。我是歪打正着，而且纯属偶然——我拉错了门把。"

"我认为您是被引导到那儿的，警督。"马普尔小姐说，"不过，话又说回来，我已经是老皇历了。"

"于是追踪重新开始了，"科拉多克说，"不过这次略有不同。我们这时寻找的是对莱蒂希亚·布莱克洛克怀有谋杀动机的人。"

"而且怀有谋杀动机的人确实是有的。布莱克洛克小姐心里有数，"马普尔小姐说道，"我想她几乎第一眼就认出了菲莉帕。因为被允许进入夏洛特隐私生活的人当中，索妮亚·戈德勒是为数不多的几个人之一。而人老了以后——这一点您还不知道，科拉多克先生——对年轻时见过的脸比一两年前见过的人记得更清楚。菲莉帕肯定跟夏洛特记忆中年轻时的索妮亚年龄相仿，而且她长得很像她的母亲。奇怪的是，我认为夏洛特在认出菲莉帕后其实很高兴，她喜欢上了菲莉帕。而且，我认为，在潜意识中，这有助于平复她可能曾经有过的不安。她心想，等继承了那笔钱后，她会善待菲莉帕，她会像待女儿一样待她。菲莉帕和哈里应该跟她一起生活。她对此感到高兴，觉得自己在做善事。但是，一旦警督开始询问并发现有一对'皮普和艾玛'时，夏洛特便坐卧不安了。她不愿让菲莉帕充当替罪羊，她的全部思路是把整个事情弄得像是一个年轻罪犯来抢劫，结果罪犯却死于意外。可这时，由于给门上油的事被发现，整个思路便发生了改变。何况，除了菲莉帕——据我所知，因为她绝对不清楚朱莉娅的真实身份——没有任何人可能有杀她的动机。她竭尽全力掩盖菲莉帕的真实身份。您问她时，她脑子动得挺快，跟您说索妮亚个子矮、皮肤黑，然后，她在取走莱蒂希亚的照片的同时，还从影集里抽走了索妮亚的照片，这样，您就无法注意到菲莉帕与索妮亚的任何相似之处。"

"还为了让我把斯韦特纳姆太太当作索妮亚来怀疑。"科拉多克厌恶地说。

"我可怜的妈妈，"埃德蒙小声说，"一个过着无懈可击的生活的女人，或者说我一向相信如此。"

"但是，"马普尔小姐继续道，"真正的危险当然是多拉·邦纳。多拉一天比一天健忘，一天比一天话多。我还记得那天我们喝茶时，布莱克洛克小姐看她的那种眼神。你们知道为什么吗？多拉又叫她洛蒂。在我们看来，这本该是口误，可这吓坏了夏洛特。于是一切继续进行。可怜的多拉说个不停。那天我们一起在'蓝鸟'喝咖啡，我有一种非常奇怪的印象，多拉谈的是两个人，而不是一个人，但她当然谈的是同一个人。她一会儿说她朋友不漂亮但很有性格，可几乎在同时，又把她描述成一个漂亮而无忧无虑的姑娘。她说莱蒂如何聪明，如何成功，可一会儿又说她生活得多么悲哀，还引用了'勇敢地承受起痛苦的折磨'这句诗，但这一点似乎与莱蒂希亚的一生并不相符。我想那天早上夏洛特走进咖啡屋时，肯定偷听到了许多话，她肯定偷听到多拉提到台灯被调换的事，比如是牧羊少年而不是牧羊少女之类的。于是，她立刻意识到可怜、忠实的多拉对她的安全是一个实实在在的威胁。

"恐怕，是在咖啡屋与我的谈话真正为多拉的命运画上了休止符——如果你们容许这种夸张的说法。但我认为

313

结果是一样的……因为只要多拉·邦纳活着，生活对夏洛特就没有安全可言。她爱多拉，她不愿杀死多拉，但她看不到别的出路。而且我预料——就像我跟你说起过的艾勒顿护士的案子一样，圆圆——她说服自己这几乎是一种仁慈的举动。可怜的邦妮——反正也活不长，说不定还会死得很痛苦。奇怪的是，她尽量使邦妮高高兴兴地度过了最后的一天。生日晚宴——特别的蛋糕……"

"美味之死。"菲莉帕不寒而栗地说。

"是的，是的，很像这么一回事……她尽量让她的朋友死得心满意足……晚宴、她喜欢吃的一切、不让别人说惹她生气的话。然后是装在阿司匹林药瓶里的药片，且不论到底是什么药。她把药片放到自己的床头，等邦妮找不到自己刚买的那一瓶，势必要去她的房间拿一些，这样，看起来那些药片是特地为莱蒂希亚准备的……

"结果，邦妮在睡梦中快快乐乐地死去，而夏洛特又感到安全了。但是，她想念多拉·邦纳，想念她的爱和忠诚，想念多拉跟她谈起过去的岁月……我为朱利安送便条的那天，她哭得凄凄切切，而且她的悲痛是情真意切的，因为她杀害了自己亲爱的朋友……"

"这太可怕了，"圆圆说，"可怕。"

"却是人之常情，"朱利安·哈蒙说道，"人们往往忘记了杀人犯也是很有人性的。"

"我知道，"马普尔小姐说，"人，通常很值得怜悯，同时也极其危险。尤其像夏洛特·布莱克洛克这样一个内心软弱而又善良的人。这是因为一旦软弱的人真的害怕起来，他们会因恐惧而变得残忍，变得毫无自制之力。"

"那么穆加特罗伊德呢？"朱利安问。

"是的，可怜的穆加特罗伊德小姐。夏洛特肯定是去木屋时偷听到她们排演谋杀的情景。窗户是开着的，她只管听。在此之前，她怎么也没有想到还有一个人是她的威胁。欣奇克利夫小姐鼓励她的朋友回想看见的情形，但此前夏洛特认为根本不可能有任何人看见当时的实情。她以为每个人都会不由自主地望着鲁迪·谢尔兹。她一定是在窗外屏息倾听。会出问题吗？突然，就在欣奇克利夫小姐冲出门去警察局的那一瞬间，穆加特罗伊德小姐磕磕巴巴地撞到了实情。她在欣奇克利夫小姐的身后喊：'她没有在场……'"

"我问过欣奇克利夫小姐，穆加特罗伊德小姐说这句话的方式……因为如果她说的是'她没有在场'，那意思就不一样了。"

"对我来说，这一点简直太微妙了。"科拉多克说。

马普尔小姐白皙的脸上泛起了红晕，急切地转向他。

"只要设想一下穆加特罗伊德小姐脑子里想些什么……人们往往视而不见，见而不知。曾经有过一起铁路交通事故，可我只记得车厢边的一摊油漆，事后我还可以把它画下来。还有一次是在伦敦，一颗炸弹从天上掉下来，炸碎的玻璃飞得到处都是，一片惊慌，可我记得最清楚的却是站在我前面的一个妇女，她的长筒袜在大腿中间的位置破了个洞，两只袜子还不相配。所以当穆加特罗伊德小姐不再胡思乱想，而是极力回忆当时所见光景的时候，她就回忆起了很多东西。

"我想她是从壁炉开始回忆的，手电光肯定首先就射向这里，然后顺着照射两扇窗户，窗户与她之间有人。比如哈蒙太太双手蒙住眼睛。她的脑子跟着手电光走。然后她的思绪转到目瞪口呆的邦纳小姐、一堵空墙、一张摆着台灯和烟盒的桌子，跟着是枪声——那么突如其来，是她记忆中最令人难以置信的事。她看到那堵墙，后来上面有了两个子弹孔，就是布莱克洛克小姐被枪击时靠着的那面墙，枪声一响，莱蒂中弹，而莱蒂没有在那里……

"明白我的意思吗？欣奇克利夫小姐叫她回想一下三个女人当时在哪儿，她就往这方面回忆。要是其中一个不在场，那么就可以定位到这个人身上，并且说：'原来是这样！她没有在场！'但她脑海里浮现的是地点——本来应该有人的地方——可那里是空的，那里没有人。位置还在，可人不见了。她一时不敢相信。'真是出人意料，欣奇，'她说道，'她没有在那儿……'"

"可您在这之前就知道了，不是吗？"圆圆说，"台灯烧了的时候，您在纸上写下那些字的时候。"

"是的，我亲爱的。一切线索都凑齐了，你瞧，所有支离破碎、毫无联系的事构成了前后连贯的模式。"

圆圆轻声引用起来："'台灯？是的。紫罗兰？是的。装阿司匹林的瓶子。'您是说那天邦妮新买了一瓶，所以她没有必要拿莱蒂希亚的？"

"除非她自己的那一瓶被别人拿走或藏起来了。得像是有人要杀害莱蒂希亚·布莱克洛克的样子。"

"对，我明白了。'美味之死'。是蛋糕，又不只是蛋糕。整个晚宴都是陷阱，让邦妮高高兴兴地度过一天，然后再死。把她当作准备处死的狗一样对待。我发现最可怕的就是这一点——一种虚伪的慈悲。"

"她本来是个很善良的女人。她最后在厨房说的是实话：'我不想杀害任何人。'她渴求并不属于自己的巨款。这种欲望变成了一种迷恋——想用这笔钱来补偿生活给她带来的一切痛苦——还没有得到满足，一切便化为泡影。怨恨人世的人往往是危险的，他们似乎觉得生活欠他们太多。我知道有很多残疾人比夏洛特·布莱克洛克的遭遇悲惨得多，而且被生活剥夺的东西更多。一个人的幸福与不幸都取决于自己。但是，哦，天啊，恐怕我偏离正题了，我们刚才讲到哪儿了？"

"到您那个清单了，"圆圆说，"您写的'咨询'指的是什么？"

马普尔小姐向科拉多克警督幽默地摇摇头。

"这您一定看过，科拉多克警督。您给我看了莱蒂希

亚·布莱克洛克写给她妹妹的那封信。那上面两次出现了
'咨询'的字样，而且每次拼写都用的是 e。但在我让圆圆
交给您的纸条上，布莱克洛克小姐写'咨询'这个词用的
是 i①。人上了年纪以后不容易改变自己的拼写习惯。在我
看来，这一点意义重大。"

"是的，"科拉多克同意道，"我本该注意到这个。"

圆圆继续说道："'勇敢地承受起痛苦的折磨。'这是
邦妮在咖啡屋对你说的，莱蒂希亚当然没有经受过什么痛
苦。还有'碘'，这个指引您想到甲状腺肿大了？"

"对，亲爱的。你知道，瑞士，另外布莱克洛克小姐
给人这样一个印象，即她'妹妹'死于肺病。可我记得，
当时在甲状腺肿大方面，手术最娴熟、最权威的外科大
夫是瑞士人。这就与莱蒂希亚·布莱克洛克小姐从不离身
的古怪的珍珠项链联系起来了。那串首饰不是她应有的风
格——用来遮盖伤疤却正合适。"

"我现在才明白项链断的那天晚上她为什么那么激动
不安，"科拉多克说道，"这在当时看来是极不正常的。"

"后来，您写的是洛蒂，而不是我们想的莱蒂。"圆圆
又说道。

"不错，我记得妹妹的名字是夏洛特。多拉·邦纳有
一两次曾把布莱克洛克小姐叫成洛蒂，而每次这样叫了以

---

① "咨询"一词，有两种拼写方法，写作 enquiries 或是 inquiries 都是正确的，
可以根据个人习惯而采取其中一种拼法。

后她都忐忑不安。"

"那么伯尔尼和养老金又是怎么回事呢？"

"鲁迪在伯尔尼的一家医院做过勤杂工。"

"还有养老金。"

"哦，我亲爱的圆圆，我在'蓝鸟'跟你提到过这个，尽管当时只是随便说说，并没有想到在这儿用上了。沃瑟斯彭太太除了领取自己的那份，又取走了巴特勒太太的养老金，但巴特勒太太已去世多年。因为老太太的样子看起来都差不多，是的，这一切都构成了一个模式。当时我感到那么激动，所以出去让脑子冷静一会儿，考虑怎么来证明这一切。后来欣奇克利夫小姐在半道捎上了我，结果我们发现穆加特罗伊德小姐……"

马普尔小姐的声调低沉下来，快活与激动都消失了，只剩下冷静。

"我知道必须做些什么，而且动作要快。可仍然没有真凭实据。于是我想出了一个可行的计划，并跟弗莱彻警长说了。"

"而我却把弗莱彻狠狠训了一顿！"科拉多克说，"他没有权利事先不向我报告就同意您的计划。"

"他并不喜欢这样，可我说服了他。"马普尔小姐说道，"我们去了小围场，找到了米兹。"

朱莉娅抽了一口冷气，说道："我无法想象您是如何说服她的。"

"我研究过她，我亲爱的，"马普尔小姐道，"她毕竟自视过高，因此让她为别人做些事对她有好处。当然了，我恭维她，说我相信如果她留在自己的祖国肯定参加了抵抗运动，她说'是的，那当然'。我又说看得出她有做那种工作的气质，她很勇敢，不怕危险，可以扮演一个角色。一些是真的，而另一些恐怕是我编的。她简直兴奋极了！"

"精彩。"帕特里克评价道。

"于是我说服她同意扮演她的角色。我教她排练，直到说得分毫不差。然后我让她上楼回自己的房间，等科拉多克警督来之后再下来。对于这些容易激动的人来说，就怕他们没等到恰当的时机便仓促促行事。"

"她干得挺棒。"朱莉娅说。

"我不是很明白其中的道理，"圆圆说，"当然，我不在场——"她带着歉意补充道。

"有些复杂——而且相当冒险。思路是这样的：米兹漫不经心地承认曾经动过讹诈的念头，现在却因为担惊受怕愿意说出真相。她从餐厅门的锁眼里看见布莱克洛克小姐手里握着一把左轮手枪来到鲁迪·谢尔兹的背后。就是说，她目睹了真实发生的情况。现在唯一的危机是夏洛特·布莱克洛克可能识破这个计划，因为锁眼里当时插着钥匙，米兹根本什么也不可能看见。不过我的赌注就是，突然受到惊吓的人不可能想到这个。她只能相信米兹确实看见了她。"

科拉多克接过话头继续讲："可是——这一点至关重要——我听到这个之后假装表示怀疑，然后好像技穷一般，马上指控以前没有被怀疑过的人。我指控埃德蒙——"

"而我把我的角色扮演得非常出色，"埃德蒙说，"矢口否认。一切照计划进行。但和计划不符的是，菲莉帕，我亲爱的，你中途杀出来，当众承认自己是'皮普'。无论是警督还是我，根本就没有想到你就是皮普。我本想充当皮普来着！这一下子就让我们的计划脱了轨，可警督又杀了一个回马枪，恶毒又无懈可击地影射我想娶个有钱的太太。这下他的话八成钻到你的潜意识里了，总有一天会在咱们之间造成无法修复的麻烦。"

"这有什么必要吗？我看不出。"圆圆问。

"是吗？按照夏洛特·布莱克洛克的观点，这意味着唯一怀疑并知道真相的只有米兹。警察怀疑的是别人，他们暂时把米兹当成骗子。但如果米兹一味坚持，他们可能就会听信她的话，并认真对待她所说的一切。因此，必须让米兹沉默。"

"米兹大摇大摆走出去，回到厨房——完全按我教她的做，"马普尔小姐说道，"布莱克洛克小姐几乎马上就跟着她出来。表面上看，米兹是一个人待在厨房里。实际上弗莱彻藏在餐具室的门背后，我躲在扫帚柜里，好在我很瘦。"

圆圆看着马普尔小姐。

"您预料到还会发生什么，简姨妈？"

"有两种可能。一种是夏洛特会出钱堵住米兹的嘴，那么弗莱彻警长就是交易的见证人。或者，我想她会竭力杀掉米兹。"

"但她不会指望自己能逃脱吧！她马上会受到怀疑。"

"哦，我亲爱的，她失去了理智。她只是一只担惊受怕、走投无路、见人便咬的老鼠。想想那天发生的事，欣奇克利夫小姐与穆加特罗伊德小姐的那一幕。欣奇克利夫小姐开车去警察局，等她一回来，穆加特罗伊德小姐就会解释说那天晚上莱蒂希亚·布莱克洛克没有在客厅里。要使穆加特罗伊德小姐无法开口，只有短短几分钟的时间下手。没有时间计划或者是演一场戏，只有残酷的谋杀。她跟那可怜的姑娘打招呼，接着勒死了她。然后赶紧跑回家换衣服，坐在火炉边等别人进来，好像她根本就没有出去过一样。

"后来朱莉娅的身份暴露了。她扯断了项链，害怕他们可能会注意到伤疤。再后来警督来电话说要把大家带来。她没有时间思考，也没有时间喘息。她满脑子想的都是谋杀，再没有仁慈的杀人那一套，或者为除掉碍事的年轻人而精心设下陷阱。残酷的、赤裸裸的谋杀。她安全吗？当时还是的。可后来又冒出个米兹——另一个危险。

杀掉米兹，让她住口！她因为恐惧而发疯了，不再有丝毫人性，变成了一个彻头彻尾的危险动物。"

"可您为什么要躲到扫帚柜里呢，简姨妈？"圆圆问道，"您就不能让弗莱彻警长干吗？"

"我们两个人在一起很安全，我亲爱的。此外，我知道我能模仿多拉·邦纳的声音。如果说有什么能够打垮夏洛特·布莱克洛克的话，就是这个了。"

"还真是呢！"

"是的……她崩溃了。"

大家陷入了长时间的沉默，因为他们还沉浸在回忆之中，忽然，为了缓解这紧张的气氛，朱莉娅用坚定而轻松的口吻说道："这极大地改变了米兹。她昨天跟我说她在南安普敦附近谋到了一个职位。而且她说——"朱莉娅惟妙惟肖地学着米兹的口音，"'我要去那儿，如果他们跟我说你得到警察局登记，因为你是个外国人。'我就对他们说：'对，我会登记的！警察，他们可了解我了。我帮助过警察！没有我，警察根本就不可能逮捕一个非常危险的罪犯。我冒着生命危险，因为我很勇敢，勇敢得像头狮子。我不在乎危险。''米兹，'他们跟我说，'你是个女英雄，你真了不起。'我就说，'哎！这不算什么。'"

朱莉娅停下来。

"还说了很多话呢。"她补充道。

"我想，"埃德蒙若有所思地说，"在不久的将来，米兹还会帮助警方破更多的案子！"

"她对我的态度也温和了，"菲莉帕说，"实际上她还把做'美味之死'的秘方作为结婚礼物送给了我。她还说我绝对不能把秘方透露给朱莉娅，因为她毁了她的煎蛋卷锅。"

"卢卡斯太太，"埃德蒙说，"喜欢上了菲莉帕，因为菲莉帕和朱莉娅继承了戈德勒的数百万家产。她送给我们一些夹芦笋用的银钳，作为结婚礼物。对于没邀请她参加婚礼这件事，我感到很开心！"

"于是，从此他们过上了永远幸福的生活，"帕特里克说道，"埃德蒙和菲莉帕，还有朱莉娅和帕特里克？"他临时加了一句。

"可别和我，否则你就别想幸福地生活了。"朱莉娅说，"科拉多克警督随机应变对埃德蒙说的那一番话更适合你。你就是那种喜欢有钱太太的软弱的年轻人，游手好闲！"

"好心没好报，"帕特里克说，"我为你这个姑娘做了这么多。"

"差点儿没把我以谋杀的罪名弄进监狱，这就是你的忘性差点儿弄出来的事。"朱莉娅说道，"我绝不会忘记你妹妹的信寄来的那天晚上，我几乎真的以为完蛋了。我当时看不到任何出路。"

"事已如此，"她打趣地补充道，"我想我该去演戏。"

"什么？你也去？"帕特里克呻吟道。

"是的。我可能去珀斯，看看能不能在那儿的剧团弄到你妹妹的位置。然后，等学到本事，我就去搞戏剧管理，也许上演埃德蒙的剧本。"

"我还以为你写的是小说呢。"朱利安·哈蒙说。

"对啊，"埃德蒙回答，"我本来开始撰写一部小说，相当不错。写了几页，讲的是一个不刮胡子的男人，他从床上爬起来，身上散发的气味，灰蒙蒙的街道，一个患有浮肿病的可怕的老太婆和一个流着口水的邪恶的年轻妓女。他们全都没完没了地谈论世界的状况，都想弄明白活着是为了什么。结果，突然之间，我自己也开始想弄个明白……跟着我的脑子里闪过一个滑稽的念头……我把它写下来，还为此设计了相当不错的小小的场景……全是些一目了然的玩意儿。可不知怎么的，我又转了兴趣……等我反应过来自己在做些什么，已经完成了一个吵吵嚷嚷的三幕滑稽剧。"

"叫什么名字？"帕特里克问，"《男管家的所见所闻》吗？"

"这个嘛，可能容易些……实际上我把它取名叫《大象确实健忘》。再说啦，剧本已被接受，而且即将上演！"

"《大象确实健忘》，"圆圆咕哝着，"我还以为它们的记忆特好呢？"

朱利安·哈蒙内疚地大叫一声："老天爷。我听得入了迷。我的布道词！"

"又是侦探故事，"圆圆说，"这回可是真人真事。"

"您可以宣讲'汝不可谋杀'嘛。"帕特里克建议。

"不，"朱利安·哈蒙平静地说道，"我不会把这个当我的布道词。"

"对，"圆圆说，"你说得很对，朱利安。我知道有很多更好的、快乐的布道词。"她声音一变，引用了一句，"大地迎春归，喜闻龟歌唱——我念得不好，不过你明白我说的是哪一段。尽管我想不出为什么是龟。我想龟根本没有漂亮的嗓子。"

"龟这个字，"朱利安·哈蒙牧师解释说，"并没有把快乐的意味翻译出来。它指的并不是爬行动物，而是斑鸠①。希伯来语的原文是——"

圆圆给了他一个拥抱，打断了他的话，并说道："我知道一件事——你认为《圣经》中的亚哈随鲁就是阿尔塔薛西斯二世，可只有我和你知道，他也是阿尔塔薛西斯三世。"

一如往常，朱利安还是不明白他太太为什么会觉得那个故事特别有趣。

"提革拉毗想去帮你，"圆圆说，"它应该为自己感到自豪，就是它向我们展示了灯的保险丝是如何烧断的。"

---

①龟的英文是 turtle，斑鸠是 turtle dove。

326

尾 声

"咱们应该订一些报纸，"在度完蜜月后回到奇平克莱格霍恩的当天，埃德蒙对菲莉帕说，"咱们一起去托特曼那儿吧。"

动作迟钝的托特曼先生喘着粗气，和蔼可亲地接待了他们。

"很高兴看见你们回来了，先生，还有夫人。"

"我们想订些报纸。"

"当然，先生。希望您母亲身体还好？她在伯恩茅斯安顿好了吗？"

"她喜欢那里。"埃德蒙说，但他一点儿也不清楚究竟实际是不是这样，不过跟大多数儿子一样，他宁愿相信，对于那些他们深爱但又时常恼人的父母而言，一切都好。

"不错，先生，是个非常惬意的地方。去年我去度过假。我太太非常喜欢那里。"

"我很高兴。关于报纸，我们想——"

"我听说您有一个话剧在伦敦上演，先生。十分令人愉快，他们是这样跟我说的。"

"是的，效果好极了。"

"我听说是叫《大象确实健忘》。请您原谅我这样问，先生，可我总觉得大象不会——我的意思是忘事。"

"对，对，一点儿不错。我已经想到取这个名字是个错误。不少人都跟我说过您刚说过的话。"

"这是一个博物史上的事实，我一直都这么认为。"

"对，对。就像蠼螋都是好妈妈。"

"真的吗，先生？哦，这件事我倒是不知道。"

"关于报纸——"

"《泰晤士报》，我没记错吧？"托特曼先生拿起铅笔，又中途停下。

"《工人日报》。"埃德蒙坚定地说。

"还有《每日电讯报》。"菲莉帕说。

"还有《新政治家》。"埃德蒙道。

"《无线电时代》。"菲莉帕说。

"还有《观察家》。"埃德蒙说。

"以及《园丁记事》。"菲莉帕道。

两人都停下来喘了口气。

"谢谢，先生，"托特曼先生说道，"我猜想还有《消息报》？"

"不要。"埃德蒙说。

"不要。"菲莉帕说。

"请原谅，你们真的不要《消息报》？"

"不。"

"不。"

"你们是说，"托特曼先生喜欢把事情弄个一清二楚，"你们确实不要《消息报》！"

"对，我们不要。"

"当然不要。"

"你们也不订《北贝纳姆新闻和奇平克莱格霍恩消息报》——"

"不。"

"你们不要我每周为你们送去？"

"不。"埃德蒙补充说，"现在是不是很明白了？"

"啊，是的，先生，是的。"

埃德蒙和菲莉帕走了出去，托特曼先生拖着步子进了后面的会客厅。

"有铅笔吗，孩子他妈？"他问道，"我的这根笔尖磨没了。"

"有，"托特曼太太抓过订报簿，"我来写吧。他们订了些什么？"

"《工人日报》《每日电讯报》《新政治家》《无线电时代》《观察家》——让我想想，《园丁记事》。"

"《园丁记事》，"她重复道，一面忙着写，"还有《消息报》。"

"他们不要《消息报》。"

"为什么？"

"他们不要《消息报》。他们就是这么说的。"

"胡说，"托特曼太太道，"你肯定没有听清楚。他们当然要《消息报》！人人都订《消息报》，否则他们怎么知道周围发生了什么？"

图书在版编目(CIP)数据

谋杀启事 / (英)阿加莎·克里斯蒂著;周莎译
. —— 北京:新星出版社,2024.9(2025.10 重印)
(阿加莎·克里斯蒂作品精选集:典藏纪念版.第
二辑)

ISBN 978-7-5133-5682-4

Ⅰ.①谋… Ⅱ.①阿… ②周… Ⅲ.①侦探小说 - 英
国 - 现代 Ⅳ.① I561.45

中国国家版本馆 CIP 数据核字 (2024) 第 107528 号

m 午夜文库
谢刚 主持

———————— **阅读之前 没有真相**

阿加莎·克里斯蒂

赫尔克里·波洛系列

阿加莎·克里斯蒂
Agatha Christie（1890—1976）

无可争议的侦探小说女王，侦探文学史上最伟大的作家之一。

阿加莎·克里斯蒂原名为阿加莎·玛丽·克拉丽莎·米勒，一八九〇年九月十五日生于英国德文郡托基的阿什菲尔德宅邸。她几乎没有接受过正规的教育，但酷爱阅读，尤其痴迷于歇洛克·福尔摩斯的故事。

第一次世界大战期间，阿加莎·克里斯蒂成了一名志愿者。战争结束后，她创作了自己的第一部侦探小说《斯泰尔斯庄园奇案》。几经周折，作品于一九二〇年正式出版，由此开启了克里斯蒂辉煌的创作生涯。一九二六年，《罗杰疑案》由哈珀柯林斯出版公司出版。这部作品一举奠定了阿加莎·克里斯蒂在侦探文学领域不可撼动的地位。之后，她又陆续出版了《东方快车谋杀案》《ABC谋杀案》《尼罗河上的惨案》《无人生还》《阳光下的罪恶》等脍炙人口的作品。时至今日，这些作品依然是世界侦探文学宝库里最宝贵的财富。根据她的小说改编而成的舞台剧《捕鼠器》，已经成为世界上公演场次最多的剧目；而在影视改编方面，《东方快车谋杀案》为英格丽·褒曼斩获奥斯卡大奖，《尼罗河上的惨案》更是成为几代人心目中的经典。

　　阿加莎·克里斯蒂的创作生涯持续了五十余年，总共创作了八十余部侦探小说。她的作品畅销全世界一百多个国家和地区，累计销量已经突破二十亿册。她创造的小胡子侦探波洛和老处女侦探马普尔小姐为读者津津乐道。阿加莎·克里斯蒂是柯南·道尔之后最伟大的侦探小说作家，是侦探文学黄金时代的开创者和集大成者。一九七一年，英国女王授予克里斯蒂爵士称号，以表彰其不朽的贡献。

　　一九七六年一月十二日，阿加莎·克里斯蒂逝世于英国牛津郡沃灵福德家中，被安葬于牛津郡的圣玛丽教堂墓园，享年八十五岁。

波洛系列

1920 The Mysterious Affair at Styles 《斯泰尔斯庄园奇案》

1923 Murder on the Links 《高尔夫球场命案》

1924 Poirot Investigates 《首相绑架案》

1926 The Murder of Roger Ackroyd 《罗杰疑案》

1927 The Big Four 《四魔头》

1928 The Mystery of the Blue Train 《蓝色列车之谜》

1932 Peril at End House 《悬崖山庄奇案》

1933 Lord Edgware Dies 《人性记录》

1934 Murder on the Orient Express 《东方快车谋杀案》

1935 Three—Act Tragedy 《三幕悲剧》

1935 Death in the Clouds 《云中命案》

1936 The ABC Murders 《ABC 谋杀案》

1936 Murder in Mesopotamia 《古墓之谜》

1936 Cards on the Table 《底牌》

1937 Dumb Witness 《沉默的证人》

1937 Death on the Nile 《尼罗河上的惨案》

1937 Murder in the Mews 《幽巷谋杀案》

1938 Appointment with Death 《死亡约会》

1938 Hercule Poirot´s Christmas 《波洛圣诞探案记》

1940 Sad Cypress 《H 庄园的午餐》

1940 One，Two，Buckle My Shoe 《牙医谋杀案》

1941 Evil Under the Sun 《阳光下的罪恶》

1943 Five Little Pigs 《五只小猪》

1946 The Hollow 《空幻之屋》

1947 The Labours of Hercules 《赫尔克里·波洛的丰功伟绩》

1948 Taken at the Flood 《顺水推舟》

1952 Mrs．McGinty´s Dead 《清洁女工之死》

1953 After the Funeral 《葬礼之后》

1955 Hickory Dickory Dock 《山核桃大街谋杀案》

1956 Dead Man´s Folly 《弄假成真》

1959 Cat Among the Pigeons 《鸽群中的猫》

1960 The Adventure of the Christmas Pudding 《雪地上的女尸》

1963 The Clocks《怪钟疑案》

1966 Third Girl《第三个女郎》

1969 Hallowe´en Party《万圣节前夜的谋杀》

1972 Elephants Can Remember《大象的证词》

1974 Poirot´s Early Stories《蒙面女人》

1975 Curtain—Poirot´s Last Case《帷幕》

马普尔小姐系列

1930 The Murder at the Vicarage《寓所谜案》

1932 The Thirteen Problems《死亡草》

1942 The Body in the Library《藏书室女尸之谜》

1943 The Moving Finger《魔手》

1950 A Murder Is Announced《谋杀启事》

1952 They Do It with Mirrors《借镜杀人》

1953 A Pocket Full of Rye《黑麦奇案》

1957 4.50 from Paddington《命案目睹记》

1962 The Mirror Crack´d from Side to side《破镜谋杀案》

1964 A Caribbean Mystery《加勒比海之谜》

1965 At Bertram´s Hotel《伯特伦旅馆》

1971 Nemesis《复仇女神》

1976 Sleeping Murder《沉睡谋杀案》

1979 Miss Marple´s Final Cases《马普尔小姐最后的案件》

其他系列及非系列

1922 The Secret Adversary《暗藏杀机》

1924 The Man in the Brown Suit《褐衣男子》

1925 The Secret of Chimneys《烟囱别墅之谜》

1929 Partners in Crime《犯罪团伙》

1929 The Seven Dials Mystery《七面钟之谜》

1930 The Mysterious Mr. Quin《神秘的奎因先生》

1931 The Sittaford Mystery《斯塔福特疑案》

1933 The Witness for the Prosecution and Other Stories
《控方证人》

1934 Why Didn´t They Ask Evans?《悬崖上的谋杀》

出版前言

纵观世界侦探文学一百七十余年的历史，如果说有谁已经超脱了这一类型文学的类型化束缚，恐怕我们只能想起两个名字——一个是虚构的人物歇洛克·福尔摩斯，而另一个便是真实的作家阿加莎·克里斯蒂。

阿加莎·克里斯蒂以她个人独特的魅力创造着侦探文学史上无数的传奇：她的创作生涯长达五十余年，一生撰写了八十余部侦探小说；她开创了侦探小说史上最著名的"黄金时代"；她让阅读从贵族走入家庭，渗透到每个人的生活中；她的作品被翻译成一百多种文字，畅销全球一百五十余个国家，作品销量与《圣经》《莎士比亚戏剧集》同列世界畅销书前三名；她的《罗杰疑案》《无人生还》《东方快车谋杀案》《尼罗河上的惨案》都是侦探小说史上的经典；她是侦探小说女王，因在侦探小说领域的独特贡献而被册封为爵士；她是侦探小说的符号和象征。她本身就是传奇。沏一杯红茶，配一张躺椅，在暖暖的阳光下读阿加莎的小说是一种生活方式，是惬意的享受，也是一种态度。

午夜文库成立之初就试图引进阿加莎的作品，但几次都与版权擦肩而过。随着午夜文库的专业化和影响力日益增强，阿加莎·克里斯蒂的版权继承人和哈珀柯林斯出版公司主动要求将版权独家授予新星出版社，并将阿加莎系列侦探小说并入午夜文库。这是对我们长期以来执着于侦探小说出版的褒奖，是对我们的信任与鼓励，更是一种压力和责任。

新版阿加莎·克里斯蒂作品由专业的侦探小说翻译家以最权威的英文版本为底本，全新翻译，并加入双语作品年表和阿加莎·克里斯蒂家族独家授权的照片、手稿等资料，力求全景展现"侦探女王"的风采与魅力。使读者不仅欣赏到作家的巧妙构思、离奇桥段和睿智语言，而且能体味到浓郁的英伦风情。

阿加莎作品的出版是一项系统工程，规模庞大，我们将努力使之臻于完美。或存在疏漏之处，欢迎方家指正。

新星出版社

午夜文库编辑部

Agatha Christie

Over the next few years, we plan to celebrate two very important Agatha Christie anniversaries. In 2015, it is the 125th anniversary of her birth in Torquay, South Devon, England, and in 2020 it will be 100 years after her first book, THE MYSTERIOUS AFFAIR AT STYLES, featuring her famous detective, Hercule Poirot, was published. This is therefore a very appropriate moment to publish a new edition of her works, and I am delighted that HarperCollins has chosen to work with New Star on these new editions. New Star is China's top crime publisher, and has a strong and dedicated editorial staff and a continued passion for Agatha Christie, making them the ideal partner. It is the right time to make these classic books available in modern translations and so to bring Agatha Christie's books anew to her many fans in China, giving them a new reason to re-read these much-loved stories, as well as introducing them to a whole new audience. How delighted Agatha Christie would have been that her stories (as she called them) are still giving so much pleasure to so many people all over the world!

I think there are two very remarkable things about Agatha Christie's stories. The first is that they are so adaptable. It doesn't really matter which language they appear in, the stories and the plots still give the same thrill, still provide the same puzzles, and the characters still have the same attraction. Readers in China will I am sure enjoy Hercule Poirot and Miss Marple just as much as we do in England, and readers in China will still be transfixed by the surprises and horrors of AND THEN THERE WERE NONE, one of the great classics of 20th century detective fiction, as we are here.

Agatha Christie

The second is that the stories give a wonderful picture of England, particularly rural England, at the time Agatha Christie lived. She wrote books from 1920 until 1970 but it is sometimes hard to tell which part of her life each book was written in. Her characters and the life they lived were very much the same. The life we all live is changing very quickly these days but "the Agatha Christie world" stays the same. Perhaps the Miss Marple stories provide the best example of this, and in some ways, THE BODY IN THE LIBRARY and NEMESIS are quite similar, despite the fact that thirty years elapsed between the time they were written.

Perhaps I might end by mentioning three Agatha Christies (other than the ones mentioned above) which I think demonstrate why she is so popular, even in the twenty-first century. The first is MURDER ON THE ORIENT EXPRESS, one of the most famous with one of the most ingenious and human plots. Read this on one of your long train journeys in China! Next is A MURDER IS ANNOUNCED, a Miss Marple which was her 50th book. It has my favourite murderer in it! And last is ENDLESS NIGHT a story about evil and how it affects three young people, written at the time when I knew her best, and understood how deeply she cared and sympathised with young people and the world they lived in.

Whichever are your favourites I hope you enjoy these stories that New Star are introducing to you again. I think it is a great publishing event.

Mathew Prichard

Grandson of Agatha Christie
Chairman of Agatha Christie Ltd

致中国读者

（午夜文库版阿加莎·克里斯蒂作品集序）

在未来的几年中，我们将要筹备两个非常重要的关于阿加莎·克里斯蒂的纪念日。二〇一五年是她的一百二十五岁生日——她于一八九〇年出生于英国的托基市；二〇二〇年则是她的处女作《斯泰尔斯庄园奇案》问世一百周年的日子，她笔下最著名的侦探赫尔克里·波洛就是在这本书中首次登场。因此，新星出版社为中国读者们推出全新版本的克里斯蒂作品正是恰逢其时，而且我很高兴哈珀柯林斯选择了新星来出版这一全新版本。新星出版社是中国最好的侦探小说出版机构，拥有强大而且专业的编辑团队，并且对阿加莎·克里斯蒂的作品极有热情，这使得他们成为我们最理想的合作伙伴。如今正是一个良机，可以将这些经典作品重新翻译为更现代、更权威的版本，带给她的中国书迷，让大家有理由重温这些备受喜爱的故事，同时也可以将它们介绍给新的读者。如果阿加莎·克里斯蒂知道她的小故事们（她这样称呼自己的这些作品）仍然能给世界上这么多人带来如此巨大的阅读享受，该有多么高兴啊！

我认为阿加莎·克里斯蒂的作品有两个非常重要的特征。首先它们是非常易于理解的。无论以哪种语言呈现，故事和情节都同样惊险刺激，呈现给读者的谜团都同样精彩，而书中人物的魅力也丝毫不受影响。我完全可以肯定，中国的读者能够像我们英国人一样充分享受赫尔克里·波洛和马普尔小姐带来的乐趣；中国读者也会和我们一样，读到二十世纪最伟大的侦探经典作品——比如《无人生还》——的时候，被震惊和恐惧牢牢钉在原地。

第二个特征是这些故事给我们展开了一幅英格兰的精彩画卷，特别是阿加莎·克里斯蒂那个年代的英国乡村。她的作品写于二十世纪二十年代至七十年代间，不过有时候很难说清楚每一本书是在她人生中的哪一段日子里写下的。她笔下的人物，以及他们的生活，多多少少都有些相似。如今，我们的生活瞬息万变，但"阿加莎·克里斯蒂的世界"依旧永恒。也许马普尔小姐的故事提供了最好的范例：《藏书室女尸之谜》与《复仇女神》看起来颇为相似，但实际上它们的创作年代竟然相差了三十年。

最后，我想提三本书，在我心目中（除了上面提过的几本之外）这几本最能说明克里斯蒂为什么能够一直受到大家的喜爱。首先是《东方快车谋杀案》，最著名，也是最机智巧妙、最有人性的一本。当你在中国乘火车长途旅行时，不妨拿出来读读吧！第二本是《谋杀启事》，一个马普尔小姐系列的故事，也是克里斯蒂的第五十本著作。

这本书里的诡计是我个人最喜欢的。最后是《长夜》，一个关于邪恶如何影响三个年轻人生活的故事。这本书的写作时间正是我最了解她的时候。我能体会到她对年轻人以及他们生活的世界关心至深。

现在新星出版社重新将这些故事奉献给了读者。无论你最爱的是哪一本，我都希望你能感受到这份快乐。我相信这是出版界的一件盛事。

阿加莎·克里斯蒂外孙

阿加莎·克里斯蒂有限责任公司董事长

马修·普理查德

二〇一三年二月二十日

底牌

Cards on the Table

Agatha Christie®

[英]阿加莎·克里斯蒂 著

辛可加 译

新 星 出 版 社　NEW STAR PRESS

前　言

　　人们有一种普遍的想法：一个侦探故事就像一场盛大的赛马——有许多可下注的对象，包括赛马和它们的骑师。"你付了钱，下你的注！"但通常最热门的选择和实际赛马中遇到的情况正相反，换句话说，罪犯有可能完全是个外来者。找到最不可能犯罪的那个人，认定他就是罪犯，十有八九你是不会错的。

　　我不希望我忠实的读者厌烦地把这本书丢开，所以我想事先提醒你们：这本书不是这样的。只有四个候选人，而他们中的每一个，在适合的条件下，都完全有可能实施犯罪。这就把"意外"这项元素排除了。而且我认为应该让每个人都同样有趣，因此设定他们都曾是谋杀犯，并很有可能再次作案。这四人分属四种完全不同的类型，每个人谋杀的动机都只属于那个人，谋杀的手段也各有不同。这样一来，案情的分析必须完全是心理层面的。但这并不会减少乐趣，因为所有的语言和行动都表现的是我们最感兴趣的人——那个谋杀犯——的心理活动。

我想为这个故事再补充几句话：这是赫尔克里·波洛最喜欢的案件之一。但当波洛把它描述给他的朋友黑斯廷斯上尉时，后者却觉得极为无聊。我很想知道，我的读者究竟会站在波洛那边，还是黑斯廷斯那边呢？

　　　　　　　　　　　　　　　阿加莎·克里斯蒂

目 录

目录

第一章 夏塔纳先生

"亲爱的波洛先生！"

一个绵软的、像猫一样的声音——听来纯粹是为交际场合而生的，不带一丝情感波动或预先准备的痕迹。

赫尔克里·波洛转过身，微鞠一躬，十分正式地和对方握手。

他的眼中闪过一丝不同寻常的光芒。可以说，与这个人的邂逅，唤醒了他某种极少触及的情绪波澜。

"亲爱的夏塔纳先生。"他说。

两人都没动，如同两名各就各位的决斗者。

衣装考究的伦敦人如潮水一般从他们身旁缓缓涌过，轻声细语绵绵不绝。

"亲爱的，快看——好精美啊！"

"精致极了，不是吗？"

这里是在威塞克斯宫举办的鼻烟盒展览，门票每人一几尼，最后都将捐给伦敦的各家医院。

"亲爱的朋友，幸会！"夏塔纳先生说，"最近没送人上绞架或者断头台？犯罪也有淡季？不法之徒的淡季？还是说今天下午这里会发生抢劫案？那可太刺激了。"

"哎呀，先生，"波洛说，"我这次纯粹是个人出游而已。"

夏塔纳先生的注意力暂时被一个"迷人的小东西"吸引走了，她的脑袋一侧留着狮子狗般紧紧缠绕的鬈发，另一边则佩着三个黑草编的羊角。

他说："宝贝，怎么不来参加我的宴会？真的非常棒！好多人都和我攀谈了起来！有个女人居然还说'你好''再见''多谢'——不过她当然是从某个'田园城市'来的，可怜的宝贝！"

"迷人的小东西"礼貌地回应了几句，波洛则仔细端详着夏塔纳先生上唇的小胡子。

漂亮的小胡子，非常精致——全伦敦也许只有他的小胡子能和赫尔克里·波洛的媲美。

"但不如我的华丽，"他喃喃自语，"不，怎么看都差一个档次，不过他的胡子确实相当醒目。"

夏塔纳先生整个人都很醒目——精心设计过的，刻意营造出一种恶魔般的阴险气息。他又高又瘦，阴郁的长脸上长着两道浓黑的眉毛，抹了蜡油的小胡子硬邦邦的，下唇底下还留了一小撮胡须。他的衣着颇具艺术气息，剪裁极为精心，却隐隐透出一丝怪诞。

每个健康的英国人看到他都恨不能猛踹一脚。他们的语气千篇一律："那就是该死的夏塔纳！"

他们的妻子、女儿、姐妹、姨妈、母亲乃至祖母，各自用她们那一代的口吻评价他，大意如此："亲爱的，我知道，他当然很可怕。不过他太富有了！宴会也棒极了！而且他总用一些有趣又刻薄的话议论别人。"

谁也不知道夏塔纳先生究竟是阿根廷人还是葡萄牙人，或者希腊人，又或者来自其他国家。不过有三件事是人所共知的。

他出手阔绰，在公园大道的一间豪华公寓里过着舒坦日子。

他举办各种精彩聚会——规模大小不同，风格有的阴森、有的高雅，还有百分之百的同性恋聚会。

几乎人人都有点害怕他。

最后这一点很难具体描述。大家普遍有种感觉：他对别人的了解未免过于透彻了些。人们还有一种感觉：他的幽默感相当古怪。

大家几乎都认为，得罪夏塔纳先生是件很危险的事。

今天下午他的幽默感对准了外表可笑的小个子，赫尔克里·波洛。

"原来警察也需要消遣？"他说，"波洛先生，你都一把年纪了，才研究艺术？"

波洛平心静气地一笑。

"我知道你出借了三个鼻烟盒给他们展览。"

夏塔纳先生不以为意地挥挥手。

"谁没几项小收藏呢？改天你一定要来我家坐坐，我有些有意思的东西。我的收藏范围是不拘一格的。"

波洛笑笑说："你的兴趣覆盖面很广。"

"的确。"

突然，夏塔纳先生眼中光芒闪动，嘴角上翘，眉毛离奇地倾斜着。

"我甚至可以展示你们那一行的东西，波洛先生！"

"原来你有一间私人的'黑色博物馆'？"

"呸！"夏塔纳先生不屑地打了个响指，"呸！布莱顿谋杀案凶手用过的茶杯，知名大盗作案用的铁锹——幼稚得可笑！我才不跟那种垃圾打交道。我的收藏全是精华中的精华。"

"用艺术的眼光来看，你认为犯罪中的精华是什么？"波洛问道。

夏塔纳先生倾身向前，将两根指头搭上波洛肩头，嘶嘶吐气，颇具戏剧化效果地答道："是实施犯罪的人，波洛先生。"

波洛的眉毛微微一扬。

"啊哈，我吓着你了，"夏塔纳先生说，"亲爱的朋友，你我的视角简直是两极！犯罪在你眼中只是例行公事——凶杀、调查、线索，最终定罪（你的能力毋庸置疑）。这种陈词滥调我没兴趣！那些可怜虫，我看都懒得看一眼。落网的凶手必然是失败者，二流货色。不，我只从艺术的角度来欣赏，只收藏最好的！"

"最好的是……"波洛问道。

"亲爱的朋友——就是逃脱制裁的人！成功者！舒舒服服过日子、根本没被怀疑过的罪犯。我的爱好果然有趣吧？"

"我想到了另一个词——不是'有趣'。"

"对了！"夏塔纳没有理睬波洛，径自喊道，"一次小规模的晚宴！用晚宴配合我的展览！这个主意太有趣了。我以前居然没想到。没错，没错，我眼前已经浮现出那一幕……你得给我一些时间——下星期不行——就定在下下星期吧。你有空吗？具体哪一天合适？"

"下下星期随便哪天都可以。"波洛微微欠身。

"很好，那就星期五。十八号星期五，就这么定了。我赶紧记在小本子上。真的，这个主意我特别喜欢。"

"我却未必喜欢。"波洛慢吞吞地说，"我并不想拒绝你的盛情邀请——不，不是那个意思——"

夏塔纳打断他。"只是这件事触动了你那根中产阶级的敏感神经？亲爱的朋友，你得把自己从警察心态的禁锢里解放出来。"

波洛缓缓答道："对于谋杀，我确实持百分之百的中产阶级道德观。"

"朋友，这又何必呢？愚蠢又蹩脚的凶杀——嗯，我同意你的观点。但谋杀也可以成为一种艺术！凶手可以成

5

为艺术家。"

"噢，这我承认。"

"那还有什么问题？"夏塔纳先生问道。

"但凶手总归是凶手！"

"亲爱的波洛先生，能把一件事做得完美无缺，就足以为他脱罪了！你只想抓住每一位凶手，给他戴上手铐，关进监狱，最后在凌晨处以绞刑，这实在太缺乏想象力。我认为，每个真正成功的凶手都该享受政府拨款的生活津贴，而且有资格参加晚宴！"

波洛耸耸肩。

"我对犯罪艺术的感受力并不像你想得那么迟钝。我可以欣赏完美的凶手——我可以欣赏一只老虎——褐色斑纹的庞然巨兽。但我会在笼外欣赏它，而不进笼子，除非职责使然。因为老虎可能会猛扑上来，夏塔纳先生……"

夏塔纳先生大笑。

"我懂。那凶手呢？"

"也许会杀人。"波洛正色答道。

"亲爱的朋友，你的警惕性过高了吧！这么说你是不愿意来见见我收藏的老虎？"

"正相反，我求之不得。"

"真勇敢！"

"夏塔纳先生，你没理解我的意思，我是想给你提个醒。刚才你要我认同所谓收藏凶手的主意'很有趣'，我

6

说我想到的不是'有趣'，而是另一个词——危险。夏塔纳先生，你的爱好可能非常危险！"

夏塔纳先生笑了，笑得非常邪恶。

"所以十八号那天你会赏光？"

波洛略一欠身。"十八号我会去。多谢了。"

"我来安排一场小型宴会。"夏塔纳笑道，"八点钟，别忘了。"

他走开了，波洛站了一两分钟，目送他离去。

然后若有所思地缓缓摇头。

第二章 夏塔纳先生家的晚宴

夏塔纳先生的家门悄无声息地打开了。一位头发花白的管家开门请波洛进屋，然后又悄无声息地把门关上，麻利地为客人脱下大衣和帽子。

他完全不带感情地低声问道："请问先生怎么称呼？"

"赫尔克里·波洛先生。"

管家拉开一扇门通报："赫尔克里·波洛先生到。"一阵谈话声随之传到门厅。

夏塔纳先生端着一杯雪利酒过来迎接，衣着依然无可挑剔。今晚他神情中的邪恶意味更显浓重，两道几乎挤到一起的眉毛流露着嘲讽之意。

"我来介绍一下——认识奥利弗太太吗？"

见波洛略显吃惊，喜好炫耀的夏塔纳先生十分得意。

阿里阿德涅·奥利弗太太是当代最著名的侦探小说及惊悚小说作家之一。她发表过不少杂文（如果不那么计较"杂文"的严格含义的话），主题分别有"犯罪的倾向"、"著名的情杀案"和"情杀与谋财害命之比较"，等等。她同时也是一位激进的女权主义者，每次有重大的凶杀事件见报时，一定会配上奥利弗太太的采访。奥利弗太太受访时曾说："如果苏格兰场的主管是女人就好了！"她非常相信女性的直觉。

除此之外，她倒是个和善可亲的中年妇女，虽不修边幅，却别有风韵；双眼神采奕奕，肩膀结实；头发花白了许多，屡次试验良方都不见效。有时，她的外表颇具知识分子气息——大把头发向后拢，在后脑绾成一个大髻；有时，又突然梳圣母马利亚的发圈，或者干脆放任满头鬈发松松垮垮地堆着；而今晚，她居然梳了刘海儿。

她用悦耳的低音跟波洛打招呼。他们以前在一次文学界的晚宴上见过面。

"你一定认识巴特尔警司吧？"夏塔纳先生说。

一个高大魁梧、神情严肃的男人走过来。在旁人眼中，巴特尔警司不仅是一座木雕，还是用战舰上拆下的木料雕成的。

巴特尔警司大概是苏格兰场最典型的形象代言人。他的外貌总给人以迟钝、愚蠢之感。

"我认识波洛先生。"巴特尔警司说。

他那木雕般的脸挤出一个微笑，随即又恢复了原先毫无表情的样子。

"这位是瑞斯上校。"夏塔纳先生继续介绍。

波洛与瑞斯上校从未谋面，但听过他的事迹。他相貌英俊，有着一头黑发和古铜色的皮肤，年约五十岁，常常出现在帝国位于海外的疆土上——特别是当地面临纷争的侵扰时。"特工"的名头虽显夸张，却能恰如其分地向外行人形容瑞斯上校的工作性质和范围。

波洛似乎领略到主人的幽默指向何方了。

"另外几位客人迟到了，"夏塔纳先生说，"大概是我的错，我好像通知他们八点十五分来。"

门开了，管家通报道："罗伯茨医生到。"

一个中年男人以轻快诙谐的步态迈进屋来，神采飞扬、表情丰富，一双小眼睛转个不停，头顶微秃，略显发福，浑身上下像经过了仔细清洗和消毒，一看便知是个医生。他既热情又自信，令人感觉他的诊断值得信赖，开出的药方想必既讨喜又有效——"康复期可以喝少许香槟"。一个精于世故的人。

"应该没迟到吧？"罗伯茨医生和蔼地问。

他与主人握手，并被介绍给其他客人。他似乎对巴特尔警司格外热络。

"啊，苏格兰场的头牌，对吗？有意思！按理说今晚不该催你谈本职工作，但我得提醒一下，我可能会问起没完。我一直对刑事案件很有兴趣。也许医生不该这样，在神经紧张的病人面前可不能说这些，哈哈！"

门又开了。

"洛里默太太到。"

洛里默太太六十岁左右，衣着精美，妆容雅致，白发经过精心梳理，嗓音清脆而尖厉。

　　"但愿没迟到。"她走向主人。

　　然后她又和认识的罗伯茨医生打招呼。

　　管家又通报道："德斯帕少校。"

　　德斯帕少校又高又瘦，英气逼人，只是太阳穴上有个伤疤。介绍完毕后，他自然地和瑞斯上校攀谈起来——两人很快聊起健身运动，交流着狩猎旅行的经历。

　　门最后一次打开，管家通报："梅瑞迪斯小姐到。"

　　一个二十岁出头的女孩走了进来。她身材中等，相貌出众，棕色的鬈发堆在颈部，一双灰色的大眼睛之间距离较远；脸上扑了点粉，但没化妆。她语速很慢，相当害羞。

　　"天哪，我是最晚的?"

　　夏塔纳先生送上一杯雪利酒，对她极尽溢美之词。他的介绍有点正式过头了。

　　梅瑞迪斯小姐在波洛身边啜了一口雪利酒。

　　"我们这位朋友特别注重细节。"波洛微笑着说。

　　女孩表示赞同。"我知道。现在的人介绍时都偷懒，只说句'这些人你应该都认识吧'就结束了。"

　　"不管别人到底认不认识?"

　　"不管认不认识都这样。有时就弄得场面很尴尬——但今天这种介绍让人有点害怕。"她略微迟疑，才说，"那位是奥利弗太太吧，小说家?"

奥利弗太太正和罗伯茨医生聊天，音色低沉，音量很大。

"医生，你不能忽视女性的直觉。女人懂这些事。"

她忘了自己没露出额头，伸手想把头发往后拢，碰到刘海儿才停下。

"她就是奥利弗太太。"波洛说。

"写《藏书室女尸之谜》的那位？"

"就是她。"

梅瑞迪斯小姐微微皱眉。

"那个一直板着脸的人——夏塔纳先生说他是警司？"

"苏格兰场来的。"

"你呢？"

"我？"

"我很了解你，波洛先生。"ABC谋杀案"其实是你侦破的。"

"小姐，你说得我都糊涂了。"

梅瑞迪斯小姐的眉毛拧成一团。

"夏塔纳先生，"她刚开口就停住了，"夏塔纳先生——"

波洛平静地说："别人都说他'对犯罪事件特别上心'，看来传闻不假。他肯定想听我们相互争论。其实他已经把奥利弗太太和罗伯茨医生煽动起来了，这会儿他们正讨论无法追查的毒药。"

梅瑞迪斯小姐吓得喘着气。"这人真诡异！"

"罗伯茨医生？"

"不，是夏塔纳先生。"她微微颤抖，"他总让人隐隐害怕。永远猜不透在他心目中什么事最有趣。也许……也许是残忍的游戏。"

"比如猎狐之类的？"

梅瑞迪斯小姐以非难的眼神瞪了波洛一眼。

"我是指——哎！总之是带点东方色彩的那一套。"

"他的性格可能有点扭曲。"波洛承认。

"喜欢折磨人？"

"不，不是那个意思。"

"我不怎么喜欢他。"梅瑞迪斯小姐的语气更加低落。

"不过他家的晚宴肯定合你胃口，"波洛安慰她，"他有顶级的厨师。"

梅瑞迪斯小姐将信将疑地望着他，笑了。

"哎呀，"她表示，"你挺有人情味的。"

"本来就是啊！"

"但你也看到了，"梅瑞迪斯小姐说，"这些名人都很可怕。"

"小姐，你不该害怕，应该激动才对！你应该准备好签名簿和钢笔。"

"唔，是这样，其实我对犯罪事件兴趣不大。女人嘛，都不爱这一套；读侦探小说的大都是男人。"

13

赫尔克里·波洛夸张地叹着气。

"唉!"他嘟囔着,"现在我真想变成电影明星,哪怕是最不走红的那种!"

管家推开门宣布:"晚餐准备好了。"

波洛的预测完全正确。菜色十分可口,服务也极为周到。灯光柔和,木器擦拭得锃亮,爱尔兰玻璃泛着蓝光。在朦胧的光晕中,主位上夏塔纳先生的形象显得更为恶毒。

他颇有风度地为男女人数不均而道歉。

洛里默太太和奥利弗太太分别坐在他右侧和左侧。梅瑞迪斯小姐坐在巴特尔警司和德斯帕少校中间。波洛则坐在洛里默太太和罗伯茨医生中间。

罗伯茨医生跟波洛开玩笑:"你可不能整晚都霸占着这里唯一的漂亮姑娘。你们法国佬从不浪费时间,是吧?"

"不巧,我是比利时人。"波洛低声答道。

"老兄,在女人的问题上,这没什么区别。"医生笑嘻嘻地说。

接着他一改玩笑的态度,以专业口吻与另一侧的瑞斯上校讨论起治疗睡眠症方面的最新进展。

洛里默太太转向波洛,谈起最近上演的剧目。她的眼光很独到,点评也十分中肯。话题相继转移到书籍和世界政局,波洛发现她知识渊博,颇有智慧。

餐桌对面的奥利弗太太正询问德斯帕少校是否知道什么冷僻的毒药。

"噢，有箭毒。"

"拜托，老一套了！用过几百次。我是指新玩意儿！"

德斯帕少校淡然答道："原始部落恪守传统，他们会一直沿用祖父和曾祖父当年可行的做法。"

"真无聊，"奥利弗太太说，"我还以为他们经常试验新的草药什么的。我总觉得探险家能逮到好机会，带些闻所未闻的新毒药回家，把有钱的老叔伯通通毒死。"

"那你应该在文明世界里寻访，而不是蛮荒地区。"德斯帕说，"比如现代实验室，可以培养出貌似无害却能致命的细菌。"

"我的读者不吃这一套，"奥利弗太太说，"而且名称很容易混淆——什么葡萄球菌、链球菌……我的秘书很难处理这类文字，又非常枯燥，不是吗？巴特尔警司，你怎么看？"

"现实中的凶手可懒得费那些工夫，奥利弗太太，"警司说，"他们照旧用砒霜，效果好，而且容易取得。"

"胡扯，"奥利弗太太说，"只是有些案子你们苏格兰场没发现而已。如果你们那里有女性——"

"说实话，还真有——"

"是的，那些戴着可笑的帽子在公园里打扰别人的女警察！我指的是女性主管。女人了解犯罪。"

"她们一旦成为罪犯，往往都很厉害。"巴特尔警司说，"头脑冷静，心狠手辣，真不可思议。"

夏塔纳先生轻笑几声。

"毒药是女人的武器，"他说，"一定有很多女人偷偷下过毒——结果一辈子没被人发现。"

"那当然。"奥利弗太太欣然应和，吃了一大口奶油拌鹅肝。

"医生也有很多机会。"夏塔纳先生沉吟道。

"抗议！"罗伯茨医生大喊，"病人中毒完全是意外。"他开怀大笑。

"但如果我要犯罪……"夏塔纳先生又说。

他的停顿中有些东西引起了大家的注意，所有人都转向他。

"我会做得非常干净。意外总是难免的——比如枪支走火，或者日常生活中的偶然事故。"

随即他耸耸肩，举起酒杯。

"其实这话哪里轮得到我来说——这里有这么多行家……"

他喝了一口酒。烛光从酒杯里折射出红晕，映着他脸上抹过蜡的小胡子、唇下那一小撮胡须，还有古怪的眉毛……

片刻的冷场。

奥利弗太太开口了："现在离整点差二十分还是过二十分？有天使经过。我的脚没交叉——肯定是黑天使！"

第三章 桥牌比赛

众人回到客厅，桥牌桌已经摆好，咖啡也端了上来。

"谁打桥牌？"夏塔纳先生问，"洛里默太太，我知道。还有罗伯茨医生。梅瑞迪斯小姐，你呢？"

"打，不过水平比较差。"

"很好。德斯帕少校呢？好，你们四位在这边打吧。"

"幸好可以打桥牌，"洛里默太太侧身对波洛说，"我是有史以来最忠实的桥牌迷之一，特别上瘾。如果晚宴没安排牌局，我才不会去，我会无聊得睡着的。说来挺不好意思，但确实如此。"

他们切牌选搭档。洛里默太太跟安妮·梅瑞迪斯一组，对战德斯帕少校和罗伯茨医生。

"性别大战啊，"洛里默太太坐下来，以娴熟的手法开始洗牌，"玩蓝草花叫牌法怎么样，搭档？限制从2开始叫。"

"你们一定要赢，"奥利弗太太的女权主义情绪顿时飙升，"让男人瞧瞧，他们不可能事事称心如意。"

"可惜，宝贝们没希望的，"罗伯茨医生兴冲冲开始洗另一副牌，"你发牌吧，洛里默太太。"

德斯帕少校慢慢坐下。他凝视着安妮·梅瑞迪斯，似乎刚刚发现她美得出奇。

"请切牌。"洛里默太太不耐烦地说。德斯帕少校这才不好意思地切了她递过的纸牌。

洛里默太太熟练地发牌。

"另一个房间还有一张桥牌桌。"夏塔纳先生说。

他穿过另一扇门，其余四人随他踏进一间布置得很舒适的小吸烟室，房中已摆好另一张桥牌桌。

"我们也得切牌分组。"瑞斯上校说。

夏塔纳先生摇摇头。"我不打。我对桥牌没什么兴趣。"

另外三位客人也表示不想打，但夏塔纳先生再三坚持，最后大家都坐下了——波洛和奥利弗太太搭档，对战巴特尔和瑞斯。

夏塔纳先生在旁观战，看到奥利弗太太的那手牌叫了"2无将"，不禁露出恶魔般的笑容，然后悄悄转往另一个房间。

这一桌打得很投入，大家表情严肃，叫牌的速度飞快。"1红心。""过。""3草花。"

"3黑桃。""4方块。""加倍。""4红心。"

夏塔纳先生站着看了一会儿，暗自微笑。他走到房间另一头，坐到壁炉边的一张大椅子里。旁边一张桌子上的托盘里已经摆好一瓶酒，炉火照亮了水晶瓶塞。

一向深谙照明艺术的夏塔纳先生成功模拟出了仅有火光照明的室内效果。如果想看书，手边一盏加了灯罩的小台灯就可以提供光源。柔和的泛光灯在整个房间里投下朦胧的光影，另一盏光线较强的电灯照着桥牌桌，叫牌声源源不断。

"1无将。"——清晰果断，是洛里默太太。

"3红心。"——斗志昂扬，是罗伯茨医生。

"不叫。"——平平静静，是安妮·梅瑞迪斯。

德斯帕开口之前总要犹豫片刻，他的思考并不慢，但总爱再三斟酌才开口。

"4红心。"

"加倍。"

摇曳的火光照亮了夏塔纳先生的脸庞，他微微一笑。在连绵的笑意中，他的眼皮微颤了一下。

今天的晚宴使他乐在其中。

"5方块。三局两胜。"瑞斯上校说，"打得不错，搭档，"他又对波洛说，"没想到你发挥得这么好。幸亏他们没出黑桃。"

"就算出了估计也没用。"巴特尔警司颇有风度地表示。

之前他叫了黑桃。他的搭档奥利弗太太手里有黑桃，但她"在某种直觉的召唤下"出了草花——结果惨不忍睹。

瑞斯上校看看手表。

"十二点十分。有没有时间再打一盘？"

"抱歉啊，"巴特尔警司说，"我习惯早早上床。"

"我也是。"赫尔克里·波洛说。

"那就结算总分吧。"瑞斯说。

今晚五场三局两胜的比赛打下来，男性大获全胜。奥利弗太太输给另外三家三英镑七先令。瑞斯上校赢得最多。

奥利弗太太虽然牌技不佳，牌品却很好。她欣然付了钱。

"今晚手气真差，"她说，"有时候总这么不顺手。昨晚简直要什么来什么，一连三局来大牌，都是一百五十分。"她起身收拾绣花的宴会手袋，刚想伸手去撩刘海，又及时忍住了。

"我们的主人应该在隔壁吧。"她说。

她穿过那扇门，其他人紧随其后。

夏塔纳先生还坐在炉边的椅子上。桌旁的四位玩家仍专注于牌局。

"5 草花，加倍。"洛里默太太的声音冷静而机敏。

"5 无将。"

"5 无将，加倍。"

奥利弗太太走到牌桌边，这一局肯定很精彩。

巴特尔警司也跟过来。

瑞斯上校则走向夏塔纳先生，波洛跟在他后面。"我告辞了，夏塔纳。"瑞斯说。

夏塔纳先生没回答。他的脑袋低垂着，像是睡着了。瑞斯古怪地瞥了波洛一眼，走近几步。突然，他低低惊呼一声，俯下身去。波洛立即凑过来，朝瑞斯上校指的地方望去——那个东西很像一颗极其华丽的衬衫饰钉，然而不是。

波洛弯腰拉起夏塔纳先生的一只手，然后松手任其坠落。他迎上瑞斯询问的眼光，点点头。瑞斯立即高声招呼："巴特尔警司，打扰一下。"

警司闻声而来。奥利弗太太继续旁观那场"5 无将加倍"的牌局。

虽然巴特尔警司外表迟钝，但他的反应其实非常敏锐。他刚过来就扬起眉毛低声问："出事了吗？"

瑞斯上校点头，示意他留意椅子上那具沉寂的身躯。

巴特尔俯身观察。波洛若有所思地审视着夏塔纳先生的面孔。此刻那张脸显得十分滑稽，嘴巴颓然半张着——恶魔般的神情消失了。

赫尔克里·波洛摇摇头。

巴特尔警司直起身。他检查了夏塔纳先生衬衫上那个貌似饰钉的东西，但没有用手触碰；那并不是饰钉。他抬起夏塔纳软绵绵的手，又放下了。

现在，他站起来，出奇地冷静、干练，颇有军人风范——打算切实掌握局面。

"抱歉，打断各位一下。"

他抬高嗓门，带有一种截然不同的公事公办的口吻，正沉浸在牌局中的几人不由得闻声望向他。安妮·梅瑞迪斯正要拿明手的一张黑桃A，伸出的手也随之悬在空中。

"很遗憾地通知大家，"巴特尔警司说，"我们的主人，夏塔纳先生，已经死了。"

洛里默太太和罗伯茨医生霍然起身。德斯帕瞠目结舌。安妮·梅瑞迪斯轻轻吸了口气。

"没搞错吧，老兄？"

罗伯茨医生立即调动职业本能，以一名医生"亲临死亡现场"的架势快步走过来。

但巴特尔警司魁梧的身躯很快挡在他面前。

"等等，罗伯茨医生。请问今晚有谁进出过这个房间？"

罗伯茨瞪着他。

"进出？我不明白你的意思。没人进出。"

警司转移视线。

"是这样吗，洛里默太太？"

"没错。"

"管家或者仆人都没进来过？"

"没有。我们刚坐下来开始打牌的时候，管家端来了那个托盘，后来就没见过他。"

巴特尔警司又望向德斯帕。

德斯帕点头同意。

安妮几乎喘不过气："是的……是的，是这样。"

"你这是干什么，老兄，"罗伯茨不耐烦地说，"让我检查一下——没准他只是晕倒而已。"

"不是晕倒，很遗憾——法医没来之前，谁也不能碰他。各位，夏塔纳先生是被谋杀的。"

"谋杀？"安妮惊怖而难以置信地喘着气。

德斯帕瞪着眼，眼神茫然。

"谋杀？"洛里默太太尖声追问。

"上帝啊！"罗伯茨医生惊叫道。

巴特尔警司缓缓点头。他的模样活像一尊产自中国的满清官吏陶瓷像，面无表情。

"他被人捅了一刀，"他说，"这就是死因。捅了一刀。"

随即，他突然发难："今晚你们谁离开过牌桌？"

四个人的表情立刻变得极为丰富——摇摆不定。他看见了畏惧、顿悟、愤慨、沮丧、恐慌，却未能捕捉到任何能直接说明问题的线索。

"怎么样？"

片刻的冷场后，早已起身如接受检阅的士兵般挺立的德斯帕少校平静地开口了，清瘦而不失智慧的脸转向巴特尔。"印象中我们每个人都曾先后离开牌桌——去拿饮料，或者往壁炉里添柴火。我两件事都做过。我走到壁炉旁边时，夏塔纳先生在椅子上睡着了。"

"睡着了？"

"嗯——当时我以为他睡着了。"

"也许是睡着了，"巴特尔说，"也许那时他已经死了。这点我们会立即着手调查。现在请各位移步隔壁房间。"他转向身边一直沉默的人，"瑞斯上校，麻烦你陪他们去好吗？"

瑞斯点点头，表示会意。"好的，警司。"

四位牌友缓缓穿过那扇门。

奥利弗太太跌坐进房间另一头的椅子，低声抽泣。

巴特尔拿起听筒打了电话，然后说："本地警察马上就来。总部命我接手办理本案。法医也会尽快赶到。波洛先生，你看他死了多久？我估计超过了一小时。"

"同感。但没法更精确了——不可能精确到'这人死了一小时二十分四十秒'。"

巴特尔心不在焉地点点头。

"他坐在壁炉正前方，会对死亡时间的推算有轻微影响。我担保法医肯定会说死亡时间多于一小时，不超过两个半小时。谁都没听见或者看见什么。不可思议！凶手冒的风险太大了，夏塔纳可能会喊出声啊。"

"但他没喊。运气在凶手一边。朋友，你说得对，真是一步险棋。"

"有什么想法吗，波洛先生？关于动机之类的？"

波洛缓缓答道："嗯，关于这一点，我有话要说。请问——夏塔纳先生没暗示过他今天请你们来赴的宴会是什么性质吗？"

巴特尔警司好奇地望着他。"没有，波洛先生，他什么都没说。为什么问这个？"

远远传来门铃声，还有人叩响门环。

"我们的人来了。"巴特尔警司说，"我去带他们进来，过一会儿我们再详谈。先例行公事。"

波洛点点头。巴特尔出去了。

奥利弗太太仍在啜泣。

波洛走到牌桌边。他什么都没碰，只是端详着计分纸，时而摇摇头。

"愚蠢的小男人！哎，愚蠢的小男人！"赫尔克里·波洛喃喃自语，"装神弄鬼想吓唬人，幼稚！"

门开了，法医提着箱子走进来。本地警局的局长跟在后面，正与巴特尔交谈。接着来了一名摄像师。大厅里还有一名警员站岗。

刑事案件的例行侦查程序启动了。

第四章 第一个凶手？

赫尔克里·波洛、奥利弗太太、瑞斯上校和巴特尔警司围坐在餐桌四周。距离案发已过一小时；尸体经过法医的检验并拍照之后已经搬走。一位指纹专家来过又走了。

巴特尔警司看着波洛。

"叫那四个人进来之前，我想先听听你的意见。你觉得今晚这场宴会别有蹊跷？"

波洛谨慎而认真地回顾了前段时间在威塞克斯宫和夏塔纳的对话。

"展览——呃？活生生的杀人犯，嗬！你觉得他是认真的？没拿你寻开心？"

波洛摇摇头。"噢，不，他是认真的。夏塔纳对他那如同恶魔梅菲斯特般扭曲的人生观十分得意。他极端自负，却也非常愚蠢——所以他才送了命。"

"明白了，"巴特尔警司沉吟道，"除了他自己，来赴宴的有八位客人。也就是四位侦探——和四个凶手！"

"这不可能，"奥利弗太太惊呼，"绝对不可能。这些人都不可能是罪犯。"

巴特尔警司若有所思地摇摇头。

"这可不好说，奥利弗太太。凶手的模样和举止跟普通人没什么区别，温和、安静、举止得体又明事理的人往往恰恰是凶手。"

"那么，一定是罗伯茨医生，"奥利弗太太一口咬定，"刚看到那个人，直觉就告诉我他有问题。我的直觉从不出错。"

巴特尔转向瑞斯上校。

"先生，你看呢？"

瑞斯耸耸肩。他认为巴特尔指的是波洛的叙述，而非奥利弗太太的猜测。"有可能，"他说，"有可能。这表明夏塔纳至少命中了一个目标！但他也只是怀疑这些人是凶手，却无法确定。也许四个人他都猜中了，也许只猜中一个——但至少有一个；他的死就是证明。"

"其中一个人受了惊吓——波洛先生，你的意见呢？"

波洛点点头。"夏塔纳先生名气不小。他有一种危险的幽默感，而且他的残忍尽人皆知。对方以为会被夏塔纳捉弄一整晚，然后再送到警方手里——就是你！他或她一定以为夏塔纳掌握了铁证。"

"有吗？"

波洛耸耸肩。

"我们永远都不可能知道了。"

"就是罗伯茨医生！"奥利弗太太仍不松口，"他特别热心。凶手往往都异常热心——作为掩饰！巴特尔警司，我如果是你，一定马上逮捕他。"

"如果苏格兰场的主管是女人，一定会下这个命令。"巴特尔警司不带感情的双眼微眨了两下，"但既然现在管事的是男人，办事就得谨慎。我们一步一步来。"

"哎，男人——你们男人啊。"奥利弗太太叹口气，开始构思报纸上的新闻标题。

"最好现在请他们进来，"巴特尔警司说，"不能让他们逗留太久。"

瑞斯上校半站起身。"我们要不要回避——"

巴特尔警司的眼神撞上奥利弗太太表情丰富的眼神，略显迟疑。他深知瑞斯上校的官方身份；波洛也曾和警方有过多次合作。让奥利弗太太留下则是破例。不过巴特尔心地善良，他想起奥利弗太太刚才打桥牌输了三英镑七先令，但结算时很爽快。

"可以留下，我觉得没什么问题。"他说，"但千万别打岔。"他看看奥利弗太太，"更不能提波洛先生刚才透露的情况。那是夏塔纳先生的小秘密，无论怎么看，都随着他的死被埋葬了。明白吗？"

"完全明白。"奥利弗太太答道。

巴特尔大步走到门口召唤在前厅站岗的警员。

"去小吸烟室，安德森在那里招呼四位客人。你问问罗伯茨医生方不方便来一下。"

"如果是我就会把他留到最后。"奥利弗太太说,"我是指小说里。"她连忙道歉。

"现实生活和小说略有不同。"巴特尔说。

"我懂,"奥利弗太太说,"结构比小说逊色多了。"

罗伯茨医生走进来,轻快的步伐收敛了不少。

"我说啊,巴特尔,"他说,"真他妈够狠!对不起,奥利弗太太,我这人藏不住话。从我的专业角度来看,几乎不敢相信!几码外坐着三个人,居然还敢拿刀把人捅死。"他连连摇头,"哇!我可没这胆子。"他的嘴角微微一翘,"我要说什么或者做什么,才能让你们相信我不是凶手?"

"唔,凶手总有杀人动机,罗伯茨医生。"

医生使劲点头。

"那就很清楚了。我没有一丁点儿动机要除掉可怜的夏塔纳。我甚至跟他不太熟。他这人很滑稽——古里古怪的,有点神秘的东方色彩。你们自然会详细调查我跟他的关系,这我料到了,我不是傻瓜。不过你们查不出什么。我没理由要杀夏塔纳,而且确实没杀他。"

巴特尔警司呆呆地点点头。

"没关系,罗伯茨医生。反正我都会调查的。你是明事理的人。现在能否请你谈谈对其他三个人的印象?"

"恐怕我的了解很有限。德斯帕和梅瑞迪斯小姐我是今晚才初次见到。以前听说过德斯帕这个人——我读过他的游记，挺有意思，写得不错。"

"他和夏塔纳熟不熟？"

"不清楚，没听夏塔纳提起过他。我说了，我听说过他，却没见过面。梅瑞迪斯小姐我以前从没见过，洛里默太太倒是认识。"

"你对她了解多少？"

罗伯茨耸耸肩。

"她是个寡妇，还算有点钱吧。很聪明，修养很好——桥牌技术一流。其实我就是在桥牌桌上认识她的。"

"夏塔纳先生也没提过她？"

"没有。"

"嗯……对我们没多大帮助。好吧，罗伯茨医生，有劳你仔细回忆一下，说说你离开牌桌的次数，以及你印象中其他人的举动。"

罗伯茨医生回想了好几分钟。

"这可难住我了，"他坦言，"我只大致记得自己的活动。我站起来三次——也就是我三次当明手的时候，离开座位活动了一下。有一次我去给壁炉添柴火，有一次给两位女士端饮料，还有一次给自己倒了杯威士忌加苏打水。"

"具体时间还记得吗？"

"只能大概估算。我想牌局是九点三十分左右开始的。大约过了一小时，我去添柴火；没多久我又去拿饮料，大概只隔了一局；估计十一点半左右我去给自己倒威士忌加苏打水。不过这些时间都是粗略估算，不敢保证一定正确。"

"放饮料的桌子在夏塔纳先生的椅子旁边？"

"对。也就是说我经过他身边三次。"

"每一次都以为他睡着了？"

"第一次我是这么想的。第二次甚至没看他。第三次我居然闪过一个念头：'这家伙可真能睡！'但是那时我其实也没看他。"

"很好。你的牌友是什么时候离开座位的？"

罗伯茨医生皱起眉头。

"难说……很难说。好像德斯帕去拿过另一个烟灰缸。他还去取过饮料——比我先去，我记得他问我要不要喝，我说暂时不用。"

"女士们呢？"

"洛里默太太走到炉边一次，估计是去拨火。我恍惚觉得她和夏塔纳说过话，但不敢确定。当时我正打一局很艰难的无将。"

"梅瑞迪斯小姐呢？"

"她确实离开过牌桌一次，绕过来看我的牌——当时我跟她搭档。后来她又看了别人的牌，在房间里逛了逛。我不清楚她具体都干什么了，没注意。"

巴特尔警司若有所思。"你们打牌时，没有人的椅子是正对着壁炉的吗？"

"没有，都是斜对着，中间还隔了个大橱柜——中国产的，很漂亮。当然，我看得出来，捅死那老家伙完全有可能。但轮到你打牌的时候，注意力都在牌局里，哪有闲情东张西望、关注周围的动静？唯一有机会下手的就是某一局的明手。也就是说——"

"也就是说，凶手必定是明手。"巴特尔警司说。

"但仍然需要极大的胆量！"罗伯茨医生说，"谁敢说关键时刻不会刚好有人抬起头？"

"对，"巴特尔说，"风险很大。可见凶手的动机一定很强烈。如果我们知道动机就好了。"他撒起谎来脸一点都不红。

"应该能查到吧，"罗伯茨说，"你们可以查查他的文件什么的，肯定有线索。"

"但愿如此。"巴特尔警司郁闷地说。然后他又犀利地瞄了罗伯茨一眼，"罗伯茨医生，我想请你帮点小忙，谈谈你的个人观点——男人之间随便聊聊。"

"当然可以。"

"你觉得他们三个人当中，谁是凶手？"

罗伯茨医生耸耸肩。

"很简单。随便猜猜的话，我觉得是德斯帕。他胆子够大，又习惯了常常需要迅速反应的危险生活。他不怕冒险。我觉得女人不太可能干这事儿，应该需要不小的力气吧？"

"未必需要多大力气。你看这个。"

巴特尔变魔术般突然抽出一件细长的东西，镶着宝石的圆顶闪闪发亮。

罗伯茨医生倾身向前接过来，以专业的目光仔细端详。他碰了碰尖端，吹了声口哨。"厉害！真厉害！这小东西简直是天生的杀人利器。跟切黄油似的——百分之百命中。我猜是凶手带来的。"

巴特尔摇摇头。

"不，是夏塔纳先生的。门口的桌子上有很多这种小玩意儿。"

"凶手就顺手牵羊了。弄到这么趁手的凶器，运气不错。"

"噢，从某个角度来看是这样没错。"巴特尔缓缓说。

"哦，对夏塔纳先生来说当然不走运了，可怜啊。"

"我不是这个意思，罗伯茨医生。我是指这件事还可以从另一个角度来考虑。我忽然想到，这说明凶手是发现这个东西之后才心生杀意的。"

"临时起意？不是预谋杀人？来了以后才动杀机？呃——你有什么依据吗？"罗伯茨打量着巴特尔，想一探究竟。

"只是一个想法而已。"巴特尔警司面无表情地回答。

"啊，当然也不排除这种可能。"罗伯茨医生慢吞吞地说。

巴特尔警司清了清喉咙。

"那就不耽误你的时间了,医生。感谢你的协助。方便的话请留个地址。"

"没问题。西二区,葛洛切斯特街两百号。如果打电话可以联系贝斯沃特二三八九六。"

"谢谢。不久我可能会登门拜访。"

"随时欢迎。但愿报纸上别大肆渲染,我不希望那些紧张的病人担心。"

巴特尔警司回头看看波洛。

"不好意思,波洛先生,如果你有问题想问,医生应该不会介意。"

"当然不会,当然不会。波洛先生,久仰久仰。小小的灰色细胞——讲究秩序和方法。这些我都知道。你问的问题肯定特别有启发性。"

波洛两手一摊,一看就是外国人。

"不,我只想梳理一下细节问题。例如,你们打了几轮桥牌?"

"三轮,"罗伯茨医生立即回答,"你们来的时候我们正打第四轮。"

"是怎么搭档的?"

"第一轮德斯帕和我对战两位女士。她们赢了,上帝保佑。我们根本没机会,完败。

"第二轮，梅瑞迪斯小姐和我对战德斯帕和洛里默太太。第三轮，洛里默太太和我对战梅瑞迪斯小姐和德斯帕。我们每次都切牌选搭档，不过巧得很，大家刚好轮流组合了一遍。第四轮梅瑞迪斯小姐又和我搭档。"

"输赢结果呢？"

"洛里默太太每轮都是赢家。梅瑞迪斯小姐第一轮赢了，后两轮输了。我小赚一点，梅瑞迪斯小姐和德斯帕输了一些。"

波洛笑道："刚才警司问你这几位牌友谁可能是凶手。现在我来问问你对他们的牌技怎么评价。"

"洛里默太太的牌技一流，"罗伯茨医生马上答道，"我打赌，她每年靠打桥牌都能赚不少钱。德斯帕也打得不错——风格比较理智，很有预判力；梅瑞迪斯小姐嘛，可以说比较爱打安全牌，不太犯错，却不够机灵。"

"你自己呢，医生？"

罗伯茨眨了眨眼。"别人都说我叫牌叫得太高，但我总有不错的回报。"

波洛笑了笑。

罗伯茨医生站起身。"还有其他事吗？"

波洛摇摇头。

"好的，晚安。奥利弗太太，晚安。你该拿这个案子做蓝本写小说。比你那些无法追查的毒药更有趣吧？"

罗伯茨医生踏出房门，步履又变得轻快多了。房门关上后，奥利弗太太不悦地抱怨："蓝本！什么蓝本啊！人类的头脑都太死板了。我随随便便就能创作出比真实案件精彩得多的谋杀。我笔下从来不缺情节，而且我的读者喜欢无法追查的毒药！"

第五章 第二个凶手？

洛里默太太以贵妇般的姿态走进餐厅，她脸色略显苍白，但神情十分镇定。

"给你添麻烦了。"巴特尔警司说。

"你也是职责所在嘛。"洛里默太太平静地答道，"确实，目前这种局面令人很不愉快，但逃避也不是办法。我知道那个房间里的四个人之中必定有一个凶手。当然，就算我说自己不是，你们也未必相信。"

她坐进瑞斯上校挪过来的椅子里，和警司面对面，精明的灰色双眸迎上他的目光。她认真地等待着。

"你跟夏塔纳先生很熟？"警司问道。

"不太熟。认识好几年了，但来往不多。"

"你是在哪里认识他的？"

"埃及的一家酒店——好像是卢克索的'冬宫'酒店。"

"你觉得他这人怎么样？"

洛里默太太微微一耸肩。

"我觉得他——这么说吧，是个骗子。"

"你，恕我冒昧，没有除掉他的动机吗？"

洛里默太太似乎被逗乐了。

"说真的，巴特尔警司，就算我有动机，难道会承认吗？"

"也许会，"巴特尔说，"真正明智的人会知道，纸终究包不住火。"

洛里默太太垂下头，若有所思。

"这话也没错。不，巴特尔警司，我没有除掉夏塔纳先生的动机。其实他是死是活我都不在乎。我觉得他喜欢装腔作势，行为乖张，有时候很烦人。这是我的看法。"

"好的。洛里默太太，能否谈谈对另外三位牌友的印象？"

"恐怕我了解得有限，德斯帕少校和梅瑞迪斯小姐都是今晚第一次见。他们都挺讨人喜欢的。罗伯茨医生之前认识，印象中他是个很受欢迎的医生。"

"你没找他看过病？"

"噢，没有。"

"那么，洛里默太太，能否说说今晚你离开座位多少次，以及其他三人的行动？"

洛里默太太不假思索地回答了。

"我就猜到你要问这个，刚才我已经回忆过了。我当明手时起来过一次，去了壁炉那边，当时夏塔纳先生还活着。我跟他说用木柴烧火真好。"

"他回答了？"

"他说他讨厌暖炉。"

"有人听见你们的对话吗？"

"应该没有。我刻意压低嗓门，免得打扰牌友。"她淡淡地补充了一句，"事实上，夏塔纳先生当时还活着、并且和我说过话这件事，只是我的一面之词而已。"

巴特尔警司并未深究，继续以冷静而条理分明的态度询问。

"当时是几点？"

"我们差不多已经打了一小时多一点。"

"其他人呢？"

"罗伯茨医生端过一杯饮料给我。更晚的时候，他自己也拿了一杯。大概十一点十五分时，德斯帕少校也去端了杯饮料。"

"只有一次？"

"不……好像是两次。男士们起来好几次，但我没注意他们干什么。梅瑞迪斯小姐似乎只离开过座位一次，绕过去看搭档的牌。"

"但她一直留在牌桌周围？"

"我不敢确定。她也可能走开过。"

巴特尔点点头。"这些表述都很模糊啊。"他咕哝着。

"很抱歉。"

巴特尔又一次变魔术般抽出那锋利而精致的短匕首。

"请你看看这个，洛里默太太。"

洛里默太太不动声色地接过来。

"以前见过吗？"

"从没见过。"

"就放在客厅的桌子上。"

"我没注意。"

"洛里默太太，你可能已经意识到了，用这样的武器，女人也可以跟男人一样轻松地取人性命。"

"估计是吧。"洛里默太太平静地答道。

她倾身将那精美的小玩意儿还给他。

"但话说回来，"巴特尔警司又说，"那个女人也得彻底豁出去。风险非常大。"

他等了一分钟，但洛里默太太没做任何回答。

"你知不知道另外三人和夏塔纳先生的关系？"

她摇摇头。"完全不了解。"

"能否谈谈你觉得他们三个谁最有可能是凶手？"

洛里默太太僵硬地挺了挺身板。

"这不是我的风格。这种问题相当失礼。"

警司尴尬得活像个被奶奶狠狠批评了一顿的小男孩。

"请留个地址。"他拉过笔记本。

"切尔西，奇尼小区一百一十一号。"

"电话号码？"

"切尔西四五六三二。"洛里默太太站起身。

"你有问题吗，波洛先生？"巴特尔赶紧说。

洛里默太太停下来，稍微低下头。

"夫人，我不问牌友们有多大可能是凶手，只打听打听他们的牌技，应该不算失礼吧？"

洛里默太太冷冷地答道："如果跟案件有关，我当然不介意。不过我看不出打牌和案子的关系何在。"

"这一点由我判断。方便的话就谈谈吧，夫人。"

洛里默太太以哄傻孩子似的厌烦口吻答道："德斯帕少校的打法很稳健。罗伯茨医生叫牌叫得太高，但打得很有技巧。梅瑞迪斯小姐打得不错，却有些过于谨慎。还有其他问题吗？"

这回变魔术的是波洛，他拿出四张揉皱了的桥牌计分纸。

"夫人，这些计分纸有你亲笔记录的吗？"

她检查了一遍。"这张是我写的，第三轮的分数。"

"这张呢？"

"一定是德斯帕少校写的。他每记一局就画掉之前的分数。"

"这一张？"

"梅瑞迪斯小姐写的。第一轮。"

"所以没记完的这张是罗伯茨医生写的？"

"对。"

"多谢，夫人。就这样吧。"

洛里默太太转向奥利弗太太。"晚安，奥利弗太太。晚安，瑞斯上校。"

她和四人都握了手才离开。

第六章 第三个凶手？

"从她嘴里挖不出什么情报，"巴特尔说，"还反将我一军。她这人很传统，一心为别人着想，却傲慢得要命！我不相信她是凶手，但也难说。她做事很果断。波洛先生，你研究桥牌计分表的用意是？"

波洛将计分表摊在桌上。

"你不觉得很有启发吗？这次的案子，我们应该关注什么？答案就是指向性格的线索。不是一个人的性格，而是四个人。最能体现性格的，莫过于这几张纸，这些潦草的字迹。请看第一轮：进程平淡，很快就结束了。字很小，很整齐，加减法做得很仔细——计分的是梅瑞迪斯小姐，她和洛里默太太搭档。她们一直占上风，最后赢了。

"下一张纸，每记一次就画掉之前的，不容易看出牌局进展，却可以窥见德斯帕少校的个性——喜欢一眼就看清自己的处境。字比较小，风格鲜明。

"第三轮由洛里默太太记分，她和罗伯茨医生搭档对战另外两人。争夺非常激烈，双方的分数轮番上涨。医生叫牌叫得太高，最终未能得手——但他们两位都是一流的高手，所以一直没落后太多。如果医生过高的叫牌引得对方也轻率叫牌，他们就有机会通过'加倍'锁定胜局。看，这些数字是没打成的加倍牌。字迹也很有特点，优雅、清晰、有力。

"这是最后一张计分表——没打完的那一轮。你看，我收集了每个人写的一张计分表。字体很有派头，分数不如前一盘高。大概因为医生跟梅瑞迪斯小姐一组，而她打牌很胆怯吧。他的叫牌吓得她更保守了。

"可能你觉得我问的那些问题很愚蠢，其实不然。我要了解这四名牌手的个性，而由于我只问桥牌的问题，他们都乐意开口。"

"我从不认为你的问题愚蠢，波洛先生，"巴特尔说，"我多次见识过你的精彩表现。大家各有各的办案方法，我理解。我一般都让手下的探员们自由发挥，每人都得摸索出最适合自己的方式。这些以后再说，先请那女孩进来。"

安妮·梅瑞迪斯心烦意乱。她站在门口，呼吸急促。

巴特尔警司立即化身为慈父。他起身为她摆好一把椅子，角度稍稍错开。

"坐，梅瑞迪斯小姐，请坐。别紧张。这件事表面看起来很吓人，但其实问题没那么严重。"

"这已经够严重的了，"女孩低声说，"可怕……真可

44

怕——想到我们之中有一个……有一个人……"

"思考的事就交给我好了，"巴特尔和蔼地说，"梅瑞迪斯小姐，先说说你的住址。"

"沃林福德，温顿别墅。"

"没有市区的地址？"

"没有，来市区时我会在俱乐部暂住。"

"俱乐部是？"

"'女子海陆军'俱乐部。"

"好的。那么，梅瑞迪斯小姐，你跟夏塔纳先生熟吗？"

"一点都不熟。我一直觉得他很吓人。"

"为什么？"

"哎，本来就是啊！那恐怖的微笑！还有他低头看你的样子，简直要咬你一口。"

"你们认识多久了？"

"九个月左右。我是去瑞士参加冬季运动时认识他的。"

"没想到他还参加冬季运动。"巴特尔吃了一惊。

"他只滑雪。滑得非常好，技巧高明，花样很多。"

"嗯，听起来很符合他的个性。后来你们经常见面吗？"

"唔……挺多次。他请我参加宴会之类的活动，都挺有意思。"

"但你不喜欢他这个人？"

"不，他让人浑身哆嗦。"

巴特尔温和地问："但你没有害怕他的特殊理由吧？"

梅瑞迪斯抬起清澈的大眼睛，直视着他。

"特殊理由？哦，没有。"

"那就好。说说今晚的事，你离开过座位吗？"

"我想没有。哦，对了，应该有一次。我绕过去看别人的牌。"

"但是你一直留在牌桌附近？"

"是的。"

"确定吗，梅瑞迪斯小姐？"

女孩突然脸红了。

"不……不，我好像也走动过。"

"好。不好意思，梅瑞迪斯小姐，请尽量说实话。我知道你很紧张，人紧张的时候就容易——就容易按自己的愿望来描述事情经过，其实这是得不偿失的。你走动过。是不是去了夏塔纳先生的方向？"

女孩沉默半晌，才说："说实话……说实话……我忘了。"

"好，就算你有可能去了那边。你了解另外那三个人吗？"

女孩摇摇头。"从没见过他们中的任何一位。"

"你对他们怎么看？有谁可能是凶手？"

"我无法相信，就是无法相信。不可能是德斯帕少校。我也不相信是医生。毕竟医生可以用简单得多的方法杀人——毒药之类。"

"换句话说，如果其中有凶手，你倾向于洛里默太太。"

"噢，不，肯定不是她。她那么有魅力——和她打桥牌很愉快。她自己牌技那么好，却不让人无端紧张，也不会挑别人的毛病。"

"但你把她的名字留到最后。"巴特尔说。

"只是因为捅人一刀有点像女人的做法。"

巴特尔又变了一次魔术。安妮·梅瑞迪斯往后一缩："噢，太恐怖了！我……我非拿不可吗？"

"最好拿一下。"

她战战兢兢地接过匕首，反感使她的整张脸都变形了。

"这么小的东西——就用这个——"

"跟切黄油似的，"巴特尔兴致勃勃地说，"连小孩都能办到。"

"你是指，你是指——"那双大眼睛惊恐万分地盯着他，"我也可能是凶手？但我没干。噢！不是我！我为什么要杀他？"

"这正是我们想了解的问题，"巴特尔说，"动机是什么？为什么有人想杀夏塔纳？他的举止很夸张，但据我了解，他并不危险。"

她似乎微微倒吸了一口气，胸口忽然一鼓。

"至少他不是敲诈犯之类的，梅瑞迪斯小姐。"巴特尔继续说，"不过反正你也不像藏有很多罪恶隐秘的女孩。"

她第一次微笑了，对他的宽宏和蔼深感欣慰。

"嗯，确实没有。我没有任何秘密。"

"那就不用担心了，梅瑞迪斯小姐。我们可能还会登门向你请教一些问题，不过全是例行公事。"巴特尔站起身，"现在你可以走了。我会让警员帮你叫出租车。你不用躺在床上瞎操心，吃两片阿司匹林吧。"

他送她出去。回来后，瑞斯上校低声调侃："巴特尔，你真是谎话大师！那种慈父的姿态真是无人能比。"

"没必要和她拉锯，瑞斯上校。这个可怜的孩子可能确实吓坏了——如果真是那样，再逼问她就过于残忍了，而我从来不是残忍的人；又或者她的演技太精彩，那即使我们留她到半夜，也不会有任何进展。"

奥利弗太太长叹一声，两手胡乱捋了几下刘海，把它弄得直立起来，整个人看着就像醉汉。"知道吗，"她说，"现在我相信她才是凶手！幸亏这不是小说。读者可不喜欢年轻漂亮的女孩变成凶手。不过我仍然看好她。波洛先生，你觉得呢？"

"我刚刚有了新发现。"

"又是桥牌计分问题？"

"嗯。安妮·梅瑞迪斯把计分纸翻过来，画了线，反面接着用。”

"这说明什么？"

"说明她生活拮据，不然就是天生节俭。"

"她穿的衣服可不便宜。"奥利弗太太说。

"请德斯帕少校进来。"巴特尔警司说。

第七章 第四个凶手？

德斯帕迈着敏捷轻盈的步伐走进房间——令波洛想起某种动物，又像是某个人。

"抱歉让你久等了，德斯帕少校，"巴特尔说，"不过我想安排女士们尽快离开。"

"不用道歉，我理解。"德斯帕坐下来，用探询的目光打量着警司。

"你跟夏塔纳先生熟吗？"巴特尔开口问道。

"见过两次。"德斯帕言简意赅。

"就两次？"

"仅此而已。"

"在什么场合？"

"大约一个月前，我们参加了同一场家宴。一星期后，他又邀请我参加鸡尾酒会。"

"在这里举行的鸡尾酒会？"

"对。"

"具体是在哪儿？这个房间还是客厅？"

"所有的房间。"

"你见过这个东西吗？"

巴特尔再次出示匕首。

德斯帕少校撇了撇嘴。

"不，"他说，"当时我没有特意记下这个东西的位置，以备不时之需。"

"不必过多揣测我的话，德斯帕少校。"

"不好意思，这个推论显而易见。"

片刻冷场后，巴特尔继续发问。

"你有什么讨厌夏塔纳先生的原因吗？"

"数不胜数。"

"呃？"警司有些吃惊。

"我是指讨厌他，而不是杀人动机。"德斯帕说，"我一点都不想杀他，但我巴不得狠狠踹他几脚。很遗憾，现在没机会了。"

"为什么想踹他，德斯帕少校？"

"他这种鼠辈，就是欠踹。见了他，我的脚就忍不住发痒。"

"你对他了解多少——我是指不良品行？"

"他的打扮太讲究，头发太长，身上的味道也难闻。"

"但你却答应来参加他的晚宴。"巴特尔指出。

"巴特尔警司，如果只去我欣赏的主人家，那我赴宴的机会恐怕不多。"德斯帕冷冷答道。

"你喜欢人际交往，却不适应这些社交方式？"

"我对社交的喜好只能持续很短时间。从蛮荒地区回到灯火通明的宅邸，和衣着考究的女人聚一聚，跳跳舞，吃一些美食，谈笑风生——对，我很享受，但只是暂时的。那种虚伪的氛围很快就让我恶心，于是我又想逃离。"

"德斯帕少校，你在蛮荒地区的游历生活一定很危险。"

德斯帕耸耸肩，微微一笑。

"夏塔纳先生的生活并不危险——可他死了，我还活着！"

"他的生活也许比你想象中的危险得多。"巴特尔意味深长地说。

"这是什么意思？"

"夏塔纳先生有点好管闲事。"巴特尔说。

对方倾身向前。"你是指他管别人的闲事，然后发现了——什么？"

"其实我是说，他也许是那种，呃，和女人纠缠不清的类型。"

德斯帕少校靠回椅背上。他似乎被逗笑了，但笑声中又带有几分冷漠。

"我想女人应该不会太在乎这种骗子。"

"在你看来，杀他的凶手是谁，德斯帕少校？"

"噢，不是我，也不会是梅瑞迪斯小姐。我无法想象洛里默太太下得了手，她让我想起我那几位敬仰上帝的姑妈。那就只剩医生了。"

"能否说说今晚你自己和其他人的活动？"

"我站起来两次——一次去拿烟灰缸，还拨了炉火，另一次去拿饮料。"

"具体时间？"

"不好说。第一次大概十点半，第二次十一点，我纯粹瞎猜的。洛里默太太曾经走到炉边一次，跟夏塔纳先生说了几句话。我没听见他回答，但我当时没留意，不敢保证他没开口。梅瑞迪斯小姐在屋里逛了一会儿，但她似乎没接近壁炉。罗伯茨医生总是上蹿下跳的，至少起身三四次。"

"我替波洛先生问问，"巴特尔笑道，"你觉得他们三位牌技如何？"

"梅瑞迪斯小姐打得不错。罗伯茨叫牌叫得太高，挺丢人的。他该输得更惨才对。洛里默太太的牌技棒极了。"

巴特尔转向波洛。

"还有问题吗，波洛先生？"

波洛摇摇头。

德斯帕留了奥尔巴尼街的住址，与他们道过晚安，就离开了。

门刚关上，波洛就动了动。"怎么了？"巴特尔问道。

"没什么，"波洛说，"只是突然觉得他走路像老虎——对，没错，柔软、轻盈，正是老虎一般的步伐。"

"唔！"巴特尔环顾三位同伴，"他们之中，究竟谁是凶手？"

第八章 凶手是哪一个？

巴特尔的目光依次扫过每张脸。只有一个人回答了他的问题。奥利弗太太向来不吝发表观点，立刻就开口了。

"女孩或医生。"她说。

巴特尔用视线征求另两位的意见。但他们都不愿发言。瑞斯摇摇头。波洛则仔细抚平皱巴巴的桥牌计分表。

"他们之中有一个凶手，"巴特尔说，"其中一个撒了弥天大谎。但究竟是哪一个？不好判断，不好判断。"

他又沉默了一两分钟，然后说："总结一下他们的说法：医生认为是德斯帕，德斯帕认为是医生，那个女孩认为是洛里默太太，洛里默太太不肯说！没什么启发。"

"也许没有。"波洛说。

巴特尔立即瞥了他一眼。"你认为有？"

波洛挥挥手。"细微的差别，没什么。"

巴特尔又说："你们两位真是守口如瓶——"

"没有证据。"瑞斯直截了当地说。

"哎，你们这些男人！"奥利弗太太受不了沉闷的局面。

"我们大致审视一下可能性吧，"巴特尔沉吟片刻，"我的头号嫌疑人是医生。以他的特定职业，应该知道从什么位置插进匕首最致命。但也只有这个理由而已。然后是德斯帕。他很有胆量，习惯于当机立断，而且善于冒险。洛里默太太？她的胆量也不小，而且像是那种藏有某种秘密的女人。她似乎遇到过一些麻烦。但从另一方面来说，她又是个很有原则的女人——简直可以当女校的校长。很难想象她会拿刀捅人。事实上，我不认为她会是凶手。最后是年轻的梅瑞迪斯小姐。我们对她一无所知。表面上看来，她是个普通、漂亮，还很害羞的女孩，但谁知道呢？我说了，我们对她一无所知。"

"我们知道夏塔纳先生认定她杀过人。"波洛说。

"天使的面孔下，隐藏着魔鬼的本性。"奥利弗太太沉吟道。

"这能说明什么问题呢，巴特尔？"瑞斯上校问。

"你觉得推测没有益处吗？哎，这种案子不推测可不行。"

"直接追查这些人的底细岂不更好？"

巴特尔笑了笑。"噢，我们会尽力调查。你也可以帮我们一把。"

"没问题。怎么查？"

"关于德斯帕少校，他经常出国——南美、东非、南非。你有办法打探那些地方的消息，可以调查他的资料。"

瑞斯点点头。"可以安排。我会搜集能搜集到的所有信息。"

"噢,"奥利弗太太喊道,"我有个计划。我们一共四个人——不妨说是四个侦探。他们也是四个人!一对一认领怎么样?瑞斯上校查德斯帕少校,巴特尔警司查罗伯茨医生。我去查安妮·梅瑞迪斯,波洛查洛里默太太。各显神通!"

巴特尔警司断然摇头。

"不行,奥利弗太太。你知道,这是公事,负责案子的是我。所有线索我都得跟进。再说一对一也没那么容易安排。也许我们之中有两个人瞄准同一个目标呢!瑞斯上校可没说他怀疑德斯帕少校,波洛先生也未必会把赌注压在洛里默太太那里。"

奥利弗太太叹着气。

"多好的计划啊,"她遗憾地连声叹息,"那么完美。"接着她又振作起来,"但你总不反对我自己做点小调查吧?"

"不会,"巴特尔警司慢条斯理地回答,"我不反对。事实上,我也无权反对。既然你参加了今晚的宴会,自然可以采取任何满足你好奇心或是兴趣的行动。不过,奥利弗太太,我要提醒你,最好小心一点。"

"绝对保密,"奥利弗太太说,"我不会走漏半点风声——"她这话似乎说得底气不足。

"我想巴特尔警司不是这个意思，"赫尔克里·波洛说，"他是指，根据我们的推断，你的对手可能杀过两次人，如果他觉得有必要，会毫不犹豫地杀第三次。"

奥利弗太太若有所思地看看他，笑了——愉悦而动人的笑容，像个冒失的小孩。

"你已经得到了警告。"她转述了这句名言，"谢谢，波洛先生，我会处处留神的，但我绝不退出。"

波洛优雅地微鞠一躬。"容我评论一句——夫人，你真是闲不住。"

奥利弗太太坐得笔直，以参加商务会议的语气说："我提议，我们搜集到的所有情报都应该共享——也就是说，有了线索不能自己保密。当然，各种推论和印象可以藏在心里。"

巴特尔警司叹了口气。"这不是侦探小说，奥利弗太太。"

瑞斯也说："所有情报自然都得交给警方。"

"义正词严"地说完这句话之后，他又眨眨眼睛。"我相信你一定会遵守游戏规则，奥利弗太太。染血的手套、漱口杯上的指纹、烧焦的碎纸片……你都会交给巴特尔。"

"你尽管嘲笑吧，"奥利弗太太说，"但女性的直觉——"她坚定地点点头。

瑞斯站起身。

"我会帮你调查德斯帕。可能要花点时间。还有什么可以效劳的？"

"应该没有了，谢谢你。有什么建议吗？我调查时会有所侧重。"

"嗯。唔……我会重点关注枪击、毒杀或意外事故，但想必你本来也会朝这些方向发掘。"

"我记下了——好的，先生。"

"很好，巴特尔。办案这方面就不用我来教你了。晚安，奥利弗太太。晚安，波洛先生。"瑞斯上校最后一次向巴特尔点头致意，走出房间。

"他是谁？"奥利弗太太问道。

"他在军队有辉煌的纪录，"巴特尔说，"也经常游历各国，世界上没几个地方是他不知道的。"

"我猜他是特工，"奥利弗太太说，"要不今晚怎么会邀请他呢。你不方便明说，我懂。四个凶手对四个侦探——苏格兰场、特工、私家侦探、侦探小说家。绝妙的安排。"

波洛摇摇头。

"你错了，夫人。这个主意极其愚蠢。老虎受惊了——突然扑了过去。"

"老虎？为什么说老虎？"

"我是用老虎来比喻凶手。"波洛答道。

巴特尔直入主题："你觉得我们该采取什么策略，波洛先生？这是个大问题。我还想知道你会怎样从心理角度

59

看待这四个人。你特别热衷于这一套。"

波洛一边继续抚平桥牌计分纸，一边说："你说得对，心理状态非常重要。我们已经知道凶手犯的是什么类型的谋杀案，以及具体的谋杀方式。如果从心理角度可以判断某人不可能犯下这一类谋杀案，我们就可以将他排除出嫌疑名单。我们对这些人已略有了解，有了初步印象，也知道应该分别从什么角度追查他们；根据他们打牌的战术、计分方式和笔迹，对他们的思想和性格也有了一定的了解。可惜，要直接得出肯定的结论，没那么容易。这起谋杀需要胆量和勇气，凶手是一个勇于冒险的人。

"那么，首先是罗伯茨医生——喜欢虚张声势，叫牌叫得过高，冒险时完全相信自己的能力。他的心态与这起案件非常合拍。你也许会说，这么一来梅瑞迪斯小姐的嫌疑就自动消除了。她十分胆怯，害怕过高的叫牌，小心、节俭、谨慎、缺乏自信——最不可能鲁莽地采取这种风险极大的突然袭击方式。但胆怯的人也会因恐惧而杀人。极度恐慌和紧张的人一旦陷入绝望，会像被逼入死角的老鼠，可能会拼死反击。如果梅瑞迪斯小姐以前犯过罪，而且又相信夏塔纳先生掌握了内情、准备将她交由法律制裁，她一定会恐惧得发疯，进而不择手段以求自保。结果相同，只是心理反应的过程不同而已——不是冷静、大胆，而是绝望得发狂。

"然后是德斯帕少校——淡定、足智多谋的人，只要他认为有必要，就会不惜冒险。他会权衡利弊，最终确定是否值得一搏——他是积极的行动派，只要他确信有一定的胜算，便不会在风险面前退缩。最后是洛里默太太，上了年纪的老太太，才智和能力却很出众。她性格冷静，精于算计，说不定她的脑筋在四个人中最出色。我想，如果洛里默太太是凶手，一定早有预谋。我能想象她有条不紊、百般谨慎地策划一起谋杀，以确保整个计划万无一失。鉴于这一理由，我感觉她的嫌疑比其他三人稍低。不过，她的性格很强势，无论做什么都能做到完美无缺。她是个效率极高的女人。"他停住了。

"结果又绕回来了。不，查这个案子只有一个办法：追查他们的过去。"

巴特尔叹了口气，嘀咕着："你说过了。"

"在夏塔纳先生看来，这四个人全都是凶手。他有证据吗？还是猜测而已？无法判断。我想他不太可能掌握多达四起谋杀案的确切证据——"

"我同意，"巴特尔点点头，"否则也未免太巧了。"

"我想应该是这么回事——偶然谈到谋杀或某一特定类型的谋杀时，夏塔纳先生正好捕捉到某人的表情。他非常敏锐，对表情十分敏感。他以试验为乐，通过漫无目标的谈话辗转刺探，时刻盯紧对方是否退缩、有无保留、是否急于转移话题。噢，这很简单。如果你格外怀疑某个秘密，要确证你的疑虑就再容易不过了。如果你刻意留心，每次偶然命中目标的只言片语都不会逃过你的眼睛。"

"我们这位已故的朋友一定很享受这种游戏。"

"那不妨假设有一两件案子就是这样发现的。也许他偶然接触到了另一件案子的确凿证据，便穷根究底。我怀疑他对某一起案件的了解是否充分到了——比如，足以呈送给警方正式立案的程度。"

"也不一定，"巴特尔说，"往往有些疑点，虽然我们怀疑其中有问题，却永远无法证明。无论如何，我们的行动方案很清楚了。先调查这些人的全部背景——重点关注任何不寻常的死亡事件。你们应该跟上校一样，注意到夏塔纳在晚宴上说的话了。"

"黑天使。"奥利弗太太喃喃自语。

"有几句话提到了毒药，意外事故，医生的良机和枪支走火。如果是这几句话给他签下了死刑执行令，我可一点儿也不意外。"

"那番话让人很不舒服。"奥利弗太太说。

"的确，"波洛说，"那些话至少戳中了某个人的要害，那个人大概以为夏塔纳掌握的内幕远比实际上来得多；那个人以为这是通往大结局的序幕，夏塔纳安排的晚宴正是一出好戏，以逮捕凶手为最高潮！不错，如你所说，他用那些话做鱼饵逗引客人们的同时，也签署了自己的死刑执行令。"

众人陷入沉默。

"战线会拉得很长，"巴特尔叹道，"我们不可能一下就查出所有资料，而且还得万分小心，不能让这四人中的任何一位怀疑我们的目的。所有的问题表面上必须围绕这起案件本身。绝不能被他们察觉我们已摸到凶手的动机。最麻烦的是，我们要查的陈年谋杀案不止一件，而是四件。"

波洛提出异议。

"我们的朋友夏塔纳先生未必绝对可靠，"他说，"他可能，只是可能，弄错了。"

"四件都弄错？"

"不，他还不至于笨到那种程度。"

"错一半对一半？"

"也不至于。在我看来，也许错了四分之一。"

"一个清白，另外三个有罪？那也够糟糕的了。最惨的是，即便我们查出真相，可能也于事无补。就算某人多年前把他或她的老姑婆推下楼梯，对眼下这件案子，也不能说明什么问题。"

"可以，可以，都有用，"波洛鼓励他，"你理解的，我想到的你应该也想到了。"

巴特尔缓缓点头。

"我懂你的意思，"他说，"同样的犯罪特征。"

"你是指从前那起事件的死者也是被匕首捅死的？"奥利弗太太问。

"不一定这么简单，奥利弗太太。"巴特尔转向她，"但我相信两次犯罪基本属于同一类型。细节也许有差异，但其中蕴含的基本要素一致。说来也怪，凶手居然每次都在同样的地方出现纰漏。"

"人是一种缺乏创意的动物。"赫尔克里·波洛说。

"女人的变化却无穷无尽。"奥利弗太太说，"我绝不会用同一手法杀两次人。"

"难道你的小说里没有两次用过同样的布局？"巴特尔问道。

"《莲花谋杀案》，"波洛低声说，"《蜡烛的线索》。"

奥利弗太太转向他，感激得两眼放光。"你真聪明，太聪明了。那两本书当然用了相同的布局，但别人都看不出来。一本写的是内阁成员周末聚会时文件失窃，另一本则是婆罗洲一个橡胶农场主家发生的命案。"

"但布局的核心元素都一样，"波洛说，"是你笔下最干净利落的诡计之一。农场主设计了他自己的命案，内阁成员则导演了自己的文件失窃案，结果最后关头都因为第三者插手而弄假成真。"

"我喜欢你的最新作品，奥利弗太太，"巴特尔警司也称赞道，"几位警察局局长纷纷中枪的离奇巧合。你描写官方的情节时只有一两处细节失误。我知道你一贯追求精确，所以不知是否——"

奥利弗太太打断了他。

"其实我才不在乎精确问题。谁能一丝不苟？这年头没人办得到。如果一名记者这么写：一个二十二岁的漂亮女孩眺望大海、吻别心爱的拉布拉多犬'鲍勃'，然后打开煤气自杀，谁会没事找事去挑刺说那女孩其实是二十六岁，房间面朝内陆，那只狗是锡利哈姆梗，名叫'邦尼'？如果连记者都能随便写写，那我混淆了警衔，想写自动手枪却写成左轮手枪，想写留声机却写成窃听器，还用了让被害人服下后只来得及说半句话就咽气的毒药，又有什么关系？

　　"最重要的是大量的尸体！如果内容比较沉闷，多来点鲜血就生动了。某人刚要透露某些信息，却被灭口！这一招屡试不爽。我的每部作品都有——当然，加了各种各样的包装。读者喜欢来历不明的毒药；喜欢看笨蛋警察和少女被绑在地下室，同时，下水道的瓦斯或者污水即将猛灌进来，诸如此类麻烦透顶的杀人方式；喜欢能单枪匹马对付三到七个恶棍的大英雄。我已经写了三十二本书——波洛先生似乎注意到了，模式其实都差不多——但别人都没发觉。只有一个遗憾：我把侦探写成了芬兰人。其实我根本不了解芬兰人。芬兰读者常给我来信，指出侦探的某些言行太不可思议。芬兰人似乎特别喜欢侦探小说，可能是冬季太漫长，日照太少的缘故。保加利亚人和罗马尼亚人好像根本不看。早知道我就把他写成保加利亚人了。"

　　她突然停住。

"真对不起，我废话太多了。眼下是真正的谋杀啊！"她兴奋得满脸放光，"如果他们四个人都没杀他，那该有多精彩。如果他邀请这么多人，然后悄悄自杀，通过制造混乱来取乐……"

波洛赞许地点点头。"值得敬佩的结局，如此干脆，如此讽刺。但很可惜，夏塔纳先生不是那种人，他非常爱惜生命。"

"我看他不是好人。"奥利弗太太缓缓答道。

"他确实不是好人，"波洛说，"但他本来活着，现在死了。正如我告诉过他的那样，对于谋杀，我秉持中产阶级的传统道德观。我反对谋杀。"

他又轻轻加上一句："所以，我准备深入虎穴。"

第九章 罗伯茨医生

"早上好，巴特尔警司。"

罗伯茨医生从椅子上站起来，伸出带有消毒肥皂水气味的粉红色的大手。

"进展如何？"他问。

巴特尔警司环视舒适的诊疗室，然后回答："哎，罗伯茨医生，严格说来，完全没有进展。案情停滞不前。"

"报上披露的信息不多，我很高兴。"

"'知名人士夏塔纳先生在自家晚宴上突然死亡'，暂时只到这个程度。验尸已经结束了。我带来一份报告，你也许有兴趣。"

"非常感谢，我看看。嗯——第三颈椎骨，如此等等。对，很有趣。"

他把报告还给巴特尔。

"我们咨询过夏塔纳先生的律师，得知了他的遗嘱内容。没什么特别的，他似乎有亲戚在叙利亚。当然，我们也查了他所有的私人文件。"

是幻觉吗？还是眼前这张刮得干干净净的宽脸有些紧绷，表情略显僵硬？

"结果呢？"罗伯茨医生问道。

"一无所获。"巴特尔警司审视着他。

对方没有直接长出一口气——没那么露骨。不过医生坐在椅子上的身体似乎稍微放松和舒坦了一些。

"所以你来找我？"

"对，所以我来找你。"

医生的眉毛微微一挑，精明的目光直视巴特尔的双眼。

"想查我的私人文件——呃？"

"有这个打算。"

"拿到搜查令了？"

"还没。"

"哎，反正你很容易就能搞来一张，我就不为难你了。惹上谋杀的嫌疑可不是好事，但既然你是职责所在，我也不怪你。"

"谢谢，先生。"巴特尔警司发自肺腑地说，"我非常欣赏你的态度，真的。但愿其他的人也同样配合。"

"治不好的问题就只好忍着。"医生不失幽默。

他又说："今天的病人都接待完了，我正准备出去探望病人。我把钥匙留给你，跟秘书打个招呼，所有资料你尽管翻查。"

"太好了，这就方便多了。"巴特尔说，"你走之前，我还有几个问题。"

"那天晚上的事？真的，我知道的都说了。"

"不，不谈那天晚上。谈谈你自己。"

"啊，老兄，那就问吧。你想知道什么？"

"请简要回顾你的职业生涯，罗伯茨医生，还有家庭出身、婚姻状况，等等。"

"我就当是为登上《当代名人录》热身吧。"医生故作严肃，"我的履历很简单。来自施洛普郡，出生在卢德罗，父亲是当地的医生，在我十五岁那年去世了。我在施鲁伯里上学，继承父业当了医生，奉圣克里斯托弗为守护神——不过这方面的细节你应该都调查过了。"

"查过。你是独生子，还是有其他兄弟姐妹？"

"独生子。父母亲都去世了，我目前单身。需要介绍这方面情况吗？我来这里和埃默里医生合伙开诊所，他大约十五年前退休，现在定居爱尔兰。如果你要他的地址，我可以给你。我这里还有一个厨师，一个客厅女仆和一个女佣。秘书只有白天来上班。我的收入不错，经我治疗后不幸死亡的病人数目也在合理范围内。怎么样？"

巴特尔露齿一笑："这话真是意味深长，罗伯茨医生。你很有幽默感，这是好事。现在我再问一个问题。"

"在私生活方面，我的道德标准很严格，警司。"

"噢，我不是指这个。不不，只是想请你列出四位朋友的名字——那种私交多年的好朋友，作为参考。你明白我的意思吧？”

“嗯，我懂了。让我想想。在伦敦的人是不是好一点？”

“这样比较方便，不过也无所谓。”

医生想了一两分钟，用自来水笔在一张纸上潦草地写下四个名字和相对应的地址，推给书桌对面的巴特尔。

“这些可以吗？一时只想起这几个合适的人。”

巴特尔仔细看了一遍，点头表示满意，将纸张收进内侧衣袋。

“只是为了排除嫌疑而已。越早排除一个人，就能越快接着查下一个，对涉案人士也比较有利。我必须百分之百确认你和死者夏塔纳没有过节，也没有私交或生意往来；确认不存在他得罪过你，你怀恨在心的情况。你说和他只是点头之交，这我相信；但我信不信不重要，重要的是必须取得实证。”

“噢，我完全理解。没证明我说的是实话之前，必须先假设我撒了谎。警司，这是我的钥匙。这是书桌抽屉，这是柜子的——用这把小钥匙开的柜子里放的东西有毒，检查完务必锁好。我还是跟秘书交代一下吧。”他摁了桌上的按钮。

门立即开了，一个外表十分干练的年轻女子走进来。“有事吗，医生？”

“这位是伯吉斯小姐，这是苏格兰场的巴特尔警司。”

伯吉斯小姐冷冷瞟了巴特尔一眼，仿佛在说："天哪，这是什么怪物？"

"伯吉斯小姐，请尽量解答巴特尔警司的问题，按他的要求予以配合。"

"医生，既然你这么说，没问题。"

"那好，"罗伯茨站起身，"我要走了。吗啡放进我的公文包了吗？叫洛克哈特的那个病人需要——"

他边说边匆忙走出去，伯吉斯小姐紧跟在后。过了一两分钟，她回来说："巴特尔警司，需要我效劳的时候请按铃好吗？"

巴特尔警司道谢并答应了，然后开始办事。

他搜得很详细，很有条理，虽然他并不指望有什么重大发现。罗伯茨非常配合，实际上就排除了这种机会。罗伯茨不傻，他知道警方迟早要上门搜查，肯定早有防备。不过，罗伯茨并不知道巴特尔此来的真实目的，所以他仍有一丝希望找到线索。

巴特尔警司把抽屉开了又关，翻查文件夹、支票簿，估算了还没付款的账单——记下这些账单的支出用途，仔细检查罗伯茨的存折，翻阅他的诊疗档案，几乎没落下任何一份书面文件，但基本没有收获。他又查看了毒药柜，记下医生从什么地方批发药品，以及大致的往来账目，重新锁好药柜，转而检查橱柜。橱柜里大都是私人物品，但依然找不到他想要的东西。他摇摇头，坐进医生的椅子里，按下电铃。

伯吉斯小姐立即出现。

巴特尔警司客气地请她坐下，打量了她一会儿，才决定要用什么办法对付她。他立刻感受到了她的敌意，但还拿不准是该刻意强化这种敌意、以便激得她在盛怒之下疏于防备，还是采用比较柔和的态度迂回试探更好。

"伯吉斯小姐，你应该知道我今天来的理由。"最后他说。

"罗伯茨医生说过了。"伯吉斯小姐马上答道。

"目前的形势很微妙。"巴特尔警司说。

"是吗？"伯吉斯小姐应道。

"哎，棘手的案子。四个人都有嫌疑，其中一定有一个凶手。请问你是否见过这位夏塔纳先生？"

"从没见过。"

"有没有听罗伯茨医生谈起过他？"

"没有——不，我记错了，大约一星期前，罗伯茨医生叫我记录一次晚宴的具体时间。夏塔纳先生，十八号八点十五分。"

"那是你第一次听说夏塔纳先生的名字？"

"对。"

"没在报上看过他的名字？社交界的新闻里常有他。"

"我有正经事可做，才不去看什么高等社交新闻呢。"

"我还以为你看过。"警司温和地说，接着他又说，"是这样，四个人当然都只肯承认和夏塔纳先生不怎么熟，但其中一个人肯定和他交情不浅，才会到了要杀他的地步。我的任务就是查出究竟是哪一个人。"

于事无补的冷场。伯吉斯小姐对巴特尔警司的工作似乎毫无兴趣。她的职责是服从老板的指令，坐在这里听巴特尔警司说话，并答复他直接提出的问题。

"伯吉斯小姐，"虽然屡屡碰壁，警司仍锲而不舍，"你可能不太了解我们的难处。比如说，别人难免有些流言蜚语，虽然我们可能一句都不相信，但又不能不予以重视。尤其是这类案件。我不想对女人说三道四，但女人一激动起来，真的口无遮拦，管不住嘴，无凭无据就随口议论别人，暗示这个那个，还爱挖掘多年以前的种种与案件无关的是非。"

"你是说有人讲医生的坏话？"伯吉斯小姐追问。

"其实也没什么，"巴特尔小心地周旋，"不过嘛，我总得留意一下。什么病人死得很可疑之类的，也许都是无中生有。为这种事给医生添麻烦，真不好意思。"

"估计又有人拿葛雷弗斯太太那件事做文章。"伯吉斯小姐气冲冲地说，"真是人言可畏，不了解的事也敢胡乱议论。很多老太太都疑神疑鬼，以为所有人都想毒死她们——亲戚、用人，甚至她们的医生。葛雷弗斯太太来找罗伯茨医生之前已经换过三个医生，后来又用同样的理由无端猜疑他，转去请了李医生。罗伯茨医生还求之不得呢，他说这种事只能这么办。李医生之后，她又换了斯蒂勒医生、法默医生——直到她去世，可怜的老家伙。"

"你绝对想不到再小的细枝末节也能引来满城风雨。"巴特尔说，"在病人死后，如果医生得了点好处，就会被人议论得非常不堪。可是病人为了答谢医生，留给他一点小东西，甚至一大笔钱，又有什么不妥？"

"还不是那些亲戚嘛，"伯吉斯小姐说，"我总认为死亡最能引出人性卑鄙的一面。死者尸骨未寒，亲戚们就为分家产大闹起来。幸好罗伯茨医生没遇到这种麻烦。他总说最好病人什么也别留给他。记得他得到过一笔五十镑的遗赠，还有两根手杖、一只金表，没别的了。"

"专业人士的日子不好过，"巴特尔叹道，"特别容易被敲诈。即便你再清白，有时也难免被人说闲话。医生尤其需要避嫌，这就需要随时留心，反应要快。"

"有道理，"伯吉斯小姐说，"对医生来说，最难应付的就是歇斯底里的女人。"

"歇斯底里的女人，没错。我个人感觉问题就出在这里。"

"我猜你是指可怕的克拉多克太太吧？"

巴特尔装出冥思苦想的样子。

"我想想，三年前？不，不止。"

"有四五年了。那个疯女人！她出国的时候我简直高兴极了，罗伯茨医生也是。她对她丈夫撒了那么可怕的谎。当然，这种人总是如此。那个可怜的人完全变样了，落得一身病。哎，最后他患炭疽热死了，是刮胡子的时候感染的。"

"这我倒忘了。"巴特尔故意装傻。

"后来她出国了，也没活多久。不过我始终觉得这个女人很贱，特别爱缠着男人，你懂的。"

"我知道那种人，"巴特尔说，"非常危险。当医生的最好离她们远一点。她死在国外什么地方来着？我印象中——"

"我想是埃及吧。她患了败血病——当地的一种传染病。"

"还有一类情况，也让医生的处境很为难，"巴特尔突然转移话题，"如果他怀疑某个病人被亲戚毒死，他怎么办？他必须有十足把握，否则就闭嘴。但一旦后来传出流言，医生自己也撇不清。不知罗伯茨医生是否遇到过这种事？"

"应该没有，"伯吉斯小姐沉思着，"从没听说过。"

"从统计学角度，研究某个医生执业期间平 死了多少病人，也挺有意思的。比如说吧， 罗伯茨医生一起工作了——"

"七年。"

"七年。那这期间死过多少

"这可不好说。"伯吉斯 始心算，这时她的敌意已经消失了，戒心全无，"每年也就七八个吧，当然我记得不太确切，总共应该不超过三十个。"

"看来罗伯茨医生的医术比大多数同行来得高明。"巴特尔和蔼地说，"估计他的病人大都来自上流社会，有钱保养身体。"

"他是口碑很好的医生，诊断精确。"

巴特尔叹着气站起来。"我跑题跑得有点远了，本来是想查查医生和夏塔纳先生的关系。你确定他不是罗伯茨医生的病人？"

"完全确定。"

"没准他是用另一个名字来看病？"巴特尔递给她一张照片，"认识吗？"

"这人看着太像演员了！不，我从没在这里见过他。"

"好吧，那就这样。"巴特尔再次叹息，"算我欠医生一个人情，真的，各方面都这么配合。代我转达这句话，好不好？告诉他我去查二号嫌疑人了。再见，伯吉斯小姐，感谢你的协助。"

他与伯吉斯小姐握手道别，边走上大街边掏出小本子，在字母"R"字底下记了几行字。

葛雷弗斯太太？不可能。

克拉多克太太？

没有遗产。

没结婚（可惜）。

调查病人的死因。有难度。

他合上小本子，转入"伦敦和威塞克斯银行兰开斯特门分行"。他出示了正式名片，得以与银行经理密谈。

"早上好，先生。据我所知，杰弗瑞·罗伯茨是贵行的客户。"

"是的，警司。"

"我想查查他这些年的账户记录。"

"我安排一下。"

忙了半小时，最后巴特尔叹了口气，收起一张用铅笔抄写的数字表格。

"找到你需要的资料了吗？"银行经理好奇地问。

"不，没有。参考价值不大。但还是谢谢你。"

同一时间，罗伯茨医生正在诊疗室边洗手边扭头问伯吉斯小姐："我们这位木头侦探怎么样，嗯？是不是把这里翻了个遍，没完没了地盘问你？"

"告诉你吧，他没从我这儿套出什么话。"伯吉斯小姐紧抿着嘴。

"好姑娘，其实没必要少说，我不是让你把他想知道的事全部告诉他吗？对了，他都问了些什么？"

"噢，他一直唠叨说你认识那个夏塔纳先生，还暗示他可能用假名字来这里看病。他拿了张照片给我看。那人也太像演员了吧！"

"夏塔纳？噢，是啊，长得就像现代的恶魔，挺能吓唬人的。巴特尔还问了什么？"

"其实也没什么。除了——哦，对了，有人跟他提过葛雷弗斯太太的疯话，你也知道她那一套。"

"葛雷弗斯？葛雷弗斯？噢，对，葛雷弗斯老太太！太可笑了！"医生乐不可支，开怀大笑，"实在太可笑了。"

他心情大好，进里屋去吃午餐。

第十章　罗伯茨医生（续）

　　巴特尔警司和赫尔克里·波洛共进午餐。巴特尔情绪低落，波洛深表同情。

　　"看来你今早不太顺利。"波洛沉思着。巴特尔连连摇头。

　　"只会越来越棘手，波洛先生。"

　　"你对他有什么看法？"

　　"医生？噢，坦白说，我觉得夏塔纳是对的，他杀过人。他让我想起韦斯塔韦的案子，还有诺福克那个律师。同样热心、殷勤、自信满满，人缘也一样好。他们都是聪明的魔鬼，罗伯茨也不例外。但罗伯茨不一定会杀夏塔纳，其实我不倾向于认为他是这次的凶手。他一定很清楚其中的风险，比外行更清楚——夏塔纳很可能惊醒并叫出声来。不，我看罗伯茨没杀他。"

　　"但你认为他杀过人？"

　　"可能还杀过不少人呢，就像韦斯塔韦。可是这很难追查。我查过他的银行账户，没什么可疑之处，没有突然增加的大笔存款。总之，近七年来他没收取过患者的遗赠，这样就排除了直接谋财害命的可能性。他没结过婚，真可惜，医生杀妻算得上最典型的案例。他很有钱，因为他的患者大都是富人，生活优裕。"

"事实上他的人生似乎毫无弱点，也许这就是事实吧。"

"也许吧，但我宁愿做最坏的打算。"他又说，"有些传闻似乎和一个女人有关，是他的一个病人，姓克拉多克。应该值得一查，我马上安排。那个女人在埃及死于当地的传染病，所以应该和罗伯茨没什么关系，但至少可以从侧面看清他的人品和道德标准。"

"这个女人有没有丈夫？"

"有。丈夫死于炭疽热。"

"炭疽热？"

"嗯，市面上有很多廉价的刮胡刀，有些感染了细菌。曾经出过一起很大的丑闻。"

"很利索的方法。"波洛暗示。

"我也这么想。如果她丈夫威胁要捅破他们之间的丑闻的话——但这都只是猜测，毫无证据支撑。"

"朋友，别泄气，我知道你特别耐得住性子。说不定最后你挖出的证据跟蜈蚣的腿一样多。"

"一想到要同时用那么多条腿走路，我就会摔进阴沟里。"巴特尔笑道，然后好奇地问，"你呢，波洛先生？也来凑凑热闹？"

"我大概也会去拜访罗伯茨医生。"

"一天之内我们先后拜访，肯定会吓死他。"

"噢，我会非常小心，绕开他的过去。"

"真想知道你的策略，"巴特尔好奇地说，"可如果你想保密，就别说好了。"

"不，不，没关系。我想找他聊聊桥牌，仅此而已。"

"又是桥牌。波洛先生，你特别热衷于这个话题？"

"我觉得很有用。"

"好吧，大家各有所好。这种新奇的方法不是我的风格。"

"那你的风格是什么，警司？"

见波洛眨了眨眼，警司也连连眨眼。

"老老实实、勤勤恳恳、认认真真的警察，用最吃力不讨好的方式办案，这就是我的风格。不装腔作势，不异想天开，不懈努力，付出汗水，既固执又有点傻，这就是我的态度。"

波洛举起酒杯。"为我们各自擅长的方法干杯，愿我们的共同努力能换来硕果。"

"估计瑞斯上校能查到德斯帕的一些背景，"巴特尔说，"他的情报来源很广。"

"奥利弗太太呢？"

"那就得看运气了。我对那个女人挺有好感的。虽然废话不少，人却不错。男人查不到的东西，让女人去查往往能奏效。或许她也能挖出有价值的信息。"

两人道别后，巴特尔回苏格兰场去安排追查几条线索，波洛则赶赴葛洛切斯特街两百号。

罗伯茨医生一见这位客人，眉毛顿时夸张地扬起来。"一天来两位侦探？那估计今晚我就得戴手铐了。"

波洛笑了笑。"罗伯茨医生，我可以保证，我对你们四位的关注程度是均等的。"

"那倒还值得庆幸。来根烟？"

"不客气，我喜欢抽自己的。"

波洛点了一根俄国香烟。

"那么，我能帮什么忙？"罗伯茨问。

波洛默默抽了一两分钟烟，然后说："医生，你是否善于观察人性？"

"不知道，应该还行吧，医生的职业本能。"

"我猜也是。我这么想：'医生始终在研究病人——他们的表情、气色、呼吸的快慢、情绪不稳的征兆；医生几乎是下意识地留意这些，自己都未必察觉得到！罗伯茨医生一定能帮我大忙。'"

"乐意效劳。是什么问题？"

波洛从一个精致小巧的衣袋里抽出三张仔细折好的桥牌计分纸。

"这是那天晚上前三轮的分数，"他解释，"这是第一张，梅瑞迪斯小姐记的。你照着这张纸回忆一下，能不能准确说出每一局的叫牌和牌局进程？"

罗伯茨愕然。"你开玩笑吧，波洛先生，我怎么可能记得住？"

"想不起来？试试吧，都指望你了。比如第一轮，第一局的将牌应该是红心或黑桃，不然某一方肯定要输五十分。"

"我看看——这是第一局。对，我记得将牌是黑桃。"

"下一局呢？"

"某一方输了五十分——但我想不起是什么牌了。说真的，波洛先生，你不能指望我有那么好的记性啊。"

"所有的叫牌和手牌都不记得了？"

"我得过一次大满贯——我记得，而且是加倍的。还有一次输了很多，叫了3无将，结果输惨了。不过那是在后面几轮。"

"那次的搭档是谁？"

"洛里默太太。印象中她当时脸色不太好看，可能是不希望我叫得太高。"

"其他的牌局都没印象了？"

罗伯茨大笑。

"亲爱的波洛先生，你真以为我都记得住吗？首先，当时发生了谋杀案，再精彩的牌局也从脑子里溜走了，而且后来我至少又打过十二轮牌。"

波洛看上去相当气馁。

"对不起。"罗伯茨说。

"也不要紧，"波洛慢吞吞地说，"本来还指望你至少能记得一两局的内容，说不定可以借此回忆起别的事。"

"什么别的事？"

"比如说，你可能注意到搭档把很简单的一手无将牌打得一团糟，或者对手某张明显可打的牌没打出来，让你捡个便宜、白赢了两局，诸如此类。"

罗伯茨医生突然严肃起来。他在椅子里上身前倾。"啊，我看出你的用意了。抱歉，一开始我以为你纯属胡扯来着。你是说谋杀——凶手得手之后打牌时的表现会有明显变化？"

波洛点点头。"你抓住重点了。如果你们四位都熟悉对方的打牌风格，那么这种线索就非常有价值。某人的表现突然改变，技巧全无，错失机会——牌友一定会即刻发觉。不巧，你们彼此都很陌生，牌路的变化就不那么显著了。不过医生，请你好好想想，记不记得有什么异常情况？有人突然出现莫名其妙的失误吗？"

罗伯茨医生沉默了一会儿，还是摇摇头。"没用，我爱莫能助，"他坦言，"实在想不起来。我能说的上次都说了。洛里默太太的牌技一流。我没发现她有什么失误，从头到尾都发挥完美。德斯帕也打得很不错，风格很稳健，叫牌恪守常规，从不超越常理冒大风险。梅瑞迪斯小姐——"他犹豫了。

"嗯？梅瑞迪斯小姐怎样？"波洛催促。

"我记得她有过一两次失误，在那天晚上的最后几局。不过也许是因为她累了，经验也不足。她的手还发抖——"他停住了。

"她的手什么时候发抖？"

"什么时候？我忘了，我想她只是紧张而已。波洛先生，你害得我开始胡乱猜测了。"

"真对不起。还有一件事要麻烦你。"

"是什么？"

波洛慢吞吞地说："很难表达。是这样，我不想问你倾向性过于明显的问题。如果我问你是否注意到这个那个——唔，就等于给了你先入为主的印象，你的答案就没那么有价值了。换一种方式吧。罗伯茨医生，请你描述一下打牌那个房间的装饰和摆设。"

罗伯茨医生一脸震惊。

"那个房间里的东西？"

"麻烦你了。"

"朋友，我都不知道要从何说起。"

"随便开个头吧。"

"啊，有很多家具——"

"不，不，不，具体一点，拜托了。"

罗伯茨医生叹了口气，拿出拍卖会主持人的滑稽口吻。

"一张盖着象牙色锦缎的长沙发，一张盖着绿锦缎的同款沙发。四五张大椅子。八九张波斯地毯。一套十二张镀金小皇帝椅。威廉和玛丽牌的橱柜。我简直成了拍卖行的职员。非常美的中国橱柜。大钢琴。还有其他家具，但我没特别留意。六张水准一流的日本版画。两幅镶在镜框里的中国画。五六个非常漂亮的鼻烟壶。几个日本象牙坠子单独放在一张桌子上。几件旧银器——估计是查理一世时代的杯子。一两件巴特尔西亚珐琅器——"

"精彩，精彩！"波洛连声喝彩。

"一对英国的古董陶土小鸟，好像还有一座拉尔夫·伍德的雕像。几件东方的宝贝——精美的银器，一些珠宝首饰，这方面我不太了解。记得还有几只切尔西小鸟。噢，还有几个装在盒子里的微缩模型，特别精致。不只这些，但其他的我想不起来了。"

"太棒了，"波洛赞不绝口，"你的观察力真不一般。"

医生好奇地问："其中有你惦记的东西吗？"

"最有趣之处就在这里，"波洛说，"你如果提到我惦记的东西，那我会吓一大跳。不出所料，你没提到。"

"为什么？"

波洛眨眨眼。"也许，也许因为那个东西本来就不在那儿。"

罗伯茨两眼发直。"这让我产生了一些联想。"

"想到了歇洛克·福尔摩斯？那桩和夜间犬吠有关的奇案吧。夜里狗没有叫，这就是疑点！啊，怎么说呢，我一向不屑于抄袭别人的手法。"

"知道吗，波洛先生，你弄得我一头雾水。"

"那太好了。不瞒你说，我的小把戏就得这样才能出效果。"

罗伯茨医生依旧茫然，波洛却笑着起身。"至少记住这点：你刚才说的这些对我拜访下一个人很有帮助。"

医生也站起来。"我看不出帮了什么，但我相信你。"

他们握了手。

波洛走下医生家的台阶，拦了一辆过路的出租车。

"切尔西，奇尼小区一百一十一号。"他对司机说。

第十一章 洛里默太太

奇尼小区一百一十一号是一座整洁素雅的小房子，坐落在一条安静的小街上；漆黑的门，雪白的台阶，黄铜门环和门把在午后的阳光下闪闪发光。

一位头戴洁白小帽、身穿围裙的中年客厅女仆来开门。波洛询问后，她回答说女主人在家，并领他走上逼仄的楼梯。

"请问先生怎么称呼？"

"赫尔克里·波洛先生。"

他被带进一间普通的"L"形客厅。波洛环顾四周，留心细节。家具质地精良，擦得锃亮，是传统家居风格。椅子和长沙发上套着亮丽的印花布罩。还有几个老式的银相框。客厅十分宽敞，光线充足，高高的陶罐里种着美丽的菊花。

洛里默太太前来招呼他，和他握了手，并未流露出惊讶的神色，请他坐下，自己也坐进一张椅子里，开始就今天的天气寒暄起来。

片刻的冷场。

"夫人，冒昧打扰，请你多包涵。"赫尔克里·波洛说。

洛里默太太直直地盯着他，问道："是为了公事吗？"

"的确如此。"

"波洛先生，虽然我理应向巴特尔警司和警方提供我了解的所有情况，尽力协助他们，但我没有义务配合私人侦探的调查，这你可以理解吧？"

"我完全理解，夫人。如果你下逐客令，我二话不说就走。"

洛里默太太浅浅地笑了笑。

"但我不会走极端，波洛先生。我可以给你十分钟。十分钟后我得去打桥牌。"

"十分钟足够了。夫人，我想请你描述一下那天晚上打牌的房间，也就是夏塔纳先生遇害的那个房间。"

洛里默太太眉毛一扬。

"这么特别的问题！我看不出有什么意义。"

"夫人，你打牌的时候，如果有人问你'为什么打 A'或者'为什么出 J 结果输给 Q，却不出 K 来赢这一局'，答案一定是长篇大论，对不对？"

洛里默太太微微一笑。

"你的意思是，查案这方面你是专家，我是生手。很好。"她沉思片刻，"房间很大，东西很多。"

"能不能具体描述一些？"

"有一些玻璃花——现代的，很漂亮。好像有几张中国画还是日本画来着。一大盆红色的小郁金香——居然这么早就开了。"

"还有吗？"

"恐怕我观察得不那么细。"

"家具呢？你记不记得地毯、窗帘的颜色？"

"有些是丝绸的。我只记到这个程度。"

"有没有注意到什么小东西？"

"恐怕没有。东西太多了。简直像收藏家的房间，看不过来。"

又冷场了一阵。洛里默太太微笑道："估计我没帮上什么忙。"

"还有一件事。"他拿出桥牌计分纸，"这是前三轮的分数。不知靠着这些计分纸，你能否回忆起那天的牌局进程？"

"我看看。"洛里默太太顿时来了兴致，低头研究计分纸。

"这是第一轮。梅瑞迪斯小姐和我搭档对战两位男士。第一局打 4 黑桃，我们赢了，还是加倍的。下一局只叫到 2 方块，罗伯茨医生输了一墩。我记得第三局争夺很激烈，梅瑞迪斯小姐放弃，德斯帕少校叫 1 红心，我放弃；罗伯茨医生突然叫到 3 草花，梅瑞迪斯小姐叫 3 黑桃，德斯帕少校叫 4 方块，我加倍；然后罗伯茨医生叫 4 红心，他们又输一墩。"

"了不起，"波洛惊叹，"神奇的记忆力！"

洛里默太太没理他，继续回忆。"下一局德斯帕少校放弃，我叫了1无将，罗伯茨医生叫3红心，我的搭档没说话。德斯帕帮搭档叫到4，我加倍，他们输了两墩。后来我发牌，我们叫了黑桃4。"

她拿起下一张计分纸。

"这张比较难辨认，"波洛说，"德斯帕少校边写边划掉前面的。"

"没记错的话，开局双方各输五十分——后来罗伯茨医生叫5方块，我们加倍，结果他输了三墩。接着我们叫3草花，但对方马上就打赢了黑桃。下一局我们叫5草花，输了一百分。对方叫1红心，我们叫2无将。最后我们叫4草花，取得胜利。"

她又拿起第三张计分纸。

"这一轮争夺非常激烈。开局比较乏味，德斯帕少校和梅瑞迪斯小姐叫1红心，然后我们试了4红心、4黑桃，两次都输了五十分。接着对方打成了黑桃，简直势不可挡。接着我们又连输三局，不过没加倍。随后，我们叫无将赢了一次，决战开始了。双方轮流丢分。罗伯茨医生叫得过高，不过他虽然吃了一两次大亏，却换来不少回报，不止一次吓得梅瑞迪斯小姐不敢叫牌。后来他起手叫2黑桃，我叫了3方块，他叫4无将，我叫5黑桃，他突然跳到 7 方块。我们当然加倍了。他这种叫法实在不合理，但奇迹出现，我们居然打成了。他摊牌之前我真想不到我们会赢。如果对方出红心，我们会输三墩。结果他们出的是草花 K，我们才打成了，好激动。"

"我相信——大满贯加倍，非常刺激，真的！我承认，我可没胆量做满贯牌。只要能打成手头这一次定约我就知足了。"

"噢，这可不行，"洛里默太太精神抖擞，"要认认真真地打。"

"你是说要冒险?"

"只要牌叫对了，根本没有风险。这是可以计算出来的。很遗憾，擅长叫牌的人不多。他们只知道开头怎么叫，后来就迷失了方向，分不清可以得分的进攻牌和不容易失分的防守牌——不过我不该给你上桥牌课，波洛先生。"

"这肯定有助于提高我的牌技，夫人。"

洛里默太太又拿起计分纸细看。

"热闹过后，接下来几局就很平淡了。有第四轮的计分纸吗? 啊，有。势均力敌，双方都没怎么得分。"

"持续一整晚的牌局大致如此。"

"没错，开局平淡，然后才短兵相接。"

波洛收起计分纸，微鞠一躬。"夫人，恭喜你。你对牌局的记忆堪称完美，完美无缺！可以说你几乎记得打过的每一张牌!"

"应该是吧。"

"好记性是了不起的天赋。在记忆面前,往事从来不会流逝。夫人,过去的一切常在你心头浮现,就和昨天刚发生过一样清晰,是吗?"

她迅速瞥了他一眼,漆黑的双眸霎时睁大了。那表情转瞬即逝,旋即她又恢复了饱经世事的老样子。但赫尔克里·波洛相信,他刚才这次出击正中要害。

洛里默太太站起身。"我恐怕得出门了,不好意思,真的不能迟到。"

"那当然,那当然。很抱歉占用你这么长时间。"

"可惜没帮上什么忙。"

"哪里,你帮了大忙。"赫尔克里·波洛说。

"不见得吧。"她断然答道。

"是真的。你说出了我想知道的事情。"

她没问具体是什么事。

波洛伸出手。"夫人,谢谢你的雅量。"

她边握手边说:"波洛先生,你很特别。"

"夫人,上帝怎么创造我,我就是什么样。"

"我想大家都不例外。"

"不一定,夫人。有些人就想改变上帝给他的样子,比如夏塔纳先生。"

"你指哪一方面?"

"他对于奢侈品和古董颇有鉴赏力，本该心满意足才对，但他还收集其他东西。"

"哪一类东西？"

"噢，怎么说呢——耸人听闻的事件？"

"这也是个性使然吧？"

波洛严肃地摇着头。"他扮演魔鬼扮得太成功了，但他不是魔鬼，其实他很傻，结果送了命。"

"因为傻，所以被杀？"

"夫人，这是一种永远不会获得宽恕、永远应该接受惩罚的罪孽。"

两人都沉默了。然后波洛说："告辞了。夫人，谢谢你的款待。除非你邀请，否则我不会再来了。"

她的眉毛一挑。"天哪，波洛先生，我为什么要请你来呢？"

"很难说。只是我的一个念头而已。记住，只要你邀请，我就来。"

他再次鞠躬，离开洛里默太太家。

在街上，波洛自言自语："我猜对了，肯定没错，必然如此！"

第十二章　安妮·梅瑞迪斯

　　奥利弗太太费了不少工夫才跨出双人小车的驾驶座。首先，新式汽车的制造商宣称方向盘下只能容纳窈窕少女的膝盖，而且这年头流行坐得低一点。因此，体形庞大的中年妇女要跨出驾驶座，就不得不挣扎半天。其次，驾驶座旁边的座位上堆着几张地图、一个手提袋、三本小说和一大袋苹果。奥利弗太太爱吃苹果，据说她构思《排水管命案》错综复杂的情节时，曾一口气猛吃了五磅苹果，结果在一阵心悸和胃痛中猛然醒悟，原本应该赶去参加一个为她颁奖的重要午餐会，结果已经迟了一小时十分钟。

　　奥利弗太太毅然抬起膝盖，使劲顶开顽固的车门，猛地踏上温顿别墅外的人行道。结果苹果核撒了一地。

　　她长叹一声，将乡村帽向后推成不那么时髦的角度，满意地看看身上的呢套裙，却发现一时疏忽没换掉那双伦敦高跟漆皮鞋，不禁皱起眉头。她推开温顿别墅的大门，沿着石板小路走到前门，按响门铃，开心地扣了扣样式古雅、形似蛤蟆头的门环。

95

没动静，她重复一遍。

奥利弗太太又等了一分半钟，快步绕到屋侧开始探险。

一个古典式的小花园，别墅后面种了紫菀和零星菊花，再远处是一片田野，田野另一端有条小河流过。现在是十月，今天的阳光算是相当暖和了。

两个女孩穿过田野向别墅走来。刚进花园大门，走在前面的那一位忽然停住脚步。

奥利弗太太迎上前去。"你好，梅瑞迪斯小姐，还认得我吗？"

"噢，噢，当然。"安妮·梅瑞迪斯匆忙伸出手，她双眼圆睁，似乎受了惊吓，随后才稳住心神。

"这是跟我同住的朋友达维斯小姐。露达，这位是奥利弗太太。"

另一位姑娘身材高挑，肤色稍深，很有活力。她激动地说："噢，你就是那位奥利弗太太？阿里阿德涅·奥利弗太太？"

"我就是。"奥利弗太太答道，随即转向安妮，"亲爱的，我们找个地方坐坐，我有很多话要跟你说。"

"当然。我们正要喝茶——"

"不急着喝茶。"奥利弗太太说。

安妮带她穿过几张相当破旧的帆布椅和柳条椅，奥利弗太太留心选了看上去最结实的一张。之前她和脆弱的夏季家具打交道时，曾有过不少尴尬的经历。

"啊，亲爱的，"她轻快地说，"我们就打开天窗说亮话吧。关于那天晚上的谋杀案，我们得有所行动。"

"行动？"安妮问道。

"当然，"奥利弗太太说，"我不清楚你的想法，但我认准了凶手。医生——他姓什么来着？罗伯茨。就是他！罗伯茨。威尔士人的姓！我从不信任威尔士人！本来我有个威尔士的护士，有一天，她陪我去哈罗盖特，结果自己跑回家，完全忘了我。真是非常不可靠。不过我们先别管她。凶手是罗伯茨，这才是关键，我们得齐心协力，揪出他的罪证。"

露达·达维斯突然笑出声来，随即满脸通红。

"不好意思。可是你，你跟我想象中的完全不一样。"

"估计让你失望了。"奥利弗太太平静地答道，"没关系，我习惯了。我们得证明罗伯茨是凶手！"

"怎么证明？"安妮问。

"噢，安妮，别泄气，"露达·达维斯喊道，"奥利弗太太非常了不起，她当然了解这些事，肯定会有斯文·耶尔森那样的表现。"

听人提起她笔下的芬兰名侦探，奥利弗太太微微脸红。"我们必须这么做，孩子，我来告诉你为什么。你总不希望大家以为你是凶手吧？"

"凭什么以为是我？"安妮脸色骤变。

"人性本来如此！"奥利弗太太说，"三个无辜的人背负的嫌疑，和真正的凶手一样多。"

安妮·梅瑞迪斯小姐缓缓答道："我还是不明白你为什么来找我，奥利弗太太？"

"因为我觉得另外两人不重要！洛里默太太是那种成天泡在桥牌俱乐部打牌的女人，肯定全副武装，自己完全能照顾自己。何况她也老了，就算有人觉得她是凶手，也无所谓。年轻女孩就不同了，生活才刚刚开始。"

"那德斯帕少校呢？"安妮又问。

"呸！"奥利弗太太说，"他是个男人！我从来不担心男人。男人可以靠自己活得称心如意。再说，德斯帕少校喜欢冒险生活。与其缩在家里，他更愿意去伊洛瓦底江^①——还是林波波河^②来着？你懂我的意思吧，反正就是那条非洲的河，男人特别喜欢去探险的地方。不，我才不为那两人伤脑筋。"

"你真好心。"安妮慢吞吞地说。

"这件事太过分了，"露达说，"安妮快崩溃了，奥利弗太太。她特别敏感。我想你说得对，与其干坐着胡思乱想，不如行动起来。"

"那当然，"奥利弗太太说，"不瞒你们说，以前我也没遇到过真正的谋杀案。再说句实话，我不相信真正的谋杀调查能对我的胃口，我更习惯抄近道——明白我的意思

---

①伊洛瓦底江，缅甸河流，注入孟加拉湾。
②林波波河，南非河流，注入印度洋。

吧。但我不愿让那三个大男人霸占查案的乐趣。我常说如果苏格兰场的领导是女人——"

"哦？"露达上身前倾，张大了嘴，"如果由你率领苏格兰场，会怎么做？"

"我会立即逮捕罗伯茨医生——"

"啊？"

"但苏格兰场毕竟不归我管，"奥利弗太太及时从危险的立场上撤回来，"我只是一介平民——"

"哦，你太谦虚了。"露达笨拙地恭维道。

"那好，"奥利弗太太又说，"我们三个平民百姓——都是女人。我们集思广益，看看有什么好办法。"

安妮·梅瑞迪斯若有所思地点点头，然后说："你为什么认为凶手是罗伯茨医生？"

"他就是那种人嘛。"奥利弗太太立即答道。

"但你难道不认为，"安妮迟疑着，"医生——我是说，医生用毒药之类的东西不是方便得多吗？"

"根本不是。毒药，或者任何一种药物，都会直接将嫌疑引到医生身上。他们总是将装满危险药品的箱子留在汽车里，结果被别人偷走了。不，正因为他是医生，所以他会特意避开下药的手法。"

"这样啊。"安妮半信半疑，随即又说，"可他为什么要杀夏塔纳先生？你有什么想法吗？"

"想法？我的想法多得很。其实这就是困难所在，我最大的麻烦就是这一点。我永远不可能一次性敲定一套情节，总要至少拿出五套方案，然后面临艰难的取舍。我可以想出六种完美的谋杀动机，问题是我不知道哪一个才是正确答案。首先，也许夏塔纳先生放高利贷——他看上去就狡猾得很。罗伯茨被他套牢了，拿不出钱还债，就动了杀机。也可能夏塔纳坑害过他的女儿或者妹妹。也许罗伯茨重婚，被夏塔纳发现了。也许罗伯茨娶了夏塔纳的表亲，想通过这层关系继承夏塔纳的财产。唔，我列举了几个动机？"

"四个。"露达答道。

"噢，接下来这个动机非常精彩：没准儿夏塔纳掌握了罗伯茨过去的某个秘密。亲爱的，你可能没注意，晚餐时有一次奇怪的冷场，然后夏塔纳说了些古怪的话。"

安妮俯身弹开一条小虫。"我想不起来了。"

"他说了什么？"露达问道。

"关于，什么来着，意外和毒药什么的。你忘了？"

安妮的左手按住椅子上的编花藤条。

"印象中是有这种话。"她镇定地说。

露达突然说："宝贝，你该披件大衣。记住，现在不是夏天。去拿一件吧。"

安妮摇摇头。"我挺暖和的。"

但她说话的时候却微微哆嗦。

"明白我的思路了吧，"奥利弗太太继续说，"我敢说医生的某个病人意外服了毒药，但实际上肯定是医生的阴谋。我敢说他用这个办法谋害了很多人。"

安妮的脸颊突然恢复了血色。她说："医生经常想大批毒死自己的病人吗？这难道不会影响他们的业务？"

"当然是有原因的。"奥利弗太太含糊其词。

"我觉得有点荒唐，"安妮朗声答道，"太戏剧化了。"

"噢，安妮！"露达惊呼一声，语带歉意。她望着奥利弗太太，那眼神就像一头聪明的小猎犬，似乎在说："请体谅一下，体谅一下。"

"非常厉害的想法，奥利弗太太，"露达热心地回应，"医生总能弄到一些难以追查的东西，不是吗？"

"噢！"安妮忽然惊叫了一声。

另两人都转身看她。

"我想起了另一件事，"她说，"夏塔纳先生说医生有机会在实验室里动手脚。他这话肯定别有深意。"

"说这话的不是夏塔纳先生，"奥利弗太太摇了摇头，"是德斯帕少校。"

花园的小径上传来脚步声，她回头望去。

"哎呀，"她喊道，"说来就来了！"

德斯帕少校正绕过屋角朝这边走来。

第十三章　第二位访客

一见到奥利弗太太，德斯帕少校脚步略微迟疑。他那晒得黝黑的脸顿时涨成了砖红色，尴尬得全身都有些颤抖。他走向安妮。"对不起，梅瑞迪斯小姐。我按了很多次门铃。其实没什么事，只是正好路过，顺便来看看你。"

"不好意思，没听见铃声。"安妮说，"我们这里没有女仆，只有一个女人早上来做钟点工。"

她将客人介绍给露达。露达高兴地说："来喝茶吧。外面有点冷，我们进屋去。"

大家来到屋子里，露达去了厨房。奥利弗太太说："真巧啊，大家在这儿相聚了。"

德斯帕缓缓答道："是啊。"

他若有所思地盯着她，揣摩着她的意图。

"我正跟梅瑞迪斯小姐说，"奥利弗太太显然自得其乐，"我们该制订一个行动计划——我是说针对谋杀。凶手肯定是医生。你看呢？"

"不好说。线索太少。"

奥利弗太太摆出一副"男人就是这样"的表情。

奥利弗太太立刻察觉到在场三人之间的气氛很别扭。露达端茶来时,她起身说要赶回城里。不,她们太客气了,但她就不留下喝茶了。

"我给你们留张名片,"她说,"上面有我的地址。你们进城时来找我,我们好好讨论一下,不信找不出一查到底的好办法。"

"我送你到大门口。"露达说。

她们正沿着小径朝大门走,安妮·梅瑞迪斯跑出来赶上她们。"我考虑过了。"她苍白的神色中透着坚定。

"怎么了,亲爱的?"

"谢谢你这么关心我,奥利弗太太,但我不想采取任何行动。我的意思是——那一切太可怕了,我只想赶紧忘掉。"

"孩子,问题是你能忘得掉吗?"

"噢,我知道警察不会罢休,他们很可能还会来问我一堆问题,我有心理准备。但就我个人而言,我不愿再考虑那件事,也不想听别人提起那件事。我很懦弱,但这就是我的想法。"

"安妮!"露达·达维斯喊道。

"我理解你的心情,但这未必是最明智的对策,"奥利弗太太说,"那些警察说不定永远查不出真相。"

安妮·梅瑞迪斯耸耸肩。"那又有什么关系?"

"关系？"露达惊呼，"当然有关系，而且事关重大，不是吗，奥利弗太太？"

"那当然。"奥利弗太太不动声色地回答。

"我不这么看，"安妮断然地说，"我认识的所有人都不会怀疑是我干的，我看不出有什么必要多管闲事。追查真相是警察的工作。"

"你太消极了，安妮。"

"反正这是我的想法。"安妮伸出手，"非常感谢你，奥利弗太太。给你添了不少麻烦。"

"既然你心意已定，我也没什么好说的了。"奥利弗太太欣然答道，"反正我不会任自己脚下长草。再见，亲爱的。如果你改变主意，就来伦敦找我。"

她钻进车里，发动引擎，高兴地朝两位姑娘挥手。

汽车正缓缓发动，露达突然冲到车窗旁。

"你说——去伦敦找你，"她上气不接下气，"是只有安妮，还是我也可以去？"

奥利弗太太踩了刹车。

"当然是指你们俩。"

"噢，太感谢了。别停车。我，也许改天我会去。有点事。不，别停车，我可以跳开。"

她往路旁一跳，边挥手边跑回大门口，安妮还站在那里。

"究竟怎么——"安妮说。

"她不是很可爱吗？"露达欣喜地说，"我喜欢她。她穿的袜子不成对，你发现了没？她写了那么多书，一定聪明得可怕。万一警察和其他人都失败了，而她却查出真相，那多有趣啊。"

"她为什么来我们这儿？"安妮问道。

露达瞪大双眼："亲爱的，她都说了——"

安妮不耐烦地摆摆手。

"该进去了。我差点忘了，居然把他一个人撇在屋里。"

"德斯帕少校？安妮，他太帅了，不是吗？"

"算是吧。"

她们一起沿小路往回走。

德斯帕少校捧着茶杯站在壁炉旁边。没等安妮道完歉，他就打断了她。"梅瑞迪斯小姐，我要解释一下冒昧来访的原因。"

"噢，但是——"

"我刚才说正好路过，其实不完全对。我是特意来的。"

"你怎么知道我的地址？"安妮慢吞吞地问。

"找巴特尔警司打听的。"

他发觉安妮一听这名字就瑟缩了一下。他飞快地往下说："巴特尔正在来这里的路上。我恰好在帕丁顿看见他。我开车赶来，肯定比火车快。"

"这是为什么？"

德斯帕迟疑了片刻。"恕我冒昧，我觉得你似乎……举目无亲。"

"她有我啊。"露达说。

德斯帕匆忙瞥了她一眼，对这位倚在壁炉旁专心听他们讲话、眉目间略带英气的女孩颇有好感。她们俩真是讨人喜欢。

"我相信你是她最忠诚的朋友，达维斯小姐，"他彬彬有礼地说，"但我以为，在特定场合，由见多识广的人提些建议，也未尝不可。坦白说，现在的情况是：梅瑞迪斯小姐涉嫌谋杀，我和当时在房间里的另外两人也一样。情况有点不妙，困难和危险并存。梅瑞迪斯小姐，你还年轻，涉世未深，也许还没意识到。我建议你请一位好律师。说不定你已经请了？"

安妮·梅瑞迪斯摇摇头。"从来没想过。"

"果然。你有合适的人选吗——伦敦的律师？"

安妮又摇摇头。"我以前从不需要律师。"

"我知道有一位布瑞先生，"露达说，"不过他差不多已经一百〇二岁，老糊涂了。"

"如果你不介意的话，梅瑞迪斯小姐，请允许我推荐我的律师米尔尼先生。那家律师事务所的名字是雅各布斯，皮尔和雅各布斯。他们值得信赖，业务水平非常出色。"

安妮脸色更苍白了。她坐了下来。

"真有必要吗？"她低声问。

"请务必重视。法律上有太多陷阱。"

"会不会很贵啊？"

"这倒无所谓。"露达说，"这样安排最好，德斯帕先生。你的建议很对，安妮应当寻求保护。"

"他们的收费应该会很合理。"德斯帕认真地说，"梅瑞迪斯小姐，我真的认为这是明智之举。"

"好吧，"安妮缓缓答道，"既然你们都这么建议，我就照办吧。"

"很好。"

露达感激地说："你实在太好了，德斯帕少校，真的太好了。"

安妮也说："谢谢你。"

她又犹疑了片刻，问："你说巴特尔警司正在来这里的路上？"

"对，你别紧张。这是难免的。"

"噢，我明白。其实我一直在等他来。"

露达冲动地说："可怜的宝贝，这件事差点害死她。太不公平了，真恶心。"

德斯帕说："我也有同感——居然让年轻女孩卷进这种事，太残忍了。如果有人想用刀捅死夏塔纳，也该另选时间和地点。"

露达直接问道:"你认为是谁干的?罗伯茨医生还是洛里默太太?"

德斯帕微露笑容,胡须轻颤。

"说不定凶手就是我。"

"噢,不,"露达喊道,"安妮和我都相信你不是凶手。"

他亲切地打量着她们。

两个好孩子,特别容易信任别人,让人感动。姓梅瑞迪斯的女孩怯生生的。没事,米尔尼律师会帮她。另一个则是一名战士,不知道如果她处在她好友的境地,会不会也轻易崩溃。迷人的姑娘们——他想多了解她们一些。

千思万绪掠过他的脑海。他大声说:"任何事都不能想当然,达维斯小姐。我不像大多数人那样重视生命的价值,例如为死于交通事故的人大惊小怪之类的。人无时无刻不处于危险之中——交通事故、细菌侵袭,各种各样的危险,哪种死法都差不多。依我看,从你开始处处小心、处处追求'安全第一'的时候,就等于已经死了。"

"完全同意!"露达喊道,"人生就该冒险——如果有机会的话。但总体而言,生活实在太平淡了。"

"也有精彩时刻。"

"对你而言没错。你去偏远的地方,被老虎抓伤,开枪猎捕野兽,沙蚤钻进你的脚趾缝,饱受蚊虫叮咬,一切都很不舒服,却又那么刺激。"

"唔，梅瑞迪斯小姐也有刺激的体验嘛。谋杀发生时刚好在场的机会，其实也不多——"

"噢，别说了。"安妮嚷道。

德斯帕立刻道歉："对不起。"

但露达却叹道："谋杀固然可怕，但也很激动人心！我想安妮没体会到这一面。奥利弗太太那天晚上也在场，估计她兴奋极了。"

"什么太太——噢，你们那位胖胖的朋友，她写的书里那位芬兰侦探的发音总是不标准。莫非她想参加真实的案件调查？"

"没错。"

"唔，那就祝她好运。如果她能胜过巴特尔一筹，就有意思了。"

"巴特尔警司是什么样子？"露达好奇地问。

德斯帕少校正色答道："他非常敏锐，能力很强。"

"哦！"露达说，"安妮说他看上去傻傻的。"

"我想那是巴特尔惯用的障眼法。但我们决不能犯错，巴特尔可不傻。"

他站起身："唔，我得走了。还有句话要说。"

安妮也站起来。

"什么？"她边伸出手边问。

德斯帕稍一踌躇，牵起她的手，握在手心里，直视那双美丽的灰色大眼睛，字斟句酌地说："别生我的气，我只是想说，你和夏塔纳可能有些交情，但你不愿意说出来。如果是这样，请别生气，"他觉得她下意识地想抽回手，"除非律师在场，否则你有权利拒绝回答巴特尔的任何问题。"

安妮抽回手，瞪大了眼睛，灰色的眼眸被怒火烧得更深了。

"没有，根本就没有，我和那个残忍的人一点都不熟。"

"对不起，"德斯帕少校说，"我只是觉得应该提醒你一下。"

"是真的，"露达说，"安妮和夏塔纳先生没什么来往。她不喜欢他，但他办的宴会确实不错。"

德斯帕少校笑了："夏塔纳先生似乎只有这么点存在价值。"

安妮冷冷地说："巴特尔警司想问什么都可以。我没有事情要隐瞒，没有。"

德斯帕温柔地道歉："请原谅我。"

她望着他，怒气渐消，又甜甜一笑："没关系，我知道你是好意。"

她又伸出手。德斯帕握了握她的手。"我们是一条船上的人，应该同舟共济。"

安妮送他到大门口。她回来时，露达正望着窗外吹口哨，听到好友进屋才回过头。

"他好帅啊，安妮。"

"他很亲切，不是吗？"

"何止亲切，我简直迷上他了。那次该死的晚宴，为什么是你去了，而不是我呢？我一定会很享受那种刺激——身边的天罗地网，绞架的阴影——"

"不，不会的。你在说胡话，露达。"安妮的声音很尖锐，然后又软下来，"难为他大老远跑这一趟，就为一个陌生人，只见过一次的女孩。"

"噢，他爱上你了，很明显。男人不会无谓地施舍善意。如果你两眼斜视、满脸疙瘩，他才不会千里迢迢跑来呢。"

"你认为他不会？"

"肯定不会，小呆瓜。奥利弗太太比他无私多了。"

"我不喜欢她，"安妮断然答道，"我感觉怪怪的，她来这里的真实目的究竟是什么？"

"同性之间互相猜忌很正常。我敢说德斯帕少校跑来才是有私心呢。"

"绝对没有。"安妮连忙反驳。

露达·达维斯大笑起来，安妮不禁羞红了脸。

第十四章　第三位访客

巴特尔警司六点左右抵达沃林福德。他想先在附近探听些无伤大雅的小道消息，再去见安妮·梅瑞迪斯小姐。

收集这类信息并不难。警司未置一词，却成功地让人们对他的身份和职业有了各种猜测。

至少有两个人信心十足地说他是来自伦敦的建筑师，为了那座别墅新建辅楼的工程赶来实地勘察；另一个人又说他是"一个周末度假的人，想租带家具的别墅"，还有两个人则一口咬定他是一家硬地网球公司的代表。警司则收获了大量情报。

温顿别墅？对，没错——在马伯里路，不可能找到。对，住着两位年轻小姐：达维斯小姐和梅瑞迪斯小姐，人好，漂亮，安静又讨喜。

住了好几年？噢，不，没那么久，才两年多。她们是九月搬来的，向皮克斯吉尔先生买的房子。他太太去世后那座别墅基本就闲置了。

巴特尔警司的消息来源从没听说过她们来自诺森伯兰

郡，还以为她们是伦敦人。她们在附近人缘不错，尽管一些思想保守的人认为两个年轻女孩不该自己搬出来住。但她们很文静，从不在周末乱开什么鸡尾酒会。露达小姐性格爽朗，梅瑞迪斯小姐则比较内向。嗯，付钱的是达维斯小姐，她比较有钱。

一番打听之后，警司终于找到定时去温顿别墅为小姐们打理家务的艾斯维尔太太。艾斯维尔太太的嘴一直闲不住。

"噢，不，先生，我看她们不会卖房子。没这么快。她们刚搬进去两年。我从一开始就替她们干活。是的，先生。我的工作时间是八点到十二点。两位小姐亲切又活泼，经常开开玩笑什么的，一点都不傲慢。

"当然啦，先生，我可不敢说她一定是你认识的达维斯小姐——没准是她的亲戚呢。我猜她家在德文郡。她经常收到家人寄来的奶油，说是一看见就想家，所以肯定没错。

"你说得对，先生，现在很多年轻小姐得自己找工作赚钱，真可悲。这两位小姐不算富裕，但过得挺舒服。当然啦，达维斯小姐有钱。安妮小姐其实算是她的女伴。别墅的主人是达维斯小姐。

"我不太确定安妮小姐是哪里人。我听她提起过怀特岛，还知道她不喜欢英格兰北部，而且她和露达小姐曾一起在德文郡待过，因为我听她们拿那里的丘陵开玩笑，也谈到过美丽的海湾和沙滩。"

她一打开话匣子就收不住。巴特尔警司不时在心里记下一些重点，然后又在小本子里写了一两个含义不明的词。

晚上八点半，他走上温顿别墅门前的小径。一位肤色较深、穿橘红色花布外套的高个女孩来开门。

"梅瑞迪斯小姐住在这儿吗？"巴特尔警司问道。他的外形显得十分木讷，有几分军人风采。

"是的。"

"我想跟她谈谈，我是巴特尔警司。"

对方立即严厉地瞪他一眼。

"请进。"露达·达维斯退后一步说。

安妮·梅瑞迪斯坐在壁炉旁一张舒适的椅子里啜着咖啡，身披绣花绉纱睡袍。

露达请客人进屋，说："巴特尔警司来了。"

安妮起身和警司握手。

"现在来打扰有点晚了，"巴特尔说，"但我想见见你，而且今天天气不错。"

安妮笑了笑。"喝咖啡吗，警司？露达，再拿个杯子。"

"噢，谢谢了，梅瑞迪斯小姐。"

"我们泡的咖啡很棒。"安妮说。

她指了指一张椅子，巴特尔警司坐下来。露达拿来杯子，安妮为他倒咖啡。噼啪作响的炉火，花瓶里的鲜花，给警司留下了不错的第一印象。这里充满温馨的家庭气氛。安妮似乎相当沉着惬意，倒是另一个女孩一直饶有兴致地注视着他。

"我们等你好久了。"安妮说。

她似乎语带责难之意，像是在说："你为什么忽略我？"

"对不起，梅瑞迪斯小姐，有很多例行公事要办。"

"结果满意吗？"

"不太理想，但必须要做。我把罗伯茨医师查了个底朝天，洛里默太太也是。现在轮到调查你了，梅瑞迪斯小姐。"

安妮笑道："我准备好了。"

"德斯帕少校呢？"露达问。

"噢，保证不会漏掉他。"巴特尔说。

他放下咖啡杯，望着安妮。

她在椅子上稍稍坐直了一点。"我做好准备了，警司。你想了解什么？"

"唔，先大致介绍你的基本情况，梅瑞迪斯小姐。"

"我人品端正。"安妮笑着说。

"而且她一向循规蹈矩，"露达说，"这一点我可以担保。"

"啊，那就好。"巴特尔警司欣然答道，"那么你和梅瑞迪斯小姐认识很久了？"

"我们是同学，"露达说，"感觉像过了很久很久，对不对，安妮？"

"估计久得几乎想不起来了。"巴特尔笑道，"是这样，梅瑞迪斯小姐，我们恐怕得像申请护照一样，一项一项来。"

"我出生在——"安妮开口。

"父母贫穷，却是老实人。"

巴特尔警司举手阻止露达，略显不悦："好了，好了，小姐。"

"亲爱的露达，"安妮正色说，"这是正经事。"

"对不起。"露达说。

"梅瑞迪斯小姐，你出生在——什么地方？"

"印度的魁塔。"

"啊，你出身于军人家庭？"

"嗯，我父亲是约翰·梅瑞迪斯少校。我十一岁那年母亲去世了。十五岁那年，父亲退休，搬到切尔滕纳姆定居。我十八岁时他去世了，没留下什么遗产。"

巴特尔同情地点点头。

"对你是很沉重的打击啊。"

"非常沉重。本来我们就不富裕，可发现居然一分钱都没剩下——哎，那又是另一回事了。"

"梅瑞迪斯小姐，你的生活来源是？"

"我不得不去找工作。我没读过多少书，头脑也不灵光。我不会打字、速记之类的。一位切尔滕纳姆的朋友介绍我去她的朋友家做事——假期照看两个小男孩，平时帮忙做点家务。"

"请问他们姓什么？"

"埃尔顿太太，住在文特诺的'落叶松'庄园。我在那里待了两年，后来埃尔顿一家出国了，我又转到一位迪尔林太太家。"

"她是我姑妈。"露达插话。

"对，露达帮我找了那份工作。我很高兴。露达常常来，有时还住下来，我们很开心。"

"你在那边是什么身份，陪伴人？"

"嗯，差不多。"

"其实更像个园丁。"露达说。她接着补充道："我姑妈艾米丽着迷于园艺，安妮大部分时间都在除草或种球茎。"

"后来你离开了迪尔林太太？"

"她的身体每况愈下，只好请了个正规的护士。"

"她患了癌症，"露达说，"可怜的人，必须用吗啡那一类的药。"

"她对我很好，临走时我别提多伤心了。"安妮说。

"当时我正在物色一套别墅，"露达说，"想找人一起住。父亲再婚了——我和继母合不来。我让安妮来陪我，于是她就住下了。"

"你的履历看起来很完美，"巴特尔说，"我再确认一下时间。你说在埃尔顿太太家住了两年。现在她的地址是？"

"她去了巴勒斯坦。她丈夫在那边担任公职——我不太清楚具体是什么职务。"

"啊，好的，我可以去查。然后你就到了迪尔林太太家？"

"我在她家住了三年，"安妮立即答道，"德文郡，小汉伯里，'沼泽溪谷'庄园。"

"知道了，"巴特尔说，"那么你今年是二十五岁，梅瑞迪斯小姐。还有件事，请说出两个认识你和你父亲、目前又在切尔滕纳姆的人的姓名和住址。"

安妮照办了。

"现在谈谈你的瑞士之旅。你在那里认识了夏塔纳先生。你是一个人去的吗？还是与达维斯小姐同行？"

"我们结伴去的，还有另外几个朋友，一共八个人。"

"说说你认识夏塔纳先生的经过。"

安妮皱起眉头。"确实没什么可说的，他也在瑞士。就跟酒店住客之间结识的经过差不多。他在化装舞会上得了一等奖，扮演的是《浮士德》里的恶魔梅菲斯特。"

巴特尔警司叹了口气。"是啊，他就爱那种打扮。"

"惟妙惟肖，"露达说，"简直不用化装。"

警司轮流打量两个女孩。"你们哪一位跟他比较熟？"

安妮迟疑不决，答话的是露达。

"起初都差不多，跟他都不熟。我们一群人是去滑雪的，白天出去玩，晚上一起跳舞。不过夏塔纳似乎对安妮很有好感，特地来向她致意。我们都拿这件事跟她开玩笑。"

"我看他是故意惹我生气。"安妮说，"因为我不喜欢他，他就故意让我尴尬，以此取乐。"

露达边说边笑："我们都劝安妮，他是个理想的结婚对象，结果把她气疯了。"

"能不能透露一下你们这几位朋友的姓名？"巴特尔说。

"你也太多疑了吧，"露达说，"难道我们还会骗你？"

巴特尔警司眨眨眼。"总之，我都要确认一下。"

"你的疑心太重了。"露达说。

她在一张纸上草草写下几个人名交给他。巴特尔起身。

"嗯，非常感谢，梅瑞迪斯小姐。达维斯小姐说得对，你的履历毫无瑕疵，我想你没必要太担心。夏塔纳先生对你的态度很奇怪。恕我多嘴，他应该没向你求婚吧？或者，用其他方式献殷勤？"

"他可没勾引她，"露达赶紧帮腔，"你是这个意思吧。"

安妮脸红了。"没那回事。他始终很有礼貌，而且，拿腔作调的。那种刻意的礼节客套让我很不舒服。"

"他说过或是暗示过什么吗？"

"嗯，至少——不，他从没暗示什么。"

"抱歉。那种浪荡子常干这种事。好了，晚安，梅瑞迪斯小姐，谢谢你。咖啡棒极了。晚安，达维斯小姐。"

巴特尔走后，安妮关上前门，回到客厅。"结束了，也不算很严重嘛，"露达说，"他这么和蔼，就像一位慈父，显然一点都不怀疑你。比我预料中的轻松多了。"

安妮坐下来叹口气。"真的很轻松，我居然还操了半天心，真傻。我以为他会恐吓我，就像话剧里的皇家律师那样。"

"看起来他很讲理，"露达说，"他知道你不是那种会杀人的女人。"

她又犹豫片刻，才说："对了，安妮，你没提到你在克罗夫特维斯待过，是不是忘了？"

安妮缓缓答道："我以为那不要紧。我只在那里住了几个月。而且那里也没什么熟人可以让他去核实的。如果你觉得有必要，我可以写信告诉他，但应该无所谓吧，不管了。"

"既然你这么说，好吧。"

露达起身去开收音机。

一个沙哑的嗓音飘出来："刚刚为大家播放的是努比亚的黑人广播剧《宝贝，为什么对我撒谎?》。"

第十五章　德斯帕少校

德斯帕少校走出奥尔巴尼街，急转入摄政街，跳上一辆公交车。

此时的城市很安静，公交车的上层乘客寥寥。德斯帕往前走了几步，挑了个前排的座位坐下。

他跳上来的时候，车还没停稳。随后这辆车才停下，又接了几位乘客后，沿摄政街继续前进。

又有一位乘客上到二层，走到前排的座位另一边坐下。

德斯帕没注意新上来的人。几分钟后，对方低声搭讪："从车顶看伦敦感觉不错，不是吗？"

德斯帕回头，一时不明所以，随即表情才豁然开朗。

"抱歉，波洛先生，没认出你。嗯，你说得对，登高望远嘛。以前没装这种笼子似的玻璃窗的时候，景色更好。"

波洛叹道："但下雨天挤满乘客的时候就难受了。这个国家的雨天特别多。"

"下雨？下雨又没什么危害。"

"你错了，"波洛说，"下雨会造成胸闷。"

德斯帕笑了："波洛先生，我看你总是穿戴严实。"

波洛的确全副武装，以应对秋天多变的天气。他穿着大衣，还裹了一条围巾。

"居然这么巧碰到你，感觉怪怪的。"

德斯帕没注意到隐藏在那条围巾后的笑容。这次偶遇一点都不奇怪。波洛估算了德斯帕出门的大致时间，特意等着他。他很谨慎，没有冒险跳上车，而是一路跟随到下一站才上车。

"是啊，那天晚上在夏塔纳先生家分手后，就没再见过面。"

"你不是参加了这次调查吗？"德斯帕问道。

波洛轻轻挠挠耳朵。

"我思考，"他说，"反复思考。至于东奔西跑的实地调查，我可不干。我的年龄，脾气和体格都不允许。"

德斯帕的反应居然是："思考？啊，那还好。现在的人都爱没头苍蝇似的乱窜。如果大家都安安静静坐下来，三思而后行，那麻烦一定比现在少。"

"这是你的人生哲学吗，德斯帕少校？"

"通常如此。"德斯帕说，"认准方向，计算路线，权衡利弊，下定决心——然后坚持到底。"他严肃地抿着嘴。

"然后无论如何你都不会动摇，是吗？"波洛问。

"噢！我可没那么说。过于顽固也没用，如果犯了错误，就老老实实承认。"

"但我想你很少犯错，德斯帕少校。"

"我们都会犯错，波洛先生。"

大概因为他用了"我们"这个代词，波洛略显不悦地答道："有些人犯的错误比别人少。"

德斯帕望着他，微微一笑："你从没失败过吗，波洛先生？"

"上次失手是在二十八年前了，"波洛正色答道，"即便那一次，也是事出有因——不提也罢。"

"很出色的纪录啊。"然后德斯帕又补充，"夏塔纳的谋杀呢？应该不算，因为不在你的职务范围之内。"

"虽然与我无关，但照样侵犯了我的自尊。你能理解吗，一场命案就在我眼皮底下发生——有人不把我的破案能力放在眼里，简直是对我的侮辱！"

"何止在你眼皮底下，"德斯帕淡然答道，"也在苏格兰场的人眼皮底下。"

"这可能是最严重的错误。"波洛严肃地说，"巴特尔警司虽然看起来很木讷，但头脑可不呆，一点儿也不。"

"同感，"德斯帕说，"那只是他的伪装，其实这个警察精明得很。"

"而且他全身心扑在这案子上。"

"噢，他别提多积极了。看到后座上那个军人模样的家伙了吗？"

波洛回头张望。

"这一侧只有我们两人。"

"喔,那他大概在另一边。他盯我盯得特别紧,效率相当高,每次还换上不同的伪装,技巧够高明。"

"啊,可惜骗不过你,你的眼光又快又准。"

"我见过的面孔从不会忘记——即便是黑人也不例外,这一点胜过绝大多数人。"

"我正需要你这样的人,"波洛说,"刚好今天碰上了!我需要看得准、记得牢的人,但很遗憾,总是难以兼备。我问过罗伯茨医生一个问题,没有结果,问洛里默太太也一样。现在想试试看从你这里能不能得到我要的答案。请回忆一下在夏塔纳家打牌的那个房间,说说你都记得什么。"

德斯帕神情迷惑。"我不明白。"

"描述一下房间里的情形——家具、摆设什么的。"

"我未必擅长这些。"德斯帕缓缓答道,"我感觉那个房间的装饰相当奢靡,简直不像人住的。有好多丝绸锦缎之类,也只有夏塔纳那种人才这样。"

"请具体一些——"

德斯帕摇摇头。"恐怕我没有多留意。他有几张上好的地毯——两张布哈拉产的,还有三四张高档波斯地毯,其中一张产自哈马丹,一张产自塔布里斯。有个很醒目的大羚羊头——不,那是摆在大厅里的,估计是从罗兰-瓦德商店买来的。"

"你认为夏塔纳先生不可能去狩猎野兽？"

"他不可能。我敢打赌，他从来没射击过会动的东西。其他还有什么？不好意思，辜负你的期望了，我确实帮不上忙。桌上摆满了各种各样的小玩意儿。我只注意到一个很有趣的玩偶，估计来自复活节岛。还有打磨得锃亮的木器，不多见。另外就是马来亚的一些特产。不，我恐怕帮不上忙。"

"没关系。"波洛有些沮丧。然后他又说："你知道吗，洛里默太太记牌的本事太惊人了！几乎每局的叫牌和过程她都能说上来，不可思议。"

德斯帕耸耸肩。"有的女人就是这样。我想是因为她们牌打得好，而且又天天打。"

"你办不到，呃？"

德斯帕摇摇头。"我只记得两局而已。有一局我本来可以靠方块取胜，结果被罗伯茨搞砸了。他的牌没做成，我们运气又不好，没加倍。我还记得打无将那一局，每张牌都不顺，好在只输了两墩，损失不大。"

"你经常打牌吗，德斯帕少校？"

"不，很少。不过桥牌这种娱乐不错。"

"比打扑克好？"

"我个人认为是的。扑克太像赌博。"

波洛若有所思。"我感觉夏塔纳什么游戏都不玩——

我是指纸牌类的。"

"夏塔纳只爱玩一种游戏，乐此不疲。"

"是什么？"

"一种下三烂的伎俩。"

波洛沉默了片刻，才说："确有其事？或者只是你的猜测？"

德斯帕的脸涨红了。"你是指没有确凿证据就不能臆测？我认为确有其事，不会错。而且巧得很，我刚好是知情人。但我不准备公布证据，毕竟这些信息是私下里得到的。"

"也就是说，牵扯到一个或者几个女人？"

"对。夏塔纳这禽兽不如的家伙，喜欢对付女人。"

"你认为他搞敲诈勒索？有意思。"

德斯帕连连摇头。"不，不，你误会了。从某种意义上说，夏塔纳确实是勒索犯，但不是通常那种勒索，他要的不是钱。这么说吧，他可以算是精神勒索。"

"那他能得到什么好处？"

"得到极大的满足。只能这么形容。他最爱欣赏别人的恐惧和畏缩。这样一来他就会忘记自己的卑怯，占据心理上的制高点。这种姿态对女人很有效。只要暗示说他掌握了一切内幕，她们就会告诉他一大堆可能他原来并不知道的事。这就更激发了他的'幽默感'，于是他摆出那种恶魔般不可一世的姿态：'我无所不知！我是伟大的夏塔纳！'无耻至极！"

"所以你认为他用这种方法来恐吓梅瑞迪斯小姐。"波洛慢慢地说。

"梅瑞迪斯小姐？"德斯帕两眼一瞪，"我想到的不是她。她不会畏惧夏塔纳那种人。"

"对不起。那你是指洛里默太太了。"

"不，不，不，你误会了。我只是泛泛而谈。要恐吓洛里默太太没那么容易。何况她也不像藏有罪恶隐私的女人。不，我没有特指什么人。"

"仅仅泛指这一类手段？"

"完全正确。"

"毫无疑问，"波洛慢条斯理地附和，"那种男人对女人的了解一定相当透彻。一步步套出她们的秘密——"

他停住了。德斯帕不耐烦地打断他："荒谬。那家伙只会虚张声势，其实只是纸老虎。但女人都怕他，真可笑。"

他突然长身而起。

"哎呀，我坐过站了，完全沉浸在刚才讨论的话题里。再见，波洛先生。注意往下看，我下车时，跟踪我的人也会下车。"

他匆匆往后走，下了楼梯。售票员拉铃通知司机有人要下车。铃声余音未息，马上又有人拉铃。

波洛俯视下面的街道，发现德斯帕正沿人行道大步往回走。他懒得去辨认是否真有人跟踪，而是琢磨着其他事。"没有谁情况特殊啊，"他喃喃自语，"这就怪了。"

第十六章　埃尔西·贝特的证词

奥康诺警员被苏格兰场的同事们起了个外号："女仆的梦中情人"。

他无疑是个美男子，高大挺拔，宽肩细腰。但与其说他的女人缘来自英俊的外形，倒不如说他那狡黠又大胆的眼神才更令异性难以抗拒。奥康诺警员每次出手必有收获，而且效率很高。

距夏塔纳先生的命案发生时间才过了四天，雷厉风行的奥康诺警员已经和"北奥黛丽街一百一十七号的克拉多克太太"生前的女仆埃尔西·贝特小姐并肩观赏三英镑六便士一张票的话剧了。

做好铺垫之后，奥康诺警员开始切入正题。

"这幕剧让我想起从前的一位主人，"他说，"他姓克拉多克，怪人一个。"

"克拉多克？"埃尔西说，"我也给姓克拉多克的一家人干过活。"

"有意思，难道是同一家？"

"他们住在北奥黛丽街。"埃尔西说。

"我辞职的时候，他们正要搬去伦敦，"奥康诺立即说，"没错，我记得就是北奥黛丽街。克拉多克太太真难伺候。"

埃尔西的头甩得像拨浪鼓。

"我受不了她。没完没了地挑毛病、发牢骚，不管我做什么都是错。"

"她丈夫也没少受埋怨吧？"

"她总抱怨说他冷落她，不了解她。而且她老说自己身体不好，天天气喘吁吁的。可依我看，她根本没病！"

奥康诺一拍膝盖。

"想起来了。不是有人说过她和一个医生的闲话吗？说他们来往太密切什么的？"

"罗伯茨医生？他人很好啊。"

"你们这些女孩，都一个样。"奥康诺警员说，"男人越坏，你们越维护他。我就知道他是那种人。"

"不，你不了解，你完全弄错了，他才不是那种人。克拉多克太太总要请他来，这能怪他吗？作为医生还能怎么办？他只是把她当病人而已，根本没多想。还不都是克拉多克太太自己不好，搅得他也不得安宁。"

"那就好，埃尔西——不介意我叫你埃尔西吧？总觉得我们都认识一辈子了。"

"哼，哪有那么久！我可不是叫埃尔西吗？"

她又甩甩头。

"噢，好吧，贝特小姐，"他瞥了她一眼，"刚才说到哪儿来着？她丈夫也一直发脾气，对不对？"

"有一天他发了好大的火。"埃尔西承认，"不过要我说，他那时已经病了。你知道，没过多久他就死了。"

"我记得——死得有点怪，是吧？"

"从日本来的什么传染病——用新买的刮胡刀的时候感染上的。好可怕啊，他们怎么不小心一点儿？以后我再也不敢碰日本的东西。"

"要买就买英国货，这是我的座右铭。"奥康诺警员郑重地说，"你说他和医生吵过架？"

埃尔西点点头，享受着揭发从前是是非非的快感。"吵得特别凶，至少男主人火气很大。罗伯茨医生一直很冷静，只说了些'胡扯，你都想些什么啊'这一类的话。"

"在家里吵？"

"是啊，克拉多克太太请医生来，然后就和男主人吵了起来。吵到一半罗伯茨医生来了，男主人就拿他出气。"

"他具体说了些什么？"

"噢，我当然不该听见。他们在女主人的卧室里大吵。我以为出了什么事，就拿簸箕去打扫楼梯。我可不想错过好戏。"

奥康诺警员衷心表示理解她的心情，同时暗自庆幸自己是以非官方的身份来接近埃尔西的。如果亮出警员的职

131

务正式查问，她一定会声称什么也没听见。

"我说过，罗伯茨医生很平静，男主人却大喊大叫。"

"他都说了些什么？"奥康诺第二次迫近重点。

"臭骂了他一顿。"埃尔西喜滋滋地说。

"怎么骂？"

这个女孩就不能说点具体的吗？

"哎，其实我没怎么听懂，"埃尔西承认，"那些词好复杂，什么'违背职业道德'啦，'占便宜'啦，他还说要让罗伯茨医生从医师协会里除名，有这回事吗？大致是这些。"

"没错，"奥康诺说，"可以向医师协会投诉。"

"对，他好像说过。女主人一直歇斯底里地嚷嚷：'你从来不关心我！你冷落我！你丢下我一个人！'她还说罗伯茨医生简直是上帝为她派来的天使。

"后来医生跟男主人去了更衣室，把卧室的门关上了——我听得很清楚。他说：'老兄，没发现你太太发神经了吗？她根本不知道自己说什么。实话告诉你吧，她的病很麻烦，要不是职——'那个词好难记，噢，'要不是职责所在，我早就撒手不管了。'他就是这么说的。他还说他没越过医生和病人之间的界限什么的。男主人这才安静了，然后医生又说：'你上班要迟到了。你先走吧，冷静地思考一下，你会发现整件事根本不存在。我洗个手就要去看下一位病人。你好好想想，老兄，整件事都是你太

太胡思乱想出来的。'

"男主人说：'我不知道有什么可考虑的。'

"然后他出来了——我当然在卖力地刷楼梯，但他根本没注意到我。过后想想，当时他看起来就像生病了。医生高高兴兴地吹着口哨，在更衣室洗手，那里冷热水都有。然后他也拎着包出来了，和平时一样，有礼貌又笑眯眯地跟我打招呼，很开心地走了。所以你看，我很肯定医生没做错什么，都是太太的问题。"

"后来克拉多克先生患了炭疽热？"

"嗯，我觉得吵架那会儿他已经生病了。太太全心全意照顾他，但他还是死了。葬礼上的花圈很漂亮。"

"后来呢？罗伯茨医生有没有再去他们家？"

"没有，你问题真多！我看你对他有偏见嘛。告诉你，他没问题。如果有，男主人一死，他就会娶她，对不对？但他根本没娶她，哪会那么傻。他早就看透她了。她经常打电话给他，但他怎么都不肯来。后来太太卖掉房子，把我们都辞退了，去了埃及。"

"所以那段时间你没见过罗伯茨医生。"

"没有。但太太见过，因为她去医生那里打——什么来着，伤寒预防针。她回来的时候手臂疼得厉害。依我看，医生当时就跟她一刀两断了。后来太太再也没打电话给他，反而高高兴兴地带了一大堆漂亮衣服出国。虽然是冬天，那些衣服却都是浅色的，她说那边阳光灿烂，天气很热。"

"没错,"奥康诺警员说,"有时候热过头了。她死在了埃及,你应该知道吧?"

"不,我真的不知道。唉,想想看!可怜啊,也许她的情况比我想象得更惨。"她又叹道,"也不知道他们怎么处理她那些漂亮衣服?那里都是黑人,穿不了那些。"

"如果穿在你身上,一定很好看。"奥康诺警员说。

"脸皮真厚。"埃尔西故作嗔怒。

"好吧,这'厚脸皮'也不会骚扰你太久了,"奥康诺警员说,"我要去很远的地方出差。"

"要去很久?"

"可能得出国。"警员答道。

埃尔西的脸拉了下来。

虽然她不曾拜读过拜伦爵士的著名诗篇《我从未爱上一头羚羊》,但这首诗却正是此刻她的心情的最好写照。她暗想:真奇怪,长得帅的约会对象总是不能修成正果。唉,算了,反正还有弗雷德。

幸好,来去匆匆的奥康诺警员对埃尔西的生活不至于造成长远的影响。说不定弗雷德还因此加分了呢!

第十七章　露达·达维斯的证词

　　露达·达维斯走出德贝汉商店，站在人行道上出神，脸上写满犹豫。那张脸表情丰富，随时映射出她脑海中的千思万绪。

　　此刻，露达的表情显然是在说："该不该？我想——可能还是不去更好。"

　　看门人满怀希望地问："小姐，要叫出租车吗？"露达摇摇头。

　　一位提着大包小包、一看就是"趁早开展圣诞大采购"的胖女人猛撞了露达一下，但露达依旧呆站着，举棋不定。

　　纷乱的思绪接连涌过。去一趟又有什么关系？她邀请过我——不过她也许对所有人都这样说。可能她不是认真的——唉，没关系，反正安妮暂时不需要我，她说得很清楚，更乐意单独和德斯帕少校去找律师。这不是很正常吗？三个人有些多，而那件事其实与我无关。我也没有特别想见德斯帕少校，虽然他很和善。我想他一定爱上安妮了，否则男人哪会这么积极——不只是纯粹出于好心帮忙。

一个邮递员撞到露达，稍有些不悦地说："对不起，小姐。"

天哪，露达暗想，我总不能在这儿傻站一整天吧。都怪我太笨，下不了决心——我想那件大衣和裙子一定非常漂亮，不知棕色的是不是比绿色的更耐看些？不，应该不是。唉，怎么办，去还是不去？三点半，时间正合适，不至于弄得像是去蹭饭的。算了，还是去吧。

她冲过马路，先右转，再左转，沿哈利街一路走去，最后在一排被奥利弗太太称为"坐落在许多养老院之中"的公寓门前停下脚步。

反正她也不至于吃了我。露达边想边壮着胆子走进去。

奥利弗太太的公寓在顶楼。一名穿制服的服务员把露达送进电梯。她走出电梯，站在一扇绿色的门前面，脚下是漂亮的新垫子。

感觉真糟糕，露达心想，比看牙医更可怕。但我必须坚持到底。

她按响门铃，尴尬得满脸通红。

一位年老的女仆开了门。

"请问，我能不能——奥利弗太太在家吗？"露达问道。

女仆让到一旁，露达走进屋，被带进一间相当凌乱的客厅。女仆问："请问小姐怎么称呼？"

"噢，呃，达维斯小姐，露达·达维斯。"

女仆去通报了。刚过了一分四十五秒她就回来了，但露达觉得仿佛过了一百年。

"这边请，小姐。"

露达的脸更红了。她跟着女仆经过走廊，拐了个弯，有扇敞开的门。她万分紧张地踏进去，霎时间，她震惊地发现自己身处非洲丛林！

各种各样的鸟——成群的小鸟、鹦鹉、金刚鹦鹉、连鸟类学家都叫不出名字的鸟儿……在原始森林里飞进飞出。在鸟儿和植物的簇拥中，有一张破破烂烂的餐桌，桌上摆着一台打字机，地上散放着大沓稿纸。奥利弗太太顶着乱蓬蓬的头发，从一张眼看要四分五裂的椅子上站起来。

"好孩子，你可算来了。"奥利弗太太伸出一只沾了油墨的手，用另一只手去理顺头发，这个动作简直匪夷所思。

她的胳膊肘撞翻了桌上的一个纸袋，苹果滚了一地。

"没事，孩子，别麻烦了，等下有人来捡。"

露达刚捡起五个苹果，喘着气直起腰。

"噢，谢谢——不不，不该放回纸袋里，袋子可能破了个洞。就放到壁炉架上吧。可以了。快请坐，我们聊聊。"

露达坐进另一张旧椅子，注视着女主人。

"真抱歉，是不是打扰你工作了？"

"噢，是，也不是。"奥利弗太太说，"你也看到了，我确实在工作，不过我笔下的芬兰侦探把自己绕晕了。他根据一盘法国豌豆展开精彩推理，刚刚查出米迦勒节烧鹅里塞的鼠尾草和洋葱含有致命毒药。但我突然想起，米迦勒节的时候，法国豌豆的收获季早就过了。"

露达得以一窥侦探小说的创作内幕，顿时异常激动，简直喘不过气来。"做成罐头可以吗？"

"也许可以，"奥利弗太太将信将疑地说，"但这会破坏情节。我一直混淆了园艺方面的很多问题。读者写信给我，说我弄错了很多花的花期。这有什么关系啊，反正伦敦花店里什么花都有。"

"当然没关系，"露达急忙表达忠心，"噢，奥利弗太太，写小说真是太不可思议了。"

奥利弗太太用沾着油墨的手指揉揉额头。"为什么？"

"噢，"露达略显惊讶，"那是肯定的。坐下来写完整本书，感觉一定棒极了。"

"那可不一定，"奥利弗太太说，"其实写书需要大量思考，而思考是件烦心事，还得处处计划，时不时还会陷入困境，仿佛永远无法解脱——最后终于成功！写作并不总是开心事，跟其他任何工作一样，都很辛苦。"

"这不太像工作啊。"露达说。

"对你而言不像，"奥利弗太太说，"因为你不用写嘛！我却觉得是工作。有时我不得不反复对自己强调下一批版税的数额，才有办法接着写下去。报酬总能给人动力，记

138

录着你透支情况的银行存折也有同样作用。"

"没想到你亲自打字，"露达说，"我以为你有秘书。"

"我的确请过秘书，我口述，她打字。但她过分能干，反而让我很沮丧。我觉得她比我更懂英文语法、逗号和分号，令我自愧不如。后来我换了个不那么出色的秘书，结果可想而知，配合得也不太愉快。"

"构思情节的过程一定很美妙。"露达说。

"我随时都在构思，"奥利弗太太高兴地说，"但写下来就很烦人。我常常以为写完了，一算字数，才三万字，离六万字还差得远，只好再插进一桩命案，让女主角再次遭人绑架。真没意思。"

露达没答话。她愣愣地望着，满怀年轻人对名人的崇敬，却又夹杂着些许失望。

"喜欢这种壁纸吗？"奥利弗太太挥挥手，"我特别喜欢小鸟。这些植物估计是热带的，即使在大冷天也看得人冒热气。我只有在感觉很温暖的环境里才能做点事，但我笔下的斯文·耶尔森每天早晨都得给浴室除冰！"

"好厉害！"露达说，"只要没打扰你就好。"

"我们喝点咖啡，吃点烤面包吧。"奥利弗太太说，"浓咖啡，热腾腾的烤面包。我在任何时候都吃得下。"

她开门喊了两声，又回来问："你今天进城是来买东西吗？"

"对，逛了逛街。"

"梅瑞迪斯小姐也来了？"

"嗯，她跟德斯帕少校去见一位律师。"

"律师？"奥利弗太太眉毛一挑。

"对，是这样，德斯帕少校建议她请一位律师。他特别热心，真的。"

"我也很热心啊，"奥利弗太太说，"但我好像没那么受欢迎，是吧？其实我觉得你的朋友很不乐意看到我去拜访她。"

"噢，没那回事，真的没有。"露达尴尬得在椅子上扭动身子，"其实这就是我来的目的之一，来解释一下。我认为你完全误会了。虽然她表面上很冷淡，但其实不是那样。我是指，你去找她本来没什么，问题在于你说的一句话。"

"我说的一句话？"

"是的，当然，你不可能预知，只是不凑巧而已。"

"我说了什么？"

"估计你不记得了。你轻描淡写地提过意外啊，毒药啊什么的。"

"有吗？"

"我就知道你忘了。是这样，安妮有过一次恐怖的经历。当时她住的那家有个女人误吞了毒药——印象中是帽漆，估计错把帽漆当成别的东西了，然后就死了。安妮当然受了极大的惊吓。一谈起甚至是想起这件事，她就受不了。结果你那句话勾起了她的回忆，她忽然不作声，全身僵硬，态度很奇怪。我发觉你已经注意到了，但当着她的面，我又不方便说什么。可是你要知道，事情跟你想的不一样，她并不是不领情的人。"

奥利弗太太望着满面急切的露达，缓缓答道："我明白了。"

"安妮特别敏感，"露达说，"唉，她非常不善于面对现实。如果有什么烦心事，她都宁可憋在心里。其实一点好处也没有，至少我认为如此。不管说不说，麻烦照样存在。她只是拼命逃避，装作没那回事。换作是我，无论多痛苦，我也忍不住会说出来。"

"啊，"奥利弗太太平静地说，"但是，孩子，你是一位斗士，而你的朋友安妮不是。"

露达脸红了。"安妮很可爱。"

奥利弗太太笑了笑："我没说她不可爱，我只是说她没有你这种非同一般的勇气。"她叹口气，然后又出其不意地说，"孩子，你是否相信真相的价值？"

"当然相信。"露达瞪大眼睛。

"嗯，你嘴上这么说，但未必认真思考过。真相有时很伤人，会让人的幻想破灭。"

"但我仍然愿意了解真相。"露达说。

"我也是。但我不确定这是不是明智之举。"

露达急忙说："别把我的话告诉安妮好吗？她会不高

兴的。"

"我想都没想过。是很久以前的事吗？"

"四五年前吧。说来也怪，同样的遭遇总在同一个人身上反复上演。我有个姑妈多次遇到海难，安妮则是两次卷入暴死事件——只是这次的处境恶劣得多。谋杀太可怕了，不是吗？"

"是啊。"

黑咖啡和涂了奶油的热面包送来了。露达像个孩子似的大快朵颐。能在这么近的距离和名人一起吃东西，她格外兴奋。

吃喝完毕，她站起来说："但愿没给你添太多麻烦。不知你介不介意——如果我寄一本你的书来，能不能替我签个名？"

奥利弗太太大笑："哦，还可以更满足你一点。"她打开房间另一端的柜子。"喜欢哪一本？我个人觉得《第二条金鱼事件》挺不错，不像其他作品那么差劲。"

听到一位作家如此形容自己的作品，露达稍感震惊，连忙收下礼物。奥利弗太太翻开封面，用花体字签了名，递给露达。

"送给你了。"

"太感谢了，今天好开心。真的没打扰到你吗？"

"本来我也想见你嘛。"奥利弗太太说。她稍一踌躇，又说："你是个好孩子，再见。好好照顾自己。"

客人走后，她关上门，自言自语："我为什么要说那句话呢？"

她摇摇头，搅乱头发，继续对付斯文·耶尔森和鼠尾草、洋葱填料的情节。

第十八章　茶歇时间

洛里默太太走出哈利街上的一扇门，在台阶顶端站了一会儿，才慢慢走下来。

她的表情很特别——严肃、决绝与奇特的犹疑不定彼此交织。她的眉毛微微下垂，似乎正聚精会神地思考某个问题。

这时她发现安妮·梅瑞迪斯站在对面的人行道上，正仰望着拐角处的一大排公寓楼。

洛里默太太迟疑片刻，随后径直走过去。"你好，梅瑞迪斯小姐。"

安妮一惊，转过身来："噢，你好。"

"还在伦敦？"洛里默太太说。

"不，今天才进城，有些法律事务要办。"

她的目光又移向那片公寓。洛里默太太问："有什么问题吗？"

安妮又吓了一跳，颇为心虚。

"问题？噢，没有，哪来的问题？"

"你看上去好像有心事。"

"没有，噢，其实我，也没什么要紧的，说起来有些傻。"她轻笑了两声，"我好像看见我的朋友——跟我同住的女孩，到那里面去了，不知她是不是去找奥利弗太太。"

"奥利弗太太住在这里？我倒不知道。"

"是啊，前几天她去看我们，留了地址，让我们来找她。不知我看见的是不是露达。"

"要不上去看看？"

"不，还是算了。"

"一起喝茶吧，"洛里默太太说，"附近有家店我很熟。"

"你太客气了。"安妮仍有些踌躇。

她们并肩走了一段，拐进侧面一条小街，进了一家小点心店，服务生端来茶和松饼。她们没怎么说话。两个人都觉得对方的沉默让人安心。

安妮突然问："奥利弗太太找过你吗？"

洛里默太太摇摇头。"除了波洛先生，没人来找我。"

"我不是指——"安妮说。

"不是？我以为是啊。"洛里默太太打断她。

女孩抬起头——惊惶地匆匆一瞥。洛里默太太表情中的某些东西似乎令她放心不少。

"他没找过我。"她慢吞吞地说。

片刻的冷场。

安妮又问："巴特尔警司去过你那儿了吗？"

"噢，去过，当然。"洛里默太太说。

安妮吞吞吐吐地说："他都问你哪方面的问题？"

洛里默太太疲惫地叹了口气："没什么特别的，例行公事吧。我看他也挺高兴的。"

"我猜所有人他都问过了。"

"应该是吧。"接着又冷场了。

安妮又问："洛里默太太，你觉得——他们会查出谁是凶手吗？"

她低头盯着盘子，错过了老太太审视她低垂的脑袋时那怪异的表情。

洛里默太太轻声回答："我不知道。"

安妮喃喃念叨着："有点……让人有点不舒服，是吧？"

刚才那种审度中带有同情的神色又浮现在洛里默太太脸上。"安妮·梅瑞迪斯，你今年多大了？"

"我……我？"女孩结结巴巴地答道，"二十五岁。"

"我六十三岁。"洛里默太太说。

然后她又缓缓地说："你的人生之路还很长。"

安妮颤抖着。"说不定回家的路上我就会被公交车撞死。"

"嗯，有这个可能。而我，我可能不会。"

洛里默太太的语气很奇怪，安妮惊愕地望着她。

"人生的路很难走，"洛里默太太又说，"到了我这个年龄，你就明白了。活下去需要无尽的勇气和忍耐。最后你难免会扪心自问：'究竟值不值得？'"

"噢，别这么说。"

洛里默太太笑了，又恢复了精明能干的本色。

"不谈那些郁闷的经历了。"她叫女招待过来结账。

刚出店门，一辆出租车正好驶过，洛里默太太拦下车。

"需要捎你一程吗？我要去公园南边。"

安妮两眼一亮。

"不，谢谢，我看到我的朋友从街角拐过来了。谢谢，洛里默太太。再见。"

"再见，祝你好运。"老太太说。

洛里默太太坐车走了，安妮匆匆往前赶。

露达见了好友，喜形于色，旋即又显得有些歉疚。

"露达，你是不是去找奥利弗太太了？"安妮追问。

"唔，说实话，我去了。"

"刚好被我逮住。"

"不明白你说'逮住'是什么意思。我们去搭公交车吧。你怎么没跟男朋友一起走？我还以为他至少会请你喝茶。"

安妮沉默了片刻，耳畔响起刚才他那句话："不如半路接上你的朋友，大家一起去喝茶？"

而她当时不假思索地答道："谢谢，但我们约了其他人一起喝茶。"

谎话，多么愚蠢的谎话。脱口而出，未经斟酌。其实只要简单地说"谢谢，不过我的朋友另有饭局"就好，那照样可以把露达排除在外。

她不想让露达陪伴，真奇怪。她一定是想独占德斯帕。她感觉到了嫉妒。她嫉妒露达。露达那么聪明、那么单纯、那么热情、那么有活力。那天德斯帕看上去似乎很欣赏露达。不过他是去探望她，安妮·梅瑞迪斯啊。露达就是这样，虽然不是故意的，但总会不自觉地让别人变成背景。不，无论如何她都不想让露达参加。

但是她过于慌张，应对方式太笨拙了。如果她更机灵一些，没准现在就在德斯帕少校的俱乐部，或是其他什么地方和他一起喝茶了。

她生露达的气。露达真恼人，去找奥利弗太太干什么？她忍不住大声质问："你为什么去找奥利弗太太？"

"咦，是她请我们去的啊。"

"没错，但我认为她不是真心的。估计那种话她随时挂在嘴边。"

"她是真心的。她特别亲切，对我特别好，还送了我一本她写的书。你看。"

露达拿出奥利弗太太的礼物向好友炫耀。

安妮疑虑重重地说："你们都聊些什么？没讨论我吧？"

"听听，这个小姑娘真是自作多情！"

"不，到底有没有议论我？有没有谈到谋杀案？"

"我们聊了她写的谋杀案。她正在写一本书，书里的鼠尾草和洋葱掺了毒药。她特别有人情味，说写书很辛苦，常把情节弄混。我们喝了黑咖啡，吃了涂黄油的热面包。"露达兴高采烈地说个没完。

然后她才说："噢，安妮，你要喝下午茶啊。"

"不，不用了，我已经喝过了，和洛里默太太一起。"

"洛里默太太？莫非就是——当时也在场的那位太太？"

安妮点点头。

"你在什么地方碰见她的？你去找她了？"

"没有，是在哈利街碰上的。"

"她是怎样的人？"

安妮缓缓答道："我不知道。她，有点怪怪的，和那天晚上完全不一样。"

"你还认为她是凶手？"露达问。

安妮沉默了片刻，然后说："不知道。别谈那件事，露达！你知道我受不了那些。"

"好吧，亲爱的。律师怎么样？态度冷淡，满口法律条文？"

"警惕性很高。"

"那不错啊。"露达略一停顿，才问，"德斯帕少校怎么样?"

"一个大好人。"

"安妮,他爱上你了,肯定的。"

"露达,别胡说。"

"哈,走着瞧吧。"

露达暗暗嘀咕着,心想:他爱上她很正常。安妮那么漂亮,只是有点大惊小怪——她永远也不会跟他满世界旅行。唉,她看到蛇一定会尖叫。男人嘛,都喜欢不适合自己的女人。

接着她大声说:"我们可以坐这一路公交车去帕丁顿,正好赶得上四点四十八分的火车。"

第十九章 探讨案情

波洛家的电话响了，另一头的声音恭恭敬敬地说："我是奥康诺警员。巴特尔警司向您问好。请问赫尔克里·波洛先生方不方便十一点三十分来苏格兰场？"

波洛回答说可以，奥康诺警员挂了电话。

十一点三十分，波洛准时在新苏格兰场门口下了出租车，就立刻被奥利弗太太逮个正着。

"波洛先生，太好了！能不能救救我？"

"没问题，夫人。需要我做什么？"

"帮我付出租车费。不知怎么回事，我带的是出国时装外币的钱包，而这个人偏偏不肯收法郎、里拉、马克！"

波洛殷勤地掏出零钱付了账，和奥利弗太太一起走进大楼。

他们被迎进巴特尔警司的办公室。警司坐在一张桌子后面，显得比平时更木讷。

"简直像一尊现代派雕塑。"奥利弗太太低声对波洛说。

巴特尔起身与两人握手，大家先后落座。

"该开个碰头会了，"巴特尔说，"你们一定想了解我的进展，我也想听听你们的成果。只等瑞斯上校来，就——"这时门开了，上校抵达。

"不好意思，迟到了，巴特尔。你好，奥利弗太太。嗨，波洛先生。让各位久等了。不过明天我要出远门，需要做很多准备。"

"你要去哪里？"奥利弗太太问。

"一次小小的狩猎旅行，去南亚的俾路支。"

波洛一笑，话里有话地说："那个地方出了点小麻烦，对吧？你得当心。"

"我会的。"瑞斯正色答道，但他的眼睛眨了几下。

"先生，有没有帮我们查到什么？"巴特尔问。

"我搜集了一些德斯帕的资料。你看——"他推过一捆文件，"里面有很多日期和地点，想必大部分没什么意义。没发现对他不利的证据。这个家伙很勇敢，在军队的履历完美无缺；严守纪律，所到之处口碑都相当不错，很受当地人信任。非洲人给他取了各种冗长的绰号，其中之一的意思是'沉默寡言但裁判公正的人'。白人则称他为'真正的欧洲人'。枪法好、头脑冷静、高瞻远瞩、值得信赖。"

这一番赞美没有打动巴特尔，他问："他有没有卷入过任何暴毙事件？"

"我特别留意了这一点。他曾救过一个人——有个同伴被狮子抓伤……"

巴特尔叹道："我对救人的事不关心。"

"你真固执啊，巴特尔。我查来查去，可能只有一件事合乎你的要求。有一次，德斯帕深入南美大陆内部，同行的有著名植物学家卢克斯摩尔教授以及教授夫人。教授发高烧死了，葬在亚马孙丛林的某个地方。"

"发高烧？呃？"

"发高烧。我就不瞒你了，有一个抬棺材的土著突然因为偷东西被解雇了，他说教授不是死于高烧，而是死于枪击。但从来没人认真对待这一传闻。"

"也许该到认真的时候了。"

瑞斯摇摇头。"我都查清楚了。既然是你要的情报，就归你处置。不过我敢打赌，那天晚上的勾当不会是德斯帕干的。他是正人君子，巴特尔。"

"你的意思是，他不可能犯下谋杀？"

瑞斯上校犹豫了。

"不可能犯下我所谓的谋杀，是的。"

"但如果有充足、合理的理由，他也未必不会杀人，是这样吗？"

"如果他杀人，理由一定非常充分！"

巴特尔摇摇头。

"你不能把审判一个人的权力交给另一个人，任由他为法律代言。"

"这种事，巴特尔，有时也是难免的。"

"但却是不应该的。这是我的观点。波洛先生，你怎么看？"

"我和你有同感，巴特尔。我一向反对杀戮。"

"这种说法很滑稽，"奥利弗太太说，"好像在说捕猎狐狸，或者宰杀鱼鹰，然后用羽毛来做帽子。难道你不认为有些人该杀吗？"

"这也很有可能。"

"那还有什么问题！"

"你没有理解。我最在乎的不是被害人，而是这件事对凶手性格的影响。"

"那战争又怎么说？"

"在战争中，个人并未行使审判权，而这一权力正是危险之源。一旦某人自认为他知道谁该活、谁该死，他就离世界上最危险的杀手不远了——他将成为不以利益为目标，而是为理想杀人的傲慢暴徒，他认为自己是在替上帝行使权力。"

瑞斯上校站起身。"抱歉，我要走了，还有很多事要做。我真想看着这件案子画上句号。如果永远破不了案，我也不会吃惊。就算你们查出凶手，也几乎不可能证明。我提供了你要的事实，但在我看来，德斯帕不是凶手。我不相信他从前杀过人。也许夏塔纳听到关于卢克斯摩尔教授之死的某些流言，但我认为仅此而已。德斯帕为人正直，我不相信他曾是凶手。这是我的看法，我对人性也有一定的了解。"

"卢克斯摩尔太太是怎样的人？"巴特尔问道。

"她住在伦敦，你不妨自己去看看。这些文件里有地址，在南肯辛顿某个地方。但我再说一次，德斯帕不是凶手。"瑞斯上校走出房间，脚步如猎人般敏捷，悄无声息。

门关上后，巴特尔沉思着点点头。"也许他说得对。瑞斯上校看人的眼光很准。但话说回来，还不能草率下结论。"

他浏览着瑞斯摆在桌上的大沓文件，不时用铅笔在旁边的便笺簿上写几个字。

"哎，巴特尔警司，"奥利弗太太说，"你不是要跟我们交流调查进展吗？"

警司抬起头，木讷的脸上慢慢浮出笑容。

"这不符合规定，奥利弗太太。希望你了解这一点。"

"废话。"奥利弗太太说，"我本来就没抱希望，反正你不想说的事，绝不会透露给我们。"

巴特尔摇摇头。

"不，"他断然答道，"亮出底牌，是这次办案的原则。我会公平竞争。"

奥利弗太太把椅子拉近了一点。

"快说吧。"她央求着。

巴特尔警司慢条斯理地说："首先，我要说，我完全

155

不知道究竟是谁杀了夏塔纳先生。从他的文件中看不出迹象，或是任何线索。至于那四个人，我自然都派人跟踪了，但没有实质性收获。这也在预料之中。波洛先生说得对，唯一的希望就是追查往事。查查他们是否犯过什么罪，也许就能推断出这次的凶手是谁。"

"那么，有什么发现吗？"

"其中一个人，似乎有点问题。"

"哪一个？"

"罗伯茨医生。"

奥利弗太太激动而又充满期待地望着他。

"波洛先生知道，各种理论我都验证过了。我确认了他没有近亲突然暴毙。我尽全力追查了各种蛛丝马迹，结果只挖掘到一种可能，而且可能性不算高。几年前，罗伯茨很可能与一位女病人有过暧昧关系。也许没什么，多半没什么，但那个女人情绪不稳定，总爱大惊小怪地胡闹。她丈夫大概听到了风声，或是那个女人自己坦白过。总之，医生算是惹上了大麻烦。愤怒的丈夫威胁要向医师协会举报他，这很可能让他的职业生涯毁于一旦。"

"后来呢？"奥利弗太太屏息追问。

"显然，罗伯茨暂时稳住了怒火冲天的对方，但那个人很快就死于炭疽热。"

"炭疽热？那不是牛瘟之类的传染病吗？"

警司咧嘴一笑："没错，奥利弗太太。不是南美印第安人那种来无影去无踪的箭毒！或许你还记得，当时市面上有一些感染了病毒的刮胡刀廉价甩卖，引起了很大恐慌。后来证明克拉多克是用了刮胡刀才被感染的。"

"给他看病的是罗伯茨医生吗？"

"噢，不是。以他的精明，怎么可能？克拉多克也肯定不会找他。我只掌握了一项证据，虽不起眼，却很宝贵，当时罗伯茨医生的病人里有一个炭疽病例。"

"你的意思是，刮胡刀上的病毒是医生弄上去的？"

"这个想法非常大胆，但是很遗憾，也只能想想而已，无法进一步确证，纯属猜测。但可能性是存在的。"

"后来他没娶克拉多克太太？"

"噢，老天，没有，我想是那位太太单相思吧。听说她本来不肯善罢甘休，后来却又高高兴兴到埃及去过冬，结果死在那里。得了某种罕见的败血病，名字很长，但估计没多少参考价值。那种病在我们这里很少见，但在埃及的发病率相当高。"

"所以不可能是医生给她下毒？"

"不知道，"巴特尔说，"我找过一位细菌学家朋友探讨，要从他们那里问出直接的答案可真难。他们永远不回答'是'和'否'，总爱说'在某些特定情况下有可能'，'依据接种者的病理情况而定'，'以前有过这种病例'，'很大程度上取决于个人体质'——都是这一类回答。不过我穷追不舍，终于问出一点东西——有可能在她离开英国前体内便被注入了细菌，但一段时间后才出现症状。"

波洛问："克拉多克太太去埃及之前是不是接种过伤寒疫苗？我想大多数人都会打。"

"你说对了，波洛先生。"

"是罗伯茨医生为她注射的？"

"没错。你又猜中了。但我们无法证明任何问题。她按惯例打了两针，可能只是伤寒疫苗而已；或者其中一针是伤寒疫苗，另一针则是其他东西。我们不知道。我们永远都不会知道。一切都是假设，只能说存在这种可能性。"

波洛若有所思地点点头。

"这跟夏塔纳先生对我说的那番话完全吻合。他大肆鼓吹所谓'成功的凶手'，说他们的罪行永远不会被人指认。"

"那夏塔纳先生又是怎么知道的呢？"奥利弗太太问。

波洛耸耸肩。"这是永远的谜了。我们已知他在埃及待过一段时间，因为他就是在那里认识了洛里默太太。也许他听当地某位医生提到克拉多克太太的某些离奇症状——说她的感染源很莫名；然后他又在另一个场合听到关于罗伯茨医生和克拉多克太太暧昧关系的闲话。可能他还故意在医生面前故弄玄虚了几句，以此取乐，结果捕捉到了对方惊骇和警惕的眼神。这一切只能猜测了。某些人天生就擅长挖掘秘密，夏塔纳先生就是其中之一。这都无所谓，反正他靠的是猜测。那么，他到底猜得对不对呢？"

"唔，我想他猜对了。"巴特尔说，"这位和蔼可亲的医生不至于太过谨慎。我认识一两个和他很像的人——真奇怪，同一类人的相似之处怎么会这么多。我认为他杀过人，克拉多克就是他杀的。如果他厌烦了克拉多克太太，丑闻也是纸包不住火的，那他也可能害死她。但夏塔纳是不是他杀的？这才是真正的问题。将这几个案子一对比，我就很疑惑了。克拉多克夫妇的死，两次他都用了药物。在我看来，如果他要杀夏塔纳，肯定也会用医药方面的手段。他更擅长使用细菌，而不是刀子。"

"我从来不怀疑他，"奥利弗太太说，"一秒钟也没怀疑过。如果他是凶手就有点太明显了。"

"排除罗伯茨。"波洛嘀咕着，"其他人呢？"

巴特尔不耐烦地挥挥手。

"简直是白忙一场。洛里默太太已守寡二十年，大部分时间都住在伦敦，冬天偶尔会出国。去的都是比较繁华的地区——里维埃拉、埃及，等等。查不到任何与她有关的神秘死亡事件。她的人生轨迹似乎很普通，名声也很不错，看不出和别人有什么不同。大家都相当敬重她，对她的人品评价很高。据说她唯一的缺点就是忍受不了傻瓜！我承认这条线的追查彻底失败了。但她一定有问题！夏塔纳盯住了她。"

他郁闷地叹了口气。"然后是梅瑞迪斯小姐。我彻查了她的身世，履历也很平淡：军官的女儿，父母基本没留

159

下遗产，她只好自己工作，而且也没接受过像样的教育。我查过她早年在切尔滕纳姆的经历，情况相当简单。大家都很同情这个可怜的小姑娘。早先她在维特岛的一户人家住了一段时间——当当保姆，做做家务什么的。那位女主人现在去了巴勒斯坦，不过我跟她姐姐谈过，说是埃尔顿太太很喜欢这个姑娘。他们家没出过离奇死亡之类的事件。

"埃尔顿太太出国后，梅瑞迪斯小姐到德文郡一个同学的姑妈家当陪侍。那个同学现在也跟她住在一起——就是露达·达维斯小姐。她在那里住了两年，后来迪尔林太太病重，不得不请了一位正规的护士。听说是癌症。她还活着，但身体状态非常虚弱，想来是靠大剂量吗啡维持着。我曾经拜访过她，她还记得安妮，说安妮是好孩子。我又找她的一个邻居谈过，那人对几年前的事还有印象。教区内只死过一两个老人，我没发现安妮·梅瑞迪斯有和他们接触过的迹象。

"然后她就去了瑞士。本以为可以在那里追踪到某一起意外死亡事件，却事与愿违。沃林福德那边也没什么发现。"

"所以安妮·梅瑞迪斯也可以排除？"波洛问道。

巴特尔迟疑了。"很难说。有一点——她眼中有一种惊恐之色，我看并不完全是夏塔纳之死的惊吓所导致的。她的戒备心太强，警惕性太高，我打赌一定有问题。但是，她的履历没有破绽。"

奥利弗太太深吸一口气——纯粹出于极度的喜悦。

"但是，"她说，"有个女人误服毒药而死，当时安妮·梅瑞迪斯正好在她家里。"

这番话顿时掀起了轩然大波。

巴特尔警司在椅子里转过身，惊愕地瞪着她。

"这是真的吗，奥利弗太太？你怎么知道的？"

"我也在侦查啊。"奥利弗太太答道，"我跟那两个女孩打过交道。我去探望她们，编了一个像模像样的故事，说我如何怀疑罗伯茨医生。名叫露达的女孩很友好——噢，她简直视我为偶像，太感动了。小梅瑞迪斯却对我很反感，而且表现得非常明显。她十分多疑。如果心里没有鬼，怎么会这样？我请她们来伦敦看我。露达来了，聊了很久，她说安妮前几天对我失礼是因为被我那番话勾起了惨痛的回忆，接着她就说了那件事。"

"她说了具体时间和地点吗？"

"四五年前，在德文郡。"

警司小声嘀咕几句，在便笺簿上草草记了几句。他的镇定和冷静动摇了。奥利弗太太享受着胜利感，这对她而言，真是无比惬意的一刻。

巴特尔稳住情绪。"容我向你脱帽致敬，奥利弗太太，这次你完胜我们了。非常有价值的情报，可见人很容易出现疏漏。"

他微微皱眉。

"无论那是什么地方，她一定没住多久，最多两个月。大概是在她离开维特岛到入住迪尔林太太家之间。对，肯定没错。埃尔顿太太的姐姐只记得她去了德文郡的某个地方——她记不清具体是哪一家，以及详细地址。"

"请问，"波洛说，"这位埃尔顿太太是不是比较不修边幅？"

巴特尔好奇地瞄了他一眼。"你这话很奇怪，波洛先生。搞不懂你是怎么知道的。她姐姐的原话说得很清楚，我记得是：'我妹妹这人，不修边幅，而且非常粗心。'但你怎么会知道呢？"

"因为她要找人帮忙做家务呗。"奥利弗太太说。

波洛摇摇头。"不，不，不对。没什么，我好奇而已。请继续，巴特尔警司。"

"所以我才以为她是从维特岛直接去了迪尔林太太家。"巴特尔说，"这个女孩真狡猾，竟然骗了我。她从头到尾都在撒谎。"

"撒谎并不代表她有罪。"波洛说。

"我明白，波洛先生，有人天生爱撒谎。事实上，我认为她就是这种人，总说一些最好听的话。但无论如何，隐瞒这种事，仍然要冒相当大的风险。"

"她不知道你会对过去的罪行感兴趣。"奥利弗太太说。

"那就更没有理由隐瞒这种小事了。既然大家都认为是意外死亡，按说她也没什么好害怕的，除非她有罪。"

"所以不太可能仓促之间就捅人一刀。"巴特尔叹道。

"除非他别无选择。"波洛说，"别忘了，他做事向来果断。"

巴特尔望着桌对面的波洛。

"波洛先生，你捏着什么牌呢？一直都没摊开。"

波洛笑道："我的牌很有限。难道你以为我故意隐瞒？不会的。我没打听到多少内幕。我跟罗伯茨医生、洛里默太太和德斯帕少校都谈过，还得找梅瑞迪斯小姐聊聊。我的结论是什么？罗伯茨医生拥有敏锐的观察力；洛里默太太打牌时极为专注，因此对周围的一切几乎视而不见，不过她很喜欢花；德斯帕只注意对他有吸引力的东西——地毯、猎物的标本之类。他既没有我所谓的外向视野——密切观察周围环境的种种细节，也不具备内向视野——专心致志、聚精会神于某一特定事物。他的视线聚焦范围十分有限，只关注与他的心灵相协调、相契合的东西。"

"原来这些就是你说的实证？"

"确实是实证，也许太微不足道了。"

"梅瑞迪斯小姐呢？"

"我最后才会拜访她。不过我也会问她对那个房间里的东西有什么印象。"

"很特别的方法，"巴特尔沉吟道，"纯粹的心理分析。如果他们故意误导你怎么办？"

波洛笑着摇摇头。"不，不可能。无论他们想阻挠我还是真心想帮忙，都必定会反映出他们的思维模式。"

"确实有些道理，"巴特尔沉思着，"但我自己可用不来这一招。"

波洛依然微笑着："跟你和奥利弗太太——还有跟瑞斯上校相比，我出的牌得分少得可怜啊。"

巴特尔冲他眨眨眼。"说到这一点，波洛先生，两张王牌虽然分数不高，却可以压倒别人的三张 A。不过，有一项具体工作，我想拜托你。"

"是什么？"

"我想麻烦你去拜访卢克斯摩尔教授的遗孀。"

"你为什么不自己去？"

"因为我要去德文郡，刚才说了。"

"你为什么不自己去？"波洛又问了一遍。

"你还真是不依不饶啊！好吧，我说实话。我想你比我更能从她那儿套出话来。"

"我的方法没那么直接？"

"也可以这么说。"巴特尔微笑着，"杰普警督说，你特别能绕弯子。"

"就像夏塔纳先生？"

"你觉得他能套出她的话吗？"

波洛缓缓答道："我想他已经套出来了！"

"这话怎么说？"巴特尔连忙追问。

"因为德斯帕偶然说过一句话。"

"他露出马脚了？不太像他的风格啊。"

"噢，亲爱的朋友，人不可能永远滴水不漏，除非他永不开口！言语最容易泄露秘密。"

"就连撒谎也会泄密？"奥利弗太太问道。

"是的，夫人，根据你的谎言具体属于什么类型，立刻就能看出问题。"

"听你这么一说，我浑身不舒服。"奥利弗太太边说边站起来。

巴特尔警司送她到门口，热情地与她握手道别。

"你真有本事，奥利弗太太，"他称赞道，"比你笔下那位又高又瘦的拉普兰人厉害多了。"

"他是芬兰人，"奥利弗太太纠正，"确实很笨，但读者都喜欢他。再见。"

"我也告辞了。"波洛说。

巴特尔在一张纸上写了个地址，塞到波洛手里。

"给，去对付她吧。"

波洛笑了笑。"你想让我查什么？"

"卢克斯摩尔教授之死的真相。"

"亲爱的巴特尔！所谓的'真相'究竟是什么，真的会有人知道吗？"

"我会查明德文郡那起事件的真相。"警司斩钉截铁地说。

波洛喃喃自语："我保留我的意见。"

第二十章　卢克斯摩尔太太的证词

卢克斯摩尔太太住在南肯辛顿，开门的女仆疑虑重重地打量着赫尔克里·波洛，不想放他进门。波洛不慌不忙地递给她一张名片。

"交给你家女主人，她应该会见我。"

这是他最华丽的名片之一，一角印着"私人侦探"的头衔。这种名片是为了求见女性而特别印制的。几乎每个女人，无论是否心里有鬼，都不会拒绝私人侦探的约见，而且急于了解对方的来意。

屈尊站在门垫上的波洛厌恶地端详着久未擦拭的门环。

"啊！本来质量就不好，还这么脏。"他嘀咕了几声。

女仆激动地喘着气回来了，请波洛进去。

他被带到一楼的一个房间——光线很暗，空气中弥漫着腐烂的花和没倒干净的烟灰缸的臭味。有很多异国色调的丝绸垫子，看上去都需要清洗。翠绿色的墙壁，仿铜的天花板。

一位身材高挑、颇具风韵的妇人站在壁炉旁。她迎上来，用沙哑的嗓音说："你就是赫尔克里·波洛先生？"

波洛欠身致意。他的姿态和平时不同，不仅像极了外国人，而且还是那种花哨招摇的外国人，举手投足间十分做作，有一点，有那么一点点，接近夏塔纳先生。

"你找我有什么事？"

波洛又鞠一躬。"能不能坐下来谈？需要花点时间——"

她不耐烦地挥手请他坐下，自己也坐到沙发边缘。

"到底是什么事？"

"夫人，我是来调查的，私人性质的调查，你明白吗？"

他越从容，她就越急迫。"嗯？嗯？"

"我想了解卢克斯摩尔教授的死因。"

对方倒吸一口凉气，惊惶不已。

"可这是为什么？你是什么意思？跟你有什么关系？"

"是这样，有人在写一本书，是你那位大名鼎鼎的丈夫的传记。作者自然急于了解和他有关的一切事实，比如他的死因——"

她立刻打断他。

"我丈夫死于高烧，在亚马孙平原——"

波洛靠回椅背上，慢慢地，很慢很慢地，晃动脑袋，那单调的节奏足以把人逼疯。

"夫人，夫人——"他表示不以为然。

"我知道！当时我也在场。"

"啊，没错，你在。嗯，和我掌握的情报吻合。"

她追问："什么情报？"

波洛紧盯着她。"已故的夏塔纳先生提供的情报。"

她往后一缩，像被抽了一鞭子。

"夏塔纳？"她喃喃地问道。

"这个人无所不知，"波洛说，"很了不起。他知道很多秘密。"

"应该是吧。"她小声答道，舔了舔干燥的嘴唇。

波洛上身前倾，轻拍她的膝盖。"比如，他知道你丈夫并非死于高烧。"

她瞪着他，眼神疯狂而又绝望。波洛往后一靠，观察着他这番话的效果。她勉强振作精神。

"我，我听不懂你的意思。"

这句话毫无说服力。

"夫人，"波洛说，"我就打开天窗说亮话吧，现在就亮出我的底牌。你丈夫不是死于高烧，而是中弹身亡！"

"噢！"卢克斯摩尔太太惨呼一声。

她双手掩面，浑身颤动，看似极端痛苦，但在内心深处，她又似乎正享受着自己的情绪起伏。波洛很有把握。

"既然如此，"波洛颇有把握地说，"不如全都告诉我。"

她松开捂在脸上的手。"根本不是你想的那样。"

波洛再次倾身轻拍她的膝盖。

"你误会了，完全误会了。"他说，"我很清楚，向他开枪的不是你，而是德斯帕少校。但惨剧却因你而起。"

"我不知道。我不知道。我想是吧。太可怕了。厄运始终缠绕着我。"

"啊，太对了，"波洛高声附和，"这不是常有的事吗？总有这样的女人，无论走到什么地方，悲剧总是如影随形。但这不是她们的错，造化弄人啊。"

卢克斯摩尔太太深吸一口气。"你了解。我就知道你了解。一切自然而然就发生了。"

"你们结伴在南美内陆游历，对不对？"

"嗯。当时我丈夫正在写一本珍稀植物方面的书。有人把德斯帕少校介绍给我们，说他了解那里的环境，可以安排必要的行程。我丈夫对他印象很好，于是我们出发了。"

她停住了。波洛任由冷场延续了一会儿，才小声自言自语起来："是啊，不难想象，蜿蜒的大河，热带的夜晚，昆虫的嗡鸣，强壮而富有军人气质的男人，貌美的女人——"

卢克斯摩尔太太长叹一声："我丈夫比我年纪大很多，嫁给他的时候，我简直还是个孩子，根本不懂自己在干什么。"

波洛黯然摇头。"我理解。我理解。这是人之常情。"

"我们都不肯承认正在发生的一切，"卢克斯摩尔太太继续说，"约翰·德斯帕从来没开过口，他是正人君子。"

"但女人总能觉察得到。"波洛从旁怂恿。

"太对了。没错，女人心里都清楚。不过我从没在他面前表露出来。我们始终称呼彼此为'德斯帕少校'和'卢克斯摩尔太太'。我们都决心要守住底线。"她沉默了，陶醉在那高尚的情怀中。

"的确，"波洛小声说，"做人就该光明磊落。贵国有位诗人说得好：'我若不能严守公正，便不能如此爱你。'"

"是荣誉。"卢克斯摩尔太太微微皱眉纠正。

"当然，当然，荣誉。'我若不能严守荣誉……'"

"这简直是为我们而写的。"卢克斯摩尔太太喃喃道，"无论付出多大代价，我们都坚决避开那致命的字眼。后来——"

"后来——"波洛催促道。

"那个恐怖的夜晚。"卢克斯摩尔太太哆嗦了一下。

"怎么？"

"我猜他们大吵了一架——我是指约翰和蒂莫西。我走出帐篷……我走出帐篷——"

"嗯？然后？"

卢克斯摩尔太太黑色的大眼睛圆睁着，往事栩栩如生地重现于眼前。

"我走出帐篷，"她说，"约翰和蒂莫西正——噢！"她又打了个冷战，"我记不清了，我冲到他们中间喊：'不，

171

不，这不是真的！'蒂莫西不肯听。他威胁约翰，约翰只能开枪，为了自卫。啊！"她大叫一声，双手掩面，"他死了，像块石头——胸口中弹。"

"夫人，那对你而言真是可怕的一刻。"

"我永远都忘不了。约翰是个男子汉，坚决要去自首，我拼命拦着他。我们争论了一晚上。我一次又一次说'为了我'。最后他明白了，他不能让我承受这件事公开的后果，想想报上的新闻会是什么标题：丛林中的两男一女，原始的情欲……

"我苦苦哀求，最后约翰妥协了。同行的其他人什么也没看到，什么也没听到。蒂莫西之前就在发烧，我们说他是死于高烧，将他埋葬在亚马孙河畔。"

她痛苦地深深叹息，浑身颤抖。

"然后，回到文明世界，从此永远分离。"

"有这个必要吗，夫人？"

"有，有。蒂莫西虽然死了，却还和活着的时候一样，挡在我们中间，而且将我们分隔得更远。我们彼此道别，是永别。偶尔我也会在社交场合邂逅约翰·德斯帕。我们微笑、寒暄，谁也想不到我们之间有过那么一段往事。但从他的眼中我能看出——他从我的眼中也能了解，我们永不忘怀。"

停顿良久。波洛端详着窗帘，没有打破缄默。

卢克斯摩尔太太拿出粉盒，往鼻子上敷了点粉。魔咒

172

解除了。

"悲剧啊。"波洛说，语气却十分淡然。

"波洛先生，你也明白，"卢克斯摩尔太太连忙说，"这件事绝不能公开。"

"这就难办了——"

"不可能。你这位朋友，这位作家——他一定不想毁掉一个无辜女人的一生吧？"

"或者连累一个完全无辜的男人上绞架？"波洛嘀咕着。

"你也这么看？那我就放心了。他是无辜的。冲动杀人其实不算犯罪，再说他本来就是正当防卫。除了开枪，他别无选择。所以你能理解吧，波洛先生，必须让外人照旧认为蒂莫西是死于高烧。"

波洛又小声说："作家的心，有时候出奇地狠。"

"你的朋友憎恨女人？要让我们都受罪？但你一定得阻止他，绝不可以。必要时我会把一切罪责揽到自己身上。我会说是我开的枪。"

她已站起身，往后仰着头。

波洛也站起来。"夫人，"他拉起她的手，"夫人，不用牺牲你自己，我会尽量掩盖这件事，不让实情公开。"

一缕甜蜜而娇柔的笑容在卢克斯摩尔太太脸上绽放开来。她轻轻举起手，波洛无论愿不愿意，都不得不轻吻了一下。

"一个不幸的女人衷心感谢你，波洛先生。"她说。

简直像一位遭受迫害的女王对衷心的臣子留下的遗言——显然是谢幕前的台词。波洛识趣地告退了。来到街上以后，他猛吸了一大口新鲜空气。

第二十一章　德斯帕少校

"好一个女人！"赫尔克里·波洛自言自语，"可怜的德斯帕！居然要忍受这些！多么可怕的旅程！"突然，他大笑起来。

他沿着布罗姆普顿路漫步了一段，然后停下脚步，掏出怀表算了算时间。

"啊，还来得及。反正让他等一会儿也没关系。我先去办另一件小事。英国的警察朋友们以前爱唱什么歌来着，多少年了，四十年前？'喂小鸟吃一小块糖。'"

赫尔克里·波洛哼着早已被遗忘的调子，走进一间专卖女性服饰的豪华商店，来到女袜柜台前，找了一位看上去比较善良、不那么傲慢的女孩，说明他的要求。

"长丝袜？噢，有啊，我们这里有上好的款式，保证是真丝。"

波洛挥手表示不要，又费了一番口舌。

"法国丝袜？加上关税就很贵了啊。"

她又拿出好些盒子。

"很好，小姐，但我想要质地更精致的。"

"特级的当然有，但非常非常贵，而且不耐穿，简直像蜘蛛网那么容易破。"

"就是那种，对极了。"

这回售货员小姐去了很久，最后总算回来了。

"美极了，不是吗？"她从薄纱套中轻轻抽出质地最最细密、薄如蝉翼的丝袜。

"终于找到了！就要这种！"

"很漂亮吧？先生要多少双？"

"我要——我想想，十九双。"

柜台后的售货员差点晕过去，幸亏她习惯了顾客的轻慢，依旧站得笔直。

"买两打可以打折。"她轻声说。

"不，就要十九双。颜色最好稍微区别一下，拜托了。"

女孩遵照他的意思挑出十九双丝袜包好，写了账单。

波洛满载而归后，隔壁柜台的女售货员说："不知道那个幸运的女孩子是谁？这家伙，肯定是个老不正经的东西。哎，她好像把他缠得结结实实啊。这么贵的丝袜，啧啧！"

波洛不知道店里的小姐们对他的人品评价极低，正慢吞吞地往家走。

他进门约半小时后，门铃响了。过了几分钟，德斯帕少校走进来，显然正竭力克制着满腔怒火。"你去找卢克斯摩尔太太，究竟想干什么？"他质问。

波洛微笑着："我想你猜得到，我是去探听卢克斯摩尔教授之死的真相。"

"真相？你以为那个女人还能说出什么真相？"德斯帕怒不可遏。

"是啊，我也很怀疑。"波洛承认。

"我想你也看得出来，那个女人疯疯癫癫的。"

波洛提出异议。"不对吧，她只是沉溺于浪漫的幻想而已。"

"浪漫个屁！她是彻头彻尾的撒谎精。有时我觉得她连自己都能骗过去。"

"很有可能。"

"这个女人太可怕了。那次和她一起出游，简直让人生不如死。"

"这一点我完全相信。"

德斯帕猛然坐下。"听着，波洛先生，我跟你说实话。"

"你想解释当时的情况？"

"我的说法才是事实真相。"

波洛没回答。德斯帕平静地继续说道："我明白，说了也不见得有什么用。但我肯如实相告，是因为事到如今没有别的办法。信不信由你。我无法证明我的说法才是事实。"

他沉默了片刻才又开口。

"我为卢克斯摩尔夫妇安排行程。老教授为人和蔼，对苔藓和各种植物相当着迷。而她则——哎，你肯定看出她是什么德行了！那次旅程简直是梦魇。我一点都不喜欢那个女人，事实上，我极其厌恶她。她的过分热情经常让我尴尬得浑身不自在。头两周倒还好，后来我们都发烧了，她和我的症状比较轻，但老教授的病情很严重。有天夜里，现在请你仔细听好——我坐在帐篷外面，突然远远望见老教授蹒跚着走向河边的灌木丛。他烧得迷迷糊糊，完全意识不到自己的举动。眼看他快掉进河里了，在那个位置坠河一定会淹死，根本没法救。当时跑去拦他已经来不及了，只有一个办法。我的步枪和平时一样放在身旁。我抓起枪。我有自信，凭我的枪法，可以命中他的腿，让他跌倒。我正要开枪，那白痴女人居然不知从哪儿扑到我身上，嚷嚷着'别开枪，老天在上，千万别开枪'。她抓住我的手臂，轻轻一拉，子弹刚好出膛，结果正中老教授的后背，他当场死亡！

"那真是地狱般的一刻。那个愚蠢的女人竟然还不知道她闯了弥天大祸。她不仅没意识到自己该为丈夫的死负责，反而坚信我本来就想枪杀老教授——因为我爱她！你说这算什么！我们大吵一架，她非要对外宣称丈夫死于高烧，我很可怜她，特别是看她还搞不清状况。只要真相大

178

白，她再想欺骗自己也没用了。结果她居然一心认定我爱她爱得如痴如狂，我真受不了。如果她到处宣扬这些，那就麻烦了。最后我只好同意照她的意思办。我承认，我是想换个清静。毕竟死于高烧和死于意外没什么区别。尽管这个女人蠢得无可救药，但我也不想让她经历种种难堪。第二天，我宣布教授因高烧不幸去世，为他举行了葬礼。几位抬尸人当然知道内情，不过他们对我很忠诚，如果有必要，无论我说什么，他们都肯宣誓作证。我们安葬了卢克斯摩尔教授，回到文明世界。此后我花了很多时间才躲开那个女人。"

他停下来，平静地说："波洛先生，这就是我的说法。"

波洛慢慢地说："那天晚饭时，夏塔纳先生提起的就是这件事，至少你是这么认为的吧？"

德斯帕点点头。"他一定是听卢克斯摩尔太太说的，要从她嘴里套出话来别提多容易了。这种事最对他的胃口。"

"这种把柄落到夏塔纳那种人手里，对你来说可能相当危险。"

德斯帕耸耸肩。"我不怕夏塔纳。"

波洛没答话。德斯帕又从容地说："还有一句：没错，我完全有让夏塔纳去死的动机。好了，我已经言无不尽，信不信由你。"

波洛伸出手。"我相信你，德斯帕少校。我完全相信南美洲那件事的经过正如你刚才描述的那样。"

德斯帕两眼一亮。"谢谢。"他只说了这两个字，然后热情地握了握波洛的手。

第二十二章　来自康比埃克的证据

巴特尔警司正在康比埃克警局里了解情况。满面红光的哈普警督用悦耳的德文郡口音慢条斯理地说："事情经过就是这样。似乎看不出什么问题。医生没有异议，所有人也都没有异议。有什么不对劲吗？"

"再说说那两个瓶子。我想弄清楚一点。"

"一瓶是无花果糖浆，她好像是按时服用的。另一瓶是她一直使用的帽漆，准确地说是她的陪侍用来给她的一顶花园帽增色的。帽漆还剩很多，瓶子裂了，是班森太太自己吩咐：'倒进那个旧瓶子里吧，无花果糖浆的瓶子。'这很正常。仆人们都听见了。陪侍梅瑞迪斯小姐、做家务的女仆和客厅女仆的证词都一致。帽漆被装进了无花果糖浆的旧瓶子，跟其他杂物一起放在浴室里最高的架子上。"

"没贴一个新标签？"

"没有。实在太粗心了。验尸官强调了这一点。"

"接着说。"

"出事那天晚上，死者走进浴室，拿了瓶无花果糖浆，倒了一杯喝下去，才发现喝错了。家里人赶紧请医生，但医生出诊去了，过了一段时间才联系上。他们全力抢救，但她还是死了。"

"她自己也相信是意外？"

"噢，是啊，大家都这么想。不知怎么就搞混了瓶子。有人猜是不是女仆掸灰尘的时候放错的，但她发誓没有。"

巴特尔警司默默思索着。真是易如反掌。从上面的架子拿下一个瓶子，跟另一个对换。这种失误很难追查，很可能戴了手套，总之瓶子上最后的指纹一定属于班森太太本人。是啊，轻而易举，极其简单。但这仍是一次谋杀！完美的犯罪。

但动机是什么？这一点依然困扰着他——为什么杀人？

"班森太太死后，这位梅瑞迪斯小姐没分到遗产吧？"他问。

哈普摇摇头。"没有。她才去了六个星期左右。我想那个地方应该不好混，年轻女孩在那儿通常都待不了多久。"

巴特尔还是想不通。待不了多久，显然说明女主人不好相处。但如果安妮·梅瑞迪斯住不下去，大可以像前几任陪侍那样一走了之，没必要杀人，除非她纯粹是对女主人怀恨在心。他摇摇头。这个思路不太合理。

"分到班森太太遗产的都有谁？"

"我也不太清楚，她的侄子侄女吧。但是钱不多——

分了以后就不多了，听说她的大部分收入来自养老金。"

那就没什么可疑了。但班森太太死得突然，而安妮·梅瑞迪斯对她在康比埃克城待过这件事只字不提，这不免令人很不放心。

他不辞辛劳地走访了很多人。医生的结论十分清楚果断：没有理由认为班森太太的死不是意外；那位小姐——想不起她姓什么了，人很不错，但非常无助，当时她情绪低落，不堪重负。还有教区牧师，他对班森太太的最后一位陪侍还有印象：朴实的好女孩，经常陪班森太太去教堂。至于班森太太，人倒是不难相处，只不过对年轻人有点严厉。她是虔诚的基督徒。

巴特尔又找了几个人，却没打听到任何有价值的情报。安妮·梅瑞迪斯小姐几乎被遗忘。她在当地住过几个月，仅此而已，而且她的个性并不鲜明，很难给人留下长久的印象。说来说去，只有"可爱的小姑娘"这种形容。

班森太太的形象则鲜明一点：自以为是、性格强势的女人，对陪侍们呼来喝去，又经常换仆人，人缘不怎么样，但也仅限于此。

然而，巴特尔警司离开德文郡的时候，直觉强烈地告诉他，安妮·梅瑞迪斯出于某种不为人知的原因，蓄意谋杀了她的雇主。

第二十三章 一双丝袜的证据

当巴特尔警司乘坐的火车驶向英格兰东部时，安妮·梅瑞迪斯和露达·达维斯正坐在赫尔克里·波洛的客厅里。

一早收到邮寄来的邀请函时，安妮不想赴约，最终露达说服了她。

"安妮，你真懦弱，没错，懦弱。学鸵鸟把脑袋埋进沙丘有什么用呢？既然发生了谋杀，你又是嫌疑人之一，也许是看上去最不像凶手的那一个——"

"那就糟了，"安妮调侃道，"看上去最不像凶手的人，往往才是真凶。"

"可你是例外，"露达不为所动，"所以别把鼻子翘得那么高，好像谋杀的味道太难闻，跟你无关似的。"

"本来就跟我无关。"安妮坚持说，"我的意思是，我愿意回答警方的任何问题，但这个人，这位赫尔克里·波洛，却是局外人。"

"如果你一味逃避，想撇得干干净净，他会怎么想？

他会以为你做贼心虚。"

"我当然没什么可心虚的。"安妮冷冷答道。

"亲爱的，我明白，你不可能杀人。但是多疑的外国佬哪懂这些？我看我们还是高高兴兴去他家一趟，否则他会跑来这里，找仆人们问东问西。"

"我们没有仆人。"

"可我们有艾斯特维尔太太，她跟谁都能说三道四！走吧，安妮，去吧，一定很好玩。"

"我不知道他为什么要见我。"安妮固执己见。

"当然是想抢在警方前面。"露达不耐烦地说，"他们都这样——我是指业余侦探，他们认定苏格兰场的人都是没脑子的饭桶。"

"你觉得波洛这个人聪明吗？"

"他看起来不像福尔摩斯。"露达说，"我猜他年轻时很厉害，现在当然老糊涂了。他至少六十岁了吧。噢，走吧，安妮，去会会这个老头儿。没准儿他会说起其他几个人的劣迹呢。"

"好吧。"安妮说完又补了一句，"露达，你真有兴致。"

"大概因为跟我无关吧。"露达说，"你真傻，安妮，偏偏没在关键时刻抬头瞄一眼。要不然只靠勒索，你下半辈子就可以过公爵夫人的奢侈生活了。"

于是，那天下午三点钟，露达·达维斯和安妮·梅瑞迪斯坐在波洛那整洁的客厅里，用旧式的玻璃杯喝黑莓汁。她们一点都不喜欢喝，却又不好拒绝。

"小姐，非常感谢你接受我的邀请。"

"能帮的忙我会尽量帮。"安妮低声答道。

"是关于记忆的小问题。"

"记忆？"

"是的，我已经拿这些问题去问过洛里默太太、罗伯茨医生和德斯帕少校。哎，没有一个人能给出我期待的答案。"

安妮依然疑惑地打量着他。

"小姐，我想请你回忆一下那天晚上夏塔纳先生家的客厅。"

一缕疲惫的阴影掠过安妮的脸庞。难道她永远摆脱不了那场噩梦吗？

波洛留意观察她的表情。

"我明白，小姐，我明白，"他和颜悦色地说，"我完全理解你的痛苦。这很正常，你这么年轻，第一次面对那么恐怖的场面。也许你从不了解、从没目睹过这种凶杀现场。"

露达的双脚在地板上不安地挪动着。

"嗯。"安妮说。

"请回忆当时的情形，告诉我，你印象中那个房间是怎样的？"

安妮疑虑重重地瞪着他。"我没听懂。"

"是这样，椅子、桌子、摆设、墙纸、窗帘、火钳……你全都看见了。不能描述一下吗？"

"噢，明白了。"安妮略一迟疑，皱皱眉，"挺难的，我可能记不清了。墙纸的式样我真说不上来，墙上好像刷了油漆，颜色不太明显。地上铺了地毯。有一架钢琴。"她摇摇头，"别的就真没印象了。"

"你没尽力啊，小姐。你肯定还记得某个东西，某件摆设，某个小玩意儿什么的？"

"我记得有一盒埃及珠宝，"安妮慢吞吞地说，"在窗户旁边。"

"噢，对，在房间另一头，离放匕首的桌子很远。"

安妮望着他。"我没听说匕首放在哪一张桌子上。"

她可不笨，波洛暗想，但赫尔克里·波洛也不傻！如果她更了解我一些，就会知道我从来不设这么明显的陷阱！

他大声问："你说有一盒埃及珠宝？"

安妮热心地补充："没错，有些珠宝非常漂亮，蓝的和红的，还有珐琅。一两个迷人的戒指，以及甲虫型的宝石。但我不太喜欢。"

"夏塔纳先生是个大收藏家。"波洛嘀咕着。

"那肯定啊，"安妮附和道，"屋里那么多东西，别人一下子怎么看得过来。"

"那么，你说不出什么特别引起你注意的东西了？"

安妮微笑着说："只有一瓶菊花，好久没换水了。"

"啊，是的，仆人们有时不太留意这些。"波洛沉默了一会儿。

安妮怯生生地说："恐怕我没注意到你想让我注意的东西。"

波洛和蔼地笑了笑："没关系，孩子，本来机会就不大。告诉我，你最近见过德斯帕少校吗？"

他发现女孩脸上泛出浅浅的红晕。

"他说很快还会再来看我们。"

露达气呼呼地插话："他不是凶手！安妮和我坚信这一点。"

波洛冲她们眨眨眼睛。

"他多么幸运啊，这么迷人的两位小姐都信任他。"

"天哪，"露达暗想，"这家伙显出法国人的本性来了，真让人尴尬。"

她起身开始欣赏墙上的几幅铜版画。"真不错啊。"她称赞道。

"确实不错。"波洛回答。

"小姐，"他望着安妮，踌躇了半晌才说，"不知道能否再请你帮个忙。噢，跟谋杀调查无关，完全是私事。"

安妮有些惊讶，波洛装出满脸尴尬的样子。"是这样，你知道，圣诞节快到了。我得给一大堆侄女、侄孙女买礼物。这年头要挑选年轻小姐喜欢的东西有点难。哎，我的眼光已经过时了。"

"然后呢？"安妮欣然问道。

"长丝袜，嗯，用长丝袜当礼物怎么样？"

"挺好的，收到丝袜会很开心的。"

"那我就放心了。有劳你，我买了一些不同颜色的丝袜，一共大概有十五六双，麻烦你每双都看看，帮我挑出六双你觉得最讨人喜欢的，好吗？"

"没问题。"安妮笑着站起来。

波洛领她来到壁龛里的一张桌子旁边，桌上的东西有点乱，但她并不了解赫尔克里·波洛对秩序和整洁那招牌式的癖好。桌上乱糟糟地堆着一些毛皮手套、日历和糖果盒。

"我要提前寄包裹，"波洛解释说，"你看，小姐，就是这些丝袜，拜托你帮我挑六双出来。"

他转身拦住跟过来的露达。

"至于这位小姐，我要请她看一件东西。梅瑞迪斯小姐，我猜你肯定不想看。"

"是什么？"露达追问。

他压低嗓门："一把匕首，小姐，曾经有十二个人用它刺死一个男人。是国际列车公司送给我的纪念品。"

"好恐怖啊！"安妮惊呼。

"哇！让我瞧瞧。"露达说。

波洛边带她走向另一个房间边说："国际列车公司把

它送给我，是因为——"

他们出去了。

三分钟后，他们回来了，安妮迎了上去。"波洛先生，我觉得这六双最漂亮，完美的黄昏色调。另外这种颜色浅一些，到了夏天，衬着傍晚的光线，会很迷人。"

"太感谢了，小姐。"

波洛又请她们喝黑莓汁，她们婉言谢绝了。最后他送她们到门口，边走边热络地聊着。客人走后，他回到客厅，直接动手整理乱成一团的桌子。那些丝袜依然胡乱堆放着。波洛数了数安妮挑出来的六双，又点了点剩下的丝袜。

之前他一共买了十九双，现在只剩十七双了。他缓缓点了点头。

第二十四章 排除三个凶手？

巴特尔警司一回伦敦就直接来找波洛。安妮和露达已经走了一个多小时。

警司二话不说，立刻将他在德文郡的调查结果复述了一遍。

"找到目标了，毫无疑问。"他总结道，"夏塔纳所谓的'日常生活中的偶然事故'就是指这个。但动机很难想象。她为什么要害死女主人？"

"朋友，这一点我倒是有眉目了。"

"请讲，波洛先生。"

"今天下午我做了一个小试验。我请梅瑞迪斯小姐和她的朋友来这里，照例问她那天晚上房间里有什么东西。"

巴特尔好奇地注视着他。

"你还抓着这个问题不放啊。"

"嗯，而且很管用，让我掌握了不少线索。梅瑞迪斯小姐十分多疑，绝不会轻易卸下戒心。于是赫尔克里·波洛使出最妙的计策，故意设下拙劣的'陷阱'。她提到一盒珠宝,我就说:'在房间另一头,离放匕首的桌子很远?'她没上当,巧妙地绕开了。于是她深感得意,无形中放松了警惕。原来这次邀请的目的就是这个!想给她下套,让她承认知道匕首放在什么地方——我的意图被她发现了!她自以为击败了我,心情大好,于是大谈特谈那盒珠宝,可见她当时特别注意那些东西。但房间里的其他情况她都没印象了,只记得有一瓶菊花没换水。"

"嗯。"巴特尔说。

"嗯,这很有价值。假设我们对这个女孩一无所知,从她的言语中我们也不难窥见她的性格。她对花很在意——所以她喜欢花?不,那个房间里有一大盆早开的郁金香,按理说爱花的人不至于错过,但她却没提及。不,她是以一个领薪水的陪侍的身份发言的——为瓶里的花换水是她从前的职责。而且这个女孩喜欢珠宝,特别关注珠宝。这不是很有启发吗?"

"嗯,"巴特尔说,"我逐渐明白你的用意了。"

"没错,按我前几天说的,我会亮出所有底牌。那天你介绍她的履历时,奥利弗太太突然语出惊人,我立刻联想到一个重要问题。那次谋杀应该不是谋财害命,因为班森太太死后梅瑞迪斯小姐仍然需要继续工作来维持生计。那她的动机是什么?我研究了梅瑞迪斯小姐显示出来的性格特征。她生性怯懦,缺钱花,衣着却很讲究,喜欢浮华的东西。这种人与其说会杀人,倒不如说做贼的可能性更大吧？我立刻问埃尔顿太太平时的生活习惯怎么样，你说她比较粗心，于是我有了一个假设。如果安妮·梅瑞迪斯小姐存在人格缺陷——有在大商场顺手拿点小东西的癖好；假设这位贫穷的小可爱有一两次私自拿了雇主的东西，比如胸针、一两枚银币、一串珠子什么的；散漫、不爱整理东西的埃尔顿太太或许会将丢东西归咎于自己的粗心大意，不会怀疑温柔的小保姆。但如果雇主的性格不同——比方说一个特别细心的人，没准就会指控安妮·梅瑞迪斯是小偷。这可能成为她的杀人动机。那天晚上我说过，梅瑞迪斯小姐只会因恐惧而杀人。她知道雇主会指证她盗窃；只有一种自救的办法，她的雇主一定得死。于是她把瓶子掉了包，班森太太死了，至死都以为是自己弄错了，完全不怀疑吓得魂不守舍的陪侍女孩动过手脚。"

"有可能，"巴特尔警司说，"虽然只是假设，却很有可能。"

"朋友，不仅有可能，而且可能性非常大。今天下午我还设下了一个巧妙的小圈套——在她躲过假圈套之后，还有一个真正的圈套。如果我的怀疑是正确的，安妮·梅瑞迪斯必然无法抗拒一双昂贵的真丝长袜！我请她帮个小忙，故意表露出我其实不太清楚到底有多少双丝袜。然后我走出房间，留下她一个人——朋友，结果我的十九双丝袜变成了十七双，另两双进了安妮·梅瑞迪斯的手提包。"

"哟！"巴特尔警司吹了一声口哨，"真敢冒险啊。"

"一点儿也不。她认为我怀疑她什么？谋杀。那偷一两双丝袜有什么大不了的？我又不是去抓贼。何况小偷或者有偷窃癖的人总以为可以掩人耳目。"

巴特尔点点头。

"确实如此，蠢得令人难以置信，一次得手难道次次都能得手？唔，我看真相已经一目了然了。安妮·梅瑞迪斯小偷小摸的毛病被雇主发现，于是她将瓶子从一个架子挪到另一个架子上。我们知道这是谋杀，但根本没法证明。这是第二桩成功的犯罪了。罗伯茨逃脱了法网，安妮·梅瑞迪斯也逃脱了法网。但夏塔纳一案呢？杀死夏塔纳的凶手是安妮·梅瑞迪斯吗？"

他沉默了一会儿，然后摇摇头。"不对劲，"他闷闷不乐地说，"她不太敢冒险。调包两个瓶子。可以。她知道没人会怀疑到她，安全得很，因为任何人都有机会下手！当然，她未必能得手。可能班森太太喝之前就发现拿错了瓶子，也可能喝了却没死。这就是我所谓的'期待型'谋杀，成功与否存在不确定因素。而事实上她成功了。然而夏塔纳一案的情形截然不同，凶手经过深思熟虑，下手时极为大胆，而且目标非常明确。"

波洛点点头。"我同意。两个案子的性质不同。"

巴特尔揉揉鼻子。"所以，似乎可以排除她在这一案中的嫌疑。罗伯茨和安妮·梅瑞迪斯都排除了。德斯帕呢？你探访卢克斯摩尔太太有收获吗？"

波洛介绍了昨天下午的奇遇。

巴特尔咧咧嘴。"我知道那种女人，你根本分不清哪些话是她们的真实回忆，哪些是信口胡编。"

波洛继续介绍了德斯帕来访的经过，以及他的证词。

"你相信他吗？"巴特尔突然问。

"我信。"

巴特尔叹了口气："我也信。他不是那种看上别人的太太就开枪杀人的类型。打官司离婚不就行了？那种事天天都在发生，而且他又不担任公职，不会因此毁掉前途。不，我认为夏塔纳先生看走了眼，这第三号凶手其实并不是凶手。"

他看着波洛。

"那么剩下的是——"

"洛里默太太。"波洛说。

电话铃响了，波洛起身去接。他说了几句，等了一会儿，又说了几句。随后他挂了电话，回到巴特尔旁边。

他一脸严肃。

"是洛里默太太，"他说，"要我去找她，现在就去。"

他和巴特尔四目相对，然后缓缓摇头。

"难道我弄错了？"巴特尔说，"你料到这一步了吗？"

"我感觉很奇怪，"赫尔克里·波洛说，"仅此而已，很奇怪。"

"你最好去一趟，"巴特尔说，"也许可以直接问出真相。"

第二十五章 洛里默太太如是说

天气不太好，洛里默太太的房间光线暗淡，略显凄凉。她也形容憔悴，显得比上次波洛来访时衰老许多。

她依然带着自信的微笑招呼了波洛。

"谢谢你这么快赶来，波洛先生，我知道你是大忙人。"

"乐意效劳，夫人。"波洛微鞠一躬。

洛里默太太按了壁炉旁的电铃。

"边喝茶边聊吧。不知你怎么想，但我觉得不先铺垫一番，直接就谈机密话题，不太合适。"

"那么我们要谈的是机密话题？"

此时女仆应铃声而来，洛里默太太便没答话。女仆听了吩咐走后，她才不动声色地说："还记得吗，上次你说只要我邀请，你就来。想必你已经猜到我今天请你过来的原因了吧？"

话题暂时告一段落。茶端来了，洛里默太太边倒茶边机敏地聊起当天的时事逸闻。

波洛见缝插针："听说前几天你和梅瑞迪斯小姐一起喝茶。"

"是啊。你最近见过她？"

"今天下午刚见过。"

"她在伦敦？还是你去了沃林福德？"

"不，她和她的朋友赏脸来探望我。"

"啊，那位朋友。那天我没碰上。"

波洛微笑道："这次案件倒是促成了几段交情。你和梅瑞迪斯小姐一起喝茶，德斯帕少校也和梅瑞迪斯小姐有来往。唯一例外的只有罗伯茨医生。"

"前几天我打桥牌时还遇到他，"洛里默太太说，"他还是一副乐天派的样子。"

"还那么爱打桥牌？"

"是啊，叫牌还是胆大得离谱，但经常得手。"

她沉默了一会儿，才说："你最近见过巴特尔警司吗？"

"也是今天下午见过。你来电话时，他就在我旁边。"

洛里默太太用手挡住映在脸上的炉火光芒。"他的进展如何？"

波洛正色答道："巴特尔的动作不快，夫人。但他一点一滴查下来，总算也有些眉目了。"

"是吗？"她的嘴唇微翘，略带讽刺之意。

她又说："他没少盯着我呀。估计把我从少女时代到现在的经历都挖了个遍。他找我的朋友打听，又和我的仆人聊天——包括我现在的和以前的仆人。我不知道他想查什么，但他肯定一无所获。还不如直接听我说的版本，我说的全是实话。我跟夏塔纳先生没什么交情。我说过是在卢克索认识他的，点头之交而已。巴特尔警司总不能否定这些事实。"

"也许是吧。"波洛说。

"你呢，波洛先生？你没调查吗？"

"调查你，夫人？"

"我正是这个意思。"

矮小的老头缓缓摇着头。

"那样没用。"

"你这么说是什么意思，波洛先生？"

"我就直说了吧，夫人。从一开始，我就发现那天晚上在夏塔纳先生房间里的四个人当中，你的头脑最好，最冷静，最富逻辑。如果要我赌一把，这四人当中有谁能策划一次谋杀，并且全身而退，我一定会把赌注压在你身上。"

洛里默太太眉毛一挑。

"我该受宠若惊吗？"

波洛无视她的打岔，继续说下去："要想成功执行一次谋杀，通常必须预先构思好每一步细节，考虑一切可能的偶然因素。时间务必精确无误，地点务必精挑细选。罗伯茨医生或许会因为过于自信而仓促动手；德斯帕少校或许会因为过于慎重而下不了手；梅瑞迪斯小姐也许会晕头转向而暴露自己；而你，夫人，绝不至于如此。你头脑清醒、冷静，足够果敢，你的决心将会压倒瞻前顾后的种种顾虑。而且你不是那种会丧失理智的女人。"

洛里默太太沉默地坐了一两分钟，唇边挂着古怪的笑容。最后她说："原来如此，波洛先生，你认为我是那种能实行完美谋杀的女人。"

"至少你对这一看法并不反感。"

"真有意思。所以你觉得只有我能成功地谋杀夏塔纳。"

波洛缓缓答道："这里有些小问题，夫人。"

"是吗？我洗耳恭听。"

"你可能注意到了我刚才的一句话：要想成功执行一次谋杀，通常必须预先构思好每一步细节。请注意'通常'这两个字。还有另一种成功的犯罪模式。如果你突然对人说：'扔一块小石头，看看能否打中那棵树。'那人不假思索，立刻动手，成功率往往非常高。但如果他再试一次，就没那么容易了。因为他开始盘算：'用这样的力道就可以了——不要太重，稍微往右一点，再往左。'而第一次成功时的动作是下意识的，几乎条件反射般，跟动物的反应十分相似。夫人，这种犯罪，是一时冲动，灵感突现，天才的光芒瞬间闪动，没有时间犹豫或思考。夫人，谋杀夏塔纳先生的罪行正属于这一类。杀意起得突然，灵光乍现，迅速下手。"

他摇摇头。"夫人，这根本不是你可能犯下的那种罪行。如果你想杀夏塔纳先生，一定是蓄谋已久。"

"我明白了。"她的手轻轻摇摆，挥开炉火投在脸上的热量，"当然，这不是预谋行凶，所以凶手不可能是我。呃，波洛先生？"

波洛又鞠一躬。"是的，夫人。"

"可是——"她上身前倾，挥动的手停住了，"的确是我杀了夏塔纳，波洛先生。"

第二十六章 真相

沉默，长久的沉默。房间里越来越暗，炉火跃动着、闪烁着。洛里默太太和赫尔克里·波洛的视线都没有投向对方，而是凝望着火光。时间仿佛暂时停止了流动。最后赫尔克里·波洛长叹一声，稍稍挪动了一下身体。"原来是这么回事，一直是这么回事。你为什么要杀他，夫人？"

"我想你知道我的动机，波洛先生。"

"因为他了解你的一些事？很久以前的事？"

"是的。"

"那件事是——另一起死亡事件吗，夫人？"

她垂下头。

波洛轻声问："你为什么要告诉我？今天为什么找我来？"

"你说过，我总有一天会这么做。"

"是的，那是我的希望。夫人，我很清楚，只有一个办法可以查出你的过去，那就是靠你自己的意愿。如果你不想说，就会守口如瓶，你的秘密将永远尘封。但至少有一线机会——也许你愿意开口。"

洛里默太太点点头。"你的确有先见之明。那种倦意，那种寂寞——"

她的声音越来越低。

波洛好奇地审视着她。"真的是这样？嗯，我能理解。"

"孤独，无尽的孤独。没有人能了解，除非他跟我一样，背负着过去，苟活下来。"

波洛温和地说："我可以略表同情吗？会不会很失礼？"

她微微低下头。"谢谢你，波洛先生。"

又一阵沉默，然后波洛的语气稍明快了些："如果我没猜错的话，夫人，你认为夏塔纳先生晚餐时说的那番话，是在直接威胁你？"

她点点头。"我立刻领悟到他那番话是说给有心人听的，那个人就是我。所谓'毒药是女人的武器'正是暗示我。他知道。以前我就怀疑过。他曾故意提起一场著名的审判，当时他牢牢盯着我，目光中带着某种怪诞的暗示；而到了那天晚上，我完全确定了。"

"而且你也预料到他下一步的打算。"

洛里默太太冷冷地答道："巴特尔警司和你都在场，这绝不是巧合。我想夏塔纳是要向你们炫耀，表示他发现了不曾被人怀疑过的犯罪。"

"你用了多长时间作决定，夫人？"

洛里默太太有些迟疑。

"很难回想我具体是在什么时候产生那个念头的。"她说，"晚餐开始之前我就注意到了那柄匕首。回客厅时，我偷偷拿起来藏进袖子里，没被人发现。我很有把握。"

"毫无疑问，夫人，你的动作非常迅捷。"

"我已下定决心，只需付诸实践就可以了。风险固然很大，但我认为值得一试。"

"你的冷静，你对局势的精确判断……发挥了作用。嗯，我明白。"

"我们开始打牌，"洛里默太太的声音冰冷而不带感情，"终于等到了机会。那一局我是明手，我慢慢走到房间对面的壁炉旁，夏塔纳正在打瞌睡。我看了看另外三人，他们正专心打牌，我俯下身，动手——"

她的声音微微颤抖，但转瞬间又变回原来的超然淡定。

"我跟他说话，心想可以借此来制造不在场证明。我故意提到炉火，假装他回答了，然后又说了两句'是啊，我也不喜欢电暖气'之类的。"

"他完全没叫？"

"没有。他好像闷哼了一声，仅此而已。估计在远处听起来像小声说话。"

"然后呢？"

"然后我回到牌桌边。他们正在打那局的最后一墩。"

"你坐下来接着打？"

"是的。"

"依然能够对牌局全神贯注，甚至两天后还能回忆起每一局的叫牌和出牌。"

"是的。"洛里默太太说。

"太惊人了！"赫尔克里·波洛说。

他往椅背上一靠，点了几次头，随即神色一变，又摇了摇头。

"但我还有点想不通，夫人。"

"嗯？"

"我总感觉忽略了什么。你是个思虑周全、事事都反复衡量的人。出于某种原因，你决定冒巨大的风险。你尝试了，也成功了。然后，不出两星期，你却改变了心意。夫人，坦白说，这很难令我信服。"

她的唇角古怪地微微抽动起来。

"说得很对，波洛先生，你确实忽略了某个因素。梅瑞迪斯小姐有没有告诉你，前几天她是在什么地方遇到我的？"

"没记错的话，她说是在奥利弗太太家附近。"

"应该是吧。但我指的是确切的街名。安妮·梅瑞迪斯是在哈利街遇到我的。"

"啊！"波洛凝视着她，"我有些明白了。"

"嗯，不愧是波洛先生。当时我是去找一位专科医生

204

看病。他证实了我心里的怀疑。"

她的笑容绽开了，不再显得扭曲和苦涩，反而变得异常甜美。"我打不了多久桥牌了，波洛先生。噢！医生没说那么多，他比较委婉，说是如果我精心保养的话，也许还能活好几年。但我不愿意战战兢兢地过日子，我不是那种女人。"

"嗯，嗯，我慢慢了解了。"波洛说。

"这就有很大区别了。所以我最多只能再活一个月，也许两个月，不可能更久。刚从医生那里出来，我就碰见了梅瑞迪斯小姐。我请她一起喝茶。"

她稍一停顿，又说："我毕竟不是一个无可救药的恶毒女人。喝茶时我一直在思考。那天晚上我的举动，不仅已经无可挽回地夺走了夏塔纳的生命，而且深深影响了其他三个人的生活。因为我的所作所为，罗伯茨医生、德斯帕少校和安妮·梅瑞迪斯，这些未曾伤害过我的人都经受了折磨，甚至身处险境。仅就这一点而言，至少我还可以补救。我倒不太担心罗伯茨医生或德斯帕少校的麻烦，虽然他们面对的人生道路远比我长得多。他们是男人，可以自己照管自己。但当我望着安妮·梅瑞迪斯的时候——"

她又踌躇了一会儿，才慢慢说："安妮·梅瑞迪斯还是个孩子，她的人生还没有真正开始，这件事也许会毁了她的一生。这个念头让我很不舒服。于是，波洛先生，这个想法在我心里盘桓了很久，我明白那天你的话应验了。

我无法继续保持沉默，所以今天下午我给你打电话——"

时间一分一秒过去。赫尔克里·波洛上身前倾，透过渐深的暮色，仔细端详着洛里默太太。她也同样静静地凝视他，泰然自若。

终于，波洛说："洛里默太太，你确定——请如实告诉我，谋杀夏塔纳先生真的不是预谋在先？你真的没有事先策划？一开始去赴宴时，你并没有抱着杀心？"

洛里默太太瞪着他好一会儿，使劲摇头："没有。"

"这次谋杀不在你的计划之内？"

"那当然。"

"那么，那么，噢！你撒谎，你一定在撒谎——"

洛里默太太的声音如冰刃般刺穿空气。

"真的，波洛先生，你太忘乎所以了。"

"小个子"猛地跳起来，在房中来回踱步，口中念念有词，不时迸出几个单词。突然他说了声"不好意思"，然后走过去开了电灯。

他返身坐回椅子里，两手按住膝盖，直盯着女主人。

"问题是，"他说，"难道赫尔克里·波洛有可能弄错？"

"没有人能永远正确。"洛里默太太冷冷答道。

"不，"波洛说，"我永远正确，从来如此，这确实令人难以置信。可现在，看上去我好像真的错了，这让我很不舒服。人们会假设你很清楚自己都说了什么，毕竟是你一手制造的谋杀啊！但不可思议的是，赫尔克里·波洛居然比你更了解你的作案经过。"

"不可思议，而且极为荒谬。"洛里默太太的声音更加冷淡。

"那么，是我疯了。我肯定疯了。不，对天发誓，我没疯！我是正确的，我一定是正确的。我愿意相信你杀了夏塔纳先生，但不可能用你刚才描述的那种方式。一个人的行为不可能违背他的个性！"

他停住了。洛里默太太愤怒地深吸一口气，紧咬嘴唇。她刚要开口，波洛就抢先说："要么你早已计划好谋杀夏塔纳，要么你根本没杀他！"

洛里默太太厉声反驳："我看你真的疯了，波洛先生。既然我愿意承认谋杀，当然不可能隐瞒杀人的方式，否则又有什么意义？"

波洛又起身在房中兜了一圈，回到座位上时，态度为之一变，变得既温和又亲切。

"你没杀夏塔纳，"他轻声说，"我明白了。我全都明白了。哈利街。孤零零站在人行道上的小安妮·梅瑞迪斯。我也看见了另一个女孩，很久很久以前，曾孤身一人、形单影只地走过漫漫长路的另一个女孩。是的，我完全明白了。但还有一个问题我不懂，为什么你如此肯定凶手是安妮·梅瑞迪斯？"

"真的，波洛先生——"

"再争辩也没用，别对我撒谎了，夫人。告诉你，我知道真相。我理解那天在哈利街涌上你心头的那种感情。你不会为罗伯茨医生顶罪——噢，不！你也不会为德斯帕少校挺身而出。可是安妮·梅瑞迪斯不一样。你同情她，是因为她做了你当年做过的事。你甚至还不清楚——这是我的猜测——她的动机究竟是什么，但你非常肯定她就是凶手。案发那天晚上，巴特尔警司请你谈谈对这个案子的看法，其实当时你已经心中有数了。是的，我都知道。所以再对我撒谎是没用的。你明白了吗？"他停下来，等待回应，但洛里默太太不作声。他满意地点点头。

"是的，你的判断很准确，这很难得。你的行为非常高尚，夫人，自己揽下罪责，让那个孩子得以解脱。"

"你忘了，"洛里默太太淡然答道，"我并不是无辜的女人。波洛先生，多年前我杀死了我的丈夫。"

片刻的沉寂。

"原来如此，"波洛说，"这符合正义，也仅仅是正义。你富于逻辑思维，愿意为当年的罪行承担责任。谋杀就是谋杀，无所谓被害人是谁。夫人，你很勇敢，而且心明眼亮。但我再问一次，你为什么如此肯定？你怎么知道杀死夏塔纳先生的凶手就是安妮·梅瑞迪斯？"

洛里默太太深深叹息。在波洛的坚持面前，她放弃了最后的抵抗。她像个孩子那样，直接回答了他的问题。

"因为，"她说，"我亲眼看见了。"

第二十七章　目击证人

波洛突然失控地放声大笑。他的头朝后仰，高亢的法式笑声充盈着整个房间。"对不起，夫人，"他边揉眼睛边说，"我失态了。我们又是争论，又是推理，到处问问题！我们还诉诸心理学理论——结果到头来，竟然有一位目击证人！请你一五一十说给我听吧，拜托。"

"当时已经很晚了，安妮·梅瑞迪斯是那一局的明手。她起身看搭档的牌，然后在屋里逛了逛。那一局没什么意思，局势一目了然，没必要认真研究。打到最后三墩时，我抬头朝壁炉的方向看了一眼。安妮·梅瑞迪斯正俯身对着夏塔纳先生。我望去的那一刻她刚好直起身——她的手搁在他胸前，那个动作令我吃了一惊。她直起身时我看见了她的表情，她迅速往我们这边一瞥，神色中饱含着负罪感和恐惧。当然，我当时还不知道出了什么事，只是纳闷那女孩究竟在干什么，后来我才明白。"

波洛点点头。"但她不知道你是知情人，不知道你发现了她？"

"可怜的孩子，"洛里默太太说，"她还年轻，却已经是惊弓之鸟，她还有很长的人生路要走。我为她保密，你觉得奇怪吗？"

"不，不，不会。"

"何况又意识到我，我自己——"她耸耸肩，没说完，"我又有什么资格指控她呢？那是警方的工作。"

"没错，但今天你又更进一步。"

洛里默太太黯然答道："我从来不心软，从来不爱滥施同情，但是人上了年纪，难免慢慢染上这种毛病。请相信，我很少被同情心操纵。"

"同情心的指引未必可靠，夫人。安妮小姐年轻、脆弱，看上去羞怯而慌张，噢，是的，她似乎很值得同情。然而我不同意。夫人，想不想听听安妮·梅瑞迪斯小姐为什么要杀夏塔纳先生？因为他知道她以前当陪侍时做的事：她小偷小摸的毛病被女主人发现了，于是就害死了女主人。"

洛里默太太颇为震惊。

"这是真的吗，波洛先生？"

"毫无疑问。她那么温顺，那么低调，大家都这么说。呸！夫人，小安妮·梅瑞迪斯非常危险！为了自己的安全和舒适，她会凶狠地、狡诈地暗算别人。两次谋杀对安妮小姐来说绝不是终点，她会越来越有自信。"

洛里默太太厉声说："你的话太恐怖了，波洛先生，太恐怖了！"

波洛站起身。"夫人，我该告辞了，好好想想我说的话。"

洛里默太太似乎有些迟疑。她勉力维持着原有的气度："如果我愿意，波洛先生，我会彻底否定我们刚才这番谈话。记住，你没有证人。我刚才所说的案发当晚的情形——嗯，仅限于你知我知。"

波洛正色答道："夫人，未经你同意，我不会采取行动。请放心，我自有办法。现在我知道下一步该怎么办了——"

他将她的手举到唇边。

"恕我冒昧，夫人，你是全天下最了不起的女人。向你致以我最高的敬意。没错，千里挑一的奇女子。啊，你甚至没做另外九百九十九个女人忍不住会做的事。"

"什么事？"

"你没说出除掉你丈夫的原因，没有辩称他根本就该死！"

洛里默太太强打起精神。

"说真的，波洛先生，"她冷冷地答道，"我的动机与别人完全无关。"

"了不起！"波洛称赞道。他再次将她的手举到唇边，然后转身离去。

外面很冷，波洛东张西望，却没找到出租车。他慢慢朝国王路的方向走，边走边冥思苦想。他时而点点头，又摇了一次头。

他回头张望。有人踏上洛里默太太家门前的台阶，那身材很像安妮·梅瑞迪斯。他踌躇片刻，不知该不该转身，但最后还是继续前行。

回到家，巴特尔警司已经走了，没留口信。他打电话给警司。

"喂，"听筒里传出巴特尔的声音，"有收获吗？"

"收获不小。朋友，我们得盯紧梅瑞迪斯小姐，事不宜迟。"

"我已经盯住她了。为什么这么急？"

"朋友，因为她可能是个危险人物。"

巴特尔沉默了片刻，然后说："我懂你的意思。但现在人手紧张，噢，好吧，不能抱侥幸心理。其实我给她写了封信，公事公办的口吻，说明天要去拜访她。让她担惊受怕一下也好。"

"至少有这种可能。我能一起去吗？"

"当然可以。很荣幸与你同行，波洛先生。"

波洛挂了电话，陷入沉思。

他心神不定，在壁炉前坐了很久，眉头紧锁。最后，他将种种不祥的预感和深深的疑惑推到一边，上床睡觉。

"明早再说吧。"他喃喃自语。

但第二天一早的巨变，却彻底出乎他的意料。

第二十八章　自杀

电话铃声响起时，波洛正坐着喝咖啡、吃面包卷当早饭。他拿起听筒，里面传来了巴特尔的声音："波洛先生？"

"嗯，是我。有什么事？"

警司的语气令他本能地意识到，肯定出事了。那种不祥的预感再度袭上心头。

"快点儿，朋友，快说。"

"是洛里默太太。"

"洛里默——怎么了？"

"你昨天究竟跟她说了些什么？还是她跟你说了些什么？你根本没告诉我，结果我以为我们的目标是梅瑞迪斯小姐。"

波洛低声问："发生了什么？"

"自杀。"

"洛里默太太自杀了？"

"对。她最近似乎情绪低落，完全变了一个人。医生给她开了些安眠药，昨晚她服药过量。"

波洛深吸一口气。

"不可能是——意外吗？"

"不可能。已经有结论了。她给那三个人写了信。"

"哪三个人？"

"另外那三人——罗伯茨、德斯帕和梅瑞迪斯小姐。她十分坦诚，一点儿也不拐弯抹角，在信里直接说她想做个了结，承认是她杀了夏塔纳，还特意致歉！致歉！因为这个案子给另外三人带来不便与烦恼。跟商务信函的行文一样不带感情。非常符合那个女人的性格，她历来冷静。"

波洛有好一会儿没答话。

那么这就是洛里默太太的遗言。到头来，她依然下决心掩护安妮·梅瑞迪斯。宁可毫无痛苦地早早辞世，也不愿在煎熬中多活几年。而且她最后的行为也那么无私，试图拯救一个她暗中抱有同情的少女。一切都安排得如此干脆、高效、不动声色，特意向受牵连的三个人宣布她自杀的消息。了不起的女人！他深深地敬佩她。这确实是洛里默太太的作风，当机立断，并且将决定坚决贯彻到底。

他曾打算说服她，但她显然更信赖自己的判断。意志极为坚强的女人。巴特尔的声音打断了他的思绪。

"你昨天究竟跟她说了些什么？她肯定被你唬住了，才走了这条路。但你后来又暗示说梅瑞迪斯小姐才是最大的嫌疑人。"

波洛半晌无言。他感到，洛里默太太的意志在生前无法制约他，死后反而奏效了。

最后，他慢慢地说："我弄错了。"

他非常不习惯说这种话，感觉很糟。

"你弄错了，呃？"巴特尔说，"不管怎么说，她肯定以为你已经锁定她了。可恶，她居然用这种方式从我们的手指缝里溜过去。"

"你没有证据指控她。"波洛说。

"是啊，的确。也许这样最好。你，呃，你应该没有故意逼她自杀吧，波洛先生？"

波洛愤慨地否认了。然后他说："告诉我详细经过。"

"罗伯茨医生八点前拆了信，立刻就开车赶去，叫他的客厅女仆跟我们联系，她照办了。他赶到洛里默太太家，发现她还没起床，就冲进卧室，但已经太晚了。他尝试了人工呼吸，没用。没过多久，局里的法医也到达现场，证实了罗伯茨的结论。"

"用的是哪种安眠药？"

"我想是弗罗那。总之是巴比妥类的安眠药。她床头有一瓶药片。"

"其他两人呢？有没有和你联系？"

"德斯帕不在市区，还没收到今早的邮件。"

"那——梅瑞迪斯小姐呢？"

"我刚刚给她打过电话。"

"哦？"

"她接电话前几分钟刚拆开信。她家的邮件比较迟。"

"她的反应如何？"

"态度很正常。得体地掩饰了松一口气的心态，表现出震惊和悲伤，等等。"

波洛稍一停顿，才说："朋友，你现在在哪里？"

"奇尼小区。"

"好，我马上到。"

波洛赶到奇尼小区洛里默太太家，刚进前厅，就遇上正要离去的罗伯茨医生。医生平时那种夸夸其谈的作风今天早上消失了。他脸色苍白，微微发抖。

"太可怕了，波洛先生。从我的立场来说，不能不承认心里一块石头落了地——但说实话，我吓了一大跳。我从来没想过刺死夏塔纳的人会是洛里默太太。我太震惊了。"

"我也很震惊。"

"这样一个文静、有修养、自制力很强的女人。无法想象她能下这种狠手。不知道她的动机是什么？噢，算了，那是永久的秘密了。不过说实话，我还是有些好奇。"

"这一定让你如释重负吧。"

"噢，那肯定，不承认这一点未免太虚伪了。背上谋杀的嫌疑可不怎么舒服。至于这个可怜的女人——哎，这

216

无疑是最好的解脱。"

"她自己也这么想。"

罗伯茨医生点点头。"她经受不住良心的谴责吧。"他边说边走出去了。

波洛若有所思地摇摇头。医生弄错了。洛里默太太并不是因悔恨才自杀的。

他在楼梯上停下来安慰低声啜泣的老女仆。

"真可怕，先生，太可怕了。我们都那么爱戴她。昨天还跟她一起轻轻松松、高高兴兴地喝茶，今天她就走了。我永远忘不了今天早晨，这辈子都忘不了。医生按门铃。按了三次我才去开门。他冲我吼叫：'你家女主人呢？'我吓坏了，什么都说不出来。女主人按铃之前我们从来不进去打扰她——这是她的规定。我说不出话，医生问：'她的房间在哪里？'然后就冲上楼。我跟在后面，指了指那扇门，他没敲门就冲进去，看到她躺在床上，他说：'太迟了。'先生，她死了。他叫我去拿白兰地和热水，自己拼命抢救她，可是没用。然后警察来了——这也太、太不体面了，先生。洛里默太太会不高兴的。叫警察干什么？就算出了意外，我们家可怜的女主人误吃了过量的药，也不关警察的事啊。"

波洛没回答她的问题，而是问道："昨晚你家女主人一切正常吗？有没有表现出心情不好或者担心什么事的样子？"

"不，我想没有，先生。她很累，好像身上什么地方在疼。先生，她最近身体不太好。"

"嗯，我知道。"

他那同情的语气，促使女仆继续往下说。

"她这人从来不抱怨什么，先生，但厨师和我最近都很担心她。她的精神不像从前那么好，而且很容易疲劳。昨天您走以后，那位小姐又来过，我想她可能吃不消。"

波洛前脚刚踏上一层楼梯，立刻又扭头。

"小姐？昨晚有位小姐来过？"

"是的，先生，您刚走她就来了，是梅瑞迪斯小姐。"

"她在这里待了很久吗？"

"大约一小时，先生。"

波洛沉吟片刻，又问："后来呢？"

"后来女主人上床了。晚餐是在床上吃的，她说她很累。"

波洛又沉默了片刻才问："昨晚你家女主人有没有写信？"

"您说她上床以后？我想没有，先生。"

"但你不能确定？"

"先生，大厅的桌上已经有几封准备寄出去的信，我们关门之前都会先把信送走。但是那几封信白天就放在那里了。"

"一共有几封？"

"两三封吧，我不敢确定，先生。应该是三封。"

"你或厨师——总之寄信的人有没有注意收信人是谁？别怪我多嘴，这很重要。"

"信是我去寄的，先生。我看了最上面那封，是寄给福特纳姆和梅森公司①的。另外两封我不知道。"

女仆的语气既认真又诚恳。

"你确定最多只有三封信？"

"是的，先生，完全肯定。"

波洛严肃地点点头，又踏上一层楼梯，然后问："你应该知道你家女主人有吃安眠药的习惯吧？"

"噢，是的，先生，是医生开的药，朗恩医生。"

"安眠药放在什么地方？"

"女主人卧室的小橱柜里。"

波洛不再提问。他上了二楼，神情凝重。

他在楼梯口遇到了巴特尔。警司忧心忡忡，颇为烦恼。

"幸好你来了，波洛先生，这位是戴维森医生。"

医生和波洛握了手。他个头很高，神情忧郁。

"很不走运，"他说，"早来一两个小时的话，也许能抢救过来。"

"唔，"巴特尔说，"虽然这么说不太妥当，但我其实不怎么难过。她——好吧，她很有教养，我不知她为什么

---

①伦敦知名的高级百货商店，始于一七〇七年。

要杀夏塔纳，但她也许有她的正当理由。"

"其实她不一定能活到庭审的时候，"波洛说，"她患了重病。"

医生点头同意。

"你说得对。哎，也许这样最好。"

他走下楼梯。巴特尔跟在后面。

"等一等，医生。"

波洛按着卧室房门，低声问："我可以进去吗？"

巴特尔转身点点头。"没问题，我们都检查过了。"于是波洛走进去，关上门。

他走到床边，俯视死者安详的面容，心中深感不安。她的死，是为了拯救一个女孩远离死亡和屈辱的最后努力吗？抑或意味着另一种更可怕的答案？

一定有证据。

突然，他低头开始检查尸体手臂上一小块深色的瘀斑。不一会儿，他直起身，眼中浮现出猫一般精明的光芒，但凡了解他的人都认得那种表情。他迅速走出房间，下了楼。巴特尔和一名手下站在电话旁边。那位警员放下听筒说："他还没回来，长官。"

巴特尔说："是德斯帕。我一直在联络他。有一封盖了切尔西邮戳的信要给他。"

波洛突然问了个莫名其妙的问题："罗伯茨医生来之前吃过早餐吗？"

巴特尔瞠目结舌："没有，我记得他说没吃早餐就赶来了。"

"那他现在一定在家。我们先联系他。"

"但是为什么？"

波洛已经匆匆开始拨号了。

"罗伯茨医生？接电话的是罗伯茨医生吗？是的，我是波洛。只问一个问题：你认不认识洛里默太太的笔迹？"

"洛里默太太的笔迹？我——不，以前我没见过她的字。"

"谢谢。"

波洛立即放下听筒。

巴特尔瞠着他。

"你想到什么要紧事了，波洛先生？"他小声问。

波洛抓住他的手臂。

"听着，朋友，昨天我离开这里才几分钟，安妮·梅瑞迪斯就来了。我亲眼看到她上台阶，只是当时不太确定是她。安妮·梅瑞迪斯一走，洛里默太太就上床睡觉了。据女仆的印象，当时她没有写信。而基于某种理由——回头等我说明昨天来访的经过，你就明白了——我不相信在我来之前她就写好了那三封信。所以，她究竟是什么时候写的信呢？"

"仆人睡了以后？"巴特尔提示说。

"有可能，但还有一种可能：她根本没写过信。"

巴特尔吹了声口哨。"老天，你是指——"

电话尖啸起来。警员拿起听筒听了一会儿，然后转向巴特尔。

"长官，奥康诺警员在德斯帕的住所汇报，德斯帕可能去了泰晤士河边的沃林福德。"

波洛又抓紧巴特尔的手臂。"快，朋友，我们也去沃林福德。不瞒你说，我放心不下。这件案子可能还没结束。朋友，我再说一遍，那位小姐，她是个危险人物。"

第二十九章　意外

"安妮。"露达说。

"嗯?"

"不,安妮,别边玩字谜边心不在焉地回答我。我要你认真听我说的话。"

"我很认真啊。"

安妮直起身子,放下手里的纸。

"这才对,听着,安妮,"露达犹豫着,"马上要来的这个人。"

"巴特尔警司?"

"没错,安妮,我希望你告诉他你在班森家的那件事。"

安妮的语气顿时变得像块冰。

"荒唐,为什么要告诉他?"

"因为——嗯,你不说,给人感觉就像刻意隐瞒什么似的。我相信说出来比较好。"

"现在有嘴也说不清了。"安妮冷冷地答道。

"你一开始就说出来该多好。"

"嗯，想那些也来不及了。"

"是啊。"露达似乎仍未信服。

安妮烦躁地说："总之我看不出有什么理由提那件事，跟这次的案件一点关系也没有。"

"当然没有。"

"我只在那儿住了两个月。他调查我的背景只是作为参考而已，才两个月，毫无意义。"

"嗯，我明白，是我太笨了。但我一直很担心，总觉得你应该说清楚。你想，万一哪天那件事被人翻出来，就会造成非常不好的印象——我是指他们会觉得你刻意隐瞒。"

"我看不出怎么会被人翻出来。除了你，没有人知道那件事。"

"不，不会吗？"

露达语气中那一丝犹疑，仿佛突然扎了安妮一下。

"怎么，还有谁知道？"

"啊，康比埃克的人都知道嘛。"露达结巴了一下才说。

"噢，那些人！"安妮耸耸肩，"警司不太可能遇到那里的人，否则也太巧了。"

"巧合也难免啊。"

"露达，你就爱来这一套，大惊小怪，小题大做，自乱阵脚。"

"真对不起，亲爱的。可是你知道，万一警方认为你……刻意隐瞒，天知道他们会怎么想呢？"

"不可能。谁会告诉他们？知道那件事的除了你就没别人了。"

这是她第二次说这句话了。这一次她的语气有细微的变化，怪怪的，似乎正在盘算些什么。

"唉，你早点告诉他们就好了。"露达无奈地叹道。她内疚地望着安妮，安妮却没看她，而是皱着眉头呆坐着，似乎正在构思什么计划。

"德斯帕少校的出现真有意思。"露达说。

"什么？噢，是啊。"

"安妮，他好迷人啊。如果你不喜欢他，拜托，拜托，拜托把他让给我！"

"别傻了，露达。他根本不在乎我。"

"那他为什么来了好几次？他肯定对你有感觉，你就是他喜欢拯救的那种落难少女。你无助的样子特别美丽，安妮。"

"他对我们俩一样好啊。"

"那是因为他本来就很和善。不过，如果你不喜欢他，我就可以扮演一个同情他的好朋友，安抚他受伤的心，说不定最后就能得到他了，谁知道呢？"露达顾不上矜持了。

"我相信他对你的印象不错，宝贝。"安妮笑道。

"他的后颈好迷人啊，"露达叹道，"红棕色的，肌肉又发达。"

"亲爱的，非得这么恶心吗？"

"你喜不喜欢他，安妮？"

"喜欢，喜欢极了。"

"我们不是恬静的淑女吗？我觉得他也有些喜欢我，比不上他喜欢你的程度，但多少有一点点。"

"噢，反正他对你的印象确实不错。"安妮说。

她的语气中再次掺杂了某种不寻常的东西，但露达没听出来。

"大侦探什么时候才来啊？"她问。

"十二点。"安妮沉默了片刻，然后说，"现在才十点半。我们去河边吧。"

"可是，德斯帕不是说十一点左右要来吗？"

"为什么非得在家里等他？不如留个口信给艾斯特维尔太太，说我们去河边了，他自然会从河边的纤道来找我们。"

"有道理，我妈妈常说，女孩要摆摆架子！"露达大笑起来，"那就走吧。"

她走出房间，穿过花园门。安妮跟在后面。

约十分钟后，德斯帕少校来到温顿别墅。他已经提前来了，却获悉两个女孩都不在，不禁有些吃惊。他穿过花园，穿过田野，拐上临河的纤道。

艾斯特维尔太太不急着继续干杂活，而是目送了他一会儿。

"他看上其中一个了，"她自言自语，"我猜是安妮小姐，但也不一定。从他脸上看不出来，他对她们俩都一样好。不知道两位小姐是不是也都喜欢他。如果那样，她们以后的关系就不一定这么好了。他真不该夹在两位小姐中间。"

想到能为正在萌芽的恋情助推一把，艾斯特维尔太太兴奋不已。她返身进屋去洗早餐的碗碟，这时门铃又响了。

"这个门铃真烦，"艾斯特维尔太太抱怨，"肯定是故意按得这么响。我猜是送包裹，不然就是电报。"她慢吞吞地去开门。

门口的两个人，一位是小个子的外国绅士，另一位是大块头的英国人。后面这位她有印象。

"梅瑞迪斯小姐在家吗？""大块头"问道。

艾斯特维尔太太摇摇头。"刚出去。"

"真的？往哪边走了？我们没碰到她。"

艾斯特维尔太太暗暗打量着另一位先生那惊人的小胡子，一边想这两位朋友的外形也差太多了，一边主动介绍更详细的情况。

"去河边了。"她解释说。

另一位先生突然插话。

"另一位小姐呢？达维斯小姐？"

"两人都去了。"

"啊，谢谢。"巴特尔说，"我想想，去河边走哪条路？"

"左转，从这条巷子走下去，"艾斯特维尔太太立即答道，"到了纤道再往右拐。我听她们说要走这条路。"她又好心地补了一句，"刚走不到十五分钟，很快能追上。"

她好奇地望着他们的背影，颇不情愿地关上门嘀咕着："搞不懂你们是谁，记不住。"

艾斯特维尔太太回到厨房的水槽边。巴特尔和波洛则先往左走进一条蜿蜒的短巷，很快便来到沿河纤道上。

波洛步履匆匆，巴特尔不禁好奇地望着他。"怎么回事，波洛先生？你似乎很着急。"

"没错。朋友，我非常不安。"

"出什么状况了吗？"

波洛摇摇头。"还没有，但有很多可能性。人算不如天算啊。"

"你一定有心事。"巴特尔说，"今早你急匆匆催我赶过来，一分钟都不肯浪费。真的，刚才你还逼特纳警官全速开车！你到底害怕什么？那个女孩已经得逞了。"

波洛沉默不语。

"你到底害怕什么？"巴特尔追问。

"在这种情况下，一般说来，我们最怕的是什么？"

巴特尔点点头。"的确。我在想——"

"想什么，朋友？"

巴特尔慢慢地说："我在想，梅瑞迪斯小姐知不知道她的朋友已经向奥利弗太太透露了一件事。"

波洛赞赏地点点头。

"快点，朋友。"他说。

他们沿着河岸迅速走下去，水面上看不到船只。拐过一个弯，波洛猛然停步，巴特尔眼尖，也看见了。"是德斯帕少校。"他说。

德斯帕少校在他们前方两百码左右，正在河岸上大步前行。不远处，河上的一艘平底船里坐着两位少女，露达撑着篙，安妮躺着朝她大笑。两人都没往岸上看。

紧接着，出事了！安妮伸出手，露达一个趔趄，跌下船去，绝望中她抓住了安妮的袖子。船身猛晃，船翻了，两个女孩都在水中挣扎。

"看见了吗？"巴特尔边跑边喊，"小梅瑞迪斯抓住她的脚踝，把她推进水里。老天，这是她第四次杀人！"

他们拼命往前冲，但前面还有一个人。两个女孩显然都不会游泳。德斯帕一路飞奔到最近的下水处，一个猛子扎进水中，朝她们游去。

"天哪，有意思，"波洛惊呼，抓住巴特尔的手臂，"他会先救谁？"

两个女孩的位置不在一起，之间相隔十二码左右。

德斯帕奋力游向她们，一路都很顺利。他直接游到露

229

达身边。

巴特尔也赶到岸边，下水救人。德斯帕已将露达救到河畔，把她扶上岸放下，又下水游向安妮挣扎的位置。

"小心，"巴特尔高喊，"有水草！"

他和巴特尔同时游到那里，但安妮已经沉下去了。最后他们总算捞起她，合力拖上岸。

波洛正在照顾露达。她已经坐起身，呼吸紊乱。

德斯帕和巴特尔将安妮·梅瑞迪斯放下。

"人工呼吸，"巴特尔说，"唯一的办法。不过她恐怕已经完了。"

他有条不紊地开始抢救，波洛在一旁准备接手。德斯帕跌坐在露达身边。

"你不要紧吧？"他的嗓音嘶哑。

她慢慢说："你救了我。是你救了我——"她朝他伸出双手，他接过来握住。她突然流下热泪。

他说："露达——"两人的手紧握在一起。

他脑中忽然浮现出一番景象——非洲丛林里，露达陪在他身旁，不畏艰险，笑得那么开心。

第三十章　谋杀

"你的意思是，"露达一脸不相信，"安妮故意把我推下去？感觉是有点像，而且她知道我不会游泳。不过，她真是故意的？"

"绝对是故意的。"波洛说。

他们坐的车正行驶在伦敦郊外。

"可是，可是，为什么？"

波洛好一会儿没回答。他猜到了安妮下手的动机之一，而这个动机此时正坐在露达身边。

巴特尔警司咳嗽一声。

"达维斯小姐，你得有心理准备。你的朋友曾在班森太太家住过，班森太太并不是死于意外——至少我们有理由作此推断。"

"这话怎么说？"

波洛说："我们相信是安妮·梅瑞迪斯偷换了药瓶。"

"噢，不，不，太恐怖了！不可能。安妮？她为什么要这样做？"

"她有她的动机，"巴特尔警司说，"不过，达维斯小姐，在梅瑞迪斯小姐看来，你是唯一能向我们提供那次事件相关线索的人。你应该还没告诉她，你对奥利弗太太透露过那件事吧？"

露达缓缓答道："没有。我怕她生我的气。"

"当然会，而且会气得要命。"巴特尔警司严肃地说，"她以为你是唯一能威胁到她的人，所以决定，呃，除掉你。"

"除掉？我？噢，太狠了吧！这不可能。"

"唔，她已经死了，"巴特尔警司说，"这个话题就到此为止吧。可是，达维斯小姐，你不该交这样的朋友，这是事实。"

汽车在一座房子门口停下。

"这里是波洛先生家，"巴特尔警司说，"我们进去，好好讨论一下这件事。"

一进波洛的客厅，奥利弗太太便迎上来。她正在款待罗伯茨医生。两人喝了雪利酒。奥利弗太太头戴臃肿的新帽子，身穿天鹅绒套装，胸口有个蝴蝶结，上面沾着一片醒目的苹果核碎屑。

"请进，快请进。"奥利弗太太殷勤招呼客人，似乎这是她家而不是波洛家，"我刚接到你们的电话，就赶紧打电话请罗伯茨医生一起赶过来，他连奄奄一息的病人都顾不上了。也许他们会自己好起来吧。我们想听听整件事的经过。"

"是啊，我彻底糊涂了。"罗伯茨医生说。

"好吧，案子到此结束了。谋杀夏塔纳先生的凶手终于找到了。"

"奥利弗太太也这么说。居然是那漂亮的小东西，安妮·梅瑞迪斯。我简直不敢相信。谁能想到她会是凶手？"

"就是她。她名下记着三起谋杀——第四次没得逞，不过也不是她自己搞砸的。"

"难以置信！"罗伯茨咕哝着。

"不见得，"奥利弗太太说，"外表最不像的人——这一点真实的人生跟小说好像差不多嘛。"

"今天真是不可思议的一天，"罗伯茨说，"先是洛里默太太的遗书——据说是伪造的？"

"对，伪造了三份。"

"梅瑞迪斯小姐也伪造了一封信给自己？"

"自然。伪造的手法很高明——当然骗不过专家，但按照当时的情况，我们不太可能会想到要做笔迹鉴定。所以证据都显示洛里默太太是自杀。"

"波洛先生，我实在好奇，你怎么会怀疑她不是自杀？"

"我在奇尼小区跟她的女仆谈过话。"

"她告诉你昨天晚上安妮·梅瑞迪斯去过？"

"这是其中一点，还有别的。而且，我心里对凶手的身份已经有结论了——我是指杀夏塔纳先生的人。那个人不是洛里默太太。"

"你怀疑梅瑞迪斯小姐的根据是？"

波洛举起手。"别急，让我用自己的方式来说明。换句话说，用排除法。杀夏塔纳先生的凶手不是洛里默太太，不是德斯帕少校，说来奇怪，竟然也不是安妮·梅瑞迪斯——"

他倾身向前，那松弛、轻柔的嗓音，就像一只猫。

"是这样的，罗伯茨医生，你就是杀死夏塔纳先生的凶手，而且你还杀害了洛里默太太——"

现场至少沉默了三分钟。然后，罗伯茨阴险地笑了起来。

"你疯了吗，波洛先生？我当然没杀夏塔纳先生，更不可能杀洛里默太太。亲爱的巴特尔，"他转向苏格兰场的警司，"你总该说句公道话吧？"

"你最好先听波洛先生说完。"巴特尔平静地说。

波洛说："说真的，虽然我早就知道杀夏塔纳的是你，而且只可能是你，但要证明却不简单。洛里默太太的案子就不同了。"他倾身向前，"这次并不是靠我的推理，其实简单得多——有一名目击证人亲眼见到你的谋杀过程。"

罗伯茨顿时安静了。他眼神闪烁，突然呵斥道："你胡扯！"

"噢，不，我可没有。当时是大清早，你装腔作势地闯进洛里默太太的房间，她头一晚吃了安眠药，还睡得很沉。你又虚张声势，假装看她一眼，说她死了！然后打发女仆去拿白兰地和热水什么的，只留你自己在卧室里，女仆根本不可能注意到你的举动。后来呢？

"罗伯茨医生，你可能不太了解，有些专门清洁玻璃的公司一贯在清晨工作。有一位带着梯子的清洁工几乎和你同时抵达。他把梯子靠在房子侧面，开始干活儿。他最先擦的就是洛里默太太卧室的窗玻璃。他一看到屋内的情景，立刻闪到另一扇窗户旁边，但你的所作所为已被他看在眼里。他会亲口向我们作证。"

波洛轻轻走到门口，转了转门把手，招呼道："进来吧，史蒂芬。"又返身走回来。

一个身形高大、笨手笨脚的红发男子走进来，手里的帽子上有"切尔西玻璃窗清洁公司"的字样，不知所措地转来转去。

波洛问："这个房间里有你见过的人吗？"

那人东张西望一阵，然后有点不好意思地朝罗伯茨医生点点头。"他。"

"告诉我们，你上次看见他是什么时候，当时他正在做什么？"

"是今天早上，我的任务是八点钟去奇尼小区一位太太家干活。我开始擦窗户。那位太太还没起床，好像生病了。她在枕头上转了转头。这位先生好像是医生。他把她的袖子推上去，给她的手臂上打了一针。"他比画着，"然后她又倒回枕头上。我觉得还是换一扇窗户比较好，就躲开了。我应该没有做错什么吧？"

"你做得非常好，朋友。"波洛说。

他平静地问："怎么样，罗伯茨医生？"

"是，是一剂简单的兴奋剂，"罗伯茨结结巴巴地说，"希望能把她救回来。你不要陷害我——"

波洛打断他。

"简单的兴奋剂？ N—甲基—环己烯—巴比妥酸尿素……"波洛熟练地吐出一连串音节，"俗称'依维派'。通常用作小手术的麻醉剂，大量注射会使人立刻失去知觉。如果服用了弗洛那或其他巴比妥系列的药品再注射，会非常危险。我发现她手臂上有一处瘀伤，显然有药物从那里注入血管。我咨询了法医，经过内政部的专家查尔斯·英佛瑞爵士亲自检验，很快就验出了药物的成分。"

"这就足够让你完蛋了，"巴特尔警司说，"甚至没必要证明夏塔纳那个案子是你干的。当然，如果有必要，我们也可以进一步指控你谋杀了查尔斯·克拉多克先生——多半还有克拉多克太太。"

一提这两个人，罗伯茨彻底崩溃了。

他颓然倒在椅背上。"我投降。你们赢了！估计那天你们去赴宴之前，狡猾的夏塔纳已经向你们透过风声了。我还以为永远封住了他的嘴。"

"你该感谢的不是夏塔纳,"巴特尔说,"荣耀属于这位波洛先生。"

　　他走到门口,两名手下走进来。

　　巴特尔警司用公事公办的口吻正式宣读了逮捕令。

　　嫌疑人被带走了。房门刚关上,奥利弗太太就兴高采烈但不太诚实地说:"从头到尾我都说是他干的!"

第三十一章 底牌

这是属于波洛的时刻，每张脸都充满期待地转向他。"多谢捧场，"他微笑着说，"我总喜欢来一小段结案陈词。我真是个啰唆的老头儿。

"这个案子，在我看来，称得上我平生所见最有趣的案子之一。一开始完全无从下手。四个嫌疑人，其中一定有一名凶手，可究竟是哪一个？有证据吗？从物理意义上说，没有。没有任何有形的线索——没有指纹，没有可佐证的文件，只有那四个人本身。

"唯一可参考的具体线索，就是桥牌计分表。

"你们大概还记得，从一开始我就对这些计分表特别感兴趣。从中可以看出不同计分人的某些特征，这还仅仅是开始。计分表给了我一个价值连城的暗示。我立刻发现，第三轮打出了超乎寻常的一千五百分。这个数字只有一个含义——有人叫'大满贯'。另一方面，如果有人决定在打桥牌这种特殊场景里犯罪，那必然要冒两个重大风险：第一，被害人也许会叫出声；第二，即便被害人没喊

238

出声来，也不排除另三位牌友中恰好有人一抬头，目睹了凶手动手的那一刹那，从而成为目击证人。

"前一个风险无法预防，完全依赖赌徒的运气，后一个就不一样了。如果牌局引人入胜又惊险刺激，三位牌友必然全神贯注；如果牌局进程平淡，那他们东张西望的可能性就比较大。'大满贯'叫牌总是激动人心的，往往伴随着加倍，这一局也不例外。三位牌友肯定全身心扑在牌局里——叫牌的一方想赢得墩数，对方则要通过精确的出牌来破坏他的计划。所以，谋杀发生在这特殊的一局中的可能性非常大。我决定尽可能了解叫牌的过程，结果立刻发现这一局的明手是罗伯茨医生。我记住了这一点，然后又尝试另一个角度，也就是心理学上的可能性。四个嫌疑人中，我认为最有可能精心设计、成功执行一次谋杀的人，是洛里默太太，但我不认为她会一时冲动杀人。另一方面，当天晚上她的反应令我很迷惑，我感觉要么她是凶手，要么她知道谁是凶手。梅瑞迪斯小姐、德斯帕少校和罗伯茨医生从心理学角度来说都有可能，我之前说过，他们作案的出发点可能截然不同。

"我做了第二个试验。我依次让每个人谈谈对那个房间的印象。由此，我获得了宝贵的资料。首先，最有可能注意到匕首的是罗伯茨医生，他天生擅长观察各种琐碎的东西，也就是特别眼尖。但他几乎完全记不清牌局的状况。我不奢望他能记住多少，但他居然忘得彻彻底底、一干二净，这说明整晚他都另有心事。看，嫌疑又一次指向罗伯茨医生。

"洛里默太太记牌的能力令我叹为观止，想来像她这种专注度超群的人，即便谋杀就发生在身旁，也不可能察觉。她提供了一条珍贵的线索：那次'大满贯'是罗伯茨医生叫的，完全不合牌理，而且叫的不是他自己的牌，而是洛里默太太的，于是她不得不努力去做那手大满贯定约。

"第三次尝试是追溯过去的谋杀案，试图找出雷同的手法，巴特尔警司和我都大有收获。这些发现要归功于巴特尔警司、奥利弗太太和瑞斯上校，他们发掘出了许多资料。我和巴特尔讨论时，他表示很失望，看起来过去那三起事件与夏塔纳先生的谋杀案毫无共同点。其实不然。如果从心理学角度而不是实证角度来看，罗伯茨医生牵扯进的那两个案子正和本案模式相同。那两个案子也是我所谓的'公然'谋杀。医生上门诊治病人，名正言顺地去洗手，趁机将病菌抹在被害人洗手间里的刮胡刀上。谋杀克拉多克太太则用伤寒预防针作为掩护，又一次公然动手，可以说是当着大家的面作案。而且这家伙的行动模式也一样，被逼到角落里之后，逮着机会便立刻反扑——凶猛、大胆、不计后果地搏命一击，跟他打桥牌的风格如出一辙。谋杀夏塔纳时，他同样冒了巨大的风险，换来丰厚的回报。他出手干净利落，时机的选择也恰到好处。

"就在我锁定罗伯茨医生的时候，洛里默太太忽然叫我去见她，而且招认她是凶手！我差点就相信了！有那么一刻我真的相信了她，然后我的小小灰色细胞重新占了上风。不可能，绝不可能！

　　"但她接下来的话令我更摸不着头脑。

　　"她说亲眼看到了安妮·梅瑞迪斯杀人。

　　"直到第二天一早，站在那个死去的女人床边，我才想通了，我是正确的，但洛里默太太也没撒谎。

　　"安妮·梅瑞迪斯走到壁炉边，发现夏塔纳先生已经死了！她俯身看了看他，说不定还伸手去摸那亮晶晶的宝石领针呢。

　　"她差点张嘴惊呼，但最后没喊出来。她想起晚餐时夏塔纳那番话，也许他捏着什么把柄，而她，安妮·梅瑞迪斯，完全有希望他死掉的动机。人人都会说她是凶手。她不敢出声，害怕得浑身哆嗦，回到了座位上。

　　"所以洛里默太太说得对，因为她自以为看见了案发的那一瞬间。但我的想法也没错，因为她目睹的其实并不是作案过程。

　　"如果罗伯茨就此罢手，我们未必能让他俯首认罪。当然，通过虚张声势等各种计谋，也许我们能让他上钩，我无论如何会试一试。但他吓破了胆，又一次叫了过高的牌。这回好运没有眷顾他，他栽了个大跟头。

　　"他肯定坐立不安。他知道巴特尔正四处查访。他也预感前景难料，警方的调查仍在继续——万一奇迹出现，他从前的罪行将会露出马脚。他想到一个绝妙的主意：让洛里默太太当替罪羊。凭着医生的眼光，他肯定看出她身患重病、不久于人世。在这种情况下，她干脆主动告别人世，死前坦白了罪行……多么自然的结局！于是他设法搞到洛里默太太的笔迹，伪造了三封信，一大早匆忙赶到她家，谎称刚收到遗书。他家的女仆已按吩咐报警，他只要抓住时机下手就行了。他成功了，警方的法医赶来时，为时已晚。罗伯茨医生按事先想好的口径，表示他采用了人工呼吸，但没有奏效。完美的布局，在别人的眼皮底下作案。

"他从头到尾都没打算嫁祸给安妮·梅瑞迪斯，他甚至不知道昨天晚上她来过。他的目的只是将洛里默太太之死伪装成自杀而已。

"我问他认不认识洛里默太太的笔迹，那一刻他别提多尴尬了。既然警方已经发现遗书是伪造的，他为求自保，只能表示从没见过她的笔迹。他的脑筋转得很快，但还不够快。

"我从沃林福德打电话给奥利弗太太。她打消了罗伯茨的顾虑，带他来这里。他暗自庆幸，虽然没按他的计划进行，但这种结果也不错。这时赫尔克里·波洛突然发难！于是，赌徒无计可施，只能摊牌认输。剧终。"

众人都说不出话来。露达发出一声叹息。

"太走运了，擦窗工刚好在那里。"

"走运？走运？那和运气无关，小姐，是赫尔克里·波洛的小小灰色细胞发挥了作用。你提醒了我——"

他走到门口。

"进来，进来吧，好家伙，你演得真棒。"

擦窗工跟着他走进来，手里抓着红色的假发，完全变了一个人。

"这是我的朋友杰拉德·海明威先生，一位前途无量的演员。"

"所以根本没有什么擦窗工？"露达惊呼，"没人看见他杀人？"

"我看见了，"波洛说，"心灵的眼睛比肉眼看得更清楚。只要往后一靠，闭上双眼——"

德斯帕开心地说："我们捅他一刀，露达，看他的鬼魂会不会回来查出是谁干的。"

图书在版编目（CIP）数据

底牌 / (英) 阿加莎·克里斯蒂著 ; 辛可加译 . ——
北京 : 新星出版社 , 2024.9（2025.10 重印）

（阿加莎·克里斯蒂作品精选集 : 典藏纪念版 . 第
二辑）

ISBN 978-7-5133-5682-4

Ⅰ . ①底… Ⅱ . ①阿… ②辛… Ⅲ . ①侦探小说 – 英
国 – 现代 Ⅳ . ① I561.45

中国国家版本馆 CIP 数据核字 (2024) 第 107501 号

午夜文库
谢刚 主持